LOUIS-FERDINAND CÉLINE

Viaje al fin de la noche

&

Muerte a crédito

Classipublica

Louis-Ferdinand Céline
(1894-1961)

LAS DOS OBRAS MAESTRAS

Viaje al fin de la noche (1932)
&
Muerte a crédito (1936)

Publié par Omnia Publica International LLC
OMNIAPUBLICA
www.omniapublica.com

INDICE

VIAJE AL FIN DE LA NOCHE

A Elizabeth Craig[1]

Viajar es muy útil, hace trabajar la imaginación. El resto no son sino decepciones y fatigas. Nuestro viaje es por entero imaginario. A eso debe su fuerza.

Va de la vida a la muerte. Hombres, animales, ciudades y cosas, todo es imaginado. Es una novela, una simple historia ficticia. Lo dice Littré, que nunca se equivoca.

Y, además, que todo el mundo puede hacer igual. Basta con cerrar los ojos.

Está del otro lado de la vida.

---

[1] Elisabeth Craig era la bailarina americana, nacida en 1902, que Céline había conocido en Ginebra, a finales de 1926 o comienzos de 1927, y con la que vivió en París de 1927 a 1933, en una relación muy libre, interrumpida por las estancias de Elisabeth en los Estados Unidos. Henri Mahé la describe así: «Grandes ojos verde cobalto [...]. Naricilla fina... Una boca rectangular y sensual [...]. Largos cabellos dorados tirando a rojizos en bucles hasta los hombros» *(La Brinquebale avec Céline.)*

En una de las primeras entrevistas después de la publicación de *Viaje al fin de la noche,* Céline la cita como uno de sus tres maestros: «[...] una bailarina americana que me ha enseñado todo lo relativo al ritmo, la música y el movimiento» (entrevista con M. Bromberger, *Cahiers Céline,* I, págs. 31-32).

En junio de 1933, Elisabeth se marchó a los Estados Unidos, temporalmente, pensaba Céline, pero aquella vez no regresó y él aprovechó su viaje a los Estados Unidos en el verano de 1934 para ir a Los Ángeles a intentar convencerla de que volviera a Francia. Pero Elisabeth había decidido romper. Céline siempre recordó aquel último encuentro, sobre el que carecemos de información segura, como una pesadilla. No cabe duda de que Elisabeth fue la mujer a la que se sintió más unido y que desempeñó, más que ninguna otra, un papel en su vida.

La cosa empezó así. Yo nunca había dicho nada. Nada. Fue Arthur Gánate quien me hizo hablar. Arthur, un compañero, estudiante de medicina como yo. Resulta que nos encontramos en la Place Clichy. Después de comer. Quería hablarme. Lo escuché. «¡No nos quedemos fuera! -me dijo-. ¡Vamos adentro!» Y fui y entré con él. «¡Esta terraza está como para freír huevos! ¡Ven por aquí!», comenzó. Entonces advertimos también que no había nadie en las calles, por el calor; ni un coche, nada. Cuando hace mucho frío, tampoco; no ves a nadie en las calles; pero, si fue él mismo, ahora que recuerdo, quien me dijo, hablando de eso: «La gente de París parece estar siempre ocupada, pero, en realidad, se pasean de la mañana a la noche; la prueba es que, cuando no hace bueno para pasear, demasiado frío o demasiado calor, desaparecen. Están todos dentro, tomando cafés con leche o cañas de cerveza. ¡Ya ves! ¡El siglo de la velocidad!, dicen. Pero, ¿dónde? ¡Todo cambia, que es una barbaridad!, según cuentan. ¿Cómo así? Nada ha cambiado, la verdad. Siguen admirándose y se acabó. Y tampoco eso es nuevo.

¡Algunas palabras, no muchas, han cambiado! Dos o tres aquí y allá, insignificantes...» Conque, muy orgullosos de haber señalado verdades tan oportunas, nos quedamos allí sentados, mirando, arrobados, a las damas del café.

Después salió a relucir en la conversación el presidente Poincaré, que, justo aquella mañana, iba a inaugurar una exposición canina, y, después, burla burlando, salió también *Le Temps,* donde lo habíamos leído. «¡Hombre, *Le Temps* ¡Ése es un señor periódico! -dijo Arthur Gánate para pincharme- . ¡No tiene igual para defender a la raza francesa!»

«¡Y bien que lo necesita la raza francesa, puesto que no existe!», fui y le dije, para devolverle la pelota y demostrar que estaba documentado.

«¡Que sí! ¡Claro que existe! ¡Y bien noble que es! -insistía él-. Y hasta te diría que es la más noble del mundo. ¡Y el que lo niegue es un cabrito!» Y me puso de vuelta y media. Ahora, que yo me mantuve en mis trece.

«¡No es verdad! La raza, lo que tú llamas raza, es ese hatajo de pobres diablos como yo, legañosos, piojosos, ateridos, que vinieron a parar aquí perseguidos por el hambre, la peste, los tumores y el frío, que llegaron vencidos de los cuatro confines del mundo. El mar les impedía seguir adelante. Eso es Francia y los franceses también.»

«Bardamu -me dijo entonces, muy serio y un poco triste-, nuestros padres eran como nosotros. ¡No hables mal de ellos!...»

«¡Tienes razón, Arthur! ¡En eso tienes razón! Rencorosos y dóciles, violados, robados, destripados, y gilipollas siempre. ¡Como nosotros eran! ¡Ni que lo digas! ¡No cambiamos! Ni de calcetines, ni de amos, ni de opiniones, o tan tarde, que no vale la pena. Hemos nacido fieles, ¡ya es que reventamos de fidelidad! Soldados sin paga, héroes para todo el mundo, monosabios, palabras dolientes, somos los favoritos del Rey Miseria. ¡Nos tiene en sus manos! Cuando nos portamos mal, aprieta... Tenemos sus dedos en torno al cuello, siempre, cosa que molesta para hablar; hemos de estar atentos, si queremos comer... Por una cosita de nada, te estrangula... Eso no es vida...»

«¡Nos queda el amor, Bardamu!»

«Arthur, el amor es el infinito puesto al alcance de los caniches, ¡y yo tengo dignidad!», le respondí.

«Puestos a hablar de ti, ¡tú es que eres un anarquista y se acabó!» Siempre un listillo, como veis, y el no va más en opiniones avanzadas.

«Tú lo has dicho, chico, ¡anarquista! Y la prueba mejor es que he compuesto una especie de oración vengadora y social. ¡A ver qué te parece! Se llama *Las alas de oro...*» Y entonces se la recité:

Un Dios que cuenta los minutos y los céntimos, un Dios desesperado, sensual y gruñón como un marrano. Un marrano con alas de oro y que se tira por todos lados, panza arriba, en busca de caricias. Ése es, nuestro señor. ¡Abracémonos!

«Tu obrita no se sostiene ante la vida. Yo estoy por el orden establecido y no me gusta la política. Y, además, el día en que la patria me pida derramar mi sangre por ella, me encontrará, desde luego, listo para entregársela y al instante.» Así me respondió.

Precisamente la guerra se nos acercaba a los dos, sin que lo hubiéramos advertido, y ya mi cabeza resistía poco. Aquella discusión breve, pero animada, me había fatigado. Y, además, estaba afectado porque el camarero me había llamado tacaño por la propina. En fin, al final Arthur y yo nos reconci-liamos, por completo. Éramos de la misma opinión sobre casi todo.

«Es verdad, tienes razón a fin de cuentas -convine, conciliador-, pero, en fin, estamos todos sentados en una gran galera, remamos todos, con todas nuestras fuerzas... ¡no me irás a decir que no!... ¡Sentados sobre clavos incluso y dando el callo! ¿Y qué sacamos?

¡Nada! Estacazos sólo, miserias, patrañas y cabronadas encima. ¡Que trabajamos!, dicen. Eso es aún más chungo que todo lo demás, el dichoso trabajo. Estamos abajo, en las bodegas, echando el bofe, con una peste y los cataplines chorreando sudor, ¡ya ves! Arriba, en el puente, al fresco, están los amos, tan campantes, con bellas mujeres, rosadas y bañadas de perfume, en las rodillas. Nos hacen subir al puente. Entonces se ponen sus chisteras y nos echan un discurso, a berridos, así: "Hatajo de granujas, ¡es la guerra! -nos dicen-. Vamos a abordarlos, a esos cabrones de la patria n.° 2, ¡y les vamos a reventar la sesera! ¡Venga! ¡Venga! ¡A bordo hay todo lo necesario! ¡Todos a coro! Pero antes quiero veros gritar bien: *'¡Viva la patria n.° 1!'* ¡Que se os oiga de lejos! El que grite más fuerte, ¡recibirá la medalla y la peladilla del Niño Jesús! ¡Hostias! Y los que no quieran diñarla en el mar, pueden ir a palmar en tierra, ¡donde se tarda aún menos que aquí!"»

«¡Exacto! ¡Sí, señor!», aprobó Arthur, ahora más dispuesto a dejarse convencer.

Pero, mira por dónde, justo por delante del café donde estábamos sentados, fue a pasar un regi-miento, con el coronel montado a la cabeza y todo, ¡muy apuesto, por cierto y de lo más gallardo, el coronel! Di un brinco de entusiasmo al instante.

«¡Voy a ver si es así!», fui y le grité a Arthur, y ya me iba a alistarme y a la carrera incluso.

«¡No seas gilipollas, Ferdinand!», me gritó, a su vez, Arthur, molesto, seguro, por el efecto que había causado mi heroísmo en la gente que nos miraba.

Me ofendió un poco que se lo tomara así, pero no me hizo desistir. Ya iba yo marcando el paso. «¡Aquí estoy y aquí me quedo!», me dije.

«Ya veremos, ¿eh, pardillo?», me dio incluso tiempo a gritarle antes de doblar la esquina con el regimiento, tras el coronel y su música. Así fue exactamente.

Después marchamos mucho rato. Calles y más calles, que nunca acababan, llenas de civiles y sus mujeres que nos animaban y lanzaban flores, desde las terrazas, delante de las estaciones, desde las iglesias atestadas. ¡Había una de patriotas! Y después empezó a haber menos... Empezó a llover y cada vez había menos y luego nadie nos animaba, ni uno, por el camino.

Entonces, ¿ya sólo quedábamos nosotros? ¿Unos tras otros? Cesó la música. «En resumen -me dije entonces, cuando vi que la cosa se ponía fea-, ¡esto ya no tiene gracia!

¡Hay que volver a empezar!» Iba a marcharme. ¡Demasiado tarde! Habían cerrado la puerta a la chita callando, los civiles, tras nosotros. Estábamos atrapados, como ratas.

* * *

Una vez dentro, hasta el cuello. Nos hicieron montar a caballo y después, al cabo de dos meses, ir a pie otra vez. Tal vez porque costaba muy caro. En fin, una mañana, el coronel buscaba su montura, su ordenanza se había marchado con ella, no se sabía adonde, a algún lugar, seguro, por donde las balas pasaran con menor facilidad que en medio de la carretera. Pues en ella habíamos acabado si-tuándonos, el coronel y yo, justo en medio de la carretera, y yo sostenía el registro en que él escribía sus órdenes.

A lo lejos, en la carretera, apenas visibles, había dos puntos negros, en medio, como nosotros, pero eran dos alemanes que llevaban más de un cuarto de hora disparando.

Él, nuestro coronel, tal vez supiera por qué disparaban aquellos dos; quizá los alemanes lo su-piesen también, pero yo, la verdad, no. Por más que me refrescaba la memoria, no recordaba haberles hecho nada a los alemanes. Siempre había sido muy amable y educado con ellos. Me los conocía un poco, a los alemanes; hasta había ido al colegio con ellos, de pequeño, cerca de Hannover. Había hablado su lengua. Entonces eran una masa de cretinitos chillones, de ojos pálidos y furtivos, como de lobos; íbamos juntos, después del colegio, a tocar a las chicas en los bosques cercanos, y también tirábamos con ballesta y pistola, que incluso nos comprábamos por cuatro marcos. Bebíamos cerveza azucarada. Pero de eso a que nos dispararan ahora a la barriga, sin venir siquiera a hablarnos primero, y justo en medio de la carretera, había un trecho y un abismo incluso. Demasiada diferencia.

En resumen, no había quien entendiera la guerra. Aquello no podía continuar.

Entonces, ¿les había ocurrido algo extraordinario a aquella gente? Algo que yo no sentía, ni mucho menos. No debía de haberlo advertido...

Mis sentimientos hacia ellos seguían siendo los mismos. Pese a todo, sentía como un deseo de intentar comprender su brutalidad, pero más ganas aún tenía de marcharme, unas ganas enormes, absolutas: de repente todo aquello me parecía consecuencia de un error tremendo.

«En una historia así, no hay nada que hacer, hay que ahuecar el ala», me decía, al fin y al cabo...

Por encima de nuestras cabezas, a dos milímetros, a un milímetro tal vez de las sienes, venían a vibrar, uno tras otro, esos largos hilos de acero tentadores trazados por las balas que te quieren matar, en el caliente aire del verano.

Nunca me había sentido tan inútil como entre todas aquellas balas y los rayos de aquel sol. Una burla inmensa, universal.

En aquella época tenía yo sólo veinte años de edad. Alquerías desiertas a lo lejos, iglesias vacías y abiertas, como si los campesinos hubieran salido todos de las aldeas para ir a una fiesta en el otro extremo de la provincia y nos hubiesen dejado, confiados, todo lo que poseían, su campo, las carretas con los varales al aire, sus tierras, sus cercados, la carretera, los árboles e incluso las vacas, un perro con su cadena, todo, vamos. Para que pudiésemos hacer con toda tranquilidad lo que quisiéramos durante su ausencia. Parecía muy amable por su parte. «De todos modos, si no hubieran estado ausentes -me decía yo-, si aún hubiese habido gente por aquí, ¡seguro que no nos habríamos comportado de modo tan innoble! ¡Tan mal! ¡No nos habríamos atrevido delante de ellos!» Pero, ¡ya no quedaba nadie para vigilarnos! Sólo nosotros, como recién casados que hacen guarrerías, cuando todo el mundo se ha ido.

También pensaba (detrás de un árbol) que me habría gustado verlo allí, al Déroulède ese, de que tanto me habían hablado, explicarme cómo hacía él, cuando recibía una bala en plena panza.

Aquellos alemanes agachados en la carretera, tiradores tozudos, tenían mala puntería, pero parecían tener balas para dar y tomar, almacenes llenos sin duda. Estaba claro: ¡la guerra no había terminado! Nuestro coronel, las cosas como son, ¡demostraba una bravura asombrosa! Se paseaba por el centro mismo de la carretera y después en todas direcciones entre las trayectorias, tan tranquilo como si estuviese esperando a un amigo en el andén de la estación: sólo, que un poco impaciente.

Pero el campo, debo decirlo en seguida, yo nunca he podido apreciarlo, siempre me ha parecido triste, con sus lodazales interminables, sus casas donde la gente nunca está y sus caminos que no van a ninguna parte. Pero, si se le añade la guerra, además, ya es que no hay quien lo soporte. El viento se había levantado, brutal, a cada lado de los taludes, los álamos mezclaban las ráfagas de sus hojas con los ruidillos secos que venían de allá hacia nosotros. Aquellos soldados desconocidos nunca nos acertaban, pero nos rodeaban de miles de muertos, parecíamos acolchados con ellos. Yo ya no me atrevía a moverme.

Entonces, ¡el coronel era un monstruo! Ahora ya estaba yo seguro, peor que un perro, ¡no se imaginaba su fin! Al mismo tiempo, se me ocurrió que debía de haber muchos como él en nuestro ejército, tan valientes, y otros tantos sin duda en el ejército de enfrente. ¡A saber cuántos! ¿Uno, dos, varios millones, tal vez, en total? Entonces mi canguelo se volvió pánico. Con seres semejantes, aquella imbecilidad infernal podía continuar indefinidamente... ¿Por qué habrían de detenerse? Nunca me había parecido tan implacable la sentencia de los hombres y las cosas.

Pensé -¡presa del espanto!-: ¿seré, pues, el único cobarde de la tierra?... ¿Perdido entre dos millones de locos heroicos, furiosos y armados hasta los dientes? Con cascos, sin cascos, sin caballos, en motos, dando alaridos, en autos, pitando, tirando, conspirando, volando, de rodillas, cavando, escabulléndose, caracoleando por los senderos, lanzando detonaciones, ocultos en la tierra como en una celda de manicomio, para destruirlo todo, Alemania, Francia y los continentes, todo lo que respira, destruir, más rabiosos que los perros, adorando su rabia (cosa que no hacen los perros), cien, mil veces más rabiosos que mil perros, ¡y mucho más perversos! ¡Estábamos frescos! La verdad era, ahora me daba cuenta, que me había metido en una cruzada apocalíptica.

Somos vírgenes del horror, igual que del placer. ¿Cómo iba a figurarme aquel horror al abandonar la Place Clichy? ¿Quién iba a poder prever, antes de entrar de verdad en la guerra, todo lo que contenía la cochina alma heroica y holgazana de los hombres? Ahora me veía cogido en aquella huida en masa, hacia el asesinato en común, hacia el fuego... Venía de las profundidades y había llegado.

El coronel seguía sin inmutarse, yo lo veía recibir, en el talud, cortas misivas del general, que después rompía en pedacitos, tras haberlas leído sin prisa, entre las balas. Entonces, ¿en ninguna de ellas iba la orden de detener al instante aquella abominación? Entonces, ¿no le decían los de arriba que había un error? ¿Un error abominable? ¿Una confusión? ¿Que se habían equivocado? ¡Que habían querido hacer maniobras en broma y no asesinatos! Pues, ¡claro que no! «¡Continúe, coronel, va por buen camino!» Eso le escribía sin duda el general Des Entrayes, de la división, el jefe de todos nosotros, del que recibía una misiva cada cinco minutos, por mediación de un enlace, a quien el miedo volvía cada vez un poco más verde y cagueta. ¡Aquel muchacho habría podido ser mi hermano en el miedo! Pero tampoco teníamos tiempo para confraternizar.

Conque, ¿no había error? Eso de dispararnos, así, sin vernos siquiera, ¡no estaba prohibido! Era una de las cosas que se podían hacer sin merecer un broncazo. Estaba reconocido incluso, alentado seguramente por la gente seria, ¡como la lotería, los esponsales, la caza de montería!... Sin objeción. Yo acababa de descubrir de un golpe y por entero la guerra. Había quedado desvirgado. Hay que estar casi solo ante ella, como yo en aquel momento, para verla bien, a esa puta, de frente y de perfil. Acababan de encender la guerra entre nosotros y los de enfrente, ¡y ahora ardía! Como la corriente entre los dos carbones de un arco voltaico. ¡Y no estaba a punto de apagarse, el carbón! Íbamos a ir todos para adelante, el coronel igual que los demás, con todas sus faroladas, y su piltrafa no iba a hacer un asado mejor que la mía, cuando la corriente de enfrente le pasara entre ambos hombros.

Hay muchas formas de estar condenado a muerte. ¡Ah, qué no habría dado, cretino de mí, en aquel momento por estar en la cárcel en lugar de allí! Por haber robado, previsor, algo, por ejemplo, cuando era tan fácil, en algún sitio, cuando aún estaba a tiempo. ¡No piensa uno en nada! De la cárcel sales vivo; de la guerra, no. Todo lo demás son palabras.

Si al menos hubiera tenido tiempo aún, pero, ¡ya no! ¡Ya no había nada que robar!

¡Qué bien se estaría en una cárcel curiosita, me decía, donde no pasan las balas! ¡Nunca pasan! Conocía una a punto, al sol, ¡calentita! En un sueño, la de Saint-Germain precisamente, tan cerca del bosque, la conocía bien, en tiempos pasaba a menudo por allí. ¡Cómo cambia uno! Era un niño entonces y aquella cárcel me daba miedo. Es que aún no conocía a los hombres. No volveré a creer nunca lo que dicen, lo que piensan. De los hombres, y de ellos sólo, es de quien hay que tener miedo, siempre.

¿Cuánto tiempo tendría que durar su delirio, para que se detuvieran agotados, por fin, aquellos monstruos? ¿Cuánto tiempo puede durar un acceso así? ¿Meses? ¿Años?

¿Cuánto? ¿Tal vez hasta la muerte de todo el mundo, de todos los locos? ¿Hasta el último? Y como los acontecimientos presentaban aquel cariz desesperado, me decidí a jugarme el todo por el todo, a intentar la última gestión, la suprema: ¡tratar, yo solo, de detener la guerra! Al menos en el punto en que me encontraba.

El coronel deambulaba a dos pasos. Yo iba a ir a hablarle. Nunca lo había hecho. Era el momento de atreverse. Al punto a que habíamos llegado, ya casi no había nada que perder. «¿Qué quiere?», me preguntaría, me imaginaba, muy sorprendido, seguro, por mi audaz interrupción. Entonces le explicaría las cosas, tal como las veía. A ver qué pensaba él. En la vida lo principal es explicarse. Cuatro ojos ven mejor que dos.

Iba a hacer esa gestión decisiva, cuando, en ese preciso instante, llegó hacia nosotros, a paso ligero, extenuado, derrengado, un «caballero de a pie» (como se decía entonces) con el casco boca arriba en la mano, como Belisario, y, además, tembloroso y cubierto de barro, con el rostro aún más verdusco que el del otro enlace. Tartamudeaba y parecía sufrir un dolor espantoso, aquel caballero, como si saliera de una tumba y sintiese náuseas. Entonces, ¿tampoco le gustaban las balas a aquel fantasma? ¿Las presentía como yo?

«¿Qué hay?», le cortó, brutal y molesto, el coronel, al tiempo que lanzaba una mirada como de acero a aquel aparecido.

Enfurecía a nuestro coronel verlo así, a aquel innoble caballero, con porte tan poco reglamentario y cagadito de la emoción. No le gustaba nada el miedo. Era evidente. Y, para colmo, el casco en la mano, como un bombín, desentonaba de lo lindo en nuestro regimiento de ataque, un regimiento que se lanzaba a la guerra. Parecía saludarla, aquel caballero de a pie, a la guerra, al entrar.

Ante su mirada de oprobio, el mensajero, vacilante, volvió a ponerse «firmes», con los meñiques en la costura del pantalón, como se debe hacer en esos casos. Oscilaba así, tieso, en el talud, con sudor cayéndole a lo largo de la yugular, y las mandíbulas le temblaban tanto, que se le escapaban grititos abortados, como un perrito soñando. Era difícil saber si quería hablarnos o si lloraba.

Nuestros alemanes agachados al final de la carretera acababan de cambiar de instrumento en aquel preciso instante. Ahora proseguían con sus disparates a base de ametralladora; crepitaban como grandes paquetes de cerillas y a nuestro alrededor llegaban volando enjambres de balas rabiosas, insistentes como avispas.

Aun así, el hombre consiguió pronunciar una frase articulada:

«Acaban de matar al sargento Barousse, mi coronel», dijo de un tirón.

«¿Y qué más?»

«Lo han matado, cuando iba a buscar el furgón del pan, en la carretera de Etrapes, mi coronel.»

«¿Y qué más?»

«¡Lo ha reventado un obús!»

«¿Y qué más, hostias?»

«Nada más, mi coronel...»

«¿Eso es todo?»

«Sí, eso es todo, mi coronel.»

«¿Y el pan?», preguntó el coronel.

Ahí acabó el diálogo, porque recuerdo muy bien que tuvo el tiempo justo de decir:

«¿Y el pan?». Y después se acabó. Después, sólo fuego y estruendo. Pero es que un estruendo, que nunca hubiera uno pensado que pudiese existir. Nos llenó hasta tal punto los ojos, los oídos, la nariz, la boca, al instante, el estruendo, que me pareció que era el fin, que yo mismo me había convertido en fuego y estruendo.

Pero, no; cesó el fuego y siguió largo rato en mi cabeza y luego los brazos y las piernas temblando como si alguien los sacudiera por detrás. Parecía que los miembros me iban a abandonar, pero siguieron conmigo. En el humo que continuó picando en los ojos largo rato, el penetrante olor a pólvora y azufre permanecía, como para matar las chinches y las pulgas de la tierra entera.

Justo después, pensé en el sargento Barousse, que acababa de reventar, como nos había dicho el otro. Era una buena noticia. «¡Mejor! -pensé al instante-. ¡Un granuja de cuidado menos en el regimiento!» Me había querido someter a consejo de guerra por una lata de conservas. «¡A cada cual su guerra!», me dije. En ese sentido, hay que reconocerlo, de vez en cuando, ¡parecía servir para algo, la guerra! Conocía tres o cuatro más en el regimiento, cerdos asquerosos, a los que yo habría ayudado con gusto a encontrar un obús como Barousse.

En cuanto al coronel, no le deseaba yo ningún mal. Sin embargo, también él estaba muerto. Al principio, no lo vi. Es que la explosión lo había lanzado sobre el talud, de costado, y lo había proyectado hasta los brazos del caballero de a pie, el mensajero, también él cadáver. Se abrazaban los dos de momento y para siempre, pero el caballero había quedado sin cabeza, sólo tenía un boquete por encima del cuello, con sangre dentro hirviendo con burbujas, como mermelada en la olla. El coronel tenía el vientre abierto y una fea mueca en el rostro. Debía de haberle hecho daño, aquel golpe, en el momento en que se había producido. ¡Peor para él! Si se hubiera marchado al empezar el tiroteo, no le habría pasado nada.

Toda aquella carne junta sangraba de lo lindo.

Aún estallaban obuses a derecha e izquierda de la escena.

Abandoné el lugar sin más demora, encantado de tener un pretexto tan bueno para pirarme. Iba canturreando incluso, titubeante, como cuando, al acabar una regata, sientes flojedad en las piernas. «¡Un solo obús! La verdad es que se despacha rápido un asunto con un solo obús -me decía-. ¡Madre mía! -no dejaba de repetirme-. ¡Madre mía!...»

En el otro extremo de la carretera no quedaba nadie. Los alemanes se habían marchado. Sin embargo, en aquella ocasión yo había aprendido muy rápido a caminar, en adelante, protegido por el perfil de los árboles. Estaba impaciente por llegar al campamento para saber si habían muerto otros del regimiento en exploración. ¡También debe de haber trucos, me decía, además, para dejarse coger prisionero!... Aquí y allá nubes de humo acre se aferraban a los montículos. «¿No estarán todos muertos ahora? -me preguntaba-. Ya que no quieren entender nada de nada, lo más ventajoso y práctico sería eso, que los mataran a todos rápido... Así acabaríamos en seguida... Regresaríamos a casa... Volveríamos a pasar tal vez por la Place Clichy triunfales... Uno o dos sólo, supervivientes... Según mi deseo... Muchachos apuestos y bien plantados, tras el general, todos los demás habrían muerto como el coronel... como Barousse... como Vanaille (otro cabrón)... etc. Nos cubrirían de condecoraciones, de flores, pasaríamos bajo el Arco de Triunfo. Entraríamos al restaurante, nos servirían sin pagar, ya no pagaríamos nada, ¡nunca más en la vida! ¡Somos los héroes!, diríamos en el momento de la cuenta... ¡Defensores de la Patria! ¡Y bastaría!... ¡Pagaríamos con banderitas francesas!... La cajera rechazaría, incluso, el dinero de los héroes y hasta nos daría del suyo, junto con besos, cuando pasáramos ante su caja. Valdría la pena vivir.»

Al huir, advertí que me sangraba un brazo, pero un poco sólo, no era una herida de verdad, ni mucho menos, un desollón. Vuelta a empezar.

Se puso a llover de nuevo, los campos de Flandes chorreaban de agua sucia. Seguí largo rato sin encontrar a nadie, sólo el viento y poco después el sol. De vez en cuando, no sabía de dónde, una bala, así, por entre el sol y el aire, me buscaba, juguetona, empeñada en matarme, en aquella soledad, a mí. ¿Por qué? Nunca más, aun cuando viviera cien años, me pasearía por el campo. Lo juré.

Mientras seguía adelante, recordaba la ceremonia de la víspera. En un prado se había celebrado, esa ceremonia, detrás de una colina; el coronel, con su potente voz, había arengado el regimiento: «¡Ánimo! -había dicho-. ¡Ánimo! ¡Y viva Francia!» Cuando se carece de imaginación, morir es cosa de nada; cuando se tiene, morir es cosa seria. Era mi opinión. Nunca había comprendido tantas cosas a la vez.

El coronel, por su parte, nunca había tenido imaginación. Toda su desgracia se había debido a eso y, sobre todo, la nuestra. ¿Es que era yo, entonces, el único que tenía imaginación para la muerte en aquel regimiento? Para muerte, prefería la mía, lejana... al cabo de veinte... treinta años... tal vez más, a la que me ofrecían al instante: trapiñando el barro de Flandes, a dos carrillos, y no sólo por la boca, abierta de oreja a oreja por la metralla. Tiene uno derecho a opinar sobre su propia muerte, ¿no? Pero, entonces, ¿adonde ir? ¿Hacia delante? De espaldas al enemigo. Si los gendarmes me hubieran pescado así, de paseo, me habrían dado para el pelo bien. Me habrían juzgado esa misma tarde, rápido, sin ceremonias, en un aula de colegio abandonado. Había muchas aulas vacías, por todos los sitios por donde pasábamos. Habrían jugado conmigo a la justicia, como juegan los niños cuando el maestro se ha ido. Los suboficiales en el estrado, sentados, y yo de pie, con las manos esposadas, ante los pupitres. Por la mañana, me habrían fusilado: doce balas, más una. Entonces, ¿qué?

Y volvía yo a pensar en el coronel, lo bravo que era aquel hombre, con su coraza, sus cascos y sus bigotes; si lo hubieran enseñado paseándose, como lo había visto yo, bajo las balas y los obuses, en un espectáculo de variedades, habría llenado una sala como el Alhambra de entonces, habría eclipsado a Fragson, aun siendo éste un astro extraordinario en la época de que os hablo. Era lo que yo pensaba. ¿Ánimo? «¡Y una leche!», pensaba.

Después de horas y horas de marcha furtiva y prudente, divisé por fin a nuestros soldados delante de un caserío. Era una de nuestras avanzadillas. La de un escuadrón alojado por allí. Ni una sola baja entre ellos, me anunciaron. ¡Todos vivos! Y yo, portador de la gran noticia: «¡El coronel ha muerto!», fui y les grité, en cuanto estuve bastante cerca del puesto. «¡Hay coroneles de sobra!», me devolvió la pelota el cabo Pistil, que precisamente estaba de guardia y hasta de servicio.

«Y en espera de que substituyan al coronel, no te escaquees tú, vete con Empouille y Kerdoncuff a la distribución de carne; coged dos sacos cada uno, es ahí detrás de la iglesia... Esa que se ve allá... Y no dejéis que os den sólo huesos como ayer. ¡Y a ver si espabiláis para estar de vuelta en el escuadrón antes de la noche, cabritos!»

Conque nos pusimos en camino los tres.

«¡Nunca volveré a contarles nada!», me decía yo, enfadado. Comprendía que no valía la pena contar nada a aquella gente, que un drama como el que yo había visto los traía sin cuidado, a semejantes cerdos, que ya era demasiado tarde para que pudiese interesar aún. Y pensar que ocho días antes la muerte de un coronel, como la que había sucedido, se habría publicado a cuatro columnas y con mi fotografía. ¡Qué brutos!

Así, que en un prado, quemado por el sol de agosto, y a la sombra de los cerezos, era donde distribuían toda la carne para el regimiento. Sobre sacos y lonas de tienda desplegadas, e incluso sobre la hierba, había kilos y kilos de tripas extendidas, de grasa en copos amarillos y pálidos, corderos destripados con los órganos en desorden, chorreando en arroyuelos ingeniosos por el césped circundante, un buey entero cortado en dos, colgado de un árbol, al que aún estaban arrancando despojos, con muchos esfuerzos y entre blasfemias, los cuatro carniceros del regimiento. Los escuadrones, insultándose con ganas, se disputaban las grasas y, sobre todo, los riñones, en medio de las moscas, en enjambres como sólo se ven en momentos así y musicales como pajarillos.

Y más sangre por todas partes, en charcos viscosos y confluyentes que buscaban la pendiente por la hierba. Unos pasos más allá estaban matando el último cerdo. Ya cuatro hombres y un carnicero se disputaban ciertas tripas aún no arrancadas.

«¡Eh, tú, cabrito! ¡Que fuiste tú quien nos chorizaste el lomo ayer!...»

Aún tuve tiempo de echar dos o tres vistazos a aquella desavenencia alimentaria, al tiempo que me apoyaba en un árbol, y hube de ceder a unas ganas inmensas de vomitar, pero lo que se dice vomitar, hasta desmayarme.

Me llevaron hasta el acantonamiento en una camilla, pero no sin aprovechar la ocasión para birlarme mis dos bolsas de tela marrón.

Me despertó otra bronca del sargento. La guerra no se podía tragar.

* * *

Todo llega y, hacia fines de aquel mismo mes de agosto, me tocó el turno de ascender a cabo. Con frecuencia me enviaban, con cinco hombres, en misión de enlace, a las órdenes del general Des Entrayes. Ese jefe era bajo de estatura, silencioso, y no parecía a primera vista ni cruel ni heroico. Pero había que desconfiar... Parecía preferir, por encima de todo, su comodidad. No cesaba de pensar incluso, en su comodidad, y, aunque nos batíamos en retirada desde hacía más de un mes, abroncaba a todo el mundo, si su ordenanza no le encontraba, al llegar a una etapa, en cada nuevo acantonamiento, cama bien limpia y cocina acondicionada a la moderna.

Al jefe de Estado Mayor, con sus cuatro galones, esa preocupación por la comodidad lo traía frito. Las exigencias domésticas del general Des Entrayes le irritaban. Sobre todo porque él, cretino, gastrítico en sumo grado y estreñido, no sentía la menor afición por la comida. De todos modos, tenía que comer sus huevos al plato en la mesa del general y recibir en esa ocasión sus quejas. Se es militar o no se es. No obstante, yo no podía compadecerlo, porque como oficial era un cabronazo de mucho cuidado. Para que veáis cómo era: cuando habíamos estado por ahí danzando hasta la noche, de caminos a colinas y entre alfalfa y zanahorias, bien que acabábamos deteniéndonos para que nuestro general pudiera acostarse en alguna parte. Le buscábamos una aldea tranquila, bien al abrigo, donde aún no acampaban tropas y, si ya había tropas en la aldea, levantaban el campo a toda prisa, las echábamos, sencillamente, a dormir al sereno, aun cuando ya hubieran montado los pabellones.

La aldea estaba reservada en exclusiva para el Estado Mayor, sus caballos, sus cantinas, sus bagajes, y también para el cabrón del comandante. Se llamaba Pinçon, aquel canalla, el comandante Pinçon. Espero que ya haya estirado la pata (y no de muerte suave). Pero en aquel momento de que hablo, estaba más vivo que la hostia, el Pinçon. Todas las noches nos reunía a los hombres del enlace y nos ponía de vuelta y media para hacernos entrar en vereda e intentar avivar nuestro ardor. Nos mandaba a todos los diablos, ¡a nosotros, que habíamos estado en danza todo el día detrás del general! ¡Pie a tierra! ¡A caballo! ¡Pie a tierra otra vez! A llevar sus órdenes así, de acá para allá. Igual podrían habernos ahogado, cuando acabábamos. Habría sido más práctico para todos.

«¡Marchaos todos! ¡Incorporaos a vuestros regimientos! ¡Y a escape!», gritaba.

«¿Dónde está el regimiento, mi comandante?», preguntábamos...

«En Barbagny.»

«¿Dónde está Barbagny?»

«¡Es por allí!»

Por allí, donde señalaba, sólo había noche, como en todos lados, una noche enorme que se tragaba la carretera a dos pasos de nosotros, hasta el punto de que sólo destacaba de la negrura un trocito de carretera del tamaño de la lengua.

¡Vete a buscar su Barbagny al fin del mundo! ¡Habría habido que sacrificar todo un escuadrón, al menos, para encontrar su Barbagny! Y, además, ¡un escuadrón de bravos! Y yo, que ni era bravo ni veía razón alguna para serlo, tenía, evidentemente, aún menos deseos que nadie de encontrar su Barbagny, del que, además, él mismo nos hablaba al azar. Era como si, a fuerza de broncas, hubiesen intentado infundirme deseos de ir a suicidarme. Esas cosas se tienen o no se tienen.

De toda aquella obscuridad, tan densa, nada más caer la noche, que parecía que no volverías a ver el brazo en cuanto lo extendías más allá del hombro, yo sólo sabía una cosa, pero ésa con toda certeza, y era que encerraba voluntades homicidas enormes e innumerables.

En cuanto caía la noche, aquel bocazas de Estado Mayor sólo pensaba en enviarnos al otro mundo y muchas veces le daba ya a la puesta de sol. Luchábamos un poco con él a base de inercia, nos obstinábamos en no entenderlo, nos aferrábamos al acantonamiento, donde estábamos a gustito, lo más posible, pero, al final, cuando ya no se veían los árboles, teníamos que ceder y salir a morir un poco; la cena del general estaba lista.

A partir de ese momento todo dependía del azar. Unas veces lo encontrábamos y otras no, el regimiento y su Barbagny. Sobre todo lo encontrábamos por error, porque los centinelas del escuadrón de guardia nos disparaban al llegar. Así, nos dábamos a conocer por fuerza y casi siempre acabábamos la noche haciendo servicios de todas clases, acarreando infinidad de fardos de avena y la tira de cubos de agua, recibiendo broncas hasta quedar aturdidos, además de por el sueño.

Por la mañana volvíamos a salir, los cinco del grupo de enlace, para el cuartel del general Des Entrayes, a continuar la guerra.

Pero la mayoría de las veces no lo encontrábamos, el regimiento, y nos limitábamos a esperar el día dando vueltas en torno a las aldeas por caminos desconocidos, en las lindes de los caseríos evacuados y los bosquecillos traicioneros; los evitábamos lo más posible por miedo a las patrullas alemanas. Sin embargo, en algún sitio había que estar, en espera de la mañana, algún sitio en la noche. No podíamos esquivarlo todo. Desde entonces sé lo que deben de sentir los conejos en un coto de caza.

Los caminos de la piedad son curiosos. Si le hubiésemos dicho al comandante Pinçon que era un cerdo asesino y cobarde, le habríamos dado un placer enorme, el de mandarnos fusilar, en el acto, por el capitán de la gendarmería, que no se separaba de él ni a sol ni a sombra y que, por su parte, no pensaba en otra cosa. No era a los alemanes a quienes tenía fila, el capitán de la gendarmería.

Conque tuvimos que exponernos a las emboscadas durante noches y más noches imbéciles que se seguían, con la esperanza, cada vez más débil, de poder regresar, y sólo ésa, y de que, si regresábamos, no olvidaríamos nunca, absolutamente nunca, que habíamos descubierto en la tierra a un hombre como tú y como yo, pero mucho más sanguinario que los cocodrilos y los tiburones que pasan entre dos aguas, y con las fauces abiertas, en torno a los barcos que van a verterles basura y carne podrida a alta mar, por La Habana.

La gran derrota, en todo, es olvidar, y sobre todo lo que te ha matado, y diñarla sin comprender nunca hasta qué punto son hijoputas los hombres. Cuando estemos al borde del hoyo, no habrá que hacerse el listo, pero tampoco olvidar, habrá que contar todo sin cambiar una palabra, todas las cabronadas más increíbles que hayamos visto en los hombres y después hincar el pico y bajar. Es trabajo de sobra para toda una vida.

Con gusto lo habría yo dado de comida para los tiburones, a aquel comandante Pinçon, y a su gendarme de compañía, para que aprendiesen a vivir, y también mi caballo, al tiempo, para que no sufriera más, porque ya es que no le quedaba lomo, al pobre desgraciado, de tanto dolor que sentía; sólo dos placas de carne le quedaban en el sitio, bajo la silla, de la anchura de mis manos, y supurantes, en carne viva, con grandes regueros de pus que le caían por los bordes de la manta hasta los jarretes. Y, sin embargo, había que trotar encima de él, uno, dos... Se retorcía al trotar. Pero los caballos son mucho más pacientes aún que los hombres. Ondulaba al trotar. Había que dejarlo por fuerza al aire libre. En los graneros, con el olor tan fuerte que despedía, nos asfixiaba. Al montarle al lomo, le dolía tanto, que se curvaba, como por cortesía, y entonces el vientre le llegaba hasta las rodillas. Así, me parecía montar a un asno. Era más cómodo así, hay que reconocerlo. Yo mismo estaba cansado lo mío, con toda la carga que soportaba de acero sobre la cabeza y los hombros.

El general Des Entrayes, en la casa reservada, esperaba su cena. Su mesa estaba puesta, con la lámpara en su sitio.

«Largaos todos de aquí, ¡hostias! -nos conminaba una vez más el Pinçon, enfocándonos la linterna a la altura de la nariz-. ¡Que vamos a sentarnos a la mesa! ¡No os lo repito más! ¿Es que no se van a ir, esos granujas?», gritaba incluso. De la rabia, de mandarnos así a que nos zurcieran, aquel tipo blanco como la cal, recuperaba algo de color en las mejillas.

A veces, el cocinero del general nos daba, antes de marcharnos, una tajadita; tenía la tira de papeo, el general, ya que, según el reglamento, ¡recibía cuarenta raciones para él solo! Ya no era joven, aquel hombre. Debía de estar a punto de jubilarse incluso. Se le doblaban un poco las rodillas al andar. Debía de teñirse los bigotes.

Sus arterias, en las sienes, lo veíamos perfectamente a la luz de la lámpara, cuando nos íbamos, dibujaban meandros como el Sena a la salida de París. Sus hijas eran ya mayores, según decían, solteras y, como él, tampoco eran ricas. Tal vez a causa de esos recuerdos tuviese aspecto tan quisquilloso y gruñón, como un perro viejo molestado en sus hábitos y que intenta encontrar su cesta con cojín dondequiera que le abran la puerta.

Le gustaban los bellos jardines y los rosales, no se perdía una rosaleda, por donde pasábamos. No hay como los generales para amar las rosas. Ya se sabe.

Quieras que no, nos poníamos en camino. ¡Menudo trabajo era poner los pencos al trote! Tenían miedo a moverse por las llagas y, además, de nosotros y de la noche también tenían miedo, ¡de todo, vamos! ¡Nosotros también! Diez veces dábamos la vuelta para preguntar el camino al comandante. Diez veces nos trataba de holgazanes y asquerosos escaqueados. A fuerza de espuelas, pasábamos, por fin, el último puesto de guardia, dábamos la contraseña a los plantones y después nos lanzábamos de golpe a la antipática aventura, a las tinieblas de aquel país de nadie.

A fuerza de deambular de un límite de la sombra a otro, acabábamos orientándonos un poquito, eso creíamos al menos... En cuanto una nube parecía más clara que otra, nos decíamos que habíamos visto algo... Pero lo único seguro ante nosotros era el eco que iba y venía, del trote de los caballos, un ruido que te ahoga, enorme, que no quieres ni imaginar. Parecía que trotaban hasta el cielo, que convocaban a cuantos caballos existiesen en el mundo, para mandarnos matar. Por lo demás, cualquiera habría podido hacerlo con una sola mano, con una carabina, bastaba con que la apoyara, mientras nos esperaba, en el tronco de un árbol. Yo siempre me decía que la primera luz que veríamos sería la del escopetazo final.

Al cabo de cuatro semanas, desde que había empezado la guerra, habíamos llegado a estar tan cansados, tan desdichados, que, a fuerza de cansancio, yo había perdido un poco de mi miedo por el camino. La tortura de verte maltratado día y noche por aquella gente, los suboficiales, los de menor grado sobre todo, más brutos, mezquinos y odiosos aún que de costumbre, acaba quitando las ganas, hasta a los más obstinados, de seguir viviendo.

¡Ah! ¡Qué ganas de marcharse! ¡Para dormir! ¡Lo primero! Y, si de verdad ya no hay forma de marcharse para dormir, entonces las ganas de vivir se van solas. Mientras siguiéramos con vida, deberíamos aparentar que buscábamos el regimiento.

Para que el cerebro de un idiota se ponga en movimiento, tienen que ocurrirle muchas cosas y muy crueles. Quien me había hecho pensar por primera vez en mi vida, pensar de verdad, ideas prácticas y mías personales, había sido, por supuesto, el comandante Pinçon, jeta de tortura. Conque pensaba en él, a más no poder, mientras me bamboleaba, con todo el equipo, bajo el peso del armamento, comparsa que era, insignificante, en aquel increíble tinglado internacional, en el que me había metido por entusiasmo... Lo confieso.

Cada metro de sombra ante nosotros era una promesa nueva de acabar de una vez y palmarla, pero, ¿de qué modo? Lo único imprevisto en aquella historia era el uniforme del ejecutante. ¿Sería uno de aquí? ¿O uno de enfrente?

¡Yo no le había hecho nada, a aquel Pinçon! ¡Como tampoco a los alemanes!... Con su cara de melocotón podrido, sus cuatro galones que le brillaban de la cabeza al ombligo, sus bigotes tiesos y sus rodillas puntiagudas, sus prismáticos que le colgaban del cuello como un cencerro y su mapa a escala 1:100, ¡venga, hombre! Yo me preguntaba de dónde le vendría la manía, a aquel tipo, de enviar a los otros a diñarla. A los otros, que no tenían mapa.

Nosotros, cuatro a caballo por la carretera, hacíamos tanto ruido como medio regimiento. Debían de oírnos llegar a cuatro horas de allí o, si no, es que no querían oírnos. Entraba dentro de lo posible... ¿Tendrían miedo de nosotros los alemanes? ¡A saber!

Un mes de sueño en cada párpado, ésa era la carga que llevábamos, y otro tanto en la nuca, además de unos cuantos kilos de chatarra.

Se expresaban mal mis compañeros jinetes. Apenas hablaban, con eso está dicho todo. Eran muchachos procedentes de pueblos perdidos de Bretaña y nada de lo que sabían lo habían aprendido en el colegio, sino en el regimiento. Aquella noche, yo había intentado hablar un poco sobre el pueblo de Barbagny con el que iba a mi lado y que se llamaba Kersuzon.

«Oye, Kersuzon -le dije-, mira, esto es las Ardenas... ¿Ves algo a lo lejos? Yo no veo lo que se dice nada...»

«Está negro como un culo», me respondió Kersuzon. Con eso bastaba...

«Oye, ¿no has oído hablar de Barbagny durante el día? ¿Por dónde era?», volví a preguntarle.

«No.»

Y se acabó.

Nunca encontramos el Barbagny. Dimos vueltas en redondo hasta el amanecer, hasta otra aldea, donde nos esperaba el hombre de los prismáticos. Su general tomaba el cafelito en el cenador, delante de la casa del alcalde, cuando llegamos.

«¡Ah, qué hermosa es la juventud, Pinçon!», comentó en voz muy alta a su jefe de Estado Mayor, al vernos pasar, el viejo. Dicho esto, se levantó y se fue hacer pipí y después a dar una vuelta, con las manos a la espalda, encorvada. Estaba muy cansado aquella mañana, me susurró el ordenanza; había dormido mal, el general, trastornos de la vejiga, según contaban.

Kersuzon me respondía siempre igual, cuando le preguntaba por la noche, acabó haciéndome gracia como un tic. Me repitió lo mismo dos o tres veces, a propósito de la obscuridad y el culo, y después murió, lo mataron, algún tiempo después, al salir de una aldea, lo recuerdo muy bien, una aldea que habíamos confundido con otra, franceses que nos habían confundido con los otros.

Justo unos días después de la muerte de Kersuzon fue cuando pensamos y descubrimos un medio, lo que nos puso muy contentos, para no volver a perdernos en la noche.

Conque nos echaban del acantonamiento. Muy bien. Entonces ya no decíamos nada.

No refunfuñábamos. «¡Largaos!», decía, como de costumbre, el cadavérico.

«¡Sí, mi comandante!»

Y salíamos al instante hacia donde estaba el cañón, y sin hacernos de rogar, los cinco. Parecía que fuéramos a buscar cerezas. Por allí el terreno era muy ondulado. Era el valle del Mosa, con sus colinas, cubiertas de viñas con uvas aún no maduras, y el otoño y aldeas de madera bien seca después de tres meses de verano, o sea, que ardían con facilidad.

Lo habíamos notado, una noche en que ya no sabíamos adonde ir. Siempre ardía una aldea por donde estaba el cañón. No nos acercábamos demasiado, nos limitábamos a mirarla desde bastante lejos, la aldea, como espectadores, podríamos decir, a diez, doce kilómetros, por ejemplo. Y después todas las noches, por aquella época, muchas aldeas empezaron a arder hacia el horizonte, era algo que se repetía, nos encontrábamos rodeados, como por un círculo muy grande en una fiesta curiosa, de todos aquellos parajes que ardían, delante de nosotros y a ambos lados, con llamas que subían y lamían las nubes.

Todo se consumía en llamas, las iglesias, los graneros, unos tras otros, los almiares, que daban las llamas más vivas, más altas que lo demás, y después las vigas, que se alzaban rectas en la noche, con barbas de pavesas, antes de caer en la hoguera.

Se distingue bien cómo arde una aldea, incluso a veinte kilómetros. Era alegre. Una aldehuela de nada, que ni siquiera se veía de día, al fondo de un campito sin gracia, bueno, pues, ¡no os podéis imaginar, cuando arde, el efecto que puede llegar a hacer!

¡Recuerda a Notre-Dame! Se tira toda una noche ardiendo, una aldea, aun pequeña, al final parece una flor enorme, después sólo un capullo y luego nada.

Empieza a humear y ya es la mañana.

Los caballos, que dejábamos ensillados, por el campo, cerca, no se movían. Nosotros nos íbamos a sobar en la hierba, salvo uno, que se quedaba de guardia, por turno, claro está. Pero, cuando hay fuegos que contemplar, la noche pasa mucho mejor, no es algo que soportar, ya no es soledad.

Lástima que no duraran demasiado las aldeas... Al cabo de un mes, en aquella región, ya no quedaba ni una. Los bosques también recibieron lo suyo, del cañón. No duraron más de ocho días. También hacen fuegos hermosos, los bosques, pero apenas duran.

Después de aquello, las columnas de artillería tomaron todas las carreteras en un sentido y los civiles que escapaban en el otro.

En resumen, ya no podíamos ni ir ni volver; teníamos que quedarnos donde estábamos.

Hacíamos cola para ir a diñarla. Ni siquiera el general encontraba ya campamentos sin soldados. Acabamos durmiendo todos en pleno campo, el general y quien no era general. Los que aún conservaban algo de valor lo perdieron. A partir de aquellos meses empezaron a fusilar a soldados para levantarles la moral, por escuadras, y a citar al gendarme en el orden del día por la forma como hacía su guerrita, la profunda, la auténtica de verdad.

* * *

Tras un descanso, volvimos a montar a caballo, unas semanas después, y salimos de nuevo para el Norte. También el frío vino con nosotros. El cañón ya no nos abandonaba. Sin embargo, apenas si nos encontrábamos con los alemanes por casualidad, tan pronto un húsar o un grupo de tiradores, por aquí, por allá, de amarillo y verde, colores bonitos. Parecía que los buscásemos, pero, al divisarlos, nos alejábamos. En cada encuentro, caían dos o tres jinetes, unas veces de los suyos y otras de los nuestros. Y sus caballos sueltos, con sus relucientes estribos saltando, venían galopando hacia nosotros de muy lejos, con sus sillas de borrenes curiosos y sus cueros frescos como las carteras del día de Año Nuevo. A reunirse con nuestros caballos venían, amigos al instante. ¡Qué suerte!

¡Nosotros no habríamos podido hacer lo mismo!

Una mañana, al volver del reconocimiento, el teniente Sainte-Engence estaba invitando a los otros oficiales a comprobar que no les mentía. «¡He ensartado a dos!», aseguraba al corro, al tiempo que mostraba su sable, cuya ranura, hecha a propósito para eso, estaba llena, cierto, de sangre coagulada.

«¡Ha sido bárbaro! ¡Bravo, Sainte-Engence!... ¡Si hubieran visto, señores! ¡Qué asalto!», lo apoyaba el capitán Ortolan.

Acababa de ocurrir en el escuadrón de Ortolan.

«¡Yo no me he perdido nada! ¡No andaba lejos! ¡Un sablazo en el cuello hacia delante y a la derecha!... ¡Zas! ¡Cae el primero!... ¡Otro sablazo en pleno pecho!... ¡A la izquierda! ¡Ensarten! ¡Una auténtica exhibición de concurso, señores!... ¡Bravo otra vez, Sainte-Engence! ¡Dos lanceros! ¡A un kilómetro de aquí! ¡Allí están aún los dos mozos!

¡En pleno sembrado! La guerra se acabó para ellos, ¿eh, Sainte-Engence?... ¡Qué estocada doble! ¡Han debido de vaciarse como conejos!»

El teniente Sainte-Engence, cuyo caballo había galopado largo rato, acogía los homenajes y elogios de sus compañeros con modestia. Ahora que Ortolan había presentado testimonio en su favor, estaba tranquilo y se largaba, llevaba a comer a su yegua, haciéndola girar despacio y en círculo en torno al escuadrón, reunido como tras una carrera de vallas.

«¡Deberíamos enviar allí en seguida otro reconocimiento y por el mismo sitio! ¡En seguida! - decía el capitán Ortolan, presa de la mayor agitación-. Esos dos tipos han debido de venir a perderse por aquí, pero ha de haber otros detrás... ¡Hombre, usted, cabo Bardamu! ¡Vaya con sus cuatro hombres!»

A mí se dirigía el capitán.

«Y cuando les disparen, pues... ¡intenten localizarlos y vengan a decirme en seguida dónde están! ¡Deben de ser brandeburgueses!...»

Los de la activa contaban que en el acuartelamiento, en tiempo de paz, no aparecía casi nunca el capitán Ortolan. En cambio, ahora, en la guerra, se desquitaba de lo lindo. En verdad, era infatigable. Su ardor, incluso entre tantos otros chiflados, se volvía cada día más señalado. Tomaba cocaína, según contaban también. Pálido y ojeroso, siempre agitado sobre sus frágiles miembros, en cuanto ponía pie a tierra, primero se tambaleaba y después recuperaba el dominio de sí mismo y recorría, rabioso, los surcos en busca de una empresa de bravura. Habría sido capaz de enviarnos a coger fuego en la boca de los cañones de enfrente. Colaboraba con la muerte. Era como para jurar que ésta había firmado un contrato con el capitán Ortolan.

La primera parte de su vida (según me informé) la había pasado en concursos hípicos, rompiéndose las costillas varias veces al año. Las piernas, a fuerza de rompérselas también y de no utilizarlas para andar, habían perdido las pantorrillas. Ya sólo sabía avanzar a pasos nerviosos y de puntillas, como sobre zancos. En tierra, con su desmesurada hopalanda, encorvado bajo la lluvia, era como para confundirlo con la popa fantasmal de un caballo de carreras.

Conviene señalar que, al comienzo de la monstruosa empresa, es decir, en el mes de agosto, hasta septiembre incluso, ciertas horas, días enteros a veces, algunos tramos de carreteras, algunos rincones de bosques, resultaban favorables para los condenados... Podía uno acariciar la ilusión de estar más o menos tranquilo y jalarse, por ejemplo, una lata de conservas con su pan, hasta el final, sin dejarse vencer por el presentimiento de que sería la última. Pero a partir de octubre se acabaron para siempre, esas treguas momentáneas, la granizada se volvió más copiosa, más densa, más trufada, más rellena de obuses y balas. Pronto íbamos a estar en plena tormenta y lo que procurábamos no ver estaría entonces justo delante de nosotros y ya no se podría ver otra cosa: nuestra muerte.

La noche, que tanto habíamos temido en los primeros momentos, se volvía en comparación bastante suave. Acabamos esperándola, deseándola. De noche nos disparaban con menos facilidad que de día. Y ya sólo contaba esa diferencia.

Resultaba difícil llegar a lo esencial, aun en relación con la guerra, la fantasía resiste mucho tiempo.

Los gatos demasiado amenazados por el fuego acaban por fuerza yendo a arrojarse al agua.

De noche, vivíamos aquí y allá cuartos de hora que se parecían bastante a la adorable época de paz, a esa época ya increíble, en que todo era benigno, en que nada tenía importancia en el fondo, en que se sucedían tantas otras cosas, que se habían vuelto, todas, extraordinaria, maravillosamente agradables. Un terciopelo vivo, aquella época de paz...

Pero pronto las noches también sufrieron, a su vez, el acoso sin piedad. Hubo casi siempre que forzar aún más la fatiga de noche, sufrir un pequeño suplemento, aunque sólo fuera para comer, o para echar unas cabezadas en la obscuridad. Llegaba a las líneas de vanguardia, la comida, arrastrándose vergonzosa y pesada, en largos cortejos cojeantes de carromatos inestables, atestados de carne, prisioneros, heridos, avena, arroz y gendarmes, y priva también, en garrafas, que tan bien recuerdan a la juerga, panzudas y dando tumbos.

A pie, los rezagados tras la fragua y el pan y prisioneros de los nuestros, y de ellos también, maniatados, condenados a esto, a lo otro, mezclados, atados por las muñecas al estribo de los gendarmes, algunos para ser fusilados al día siguiente, no más tristes que los otros. También comían ésos, su ración de aquel atún tan difícil de digerir (no les iba a dar tiempo), en espera de que la columna se pusiese en marcha de nuevo, al borde de la carretera... y el mismo y último pan con un civil encadenado a ellos, que, según decían, era un espía y que no comprendía nada. Nosotros tampoco.

La tortura del regimiento continuaba entonces en la forma nocturna, a tientas por las callejuelas accidentadas de la aldea sin luz ni rostro, doblados bajo sacos más pesados que hombres, de un granero desconocido a otro, insultados, amenazados, de uno a otro, azorados, sin la menor esperanza de acabar sino entre las amenazas, el estiércol y el asco por habernos visto torturados, engañados hasta los tuétanos por una horda de locos furiosos, incapaces ya de otra cosa, si acaso, que matar y ser destripados sin saber por qué.

Tendidos en el suelo, entre dos montones de estiércol, pronto nos veíamos obligados, a fuerza de insultos, a fuerza de patadas, por los cerdos de los suboficiales a ponernos de nuevo en pie para cargar más carromatos, aún, de la columna.

La aldea rebosaba comida y escuadrones en la noche abotargada de grasa, manzanas, avena, azúcar, que se habían de cargar a cuestas y repartir por el camino, al paso de los escuadrones. Traía de todo, el convoy, excepto la fuga.

Los de servicio, agotados, se desplomaban en torno al carromato y entonces aparecía el furriel, enfocando el farol por encima de aquellas larvas. Aquel macaco con papada tenía que descubrir, en medio de cualquier caos, abrevaderos. ¡Agua para los caballos! Pero llegué a ver a cuatro de los hombres, con el culo metido y todo, sobando, desvanecidos de sueño, con el agua hasta el cuello.

Después del abrevadero, había que volver a encontrar la alquería y la callejuela por donde habíamos venido y en donde nos parecía haber dejado al escuadrón. Si no encontrábamos nada, teníamos libertad para desplomarnos una vez más junto a un muro, durante una hora sólo, si es que quedaba una, a sobar. En ese oficio de dejarse matar, no hay que ser exigente, hay que hacer como si la vida siguiera, eso es lo más duro, esa mentira.

Y regresaban hacia la retaguardia, los furgones. Huyendo del alba, el convoy reanudaba su marcha, con todas sus torcidas ruedas crujiendo, se iba acompañado por mi deseo de que lo sorprendieran, despedazasen, quemaran, por fin, ese mismo día, como se ve en los grabados militares, saqueado el convoy, para siempre, con toda la comitiva de sus gorilas gendarmes, herraduras y reenganchados con linternas y todo su cargamento de faenas, lentejas y otras harinas, que no había modo de hacer cocer nunca, y no volviéramos a verlo jamás. Ya que, puestos a diñarla de fatiga o de otra cosa, la forma más dolorosa es cargando sacos para llenar con ellos la noche.

El día que los hicieran trizas así, hasta los ejes, a aquellos cabrones, al menos nos dejarían en paz, pensaba yo, y, aunque sólo fuese durante toda una noche, podríamos dormir al menos una vez por entero, en cuerpo y alma.

Una pesadilla más, aquel avituallamiento, pequeño monstruo fastidioso y parásito del gran ogro de la guerra. Brutos delante, al lado y detrás. Los habían distribuido por todas partes. Condenados a una muerte aplazada, ya no podíamos vencer las ganas, enormes, de sobar y todo, además de eso, se volvía sufrimiento, el tiempo y el esfuerzo para comer. Un tramo de riachuelo, una cara de muro que creíamos reconocer... Nos guiábamos por los olores para encontrar otra vez la alquería del escuadrón, transformados en perros en la noche de guerra de las aldeas abandonadas. El que guía aún mejor es el olor a mierda.

El brigada de avituallamiento, guardián de los odios de la tropa, dueño del mundo de momento. Quien habla del porvenir es un tunante, lo que cuenta es el presente. Invocar la posteridad es hacer un discurso a los gusanos. En la noche de la aldea en guerra, el brigada guardaba a los animales humanos para las grandes matanzas que acababan de empezar. ¡Es el rey, el brigada! ¡El Rey de la Muerte! ¡Brigada Cretelle! ¡Exacto! No hay nadie más poderoso. Tan poderoso como él, sólo un brigada de los otros, los de enfrente.

No quedaban con vida en el pueblo sino gatos aterrados. El mobiliario, hecho astillas primero, pasaba a hacer fuego para el rancho, sillas, butacas, aparadores, del más ligero al más pesado. Y todo lo que se podía cargar a la espalda, se lo llevaban, mis compañeros. Peines, lamparitas, tazas, cositas fútiles y hasta coronas de novia, todo valía. Como si aún tuviéramos por delante muchos años de vida. Robaban para distraerse, para hacer ver que aún tenían para rato. Deseos de eternidad.

El cañón para ellos no era sino ruido. Por eso pueden durar las guerras. Ni siquiera quienes las hacen, quienes están haciéndolas, las imaginan. Con una bala en el vientre, habrían seguido recogiendo sandalias viejas por la carretera, que aún «podían servir».

Así el cordero, rendido en el prado, agoniza y pace aún. La mayoría de la gente no muere hasta el último momento; otros empiezan veinte años antes y a veces más. Son los desgraciados de la tierra.

Yo, por mi parte, no era demasiado prudente, pero me había vuelto lo bastante práctico como para ser cobarde, en definitiva. Seguramente daba, a causa de esa resolución, impresión de gran serenidad. El caso es que inspiraba, tal como era, una paradójica confianza a nuestro capitán, el propio Ortolan, quien decidió confiarme aquella noche una misión delicada. Se trataba, me explicó, confidencial, de dirigirme al trote antes del amanecer a Noirceur-sur-la-Lys, ciudad de tejedores, situada a catorce kilómetros de la aldea donde estábamos acampados. Debía cerciorarme, en la plaza misma, de la presencia del enemigo. Desde por la mañana los enviados no cesaban de contradecirse al respecto. El general Des Entrayes estaba impaciente. Para ese reconocimiento, se me permitió escoger un caballo de entre los menos purulentos del pelotón. Hacía mucho que no había estado solo. De pronto me pareció que me marchaba de viaje. Pero la liberación era ficticia.

En cuanto me puse en camino, por la fatiga, me costó trabajo, pese a mis esfuerzos, imaginar mi propia muerte, con suficiente precisión y detalle. Avanzaba de árbol en árbol, haciendo ruido con mi chatarra. Ya sólo mi bello sable valía, por el plomo, un piano. Tal vez fuera yo digno de lástima, pero en todo caso, eso seguro, estaba grotesco.

¿En qué estaba pensando el general Des Entrayes para enviarme así, con aquel silencio, completamente cubierto de cimbales? En mí, no, desde luego.

Los aztecas destripaban por lo común, según cuentan, en sus templos del sol, a ochenta mil creyentes por semana, como sacrificio al Dios de las nubes para que les enviara lluvia. Son cosas que cuesta creer antes de ir a la guerra. Pero, una vez en ella, todo se explica, tanto los aztecas como su desprecio por los cuerpos ajenos; el mismo debía de sentir por mis humildes tripas nuestro general Céladon des Entrayes, ya citado, que había llegado a ser, por los ascensos, como un dios concreto, él también, como un pequeño sol atrozmente exigente.

Sólo me quedaba una esperanza muy pequeña, la de que me hiciesen prisionero. Era mínima esa esperanza, un hilo. Un hilo en la noche, pues las circunstancias no se prestaban en absoluto a las cortesías preliminares. En esos momentos recibes antes un tiro de fusil que un saludo con el sombrero. Por lo demás, ¿qué le iba a poder decir yo, a aquel militar hostil por principio y venido a propósito para asesinarme del otro extremo de Europa?... Si él vacilaba un segundo (que me bastaría), ¿qué le diría yo?... Pero, ante todo, ¿qué sería, en realidad? ¿Un dependiente de almacén? ¿Un reenganchado profesional? ¿Un enterrador tal vez? ¿En la vida civil? ¿Un cocinero?... Los caballos tienen mucha suerte, pues, aunque sufren también la guerra, como nosotros, nadie les pide que la subscriban, que aparenten creer en ella. ¡Desdichados, pero libres, caballos! Por desgracia, el entusiasmo, tan zalamero, ¡es sólo para nosotros!

En ese momento distinguía muy bien la carretera y, además, situados a los lados, sobre el légamo del suelo, los grandes cuadrados y volúmenes de las casas, con paredes blanqueadas por la luna, como grandes trozos de hielo desiguales, todo silencio, en bloques pálidos. ¿Sería allí el fin de todo? ¿Cuánto tiempo pasaría, en aquella soledad, después de que me hubieran apañado? ¿Antes de acabar? ¿Y en qué zanja? ¿Junto a cuál de aquellos muros? ¿Me rematarían tal vez? ¿De una cuchillada? A veces arrancaban las manos, los ojos y lo demás... ¡Se contaban muchas cosas al respecto y nada divertidas!

¿Quién sabe?... Un paso del caballo... Otro más... ¿bastarían? Esos animales trotan como dos hombres con zapatos de hierro y pegados uno al otro, con un paso de gimnasia muy extraño y desigual.

Mi corazón al calorcito, tras su verjita de costillas, conejo agitado, acurrucado, estúpido.

Al tirarte de un salto desde lo alto de la Torre Eiffel, debes de sentir cosas así.

Querrías agarrarte al espacio.

Conservó secreta para mí su amenaza, aquella aldea, pero no del todo. En el centro de una plaza, un minúsculo surtidor gorgoteaba para mí solo.

Tenía todo, para mí solo, aquella noche. Era propietario por fin de la luna, de la aldea, de un miedo tremendo. Iba a salir al trote de nuevo (Noirceur-sur-la-Lys debía de estar aún a una hora de camino al menos), cuando advertí un resplandor muy tenue por encima de una puerta. Me dirigí derecho hacia él y así me descubrí una especie de audacia, desertora, cierto, pero insospechada. El resplandor desapareció en seguida, pero yo lo había visto bien. Llamé. Insistí, volví a llamar, interpelé a voces, primero en alemán y luego en francés, por si acaso, a aquellos desconocidos, encerrados tras la sombra.

Por fin se abrió la puerta, un batiente.

«¿Quién es usted?», dijo una voz. Estaba salvado.

«Soy un dragón...»

«¿Francés?» Podía distinguir a la mujer que hablaba.

«Sí, francés...»

«Es que han pasado por aquí tantos dragones alemanes... También hablaban francés, ésos...»

«Sí, pero yo soy francés de verdad...»

«¡Ah!.»

Parecía dudarlo.

«¿Dónde están ahora?», pregunté.

«Se han marchado hacia Noirceur sobre las ocho...» Y me indicaba el Norte con el dedo.

Una muchacha, con delantal blanco y mantón, salía también de la sombra ahora, hasta el umbral de la puerta...

«¿Qué les han hecho -preguntélos alemanes?»

«Han quemado una casa cerca de la alcaldía y, además, han matado a mi hermanito de una lanzada en el vientre... cuando jugaba en el Puente Rojo y los miraba pasar...

¡Mire! -Y me mostró-. Ahí está...»

No lloraba. Volvió a encender la vela, cuyo resplandor había yo sorprendido. Y distinguí -era ciertoal fondo el pequeño cadáver tendido sobre un colchón y vestido de marinero, y el cuello y la cabeza, tan lívidos como el resplandor de la vela, sobresalían de un gran cuello azul cuadrado. Estaba encogido, el niño, con brazos, piernas y espalda encorvados. La lanza le había pasado, como un eje de la muerte, por el centro del vientre. Su madre lloraba con fuerza, a su lado, de rodillas, y el padre también. Y después se pusieron a gemir todos juntos. Pero yo tenía mucha sed.

«¿Tendrían una botella de vino para venderme?», pregunté.

«Pregúntele a mi madre... Tal vez sepa si queda... Los alemanes nos han cogido mucho hace un rato...»

Y entonces se pusieron a discutir sobre eso en voz muy baja.

«¡No queda! -vino a anunciarme la muchacha-. Los alemanes se lo han llevado todo... Y eso que les habíamos dado sin que lo pidieran y mucho...»

«¡Ah, sí! ¡Lo que han bebido! -comentó la madre, que había dejado de llorar, de repente-. Les gusta mucho...»

«Más de cien botellas, seguro», añadió el padre, que seguía de rodillas...

«Entonces, ¿no queda ni una sola? -insistí, con esperanza aún, pues tenía una sed tremenda, y sobre todo de vino blanco, bien amargo, el que despabila un poco-. Estoy

dispuesto a pagar...»

«Ya sólo queda del bueno. Cuesta cinco francos la botella...», concedió entonces la madre.

«¡Muy bien!» Y saqué mis cinco francos del bolsillo, una moneda grande.

«¡Ve a buscar una!», ordenó en voz baja a la hermana.

La hermana cogió la vela y al cabo de un instante subió con una botella de litro. Estaba servido, ya sólo me quedaba marcharme.

«¿Volverán?», pregunté, de nuevo inquieto.

«Quizá -contestaron a coro-. Pero entonces lo quemarán todo... Lo han prometido al marcharse...»

«Voy a ir a ver.»

«Es usted muy valiente... ¡Es por ahí!», me indicaba el padre, en dirección a Noirceur-sur-la-Lys... Salió incluso a la calzada para verme marchar. La hija y la madre se quedaron, atemorizadas, junto al cadáver del pequeño, en vela.

«¡Vuelve! -le decían desde dentro-. Entra, Joseph, que a ti no se te ha perdido nada en la carretera...»

«Es usted muy valiente», volvió a decirme el padre y me estrechó la mano. Me puse en camino hacia el Norte, al trote.

«¡Al menos, no les diga que aún estamos aquí!» La muchacha había vuelto a salir para gritarme eso.

«Eso ya lo verán ellos, mañana, si están aquí», respondí. No estaba contento de haber dado mis cinco francos.

Cinco francos se interponían entre nosotros. Son suficientes para odiar, cinco francos, y desear que revienten todos. No hay amor que valga en este mundo, mientras haya cinco francos de por medio.

«¡Mañana!», repetían, incrédulos...

Mañana, para ellos también, estaba lejos, no tenía demasiado sentido, un mañana así. En el fondo, el caso, para todos nosotros, era vivir una hora más, y una sola hora en un mundo en que todo se ha reducido al crimen es ya algo extraordinario.

No duró mucho. Yo trotaba de árbol en árbol y no me habría extrañado verme interpelado o fusilado de un momento a otro. Y se acabó.

No debían de ser más de las dos de la mañana, cuando llegué a la cima de una pequeña colina, al paso. Desde allí distinguí de repente filas y más filas de faroles de gas encendidos abajo y después, en primer plano, una estación iluminada con sus vagones, su cantina, de la que, sin embargo, no llegaba ningún ruido... Nada. Calles, avenidas, farolas y más filas paralelas de luces, barrios enteros, y después el resto alrededor, sólo obscuridad, vacío, ávido en torno a la ciudad, extendida, desplegada ante mí, como si la hubieran perdido, la ciudad, iluminada y esparcida en medio de la noche. Descabalgué y me senté en un cerrito a contemplarla un buen rato.

Seguía sin saber si los alemanes habían entrado en Noirceur, pero, como en esos casos acostumbraban a incendiarlo todo, si habían entrado y no incendiaban la ciudad al instante, quería decir seguramente que tenían ideas y proyectos inhabituales.

Tampoco disparaba el cañón, era extraño.

También mi caballo quería acostarse. Tiraba de la brida y eso me hizo volverme. Cuando volví a mirar hacia la ciudad, algo había cambiado el aspecto del cerro ante mí, no gran cosa, desde luego, pero lo suficiente, aun así, como para que gritara: «¡Eh!

¿Quién vive?...» Ese cambio en la disposición de la sombra se había producido a unos pocos pasos... Debía de ser alguien...

«¡No grites tanto!», respondió una voz de hombre, pastosa y ronca, una voz que parecía muy francesa.

«¿Tú también estás rezagado?», me preguntó. Ahora podía verlo. Era un soldado de infantería, con la visera bien bajada, como los «padres». Después de tantos años, aún recuerdo bien aquel momento, su silueta saliendo de entre la maleza, como hacían los blancos, los soldados, en los tiros de las ferias.

Nos acercamos el uno al otro. Yo llevaba el revólver en la mano. Un poco más y habría disparado sin saber por qué.

«Oye -me preguntó-, ¿los has visto, tú?»

«No, pero vengo por aquí para verlos.»

«¿Eres del 145o de dragones?»

«Sí. ¿Y tú?»

«Yo soy un reservista...»

«¡Ah!», dije. Me sorprendía, un reservista. Era el primero que me encontraba en la guerra. Nosotros siempre habíamos estado con hombres de la activa. No veía yo su figura, pero su voz era ya distinta de las nuestras, como más triste y, por tanto, más aceptable que las nuestras. Por eso, no podía por menos de sentir un poco de confianza hacia él. Ya era algo.

«Estoy harto -repetía-. Me voy a dejar coger por los *boches.*»

No ocultaba nada.

«¿Y cómo vas a hacer?»

De repente, me interesaba, su proyecto, más que nada.

¿Cómo iba a arreglárselas para conseguir que lo apresaran?

«Aún no lo sé...»

«¿Cómo has conseguido largarte?... ¡No es fácil dejarse coger!»

«Me importa un bledo, iré a entregarme.»

«Entonces, ¿tienes miedo?»

«Tengo miedo y, además, esto me parece cosa de locos, si quieres que te diga la verdad. Me tienen sin cuidado los alemanes, no me han hecho nada...»

«Cállate -le dije-, tal vez nos oigan...»

Yo sentía como un deseo de ser cortés con los alemanes. Me habría gustado que me explicara, ya que estaba, aquel reservista, por qué no tenía valor yo tampoco, para hacer la guerra, como todos los demás... Pero no explicaba nada, sólo repetía que estaba hasta la coronilla.

Entonces me contó la desbandada de su regimiento, la víspera, al amanecer, por culpa de los cazadores de a pie, de los nuestros, que por error habían abierto fuego contra su compañía, a campo traviesa. No los esperaban a esa hora. Habían llegado tres horas antes de lo previsto. Entonces los cazadores, fatigados, sorprendidos, los habían acribillado. Yo ya me conocía eso, ya me había pasado.

«Y yo, ¡tú fíjate! Una ocasión así, ¡menudo si la aproveché! -añadió-. "Robinson", me dijo. Me llamo Robinson... ¡Robinson Léon! "Si quieres pirártelas, ¡ahora o nunca!", me dije... ¿No te parece? Conque me metí por un bosquecillo y después allí, tú figúrate, me encontré a nuestro capitán... Estaba apoyado en un árbol, ¡bien jodido el capi!... Estirando la pata... Se sujetaba el pantalón con las dos manos y venga escupir... Sangraba por todo el cuerpo y los ojos le daban vueltas... No había nadie con él. Había recibido una buena... "¡Mamá! ¡Mamá!", lloriqueaba, mientras reventaba y meaba sangre también...

»"¡Corta el rollo!", fui y le dije. "¡Mamá! Sí, sí, ¡en eso está pensando tu mamá!"...

¡Así, chico, al pasar!... ¡En sus narices! ¡Imagínate! ¡Se debió de correr de gusto, aquel cabrón!... ¿No?... No se presentan muchas ocasiones, de decirle lo que piensas, al capitán... Hay que aprovecharlas. Y, para largarme más rápido, tiré el petate y las armas también... En un estanque de patos que había allí al lado... Es que, aquí donde me ves,

yo no tengo ganas de matar a nadie, no he aprendido... Ya en tiempos de paz, no me gustaba la camorra... Me marchaba... Conque, ¡ya tú puedes imaginar!... En la vida civil, procuraba no faltar a la fábrica... Incluso llegué a ser un grabador discreto, pero no me gustaba, por las disputas, prefería vender los periódicos de la tarde y en un barrio tranquilo, por donde me conocían, cerca del Banco de Francia... Place des Victoires, para ser más exactos... Rué des Petits-Champs... Ésa era mi zona... Nunca pasaba de la Rué du Louvre y el Palais-Royal, por un lado, ya ves tú... Por la mañana, hacía recados para los comerciantes... Por la tarde, un reparto de vez en cuando, a salto de mata, vamos... Alguna chapuza... Pero, ¡a mí que no me hablen de armas!... Si los alemanes te ven con armas, ¿eh? ¡Estás listo! Mientras que cuando vas a la buena de Dios, como yo ahora... Nada en las manos... Nada en los bolsillos... Notan que les costará menos apresarte, ¿comprendes? Saben con quién tienen que habérselas... Si pudieras llegar desnudo hasta los alemanes, sería lo mejor... ¡Como un caballo! Entonces, no podrían saber de qué arma eres...»

«¡Eso es verdad!»

Me daba cuenta de que la edad ayuda para las ideas. Te vuelves práctico.

«Están ahí, ¿no?» Mirábamos y calculábamos juntos nuestras posibilidades y buscábamos nuestro futuro, como en las cartas, en el gran plano luminoso que nos ofrecía la ciudad en silencio.

«¿Vamos?»

En primer lugar había que pasar la línea del ferrocarril. Si había centinelas, nos apuntarían. Tal vez no. Había que ver. Pasar por encima o por debajo, por el túnel.

«Tenemos que darnos prisa -añadió aquel Robinson-. Hay que hacerlo de noche; de día ya no hay amigos, todo el mundo trabaja para la galería; por el día, tú fíjate, hasta en la guerra es la feria... ¿Te llevas el penco?»

Me llevé el penco. Por prudencia, para salir pitando, si no nos recibían bien. Llegamos al paso a nivel, con los grandes brazos rojos y blancos levantados. Nunca había visto barreras de esa forma. Las de las afueras de París no eran así.

«¿Crees tú que habrán entrado ya en la ciudad?»

«¡Seguro! -dijo-. ¡Sigue adelante!...»

Ahora nos veíamos obligados a ser tan valientes como los valientes; el caballo, que avanzaba tranquilo tras nosotros, como si nos empujara con su ruido, no nos dejaba oír nada. ¡Toe! ¡Toe! ¡Toe!, con sus herraduras. Golpeaba en pleno eco, tan campante.

Entonces, ¿contaba con la noche, aquel Robinson, para sacarnos de allí?... íbamos al paso los dos, por el centro de la calle vacía, sin la menor cautela, marcando el paso aún, como en la instrucción.

Tenía razón, Robinson, el día era implacable, de la tierra al cielo. Tal como íbamos por la calzada, debíamos de tener aspecto muy inofensivo, los dos, muy ingenuo incluso, como si volviéramos de permiso.

«¿Te has enterado de que han apresado al 1° de húsares entero?... ¿en Lille?... Entraron así, según dicen, no sabían, ¡eh!, con el coronel delante... ¡Por una calle principal, chico! Los cercaron... Por delante... Por detrás... ¡Alemanes por todos lados!... ¡En las ventanas!... Por todos lados... Listo... ¡Como ratas cayeron!... ¡Como ratas! ¡Tú fíjate qué potra!...»

«¡Ah! ¡Qué cabritos!...»

«¡Tú fíjate! ¡Tú fíjate!...» No salíamos de nuestro asombro ante aquella admirable captura, tan limpia, tan definitiva... Nos había dejado boquiabiertos. Las tiendas tenían todos los postigos cerrados, los hotelitos también, con su jardincillo delante, todo muy limpio. Pero, tras pasar por delante de Correos, vimos que uno de aquellos hotelitos, un poco más blanco que los demás, tenía todas las ventanas iluminadas, tanto en la planta baja como en el entresuelo. Nos acercamos y llamamos a la puerta. Nuestro caballo seguía detrás de nosotros. Un hombre grueso y barbudo nos abrió. «¡Soy el alcalde de Noirceur -fue y anunció al instante, sin que le preguntáramos y estoy esperando a los alemanes!» Y salió, el alcalde, al claro de luna para reconocernos. Cuando comprobó que no éramos alemanes, sino franceses, no se mostró tan solemne, sólo cordial. Y también cohibido. Evidentemente, ya no nos esperaba, nuestra llegada contrariaba las disposiciones y resoluciones que había tenido que adoptar. Los alemanes debían entrar en Noirceur aquella noche, estaba avisado y había dispuesto todo de acuerdo con la Prefectura, su coronel aquí, su ambulancia allá, etc.. ¿Y si entraban en aquel momento?

¿Estando nosotros allí? ¡Seguro que crearía dificultades! Provocaría complicaciones... No nos lo dijo a las claras, pero se veía que lo pensaba.

Entonces se puso a hablarnos del interés general, allí, en plena noche, en el silencio en que estábamos perdidos. Sólo del interés general... De los bienes materiales de la comunidad... Del patrimonio artístico de Noirceur, confiado a su cargo, cargo sagrado donde lo hubiera... De la iglesia del siglo XV, sobretodo... ¿La quemarían, la iglesia del siglo XV? ¡Como la de Condé-sur-Yser, allí cerca! ¿Eh?... Por simple mal humor... Por despecho, al encontrarnos allí... Nos hizo sentir toda la responsabilidad en que incurríamos... ¡Inconscientes soldados jóvenes que éramos!... A los alemanes no les gustaban las ciudades sospechosas, por las que aún merodearan militares enemigos. Ya se sabía.

Mientras nos hablaba así, a media voz, su mujer y sus dos hijas, rubias llenitas y apetitosas, se mostraban de perfecto acuerdo, con una palabra de vez en cuando... En resumen, nos echaban. Entre nosotros flotaban los valores sentimentales y arqueológicos, vitales de repente, pues ya no quedaba nadie en Noirceur para impugnarlos... Patrióticos, morales, estimulados por las palabras, fantasmas que intentaba atrapar, el alcalde, pero que se esfumaban al punto, vencidos por nuestro miedo y nuestro egoísmo y también por la verdad pura y simple.

Hacía esfuerzos extenuantes y conmovedores, el alcalde de Noirceur, para intentar convencernos, con pasión, de que nuestro deber era, sin lugar a dudas, largarnos en seguida con viento fresco y a todos los diablos, menos brutal, desde luego, que nuestro comandante Pinçon, pero tan decidido en su género.

Lo único seguro que oponer, a todos aquellos poderosos, era, sin duda, nuestro humilde deseo de no morir ni arder. Era poco, sobre todo porque esas cosas no pueden declararse durante la guerra. Conque nos encaminamos hacia otras calles vacías. La verdad era que todas las personas con las que me había encontrado aquella noche me habían revelado su alma.

«¡Mira que tengo suerte! -comentó Robinson, cuando nos íbamos-. ¡Ya ves! Si tú hubieras sido un alemán, como también eres buen muchacho, me habrías hecho prisionero y todo habría acabado bien... ¡Cuesta deshacerse de uno mismo en la guerra!»

«Y tú -le dije-, si hubieras sido un alemán, ¿no me habrías hecho prisionero también? Entonces, ¡a lo mejor te habrían concedido su medalla militar! Debe de llamarse con un nombre extraño en alemán su medalla militar, ¿no?»

Como seguíamos sin encontrar por el camino a alguien que quisiera hacernos prisioneros, acabamos sentándonos en un banco de una placita y nos comimos la lata de atún que Robinson Léon paseaba y calentaba en el bolsillo desde la mañana. Muy lejos, se oía el cañón ahora, pero muy lejos, la verdad. ¡Si hubieran podido quedarse cada cual por su lado, los enemigos, y dejarnos tranquilos!

Después seguimos a lo largo de un canal y, junto a las gabarras a medio descargar, orinamos, con largos chorros, en el agua. Seguíamos llevando el caballo de la brida, tras nosotros, como un perro muy grande, pero cerca del puente, en la casa del barquero, de un solo cuarto, también sobre un colchón, estaba tendido otro muerto, solo, un francés, comandante de cazadores a caballo, que, por cierto, se parecía bastante a Robinson, de cara.

«¡Mira que es feo! -comentó Robinson-. A mí no me gustan los muertos...»

«Lo más curioso -le respondíes que se te parece un poco. Tiene la nariz larga como tú y tú no eres mucho menos joven que él...»

«La fatiga me hace parecer así; cansados todos nos parecemos un poco, pero si me hubieras visto antes... ¡Cuando montaba en bicicleta todos los domingos!... ¡Era un chavea que no estaba mal! Chico, ¡tenía unas pantorrillas! ¡El deporte, claro! También desarrolla los muslos...»

Volvimos a salir; la cerilla que habíamos cogido para mirar se había apagado.

«¡Ya ves! ¡Es demasiado tarde!...»

Una larga raya gris y verde subrayaba ya a lo lejos la cresta del otero, en el límite de la ciudad, en la noche. ¡El día! ¡Uno más! ¡Uno menos! Habría que intentar pasar a través de aquél como de los demás, convertidos en algo así como aros cada vez más estrechos, los días, y atestados de trayectorias y metralla.

«¿No vas a venir por aquí la próxima noche?», me preguntó al separarse de mí.

«¡No hay próxima noche, hombre!... ¿Es que te crees un general?»

«Yo ya no pienso en nada -dijo, para acabar-. En nada, ¿me oyes?... Sólo pienso en no palmarla... Ya es bastante... Me digo que un día ganado, ¡es un día más!» «Tienes razón... ¡Adiós, chico, y suerte!....» «¡Lo mismo te digo! ¡Tal vez nos volvamos a ver!» Volvimos cada uno a nuestra guerra. Y después ocurrieron cosas y más cosas, que no es fácil contar ahora, pues hoy ya no se comprenderían.

* * *

Para estar bien vistos y considerados, tuvimos que darnos prisa y hacernos muy amigos de los civiles, porque éstos, en la retaguardia, se volvían, a medida que avanzaba la guerra, cada vez más perversos. Lo comprendí en seguida, al regresar a París, y también que las mujeres tenían fuego entre las piernas y los viejos una cara de salidos que para qué y las manos a lo suyo: los culos, los bolsillos.

Heredaban de los combatientes, los de la retaguardia, no habían tardado en aprender la gloria y las formas adecuadas de soportarla con valor y sin dolor.

Las madres, unas enfermeras, otras mártires, no se quitaban nunca sus largos velos sombríos, como tampoco el diploma que les enviaba el ministro a tiempo por mediación del empleado de la alcaldía. En resumen, se iban organizando las cosas.

Durante los funerales pomposos, la gente está muy triste también, pero no por ello dejan de pensar en la herencia, en las próximas vacaciones, en la viuda, que es muy mona y tiene temperamento, según dicen, y en seguir viviendo, uno mismo, por contraste, largo tiempo, en no diñarla tal vez nunca... ¿Quién sabe?

Cuando sigues un entierro, todo el mundo se descubre, ceremonioso, para saludarte. Da gusto. Es el momento de comportarse como Dios manda, de adoptar expresión de decoro y no bromear en voz alta, de regocijarse sólo por dentro. Está permitido. Por dentro todo está permitido.

En época de guerra, en lugar de bailar en el entresuelo, se bailaba en el sótano. Los combatientes lo toleraban y, más aún, les gustaba. Lo pedían, en cuanto llegaban, y a nadie parecía impropio. En el fondo, sólo el valor es impropio. ¿Ser valiente con tu cuerpo? Entonces pedid al gusano que sea valiente también; es rosado, pálido y blando, como nosotros.

Por mi parte, yo ya no tenía motivos para quejarme. Estaba a punto de liberarme, gracias a la medalla militar que había ganado, la herida y demás. Estando en convalecencia, me la habían llevado, la medalla, al hospital. Y el mismo día me fui al teatro, a enseñársela a los civiles en los entreactos. Gran sensación. Eran las primeras medallas que se veían en París. ¡Un chollete!

Fue en aquella ocasión incluso cuando, en el salón de la Opéra-Comique, conocí a la pequeña Lola de América y por ella me espabilé del todo.

Hay ciertas fechas así, en la vida, que cuentan entre tantos meses en los que habría podido uno abstenerse muy bien de vivir. Aquel día de la medalla en la Opéra-Comique fue decisivo en mi vida.

Por ella, por Lola, me entró gran curiosidad por Estados Unidos, por las preguntas que le hacía y a las que ella apenas respondía. Cuando te lanzas así, a los viajes, vuelves cuando puedes y como puedes...

En el momento de que hablo, todo el mundo en París quería poseer su uniforme. Los únicos que no tenían eran los neutrales y los espías y eran casi los mismos. Lola tenía el suyo, su uniforme oficial de verdad, y muy mono, todo él adornado con crucecitas rojas, en las mangas, en su gorrito de policía, siempre ladeado, coquetón, sobre sus ondulados cabellos. Había venido a ayudarnos a salvar a Francia, como decía al director del hotel, en la medida de sus débiles fuerzas, pero, ¡con todo el corazón! Nos entendimos en seguida, si bien no del todo, porque los arrebatos del corazón habían llegado a resultarme de lo más desagradables. Prefería los del cuerpo, sencillamente. Hay que desconfiar por entero del corazón, me lo habían enseñado, ¡y de qué modo!, en la guerra. Y no me iba a ser fácil olvidarlo.

El corazón de Lola era tierno, débil y entusiasta. Su cuerpo era gracioso, muy amable, y hube de tomarla, en conjunto, como era. Al fin y al cabo, era buena chica, Lola; sólo, que entre nosotros se interponía la guerra, esa rabia de la hostia, tremenda, que impulsaba a la mitad de los humanos, amantes o no, a enviar a la otra mitad al matadero. Conque, por fuerza, entorpecía las relaciones, una manía así. Para mí, que prolongaba mi convalecencia lo más posible y no sentía el menor interés por volver a ocupar mi puesto en el ardiente cementerio de las batallas, el ridículo de nuestra matanza se me revelaba, chillón, a cada paso que daba por la ciudad. Una picardía inmensa se extendía por todos lados.

Sin embargo, tenía pocas posibilidades de eludirla, carecía de las relaciones indispensables para salir bien librado. Sólo conocía a pobres, es decir, gente cuya muerte no interesa a nadie. En cuanto a Lola, no había que contar con ella para enchufarme. Siendo como era enfermera, no se podía imaginar una persona, salvo el propio Ortolan, más combativo que aquella niña encantadora. Antes de haber pasado el fangoso fregado de los heroísmos, su aire de Juana de Arco me habría podido excitar, convertir, pero ahora, desde mi alistamiento de la Place Clichy, cualquier heroísmo verbal o real me inspiraba un rechazo fóbico. Estaba curado, bien curado.

Para comodidad de las damas del cuerpo expedicionario americano, el grupo de enfermeras al que pertenecía Lola se alojaba en el hotel Paritz y, para facilitarle, a ella en particular, aún más las cosas, le confiaron (estaba bien relacionada) en el propio hotel la dirección de un servicio especial, el de los buñuelos de manzana para los hospitales de París. Todas las mañanas se distribuían miles de docenas. Lola desempeñaba esa función benéfica con un celo que, por cierto, más adelante iba a tener efectos desastrosos.

Lola, conviene señalarlo, no había hecho buñuelos en su vida. Así, pues, contrató a algunas cocineras mercenarias y, tras algunos ensayos, los buñuelos estuvieron listos para ser entregados con puntualidad, jugosos, dorados y azucarados, que era un primor. En resumen, Lola sólo tenía que probarlos antes de que se enviaran a los diferentes servicios hospitalarios. Todas las mañanas Lola se levantaba a las diez y, tras haberse bañado, bajaba a las cocinas, situadas muy abajo, junto a los sótanos. Eso, cada mañana, ya digo, y vestida sólo con un quimono japonés negro y amarillo que un amigo de San Francisco le había regalado la víspera de su partida.

En resumen, todo marchaba perfectamente y estábamos ganando la guerra, cuando un buen día, a la hora de almorzar, la encontré descompuesta, incapaz de probar un solo plato de la comida. Me asaltó la aprensión de que hubiera ocurrido una desgracia, una enfermedad repentina. Le supliqué que se confiara a mi afecto vigilante.

Por haber probado, puntual, los buñuelos durante todo un mes, Lola había engordado más de un kilo. Por lo demás, su cinturoncito atestiguaba, con una muesca más, el desastre. Vinieron las lágrimas. Intentando consolarla, como mejor pude, recorrimos, en taxi y bajo el efecto de la emoción, varias farmacias, situadas en lugares muy diversos. Por azar, todas las básculas confirmaron, implacables, que había ganado sin duda más de un kilo, era innegable. Entonces le sugerí que dejara su servicio a una colega que, al contrario, necesitaba entrar en carnes un poquito. Lola no quiso ni oír hablar de ese compromiso, que consideraba una vergüenza y una auténtica deserción en su género. Fue en aquella ocasión incluso cuando me contó que su tío bisabuelo había formado parte también de la tripulación, por siempre gloriosa, del *Mayflower*, arribado a Boston en 1677, y que, en consideración de tal recuerdo, no podía ni pensar en eludir su deber en relación con los buñuelos, modesto, desde luego, pero, aun así, sagrado.

El caso es que a partir de aquel día ya sólo probaba los buñuelos con la punta de los dientes, todos muy bonitos, por cierto, y bien alineados. Aquella angustia por engordar había llegado a impedirle disfrutar de nada. Desmejoró. Al cabo de poco, tenía tanto miedo a los buñuelos como yo a los obuses. Entonces la mayoría de las veces nos íbamos a pasear por higiene, para rehuir los buñuelos, a las orillas del río, por los bulevares, pero ya no entrábamos en el Napolitain, para no tomar helados, que también hacen engordar a las damas.

Yo nunca había soñado con algo tan confortable para vivir como su habitación, toda ella azul pálido, con un baño contiguo. Fotos de sus amigos por todos lados, dedicatorias, pocas mujeres, muchos hombres, chicos guapos, morenos y de pelo rizado, su tipo; me hablaba del color de sus ojos y de sus dedicatorias tiernas, solemnes y definitivas, todas. Al principio, por educación, me sentía cohibido, en medio de todas aquellas efigies, y después te acostumbras.

En cuanto dejaba de besarla, ella volvía a la carga sobre los asuntos de la guerra o los buñuelos y yo no la interrumpía. Francia entraba en nuestras conversaciones. Para Lola, Francia seguía siendo una especie de entidad caballeresca, de contornos poco definidos en el espacio y el tiempo, pero en aquel momento herida grave y, por eso mismo, muy excitante. Yo, cuando me hablaban de Francia, pensaba, sin poderlo resistir, en mis tripas, conque, por fuerza, era mucho más reservado en lo relativo al entusiasmo. Cada cual con su terror. No obstante, como era complaciente con el sexo, la escuchaba sin contradecirla nunca. Pero, tocante al alma, no la contentaba en absoluto. Muy vibrante, muy radiante le habría gustado que fuera y, por mi parte, yo no veía por qué había de encontrarme en ese estado, sublime; al contrario, veía mil razones, todas irrefutables, para conservar el humor exactamente contrario.

Al fin y al cabo, Lola no hacía otra cosa que divagar sobre la felicidad y el optimismo, como todas las personas pertenecientes a la raza de los escogidos, la de los privilegios, la salud, la seguridad, y que tienen toda la vida por delante.

Me fastidiaba, machacona, a propósito de las cosas del alma, siempre las tenía en los labios. El alma es la vanidad y el placer del cuerpo, mientras goza de buena salud, pero es también el deseo de salir de él, en cuanto se pone enfermo o las cosas salen mal. De las dos posturas, adoptas la que te resulta más agradable en el momento, ¡y se acabó! Mientras puedes elegir, perfecto. Pero yo ya no podía elegir, ¡mi suerte estaba echada! Estaba de parte de la verdad hasta la médula, hasta el punto de que mi propia muerte me seguía, por así decir, paso a paso. Me costaba mucho trabajo no pensar sino en mi destino de asesinado con sentencia en suspenso, que, por cierto, a todo el mundo le parecía del todo normal para mí.

Hay que haber sobrellevado esa especie de agonía diferida, lúcida, con buena salud, durante la cual es imposible comprender otra cosa que verdades absolutas, para saber para siempre lo que se dice.

Mi conclusión era que los alemanes podían llegar aquí, degollar, saquear, incendiar todo, el hotel, los buñuelos, a Lola, las Tullerías, a los ministros, a sus amiguetes, la Coupole, el Louvre, los grandes almacenes, caer sobre la ciudad, como la ira divina, el fuego del infierno, sobre aquella feria asquerosa, a la que ya no se podía añadir, la verdad, nada más sórdido, y, aun así, yo no tenía nada que perder, la verdad, nada, y todo que ganar.

No se pierde gran cosa, cuando arde la casa del propietario. Siempre vendrá otro, si no es el mismo, alemán o francés o inglés o chino, para presentar, verdad, su recibo en el momento oportuno... ¿En marcos o francos? Puesto que hay que pagar...

En resumen, estaba más baja que la leche, la moral. Si le hubiera dicho lo que pensaba de la guerra, a Lola, me habría considerado un monstruo, sencillamente, y me habría negado las últimas dulzuras de su intimidad. Así, pues, me guardaba muy mucho de confesárselo. Por otra parte, aún sufría algunas dificultades y rivalidades. Algunos oficiales intentaban soplármela, a Lola. Su competencia era temible, armados como estaban, ellos, con las seducciones de su Legión de Honor. Además, se empezó a hablar mucho de esa dichosa Legión de Honor en los periódicos americanos. Creo incluso que, en dos o tres ocasiones en que me puso los cuernos, se habrían visto muy amenazadas, nuestras relaciones, si al mismo tiempo no me hubiera descubierto de repente aquella frívola una utilidad superior, la que consistía en probar por ella los buñuelos todas las mañanas.

Esa especialización de última hora me salvó. Aceptó que yo la substituyese. ¿Acaso no era yo también un valeroso combatiente, digno, por tanto, de esa misión de confianza? A partir de entonces ya no fuimos sólo amantes, sino también socios. Así se iniciaron los tiempos modernos.

Su cuerpo era para mí un gozo que no tenía fin. Nunca me cansaba de recorrer aquel cuerpo americano. Era, a decir verdad, un cachondón redomado. Y seguí siéndolo.

Llegué incluso al convencimiento, muy agradable y reconfortante, de que un país capaz de producir cuerpos tan audaces en su gracia y de una elevación espiritual tan tentadora debía de ofrecer muchas otras revelaciones capitales: en el sentido biológico, se entiende.

A fuerza de sobar a Lola, decidí emprender tarde o temprano el viaje a Estados Unidos, como un auténtico peregrinaje y en cuanto fuera posible. En efecto, no paré ni descansé (a lo largo de una vida implacablemente adversa y aperreada) hasta haber llevado a cabo esa profunda aventura, místicamente anatómica.

Recibí así, muy juntito al trasero de Lola, el mensaje de un nuevo mundo. No es que tuviera sólo un cuerpo, Lola, entendámonos, estaba adornada también con una cabecita preciosa y un poco cruel por los ojos de color azul grisáceo, que le subían un poquito hacia los ángulos, como los de los gatos salvajes.

Sólo con mirarla a la cara se me hacía la boca agua, como por un regusto de vino seco, de sílex. Ojos duros, en resumen, y nada animados por esa graciosa vivacidad comercial, que recuerda a Oriente y a Fragonard, de casi todos los ojos de por aquí.

Nos encontrábamos la mayoría de las veces en un café cercano. Los heridos, cada vez más numerosos, iban renqueando por las calles, con frecuencia desaliñados. En su favor se organizaban colectas, «Jornadas» para éstos, para los otros, y sobre todo para los organizadores de las «Jornadas». Mentir, follar, morir. Acababa de prohibirse emprender cualquier otra cosa. Se mentía con ganas, más allá de lo imaginable, mucho más allá del ridículo y del absurdo, en los periódicos, en los carteles, a pie, a caballo, en coche. Todo el mundo se había puesto manos a la obra. A ver quién decía mentiras más inauditas. Pronto ya no quedó verdad alguna en la ciudad.

La poca que existía en 1914 ahora daba vergüenza. Todo lo que tocabas estaba falsificado, el azúcar, los aviones, las sandalias, las mermeladas, las fotos; todo lo que se leía, tragaba, chupaba, admiraba, proclamaba, refutaba, defendía, no eran sino fantasmas odiosos, falsificaciones y mascaradas. Hasta los traidores eran falsos. El delirio de mentir y creer se contagia como la sarna. La pequeña Lola sólo sabía algunas frases de francés, pero eran patrióticas: «*On les aura!...*» «*Madelon, viens!...*» Era como para echarse a llorar.

Se inclinaba así sobre nuestra muerte con obstinación, impudor, como todas las mujeres, por lo demás, en cuanto llega la moda de ser valientes para los demás.

¡Y yo que precisamente me descubría tanto gusto por todas las cosas que me alejaban de la guerra! En varias ocasiones le pedí informaciones sobre su América a Lola, pero entonces sólo me respondía con comentarios de lo más vagos, pretenciosos y manifiestamente inciertos, destinados a causar en mí una impresión brillante.

Pero ahora yo desconfiaba de las impresiones. Me habían atrapado una vez con la impresión, ya no me iban a coger más con camelos. Nadie.

Yo creía en su cuerpo, pero no en su espíritu. La consideraba una enchufada encantadora, la Lola, a contracorriente de la guerra, de la vida.

Ella atravesaba mi angustia con la mentalidad del *Petit Journal:* pompón, charanga, mi Lorena y guantes blancos... Entretanto, yo le echaba cada vez más caliches, porque le había asegurado que eso la haría adelgazar. Pero ella confiaba más en nuestros largos paseos para conseguirlo. En cambio, yo los detestaba, los largos paseos. Pero ella insistía.

Así, que íbamos con frecuencia, muy deportivos, al Bois de Boulogne, durante algunas horas, todas las tardes, el «circuito de los lagos».

La naturaleza es algo espantoso e incluso cuando está domesticada con firmeza, como en el Bois, aún produce como angustia a los auténticos ciudadanos. Entonces se entregan con facilidad a las confidencias. Nada como el Bois de Boulogne, aun húmedo, enrejado, grasiento y pelado como está, para hacer afluir los recuerdos, incontenibles, en los ciudadanos de paseo entre los árboles. Lola no estaba libre de esa inquietud melancólica y confidente. Me contó mil cosas más o menos sinceras, mientras nos paseábamos así, sobre su vida de Nueva York, sobre sus amiguitas de allá.

Yo no conseguía discernir del todo lo verosímil, en aquella trama complicada de dólares, noviazgos, divorcios, compras de vestidos y joyas, que me parecía colmar su existencia.

Aquel día fuimos hacia el hipódromo. Por aquellos parajes te encontrabas aún muchos simones, a niños sobre borricos y a otros niños levantando polvo y autos atestados de quintos de permiso que no cesaban de buscar a toda velocidad mujeres vacantes por los senderos, entre dos trenes, levantando aún más polvo, con prisa por ir a cenar y hacer el amor, agitados y viscosos, al acecho, atormentados por la hora implacable y el deseo de vida. Sudaban de pasión y de calor también.

El Bois estaba menos cuidado que de costumbre, abandonado, en suspenso administrativo.

«Este lugar debía de ser muy bonito antes de la guerra... -observaba Lola-. ¿Era elegante?... ¡Cuéntame, Ferdinand!... ¿Y las carreras de aquí?... ¿Eran como las de Nueva York?...»

La verdad es que yo no había ido nunca a las carreras antes de la guerra, pero inventaba al instante, para distraerla, cien detalles vistosos al respecto, con ayuda de lo que me habían contado, unos y otros. Los vestidos... Las señoras elegantes... Las calesas resplandecientes... La salida... Las cornetas alegres y espontáneas... El salto del río... El Presidente de la República... La fiebre ondulante de las apuestas, etc.

Le gustó tanto, mi descripción ideal, que aquel relato nos unió. A partir de aquel momento, creyó haber descubierto, Lola, que por lo menos teníamos un gusto en común, en mí bien disimulado, el de las solemnidades mundanas. Incluso me besó, espontánea, de emoción, cosa que muy raras veces hacía, debo decirlo. Y también la melancolía de las cosas de moda en el pasado la emocionaba. Cada cual llora a su modo el tiempo que pasa. Por las modas muertas advertía Lola el paso de los años.

«Ferdinand -me preguntó-, ¿crees que volverá a haber carreras en este hipódromo?»

«Cuando acabe la guerra, seguramente, Lola...»

«No es seguro, ¿verdad?»

«No, seguro, no...»

Esa posibilidad de que no volviese a haber nunca carreras en Longchamp la desconcertaba. La tristeza del mundo se apodera de los seres como puede, pero parece lograrlo casi siempre.

«Suponte que aún dure mucho la guerra, Ferdinand, años, por ejemplo... Entonces será muy tarde para mí... Para volver aquí... ¿Me comprendes, Ferdinand?... Me gustan tanto, verdad, los lugares bonitos como éste... Muy mundanos... Muy elegantes... Será demasiado tarde... Para siempre demasiado tarde... Tal vez... Seré vieja entonces, Ferdinand. Cuando se reanuden las reuniones... Seré ya vieja... Ya verás, Ferdinand, será demasiado tarde... Siento que será demasiado tarde...»

Y ya estaba otra vez desconsolada, como por el kilo y medio de más. Yo le daba, para tranquilizarla, todas las esperanzas que se me ocurrían... Que si, al fin y al cabo, sólo tenía veintitrés años... Que si la guerra iba a pasar muy deprisa... Que si volverían los buenos tiempos... Como antes, mejores que antes. Al menos para ella... Con lo preciosa que era... ¡El tiempo perdido! ¡Lo recuperaría sin perjuicio!... Los homenajes... Las admiraciones no iban a faltarle tan pronto... Fingió no sentir más pena para complacerme.

«¿Tenemos que andar aún?», me preguntaba.

«¿Para adelgazar?»

«¡Ah! Es verdad, se me olvidaba...»

Abandonamos Longchamp, los niños se habían marchado de los alrededores. Ya sólo había polvo. Los de permiso seguían persiguiendo la felicidad, pero ahora fuera de los oquedales; acosada debía de estar, la felicidad, entre las terrazas de la Porte Maillot.

Íbamos costeando las orillas hacia Saint-Cloud, veladas por el halo danzante de las brumas que suben del otoño. Cerca del puente, algunas gabarras tocaban con la nariz los árboles, muy hundidas en el agua por la carga de carbón que les llegaba hasta la borda.

El inmenso abanico verde del parque se despliega por encima de las verjas. Esos árboles tienen la agradable amplitud y la fuerza de los grandes sueños. Sólo, que también de los árboles desconfiaba yo, desde que había pasado por sus emboscadas. Un muerto detrás de cada árbol. La gran alameda subía entre dos hileras rosas hacia las fuentes. Junto al quiosco, la anciana señora de los refrescos parecía reunir despacio todas las sombras de la tarde en torno a su falda. Más allá, en los caminos contiguos, flotaban los grandes cubos y rectángulos tendidos con lonas obscuras, las barracas de una feria a la que la guerra había sorprendido allí y había inundado de silencio de repente.

«¡Ya hace un año que se marcharon! -nos recordaba la vieja de los refrescos-. Ahora no pasan dos personas al día por aquí... Yo vengo aún por la costumbre... ¡Se veía tanta gente por aquí!...»

No había comprendido nada, la vieja, de lo que había ocurrido, salvo eso. Lola quiso que paseáramos junto a aquellas barracas vacías, un extraño deseo triste tenía.

Contamos unas veinte, unas largas y adornadas con espejos, otras pequeñas, mucho más numerosas, confiterías ambulantes, loterías, un teatrito incluso, atravesado por corrientes de aire; por todos lados, entre los árboles, había barracas; una de ellas, cerca de la gran alameda, ya ni siquiera conservaba las cortinas, descubierta como un antiguo misterio.

Ya se inclinaban hacia las hojas y el barro, las barracas. Nos detuvimos junto a la última, la que se inclinaba más que las otras y se bamboleaba sobre sus postes, al viento, como un barco, con las velas hinchadas, a punto de romper su última cuerda. Vacilaba, su lona del medio, se agitaba con el viento levantado, se agitaba hacia el cielo, por encima del techo. Encima de la entrada de la barraca se leía su antiguo nombre en verde y rojo; era una barraca de tiro: *Le Stand des Nations,* se llamaba.

Ya no había nadie para cuidarla. Ahora tal vez estuviera disparando con los demás propietarios, el dueño, y con los clientes.

¡Qué de balas habían recibido las dianas de la barraca! ¡Todas acribilladas por puntitos blancos! Una boda, en broma, representaba: en la primera fila, de zinc, la novia con sus flores, el primo, el militar, el novio, con carota colorada, y después, en la segunda fila, más invitados, a los que debían de haber matado muchas veces, cuando aún duraba la fiesta.

«Estoy segura de que tú tiras bien, ¿eh, Ferdinand? Si aún hubiera fiesta, ¡te echaría una partida!... ¿Verdad que tiras bien, Ferdinand?»

«No, no tiro demasiado bien...»

En la última fila, detrás de la boda, otra hilera pintarrajeada, la alcaldía con su bandera. Debían de disparar también a la alcaldía, cuando funcionaba la barraca, a las ventanas, que entonces se abrían con un campanillazo seco, a la banderita de zinc disparaban incluso. Y, además, al regimiento que desfilaba, cuesta abajo, al lado, como el mío, el de la Place Clichy, éste entre pipas *y* globos, a todo aquello habían disparado de lo lindo y ahora me disparaban a mí, ayer, mañana.

«Contra mí también disparan, Lola», no pude por menos de gritarle.

«¡Ven! -dijo ella entonces-. Estás diciendo tonterías, Ferdinand, y vamos a coger frío.»

Bajamos hacia Saint-Cloud por la gran alameda, la Royale, evitando el barro, ella me llevaba de la mano, la suya era muy pequeña, pero yo ya no podía pensar sino en la boda de zinc del *Stand* de más arriba, que habíamos dejado en la sombra de la alameda. Incluso me olvidé de besar a Lola, era superior a mis fuerzas. Me sentía muy raro. Fue incluso a partir de aquel instante, me parece, cuando mi cabeza se volvió tan difícil de tranquilizar, con sus ideas dentro.

Cuando llegamos al puente de Saint-Cloud, ya estaba del todo obscuro.

«Ferdinand, ¿quieres cenar en Duval? Te gusta mucho Duval... Esto te distraerá un poco... Siempre se encuentra a mucha gente allí... ¿A menos que prefieras cenar en mi habitación?» En resumen, que se mostraba muy atenta, aquella noche.

Al final, decidimos ir a Duval. Pero apenas nos habíamos sentado a la mesa, cuando el lugar me pareció disparatado. Toda aquella gente sentada en filas a nuestro alrededor me daba la impresión de esperar, también ellos, a que las balas los asaltaran de todos lados, mientras jalaban.

«¡Marchaos todos! -les avisé-. ¡Largaos! ¡Van a disparar! ¡A mataros! ¡A matarnos a todos!»

Me llevaron al hotel de Lola, aprisa. Yo veía por todos lados la misma cosa. Toda la gente que desfilaba por los pasillos del Paritz parecía ir a que le dispararan y los empleados tras la gran Caja, ellos también, puestos allí para ello, y el tipo de abajo incluso, del Paritz, con su uniforme azul como el cielo y dorado como el sol, el portero, como lo llamaban, y, además, militares, oficiales que pasaban, generales, menos apuestos que él, desde luego, pero de uniforme, de todos modos, por todos lados un disparo inmenso, del que no saldríamos, ni unos ni otros. Ya no era broma.

«¡Van a disparar! -fui y les grité, con todas mis fuerzas, en medio del gran salón-.

¡Van a disparar! ¡Largaos todos!...» Y después por la ventana, fui y lo grité también. No podía contenerme. Un auténtico escándalo. «¡Pobre soldado!», decían. El portero me llevó al bar con buenos modales, con amabilidad. Me hizo beber y bebí de lo lindo y, por fin, vinieron los gendarmes a buscarme, más brutales ésos. En el *Stand des Nations* había también gendarmes. Yo los había visto. Lola me besó y los ayudó a llevarme esposado.

Entonces caí enfermo, febril, enloquecido, según explicaron en el hospital, por el miedo. Era posible. Lo mejor que puedes hacer, verdad, cuando estás en este mundo, es salir de el. Loco o no, con miedo o sin él.

* * *

Se habló mucho del caso. Unos dijeron: «Ese muchacho es un anarquista, conque vamos a fusilarlo, es el momento, y rápido, sin vacilar ni dar largas al asunto, ¡que estamos en guerra!...» Pero según otros, más pacientes, era un simple sifilítico y loco sincero y, en consecuencia, querían que me encerraran hasta que llegase la paz o al menos por unos meses, porque ellos, los cuerdos, que no habían perdido la razón, según decían, querían cuidarme y, mientras, ellos harían la guerra solos. Eso demuestra que, para que te consideren razonable, nada mejor que tener una cara muy dura. Cuando tienes la cara bien dura, es bastante, entonces casi todo te está permitido, absolutamente todo, tienes a la mayoría de tu parte y la mayoría es quien decreta lo que es locura y lo que no lo es.

Sin embargo, mi diagnóstico seguía siendo dudoso. Así, pues, las autoridades decidieron ponerme en observación por un tiempo. Mi amiga Lola tuvo permiso para hacerme algunas visitas y mi madre también. Y listo.

Nos alojábamos, los heridos trastornados, en un instituto escolar de Issy-lesMoulineaux, organizado a propósito para recibir y obligar de grado o por fuerza, según los casos, a confesar a los soldados de mi clase, cuyo ideal patriótico estaba en entredicho simplemente o del todo enfermo. No nos trataban mal del todo, pero nos sentíamos, de todas formas, acechados por un personal de enfermeros silenciosos y dotados de orejas enormes.

Tras un tiempo de sometimiento a aquella vigilancia, salías discretamente o para el manicomio o para el frente o, con bastante frecuencia, para el paredón.

Yo no dejaba de preguntarme cuál de los compañeros reunidos en aquellos locales sospechosos, y que hablaban solos y en voz baja en el refectorio, estaba convirtiéndose en un fantasma.

Cerca de la verja, en la entrada, vivía, en su casita, la portera, la que nos vendía pirulíes y naranjas y lo necesario para cosernos los botones. Nos vendía algo más: placer. Para los suboficiales costaba diez francos el placer. Todo el mundo podía disfrutarlos. Sólo que andándose con ojo con las confidencias, que se le hacían con demasiada facilidad en esos momentos. Podían costar caras, esas expansiones. Lo que se le confiaba lo repetía al médico jefe, escrupulosamente, e iba derechito al expediente para el consejo de guerra. Estaba demostrado, al parecer, que había mandado fusilar así, a fuerza de confidencias, a un cabo de espahíes que no había cumplido los veinte años, más un reservista de ingenieros que se había tragado clavos para dañarse el estómago y también a otro histérico, el que le había contado cómo preparaba sus ataques de parálisis en el frente... A mí, para tantearme, me ofreció una noche la cartilla de un padre de familia con seis hijos, muerto, según decía, y que me podía servir para un destino en la retaguardia. En resumen, era una perversa. En la cama, por ejemplo, era cosa fina y volvíamos y nos daba gusto de lo lindo. Era una puta de tres pares de cojones. Por lo demás, es lo que hace falta para gozar bien. En esa cocina, la del asunto, la picardía es, al fin y al cabo, como la pimienta en una buena salsa, es indispensable y le da consistencia.

Los edificios del instituto daban a una amplia terraza, dorada en verano, entre los árboles, desde la que había una vista magnífica de París, como una perspectiva gloriosa. Allí nos esperaban, los jueves, nuestros visitantes y Lola entre ellos, que venía a traerme, puntual, pasteles, consejos y cigarrillos.

A nuestros médicos los veíamos todas las mañanas. Nos interrogaban con amabilidad, pero nunca sabíamos qué pensaban exactamente. Paseaban a nuestro alrededor, con semblantes siempre afables, nuestra condena a muerte.

Muchos de los enfermos que estaban allí en observación llegaban, más emotivos que los demás, en aquel ambiente dulzón, a un estado de exasperación tal, que se levantaban por la noche en lugar de dormir, recorrían el dormitorio a zancadas y de arriba abajo, protestaban a gritos contra su propia angustia, crispados entre la esperanza y la desesperación, como sobre una pared de montaña traidora. Pasaban días y días padeciendo así y después una noche se abandonaban al vacío e iban a confesar su caso con pelos y señales al médico jefe. A ésos no los volvíamos a ver, nunca. Yo tampoco estaba tranquilo. Pero, cuando eres débil, lo que da fuerza es despojar a los hombres que más temes del menor prestigio que aún estés dispuesto a atribuirles. Hay que aprender a considerarlos tales como son, peores de lo que son, es decir, desde cualquier punto de vista. Eso te despeja, te libera y te defiende más allá de lo imaginable. Eso te da otro yo. Vales por dos.

Sus acciones, en adelante, dejan de inspirarte ese asqueroso atractivo místico que te debilita y te hace perder tiempo y entonces su comedia ya no te resulta más agradable ni más útil en absoluto para tu progreso íntimo que la del cochino más vil.

Junto a mí, vecino de cama, dormía un cabo, también alistado voluntario. Profesor antes del mes de agosto en un instituto de Turena, donde, según me contó, enseñaba geografía e historia. Al cabo de algunos meses de guerra, había resultado ladrón, aquel profesor, como nadie. Resultaba imposible impedirle que robara al convoy de su regimiento conservas, en los furgones de la intendencia, en las reservas de la compañía y por todos los sitios donde encontrara.

Conque había ido a parar allí con nosotros, en espera del consejo de guerra. Sin embargo, como su familia hacía todo lo posible para probar que los obuses lo habían aturdido, desmoralizado, la instrucción difería el juicio de un mes para otro. No me hablaba demasiado. Pasaba horas peinándose la barba, pero, cuando me hablaba, era casi siempre de lo mismo: el medio que había descubierto para no hacer más hijos a su mujer. ¿Estaba loco de verdad? Cuando llega el momento del mundo al revés y preguntar por qué te asesinan es estar loco, resulta evidente que no hace falta gran cosa para que te tomen por loco. Hace falta que cuele, claro está, pero, cuando de lo que se trata es de evitar el gran descuartizamiento, algunos cerebros hacen esfuerzos de imaginación magníficos.

Todo lo interesante ocurre en la sombra, no cabe duda. No se sabe nada de la historia auténtica de los hombres.

Princhard se llamaba, aquel profesor. ¿Qué podía haber decidido para salvar sus carótidas, sus pulmones y sus nervios ópticos? Ésa era la cuestión esencial, la que tendríamos que habernos planteado nosotros, los hombres, para seguir siendo estrictamente humanos y prácticos. Pero estábamos lejos de ese punto, titubeando en un ideal de absurdos, guardados por víctimas de las trivialidades marciales e insensatas; ratas ya ahumadas, intentábamos, enloquecidos, salir del barco en llamas, pero no teníamos ningún plan de conjunto, ninguna confianza mutua. Atontados por la guerra, nos habíamos vuelto locos de otra clase: el miedo. El derecho y el revés de la guerra.

Aun así, me mostraba, a través de aquel delirio común, cierta simpatía, aquel Princhard, aun desconfiando de mí, por supuesto.

Allí donde nos encontrábamos, la galera en que remábamos todos, no podía existir ni amistad ni confianza. Cada cual daba a entender sólo lo que le parecía favorable para su pellejo, puesto que todo o casi iba a ser repetido por los chivatos al acecho.

De vez en cuando, uno de nosotros desaparecía: quería decir que su caso había quedado zanjado, que terminaría o en consejo de guerra, en Biribi o en el frente y, para los que salían mejor librados, en el manicomio de Clamart.

No dejaban de llegar guerreros equívocos, de todas las armas, unos muy jóvenes y otros casi viejos, con canguelo o fanfarrones; sus mujeres y sus padres iban a visitarlos, sus chavales también, con ojos como platos, los jueves.

Todo el mundo lloraba con ganas, en el locutorio, hacia el atardecer sobre todo. La impotencia del mundo en la guerra venía a llorar allí, cuando las mujeres y los niños se iban, por el pasillo iluminado con macilenta luz de gas, acabadas las visitas, arrastrando los pies. Un gran rebaño de llorones formaban, y nada más, repugnantes.

Para Lola, venir a verme a aquella especie de prisión era otra aventura. Nosotros dos no llorábamos. No teníamos de dónde sacar lágrimas, nosotros.

«¿Es verdad que te has vuelto loco, Ferdinand?», me preguntó.

«¡Sí!», confesé.

«Entonces, ¿te van a curar aquí?»

«No se puede curar el miedo, Lola.»

«¿Tanto miedo tienes, entonces?»

«Tanto y más, Lola, tanto miedo, verdad, que, si muero de muerte natural, más adelante, ¡sobre todo no quiero que me incineren! Me gustaría que me dejaran en la tierra, pudriéndome en el cementerio, tranquilo, ahí, listo para revivir tal vez... ¡Nunca se sabe! Mientras que, si me incineraran, Lola, compréndelo, todo habría terminado, para siempre... Un esqueleto, pese a todo, se parece un poco a un hombre... Está siempre más listo para revivir que unas cenizas... Con las cenizas, ¡se acabó!... ¿Qué te parece?... Conque, la guerra, verdad...»

«¡Oh! Pero entonces ¡eres un cobarde de aupa, Ferdinand! Eres repugnante como una rata...»

«Sí, de lo más cobarde, Lola, rechazo la guerra por entero y todo lo que entraña... Yo no la deploro... Ni me resigno... Ni lloriqueo por ella... La rechazo de plano, con todos los hombres que encierra, no quiero tener nada que ver con ellos, con ella. Aunque sean noventa y cinco millones y yo sólo uno, ellos son los que se equivocan, Lola, y yo quien tiene razón, porque yo soy el único que sabe lo que quiere: no quiero morir nunca.»

«Pero, ¡no se puede rechazar la guerra, Ferdinand! Los únicos que rechazan la guerra son los locos y los cobardes, cuando su patria está en peligro...»

«Entonces, ¡que vivan los locos y los cobardes! O, mejor, ¡que sobrevivan!

¿Recuerdas, por ejemplo, un solo nombre, Lola, de uno de los soldados muertos durante la guerra de los Cien Años?... ¿Has intentado alguna vez conocer uno solo de esos nombres?... No, ¿verdad?... ¿Nunca lo has intentado? Te resultan tan anónimos, indiferentes y más desconocidos que el último átomo de este pisapapeles que tienes delante, que tu caca matinal... ¡Ya ves, pues, que murieron para nada, Lola! ¡Absolutamente para nada, aquellos cretinos! ¡Te lo aseguro! ¡Está demostrado! Lo único que cuenta es la vida. Te apuesto lo que quieras a que dentro de diez mil años esta guerra, por importante que nos parezca ahora, estará por completo olvidada... Una docena apenas de eruditos se pelearán aún, por aquí y por allá, en relación con ella y con las fechas de las principales hecatombes que la ilustraron... Es lo único memorable que los hombres han conseguido encontrar unos en relación con los otros a siglos, años e incluso horas de distancia... No creo en el porvenir, Lola...»

Cuando descubrió hasta qué punto fanfarroneaba de mi vergonzoso estado, dejé de parecerle digno de la menor lástima... Despreciable me consideró, definitivamente.

Decidió dejarme en el acto. Aquello pasaba de castaño obscuro. Cuando la acompañé hasta la puerta de nuestro hospicio aquella noche, no me besó.

Estaba claro, le resultaba imposible reconocer que un condenado a muerte no hubiera recibido al mismo tiempo vocación para ello. Cuando le pregunté por nuestros buñuelos, tampoco me respondió.

Al volver a la habitación, encontré a Princhard ante la ventana probándose gafas contra la luz del gas en medio de un círculo de soldados. Era una idea que se le había ocurrido, según nos explicó, a la orilla del mar, en vacaciones, y, como entonces era verano, tenía intención de llevarlas por el día, en el parque. Era inmenso, aquel parque, y estaba muy vigilado, por cierto, por escuadrones de enfermeros alerta. Conque el día siguiente Princhard insistió para que lo acompañara hasta la terraza a probar las bonitas gafas. La tarde rutilaba espléndida sobre Princhard, defendido por sus cristales opacos; observé que tenía casi transparentes las ventanas de la nariz y que respiraba con precipitación.

«Amigo mío -me confió-, el tiempo pasa y no trabaja a mi favor... Mi conciencia es inaccesible a los remordimientos, estoy libre, ¡gracias a Dios!, de esas timideces... No son los crímenes los que cuentan en este mundo... Hace tiempo que se ha renunciado a eso... Son las meteduras de pata... Y yo creo haber cometido una... Del todo irremediable...»

«¿Al robar las conservas?»

«Sí, me creí astuto al hacerlo, ¡imagínese! Para substraerme a la contienda y de ese modo, cubierto de vergüenza, pero vivo aún, volver a la paz como se vuelve, extenuado, a la superficie del mar, tras una larga zambullida... Estuve a punto de lograrlo... Pero la guerra dura demasiado, la verdad... A medida que se alarga, ningún individuo parece lo bastante repulsivo para repugnar a la Patria... Se ha puesto a aceptar todos los sacrificios, la Patria, vengan de donde vengan, todas las carnes... ¡Se ha vuelto infinitamente indulgente a la hora de elegir a sus mártires, la Patria! En la actualidad ya no hay soldados indignos de llevar las armas y sobre todo de morir bajo las armas y por las armas... ¡Van a hacerme un héroe! Esa es la última noticia... La locura de las matanzas ha de ser extraordinariamente imperiosa, ¡para que se pongan a perdonar el robo de una lata de conservas! ¿Qué digo, perdonar? ¡Olvidar! Desde luego, tenemos la costumbre de admirar todos los días a bandidos colosales, cuya opulencia venera con nosotros el mundo entero, pese a que su existencia resulta ser, si se la examina con un poco más de detalle, un largo crimen renovado todos los días, pero esa gente goza de gloria, honores y poder, sus crímenes están consagrados por las leyes, mientras que, por lejos que nos remontemos en la Historia -y ya sabe que a mí me pagan para conocerla-, todo nos demuestra que un hurto venial, y sobre todo de alimentos mezquinos, tales como mendrugos, jamón o queso, granjea sin falta a su autor el oprobio explícito, los rechazos categóricos de la comunidad, los castigos mayores, el deshonor automático y la vergüenza inexpiable, y eso por dos razones: en primer lugar porque el autor de esos delitos es, por lo general, un pobre y ese estado entraña en sí una indignidad capital y, en segundo lugar, porque el acto significa una especie de rechazo tácito hacia la comunidad. El robo del pobre se convierte en un malicioso desquite individual, ¿me comprende?... ¿Adonde iríamos a parar? Por eso, la represión de los hurtos de poca importancia se ejerce, fíjese bien, en todos los climas, con un rigor extremo, no sólo como medio de defensa social, sino también, y sobre todo, como recomendación severa a todos los desgraciados para que se mantengan en su sitio y en su casta, tranquilos, contentos y resignados a diñarla por los siglos de los siglos de miseria y de hambre... Sin embargo, hasta ahora los rateros conservaban una ventaja en la República, la de verse privados del honor de llevar las armas patrióticas. Pero, a partir de mañana, esta situación va a cambiar, a partir de mañana yo, un ladrón, voy a ir a ocupar de nuevo mi lugar en el ejército... Ésas son las órdenes... En las altas esferas han decidido hacer borrón y cuenta nueva a propósito de lo que ellos llaman mi "momento de extravío" y eso, fíjese bien, por consideración a lo que también llaman "el honor de mi familia".

¡Qué mansedumbre! Dígame, compañero: ¿va a ser, entonces, mi familia la que sirva de colador y criba para las balas francesas y alemanas mezcladas?... Voy a ser yo y sólo yo, ¿no? Y cuando haya muerto, ¿será el honor de mi familia el que me haga resucitar?... Hombre, mire, me la imagino desde aquí, mi familia, pasada la guerra... Como todo pasa... Me imagino a mi familia brincando, gozosa, sobre el césped del nuevo verano, los domingos radiantes... Mientras debajo, a tres pies, el papá, yo, comido por los gusanos y mucho más infecto que un kilo de zurullos del 14 de julio, se pudrirá de lo lindo con toda su carne decepcionada... ¡Abonar los surcos del labrador anónimo es el porvenir verdadero del soldado auténtico! ¡Ah, compañero! ¡Este mundo, se lo aseguro, no es sino una inmensa empresa para cachondearse del mundo! Usted es joven. ¡Que estos minutos de sagacidad le valgan por años! Escúcheme bien, compañero, y no deje pasar nunca más, sin calar en su importancia, ese signo capital con que resplandecen todas las hipocresías criminales de nuestra sociedad: "el enternecimiento ante la suerte, ante la condición del miserable..." Os lo aseguro, buenas y pobres gentes, gilipollas, infelices, baqueteados por la vida, desollados, siempre empapados en sudor, os aviso, cuando a los grandes de este mundo les da por amaros, es que van a convertiros en carne de cañón... Es la señal... Infalible. Por el afecto empiezan. Luis XIV, conviene recordarlo, al menos se cachondeaba a rabiar del buen pueblo. Luis XV, igual. Se la chupaba por tiempos, el pueblo. No se vivía bien en aquella época, desde luego, los pobres nunca han vivido bien, pero no los destripaban con la terquedad y el ensañamiento que vemos en nuestros tiranos de hoy. No hay otro descanso, se lo aseguro, para los humildes que el desprecio de los grandes encumbrados, que sólo pueden pensar en el pueblo por interés o por sadismo... Los filósofos, ésos fueron, fíjese bien, ya que estamos, quienes comenzaron a contar historias al buen pueblo... ¡Él, que sólo conocía el catecismo! Se pusieron, según proclamaron, a educarlo... ¡Ah, tenían muchas verdades que revelarle! ¡Y hermosas! ¡Y no trilladas! ¡Luminosas! ¡Deslumbrantes! "¡Eso es!", empezó a decir, el buen pueblo, "¡sí, señor! ¡Exacto! ¡Muramos todos por eso!" ¡Lo único que pide siempre, el pueblo, es morir! Así es. "¡Viva Diderot!", gritaron y después "¡Bravo, Voltaire!" ¡Eso sí que son filósofos! ¡Y viva también Carnot, que organizaba tan bien las victorias! ¡Y viva todo el mundo! ¡Al menos, ésos son tíos que no le dejan palmar en la ignorancia y el fetichismo, al buen pueblo! ¡Le muestran los caminos de la libertad! ¡Lo emancipan! ¡Sin pérdida de tiempo! En primer lugar, ¡que todo el mundo sepa leer los periódicos! ¡Es la salvación! ¡Qué hostia! ¡Y rápido! ¡No más analfabetos! ¡Hace falta algo más! ¡Simples soldados-ciudadanos! ¡Que voten!

¡Que lean! ¡Y que peleen! ¡Y que desfilen! ¡Y que envíen besos! Con tal régimen, no tardó en estar bien maduro, el pueblo. Entonces, ¡el entusiasmo por verse liberado tiene que servir, verdad, para algo! Danton no era elocuente porque sí. Con unos pocos berridos, tan altos, que aún los oímos, ¡inmovilizó en un periquete al buen pueblo! ¡Y ésa fue la primera salida de los primeros batallones emancipados y frenéticos! ¡Los primeros gilipollas votantes y banderólicos que el Dumoriez llevó a acabar acribillados en Flandes! El, a su vez, Dumoriez, que había llegado demasiado tarde a ese juego idealista, por entero inédito, como, en resumidas cuentas, prefería la pasta, desertó. Fue nuestro último mercenario... El soldado gratuito, eso era algo nuevo... Tan nuevo, que Goethe, con todo lo Goethe que era, al llegar a Valmy, se quedó deslumbrado. Ante aquellas cohortes andrajosas y apasionadas que acudían a hacerse destripar espontáneamente por el rey de Prusia para la defensa de la inédita ficción patriótica, Goethe tuvo la sensación de que aún le quedaban muchas cosas por aprender. "¡Desde hoy -clamó, magnífico, según las costumbres de su genio-, comienza una época nueva!"

¡Menudo! A continuación, como el sistema era excelente, se pusieron a fabricar héroes en serie y que cada vez costaban menos caros, gracias al perfeccionamiento del sistema. Todo el mundo lo aprovechó. Bismarck, los dos Napoleones, Barres, lo mismo que la amazona Elsa. La religión banderólica no tardó en substituir la celeste, nube vieja y ya desinflada por la Reforma y condensada desde hacía mucho tiempo en alcancías episcopales. Antiguamente, la moda fanática era: "¡Viva Jesús! ¡A la hoguera con los herejes!", pero, al fin y al cabo, los herejes eran escasos y voluntarios... Mientras que, en lo sucesivo, al punto en que hemos llegado, los gritos: "¡Al paredón los salsifíes sin hebra! ¡Los limones sin jugo! ¡Los lectores inocentes! Por millones, ¡vista a la derecha!" provocan las vocaciones de hordas inmensas. A los hombres que no quieren ni destripar ni asesinar a nadie, a los asquerosos pacíficos, ¡que los cojan y los descuarticen! ¡Y los liquiden de trece modos distintos y perfectos! ¡Que les arranquen, para que aprendan a vivir, las tripas del cuerpo, primero, los ojos de las órbitas y los años de su cochina vida babosa! Que los hagan reventar, por legiones y más legiones, figurar en cantares de ciego, sangrar, corroerse entre ácidos, ¡y todo para que la Patria sea más amada, más feliz y más dulce! Y si hay tipos inmundos que se niegan a comprender esas cosas sublimes, que vayan a enterrarse en seguida con los demás, pero no del todo, sino en el extremo más alejado del cementerio, bajo el epitafio infamante de los cobardes sin ideal, pues esos innobles habrán perdido el magnífico derecho a un poquito de sombra del monumento adjudicatorio y comunal elevado a los muertos convenientes en la alameda del centro y también habrán perdido el derecho a recoger un poco del eco del ministro, que vendrá también este domingo a orinar en casa del prefecto y lloriquear ante las tumbas después de comer...»

Pero desde el fondo del jardín llamaron a Princhard. El médico jefe lo llamaba con urgencia por mediación de su enfermero de servicio.

«Voy», respondió Princhard y tuvo el tiempo justo para pasarme el borrador del discurso que acababa de ensayar conmigo. Un truco de comediante.

No volví a verlo, a Princhard. Tenía el vicio de los intelectuales, era fútil. Sabía demasiadas cosas, aquel muchacho, y esas cosas lo trastornaban. Necesitaba la tira de trucos para excitarse, para decidirse.

Ha llovido mucho desde la tarde en que se marchó, ahora que lo pienso. No obstante, me acuerdo bien. Aquellas casas del arrabal que lindaban con nuestro parque se destacaban una vez más, bien claras, como todas las cosas, antes de que caiga la noche. Los árboles crecían en la sombra y subían a reunirse con la noche en el cielo.

Nunca hice nada por tener noticias suyas, por saber si había «desaparecido» de verdad, aquel Princhard, como dijeron una y otra vez. Pero es mejor que desapareciera.

* * *

Ya nuestra arisca paz lanzaba sus semillas hasta en la guerra.

Se podía adivinar lo que iba a ser, aquella histérica, con solo verla agitarse ya en la taberna del Olympia. Abajo, en el largo baile del sótano centelleante con cien espejos, pataleaba en el polvo y la gran desesperación al ritmo de música negro-judeo-sajona. Británicos y negros mezclados. Levantinos y rusos te encontrabas por todos lados, fumando, berreando, melancólicos y militares, en sofás carmesíes. Aquellos uniformes, que empezamos a olvidar con esfuerzo, fueron las simientes del hoy, esa cosa que aún crece y que no llegará a convertirse en estiércol hasta más adelante, a la larga.

Bien entrenados en el deseo gracias a las horas pasadas por semana en el Olympia, íbamos en grupo a visitar después a nuestra costurera-guantera-librera, la señora Herote, en el Passage des Beresinas, detrás del Folies-Bergére, hoy desaparecido, donde los perritos, llevados de la cadena por sus amitas, iban a hacer sus necesidades.

Allí íbamos a buscar a tientas nuestra felicidad, que el mundo entero amenazaba, rabioso. Nos daba vergüenza aquel deseo, pero, ¡no podíamos dejar de satisfacerlo! Es más difícil renunciar al amor que a la vida. Pasa uno la vida matando o adorando, en este mundo, y al mismo tiempo. «¡Te odio! ¡Te adoro!» Nos defendemos, nos mantenemos, volvemos a pasar la vida al bípedo del siglo próximo, con frenesí, a toda costa, como si fuera de lo más agradable continuarse, como si fuese a volvernos, a fin de cuentas, eternos. Deseo de abrazarse, pese a todo, igual que de rascarse.

Yo mejoraba mentalmente, pero mi situación militar seguía bastante indecisa. Me permitían salir a la ciudad de vez en cuando. Como digo, nuestra lencera se llamaba señora Herote. Tenía una frente tan estrecha, que al principio te encontrabas incómodo delante de ella, pero, en cambio, sus labios eran tan sonrientes y carnosos, que después no sabías qué hacer para evitarla. Al abrigo de la volubilidad formidable, de un temperamento inolvidable, albergaba una serie de intenciones simples, rapaces, piadosamente comerciales.

Empezó a hacer fortuna en pocos meses, gracias a los aliados y a su vientre, sobre todo. Le habían quitado los ovarios, conviene señalarlo, operada de salpingitis el año anterior. Esa castración liberadora fue su fortuna. Hay blenorragias femeninas que resultan providenciales. Una mujer que pasa el tiempo temiendo los embarazos no es sino una especie de impotente y nunca irá lejos por el camino del éxito.

Los viejos y los jóvenes creen también, y yo lo creía, que en la trastienda de ciertas librerías-lencerías se encontraba el medio de hacer el amor con facilidad y barato. Aún era así, hace unos veinte años, pero desde entonces muchas cosas han dejado de hacerse, sobre todo algunas de las más agradables. El puritanismo anglosajón cada mes nos consume más, ya ha reducido casi a nada el cachondeo improvisado de las trastiendas. Todo se vuelve matrimonio y corrección.

La señora Herote supo aprovechar las últimas licencias que aún existían para joder de pie y barato. Un tasador de subastas desocupado pasó por su tienda un domingo, entró y allí sigue. Chocho estaba un poco y siguió estándolo y se acabó. La felicidad de la pareja no provocó el menor comentario. A la sombra de los periódicos, que deliraban con las llamadas a los sacrificios últimos y patrióticos, la vida, estrictamente medida, rellena de previsión, continuaba y mucho más astuta, incluso, que nunca. Tales son la cara y la cruz, como la luz y la sombra, de la misma medalla.

El tasador de la señora Herote colocaba en Holanda fondos para sus amigos, los mejor informados, y para la señora Herote, a su vez, en cuanto se hicieron confidentes. Las corbatas, los sujetadores, las camisas que vendía, atraían a clientes y dientas y sobre todo los incitaban a volver a menudo.

Gran número de encuentros extranjeros y nacionales se celebraron a la sombra rosada de aquellos visillos y entre la charla incesante de la patrona, toda cuya persona substancial, charlatana y perfumada hasta el desmayo, habría podido poner cachondo al hepático más rancio. En aquellas combinaciones, en lugar de perder la cabeza, la señora Herote sacaba provecho, en dinero en primer lugar, porque descontaba el diezmo sobre las ventas en sentimientos y, además, porque se hacía mucho amor en torno a ella. Uniendo y desuniendo a las parejas con un gozo al menos igual, a fuerza de chismes, insinuaciones, traiciones.

Imaginaba dichas y dramas sin cesar. Alimentaba la vida de las pasiones. Lo que no hacía sino beneficiar a su comercio.

Proust, espectro a medias él mismo, se perdió con tenacidad extraordinaria en la futilidad infinita y diluyente de los ritos y las actitudes que se enmarañan en torno a la gente mundana, gente del vacío, fantasmas de deseos, orgiastas indecisos que siempre esperan a su Watteau, buscadores sin entusiasmo de Cíteras improbables. Pero la señora Herote, de origen popular y substancial, se mantenía sólidamente unida a la tierra por rudos apetitos, animales y precisos.

Si la gente es tan mala, tal vez sea sólo porque sufre, pero pasa mucho tiempo entre el momento en que han dejado de sufrir y aquel en que se vuelven un poco mejores. El gran éxito material y pasional de la señora Herote no había tenido tiempo aún de suavizar su disposición para la conquista.

No era más rencorosa que la mayoría de las pequeñas comerciantes de por allí, pero hacía muchos esfuerzos para demostrarte lo contrario, por lo que se recuerda su caso. Su tienda no era sólo un lugar de citas, era también como una entrada furtiva en un mundo de riqueza y lujo, en el que yo, pese a mis deseos, nunca había penetrado hasta entonces y del que, por lo demás, quedé eliminado de modo rápido y penoso después de una incursión furtiva, la primera y la única.

Los ricos de París viven juntos; sus barrios, en bloque, forman un pedazo del pastel urbano, cuya punta va a tocar el Louvre, mientras que el reborde redondeado se detiene en los árboles entre el puente d'Auteuil y la puerta de Ternes. Ya veis. Es el pedazo mejor de la ciudad. Todo el resto no es sino esfuerzo y estiércol.

Cuando se pasa por el barrio de los ricos, al principio no se notan grandes diferencias con los demás, salvo que en él las calles están un poco más limpias y se acabó. Para ir a hacer una excursión hasta el interior mismo de esa gente, de esas cosas, hay que confiar en el azar o en la intimidad.

Por la tienda de la señora Herote se podía penetrar un poco antes en esa reserva gracias a los argentinos que bajaban de los barrios privilegiados para proveerse en su tienda de calzoncillos y camisas y echar caliches también a su hermoso surtido de amigas ambiciosas, teatrales y musicales, bien hechas, que la señora Herote atraía a propósito.

A una de ellas, yo, que no tenía otra cosa que ofrecer que mi juventud, como se suele decir, empecé a apreciarla más de la cuenta. La pequeña Musyne la llamaban en aquel medio.

En el Passage des Beresinas, todo el mundo se conocía de tienda en tienda, como en un auténtico pueblecito, encajonado entre dos calles de París, es decir, que allí la gente se espiaba y se calumniaba humanamente hasta el delirio.

En el aspecto material, antes de la guerra, de lo que discutían, entre comerciantes, era de una vida de estrechez y ahorro desesperados. Entre otras pruebas de miseria, era pesadumbre crónica de aquellos tenderos verse forzados, en su penumbra, a recurrir al gas, llegadas las cuatro de la tarde, por los escaparates. Pero, en cambio, se creaba así, al margen, un ambiente propicio para las proposiciones delicadas.

Aun así, muchas tiendas estaban decayendo por culpa de la guerra, mientras que la de la señora Herote, a fuerza de jóvenes argentinos, oficiales con peculio y consejos del amigo tasador, adquiría un auge que todo el mundo, en los alrededores, comentaba, como es de imaginar, en términos abominables.

Conviene señalar, por ejemplo, que en aquella misma época, el célebre pastelero del número 112 perdió de pronto sus bellas clientas a consecuencia de la movilización. Las habituales degustadoras de guante largo, obligadas por la requisa masiva de caballos a acudir a pie, no volvieron más. No iban a volver nunca más. En cuanto a Sambanet, el encuadernador de música, no pudo resistir, de repente, el deseo que siempre había sentido de sodomizar a un soldado. Semejante audacia, inoportuna, de una noche le causó un daño irreparable ante ciertos patriotas, que, ni cortos ni perezosos, lo acusaron de espionaje. Tuvo que cerrar la tienda.

En cambio, la señorita Hermanee, en el número 26, cuya especialidad era hasta entonces el artículo de caucho, confesable o no, se habría forrado, gracias a las circunstancias, si no hubiera encontrado precisamente todas las dificultades del mundo para abastecerse de «preservativos», que recibía de Alemania.

En resumen, sólo la señora Herote, en el umbral de la nueva época de la lencería fina y democrática, entró sin problemas en la prosperidad.

Entre tiendas, se escribían muchas cartas anónimas y, además, sabrosas. A su vez, la señora Herote prefería, para distraerse, enviarlas a personajes importantes; hasta en eso manifestaba la profunda ambición que constituía el fondo mismo de su temperamento. Al Presidente del Consejo, por ejemplo, le enviaba, sólo para asegurarle que era un cornudo, y al mariscal Pétain, en inglés, con ayuda del diccionario, para hacerlo rabiar.

¿La carta anónima? ¡Ducha sobre plumas! La señora Herote recibía todos los días un paquetito con cartas de ésas, para ella, cartas sin firmar y que no olían bien, os lo aseguro. La dejaban pensativa, atónita, diez minutos más o menos, pero en seguida recuperaba su equilibrio, como fuera, con lo que fuese, pero siempre, y, además, con solidez, pues en su vida interior no había sitio alguno para la duda y menos aún para la verdad.

Entre sus dientas y protegidas, muchas jóvenes artistas le llegaban con más deudas que vestidos. A todas daba consejo la señora Herote y ellas lo aprovechaban, entre otras Musyne, que a mí me parecía la más mona de todas. Un auténtico angelito musical, un encanto de violinista, un encanto muy avispado, por cierto, según me demostró. Implacable en su deseo de llegar en la tierra, y no en el cielo, quedaba muy airosa, en el momento en que la conocí, en un numerito de lo más mono, muy parisino y olvidado, en el Varietés.

Aparecía con su violín a modo de prólogo improvisado, versificado, melodioso. Un género adorable y complicado.

Con el sentimiento que le profesaba, el tiempo se me volvió frenético y lo pasaba corriendo del hospital a la salida de su teatro. Por lo demás, casi nunca era yo el único que la esperaba. Militares del ejército de tierra se la disputaban a brazo partido, aviadores también y con mayor facilidad aún, pero la palma seductora se la llevaban sin duda los argentinos. El comercio de carne congelada de éstos alcanzaba, gracias a la pululación de nuevos contingentes, las proporciones de una fuerza de la naturaleza. La pequeña Musyne aprovechó aquella época mercantil. Hizo bien, los argentinos ya no existen.

Yo no comprendía. Era cornudo con todo y todo el mundo, con las mujeres, el dinero y las ideas. Cornudo, pero no contento. Aún hoy, me la encuentro, a Musyne, por azar, cada dos años o casi, igual que a la mayoría de las personas a las que ha conocido uno muy bien. Es el lapso necesario, dos años, para darse cuenta, de un solo vistazo, infalible entonces, como el instinto, de las fealdades con que un rostro, aun delicioso en su época, se ha cargado.

Te quedas como vacilando un instante ante él y después acabas aceptándolo, tal como se ha transformado, el rostro, con esa inarmonía en aumento, innoble, de toda la cara. No queda más remedio que asentir, a esa cuidadosa y lenta caricatura esculpida por dos años. Aceptar el tiempo, cuadro de nosotros. Entonces podemos decir que nos hemos reconocido del todo (como un billete extranjero, que a primera vista no nos atrevemos a aceptar), que no nos hemos equivocado de camino, que hemos seguido la ruta correcta, sin concertarnos, la ruta indefectible durante dos años más, la ruta de la podredumbre. Y se acabó.

Musyne, cuando me encontraba así, por casualidad, parecía, de tanto como la asustaba mi cabezón, querer huirme a toda costa, evitarme, apartarse, cualquier cosa. Sentía en mí el hedor de todo un pasado, pero a mí, que sé su edad, desde hace demasiados años, ya puede hacer lo que quiera, que no puede evitarme en modo alguno. Se queda ahí, violenta ante mi existencia, como ante un monstruo. Ella, tan delicada, se cree obligada a hacerme preguntas meningíticas, imbéciles, como las que haría una criada sorprendida con las manos en la masa. Las mujeres tienen naturaleza de criadas. Pero tal vez sólo imagine ella esa repulsión, más que sentirla; ése es el consuelo que me queda. Tal vez yo sólo le sugiera que soy inmundo. Tal vez sea yo un artista en ese género. Al fin y al cabo, ¿por qué no habría de haber tanto arte posible en la fealdad como en la belleza? Es un género que cultivar, nada más.

Por mucho tiempo creí que era tonta, la pequeña Musyne, pero sólo era una opinión de vanidoso rechazado. Es que, antes de la guerra, todos éramos mucho más ignorantes y fatuos que hoy. No sabíamos casi nada de las cosas del mundo en general, en fin, unos inconscientes... Los tipejos de mi estilo confundían con mayor facilidad que hoy la gimnasia con la magnesia. Por estar enamorado de Musyne, tan mona ella, pensaba que eso me iba a dotar de toda clase de facultades y, ante todo y sobre todo, del valor que me faltaba, ¡todo ello porque era tan bonita y tenía tan buen oído para la música! El amor es como el alcohol, cuanto más impotente y borracho estás, más fuerte y listo te crees y seguro de tus derechos.

La señora Herote, prima de muchos héroes muertos, ya sólo salía de su Passage con riguroso luto; además, raras veces iba a la ciudad, pues su tasador amigo se mostraba muy celoso. Nos reuníamos en el comedor de la trastienda, que, con la llegada de la prosperidad, adquirió visos de saloncito. Íbamos allí a conversar, a distraernos, amistosa, decorosamente, bajo el gas. La pequeña Musyne, al piano, nos extasiaba con los clásicos, sólo los clásicos, por las conveniencias de aquellos tiempos dolorosos. Allí pasábamos tardes enteras, codo con codo, con el tasador en medio, acunando juntos nuestros secretos, temores y esperanzas.

La sirvienta de la señora Herote, recién contratada, estaba muy interesada en saber cuándo se decidirían los unos a casarse con los otros. En su pueblo no se concebía el amor libre. Todos aquellos argentinos, aquellos oficiales, aquellos clientes buscones le causaban una inquietud casi animal.

Musyne se veía cada vez más acaparada por los clientes sudamericanos. Así acabé conociendo a fondo todas las cocinas y sirvientas de aquellos señores, a fuerza de ir a esperar a mi amada en el *office*. Por cierto, que los ayudas de cámara de aquellos señores me tomaban por el chulo. Y después todo el mundo acabó tomándome por un chulo, incluida la propia Musyne, al mismo tiempo, me parece, que todos los asiduos de la tienda de la señora Herote. ¡Qué le iba yo a hacer! Por lo demás, tarde o temprano te tiene que ocurrir, que te clasifiquen.

Obtuve de la autoridad militar otra convalecencia de dos meses de duración y se habló incluso de declararme inútil. Musyne y yo decidimos alquilar juntos un piso en Billancourt. Era para darme esquinazo, en realidad, aquel subterfugio, porque aprovechaba que vivíamos lejos para volver cada vez más raras veces a casa. Siempre encontraba nuevos pretextos para quedarse en París.

Las noches de Billancourt eran agradables, animadas a veces por aquellas pueriles alarmas de aviones y zepelines, gracias a las cuales los ciudadanos podían sentir escalofríos justificativos. Mientras esperaba a mi amante, iba a pasearme, caída la noche, hasta el puente de Grenelle, donde la sombra sube del río hasta el tablero del metro, con su rosario de farolas, tendido en plena obscuridad, con su enorme mole de chatarra también, que se lanza con estruendo en pleno flanco de los grandes inmuebles del Quai de Passy.

Existen ciertos rincones así en las ciudades, de una fealdad tan estúpida, que casi siempre te encuentras solo en ellos.

Musyne acabó volviendo a nuestro hogar, por llamarlo de algún modo, sólo una vez a la semana. Acompañaba cada vez con mayor frecuencia a las cantantes a casa de los argentinos. Habría podido tocar y ganarse la vida en los cines, donde me habría resultado mucho más fácil ir a buscarla, pero los argentinos eran alegres y generosos, mientras que los cines eran tristes y pagaban poco. Esas preferencias son la vida misma. Para colmo de mi desgracia, se creó el «Teatro en el frente». Al instante, Musyne hizo mil amistades militares en el Ministerio y cada vez con mayor frecuencia se marchaba a distraer en el frente a nuestros soldaditos y durante semanas enteras, además. Allí detallaba, para los ejércitos, la sonata y el adagio delante de la platea del Estado Mayor, bien colocada para verle las piernas. Por su parte, los chorchis, amajadados detrás de los jefes, sólo gozaban con los ecos melodiosos. Después Musyne pasaba, como es lógico, noches muy complicadas en los hoteles de la zona militar. Un día volvió muy alegre del frente, provista de un diploma de heroísmo, firmado por uno de nuestros grandes generales, nada menos. Ese diploma fue el punto de partida para su triunfo definitivo.

En la colonia argentina supo hacerse de pronto extraordinariamente popular. La festejaban. Se pirraban por mi Musyne, ¡violinista de guerra tan mona! Tan joven y de pelo rizado y, además, heroica. Aquellos argentinos tenían el estómago agradecido, profesaban hacia nuestros grandes *chefs* una admiración infinita y, cuando regresó mi Musyne, con su documento auténtico, su hermoso palmito, sus deditos ágiles y gloriosos, se pusieron a cortejarla a cuál más, a rifársela, por así decir. La poesía heroica se apodera sin resistencia de quienes no van a la guerra y aún más de aquellos a quienes está enriqueciendo de lo lindo. Es normal.

Ah, el heroísmo pícaro es como para caerse de culo, ¡os lo aseguro! Los armadores de Río ofrecían sus nombres y sus acciones a la nena que encarnaba para ellos, con tanta gracia y feminidad, el valor francés y guerrero. Musyne había sabido crearse, hay que reconocerlo, un pequeño repertorio muy mono de incidentes de guerra, que, como un sombrero atrevido, le sentaba de maravilla. Muchas veces me asombraba a mí mismo con su tacto y hube de reconocer, al oírla, que, en punto a embustes, yo a su lado era un simulador grosero. Ella tenía el don de situar sus ocurrencias en un pasado lejano y dramático, en el que todo se volvía y se conservaba precioso y penetrante. En punto a cuentos, nosotros, los combatientes, advertí de pronto, muchas veces conservábamos un carácter groseramente temporal y preciso. En cambio, mi amada se movía en la eternidad. Hay que creer a Claude Lorrain, cuando dice que los primeros planos de un cuadro siempre son repugnantes y que el arte exige situar el interés de la obra en la lejanía, en lo imperceptible, allí donde se refugia la mentira, ese sueño sorprendido in fraganti y único amor de los hombres. La mujer que sabe tener en cuenta nuestra miserable naturaleza se convierte con facilidad en nuestra amada, nuestra indispensable y suprema esperanza. Esperamos, a su lado, que nos conserve nuestra falsa razón de ser, pero entretanto puede ganarse la vida de sobra ejerciendo su función mágica. Musyne no dejaba de hacerlo, por instinto.

Sus argentinos vivían por el barrio de Ternes y, sobre todo, por los alrededores del Bois, en hotelitos particulares, bien cercados, brillantes, donde por aquellos meses de invierno reinaba un calor tan agradable, que al entrar en ellos, de la calle, los pensamientos se te volvían de repente optimistas, sin querer.

Desesperado y tembloroso, me había propuesto, para meter la pata hasta el final, ir lo más a menudo posible, ya lo he dicho, a esperar a mi compañera en el *office*. Me armaba de paciencia y esperaba, a veces hasta la mañana; tenía sueño, pero los celos me mantenían bien despierto y también el vino blanco, que las criadas me servían en abundancia. A sus señores argentinos yo los veía muy raras veces, oía sus canciones y su estruendoso español y el piano que no cesaba de sonar, pero tocado la mayoría de las veces por manos distintas de las de Musyne. Entonces, ¿qué hacía, la muy puta, con las manos, mientras tanto?

Cuando volvíamos a encontrarnos por la mañana, ante la puerta, ella ponía mala cara. Yo era aún natural como un animal en aquella época, no quería perder a mi amada y se acabó, como un perro su hueso.

Perdemos la mayor parte de la juventud a fuerza de torpezas. Era evidente que me iba a abandonar, mi amada, del todo y pronto. Yo no había aprendido aún que existen dos humanidades muy diferentes, la de los ricos y la de los pobres. Necesité, como tantos otros, veinte años y la guerra, para aprender a mantenerme dentro de mi categoría, a preguntar el precio de las cosas antes de tocarlas y, sobre todo, antes de encariñarme con ellas.

Así, pues, mientras me calentaba en el *office* con mis compañeros de la servidumbre, no comprendía que por encima de mi cabeza danzaban los dioses argentinos; podrían haber sido alemanes, franceses, chinos, eso carecía de importancia, pero dioses ricos, eso era lo que había que entender. Ellos arriba con mi Musyne; yo abajo, sin nada. Musyne pensaba con seriedad en su futuro, conque prefería hacerlo con un dios. Yo también, desde luego, pensaba en mi futuro, pero como en un delirio, porque todo el tiempo sentía, con sordina, el temor a que me mataran en la guerra y también a morir de hambre en la paz. Estaba con sentencia de muerte en suspenso y enamorado. No era una simple pesadilla. No demasiado lejos de nosotros, a menos de cien kilómetros, millones de hombres, valientes, bien armados, bien instruidos, me esperaban para ajustarme las cuentas y franceses también que me esperaban para acabar con mi piel, si me negaba a dejar que los de enfrente la hicieran jirones sangrientos.

Para el pobre existen en este mundo dos grandes formas de palmarla, por la indiferencia absoluta de sus semejantes en tiempo de paz o por la pasión homicida de los mismos llegada la guerra. Si se acuerdan de ti, al instante piensan en tu tortura, los otros, y en nada más. ¡Sólo les interesas chorreando sangre, a esos cabrones! Princhard había tenido más razón que un santo al respecto. Ante la inminencia del matadero, ya no especulas demasiado con las cosas del porvenir, sólo piensas en amar durante los días que te quedan, ya que es el único medio de olvidar el cuerpo un poco, olvidar que pronto te van a desollar de arriba abajo.

Como Musyne me esquivaba, yo me consideraba un idealista, así llamamos a nuestros pobres instintos, envueltos en palabras rimbombantes. Mi permiso se estaba acabando. Los periódicos insistían, machacones, en la necesidad de llamar a filas a todos los combatientes posibles y, ante todo, a quienes no tenían padrinos, por supuesto. Oficialmente, no había que pensar sino en ganar la guerra.

Musyne deseaba con ganas también, como Lola, que yo volviera a escape al frente y me quedara en él y, como parecía tomármelo con calma, se decidió a precipitar las cosas, aun no siendo eso propio de su carácter.

Una noche en que, por excepción, volvíamos juntos a Billancourt, pasaron de repente los bomberos trompetistas y todos los vecinos de nuestra casa se precipitaron al sótano en honor de no sé qué zepelín.

Aquellos pánicos de poca monta, durante los cuales todo un barrio en pijama desaparecía cloqueando, tras la vela, en las profundidades para escapar a un peligro casi por entero imaginario, daban idea de la angustiosa futilidad de aquellos seres, tan pronto gallinas espantadas tan pronto corderos fatuos y dóciles. Semejantes incongruencias monstruosas son como para asquear para siempre jamás al más paciente y tenaz de los sociófilos.

Desde el primer toque de clarín Musyne olvidaba que en el «Teatro en el frente» le habían descubierto gran heroísmo. Insistía para que me precipitara con ella al fondo de los subterráneos del metro, en las alcantarillas, donde fuera, pero al abrigo y en las profundidades últimas y, sobre todo, ¡al instante! De verlos a todos bajar corriendo así, grandes y pequeños, los inquilinos, frívolos o majestuosos, de cuatro en cuatro, hacia el agujero salvador, hasta yo acabé armándome de indiferencia. Cobarde o valiente, no quiere decir gran cosa. Conejo aquí, héroe allá, es el mismo hombre, no piensa más aquí que allá. Todo lo que no sea ganar dinero supera su capacidad de comprensión clara e infinitamente. Todo cuanto es vida o muerte le supera. Ni siquiera con su propia muerte especula bien a derechas. Sólo comprende el dinero y el teatro.

Musyne lloriqueaba ante mi resistencia. Otros inquilinos nos instaban a acompañarlos; acabé dejándome convencer. En cuanto a la elección del sótano, se emitieron proposiciones diferentes. El sótano del carnicero acabó obteniendo la mayoría de las adhesiones; afirmaban que estaba situado a mayor profundidad que ningún otro del inmueble. Desde el umbral te llegaban bocanadas de un olor acre y bien conocido por mí, que al instante me resultó de todo punto insoportable.

«¿Vas a bajar ahí, Musyne, con la carne colgando de los ganchos?», le pregunté.

«¿Por qué no?», me respondió, muy extrañada.

«Pues, mira, yo -dijehay cosas que no puedo olvidar y prefiero volver ahí arriba...»

«Entonces, ¿te vas?»

«¡Ven a buscarme cuando haya acabado todo!»

«Pero puede durar mucho...»

«Prefiero esperarte ahí arriba -le dije-. No me gusta la carne y esto pasará pronto.»

Durante la alarma, protegidos en sus reductos, los inquilinos intercambiaban cortesías atrevidas. Ciertas damas en bata, llegadas en el último momento, se apresuraban con elegancia y mesura hacia aquella bóveda olorosa, en la que el carnicero y la carnicera hacían los honores, al tiempo que se excusaban por el frío artificial, indispensable para la buena conservación de la mercancía.

Musyne desapareció con los demás. La esperé, arriba, en nuestra casa, una noche, todo un día, un año... No volvió nunca a reunirse conmigo.

Por mi parte, yo me volví, a partir de entonces, cada vez más difícil de contentar y ya sólo pensaba en dos cosas: salvar el pellejo y marcharme a América. Pero escapar de la guerra constituía ya una tarea inicial, que me dejó sin aliento durante meses y más meses.

«¡Cañones! ¡Hombres! ¡Municiones!», exigían, sin parecer cansarse nunca, los patriotas. Al parecer, no se podía dormir hasta arrancar del yugo germánico a la pobre Bélgica y a la pequeña e inocente Alsacia. Era una obsesión que impedía, según nos decían, a los mejores de nosotros respirar, comer, copular. De todos modos, no parecía que les impidiera hacer negocios, a los supervivientes. La moral estaba alta en la retaguardia, no se podía negar.

Tuvimos que reincorporarnos rápido a nuestros regimientos. Pero a mí, ya en el primer reconocimiento, me encontraron muy por debajo de la media aún y apto sólo para ser enviado a otro hospital, para casos de huesos y nervios. Una mañana salimos seis del cuartel, tres artilleros y tres dragones, heridos y enfermos, en busca de aquel lugar donde reparaban el valor perdido, los reflejos abolidos y los brazos rotos. Primero pasamos, como todos los heridos de la época, por el control, en Val-de-Gráce, ciudadela ventruda, noble y rodeada de árboles y que olía de lo lindo a ómnibus por los pasillos, olor hoy, y seguramente para siempre, desaparecido, mezcla de pies, jergones y quinqués. No duramos mucho en Val; apenas nos vieron, dos oficiales intendentes, casposos y agotados de cansancio, nos echaron una bronca, como Dios manda, y nos amenazaron con enviarnos a consejo de guerra y otros intendentes nos echaron a la calle. No tenían sitio para nosotros, según decían, al tiempo que nos indicaban un destino impreciso: un bastión, por los alrededores de la ciudad.

De tabernas a bastiones, entre copas de *pastis* y cafés con leche, salimos, pues, los seis al azar de las direcciones equivocadas, en busca de aquel nuevo abrigo que parecía especializado en la curación de héroes incapaces, de nuestro estilo.

Uno solo de los seis poseía un rudimento de propiedad, que conservaba entera, conviene señalarlo, en una cajita de metal de galletas Pernot, marca célebre entonces y de la que no he vuelto a oír hablar. Dentro escondía, nuestro compañero, cigarrillos y un cepillo de dientes; por cierto, que nos reíamos todos del cuidado, poco común entonces, que dedicaba a sus dientes y lo tratábamos, por ese refinamiento insólito, de «homosexual».

Por fin, tras muchas vacilaciones, llegamos, hacia medianoche, a los terraplenes hinchados de tinieblas de aquel bastión de Bicétre, el «43» se llamaba. Era el bueno.

Acababan de reformarlo para recibir a lisiados y carcamales. El jardín ni siquiera estaba acabado.

Cuando llegamos, el único habitante de la parte militar era la portera. Llovía con fuerza. Tuvo miedo de nosotros, la portera, al oírnos, pero la hicimos reír al ponerle la mano al instante en el lugar correcto. «¡Creía que eran alemanes!», dijo. «¡Están lejos!», le respondimos. «¿De qué estáis enfermos?», nos preguntó, preocupada. «De todo, pero, ¡de la pilila, no!», respondió un artillero. O sea, que no faltaba buen humor, la verdad, y, además, la portera lo apreciaba. En aquel mismo bastión vivieron con nosotros más adelante vejetes de la Asistencia Pública. Habían construido para ellos, con urgencia, nuevos edificios provistos de kilómetros de vidrieras; allí dentro los guardaban hasta el fin de las hostilidades, como insectos. En las colinas de los alrededores, una erupción de parcelas diminutas se disputaban montones de barro, que se escurría, mal contenido entre hileras de cabañas precarias. Al abrigo de éstas crecían, de vez en cuando, una lechuga y tres rábanos, que, sin que se supiera nunca por qué, babosas asqueadas cedían al propietario.

Nuestro hospital estaba limpio, así, al principio, durante varias semanas, que es como hay que apresurarse a ver cosas así, pues en este país carecemos del menor gusto para la conservación de las cosas, somos incluso unos verdaderos guarros. Conque nos acostamos, ya digo, en la que se nos antojó de aquellas camas metálicas y a la luz de la luna; eran tan nuevos aquellos locales, que aún no llegaba la electricidad.

Por la mañana temprano, vino a presentarse nuestro nuevo médico jefe, muy contento de vernos, al parecer, todo cordialidad por fuera. Tenía sus razones para estar contento, acababan de ascenderlo a general. Aquel hombre tenía, además, los ojos más bellos del mundo, aterciopelados y sobrenaturales, y los utilizaba lo suyo para encandilar a cuatro enfermeras encantadoras y solícitas, que lo colmaban de atenciones y aspavientos y no se perdían ripio de su médico jefe. Desde el primer contacto se informó sobre nuestra moral. Cogiendo, campechano, del hombro a uno de nosotros y sacudiéndolo, paternal, nos expuso, con voz reconfortante, las reglas y el camino más corto para ir airosos y lo más pronto posible a que nos partiesen la cara de nuevo.

Fuera cual fuese su procedencia, la verdad es que la gente no pensaba en otra cosa. Era como para creer que disfrutaban con ello. El nuevo vicio. «Francia, amigos míos, ha puesto la confianza en vosotros; es una mujer, Francia, ¡la más bella de las mujeres!

-entonó-. ¡Cuenta con vuestro heroísmo, Francia! Víctima de la más cobarde, la más abominable agresión. ¡Tiene derecho a exigir de sus hijos que la venguen profundamente! ¡A recuperar la integridad de su territorio, aun a costa del mayor sacrificio! Nosotros aquí, en lo que nos concierne, vamos a cumplir con nuestro deber. Amigos míos, ¡cumplid con el vuestro! ¡Nuestra ciencia os pertenece! ¡Es vuestra! ¡Todos sus recursos están al servicio de vuestra curación! ¡Ayudadnos, a vuestra vez, en la medida de vuestra buena voluntad! ¡Ya sé que podemos contar con ella! ¡Y que podáis pronto reintegraros a vuestros puestos, junto a vuestros queridos compañeros de las trincheras!

¡Vuestros sagrados puestos! Para la defensa de nuestro querido suelo. ¡Viva Francia!

¡Adelante!» Sabía hablar a los soldados.

Estábamos, cada cual al pie de su cama, en posición de firmes, escuchándolo. Detrás de él, una morena del grupo de sus bonitas enfermeras dominaba mal la emoción que la embargaba y que algunas lágrimas volvieron visible. Sus compañeras se mostraron al instante solícitas con ella: «Pero, ¡querida! ¡Si va a volver, mujer!... Te lo aseguro...»

La que mejor la consolaba era una de sus primas, la rubia un poco regordeta. Al pasar junto a nosotros, sosteniéndola en sus brazos, me confió, la regordeta, que estaba tan desconsolada, su prima tan mona, por la marcha reciente de su novio, incorporado a la Marina. El fogoso jefe, desconcertado, se esforzaba por atenuar la hermosa y trágica emoción propagada por su breve y vibrante alocución. Se encontraba muy confuso y apenado ante ella. Despertar de una inquietud demasiado dolorosa en un corazón excepcional, evidentemente patético, todo sensibilidad y ternura. «Si lo hubiéramos sabido, doctor -seguía susurrando la rubia prima-, le habríamos avisado... ¡Si usted supiera lo tiernamente que se aman!...» El grupo de las enfermeras y el propio doctor desaparecieron sin dejar de chacharear y susurrar por el corredor. Ya no se ocupaban de nosotros.

Intenté recordar y comprender el sentido de aquella alocución que acababa de pronunciar el hombre de ojos espléndidos, pero, a mí, lejos de entristecerme, me parecieron, tras reflexionar, extraordinariamente atinadas, aquellas palabras, para quitarme las ganas de morir. De la misma opinión eran los demás compañeros, pero éstos no veían en ellas, además, como yo, una actitud de desafío e insulto. Ellos no intentaban comprender lo que ocurría a nuestro alrededor en la vida, sólo discernían, y aun apenas, que el delirio ordinario del mundo había aumentado desde hacía unos meses, en tales proporciones, que, desde luego, ya no podía uno apoyar la existencia en nada estable.

Allí, en el hospital, como en la noche de Flandes, la muerte nos atormentaba; sólo, que aquí nos amenazaba desde más lejos, la muerte, irrevocable como allá, cierto es, una vez lanzada sobre nuestra trémula osamenta por la solicitud de la Administración.

Allí no nos abroncaban, desde luego, nos hablaban con dulzura incluso, nos hablaban todo el tiempo de cualquier cosa menos de la muerte, pero nuestra condena figuraba, no obstante, con toda claridad en el ángulo de cada papel que nos pedían firmar, en cada precaución que tomaban para con nosotros: medallas... brazaletes... el menor permiso... cualquier consejo... Nos sentíamos contados, acechados, numerados en la gran reserva de los que partirían mañana. Conque, lógicamente, todo aquel mundo ambiente, civil y sanitario, parecía más despreocupado que nosotros, en comparación. Las enfermeras, aquellas putas, no compartían nuestro destino, sólo pensaban, por el contrario, en vivir mucho tiempo, mucho más aún, y en amar, estaba claro, en pasearse y en hacer y volver a hacer el amor mil y diez mil veces. Cada una de aquellas angélicas se aferraba a su planecito en el perineo, como los forzados, para más adelante, su planecito de amor, cuando la hubiéramos diñado, nosotros, en un barrizal cualquiera, ¡y sólo Dios sabe cómo!

Lanzarían entonces suspiros rememorativos especiales que las volverían más atrayentes aún; evocarían en silencios emocionados los trágicos tiempos de la guerra, los fantasmas... «¿Os acordáis del joven Bardamu -dirían en la hora crepuscular, pensando en mí-, aquel que tanto trabajo nos daba para impedir que protestara?... Tenía la moral muy baja, aquel pobre muchacho... ¿Qué habrá sido de él?»

Algunas nostalgias poéticas en el momento oportuno favorecen a una mujer tan bien como los cabellos vaporosos a la luz de la luna.

Al amparo de cada una de sus palabras y de su solicitud, había que entender en adelante: «La vas a palmar, gentil soldado... La vas a palmar... Es la guerra... Cada cual con su vida... Con su papel... Con su muerte... Parece que compartimos tu angustia... Pero no se comparte la muerte de nadie... Todo debe ser, para las almas y los cuerpos sanos, motivo de distracción y nada más y nada menos y nosotras somos chicas fuertes, hermosas, consideradas, sanas y bien educadas... Para nosotras todo se vuelve, por automatismo biológico, espectáculo gozoso, ¡y se convierte en alegría! ¡Así lo exige nuestra salud! Y las feas licencias del pesar nos resultan imposibles... Necesitamos excitantes, sólo excitantes... Pronto quedaréis olvidados, soldaditos... Sed buenos y diñadla rápido... Y que acabe la guerra y podamos casarnos con uno de vuestros amables oficiales... ¡Sobre todo uno moreno!... ¡Viva la patria de la que siempre habla papá!...

¡Qué bueno debe de ser el amor, cuando vuelve de la guerra!... ¡Nuestro maridito será condecorado!... Será distinguido... Podrás sacar brillo a sus bonitas botas el hermoso día de nuestra boda, si aún existes, soldadito... ¿No te alegrarás entonces de nuestra felicidad, soldadito?...»

Todas las mañanas vimos y volvimos a ver a nuestro médico jefe, seguido de sus enfermeras. Era un sabio, según supimos. En torno a nuestras salas pasaban correteando los vejetes del asilo contiguo a saltos inútiles y descompasados. Iban a escupir sus chismes con sus caries de una sala a otra, llevando consigo maledicencias y cotilleos trasnochados. Encerrados allí, en su miseria oficial, como en un cercado baboso, los viejos trabajadores pastaban todo el excremento que se acumula en torno a las almas en los largos años de servidumbre. Odios impotentes, enmohecidos en la apestosa ociosidad de las salas comunes. Sólo utilizaban sus últimas y trémulas energías para hacerse un poco más de daño y destruir lo que les quedaba de placer y aliento.

¡Supremo placer! En su acartonada osamenta ya no subsistía un solo átomo que no fuera estrictamente malintencionado.

Desde que quedó claro que nosotros, los soldados, compartiríamos las relativas comodidades del bastión con aquellos vejetes, empezaron a detestarnos al unísono, sin por ello dejar de venir al tiempo a mendigar y sin descanso, haciendo cola por las ventanas, nuestras colillas y los mendrugos de pan duro caídos bajo los bancos. Sus apergaminados rostros se estrellaban a la hora de las comidas contra los vidrios de nuestro refectorio. Por entre los pliegues legañosos de sus narices lanzaban miradas de ratas viejas y codiciosas. Uno de aquellos lisiados parecía más astuto y pillo que los demás, venía a cantarnos cancioncillas de su época para distraernos, el tío Birouette lo llamábamos. Estaba dispuesto a hacer todo lo que quisiéramos, con tal de que le diésemos tabaco, cualquier cosa menos pasar ante el depósito de cadáveres del hospital, que, por cierto, nunca estaba vacío. Una de las bromas consistía en llevarlo hacia allá, como de paseo. «¿No quieres entrar?», le preguntábamos, cuando estábamos justo delante de la puerta. Entonces salía pitando y gruñendo, pero tan rápido y tan lejos, que no volvíamos a verlo durante dos días por lo menos, al tío Birouette. Había vislumbrado la muerte.

Nuestro médico jefe, el de los ojos bellos, profesor Bestombes, para hacernos recobrar ánimos, había hecho instalar todo un equipo muy complicado de artefactos eléctricos centelleantes, cuyas descargas periódicas sufríamos, efluvios que, según decía, eran tonificantes y habíamos de aceptar so pena de expulsión. Era muy rico, al parecer, Bestombes. Había que serlo para comprar todos aquellos chismes costosos y electrocutores. Su suegro, político importante, que había hecho grandes trapicheos con compras gubernamentales de terrenos, le permitía esas larguezas.

Había que aprovechar. Todo se arregla. Crímenes y castigos. Tal como era, no lo detestábamos. Examinaba nuestro sistema nervioso con un cuidado extraordinario y nos interrogaba con tono de familiaridad cortés. Esa campechanía calculada divertía deliciosamente a las enfermeras, todas distinguidas, de su servicio. Todas las mañanas esperaban, aquellas monadas, el momento de regocijarse con las manifestaciones de su gran gentileza; se relamían. En resumen, actuábamos todos en una obra en que él, Bestombes, había elegido el papel de sabio benefactor y profunda, amablemente humano; el caso era entenderse.

En aquel nuevo hospital, yo compartía habitación con el sargento Branledore, reenganchado; era un antiguo huésped de los hospitales, Branledore. Hacía meses que arrastraba su intestino perforado por cuatro servicios diferentes.

Durante esas estancias había aprendido a atraer y después conservar la simpatía activa de las enfermeras. Vomitaba, orinaba y evacuaba sangre bastante a menudo, Branledore; también tenía mucha dificultad para respirar, pero eso no habría bastado del todo para granjearle la buena disposición del personal, que veía cosas peores. Conque, entre dos ahogos, si pasaba por allí un médico o una enfermera: «¡Victoria! ¡Victoria!

¡Conseguiremos la Victoria!», gritaba Branledore a pleno pulmón o lo murmuraba por lo bajinis, según los casos. Adaptado así a la ardiente literatura agresiva mediante un oportuno efecto teatral, gozaba de la consideración moral más elevada. Se sabía el truco, el tío.

Como todo era teatro, había que actuar y tenía toda la razón Branledore; nada parece más idiota ni irrita tanto, la verdad, como un espectador inerte que haya subido por azar a las tablas. Cuando se está ahí arriba, verdad, hay que adoptar el tono, animarse, actuar, decidirse o desaparecer. Sobre todo las mujeres pedían espectáculo y eran despiadadas, las muy putas, para con los aficionados desconcertados. La guerra, no cabe duda, afecta a los ovarios; exigían héroes y quienes no lo eran del todo debían presentarse como tales o bien prepararse para sufrir el más ignominioso de los destinos.

Tras haber pasado ocho días en aquel nuevo servicio, habíamos comprendido la necesidad urgente de cambiar de actitud y, gracias a Branledore (representante de encajes en la vida civil), aquellos mismos hombres atemorizados y que buscaban la sombra, presa de vergonzosos recuerdos de mataderos, que éramos al llegar, se convirtieron en una pandilla de pájaros de aúpa, todos resueltos a la victoria y, os lo garantizo, armados de arranque y declaraciones imponentes. En efecto, nuestro lenguaje se había vuelto recio y tan subido de tono, que hacía enrojecer a veces a aquellas damas, si bien nunca se quejaban, porque es sabido que un soldado es tan bravo como despreocupado y más grosero de lo debido y que cuanto más bravo más grosero es.

Al principio, al tiempo que imitábamos a Branledore lo mejor que podíamos, nuestras actitudes patrióticas no quedaban del todo bien, no eran muy convincentes. Necesitamos una buena semana e incluso dos de ensayos intensivos para adoptar del todo el tono, el bueno.

En cuanto nuestro médico, el profesor agregado Bestombes notó, sabio él, la brillante mejora de nuestras cualidades morales, decidió, para estimularnos, autorizarnos algunas visitas, empezando por las de nuestros padres.

Algunos soldados capaces, por lo que yo había oído contar, experimentaban, al mezclarse en los combates, como embriaguez e incluso viva voluptuosidad. Por mi parte, en cuanto intentaba imaginar una voluptuosidad de ese orden tan especial, me ponía enfermo durante ocho días al menos. Me sentía tan incapaz de matar a alguien, que, desde luego, más valía renunciar y acabar de una vez. No es que hubiera carecido de experiencia, habían hecho todo lo posible incluso para hacerme cogerle gusto, pero no tenía ese don. Tal vez habría necesitado una iniciación más lenta.

Un día decidí comunicar al profesor Bestombes las dificultades que encontraba en cuerpo y alma para ser tan bravo como me habría gustado y como las circunstancias, sublimes, desde luego, lo exigían. Temía que me considerara un descarado, un charlatán impertinente... Pero, ¡qué va! ¡Al contrario! El profesor se declaró muy contento de que, en aquel arranque de franqueza, acudiera a confiarle la confusión espiritual que sentía.

«Amigo Bardamu, ¡está usted mejorando! ¡Está usted mejorando, sencillamente!» Ésa era su conclusión. «Esta confidencia que acaba de hacerme, de forma absolutamente espontánea, la considero, Bardamu, indicio muy alentador de una mejoría notable en su estado mental... Por lo demás, Vaudesquin, observador modesto, pero tan sagaz, de los desfallecimientos morales entre los soldados del Imperio, resumió, ya en 1802, observaciones de ese género en una memoria, hoy clásica, si bien injustamente despreciada por nuestros estudiosos actuales, en la que notaba, como digo, con mucha exactitud y precisión, crisis llamadas "de confesión", que sobrevienen, señal excelente, al convaleciente moral... Nuestro gran Dupré, casi un siglo después, supo establecer a propósito del mismo síntoma su nomenclatura, ahora célebre, en la que esta crisis idéntica figura con el título de crisis de "acopio de recuerdos", crisis que, según el mismo autor, debe producirse, cuando la cura va bien encauzada, poco antes de la derrota total de las ideaciones angustiosas y de la liberación definitiva de la esfera de la conciencia, fenómeno secundario, en resumen, en el curso del restablecimiento psíquico. Por otra parte, Dupré, con su terminología tan caracterizada por las imágenes y cuyo secreto sólo él conocía, llama "diarrea cogitativa de liberación" a esa crisis que en el sujeto va acompañada de una sensación de euforia muy activa, de una recuperación muy marcada de la actividad de comunicación, recuperación, entre otras, muy notable del sueño, que vemos prolongarse de repente durante días enteros; por último, otra fase: superactividad muy marcada de las funciones genitales, hasta el punto de que no es raro observar en los mismos enfermos, antes frígidos, auténticas "carpantas eróticas". A eso se debe esta fórmula: "El enfermo no entra en la curación: ¡se precipita!" Tal es el término magníficamente descriptivo, verdad, de esos triunfos en la recuperación, mediante el cual otro de nuestros grandes psiquiatras franceses del siglo pasado, Philibert Margeton, caracterizaba la recuperación de verdad triunfal de todas las actividades normales en un sujeto convaleciente de la enfermedad del miedo... En lo referente a usted, Bardamu, lo considero, pues, desde ahora, un auténtico convaleciente... ¿Le interesaría saber, Bardamu, ya que hemos llegado a esta conclusión satisfactoria, que mañana, precisamente, presento en la Sociedad de Psicología Militar una memoria sobre las cualidades fundamentales del espíritu humano?... Es una memoria de calidad, me parece.»

«Desde luego, profesor, esas cuestiones me apasionan...»

«Pues bien, sepa usted, en resumen, Bardamu, que en ella defiendo esta tesis: que antes de la guerra el hombre seguía siendo un desconocido inaccesible para el psiquiatra y los recursos de su espíritu un enigma...»

«Ésa es también mi muy modesta opinión, profesor...»

«Mire usted, Bardamu, la guerra, gracias a los medios incomparables que nos ofrece para poner a prueba los sistemas nerviosos, ¡hace de formidable revelador del espíritu humano! Vamos a poder pasar siglos ocupados en meditar sobre estas revelaciones patológicas recientes, siglos de estudios apasionados... Confesémoslo con franqueza...

¡Hasta ahora sólo habíamos sospechado las riquezas emotivas y espirituales del hombre! Pero en la actualidad, gracias a la guerra, es un hecho... ¡Estamos penetrando, a consecuencia de una fractura, dolorosa, desde luego, pero decisiva y providencial para la ciencia, en su intimidad! Desde las primeras revelaciones, a mí, Bestombes, ya no me cupo duda sobre el deber del psicólogo y del moralista modernos. ¡Era necesaria una reforma total de nuestras concepciones psicológicas!»

También yo, Bardamu, era de esa opinión.

«En efecto, creo, profesor, que estaría bien...»

«¡Ah! También lo cree usted, Bardamu, ¡no es que yo se lo diga! Mire usted, en el hombre lo bueno y lo malo se equilibran, egoísmo por una parte, altruismo por otra... En los sujetos excepcionales, más altruismo que egoísmo. ¿Eh? ¿No es así?»

«Así es, profesor, exactamente así...»

«Y en el sujeto excepcional, dígame, Bardamu, ¿cuál puede ser la más elevada entidad conocida que pueda estimular su altruismo y obligarlo a manifestarse indiscutiblemente?»

«¡El patriotismo, profesor!»

«¡Ah! Ve usted, ¡no es que yo se lo diga! ¡Me comprende usted perfectamente...

Bardamu! ¡El patriotismo y su corolario, la gloria, simplemente, su prueba!»

«¡Es cierto!»

«¡Ah! Nuestros soldaditos, fíjese bien, y desde las primeras pruebas de fuego, han sabido liberarse espontáneamente de todos los sofismas y conceptos accesorios y, en particular, de los sofismas de la conservación. Han ido a fundirse por instinto y a la primera con nuestra auténtica razón de ser, nuestra Patria. Para llegar hasta esa verdad, no sólo la inteligencia es superflua, Bardamu, ¡es que, además, molesta! Es una verdad del corazón, la Patria, como todas las verdades esenciales, ¡en eso el pueblo no se equivoca! Justo en lo que el sabio malo se extravía...»

«¡Eso es hermoso, profesor! ¡Demasiado hermoso! ¡Es clásico!» Me estrechó las dos manos casi con afecto, Bestombes.

Con voz que se había vuelto paternal, tuvo a bien añadir, además, a mi intención:

«Así voy a tratar a mis enfermos, Bardamu, mediante la electricidad para el cuerpo y el espíritu, dosis masivas de ética patriótica, auténticas inyecciones de moral reconstituyente».

«¡Lo comprendo, profesor!»

En efecto, comprendía cada vez mejor.

Tras separarme de él, me dirigí sin tardanza a la misa con mis compañeros reconstituidos en la capilla recién construida y descubrí a Branledore, que manifestaba su elevada moral dando lecciones de entusiasmo precisamente a la nieta de la portera detrás del portalón. Ante su invitación, acudí al instante a reunirme con él.

Por la tarde, por primera vez desde que estábamos allí vinieron padres desde París y después todas las semanas.

Por fin había escrito a mi madre. Estaba contenta de volver a verme, mi madre, y lloriqueaba como una perra a la que por fin hubieran devuelto su cachorro. Sin duda creía ayudarme mucho también al besarme, pero en realidad permanecía en un nivel inferior al de la perra, porque creía en las palabras que le decían para arrebatarme de su lado. Al menos la perra sólo cree en lo que huele. Mi madre y yo dimos un largo paseo por las calles cercanas al hospital, una tarde, fuimos vagabundeando por las calles sin acabar que hay por allí, calles con farolas aún sin pintar, entre las largas fachadas chorreantes, de ventanas abigarradas con cien trapos colgando, las camisas de los pobres, oyendo el chisporroteo de la chamusquina a mediodía, borrasca de grasas baratas. En el gran abandono lánguido que rodea la ciudad, allí donde la mentira de su lujo va a chorrear y acabar en podredumbre, la ciudad muestra a quien lo quiera ver su gran trasero de cubos de basura. Hay fábricas que eludes al pasear, que exhalan todos los olores, algunos casi increíbles, donde el aire de los alrededores se niega a apestar más. Muy cerca, enmohece la verbenita, entre dos altas chimeneas desiguales; sus caballitos pintados son demasiado caros para quienes los desean, muchas veces durante semanas enteras, mocosos raquíticos, atraídos, rechazados y retenidos a un tiempo, con todos los dedos en la nariz, por su abandono, la pobreza y la música.

Todo son esfuerzos para alejar de aquellos lugares la verdad, que no cesa de volver a llorar sobre todo el mundo; por mucho que se haga, por mucho que se beba, aunque sea vino tinto, espeso como la tinta, el cielo sigue siendo igual allí, cerrado, como una gran charca para los humos del suburbio.

En tierra, el barro se agarra al cansancio y los flancos de la existencia están cerrados también, bien cercados por inmuebles y más fábricas. Son ya féretros las paredes por ese lado. Como Lola se había ido para siempre y Musyne también, ya no me quedaba nadie. Por eso había acabado escribiendo a mi madre, por ver a alguien. A los veinte años ya sólo tenía pasado. Recorrimos juntos, mi madre y yo, calles y calles dominicales. Ella me contaba las insignificancias relativas a su comercio, lo que decían de la guerra a su alrededor, en la ciudad, que era triste, la guerra, «espantosa» incluso, pero que con mucho valor acabaríamos saliendo todos de ella, los caídos para ella no eran sino accidentes, como en las carreras; si se agarraran bien, no se caerían. Por lo que a ella respectaba, no veía en la guerra sino una gran pesadumbre nueva que intentaba no agitar demasiado; parecía que le diera miedo aquella pesadumbre; estaba repleta de cosas temibles que no comprendía. En el fondo, creía que los humildes como ella estaban hechos para sufrir por todo, que ésa era su misión en la Tierra, y que, si las cosas iban tan mal recientemente, debía de deberse también, en gran parte, a las muchas faltas acumuladas que habían cometido, los humildes... Debían de haber hecho tonterías, sin darse cuenta, por supuesto, pero el caso es que eran culpables y ya era mucha bondad que se les diera así, sufriendo, la ocasión de expiar sus indignidades... Era una «intocable», mi madre.

Ese optimismo resignado y trágico le servía de fe y constituía el fondo de su temperamento.

Seguíamos los dos, bajo la lluvia, por las calles sin edificar; por allí las aceras se hunden y desaparecen, los pequeños fresnos que las bordean conservan mucho tiempo las gotas en las ramas, en invierno, trémulas al viento, humilde hechizo. El camino del hospital pasaba por delante de numerosos hoteles recientes, algunos tenían nombre, otros ni siquiera se habían tomado esa molestia. «Habitaciones por semanas», decían, simplemente. La guerra los había vaciado, brutal, de su contenido de obreros y peones. No iban a volver ni siquiera para morir, los inquilinos. También es un trabajo morir, pero lo harían fuera.

Mi madre me acompañaba de nuevo hasta el hospital lloriqueando, aceptaba el accidente de la muerte; no sólo consentía, se preguntaba, además, si tenía yo tanta resignación como ella. Creía en la fatalidad tanto como en el bello metro de la Escuela de Artes y Oficios, del que siempre me había hablado con respeto, porque, siendo joven, le habían enseñado que el que utilizaba en su comercio de mercería era la copia escrupulosa de ese soberbio patrón oficial.

Entre las parcelas de aquel campo venido a menos existían aún algunos terrenos cultivados aquí y allá y, aferrados incluso a aquellos pobres restos, algunos campesinos viejos encajonados entre las casas nuevas. Cuando nos quedaba tiempo antes de regresar a la caída de la tarde, íbamos a contemplarlos, mi madre y yo, a aquellos extraños campesinos empeñados en excavar con un hierro esa cosa blanda y granulosa que es la tierra, donde meten a los muertos para que se pudran y de donde procede, de todos modos, el pan. «¡Debe de ser muy duro vivir de la tierra!», comentaba todas las veces al observarlos, mi madre, muy perpleja. En punto a miserias, sólo conocía las que se parecían a la suya, las de la ciudad, intentaba imaginarse cómo podían ser las del campo. Fue la única curiosidad que le conocí, a mi madre, y le bastaba como distracción para un domingo. Con eso volvía a la ciudad.

Yo no recibía la menor noticia de Lola, ni de Musyne tampoco. Las muy putas se mantenían claramente en el lado ventajoso de la situación, donde reinaba una consigna risueña pero implacable de eliminación para nosotros, carnes destinadas a los sacrificios. Ya en dos ocasiones me habían echado así hacia los lugares donde encierran a los rehenes. Simple cuestión de tiempo y de espera. La suerte estaba echada.

* * *

Branledore, mi vecino de hospital, el sargento, gozaba, ya lo he contado, de una persistente popularidad entre las enfermeras, estaba cubierto de vendas y radiante de optimismo. Todo el mundo en el hospital envidiaba y copiaba su actitud. Al volvernos presentables y dejar de ser repulsivos moralmente, empezamos, a nuestra vez, a recibir las visitas de gente bien situada en la sociedad y la administración parisinas. Se comentaba en los salones que el centro neurológico del profesor

Bestombes estaba convirtiéndose en el auténtico foco, por así decir, del fervor patriótico intenso, el hogar. A partir de entonces los días de visita recibimos no sólo a obispos, sino también a una duquesa italiana, un gran fabricante de municiones y pronto la propia Ópera y los actores del Théatre Franjáis. Venían a admirarnos sobre el terreno. Una bella actriz de la Comedie, que recitaba los versos como nadie, volvió incluso a mi cabecera para declamarme algunos particularmente heroicos. Su pelirroja y perversa melena (la piel hacía juego) se veía recorrida al tiempo por ondas sorprendentes que me llegaban en vibraciones derechas hasta el perineo. Como me interrogaba, aquella divina, sobre mis acciones de guerra, le di tantos detalles y tan emocionantes, que ya no me quitó los ojos de encima. Presa de emoción duradera, me pidió permiso para estampar en verso, gracias a un poeta admirador suyo, los pasajes más intensos de mis relatos. Accedí al instante. El profesor Bestombes, enterado de aquel proyecto, se declaró particularmente favorable. Incluso concedió una entrevista con ocasión de ello y el mismo día a los enviados de una gran *Revista ilustrada,* que nos fotografió a todos juntos en la escalinata del hospital junto a la bella actriz. «El más alto deber de los poetas, en los trágicos momentos que vivimos -declaró el profesor Bestombes, que no dejaba escapar ni una oportunidad-, ¡es el de devolvernos el gusto por la Epopeya! ¡Han pasado los tiempos de las maniobras mezquinas! ¡Abajo las literaturas acartonadas! ¡Un alma nueva nos ha nacido en medio del gran y noble estruendo de las batallas! ¡Lo exige en adelante el desarrollo de la gran renovación patriótica! ¡Las altas cimas prometidas a nuestra Gloria!... ¡Exigimos el soplo grandioso del poema épico!... Por mi parte, ¡declaro admirable que en este hospital que dirijo llegue a formarse, ante nuestros ojos, de modo inolvidable, una de esas sublimes colaboraciones creadoras entre el Poeta y uno de nuestros héroes!»

Branledore, mi compañero de cuarto, cuya imaginación llevaba un poco de retraso sobre la mía al respecto y que tampoco figuraba en la foto, concibió por ello una viva y tenaz envidia. Desde entonces se puso a disputarme de modo salvaje la palma del heroísmo. Inventaba historias nuevas, se superaba, nadie podía detenerlo, sus hazañas rayaban en el delirio.

Me resultaba difícil imaginar algo más animado, añadir algo más a tales exageraciones y, sin embargo, nadie en el hospital se resignaba; el caso era ver cuál de nosotros, picado por la emulación, inventaba a más y mejor otras «hermosas páginas guerreras» en las que figurar, sublime. Vivíamos un gran cantar de gesta, encarnando personajes fantásticos, en el fondo de los cuales temblábamos, ridículos, con todo el contenido de nuestras carnes y nuestras almas. Se habrían quedado de piedra, si nos hubieran sorprendido en la realidad. La guerra estaba madura.

Nuestro gran amigo Bestombes seguía recibiendo las visitas de numerosos notables extranjeros, señores científicos, neutrales, escépticos y curiosos. Los inspectores generales del ministerio pasaban, armados de sable y pimpantes, por nuestras salas, con la vida militar prolongada y, por tanto, rejuvenecidos e hinchados de nuevas dietas. Por eso, no escatimaban distinciones y elogios, los inspectores. Todo iba bien. Bestombes y sus magníficos heridos se convirtieron en el honor del servicio de Sanidad.

Mi bella protectora del «Francais» volvió pronto una vez más, a hacerme una visita particular, mientras su poeta familiar acababa el relato, rimado, de mis hazañas. Por fin conocí, en una esquina de un corredor, a aquel joven, pálido, ansioso. La fragilidad de las fibras de su corazón, según me confió, en opinión de los propios médicos, rayaba en el milagro. Por eso lo retenían, aquellos médicos preocupados por los seres frágiles, lejos de los ejércitos. A cambio, había emprendido, aquel humilde bardo, con riesgo incluso para su salud y para todas sus supremas fuerzas espirituales, la tarea de forjar, para nosotros, «el bronce moral de nuestra victoria». Una bella herramienta, por consiguiente, en versos inolvidables, desde luego, como todo lo demás.

¡No me iba yo a quejar, puesto que me había elegido entre tantos otros bravos innegables, para ser su héroe! Por lo demás, me favoreció, confesémoslo, espléndidamente. A decir verdad, fue magnífico. El acontecimiento del recital se produjo en la propia Comédie-Francaise, durante una así llamada sesión poética. Todo el hospital fue invitado. Cuando apareció en escena mi pelirroja, trémula recitadora, con gesto grandioso y el talle torneado en los pliegues, vueltos por fin voluptuosos, del tricolor, fue la señal para que la sala entera, de pie, ávida, ofreciera una de esas ovaciones que no acaban. Desde luego, yo estaba preparado, pero, aun así, mi asombro fue real, no pude ocultar mi estupefacción a mis vecinos al oírla vibrar, exhortar así, aquella amiga magnífica, gemir incluso, para volver más apreciable todo el drama que entrañaba el episodio por mí inventado para su uso particular.

Evidentemente, su poeta me concedía puntos con la imaginación, hasta había magnificado monstruosamente la mía, ayudado por sus rimas floridas, con adjetivos formidables que iban a recaer solemnes en el supremo y admirativo silencio. Al llegar al desarrollo de un período, el más caluroso del pasaje, dirigiéndose al palco donde nos encontrábamos, Branledore y yo y algunos otros heridos, la artista, con sus dos espléndidos brazos extendidos, pareció ofrecerse al más heroico de nosotros. En aquel momento el poeta ilustraba con fervor un fantástico rasgo de bravura que yo me había atribuido. Ya no recuerdo bien lo que ocurría, pero no era cosa de poca monta. Por fortuna, nada es increíble en punto a heroísmo. El público adivinó el sentido de la ofrenda artística y la sala entera dirigida entonces hacia nosotros, gritando de gozo, transportada, trepidante, reclamaba al héroe.

Branledore acaparaba toda la parte delantera del palco y sobresalía de entre todos nosotros, pues podía taparnos casi completamente tras sus vendas. Lo hacía a propósito, el muy cabrón.

Pero dos de mis compañeros, que se habían subido a sillas detrás de él, se ofrecieron, de todos modos, a la admiración de la multitud por encima de sus hombros y su cabeza. Los aplaudieron a rabiar.

«Pero, ¡si se refiere a mí! -estuve a punto de gritar en aquel momento-. ¡A mí solo!» Me conocía yo a Branledore, nos habríamos insultado delante de todo el mundo y tal vez nos habríamos pegado incluso. Al final, para él fue la perra gorda. Se impuso. Se quedó solo y triunfante, como deseaba, para recibir el tremendo homenaje. A los demás, vencidos, no nos quedaba otra opción que precipitarnos hacia los bastidores, cosa que hicimos y, por fortuna, fuimos festejados en ellos. Consuelo. Sin embargo, nuestra actriz-inspiradora no estaba sola en su camerino. A su lado se encontraba el poeta, su poeta, nuestro poeta. También él amaba, como ella, a los jóvenes soldados, muy tiernamente. Me lo hicieron comprender con arte. Buen negocio. Me lo repitieron, pero no tuve en cuenta sus amables indicaciones. Peor para mí, porque las cosas se habrían podido arreglar muy bien. Tenían mucha influencia. Me despedí bruscamente, ofendido como un tonto. Era joven.

Recapitulemos: los aviadores me habían robado a Lola, los argentinos me habían cogido a Musyne y, por último, aquel invertido armonioso acababa de soplarme mi soberbia comedianta. Abandoné, desamparado, la Comedie mientras apagaban los últimos candelabros de los pasillos y volví, solo, de noche y a pie, a nuestro hospital, ratonera entre barros tenaces y suburbios insumisos.

* * *

No es por darme pisto, pero debo reconocer que mi cabeza nunca ha sido muy sólida. Pero es que entonces, por menos de nada, me daban mareos, como para caer bajo las ruedas de los coches. Titubeaba en la guerra. En punto a dinero para gastillos, sólo podía contar, durante mi estancia en el hospital, con los pocos francos que mi madre me daba todas las semanas con gran sacrificio. Por eso, en cuanto me fue posible, me puse a buscar pequeños suplementos, por aquí y por allá, donde pudiera encontrarlos. Uno de mis antiguos patronos fue el primero que me pareció propicio al respecto y en seguida recibió mi visita.

Recordé con toda oportunidad que había trabajado en tiempos obscuros en casa de aquel Roger Puta, el joyero de la Madeleine, en calidad de empleado suplente, un poco antes de la declaración de la guerra. Mi tarea en casa de aquel joyero asqueroso consistía en «extras», en limpiar la plata de su tienda, numerosa, variada y, en épocas de regalos, difícil de mantener limpia, por los continuos manoseos.

En cuanto acababa en la facultad, donde seguía estudios rigurosos e interminables (por los exámenes en los que fracasaba), volvía al galope a la trastienda del Sr. Puta y pasaba dos o tres horas luchando con sus chocolateras, a base de «blanco de España», hasta la hora de la cena.

A cambio de mi trabajo me daban de comer, abundantemente por cierto, en la cocina. Por otra parte, mi currelo consistía también en llevar a pasear y mear los perros de guarda de la tienda antes de ir a clase. Todo ello por cuarenta francos al mes. La joyería Puta centelleaba con mil diamantes en la esquina de la Rué Vignon y cada uno de aquellos diamantes costaba tanto como varios decenios de mi salario. Por cierto, que aún siguen brillando en ella, esos diamantes. Aquel patrón Puta, destinado a servicios auxiliares cuando la movilización, se puso a servir en particular a un ministro, cuyo automóvil conducía de vez en cuando. Pero, por otro lado, y ello de forma totalmente oficiosa, prestaba,

Puta, servicios de lo más útiles, suministrando las joyas del Ministerio. El personal de las altas esferas especulaba con gran fortuna con los mercados cerrados y por cerrar. Cuanto más avanzaba la guerra, mayor necesidad había de joyas. El Sr. Puta recibía tantos pedidos, que a veces encontraba dificultades para atenderlos.

Cuando estaba agotado, el Sr. Puta llegaba a adquirir una pequeña expresión de inteligencia, por la fatiga que lo atormentaba y sólo en esos momentos. Pero en reposo, su rostro, pese a la finura innegable de sus facciones, formaba una armonía de placidez tonta, de la que resultaba difícil no conservar para siempre un recuerdo desesperante.

Su mujer, la Sra. Puta, era una sola cosa con la caja de la casa, de la que no se apartaba, por así decir, nunca. La habían educado para ser la esposa de un joyero. Ambición de padres. Conocía su deber, todo su deber. La pareja era feliz, al tiempo que la caja era próspera. No es que fuese fea, la Sra. Puta, no, incluso habría podido ser bastante bonita, como tantas otras, sólo que era tan prudente, tan desconfiada, que se detenía al borde de la belleza, como al borde de la vida, con sus cabellos demasiado peinados, su sonrisa demasiado fácil y repentina, gestos demasiado rápidos o demasiado furtivos. Irritaba intentar distinguir lo que de demasiado calculado había en aquel ser y las razones del malestar que experimentabas, pese a todo, al acercarte a ella. Esa repulsión instintiva que inspiran los comerciantes a los avisados que se acercan a ellos es uno de los muy escasos consuelos de ser pobres diablillos que tienen quienes no venden nada a nadie.

Así, pues, era presa total de las mezquinas preocupaciones del comercio, la Sra. Puta, exactamente como la Sra. Herote, pero en otro estilo, y del mismo modo que las religiosas son presa, en cuerpo y alma, de Dios.

Sin embargo, de vez en cuando, sentía, nuestra patrona, como una preocupación de circunstancias. Así sucedía que se abandonara hasta llegar a pensar en los padres de los combatientes. «De todos modos, ¡qué desgracia esta guerra para quienes tienen hijos mayores!»

«Pero, bueno, ¡piensa antes de hablar! -la reprendía al instante su marido, a quien esas sensiblerías encontraban siempre listo y resuelto-. ¿Es que no hay que defender a Francia?»

Así, personas de buen corazón, pero por encima de todo buenos patriotas, estoicos, en una palabra, se quedaban dormidos todas las noches de la guerra encima de los millones de su tienda, fortuna francesa.

En los burdeles que frecuentaba de vez en cuando, el Sr. Puta se mostraba exigente y deseoso de que no lo tomaran por un pródigo. «Yo no soy un inglés, nena -avisaba desde el principio-. ¡Sé lo que es trabajar! ¡Soy un soldadito francés sin prisas!» Tal era su declaración preliminar. Las mujeres lo apreciaban mucho por esa forma sensata de abordar el placer. Gozador pero no pardillo, un hombre. Aprovechaba el hecho de conocer su mundo para realizar algunas transacciones de joyas con la ayudante de la patrona, quien no creía en las inversiones en Bolsa. El Sr. Puta progresaba de forma sorprendente desde el punto de vista militar, de licencias temporales a prorrogas definitivas. No tardó en quedar del todo libre, tras no sé cuántas visitas médicas oportunas. Contaba como uno de los goces más altos de su existencia la contemplación y, de ser posible, la palpación de pantorrillas hermosas. Era un placer por el que al menos superaba a su esposa, entregada en exclusiva al comercio. Con calidades iguales, siempre encontramos, al parecer, un poco más de inquietud en el hombre, por limitado que sea, por corrompido que esté, que en la mujer. En resumen, era un artistilla en ciernes, aquel Puta. Muchos hombres, en punto a arte, se quedan siempre, como él, en la manía de las pantorrillas hermosas. La Sra. Puta estaba muy contenta de no tener hijos. Manifestaba con tanta frecuencia su satisfacción por ser estéril, que su marido, a su vez, acabó comunicando su content común a la ayudante de la patrona. «Sin embargo, por fuerza tienen que ir los hijos de alguien -respondía ésta, a su vez-, ¡pues es un deber!» Es cierto que la guerra imponía deberes.

El ministro al que servía Puta en el automóvil tampoco tenía hijos: los ministros no tienen hijos.

Hacia 1913, otro empleado auxiliar trabajaba conmigo en los pequeños quehaceres de la tienda; era Jean Voireuse, un poco «comparsa» por la noche en los teatrillos y por la tarde repartidor en la tienda de Puta. También él se contentaba con sueldos mínimos. Pero se las arreglaba gracias al metro. Iba casi tan rápido a pie como en metro para hacer los recados. Conque se quedaba con el precio del metro. Todo sisas. Le olían un poco los pies, cierto es, mucho incluso, pero lo sabía y me pedía que le avisara, cuando no había clientes en la tienda, para poder entrar sin perjuicio y hacer las cuentas con la Sra. Puta. Una vez cobrado el dinero, lo enviaban al instante a reunirse conmigo en la trastienda. Los pies le sirvieron mucho durante la guerra. Tenía fama de ser el agente de enlace más rápido de su regimiento. Durante la convalecencia, vino a verme al fuerte de Bicetre y fue incluso con ocasión de esa visita cuando decidimos ir juntos a dar un sablazo a nuestro antiguo patrón. Dicho y hecho. En el momento en que llegábamos por el Bulevard de la Madeleine, estaban acabando de instalar el escaparate...

«¡Hombre! ¿Vosotros aquí? -se extrañó un poco de vemos el Sr. Puta-. De todos modos, ¡me alegro! ¡Entrad! Tú, Voireuse, ¡tienes buen aspecto! ¡Eso es bueno! Pero tú, Bardamu, ¡pareces enfermo, muchacho! ¡En fin! ¡Eres joven! ¡Ya te recuperarás! A pesar de todo, ¡tenéis potra, chicos! Se diga lo que se diga, estáis viviendo momentos magníficos, ¿eh? ¿Allí arriba? ¡Y al aire! Eso es Historia, amigos, ¡os lo digo yo! ¡Y qué Historia!»

No le respondíamos nada al Sr. Puta, le dejábamos decir todo lo que quisiera antes de darle el sablazo... Conque continuaba:

«¡Ah! ¡Es duro, lo reconozco, estar en las trincheras!... ¡Es cierto! Pero, ¡aquí, verdad, también es duro de lo lindo!... ¿Que a vosotros os han herido? ¡Y yo estoy reventado! ¡Hace dos años que hago servicios de noche por la ciudad! ¿Os dais cuenta? ¡Imaginaos! ¡Absolutamente reventado! ¡Deshecho! ¡Ah, las calles de París por la noche! Sin luz, chicos... ¡Y conduciendo un auto y muchas veces con el ministro! ¡Y, encima, a toda velocidad! ¡No os podéis imaginar!... ¡Como para matarse diez veces todas las noches!...»

«Sí -confirmó la señora Puta-, y a veces conduce a la esposa del ministro también...»

«¡Ah, sí! Y no acaba ahí la cosa...»

«¡Es terrible!», comentamos al unísono.

«¿Y los perros? -preguntó Voireuse para mostrarse educado-. ¿Qué han hecho de ellos? ¿Todavía los llevan a pasear por las Tullerías?»

«¡Los mandé matar! ¡Eran un perjuicio para la tienda!... ¡Pastores alemanes!»

«¡Es una pena! -lamentó su mujer-. Pero los nuevos perros que tenemos ahora son muy agradables, son escoceses... Huelen un poco... Mientras que nuestros pastores alemanes, ¿recuerdas, Voireuse?... Se puede decir que no olían nunca. Podíamos dejarlos encerrados en la tienda, incluso después de la lluvia...»

«¡Ah, sí! -añadió el Sr. Puta-. No como ese jodio Voireuse con sus pies! ¿Aún te huelen los pies, Jean? ¡Anda, jodio Voireuse!»

«Me parece que un poco aún», respondió Voireuse. En ese momento entraron unos clientes.

«No os retengo más, amigos míos -nos dijo el Sr. Puta, deseoso de eliminar a Jean de la tienda cuanto antes-. ¡Y que haya salud, sobre todo! ¡No os pregunto de dónde venís!

¡Ah, no! La Defensa Nacional ante todo, ¡ésa es mi opinión!»

Al decir Defensa Nacional, se puso muy serio, Puta, como cuando devolvía el cambio... Así nos despedían. La Sra. Puta nos entregó veinte francos a cada uno, al marcharnos. Ya no nos atrevíamos a cruzar de nuevo la tienda, lustrosa y reluciente como un yate, por nuestros zapatos, que parecían monstruosos sobre la fina alfombra.

«¡Ah! ¡Míralos, a los dos, Roger! ¡Qué graciosos están!... ¡Han perdido la costumbre! ¡Parece que hubieran pisado una mierda!», exclamó la Sra. Puta.

«¡Ya se les pasará!», dijo el Sr. Puta, cordial y bonachón y muy contento de librarse tan pronto de nosotros y por tan poco.

Una vez en la calle, pensamos que no llegaríamos demasiado lejos con veinte francos cada uno, pero Voireuse tenía otra idea.

«Vente -me dijoa casa de la madre de un amigo que murió cuando estábamos en el Mosa; yo voy todas las semanas, a casa de sus padres, para contarles cómo murió su chaval... Son gente rica... Me da unos cien francos todas las veces, su madre... Dicen que les gusta escucharme... Conque como comprenderás...»

«¿Qué cojones voy a ir yo a hacer en su casa? ¿Qué le voy a decir a la madre?»

«Pues le dices que lo viste, tú también... Te dará cien francos también a ti... ¡Son gente rica de verdad! ¡Te lo digo yo! No se parecen a ese patán de Puta... Ésos no miran el dinero...»

«De acuerdo, pero, ¿estás seguro de que no me va a preguntar detalles?... Porque yo no lo conocí a su hijo, eh... Voy a estar pez, si me pregunta...»

«No, no, no importa, di lo mismo que yo... Di: sí, sí... ¡No te preocupes! Está apenada, compréndelo, esa mujer, y como le hablamos de su hijo, se pone contenta... Sólo pide eso... Cualquier cosa... Está chupado...»

Yo no conseguía decidirme, pero deseaba con ganas los cien francos, que me parecían excepcionalmente fáciles de obtener y como providenciales.

«Vale -me decidí al final-. Pero siempre que no tenga que inventar nada, ¡eh! ¡Te aviso! ¿Me lo prometes? Diré lo mismo que tú, nada más... Vamos a ver, ¿cómo murió el chaval?»

«Recibió un obús en plena jeta, chico, y, además, de los grandes, en Garance, así se llamaba el sitio... en el Mosa, al borde de un río... No se encontró "ni esto" del muchacho, ¡fíjate! O sea, que sólo quedó el recuerdo... Y eso que era alto, verdad, y buen mozo, el chaval, y fuerte y deportista, pero contra un obús, ¿no? ¡No hay resistencia!»

«¡Es verdad!»

«Visto y no visto, vamos... ¡A su madre aún le cuesta creerlo hoy! De nada sirve que yo le cuente y vuelva a contar... Cree que sólo ha desaparecido... Es una idea absurda...

¡Desaparecido!... No es culpa suya, nunca ha visto un obús, no puede comprender que alguien se desintegre así, como un pedo, y se acabó, sobre todo porque era su hijo...»

«¡Claro, claro!»

«En fin, hace quince días que no he ido a verlos... Pero vas a ver, cuando llegue, me recibe en seguida, la madre, en el salón, y, además, es que es una casa muy bonita, parece un teatro, de tantas cortinas como hay, alfombras, espejos por todos lados... Cien francos, como comprenderás, no deben de significar nada para ellos... Como para mí un franco, poco más o menos... Hoy hasta puede que me dé doscientos... Hace quince días que no la he visto... Vas a ver a los criados con los botones dorados, chico...»

En la Avenue Henri-Martin, se giraba a la izquierda y después se avanzaba un poco y, por fin, se llegaba ante una verja en medio de los árboles de una pequeña alameda privada.

«¿Ves? -observó Voireuse, cuando estuvimos justo delante-. Es como un castillo... Ya te lo había dicho... El padre es un mandamás en los ferrocarriles, según me han contado... Un baranda...»

«¿No será jefe de estación?», dije en broma.

«Vete a paseo... Míralo, por ahí baja... Viene hacia aquí...»

Pero el hombre de edad al que señalaba no llegó en seguida, caminaba encorvado en torno al césped e iba hablando con un soldado. Nos acercamos. Reconocí al soldado, era el mismo reservista que había encontrado la noche de Noirceur-sur-la-Lys, estando de reconocimiento. Incluso recordé al instante el nombre que me había dicho: Robinson.

«¿Conoces a ese de infantería?», me preguntó Voireuse.

«Sí, lo conozco.»

«Tal vez sea amigo de ellos... Deben de hablar de la madre; ojalá que no nos impidan ir a verla... Porque es ella más bien quien suelta la pasta...»

El anciano se acercó a nosotros. Le temblaba la voz.

«Querido amigo -dijo a Voireuse-, tengo el dolor de comunicarle que después de su última visita mi pobre mujer sucumbió a nuestra inmensa pena... El jueves la habíamos dejado sola un momento, nos lo había pedido... Lloraba...»

No pudo acabar la frase. Se volvió bruscamente y se alejó.

«Te reconozco», dije entonces a Robinson, en cuanto el anciano se hubo alejado lo suficiente de nosotros.

«Yo también te reconozco...»

«Oye, ¿qué le ha ocurrido a la vieja?», le pregunté entonces.

«Pues que se ahorcó ayer, ¡ya ves! -respondió-. ¡Qué mala pata, chico! -añadió incluso al respecto-. ¡La tenía de madrina!... Mira que tengo suerte, ¡eh! ¡Eso es lo que se dice giba! ¡La primera vez que venía de permiso!... Y hacía seis meses que esperaba este día...»

No pudimos reprimir la risa, Voireuse y yo, ante la desgracia de Robinson. Desde luego, era una sorpresa desagradable; sólo, que eso no nos devolvía nuestros doscientos pavos, que hubiera muerto, a nosotros que íbamos a inventarnos una nueva bola para el caso. De repente, no estábamos contentos, ni unos ni otros.

«Conque te las prometías muy felices, ¿eh, cabroncete? -lo chinchábamos, a Robinson, para tomarle el pelo-. Creías que te ibas a dar una comilona de aúpa, ¿eh?, con los viejos. Quizá creyeras que te la ibas a cepillar también, a la madrina... Pues, ¡vas listo, macho!...»

Como, de todos modos, no podíamos quedarnos allí mirando el césped y desternillándonos de risa, nos fuimos los tres juntos hacia Grenelle. Contamos el dinero que teníamos entre los tres, no era mucho. Como teníamos que volver esa misma noche a nuestros hospitales y depósitos respectivos, teníamos lo justo para cenar en una taberna los tres y después tal vez quedara un poquito, pero no bastante, para ir de putas. Sin embargo, fuimos al picadero, pero sólo para tomar una copa abajo.

«A ti me alegro de verte -me anunció Robinson-, pero anda, que la tía ésa, ¡la madre del chaval!... De todos modos, cuando lo pienso, ¡mira que ir a ahorcarse el día mismo que yo llego!... No me lo puedo quitar de la cabeza... ¿Acaso me ahorco yo?... ¿De pena?... Entonces, ¡yo tendría que pasar la vida ahorcándome!... ¿Y tú?»

«La gente rica -dijo Voireuse es más sensible que los demás.»

Tenía buen corazón, Voireuse. Añadió: «Si tuviera seis francos, subiría con esa morenita de ahí, junto a la máquina tragaperras...»

«Ve -le dijimos nosotros entonces-, y después nos cuentas si chupa bien...»

Sólo, que, por mucho que buscamos, no teníamos bastante, incluida la propina, para que pudiera tirársela. Teníamos lo justo para tomar otro café cada uno y dos copas. Una vez que nos las soplamos, ¡volvimos a salir de paseo!

En la Place Vendôme acabamos separándonos. Cada uno se iba por su lado. Al despedirnos, casi no nos veíamos y hablábamos muy bajo, por los ecos. No había luz, estaba prohibido.

A Jean Voireuse no lo volví a ver nunca. A Robinson volví a encontrármelo muchas veces en adelante. Fueron los gases los que acabaron con Jean Voireuse, en Somme. Fue a acabar al borde del mar, en Bretaña, dos años después, en un sanatorio marino. Al principio me escribió dos veces, luego nada. Nunca había estado junto al mar. «No te puedes imaginar lo bonito que es -me escribía-, tomo algunos baños, es bueno para los pies, pero creo que tengo la voz completamente jodida.» Eso le fastidiaba porque su ambición, en el fondo, era la de poder volver un día a los coros del teatro.

Los coros están mucho mejor pagados y son más artísticos que las simples comparsas.

* * *

Los barandas acabaron soltándome y pude salvar el pellejo, pero quedé marcado en la cabeza y para siempre. ¡Qué le íbamos a hacer! «¡Vete!... -me dijeron-. ¡Ya no sirves para nada!...»

«¡A África! me dije-. Cuanto más lejos, ¡mejor!» Era un barco como los demás de la Compañía de los Corsarios Reunidos el que me llevó. Iba hacia los trópicos, con su carga de cotonadas, oficiales y funcionarios.

Era tan viejo, aquel barco, que le habían quitado hasta la placa de cobre de la cubierta superior, donde en tiempos aparecía escrito el año de nacimiento; databa de tan antiguo su nacimiento, que habría inspirado miedo a los pasajeros y también cachondeo.

Conque me embarcaron en él para que intentara restablecerme en las colonias. Quienes bien me querían deseaban que hiciera fortuna. Por mi parte, yo sólo tenía ganas de irme, pero, como, cuando no eres rico, siempre tienes que parecer útil y como, por otro lado, nunca acababa mis estudios, la cosa no podía continuar así. Tampoco tenía dinero suficiente para ir a América. «Pues, ¡a África!», dije entonces y me dejé llevar hacia los trópicos, donde, según me aseguraban, bastaba con un poco de templanza y buena conducta para labrarse pronto una situación.

Aquellos pronósticos me dejaban perplejo. No tenía muchas cosas a mi favor, pero, desde luego, tenía buenos modales, de eso no había duda, actitud modesta, deferencia fácil y miedo siempre de no llegar a tiempo y, además, el deseo de no pasar por encima de nadie en la vida, en fin, delicadeza...

Cuando has podido escapar de un matadero internacional enloquecido, no deja de ser una referencia en cuanto a tacto y discreción. Pero volvamos a aquel viaje. Mientras permanecimos en aguas europeas, la cosa no se anunciaba mal. Los pasajeros enmohecían repartidos en la sombra de los entrepuentes, en los WC, en el fumadero, en grupitos suspicaces y gangosos. Todos ellos bien embebidos de *amer piçons* y chismes, de la mañana a la noche. Eructaban, dormitaban y vociferaban, sucesivamente, y, al parecer, sin añorar nunca nada de Europa.

Nuestro navío se llamaba el *Amiral-Bragueton*. Debía de mantenerse sobre aquellas aguas tibias sólo gracias a su pintura. Tantas capas acumuladas, como pieles de cebolla, habían acabado constituyendo una especie de segundo casco en el *Amiral-Bragueton*. Bogábamos hacia África, la verdadera, la grande, la de selvas insondables, miasmas deletéreas, soledades invioladas, hacia los grandes tiranos negros repantigados en las confluencias de ríos sin fin. Por un paquete de hojas de afeitar Pilett iba yo a sacarles marfiles así de largos, aves resplandecientes, esclavas menores de edad. Me lo habían prometido. ¡Vida de obispo, vamos! Nada en común con esa África descortezada de las agencias y monumentos, los ferrocarriles y el guirlache. ¡Ah, no! Nosotros íbamos a verla en su jugo, ¡el África auténtica! ¡Nosotros, los pasajeros del *Amiral-Bragueton,* que no dejábamos de darle a la priva!

Pero, tras pasar ante las costas de Portugal, las cosas empezaron a estropearse. Irresistiblemente, cierta mañana, al despertar, nos vimos como dominados por un ambiente de estufa infinitamente tibio, inquietante. El agua en los vasos, el mar, el aire, las sábanas, nuestro sudor, todo, tibio, caliente. En adelante imposible, de noche, de día, tener ya nada fresco en la mano, bajo el trasero, en la garganta, salvo el hielo del bar con el whisky. Entonces una vil desesperación se abatió sobre los pasajeros del *AmiralBragueton,* condenados a no alejarse más del bar, embrujados, pegados a los ventiladores, soldados a los cubitos de hielo, intercambiando amenazas después de las cartas y disculpas en cadencias incoherentes.

No hubo que esperar mucho. En aquella estabilidad desesperante de calor, todo el contenido humano del navío se coaguló en una borrachera masiva. Nos movíamos remolones entre los puentes, como pulpos en el fondo de una bañera de agua estancada. Desde aquel momento vimos desplegarse a flor de piel la angustiosa naturaleza de los blancos, provocada, liberada, bien a la vista por fin, su auténtica naturaleza de verdad, igualito que en la guerra. Estufa tropical para instintos, semejantes a los sapos y víboras que salen por fin a la luz, en el mes de agosto, por los flancos agrietados de las cárceles. En el frío de Europa, bajo las púdicas nieblas del Norte, aparte de las matanzas, tan sólo se sospecha la hormigueante crueldad de nuestros hermanos, pero, en cuanto los excita la fiebre innoble de los trópicos, su corrupción invade la superficie. Entonces nos destapamos como locos y la porquería triunfa y nos recubre por entero. Es la confesión biológica. Desde el momento en que el trabajo y el frío dejan de coartarnos, aflojan un poco sus tenazas, descubrimos en los blancos lo mismo que en la alegre ribera, una vez que el mar se retira: la verdad, charcas pestilentes, cangrejos, carroña y zurullos.

Así, pasado Portugal, todo el mundo, en el navío, se puso a liberar los instintos con rabia, ayudado por el alcohol y también por esa sensación de satisfacción íntima que procura una gratuidad de viaje absoluta, sobre todo a los militares y funcionarios en activo. Sentirse alimentado, alojado y abrevado gratis durante cuatro semanas seguidas, es bastante, por sí solo, ¿no?, al pensarlo, para delirar de economía. Por consiguiente, yo, el único que pagaba el viaje, parecí, en cuanto se supo esa particularidad, singularmente descarado, del todo insoportable.

Si hubiera tenido alguna experiencia de los medios coloniales, al salir de Marsella, habría ido, compañero indigno, a pedir de rodillas perdón, indulgencia a aquel oficial de infantería colonial que me encontraba por todas partes, el de graduación más alta, y a humillarme, además, tal vez, para mayor seguridad, a los pies del funcionario más antiguo. ¿Quizás entonces me habrían tolerado entre ellos sin inconveniente aquellos pasajeros fantásticos? Pero mi inconsciente pretensión de respirar, ignorante de mí, en torno a ellos estuvo a punto de costarme la vida.

Nunca se es bastante temeroso. Gracias a cierta habilidad, sólo perdí el amor propio que me quedaba. Veamos cómo ocurrió. Algo después de pasar las islas Canarias, supe por un camarero que todos estaban de acuerdo en considerarme presumido, insolente incluso... Que me suponían chulo de putas y al mismo tiempo pederasta... Un poco cocainómano incluso... Pero eso por añadidura... Después se abrió paso la idea de que debía de huir de Francia ante las consecuencias de fechorías de lo más graves. Sin embargo, eso sólo era el comienzo de mis adversidades. Entonces me enteré de la costumbre impuesta en aquella línea: la de no aceptar sino con extrema circunspección, acompañada, por cierto, de novatadas, a los pasajeros que pagaban, es decir, los que no gozaban ni de la gratuidad militar ni de los convenios burocráticos, pues las colonias francesas, como es sabido, eran propiedad exclusiva de la nobleza de los *Anuarios*.

Al fin y al cabo, existen muy pocas razones válidas para que un civil desconocido se aventure en esa dirección... Espía, sospechoso, encontraron mil razones para mirarme con mala cara, los oficiales a los ojos, las mujeres con sonrisa convenida. Pronto, hasta los propios criados, alentados, intercambiaban a mi espalda comentarios de lo más cáusticos. Al final, nadie dudaba que yo era el mayor y más insoportable granuja a bordo y, por así decir, el único. La cosa prometía.

Mis vecinos de mesa eran cuatro agentes de correos de Gabón, hepáticos, desdentados. Familiares y cordiales al principio de la travesía, después no me dirigieron ni una triste palabra. Es decir, que, por acuerdo tácito, me colocaron en régimen de vigilancia común. Llegó un momento en que no salía de mi camarote sino con infinitas precauciones. La atmósfera de horno nos pesaba sobre la piel como un cuerpo sólido. En cueros y con el cerrojo echado, ya no me movía e intentaba imaginar qué plan podían haber concebido los diabólicos pasajeros para perderme. No conocía a nadie a bordo y, sin embargo, todo el mundo parecía reconocerme. Mis señas particulares debían de haber quedado grabadas instantáneamente en sus mentes, como las del criminal célebre que se publican en los periódicos.

Desempeñaba, sin quererlo, el papel del indispensable «infame y repugnante canalla», vergüenza del género humano, señalado por todos lados a lo largo de los siglos, del que todo el mundo ha oído hablar, igual que del Diablo y de Dios, pero que siempre es tan distinto, tan huidizo, en la tierra y en la vida, inaprensible, en resumidas cuentas. Habían sido necesarias, para aislarlo, «al canalla», para identificarlo, sujetarlo, las circunstancias excepcionales que sólo se daban en aquel estrecho barco.

Un auténtico regocijo general y moral se anunciaba a bordo del *Amiral-Bragueton*.

«El inmundo» no iba a escapar a su suerte. Era yo.

Por sí solo, aquel acontecimiento bien valía el viaje. Recluido entre aquellos enemigos espontáneos, intentaba yo, a duras penas, identificarlos sin que lo advirtieran. Para lograrlo, los espiaba impunemente, sobre todo de mañana, por la ventanilla de mi camarote. Antes del desayuno, tomando el fresco, peludos del pubis a las cejas y del recto a la planta de los pies, en pijama, transparentes al sol; tendidos a lo largo de la borda, con el vaso en la mano, venían a eructar allí, mis enemigos, y amenazaban ya con vomitar alrededor, sobre todo el capitán de ojos saltones e inyectados, a quien el hígado atormentaba de lo lindo, desde la aurora. Al despertar, preguntaba sin falta por mí a los otros guasones, si aún no me habían «tirado por la borda», según decía, «¡como un gargajo!». Para ilustrar lo que quería decir, escupía al mismo tiempo en el mar espumoso. ¡Qué cachondeo!

El *Amiral* apenas avanzaba, se arrastraba más que nada, ronroneando, entre uno y otro balanceo. Ya es que no era un viaje, era una enfermedad. Los miembros de aquel concilio matinal, al examinarlos desde mi rincón, me parecían todos profundamente enfermos, palúdicos, alcohólicos, sifilíticos seguramente; su decadencia, visible a diez metros, me consolaba un poco de mis preocupaciones personales. Al fin y al cabo, ¡eran unos vencidos, tanto como yo, aquellos matones!... ¡Aún fanfarroneaban, simplemente!

¡La única diferencia! Los mosquitos se habían encargado ya de chuparlos y destilarles en plenas venas esos venenos que no desaparecen nunca... El treponema les estaba ya limando las arterias... El alcohol les roía el hígado... El sol les resquebrajaba los riñones... Las ladillas se les pegaban a los pelos y el eczema a la piel del vientre... ¡La luz cegadora acabaría achicharrándoles la retina!... Dentro de poco, ¿qué les iba a quedar? Un trozo de cerebro... ¿Para qué? ¿Me lo queréis decir?... ¿Allí donde iban?

¿Para suicidarse? Sólo podía servirles para eso, un cerebro, allí donde iban... Digan lo que digan, no es divertido envejecer en los países en que no hay distracciones... Te ves obligado a mirarte al espejo, cuyo azogue enmohece, y verte cada vez más decaído, cada vez más feo... No tardas en pudrirte, entre el verdor, sobre todo cuando hace un calor atroz.

Al menos el Norte conserva las carnes; la gente del Norte es pálida de una vez para siempre. Entre un sueco muerto y un joven que ha dormido mal, poca diferencia hay. Pero el colonial está ya cubierto de gusanos un día después de desembarcar. Los esperaban impacientes, esas vermes infinitamente laboriosas, y no los soltarían hasta mucho después de haber cruzado el límite de la vida. Sacos de larvas.

Nos faltaban aún ocho días de mar antes de hacer escala en Bragamance, primera tierra prometida. Yo tenía la sensación de encontrarme dentro de una caja de explosivos.

Ya apenas comía para no acudir a su mesa ni atravesar los entrepuentes en pleno día. Ya no decía ni palabra. Nunca me veían de paseo. Era difícil estar tan poco como yo en el barco, aun viviendo en él.

Mi camarero, padre de familia él, tuvo a bien confiarme que los brillantes oficiales de la colonial habían jurado, con el vaso en la mano, abofetearme a la primera ocasión y después tirarme por la borda. Cuando le preguntaba por qué, no sabía y me preguntaba, a su vez, qué había hecho yo para llegar a ese extremo. Nos quedábamos con la duda. Aquello podía durar mucho tiempo. No gustaba mi jeta y se acabó.

Nunca más se me ocurriría viajar con gente tan difícil de contentar. Estaban tan desocupados, además, encerrados durante treinta días consigo mismos, que les bastaba muy poco para apasionarse. Por lo demás, no hay que olvidar que en la vida corriente cien individuos por lo menos a lo largo de una sola jornada muy ordinaria desean quitarte tu pobre vida: por ejemplo, todos aquellos a quienes molestas, apretujados en la cola del metro detrás de ti, todos aquellos también que pasan delante de tu piso y que no tienen dónde vivir, todos los que esperan a que acabes de hacer pipí para hacerlo ellos, tus hijos, por último, y tantos otros. Es incesante. Te acabas acostumbrando. En el barco el apiñamiento se nota más, conque es más molesto.

En esa olla que cuece a fuego lento, el churre de esos seres escaldados se concentra, los presentimientos de la soledad colonial que los va a sepultar pronto, a ellos y su destino, los hace gemir, ya como agonizantes. Se chocan, muerden, laceran, babean. Mi importancia a bordo aumentaba prodigiosamente de un día para otro. Mis raras llegadas a la mesa, por furtivas y silenciosas que procurara hacerlas, cobraban carácter de auténticos acontecimientos. En cuanto entraba en el comedor, los ciento veinte pasajeros se sobresaltaban, cuchicheaban...

Los oficiales de la colonial, bien cargados de aperitivo tras aperitivo en torno a la mesa del comandante, los recaudadores de impuestos, las institutrices congoleñas sobre todo, de las que el *Amiral-Bragueton* llevaba un buen surtido, habían acabado, entre suposiciones malévolas y deducciones difamatorias, atribuyéndome una importancia infernal.

Al embarcar en Marsella, yo no era sino un soñador insignificante, pero ahora, a consecuencia de aquella concentración irritada de alcohólicos y vaginas impacientes, me encontraba irreconocible, dotado de un prestigio inquietante.

El comandante del navío, gran bribón astuto y verrugoso, que con gusto me estrechaba la mano al comienzo de la travesía cada vez que nos encontrábamos, ahora no parecía ya reconocerme siquiera, igual que se evita a un hombre buscado por un feo asunto, culpable ya... ¿De qué? Cuando el odio de los hombres no entraña riesgo alguno, su estupidez se deja convencer rápido, los motivos vienen solos.

Por lo que me parecía discernir en la malevolencia compacta en que me debatía, una de las señoritas institutrices animaba al elemento femenino de la conjuración. Volvía al Congo, a diñarla, al menos así lo esperaba yo, la muy puta. Apenas se separaba de los oficiales coloniales de torso torneado en la tela resplandeciente y adornados, además, con el juramento que habían pronunciado de machacarme como una infecta babosa, ni más ni menos, mucho antes de la próxima escala. Se preguntaban por turno si yo sería tan repugnante aplastado como entero. En resumen, se divertían. Aquella señorita atizaba su inspiración, reclamaba la borrasca contra mí en el puente del *AmiralBragueton,* no quería conocer descanso hasta que por fin me hubieran recogido jadeante, enmendado para siempre de mi impertinencia imaginaria, castigado por haber osado existir, golpeado con rabia, en una palabra, sangrando, magullado, implorando piedad bajo la bota y el puño de uno de aquellos cachas, cuya acción muscular y furia espléndida ardía en deseos de admirar. Escena de alta carnicería en la que sus fiados ovarios presentían un despertar. Valía tanto como ser violada por un gorila. El tiempo pasaba y es peligroso retrasar demasiado las corridas. Yo era el toro. El barco entero lo exigía, estremeciéndose hasta las bodegas.

El mar nos encerraba en aquel ruedo empernado. Hasta los maquinistas estaban al corriente. Y como ya sólo quedaban tres días para la escala, jornadas decisivas, varios toreros se ofrecieron. Y cuanto más huía yo del escándalo, más agresivos e inminentes se volvían conmigo. Ya se entrenaban los sacrificadores. Me acorralaron entre dos camarotes, contra un lienzo de pared. Escapé por los pelos, pero llegó a serme francamente peligroso el simple hecho de ir al retrete. Así, pues, cuando ya sólo teníamos por delante esos tres días de mar, aproveché para renunciar definitivamente a todas mis necesidades naturales. Me bastaban las ventanillas. A mi alrededor todo era agobiante de odio y aburrimiento. Debo decir también que es increíble, ese aburrimiento de a bordo, cósmico, por hablar con franqueza. Cubre el mar, el barco y los cielos. Sería capaz de volver excéntrica a gente sólida, con mayor razón a aquellos brutos quiméricos.

¡Un sacrificio! Me iban a someter a él. Los acontecimientos se precipitaron una noche, después de la cena, a la que, sin embargo, no había podido dejar de acudir, acuciado por el hambre. No había levantado la nariz del plato y ni siquiera me había atrevido a sacar el pañuelo del bolsillo para limpiarme. Nadie ha jalado jamás más discreto que yo en aquella ocasión. De las máquinas te subía, estando sentado, hacia el trasero, una vibración incesante y tenue. Mis vecinos de mesa debían de estar al corriente de lo que habían decidido en relación conmigo, pues para mi sorpresa, se pusieron a hablarme por extenso y con gusto de duelos y estocadas, a hacerme preguntas... En aquel momento también, la institutriz del Congo, la que tenía tan mal aliento, se dirigió hacia el salón. Tuve tiempo de notar que llevaba un vestido de encaje, muy pomposo, y se acercaba al piano con una como prisa crispada, para tocar, si se puede decir así, tonadas que dejaba sin concluir. El ambiente se volvió intensamente nervioso y furtivo.

Di un salto para ir a refugiarme en mi camarote. Estaba a punto de alcanzarlo, cuando uno de los capitanes de la colonial, el más echado para adelante, el más musculoso de todos, me cortó el paso, sin violencia, pero con firmeza. «Subamos al puente», me ordenó. Al instante estábamos arriba. Para aquella ocasión, llevaba su quepis más dorado, se había abotonado enteramente del cuello a la braqueta, cosa que no había hecho desde nuestra partida. Estábamos, pues, en plena ceremonia dramática. No me llegaba la camisa al cuerpo y el corazón me latía a la altura del ombligo.

Aquel preámbulo, aquella impecabilidad anormal, me hicieron presagiar una ejecución lenta y dolorosa. Aquel hombre me daba la sensación de un fragmento de la guerra colocado de repente en mi camino, testarudo, tarado, asesino.

Detrás de él, cerrándome la puerta del entrepuente, se alzaban al tiempo cuatro oficiales subalternos, atentos en extremo, escolta de la fatalidad.

No había, pues, medio de escapar. Aquella interpelación debía de estar minuciosamente preparada. «¡Señor, ante usted el capitán Frémizon de las tropas coloniales! En nombre de mis compañeros y del pasaje de este barco, con razón indignados por su incalificable conducta, ¡tengo el honor de pedirle una explicación!...

¡Ciertas declaraciones que ha hecho usted respecto a nosotros desde la salida de Marsella son inaceptables!... ¡Ha llegado el momento, señor mío, de expresar bien alto sus quejas!... ¡De proclamar lo que vergonzosamente cuenta por lo bajo desde hace veintiún días! De decirnos al fin lo que piensa...»

Al oír aquellas palabras, sentí un inmenso alivio. Había temido una ejecución irremediable, pero, ya que el capitán hablaba, me ofrecían una escapatoria. Me precipité a aprovechar la oportunidad. Toda posibilidad de cobardía se convierte en una esperanza magnífica a quien sabe lo que se trae entre manos. Ésa es mi opinión. No hay que mostrarse nunca delicado respecto al medio de escapar del destripamiento ni perder el tiempo tampoco buscando las razones de la persecución de que sea uno víctima. Al sabio le basta con escapar.

«¡Capitán! -le respondí con todo el convencimiento de voz de que era capaz en aquel momento-. ¡Qué extraordinario error iba usted a cometer! ¡Yo! ¿Cómo puede atribuirme, a mí, semejantes sentimientos pérfidos? ¡Es demasiada injusticia, la verdad!

¡Sólo de pensarlo me pongo enfermo! ¡Cómo! ¡Yo, que hace nada era aún defensor de nuestra querida patria! ¡Yo, que he mezclado mi sangre con la de usted durante años en innumerables batallas! ¡Qué injusticia iba a cometer conmigo, capitán!»

Después, dirigiéndome al grupo entero:

«¿Cómo han podido ustedes, señores, creer semejante maledicencia? ¡Llegar hasta el extremo de pensar que yo, hermano de ustedes, en resumidas cuentas, me empeñaba en propalar inmundas calumnias sobre oficiales heroicos! ¡Es el colmo! ¡El colmo, la verdad! ¡Y eso en el momento en que se aprestan, esos valientes, esos valientes incomparables, a reanudar la custodia sagrada de nuestro inmortal imperio colonial! -proseguí-. Allí donde los más magníficos soldados de nuestra raza se han cubierto de gloria eterna. ¡Los Mangin! ¡Los Faidherbe, los Gallieni!... ¡Ah, capitán! ¿Yo? ¿Una cosa así?»

Hice una pausa. Esperaba mostrarme conmovedor. Por fortuna, así fue por un instante. Entonces, sin perder tiempo, aprovechando el armisticio de la cháchara, fui derecho hacia él y le estreché las dos manos con emoción.

Con sus manos encerradas en las mías me sentía un poco más tranquilo. Sin soltarlas, seguí explicándome con locuacidad y, al tiempo que le daba mil veces la razón, le aseguraba que nuestras relaciones debían empezar de nuevo y esa vez sin equívocos.

¡Que mi natural y estupida timidez era la única causa de aquella fantástica confusión! Que, desde luego, mi conducta se podía haber interpretado como un inconcebible desdén hacia aquel grupo de pasajeros y pasajeras, «héroes y encantadores mezclados... Reunión providencial de grandes caracteres y talentos... Sin olvidar a las damas, intérpretes musicales incomparables, ¡ornato del barco!...». Al tiempo que pedía perdón profusamente, solicité, para acabar, que me admitieran, sin dilación ni restricción alguna, en su alegre grupo patriótico y fraterno... en el que, desde aquel momento y para siempre, deseaba ser amable compañía... Sin soltarle las manos, por supuesto, intensifiqué la elocuencia.

Mientras no mate, el militar es como un niño. Resulta fácil divertirlo. Como no está acostumbrado a pensar, en cuanto le hablas, se ve obligado, para intentar comprenderte, a hacer esfuerzos extenuantes. El capitán Frémizon no me mataba, no estaba bebiendo tampoco, no hacía nada con las manos, ni con los pies, tan sólo intentaba pensar. Eso era superior a sus posibilidades. En el fondo, yo lo tenía sujeto de la cabeza.

Gradualmente, mientras duraba aquella prueba de humillación, yo notaba que mi amor propio estaba listo para dejarme, esfumarse aún más y después soltarme, abandonarme del todo, por así decir, oficialmente. Digan lo que digan, es un momento muy agradable. Después de ese incidente, me volví para siempre infinitamente libre y ligero, moralmente, claro está. Tal vez lo que más se necesite para salir de un apuro en la vida sea el miedo. Por mi parte, desde aquel día nunca he deseado otras armas ni otras virtudes.

Los compañeros del militar indeciso, que habían acudido también a propósito para enjugarme la sangre y jugar a las tabas con mis dientes desparramados, iban a contentarse con el único triunfo de atrapar las palabras en el aire. Los civiles, que habían acudido temblorosos ante el anuncio de una ejecución, tenían cara de pocos amigos. Como yo no sabía exactamente lo que decía, salvo que debía mantenerme a toda costa en el tono lírico, sin soltar las manos del capitán, miré fijamente a un punto ideal en la bruma esponjosa entre la que avanzaba el *Amiral-Bragueton* resoplando y escupiendo a cada impulso de la hélice. Por fin, me arriesgué, para concluir, a hacer girar uno de mis brazos por encima de mi cabeza y soltando una de las manos del capitán, una sola, me lancé a la perorata: «Entre bravos, señores oficiales, ¿no es lógico que acabemos entendiéndonos? ¡Viva Francia, entonces, qué hostia! ¡Viva Francia!» Era el truco del sargento Branledore. También en aquella ocasión dio resultado. Fue el único caso en que Francia me salvó la vida, hasta entonces había sido más bien lo contrario. Observé entre los oyentes un momentito de vacilación, pero, de todos modos, a un oficial, por poco predispuesto que esté, le resulta muy difícil abofetear a un civil, en público, en el momento en que grita tan fuerte como yo acababa de hacerlo: «¡Viva Francia!» Aquella vacilación me salvó.

Cogí dos brazos al azar en el grupo de oficiales e invité a todo el mundo a venir a ponerse las botas en el bar a mi salud y por nuestra reconciliación. Aquellos valientes no resistieron más de un minuto y a continuación bebimos durante dos horas. Sólo las hembras de a bordo nos seguían con los ojos, silenciosas y gradualmente decepcionadas. Por las ventanillas del bar, distinguía yo, entre otras, a la pianista, institutriz testaruda, que pasaba, la hiena, y volvía a pasar en medio de un círculo de pasajeras. Sospechaban, por supuesto, aquellos bichos, que me había escapado de la celada con astucia y se prometían atraparme con algún subterfugio. Entretanto, bebíamos sin cesar entre hombres bajo el inútil pero cansino ventilador, que desde las Canarias intentaba en vano desmigajar el tibio algodón atmosférico. Sin embargo, aún necesitaba yo hacer acopio de inspiración, facundia que pudiera agradar a mis nuevos amigos, la fácil. No cesaba, por miedo a equivocarme, en mi admiración patriótica y pedía una y mil veces a aquellos héroes, por turno, historias y más historias de bravura colonial. Son como los chistes verdes, las historias de bravura, siempre gustan a todos los militares de todos los países. Lo que hace falta, en el fondo, para llegar a una especie de paz con los hombres, oficiales o no, armisticios frágiles, desde luego, pero aun así preciosos, es permitirles en todas las circunstancias tenderse, repantigarse entre las jactancias necias. No hay vanidad inteligente. Es un instinto. Tampoco hay hombre que no sea ante todo vanidoso. El papel de panoli admirativo es prácticamente el único en que se toleran con algo de gusto los humanos. Con aquellos soldados no tenía que hacer excesos de imaginación. Bastaba con que no cesara de mostrarme maravillado. Es fácil pedir una y mil veces historias de guerra. Aquellos compañeros tenían historias a porrillo que contar. Parecía que estuviera de vuelta en los mejores momentos del hospital. Después de cada uno de sus relatos, no olvidaba de indicar mi aprobación, como me había enseñado Branledore, con una frase contundente: «¡Eso es lo que se llama una hermosa página de Historia!» No hay mejor fórmula. El círculo a que acababa de incorporarme tan furtivamente consideró que poco a poco me volvía interesante. Aquellos hombres se pusieron a contar, a propósito de la guerra, tantas trolas como las que en otro tiempo había escuchado yo y, más adelante, había contado, a mi vez, estando en competencia imaginativa con los compañeros del hospital. Sólo, que su ambiente era diferente y sus trolas se agitaban a través de las selvas congoleñas en lugar de en los Vosgos o en Flandes.

Mi capitán Frémizon, el que un instante antes se ofrecía para purificar el barco de mi pútrida presencia, después de haber probado mi forma de escuchar más atento que nadie, empezó a descubrir en mí mil cualidades excelentes. El flujo de sus arterias se veía como aligerado por el efecto de mis originales elogios, su visión se aclaraba, sus ojos estriados y sanguinolentos de alcohólico tenaz acabaron centelleando incluso a través de su embrutecimiento y las pocas dudas profundas que podía haber concebido sobre su propio valor, y que le pasaban por la cabeza aun en los momentos de profunda depresión, se esfumaron por un tiempo, adorablemente, por efecto maravilloso de mis inteligentes y oportunos comentarios.

Evidentemente, ¡yo era un creador de euforia! ¡Se daban palmadas con fuerza en los muslos de gusto! ¡No había nadie como yo para volver agradable la vida, pese a aquella humedad de agonía! Además, ¿es que no escuchaba de maravilla?

Mientras divagábamos así, el *Amiral-Bragueton* reducía aún más la marcha, se retrasaba en su propia salsa; ya no había ni un átomo de aire móvil a nuestro alrededor, debíamos costear y tan despacio, que parecíamos avanzar entre melaza. Melaza también el cielo por encima del barco, reducido ya a un emplasto negro y derretido que yo miraba de reojo y con envidia. Regresar a la noche era mi gran preferencia, aun sudando y gimiendo y, en fin, ¡en cualquier estado! Frémizon no acababa de contar sus historias. La tierra me parecía muy próxima, pero mi plan de escape me inspiraba mil inquietudes... Poco a poco, nuestro tema de conversación dejó de ser militar para volverse verde y después francamente marrano y, por último, tan deshilvanado, que ya no sabíamos cómo continuar; mis convidados renunciaron, uno tras otro, y se quedaron dormidos y roncando, sueño asqueroso que les raspaba las profundidades de la nariz. Aquél era el momento, o nunca, de desaparecer. No hay que dejar pasar esas treguas de crueldad que impone, pese a todo, la naturaleza a los organismos más viciosos y agresivos de este mundo.

En aquel momento estábamos anclados a muy poca distancia de la costa. Sólo se distinguían algunas luces oscilantes a lo largo de la orilla.

Alrededor del barco vinieron a apretujarse en seguida cien piraguas temblorosas de negros chillones. Aquellos negros asaltaron todos los puentes para ofrecer sus servicios. En pocos segundos llevé hasta la escalera de desembarco mi equipaje preparado furtivamente y me lancé detrás de uno de aquellos barqueros, cuya obscuridad me ocultaba casi enteramente sus facciones y movimientos. Debajo de la pasarela y a ras del agua chapoteante, pregunté, inquieto, por nuestro destino.

«¿Dónde estamos?», le pregunté.

«¡En Bambola-Fort-Gono!», me respondió aquella sombra.

Empezamos a flotar libremente a grandes impulsos de remo. Lo ayudé para avanzar más rápido.

Aún tuve tiempo de distinguir una vez más, al escapar, a mis peligrosos compañeros de a bordo. A la luz de los faroles del entrepuente, vencidos al fin por el agotamiento y la gastritis, seguían fermentando y mascullando en sueños. Ahora, ahítos, tirados, se parecían todos, oficiales, funcionarios, ingenieros y tratantes, granulosos, barrigudos, oliváceos, revueltos, casi idénticos. Los perros, cuando duermen, se parecen los lobos.

Toqué tierra pocos instantes después y me reuní con la noche, más densa aún bajo los árboles, y, detrás de ella, todas las complicidades del silencio.

* * *

En aquella colonia de la Bambola-Bragamance, por encima de todo el mundo sobresalía el gobernador. Sus militares y sus funcionarios apenas osaban respirar, cuando se dignaba mirar bajo el hombro a sus personas.

Muy por debajo aún de aquellos notables, los comerciantes instalados parecían robar y prosperar con mayor facilidad que en Europa. No había nuez de coco ni cacahuete, en todo el territorio, que escapara a su rapiña. Los funcionarios comprendían, a medida que llegaban a estar más cansados y enfermos, que se habían burlado de ellos bien, al mandarlos allí, para no darles otra cosa que galones y formularios que rellenar y casi nada de pasta con ellos. Así se les iban los ojos de envidia tras los comerciantes. El elemento militar, todavía más embrutecido que los otros dos, se alimentaba de gloria colonial y, para mejor tragarla, mucha quinina y kilómetros de reglamentos.

Todo el mundo se volvía, como es fácil de comprender, a fuerza de esperar que el termómetro bajara, cada vez más cabrón. Y las hostilidades particulares y colectivas, interminables y descabelladas, se eternizaban entre los militares y la administración, entre ésta y los comerciantes, entre éstos, aliados momentáneos, y aquéllos y también de todos contra el negro y, por último, entre negros. Así, las escasas energías que escapaban al paludismo, a la sed, al sol, se consumían en odios tan feroces, tan insistentes, que muchos colonos acababan muriéndose allí a consecuencia de ellos, autoenvenenados, como escorpiones.

No obstante, aquella anarquía muy virulenta se encontraba encerrada en un marco de policía hermético, como los cangrejos dentro de un cesto. Se jodían pero bien, y en vano, los funcionarios; el gobernador encontraba para reclutar, a fin de mantener la obediencia en su colonia, a todos los milicianos míseros que necesitaba, negros endeudados a quienes la miseria expulsaba por millares hacia la costa, vencidos por el comercio, en busca de un rancho. A aquellos reclutas les enseñaban el derecho y la forma de admirar al gobernador. Éste parecía pasear sobre su uniforme todo el oro de sus finanzas y, con el sol encima, era como para verlo y no creerlo, sin contar las plumas.

Todos los años se marcaba un viajecito a Vichy, el gobernador, y sólo leía el *Boletín Oficial del Estado*. Numerosos funcionarios habían vivido con la esperanza de que un día se acostara con su mujer, pero al gobernador no le gustaban las mujeres. No le gustaba nada. Sobrevivía a cada nueva epidemia de fiebre amarilla como por encanto, mientras que tantas de las gentes que deseaban enterrarlo la diñaban como moscas a la primera pestilencia.

Recordaban que cierto «Catorce de Julio», cuando pasaba revista a las tropas de la Residencia, caracoleando entre los espahíes de su guardia, en solitario delante de una bandera así de grande, cierto sargento, seguramente exaltado por la fiebre, se arrojó delante de su caballo para gritarle: «¡Atrás, cornudo!» Al parecer, quedó muy afectado, el gobernador, por aquella especie de atentado, que, por cierto, quedó sin explicación.

Resulta difícil mirar en conciencia a la gente y las cosas de los trópicos por los colores que de ellas emanan. Están en embullición, los colores y las cosas. Una latita de sardinas abierta en pleno mediodía sobre la calzada proyecta tantos reflejos diversos, que adquiere ante los ojos la importancia de un accidente. Hay que tener cuidado. No sólo son histéricos los hombres allí, las cosas también. La vida no llega a ser tolerable apenas hasta la caída de la noche, pero, aun así, la obscuridad se ve acaparada casi al instante por los mosquitos en enjambres. No uno, dos, ni cien, sino billones. Salir adelante en esas condiciones llega a ser una auténtica obra de preservación. Carnaval de día, espumadera de noche, la guerra a la chita callando.

Cuando en la cabaña a la que te retiras, y que parece casi propicia, reina por fin el silencio, las termitas vienen a asediarla, ocupadas como están eternamente, las muy inmundas, en comerte los montantes de la cabaña. Como el tornado embista entonces ese encaje traicionero, las calles enteras quedan vaporizadas.

La ciudad de Fort-Gono, donde yo había ido a parar, aparecía así, precaria capital de Braga-mance, entre el mar y la selva, pero provista, adornada, sin embargo, con todos los bancos, burdeles, cafés, terrazas que hacen falta e incluso un banderín de enganche, para constituir una pequeña metró-poli, sin olvidar la Place Faidherbe y el Boulevard Bugeaud, para el paseo, conjunto de caserones rutilantes en medio de acantilados rugosos, rellenos de larvas y pateados por generaciones de cabritos de la guarnición y administradores espabilados.

El elemento militar, hacia las cinco, refunfuñaba en torno a los aperitivos, licores cuyo precio, en el momento en que yo llegaba, acababan de aumentar precisamente. Una delegación de clientes iba a solicitar al gobernador una disposición oficial que prohibiera a las tabernas hacer de su capa un sayo con los precios corrientes del ajenjo y el casis. De creer a algunos parroquianos, nuestra coloni-zación se volvía cada vez más ardua por culpa del hielo. La introducción del hielo en las colonias, está demostrado, había sido la señal de la desvirilización del colonizador. En adelante, soldado a su helado aperitivo por la costumbre, iba a renunciar, el colonizador, a dominar el clima mediante su estoicismo exclusivamente. Los Faidherbe, los Stanley, los Marchand, observémoslo de pasada, no se quejaron nunca de la cerveza, el vino y el agua tibia y cenagosa que bebieron durante años. No hay otra explicación. Así se pierden las colonias.

Me enteré de muchas otras cosas al abrigo de las palmeras que, en cambio, prosperaban con savia provocante a lo largo de aquellas calles de viviendas frágiles. Sólo aquella crudeza de verdor inusitado impedía al lugar parecerse enteramente a la Garenne-Bezons.

Al llegar la noche, se producía un hervidero de indígenas que hacían la carrera entre las nubécu-las de mosquitos miserables y atiborrados de fiebre amarilla. Un refuerzo de elementos sudaneses ofrecía al paseante todo lo mejor que guardaban bajo los taparrabos. Por precios muy razonables te podías cepillar a una familia entera durante una hora o dos. A mí me habría gustado andar de sexo en sexo, pero por fuerza tuve que decidirme a buscar un lugar donde me dieran currelo.

El director de la Compañía Porduriére del Pequeño Congo buscaba, según me aseguraron, a un empleado principiante para regentar una de sus factorías en la selva. Acudí sin tardar a ofrecerle mis incompetentes pero solícitos servicios. No fue una recepción calurosa la que me reservó el director. Aquel maníaco -hay que llamarlo por su nombrehabitaba, no lejos del Gobierno, un pabellón especial, construido con madera y paja. Antes de haberme mirado siquiera, me hizo algunas preguntas muy brutales sobre mi pasado; después, un poco calmado por mis respuestas de lo más ingenuas, su des-precio hacia mí tomó un cariz bastante indulgente. Sin embargo, aún no consideró conveniente pe-dirme que me sentara.

«Según sus documentos, sabe usted un poco de medicina», observó.

Le respondí que, en efecto, había hecho algunos estudios en esa materia.

«Entonces, ¡le servirán! -dijo-. ¿Quiere whisky?»

Yo no bebía. «¿Quiere fumar?» También lo rechacé. Aquella abstinencia lo sorprendió. Puso mala cara incluso.

«No me gustan nada los empleados que no beben ni fuman... ¿No será usted pederasta por ca-sualidad?... ¿No? ¡Lástima!... Ésos nos roban menos que los otros... La experiencia me lo ha ense-ñado... Se encariñan... En fin -tuvo a bien retractarse-, en general me ha parecido notar esa cualidad de los pederastas, a su favor... ¡Tal vez usted nos demuestre lo contrario!... -Y a renglón seguido-: Tiene usted calor, ¿eh? ¡Ya se acostumbrará! De todos modos, ¡no le quedará más remedio que acos-tumbrarse! Y el viaje, ¿qué tal?»

«¡Desagradable!», le respondí.

«Pues, mire, amigo, eso no es nada, ya verá lo que es bueno, cuando haya pasado un año en Bikomimbo, donde lo voy a enviar para substituir a ese otro farsante...»

Su negra, en cuclillas cerca de la mesa, se hurgaba los pies y se limpiaba las uñas con una asti-llita.

«¡Vete de aquí, aborto! -le espetó su amo-. ¡Vete a buscar al *boy*\ ¡Y hielo también!»

El *boy* solicitado llegó muy despacio. Entonces el director se levantó como un resorte, irritado, y recibió al *boy* con un tremendo par de sonoras bofetadas y dos patadas en el bajo vientre.

«Esta gente me va a matar, ¡ya ve usted! -predijo el director, al tiempo que suspiraba. Se dejó caer de nuevo en su sillón, cubierto de telas amarillas sucias y dadas de sí-. Hágame el favor, amigo -

dijo de repente en tono amable y familiar, como desahogado por un rato con la brutalidad que acababa de cometer-, páseme la fusta y la quinina... ahí, sobre la mesa... No debería excitarme así... Es absurdo dejarse llevar por el temperamento...»

Desde su casa dominábamos el puerto fluvial, que relucía por entre un polvo tan denso, tan compacto, que se oían los sonidos de su caótica actividad mejor de lo que se distinguían los detalles. Filas de negros, en la orilla, trajinaban bajo el látigo descargando, bodega tras bodega, los barcos nunca vacíos, subiendo por pasarelas temblorosas y estrechas, con sus grandes cestos llenos a la cabeza, en equilibrio, entre injurias, como hormigas verticales.

Iban y venían, formando rosarios irregulares, por entre un vaho escarlata. Algunas de aquellas formas laboriosas llevaban, además, un puntito negro a la espalda, eran las madres, que acudían a currar como burras, también ellas, cargando sacos de palmitos con el hijo a cuestas, un fardo más. Me pregunto si las hormigas podrán hacer igual.

«¿Verdad que siempre parece domingo aquí?... -prosiguió en broma el director-. ¡Es alegre! ¡Y lleno de color! Las hembras siempre en cueros. ¿Se ha fijado? Y hembras hermosas, ¿eh? Parece extraño, cuando se llega de París, ¿verdad? Y nosotros, ¿qué le parece? ¡Siempre con dril blanco! Ya ve usted, ¡como en los baños de mar! ¿Verdad que estamos guapos así? ¡Como para la primera comunión, vamos! Aquí siempre es fiesta, ¡ya le digo! ¡El día de la Asunción! ¡Y así hasta el Sahara! ¡Imagínese!»

Y después dejaba de hablar, suspiraba, refunfuñaba, volvía a repetir dos, tres veces «¡Me cago en la leche!», se enjugaba la frente y reanudaba la conversación.

«Adonde lo envía a usted la Compañía es en plena selva, es húmedo... Queda a diez jornadas de aquí... Primero el mar... Y luego el río. Un río muy rojo, ya verá... Y al otro lado están los españoles... Aquel a quien va usted a substituir en esa factoría es un perfecto cabrón, sépalo... En confianza... Se lo digo... ¡No hay manera de que nos envíe las cuentas, ese sinvergüenza! ¡No hay manera! ¡De nada sirve que le mande avisos y más avisos!... ¡No le dura mucho la honradez al hombre, cuando está solo!... ¡Quia! ¡Ya verá!... ¡Ya lo verá también usted!... Que está enfermo, nos escribe... ¡No lo dudo! ¡Enfermo! ¡También yo estoy enfermo! ¿Qué quiere decir eso? ¡Todos estamos enfermos! También usted estará enfermo y dentro de muy poco, además. ¡Eso no es una razón! ¡Nos la trae floja que esté enfermo!... ¡La Compañía ante todo! Cuando llegue usted allí, ¡haga el inventario lo primero!... Hay víveres para tres meses en esa factoría y mercancías al menos para un año... ¡No le faltará de nada!... Sobre todo no salga usted de noche... ¡Desconfíe! Los negros que él le envíe para recogerlo en el mar puede que lo tiren al agua. ¡Ha debido de enseñarles! ¡Son tan pillos como él! ¡No me cabe duda! ¡Ha debido de hablarles de usted!... ¡Eso es corriente aquí! Conque coja su propia quinina, antes de marcharse... ¡Es capaz de haber puesto algo en la de él!»

El director se cansó de darme consejos, se levantó para despedirme. El techo de chapa parecía pesar dos mil toneladas por lo menos, de tanto calor como acumulaba la chapa. Los dos poníamos mala cara por el calor. Era como para diñarla al instante. Añadió:

«¡Tal vez no valga la pena que nos volvamos a ver antes de su marcha, Bardamu!

¡Aquí todo cansa! En fin, ¡quizá vaya, de todos modos, a verlo a los cobertizos antes de su partida!... Le escribiremos, cuando esté usted allí... Hay un correo al mes... Sale de aquí, el correo, conque, ¡buena suerte!...»

Y desapareció en su sombra entre el casco y la chaqueta. Se le veían con toda claridad los tendones del cuello, por detrás, arqueados como dos dedos contra su cabeza. Se volvió otra vez:

«¡Dígale a ese otro punto que vuelva aquí a toda prisa!... ¡Que tengo que hablar con él!... ¡Que no se entretenga por el camino! ¡El muy canalla! ¡Espero que no casque por el camino!... ¡Sería una lástima! ¡Una verdadera lástima! ¡Menudo sinvergüenza!»

Un criado negro me precedía con un gran farol para llevarme al lugar donde debía alojarme hasta mi salida para ese interesante Bikomimbo prometido.

Íbamos por avenidas donde todo el mundo parecía haber bajado a pasear tras el crepúsculo. La noche, resonante de gongs, nos envolvía, entrecortada por cantos apagados e incoherentes como el hipo, la gran noche negra de los países cálidos con su brutal corazón en tam-tam, que siempre late demasiado aprisa.

Mi joven guía caminaba rápido y ágil con los pies descalzos. Debía de haber europeos por la espesura, se los oía por allí, paseándose, con sus voces de blancos, perfectamente reconocibles, agresivas, falsas. Los murciélagos no cesaban de venir a revolotear, de surcar el aire entre los enjambres de insectos que nuestra luz atraía a nuestro paso. Bajo cada hoja de árbol debía de esconderse un grillo al menos, a juzgar por el alboroto ensordecedor que hacían todos juntos.

Un grupo de tiradores indígenas, que discutían junto a un ataúd colocado en el suelo y recubierto con una gran bandera tricolor y ondulante, nos hizo detener en el cruce de dos caminos, a media altura de una elevación.

Era un muerto del hospital que no sabían dónde enterrar. Las órdenes eran imprecisas. Unos querían enterrarlo en uno de los campos de abajo, los otros insistían en hacerlo en un enclave en lo alto de la cuesta. Había que decidirse. Así el *boy* y yo tuvimos que dar nuestra opinión sobre el asunto.

Por fin, optaron, los porteadores, por el cementerio de abajo, en lugar del de arriba, por la bajada. También encontramos por el camino a tres jovencitos blancos de la raza de los que frecuentan los domingos los partidos de rugby en Europa, espectadores apasionados, agresivos y paliduchos. Allí pertenecían, empleados como yo, a la Sociedad Porduriére y me indicaron con toda amabilidad el camino de aquella casa inacabada donde se encontraba, de momento, mi cama desmontable y portátil.

Allí nos dirigimos. La construcción estaba del todo vacía, salvo algunos utensilios de cocina y mi cama, por llamarla de algún modo. En cuanto me hube tumbado sobre aquel chisme filiforme y tembloroso, veinte murciélagos salieron de los rincones y se lanzaron en idas y venidas zumbantes, como salvas de abanico, por encima de mi aprensivo reposo.

El negrito, mi guía, volvía sobre sus pasos para ofrecerme sus servicios íntimos y, como yo no estaba animado aquella noche, se ofreció, al instante, desilusionado, a presentarme a su hermana. Me habría gustado saber cómo habría podido encontrarla, a su hermana, en semejante noche.

El tam-tam de la aldea cercana te hacía saltar la paciencia, cortada en pedacitos menudos. Mil mosquitos diligentes tomaron sin tardar posesión de mis muslos y, aun así, no me atreví a volver a poner los pies en el suelo por los escorpiones y las serpientes venenosas, cuya abominable caza suponía iniciada. Tenían para escoger, las serpientes, en materia de ratas, las oía roer, a las ratas, todo lo imaginable, en la pared, en el suelo, trémulas, en el techo.

Por fin, salió la luna y hubo un poco más de calma en la habitación. En resumen, en las colonias no se estaba bien.

De todos modos, llegó la mañana, una caldera. Fui presa, en cuerpo y espíritu, de unas ganas tremendas de volverme a Europa. Sólo me faltaba el dinero para largarme. Con eso basta. Por otra parte, sólo me quedaba por pasar una semana en Fort-Gono antes de ir a incorporarme a mi puesto, en Bikomimbo, de tan agradable descripción.

El edificio más grande de Fort-Gono, después del palacio del gobernador, era el hospital. Me lo encontraba siempre por el camino; no hacía cien metros en la ciudad sin toparme con uno de sus pabellones, que apestaban desde lejos a ácido fénico. De vez en cuando me aventuraba hasta los muelles de embarque para ver trabajar a mis anémicos colegas que la Compañía Porduriére se procuraba en Francia por patronatos enteros. Parecían ser presa de una prisa belicosa, al no cesar de descargar y recargar cargueros, unos tras otros. «¡Cuesta tanto la estancia de un carguero en el puerto!», repetían, sinceramente preocupados, como si se tratara de su dinero.

Chinchaban a los descargadores negros con frenesí. Celosos cumplidores de su deber eran, sin lugar a dudas, e igual de cobardes y aviesos. Empleados modélicos, en una palabra, bien elegidos, de una inconsciencia y un entusiasmo asombrosos. Un hijo así le habría encantado tener a mi madre, devoto de los patronos, uno para ella sola, del que pudiera estar orgullosa delante de todo el mundo, hijo del todo legítimo.

Habían acudido al África tropical, aquellos pobres abortos, a ofrecerles su carne, a los patronos, su sangre, sus vidas, su juventud, mártires por veintidós francos al día (menos las deducciones), contentos, pese a todo contentos, hasta el último glóbulo rojo acechado por el diezmillonésimo mosquito.

La colonia los hace hincharse o adelgazar, a los empleadillos, pero los conserva; sólo existen dos caminos para cascar bajo el sol, el de la gordura o el de la delgadez. No hay otro. Se podría elegir, si no fuera porque depende de la naturaleza de cada cual, palmarla grueso o reducido a piel y huesos.

El director, allí arriba, en el acantilado rojo, que se agitaba, diabólico, con su negra, bajo el techo de chapa de diez mil kilos de sol, no iba a escapar tampoco al plazo fijado. Era del tipo flaco. Tan sólo se debatía. Parecía dominar el clima. ¡Pura apariencia! En realidad, se desmoronaba aún más que los otros.

Según decían, tenía un plan de estafa magnífico para hacer fortuna en dos años... Pero no iba a tener tiempo de realizar su plan, aun cuando se dedicara a defraudar a la Compañía noche y día. Veintidós directores habían intentado ya antes que él hacer fortuna, todos con su plan, como en la ruleta. Todo aquello lo sabían los accionistas, que lo espiaban desde allí, desde más arriba aún, desde la Rué Moncey de París, al director, y los hacía sonreír. Todo aquello era infantil. Lo sabían de sobra, los accionistas, también ellos, más bandidos que nadie, que estaba sifilítico su director y muy castigado por los trópicos y que tragaba quinina y bismuto como para reventarse los tímpanos y arsénico como para quedarse sin una encía.

En la contabilidad general de la Compañía, los días del director estaban contados, como los meses de un cerdo.

Mis colegas no intercambiaban la menor idea entre sí. Sólo fórmulas, fijas, fritas y refritas como cuscurros de pensamientos. «¡No hay que apurarse! -decían-. ¡Les vamos a dar para el pelo!...» «¡El delegado general es un cornudo!...» «¡Con la piel de los negros hay que hacer petacas!», etc.

Por la noche, nos encontrábamos para el aperitivo, tras haber acabado las últimas faenas, con un agente auxiliar de la Administración, el Sr. Tandernot, así se llamaba, originario de La Rochelle. Si se juntaba con los comerciantes, Tandernot, era para que le pagaran el aperitivo.

No quedaba más remedio. Decadencia. No tenía un céntimo. Su puesto era el más bajo posible de la jerarquía colonial. Su función consistía en dirigir la construcción de carreteras en plena selva. Los indígenas trabajaban en ellas bajo el látigo de sus milicianos, evidentemente. Pero como ningún blanco pasaba nunca por las carreteras nuevas que hacía Tandernot y, por otra parte, los negros preferían sus senderos de la selva para que los descubrieran lo menos posible, por miedo a los impuestos, y como, en el fondo, no llevaban a ninguna parte, las carreteras de la Administración, obra de Tandernot, pues... desaparecían muy rápido bajo la vegetación, en realidad de un mes para otro, para ser exactos.

«¡El año pasado perdí 122 kilómetros! -nos recordaba de buena gana aquel pionero fantástico a propósito de sus carreteras-. ¡Aunque no lo crean!...»

Sólo le conocí, durante mi estancia, una fanfarronada, humilde vanidad, a Tandernot, la de ser, él, el único europeo que podía pescar catarros en Bragamance con 44 grados a la sombra... Aquella originalidad lo consolaba de muchas cosas... «¡Ya me he vuelto a constipar como un gilipollas! -anunciaba con bastante orgullo a la hora del aperitivo-. ¡Esto sólo me ocurre a mí!» Entonces los miembros de nuestra enclenque cuadrilla exclamaban: «¡Jolines! ¡Qué tío, este Tandernot!» Era mejor que nada, semejante satisfacción. Cualquier cosa, en materia de vanidad, es mejor que nada.

Una de las otras distracciones del grupo de los modestos asalariados de la Compañía Porduriére consistía en organizar concursos de fiebre. No era difícil, pero nos pasábamos días desafiándonos, lo que servía para matar el tiempo. Al llegar el atardecer y con él la fiebre, casi siempre cotidiana, nos medíamos. «¡Toma ya! ¡Treinta y nueve!...» «Pero, bueno, ¿y qué? ¡Si yo llego a cuarenta como si nada!»

Por lo demás, aquellos resultados eran del todo exactos y regulares. A la luz de los fotóforos, nos comparábamos los termómetros. El vencedor triunfaba temblando.

«¡Transpiro tanto, que ya no puedo mear!», observaba fielmente el más demacrado de nosotros, un colega flaco, de Ariége, campeón de la febrilidad, que había ido allí, según me confió, para escapar del seminario, donde «no tenía bastante libertad». Pero el tiempo pasaba y ni unos ni otros de aquellos compañeros podían decirme a qué clase de original pertenecía exactamente el individuo al que yo iba a substituir en Bikomimbo.

«¡Es un tipo curioso!», me advertían y se acabó.

«Al llegar a la colonia -me aconsejaba el chaval de Ariége, el de la fiebre alta ¡tienes que hacerte valer! ¡O todo o nada! ¡Serás para el director un tío cojonudo o una mierda de tío! Y, fíjate bien en lo que te digo: ¡te juzgan en seguida!»

En lo que a mí respectaba, tenía mucho miedo de que me clasificaran entre los «mierda de tío» o peor aún.

Aquellos jóvenes negreros, mis amigos, me llevaron a visitar a otro colega de la Compañía Porduriére, que vale la pena recordar de modo especial en este relato. Regentaba un establecimiento en el centro del barrio de los europeos y, enmohecido de fatiga, puro carcamal, churretoso, temía a cualquier clase de luz por sus ojos, que dos años de cocción ininterrumpida bajo las chapas onduladas habían dejado atrozmente secos. Necesitaba, según decía, una buena media hora por la mañana para abrirlos y otra media hora hasta poder ver un poquito con ellos. Todo rayo luminoso lo hería. Un topo enorme era y muy sarnoso.

Asfixiarse y sufrir habían llegado a ser para él como una segunda naturaleza y robar también. Habría quedado bien desamparado, si hubiera recuperado de repente la salud y la honradez. Su odio hacia el delegado general me parece aún hoy, a tanta distancia, una de las pasiones más vivas que he tenido oportunidad de observar nunca en un hombre. Al acordarse de él, era presa de una rabia asombrosa, pese a sus dolores, y a la menor ocasión se ponía de lo más furioso, sin dejar de rascarse, por cierto, de arriba abajo.

No cesaba de rascarse por todo el cuerpo, giratoriamente, por así decir, desde la extremidad de la columna vertebral al nacimiento del cuello. Se surcaba la epidermis e incluso la dermis con rayas de uñas sangrantes, sin por ello dejar de despachar a los clientes, numerosos, negros casi siempre, más o menos desnudos.

Con la mano libre, hurgaba entonces, solícito, en diferentes escondrijos y a derecha e izquierda en la tenebrosa tienda. Sacaba sin equivocarse nunca, con habilidad y presteza asombrosas, la cantidad exacta que necesitaba el parroquiano de tabaco en hojas hediondas, cerillas húmedas, latas de sardinas y grandes cucharadas de melaza, de cerveza superalcohólica en botellas trucadas, que dejaba caer bruscamente, si volvía a ser presa del frenesí de rascarse, por ejemplo, en las profundidades del pantalón. Entonces hundía el brazo entero, que no tardaba en salir por la bragueta, siempre entreabierta por precaución.

Aquella enfermedad que le roía la piel la designaba con un nombre local, «corocoro». «¡Esta cabronada de "corocoro"!... Cuando pienso que ese cerdo del director no ha pescado aún el "corocoro" -decía enfurecido-. ¡Me duele aún más el vientre!... ¡Está inmunizado contra el "corocoro"!... Está demasiado podrido. No es un hombre, ese chulo, ¡es una infección!... ¡Una puta mierda!...»

Al instante toda la asamblea estallaba en carcajadas y los negros clientes también, por emulación. Nos espantaba un poco, aquel compañero. Aun así, tenía un amigo; era un pobre tipo asmático y canoso que conducía un camión para la Compañía Porduriére. Siempre nos traía hielo, robado, evidentemente, por aquí, por allá, en los barcos del muelle.

Bebimos a su salud en la barra en medio de los clientes negros, que babeaban de envidia. Los clientes eran indígenas bastante despiertos como para acercarse a nosotros, los blancos; en una palabra, una selección. Los otros negros, menos avispados, preferían permanecer a distancia. El instinto. Pero los más espabilados, los más contaminados, se convertían en dependientes de tiendas. En éstas se los reconocía porque ponían de vuelta y media a los otros negros. El colega del «corocoro» compraba caucho en bruto, que le traían de la selva, en sacos, en bolas húmedas.

Estando allí, sin cansarnos nunca de escucharlo, una familia de recogedores de caucho, tímida, se quedó parada en el umbral. El padre delante de los demás, arrugado, con un pequeño taparrabos naranja y el largo machete en la mano.

No se atrevía a entrar, el salvaje. Sin embargo, uno de los dependientes indígenas lo invitaba: «¡Ven, moreno! ¡Ven a ver aquí! ¡Nosotros no comer salvajes!» Aquellas palabras acabaron decidiéndolos. Penetraron en aquel horno, en cuyo fondo echaba pestes nuestro hombre del «corocoro».

Al parecer, aquel negro nunca había visto una tienda, ni blancos tal vez. Una de sus mujeres lo seguía, con los ojos bajos, llevando a la cabeza, en equilibrio, el enorme cesto lleno de caucho en bruto.

Los dependientes se apoderaron, imperiosos, del cesto para pesar su contenido en la báscula. El salvaje comprendía tan poco lo de la báscula como lo demás. La mujer seguía sin atreverse a alzar la vista. Los otros negros de la familia los esperaban fuera, con ojos como platos. Los hicieron entrar también, a todos, incluidos los niños, para que no se perdiesen nada del espectáculo.

Era la primera vez que acudían todos así, juntos, desde el bosque hasta la ciudad de los blancos. Debían de haber pasado mucho tiempo, unos y otros, para recoger todo aquel caucho. Conque, por fuerza, el resultado a todos interesaba. Tarda en rezumar, el caucho, en los cubiletes colgados del tronco de los árboles. Muchas veces un vasito no acaba de llenarse en dos meses.

Pesado el cesto, nuestro rascador se llevó al padre, atónito, tras su mostrador y con un lápiz le hizo su cuenta y después le puso en la palma de la mano unas monedas y se la cerró. Y luego: «¡Vete! -le dijo, como si nada-. ¡Ahí tienes tu cuenta!...»

Todos los amigos blancos se tronchaban de risa, ante lo bien que había dirigido su *business*. El negro seguía plantado y corrido ante el mostrador con su calzón naranja en torno al sexo.

«¿Tú no saber dinero? ¿Salvaje, entonces? -le gritó para despertarlo uno de nuestros dependientes, listillo habituado y bien adiestrado seguramente para aquellas transacciones perentorias-. Tú no hablar "fransé", ¿eh? Tú gorila aún, ¿eh?... Tú, ¿hablar qué? ¿Eh? ¿Kous-Kous? ¿Mabillia? ¿Tú tonto el culo? ¡Bushman! ¡Tonto lo' cojone'!»

Pero seguía delante de nosotros, el salvaje, con las monedas dentro de la mano cerrada. Se habría largado corriendo, si se hubiera atrevido, pero no se atrevía.

«Tú, ¿comprar qué ahora con la pasta? -intervino oportuno, el "rascador"-. La verdad es que hacía mucho que no veía a uno tan gilipollas -tuvo a bien observar-. ¡Debe de venir de lejos éste! ¿Qué quieres? ¡Dame esa pasta!»

Le volvió a coger el dinero, imperioso, y en lugar de las monedas le arrebujó en la mano un gran pañuelo muy grande que había ido a sacar, raudo, de un escondrijo del mostrador.

El viejo negro no se decidía a marcharse con su pañuelo. Entonces el «rascador» hizo algo mejor. Evidentemente, conocía todos los trucos del comercio invasor. Agitando ante los ojos de uno de los negritos el gran pedazo verde de estameña: «¿No te parece bonito? ¿Eh, mocoso? ¿Nunca has visto pañuelos así? ¿Eh, monín? ¡Di, granujilla!» Y se lo anudó en torno al cuello, imperioso, para vestirlo.

La familia salvaje contemplaba ahora al pequeño adornado con aquella gran pieza de algodón verde... Ya no había nada que hacer, puesto que el pañuelo acababa de entrar en la familia. Sólo cabía aceptarlo, tomarlo y marcharse.

Conque todos se pusieron a retroceder despacio, cruzaron la puerta y, en el momento en que el padre se volvía, el último, para decir algo, el dependiente más espabilado, que llevaba zapatos, lo estimuló, al padre, con un patadón en pleno trasero.

Toda la pequeña tribu, reagrupada, silenciosa, al otro lado de la Avenue Faidherbe, bajo la magnolia, nos miró acabar nuestro aperitivo. Parecía que estuvieran intentando comprender lo que acababa de ocurrirles.

Era el hombre del «corocoro» quien nos invitaba. Incluso nos puso su fonógrafo.

Había de todo en su tienda. Me recordaba los convoyes de la guerra.

* * *

Conque al servicio de la Compañía Porduriére del Pequeño Togo trabajaban, al mismo tiempo que yo, ya lo he dicho, en sus cobertizos y plantaciones, gran número de negros y pobres blancos de mi estilo. Los indígenas, por su parte, no funcionan sino a estacazos, conservan esa dignidad, mientras que los blancos, perfeccionados por la instrucción pública, andan solos.

La estaca acaba cansando a quien la maneja, mientras que la esperanza de llegar a ser poderoso y rico con que están atiborrados los blancos no cuesta nada, absolutamente nada. ¡Que no vengan a alabarnos el mérito de Egipto y de los tiranos tártaros! Estos aficionados antiguos no eran sino unos maletas petulantes en el supremo arte de hacer rendir al animal vertical su mayor esfuerzo en el currelo. No sabían, aquellos primitivos, llamar «Señor» al esclavo, ni hacerle votar de vez en cuando, ni pagarle el jornal, ni, sobre todo, llevarlo a la guerra, para liberarlo de sus pasiones. Un cristiano de veinte siglos, algo sabía yo al respecto, no puede contenerse cuando por delante de él acierta a pasar un regimiento. Le inspira demasiadas ideas.

Por eso, en lo que a mí respectaba, decidí andarme con mucho ojito y, además, aprender a callarme escrupulosamente, a ocultar mi deseo de largarme, a prosperar, por último, de ser posible y pese a todo, gracias a la Compañía Porduriére. No había ni un minuto que perder.

A lo largo de los cobertizos, al ras de las orillas cenagosas, pululaban, solapadas y permanentes, bandas de cocodrilos al acecho. Por ser del género metálico, gozaban con aquel calor hasta el delirio; los negros, también, al parecer.

En pleno mediodía, era como para preguntarse si era posible, toda la agitación de aquellas masas menesterosas a lo largo de los muelles, aquel alboroto de negros superexcitados y gaznápiros.

Para ejercitarme en la numeración de los sacos, antes de partir para la selva, tuve que entrenarme con la asfixia progresiva en el cobertizo central de la Compañía con los demás empleados, entre dos grandes básculas, encajonadas en medio de la multitud alcalina de negros harapientos, pustulosos y cantarines. Cada cual arrastraba tras sí su nubécula de polvo, que sacudía cadenciosamente. Los golpes sordos de los encargados del transporte se abatían sobre aquellas espaldas magníficas, sin provocar protestas ni quejas. Una pasividad de lelos. El dolor soportado con tanta sencillez como el tórrido aire de aquel horno polvoriento.

El director pasaba de vez en cuando, siempre agresivo, para asegurarse de que yo hacía progresos reales en la técnica de la numeración y del peso trucado.

Se abría paso hasta las básculas, por entre la marejada indígena, a estacazos.

«Bardamu -me dijo, una mañana que estaba locuaz-, ve usted esos negros que nos rodean, ¿no?... Bueno, pues, cuando yo llegué al Pequeño Togo, pronto hará treinta años, ¡aún vivían sólo de la caza, la pesca y las matanzas entre tribus, los muy cochinos!... En mis comienzos de pequeño comerciante, los vi, como le digo, volver tras la victoria a su aldea, cargados con más de cien cestos de carne humana, chorreando sangre, ¡para darse una zampada!... ¿Me oye, Bardamu?... ¡Chorreando sangre! ¡La de sus enemigos! ¡Imagínese el banquete!... ¡Hoy ya no hay más victorias! ¡Estamos aquí nosotros! ¡Ni tribus! ¡Ni alboroto! ¡Ni faroladas! ¡Tan sólo mano de obra y cacahuetes! ¡A currelar! ¡Se acabó la caza! ¡Y los fusiles! ¡Cacahuetes y caucho!... ¡Para pagar el impuesto! ¡El impuesto para que nos traigan más caucho y cacahuetes! ¡Así es la vida, Bardamu! ¡Cacahuetes! ¡Cacahuetes y caucho!... Y, además... ¡Hombre! Precisamente ahí viene el general Tombat.»

Venía, en efecto, a nuestro encuentro, el general, un viejo a punto de desplomarse bajo el enorme peso del sol.

Ya no era del todo militar, el general; sin embargo, tampoco civil aún. Era confidente de la Porduriére y servía de enlace entre la Administración y el Comercio. Enlace indispensable, aunque esos dos elementos estuvieran siempre en estado de competencia y hostilidad permanente. Pero el general Tombat maniobraba admirablemente. Acababa de salir, entre otros, de un reciente negocio sucio de venta de bienes enemigos, que en las alturas consideraban sin solución.

Al comienzo de la guerra, le habían rajado un poco la oreja, al general Tombat, lo justo para quedar disponible con honor, después de Charleroi. En seguida la había puesto al servicio de «la más grande Francia», su disponibilidad. Sin embargo, Verdún, que pertenecía a un pasado muy lejano, seguía preocupándole. Enseñaba, en la mano, radiotelegramas. «¡Van a resistir, nuestros soldaditos valientes! ¡Están resistiendo!...» Hacía tanto calor en el cobertizo y estábamos tan lejos de Francia, que dispensábamos al general Tombat de hacer otros pronósticos. De todos modos, repetimos en coro, por cortesía, y el director con nosotros: «¡Son admirables!», y, tras esas palabras, Tombat nos dejó.

Unos instantes después, el director se abrió otro camino violento entre los apretujados torsos y desapareció, a su vez, en el polvo de pimienta.

Aquel hombre, de ojos ardientes como carbones y consumido por la pasión de poseer la Compañía, me espantaba un poco. Me costaba acostumbrarme a su simple presencia. No habría imaginado que existiera en el mundo una osamenta humana capaz de aquella tensión máxima de codicia. Casi nunca nos hablaba en voz alta, sólo con medias palabras; daba la impresión de que no vivía, no pensaba sino para conspirar, espiar, traicionar con pasión. Contaban que robaba, falseaba, escamoteaba, él solo, más que todos los demás empleados juntos, nada holgazanes, por cierto, puedo asegurarlo. Pero no me cuesta creerlo.

Mientras duró mi período de prácticas en Fort-Gono, aún tenía ratos libres para pasearme por aquella ciudad, por llamarla de algún modo, donde, estaba visto, sólo encontraba un lugar de verdad deseable: el hospital.

Cuando llegas a alguna parte, te aparecen ambiciones. Yo tenía la vocación de enfermo y nada más. Cada cual es como es. Me paseaba en torno a aquellos pabellones hospitalarios y prometedores, dolientes, retirados, protegidos y no podía alejarme de ellos y de su antiséptico dominio sin pesar. Aquel recinto estaba rodeado de extensiones de césped, alegradas por pajarillos furtivos y lagartos inquietos y multicolores. Estilo «Paraíso terrenal».

En cuanto a los negros, en seguida te acostumbras a ellos, a su cachaza sonriente, a sus gestos demasiado lentos y a los pletóricos vientres de sus mujeres. La negritud hiede a miseria, a vanidades interminables, a resignaciones inmundas; igual que los pobres de nuestro hemisferio, en una palabra, pero con más hijos aún y menos ropa sucia y vino tinto.

Cuando había acabado de inhalar el hospital, de olfatearlo así, profundamente, iba, tras la multitud indígena, a inmovilizarme un momento ante aquella especie de pagoda erigida cerca del Fort por un figonero para la diversión de los juerguistas eróticos de la colonia.

Los blancos acaudalados de Fort-Gono paraban allí por la noche, se emperraban en el juego, al tiempo que pimplaban de lo lindo y bostezaban y eructaban a más y mejor. Por doscientos francos se podía uno cepillar a la bella patrona. Se las veían y se las deseaban, aquellos juerguistas, para conseguir rascarse, pues no cesaban de escapárseles los tirantes.

Por la noche, salía un gentío de las chozas de la ciudad indígena y se congregaba ante la pagoda, sin hartarse nunca de ver y oír a los blancos moviendo el esqueleto en torno al organillo, de cuerdas enmohecidas, que emitía valses desafinados. La patrona hacía ademanes, al escuchar la música, como si deseara bailar, transportada de placer.

Tras varios días de tanteos, acabé teniendo charlas furtivas con ella. Sus reglas, me confió, no le duraban menos de tres semanas. Efecto de los trópicos. Además, sus consumidores la dejaban exhausta. No es que hiciesen el amor con frecuencia, pero, como los aperitivos eran bastante caros en la pagoda, intentaban sacarle el jugo a su dinero al mismo tiempo, y le daban unos pellizcos que para qué en el culo, antes de irse. A eso se debía sobre todo su fatiga.

Aquella comerciante conocía todas las historias de la colonia y los amores que se trababan, desesperados, entre los oficiales, atormentados por las fiebres, y las escasas esposas de funcionarios, que se derretían, también ellas, con reglas interminables, desconsoladas y hundidas, junto a los miradores, en butacas permanentemente inclinadas.

Los paseos, las oficinas, las tiendas de Fort-Gono rezumaban deseos mutilados. Hacer todo lo que se hace en Europa parecía ser la obsesión máxima, la satisfacción, la mueca a toda costa de aquellos dementes, pese a la abominable temperatura y al apoltronamiento en aumento, invencible.

La tupida vegetación de los jardines se mantenía a duras penas, agresiva, feroz, entre las empalizadas, follaje rebosante que formaba lechugas delirantes en torno a cada casa, enorme clara de huevo sólida y avellanada en la que acababa de pudrirse una yemita europea. Así, había tantas ensaladeras completas como funcionarios a lo largo de la Avenue Fachoda, la más animada, la más frecuentada de Fort-Gono.

Cada noche volvía a mi morada, inacabable seguramente, donde el perverso *boy* me había hecho la cama, un esqueletito enteramente. Me tendía trampas, el *boy,* era lascivo como un gato, quería entrar en mi familia. Sin embargo, me asediaban otras preocupaciones muy distintas y mucho más vivas y sobre todo el proyecto de refugiarme por un tiempo más en el hospital, único armisticio a mi alcance en aquel carnaval tórrido.

Ni en la paz ni en la guerra sentía yo la menor inclinación hacia las futilidades. E incluso otras ofertas que me llegaron de otra procedencia, por mediación de un cocinero del patrón, de nuevo y muy sinceramente obscenas, me parecieron incoloras.

Por última vez hice la ronda de mis compañeros de la Porduriére para intentar informarme acerca de aquel empleado infiel, aquel al que yo debía, según las órdenes, ir a substituir, a toda costa, en su selva. Cháchara vana.

El Café Faidherbe, al final de la Avenue Fachoda, que zumbaba a la hora del crepúsculo con mil maledicencias, chismes y calumnias, tampoco me aportaba nada substancial. Sólo impresiones. En aquella penumbra salpicada de farolillos multicolores se vertían bidones de basura llenos de impresiones. Sacudiendo el encaje de las palmeras gigantes, el viento abatía nubes de mosquitos en las tazas. El gobernador, en la charla ambiente, quedaba para el arrastre. Su imperdonable grosería constituía el fondo de la gran conversación aperitiva en que el hígado colonial, tan nauseabundo, se descarga antes de la cena.

Todos los automóviles de Fort-Gono, una decena en total, pasaban y volvían a pasar en aquel momento por delante de la terraza. Nunca parecían ir demasiado lejos, los automóviles. La Place Faidherbe tenía un ambiente muy característico, con su recargada decoración, su superabundancia vegetal y verbal de ciudad provinciana y enloquecida del Mediodía de Francia. Los diez autos no abandonaban la Place Faidherbe sino para volver a ella cinco minutos después, realizando una vez más el mismo periplo con su cargamento de anemias europeas desteñidas, envueltas en tela gris, seres frágiles y quebradizos como sorbetes amenazados.

Pasaban así, durante semanas y años, unos delante de los otros, los colonos, hasta el momento en que ya ni se miraban, de tan hartos que estaban de detestarse. Algunos oficiales llevaban de paseo a su familia, atenta a los saludos militares y civiles, la esposa embutida en sus paños higiénicos especiales; por su parte, los niños, lastimosos ejemplares de gruesos gusanos blancos europeos, se disolvían, por el calor, en diarrea permanente.

No basta con llevar quepis para mandar, también hay que tener tropas. Bajo el clima de Fort-Gono, los mandos europeos se derretían más deprisa que la mantequilla. Allí un batallón era algo así como un terrón de azúcar en el café: cuanto más mirabas, menos lo veías. La mayoría del contingente estaba siempre en el hospital, durmiendo la mona del paludismo, atiborrado de parásitos por todos los pelos y todos los pliegues, escuadrones enteros tendidos entre pitillos y moscas, masturbándose sobre las sábanas enmohecidas, inventando trolas infinitas, de fiebre en accesos, escrupulosamente provocados y mimados.

Las pasaban putas, aquellos pobres tunelas, pléyade vergonzosa, en la dulce penumbra de los postigos verdes, chusqueros pronto desencantados, mezclados -el hospital era mixto con los modestos dependientes de comercio, que huían, unos y otros, acosados, de la selva y los patronos.

En el embotamiento de las largas siestas palúdicas, hace tanto calor que hasta las moscas reposan. En el extremo de los brazos exangües y peludos cuelgan las novelas mugrientas a ambos lados de las camas, siempre descabaladas las novelas: la mitad de las hojas faltan por culpa de los disentéricos, que nunca tienen suficiente papel, y también de las hermanas de mal humor, que censuran a su modo las obras en que Dios no aparece respetado. Las ladillas de la tropa las atormentan también, como a todo el mundo, a las hermanas. Para rascarse mejor, van a alzarse las faldas al abrigo de los biombos, tras los cuales el muerto de esa mañana no llega a enfriarse, de tanto calor como tiene aún, él también.

Por lúgubre que fuese el hospital, aun así era el único lugar de la colonia donde podías sentirte un poco olvidado, al abrigo de los hombres de fuera, de los jefes. Vacaciones de esclavo; lo esencial, en una palabra, y la única dicha a mi alcance.

Me informaba sobre las condiciones de entrada, las costumbres de los médicos, sus manías. Ya sólo veía con desesperación y rebeldía mi marcha para la selva y me prometía ya contraer cuanto antes todas las fiebres que pasaran a mi alcance, para volver a Fort-Gono enfermo y tan descarnado, tan repugnante, que habrían de internarme y también repatriarme. Trucos para estar enfermo ya conocía, y excelentes, y aprendí otros nuevos, especiales, para las colonias.

Me aprestaba a vencer mil dificultades, pues ni los directores de la Compañía Porduriére ni los jefes de batallón se preocupan demasiado de acosar a sus flacas presas, transidas de tanto jugar a las cartas entre las camas meadas.

Me encontrarían dispuesto a pudrirme con lo que hiciera falta. Además, en general pasabas temporadas cortas en el hospital, a menos que acabaras en él de una vez por todas tu carrera colonial. Los más sutiles, los más tunelas, los mejor armados de carácter de entre los febriles conseguían a veces colarse en un transporte para la metrópoli. Era el milagro bendito. La mayoría de los enfermos hospitalizados se confesaban incapaces de nuevas astucias, vencidos por los reglamentos, y volvían a perder en la selva sus últimos kilos. Si la quinina los entregaba por completo a los gusanos estando en régimen hospitalario, el capellán les cerraba los ojos simplemente hacia las seis de la tarde y cuatro senegaleses de servicio embalaban esos restos exangües hacia el cercado de arcillas rojas, junto a la iglesia de Fort-Gono, tan caliente, ésa, bajo las chapas onduladas, que nunca entrabas en ella dos veces seguidas, más tropical que los trópicos. Para mantenerse en pie, en la iglesia, habría habido que jadear como un perro.

Así se van los hombres, a quienes, está visto, cuesta mucho hacer todo lo que les exigen: de mariposa durante la juventud y de gusano para acabar.

Intentaba aún conseguir, por aquí, por allá, algunos detalles, informaciones para hacerme una idea. Lo que me había descrito de Bikomimbo el director me parecía, de todos modos, increíble. En una palabra, se trataba de una factoría experimental, de un intento de penetración lejos de la costa, a diez jornadas por lo menos, aislada en medio de los indígenas, de su selva, que me presentaban como una inmensa reserva pululante de animales y enfermedades.

Me preguntaba si no estarían simplemente envidiosos de mi suerte, los otros, aquellos compañeros de la Porduriére, que pasaban por alternancias de abatimiento y agresividad. Su estupidez (lo único que tenían) dependía de la calidad del alcohol que acabaran de ingerir, de las cartas que recibiesen, de la mayor o menor cantidad de esperanza que hubieran perdido en la jornada. Por regla general, cuanto más se deterioraban, más galleaban. Eran fantasmas (como Ortolan en guerra) y habrían sido capaces de cualquier audacia.

El aperitivo nos duraba tres buenas horas. Siempre se hablaba del gobernador, pivote de todas las conversaciones, y también de los robos de objetos posibles e imposibles y, por último, de la sexualidad: los tres colores de la bandera colonial. Los funcionarios presentes acusaban sin rodeos a los militares de repantigarse en la concusión y el abuso de autoridad, pero los militares les devolvían la pelota con creces. Los comerciantes, por su parte, consideraban a aquellos prebendados hipócritas impostores y saqueadores. En cuanto al gobernador, desde hacía diez buenos años circulaba cada mañana el rumor de su revocación y, sin embargo, el telegrama tan interesante de esa caída en desgracia nunca llegaba y ello a pesar de las dos cartas anónimas, por lo menos, que volaban cada semana, desde siempre, dirigidas al ministro, y que referían mil sartas de horrores muy precisos imputables al tirano local.

Los negros tienen potra con su piel parecida a la de la cebolla; por su parte, el blanco se envenena, entabicado como está entre su ácido jugo y su camiseta de punto. Por eso, ¡ay de quien se le acerque! Lo del *Amiral-Bragueton* me había servido de lección.

En el plazo de pocos días, me enteré de detalles de lo más escandalosos a propósito de mi propio director. Sobre su pasado, lleno de más canalladas que una prisión de puerto de guerra. Se descubría de todo en su pasado e incluso, supongo, magníficos errores judiciales. Es cierto que su rostro lo traicionaba, innegable, angustiosa cara de asesino o, mejor dicho, para no señalar a nadie, de hombre imprudente, con una urgencia enorme de realizarse, lo que equivale a lo mismo.

A la hora de la siesta, se veía, al pasar, desplomadas a la sombra de sus hotelitos del Boulevard Faidherbe, a algunas blancas aquí y allá, esposas de oficiales, de colonos, a las que el clima demacraba mucho más aún que a los hombres, vocecillas graciosamente vacilantes, sonrisas enormemente indulgentes, maquilladas sobre toda su palidez como agónicas contentas. Daban menos muestras de valor y dignidad, aquellas burguesas trasplantadas, que la patrona de la pagoda, que sólo podía contar consigo misma. Por su parte, la Compañía Porduriére consumía a muchos empleadillos blancos de mi estilo; cada temporada perdía decenas de esos subhombres, en sus factorías de la selva, cerca de los pantanos. Eran pioneros.

Todas las mañanas, el Ejército y el Comercio acudían a lloriquear por sus contingentes hasta las propias oficinas del hospital. No pasaba día sin que un capitán amenazara, lanzando rayos y truenos, al gerente para que le devolvieran a toda prisa sus tres sargentos jugadores de cartas y palúdicos y los dos cabos sifilíticos, mandos que le faltaban precisamente para organizar una compañía. Si le respondían que habían muerto, esos holgazanes, entonces dejaba en paz a los administradores y se volvía, por su parte, a beber un poco más a la pagoda.

Apenas te daba tiempo de verlos desaparecer, hombres, días y cosas, en aquel verdor, aquel clima, calor y mosquitos. Todo se iba, era algo repugnante, en trozos, frases, miembros, penas, glóbulos, se perdían al sol, se derretían en el torrente de la luz y los colores y con ellos el gusto y el tiempo, todo se iba. En el aire no había sino angustia centelleante.

Por fin, el pequeño carguero que debía llevarme, costeando, hasta las cercanías de mi puesto, fondeó a la vista de Fort-Gono. El *Papaoutah*, se llamaba. Un barquito de casco muy plano, construido así para los estuarios. Lo alimentaban con leña. Yo era el único blanco a bordo y me concedieron un rincón entre la cocina y los retretes, íbamos tan despacio por el mar, que al principio pensé que se trataba de una precaución para salir de la ensenada. Pero nunca aumentó la velocidad. Aquel *Papaoutah* tenía poquísima potencia. Avanzamos así, a la vista de la costa, faja gris infinita y tupida de arbolitos en medio de los danzarines vahos del calor. ¡Qué paseo! *Papaoutah* hendía el agua como si la hubiera sudado toda él mismo, con dolor. Deshacía una olita tras otra con precauciones de enfermera haciendo una cura. El piloto debía de ser, me parecía desde lejos, un mulato; digo «me parecía» porque nunca encontraba las fuerzas necesarias para subir arriba, a cubierta, a cerciorarme en persona. Me quedaba confinado con los negros, únicos pasajeros, a la sombra de la crujía, mientras el sol bañaba el puente, hasta las cinco. Para que no te queme la cabeza por los ojos, el sol, hay que pestañear como una rata. A partir de las cinco puedes echar un vistazo al horizonte, la buena vida. Aquella franja gris, el país tupido a ras del agua, allí, especie de sobaquera aplastada, no me decía nada. Era repugnante respirar aquel aire, aun de noche, tan tibio, marino enmohecido. Toda aquella insipidez deprimía, con el olor de la máquina, además, y, de día, las olas demasiado ocres por aquí y demasiado azules por el otro lado. Se estaba peor aún que en el *Amiral-Bragueton,* exceptuando a los asesinos militares, por supuesto.

Por fin, nos acercamos al puerto de mi destino. Me recordaron su nombre: «Topo». A fuerza de toser, expectorar, temblar, durante tres veces el trascurso de cuatro comidas a base de conservas, sobre aquellas aguas aceitosas como de haber lavado los platos, el *Papaoutah* acabó atracando.

En la pilosa orilla se destacaban tres enormes chozas techadas con paja. De lejos, cobraba, al primer vistazo, un aspecto bastante atrayente. La desembocadura de un gran río arenoso, el mío, según me explicaron, por donde debía yo remontar, en barca, para llegar al centro mismo de mi selva. En Topo, puesto al borde del mar, debía quedarme sólo unos días, según lo previsto, el tiempo necesario para adoptar mis últimas resoluciones coloniales.

Pusimos rumbo a un embarcadero liviano y el *Papaoutah,* antes de llegar a él, se llevó por delante, con su grueso vientre, la barra. De bambú era el embarcadero, lo recuerdo bien. Tenía su historia, lo rehacían cada mes, me enteré, a causa de los moluscos, ágiles y vivos, que acudían a millares a jalárselo, a medida que lo arreglaban. Esa construcción infinita era incluso una de las ocupaciones desesperantes que había de sufrir el teniente Grappa, comandante del puesto de Topo y de las regiones vecinas. El *Papaoutah* sólo hacía la travesía una vez al mes, pero los moluscos no tardaban más de un mes en jalarse su desembarcadero.

A la llegada, el teniente Grappa cogió mis papeles, verificó su autenticidad, los copió en un registro virgen y me ofreció el aperitivo. Yo era el primer viajero, me confió, que acudía a Topo por espacio de más de dos años. Nadie iba a Topo. No había ninguna razón para ir a Topo. A las órdenes del teniente Grappa servía el sargento Alcide. En su aislamiento, no se estimaban nada. «Tengo que desconfiar siempre de mi subalterno -me comunicó también el teniente Grappa ya en nuestro primer contacto-. ¡Tiene cierta tendencia a la familiaridad!»

Como, en aquella desolación, si hubiera habido que imaginar acontecimientos, habrían resultado demasiado inverosímiles, pues el ambiente no se prestaba, el sargento Alcide preparaba por adelantado informes de «Sin novedad», que Grappa firmaba sin tardar y que el *Papaoutah* llevaba, puntual, al gobernador general.

Entre las lagunas de los alrededores y en lo más recóndito de la selva vegetaban algunas tribus enmohecidas, diezmadas, torturadas por el tripanosoma y la miseria crónica; aun así, aportaban un pequeño impuesto y a estacazos, por supuesto. Entre sus jóvenes reclutaban también a algunos milicianos para manejar por delegación esa misma estaca. Los efectivos de la milicia ascendían a doce hombres.

Puedo hablar de ellos, los conocí bien. El teniente Grappa los equipaba a su modo, a aquellos potrudos, y los alimentaba regularmente con arroz. Un fusil para doce y una banderita para todos. Sin zapatos. Pero, como todo es relativo en este mundo y comparativo, a los reclutas indígenas les parecía que Grappa hacía las cosas muy bien. Incluso tenía que rechazar voluntarios todos los días y entusiastas, hijos de la selva hastiados.

La caza era escasa en los alrededores de la ciudad y, a falta de gacelas, se comían al menos una abuela por semana. Todas las mañanas, a partir de las siete, los milicianos de Alcide se ponían a hacer la instrucción. Como yo me alojaba en un rincón de su choza, que me había cedido, me encontraba en primera fila para asistir a aquella algarada. En ningún otro ejército del mundo figuraron nunca soldados con mejor voluntad. A la llamada de Alcide, y recorriendo la arena en fila de cuatro, de ocho y luego de doce, aquellos primitivos se desvivían con creces imaginando sacos, zapatos, bayonetas incluso, y, lo que es más, haciendo como que los utilizaban. Recién salidos de la naturaleza tan vigorosa y tan próxima, iban vestidos sólo con una apariencia de calzoncillo caqui. Todo lo demás debían imaginarlo y así lo hacían. A la orden de Alcide, perentoria, aquellos ingeniosos guerreros, dejando en el suelo sus ficticios sacos, corrían en el vacío al ataque de enemigos imaginarios con estocadas imaginarias. Tras haber hecho como que se desabrochaban, formaban montones de ropa invisible y, ante otra señal, se apasionaban en abstracciones de mosquetería. Verlos diseminarse, gesticular minuciosamente y perderse en encajes de movimientos bruscos y prodigiosamente inútiles era deprimente hasta el marasmo. Sobre todo porque en Topo el calor brutal y la asfixia, perfectamente concentrados por la arena entre los espejos del mar y del río, pulidos y conjugados, eran como para jurar por tu trasero que te encontrabas sentado por la fuerza sobre un pedazo de sol recién caído.

Pero aquellas condiciones implacables no impedían a Alcide gritar: al contrario. Sus alaridos tronaban por encima de aquel ejercicio fantástico y llegaban muy lejos, hasta la cresta de los augustos cedros del lindero tropical. Más lejos aún retumbaban incluso sus «¡firmes!».

Mientras tanto, el teniente Grappa preparaba su justicia. Ya volveremos a hablar de *eso*. También vigilaba sin cesar desde lejos, desde la sombra de su choza, la fugaz construcción del embarcadero maldito. A cada llegada del *Papaoutah* iba a esperar, optimista y escéptico, equipos completos para sus efectivos. En vano los reclamaba desde hacía dos años, sus equipos completos. Como era corso, Grappa se sentía tal vez más humillado que nadie al observar que sus milicianos seguían desnudos.

En nuestra choza, la de Alcide, se practicaba un pequeño comercio, apenas clandestino, de cosillas y restos diversos. Por lo demás, todo el tráfico de Topo pasaba por Alcide, ya que tenía una pequeña provisión, la única, de tabaco en hoja y en paquetes, algunos litros de alcohol y algunos metros de algodón.

Los doce milicianos de Topo, sentían, era evidente, hacia Alcide auténtica simpatía y ello pese a que los abroncaba sin límites y les daba patadas en el trasero injustamente. Pero habían advertido en él, aquellos militares nudistas, elementos innegables del gran parentesco, el de la miseria incurable, innata. El tabaco los hacía sentirse unidos, por muy negros que fueran, por la fuerza de las cosas. Yo había llevado conmigo algunos periódicos de Europa. Alcide los hojeó con el deseo de interesarse por las noticias, pero, pese a intentar por tres veces centrar su atención en las columnas inconexas, no consiguió acabarlas. «Ahora -me confesó tras ese vano intento-, en el fondo, ¡me importan un bledo las noticias! ¡Hace tres años que estoy aquí!» Eso no quería decir que Alcide pretendiera sorprenderme dándoselas de ermitaño, no, sino que la brutalidad, la indiferencia demostrada del mundo entero hacia él lo obligaba, a su vez, a considerar, en su calidad de sargento reenganchado, el mundo entero, fuera de Topo, como una Luna.

Por cierto, que era buen muchacho, Alcide, servicial y generoso y todo. Lo comprendí más adelante, demasiado tarde. Su formidable resignación lo aplastaba, esa cualidad básica que vuelve a la pobre gente, del ejército o de fuera de él, tan dispuesta a matar como a dar vida. Nunca, o casi, preguntan el porqué, los humildes, de lo que soportan. Se odian unos a otros, eso basta.

En torno a nuestra choza crecían, diseminadas, en plena laguna de arena tórrida, despiadada, esas curiosas florecillas frescas y breves, color verde, rosa o púrpura, que en Europa sólo se ven pintadas y en ciertas porcelanas, especie de campanillas primitivas y sin cursilería. Soportaban la larga jornada abominable, cerradas en su tallo, y, al abrirse por la noche, se ponían a temblar, graciosas, con las primeras brisas tibias.

Un día en que Alcide me vio ocupado en coger un ramillete, me avisó: «Cógelas, si quieres, pero no las riegues, a esas jodías, que se mueren... Son de lo más frágil, ¡no se parecen a los girasoles de cuyo cuidado encargábamos a los quintos en Rambouillet! ¡Se les podía mear encima!... ¡Se lo bebían todo!... Además, las flores son como los hombres... ¡Cuanto más grandes, más inútiles son!» Eso iba dirigido al teniente Grappa, evidentemente, cuyo cuerpo era grande y calamitoso, de manos breves, purpúreas, terribles. Manos de quien nunca entendería nada. Por lo demás, Grappa no intentaba entender.

Pasé dos semanas en Topo, durante las cuales compartí no sólo la existencia y el papeo con Alcide, sus chinches (las de cama y las de arena), sino también su quinina y el agua del pozo cercano, inexorablemente tibia y diarreica.

Un día el teniente Grappa, sintiéndose amable, me invitó, por excepción, a ir a tomar café a su casa. Era celoso, Grappa, y nunca enseñaba su concubina indígena a nadie. Así, pues, había elegido, para invitarme, un día en que su negra iba a visitar a sus padres a la aldea. También era el día de audiencia en su tribunal. Quería impresionarme.

En torno a su cabaña, esperando desde la mañana temprano, se apiñaban los querellantes, masa heterogénea y abigarrada de taparrabos y testigos chillones. Pleiteantes y público de pie, mezclados en el mismo círculo, todos con fuerte olor a ajo, sándalo, mantequilla rancia, sudor azafranado. Como los milicianos de Alcide, todos aquellos seres parecían interesados ante todo en agitarse frenéticos en la ficción; alborotaban a su alrededor en un idioma de castañuelas, al tiempo que blandían por encima de sus cabezas manos crispadas en un vendaval de argumentos.

El teniente Grappa, hundido en su sillón de mimbre, crujiente y quejumbroso, sonreía ante todas aquellas incoherencias reunidas. Se fiaba, para guiarse, del intérprete del puesto, que le respondía, a voz en grito, con demandas increíbles.

Se trataba tal vez de un cordero tuerto que unos padres se negaban a restituir, pese a que su hija, vendida legalmente, no había sido entregada al marido, por culpa de un crimen que su hermano había encontrado medio de cometer, entretanto, en la persona de la hermana de éste, que guardaba el cordero. Y muchas otras y más complicadas quejas.

A nuestra altura, cien rostros apasionados por aquellos problemas de intereses y costumbres enseñaban los dientes al emitir jijeitos secos o gluglús sonoros, palabras de negros.

El calor era máximo. Atisbabas el cielo por el ángulo del techo para ver si no se avecinaría una catástrofe. Ni siquiera una tormenta.

«¡Voy a ponerlos de acuerdo a todos en seguida! -decidió finalmente Grappa, a quien la temperatura y la palabrería inducían a las resoluciones-. ¿Dónde está el padre de la novia?... ¡Que me lo traigan!»

«¡Aquí está!», respondieron veinte compinches, al tiempo que empujaban a primera fila a un viejo negro bastante marchito, envuelto en un taparrabos amarillo que lo cubría con mucha dignidad, a la romana. Acompasaba, el viejales, todo lo que contaban a su alrededor, con el puño cerrado. No parecía en absoluto haber acudido allí para quejarse, sino para distraerse un poco con ocasión de un proceso del que ya no esperaba, desde hacía mucho, resultados positivos.

«¡Venga! -mandó Grappa-. ¡Veinte latigazos! ¡Acabemos de una vez! ¡Veinte latigazos a ese viejo macarra!... ¡Así aprenderá a venir a fastidiarme todos los jueves desde hace dos meses con su historia de corderos de chicha y nabo!»

El viejo vio a los cuatro milicianos musculosos acercársele. Al principio, no entendía lo que querían de él y después puso ojos como platos, inyectados en sangre como los de un viejo animal horrorizado, al que nunca hubieran pegado. No intentaba resistirse en realidad, pero tampoco sabía cómo colocarse para recibir con el menor dolor posible aquella zurra de la justicia.

Los milicianos le tiraban de la tela. Dos de ellos querían a toda costa que se arrodillara, los otros le ordenaban, al contrario, que se tumbara boca abajo. Por fin, se pusieron de acuerdo para dejarlo como estaba, simplemente, en el suelo, con el taparrabos alzado y recibió de entrada en espalda y marchitas nalgas una somanta de vergajazos como para hacer bramar a una burra robusta durante ocho días. Se retorcía y la fina arena mezclada con sangre salpicaba en torno a su vientre; escupía arena al gritar, parecía una perra pachona encinta, enorme, a la que torturaran con ganas.

Los asistentes permanecieron en silencio mientras duró la escena. Sólo se oían los ruidos del castigo. Ejecutado éste, el viejo, bien vapuleado, intentaba levantarse y rodearse con el taparrabos, a la romana. Sangraba en abundancia por la boca, por la nariz y sobre todo a lo largo de la espalda. La multitud se lo llevó con un murmullo de mil chismes y comentarios en tono de entierro.

El teniente Grappa volvió a encender su puro. Delante de mí, quería mantenerse distante de aquellas cosas. No es, creo, que fuera más neroniano que otro, sólo que no le gustaba tampoco que lo obligaran a pensar. Eso le fastidiaba. Lo que lo volvía irritable en sus funciones judiciales eran las preguntas que le hacían.

Ese mismo día asistimos también a otras dos correcciones memorables, consecutivas a otras historias desconcertantes, de dotes arrebatadas, promesas de envenenamiento... compromisos equívocos... hijos dudosos... «¡Ah! Si supieran, todos, lo poco que me importan sus litigios, ¡no abandonarían su selva para venir a fastidiarme así con sus gilipolleces!... ¿Acaso los tengo yo al corriente de mis asuntos? -concluía Grappa-. Sin embargo -prosiguió-, ¡voy a acabar creyendo que le han cogido gusto a mi justicia, esos marranos!... Hace dos años que intento asquearlos y, sin embargo, cada jueves vuelven...

Créame, si quiere, joven, ¡casi siempre vuelven los mismos!... ¡Unos viciosos, vamos!...»

Después la conversación versó sobre Toulouse, donde pasaba sin falta sus vacaciones y donde pensaba retirarse Grappa, al cabo de seis años, con su pensión. ¡Así lo tenía previsto! Estábamos tomando, tan a gusto, el «calvados», cuando nos vimos de nuevo molestados por un negro condenado a no sé qué pena y que llegaba con retraso para purgarla. Acudía espontáneamente, dos horas después que los otros, a ofrecerse para recibir la somanta. Como había realizado un recorrido de dos días y dos noches desde su aldea y por el bosque con ese fin, no estaba dispuesto a regresar con las manos vacías. Pero llegaba tarde y Grappa era intransigente en relación con la puntualidad penal.

«¡Peor para él! ¡Que no se hubiera marchado la última vez!... ¡El jueves pasado fue cuando lo condené a cincuenta vergajazos, a ese cochino!»

El cliente protestaba, de todos modos, porque tenía una buena excusa: había tenido que volver a su aldea a toda prisa para enterrar a su madre. Tenía tres o cuatro madres para él solo. Discusiones...

«¡Habrá que dejarlo para la próxima audiencia!»

Pero apenas tenía tiempo, aquel cliente, para ir a su aldea y volver, de entonces hasta el jueves próximo. Protestaba. Se emperraba. Hubo que echarlo, a aquel masoquista, del campo a patadas en el culo. Eso le dio placer, de todos modos, pero no suficiente... En fin, acabó donde Alcide, quien aprovechó para venderle todo un surtido de tabaco en hoja, al masoquista, en paquete y en polvo para aspirar.

Muy divertido con aquellos múltiples incidentes, me despedí de Grappa, quien precisamente se retiraba, para la siesta, a su choza, donde ya se encontraba descansando su ama indígena, de vuelta de la aldea. Un par de chucháis espléndidos, aquella negra, bien educada por las hermanas de Gabón. No sólo sabía la joven hablar francés ceceando, sino también presentar la quinina en la mermelada y sacar las niguas de la planta de los pies. Sabía ser agradable de cien modos al colonial, sin fatigarlo o fatigándolo, según su preferencia.

Alcide estaba esperándome, un poco molesto. Aquella invitación con que acababa de honrarme el teniente Grappa fue lo que le decidió seguramente a hacerme confidencias. Y eran subidas de tono, sus confidencias. Me hizo, sin que se lo pidiera, un retrato exprés de Grappa con caca humeante. Le respondí a todo que era de la misma opinión. El punto débil de Alcide era que traficaba, pese a los reglamentos militares, absolutamente contrarios, con los negros de la selva circundante y también con los doce tiradores de su milicia. Abastecía de tabaco a toda aquella gente, sin piedad. Cuando los milicianos habían recibido su parte de tabaco, no les quedaba nada de la paga; se la habían fumado. Se la fumaban por adelantado incluso. Esa modesta práctica, en vista de la escasez de numerario en la región, perjudicaba, según Grappa, a la recaudación de impuestos.

El teniente Grappa, prudente, no quería provocar bajo su gobierno un escándalo en Topo, pero en fin, celoso tal vez, ponía mala cara. Le habría gustado que todas las minúsculas disponibilidades indígenas estuvieran destinadas, como es lógico, a los impuestos. Cada cual con su estilo y sus modestas ambiciones.

Al principio, la práctica del crédito en función del salario les había parecido un poco extraña e incluso dura, a los tiradores, que trabajaban únicamente para fumar el tabaco de Alcide, pero se habían acostumbrado a fuerza de patadas en el culo. Ahora ya ni siquiera intentaban ir a cobrar su paga, se la fumaban por adelantado, tranquilamente, junto a la choza de Alcide, entre las vivaces florecillas, entre dos ejercicios de imaginación.

En resumen, en Topo, por minúsculo que fuera el lugar, había, pese a todo, sitio para dos sistemas de civilización, la del teniente Grappa, más bien a la romana, que azotaba al sumiso para extraerle simplemente el tributo, del que, según la afirmación de Alcide, retenía una parte vergonzosa y personal, y el sistema de Alcide propiamente dicho, más complicado, en el que se vislumbraban ya los signos de la segunda etapa civilizadora, el nacimiento en cada tirador de un cliente, combinación comercial o militar, en una palabra, mucho más moderna, más hipócrita, la nuestra.

En lo relativo a la geografía, el teniente Grappa calculaba apenas, con ayuda de algunos mapas muy aproximativos que tenía en el puesto, los vastos territorios confiados a su custodia. Tampoco tenía demasiado deseo de saber más sobre aquellos territorios. Los árboles, la selva ya se sabe, al fin y al cabo, lo que son, se los ve muy bien desde lejos.

Ocultas entre el follaje y los recovecos de aquella inmensa tisana, algunas tribus extraordinariamente diseminadas se pudrían aquí y allá entre sus pulgas y sus moscas, embrutecidas por los tótems y atiborrándose de mandioca podrida... Pueblos de una ingenuidad perfecta y un canibalismo candido, azotados por la miseria, devastados por mil pestes. Nada por lo que valiera la pena acercarse a ellos. Nada justificaba una expedición administrativa dolorosa y sin eco. Cuando había acabado de imponer la ley, Grappa prefería volverse hacia el mar y contemplar aquel horizonte por el que cierto día había aparecido él y por el que cierto día desaparecería, si todo iba bien. Pese a que aquel lugar había llegado a serme familiar y, al final, agradable, tuve, sin embargo, que pensar en abandonar por fin Topo para dirigirme a la tienda que me estaba prometida al cabo de unos días de navegación fluvial y de peregrinaciones selváticas.

Alcide y yo habíamos llegado a entendernos muy bien. Intentábamos juntos pescar peces-sierra, especie de tiburones que pululaban delante de la choza. Él era tan poco hábil para ese juego como yo. No pescábamos nada.

Su choza estaba amueblada sólo con su cama desmontable, la mía y algunas cajas vacías o llenas. Me parecía que debía de ahorrar bastante dinero gracias a su modesto comercio.

«¿Dónde lo metes?... -le pregunté en varias ocasiones-. ¿Dónde lo escondes, tu asqueroso parné? -Era para hacerle rabiar-. Menuda vidorra te vas a dar, cuando regreses.» Yo lo pinchaba. Y veinte veces por lo menos, mientras nos poníamos a comer el inevitable «tomate en conserva», imaginaba, para su regocijo, las peripecias de un periplo fenomenal, a su regreso a Burdeos, de burdel en burdel. No me respondía nada. Se limitaba a reírse, como si le divirtiera que le dijese esas cosas.

Aparte de la instrucción y las sesiones de justicia, no ocurría nada, la verdad, en Topo, conque, por fuerza, yo repetía lo más a menudo posible mi chiste de siempre, a falta de otros temas.

Hacia el final, una vez me dieron ganas de escribir al Sr. Puta, para darle un sablazo. Alcide se encargaría de echar al correo mi carta en el próximo *Papaoutah*. El material de escritura de Alcide estaba guardado en una cajita de galletas, como la de Branledore, la misma exactamente. Así, pues, todos los sargentos reenganchados tenían la misma costumbre. Pero, cuando me vio abrir la caja, Alcide hizo un gesto que me sorprendió, para impedírmelo. Me sentí violento. No sabía por qué me lo impedía; volví, pues, a dejarla sobre la mesa. «¡Bah! ¡Ábrela, anda! -dijo por fin-. ¡No tiene importancia!» Al instante vi, pegada al reverso de la tapa, la foto de una niña. Sólo la cabeza, una carita muy dulce, por cierto, con largos bucles, como se llevaban en aquella época. Cogí el papel y la pluma y volví a cerrar rápido la caja. Me sentía muy violento por mi indiscreción, pero también me preguntaba por qué lo habría turbado tanto aquello.

Al instante imaginé que se trataba de una hija suya, de la que no había querido hablarme hasta entonces. Yo no quería saber más, pero le oí detrás, a mi espalda, intentando contarme algo en relación con la foto, con voz extraña, que nunca le había oído hasta entonces. Farfullaba. Yo quería que me tragara la tierra. Tenía que ayudarlo a hacerme su confidencia. No sabía qué hacer para pasar aquel momento. Iba a ser una confidencia penosa, estaba seguro. La verdad es que no deseaba escucharla.

«¡No tiene importancia! -oí que decía por fin-. Es la hija de mi hermano... Murieron los dos...»

«¿Sus padres?...»

«Sí, sus padres...»

«Entonces, ¿quién la cría ahora? ¿Tu madre?», le pregunté, por decir algo, por manifestar interés.

«¿Mi madre? También murió...»

«Entonces, ¿quién?»

«¡Pues yo!»

Lanzó una risita, Alcide, carmesí, como si acabara de hacer algo indecoroso. Se apresuró a proseguir:

«Mira, te voy a explicar... Está en un colegio de monjas de Burdeos... Pero no de las hermanitas de los pobres, ¿eh?... Las monjas "bien"... Como soy yo quien me ocupo de ello, no hay cuidado. ¡No quiero que le falte de nada! Ginette, se llama... Es una niña muy buena... Como su madre, por cierto... Me escribe, progresa; sólo, que los pensionados así, verdad, son caros... Sobre todo porque ahora tiene diez años... Quiero que aprenda el piano al mismo tiempo... ¿Qué te parece el piano?... Está bien, ¿eh?, el piano para las chicas... ¿No crees?... ¿Y el inglés? ¿Es útil también el inglés?... ¿Lo sabes tú el inglés?...»

Me puse a mirarlo más de cerca, a Alcide, a medida que iba confesando la culpa de no ser demasiado generoso, con su bigotito cosmético, sus cejas de excéntrico, su piel calcinada. ¡Púdico Alcide! ¡Qué de economías debía de haber hecho sobre su mísera paga... sobre sus famélicas primas y su minúsculo comercio clandestino... durante meses, años, en aquel Topo infernal!... Yo no sabía qué responderle, no me sentía competente, pero me superaba tanto, en corazón, que me puse colorado como un tomate... Al lado de Alcide, un simple patán impotente, yo, basto y vano... De nada servía simular. Estaba claro.

Ya no me atrevía a hablarle, me sentía de pronto absolutamente indigno de hablarle. Yo que el simple día antes no le hacía demasiado caso e incluso lo despreciaba un poco, a Alcide.

«No he tenido potra -prosiguió, sin darse cuenta de que me ponía violento con sus confidencias-. Imagínate que hace dos años le dio la parálisis infantil... Figúrate...

¿Sabes tú lo que es la parálisis infantil?»

Entonces me explicó que la pierna izquierda de la niña permanecía atrofiada y que seguía un tratamiento a base de electricidad en Burdeos, con un especialista.

«¿Crees tú que la podrá recuperar?...», me preguntaba inquieto.

Le aseguré que se podía recuperar perfectamente, del todo, con el tiempo y la electricidad. Hablaba de su madre, que había muerto, y de la enfermedad de la pequeña con muchas precauciones. Temía, incluso de lejos, hacerle daño.

«¿Has ido a verla después de la enfermedad?»

«No... estaba aquí.»

«¿Vas a ir a verla pronto?»

«Creo que no voy a poder hasta dentro de tres años... Date cuenta, aquí hago un poco de comercio... Conque eso la ayuda... Si me marchara de permiso ahora, al regreso me habrían cogido el puesto... sobre todo por ese otro cabrón...»

Así, Alcide sólo pedía la posibilidad de ampliar su estancia al doble, cumplir seis años seguidos en Topo, en lugar de tres, por su sobrinita, de la que sólo tenía unas cartas y el retratito. «Lo que me preocupa -prosiguió, cuando nos acostamoses que no tenga a nadie allí para las vacaciones... Es duro para una niña...»

Evidentemente, Alcide evolucionaba en lo sublime con facilidad y, por así decir, con familiaridad, tuteaba a los ángeles, aquel muchacho, y parecía un mosquita muerta. Había ofrecido, casi sin darse cuenta, a una niña vagamente emparentada, años de tortura, la aniquilación de su pobre vida en aquella monotonía tórrida, sin condiciones, sin regateo, sin otro interés que el de su buen corazón. Ofrecía a aquella niña lejana ternura suficiente para rehacer un mundo entero y era algo que no se veía.

Se quedó dormido de repente, a la luz de la vela. Acabé levantándome para mirar en detalle sus facciones a la luz. Dormía como todo el mundo. Tenía aspecto muy corriente. Sin embargo, no sería ninguna tontería que hubiera algo para distinguir a los buenos de los malos.

* * *

Hay dos métodos para penetrar en la selva, o bien abrir un túnel en ella, como las ratas en los haces de heno. Ése es el método asfixiante. No me hacía ninguna gracia. O bien soportar la subida río arriba, encogidito en el fondo de un tronco de árbol, impulsado con pagaya entre recodos y boscajes, y, acechando así el fin de días y días, ofrecerse de plano al resplandor, sin recurso. Y después, atontado por los aullidos de los negros, llegar adonde vayas hecho una lástima.

Todas las veces, al arrancar, para coger el ritmo, necesitan tiempo, los remeros. La disputa. Primero una pala entra en el agua y después dos o tres alaridos acompasados y la selva responde, remolinos, te deslizas, dos remos, luego tres, todavía descompasados, olas, titubeos, una mirada atrás te devuelve al mar, que se extiende allá, se aleja, y ante ti la larga extensión lisa que se va labrando, y luego Alcide aún, un poco, sobre el embarcadero, al que veo lejos, casi oculto por los vahos del río, bajo su enorme casco, en forma de campana, un trocito de cabeza, de cara, como un quesito, y el resto de Alcide debajo flotando en su túnica, como perdido ya en un recuerdo extraño con pantalones blancos.

Eso es todo lo que me queda de aquel lugar, de aquel Topo.

¿Habrán podido defenderla aún por mucho tiempo, aquella aldea ardiente, de la guadaña solapada del río de aguas color canela? Y sus tres chozas pulgosas, ¿seguirán aún en pie? ¿Habrá nuevos Grappas y Alcides entrenando a tiradores recientes en esos combates inconsistentes? ¿Seguirán ejerciendo aquella justicia sin pretensiones?

¿Seguirá tan rancia el agua que intenten beber? ¿Tan tibia? Como para asquearte de tu propia boca durante ocho días después de cada ronda... ¿Seguirán sin nevera? ¿Y los combates de oído que libran contra las moscas los infatigables abejorros de la quinina?

¿Sulfato? ¿Clorhidrato?... Pero, antes que nada, ¿existirán aún negros pustulentos desecándose en aquella estufa? Muy bien puede ser que no...

Tal vez nada de eso exista ya, quizás el pequeño Congo haya lamido Topo de un gran lengüetazo cenagoso una noche de tornado, al pasar, y ya no quede nada, haya desaparecido de los mapas hasta el nombre, ya sólo quede yo, en una palabra, para recordar aún a Alcide... Tal vez lo haya olvidado su sobrina también. Puede que el teniente Grappa no haya vuelto a ver su Toulouse... Que la selva que acechaba desde siempre la duna, al regreso de la estación de las lluvias, haya invadido todo, haya aplastado todo bajo la sombra de las inmensas caobas, todo, hasta las florecillas imprevistas de la arena, que, según Alcide, no había que regar... Que ya no exista nada.

Lo que fueron los diez días de ascenso río arriba es algo que no olvidaré por mucho tiempo... Transcurridos vigilando los remolinos cenagosos, en el hueco de la piragua, eligiendo un paso furtivo tras otro, entre los ramajes enormes a la deriva, evitados con agilidad. Trabajo de forzados evadidos.

Después de cada crepúsculo, nos deteníamos en un promontorio rocoso. Una mañana, abandonamos por fin aquella sucia lancha salvaje para entrar en la selva por un sendero oculto que se insinuaba en la penumbra verde y húmeda, iluminado sólo a ratos por un rayo de sol que caía desde lo alto de aquella infinita catedral de hojas. Monstruosos árboles caídos obligaban a nuestro grupo a dar muchos rodeos. En su hueco un metro entero habría maniobrado a sus anchas.

En determinado momento volvió la luz deslumbrante, habíamos llegado ante un espacio desbrozado, tuvimos que subir aún, otro esfuerzo. La eminencia que alcanzamos coronaba la infinita selva, encrespada con cimas amarillas, rojas y verdes, que poblaba, estrujaba montes y valles, monstruosamente abundante como el cielo y el agua. El hombre cuya vivienda buscábamos vivía, me indicaron con señas, un poco más lejos... en otro vallecito. Allí nos esperaba, el hombre.

Entre dos grandes rocas se había construido una especie de refugio, al abrigo, me hizo observar, de los tornados del Este, los peores, los más iracundos. No tuve inconveniente en reconocer que era una ventaja, pero en cuanto a la choza misma pertenecía con toda seguridad a la última categoría, la más astrosa, vivienda casi teórica, deshilachada por todos lados. Me esperaba sin falta algo por el estilo en punto a vivienda, pero, aun así, la realidad superaba mis previsiones.

Debí de parecerle por completo desconsolado al tipo aquel, pues se dirigió a mí con bastante brusquedad para hacerme salir de mis reflexiones. «¡Ande, hombre, que no estará usted tan mal aquí como en la guerra! Al fin y al cabo, ¡aquí puede uno salir adelante! Se jala mal, de acuerdo, y para beber, auténtico lodo, pero se puede dormir cuanto se quiera... ¡Aquí, amigo, no hay cañones! ¡Ni balas tampoco! En una palabra, ¡es buen asunto!» Hablaba un poco en el mismo tono que el delegado general, pero tenía ojos pálidos como los de Alcide.

Debía de andar por los treinta años y era barbudo... No lo había mirado bien, al llegar, de tan desconcertado como estaba, al llegar, con la pobreza de su instalación, la que debía legarme y que había de acogerme durante años tal vez... Pero, al observarlo, después, más adelante, le vi cara de aventurero innegable, cara muy angulosa e incluso rebelde, de esas que entran a saco en la existencia en lugar de colarse por ella, con gruesa nariz redonda, por ejemplo, y mejillas llenas en forma de gabarras, que van a chapotear contra el destino con un ruido de parloteo. Aquél era un desdichado.

«¡Es cierto! —dije—. ¡Nada hay peor que la guerra!»

Ya era bastante de momento, en punto a confidencias, yo no tenía ganas de decir nada más. Pero fue él quien continuó sobre el mismo tema:

«Sobre todo ahora que las hacen tan largas, las guerras... -añadió-. En fin, ya verá, amigo, que esto no es demasiado divertido, ¡y se acabó! No hay nada que hacer... Es como unas vacaciones... Pero es que, ¡vacaciones aquí! ¿No?... En fin, tal vez dependa del carácter, no puedo decir...»

«¿Y el agua?», pregunté. La que veía en mi cubilete, que me había vertido yo mismo, me inquietaba, amarillenta; bebí, nauseabunda y caliente como la de Topo. Al tercer día tenía posos.

«¿Es ésta el agua?» La tortura del agua volvía a empezar.

«Sí, es la única que hay por aquí y, además, la de la lluvia... Sólo, que, cuando llueva, la cabaña no resistirá mucho tiempo. ¿Ve usted en qué estado se encuentra la cabaña?» Veía, en efecto.

«Para comer -siguió diciendosólo hay conservas, hace un año que no jalo otra cosa... ¡Y no me he muerto!... En un sentido es muy cómodo, pero el cuerpo no lo retiene; los indígenas jalan mandioca podrida, allá ellos, les gusta... Desde hace tres meses lo devuelvo todo... La diarrea. Tal vez la fiebre también; tengo las dos cosas... Y hasta veo más claro hacia las cinco de la tarde... Por eso noto que tengo fiebre, porque, por el calor, verdad, ¡es difícil tener más temperatura que la que se tiene aquí sólo con el calor del ambiente!... En una palabra, los escalofríos son los que te avisan de que tienes fiebre... Y también porque te aburres menos... Pero también eso debe de depender del carácter de cada uno... quizá podría uno beber alcohol para animarse, pero a mí no me gusta el alcohol... No lo soporto...»

Me parecía que tenía mucho respeto por lo que él llamaba «el carácter».

Y después, ya que estaba, me dio otras informaciones atractivas: «Por el día el calor, pero es que por la noche es el ruido lo que resulta más difícil de soportar... Es increíble... Son los bichos de la aldea que se persiguen para cepillarse o jalarse vivos a otros, no sé, eso es lo que me han dicho... el caso es que entonces, ¡se arma un jaleo!... Y las más ruidosas, ¡son también las hienas!... Llegan hasta ahí, muy cerca de la cabaña... Ya las oirá usted... No puede equivocarse... No son como los ruidos de la quinina... A veces se puede uno equivocar con las aves, los moscones y la quinina... A veces pasa... Mientras que las hienas se ríen de lo lindo... Olfatean la carne de uno... ¡Eso las hace reír!... ¡Tienen prisa por verte cascar, esos bichos!... Según dicen, hasta se les puede ver los ojos brillar... Les gusta la carroña... Yo no las he mirado a los ojos... En cierto modo lo siento...».

«Pues, ¡sí que está esto divertido!», fui y respondí. Pero aún faltaba algo para el encanto de las noches.

«Y, además, la aldea -añadió-. No hay ni cien negros en ella, pero arman un tiberio, los maricones, ¡como si fueran dos mil!... ¡Ya verá usted también lo que son ésos! ¡Ah! Si ha venido usted por el tam-tam, ¡no se ha equivocado de colonia!... Porque aquí lo tocan porque hay luna y después porque no la hay... Y luego porque esperan la luna... En fin, ¡siempre por algo! ¡Parece como si se entendieran con los bichos para fastidiarte, esos cabrones! Como para volverse loco, ¡se lo aseguro! Yo me los cargaba a todos de una vez, ¡si no estuviera tan cansado!... Pero prefiero ponerme algodón en los oídos... Antes, cuando aún me quedaba vaselina en el botiquín, me la ponía, en el algodón, ahora pongo grasa de plátano en su lugar. También va bien, la grasa de plátano... Así, ¡ya se pueden correr de gusto con todos los truenos del cielo, esos maricones, si eso los excita! ¡A mí me la trae floja, con mi algodón engrasado! ¡No oigo nada! Los negros, se dará usted cuenta en seguida, ¡están hechos una mierda!... Pasan el día en cuclillas, parecen incapaces de levantarse para ir a mear siquiera contra un árbol y después, en cuanto se hace de noche, ¡menudo! ¡Se vuelven viciosos! ¡Puro nervio! ¡Histéricos!

¡Pedazos de noche atacados de histeria! Ya ve usted cómo son los negros, ¡se lo digo yo! En fin, una panda de asquerosos... ¡Degenerados, vamos!...»

«¿Vienen a menudo a comprar?»

«¿A comprar? ¡Figúrese usted! Hay que robarles antes que le roben a uno, eso es el comercio y se acabó! Por cierto que conmigo, durante la noche, no se andan con chiquitas, lógicamente con mi algodón bien engrasado en cada oído, ¿no? ¿Para qué van a andarse con remilgos? ¿Verdad?... Y, además, como ve, tampoco tengo puertas en la choza, conque vienen y se sirven, ¿no?, puede usted estar seguro... Menuda vida se pegan aquí ellos...»

«Pero, ¿y el inventario? -pregunté, presa del mayor asombro ante aquellas precisiones-. El director general me recomendó con insistencia que estableciera el inventario nada más llegar ¡y minuciosamente!»

«A mí -fue y me respondió con perfecta calma el director general me la trae floja...
Tengo el gusto de decírselo...»

«Pero, ¿va usted a verlo, al pasar otra vez por Fort-Gono?»

«No voy a ver nunca más m Fort-Gono ni al director... La selva es grande, amigo mío...»

«Pero, entonces, ¿adonde irá usted?»

«Si se lo preguntan, ¡responda que no lo sabe! Pero, como parece usted curioso, déjeme, ahora que aún está a tiempo, darle un puñetero consejo, ¡y muy útil! Mande a tomar por culo a la Compañía Porduriére como ella lo manda a usted y, si se da tanta prisa como ella, ¡le aseguro desde ahora mismo que ganará usted sin duda el Gran Premio!... ¡Conténtese, pues, con que yo le deje un poco de dinero en metálico y no pida más!... En cuanto a las mercancías, si es cierto que le ha recomendado hacerse cargo de ellas... respóndale al director que no quedaba nada, ¡y se acabó!... Si se niega a creerlo, pues, ¡tampoco importará demasiado!... ¡Ya nos consideran, convencidos, ladrones a todos, en cualquier caso! Conque no va a cambiar nada la opinión pública y para una vez que le vamos a sacar algo... Además, no tema, ¡el director sabe más que nadie de chanchullos y no vale la pena contradecirlo! ¡Ésa es mi opinión! ¿Y la de usted? Ya se sabe que para venir aquí, verdad, ¡hay que estar dispuesto a matar a padre y madre! Conque...»

Yo no estaba del todo seguro de que fuera cierto, todo lo que me contaba, pero el caso es que aquel predecesor me pareció al instante un pirata de mucho cuidado.

Nada, pero es que nada, tranquilo me sentía yo. «Ya me he metido en otro lío de la hostia», me dije a mí mismo y cada vez más convencido. Dejé de conversar con aquel bandido. En un rincón, en desorden, descubrí a la buena de Dios las mercancías que tenía a bien dejarme, cotonadas insignificantes... Pero, en cambio, taparrabos y sandalias por docenas, pimienta en botes, farolillos, un irrigador y, sobre todo, una cantidad alarmante de latas de fabada «estilo de Burdeos» y, por último, una tarjeta postal en color: la Place Clichy.

«Junto al poste encontrará el caucho y el marfil que he comprado a los negros... Al principio, perdía el culo, y después, ya ve, tome, trescientos francos... ¡Ésa es la cuenta!»

Yo no sabía de qué cuenta se trataba, pero renuncié a preguntárselo.

«Quizá tendrá aún que hacer algunos trueques con mercancías -me avisó-, porque el dinero aquí, verdad, no se necesita para nada, sólo puede servir para largarse, el dinero...»

Y se echó a reír. Como tampoco quería yo contrariarlo por el momento, lo imité y me reí con él como si estuviera muy contento.

A pesar de la indigencia en que se veía estancado desde hacía meses, se había rodeado de una servidumbre muy complicada, compuesta de chavales sobre todo, muy solícitos a la hora de presentarle la única cuchara de la casa o el vaso sin pareja o también extraerle de la planta del pie, con delicadeza, las incesantes y clásicas niguas penetrantes. A cambio, les pasaba, benévolo, la mano entre los muslos a cada instante. El único trabajo que le vi emprender era el de rascarse personalmente; ahora que a ése se entregaba, como el tendero de Fort-Gono, con una agilidad maravillosa, que, sólo se observa, está visto, en las colonias.

El mobiliario que me legó me reveló todo lo que el ingenio podía conseguir con cajas de jabón rotas en materia de sillas, veladores y sillones. También me enseñó, aquel tipo sombrío, a proyectar a lo lejos, para distraerse, de un solo golpe breve, con la punta del pie pronta, las pesadas orugas con caparazón, que subían sin cesar, nuevas, trémulas y babosas, al asalto de nuestra choza selvática. Si, por torpeza, las aplastas, ¡pobre de ti! Te ves castigado con ocho días consecutivos de hedor extremo, que se desprende despacio de su papilla inolvidable. Él había leído en alguna parte que esos pesados horrores representaban, en el terreno de los animales, lo más antiguo que había en el mundo. Databan según afirmaba, ¡del segundo período geológico! «Cuando nosotros tengamos la misma antigüedad que ellas, ¡qué peste no echaremos!» Así mismo.

Los crepúsculos en aquel infierno africano eran espléndidos. No había modo de evitarlos. Trágicos todas las veces como tremendos asesinatos del sol. Una farolada inmensa. Sólo, que era demasiada admiración para un solo hombre. El cielo, durante una hora, se pavoneaba salpicado de un extremo a otro de escarlata en delirio, luego estallaba el verde en medio de los árboles y subía del suelo en estelas trémulas hasta las primeras estrellas. Después, el gris volvía a ocupar todo el horizonte y luego el rojo también, pero entonces fatigado, el rojo, y por poco tiempo. Terminaba así. Todos los colores recaían en jirones, marchitos, sobre la selva, como oropeles al cabo de cien representaciones. Cada día hacia las seis en punto ocurría.

Y la noche con todos sus monstruos entraba entonces en danza, entre miles y miles de berridos de sapos.

Ésa era la señal que esperaba la selva para ponerse a trepidar, silbar, bramar desde todas sus profundidades. Una enorme estación del amor y sin luz, llena hasta reventar. Árboles enteros atestados de francachelas vivas, de erecciones mutiladas, de horror. Acabábamos no pudiendo oírnos en nuestra choza. Tenía que gritar, a mi vez, por encima de la mesa como un autillo para que el compañero me entendiera. Estaba listo, yo que no apreciaba el campo.

«¿Cómo se llama usted? ¿No me acaba de decir Robinson?», le pregunté.

Estaba repitiéndome, el compañero, que los indígenas en aquellos parajes sufrían hasta el marasmo de todas las enfermedades posibles y que su estado era tan lastimoso, que no estaban en condiciones de dedicarse a comercio alguno. Mientras hablábamos de los negros, moscas e insectos, tan grandes, tan numerosos, vinieron a lanzarse en torno al farol, en ráfagas tan densas, que hubo que apagarlo.

La figura de aquel Robinson se me apareció una vez más, antes de apagar, cubierta por aquella rejilla de insectos. Tal vez por eso sus rasgos se grabaron de modo más sutil en mi memoria, mientras que antes no me recordaban nada preciso. En la obscuridad seguía hablándome, mientras yo me remontaba por mi pasado, con el tono de su voz como una llamada, ante las puertas de los años y después de los meses y luego de los días, para preguntar dónde había podido conocer a aquel individuo. Pero no encontraba nada. No me respondían. Se puede uno perder yendo a tientas entre las formas del pasado. Es espantoso la de cosas y personas que permanecen inmóviles en el pasado de uno. Los vivos que extraviamos en las criptas del tiempo duermen tan bien con los muertos, que una misma sombra los confunde ya.

No sabes ya a quién despertar, si a los vivos o a los muertos.

Estaba intentando identificar a aquel Robinson, cuando unas carcajadas atrozmente exageradas, a poca distancia y en la obscuridad, me sobresaltaron. Y se callaron. Ya me había avisado, las hienas seguramente.

Y después sólo los negros de la aldea y su tam-tam, percusión desatinada sobre madera hueca, termitas del viento.

El propio nombre de Robinson me preocupaba sobre todo, cada vez más claramente. Nos pusimos a hablar de Europa en nuestra obscuridad, de las comidas que puedes pedir allá, cuando tienes dinero, y de las bebidas, ¡madre mía, tan frescas! No hablábamos del día siguiente, en que me quedaría solo, allí, durante años tal vez, allí, con todas las fabadas... ¿Había que preferir la guerra? Desde luego, era peor. ¡Era peor!... Él mismo lo reconocía... También él había estado en la guerra... Y, sin embargo, se marchaba de allí... Estaba harto de la selva, pese a todo... Yo intentaba hacerlo volver sobre el tema de la guerra. Pero ahora él lo eludía.

Por último, en el momento en que nos acostábamos cada uno en un rincón de aquella ruina formada por hojas y mamparas, me confesó sin rodeos que, pensándolo bien, prefería arriesgarse a comparecer ante un tribunal civil por estafa a soportar por más tiempo la vida, a base de fabada, que llevaba allí desde hacía casi un año. Ya sabía a qué atenerme.

«¿No tiene algodón para los oídos?... -me preguntó-. Si no tiene, hágase uno con pelos de la manta y grasa de plátano. Así se hacen unos taponcitos perfectos... ¡No quiero oírlos berrear, a esos cerdos!»

Había de todo en aquella tormenta, excepto cerdos, pero se empeñaba en usar ese término impropio y genérico.

La cuestión del algodón me impresionó de repente, como si ocultara alguna astucia abominable por su parte. No podía evitar un miedo cerval a que me asesinara allí, sobre la «plegable», antes de marcharse con lo que quedaba en la choza... Esa idea me tenía petrificado. Pero, ¿qué hacer? ¿Llamar? ¿A quién? ¿A los antropófagos de la aldea?... ¿Desaparecido? ¡Ya lo estaba casi, en realidad! En París, sin fortuna, sin deudas, sin herencia, ya apenas existes, cuesta mucho no estar ya desaparecido... Conque, ¿allí?

¿Quién iba a tomarse la molestia de ir hasta Bikomimbo, aunque sólo fuera a escupir en el agua, para honrar mi recuerdo? Nadie, evidentemente.

Pasaron horas cargadas de respiros y angustias. Él no roncaba. Todos aquellos ruidos, aquellas llamadas que llegaban del bosque me impedían oír su resuello. No hacía falta algodón. Sin embargo, a fuerza de tenacidad, aquel nombre de Robinson acabó revelándome un cuerpo, una facha, una voz incluso que había conocido... Y después, en el momento en que iba a abandonarme al sueño, el individuo entero se alzó ante mi cama, capté su recuerdo, no él, desde luego, sino el recuerdo precisamente de aquel Robinson, el hombre de Noirceur-sur-la-Lys, allí, en Flandes, a quien había acompañado aquella noche en que buscábamos juntos un agujero para escapar de la guerra y después también él más adelante en París... Reapareció todo... Acababan de pasar años en un instante. Yo había estado muy enfermo de la cabeza, me costaba... Ahora que sabía, que lo había identificado, no podía por menos de sentir pánico. ¿Me habría reconocido él? En cualquier caso, podía contar con mi silencio y mi complicidad.

«¡Robinson! ¡Robinson! -lo llamé, contento, como para anunciarle una buena noticia-. ¡Oye, chaval! ¡Oye, Robinson!...» Sin respuesta.

Con el corazón latiéndome como loco, me levanté y me preparé para recibir un buen golpe en el estómago... Nada. Entonces, con no poca audacia, me aventuré, a ciegas, hasta el otro extremo de la choza, donde lo había visto acostarse. Se había marchado.

Esperé la llegada del día encendiendo una cerilla de vez en cuando. El día llegó en una tromba de luz y después aparecieron los criados negros para ofrecerme, sonrientes, su enorme inutilidad, salvo que eran alegres. Ya intentaban enseñarme la despreocupación. En vano procuraba, mediante una serie de gestos muy meditados, hacerles comprender hasta qué punto me inquietaba la desaparición de Robinson, no por ello parecía que dejara de importarles tres cojones. No cabe duda, es una locura completa ocuparse de algo distinto de lo que se tiene ante los ojos. En fin, yo lo que sentía sobre todo en aquel caso era la desaparición de la caja. Pero no es frecuente volver a ver a la gente que se marcha con la caja... Esa circunstancia me hizo suponer que Robinson renunciaría a volver sólo para asesinarme. Menos mal.

¡Para mí solo el paisaje, pues! En adelante iba a tener todo el tiempo del mundo, pensé, para volver a ocuparme de la superficie, de la profundidad de aquel inmenso follaje, de aquel océano de rojo, de amarillo jaspeado, de salazones flameantes, magníficos, seguramente, para quienes amen la naturaleza. Yo, desde luego, no la amaba. La poesía de los trópicos me repugnaba. La mirada, el pensamiento sobre aquellos conjuntos me repetían, como sardinas. Digan lo que digan, siempre será un país para mosquitos y panteras. Cada cual en su sitio.

Prefería volver de nuevo a mi choza y apuntalarla en previsión del tornado, que no podía tardar. Pero también tuve que renunciar bastante pronto a mi empresa de consolidación. Lo que de trivial había en aquella estructura podía aún desplomarse, pero no volvería a alzarse nunca; la paja, infestada de parásitos, se deshilachaba; la verdad es que con mi vivienda no se habría podido hacer un urinario decente.

Tras haber descrito, con paso inseguro, unos círculos en la selva, tuve que volver a tumbarme y callarme, por el sol. Siempre el sol. Todo calla, todo tiene miedo a arder hacia el mediodía; basta, por cierto, con un tris, hierbas, animales y hombres en su punto de calor. Es la apoplejía meridiana.

Mi pollo, el único, la temía también, esa hora, volvía a la choza conmigo, él, el único, legado por Robinson. Vivió así conmigo tres semanas, el pollo, paseándose, siguiéndome como un perro, cloqueando por cualquier cosa, viendo serpientes por todos lados. Un día de aburrimiento mortal me lo comí. No sabía a nada, su carne desteñida al sol como una tela de algodón. Tal vez fuera eso lo que me sentara mal. El caso es que el día siguiente de haberlo comido no podía levantarme. Hacia el mediodía, me arrastré atontado hacia la cajita de las medicinas. Sólo quedaba tintura de yodo y un plano de la Línea de metro norte-sur de París. Aún no había visto clientes en la factoría, sólo mirones negros, que no cesaban de gesticular y masticar cola, eróticos y palúdicos. Ahora se presentaban en círculo en torno a mí, los negros, parecían discutir sobre mi mala cara. Estaba muy enfermo, hasta el punto de que me parecía que ya no necesitaba las piernas, colgaban tan sólo al borde de la cama como cosas despreciables y algo cómicas.

De Fort-Gono, del director, no me llegaban, mediante corredores nativos, sino cartas apestosas con broncas y estupideces, amenazadoras también. Los comerciantes, que se creen, todos, astutos de profesión, resultan en la práctica la mayoría de las veces ineptos insuperables. Mi madre, desde Francia, me instaba a cuidar la salud, como en la guerra. Bajo la guillotina, mi madre habría sido capaz de reñirme por haber olvidado la bufanda. No perdía oportunidad, mi madre, para intentar hacerme creer que el mundo era benévolo y que había hecho bien al concebirme. Es el gran subterfugio de la incuria materna, esa supuesta providencia. Por lo demás, me resultaba muy fácil no responder a todos aquellos cuentos del patrón y de mi madre y nunca contestaba. Sólo, que esa actitud no mejoraba tampoco la situación.

Robinson había robado casi todo lo que había habido en aquel establecimiento frágil, ¿y quién me creería, si fuera a decirlo? ¿Escribirlo? ¿Para qué? ¿A quién? ¿Al patrón? Todas las tardes, hacia las cinco, tiritaba de fiebre, a mi vez, pero es que con ganas, hasta el punto de que mi crujiente cama temblaba como si estuviera cascándomela. Negros de la aldea se habían apoderado, sin cumplidos, de mi servicio y mi choza; no los había llamado, pero ya sólo mandarles marcharse exigía demasiado esfuerzo. Se peleaban en torno a lo que quedaba de la factoría, metiendo mano con ganas en los barriles de tabaco, probándose los últimos taparrabos, apreciándolos, llevándoselos, contribuyendo aún más, de ser posible, al desorden de mi instalación. El caucho, tirado por el suelo, mezclaba su jugo con los melones de la selva, las dulzonas papayas con sabor a peras orinadas, cuyo recuerdo, quince años después, de tantas como jalé en lugar de las judías, aún me da asco.

Intentaba hacerme idea del nivel de impotencia en el que había caído, pero no lo lograba. «¡Todo el mundo roba!», me había repetido por tres veces Robinson, antes de desaparecer. Ésa era también la opinión del delegado general. Con la fiebre, esas palabras me obsesionaban. «¡Tienes que espabilarte!»... me había dicho también Robinson. Intentaba levantarme. Tampoco lo conseguía. Sobre lo del agua de beber, tenía razón, lodo era; peor, posos. Unos negritos me traían muchos plátanos, grandes y pequeños, y naranjas sanguinas y siempre aquellas «papayas», pero, ¡me dolía tanto el vientre con todo aquello y con todo! Habría podido vomitar la tierra entera.

En cuanto notaba un poco de mejoría, me sentía menos atontado, el abominable miedo volvía a apoderarse de mí por entero, el de tener que rendir cuentas a la Sociedad Porduriére. ¿Qué iba a decir, a aquella gente maléfica? ¿Me creerían? Me mandarían detener, ¡seguro! ¿Quién me juzgaría, entonces? Tipos especiales, armados de leyes terribles, sacadas de quién sabe dónde, como el consejo de guerra, pero cuyas verdaderas intenciones nunca te comunican y que se divierten haciéndote escalar con ellas a cuestas, sangrando, el sendero a pico por encima del infierno, el camino que conduce a los pobres al hoyo. La ley es el gran Parque de Atracciones del dolor.

Cuando el pelagatos se deja atrapar por ella, se le oye aún gritar siglos y más siglos después.

Prefería quedarme pasmado allí, temblando, babeando con los 40o, que verme forzado, lúcido, a imaginar lo que me esperaba en Fort-Gono. Llegó un momento en que ya no tomaba quinina para dejar que la fiebre me ocultara la vida. Te embriagas con lo que puedes. Mientras me cocía así, a fuego lento, durante días y semanas, se me acabaron las cerillas. Robinson no me había dejado otra cosa que fabada «estilo de Burdeos». Ahora que de ésta me dejó la tira, la verdad. Vomité latas enteras. Y, para llegar a ese resultado, aún había que calentarlas.

Esa penuria de cerillas me proporcionó una pequeña distracción, la de contemplar a mi cocinero encender el fuego con dos piedras en eslabón y hierbas secas. Al verlo hacer así, se me ocurrió hacer lo mismo. Además, tenía mucha fiebre y la idea cobró singular consistencia. Pese a ser torpe por naturaleza, tras una semana de aplicación, también yo sabía, igualito que un negro, prender el fuego entre dos piedras puntiagudas. En una palabra, empezaba a espabilarme en el estado primitivo. El fuego es lo principal; luego queda la caza, pero yo no tenía ambición. El fuego del sílex me bastaba. Me ejercitaba concienzudo. Sólo tenía eso que hacer, día tras día. En el juego de rechazar las orugas del «secundario» no había adquirido tanta habilidad. Aún no había aprendido el truco. Aplastaba muchas orugas. Perdía interés. Las dejaba entrar con libertad en mi choza, como amigas. Se produjeron dos grandes tormentas sucesivas, la segunda duró tres días enteros y, sobre todo, tres noches. Por fin pude beber agua de lluvia en el bidón, tibia, claro, pero en fin... Bajo los aguaceros las telas en existencia empezaron a deshacerse, sin remedio, mezclándose unas con otras, mercancía inmunda.

Negros serviciales me fueron a buscar, muy dentro de la selva, manojos de lianas para amarrar mi choza al suelo, pero en vano, el follaje de las mamparas, al menor soplo de viento, se ponía a batir enloquecido, por encima del techo, como alas heridas. No hubo solución. Todo por divertirse, en suma.

Los negros, pequeños y grandes, decidieron vivir en mi ruina con total familiaridad. Estaban joviales. Gran distracción. Entraban y salían de mi casa (si así podemos llamarla) como Pedro por la suya. Libertad. Nos entendíamos por señas. Si no hubiera tenido fiebre, tal vez me habría puesto a aprender su lengua. Me faltó tiempo. En cuanto al encendido con piedras, pese a mis progresos, aún no había adquirido su mejor estilo, el expeditivo. Aún me saltaban muchas chispas a los ojos y eso hacía reír mucho a los negros.

Cuando no estaba enmoheciendo de fiebre en mi «plegable» o dándole al mechero primitivo, no pensaba sino en las cuentas de la Porduriére. Es curioso lo que cuesta liberarse del terror a la irregularidad en las cuentas. Desde luego, ese terror debía de venirme de mi madre, que me había contaminado con su tradición: «Primero robas un huevo... y después un talego y acabas asesinando a tu madre.» De esas cosas nos cuesta a todos mucho liberarnos. Las hemos aprendido siendo demasiado pequeños y acuden a aterrarnos, más adelante, en los momentos decisivos. ¡Qué debilidades! Sólo podemos contar, para librarnos de ellas, con las circunstancias. Por fortuna, son imperiosas, las circunstancias. Entretanto, nos hundíamos, la factoría y yo. Íbamos a desaparecer en el barro tras cada aguacero más viscoso, más espeso. La estación de las lluvias. Lo que ayer parecía una roca hoy no era sino melaza pastosa. Desde las ramas balanceantes el agua tibia te perseguía en cascadas, se derramaba por la choza y los alrededores, como en el lecho de un antiguo río abandonado. Todo se fundía en papilla de baratijas, esperanzas y cuentas y en la fiebre también, húmeda también. Aquella lluvia tan densa, que te cerraba la boca, cuando te agredía, como con una mordaza tibia. Aquel diluvio no impedía a los animales seguir persiguiéndose, los ruiseñores se pusieron a hacer tanto ruido como los chacales. La anarquía por todos lados y en el arca, yo, Noé, medio lelo. Me pareció llegado el momento de poner fin a aquella vida.

Mi madre no sabía sólo refranes sobre la honradez; también decía, recordé oportunamente, cuando quemaba en casa las vendas viejas: «¡El fuego lo purifica todo!» Encuentras de todo en casa de tu madre, para todas las ocasiones del destino. Basta con saber escoger.

Llegó el momento. Mis sílex no eran los más apropiados, sin punta suficiente, la mayoría de las chispas se me quedaban en las manos. Aun así, al fin las primeras mercancías prendieron pese a la humedad. Se trataba de una provisión de calcetines absolutamente empapados. Era después de la puesta del sol. Las llamas se elevaron rápidas, fogosas. Los indígenas de la aldea acudieron a agruparse en torno al fogón, parloteando con furia de cotorras. El caucho en bruto que había comprado Robinson chisporroteaba en el centro y su olor me recordaba invariablemente el célebre incendio de la Compañía Telefónica, en Quai de Grenelle, que fui a ver con mi tío Charles, quien tan bien cantaba romanzas. Era el año antes de la Exposición, la Grande, cuando yo era aún muy pequeño. Nada fuerza a los recuerdos a aparecer como los olores y las llamas. Mi choza, por su parte, olía exactamente igual. Pese a estar empapada, ardió enterita, con mercancías y todo. Ya estaban hechas las cuentas. La selva calló por una vez. Completo silencio. Debían de estar deslumbrados búhos, leopardos, sapos y papagayos. Es lo que necesitan para quedarse pasmados. Como nosotros con la guerra. Ahora la selva podía volver a apoderarse de los restos bajo su alud de hojas. Yo sólo había salvado mi modesto equipaje, la cama plegable, los trescientos francos y, por supuesto, algunas fabadas, ¡qué remedio!, para el camino.

Tras una hora de incendio, ya no quedaba nada de mi edículo. Algunas pavesas bajo la lluvia y algunos negros incoherentes que hurgaban las cenizas con la punta de la lanza en medio de tufaradas de ese olor fiel a todas las miserias, olor desprendido de todos los desastres de este mundo, el olor a pólvora humeante.

Ya era hora de largarme a escape. ¿Regresar a Fort-Gono? ¿Intentar explicarles mi conducta y las circunstancias de aquella aventura? Vacilé... Por poco tiempo. No hay que explicar nada. El mundo sólo sabe matarte como un durmiente, cuando se vuelve, el mundo, hacia ti, igual que un durmiente se mata las pulgas. La verdad es que sería una muerte muy tonta, me dije, como la de todo el mundo, vamos. Confiar en los hombres es dejarse matar un poco.

Pese al estado en que me encontraba, decidí internarme por la selva en la dirección que había seguido aquel Robinson de mis desdichas.

* * *

Por el camino, seguí escuchando con frecuencia a los animales de la selva, con sus quejas, trémolos y llamadas, pero casi nunca los veía, excepto un cochinillo salvaje al que en cierta ocasión estuve a punto de pisar cerca de mi abrigo. Por aquellas ráfagas de gritos, llamadas, aullidos, era como para pensar que estaban muy cerca, centenares, millares, hormigueando, los animales. Sin embargo, en cuanto te acercabas al lugar de que partía el jaleo, ni uno, excepto enormes pintadas azules, enredadas en su plumaje como para una boda y tan torpes, que, cuando saltaban tosiendo de una rama a otra, parecía que acababa de ocurrirles un accidente.

Más abajo, en el moho de la maleza, mariposas enormes y pesadas, y ribeteadas como «esquelas», temblequeaban sin poder abrirse y, más abajo aún, íbamos nosotros, chapoteando en el barro amarillo. Avanzábamos a duras penas, sobre todo porque los negros me llevaban en parihuelas, hechas con sacos cosidos por los extremos. Habrían podido muy bien tirarme a la pañí, los porteadores, mientras cruzábamos un brazo de río. ¿Por qué no lo hicieron? Más adelante lo supe. ¿O por qué no se me jalaron, ya que entraba dentro de sus costumbres?

De vez en cuando, les hacía preguntas con voz pastosa, a aquellos compañeros, y siempre me respondían: sí, sí. Bastante complacientes, en una palabra. Buena gente. Cuando la diarrea me dejaba un respiro, volvía a ser presa de la fiebre al instante. Era increíble lo enfermo que había llegado a estar con aquella vida.

Incluso empezaba a no ver claro o, mejor dicho, veía todo en verde. Por la noche, cuando todos los animales de la tierra acudían a acechar nuestro campamento, encendíamos un fuego. Y aquí y allá un grito atravesaba, pese a todo, el enorme toldo negro que nos asfixiaba. Un animal degollado que, pese a su horror de los hombres y del fuego, acudía a quejarse ante nosotros, allí, muy cerca.

A partir del cuarto día, dejé incluso de intentar reconocer lo real de entre las cosas absurdas de la fiebre que entraban en mi cabeza unas dentro de otras, al tiempo que trozos de personas y, además, retazos de resoluciones y desesperaciones sin fin.

Pero, aun así, debió de existir, me digo hoy, cuando lo pienso, aquel blanco barbudo que encontramos una mañana sobre un promontorio de piedras en la confluencia de los dos ríos. Y, además, se oía, muy cerca, el estruendo de una catarata. Era un tipo del estilo de Alcide, pero en sargento español. Acabábamos de pasar, a fuerza de ir de un sendero a otro, así, mal que bien a la colonia de Río del Río, antigua posesión de la Corona de Castilla. Aquel español, pobre militar, poseía una choza también él. Se rió con ganas, me parece, cuando le conté todas mis desgracias y lo que había hecho yo con mi choza. La suya, cierto es, se presentaba un poco mejor, pero no mucho. Su tormento especial eran las hormigas rojas. Habían elegido su choza para pasar, en su migración anual, las muy putas, y no cesaban de cruzarla desde hacía casi dos meses.

Ocupaban casi todo el sitio; costaba moverse y, además, si las molestabas, picaban fuerte.

Se puso muy contento cuando le di mi fabada, pues él sólo comía tomate, desde hacía tres años. No hacía falta que me contara. Ya había consumido, me dijo, más de tres mil latas él solo. Cansado de aderezarlo de diferentes formas, ahora lo sorbía, de la forma más sencilla del mundo: por dos pequeños orificios practicados en la tapa, como si se tratara de huevos.

Las hormigas rojas, en cuanto se enteraron de que había nuevas conservas, montaron

guardia en torno a sus fabadas. Había que tener cuidado de no dejar tirada una sola lata, abierta, pues en ese caso habrían hecho entrar a la raza entera de las hormigas rojas en la choza. No hay mayor comunista. Y se habrían jalado también al español.

Me enteré por aquel anfitrión de que la capital de Río del Río se llamaba San Tapeta, ciudad y puerto célebre en toda la costa e incluso más lejos, porque allí se armaban las galeras para travesías largas.

La pista que seguíamos conducía allí precisamente, era el camino bueno, bastaba con continuar así durante tres días más y tres noches. Pregunté a aquel español si no conocía por casualidad alguna buena medicina indígena que pudiera apañarme. La cabeza me atormentaba atrozmente. Pero él no quería ni oír hablar de esos mejunjes. Para ser un español colonizador, era sorprendentemente africanófobo, hasta el punto de que se negaba a utilizar en el retrete, cuando iba, hojas de plátano y tenía a su disposición, cortados para ese uso, toda una pila de ejemplares del *Boletín de Asturias,* expresamente. Tampoco leía ya el periódico, exactamente igual que Alcide también.

Hacía tres años que vivía allí, solo con las hormigas, algunas manías y sus periódicos viejos, y también con ese terrible acento español, que es como una especie de segunda persona, de tan fuerte que es; costaba mucho excitarlo. Cuando abroncaba a sus negros, era como una tormenta, por ejemplo. A mala hostia, Alcide no le llegaba ni a la altura del betún. Tanto me gustaba, aquel español, que acabé cediéndole toda mi fabada. Como prueba de agradecimiento, me extendió un pasaporte muy bello sobre papel granuloso con las armas de Castilla y una firma tan labrada, que para su minuciosa ejecución tardó diez buenos minutos.

Para San Tapeta, no podíamos perdernos, pues; estaba en lo cierto, había que seguir todo recto. Ya no sé cómo llegamos, pero de una cosa estoy seguro, y es que, nada más llegar, me pusieron en manos de un cura, tan chocho, me pareció, que de notarlo a mi lado sentí una especie de ánimo comparativo. No por mucho tiempo.

La ciudad de San Tapeta se alzaba en el flanco de una roca y justo enfrente del mar y era de un verde, que había que verlo para creerlo. Un espectáculo magnífico, seguramente, visto desde la ensenada, algo suntuoso, de lejos, pero de cerca sólo carnes exhaustas como en Fort-Gono, permanentemente cubiertas de pústulas y achicharradas. En cuanto a los negros de mi pequeña caravana, en un breve instante de lucidez los despedí. Habían atravesado una gran extensión de selva y temían por su vida al regreso, según decían. Lloraban ya de antemano, al despedirse de mí, pero a mí me faltaban fuerzas para compadecerlos. Había sufrido y transpirado demasiado. Sin fin.

Por lo que puedo recordar, muchos seres cacareantes, que, por lo visto, abundaban en aquella población, vinieron día y noche a partir de aquel momento a ajetrearse en torno a mi lecho, que habían instalado especialmente en el presbiterio, pues las distracciones eran escasas en San Tapeta. El cura me atiborraba de tisanas, una larga cruz dorada oscilaba sobre su vientre y de las profundidades de su sotana subía, cuando se acercaba a mi cabecera, gran tintineo de monedas. Pero no había ni que pensar en conversar con aquella gente, el simple hecho de farfullar me agotaba más de lo imaginable.

Estaba convencido de que era el fin, intenté mirar aún un poco lo que podía distinguir de este mundo por la ventana del cura. No me atrevería a afirmar que pueda hoy describir aquellos jardines sin cometer errores groseros y fantásticos. Sol había, eso seguro, siempre el mismo, como si te abriesen una amplia caldera siempre en plena cara y luego, debajo, más sol y unos árboles disparatados y también paseos, con árboles que parecían lechugas tan desarrolladas como robles y una especie de cardillos, tres o cuatro de los cuales bastarían para hacer un hermoso castaño corriente de los de Europa. Añádase un sapo o dos al montón, del tamaño de podencos, saltando desesperados de un macizo a otro.

Por los olores es como acaban las personas, los países y las cosas. Todas las aventuras se van por la nariz. Cerré los ojos, porque, la verdad, ya no podía abrirlos. Entonces el acre olor de África, noche tras noche, se esfumó. Llegó a serme cada vez más difícil percibir su tufo, mezcla de tierra muerta, entrepiernas y azafrán machacado.

Pasó tiempo, volvió el pasado, y más tiempo aún y después llegó un momento en que sufrí varios choques y nuevas revulsiones y después sacudidas más regulares, como en una cuna...

Acostado seguía, desde luego, pero sobre una materia en movimiento. Me dejaba llevar y después vomitaba y volvía a despertarme y me dormía otra vez. Estaba en el mar. Tan molido me sentía, que apenas tenía fuerzas para conservar el nuevo olor a jarcias y alquitrán. Hacía frío en el rincón marinero donde me encontraba apretujado justo bajo un ojo de buey abierto de par en par. Me habían dejado solo. El viaje continuaba, evidentemente... Pero, ¿cuál? Oía pasos por el puente, un puente de madera, por encima de mi cabeza, y voces y las olas que venían a chapotear y romper contra la borda.

Es muy raro que la vida vuelva a tu cabecera, estés donde estés, si no es en forma de putada. La que me había hecho aquella gente de San Tapeta era de aúpa. ¡Pues no habían aprovechado mi estado para venderme, alelado como estaba, al patrón de una galera! Una hermosa galera, la verdad, de bordas altas y con muchos remos, coronada con bonitas velas purpúreas, un castillo dorado, un barco de lo más acolchado en los lugares destinados a los oficiales, con un soberbio cuadro en la proa pintado con aceite de hígado de bacalao y que representaba a la *Infanta Combitta* en traje de polo. Según me explicaron más adelante, aquella Alteza patrocinaba, con su nombre, sus chucháis y su honor real, el navío que nos llevaba. Era halagador.

Al fin y al cabo, meditaba a propósito de mi aventura, si me hubiera quedado en San Tapeta, aún estoy enfermo como un perro, la cabeza me da vueltas, seguro que habría cascado en casa de aquel cura, donde me habían dejado los negros... ¿Volver a FortGono? En ese caso no me libraba de mis «quince años» por lo de las cuentas... Allí al menos estaba en movimiento y ya eso era una esperanza... Pensándolo bien, aquel capitán de la *Infanta Combitta* había tenido audacia al comprarme, aun a bajo precio, al cura en el momento de levar anclas. Arriesgaba todo su dinero en aquella transacción, el capitán. Podría haberlo perdido todo. Había especulado con la acción benéfica del aire del mar para reanimarme. Merecía su recompensa. Iba a ganar, pues ya me encontraba mejor y lo veía muy contento por ello. Aún deliraba mucho, pero con cierta lógica... A partir del momento en que abrí los ojos, vino con frecuencia a visitarme a mi cuchitril y engalanado con su sombrero de plumas. Así me parecía.

Se divertía mucho al verme alzarme sobre el jergón, pese a la fiebre, que no me abandonaba. Vomitaba. «Vamos, mierdica, ¡pronto podrás remar con los demás!», me predijo. Era muy amable por su parte y se reía a carcajadas, al tiempo que me daba ligeros latigazos, pero entonces muy amistosos, y en la nuca, no en las nalgas. Quería que me divirtiera yo también, que me alegrase con él del espléndido negocio que acababa de hacer al adquirirme.

La comida de a bordo me pareció muy aceptable. Yo no cesaba de farfullar. Rápido, como había previsto el capitán, recuperé fuerzas suficientes para ir a remar de vez en cuando con los compañeros. Pero donde había diez, de éstos, yo veía cien: la alucinación.

Nos fatigábamos bastante poco durante aquella travesía, porque la mayoría del tiempo navegábamos a vela. Nuestra condición en el entrepuente no era más nauseabunda que la de los viajeros corrientes de clase baja en un vagón de domingo y menos peligrosa que la que había soportado en el *Amiral-Bragueton*. Tuvimos siempre mucha ventilación durante aquel paso del Este al Oeste del Atlántico. La temperatura bajó. En los entrepuentes nadie se quejaba. Nos parecía tan sólo un poco largo. Por mi parte, me había hartado de espectáculos del mar y de la selva para una eternidad.

Me habría gustado preguntar detalles al capitán sobre los fines y los medios de nuestra navegación, pero desde que me encontraba mejor había dejado de interesarse por mi suerte. Además, yo desatinaba demasiado para una conversación, la verdad. Ya sólo lo veía de lejos, como a un patrón de verdad.

A bordo, me puse a buscar a Robinson entre los galeotes y en varias ocasiones durante la noche, en pleno silencio, lo llamé en alta voz. No hubo respuesta, salvo algunas injurias y amenazas: la chusma.

Sin embargo, cuanto más pensaba en los detalles y las circunstancias de mi aventura, más probable me parecía que le hubieran hecho también a él la faena de San Tapeta. Sólo que Robinson debía de remar ahora en otra galera. Los negros de la selva debían de estar todos metidos en el comercio y el chanchullo. A cada cual su turno, era normal. Tienes que vivir y coger para vender las cosas y las personas que no vayas a comer enseguida. La relativa amabilidad de los indígenas hacia mí se explicaba del modo más indecente.

La *Infanta Combitta* siguió navegando semanas y más semanas por entre el oleaje atlántico, de mareo en acceso, y después una noche todo se calmó a nuestro alrededor. Yo había dejado de delirar. Estábamos balanceándonos en torno al ancla. El día siguiente, al despertarnos, comprendimos, al abrir los ojos de buey, que acabábamos de llegar a nuestro destino. ¡Era un espectáculo morrocotudo!

* * *

¡Menuda sorpresa! Por entre la bruma, era tan asombroso lo que descubríamos de pronto, que al principio nos negamos a creerlo, pero luego, cuando nos encontramos a huevo delante de aquello, por muy galeotes que fuéramos, nos entró un cachondeo de la leche, al verlo, vertical ante nosotros...

Figuraos que estaba de pie, la ciudad aquella, absolutamente vertical. Nueva York es una ciudad de pie. Ya habíamos visto la tira de ciudades, claro está, y bellas, además, y puertos y famosos incluso. Pero en nuestros pagos, verdad, están acostadas, las ciudades, al borde del mar o a la orilla de ríos, se extienden sobre el paisaje, esperan al viajero, mientras que aquélla, la americana, no se despatarraba, no, se mantenía bien estirada, ahí, nada cachonda, estirada como para asustar.

Conque nos cachondeamos como lelos. Hace gracia, por fuerza, una ciudad construida vertical. Pero sólo podíamos cachondearnos del espectáculo, nosotros, del cuello para arriba, por el frío que en aquel momento venía de alta mar a través de una densa bruma gris y rosa, rápida y penetrante, al asalto de nuestros pantalones y de las grietas de aquella muralla, las calles de la ciudad, donde las nubes se precipitaban también, empujadas por el viento. Nuestra galera dejaba su leve estela justo al ras de la escollera, donde iba a desembocar un agua color caca, que no dejaba de chapotear con una sarta de barquillas y remolcadores ávidos y cornudos.

Para un pelagatos nunca es cómodo desembarcar en ninguna parte, pero para un galeote es mucho peor aún, sobre todo porque los americanos no aprecian lo más mínimo a los galeotes procedentes de Europa. «Son todos unos anarquistas», dicen. En una palabra, sólo quieren recibir en sus tierras a los curiosos que les aporten parné, porque todos los dineros de Europa son hijos de Dólar.

Tal vez podría haber intentado, como otros lo habían logrado ya, atravesar el puerto a nado y después, una vez en el muelle, ponerme a gritar: «¡Viva Dólar! ¡Viva Dólar!» Es un buen truco. Mucha gente ha desembarcado de ese modo y después han hecho fortuna. No es seguro, es lo que cuentan sólo. En los sueños ocurren cosas peores. Yo tenía otro plan en la cabeza, además de la fiebre.

Como había aprendido en la galera a contar bien las pulgas (no sólo a atraparlas, sino también a sumarlas, a restarlas, en una palabra, a hacer estadísticas), oficio delicado, que parece cosa de nada, pero constituye toda una técnica, quería aprovecharlo. Los americanos serán lo que sean, pero en materia de técnica son unos entendidos. Les iba a gustar con locura mi forma de contar las pulgas, estaba seguro por adelantado. No podía fallar, en mi opinión.

Iba a ir a ofrecerles mis servicios, cuando, de pronto, dieron orden a nuestra galera de ir a pasar cuarentena en una ensenada contigua, al abrigo, a tiro de piedra de un pueblecito reservado, en el fondo de una bahía tranquila, a dos millas al Este de Nueva York.

Y nos quedamos allí, todos, en observación durante semanas y semanas, hasta el punto de que fuimos adquiriendo hábitos. Así, todas las noches, después del rancho el equipo de aprovisionamiento bajaba del barco para ir al pueblo. Para lograr mis fines tenía que formar parte de aquel equipo.

Los compañeros sabían perfectamente lo que me proponía, pero a ellos no los tentaba la aventura. «Está loco -decían-, pero no es peligroso.» En la *Infanta Combitta* no se comía mal, les daban algún palo que otro, pero no demasiados; en una palabra, podía pasar. Era un currelo aceptable. Y, además, ventaja sublime, nunca los echaban de la galera y hasta les había prometido el Rey, para cuando tuvieran sesenta y dos años, un pequeño retiro. Esa perspectiva los hacía felices, así tenían algo con lo que soñar y, encima, el domingo, para sentirse libres, jugaban a votar.

Durante las semanas en que nos impusieron la cuarentena, gritaban todos juntos como descosidos en el entrepuente, se peleaban y se daban por culo también por turno. Y, en definitiva, lo que les impedía escapar conmigo era sobre todo que no querían ni oír hablar ni saber nada de aquella América, que a mí me apasionaba. Cada cual con sus monstruos y para ellos América era el Coco. Incluso intentaron asquearme por completo. En vano les decía que tenía amigos en aquel país, mi querida Lola entre otros, quien debía de ser muy rica ahora, y, además, el Robinson, seguramente, que debía de haberse hecho una posición en los negocios, no querían dar su brazo a torcer y seguían con su aversión hacia Estados Unidos, su asco, su odio: «Siempre serás un chiflado», me decían. Un día hice como que iba con ellos a la fuente del pueblo y después les dije que no volvía a la galera. ¡Agur!

Eran buenos chavales, en el fondo, buenos trabajadores y me repitieron una vez más que no lo aprobaban, pero, aun así, me desearon ánimo, suerte y felicidad, pero a su manera. «¡Anda! -me dijeron-. ¡Ve! Pero luego no digas que no te hemos avisado: para ser un piojoso, ¡tienes gustos raros! ¡Estás majareta de la fiebre! ¡Ya volverás de tu América y en un estado peor que el nuestro! ¡Tus gustos van a ser tu perdición! ¿Qué quieres aprender? ¡Ya sabes demasiado para ser lo que eres!»

En vano les respondía que tenía amigos allí y que me esperaban. Como si hablara en chino.

«¿Amigos? -decían-. ¿Amigos? Pero, ¡si les importas tres cojones a tus amigos! ¡Hace mucho que te han olvidado, tus amigos!...»

«Pero, ¡es que quiero ver a los americanos! -les repetía en vano-. Y, además, ¡mujeres como las de aquí no se encuentran en ninguna parte!...»

«¡No seas chorra y vuelve con nosotros! -me respondían-. ¿No ves que no vale la pena? ¡Te vas a poner más enfermo de lo que estás! ¡Te lo vamos a decir ahora mismo, nosotros, lo que son los americanos! ¡O millonarios o muertos de hambre! ¡No hay término medio! ¡Seguro que no los vas a ver tú, a los millonarios, en el estado en que llegas! Pero con los muertos de hambre, ¡te vas a enterar tú de lo que vale un peine! ¡Descuida! ¡Y en seguidita!...»

Para que veáis cómo me trataron, los compañeros. Al final, me horripilaban todos, unos frustrados, soplapollas, subhombres. «¡Iros a tomar por culo todos! -fui y les respondí-. ¡Lo que pasa es que os morís de envidia! ¡Ya lo veremos eso de que los americanos me van a dar para el pelo! Pero, ¡lo que es seguro es que todos vosotros tenéis menos cojones que un pajarito!»

¡Para que se enteraran! Entonces, ¡me quedé a gusto!

Como caía la noche, les silbaron desde la galera. Se pusieron otra vez a remar todos a compás, menos uno, yo. Esperé hasta que no se los oyera, pero es que nada, después conté hasta cien y entonces corrí con todas mis fuerzas hasta el pueblo. Era un sitio muy mono, el pueblo, bien iluminado, con casas de madera, que esperaban a que te sirvieses, dispuestas a derecha e izquierda de una capilla, en completo silencio también, sólo que yo era presa de escalofríos, el paludismo y, además, el miedo. Por aquí y por allá, te encontrabas un marino de aquella guarnición, que no parecía apurarse, e incluso niños y luego una niña de lo más musculosa: ¡América! Yo había llegado. Eso es lo que da gusto ver tras tantas aventuras amargas. Te vuelven las ganas de vivir, como al comer fruta. Había ido a parar al único pueblo que no servía para nada. Una pequeña guarnición de familias de marinos lo mantenía en buen estado con todas sus instalaciones para el posible día en que llegara una peste feroz en un barco como el nuestro y amenazase al gran puerto.

Sería en aquellas instalaciones en las que harían cascar al mayor número posible de extranjeros para que los otros de la ciudad no se contagiaran. Tenían incluso un cementerio muy mono preparado en las cercanías y todo cubierto de flores. Esperaban. Hacía sesenta años que esperaban, no hacían otra cosa que esperar.

Encontré una pequeña cabaña vacía y me colé en ella y al instante me quedé dormido y desde por la mañana no se veía otra cosa que marineros por las callejuelas, con traje corto, cuadrados y bien plantados, cosa fina, dándole a la escoba *y* al cubo de agua en torno a mi refugio y por todas las encrucijadas de aquel pueblo teórico. De nada me sirvió aparentar indiferencia, tenía tanta hambre, que, pese a todo, me acerqué a un lugar en que olía a cocina.

Allí fue donde me descubrieron y arrinconaron entre dos escuadrones decididos a identificarme. En seguida se habló de lanzarme al agua. Cuando me llevaron por el conducto más rápido ante el Director de la Cuarentena, no me llegaba la camisa al cuerpo y, aunque la constante adversidad me había enseñado el desparpajo, me sentía aún demasiado embebido por la fiebre como para arriesgarme a una improvisación brillante. No, me puse a divagar y sin convicción.

Más valía perder el conocimiento. Eso fue lo que me ocurrió. En su despacho, donde más tarde lo recobré, unas damas vestidas de colores claros habían substituido a los hombres a mi alrededor y me sometieron a un interrogatorio vago y benévolo, con el que me habría contentado de muy buena gana. Pero ninguna indulgencia dura en este mundo y el día siguiente mismo los hombres se pusieron a hablarme de nuevo de la cárcel. Aproveché, por mi parte, para hablarles de pulgas, así, como quien no quiere la cosa... Que si sabía atraparlas... Contarlas... Que si era mi especialidad, y también agrupar esos parásitos en auténticas estadísticas. Veía perfectamente que mis actitudes les interesaban, les hacían poner mala cara, a mis guardianes. Me escuchaban. Pero de eso a creerme iba un trecho largo.

Por fin, apareció el comandante del puesto en persona. Se llamaba «Surgeon General», lo que no estaría mal de nombre para un pez. Se mostró grosero, pero más decidido que los otros. «¿Cómo dices, muchacho? -me dijo-. ¿Que sabes contar las pulgas? ¡Vaya, vaya!...» Se creía que me iba a confundir con un vacile así. Pero le devolví la pelota recitándole el pequeño alegato que había preparado. «¡Yo creo en el censo de las pulgas! Es un factor de civilización, porque el censo es la base de un material de estadística de los más preciosos... Un país progresista debe conocer el número de sus pulgas, clasificadas por sexos, grupos de edad, años y estaciones...»

«¡Vamos, vamos! ¡Basta de palabras, joven! -me cortó el Surgeon General-. Antes que tú, ya han venido aquí muchos otros vivales de Europa, que nos han contado patrañas de esa clase, pero, en definitiva, eran unos anarquistas como los otros, peor que los otros... ¡Ya ni siquiera creían en la Anarquía! ¡Basta de fanfarronadas!... Mañana te pondremos a prueba con los emigrantes de ahí enfrente, en la Ellis Island, ¡en el servicio de duchas! El doctor Mischief, mi ayudante, me dirá si mientes. Hace dos meses que el Sr. Mischief me pide un agente "cuentapulgas". ¡Vas a ir con él de prueba! ¡Ya puedes dar media vuelta! Y si nos has engañado, ¡te tiraremos al agua! ¡Media vuelta! ¡Y mucho ojo!»

Supe dar media vuelta ante aquella autoridad americana, como lo había hecho ante tantas otras autoridades, es decir, presentándole primero la verga y después el trasero, tras haber girado, ágil, en semicírculo, todo ello acompañado del saludo militar.

Pensé que ese método de las estadísticas debía de ser tan bueno como cualquier otro para acercarme a Nueva York. El día siguiente mismo, Mischief, el médico militar de marras, me puso en pocas palabras al corriente de mi servicio; grueso y amarillento era aquel hombre y miope con avaricia y, además, llevaba enormes gafas ahumadas. Debía de reconocerme por el modo como los animales salvajes reconocen su caza, por el aspecto general, porque lo que es por los detalles era imposible con gafas como las que llevaba.

Nos entendimos sin problemas en relación con el currelo y creo incluso que, hacia el final de mi período de prueba, Mischief me tenía mucha simpatía. No verse es ya una buena razón para simpatizar y, además, sobre todo mi extraordinaria habilidad para atrapar las pulgas lo seducía. No había otro como yo en todo el puesto, para encerrarlas en cajas, las más rebeldes, las más queratinizadas, las más impacientes; era capaz de seleccionarlas según el sexo sobre el propio emigrante. Era un trabajo estupendo, puedo asegurarlo... Mischief había acabado fiándose por entero de mi destreza.

Hacia la noche, a fuerza de aplastar pulgas, tenía las uñas del pulgar y del índice magulladas y, sin embargo, no había acabado con mi tarea, ya que me faltaba aún lo más importante, ordenar por columnas los datos de su filiación: pulgas de Polonia, por una parte, de Yugoslavia... de España... Ladillas de Crimea... Sarnas de Perú... Todo lo que viaja, furtivo y picador, sobre la humanidad me pasaba por las uñas. Era, como se ve, una obra a la vez monumental y meticulosa. Las sumas se hacían en Nueva York, en un servicio especial dotado de máquinas eléctricas cuentapulgas. Todos los días, el pequeño remolcador de la Cuarentena atravesaba la ensenada de un extremo a otro para llevar allí nuestras sumas por hacer o por verificar.

Así pasaron días y días, recobraba un poco la salud, pero, a medida que perdía el delirio y la fiebre en aquella comodidad, recuperé, imperioso, el gusto por la aventura y por nuevas imprudencias. Con 37o todo se vuelve trivial.

Sin embargo, habría podido quedarme allí, tranquilo, para siempre, bien alimentado con la manduca del puesto, y con tanta mayor razón cuanto que la hija del Dr. Mischief, aún la recuerdo, gloriosa en su decimoquinto año, venía, a partir de las cinco, a jugar al tenis, vestida con faldas cortísimas, ante la ventana de nuestra oficina. En punto a piernas, raras veces he visto nada mejor, todavía un poco masculinas y, sin embargo, ya muy delicadas, una belleza de carne en sazón. Una auténtica provocación a la felicidad, promesas como para gritar de gozo. Los jóvenes alféreces del destacamento no la dejaban ni a sol ni a sombra.

¡Los muy bribones no tenían que justificarse como yo con trabajos útiles! Yo no me perdía un detalle de sus manejos en torno a mi idolito. Varias veces al día me hacían palidecer. Acabé diciéndome que por la noche también yo podría pasar tal vez por marino. Acariciaba esas esperanzas, cuando un sábado de la vigésima tercera semana se precipitaron los acontecimientos. El compañero encargado de llevar las estadísticas, un armenio, fue ascendido de improviso a agente cuentapulgas en Alaska para los perros de los prospectores.

Era un ascenso de primera y, por cierto, que él estaba encantado. En efecto, los perros de Alaska son preciosos. Siempre hacen falta. Los cuidan bien. Mientras que los emigrantes importan tres cojones. Siempre hay demasiados.

Como en adelante no teníamos a nadie a mano para llevar las sumas a Nueva York, en la oficina no se andaron con remilgos a la hora de nombrarme a mí. Mischief, mi patrón, me estrechó la mano en el momento de partir, al tiempo que me recomendaba portarme muy bien en la ciudad. Fue el último consejo que me dio, aquel hombre honrado, y no volvió a verme nunca, pero es que nunca. En cuanto llegamos al muelle, una tromba de lluvia empezó a caernos encima y después me caló mi fina chaqueta y me empapó también las estadísticas, que fueron deshaciéndoseme poco a poco en la mano. Sin embargo, me guardé unas pocas con tampón bien grande sobresaliendo del bolsillo para tener aspecto, más o menos, de hombre de negocios en la ciudad y, presa del temor y la emoción, me precipité hacia otras aventuras.

Al alzar la nariz hacia toda aquella muralla, experimenté una especie de vértigo al revés, por las ventanas demasiado numerosas y tan parecidas por todos lados, que daban náuseas.

Vestido precariamente y aterido, me apresuré hacia la hendidura más sombría que se pudiera descubrir en aquella fachada gigantesca, con la esperanza de que los peatones no me viesen apenas entre ellos. Vergüenza superflua. No tenía nada que temer. En la calle que había elegido, la más estrecha de todas, la verdad, no más ancha que un arroyo de nuestros pagos, y bien mugrienta en el fondo, bien húmeda, llena de tinieblas, caminaban ya tantos otros, pequeños y grandes, que me llevaron consigo como una sombra. Subían como yo a la ciudad, hacia el currelo seguramente, con la nariz gacha. Eran los pobres de todas partes.

* * *

Como si supiera adonde iba, hice como que elegía otra vez y cambié de camino, seguí a mi derecha otra calle, mejor iluminada, Broadway se llamaba. El nombre lo leí en una placa. Muy por encima de los últimos pisos, arriba, estaba la luz del día junto con gaviotas y pedazos de cielo. Nosotros avanzábamos en la luz de abajo, enferma como la de la selva y tan gris, que la calle estaba llena de ella, como un gran amasijo de algodón sucio. Era como una herida triste, la calle, que no acababa nunca, con nosotros al fondo, de un lado al otro, de una pena a otra, hacia el extremo fin, que no se ve nunca, el fin de todas las calles del mundo.

No pasaban coches, sólo gente y más gente todavía.

Era el barrio precioso, me explicaron más adelante, el barrio del oro: Manhattan. Sólo se entra a pie, como a la iglesia. Es el corazón mismo, en Banco, del mundo de hoy. Sin embargo, hay quienes escupen al suelo al pasar. Hay que ser atrevido.

Es un barrio lleno de oro, un auténtico milagro, y hasta se puede oír el milagro, a través de las puertas, con el ruido de dólares estrujados, el siempre tan ligero, el Dólar, auténtico Espíritu Santo, más precioso que la sangre.

De todos modos, tuve tiempo de ir a verlos e incluso hablarles, a aquellos empleados que guardaban la liquidez. Son tristes y están mal pagados.

Cuando los fieles entran en su Banco, no hay que creer que puedan servirse así como así, a capricho. En absoluto. Hablan a Dólar susurrándole cosas a través de una rejilla, se confiesan, vamos. Poco ruido, luces indirectas, una ventanilla minúscula entre altos arcos y se acabó. No se tragan la Hostia. Se la ponen sobre el corazón. No podía quedarme largo rato admirándolos. Tenía que seguir a la gente de la calle entre las paredes de sombra lisa.

De repente, se ensanchó nuestra calle como una grieta que acabara en un estanque de luz. Nos encontramos ante un gran charco de claridad verdosa entre monstruos y monstruos de casas. En el centro de aquel claro, un pabellón de aire campestre y rodeado de infelices céspedes.

Pregunté a varios vecinos de la muchedumbre qué era aquel edificio que se veía, pero la mayoría fingieron no oírme. No tenían tiempo que perder. Un jovencito que pasaba muy cerca tuvo la gentileza de decirme que era la Alcaldía, antiguo monumento de la época colonial, según añadió, lo único histórico que había... que habían dejado allí... El perímetro de aquel oasis formaba una plaza, con bancos y hasta se estaba muy bien para contemplar la Alcaldía, sentado. No había casi ninguna otra cosa que ver en el momento en que llegué.

Esperé una buena media hora en el mismo sitio y, después, de aquella penumbra, de aquella muchedumbre en marcha, discontinua, taciturna, surgió hacia mediodía, innegable, una brusca avalancha de mujeres absolutamente bellas.

¡Qué descubrimiento! ¡Qué América! ¡Qué arrobamiento! ¡Recuerdo de Lola! ¡Su ejemplo no me había engañado! Era cierto.

Llegaba al centro de mi peregrinaje. Y, si no hubiera sufrido al mismo tiempo las continuas punzadas del hambre, me habría creído en uno de esos momentos de revelación estética sobrenatural. Las bellezas que descubría, incesantes, con un poco de confianza y comodidad me habrían arrebatado a mi condición trivialmente humana. En una palabra, sólo me faltaba un bocadillo para creerme en pleno milagro. Pero, ¡cómo sentía la falta de ese bocadillo!

Sin embargo, ¡qué gracia de movimientos! ¡Qué increíble delicadeza! ¡Qué hallazgos de armonía! ¡Matices peligrosos! ¡Todas las tentaciones más logradas! ¡Todas las promesas posibles del rostro y del cuerpo entre tantas rubias! ¡Y unas morenas! ¡Y qué Ticianos! ¡Y más que se acercaban! ¿Será, pensé, Grecia que renace? ¡Llegaba en el momento oportuno!

Me parecieron tanto más divinas, aquellas apariciones, cuanto que no parecían advertir lo más mínimo que yo existiera, allí, al lado, en aquel banco, completamente lelo, babeante de admiración erótico-mística, de quinina y también de hambre, hay que reconocerlo. Si fuera posible salir de la propia piel, yo habría salido en aquel preciso momento, de una vez por todas. Ya nada me retenía.

Podían transportarme, sublimarme, aquellas modistillas inverosímiles, bastaba con que hicieran un gesto, con que dijesen una palabra y pasaría al instante y por entero al mundo del ensueño, pero seguramente tenían otras misiones que cumplir.

Una hora, dos horas pasé así, presa de la estupefacción. Ya no esperaba nada más.

No hay que olvidar las tripas. ¿Habéis visto la broma que gastan, por nuestros pagos, en el campo a los vagabundos? Les llenan un monedero viejo con las tripas podridas de un pollo. Bueno, pues, un hombre, os lo digo yo, es exactamente igual, sólo que más grande, móvil y voraz y con un sueño dentro.

Había que pensar en las cosas serias, no empezar a gastar en seguida mi pequeña reserva de dinero. No tenía mucho. Ni siquiera me atrevía a contarlo. Por lo demás, no habría podido, veía doble. Me limitaba a palparlos, escasos y tímidos, los billetes, a través de la ropa, en el bolsillo, al alcance de la mano, junto con las estadísticas para el paripé.

También pasaban por allí hombres, jóvenes sobre todo, con cabezas como de palo de rosa, miradas secas y monótonas, mandíbulas nada corrientes, tan grandes, tan bastas... En fin, seguramente así es como sus mujeres las prefieren, las mandíbulas. Los sexos parecían ir cada uno por su lado en la calle. Las mujeres, por su parte, sólo miraban los escaparates de las tiendas, del todo acaparadas por el atractivo de los bolsos, los chales, las cositas de seda, expuestas, pocas a la vez, en cada vitrina, pero de forma precisa, categórica. No aparecían muchos viejos en aquella multitud. Pocas parejas también. A nadie parecía extrañar que yo me quedara allí, solo, parado durante horas, en aquel banco, mirando pasar a todo el mundo. No obstante, en determinado momento, el *policeman* del centro de la calzada, colocado ahí como un tintero, empezó a sospechar que yo tenía proyectos chungos. Era evidente.

Dondequiera que estés, en cuanto llamas la atención de las autoridades, lo mejor es desaparecer y a toda velocidad. Nada de explicaciones. ¡Al agujero!, me dije.

A la derecha de mi banco se abría precisamente un agujero, amplio, en plena acera, del estilo del metro en nuestros pagos. Aquel agujero me pareció propicio, vasto como era, con una escalera dentro toda ella de mármol rosa. Ya había visto a mucha gente de la calle desaparecer en él y después volver a salir. En aquel subterráneo iban a hacer sus necesidades. Me di cuenta en seguida. De mármol también la sala donde se producía la escena. Una especie de piscina, pero vacía, una piscina infecta, ocupada sólo por una luz filtrada, mortecina, que iba a dar allí, sobre los hombres desabrochados en medio de sus olores y rojos como tomates con el esfuerzo de soltar sus porquerías delante de todo el mundo, con ruidos bárbaros.

Entre hombres, así, a la pata la llana, ante las risas de todos los que había alrededor, acompañados por las expresiones de aliento que se dirigían, como en el fútbol. Primero se quitaban la chaqueta, al llegar, como para hacer un ejercicio de fuerza. En una palabra, se ponían el uniforme, era el rito.

Y después, bien despechugados, soltando eructos y cosas peores, gesticulando como en el patio de un manicomio, se instalaban en la caverna fecal. Los recién llegados debían responder a mil bromas asquerosas mientras bajaban los escalones de la calle, pero, aun así, parecían encantados, todos.

Así como arriba, en la acera, mantenían una actitud decorosa, los hombres, y estricta y triste incluso, así también la perspectiva de tener que vaciar las tripas en compañía tumultuosa parecía liberarlos y regocijarlos íntimamente.

Las puertas de los retretes, cubiertas de garabatos, colgaban, arrancadas de los goznes. Se pasaba de una a otra celda para charlar un poco; los que esperaban a encontrar un sitio libre fumaban puros enormes, al tiempo que daban palmaditas en el hombro al ocupante, en plena faena éste, obstinado, con la cara crispada y cubierta con las manos. Muchos gemían con ganas, como los heridos y las parturientas. A los estreñidos los amenazaban con torturas ingeniosas.

Cuando el sonido de una cadena anunciaba una vacante, redoblaban los clamores en torno al alvéolo libre, cuya posesión se jugaban muchas veces a cara o cruz. Los periódicos, nada más leídos, pese a ser espesos como cojines, eran deshojados al instante por aquella jauría de trabajadores rectales. El humo no dejaba ver las caras. Yo no me atrevía a acercarme demasiado a ellos por sus olores.

Aquel contraste parecía a propósito para desconcertar a un extranjero. Todo aquel despechugamiento íntimo, aquella tremenda familiaridad intestinal, ¡y en la calle una discreción tan perfecta! Yo no salía de mi asombro.

Volví a subir a la luz por las mismas escaleras para descansar en el mismo banco. Repentino desenfreno de digestiones y vulgaridad. Descubrimiento del alegre comunismo de la caca., Dejaba por separado los aspectos tan desconcertantes de la misma aventura. No tenía fuerzas para analizarlos ni realizar su síntesis. Lo que deseaba, imperiosamente, era dormir. ¡Delicioso y raro frenesí!

Conque volví a seguir a la fila de peatones que se adentraban en una de las calles adyacentes y avanzamos a trompicones por culpa de las tiendas, cada uno de cuyos escaparates fragmentaba la multitud. La puerta de un hotel se abría ahí y creaba un gran remolino. La gente salía despedida a la acera por la vasta puerta giratoria y yo me vi engullido en sentido inverso hasta el gran vestíbulo del interior.

Asombroso, antes que nada... Había que adivinarlo todo, imaginar la majestuosidad del edificio, la amplitud de sus proporciones, porque todo sucedía en torno a bombillas tan veladas, que tardabas un tiempo en acostumbrarte.

Muchas mujeres jóvenes en aquella penumbra, hundidas en sillones profundos, como en estuches. Alrededor hombres atentos, pasando y volviendo a pasar, en silencio, a cierta distancia de ellas, curiosos y tímidos, a lo largo de la hilera de piernas cruzadas a magníficas alturas de seda. Me parecían, aquellas maravillosas, esperar allí acontecimientos muy graves y costosos. Evidentemente, no estaban pensando en mí. Así, pues, pasé, a mi vez, ante aquella larga tentación palpable, del modo más furtivo.

Como eran al menos un centenar, aquellas prestigiosas remangadas, dispuestas en una línea única de sillones, llegué a la recepción tan perplejo, tras haber absorbido una ración de belleza tan fuerte para mi temperamento, que iba tambaleándome.

En el mostrador, un dependiente engomado me ofreció con violencia una habitación. Me decidí por la más pequeña del hotel. En aquel momento debía de poseer unos cincuenta dólares, casi ninguna idea y ni la menor confianza.

Esperaba que fuera de verdad la habitación más pequeña de América la que me ofreciese el empleado, pues su hotel, el Laugh Calvin, se anunciaba como el mejor surtido entre los más suntuosos del continente.

Por encima de mí, ¡qué infinito de locales amueblados! Y muy cerca, en aquellos sillones, ¡qué tentación de violaciones en serie! ¡Qué abismos! ¡Qué peligros! Entonces, ¿el suplicio estético del pobre es interminable? ¿Más tenaz aún que su hambre? Pero no tuve tiempo de sucumbir; los de la recepción se habían apresurado a entregarme una llave, que me pesaba en la mano. No me atrevía a moverme.

Un chaval avispado, vestido como un general de brigada muy joven, surgió de la sombra ante mis ojos, imperativo comandante. El lustroso empleado de la recepción pulsó tres veces el timbre metálico y mi chaval se puso a silbar. Me despedían. Era la señal de partida. Nos largamos.

Primero, por un pasillo, a buen paso, íbamos negros y decididos como un metro. Él conducía, el muchacho. Otra esquina, una vuelta y luego otra. Perdiendo el culo. Curvamos un poco nuestra trayectoria. Y pasamos. Ahí estaba el ascensor. Aspirados.

¿Ya estábamos? No. Otro pasillo. Más sombrío aún, ébano mural, me pareció, en todas las paredes. No tuve tiempo de examinarlo. El chaval silbaba, cargaba con mi ligera maleta. Yo no me atrevía a preguntarle nada. Había que avanzar, me daba cuenta perfectamente. En las tinieblas, aquí y allá, a nuestro paso, una bombilla roja y verde propagaba una orden. Largos trozos de oro señalaban las puertas. Hacía rato que habíamos pasado los números 1800 y después los 3000 y, sin embargo, seguíamos arrebatados por el mismo destino nuestro invencible. Seguía, el pequeño cazador con galones, al innominado en la sombra, como a su propio instinto. Nada en aquel antro parecía cogerlo desprevenido. Su silbido modulaba un tono lastimero, cuando nos cruzábamos con un negro, una camarera, negra también. Y nada más.

Con el esfuerzo por acelerar, yo había perdido a lo largo de aquellos pasillos uniformes el poco aplomo que me quedaba al escapar de la Cuarentena. Me iba deshilachando como había visto hacerlo a mi choza con el viento de África entre los diluvios de agua tibia. Allí era presa, por mi parte, de un torrente de sensaciones desconocidas. Llega un momento, entre dos tipos de humanidad, en que te ves debatiéndote en el vacío.

De repente, el chaval, sin avisar, giró. Acabábamos de llegar. Me di de bruces contra una puerta; era mi habitación, una gran caja con paredes de ébano. Sólo encima de la mesa un poco de luz rodeaba una lámpara tímida y verdosa. El director del hotel Laugh Calvin avisaba al viajero que podía contar con su amistad y que se encargaría, él personalmente, de hacer grata la estancia del viajero en Nueva York. La lectura de aquel anuncio, colocado en lugar bien visible, debió de contribuir aún más, de ser posible, a mi marasmo.

Una vez solo, fue mucho peor. Toda aquella América venía a inquietarme, a hacerme preguntas tremendas y a inspirarme de nuevo malos presentimientos, allí mismo, en aquella habitación.

Sobre la cama, ansioso, intentaba familiarizarme, para empezar, con la penumbra de aquel recinto. Las murallas temblaban con un estruendo periódico por el lado de mi ventana. El paso del metro elevado. Se abalanzaba enfrente, entre dos calles, como un obús, lleno de carnes trémulas y picadas; pasaba a tirones por la lunática ciudad, de barrio en barrio. Se lo veía allá ir a lanzarse con el armazón estremecido justo por encima de un torrente de largueros, cuyo eco retumbaba aún muy atrás, de una muralla a otra, cuando había pasado a cien por hora. La hora de la cena me sorprendió durante aquella postración y la de ir a la cama también.

Había sido el metro, sobre todo, lo que me había dejado atontado. Al otro lado del patio, que parecía un pozo, la pared se iluminó con una habitación, luego dos, y después decenas. En algunas de ellas distinguía lo que pasaba. Eran parejas que se acostaban. Parecían tan decaídos como por nuestros pagos, los americanos, tras las horas verticales. Las mujeres tenían los muslos muy llenos y muy pálidos, al menos las que pude ver bien. La mayoría de los hombres se afeitaban, al tiempo que fumaban un puro, antes de acostarse.

En la cama se quitaban las gafas primero y después la dentadura postiza, que metían en un vaso, y dejaban todo a la vista. No parecían hablarse entre sí, entre sexos, exactamente como en la calle. Parecían animales grandes y muy dóciles, muy acostumbrados a aburrirse. Sólo vi, en total, a dos parejas que se hicieran, a la luz, las cosas que yo me esperaba y sin la menor violencia, por cierto. Las otras mujeres, por su parte, comían caramelos en la cama en espera de que el marido acabara de asearse. Y después todo el mundo apagó.

Es triste el espectáculo de la gente al acostarse; se ve claro que les importa tres cojones cómo vayan las cosas, se ve claro que no intentan comprender, ésos, el porqué de que estemos aquí. Les trae sin cuidado. Duermen de cualquier manera, son unos calzonazos, unos zopencos, sin susceptibilidad, americanos o no. Siempre tienen la conciencia tranquila.

Yo había visto demasiadas cosas poco claras como para estar contento. Sabía demasiado y no suficiente. Hay que salir, me dije, volver a salir. Tal vez lo encuentres, a Robinson. Era una idea idiota, evidentemente, pero recurría a ella para tener un pretexto a fin de salir otra vez, tanto más cuanto que en vano daba vueltas y más vueltas sobre aquella piltra tan pequeña, no lograba pegar ojo ni un instante. Ni siquiera masturbándote, en casos así, experimentas consuelo ni distracción. Conque te entra una desesperación que para qué.

Lo peor es que te preguntas de dónde vas a sacar bastantes fuerzas la mañana siguiente para seguir haciendo lo que has hecho la víspera y desde hace ya tanto tiempo, de dónde vas a sacar fuerzas para ese trajinar absurdo, para esos mil proyectos que nunca salen bien, esos intentos por salir de la necesidad agobiante, intentos siempre abortados, y todo ello para acabar convenciéndote una vez más de que el destino es invencible, de que hay que volver a caer al pie de la muralla, todas las noches, con la angustia del día siguiente, cada vez más precario, más sórdido.

Es la edad también que se acerca tal vez, traidora, y nos amenaza con lo peor. Ya no nos queda demasiada música dentro para hacer bailar a la vida: ahí está. Toda la juventud ha ido a morir al fin del mundo en el silencio de la verdad. ¿Y adonde ir, fuera, decidme, cuando no llevas contigo la suma suficiente de delirio? La verdad es una agonía ya interminable. La verdad de este mundo es la muerte. Hay que escoger: morir o mentir. Yo nunca me he podido matar.

Conque lo mejor era salir a la calle, pequeño suicidio. Cada cual tiene sus modestos dones, su método para conquistar el sueño y jalar. Tenía que dormir para recuperar fuerzas suficientes a fin de ganarme el cocido el día siguiente. Recuperar la energía suficiente para encontrar un currelo mañana y atravesar en seguida, entretanto, el obscuro túnel del sueño. No hay que creer que sea fácil dormirse, una vez que se ha puesto uno a dudar de todo, por tantos miedos sobre todo como te han hecho sentir.

Me vestí y mal que bien llegué al ascensor, pero un poco atontado. Tuve que volver a pasar en el vestíbulo ante otras hileras, otros enigmas arrebatadores de piernas tan tentadoras, de caras tan delicadas y severas. Diosas, en una palabra, diosas busconas. Habríamos podido intentar llegar a un acuerdo. Pero temía que me detuvieran. Complicaciones. Casi todos los deseos del pobre están castigados con la cárcel. Y volví a engolfarme en la calle. No era la misma multitud de antes. Ésta manifestaba un poco más de audacia, en su aborregamiento por las aceras, como si hubiese llegado, aquella multitud, a un país menos árido, el de la distracción, el país de la noche.

Avanzaba la gente hacia las luces colgadas en la noche y a lo lejos, serpiente agitada y multicolor. De todas las calles de los alrededores afluía. Forma un buen montón de dólares, pensé, una multitud así, ¡sólo en pañuelos, por ejemplo, o en medias de seda! ¡E incluso en pitillos sólo! ¡Y pensar que, aunque te pasees en medio de todo ese dinero, no consigues ni un céntimo más, ni para ir a comer siquiera! Es desesperante, cuando lo piensas, lo defendidos que van los hombres, unos de otros, como casas.

También yo fui callejeando hasta las luces, un cine y después otro y luego otro al lado y así toda la calle arriba. Perdíamos grandes pedazos de multitud delante de cada uno de ellos. Elegí uno en cuyas fotos había mujeres en combinación, ¡y qué muslos, amigos! ¡Firmes! ¡Amplios! ¡Precisos! Y, además, cabecitas muy monas por encima, como dibujadas en contraste, delicadas, frágiles, a lápiz, sin retoques, perfectas, ni un descuido, ni una mancha de tinta, perfectas, repito, monas pero firmes y concisas al mismo tiempo. Todo lo más peligroso que la vida puede desarrollar, auténticas imprudencias de belleza, esas indiscreciones sobre las divinas y profundas armonías posibles.

Se estaba bien, en aquel cine, cómodo y cálido. Órganos voluminosos de lo más tierno, como en una basílica, pero con calefacción, órganos como muslos. Ni un momento perdido. Te sumerges de lleno en el perdón tibio. Habría bastado con dejarse llevar para pensar que el mundo acababa tal vez de convertirse por fin a la indulgencia. Ya casi estabas en ella.

Entonces los sueños suben en la noche para ir a abrasarse en el espejismo de la luz en movimiento. No está del todo vivo lo que sucede en las pantallas, queda dentro un gran espacio confuso, para los pobres, para los sueños y para los muertos. Tienes que atiborrarte rápido de sueños para atravesar la vida que te aguarda fuera, a la salida del cine, resistir unos días más esa atrocidad de cosas y hombres. Eliges, de entre los sueños, los que más te reaniman el alma. Para mí, eran, lo confieso, los de cochinadas. No hay que ser orgulloso, le sacas, a un milagro, lo que puedes retener. Una rubia con unos chucháis y una nuca inolvidables creyó oportuno venir a romper el silencio de la pantalla con una canción sobre su soledad. Habría sido capaz de llorar con ella.

¡Eso es lo bueno! ¡Qué ánimos te da! El valor, lo sentía ya, me iba a durar dos días por lo menos. No esperé siquiera a que volviesen a iluminar la sala. Estaba listo para todas las resoluciones del sueño, ahora que había absorbido un poco de ese admirable delirio del alma.

De regreso al Laugh Calvin, el portero, pese a haberlo saludado yo, no se dignó darme las buenas noches, como los de nuestros pagos, pero ahora me la sudaba su desprecio. Una vida interior intensa se basta a sí misma y podría fundir veinte años de hielo. Eso es.

En mi habitación, apenas había cerrado los ojos, cuan.-do la rubia del cine vino a cantarme de nuevo y al instante, para mí solo ahora, toda la melodía de su angustia. Yo la ayudaba, por así decir, a dormirme y lo conseguí bastante bien... Ya no estaba del todo solo... Es imposible dormir solo...

* * *

Para alimentarte económicamente en América, puedes ir a comprarte un panecillo caliente con una salchicha dentro; es cómodo, se vende en las esquinas y es baratito. Comer en el barrio de los pobres no me importaba en absoluto, la verdad, pero no volver a encontrar nunca a aquellas hermosas criaturas para ricos, eso sí que resultaba muy duro. En ese caso ya no vale la pena jalar siquiera.

En el Laugh Calvin aún podía, por aquellas alfombras espesas, parecer que buscaba a alguien entre las bellísimas mujeres de la entrada, envalentonarme poco a poco en su equívoco ambiente. Al pensar en eso, me confesé que habían tenido razón, los de la *Infanta Combitta,* ahora me daba cuenta, con la experiencia: para ser un pelagatos yo no tenía gustos serios. Habían hecho bien, los compañeros de la galera, al meterse conmigo. Sin embargo, seguí sin recuperar el valor. Volvía a tomar dosis y más dosis de cine, aquí y allá, pero apenas bastaban para recuperar el ánimo necesario con que dar un paseo o dos. Nada más. En África, había conocido, desde luego, un tipo de soledad bastante brutal, pero el aislamiento en aquel hormiguero americano cobraba un cariz más abrumador aún.

Siempre había temido estar casi vacío, no tener, en una palabra, razón seria alguna para existir. Ahora, ante la evidencia de los hechos, estaba bien convencido de mi nulidad personal. En aquel medio demasiado diferente de aquel en que tenía mezquinas costumbres, me había como disuelto al instante. Me sentía muy próximo a dejar de existir, pura y simplemente. Así, ahora lo descubría, en cuanto habían dejado de hablarme de las cosas familiares, ya nada me impedía hundirme en una especie de hastío irresistible, en una forma de catástrofe dulzona y espantosa. Una asquerosidad.

La víspera de dejar mi último dólar en aquella aventura, seguía hastiado y tan profundamente, que me negaba incluso a examinar las necesidades más urgentes. Somos, por naturaleza, tan fútiles, que sólo las distracciones pueden impedirnos de verdad morir. Yo, por mi parte, me aferraba al cine con un fervor desesperado.

Al salir de las tinieblas delirantes de mi hotel, probaba aún a hacer algunas excursiones por las calles principales de los alrededores, carnaval insípido de casas vertiginosas. Mi hastío se agravaba ante aquellas extensiones de fachadas, aquella monotonía llena de adoquines, ladrillos y bovedillas y comercio y más comercio, chancro del mundo, que prorrumpía en anuncios prometedores y pustulentos. Cien mil mentiras meningíticas.

Por el lado del río, recorrí otras callejuelas y más callejuelas, cuyas dimensiones se volvían más corrientes, es decir, que se habría podido, por ejemplo, desde la acera en que me encontraba, romper todos los cristales de un mismo inmueble de enfrente.

Los tufos de una fritura continua llenaban aquellos barrios, las tiendas ya no montaban los escaparates, por los robos. Todo me recordaba los alrededores de mi hospital en Villejuif, hasta los niños de grandes rodillas patizambas por las aceras y también los organillos. Con gusto me habría quedado con ellos, pero tampoco me habrían alimentado, los pobres, y los habría visto a todos todo el tiempo y su tremenda miseria me daba miedo. Conque, al final, volví hacia la ciudad alta. «¡Serás cabrón! –me decía entonces-. ¡La verdad es que no tienes perdón de Dios!» Tenemos que resignarnos a conocernos cada día un poco mejor, ya que nos falta el valor para acabar con nuestros propios lloriqueos de una vez por todas.

Un tranvía pasaba por la orilla del Hudson hacia el centro de la ciudad, un vehículo viejo que temblaba con todas sus ruedas y su armazón inquieto. Tardaba una buena hora en hacer su recorrido. Sus viajeros se sometían con paciencia a un complicado rito de pago mediante una especie de molinillo de café para monedas colocado a la entrada del vagón. El revisor los miraba pagar, vestido como uno de los nuestros, con uniforme de «miliciano balcánico prisionero».

Por fin llegábamos, molidos; volvía a pasar, al regreso de aquellas excursiones populistas, ante la inagotable y doble hilera de las bellezas de mi vestíbulo tantálico y volvía a pasar otra vez y siempre pensativo y deseoso.

Mi indigencia era tal, que ya no me atrevía a hurgarme en los bolsillos para cerciorarme. ¡Con tal de que Lola no hubiera decidido ausentarse en aquel momento!, pensaba... Pero, antes que nada, ¿querría recibirme? ¿Le daría un sablazo de cincuenta o de cien dólares, para empezar?... Vacilaba, sentía que no iba a tener todo el valor, salvo si comía y dormía bien, por una vez. Y después, si me salía bien aquella primera entrevista para el sablazo, me pondría al instante a buscar a Robinson, es decir, en cuanto hubiese recuperado suficientes fuerzas. ¡No era un tipo de mi estilo, él, Robinson! ¡Era un decidido, él, al menos! ¡Un bravo! ¡Ah, qué de trucos y triquiñuelas sobre América debía de conocer! Tal vez dispusiera de un medio para adquirir esa certidumbre, esa tranquilidad que tanta falta me hacían a mí...

Si también él había desembarcado de una galera como me imaginaba y había pisado aquella orilla mucho antes que yo, ¡seguro que ahora ya se habría hecho una situación en América! ¡La impasible agitación de aquellos chiflados no debía de afectarlo, a él! Tal vez yo también, pensándolo mejor, habría podido encontrar un empleo en una de aquellas oficinas, cuyos resplandecientes rótulos leía desde fuera... Pero la idea de tener que penetrar en una de aquellas casas me espantaba y me vencía la timidez. Mi hotel me bastaba. Tumba gigantesca y odiosamente animada.

¿Sería tal vez que a los habituados no les causaban el mismo efecto que a mí aquellos amontonamientos de materia y alvéolos comerciales? ¿Aquellas organizaciones de largueros hasta el infinito? Para ellos tal vez fuese la seguridad todo aquel diluvio en suspenso, mientras que para mí no era sino un sistema abominable de coacciones, en forma de ladrillos, pasillos, cerrojos, ventanillas, una tortura arquitectónica gigantesca, inexpiable.

Filosofar no es sino otra forma de tener miedo y no conduce sino a simulacros cobardes.

Como ya sólo me quedaban tres dólares en el bolsillo, fui a verlos agitarse en la palma de mi mano, mis dólares, a la luz de los anuncios de Times Square, placita asombrosa donde la publicidad salpica por encima de la multitud ocupada en elegir un cine. Me busqué un restaurante muy económico y acabé en uno de esos refectorios públicos racionalizados donde el servicio se reduce al mínimo y el rito alimentario está simplificado a la medida exacta de la necesidad natural.

En la entrada misma te ponen una bandeja en la mano y vas a ocupar tu sitio en la fila. A esperar. Vecinas muy agradables, candidatas a la cena como yo, no me decían ni pío... Debe de causar una sensación extraña, pensaba, poder permitirse abordar así a una de esas señoritas de nariz precisa y linda. «Señorita -le dirías-, soy rico, muy rico... dígame a qué podría invitarla...»

Entonces todo se vuelve sencillo al instante, divinamente, todo lo que era tan complicado un momento antes... Todo se transforma y el mundo tremendamente hostil rueda al instante a tus pies en forma de bola hipócrita, dócil y aterciopelada. Tal vez entonces pierdas al mismo tiempo la agotadora costumbre de pensar en los triunfadores, en las fortunas felices, ya que puedes tocar con los dedos todo eso. La vida de la gente sin medios no es sino un largo rechazo en un largo delirio y sólo se conoce de verdad, sólo se supera de verdad, lo que se posee. Yo, por mi parte, tenía, a fuerza de coger y dejar sueños, la conciencia a merced de las corrientes de aire, toda hendida por mil grietas y trastornada de modo repugnante.

Entretanto, no me atrevía a iniciar con aquellas jóvenes del restaurante la más anodina conversación. Sostenía, discreto y silencioso, mi bandeja. Cuando me llegó el turno de pasar ante las fuentes de loza llenas de salchichas y alubias, tomé todo lo que daban. Aquel refectorio estaba tan limpio, tan bien iluminado, que te sentías como transportado a la superficie de su mosaico, cual mosca sobre leche.

Las dependientas, estilo enfermeras, se encontraban tras las pastas, el arroz, la compota. Cada una con su especialidad. Me atiborré con lo que distribuían las más amables. Por desgracia, no dirigían sonrisas a los clientes. En cuanto te servían, tenías que ir a sentarte a la chita callando y dejar el sitio a otro. Andabas a pasitos cortos con tu bandeja en equilibrio como por una sala de operaciones. Era un cambio respecto a mi Laugh Calvin y mi cuartito ébano con ribetes de oro.

Pero si nos inundaban así, a los clientes, con tal profusión de luz, si nos arrancaban por un momento de la noche habitual a nuestra condición, era porque formaba parte de un plan. Alguna idea del propietario. Yo desconfiaba. Causa un efecto muy raro, después de tantos días de sombra, verse bañado de una vez en torrentes de iluminación. A mí aquello me producía una especie de pequeño delirio suplementario. No necesitaba mucho, la verdad.

Bajo la mesita que me había correspondido, de lava inmaculada, no conseguía esconder los pies; me desbordaban por todos lados. Me habría gustado que estuvieran en otra parte, mis pies, de momento, porque desde el otro lado del escaparate éramos observados por la gente de la fila que acabábamos de abandonar en la calle. Esperaban a que hubiésemos acabado, nosotros, de jalar, para venir a instalarse, a su vez. Precisamente para ese fin y para mantenerlos con apetito era para lo que nosotros nos encontrábamos tan bien iluminados y Resaltados, a título de publicidad gratuita. Las fresas de mi pastel estaban acaparadas por tantos reflejos centelleantes, que no podía decidirme a comérmelas. No hay modo de escapar al comercio americano.

No obstante, pese al deslumbramiento de aquellas ascuas y a aquella sujeción, advertí las idas y venidas por nuestros alrededores inmediatos de una camarera muy amable y decidí no perderme ni uno de sus lindos gestos.

Cuando me llegó el turno de que me cambiara el cubierto, tomé buena nota de la forma imprevista de sus ojos, cuyo ángulo externo era mucho más agudo, ascendiente, que los de las mujeres de nuestros pagos. Los párpados ondulaban también muy ligeramente hacia la ceja por el lado de las sienes. Crueldad, en una palabra, pero justo la necesaria, una crueldad que se puede besar, amargura insidiosa como la de los vinos del Rhin, agradable a nuestro pesar.

Cuando estuvo cerca de mí, me puse a hacerle señitas de inteligencia, por así decir, a la camarera, como si la reconociese. Ella me examinó sin la menor complacencia, como un animal, si bien con curiosidad. «Ésta es -me dije la primera americana que, mira por dónde, se ve obligada a mirarme.»

Tras haber acabado la tarta luminosa, no me quedó más remedio que dejar el sitio a otro. Entonces, titubeando un poco, en lugar de seguir el camino bien indicado que conducía, derecho, a la salida, me armé de audacia y, dejando de lado al hombre de la caja que nos esperaba a todos con nuestro parné, me dirigí hacia ella, la rubia, con lo que me destacaba, totalmente insólito, entre los raudales de luz disciplinada.

Las veinticinco dependientas, en su puesto tras las cosas de comer, me hicieron señas, todas al mismo tiempo, de que me equivocaba de camino, me desviaba. Advertí una gran agitación de formas en la vitrina de la gente que esperaba y los que debían ponerse a jalar detrás de mí vacilaron a la hora de sentarse. Acababa de romper el orden de cosas. Todo el mundo a mi alrededor estaba profundamente asombrado: «¡Debe de ser otro extranjero!», decían.

Pero yo tenía mi idea, buena o mala, y no quería soltar a la bella que me había servido. Me había mirado, la monina, conque peor para ella. ¡Estaba harto de estar solo!

¡Basta de sueños! ¡Simpatía! ¡Contacto! «Señorita, me conoce usted muy poco, pero yo la amo, ¿quiere usted casarse conmigo?...» De este modo, el más honrado, me dirigí a ella.

Su respuesta no me llegó nunca, pues un guarda gigante, vestido por completo de blanco también, apareció en aquel preciso instante y me empujó hacia fuera, exacta, sencillamente, sin injurias ni brutalidad, hacia la noche, como a un perro que acaba de desmandarse.

Todo aquello se desarrollaba con normalidad, yo no tenía nada que decir. Volví hacia el Laugh Calvin.

En mi habitación los mismos fragores de siempre venían a estrellarse con su eco, a trombas, primero el estruendo del metro, que parecía lanzarse sobre nosotros desde muy lejos, llevándose, cada vez que pasaba, todos sus acueductos para romper la ciudad con ellos, y después, en los intervalos, llamadas incoherentes de los mecanismos de allá abajo, que subían de la calle y, además, ese rumor difuso de la multitud agitada, vacilante, fastidiosa siempre, siempre marchándose y vacilando otra vez y volviendo. La gran mermelada de los hombres en la ciudad.

Desde donde yo estaba, allí arriba, se les podía gritar todo lo que se quisiera. Lo intenté. Me daban asco todos. No tenía descaro para decírselo de día, cuando los tenía delante, pero desde donde estaba no corría ningún riesgo; les grité: «¡Socorro!

¡Socorro!», sólo para ver si reaccionaban. Ni lo más mínimo. Empujaban la vida y la noche y el día delante de ellos, los hombres. La vida esconde todo a los hombres. En su propio ruido no oyen nada. Se la suda. Y cuanto mayor y más alta es la ciudad, más se la suda. Os lo digo yo, que lo he intentado. No vale la pena.

* * *

Fue sólo por razones crematísticas, si bien de lo más urgentes e imperiosas, por lo que me puse a buscar a Lola. De no haber sido por esa lastimosa necesidad, ¡menudo si la habría dejado envejecer y desaparecer sin volver a verla nunca, a aquella puta! Al fin y al cabo, conmigo, no me cabía la menor duda, pensándolo bien, se había comportado del modo más descarado y asqueroso.

El egoísmo de las personas que han tenido algo que ver en tu vida, cuando lo piensas, pasados los años, resulta innegable, tal como fue, es decir, de acero, de platino y mucho más duradero aún que el tiempo mismo.

Durante la juventud, a las indiferencias más áridas, a las granujadas más cínicas, llegas a encontrarles excusas de chifladuras pasionales y también qué sé yo qué signos de romanticismo inexperto. Pero, más adelante, cuando la vida te ha demostrado de sobra la cantidad de cautela, crueldad y malicia que exige simplemente para mantenerla bien que mal, a 37o, te das cuenta, te empapas, estás en condiciones de comprender todas las guarradas que contiene un pasado. Basta con que te contemples escrupulosamente a ti mismo y lo que has llegado a ser en punto a inmundicia. No queda misterio ni bobería, te has jalado toda la poesía por haber vivido hasta entonces. Un tango, la vida.

A la granujilla de mi amiga acabé descubriéndola, tras muchas dificultades, en el vigesimotercer piso de una Calle 77. Es increíble lo que pueden asquearte las personas a las que te dispones a pedir un favor. Era una casa señorial y de buen tono, la suya, como me había imaginado.

Por haber tomado previamente grandes dosis de cine, me encontraba casi dispuesto mentalmente, saliendo del marasmo en que me debatía desde mi desembarco en Nueva York, y el primer contacto fue menos desagradable de lo que había previsto. No pareció experimentar viva sorpresa siquiera al volver a verme, Lola, sólo un poco de desagrado al reconocerme.

Intenté, a modo de preámbulo, esbozar una conversación anodina con ayuda de los temas de nuestro pasado común y ello, por supuesto, en los términos más prudentes posibles, y mencioné, entre otros, pero sin insistir, la guerra como episodio. En eso metí la pata bien. Ella no quería volver a oír hablar nunca más de la guerra, en absoluto. La envejecía. Me devolvió, molesta, la pelota confiándome que la edad me había arrugado, inflado y caricaturizado tanto, que no me habría reconocido en la calle. Intercambiábamos cortesías. ¡Si la muy puta se imaginaba que me iba a herir con semejantes pijaditas...! Ni siquiera me digné responder a tan viles impertinencias.

Su mobiliario no era nada del otro jueves, pero era alegre, de todos modos, soportable, al menos así me pareció al salir de mi Laugh Calvin.

El método, los detalles de una fortuna rápida te dan siempre una impresión de magia. Desde la ascensión de Musyne y de la Sra. Herote, yo sabía que la jodienda es la pequeña mina de oro del pobre. Esas bruscas mudanzas femeninas me encantaban y habría dado, por ejemplo, mi último dólar a la portera de Lola sólo por tirarla de la lengua.

Pero no había portera en su casa. No había una sola portera en la ciudad. Una ciudad sin portera es algo sin historia, sin gusto, insípido como una sopa sin pimienta ni sal, una bazofia informe. ¡Ah, qué sabrosos los restos! Desperdicios, rebabas que rezuman de la alcoba, la cocina, las buhardillas, chorrean en cascadas por la portería, el centro de la vida, ¡qué sabroso infierno! Ciertas porteras de nuestros pagos sucumben a su tarea, se las ve lacónicas, tose que tose, deleitadas, pasmadas; es que están abrumadas, las pobres mártires, consumidas por tanta verdad.

Contra la abominación de ser pobre, conviene, confesémoslo, es un deber, intentarlo todo, embriagarse con cualquier cosa, vino, del baratito, masturbación, cine. No hay que mostrarse difícil. Nuestras porteras suministran hasta en años de mala cosecha, admitámoslo, a quienes saben tomarlo y recalentarlo, más cerca del corazón, odio para todos los gustos y gratis, el suficiente para hacer saltar un mundo. En Nueva York te encuentras atrozmente desprovisto de esa guindilla vital, sórdida pero viva, irrefutable, sin la cual el espíritu se asfixia y se condena a no murmurar sino vagamente y farfullar pálidas calumnias. Nada que corroa, vulnere, saje, moleste, obsesione, sin portera, y añada leña al fuego del odio universal, lo avive con sus mil detalles innegables.

Desconcierto tanto más sensible cuanto que Lola, sorprendida en su medio, me provocaba precisamente una nueva repugnancia, tenía unas ganas irreprimibles de vomitar sobre la vulgaridad de su éxito, de su orgullo, únicamente trivial y repulsivo, pero, ¿con qué? Por efecto de un contagio instantáneo, el recuerdo de Musyne se me volvió en el mismo instante igual de hostil y repugnante. Un odio intenso nació en mí hacia aquellas dos mujeres, aún dura, se incorporó a mi razón de ser. Me faltó toda una documentación para librarme a tiempo y por fin de toda indulgencia presente y futura hacia Lola. No se puede rehacer lo vivido.

El valor no consiste en perdonar, ¡siempre perdonamos más de la cuenta! Y eso no sirve de nada, está demostrado. Detrás de todos los seres humanos, en la última fila, ¡se ha colocado a la criada! Por algo será. No lo olvidemos nunca. Una noche habrá que adormecer para siempre a la gente feliz, mientras duermen, os lo digo yo, y acabar con ella y con su felicidad de una vez por todas. El día siguiente no se hablará más de su felicidad y habremos conseguido la libertad de ser desgraciados cuanto queramos, igual que la criada. Pero sigo con mi relato: iba y venía, pues, por la habitación, Lola, sin demasiada ropa encima y su cuerpo me parecía, de todos modos, muy apetecible aún. Un cuerpo lujoso siempre es una violación posible, una efracción preciosa, directa, íntima en el cogollo de la riqueza, del lujo y sin desquite posible.

Tal vez sólo esperara un gesto mío para despedirme. En fin fue sobre todo la puñetera gusa la que me inspiró prudencia. Primero, jalar. Y, además, no cesaba de contarme las futilidades de su existencia. Habría que cerrar el mundo, está visto, durante dos o tres generaciones al menos, si ya no hubiera mentiras que contar. Ya no tendríamos nada o casi que decirnos. Pasó a preguntarme lo que pensaba yo de su América. Le confié que había llegado a ese punto de debilidad y angustia en que casi cualquiera y cualquier cosa te resulta temible y, en cuanto a su país, sencillamente me espantaba más que todo el conjunto de amenazas directas, ocultas e imprevisibles que en él encontraba, sobre todo por la enorme indiferencia hacia mí, que lo resumía, a mi parecer.

Tenía que ganarme el cocido, le confesé también, por lo que en breve plazo debía superar todas aquellas sensiblerías. En ese sentido me encontraba muy atrasado y le garanticé mi más sincero agradecimiento, si tenía la amabilidad de recomendarme a algún posible empresario entre sus relaciones... Pero lo más rápido posible... Me contentaría perfectamente con un salario muy modesto... Y fui y le solté muchas otras zalamerías y sandeces. Le cayó bastante mal aquella propuesta humilde pero indiscreta. Desde el primer momento se mostró desalentadora. No conocía absolutamente a nadie que pudiera darme un currelo o una ayuda, respondió. Pasamos a hablar, por fuerza, de la vida en general y después de la suya en particular.

Estábamos espiándonos así, moral y físicamente, cuando llamaron al timbre. Y, después, casi sin transición ni pausa, entraron en la habitación cuatro mujeres, maquilladas, maduras, carnosas, músculo y joyas, muy íntimas con Lola. Tras presentármelas sin demasiados detalles, Lola, muy violenta (era visible), intentaba llevárselas a otro cuarto, pero ellas, poco complacientes, se pusieron a acaparar mi atención todas juntas, para contarme todo lo que sabían sobre Europa. Viejo jardín, Europa, atestado de locos anticuados, eróticos y rapaces. Recitaban de memoria el Chabanais y los Inválidos.

Yo, por mi parte, no había visitado ninguno de esos dos lugares. Demasiado caro el primero, demasiado lejano el segundo. A modo de réplica, fui presa de un arranque de patriotismo automático y fatigado, más necio aún que el que te asalta en esas ocasiones. Les repliqué, enérgico, que su ciudad me deprimía. Una especie de feria aburrida, les dije, cuyos encargados se empeñaban, de todos modos, en hacerla parecer divertida...

Al tiempo que peroraba así, artificial y convencional, no podía dejar de percibir con mayor claridad aún otras razones, además del paludismo, para la depresión física y moral que me abrumaba. Se trataba, por lo demás, de un cambio de costumbres, tenía que aprender una vez más a reconocer nuevos rostros en un medio nuevo, otras formas de hablar y mentir. La pereza es casi tan fuerte como la vida. La trivialidad de la nueva farsa que has de interpretar te agobia y, en resumidas cuentas, necesitas aún más cobardía que valor para volver a empezar. Eso es el exilio, el extranjero, esa inexorable observación de la existencia, tal como es de verdad, durante esas largas horas lúcidas, excepcionales, en la trama del tiempo humano, en que las costumbres del país precedente te abandonan, sin que las otras, las nuevas, te hayan embrutecido aún lo suficiente.

Todo en esos momentos viene a sumarse a tu inmundo desamparo para forzarte, impotente, a discernir las cosas, las personas y el porvenir tales como son, es decir, esqueletos, simples nulidades, que, sin embargo, deberás amar, querer, defender, animar, como si existieran.

Otro país, otras gentes a tu alrededor, agitadas de forma un poco extraña, algunas pequeñas vanidades menos disipadas, cierto orgullo ya sin su razón de ser, sin su mentira, sin su eco familiar: con eso basta, la cabeza te da vueltas, la duda te atrae y el infinito, un humilde y ridículo infinito, se abre sólo para ti y caes en él...

El viaje es la búsqueda de esa nulidad, de ese modesto vértigo para gilipollas...

Se reían con ganas, las cuatro visitantes de Lola, al oírme pronunciar así mi rimbombante confesión de Jean-Jacques de pacotilla ante ellas. Me aplicaron un montón de nombres que, con las deformaciones americanas de su habla zalamera e indecente, apenas comprendí. Chorbas patéticas.

Cuando entró el criado negro para servir el té, guardamos silencio.

Sin embargo, una de aquellas visitantes debía de tener más vista que las demás, pues anunció en voz bien alta que yo estaba temblando de fiebre y que debía de padecer también una sed fuera de lo normal. La merienda que sirvieron me gustó mucho, pese a mi tembleque. Aquellos *sandwiches* me salvaron la vida, puedo asegurarlo.

Siguió una conversación sobre los méritos comparativos de las casas de tolerancia parisinas, sin que yo me tomara la molestia de participar en ella. Aquellas bellezas probaron muchos más licores complicados y después, totalmente animadas y confidenciales bajo su influencia, enrojecieron hablando de «matrimonios». Pese a estar muy ocupado con la manducatoria, no pude dejar de notar al tiempo que se trataba de matrimonios muy especiales, debían de ser incluso uniones entre sujetos muy jóvenes, entre niños, por los cuales recibían comisiones.

Lola advirtió que yo seguía la conversación con atención y curiosidad. Me lanzaba miradas bastante severas. Había dejado de beber. Los hombres que conocía allí, Lola, los americanos, no pecaban, como yo, de curiosos, nunca. Me mantuve con cierta dificultad dentro de los límites de su vigilancia. Tenía ganas de hacer mil preguntas a aquellas mujeres.

Por fin, las invitadas acabaron dejándonos, se marcharon con movimientos torpes, exaltadas por el alcohol y sexualmente reavivadas. Se excitaban perorando con un erotismo curioso: elegante y cínico. Yo presentía en aquello un regusto isabelino cuyas vibraciones me habría gustado mucho sentir yo también, muy preciosas, desde luego, y concentradas al máximo en la punta de mi órgano. Pero aquella comunión biológica, decisiva durante un viaje, aquel mensaje vital, tan sólo pude presentirlos, con gran disgusto, por cierto, y tristeza acrecentada. Incurable melancolía.

En cuanto hubieron cruzado la puerta, las amigas, Lola se mostró francamente excitada. Aquel intermedio le había desagradado profundamente. Yo no dije ni pío.

«¡Qué brujas!», renegó unos minutos después.

«¿De qué las conoces?», le pregunté.

«Son amigas de toda la vida...»

No estaba dispuesta a hacer más confidencias por el momento.

Por sus modales, bastante arrogantes, para con ella, me había parecido que aquellas mujeres tenían, en cierto medio, ascendiente sobre Lola e incluso una autoridad bastante grande, innegable, indiscutible. Nunca iba a saber yo nada más.

Lola dijo que debía salir, pero me invitó a quedarme esperándola allí, en su casa, y comiendo un poco, si aún tenía hambre. Como había abandonado el Laugh Calvin sin pagar la cuenta y sin intención tampoco de volver, ni mucho menos, me alegró mucho la autorización que me concedía, unos momentos más de calorcito antes de ir a afrontar la calle, ¡y qué calle, señores!...

En cuanto me quedé solo, me dirigí por un pasillo hacia el lugar de donde había visto salir al negro a su servicio. A medio camino del *office,* nos encontramos y le estreché la mano. Me condujo, confiado, a su cocina, lindo lugar bien ordenado, mucho más lógico y vistoso que el salón.

Al instante, se puso a escupir ante mí sobre el magnífico embaldosado y como sólo los negros saben hacerlo, lejos, copiosa, perfectamente. También yo escupí por cortesía, pero como pude. En seguida entramos en confidencias. Lola, según me informó, poseía un barco-salón en el río, dos autos en la carretera y una bodega con licores de todos los países del mundo. Recibía catálogos de los grandes almacenes de París. Así mismo. Se puso a repetirme sin fin aquellas mismas informaciones escuetas. Dejé de escucharlo.

Mientras dormitaba junto a él, me vino a la memoria el pasado, los tiempos en que Lola me había dejado en el París de la guerra. Aquella caza, persecución, emboscada, verbosa, falsa, cauta, Musyne, los argentinos, sus barcos llenos de carne, Topo, las cohortes de destripados de la Place Clichy, Robinson, las olas, el mar, la miseria, la cocina tan blanca de Lola, su negro y nada más y yo en medio como cualquier otro. Todo podía continuar. La guerra había quemado a unos, calentado a otros, igual que el fuego tortura o conforta, según estés dentro o delante de él. Hay que espabilarse y se acabó.

También era cierto lo que decía, que yo había cambiado mucho. La existencia es que te retuerce y tritura el rostro. A ella también le había triturado el rostro, pero menos, mucho menos. Los pobres van dados. La miseria es gigantesca, utiliza tu cara, como una bayeta, para limpiar las basuras del mundo. Algo queda.

Sin embargo, yo creía haber notado en Lola algo nuevo, instantes de depresión, de melancolía, lagunas en su optimista necedad, instantes de esos en que la persona ha de hacer acopio de energía para llevar un poco más adelante lo conseguido en su vida, en sus años, ya demasiado pesados, a pesar suyo, para el ánimo que aún tiene, su cochina poesía.

De repente, su negro se puso de nuevo a agitarse. Volvía a darle la manía. Como nuevo amigo, quería atiborrarme de pasteles, cargarme de puros. Al final, sacó, con infinitas precauciones, de un cajón una masa redonda y emplomada.

«¡La bomba! -me anunció, furioso. Retrocedí-. *Liberta! Liberta!»,* vociferaba, jovial. Volvió a guardar todo en su sitio y escupió espléndidamente otra vez. ¡Qué emoción! Estaba radiante. Su risa me asombró también, un cólico de sensaciones. Un gesto más o menos, me decía yo, apenas tiene importancia. Cuando Lola volvió, por fin, de sus recados, nos encontró juntos en el salón, en pleno fumeque y cachondeo. Hizo como que no notaba nada.

El negro se largó a escape; a mí ella me llevó a su habitación. La encontré triste, pálida y temblorosa. ¿De dónde volvería? Empezaba a hacerse muy tarde. Era la hora en que los americanos se sienten desamparados porque la vida sólo vibra ya a cámara lenta a su alrededor. En el garaje, un auto de cada dos. Es el momento de las confidencias a medias. Pero hay que apresurarse a aprovecharlo. Me preparaba interrogándome, pero el tono que eligió para hacerme ciertas preguntas sobre la vida que llevaba yo en Europa me irritó profundamente.

No ocultó que me consideraba capaz de todas las bajezas. Esa hipótesis no me ofendía, sólo me molestaba. Presentía perfectamente que yo había ido a verla para pedirle dinero y ya eso solo creaba entre nosotros una animosidad muy natural. Todos esos sentimientos rayan en el crimen. Seguíamos en el nivel de las trivialidades y yo hacía lo imposible para que no se produjera una bronca definitiva entre nosotros. Se interesó, entre otras cosas, por los detalles de mis travesuras genitales, me preguntó si no habría abandonado en algún sitio, durante mis vagabundeos, a un niño que ella pudiera adoptar. Extraña idea que se le había ocurrido. Era su manía, la adopción de un niño. Pensaba, con bastante simpleza, que un fracasado de mi estilo debía de haber plantado raíces clandestinas casi por todas las latitudes. Ella era rica, me confió, y se moría por poder dedicarse a un niño, pero no lo conseguía. Había leído todas las obras de puericultura y sobre todo las que se ponen líricas hasta el pasmo al hablar de las maternidades, libros que, si los asimilas del todo, te quitan las ganas de copular, para siempre. Toda virtud tiene su literatura inmunda.

Como ella deseaba sacrificarse exclusivamente por un «chiquitín», a mí no me acompañaba la suerte. Sólo podía ofrecerle el grandullón que yo era, absolutamente repulsivo para ella. Sólo valen, en una palabra, las miserias bien presentadas para tener éxito, las que van bien preparadas por la imaginación. Nuestra charla languideció:

«Mira, Ferdinand -me propuso, al final-, ya hemos hablado bastante, te voy a llevar al otro extremo de Nueva York, para visitar a mi protegido, un pequeño del que me ocupo con mucho gusto, aunque su madre me fastidia...» ¡Vaya unas horas! Por el camino, en el coche, hablamos de su catastrófico negro.

«¿Te ha enseñado sus bombas?», me preguntó. Le confesé que me había sometido a esa dura prueba.

«Mira, Ferdinand, no es peligroso, ese maníaco. Carga sus bombas con mis facturas viejas... En tiempos formaba parte, en Chicago, de una sociedad secreta, muy temible, para la emancipación de los negros... Eran, por lo que me han contado, gente horrible... La banda fue disuelta por las autoridades, pero ha conservado ese gusto por las bombas, mi negro... Nunca las carga con pólvora... Le basta el espíritu... En el fondo, no es sino un artista... Nunca acabará de hacer la revolución... Pero lo conservo, ¡es un doméstico excelente! Y, al fin y al cabo, tal vez sea más honrado que los otros, que no hacen la revolución...»

Y volvió a su manía de la adopción.

«Es una lástima, la verdad, que no tengas una hija en alguna parte, Ferdinand, un estilo soñador como el tuyo iría muy bien a una mujer, mientras que a un hombre no le queda nada bien...»

La lluvia, al azotarlo, volvía a cerrar la noche sobre nuestro auto, que se deslizaba sobre la larga cinta de cemento liso. Todo me resultaba hostil y frío, hasta su mano, pese a mantenerla bien cogida en la mía. Todo nos separaba. Llegamos ante una casa muy diferente por el aspecto de la que acabábamos de abandonar. En un piso de una primera planta, un niño de diez años más o menos nos esperaba junto a su madre. El mobiliario de aquellos cuartos imitaba el estilo Luis XV, olían a guiso reciente. El niño fue a sentarse en las rodillas de Lola y la besó con mucha ternura. La madre me pareció también de lo más cariñosa con Lola y, mientras ésta charlaba con el pequeño, yo me las arreglé para llevarme a la madre a la habitación contigua.

Cuando volvimos, el niño estaba ensayando un paso de baile que acababa de aprender en las clases del Conservatorio. «Tiene que recibir algunas lecciones particulares más -concluyó Lola-, ¡y quizá pueda presentarlo al Théâtre du Globe, amiga Vera! ¡Tal vez tenga un brillante porvenir, este niño!» La madre, tras esas palabras alentadoras, se deshizo en lágrimas de agradecimiento. Al mismo tiempo recibió un pequeño fajo de billetes verdes, que guardó en el pecho, como si fueran una carta de amor.

«El pequeño me gusta bastante -observó Lola, cuando estuvimos de nuevo fuera-, pero tengo que soportar también a la madre y no me gustan las madres demasiado astutas... Y, además, es que ese pequeño es demasiado vicioso... No es ésa la clase de cariño que deseo... Quisiera experimentar un sentimiento absolutamente maternal... ¿Me comprendes, Ferdinand?...» Con tal de poder jalar, comprendo todo lo que quieran; lo mío ya no es inteligencia, es caucho.

No se apeaba de su deseo de pureza. Cuando hubimos llegado, unas calles más adelante, me preguntó dónde iba yo a dormir aquella noche y me acompañó unos pasos más por la acera. Le respondí que, si no encontraba unos dólares en aquel mismo momento, no podría acostarme en ninguna parte.

«De acuerdo -respondió ella-. Acompáñame hasta mi casa y te daré un poco de dinero y después te vas a donde quieras.»

Quería dejarme tirado en plena noche y lo antes posible. Cosa normal. De tanto verte expulsado así, a la noche, has de acabar por fuerza en alguna parte, me decía yo. Era el consuelo. «Ánimo, Ferdinand -me repetía a mí mismo, para alentarme-, a fuerza de verte echado a la calle en todas partes, seguro que acabarás descubriendo lo que da tanto miedo a todos, a todos esos cabrones, y que debe de encontrarse al fin de la noche. ¡Por eso no van ellos hasta el fin de la noche!»

Después todo fue frialdad entre nosotros, en su auto. Las calles que cruzábamos nos amenazaban con todo su silencio armado hasta arriba de piedra, hasta el infinito, con una especie de diluvio en suspenso. Una ciudad al acecho, monstruo lleno de sorpresas, viscoso de asfalto y lluvias. Por fin, aminoramos la marcha. Lola me precedió hacia su portal.

«¡Sube! -me invitó-. ¡Sígueme!»

Otra vez su salón. Yo me preguntaba cuánto iría a darme para acabar de una vez y librarse de mí. Estaba buscando billetes en un bolsillo colocado sobre un mueble. Oí el intenso crujido de los billetes arrugados. ¡Qué segundos! Ya sólo se oía en la ciudad aquel ruido. Sin embargo, me sentía tan violento aún, que le pregunté, no sé por qué, tan inoportuno, cómo estaba su madre, de quien me había olvidado.

«Está enferma, mi madre», dijo, al tiempo que se volvía para mirarme a la cara.

«Entonces, ¿dónde está ahora?»

«En Chicago.»

«¿Qué enfermedad tiene?»

«Cáncer de hígado... La he llevado a los mejores especialistas de la ciudad... Su tratamiento me cuesta muy caro, pero la salvarán. Me lo han prometido.» Precipitadamente, me dio muchos otros detalles relativos al estado de su madre en Chicago. De golpe se puso de lo más tierna y familiar y ya no pudo por menos de pedirme un consuelo íntimo. Estaba en mis manos.

«Y tú, Ferdinand, piensas también que la curarán, ¿verdad?»

«No -respondí muy franco, muy categórico-, los cánceres de hígado son absolutamente incurables.»

De pronto, palideció hasta el blanco de los ojos. Era la primera, pero es que la primera, vez que la veía yo desconcertada, a aquella puta, por algo.

«Pero, Ferdinand, ¡si los especialistas me han asegurado que curaría! Me lo han garantizado... ¡Por escrito!... Son, verdad, unas eminencias...»

«Por la pasta, Lola, habrá siempre, por fortuna, eminencias médicas... Yo haría lo mismo, si estuviera en su lugar... Y tú también, Lola, harías lo mismo...»

Lo que le decía le pareció, de pronto, tan innegable, tan evidente, que no intentó discutir más.

Por una vez, por primera vez quizás en su vida, Le iba a faltar desparpajo.

«Oye, Ferdinand, me estás causando una pena infinita, ¿te das cuenta?... Quiero con locura a mi madre, lo sabes, ¿no?, que la quiero con locura...»

¡Muy a propósito! ¡Huy, la Virgen! Pero, ¿qué cojones puede importarle al mundo?

¿Que quiera uno o no a su madre?

Sollozaba, sumida en su vacío, Lola.

«Ferdinand, tú eres un fracasado despreciable -prosiguió furiosa¡y un malvado horrible!... Te estás vengando así, del modo más cobarde posible, por tu desesperada situación, viniendo a decirme cosas espantosas... ¡Estoy segura incluso de que estás haciendo mucho daño a mi madre al hablar así!...»

En su desesperación había resabios del método Coué.

Su excitación no me daba, ni mucho menos, el miedo que la de los oficiales del *Amiral-Bragueton,* los que pretendían liquidarme para distraer a las damas ociosas.

Miraba yo atento a Lola, mientras me ponía verde, y sentía algo de orgullo, al comprobar, en cambio, que mi indiferencia o, mejor dicho, mi alegría, iba en aumento, a medida que me insultaba más. Por dentro somos amables.

«Para deshacerse de mí -calculéva a tener que darme ahora por lo menos veinte dólares... Tal vez más incluso...»

Tomé la ofensiva: «Lola, préstame, por favor, el dinero que me has prometido o, si no, me quedo a dormir aquí y me vas a oír repetir todo lo que sé sobre el cáncer, sus complicaciones, sus trasmisiones por herencia, pues el cáncer es, por si no lo sabías, hereditario, Lola. ¡No hay que olvidarlo!»

A medida que yo recalcaba, perfilaba los detalles sobre el caso de su madre, la veía palidecer ante mí, a Lola, flaquear, debilitarse. «¡Toma, puta! -me decía yo-. ¡Duro ahí, Ferdinand! ¡Para una vez que tienes la sartén por el mango!... No la sueltes... ¡Tardarás mucho en encontrar uno tan sólido!...»

«¡Toma! -dijo, completamente crispada-. ¡Aquí tienes tus cien dólares! ¡Lárgate y no vuelvas nunca! ¿Me oyes? ¡Nunca!... *Out! Out! Out!* ¡Cerdo asqueroso!...»

«Pero, dame un besito, Lola, a pesar de todo. ¡Anda!... ¡No estamos enfadados!», propuse para ver hasta qué extremo podría asquearla. Entonces sacó un revólver del cajón y no precisamente en broma. La escalera me bastó, ni siquiera llamé al ascensor.

De todos modos, aquel broncazo me devolvió las ganas de trabajar y el valor. El día siguiente mismo cogí el tren para Detroit, donde, según me aseguraron, era fácil encontrar muchos currelillos no demasiado duros y bien pagados.

* * *

La gente me decía por la calle lo mismo que el sargento en el bosque. «¡Mire! -me decían-. No tiene pérdida, es justo enfrente.»

Y vi, en efecto, los grandes edificios rechonchos y acristalados, a modo de jaulas sin fin para moscas, en las que se veían hombres moviéndose, pero muy lentos, como si ya sólo forcejearan muy débilmente con yo qué sé qué imposible. ¿Eso era Ford? Y, además, por todos lados y por encima, hasta el cielo, un estruendo múltiple y sordo de torrentes de aparatos, duro, la obstinación de las máquinas girando, rodando, gimiendo, siempre a punto de romperse y sin romperse nunca.

«Conque es aquí... -me dije-. No es apasionante...» Era incluso peor que todo lo demás. Me acerqué más, hasta la puerta, donde en una pizarra decía que necesitaban gente.

No era yo el único que esperaba. Uno de los que aguardaban me dijo que llevaba dos días allí y aún en el mismo sitio. Había venido desde Yugoslavia, aquel borrego, a pedir trabajo. Otro pelagatos me dirigió la palabra, venía a currelar, según decía, sólo por gusto, un maníaco, un fantasma.

En aquella multitud casi nadie hablaba inglés. Se espiaban entre sí como animales desconfiados, apaleados con frecuencia. De su masa subía el olor de entrepiernas orinadas, como en el hospital. Cuando te hablaban, esquivabas la boca, porque el interior de los pobres huele ya a muerte.

Llovía sobre nuestro gentío. Las filas se comprimían bajo los canalones. Se comprime con facilidad la gente que busca currelo. Lo que les gustaba de Ford, fue y me explicó el viejo ruso, dado a las confidencias, era que contrataban a cualquiera y cualquier cosa. «Sólo, que ándate con ojo -añadió, para que supiera a qué atenerme-, no hay que ponerse chulito en esta casa, porque, si te pones chulito, en un dos por tres te pondrán en la calle y te sustituirá, en un dos por tres también, una máquina de las que tienen siempre listas y, si quieres volver, ¡te dirán que nanay!» Hablaba castizo, aquel ruso, porque había estado años en el «taxi» y lo habían echado a consecuencia de un asunto de tráfico de cocaína en Bezons y, para colmo, se había jugado el coche a los dados con un cliente en Biarritz y lo había perdido.

Era cierto lo que me explicaba de que cogían a cualquiera en la casa Ford. No había mentido. Aun así, yo no acababa de creérmelo, porque los pelagatos deliran con facilidad. Llega un momento, en la miseria, en que el alma abandona el cuerpo en ocasiones. Se encuentra muy mal en él, la verdad. Ya casi es un alma la que te habla. Y no es responsable, un alma.

En pelotas nos pusieron, claro está, para empezar. El reconocimiento se hacía como en un laboratorio. Desfilábamos despacio. «Estás hecho una braga -comentó antes que nada el enfermero al mirarme-, pero no importa.»

¡Y yo que había temido que no me dieran el currelo en cuanto notaran que había tenido las fiebres de África, si por casualidad me palpaban el hígado! Pero, al contrario, parecían muy contentos de encontrar a feos y lisiados en nuestra tanda.

«Para lo que vas a hacer aquí, ¡no tiene importancia la constitución!», me tranquilizó el médico examinador, en seguida.

«Me alegro -respondí yo-, pero, mire, señor, tengo instrucción yo e incluso empecé en tiempos los estudios de medicina...»

De repente, me miró con muy mala leche. Tuve la sensación de haber vuelto a meter la pata y en mi contra.

«¡No te van a servir de nada aquí los estudios, chico! No has venido aquí para pensar, sino para hacer los gestos que te ordenen ejecutar... En nuestra fábrica no necesitamos a imaginativos. Lo que necesitamos son chimpancés... Y otro consejo. ¡No vuelvas a hablarnos de tu inteligencia! ¡Ya pensaremos por ti, amigo! Ya lo sabes.»

Tenía razón en avisarme. Más valía que supiera a qué atenerme sobre las costumbres de la casa. Tonterías ya había hecho bastantes para diez años por lo menos. En adelante me interesaba pasar por un calzonazos. Una vez vestidos, nos repartieron en filas cansinas, en grupos vacilantes de refuerzo hacia los lugares de donde nos llegaban los estrépitos de las máquinas. Todo temblaba en el inmenso edificio y nosotros mismos de los pies a las orejas, atrapados por el temblor, que llegaba de los cristales, el suelo y la chatarra, en sacudidas, vibraciones de arriba abajo. Te volvías máquina tú mismo a la fuerza, con toda la carne aún tremblequeante, entre aquel ruido furioso, tremendo, que se te metía dentro y te envolvía la cabeza y más abajo, te agitaba las tripas y volvía a subir hasta los ojos con un ritmo precipitado, infinito, incansable. A medida que avanzábamos, perdíamos a los compañeros. Les sonreíamos un poquito a ésos, al separarnos, como si todo lo que sucedía fuera muy agradable. Ya no podíamos hablarnos ni oírnos. Todas las veces se quedaban tres o cuatro en torno a una máquina.

De todos modos, resistías, te costaba asquearte de tu propia substancia, habrías querido detener todo aquello para reflexionar y oír latir en ti el corazón con facilidad, pero ya no podías. Aquello ya no podía acabar. Era como un cataclismo, aquella caja infinita de aceros, y nosotros girábamos dentro con las máquinas y con la tierra. ¡Todos juntos! Y los mil rodillos y pilones que nunca caían a un tiempo, con ruidos que se atropellaban unos contra otros y algunos tan violentos, que desencadenaban a su alrededor como silencios que te aliviaban un poco.

La vagoneta llena de chatarra apenas podía pasar entre las máquinas. ¡Que se apartaran todos! Que saltasen para que pudiera arrancar de nuevo, aquella histérica. Y, ¡hale!, iba a agitarse más adelante, la muy loca, traqueteando entre poleas y volantes, a llevar a los hombres sus raciones de grilletes.

Los obreros inclinados, atentos a dar todo el placer posible a las máquinas, daban asco, venga pasarles pernos y más pernos, en lugar de acabar de una vez por todas, con aquel olor a aceite, aquel vaho que te quemaba los tímpanos y el interior de los oídos por la garganta. No era por vergüenza por lo que bajaban la cabeza. Cedías ante el ruido como ante la guerra. Te abandonabas ante las máquinas con las tres ideas que te quedaban vacilando en lo alto, detrás de la frente. Se acabó. Miraras donde mirases, ahora todo lo que la mano tocaba era duro. Y todo lo que aún conseguías recordar un poco estaba rígido también como el hierro y ya no tenía sabor en el pensamiento.

Habías envejecido más que la hostia de una vez.

Había que abolir la vida de fuera, convertirla también en acero, en algo útil. No nos gustaba bastante tal como era, por eso. Había que convertirla, pues, en un objeto, en algo sólido, ésa era la regla.

Intenté hablarle, al encargado, al oído, me respondió con un gruñido de cerdo y sólo con gestos me enseñó, muy paciente, la sencillísima maniobra que yo debía realizar en adelante y para siempre. Mis minutos, mis horas, el resto de mi tiempo, como los demás, se consumirían en pasar clavijas pequeñas al ciego de al lado, que las calibraba, ése, desde hacía años, las clavijas, las mismas. Yo en seguida empecé a cometer graves errores. No me regañaron, pero, tras tres días de aquel trabajo inicial, me destinaron, como un fracasado ya, a conducir la carretilla llena de arandelas, la que iba traqueteando de una máquina a otra. Aquí dejaba tres; allí, doce; allá, cinco sólo. Nadie me hablaba. Ya sólo existíamos gracias a una como vacilación entre el embotamiento y el delirio. Ya sólo importaba la continuidad estrepitosa de los miles y miles de instrumentos que mandaban a los hombres.

Cuando a las seis todo se detenía, te llevabas contigo el ruido en la cabeza; yo lo conservaba la noche entera, el ruido y el olor a aceite también, como si me hubiesen puesto una nariz nueva, un cerebro nuevo para siempre.

Conque, a fuerza de renunciar, poco a poco, me convertí en otro... Un nuevo Ferdinand. Al cabo de unas semanas. Aun así, volvía a sentir deseos de ver de nuevo a personas de fuera. No las del taller, por supuesto, que no eran sino ecos y olores de máquinas como yo, carnes en vibración hasta el infinito, mis compañeros. Un cuerpo auténtico era lo que quería yo tocar, un cuerpo rosa de auténtica vida silenciosa y suave. Yo no conocía a nadie en aquella ciudad y sobre todo a ninguna mujer. Con mucha dificultad conseguí averiguar la dirección de una «Casa», un burdel clandestino, en el barrio septentrional de la ciudad. Fui a pasearme por allí algunas tardes seguidas, después de la fábrica, en reconocimiento. Aquella calle se parecía a cualquier otra, aunque más limpia tal vez que la mía.

Había localizado el hotelito, rodeado de jardines, donde pasaba lo que pasaba. Había que entrar rápido para que el guripa que hacía guardia cerca de la puerta pudiera hacer como que no había visto nada. Fue el primer lugar de América en que me recibieron sin brutalidad, con amabilidad incluso, por mis cinco dólares. Y había las chavalas bellas, llenitas, tersas de salud y fuerza graciosa, casi tan bellas, al fin y al cabo, como las del Laugh Calvin.

Y, además, a aquellas podías tocarlas sin rodeos. No pude por menos de volverme un parroquiano de aquel lugar. En él acababa toda mi paga. Necesitaba, al llegar la noche, las promiscuidades eróticas de aquellas criaturas tan espléndidas y acogedoras para recuperar el alma. El cine ya no me bastaba, antídoto benigno, sin efecto real contra la atrocidad material de la fábrica. Había que recurrir, para seguir adelante, a los tónicos potentes, desmadrados, a métodos más drásticos. A mí sólo me exigían cánones módicos en aquella casa, arreglos de amigos, porque les había traído de Francia, a aquellas damas, algunas cosillas. Sólo que el sábado por la noche, no había nada que hacer, había un llenazo y yo dejaba todo el sitio a los equipos de *baseball* que habían salido de juerga, con vigor magnífico, tíos cachas a quienes la felicidad parecía resultar tan fácil como respirar.

Mientras disfrutaban los equipos, yo, por mi parte, escribía relatos cortos en la cocina y para mí sólo. El entusiasmo de aquellos deportistas por las criaturas del lugar no alcanzaba, desde luego, al fervor, un poco impotente, del mío. Aquellos atletas tranquilos en su fuerza estaban hartos de perfección física. La belleza es como el alcohol o el confort, te acostumbras a ella y dejas de prestarle atención.

Iban sobre todo, ellos, al picadero, por el cachondeo. Muchas veces acababan dándose unas hostias que para qué. Entonces llegaba la policía en tromba y se llevaba a todo el mundo en camionetas.

Hacia una de las jóvenes del lugar, Molly, no tardé en experimentar un sentimiento excepcional de confianza, que, en los seres atemorizados, hace las veces de amor.

Recuerdo, como si fuera ayer, sus atenciones, sus piernas largas y rubias, magníficamente finas y musculosas, piernas nobles. La auténtica aristocracia humana la confieren, digan lo que digan, las piernas, eso por descontado.

Llegamos a ser íntimos en cuerpo y espíritu y todas las semanas íbamos juntos a pasearnos unas horas por la ciudad. Tenía posibles, aquella amiga, ya que se hacía unos cien dólares al día en la casa, mientras que yo, en Ford, apenas ganaba diez. El amor que hacía para vivir apenas la fatigaba. Los americanos lo hacen como los pájaros.

Por la noche, tras haber conducido mi carrito ambulante, me imponía a mí mismo la obligación de aparecer, después de cenar, con cara amable para ella. Hay que ser alegre con las mujeres, al menos en los comienzos. Sentía un deseo vago y lancinante de proponerle cosas, pero ya no me quedaban fuerzas. Comprendía perfectamente el desánimo industrial, Molly, estaba acostumbrada a tratar con obreros.

Una tarde, sin más ni más, me ofreció cincuenta dólares. Primero la miré. No me atrevía. Pensaba en lo que habría dicho mi madre en un caso así. Y después pensé que mi madre, la pobre, nunca me había ofrecido tanto. Para agradar a Molly, fui, al instante, a comprar con sus dólares un bonito traje de color beige pastel *(four piece suit)*, como estaban de moda en la primavera de aquel año. Nunca me habían visto llegar tan peripuesto al picadero. La patrona puso en marcha su enorme gramófono, con el exclusivo fin de enseñarme a bailar.

Después, fuimos al cine, Molly y yo, para estrenar mi traje nuevo. Por el camino me preguntaba si estaba celoso, porque el traje me daba aspecto triste y ganas también de no volver nunca más a la fábrica. Un traje nuevo es algo que te trastorna las ideas. Ella daba besitos apasionados a mi traje, cuando la gente no nos miraba. Yo intentaba pensar en otra cosa.

De todos modos, ¡qué mujer, aquella Molly! ¡Qué generosa! ¡Qué carnes! ¡Qué plenitud juvenil! Un festín de deseos. Y me volvía la aprensión. ¿Chulo de putas?... pensaba.

«¡No vayas más a la Ford -me desanimaba, además, Molly-. Búscate mejor un empleíllo en una oficina... De traductor, por ejemplo, es tu estilo... A ti los libros te gustan...»

Así me aconsejaba, con mucho cariño, quería que yo fuese feliz. Por primera vez un ser humano se interesaba por mí, desde dentro, podríamos decir, por mi egoísmo, se ponía en mi lugar y no se limitaba a juzgarme desde el suyo, como todos los demás.

¡Ah, si la hubiera conocido antes, a Molly, cuando aún estaba a tiempo de seguir un camino y no otro! ¡Antes de perder mi entusiasmo con la puta de Musyne y el bicho de Lola! Pero era demasiado tarde para rehacer la juventud. ¡Ya no creía en ella! En seguida te vuelves viejo y de forma irremediable. Lo notas porque has aprendido a amar tu desgracia, a tu pesar. Es la naturaleza, que es más fuerte que tú, y se acabó. Nos ensaya en un género y ya no podemos salir de él. Yo había seguido la dirección de la inquietud. Te tomas en serio tu papel y tu destino poco a poco y luego, cuando te quieres dar cuenta, es demasiado tarde para cambiarlos. Te has vuelto inquieto y así te quedas para siempre.

Intentaba con mucha amabilidad retenerme junto a ella, Molly, disuadirme... «Mira, Ferdinand, ¡la vida aquí es igual que en Europa! No vamos a ser infelices juntos. -Y tenía razón en un sentido-. Invertiremos los ahorros... compraremos un comercio... Seremos como todo el mundo...» Lo decía para calmar mis escrúpulos. Proyectos. Yo le daba la razón. Me daba vergüenza incluso que hiciera tantos esfuerzos por conservarme. Yo la amaba, desde luego, pero más aún amaba mi vicio, aquel deseo de huir de todas partes, en busca de no sé qué, por orgullo tonto seguramente, por convicción de una especie de superioridad.

Yo no quería herirla, ella comprendía y se adelantaba a tranquilizarme. Era tan cariñosa, que acabé confesándole la manía que me aquejaba de largarme de todos lados. Me escuchó durante días y días explayarme y explicarme hasta el hastío, debatiéndome entre fantasmas y orgullos, y no se impacientaba: al contrario. Sólo intentaba ayudarme a vencer aquella angustia vana y boba. No comprendía muy bien adonde quería yo ir a parar con mis divagaciones, pero me daba la razón, de todos modos, contra los fantasmas o con los fantasmas, a mi gusto. A fuerza de dulzura persuasiva, su bondad llegó a serme familiar y casi personal. Pero me parecía que yo empezaba entonces a hacer trampa con mi dichoso destino, con mi razón de ser, como yo la llamaba, y de repente cesé de contarle todo lo que pensaba. Volví solo a mi interior, muy contento de ser aún más desgraciado que antes porque había llevado hasta mi soledad una nueva forma de angustia y algo que se parecía al sentimiento auténtico.

Todo esto es trivial. Pero Molly estaba dotada de una paciencia angélica, precisamente creía a pie juntillas en las vocaciones. A su hermana menor, por ejemplo, en la Universidad de Arizona, le había dado la manía de fotografiar los pájaros en sus nidos y las rapaces en sus guaridas. Conque, para que pudiera continuar asistiendo a los extraños cursos de aquella técnica especial, Molly le enviaba regularmente, a su hermana fotógrafa, cincuenta dólares al mes.

Un corazón infinito, la verdad, con sublimidad auténtica dentro, que puede transformarse en parné, no en fantasmadas como el mío y tantos otros. En cuanto a mí, Molly estaba más que deseosa de interesarse pecuniariamente en mi mediocre aventura. Aunque por momentos le pareciera un muchacho bastante atolondrado, mi convicción le parecía real y digna de estímulo. Sólo me invitaba a establecer como un pequeño balance para una pensión presupuestaria que quería concederme. Yo no podía decidirme a aceptar aquella dádiva. Un último resabio de delicadeza me impedía aprovechar más, especular con aquella naturaleza demasiado espiritual y cariñosa, la verdad. Por eso, entré deliberadamente en conflicto con la Providencia.

Di incluso, avergonzado, algunos pasos para volver a la Ford. Pequeños heroísmos sin resultado, por cierto. Llegué justo hasta la puerta de la fábrica, pero me quedé paralizado en aquel lugar liminar, y la perspectiva de todas aquellas máquinas que me esperaban girando eliminó en mí sin remedio aquellas veleidades laborales.

Me coloqué ante la gran cristalera del generador eléctrico, gigante multiforme que bramaba al absorber y repeler no sabía yo de dónde, no sabía yo qué, por mil tubos relucientes, intrincados y viciosos como lianas. Una mañana que estaba así, contemplando boquiabierto, pasó por casualidad el ruso del taxi. «Chico -me dijo-, ¡ya te puedes despedir!... Hace tres semanas que no vienes... Ya te han substituido por una máquina... Y eso que te había avisado...»

«Así -me dije entonces-, al menos se acabó... Ya no tengo que volver...» Y salí de vuelta para la ciudad. Al llegar, volví a pasar por el consulado, para preguntar si habían oído hablar por casualidad de un francés llamado Robinson.

«¡Pues claro! ¡Claro que sí! -me respondieron los cónsules-. Incluso vino a vernos dos veces y aún tenía documentación falsa. Por cierto, ¡que la policía lo busca! ¿Lo conoce usted?...» No insistí.

Desde entonces me esperaba encontrarlo a cada momento, al Robinson. Sentía que estaba al caer. Molly seguía tan tierna y cariñosa. Más cariñosa incluso que antes estaba, desde que se había convencido de que yo quería irme definitivamente. De nada servía que fuera cariñosa conmigo.

Molly y yo recorríamos con frecuencia los alrededores de la ciudad, las tardes que ella libraba. Colinitas peladas, bosquecillos de abedules en torno a lagos minúsculos, gente, aquí y allá, leyendo revistas insulsas bajo el pesado cielo de nubes plomizas. Evitábamos, Molly y yo, las confidencias complicadas. Además, ella ya sabía a qué atenerse. Era demasiado sincera como para tener demasiadas cosas que decir sobre una pena. Lo que ocurría dentro le bastaba, en su corazón. Nos besábamos. Pero yo no la besaba bien, como debería haberlo hecho, de rodillas, en realidad. Siempre pensaba en otra cosa a la vez, en no perder tiempo ni ternura, como si quisiera guardar todo para algo, no sé qué, magnífico, sublime, para más adelante, pero no para Molly, no para aquello. Como si la vida fuera a llevarse, a ocultarme, lo que yo quería saber de ella, de la vida en el fondo de las tinieblas, mientras perdiese fervor abrazado a Molly, y entonces ya no fuera a quedar bastante, fuese a haber perdido todo, a fin de cuentas, por falta de fuerza, la vida fuera a haberme engañado como a todos los demás, la Vida, la auténtica querida de los hombres de verdad.

Volvíamos hacia la muchedumbre y después yo la dejaba delante de su casa, porque por la noche estaba ocupada con la clientela hasta la madrugada. Mientras se encargaba de sus clientes, yo sentía pena, de todos modos, y aquella pena me hablaba de ella tan bien, que la sentía aún más cerca de mí que en la realidad. Entraba en un cine para pasar el rato. A la salida del cine, montaba a un tranvía, aquí y allá, y deambulaba en la noche. Después de dar las dos, subían los viajeros tímidos de una clase que no se encuentra ni antes ni después de esa hora, tan pálidos siempre y somnolientos, en grupos dóciles, hasta los suburbios.

Con ellos se llegaba lejos. Mucho más lejos que las fábricas, hacia colonias imprecisas, callejuelas de casas indistintas. Sobre el pavimento resbaladizo por las finas lluvias del amanecer, el día brillaba con tonos azules. Mis compañeros del tranvía desaparecían al mismo tiempo que sus sombras. Cerraban los ojos con el día. Costaba trabajo hacerles hablar, a aquellos taciturnos. Demasiada fatiga. No se quejaban, no, ellos eran quienes limpiaban durante la noche tiendas y más tiendas y las oficinas de toda la ciudad, después del cierre. Parecían menos inquietos que nosotros, los de la jornada diurna. Tal vez porque habían llegado, ellos, al nivel más bajo de los hombres y las cosas.

Una de aquellas noches, cuando habíamos llegado al final del trayecto y estábamos apeándonos en silencio, me pareció que me llamaban por mi nombre: «¡Ferdinand! ¡Eh, Ferdinand!» Fue como un escándalo, por fuerza, en aquella penumbra. No me gustó nada. Por encima de los tejados, el cielo empezaba a aparecer de nuevo en pequeños claros muy fríos, recortados por los aleros. Ya lo creo que me llamaban. Al volverme, lo reconocí al instante, a Leon. Se me acercó susurrando y entonces nos pusimos a hablar.

También él volvía de limpiar una oficina como los otros. Era lo único que había encontrado para ir tirando. Caminaba con mucha calma, con cierta majestad auténtica, como si acabara de realizar acciones peligrosas y, por así decir, sagradas en la ciudad. Por cierto, que ésa era la actitud que adoptaban todos aquellos limpiadores nocturnos, ya lo había notado yo. En la fatiga y la soledad se manifiesta lo divino en los hombres. Lo manifestaba con ganas en los ojos, también él, cuando los abría mucho más de lo habitual, en la penumbra azulada en que nos encontrábamos. También él había limpiado ya filas y filas, sin fin, de lavabos y había dejado relucientes auténticas montañas de pisos y más pisos de silencio.

Añadió: «¡Te he reconocido en seguida, Ferdinand! Por tu forma de subir al tranvía... Figúrate, sólo de ver que te has puesto triste al descubrir que no había ninguna mujer.

¿Eh? ¿A que es propio de ti?» Era verdad que era propio de mí. Estaba visto, tenía el alma hecha una braga. No había, pues, motivo para que me sorprendiera aquella observación correcta. Pero lo que me sorprendió más bien fue que tampoco él hubiese triunfado en América. No era lo que había yo previsto.

Le hablé de la faena de la galera en San Tapeta. Pero no comprendía lo que quería decir. «¡Tienes fiebre!», se limitó a responderme. En un carguero había llegado él. Con gusto habría intentado colocarse en la Ford, pero no se había atrevido por sus papeles, demasiado falsos para enseñarlos. «Tan sólo sirven para llevarlos en el bolsillo», comentaba. Para los equipos de limpieza, no eran demasiado exigentes respecto al estado civil. Tampoco pagaban demasiado, pero hacían la vista gorda. Era una especie de legión extranjera de la noche.

«Y tú, ¿qué haces? -me preguntó entonces-. ¿Sigues chiflado, entonces? ¿Aún no te has cansado de estas historias? ¿Aún sigues queriendo viajar?»

«Quiero volver a Francia -fui y le dije-. Ya he visto bastante, tienes razón, ya vale...»

«Mejor será -me respondió-, porque para nosotros no hay nada que arrascar... Hemos envejecido sin enterarnos, ya sé yo lo que es eso... A mí también me gustaría volver, pero sigo con el problema de los papeles... Voy a esperar un poco para conseguirme unos buenos... No se puede decir que sea malo nuestro currelo. Los hay peores. Pero no aprendo el inglés... Hay gente que lleva treinta años en la limpieza y sólo ha aprendido en total *Exit,* porque está escrito en las puertas que limpiamos, y además *Lavatory.*

¿Comprendes?»

Comprendía. Si alguna vez hubiera llegado a faltarme Molly, me habría visto obligado a coger también aquel currelo nocturno.

No hay razón para que la cosa acabe.

En una palabra, mientras estás en la guerra, dices que será mejor con la paz y después te tragas esa esperanza, como si fuera un caramelo, y luego resulta que es mierda pura. No te atreves a decirlo al principio para no fastidiar a nadie. Te muestras amable, en una palabra. Y después un buen día acabas descubriendo el pastel delante de todo el mundo. Estás hasta los huevos de revolverte en la mierda. Pero de repente pareces muy mal educado a todo el mundo. Y se acabó.

En dos o tres ocasiones después de aquélla, nos citamos, Robinson y yo. Tenía muy mala pinta. Un desertor francés que fabricaba licores ilegales para los tunelas de Detroit le había cedido un rinconcito en su *business*. Eso lo tentaba, a Robinson. «Yo también haría un poco de "priva" para esos cerdos -me confiaba-, pero es que ya no tengo cojones... Siento que en cuanto el primer guri me dé para el pelo, me rajo... He visto demasiado... Y, además, tengo sueño todo el tiempo... Por fuerza: dormir de día no es dormir... Y eso sin contar el polvo de las oficinas que te llena los pulmones... ¿Te das cuenta?... Acaba con cualquiera...»

Nos citamos para otra noche. Fui a reunirme con Molly y le conté todo. Para ocultarme la pena que le causaba, hizo muchos esfuerzos, pero no era difícil ver, de todos modos, que sufría. Ahora la besaba yo más a menudo, pero la suya era una pena profunda, más auténtica que la nuestra, porque nosotros más bien tenemos la costumbre de exagerarla. Las americanas, al contrario. No nos atrevemos a comprender, a admitirla. Es un poco humillante, pero, aun así, es pena sin duda, no es orgullo, no son celos tampoco, ni escenas, sólo la pena de verdad del corazón y no nos queda más remedio que reconocer que todo eso no existe en nuestro interior, que para el placer de sentir pena estamos secos. Nos da vergüenza no ser más ricos de corazón y de todo y también haber juzgado, de todos modos, a la humanidad más vil de lo que en el fondo es.

De vez en cuando, cedía a la tentación, Molly, de hacerme un pequeño reproche, pero siempre en términos mesurados, muy amables.

«Eres muy cariñoso, Ferdinand -me decía-, y sé que haces esfuerzos para no volverte tan malvado como los demás, sólo que no sé si sabes bien lo que deseas en el fondo...

¡Piénsalo bien! Por fuerza tendrás que buscarte el sustento allá, Ferdinand... Y, además, no vas a poder pasearte como aquí soñando despierto noche tras noche... Como tanto te gusta hacer... Mientras yo trabajo... ¿Has pensado en eso, Ferdinand?»

En un sentido tenía mil veces razón, pero cada cual con su naturaleza. Yo tenía miedo a herirla. Sobre todo porque era fácil de herir.

«Te aseguro que te quiero, Molly, y te querré siempre... como puedo... a mi modo.» Mi modo no era demasiado. Y, sin embargo, estaba buena, Molly, muy apetitosa.

Pero yo sentía también aquella estúpida inclinación por los fantasmas. Tal vez no fuera del todo culpa mía. La vida te obliga a quedarte demasiado tiempo con los fantasmas.

«Eres muy afectuoso, Ferdinand -me tranquilizaba ella-, no llores por mí... Estás como enfermo por tu deseo de saber siempre más... Eso es todo... En fin, debe de ser ése tu camino... Por ahí, solo... El viajero solitario es el que llega más lejos... ¿Vas a marcharte pronto, entonces?»

«Sí, voy a acabar mis estudios en Francia y después volveré», le aseguré con mucho rostro.

«No, Ferdinand, no volverás... Y, además, yo ya no estaré aquí tampoco...» No se dejaba engañar.

Llegó el momento de la marcha. Fuimos una tarde hacia la estación un poco antes de la hora en que ella entraba a trabajar. Antes yo había ido a despedirme de Robinson. Tampoco él estaba contento de que lo dejara. Me pasaba la vida abandonando a todo el mundo. En el andén de la estación, mientras Molly y yo esperábamos el tren, pasaron hombres que fingieron no reconocerla, pero murmuraban.

«Ya estás lejos, Ferdinand. Haces exactamente lo que deseas hacer, ¿no, Ferdinand?

Eso es lo importante... Lo único que cuenta...»

Entró el tren en la estación. Yo ya no estaba demasiado seguro de mi aventura, cuando vi la máquina. Besé a Molly con todo el valor que me quedaba en el cuerpo. Me daba pena, pena de verdad, por una vez, todo el mundo, ella, todos los hombres.

Tal vez sea eso lo que busquemos a lo largo de la vida, nada más que eso, la mayor pena posible para llegar a ser uno mismo antes de morir.

Años pasaron desde aquella marcha y más años... Escribí con frecuencia a Detroit y después a todas las direcciones que recordaba y donde podían conocerla, a Molly, saber de su vida. Nunca recibí respuesta.

Ahora la casa está cerrada. Eso es lo único que he sabido. Buena, admirable Molly, si aún puede leerme, desde un lugar que no conozco, quiero que sepa sin duda que yo no he cambiado para ella, que sigo amándola y siempre la amaré a mi modo, que puede venir aquí, cuando quiera compartir mi pan y mi furtivo destino. Si ya no es bella, ¡mala suerte! ¡Nos arreglaremos! He guardado tanta belleza de ella en mí, tan viva, tan cálida, que aún me queda para los dos y para por lo menos veinte años aún, el tiempo de llegar al fin.

Para dejarla, necesité, desde luego, mucha locura y un carácter chungo y frío. Aun así, he defendido mi alma hasta ahora y Molly me regaló tanto cariño y ensueño en aquellos meses de América, que, si viniera mañana la muerte a buscarme, nunca llegaría a estar, estoy seguro, tan frío, ruin y grosero como los otros.

* * *

¡No acaba todo con haber regresado del Otro Mundo! Te vuelves a encontrar con el hilo de los días tirado por ahí, pringoso, precario. Te espera.

Anduve aún semanas y meses por los alrededores de la Place Clichy, de donde había salido, y por las cercanías también, haciendo trabajillos para vivir, por Batignolles.

¡Mejor no contarlo! Bajo la lluvia o en el calor de los autos, en pleno junio, un calor que te quema la garganta y el interior de la nariz, casi como en la Ford. Miraba para distraerme pasar y pasar, a la gente, camino del teatro o del Bois, al atardecer.

Siempre más o menos solo durante las horas libres, pasaba el rato con libros y periódicos y también con todas las cosas que había visto. Reanudados los estudios, fui pasando los exámenes a trancas y barrancas, al tiempo que me ganaba las habichuelas. Está bien defendida la Ciencia, os lo aseguro; la Facultad es un armario bien cerrado. Muchos tarros y poca confitura. De todos modos, cuando hube terminado mis cinco o seis años de tribulaciones académicas, obtuve mi título, muy rimbombante. Entonces me apalanqué en los suburbios, como correspondía a mi estilo, en La Garenne-Rancy, ahí, a la salida de París, justo después de la Porte Brancion.

Yo no tenía pretensiones ni ambición tampoco, sólo el deseo de respirar un poco y de jalar algo mejor. Tras poner la placa en la puerta, esperé.

La gente del barrio vino, recelosa, a contemplar mi placa. Fueron incluso a preguntar en la comisaría de policía si era yo médico de verdad. Sí, les respondieron. Tiene el título, lo es. Entonces se repitió por todo Rancy que acababa de instalarse un médico de verdad, además de los otros. «¡Se va a morir de hambre! -predijo en seguida mi portera-.

¡Ya hay pero que demasiados médicos por aquí!» Y era una observación exacta.

En los suburbios, la vida llega, por la mañana, sobre todo en los tranvías. Pasaban a montones con multitudes de atontolinados bamboleantes, desde el amanecer, por el Boulevard Minotaure, que bajaban hacia el currelo.

Los jóvenes parecían incluso contentos de ir al currelo. Aceleraban el tráfico, se aferraban a los estribos, los monines, cachondeándose. Hay que ver. Pero, cuando hace veinte años que conoces la cabina telefónica de la tasca, por ejemplo, tan sucia, que siempre la confundes con el retrete, se te quitan las ganas de bromear con las cosas serias y con Rancy, en particular. Entonces comprendes dónde te han metido. Las casas te obsesionan, impregnadas todas de orines y con fachadas tétricas; su corazón es del propietario. A ése no lo ves nunca. No se atrevería a aparecer. Envía a su administrador, el muy cabrón. Sin embargo, en el barrio dicen que se muestra muy amable, el casero, cuando se lo encuentran. Eso no compromete a nada.

La luz del cielo en Rancy es la misma que en Detroit, jugo de humo que empapa la llanura desde Levallois. Un desecho de casas destartaladas y sostenidas en el suelo por montañas de basura negra.

Las chimeneas, altas y bajas, se parecen de lejos a los postes hundidos en el cieno a la orilla del mar. Ahí dentro estamos nosotros.

Hay que tener el valor de los cangrejos también, en Rancy, sobre todo cuando te vas haciendo mayor y estás seguro de que no volverás a salir de allí. Junto a la última parada del tranvía, ahí queda el puente pringoso que se lanza por encima del Sena, enorme cloaca al desnudo. A lo largo de las orillas, los domingos y por las noches la gente trepa a los ribazos para hacer pipí. A los hombres eso los pone meditabundos, sentirse ante el agua que pasa. Orinan con un sentimiento de eternidad, como marinos. Las mujeres, ésas no meditan nunca. Con Sena o sin Sena. Por la mañana, el tranvía lleva, pues, a su multitud a apretujarse en el metro. Parece, al verlos escapar a todos en esa dirección, como si les hubiese ocurrido una catástrofe hacia Argenteuil, como si ardiera su tierra. Después de cada aurora, vuelve a darles, se aferran por racimos a las portezuelas, a las barandillas. Gran desbarajuste. Y, sin embargo, lo que van a buscar a París es un patrón, el que te salva de cascar de hambre, tienen un miedo cerval a perderlo, los muy cobardes. Ahora bien, te la hace transpirar, su pitanza, el patrón. Apestas durante diez años, veinte años y más. No es de balde.

Ya en el tranvía, para hacer boca, unas broncas que para qué. Las mujeres son aún más protestonas que los mocosos. Por colarse sin pagar, serían capaces de paralizar toda la línea. Es cierto que algunas de las pasajeras van ya borrachas, sobre todo las que bajan al mercado hacia Saint-Ouen, las de «quiero y no puedo». «¿A cuánto van las zanahorias?», van y preguntan mucho antes de llegar para hacer ver que tienen con qué.

Comprimidos como basuras en la caja de hierro, atravesamos todo Rancy y con un olor que echa para atrás, sobre todo en verano. En las fortificaciones, se amenazan, se insultan una última vez y después se pierden de vista, el metro se traga a todos y todo, trajes empapados, vestidos arrugados, medias de seda, metritis y pies sucios como calcetines, cuellos indesgastables y rígidos como vencimientos, abortos en curso, héroes de guerra, todo eso baja chorreando por la escalera con olor a alquitrán y ácido fénico y hasta la obscuridad, con el billete de vuelta, que cuesta, él solo, tanto como dos barritas de pan.

La lenta angustia del despido sin explicaciones (con un simple certificado) siempre acechando a los que llegan tarde, cuando el patrón quiera reducir sus gastos generales. Recuerdos de la «crisis» a flor de piel, de la última vez en el desempleo, de todos los periódicos con anuncios que se hubo de leer, cinco reales, cinco reales... de las esperas para buscar currelo. Esos recuerdos bastan para estrangular a un hombre, por muy abrigado que vaya en su gabán «para todas las estaciones».

La ciudad oculta como puede sus muchedumbres de pies sucios en sus largas cloacas eléctricas. No volverán a la superficie hasta el domingo. Entonces, cuando estén fuera, más valdrá quedarse en casa. Un solo domingo viéndolas distraerse bastaría para quitarte para siempre las ganas de broma. En torno al metro, cerca de los bastiones, cruje, endémico, el olor de las guerras que colean, de los tufos de aldeas a medio quemar, a medio cocer, de las revoluciones que abortan, de los comercios en quiebra. Los traperos de la zona llevan siglos quemando los mismos montoncitos húmedos en las zanjas al abrigo del viento. Son unos bárbaros maletas, esos traperos, presa de la priva y la fatiga. Van a toser al dispensario contiguo, en lugar de tirar los tranvías por los taludes e ir a echar una buena meada en la oficina de arbitrios. Ya no hay cojones. Digan lo que digan. Cuando vuelva la guerra, la próxima, volverán a hacer fortuna vendiendo pieles de ratas, cocaína, máscaras de chapa ondulada.

Yo había encontrado, para ejercer la profesión, un pisito cerca de las chabolas, desde donde veía bien los taludes y al obrero que siempre está en lo alto, mirando al vacío, con el brazo en cabestrillo, herido en accidente laboral, que ya no sabe qué hacer ni en qué pensar y que no tiene bastante para ir a beber y llenarse la conciencia.

Molly tenía más razón que una santa, empezaba yo a comprenderla. Los estudios te cambian, te infunden orgullo. Hay que pasar sin falta por ellos para entrar en el fondo de la vida. Antes, lo único que haces es dar vueltas en torno a ella. Te consideras hombre libre, pero tropiezas con naderías. Sueñas demasiado. Patinas con todas las palabras. No es eso, no es eso. Sólo son intenciones, apariencias. El decidido necesita otra cosa. Con la medicina, yo, no demasiado capaz, me había aproximado bastante, de todos modos, a los hombres, a los animales, a todo. Ahora lo único que había que hacer era lanzarse sin dudar al montón. La muerte corre tras ti, tienes que darte prisa y comer también, mientras buscas, y, encima, esquivar la guerra. La tira de cosas que realizar. No es fácil.

Entretanto, pacientes no eran muchos precisamente los que acudían. Hace falta tiempo para arrancar, me decían para tranquilizarme. El enfermo, por el momento, era sobre todo yo.

No hay nada más lamentable que La Garenne-Rancy, me parecía, cuando no tienes clientes. La pura verdad. Valdría más no pensar en esos lugares, ¡y yo que había ido precisamente para pensar tranquilo y desde el otro extremo de la Tierra! Estaba guapo.

¡Pobre orgulloso! Se me cayó el mundo encima, pesado y negro... No era como para echarse a reír y, además, no había modo de quitármelo de encima. Menudo tirano es el cerebro, no hay otro igual.

En la planta baja de mi casa vivía Bézin, el modesto chamarilero que me decía siempre, cuando me detenía ante su tienda: «¡Hay que elegir, doctor! ¡Apostar en las carreras o tomar el aperitivo! ¡Una cosa u otra!... ¡Todo no se puede hacer!... ¡Yo el aperitivo es lo que prefiero! No me gusta el juego...»

El aperitivo que prefería era el de «genciana-casis». No era mal tipo, por lo general, pero, después de darle a la priva, un poco atravesado... Cuando iba a abastecerse al Mercado de las Pulgas, se pasaba tres días sin volver a casa, en «expedición», como él decía. Lo volvían a traer. Entonces profetizaba:

«El porvenir ya veo yo cómo va a ser... Como una orgía interminable va a ser... Y con cine dentro... Basta con ver cómo es ya...»

Veía más lejos incluso en esos casos: «Veo también que habrán dejado de beber... Soy el último, yo, que bebe en el porvenir... Tengo que darme prisa... Conozco mi vicio...»

Todo el mundo tosía en mi calle. Eso mantiene ocupada a la gente. Para ver el sol, hay que subir por lo menos hasta el Sacré-Coeur, por culpa de los humos.

Desde allí sí que hay una vista magnífica; te dabas cuenta de que allá, en el fondo de la llanura, estábamos nosotros y las casas donde vivíamos. Pero, cuando las buscabas con detalle, no las encontrabas, ni siquiera la tuya, de tan feo que era, tan feo y tan parecido, todo lo que veías.

Más al fondo aún, el Sena, que no deja de circular, como un gran moco en zigzag de un puente a otro.

Cuando vives en Rancy, ya ni siquiera te das cuenta de que te has vuelto triste. Ya no te quedan ganas de hacer gran cosa y se acabó. A fuerza de hacer economías en todo, por todo, se te han pasado todos los deseos.

Durante meses, pedí dinero prestado aquí y allá. La gente era tan pobre y desconfiada en mi barrio, que había de ser de noche para que se decidieran a llamarme, a mí, pese a ser médico barato. Pasé así noches y más noches buscando diez francos o quince francos por los patinillos sin luna.

Por la mañana, la calle se volvía como un gran tambor de alfombras sacudidas.

Aquella mañana, me encontré a Bébert en la acera, estaba guardando la portería de su tía, que había salido a hacer la compra. También él levantaba una nube de la acera con una escoba, Bébert.

Quien no levantara polvo por aquellos andurriales, hacia las siete de la mañana, sería un guarro de tomo y lomo para los de su propia calle. Alfombras sacudidas, señal de limpieza, casa decente. Con eso basta. Ya te puede apestar la boca, que, después de eso, estás tranquilo. Bébert se tragaba todo el polvo que levantaba y también el que le enviaban desde los pisos. Sin embargo, llegaban hasta los adoquines algunas manchas de sol, pero como en el interior de una iglesia, pálidas y tamizadas, místicas.

Bébert me había visto llegar. Yo era el médico de la esquina, donde para el autobús. Piel demasiado verdusca, manzana que nunca maduraría, Bébert. Se rascaba y de verlo me daban ganas a mí también, de rascarme. Es que también yo tenía pulgas, cierto es, que me pegaban los enfermos por las noches. Te saltan con gusto al abrigo, porque es el lugar más caliente y húmedo que se presenta. Eso te lo enseñan en la Facultad.

Bébert abandonó su alfombra para darme los buenos días. Desde todas las ventanas nos miraban hablar.

Mientras haya que amar a alguien, se corre menos riesgo con los niños que con los hombres, tienes al menos la excusa de esperar que sean menos cabrones que nosotros más adelante. Qué poco sabíamos.

Por su cara lívida bailaba aquella infinita sonrisa de afecto puro que nunca he podido olvidar. Una alegría para el universo.

Pocos seres, pasados los veinte años, conservan aún un poquito de ese afecto fácil, el de los animales. ¡El mundo no es lo que creíamos! ¡Y se acabó! Conque, ¡hemos cambiado de jeta! ¡Y menudo cambio! ¡Por habernos equivocado! ¡Perfectos cabrones nos volvemos en un dos por tres! ¡Eso es lo que nos queda en la cara pasados los veinte años! ¡Un error! Nuestra cara es un puro error.

«¡Eh -va y me dice Bébert-, doctor! ¿A que han recogido a uno en la Place des Fétes esta noche? ¿A que le habían cortado el cuello con una navaja? Era usted el que estaba de servicio, ¿verdad?»

«No, no estaba yo de servicio, Bébert, yo no, era el doctor Frolichon...»

«¡Qué pena! Porque mi tía ha dicho que le habría gustado que hubiera sido usted...
Que se lo habría contado todo...»

«Habrá que esperar a la próxima vez, Bébert.»

«Pasa mucho, ¿eh?, eso de que maten a gente por aquí», comentó también Bébert.

Atravesé su polvo, pero en aquel preciso instante pasaba la máquina barredora municipal, zumbando, y un gran tifón saltó del arroyo y colmó toda la calle de más nubes aún, más densas, de color pimienta. Ya no nos veíamos. Bébert saltaba de derecha a izquierda, estornudando y gritando, contento. Su cara ojerosa, sus cabellos pringosos, sus piernas de mono tísico, todo eso bailaba, convulsivo, en la punta de la escoba.

La tía de Bébert volvía de la compra, ya había pimplado lo suyo, también hemos de decir que aspiraba un poco el éter, hábito contraído cuando servía en casa de un médico y había sufrido mucho con las muelas del juicio. Ya sólo le quedaban dos de los dientes delanteros, pero siempre se los lavaba sin falta. «Cuando, como yo, se ha servido en casa de un médico, se sabe lo que es la higiene.» Daba consultas médicas por el vecindario e incluso bastante lejos, hasta Bezons.

Me habría gustado saber si alguna vez pensaba en algo, la tía de Bébert. No, no pensaba en nada. Hablaba sin parar y sin pensar nunca. Cuando estábamos a solas, sin indiscretos alrededor, me hacía una consulta de balde. Era halagador, en cierto sentido.

«Mire, doctor, tengo que decírselo, ya que es usted médico, ¡Bébert es un cochino!... "Se toca" Me di cuenta hace dos meses y me gustaría saber quién ha podido enseñarle esas guarrerías... ¡Y eso que lo he educado bien! Se lo prohibo... Pero vuelve a empezar...»

«Dígale que se volverá loco», le aconsejé, clásico. Bébert, que nos estaba escuchando, no estaba de acuerdo.

«No me toco, no es verdad, fue ese chavea, el de los Gagat, quien me propuso...»

«¿Ve usted? Ya sospechaba yo -dijo la tía-. Los Gagat, ya sabe usted quiénes digo, los del quinto... Son todos unos viciosos. Al abuelo parece ser que le iba la marcha...
¿Eh? ¡Fíjese usted!... Oiga, doctor, ya que estamos, ¿no podría recetarle un jarabe para que no se toque?...»

La seguí hasta la portería para prescribir un jarabe antivicio para el chavalín Bébert. Yo era demasiado complaciente con todo el mundo y lo sabía de sobra. Nadie me pagaba. Visitaba de balde, sobre todo por curiosidad. Es un error. La gente se venga de los favores que le haces. La tía de Bébert aprovechó, como los demás, mi desinterés orgulloso. Abusó incluso más que la hostia. Yo me hacía el tonto, les dejaba mentirme. Les seguía la corriente. Me tenían en sus manos, lloriqueaban, los enfermos, cada día más, me tenían a su merced. Al mismo tiempo, me mostraban, bajeza tras bajeza, todo lo que disimulaban en la trastienda de su alma y que no enseñaban a nadie, salvo a mí. No hay dinero para pagar esos horrores. Se te cuelan entre los dedos como serpientes viscosas.

Un día lo contaré todo, si llego a vivir bastante.

«¡Mirad, asquerosos! Dejadme ser amable algunos años más aún. No me matéis todavía. Dejadme parecer servil y desgraciado, lo contaré todo. Os lo aseguro y entonces os doblaréis de golpe, como las orugas babosas que en África venían a cagarse en mi choza, y os volveré más sutilmente cobardes e inmundos aún, tanto, pero es que tanto, que tal vez la diñéis, por fin».

«¿Es dulce?», preguntaba Bébert a propósito del jarabe.

«Sobre todo, no se lo recete dulce -recomendó la tíia este pillo... No merece que sea dulce y, además, ¡bastante azúcar me roba ya! Tiene todos los vicios, ¡una cara muy dura! ¡Acabará asesinando a su madre!»

«Pero, ¡si no tengo madre!», replicó, rotundo, Bébert, siempre tan campante.

«¡Me cago en la leche! -dijo entonces la tía-. Como me contestes, te voy a dar una tunda, ¡que vas a saber tú lo que es bueno!» Y fue y se dirigió hacia él, pero Bébert había salido ya corriendo hacia la calle. «¡Viciosa!», le gritó en pleno corredor. La tía se puso colorada como un tomate y volvió hacia mí. Cambiamos de conversación.

«Tal vez debiera usted, doctor, ir a ver a los del entresuelo del 4 de la Rué des Mineures... Es un antiguo empleado de notaría, le han hablado de usted... Yo le he dicho que era el médico más amable con los enfermos que conozco.»

Al instante supe que me estaba mintiendo, la tía. Su médico preferido era Frolichon. Era el que recomendaba siempre, cuando podía; a mí, al contrario, me ponía verde en todo momento. Mi humanitarismo provocaba en ella un odio animal. Era un bicho, no hay que olvidarlo. Sólo, que Frolichon, a quien ella admiraba, le hacía pagar al contado, conque iba y me consultaba de balde. Para que me hubiera recomendado, tenía que ser, pues, otra consulta gratuita o, si no, un asunto muy sucio. Al marcharme, pensé, de todos modos, en Bébert.

«Hay que sacarlo -le dije-, no sale bastante ese niño...»

«¿Adonde quiere que vayamos? Con la portería no puedo ir demasiado lejos...»

«Llévelo por lo menos al parque, los domingos...»

«Pero si hay más gente y polvo que aquí, en el parque... Parecemos sardinas en lata.» Su observación era pertinente. Busqué otro lugar que aconsejarle.

Tímidamente, le propuse el cementerio.

El cementerio de La Garenne-Rancy es el único espacio un poco arbolado y de cierta extensión por esa zona.

«¡Hombre, es verdad! No se me había ocurrido. ¡Podríamos ir allí!» Justo entonces volvía Bébert.

«¿Y a ti, Bébert? ¿Te gustaría ir de paseo al cementerio? Tengo que preguntárselo, doctor, porque para los paseos también es terco como una mula, ¡se lo aseguro!...»

Precisamente Bébert carecía de opinión. Pero la idea gustó a la tía y eso bastaba. Sentía debilidad por los cementerios, la tía, como todos los parisinos. Parecía como si, a propósito de eso, se fuera a poner por fin a pensar. Examinaba los pros y los contras. Las fortificaciones están llenas de golfos... En el parque hay demasiado polvo, eso desde luego... Mientras que en el cementerio, es verdad, no se está mal... Y, además, la que allí va los domingos es gente bastante decente y que sabe comportarse... Y, además, lo que es muy cómodo es que se puede hacer la compra de vuelta por el Boulevard de la Liberté, donde aún hay tiendas abiertas los domingos.

Y concluyó: «Bébert, lleva al doctor a casa de la señora Henrouille, Rué des Mineures... ¿Sabes dónde vive, eh, Bébert, la señora Henrouille?»

Bébert sabía dónde estaba todo, con tal de que fuera oportunidad para dar un garbeo.

* * *

Entre la Rué Ventru y la Place Lénine ya casi todas eran casas de alquiler. Los constructores habían cogido casi todo el campo que aún había allí, Les Garennes, como lo llamaban. Ya sólo quedaba un poquito, hacia el final, algunos solares, después del último farol de gas.

Encajonados entre los edificios, enmohecían así algunos hotelitos resistentes, cuatro habitaciones con una gran estufa en el pasillo de abajo; apenas encendían el fuego, cierto es, por economizar. Humea con la humedad. Eran hotelitos de rentistas, los que quedaban. En cuanto entrabas, tosías con el humo. No eran rentistas ricos los que habían quedado por allí, no, sobre todo los Henrouille, donde me habían enviado. Pero, aun así, eran gente que poseía alguna cosilla.

Al entrar, olía de lo lindo, en casa de los Henrouille, además del humo, el retrete y el guiso. Acababan de pagar su hotelito. Eso representaba sus cincuenta buenos años de economías. En cuanto entrabas en su casa y los veías, te preguntabas qué les pasaba, a los dos. Bueno, pues, lo que les pasaba, a los Henrouille, lo que en ellos parecía natural, era que nunca habían gastado, durante cincuenta años, un solo céntimo, ninguno de los dos, sin haberlo lamentado. Con su carne y su espíritu habían adquirido su casa, como el caracol. Pero el caracol lo hace sin darse cuenta.

Los Henrouille, en cambio, no salían de su asombro por haber pasado por la vida nada más que para tener una casa e, igual que las personas a las que acaban de sacar de un encierro entre cuatro paredes, les resultaba extraño. Debe de poner una cara muy rara la gente, cuando la sacan de una mazmorra.

Desde antes de casarse, ya pensaban, los Henrouille, en comprarse una casa. Por separado, primero, y, después, juntos. Se habían negado a pensar en otra cosa durante medio siglo y, cuando la vida los había obligado a pensar en otra cosa, en la guerra, por ejemplo, y sobre todo en su hijo, se habían puesto enfermos a morir.

Cuando se habían instalado en su hotelito, recién casados, con sus diez años ya de ahorros cada uno, no estaba acabado del todo. Estaba situado aún en medio del campo, el hotelito. Para llegar hasta él, en invierno, había que coger los zuecos; los dejaban en la frutería de la esquina de la Révolte, al ir, por la mañana, al currelo, a las seis, en la parada del tranvía tirado por caballos, para París, a tres kilómetros de allí, por veinte céntimos.

Hace falta buena salud para perseverar toda una vida en régimen semejante. Su retrato estaba encima de la cama, en el primer piso, sacado el día de la boda. También estaban pagados la alcoba y los muebles y desde hacía mucho incluso. Por cierto, que todas las facturas pagadas desde hace diez, veinte, cuarenta años estaban guardadas juntas y grapadas en el cajón de arriba de la cómoda y el libro de cuentas, totalmente al día, estaba abajo, en el comedor, donde nunca se comía. Henrouille te lo podía enseñar todo aquello, si lo deseabas. El sábado era él quien se encargaba de hacer el balance de cuentas en el comedor. Ellos siempre habían comido en la cocina.

Fui enterándome de todo aquello, poco a poco, por ellos y por otros y también por la tía de Bébert. Cuando los conocí mejor, me contaron ellos mismos su terror, el de toda su vida, el de que su hijo único, lanzado al comercio, hiciera malos negocios. Durante treinta años los había hecho despertarse casi cada noche, poco o mucho, ese siniestro pensamiento. ¡Una tienda de plumas, tenía el chico! ¡Imaginaos si ha habido crisis en el ramo de las plumas desde hace treinta años! Tal vez no haya habido un negocio peor que el de la pluma, más inseguro.

Hay negocios tan malos, que ni siquiera se le ocurre a uno pedir dinero prestado para sacarlos a flote, pero hay otros que siempre andan con préstamos a vueltas. Cuando pensaban en un préstamo así, aun ahora con la casa pagada y todo, se levantaban de sus sillas, los Henrouille, y se miraban rojos como tomates. ¿Qué habrían hecho ellos en un caso así? Se habrían negado.

Habían decidido desde siempre negarse a cualquier préstamo... Por los principios, para guardarle un peculio, una herencia y una casa, a su hijo, el Patrimonio. Así razonaban. Hijo serio, desde luego, el suyo, pero en los negocios puedes verte arrastrado...

A todas las preguntas respondía yo igual que ellos.

Mi madre, también, se dedicaba al comercio; nunca nos había aportado otra cosa que miserias, su comercio, un poco de pan y muchos quebraderos de cabeza. Conque a mí no me gustaban tampoco, los negocios. El riesgo de ese hijo, el peligro de esa idea de préstamo, que habría podido, en último caso, acariciar, en caso de dificultades con un vencimiento, lo comprendía a la primera. No hacía falta explicarme. Él, Henrouille padre, había sido pasante de un notario en el Boulevard Sebastopol durante cincuenta años. Conque, ¡menudo si conocía historias de dilapidación de fortunas! Incluso me contó algunas tremendas. La de su propio padre, en primer lugar; e incluso por la quiebra de su propio padre precisamente no había podido hacer la carrera de profesor, Henrouille, después del bachillerato, y había tenido que colocarse en seguida de escribiente. Son cosas que no se olvidan.

Por fin, con la casa pagada, suya y bien suya, sin un céntimo de deudas, ¡ya no tenían que preocuparse, los dos, por la seguridad! Habían cumplido los sesenta y seis años.

Y, mira por dónde, fue él, entonces, y empezó a sentirse indispuesto o, mejor dicho, hacía mucho que la sentía, esa indisposición, pero antes no hacía caso, con lo de la casa por pagar. Una vez que ésta fue asunto liquidado y concluido, firmado y bien firmado, se puso a pensar en su dichosa indisposición. Como mareos y después pitidos de vapor en cada oído le daban.

Fue también por aquella época cuando empezó a comprar el periódico, ¡ya que en adelante podían muy bien permitirse ese lujo! Precisamente en el periódico aparecía escrito y descrito todo lo que él sentía, Henrouille, en los oídos. Conque compró el medicamento que recomendaba el anuncio, pero no había experimentado el menor cambio; al contrario: parecían habérsele intensificado los pitidos. ¿Tal vez sólo de pensarlo? De todos modos, fueron juntos a consultar al médico del dispensario. «Es la presión arterial», les dijo éste.

La frase le había impresionado. Pero, en el fondo, aquella obsesión le aparecía en momento muy oportuno. Se había quemado la sangre tanto y durante tantos años, por la casa y los vencimientos de su hijo, que había algo así como un espacio libre de repente en la trama de angustias que lo tenían acogotado desde hacía cuarenta años con los vencimientos y alimentaban su constante fervor temeroso. Ahora que el médico le había hablado de su presión arterial, la escuchaba, su tensión, latir contra la almohada, en el fondo de su oído. Se levantaba incluso para tomarse el pulso y después se quedaba muy inmóvil, junto a la cama, de noche, mucho rato, para sentir su cuerpo estremecerse con leves sacudidas, cada vez que latía su corazón. Era su muerte, se decía, todo aquello, siempre había tenido miedo a la vida, ahora vinculaba su miedo a algo, a la muerte, a su tensión, igual que lo había vinculado durante cuarenta años al peligro de no poder acabar de pagar la casa.

Seguía siendo desgraciado, igual, pero ahora tenía que apresurarse a buscar una nueva razón válida para serlo. No es tan fácil como parece. No basta con decirse: «Soy desgraciado.» Además, hay que demostrárselo, convencerse sin remedio. No pedía otra cosa él: poder encontrar para el miedo que sentía un motivo bien sólido y válido de verdad. Tenía 22 de tensión, según el médico. No es moco de pavo 22. El médico le había enseñado a encontrar el camino de su muerte.

El dichoso hijo, comerciante en plumas, casi nunca aparecía. Una o dos veces por Año Nuevo. Y se acabó. Pero ahora, ¡ya podía venir, ya, el comerciante en plumas! Ya no había nada que pedir prestado a papá y mamá. Conque ya apenas iba a verlos, el hijo. A la señora Henrouille, en cambio, tardé algún tiempo más en llegar a conocerla; ella, en cambio, no sufría de ninguna angustia, ni siquiera la de su muerte, que no era capaz de imaginar. Se quejaba sólo de su edad, pero sin pensarlo de verdad, por hacer como todo el mundo, y también de que la vida «subía». Su difícil misión estaba cumplida. La casa pagada. Para liquidar las letras más rápido, las últimas, se había puesto incluso a coser botones en chalecos para unos grandes almacenes. «Lo que hay que coser por cinco francos, ¡es que parece increíble!»

Y para ir a entregar el currelo, siempre tenía líos en el autobús; una tarde hasta le habían pegado. Una extranjera había sido, la primera extranjera, la única, a la que había hablado en su vida, para insultarla.

Las paredes del hotelito se conservaban aún bien secas en tiempos, cuando el aire circulaba alrededor, pero, ahora que las altas casas de alquiler la rodeaban, todo chorreaba humedad, hasta las cortinas, que se manchaban de moho.

Comprada la casa, la señora Henrouille se había mostrado, durante todo el mes siguiente, risueña, perfecta, encantada, como una religiosa después de la comunión. Había sido ella incluso quien había propuesto a Henrouille: «Mira, Jules, a partir de hoy vamos a comprarnos el periódico todos los días, podemos permitírnoslo...» Así mismo. Acababa de pensar en él, de mirar a su marido, y después había mirado a su alrededor y, al final, había pensado en su madre, la suegra Henrouille. Se había vuelto a poner seria, al instante, la hija, como antes de que hubieran acabado de pagar. Y así fue como volvió todo a empezar, con aquel pensamiento, porque aún había que hacer economías en relación con la madre de su marido, la vieja esa, de la que no hablaba a menudo el matrimonio, ni a nadie de fuera.

En el fondo del jardín estaba, en el cercado en que se acumulaban las escobas viejas, las jaulas viejas de gallinas y todas las sombras de los edificios de alrededor. Vivía en una planta baja de la que casi nunca salía. Y, por cierto, que sólo para pasarle la comida era el cuento de nunca acabar. No quería dejar entrar a nadie en su reducto, ni siquiera a su hijo. Tenía miedo de que la asesinaran, según decía.

Cuando se le ocurrió la idea, a la nuera, de emprender nuevas economías, habló primero con su marido, para tantearlo, para ver si no podrían ingresar, por ejemplo, a la vieja donde las hermanitas de San Vicente, religiosas que precisamente se ocupaban de esas viejas chochas en su asilo. Él no respondió ni que sí ni que no. Era otra cosa lo que lo tenía ocupado en aquel momento, los zumbidos en el oído, que no cesaban. A fuerza de pensarlo, de escucharlos, aquellos ruidos, se había dicho que le impedirían dormir, aquellos ruidos abominables. Y los escuchaba, en efecto, en lugar de dormir, silbidos, tambores, runruns... Era un nuevo suplicio. No podía quitárselo de la cabeza ni de día ni de noche. Llevaba todos los ruidos dentro.

Poco a poco, de todos modos, al cabo de unos meses así, la angustia se fue consumiendo y ya no le quedaba bastante para ocuparse sólo de ella. Conque volvió al mercado de Saint-Ouen con su mujer. Era, según decían, el más económico de los alrededores, el mercado de Saint-Ouen. Salían por la mañana para todo el día, por los cálculos y comentarios que iban a tener que cambiar sobre los precios de las cosas y las economías que acaso habrían podido hacer con esto en lugar de con lo otro... Hacia las once de la noche, en casa, volvía a darles el miedo a ser asesinados. Era un miedo regular. El menos que su mujer. Él, sobre todo, los ruidos de los oídos, a los que, hacia esa hora, cuando la calle estaba del todo silenciosa, volvía a aferrarse desesperado.

«¡Con esto no voy a poder dormir! -se repetía en voz alta para angustiarse mucho más-.

¡No te puedes hacer idea!»

Pero ella nunca había intentado entender lo que quería decir ni imaginar lo que lo atormentaba con sus problemas de oídos. «Pero, ¿me oyes bien?», iba y le preguntaba.

«Sí», le respondía él.

«Pues entonces, ¡no hay problema!... Más valdría que pensaras en lo de tu madre, que nos cuesta tan cara, y, además, que la vida sube todos los días... ¡Y es que su vivienda se ha vuelto una leonera!...»

La asistenta iba a su casa tres horas por semana para lavar, era la única visita que habían recibido durante muchos años. Ayudaba también a la señora Henrouille a hacer su cama y, para que la asistenta tuviera muchos deseos de repetirlo por el barrio, cada vez que daban la vuelta al colchón juntas desde hacía diez años, la señora Henrouille anunciaba con la voz más alta posible: «¡En esta casa nunca hay dinero!» Como indicación y precaución, así, para desanimar a los posibles ladrones y asesinos.

Antes de subir a su alcoba, juntos, cerraban con mucho cuidado todas las salidas, sin quitarse ojo mutuamente. Y después iban a echar una mirada hasta la vivienda de la suegra, al fondo del jardín, para ver si su lámpara seguía encendida. Era la señal de que aún vivía. ¡Gastaba una de petróleo! Nunca apagaba la lámpara. Tenía miedo de los asesinos, también ella, y de sus hijos al mismo tiempo. Desde que vivía allí, hacía veinte años, nunca había abierto las ventanas, ni en invierno ni en verano, y tampoco había apagado nunca la lámpara.

Su hijo le guardaba el dinero, a la madre, pequeñas rentas. El se encargaba. Le dejaban la comida delante de la puerta. Guardaban su dinero. Como Dios manda. Pero ella se quejaba de esas diversas disposiciones y no sólo de ellas, de todo se quejaba. A través de la puerta, ponía de vuelta y media a todos los que se acercaban a su cuarto.

«No es culpa mía que se haga usted vieja, abuela -intentaba parlamentar la nuera-. Tiene usted dolores como todas las personas ancianas...»

«¡Anciana lo serás tú! ¡Cacho sinvergüenza! ¡So guarra! ¡Vosotros sois los que me haréis cascar con vuestros asquerosos embustes!...»

Negaba la edad con furor, la vieja Henrouille... Y se debatía, irreconciliable, a través de su puerta, contra los azotes del mundo entero. Rechazaba como asquerosa impostura el contacto, las fatalidades y las resignaciones de la vida exterior. No quería ni oír hablar de todo aquello. «¡Son engaños! -gritaba-. ¡Y vosotros mismos los habéis inventado!»

De todo lo que sucedía fuera de su casucha se defendía atrozmente y de todas las tentaciones de acercamiento y conciliación también. Tenía la certeza de que, si abría la puerta, las fuerzas hostiles acudirían en tropel hasta dentro de su casa, se apoderarían de ella y sería el fin una vez por todas.

«Ahora son astutos -gritaba-. Tienen ojos por toda la cabeza y bocas hasta el ojo del culo y más y sólo para mentir... Así son...»

No tenía pelos en la lengua, así había aprendido a hablar en París, en el mercado de Temple, donde había sido chamarilera como su madre, de muy joven... Era de una época en que la gente humilde aún no había aprendido a escucharse envejecer.

«¡Si no quieres darme dinero, me pongo a trabajar! -gritaba a su nuera-. ¿Oyes, bribona? ¡Me pongo a trabajar!»

«Pero, ¡si ya no puede usted trabajar, abuela!»

«¿Conque no puedo, ¿eh? ¡Intenta entrar aquí y verás! ¡Te voy a enseñar si puedo o no puedo!»

Y volvían a dejarla protegida en su reducto. De todos modos, querían enseñármela a toda costa, a la vieja, para eso me habían llamado, y para que nos recibiera, ¡menudas artimañas hubo que utilizar! Pero, en fin, yo no acababa de entender del todo para qué me querían. La portera, la tía de Bébert, había sido quien les había dicho y repetido que yo era un médico muy agradable, muy amable, muy complaciente... Querían saber si podía conseguir mantenerla tranquila, a su vieja, sólo con medicamentos... Pero lo que deseaban aún más, en el fondo (y, sobre todo, la nuera), era que la mandase internar de una vez por todas, a la vieja... Después de llamar a la puerta durante una buena media hora, abrió, por fin y de repente, y me la encontré ahí, delante, con los ojos ribeteados de serosidades rosadas. Pero su mirada bailaba, muy vivaracha, de todos modos, por encima de sus mejillas flácidas y grises, una mirada que te atraía la atención y te hacía olvidar todo el resto, por el placer que te hacía sentir, a tu pesar, y que intentabas retener después por instinto, la juventud.

Aquella mirada alegre animaba todo a su alrededor, en la sombra, con un júbilo juvenil, con una animación mínima, pero pura, de la que ahora carecemos; su cascada voz, cuando vociferaba, repetía, alegre, las palabras, cuando se dignaba hablar como todo el mundo y te las hacía brincar entonces, frases y oraciones, caracolear y todo y rebotar vivas con mucha gracia, como sabía la gente hacer con la voz y las cosas de su entorno en los tiempos en que no darse maña para contar y cantar, una cosa tras otra, con habilidad, era vergonzoso, propio de bobos y enfermos.

La edad la había cubierto, como a un árbol viejo y tembloroso, de ramas alegres.

Era alegre, la vieja Henrouille, cascarrabias, cochambrosa, pero alegre. La indigencia en que vivía desde hacía más de veinte años no había dejado marca en su alma. Al contrario, se había encogido para defenderse del exterior, como si el frío, todo lo horrible y la muerte sólo debieran venir de él, no de dentro. De dentro nada parecía temer, parecía absolutamente segura de su cabeza, como de algo innegable y comprendido, de una vez por todas.

Y yo que corría tanto tras la mía y en torno del mundo, además.

«Loca» la llamaban, a la vieja; es muy fácil de decir, eso de «loca». No había salido de aquel reducto más de tres veces en doce años, ¡y se acabó! Tal vez tuviera sus razones... No quería perder nada... No iba a decírnoslas a nosotros, que habíamos perdido la inspiración de la vida.

La nuera volvía a su proyecto de internamiento. «¿No le parece, doctor, que está loca?... ¡Ya no hay modo de hacerla salir!... Sin embargo, ¡le sentaría bien de vez en cuando!... ¡pues claro, abuela, que le sentaría bien!... No diga que no... ¡Le sentaría bien!... Se lo aseguro.» La vieja sacudía la cabeza, cerrada, tozuda, salvaje, cuando la invitaban así...

«No quiere que se ocupen de ella... Prefiere andar ahí, arrinconada... Hace frío en su cuarto y no hay fuego... No puede ser, vamos, que siga así... ¿Verdad, doctor, que no puede ser?...»

Yo hacía como que no entendía. Henrouille, por su parte, se había quedado junto a la estufa, prefería no saber exactamente lo que andábamos tramando, su mujer, su madre y yo.,.

La vieja volvió a encolerizarse.

«Entonces, ¡devolvedme todo lo que me pertenece y me iré de aquí!... ¡Yo tengo para vivir!... ¡Y es que no volveréis a oír hablar de mí!... ¡De una vez por todas!...»

«¿Para vivir? Pero, bueno, abuela, ¡si con sus tres mil francos al año no puede vivir!.... ¡La vida ha subido desde la última vez que salió usted!... ¿Verdad, doctor, que sería mucho mejor que fuera al asilo de las hermanitas, como le decimos?... ¿Que la atenderán bien, las hermanitas?... Son muy buenas, las hermanitas...»

«¿Al asilo?... ¿Al asilo?... -se rebeló al instante-. ¡No he estado nunca en el asilo!...

¿Y por qué no a casa del cura, ya que estamos?... ¿Eh? Si no tengo bastante dinero, como decís, pues, ¡me pondré a trabajar!...»

«¿A trabajar? Pero, ¡abuela! ¿Dónde? ¡Ay, doctor! Mire usted qué idea: ¡trabajar! ¡A su edad! ¡Cuando va a cumplir los ochenta años! ¡Es una locura, doctor! ¿Quién iba a aceptarla? Pero, abuela, ¡usted está loca!...»

«¡Loca! ¡Ni hablar! ¡En ningún sitio!... Pero tú sí que sí, ¡en algún lado!... ¡Cacho canalla!...»

«¡Escúchela, doctor, cómo delira y me insulta ahora! ¿Cómo quiere usted que sigamos teniéndola aquí?»

La vieja se volvió entonces, me plantó cara a mí, su nuevo peligro.

«¿Qué sabe ése si yo estoy loca? ¿Acaso está dentro de mi cabeza? ¿O de la vuestra?

¡Tendría que estarlo para saberlo!... Conque, ¡largaos los dos!... ¡Marchaos de mi casa!... ¡Sois peores que el invierno de seis meses para amargarme!... Más vale que vaya a ver a mi hijo, ¡en lugar de andar de cháchara por aquí! ¡Necesita mucho más que yo un médico, ése! ¡Que ya ni le quedan dientes! ¡Y eso que los tenía bien bonitos, cuando yo me ocupaba de él!... Hale, venga, ¡largo de aquí los dos!» Y nos dio con la puerta en las narices.

Seguía espiándonos aún con su lámpara, cuando nos alejábamos por el patio. Cuando lo hubimos atravesado, cuando ya estuvimos bastante lejos, volvió a echarse a reír. Se había defendido bien.

Al regreso de aquella excursión enojosa, Henrouille seguía junto a la estufa y dándonos la espalda. Sin embargo, su mujer no cesaba de acribillarme a preguntas y siempre en el mismo sentido... Tenía cara muy morena y taimada, la nuera. No separaba apenas los codos del cuerpo, cuando hablaba. No gesticulaba nada. De todos modos, estaba empeñada en que aquella visita del médico no fuera inútil, pudiese servir para algo... El coste de la vida aumentaba sin cesar... La pensión de la suegra no bastaba... Al fin y al cabo, también ellos envejecían... No podían seguir viviendo como antes, siempre con el miedo a que la vieja muriera desatendida... Provocara un incendio, por ejemplo... Entre sus pulgas y su suciedad... En lugar de ir a un asilo decente, donde se ocuparían muy bien de ella...

Como yo aparenté ser de su opinión, se volvieron aún más amables los dos... prometieron elogiarme mucho por el barrio. Si aceptaba ayudarlos... Compadecerme de ellos... Librarlos de la vieja... Tan desgraciada también ella, en las condiciones en que se empeñaba en vivir...

«Y, además, es que podríamos alquilar su vivienda», sugirió el marido, despertando de repente... Había metido la pata bien, al hablar de eso delante de mí. Su mujer le dio un pisotón por debajo de la mesa. Él no entendía por qué.

Mientras se peleaban, yo me imaginaba el billete de mil francos que podría ganarme sólo con extender el certificado de internamiento. Parecían desearlo con ganas... Seguramente la tía de Bébert les había informado en confianza sobre mí y les había contado que en todo Rancy no había un médico tan boqueras como yo... Que conseguirían de mí lo que quisiesen... ¡No iban a ofrecer a Frolichon semejante papeleta! ¡Era un virtuoso, ése!

Estaba absorto en esas reflexiones, cuando la vieja irrumpió en la habitación donde conspirábamos. Parecía que se lo oliera. ¡Qué sorpresa! Se había remangado las harapientas faldas contra el vientre y ahí estaba poniéndonos verdes de repente y a mí en particular. Había venido sólo para eso desde el fondo del patio.

«¡Granuja! -me decía a mí directamente-. ¡Ya te puedes largar! ¡Fuera de aquí, te digo! ¡No vale la pena que te quedes!... ¡No voy a ir al manicomio!... Y a donde las monjas tampoco, ¡para que te enteres!... ¡De nada te va a servir hablar y mentir!... ¡No

vas a poder conmigo, vendido!... ¡Irán ellos antes que yo, esos cabrones, que abusan de una vieja!... Y tú también, canalla, irás a la cárcel. ¡Te lo digo yo! ¡Y dentro de poco, además!»

Estaba visto, no tenía potra yo. ¡Para una vez que se podían ganar mil francos de golpe! Me fui con viento fresco.

En la calle se asomaba aún por encima del pequeño peristilo para insultarme de lejos, en plena negrura, en la que yo me había refugiado: «¡Canalla!... ¡Canalla!», gritaba. Resonaba bien. ¡Qué lluvia! Corrí de un farol a otro hasta el urinario de la Place des Fetes. Primer refugio.

* * *

En el edículo, a la altura de las piernas, me encontré a Bébert precisamente. Había entrado para protegerse también él. Me había visto correr, al salir de la casa de los Henrouille. «¿Viene usted de su casa? -me preguntó-. Ahora tendrá usted que subir al quinto de nuestra casa, a ver a la hija...» A aquella clienta, de la que me hablaba, la conocía yo bien, la de las caderas anchas... La de los hermosos muslos largos y suaves... Había un no sé qué de ternura, voluntad y gracia en sus movimientos, propio de las mujeres sexualmente equilibradas. Había venido a consultarme varias veces por el dolor de vientre que no se le iba. A los veinticinco años, con tres abortos a las espaldas, sufría de complicaciones y su familia lo llamaba anemia.

Había que ver lo sólida y bien hecha que estaba, con un gusto por los coitos como pocas mujeres tienen. Discreta en la vida, de modales y expresión razonables. Nada histérica. Pero bien dotada, bien alimentada, bien equilibrada, auténtica campeona de su clase, así mismo. Una hermosa atleta para el placer. Nada había malo en eso. Sólo a hombres casados frecuentaba. Y sólo entendidos, hombres que sabían reconocer y apreciar los hermosos logros naturales y que no consideraban buen asunto a una viciosilla cualquiera. No, su piel trigueña, su sonrisa amable, sus andares y la amplitud noblemente móvil de sus caderas le valían entusiasmos profundos, merecidos, por parte de ciertos jefes de oficina que sabían lo que querían.

Sólo, que, claro está, no podían, de todos modos, divorciarse por eso, los jefes de negociado. Al contrario, era una razón para seguir felices en su matrimonio. Conque, todas las veces, al tercer mes de estar encinta, iba, sin falta, a buscar a la comadrona. Cuando se tiene temperamento pero no un cornudo a mano, no todos los días hay diversión.

Su madre me entreabrió la puerta con precauciones de asesinato. Susurraba, la madre, pero tan fuerte, con tal intensidad, que era peor que las imprecaciones.

«¿Qué he podido hacer al cielo, doctor, para tener una hija así? Ah, por lo menos, ¡no diga nada en el barrio, doctor!... ¡Confío en usted!» No cesaba de agitar su espanto ni de correrse de gusto con lo que podrían pensar sobre el caso los vecinos y las vecinas. En trance de tontería inquieta estaba. Duran mucho esos estados.

Me iba dejando acostumbrarme a la penumbra del pasillo, al olor de los puerros para la sopa, al empapelado de las paredes, a los ramajes absurdos de éstas, a su voz de estrangulada. Por fin, de farfulleos en exclamaciones, llegamos junto a la cama de la hija, postrada, la enferma, a la deriva. Quise examinarla, pero perdía tanta sangre, era tal papilla, que no se le podía ver ni un centímetro de vagina. Cuajarones. Hacía «gluglú» entre sus piernas como en el cuello cortado del coronel en la guerra. Me limité a colocarle de nuevo el algodón y a arroparla.

La madre no miraba nada, sólo se oía a sí misma. «¡Me voy a morir, doctor!

-clamaba-. ¡Me voy a morir de vergüenza!» No intenté disuadirla en absoluto. No sabía qué hacer. En el pequeño comedor contiguo, veíamos al padre, que se paseaba de un extremo a otro. Él no debía de tener preparada aún su actitud para el caso. Tal vez esperara a que los acontecimientos se concretasen antes de elegir una actitud. Se encontraba en una especie de limbo. Las personas van de una comedia a otra. Mientras no esté montada la obra y no distingan aún sus contornos, su papel propicio, permanecen ahí, con los brazos caídos, ante el acontecimiento, y los instintos replegados como un paraguas, bamboleándose de incoherencia, reducidos a sí mismos, es decir, a nada. Cabrones sin ánimos.

Pero la madre, ésa sí, lo desempeñaba, el papel principal, entre la hija y yo. El teatro podía desplomarse, le importaba tres cojones, se encontraba a gusto en él, buena y bella.

Yo sólo podía contar con mis propias fuerzas para deshacer la mierda del hechizo.

Aventuré el consejo de que la trasladaran de inmediato a un hospital para que la operasen rápido.

¡Ah, desgraciado de mí! Con ello le proporcioné su más hermosa réplica, la que estaba esperando.

«¡Qué vergüenza! ¡El hospital! ¡Qué vergüenza, doctor! ¡A nosotros! ¡Ya sólo nos faltaba esto! ¡El colmo!»

Yo no tenía nada más que decir. Me senté, pues, y escuché a la madre debatirse aún más tumultuosa, liada en los camelos trágicos. Demasiada humillación, demasiado apuro conducen a la inercia definitiva. El mundo es demasiado pesado para uno. Abandonas. Mientras invocaba, provocaba al Cielo y al Infierno, atronaba con su desgracia, yo bajaba la nariz y, al hacerlo, destrozado, veía formarse bajo la cama de la hija un charquito de sangre; un reguerito chorreaba despacio de ella a lo largo de la pared y hacia la puerta. Una gota, desde el somier, caía con regularidad. ¡Plaf! ¡Plaf! Las toallas entre las piernas rebosaban de rojo. Pregunté, de todos modos, con voz tímida si ya había expulsado toda la placenta. Las manos de la muchacha, pálidas y azuladas en los extremos, colgaban a cada lado de la cama, sin fuerza. Ante mi pregunta, fue la madre de nuevo la que respondió con un torrente de jeremiadas repulsivas. Pero reaccionar era, después de todo, demasiado para mí.

Estaba tan obsesionado, yo mismo, desde hacía tanto, por la mala suerte, dormía tan mal, que ya no tenía el menor interés, en aquella deriva, por que sucediera esto en lugar de lo otro. Me limitaba a pensar que para escuchar a aquella madre vociferante se estaba mejor sentado que de pie. Cualquier cosa basta, cuando has llegado a estar del todo resignado, para darte placer. Y, además, ¡qué fuerza no me habría hecho falta para interrumpir a aquella salvaje en el preciso momento en que no sabía «cómo salvar el honor de la familia»! ¡Qué papelón! Y, además, ¡es que seguía gritándolo! Tras cada aborto, yo lo sabía por experiencia, se explayaba del mismo modo, entrenada, claro está, para hacerlo cada vez mejor. ¡Iba a durar lo que ella quisiera! Aquella vez me parecía dispuesta a decuplicar sus efectos.

Ella también, pensaba yo, debía de haber sido una criatura hermosa, la madre, bien pulposa en su tiempo, pero más verbal, de todos modos, derrochadora de energía, más demostrativa que la hija, cuya concentrada intimidad había sido un auténtico y admirable logro de la naturaleza. Esas cosas no se han estudiado aún maravillosamente, como merecen. La madre adivinaba esa superioridad animal de la hija sobre ella y, celosa, reprobaba todo por instinto, su forma de dejarse cepillar hasta profundidades inolvidables y de gozar como un continente.

El aspecto teatral del desastre la entusiasmaba, en cualquier caso. Acaparaba con sus dolorosos trémolos el reducido mundillo en que estábamos enfangados por su culpa. Tampoco podíamos pensar en alejarla. Sin embargo, yo debería haberlo intentado. Haber hecho algo... Era mi deber, como se suele decir. Pero me encontraba demasiado bien sentado y demasiado mal de pie.

Su casa era un poco más alegre que la de los Henrouille, igual de fea, pero más confortable. Había buena temperatura. No era siniestro, como allá abajo, sólo feo, tranquilamente.

Atontado de fatiga, mis miradas vagaban por las cosas de la habitación. Cosillas sin valor que había poseído desde siempre la familia, sobre todo el tapete de la chimenea con borlas de terciopelo rosa, de las que ya no se encuentran en los almacenes, y ese napolitano de porcelana y el costurero con espejo biselado, cuya réplica debía de tener una tía de provincias. No avisé a la madre sobre el charco de sangre que veía formarse bajo la cama ni sobre las gotas que seguían cayendo puntuales, habría gritado aún más fuerte sin por ello escucharme. No iba a acabar nunca de quejarse e indignarse. Tenía vocación.

Más valía callarse y mirar afuera, por la ventana, los terciopelos grises de la tarde que se apoderaban ya de la avenida de enfrente, casa por casa, primero las más pequeñas y luego las demás, las grandes, y después la gente que se agitaba entre ellas, cada vez más débiles, equívocos y desdibujados, vacilando de una acera a otra antes de ir a hundirse en la obscuridad.

Más lejos, mucho más lejos que las fortificaciones, filas e hileras de lucecitas dispersas por toda la sombra como clavos, para tender el olvido sobre la ciudad, y otras lucecitas más que centelleaban entre ellas, verdes, pestañeaban, rojas, venga barcos y más barcos, toda una escuadra venida allí de todas partes para esperar, trémula, a que se abriesen tras la Torre las enormes puertas de la Noche.

Si aquella madre se hubiera tomado un respiro, hubiese guardado silencio un momento, habríamos podido por lo menos abandonarnos, renunciar a todo, intentar olvidar que había que vivir. Pero me acosaba.

«¿Y si le diera una lavativa, doctor? ¿Qué le parece?» No respondí ni que sí ni que no, pero aconsejé una vez más, ya que tenía la palabra, que la enviaran de inmediato al hospital. Otros aullidos, aún más agudos, más decididos, más estridentes, como respuesta. Era inútil.

Me dirigí despacio hacia la puerta, a la chita callando. Ahora la sombra nos separaba de la cama.

Ya casi no distinguía las manos de la muchacha, colocadas sobre las sábanas, a causa de su palidez semejante.

Volví a tomarle el pulso, más débil, más furtivo que antes. Su respiración era entrecortada. Seguía oyendo perfectamente, yo, la sangre que caía sobre el entarimado, como el tenue tictac de un reloj cada vez más lento. Era inútil. La madre me precedió hacia la puerta.

«Sobre todo -me recomendó, transida-, doctor, ¡prométame que no dirá nada a nadie! -suplicó-. ¿Me lo jura?»

Yo prometía todo lo que quisieran. Tendí la mano. Fueron veinte francos. Volvió a cerrar la puerta tras mí, poco a poco.

Abajo, la tía de Bébert me esperaba con su cara de circunstancias. «¿Cómo va? ¿Mal?», preguntó. Comprendí que llevaba media hora ya, esperando allí, abajo, para recibir su comisión habitual: dos francos. No me fuera yo a escapar. «Y en casa de los Henrouille, ¿qué tal ha ido?», quiso saber. Esperaba recibir una propina por aquéllos también. «No me han pagado», respondí.

Además, era cierto. La sonrisa preparada de la tía se volvió una mueca de desagrado. Desconfiaba de mí.

«¡Mira que es desgracia, doctor, no saber cobrar! ¿Cómo quiere que le respete la gente?... ¡Hoy se paga al contado o nunca!» También eso era cierto. Me largué. Había puesto las judías a cocer antes de salir. Era el momento, caída la noche, de ir a comprar la leche. Durante el día, la gente sonreía al cruzarse conmigo con la botella en la mano. Lógico. No tenía criada.

Y después el invierno se alargó, se extendió durante meses y semanas aún. Ya no salíamos de la bruma y la lluvia en que estábamos inmersos.

Enfermos no faltaban, pero no había muchos que pudieran o quisiesen pagar. La medicina es un oficio ingrato. Cuando los ricos te honran, pareces un criado; con los pobres, un ladrón. ¿«Honorarios»? ¡Bonita palabra! Ya no tienen bastante para jalar ni para ir al cine, ¿y aún vas a cogerles pasta para hacer unos «honorarios»? Sobre todo en el preciso momento en que las cascan. No es fácil. Lo dejas pasar. Te vuelves bueno. Y te arruinas.

Para pagar el mes de enero vendí primero mi aparador, para hacer sitio, expliqué en el barrio, y transformar mi comedor en estudio de cultura física. ¿Quién me creyó? En el mes de febrero, para liquidar las contribuciones, me pulí también la bicicleta y el gramófono, que me había dado Molly al marcharme. Tocaba *No More Worries!* Aún recuerdo incluso la tonada. Es lo único que me queda. Mis discos Bézin los tuvo mucho tiempo en su tienda y por fin los vendió.

Para parecer aún más rico conté entonces que iba a comprarme una moto, en cuanto empezara el buen tiempo, y que por eso me estaba procurando un poco de dinero contante. Lo que me faltaba, en el fondo, era cara dura para ejercer la medicina en serio. Cuando me acompañaban hasta la puerta, después de haber dado a la familia los consejos y entregado la receta, me ponía a hacer toda clase de comentarios sólo para eludir unos minutos más el instante del pago. No sabía hacer de puta. Tenían aspecto tan miserable, tan apestoso, la mayoría de mis clientes, tan torvo también, que siempre me preguntaba de dónde iban a sacar los veinte francos que habían de darme y si no irían a matarme, para desquitarse. Me hacían, de todos modos, mucha falta, a mí, los veinte francos. ¡Qué vergüenza! Podría no haber acabado nunca de enrojecer.

«¡Honorarios!...» Así seguían llamándolos, los colegas. ¡Tan campantes! Como si la palabra fuese algo bien entendido y que ya no hiciera falta explicar... ¡Qué vergüenza!, no podía dejar de decirme y no había salida. Todo se explica, lo sé bien. Pero, ¡no por ello deja de ser para siempre un desgraciado de aúpa el que ha recibido los cinco francos del pobre y del mindundi! Desde aquella época estoy seguro incluso de ser tan desgraciado como cualquiera. No es que hiciese orgías y locuras con sus cinco francos y sus diez francos. ¡No! Pues el casero se me llevaba la mayor parte, pero, aun así, tampoco eso es excusa. Nos gustaría que fuera una excusa, pero aún no lo es. El casero es peor que la mierda. Y se acabó.

A fuerza de quemarme la sangre y de pasar entre los aguaceros helados de aquella estación, estaba adquiriendo más bien aspecto de tuberculoso, a mi vez. Fatalmente. Es lo que ocurre cuando hay que renunciar a casi todos los placeres. De vez en cuando, compraba huevos, aquí, allá, pero mi dieta esencial eran, en suma, las legumbres. Tardan mucho en cocer. Pasaba horas en la cocina vigilando su ebullición, después de la consulta, y, como vivía en el primer piso, tenía desde allí una buena vista del patio. Los patios son las mazmorras de las casas de pisos. Tuve la tira de tiempo, para mirarlo, mi patio, y sobre todo para oírlo.

Allí iban a caer, crujir, rebotar los gritos, las llamadas de las veinte casas del perímetro, hasta los desesperados pajaritos de las porteras, que enmohecían piando por la primavera, que no volverían a ver nunca en sus jaulas, junto a los retretes, todos agrupados, los retretes, allí, en el fondo de sombra, con sus puertas siempre desvencijadas y colgantes. Cien borrachos, hombres y mujeres, poblaban aquellos ladrillos y llenaban el eco con sus pendencias jactanciosas, sus blasfemias inseguras y desaforadas, tras las comidas de los sábados sobre todo. Era el momento intenso en la vida de las familias. Desafíos a berridos tras darle a la priva bien. Papá manejaba la silla, que había que ver, como un hacha, y mamá el tizón como un sable. ¡Ay de los débiles, entonces! El pequeño era quien cobraba. Los guantazos aplastaban contra la pared a todos los que no podían defenderse y responder: niños, perros o gatos. A partir del tercer vaso de vino, el tinto, el peor, el perro era el que empezaba a sufrir, le aplastaban la pata de un gran pisotón. Así aprendería a tener hambre al mismo tiempo que los hombres. Menudo cachondeo, al verlo desaparecer aullando bajo la cama como un destripado. Era la señal.

Nada estimula tanto a las mujeres piripis como el dolor de los animales, no siempre se tienen toros a mano. Se reanudaba la discusión en tono vindicativo, imperiosa como un delirio, la esposa era la que dirigía, lanzando al macho una serie de llamadas estridentes a la lucha. Y después venía la refriega, los objetos rotos quedaban hechos añicos. El patio recogía el estrépito, cuyo eco resonaba por la sombra. Los niños chillaban horrorizados. ¡Descubrían todo lo que había dentro de papá y mamá! Con los gritos atraían su ira.

Yo pasaba muchos días esperando que ocurriera lo que de vez en cuando sucedía al final de aquellas escenas domésticas.

En el tercero, delante de mi ventana, ocurría, en la casa de enfrente. No podía ver yo nada, pero lo oía bien.

Todo tiene su final. No siempre es la muerte, muchas veces es algo distinto y bastante peor, sobre todo para los niños.

Vivían ahí, aquellos inquilinos, justo a la altura del patio en que la sombra empezaba a ceder. Cuando estaban solos el padre y la madre, los días que eso sucedía, se peleaban primero largo rato y después se hacía un largo silencio. Se estaba preparando la cosa. La tomaban con la niña primero, la hacían venir. Ella lo sabía. Se ponía a lloriquear al instante. Sabía lo que le esperaba. Por la voz, debía de tener por lo menos diez años. Después de muchas veces, acabé comprendiendo lo que hacían, aquellos dos.

Primero la ataban, tardaban la tira, en atarla, como para una operación. Eso los excitaba. «¡Vas a ver tú, granuja!», rugía él. «¡La muy cochina!», decía la madre. «¡Te vamos a enseñar, cochina!», iban y gritaban juntos y cosas y más cosas que le reprochaban al mismo tiempo, cosas que debían de imaginar. Debían de atarla a los barrotes de la cama. Mientras tanto, la niña se quejaba como un ratón cogido en la trampa.

«Ya puedes llorar, ya, so guarra, que de ésta no te libras. ¡Anda, que de ésta no te libras!», proseguía la madre y después toda una andanada de insultos, como para un caballo. Excitadísima. «¡Cállate, mamá! -respondía la pequeña bajito-. ¡Cállate, mamá!

¡Pégame, pero cállate, mamá!» No se libraba, desde luego, y menuda tunda recibía. Yo escuchaba hasta el final para estar bien seguro de que no me equivocaba, de que era eso sin duda lo que sucedía. No habría podido comer mis judías, mientras ocurría. Tampoco podía cerrar la ventana. No era capaz de nada. No podía hacer nada. Me limitaba a seguir escuchando como siempre, en todas partes. Sin embargo, creo que me venían fuerzas, al escuchar cosas así, fuerzas para seguir adelante, unas fuerzas extrañas, y entonces, la próxima vez, podría caer aún más bajo, la próxima vez, escuchar otras quejas que aún no había oído o que antes me costaba comprender, porque parece que siempre hay más quejas aún, que todavía no hemos oído ni comprendido.

Cuando le habían pegado tanto, que ya no podía lanzar más alaridos, su hija, gritaba un poco aún, de todos modos, cada vez que respiraba, un gritito apagado.

Oía entonces al hombre decir en ese momento: «¡Ven tú, tía buena! ¡Rápido! ¡Ven para acá!» Muy feliz.

A la madre hablaba así y después se cerraba tras ellos con un porrazo la puerta contigua. Un día, ella le dijo, lo oí: «¡Ah! Te quiero, Jules, tanto, que me jalaría tu mierda, aunque hicieses chorizos así de grandes...»

Así hacían el amor los dos, me explicó su portera. En la cocina lo hacían, contra el fregadero. Si no, no podían.

Poco a poco me fui enterando de todas aquellas cosas sobre ellos, en la calle. Cuando me los encontraba, a los tres juntos, no tenían nada de particular. Se paseaban, como una familia de verdad. A él, el padre, lo veía también, cuando pasaba por delante del escaparate de su almacén, en la esquina del Boulevard Poincaré, en la casa de «Zapatos para pies sensibles», donde era primer dependiente.

La mayoría de las veces nuestro patio no ofrecía sino horrores sin relieve, sobre todo en verano, resonaba con amenazas, ecos, golpes, caídas e injurias indistintas. El sol nunca llegaba hasta el fondo. Estaba como pintado de sombras azules, el patio, bien espesas, sobre todo en los ángulos. Los porteros tenían en él sus pequeños retretes, como colmenas. Por la noche, cuando iban a hacer pipí, los porteros tropezaban contra los cubos de la basura, lo que resonaba en el patio como un trueno.

La ropa intentaba secarse tendida de una ventana a otra.

Después de la cena, lo que se oían más que nada eran discusiones sobre las carreras, las noches que no les daba por hacer brutalidades. Pero muchas veces también aquellas polémicas deportivas terminaban bastante mal, a guantazos, y siempre, por lo menos detrás de una de las ventanas, acababan, por un motivo o por otro, dándose de hostias.

En verano todo olía también que apestaba. Ya no había aire en el patio, sólo olores. El que supera, y fácilmente, a todos los demás es el de la coliflor. Una coliflor equivale a diez retretes, aun rebosantes. Eso está claro. Los del segundo rebosaban con frecuencia. La portera del 8, la tía Cézanne, acudía entonces con la varilla de desatrancar. Yo la observaba hacer esfuerzos. Así acabamos teniendo conversaciones.

«Yo que usted -me aconsejabaharía abortos, a la chita callando, a las embarazadas... Pues no hay mujeres en este barrio ni nada de la vida... ¡Si es que parece increíble!... ¡Y estarían encantadas de solicitarle sus servicios!... ¡Se lo digo yo! Siempre será mejor que curarles las varices a los chupatintas... Sobre todo porque eso se paga al contado.»

La tía Cézanne sentía un gran desprecio de aristócrata, que no sé de dónde le vendría, hacia toda la gente que trabajaba...

«Nunca están contentos, los inquilinos, parecen presos, ¡siempre tienen que estar jeringando a todo el mundo!... Que si se les atasca el retrete... Otro día, que si hay un escape de gas... ¡Que si les abren las cartas!... Siempre con tiquismiquis... Siempre jodiendo la marrana, ¡vamos!... Uno ha llegado incluso a escupirme en el sobre del alquiler... ¿Se da usted cuenta?...»

Muchas veces tenía que renunciar incluso, a desatrancar los retretes, la tía Cézanne, de tan difícil que era. «No sé qué será lo que echan ahí, pero, sobre todo, ¡no hay que dejarlo secar!... Ya sé yo lo que es... ¡Siempre te avisan demasiado tarde!... Y, además, ¡lo hacen a propósito!... Donde estaba antes, hubo incluso que fundir un tubo, ¡de lo duro que estaba!... No sé qué jalarán... ¡Es cosa fina!»

* * *

No habrá quien me quite de la cabeza que, si volvió a darme, fue sobre todo por culpa de Robinson. Al principio, yo no había hecho demasiado caso de mis trastornos. Iba tirando, así así, de un enfermo a otro, pero me había vuelto más inquieto aún que antes, cada vez más, como en Nueva York, y también empecé otra vez a dormir peor que de costumbre.

Conque volvérmelo a encontrar, a Robinson, había sido un duro golpe y sentía otra vez como una enfermedad.

Con su jeta toda embadurnada de pena, era como si me devolviese a una pesadilla, de la que no conseguía librarme desde hacía ya demasiados años. No daba pie con bola.

Había ido a reaparecer ahí, delante de mí. El cuento de nunca acabar. Seguro que me había buscado por allí. Yo no intentaba ir a verlo de nuevo, desde luego... Seguro que volvería y me obligaría a pensar otra vez en sus asuntos. Por lo demás, todo me hacía volver a pensar ahora en su cochina persona. Hasta la gente que veía por la ventana, que caminaban, como si tal cosa, por la calle, charlaban en los portales, se rozaban unos con otros, me hacían pensar en él. Yo sabía lo que pretendían, lo que ocultaban, como si tal cosa. Matar y matarse, eso querían, no de una vez, claro está, sino poco a poco, como Robinson, con todo lo que encontraban, penas antiguas, nuevas miserias, odios aún sin nombre, cuando no era la guerra, pura y simple, y que todo sucediese aún más rápido que de costumbre.

Ya ni siquiera me atrevía a salir por miedo a encontrármelo.

Tenían que mandarme llamar dos o tres veces seguidas para que me decidiera a responder a los enfermos. Y entonces, la mayoría de las veces, cuando llegaba, ya habían ido a buscar a otro. Era presa del desorden en la cabeza, como en la vida. En aquella Rué Saint-Vincent, adonde sólo había ido una vez, me mandaron llamar los del tercero del número 12. Fueron incluso a buscarme en coche. Lo reconocí en seguida, al abuelo, persona furtiva, gris y encorvada: susurraba, se limpiaba largo rato los pies en mi felpudo. Por su nieto era por quien quería que me apresurara.

Recordaba yo bien a su hija también, otra de vida alegre, marchita ya, pero sólida y silenciosa, que había vuelto para abortar, en varias ocasiones, a casa de sus padres. No le reprochaban nada, a ésa. Sólo habrían deseado que acabara casándose, a fin de cuentas, sobre todo porque tenía ya un niño de dos años, que vivía con los abuelos.

Estaba enfermo, ese niño, cada dos por tres, y, cuando estaba enfermo, el abuelo, la abuela, la madre lloraban juntos, de lo lindo, y sobre todo porque no tenía padre legítimo. En esos momentos se sienten más afectadas, las familias, por las situaciones irregulares. Creían, los abuelos, sin reconocerlo del todo, que los hijos naturales son más frágiles y se ponen enfermos con mayor frecuencia que los otros.

En fin, el padre, el que creían que lo era, se había marchado y para siempre. Le habían hablado tanto de matrimonio, a aquel hombre, que había acabado cansándose. Debía de estar lejos ahora, si aún corría. Nadie había comprendido aquel abandono, sobre todo la propia hija, porque había disfrutado lo suyo jodiendo con ella.

Conque, desde que se había marchado, el veleidoso, contemplaban los tres al niño y lloriqueaban y así. Ella se había entregado a aquel hombre, como ella decía, «en cuerpo y alma». Tenía que ocurrir y, según ella, eso explicaba todo. El pequeño había salido de su cuerpo y de una vez y la había dejado toda arrugada por las caderas. El espíritu se contenta con frases; el cuerpo es distinto, ése es más difícil, necesita músculos. Es siempre algo verdadero, un cuerpo; por eso ofrece casi siempre un espectáculo triste y repulsivo. He visto, también es cierto, pocas maternidades llevarse tanta juventud de una vez. Ya no le quedaban, por así decir, sino sentimientos, a aquella madre, y un alma. Nadie quería ya saber nada con ella.

Antes de aquel nacimiento clandestino, la familia vivía en el barrio de las «Filies du Calvaire» y desde hacía muchos años. Si habían venido todos a exiliarse a Rancy, no había sido por gusto, sino para ocultarse, caer en el olvido, desaparecer en grupo.

En cuanto resultó imposible disimular aquel embarazo a los vecinos, se habían decidido a abandonar su barrio de París para evitar todos los comentarios. Mudanza de honor.

En Rancy, la consideración de los vecinos no era indispensable y, además, allí eran unos desconocidos y la municipalidad de aquella zona practicaba precisamente una política abominable, anarquista, en una palabra, de la que se hablaba en toda Francia, una política de golfos. En aquel medio de réprobos, el juicio de los demás no podía contar.

La familia se había castigado espontáneamente, había roto toda relación con los parientes y los amigos de antes. Un drama había sido, un drama lo que se dice completo. Ya no tenían nada más que perder. Desclasados. Cuando quiere uno desacreditarse, se mezcla con el pueblo.

No formulaban ningún reproche contra nadie. Sólo intentaban descubrir, por pequeños arranques de rebeldías inválidas, qué podía haber bebido el Destino el día que les había hecho una putada semejante, a ellos.

La hija experimentaba, por vivir en Rancy, un solo consuelo, pero muy importante, el de poder en adelante hablar con libertad a todo el mundo de «sus nuevas responsabilidades». Su amante, al abandonarla, había despertado un deseo profundo de su naturaleza, imbuida de heroísmo y singularidad. En cuanto estuvo segura para el resto de sus días de que no iba a tener nunca una suerte absolutamente idéntica a la mayoría de las mujeres de su clase y de su medio y de que iba a poder recurrir siempre a la novela de su vida destrozada desde sus primeros amores, se conformó, encantada, con la gran desgracia de que era víctima y los estragos de la suerte fueron, en resumen, dramáticamente bienvenidos. Se pavoneaba en el papel de madre soltera.

En su comedor, cuando entramos, su padre y yo, un alumbrado económico apenas permitía distinguir las caras sino como manchas pálidas, carnes repitiendo, machaconas, palabras que se quedaban rondando en la penumbra, cargada con ese olor a pimienta pasada que desprenden todos los muebles de familia.

Sobre la mesa, en el centro, boca arriba, el niño, entre las mantillas, se dejaba palpar. Le apreté, para empezar, el vientre, con mucha precaución, poco a poco, desde el ombligo hasta los testículos, y después lo ausculté, aún con mucha seriedad.

Su corazón latía con el ritmo de un gatito, seco y loco. Y después se hartó, el niño, del manoseo de mis dedos y de mis maniobras y se puso a dar alaridos, como pueden hacerlo los de su edad, inconcebiblemente. Era demasiado. Desde el regreso de Robinson, había empezado a sentirme muy extraño en la cabeza y en el cuerpo y los gritos de aquel nene inocente me causaron una impresión abominable. ¡Qué gritos, Dios mío! ¡Qué gritos! No podía soportarlos un instante más.

Otra idea, seguramente, debió de determinar también mi absurda conducta. Crispado como estaba, no pude por menos de comunicarles en voz alta el rencor y el hastío que experimentaba desde hacía mucho, para mis adentros.

«¡Eh -respondí, al nene aullador-, menos prisas, tontín! ¡Ya tendrás tiempo de sobra de berrear! ¡No te va a faltar, no temas, bobito! ¡No gastes todas las fuerzas! ¡No van a faltar desgracias para consumirte los ojos y la cabeza también y aun el resto, si no te andas con cuidado!»

«¿Qué dice usted, doctor? -se sobresaltó la abuela. Me limité a repetir-: ¡No van a faltar, ni mucho menos!»

«¿Qué? ¿Qué es lo que no falta?», preguntaba, horrorizada...

«¡Intenten comprender! -le respondí-. ¡Intenten comprender! ¡Hay que explicarles demasiadas cosas! ¡Eso es lo malo! ¡Intenten comprender! ¡Hagan un esfuerzo!»

«¿Qué es lo que no falta?... ¿Qué dice?» Y de repente se preguntaban, los tres, y la hija de las «responsabilidades» puso unos ojos muy raros y empezó a lanzar, también ella, unos gritos de aúpa. Acababa de encontrar una ocasión cojonuda para un ataque. No iba a desaprovecharla. ¡Era la guerra! ¡Y venga patalear! ¡Y ahogos! ¡Y estrabismos horrendos! ¡Estaba yo bueno! ¡Había que verlo! «¡Está loco, mamá! -gritaba asfixiándose-. ¡El doctor se ha vuelto loco! ¡Quítale a mi niño, mamá!» Salvaba a su hijo.

Nunca sabré por qué, pero estaba tan excitada, que empezó a hablar con acento vasco. «¡Dice cosas espantosas! ¡Mamá!... ¡Es un demente!...»

Me arrancaron el niño de las manos, como si lo hubieran sacado de las llamas. El abuelo, tan tímido antes, descolgó entonces su enorme termómetro de caoba, como una maza... Y me acompañó a distancia, hacia la puerta, cuyo batiente arrojó contra mí, con violencia, de un patadón.

Por supuesto, aprovecharon para no pagarme la visita...

Cuando volví a verme en la calle, no me sentía demasiado orgulloso de lo que acababa de ocurrirme. No tanto por mi reputación, que no podía ser peor en el barrio que la que ya me habían asignado, y sin que por ello hubiera necesitado yo intervenir, cuanto por Robinson, otra vez, del que había esperado librarme con un arrebato de franqueza, encontrando en el escándalo voluntario la resolución de no volver a recibirlo, haciéndome como una escena brutal a mí mismo.

Así, había yo calculado: ¡Voy a ver, a título experimental, todo el escándalo que puede llegar a hacerse de una sola vez! Sólo, que no se acaba nunca con el escándalo y la emoción, no se sabe nunca hasta dónde habrá que llegar con la franqueza... Lo que los hombres te ocultan aún... Lo que te mostrarán aún... Si vives lo suficiente... Si profundizas bastante en sus mandangas... Había que empezar otra vez desde el principio.

Tenía prisa por ir a ocultarme, yo también, de momento. Me metí, para volver a casa, por el callejón Gibet y después por la Rué des Valentines. Es un buen trecho de camino. Tienes tiempo de cambiar de opinión. Iba hacia las luces. En la Place Transitoire me encontré a Péridon, el farolero. Cambiamos unas palabras anodinas. «¿Va usted al cine, doctor?», me preguntó. Me dio una idea. Me pareció buena.

En autobús se llega antes que en metro. Tras aquel intermedio vergonzoso, con gusto me habría marchado de Rancy de una vez y para siempre, si hubiera podido.

A medida que te quedas en un sitio, las cosas y las personas se van destapando, pudriéndose, y se ponen a apestar a propósito para ti.

* * *

De todos modos, hice bien en volver a Rancy, el día siguiente mismo, por Bébert, que cayó enfermo justo entonces. El colega Frolichon acababa de marcharse de vacaciones, la tía dudó y, al final, me pidió, de todos modos, que me ocupara de su sobrino, seguramente porque yo era el menos caro de los médicos que conocía.

Ocurrió después de Semana Santa. Empezaba a hacer bueno. Pasaban sobre Rancy los primeros vientos del sur, los mismos que dejan caer todos los hollines de las fábricas sobre las ventanas.

Duró semanas, la enfermedad de Bébert. Yo iba dos veces al día, a verlo. La gente del barrio me esperaba delante de la portería, como si tal cosa, y en los portales los vecinos también. Era como una distracción para ellos. Acudían de lejos para enterarse de si iba peor o mejor. El sol que pasa a través de demasiadas cosas no deja nunca en la calle sino una luz de otoño con pesares y nubes.

Consejos recibí muchos a propósito de Bébert. Todo el barrio, en realidad, se interesaba por su caso. Hablaban a favor y después en contra de mi inteligencia. Cuando entraba yo en la portería, se hacía un silencio crítico y bastante hostil, de una estupidez abrumadora sobre todo. Estaba siempre llena de comadres amigas, la portería, las íntimas, conque apestaba a enaguas y a orina. Cada cual defendía su médico preferido, siempre más sutil, más sabio. Yo sólo presentaba una ventaja, en suma, pero justo la que difícilmente te perdonan, la de ser casi gratuito; perjudica al enfermo y a su familia, por pobre que ésta sea, un médico gratuito.

Bébert no deliraba aún, simplemente ya no tenía las menores ganas de moverse. Empezó a perder peso todos los días. Un poco de carne amarillenta y fláccida le cubría el cuerpo, temblando de arriba abajo, cada vez que latía su corazón. Parecía que estuviera por todo el cuerpo, su corazón, bajo la piel, de tan delgado que se había quedado, Bébert, en más de un mes de enfermedad. Me dirigía sonrisas de niño bueno, cuando iba a verlo. Superó así, muy amable, los 39o y después los 40o y se quedó ahí durante días y después semanas, pensativo.

La tía de Bébert había acabado callándose y dejándonos tranquilos. Había dicho todo lo que sabía, conque se iba a lloriquear, desconcertada, a los rincones de su portería, uno tras otro. La pena se le había presentado, por fin, al acabársele las palabras, ya no parecía saber qué hacer con la pena, intentaba quitársela sonándose los mocos, pero le volvía, su pena, a la garganta y con ella las lágrimas y volvía a empezar. Se ponía perdida y así llegaba a estar un poco más sucia aún que de costumbre y se asombraba:

«¡Dios mío! ¡Dios mío!», decía. Y se acabó. Había llegado al límite de sí misma, a fuerza de llorar, y los brazos se le volvían a caer y se quedaba muy alelada, delante de mí.

Volvía, de todos modos, hacia atrás en su pena y después volvía a decidirse y se ponía a sollozar otra vez. Así, semanas duraron aquellas idas y venidas en su pena. Había que prever un desenlace fatal para aquella enfermedad. Una especie de tifoidea maligna era, contra la cual acababa estrellándose todo lo que yo probaba, los baños, el suero... el régimen seco... las vacunas... Nada daba resultado. De nada servía que me afanara, todo era en vano. Bébert se moría, irresistiblemente arrastrado, sonriente.

Se mantenía en lo alto de su fiebre como en equilibrio y yo abajo no daba pie con bola. Por supuesto, casi todo el mundo, e imperiosamente, aconsejó a la tía que me despidiera sin rodeos y recurriese rápido a otro médico, más experto, más serio.

El incidente de la hija de las «responsabilidades» se había sabido en todas partes y se había comentado de lo lindo. Se relamían con él en el barrio.

Pero, como los demás médicos avisados sobre la naturaleza del caso de Bébert se escabulleron, al final seguí yo. Puesto que a mí me había tocado, el caso de Bébert, debía continuar yo, pensaban, con toda lógica, los colegas.

Ya no me quedaba otro recurso que ir hasta la tasca a telefonear de vez en cuando a otros facultativos, aquí y allá, que conocía más o menos bien, lejos, en París, en los hospitales, para preguntarles lo que harían ellos, los listos y considerados, ante una tifoidea como la que me traía de cabeza. Me daban buenos consejos, todos, en respuesta, buenos consejos inoperantes, pero, aun así, me daba gusto oírlos esforzarse de ese modo, y gratis por fin, por el pequeño desconocido al que yo protegía. Acabas alegrándote con cualquier cosilla de nada, con el poquito consuelo que la vida se digna dejarte.

Mientras yo afinaba así, la tía de Bébert se desplomaba a derecha e izquierda por sillas y escaleras, no salía de su alelamiento sino para comer. Pero nunca, eso sí que no, se saltó una sola comida, todo hay que decirlo. Por lo demás, no le habrían dejado olvidarse. Sus vecinos velaban por ella. La cebaban entre los sollozos. «¡Da fuerzas!», le decían. Y hasta empezó a engordar.

Tocante a olor de coles de Bruselas, en el momento álgido de la enfermedad de Bébert, hubo en la portería auténticas orgías. Era la temporada y le llegaban de todas partes, regaladas, coles de Bruselas, cocidas, humeantes.

«Me dan fuerzas, ¡es verdad!... -reconocía de buena gana-. ¡Y hacen orinar bien!»

Antes de que llegara la noche, por los timbrazos, para tener un sueño más ligero y oír en seguida la primera llamada, se atiborraba de café, así los inquilinos no despertaban a Bébert, llamando dos o tres veces seguidas. Al pasar por delante de la casa, por la noche, entraba yo a ver si por casualidad había acabado aquello. «¿No cree usted que cogió la enfermedad con la manzanilla al ron que se empeñó en beber en la frutería el día de la carrera ciclista?», suponía en voz alta, la tía. Esa idea la traía de cabeza desde el principio. Idiota.

«¡Manzanilla!», murmuraba débilmente Bébert, como un eco perdido en la fiebre.

¿Para qué disuadirla? Yo realizaba una vez más los dos o tres simulacros profesionales que esperaban de mí y después volvía a reunirme con la noche, nada orgulloso, porque, igual que mi madre, nunca conseguía sentirme del todo inocente de las desgracias que sucedían.

Hacia el decimoséptimo día, me dije, de todos modos, que haría bien en ir a preguntar qué pensaban en el Instituto Bioduret Joseph, de un caso de tifoidea de ese género, y pedirles, al tiempo, un consejo y tal vez una vacuna incluso, que me recomendarían. Así, lo habría hecho todo, lo habría probado todo, hasta las extravagancias, y, si moría Bébert, pues... tal vez no tuvieran nada que reprocharme. Llegué allí al Instituto, en el otro extremo de París, detrás de la Villette, una mañana hacia las once. Primero me hicieron pasearme por laboratorios y más laboratorios en busca de un sabio. Aún no había nadie, en aquellos laboratorios, ni sabios ni público, sólo objetos volcados en gran desorden, pequeños cadáveres de animales destripados, colillas, espitas de gas desportilladas, jaulas y tarros con ratones asfixiándose dentro, retortas, vejigas por allí tiradas, banquetas rotas, libros y polvo, más y más colillas por todos lados, con predominio del olor de éstas y el de urinario. Como había llegado muy temprano, decidí ir a dar una vuelta, ya que estaba, hasta la tumba del gran sabio Bioduret Joseph, que se encontraba en los propios sótanos del Instituto entre oros y mármoles. Fantasía burgueso-bizantina de refinado gusto. La colecta se hacía al salir del panteón, el guardián estaba refunfuñando incluso por una moneda belga que le habían endosado. A ese Bioduret se debe que muchos jóvenes optaran desde hace medio siglo por la carrera científica. Resultaron tantos fracasados como a la salida del Conservatorio. Acabamos todos, por lo demás, pareciéndonos tras algunos años de no haber logrado nada. En las zanjas de la gran derrota, un «laureado de facultad» vale lo mismo que un «Premio de Roma». Lo que pasa es que no cogen el autobús a la misma hora. Y se acabó.

Tuve que esperar bastante tiempo aún en los jardines del Instituto, pequeña combinación de cárcel y plaza pública, jardines, flores colocadas con cuidado a lo largo de aquellas paredes adornadas con mala intención.

De todos modos, algunos jóvenes del personal acabaron llegando los primeros, muchos de ellos traían ya provisiones del mercado cercano, en grandes redecillas y parecían estar boqueras. Y después los sabios cruzaron, a su vez, la verja, más lentos y reticentes que sus modestos subalternos, en grupitos mal afeitados y cuchicheantes. Iban a dispersarse al fondo de los corredores y descascarillando la pintura de las paredes. La entrada de viejos escolares entrecanos, con paraguas, atontados por la rutina meticulosa, las manipulaciones desesperadamente repulsivas, atados por salarios de hambre durante toda su madurez a aquellas cocinillas de microbios, recalentando aquel guiso interminable de legumbres, cobayas asfícticos y otras porquerías inidentificables.

Ya no eran, a fin de cuentas, ellos mismos sino viejos roedores domésticos, monstruosos, con abrigo. La gloria en nuestro tiempo apenas sonríe sino a los ricos, sabios o no. Los plebeyos de la Investigación no podían contar, para seguir manteniéndose vivos, sino con su propio miedo a perder la plaza en aquel cubo de basura caliente, ilustre y compartimentado. Se aferraban esencialmente al título de sabio oficial. Título gracias al cual los farmacéuticos de la ciudad seguían confiándoles los análisis (mezquinamente retribuidos, por cierto) de las orinas y los esputos de la clientela. Raquíticos y azarosos ingresos de sabio.

En cuanto llegaba, el investigador metódico iba a inclinarse ritualmente unos minutos sobre las tripas biliosas y corrompidas del conejo de la semana pasada, el que se exponía de modo permanente, en un rincón del cuarto, benditera de inmundicias. Cuando su olor llegaba a ser irresistible de verdad, sacrificaban otro conejo, pero antes no, por las economías en que el profesor Jaunisset, ilustre secretario del Instituto, se empeñaba en aquella época con mano fanática.

Ciertas podredumbres animales sufrían, por esa razón, por economía, increíbles degradaciones y prolongaciones. Todo es cuestión de costumbre. Algunos ayudantes de laboratorio bien entrenados habrían cocinado perfectamente dentro de un ataúd en actividad, pues ya la putrefacción y sus tufos no les afectaban. Aquellos modestos ayudantes de la gran investigación científica llegaban incluso, en ese sentido, a superar en economía al propio profesor Jaunisset, pese a ser éste de una sordidez proverbial, y lo vencían en su propio juego, al aprovechar el gas de sus estufas, por ejemplo, para prepararse numerosos cocidos personales y muchos otros guisos lentos, más peligrosos aún.

Cuando los sabios habían acabado de realizar el examen distraído de las tripas del cobaya y del conejo ritual, habían llegado despacito al segundo acto de su vida científica cotidiana, el del pitillo. Intento de neutralización de los hedores ambientes y del hastío mediante el humo del tabaco. De colilla en colilla, los sabios acababan, de todos modos, su jornada, hacia las cinco de la tarde. Volvían entonces a poner con mucho cuidado las putrefacciones a templar en la estufa bamboleante. Octave, el ayudante, ocultaba sus judías cociditas en un periódico para mejor pasar con ellas impunemente por delante de la portera. Fintas. Preparadita se llevaba la cena, a Gargan. El sabio, su maestro, añadía unas líneas al libro de experimentos, tímidamente, como una duda, con vistas a una próxima comunicación totalmente ociosa, pero justificativa de su presencia en el Instituto y de las escasas ventajas que entrañaba, incordio que tendría que decidirse, de todos modos, a acometer en breve ante alguna Academia infinitamente imparcial y desinteresada.

El sabio auténtico tarda veinte buenos años, por término medio, en realizar el gran descubrimiento, el que consiste en convencerse de que el delirio de unos no hace, ni mucho menos, la felicidad de los otros y de que a cada cual, aquí abajo, incomodan las manías del vecino.

El delirio científico, más razonado y frío que los otros, es al mismo tiempo el menos tolerable de todos. Pero cuando has conseguido algunas facilidades para subsistir, aunque sea miserablemente, en determinado lugar, con ayuda de ciertos paripés, no te queda más remedio que perseverar o resignarte a cascar como un cobaya. Las costumbres se adquieren más rápido que el valor y sobre todo la de jalar.

Conque iba yo buscando a mi Parapine por el Instituto, ya que había acudido a propósito desde Rancy para verlo. Debía, pues, perseverar en mi búsqueda. No era fácil. Tuve que volver a empezar varias veces, vacilando largo rato entre tantos pasillos y puertas.

No almorzaba, aquel solterón, y sólo cenaba dos o tres veces por semana como máximo, pero entonces con avaricia, con el frenesí de los estudiantes rusos, todas cuyas caprichosas costumbres conservaba.

Tenía fama, aquel Parapine, en su medio especializado, de la más alta competencia. Todo lo relativo a las enfermedades tifoideas le era familiar, tanto las animales como las humanas. Su fama databa de veinte años antes, de la época en que ciertos autores alemanes afirmaron un buen día haber aislado vibriones de Eberth en el exudado vaginal de una niña de dieciocho meses. Se armó un gran alboroto en el dominio de la verdad. Parapine, encantado, respondió sin demora en nombre del Instituto Nacional y superó a la primera a aquel teutón farolero cultivando, por su parte, el mismo germen pero en estado puro y en el esperma de un inválido de setenta y dos años. Se hizo célebre al instante, con lo que ya le bastaba, hasta su muerte, con emborronar regularmente algunas columnas ilegibles en diversas publicaciones especializadas para mantenerse en candelero. Cosa que hizo sin dificultad, por lo demás, desde aquel día de audacia y fortuna.

Ahora el público científico serio le daba crédito y confianza. Eso dispensaba al público serio de leerlo.

Si se pusiera a criticar, dicho público, no habría progreso posible. Se perdería un año con cada página.

Cuando llegué ante la puerta de su celda, Serge Parapine estaba escupiendo a los cuatro ángulos del laboratorio con una saliva incesante y una mueca tan asqueada, que daba que pensar. Se afeitaba de vez en cuando, Parapine, pero, aun así, conservaba en las mejillas bastantes pelos como para tener aspecto de evadido. Tiritaba sin cesar o, al menos, eso parecía, pese a no quitarse nunca el abrigo, bien surtido de manchas y sobre todo de caspa, que dispersaba después con toquecitos de las uñas en derredor, al tiempo que el mechón, siempre oscilante, le caía sobre la nariz, verde y rosa.

Durante mi período de prácticas en la Facultad, Parapine me había dado algunas lecciones de microscopio y pruebas en diversas ocasiones de auténtica benevolencia. Yo esperaba que, desde aquella época tan lejana, no me hubiera olvidado del todo y estuviera en condiciones de darme tal vez un consejo terapéutico de primerísimo orden para el caso de Bébert, que me obsesionaba de verdad.

Estaba claro, salvar a Bébert era mucho más importante para mí que impedir la muerte de un adulto. Nunca acaba de desagradarte del todo que un adulto se vaya, siempre es un cabrón menos sobre la tierra, te dices, mientras que en el caso de un niño no estás, ni mucho menos, tan seguro. Está el futuro por delante.

Enterado Parapine de mis dificultades, se mostró deseoso de ayudarme y orientar mi terapéutica peligrosa, sólo que él había aprendido, en veinte años, tantas y tan diversas cosas, y con demasiada frecuencia tan contradictorias, sobre la tifoidea, que había llegado a serle muy difícil ahora y, como quien dice, imposible formular, en relación con esa afección tan corriente y su tratamiento, la menor opinión concreta o categórica.

«Ante todo, ¿cree usted, querido colega, en los sueros? -empezó preguntándome-.

¿Eh? ¿Qué me dice usted?... Y las vacunas, ¿qué?... En una palabra, ¿cuál es su impresión?... Inteligencias preclaras ya no quieren ni oír hablar en la actualidad de las vacunas... Es audaz, colega, desde luego... También a mí me lo parece... Pero en fin...

¿Eh? ¿De todos modos? ¿No le parece que algo de cierto hay en ese negativismo?...

¿Qué opina usted?»

Las frases salían de su boca a saltos terribles entre avalanchas de erres enormes. Mientras se debatía, como un león, entre otras hipótesis furiosas y desesperadas, Jaunisset, que aún vivía en aquella época, el grande e ilustre secretario, fue a pasar justo bajo nuestras ventanas, puntual y altanero.

Al verlo, Parapine palideció aún más, de ser posible, y cambió, nervioso, de conversación, impaciente por manifestarme al instante el asco que le provocaba la simple visión cotidiana de aquel Jaunisset, gloria universal, por cierto. Me lo calificó, al famoso Jaunisset, en un instante de falsario, maníaco de la especie más temible, y le atribuyó, además, más crímenes monstruosos, inéditos y secretos que los necesarios para poblar un presidio entero durante un siglo.

Y yo ya no podía impedir que me diera, Parapine, cien mil detalles odiosos sobre el grotesco oficio de investigador, al que se veía obligado a atenerse, para poder jalar, odio más preciso, más científico, la verdad, que los emanados por los otros hombres colocados en condiciones semejantes en oficinas o almacenes.

Emitía aquellas opiniones en voz muy alta y a mí me asombraba su franqueza. Su ayudante de laboratorio nos escuchaba. Había terminado, también él, su cocinilla y se ajetreaba, por cubrir el expediente, entre estufas y probetas, pero estaba tan acostumbrado, el ayudante, a oír a Parapine con sus maldiciones, por así decir, cotidianas, que ahora esas palabras, por exorbitantes que fueran, le parecían absolutamente académicas e insignificantes. Ciertos modestos experimentos personales que llevaba a cabo con mucha seriedad, el ayudante, en una de las estufas del laboratorio, le parecían, contrariamente a lo que contaba Parapine, prodigiosos y deliciosamente instructivos. Los furores de Parapine no conseguían distraerlo. Antes de irse, cerraba la puerta de la estufa sobre sus microbios personales, como sobre un tabernáculo, tierna, escrupulosamente.

«¿Ha visto usted a mi ayudante, colega? ¿Ha visto usted a ese viejo y cretino ayudante? -dijo Parapine, sobre él, en cuanto hubo salido-. Bueno, pues, pronto hará treinta años que no oye hablar a su alrededor, mientras barre mis basuras, sino de ciencia y de lo lindo y sinceramente, la verdad... y, sin embargo, lejos de estar asqueado, ¡él es ahora el único que ha acabado creyendo en ella aquí mismo! A fuerza de manosear mis cultivos, ¡le parecen maravillosos! Se relame... ¡La más insignificante de mis chorradas lo embriaga! Por lo demás, ¿no ocurre así en todas las religiones? ¿Acaso no hace siglos que el sacerdote piensa en cualquier otra cosa menos en Dios, mientras que su varaplata aún cree en él?... ¿Y a pie juntillas? ¡Es como para vomitar, la verdad!...

¡Pues no llega este bruto hasta el ridículo extremo de copiar al gran Bioduret Joseph en el traje y la perilla! ¿Se ha fijado usted?... A propósito, le diré, en confianza, que el gran Bioduret no difería de mi ayudante sino por su reputación mundial y la intensidad de sus caprichos... Con su manía de aclarar perfectamente las botellas y vigilar desde una proximidad increíble el nacimiento de las polillas, siempre me pareció monstruosamente vulgar, a mí, ese inmenso genio experimental... Quítele al gran Bioduret su prodigiosa mezquindad doméstica y dígame, haga el favor, qué queda de admirable. ¿Qué? Una figura hostil de portero quisquilloso y malévolo. Y se acabó. Además, lo demostró de sobra en la Academia, lo cerdo que era, durante los veinte años que pasó en ella, detestado por casi todo el mundo; tuvo encontronazos con casi todos y la tira de veces... Era un megalómano ingenioso... Y se acabó.»

Parapine se disponía a su vez, con calma, a marcharse. Lo ayudé a pasarse una especie de bufanda en torno al cuello y encima de la caspa de siempre una especie de mantilla también. Entonces se acordó de que yo había ido a verlo a propósito de algo concreto y urgente. «Es verdad -dijoque estaba aburriéndolo con mis asuntillos y me olvidaba de su enfermo. ¡Perdóneme y volvamos rápido a su tema! Pero, ¿qué decirle, a fin de cuentas, que no sepa usted ya? Entre tantas teorías vacilantes, experiencias indiscutibles, ¡lo racional sería, en el fondo, no elegir! Conque haga lo que pueda, ¡ande, colega! Ya que debe usted hacer algo, ¡haga lo que pueda! Por cierto que a mí, puedo asegurárselo confidencialmente, ¡esa afección tífica ha llegado a asquearme hasta grados indecibles! ¡Inimaginables incluso! Cuando yo la abordé en mi juventud, la tifoidea, tan sólo éramos unos pocos los que investigábamos ese terreno, es decir, que sabíamos exactamente cuántos éramos y podíamos realzarnos mutuamente... Mientras que ahora, ¿qué decirle? ¡Llegan de Laponia, amigo! ¡de Perú! ¡Cada día más! ¡Llegan de todas partes especialistas! ¡Los fabrican en serie en Japón! En el plazo de unos años he visto el mundo inundado con un auténtico diluvio de publicaciones universales y descabelladas sobre ese mismo tema tan machacado. Me resigno, para conservar mi plaza y defenderla, desde luego, bien que mal, a producir y reproducir mi articulito, siempre el mismo, de un congreso a otro, de una revista a otra, al que me limito a aportar, hacia el final de cada temporada, algunas modificaciones sutiles y anodinas, del todo accesorias... Pero, aun así, créame, colega, la tifoidea, en nuestros días, es algo tan trillado como la mandolina o el banjo. ¡Es como para morirse, ya digo! Cada cual quiere tocar una tonadilla a su manera. No, prefiero confesárselo, no me siento con fuerzas para preocuparme más; lo que busco para acabar mi existencia es un rinconcito de investigaciones muy tranquilas, con las que no me granjee ni enemigos ni discípulos, sino esa mediocre notoriedad sin envidias con la que me contento y que tanto necesito. Entre otras paparruchas, se me ha ocurrido el estudio de la influencia comparativa de la calefacción central en las hemorroides de los países septentrionales y meridionales.

¿Qué le parece? ¿Higiene? ¿Régimen? Están de moda, esos cuentos, ¿verdad? Semejante estudio, convenientemente encarrilado y prolongado lo suyo, me valdrá el favor de la Academia, no me cabe duda, que cuenta con una mayoría de vejestorios, a quienes esos problemas de calefacción y hemorroides no pueden dejar indiferentes.

¡Fíjese lo que han hecho por el cáncer, que tan de cerca los afecta!... ¿Que después la Academia me honra con uno de sus premios sobre higiene? ¿Qué sé yo? ¿Diez mil francos? ¿Eh? Pues tendré para pagarme un viaje a Venecia... En mi juventud fui con frecuencia a Venecia, mi joven amigo... ¡Pues sí! Se muere de hambre allí igual que en otros sitios... Pero se respira allí un olor a muerte suntuoso, que no es fácil de olvidar después...»

En la calle, tuvimos que volver, veloces, sobre nuestros pasos para buscar sus chanclos, que había olvidado. Con eso nos retrasamos. Y después nos apresuramos hacia un sitio, no me dijo cuál.

Por la larga Rué de Vaugirard, salpicada de legumbres y estorbos, llegamos a la entrada de una plaza rodeada de castaños y agentes de policía. Nos colamos hasta la sala trasera de un pequeño café, donde Parapine se apostó detrás de un cristal, protegido por un visillo.

«¡Demasiado tarde! -dijo, despechado-. ¡Ya han salido!»

«¿Quiénes?»

«Las alumnitas del instituto... Mire, hay algunas encantadoras... Me conozco sus piernas de memoria. No puedo imaginar nada mejor para acabar el día... ¡Vámonos! Otro día será...»

Y nos separamos muy amigos.

* * *

Habría preferido no tener que volver nunca a Rancy. Desde aquella misma mañana que me había marchado de allí, casi había olvidado mis preocupaciones habituales; estaban aún tan incrustadas en Rancy, que no me seguían. Se habrían muerto allí, tal vez, mis preocupaciones, de abandono, como Bébert, si yo no hubiese regresado. Eran preocupaciones de suburbio. Sin embargo, por la Rué Bonaparte, me volvió la reflexión, la triste. Y, sin embargo, es una calle como para dar placer, más bien, al transeúnte. Pocas hay tan acogedoras y agradables. Pero, al acercarme al río, me iba entrando miedo, de todos modos. Empecé a dar vueltas. No conseguía decidirme a cruzar el Sena.

¡Todo el mundo no es César! Al otro lado, en la otra orilla, comenzaban mis penas. Decidí esperar así, a la orilla izquierda, hasta la noche. En último caso, unas horas de sol ganadas, me decía.

El agua venía a chapotear junto a los pescadores y me senté a ver lo que hacían. La verdad es que no tenía ninguna prisa yo tampoco, tan poca como ellos. Me parecía haber llegado al momento, a la edad tal vez, en que sabes perfectamente lo que pierdes cada hora que pasa. Pero aún no has adquirido la sabiduría necesaria para pararte en seco en el camino del tiempo, pero es que, si te detuvieras, no sabrías qué hacer tampoco, sin esa locura por avanzar que te embarga y que admiras durante toda la juventud. Ya te sientes menos orgulloso, de tu juventud, aún no te atreves a reconocerlo en público, que acaso no sea sino eso, tu juventud, el entusiasmo por envejecer.

Descubres en tu ridículo pasado tanta ridiculez, engaño y credulidad, que desearías acaso dejar de ser joven al instante, esperar a que se aparte, la juventud, esperar a que te adelante, verla irse, alejarse, contemplar toda tu vanidad, llevarte la mano a tu vacío, verla pasar de nuevo ante ti, y después marcharte tú, estar seguro de que se ha ido de una vez, tu juventud, y, tranquilo entonces, por tu parte, volver a pasar muy despacio al otro lado del Tiempo para ver, de verdad, cómo son la gente y las cosas.

A la orilla del río, los pescadores no se estrenaban. Ni siquiera parecía importarles demasiado pescar o no. Los peces debían de conocerlos. Se quedaban allí, todos, haciendo como que pescaban. Los últimos rayos de sol, deliciosos, mantenían aún un poco de calorcito a nuestro alrededor y hacían saltar sobre el agua pequeños reflejos entreverados de azul y oro. Viento llegaba muy fresco de enfrente por entre los altos árboles, muy sonriente, el viento, asomándose por entre mil hojas, en ráfagas suaves. Se estaba bien. Dos buenas horas permanecimos así, sin pescar nada, sin hacer nada. Y después el Sena se obscureció y la esquina del puente se puso roja con el crepúsculo. El mundo, al pasar por el muelle, nos había olvidado allí, entre la orilla y el agua.

La noche salió de debajo de los arcos, subió a lo largo del castillo, tomó la fachada, las ventanas, una tras otra, que flameaban ante la sombra. Y después se apagaron también, las ventanas.

Ya sólo quedaba marcharse una vez más.

Los libreros de lance de las orillas del río estaban cerrando sus cajas. «¿Vienes?», fue y gritó la mujer, por encima del pretil a su marido, a mi lado, quien, por su parte, cerraba sus instrumentos y la silla de tijera y los gusanos. Refunfuñó y todos los demás pescadores refunfuñaron tras él y volvimos a subir, yo también, arriba, refunfuñando hacia donde pasaba la gente. Hablé a su mujer, sólo para decirle algo amable, antes de que cayese la noche por todas partes. Al instante, quiso venderme un libro. Era uno que había olvidado meter en la caja, según decía. «Conque se lo daría más barato, regalado...», añadió. Un «Montaigne» viejo, uno de verdad, sólo por un franco. No tuve inconveniente en dar gusto a aquella mujer por tan poco dinero. Me lo quedé, su «Montaigne».

Bajo el puente, el agua se había vuelto muy espesa. Yo ya no tenía el menor deseo de avanzar. En los bulevares, me tomé un café con leche y abrí aquel libro que me había vendido. Al abrirlo, me encontré con una carta que escribía a su mujer, el Montaigne, precisamente con motivo de la muerte de uno de sus hijos. Me interesó de inmediato, aquel pasaje, probablemente porque lo relacioné al instante con Bébert. «¡Ahí -iba y le decía el Montaigne, más o menos así, a su esposa-: *No te preocupes, ¡anda, querida esposa! ¡Tienes que consolarte!... ¡Todo se arreglará!... Todo se arregla en la vida... Por cierto, que -le decía también precisamente ayer encontré entre los papeles viejos de un amigo mío una carta que Plutarco envió, también él, a su mujer en circunstancias idénticas a las nuestras... Y, como me ha parecido pero que muy bien escrita, su carta, querida esposa, ¡cojo y te la envío!... ¡Es una carta hermosa! Además, no quiero privarte de ella por más tiempo, ¡ya verás tú como te cura la pena!... ¡Mi querida esposa! ¡ Te la envío, esa hermosa carta! Es una carta, pero, ¡lo que se dice una carta, esa de Plutarco!... ¡Eso desde luego! ¡Vas a ver tú como te va a interesar!...*

¡ *Ya lo creo! ¡No dejes de consultarla enterita, querida esposa! ¡Léela bien! Enséñasela a los amigos.* ¡ *Y vuelve a leerla! ¡Ahora me siento del todo tranquilo! ¡Estoy seguro de que te va a devolver el aplomo!... Tu amante esposo. Michel.»* Eso es, me dije, lo que se llama un trabajo de primera. Su mujer debía de estar orgullosa de tener un marido como su Michel, que no se preocupaba. En fin, era asunto de aquella gente. Tal vez nos equivoquemos siempre, a la hora de juzgar el corazón de los demás. ¿Acaso no sentían pena de verdad? ¿Pena de la época?

Pero, en lo relativo a Bébert, había sido un día como para cortársela. No tenía potra yo con Bébert, vivo o muerto. Me parecía que no había nada para él en la Tierra, ni siquiera en Montaigne. Tal vez sea igual para todo el mundo, por lo demás; en cuanto insistes un poco, el vacío. El caso es que yo había salido de Rancy por la mañana y tenía que volver y regresaba con las manos vacías. Nada absolutamente traía para ofrecerle, ni a la tía tampoco.

Una vueltecita por la Place Blanche antes de regresar.

Vi gente por toda la Rué Lepic, aún más que de costumbre. Conque subí yo también, a ver. Delante de una carnicería, había una multitud. Había que apretujarse para ver lo que pasaba, en círculo. Un cerdo era, uno gordo, enorme. Gemía también él, en medio del círculo, como un hombre molestado, pero es que con ganas. Y, además, es que no paraban de hacerle de rabiar. La gente le retorcía las orejas, para oírlo gritar. Culebreaba y se ponía patas arriba, el cerdo, a fuerza de intentar escapar tirando de la cuerda, otros lo chinchaban y lanzaba alaridos aún más fuertes de dolor. Y se reían aún más.

No sabía cómo esconderse, el grueso cerdo, en la poca paja que le habían dejado y que se volaba, cuando gruñía y resoplaba. No sabía cómo escapar de los hombres. Lo comprendía. Orinaba, al mismo tiempo, todo lo que podía, pero eso no servía de nada tampoco. Gruñir, aullar tampoco. No había nada que hacer. Se reían. El chacinero, dentro de su tienda, intercambiaba señas y bromas con los clientes y hacía gestos con un gran cuchillo.

Estaba contento él también. Había comprado el cerdo y lo había atado para hacer propaganda. En la boda de su hija no se divertiría tanto.

Seguía llegando y llegando gente ante la tienda para ver desplomarse el cerdo, con sus gruesos pliegues rosados, tras cada esfuerzo por escapar. Sin embargo, no era bastante aún. Hicieron que se le subiese encima un perrito arisco, al que azuzaban para que saltara y lo mordiese hasta en la carne, dilatada por la gordura. Entonces se divertían tanto, que ya no se podía avanzar. Vino la policía para dispersar los grupos.

Cuando llegas a esas horas a lo alto del puente de Caulaincourt, distingues, más allá del gran lago de noche que hay sobre el cementerio, las primeras luces de Rancy. Está en la otra orilla, Rancy. Hay que dar toda la vuelta para llegar. ¡Está tan lejos! Tanto tiempo hay que andar y tantos pasos que dar en torno al cementerio para llegar a las fortificaciones, que parece como si dieras la vuelta a la noche misma.

Y después, tras llegar a la puerta, en la oficina de arbitrios, pasas aún ante la oficina enmohecida en que vegeta el chupatintas verde. Entonces ya falta muy poco. Los perros de la zona están en su puesto, ladrando. Bajo un farol de gas, hay flores, a pesar de todo, las de la vendedora que espera siempre ahí, a los muertos que pasan día tras día, hora tras hora. El cementerio, otro, al lado, y después el Boulevard de la Révolte. Sube con todos sus faroles derecho y ancho hasta el centro de la noche. Basta con seguir, a la izquierda. Ésa era mi calle. No había nadie, la verdad, con quien encontrarse. Aun así, me habría gustado estar en otra parte y lejos. También me habría gustado ir en zapatillas para que no me oyeran volver a casa.

Y, sin embargo, nada tenía que ver, yo, con que Bébert empeorara. Había hecho todo lo posible. No tenía nada que reprocharme. No era culpa mía que no se pudiese hacer nada en casos así. Llegué hasta delante de su puerta y, me pareció, sin que me vieran. Y después, tras haber subido, miré, sin abrir las persianas, por las rendijas para ver si aún había gente hablando ante la casa de Bébert. Salían aún algunos visitantes de la casa, pero no tenían el mismo aspecto que el día anterior, los visitantes. Una asistenta del barrio, a la que yo conocía bien, lloriqueaba al salir. «Está visto que está aún peor - me decía yo-. En cualquier caso, seguro que no va mejor... ¿Se habrá muerto ya? -me decía yo-. ¡Puesto que hay una que llora ya!...» El día había acabado.

Me preguntaba, de todos modos, si no tenía yo nada que ver con aquello. Mi casa estaba fría y silenciosa. Como una pequeña noche en un rincón de la grande, a propósito para mí sólito.

De vez en cuando llegaban ruidos de pasos y el eco entraba cada vez más fuerte en mi habitación, zumbaba, se extinguía... Silencio. Volví a mirar si pasaba algo fuera, enfrente. Sólo en mí pasaba, siempre haciéndome la misma pregunta.

Acabé quedándome dormido con la pregunta, en mi noche propia, aquel ataúd, de tan cansado que estaba de andar y no encontrar nada.

* * *

Más vale no hacerse ilusiones, la gente nada tiene que decirse, sólo se hablan de sus propias penas, está claro. Cada cual a lo suyo, la tierra para todos. Intentan deshacerse de su pena y pasársela al otro, en el momento del amor, pero no da resultado y, por mucho que hagan, la conservan entera, su pena, y vuelven a empezar, intentan otra vez endosársela a alguien. «Es usted muy guapa, señorita», van y dicen. Y reanudan la vida, hasta la próxima vez, en que volverán a probar el mismo miquillo. «¡Es usted guapísima, señorita!...»

Y después venga jactarte, entretanto, de haberte librado de tu pena, pero todo el mundo sabe, verdad, que no es cierto y que te la has guardado pura y simplemente para ti sólito. Como te vuelves cada vez más feo y repugnante con ese juego, al envejecer, ya ni siquiera puedes disimularla, tu pena, tu fracaso, acabas con la cara cubierta de esa fea mueca que tarda veinte, treinta años y más en subir, por fin, del vientre al rostro. Para eso sirve, y para eso sólo, un hombre, una mueca, que tarda toda una vida en fabricarse y ni siquiera llega siempre a terminarla, de tan pesada y complicada que es, la mueca que habría de poner para expresar toda su alma de verdad sin perderse nada.

La mía estaba precisamente perfilándomela bien, con facturas que no lograba pagar, poco elevadas, sin embargo, el alquiler imposible, el abrigo demasiado fino para la temporada y el frutero que se reía por la comisura de los labios al verme contar el dinero, vacilar ante el queso, enrojecer en el momento en que las uvas empezaban a costar caras. Y también por los enfermos, que nunca estaban contentos. Tampoco el golpe de la muerte de Bébert me había beneficiado, en el barrio. Sin embargo, la tía no estaba resentida conmigo. No se podía decir que se hubiera portado mal, la tía, en aquella circunstancia, no. Más bien por el lado de los Henrouille, en su hotelito, empecé a cosechar de repente la tira de problemas y a concebir temores.

Un día, la vieja Henrouille, sin más ni más, salió de su cuarto, dejó a su hijo, a su nuera, y se decidió a venir ella sola a visitarme. No era mala idea. Y después volvió a menudo para preguntarme si de verdad creía yo que estaba loca. Era como una distracción para aquella vieja, venir a propósito a preguntarme eso. Me esperaba en el cuarto que me servía de sala de espera. Tres sillas y un velador.

Y cuando volví a casa aquella noche, me la encontré en la sala de espera consolando a la tía de Bébert, contándole todo lo que había perdido ella, la vieja Henrouille, en punto a parientes por el camino, antes de llegar a su edad, sobrinas por docenas, tíos por aquí, por allá, un padre muy lejos, allí, a mitad del siglo pasado, y más tías y, además, sus propias hijas, desaparecidas, ésas, casi por todas partes, que ya no sabía muy bien ni dónde ni cómo, tan desdibujadas, tan vagarosas, sus propias hijas, que casi se veía obligada a imaginarlas ahora y con mucho esfuerzo aún, cuando quería hablar de ellas a los demás. Ya no eran del todo recuerdos siquiera, sus propios hijos. Arrastraba toda una tribu de defunciones antiguas y humildes en torno a sus viejos flancos, sombras mudas desde hacía mucho, penas imperceptibles que, de todos modos, intentaba aún remover un poco, con mucha dificultad, para consuelo, cuando yo llegué, de la tía de Bebert.

Y después vino a verme Robinson, a su vez. Le presenté a todos. Amigos.

Fue incluso aquel día, lo recordé más adelante, cuando adquirió la costumbre Robinson de encontrarse en mi sala de espera con la vieja Henrouille. Se hablaban. El día siguiente era el entierro de Bébert. «¿Irá usted? -preguntaba la tía a todos los que encontraba-. Me alegraría mucho que fuera usted...»

«Ya lo creo que iré -respondió la vieja-. Da gusto en esos momentos tener gente, alrededor.» Ya no se la podía retener en su cuchitril. Se había vuelto una pindonga.

«¡Ah, entonces muy bien, si viene usted! -le daba las gracias la tía-. Y usted, señor, ¿vendrá también?», preguntó a Robinson.

«A mí los entierros me dan miedo, señora, no me lo tome en cuenta», respondió él para escabullirse.

Y después cada uno de ellos habló aún lo suyo, sólo de sus asuntos, casi con violencia, incluso la muy vieja Henrouille, que se metió en la conversación. Demasiado alto hablaban todos, como en el manicomio.

Entonces fui a buscar a la vieja para llevarla al cuarto contiguo, donde pasaba consulta.

No tenía gran cosa que decirle. Era ella más bien la que me preguntaba cosas. Le prometí que no insistiría con lo del certificado. Volvimos a la otra habitación a sentarnos con Robinson y la tía y discutimos todos durante una buena hora el infortunado caso de Bébert. Todo el mundo era de la misma opinión, no había duda, en el barrio: que si yo me había esforzado por salvar al pequeño Bébert, que si sólo era una fatalidad, que si me había portado bien, en una palabra, lo que era casi una sorpresa para todo el mundo. La vieja Henrouille, cuando le dijeron la edad del niño, siete años, pareció sentirse mejor y como tranquilizada. La muerte de un niño tan pequeño le parecía sólo un auténtico accidente, no una muerte normal y que pudiera hacerla reflexionar, a ella.

Robinson se puso a contarnos una vez más que los ácidos le quemaban el estómago y los pulmones, lo asfixiaban y le hacían escupir muy negro. Pero la vieja Henrouille, por su parte, no escupía, no trabajaba en los ácidos, conque lo que Robinson contaba sobre ese tema no podía interesarle. Había venido sólo para saber bien a qué atenerse respecto a mí. Me miraba por el rabillo del ojo, mientras yo hablaba, con sus pequeñas pupilas ágiles y azuladas y Robinson no perdía ripio de toda aquella inquietud latente entre nosotros. Estaba obscura mi sala de espera, la alta casa de la otra acera palidecía enteramente antes de ceder ante la noche. Después, sólo se oyeron nuestras voces y todo lo que siempre parecen ir a decir, las voces, y nunca dicen.

Cuando me quedé solo con él, intenté hacerle comprender que no quería volver a verlo en absoluto, a Robinson, pero, aun así, volvió hacia fines de mes y después casi todas las tardes. Es cierto que no se encontraba nada bien del pecho.

«El Sr. Robinson ha vuelto a preguntar por usted... -me recordaba mi portera, que se interesaba por él-. No saldrá de ésta, ¿verdad?... -añadía-. Seguía tosiendo, cuando ha venido...» Sabía muy bien que me irritaba que me hablara de eso.

Es cierto que tosía. «No hay manera -predecía él mismo-, no voy a levantar cabeza nunca...»

«¡Espera al verano próximo! ¡Un poco de paciencia! Ya verás... Se irá solo...»

En fin, lo que se dice en esos casos. Yo no podía curarlo, mientras trabajara con los ácidos... Aun así, intentaba reanimarlo.

«¿Que me voy a curar solo? -respondía-. ¡Me tienes contento!... Como si fuera fácil respirar como yo respiro... A ti me gustaría verte con algo así en el pecho... Te desinflas con una cosa como la que yo tengo en el pecho... Conque ya lo sabes...»

«Estás deprimido, estás pasando por un mal momento, pero cuando te encuentres mejor... Aunque sólo sea un poco, verás...»

«¿Un poco mejor? ¡Al hoyo voy a ir un poco mejor! ¡Mejor me habría ido, sobre todo, quedándome en la guerra! ¡Eso desde luego! A ti sí que te va bien, desde que has vuelto... ¡No puedes quejarte!»

Los hombres se aferran a sus cochinos recuerdos, a todas sus desgracias, y no hay quien los saque de ahí. Con eso ocupan el alma. Se vengan de la injusticia de su presente trabajándose en lo más hondo de su interior con mierda. Justos y cobardes son, en lo más hondo. Es su naturaleza.

Yo ya no le respondía nada. Conque se cabreaba conmigo.

«¡Ya ves que tú también eres de la misma opinión!»

Para estar tranquilo, iba a buscarle un jarabe contra la tos. Es que sus vecinos se quejaban de que no paraba de toser y no podían dormir. Mientras le llenaba la botella, se preguntaba aún dónde había podido pescarla, aquella tos invencible. Me pedía también que le pusiera inyecciones: con sales de oro.

«Si la palmo con las inyecciones, pues mira, ¡no habré perdido nada!»

Pero yo me negaba, por supuesto, a emprender una terapéutica heroica cualquiera.

Quería, ante todo, que se fuese.

Yo había perdido los ánimos sólo de verlo andar por la casa. Esfuerzos indecibles me costaba ya no abandonarme a mi propia miseria, no ceder al deseo de cerrar la puerta una vez por todas y veinte veces al día me repetía:

«¿Para qué?» Conque escuchar encima sus jeremiadas era demasiado, la verdad.

«¡No tienes valor, Robinson! -acababa diciéndole-. Deberías casarte, tal vez recuperarías el gusto por la vida...»

Si hubiera tomado esposa, me habría dejado en paz un poco. Al oír eso, se iba muy ofendido. No le gustaban mis consejos, sobre todo ésos. Ni siquiera me respondía sobre esa cuestión del matrimonio. Era, también es verdad, un consejo muy tonto, el que yo le daba.

Un domingo, en que yo no estaba de servicio, salimos juntos. En la esquina del Boulevard Magnanime, fuimos a la terraza a tomar un casis y un refresco. No hablábamos demasiado, ya no teníamos gran cosa que decirnos. En primer lugar, ¿de qué sirven las palabras, cuando ya sabes a qué atenerte? Para reñir y se acabó. No pasan muchos autobuses los domingos. Desde la terraza es casi un placer ver el bulevar tan limpio, tan descansado también, delante. Oíamos el gramófono de la tasca detrás.

«¿Oyes? -va y me dice Robinson-. Toca canciones de América, ese gramófono; las reconozco, esas canciones, son las mismas que oíamos en Detroit, en casa de Molly...»

Durante los dos años que había pasado allí, no se había enterado apenas de la vida de los americanos; ahora, que le había gustado, de todos modos, su música, con la que intentan evadirse, también ellos, de su terrible rutina y del pesar aplastante de hacer todos los días la misma cosa y gracias a la cual se contonean con la vida, que no tiene sentido, un poco, mientras suena. Osos, aquí, allá.

No se acababa su bebida, de tanto pensar en todo aquello. Un poco de polvo se elevaba por todos lados. En torno a los plátanos, corretean los niños, embadurnados y ventrudos, atraídos, también ellos, por el disco. Nadie se resiste, en el fondo, a la música. No tiene uno nada que hacer con su corazón, lo entrega con gusto. Hay que oír en el fondo de todas las músicas la tonada sin notas, compuesta para nosotros, la melodía de la Muerte.

Algunas tiendas abren también el domingo por cabezonería: la vendedora de zapatillas sale y pasea, parloteando, de un escaparate vecino a otro, sus kilos de varices en las piernas.

En el quiosco, los periódicos de la mañana cuelgan deformados y un poco amarillos ya, formidable alcachofa de noticias ya casi rancia. Un perro se mea, rápido, encima; la vendedora dormita.

Un autobús vacío corre hacia su cochera. Las ideas también acaban teniendo su domingo, te sientes mas afortunado aún que de costumbre. Estás ahí, vacío. Dan ganas de charlar. Estás contento. No tienes nada de que hablar, porque en el fondo no te sucede nada, eres demasiado pobre. ¿Habrás asqueado a la existencia? Sería normal.

«¿No se te ocurre algo, a ti, que pudiera yo hacer, para dejar mi oficio, que me está matando?»

Salía de su reflexión.

«Me gustaría dejarlo, ¿comprendes? Estoy harto de matarme a currelar como un mulo... Quiero ir a pasearme, yo también... ¿No conocerás a alguien que necesite a un chófer, por casualidad?... Conoces la tira de gente, tú.»

Eran ideas de domingo, ideas de caballero, las que se le ocurrían. Yo no me atrevía a disuadirlo, a insinuarle que con una cara de asesino boqueras como la suya nadie le confiaría nunca su automóvil, que siempre conservaría su pinta extraña, con o sin librea.

«La verdad es que no me das muchos ánimos. Entonces, según tú, ¿no voy a librarme nunca?... O sea, ¿que no vale la pena siquiera que lo intente?... En América no corría demasiado, me decías... En África, el calor me mataba... Aquí, no soy bastante inteligente... El caso es que en todas partes algo me sobra o me falta... Pero todo eso, ya lo veo, ¡son cuentos! ¡Ah, si tuviera pasta!... Todo el mundo me consideraría muy simpático aquí... allá... Y en todas partes... En América incluso... ¿Acaso no es verdad lo que digo? ¿Y tú?... Lo que nos haría falta es ser propietarios de una casita de pisos con seis inquilinos que pagaran puntuales...»

«Eso sí que es verdad», respondí.

No salía de su asombro por haber llegado a esa importante conclusión él solo. Conque me echó una mirada rara, como si de repente descubriera en mí un aspecto insólito de desgraciado.

«La verdad es que tú, cuando lo pienso, eres capitán general. Vendes tus trolas a los que están cascando y todo lo demás te la trae floja... Nadie te controla, nada... Llegas y te marchas cuando quieres; en una palabra, tienes libertad... Pareces amable, pero, ¡menudo cabrón estás hecho tú, en el fondo!...»

«¡Eres injusto, Robinson!»

«Oye, búscame algo, ¡anda!»

Estaba decidido a dejar para otros su trabajo con los ácidos...

Nos marchamos por las callejuelas laterales. Al atardecer, aún se podría pensar que es un pueblo Rancy. Las puertas de los huertos están entornadas. El gran patio está vacío. La casita del perro, también. Una tarde, como ésta, hace ya mucho, los campesinos se marcharon de su casa, expulsados por la ciudad, que salía de París. Ya sólo quedan uno o dos comercios de aquellos tiempos, invendibles y enmohecidos e invadidos ya por las glicinas flácidas, que cuelgan por las paredes, carmesíes de tanto anuncio pegado. La rastra colgada entre dos canalones ya no puede herrumbrarse más. Es un pasado que ya nadie toca. Se va sólito. Los inquilinos de ahora están demasiado cansados por la tarde como para ponerse a arreglar nada delante de sus casas, cuando regresan. Se limitan a ir con sus mujeres a apretujarse en las tascas que quedan y beber. El techo muestra las marcas del humo de los quinqués colgantes de entonces. Todo el barrio tremblequea sin quejarse con el continuo runrún de la nueva fábrica. Las tejas musgosas caen rodando sobre los salientes adoquines, como sólo existen ya en Versalles y en las prisiones venerables.

Robinson me acompañó hasta el parquecillo municipal, totalmente rodeado de almacenes, adonde van a olvidarse sobre los céspedes tiñosos todos los abandonados de los alrededores, entre la bolera para los viejos chochos, la Venus raquítica y el montículo de arena para jugar a hacer pis. Y nos pusimos a hablar otra vez de esto y lo otro.

«Mira, lo que siento es no poder soportar la bebida. -Su obsesión-. Cuando bebo, me da un dolor de estómago, que es que me muero. ¡Peor aún! -Y me demostraba al instante, con una serie de eructos, que ni siquiera había soportado bien la bebida de aquella misma tarde-. ¿Ves? Así.»

Delante de su portal, se despidió de mí. «El Castillo de las Corrientes de Aire», como él decía. Desapareció. Yo creía que no iba a volver a verlo por un tiempo.

Mis negocios parecieron recuperarse un poco y justo aquella misma noche.

Simplemente, de la casa donde estaba la comisaría me llegaron dos llamadas urgentes. El domingo por la noche todos los suspiros, las emociones, las impaciencias se desmadran. El amor propio está de vacaciones y además achispado. Tras una jornada entera de libertad alcohólica, los esclavos, mira por dónde, se estremecen un poco, cuesta trabajo hacerlos comportarse, resoplan, bufan y hacen sonar sus cadenas.

Tan sólo en la casa en la que estaba la comisaría, se desarrollaban dos dramas a la vez. En el primero agonizaba un canceroso, mientras que en el tercero había un aborto y la comadrona no conseguía ventilarlo. Daba, aquella matrona, consejos absurdos a todo el mundo, al tiempo que enjuagaba toallas y más toallas. Y después, entre dos inyecciones, se escapaba para ir a pinchar al canceroso de abajo, a diez francos la ampolla de aceite de alcanfor; baratito, ¿no? Para ella la jornada no tenía desperdicio.

Todas las familias de aquella casa habían pasado el domingo en camisón y en mangas de camisa haciendo frente a los acontecimientos y bien reforzadas, las familias, por alimentos salpimentados. Apestaba a ajo y a olores aún más sabrosos por los pasillos y la escalera. Los perros se divertían haciendo cabriolas hasta el sexto. La portera quería enterarse de todo. Te la encontrabas por todos lados. Sólo bebía blanco, ésa, porque el tinto prolonga la regla.

La comadrona, enorme y con bata, ponía en escena los dos dramas, en el primero, en el tercero, saltarina, transpirante, arrebatada y vindicativa. Mi llegada la irritó. Ella que tenía a su público bien cogido, la diva.

En vano me las ingenié para tratarla con tino, para hacerme notar lo menos posible, considerar todo bien (cuando, en realidad, no había hecho, en su misión, sino abominables torpezas); mi llegada, mis palabras, la horrorizaban. No había nada que hacer. Una comadrona vigilada es tan amable como un panadizo. Ya no sabes dónde ponerla para que te perjudique lo menos posible. Las familias desbordaban por el piso, desde la cocina hasta los primeros peldaños, mezclándose con los otros parientes de la casa. ¡Y menudo si había parientes! Gordos y flacos aglomerados en racimos somnolientos bajo las luces de los quinqués colgantes. Pasaba el tiempo y llegaban más, de provincias, donde la gente se acuesta antes que en París. Esos ya estaban hartos. Todo lo que yo les contaba, a aquellos parientes del drama de abajo como a los del de arriba, se lo tomaban a mal.

La agonía del primer piso duró poco. Tanto mejor y tanto peor. En el preciso momento en que le subía el último suspiro, su médico de cabecera, el doctor Omanon, subió, mira por dónde, como si tal cosa, para ver si había muerto, su cliente, y me echó una bronca él también, o casi, porque me encontró a su cabecera. Entonces le expliqué, a Omanon, que estaba de servicio municipal del domingo y que mi presencia era muy natural y volví a subir al tercero con mucha dignidad.

La mujer de arriba seguía sangrando por el chichi. Poco le faltaba para ponerse a morir también sin tardanza. Un minuto para ponerle una inyección y ahí me teníais otra vez, abajo, junto al tipo de Omanon. Todo había terminado. Omanon acababa de marcharse. Pero, de todos modos, se había quedado con mis veinte francos, el muy cabrón. Un fracaso. Conque no quise perderme el sitio que había conseguido en la casa del aborto. Así es que subí a escape.

Ante la vulva sangrante, expliqué más cosas aún a la familia. La comadrona, evidentemente, no opinaba como yo. Parecía casi que se ganara su parné contradiciéndome. Pero yo estaba allí, mala suerte, ¡allá películas si le gustaba o no! ¡Se acabaron las fantasías! ¡Me iba a ganar por lo menos cien pavos, si sabía montármelo y persistir! Calma de nuevo y ciencia, ¡qué leche! Resistir los asaltos en forma de comentarios y preguntas llenas de vino blanco que se cruzan implacables por encima de tu cabeza inocente es un currelo que para qué, nada cómodo. La familia decía lo que pensaba entre suspiros y eructos. La comadrona esperaba, por su parte, que yo metiera la pata bien, que me largase y le dejase los cien francos. Pero, ¡ya podía esperar sentada, la comadrona! Y mi alquiler, ¿qué? ¿Quién lo pagaría? Aquel parto iba de culo desde por la mañana, ya lo creo. Sangraba de lo lindo, ya lo creo también, pero no salía, ¡y había que saber aguantar!

Ahora que el otro canceroso había muerto abajo, su público de agonía subía, furtivo, aquí. Puestos a pasar la noche en blanco, hecho ya el sacrificio, había que aprovechar para no perderse ninguna de las distracciones de los alrededores. La familia de abajo vino a ver si la cosa iba a terminar allí tan mal como en su casa. Dos muertos en la misma noche, en la misma casa, ¡iba a ser una emoción para toda la vida! ¡Ni más ni menos! Se oía, por los cascabeles, a los perros de todo el mundo saltando y haciendo cabriolas por las escaleras. Subían también, ésos. Gente venida de lejos entraba, con lo que ya no se cabía, susurrando. Las jovencitas aprendían de repente «las cosas de la vida», como dicen las madres; ponían, tiernas, cara de enteradas ante la desgracia. El instinto femenino de consolar. Un primo, que las espiaba desde por la mañana, estaba muy sorprendido. Ya no las dejaba ni a sol ni a sombra. Era una revelación en su fatiga. Todo el mundo estaba descamisado. Se casaría con una de ellas, el primo, pero le habría gustado verles las piernas también, ya que estaba, para poder elegir mejor.

Aquella expulsión de feto no avanzaba, el conducto debía de estar seco, no se deslizaba, sólo seguía sangrando. Iba a ser su sexto hijo. ¿Dónde estaba el marido? Lo mandé llamar.

Había que encontrar al marido para poder enviar a su mujer al hospital. Una parienta me lo había propuesto, que la enviara al hospital. Una madre de familia que quería irse a acostar, qué caramba, por los niños. Pero, cuando se habló del hospital, ya no se ponían de acuerdo. A unos les parecía bien lo del hospital, otros se mostraban absolutamente contrarios, por las conveniencias. No querían ni siquiera oír hablar de eso. Incluso se dijeron al respecto palabras duras, entre parientes, que no olvidarían nunca. Pasaron a la familia. La comadrona despreciaba a todo el mundo. Pero era al marido a quien yo, por mi parte, quería encontrar para poder consultarlo, para que nos decidiéramos, por fin, en un sentido o en otro. Entonces va y sale de entre un grupo, más indeciso aún que todos los demás, el marido. Y, sin embargo, era él quien tenía que decidir. ¿El hospital? ¿O no? ¿Qué quería? No sabía. Quería mirar. Conque fue y miró. Le destapé el agujero de su mujer, de donde chorreaban coágulos y después gluglús y luego toda su mujer entera, que mirara. Su mujer, que gemía como un perro enorme al que hubiera pillado un auto. No sabía, en una palabra, lo que quería. Le pasaron un vaso de blanco para darle fuerzas. Se sentó.

Aun así, no se le ocurría nada. Era un hombre, aquel, que trabajaba con ganas durante el día. Todo el mundo lo conocía bien en el mercado y en la estación sobre todo, donde cargaba sacos de los hortelanos, y no pequeños, grandes y pesados, desde hacía quince años. Era famoso. Llevaba pantalones anchos, vagarosos, y la chaqueta también. No los perdía, pero no parecían importarle demasiado, la chaqueta y los pantalones. Sólo la tierra y seguir derecho en pie sobre ella parecía importarle, con los dos pies separados, como si se fuera a poner a temblar, la tierra, de un momento a otro, debajo. Pierre se llamaba.

Esperamos. «¿Qué te parece, Pierre?», le preguntaron por turnos todos. Se rascó y después fue a sentarse, aquel Pierre, a la cabecera de su mujer, como si le costara reconocerla, ella que no paraba de traer al mundo dolores, y después lloró, algo así como una lágrima, Pierre, y después se volvió a levantar. Entonces volvieron a hacerle la misma pregunta. Fui preparando un volante para ingreso en el hospital. «¡Vamos, piensa, Pierre!», le pedía todo el mundo. Lo intentaba, desde luego, pero hacía señas de que no le venía. Se levantó y fue a vacilar hacia la cocina llevándose el vaso. ¿Para qué esperarlo? Habría podido durar el resto de la noche, su vacilación de marido, todo el mundo lo comprendía perfectamente. Mejor irse a otra parte.

Cien francos perdidos para mí, ¡y se acabó! Pero, de todos modos, con aquella comadrona habría tenido problemas... Estaba visto. Y, además, ¡que no me iba a meter en maniobras operatorias delante de todo el mundo, con lo cansado que estaba! «¡Mala suerte! -me dije-. ¡Vámonos! Otra vez será... ¡Resignación! ¡Dejemos a la puta de la naturaleza en paz!»

Apenas había llegado al descansillo, cuando ya me buscaban todos y el marido perdiendo el culo tras mí.

«¡Eh, doctor! -fue y me gritó-. ¡No se vaya!»

«¿Qué quiere usted que haga?», le respondí.

«¡Espere! ¡Lo acompaño, doctor!... ¡Por favor, señor doctor!...»

«De acuerdo», le dije y entonces le dejé acompañarme hasta abajo. Y fuimos y bajamos. Al pasar por el primero, entré, de todos modos, a decir adiós a la familia del muerto canceroso. El marido entró conmigo en la habitación, volvimos a salir. En la calle, caminaba a mi paso. Fuera hacía un frío que pelaba. Encontramos un perrito que se entrenaba a responder a los otros de la zona con largos aullidos. Y menudo si era cabezón y lastimero. Ya sabía ladrar con ganas. Pronto sería un perro de verdad.

«Hombre, pero si es "Yema de huevo" -observó el marido; muy contento de reconocerlo y cambiar de conversación-. Lo criaron con biberón las hijas del lavandero de la Rué des Gonesses, este jodio, siempre salido... ¿Las conoce usted, a las hijas del lavandero?»

«Sí», respondí.

Sin dejar de caminar, se puso a contarme, entonces, las formas que había de criar a los perros con leche sin que saliera demasiado caro. De todos modos, seguía, detrás de aquellas palabras, buscando una idea en relación con lo de su mujer.

Había una tasca abierta cerca del portal.

«¿Entra usted, doctor? Le invito a un café...»

No iba yo a despreciárselo. «¡Entremos! -dije-. Dos con leche.» Y aproveché para hablarle otra vez de su mujer. Eso le ponía muy serio, que le hablara de ella, pero yo seguía sin conseguir que se decidiera. Sobre la barra sobresalía un ramo de flores. Por el santo del dueño de la tasca, Martrodin. «¡Un regalo de los chavales!», nos anunció en persona. Conque tomamos un vermut con él, para no despreciárselo. Por encima de la barra se veía aún el texto de la ley sobre la embriaguez y un certificado de estudios enmarcado. De repente, al ver aquello, el marido se empeñó en que Martrodin le recitara los nombres de todas las subprefecturas de Loiret-Cher, porque él se los había aprendido y aún se los sabía. Después, se empeñó en que el nombre que figuraba en el certificado no era el del dueño de la tasca y entonces se enfadaron y volvió a sentarse a mi lado, el marido. La duda se apoderó de él por entero. Tanto le preocupaba, que ni siquiera me vio marchar...

Nunca volví a verlo, al marido. Nunca. Me sentía muy decepcionado por todo lo que había sucedido aquel domingo y, además, muy fatigado.

En la calle, apenas había hecho cien metros, cuando me vi a Robinson, que venía hacia mí, cargado con toda clase de tablas, pequeñas y grandes. A pesar de la obscuridad, lo reconocí. Muy molesto por haberme encontrado, se escabullía, pero lo detuve.

«Conque, ¿no has ido a acostarte?», le dije.

«¡Un momento!... -me respondió-. ¡Vuelvo de las obras!»

«¿Qué vas a hacer con toda esa madera? ¿Obras también?... ¿Un ataúd?... ¿Las has robado al menos?...»

«No, una conejera...»

«¿Crías conejos ahora?»

«No, es para los Henrouille...»

«¿Los Henrouille? ¿Tienen conejos?»

«Sí, tres, que van a poner en el patio, ya sabes, donde vive la vieja...»

«Pues, ¡vaya unas horas de hacer conejeras!...»

«Es una idea de su mujer...»

«Pues, ¡menuda idea!... ¿Qué quiere hacer con los conejos? ¿Venderlos? ¿Sombreros de copa?...»

«Mira, eso se lo preguntas, cuando la veas; a mí con que me dé los cien francos...» Aquella idea me parecía muy rara, la verdad, así, de noche. Insistí.

Entonces cambió de conversación.

«Pero, ¿cómo es que has ido a su casa? -volví a preguntarle-. Tú no los conocías, a los Henrouille.»

«Me llevó la vieja a su casa, el día que la conocí en tu consulta... Es una charlatana, esa vieja, cuando se pone... No te puedes hacer idea... No hay quien la haga callar... Conque se hizo como amiga mía y después ellos también... Hay gente que me aprecia, ¡para que veas!...»

«Nunca me habías contado nada de eso a mí... Pero, ya que vas a su casa, debes de saber si la van a mandar internar, a la vieja.»

«No, por lo que me han dicho, no han podido...»

Aquella conversación no le hacía ninguna gracia, lo notaba, yo, no sabía cómo librarse de mí. Pero cuanto más se escabullía más me empeñaba yo en enterarme...

«La verdad es que la vida es dura, ¿no te parece? Hay que recurrir a unas cosas, ¿eh?», repetía con vaguedad. Pero yo volvía al tema. Estaba decidido a no dejarle escurrir el bulto...

«Dicen que tienen más dinero de lo que parece, los Henrouille. ¿Qué piensas tú, ahora que vas a su casa?»

«Sí, es muy posible que tengan, pero, de todos modos, ¡les encantaría deshacerse de la vieja!»

El disimulo no había sido nunca su fuerte.

«Es que como la vida, verdad, está cada día más cara, les gustaría deshacerse de ella.

Me dijeron que tú no querías certificar que estaba loca... ¿Es verdad?»

Y, sin esperar a mi respuesta, me preguntó con mucho interés hacia dónde me dirigía.

«¿Y tú? ¿Vuelves de una visita?»

Le conté un poco mi aventura con el marido que acababa de perder por el camino.

Eso le hizo reír con ganas; sólo, que al mismo tiempo le hizo toser.

Se encogía tanto, en la obscuridad, para toser, que casi no lo veía yo, aun tan cerca; las manos, sólo, le veía un poco, que se juntaban despacio como una gran flor pálida delante de la boca y temblando en la obscuridad. No cesaba nunca. «¡Son las corrientes de aire!», dijo, por fin, al acabar de toser, cuando llegábamos ante su casa.

«Eso sí, ¡menudo si hay corrientes de aire en mi casa! ¡Y pulgas también! ¿Tienes tú también pulgas en tu casa?...»

Tenía, en efecto. «Pues, claro -le respondí-. Las cojo en casa de los enfermos.»

«¿No te parece que huele a meado en las casas de los enfermos?», me preguntó entonces.

«Sí y a sudor también...»

«De todos modos -dijo despacio, tras haberlo pensado-, me habría gustado mucho, a mí, ser enfermero.»

«¿Por qué?»

«Porque, digan lo que digan, los hombres, verdad, cuando están sanos, dan miedo... Sobre todo desde la guerra... Yo sé en qué piensan... No siempre se dan cuenta de ello... Pero yo sé ahora en qué piensan... Cuando están de pie, piensan en matarte... Mientras que, digan lo que digan, cuando están enfermos no dan tanto miedo... Ya te digo, puedes esperarte cualquier cosa, cuando están de pie. ¿No es verdad?»

«¡Ya lo creo que es verdad!», no me quedó más remedio que decir.

«¿Y tú? ¿No fue por eso también por lo que te hiciste médico?», me preguntó, además.

Después de pensarlo, me di cuenta de que tal vez tuviera razón Robinson. Pero en seguida le dieron nuevos ataques de tos.

«Tienes los pies mojados, vas a coger una pleuresía, andando por ahí de noche...

Anda, vete a casa -le aconsejé-. Ve a acostarte...» De tanto toser, se ponía nervioso.

«La vieja Henrouille, ¡a ésa sí que le van a dar para el pelo!», fue y me dijo, tosiendo y riendo, al oído.

«¿Cómo así?»

«¡Ya verás!...», fue y me dijo.

«¿Qué están tramando?»

«No te puedo decir nada más... Ya verás...»

«Venga, cuéntame, Robinson, no seas desgraciado, ya sabes que yo no repito nada a nadie...»

Ahora, de repente, sentía deseos de contármelo todo, tal vez para demostrarme al mismo tiempo que no había que considerarlo tan resignado y rajado como parecía.

«¡Anda! -lo insté en voz muy baja-. Sabes de sobra que yo no hablo nunca...» Era la excusa que necesitaba para confesarse.

«Eso no se puede negar, sabes callarte», reconoció. Y entonces fue y se puso en serio a cantar de plano...

Estábamos solos, a aquella hora, en el Boulevard Contumance.

«¿Recuerdas -comenzó-, la historia de los vendedores de zanahorias?» Al principio, yo no recordaba aquella historia.

«¡Que sí, hombre! -insistió-. ¡Si me la contaste tú mismo!...»

«¡Ah, sí!...» Y de repente la recordé con claridad.

«¿El ferroviario de la Rué des Brumaires?... ¿El que recibió un petardo en los testículos, al ir a robar los conejos?...»

«Sí, en la frutería del Quai d'Argenteuil...»

«¡Es cierto!... Ahora caigo -dije-. ¿Y qué?» Porque aún no veía yo qué tenía que ver aquella historia con el caso de la vieja Henrouille.

No tardó en concretar.

«¿Es que no comprendes?»

«No», dije... Pero después no quise comprender más.

«Pues, ¡anda que no tardas tú ni nada!...»

«Es que me parece que vas por mal camino, pero que muy malo... -No pude por menos de observar-. ¿No iréis a asesinar a la vieja Henrouille ahora para complacer a la nuera?»

«Mira, yo me limito a hacer la conejera que me han pedido... Del petardo serán ellos quienes se ocupen... si quieren...»

«¿Cuánto te han dado por eso?»

«Cien francos por la madera más doscientos cincuenta francos por el trabajo y luego mil francos más por el asunto simplemente... Y como comprenderás... Esto es sólo el comienzo... Es una historia que, bien contada, ¡es como una renta!... Eh, chaval, ¿te das cuenta?...»

Me daba cuenta, en efecto, y no me sorprendía demasiado. Me entristecía y se acabó, un poco más. Todo lo que se dice para disuadir a la gente en esos casos es insignificante siempre. ¿Acaso la vida es considerada con ellos? ¿De quién o de qué van a tener piedad, entonces? ¿Para qué? ¿De los demás? ¿Se ha visto alguna vez a alguien bajar al infierno a substituir a otro? Nunca. Se ve enviar a otros a él. Y se acabó.

La vocación de asesino que de repente se había apoderado de Robinson me parecía, en resumidas cuentas, como una especie de progreso más bien frente a lo que había observado hasta entonces en la otra gente, siempre dividida entre el odio y el cariño, siempre aburrida por la imprecisión de sus tendencias. Desde luego, por haber seguido en la noche a Robinson hasta donde habíamos llegado, yo había aprendido cosas, la verdad.

Pero había un peligro: la Ley. «Es peligrosa -observé-la Ley. Si te cogen, con tu salud, vas dado... No saldrás de la cárcel... ¡No resistirás!...»

«Mala suerte, entonces -me respondió-. Estoy demasiado harto de la vida normal, de todo el mundo... Eres viejo, esperas aún tu ocasión de divertirte y cuando llega... después de mucha paciencia, si llega... estás muerto y enterrado desde hace mucho... Son para los inocentes, los oficios honrados, como se suele decir... Además, tú lo sabes tan bien como yo...»

«Puede ser... Pero los otros, los golpes duros, todo el mundo los probaría, si no hubiera riesgos... Y la policía tiene mala leche, ya lo sabes... Hay sus pros y sus contras...» Examinábamos la situación.

«No te digo que no, pero, como comprenderás, trabajando como yo trabajo, en las condiciones en que estoy, sin dormir, tosiendo, en currelos que no aguantaría una mula... Ahora nada peor me puede ocurrir... En mi opinión... Nada...»

No me atrevía a decirle que, a fin de cuentas, tenía razón, por los reproches que podría haberme hecho más adelante, si el nuevo plan llegaba a fracasar.

Para animarme, me enumeró algunos buenos motivos para no preocuparme de la vieja, porque, para empezar, no le quedaban, al fin y al cabo, muchos años de vida, en cualquier caso, por ser ya muy mayor. En resumidas cuentas, iba a preparar su marcha y se acabó.

De todos modos, era un asunto muy feo, pero que muy feo. Habían convenido todos los detalles, entre él y los hijos: como la vieja había vuelto a adoptar la costumbre de salir de su casa, una noche la enviarían a llevar la comida a los conejos... El petardo estaría preparado... Le estallaría en plena cara en cuanto tocase la puerta... Exactamente así había sido en la frutería... Ya tenía fama de loca en el barrio, el accidente no sorprendería a nadie... Dirían que se le había avisado para que no se acercara nunca a la conejera... Que había desobedecido... Y a su edad, seguro que no saldría con vida de un petardazo como el que le iban a preparar... así, en plena jeta.

Buena la había hecho yo, la verdad, contando aquella historia a Robinson.

* * *

Y volvió la música con la verbena, la que acompaña al recuerdo más lejano, desde la infancia, la que no cesa nunca, aquí y allá, en los rincones de la ciudad, en los lugarejos del campo, en todos los sitios donde los pobres van a sentarse el fin de semana, para saber qué ha sido de ellos. ¡El Paraíso!, les dicen. Y después se toca música para ellos, ora aquí ora allá, de una estación del año a otra, que con su sonido ramplón fusila todas las melodías que bailaban el año anterior los ricos. Es la música de organillo que sale del tiovivo, de los automóviles que no lo son, en realidad, de las montañas en absoluto rusas y del tablado del luchador que no tiene bíceps ni viene de Marsella, de la mujer que no tiene barba, del mago que es cornudo, del órgano que no es de oro, detrás del tiro al blanco cuyos huevos están vacíos. Es la fiesta para engañar a la gente el fin de semana.

¡Y a beber la cerveza sin espuma! Pero al camarero, por su parte, le apesta el aliento, la verdad, bajo los falsos bosquecillos. Y el cambio que devuelve contiene monedas extrañas, tan extrañas, que, semanas y semanas más tarde, aún no has acabado de examinarlas y te cuesta mucho trabajo deshacerte de ellas, al dar limosna. La verbena, vamos. Hay que divertirse como se pueda, entre el hambre y la cárcel, y tomar las cosas como vengan. Si estás sentado, no tienes motivo para quejarte. Algo es algo. «Le Tir des Nations», el mismo, volví a verlo, el que Lola había descubierto, tantos años antes, en las avenidas del parque de Saint-Cloud. Se vuelve a ver de todo en las verbenas; eructos de alegría, las verbenas. Desde entonces debían de haber vuelto a pasearse las muchedumbres en la gran avenida de Saint-Cloud... Los paseantes. La guerra había terminado. Por cierto, ¿sería el mismo propietario? ¿Habría vuelto de la guerra ése? Todo me interesaba. Reconocí los blancos, pero ahora disparaban, además, contra aeroplanos. Novedad. El progreso. La moda. La boda seguía allí, los soldados también y la Alcaldía con su bandera. Todo, en una palabra. Con muchas más cosas a las que disparar incluso que antes.

Pero la gente se divertía mucho más con los coches de choque, invención reciente, por los accidentes que no cesaban de suceder en ellos y las espantosas sacudidas que te producen en la cabeza y en las tripas. No cesaban de llegar otros atontados y boceras para chocar salvajemente, amontonarse en desorden una y otra vez y destrozarse el bazo dentro de los coches. Y no había manera de hacerlos desistir. Nunca pedían clemencia, jamás parecían haber sido tan felices. Algunos es que deliraban. Había que arrancarlos a sus catástrofes. Si les hubieran dado la muerte en premio por un franco, se habrían precipitado sobre los coches igual. Hacia las cuatro debía tocar, a mitad de la fiesta, la banda. Para reunir la banda, costaba Dios y ayuda, a causa de las tascas que los acaparaban a todos, por turno, a los músicos. Siempre faltaba uno. Lo esperaban. Iban a buscarlo. Mientras lo esperaban, mientras regresaban, volvía a darles sed y otros dos' que desaparecían. Y vuelta a empezar.

Las rosquillas, estropeadas con tanto polvo, se volvían reliquias y daban una sed atroz a los ganadores.

Las familias, por su parte, esperaban a los fuegos artificiales para ir a acostarse. Esperar forma parte también de la fiesta. En la sombra tiritaban mil botellas, que a cada instante vibraban bajo las mesas. Pies que se agitaban para consentir o rebelarse. Ya no se oye la música, de tan conocidas que son las melodías, ni los asmáticos cilindros de los motores tras las barracas donde se mueven las atracciones que se pueden ver por dos francos. El corazón, cuando estás un poco bebido de fatiga, te resuena en las sienes.

¡Bim! ¡Bim! Así hace contra la especie de terciopelo ajustado a la cabeza y en el fondo de los oídos. Así es como llegas a estallar un día. ¡Así sea! Un día en que el movimiento de dentro se une al de fuera y en que todas tus ideas se desparraman y van a divertirse por fin con las estrellas.

Había muchos lloros en toda la feria, por los niños pisoteados, aquí y allá, entre las sillas, sin querer, y también por aquellos a los que enseñaban a dominar los deseos, los inocentes e inmensos goces de montar una y mil veces en el tiovivo. Hay que aprovechar la verbena para formar el carácter. Nunca es demasiado pronto para empezar. No saben aún, esos monines, que todo se paga. Creen que es por simpatía por lo que las personas mayores detrás de las taquillas iluminadas incitan a los clientes a gozar de las maravillas que atesoran, dominan y defienden con sonrisas vociferantes. No conocen la ley, los niños. A tortazos se la enseñan los padres, la ley, y los defienden contra los placeres.

La única verbena auténtica es la del comercio, profunda y secreta, además. Por la noche es cuando goza el comercio, cuando todos los inconscientes, los clientes, bobos paganos, se han marchado, cuando ha vuelto el silencio sobre la explanada y el último perro ha proyectado por fin su última gota de orina contra el billar japonés. Entonces pueden iniciarse las cuentas. Es el momento en que el comercio hace el recuento de sus fuerzas y sus víctimas con los cuartos.

El último domingo de verbena por la noche, la criada de Martrodin, el tabernero, se hizo una herida bastante profunda en la mano, al cortar salchichón.

Hacia las últimas horas de aquella misma noche todo a nuestro alrededor se volvió bastante claro, como si las cosas se hubieran hartado de rodar de una orilla a otra del destino, indecisas, hubiesen salido todas a un tiempo de la sombra y se hubieran puesto a hablarme. Pero hay que desconfiar de las cosas y de las personas en esos momentos. Crees que van a hablar, las cosas, y resulta que no dicen nada y vuelven a hundirse en la noche, muchas veces sin que hayas podido comprender lo que tenían que contarte. Ésa es, al menos, mi experiencia.

En fin, el caso es que volví a ver a Robinson en el café de Martrodin aquella misma noche, justo cuando iba a curar a la criada del tabernero. Recuerdo con exactitud las circunstancias. A nuestro lado había unos árabes, apretados en las banquetas y somnolientos. No parecía interesarles en absoluto lo que ocurría a su alrededor. Al hablar con Robinson, yo procuraba no volver a la conversación de la otra noche, cuando lo había sorprendido transportando tablas. La herida de la criada era difícil de coser y en el fondo del local no veía demasiado bien. Con tanta atención, no podía hablar. En cuanto hube acabado, Robinson me llevó a un rincón y me confirmó, él mismo, que estaba decidido, su asunto, y pronto iba a ser. Una confidencia así me molestaba mucho y habría preferido no recibirla.

«Pronto, ¿qué?»

«Ya sabes lo que quiero decir...»

«¿Sigues con eso?...»

«¡Adivina cuánto me dan ahora!»

Yo no tenía el menor interés en adivinar.

«¡Diez mil!... Sólo por guardar silencio...»

«¡Una bonita suma!»

«Ya me veo libre de apuros, ni más ni menos -añadió-.

¡Son los diez mil francos que siempre me habían faltado!... ¡Los diez mil francos del comienzo, vamos!... ¿Comprendes?... A decir verdad, yo nunca he tenido un oficio, pero, ¡con diez mil francos!...» Ya debía de haberles hecho chantaje. Quería que me diera cuenta de todo lo que iba a poder hacer, emprender, con aquellos diez mil francos... Me dejaba tiempo para pensarlo, apoyado él en la pared, en la penumbra. Un mundo nuevo. ¡Diez mil francos!

De todos modos, al volver a pensar en su asunto, yo me preguntaba si no correría algún riesgo yo personalmente, si no me estaba dejando llevar a una como complicidad, al no hacer ver al instante que desaprobaba su plan. Debería haberlo denunciado incluso. La moral de la Humanidad, a mí, me la trae floja, como a todo el mundo, por cierto. ¿Qué puedo hacer? Pero no hay que olvidar las cochinas historias y complicaciones que remueve la Justicia en el momento de un crimen sólo para divertir a los viciosos de los contribuyentes... Entonces ya no sabes cómo escapar... Ya lo había visto yo, eso. A la hora de escoger una miseria u otra, yo prefería la que no arma escándalo a la que se expone en los periódicos.

En resumidas cuentas, me sentía intrigado y fastidiado a un tiempo. Tras haber llegado hasta allí, me faltaba valor para seguir de verdad hasta el fondo del asunto. Ahora que había que abrir los ojos en la noche, casi prefería mantenerlos cerrados. Pero Robinson parecía interesado en que los abriera, en que me diese cuenta.

Para cambiar de conversación un poco, sin dejar de caminar, saqué a colación el tema de las mujeres. No le gustaban demasiado a él, las mujeres.

«Mira, de mujeres, yo paso, la verdad -decía-, con sus hermosos traseros, sus muslos gruesos, sus bocas en forma de corazón y sus vientres, en los que siempre crece algo, unas veces mocosos y otras enfermedades... ¡Con sus sonrisas no se paga el alquiler!

¿No? Ni siquiera a mí, en mi chabola, me serviría de nada, si tuviese una mujer, enseñar su culo al propietario a principios de mes, ¡no me iba a hacer una rebaja por eso!...»

La independencia era su debilidad, para Robinson. Él mismo lo decía. Pero el patrón, Martrodin, ya estaba cansado de nuestros «apartes» y nuestras intrigas en los rincones.

«¡Robinson, los vasos! ¡Joder! -ordenó-. ¿Es que voy a tener que lavarlos yo?» Robinson dio un salto.

«Es que -me informótrabajo unas horas aquí.»

Era la verbena, no había duda. Martrodin encontraba mil dificultades para acabar de contar su caja, eso le irritaba. Los árabes se fueron, salvo los dos que dormitaban aún contra la puerta.

«¿A qué esperan, ésos?»

«¡A la criada!», me respondió el patrón.

«¿Qué tal, los negocios?», fui y le pregunté entonces, por decir algo.

«Así así... Pero, ¡cuesta lo suyo! Mire, doctor, este local lo compré por sesenta billetes, al contado, antes de la crisis. Tendría que sacarle al menos doscientos... ¿Se da usted cuenta?... Es cierto que se llena, pero de árabes sobre todo... Ahora, que esa gente no bebe... Aún no tienen costumbre... Tendrían que venir polacos. Ésos, doctor, ésos sí que beben, la verdad... Donde estaba yo antes, en las Ardenas, menudo si tenía polacos, y que venían de los hornos de esmalte, no le digo más, ¿eh? ¡Venían ardiendo, de los hornos!... ¡Eso es lo que necesitaríamos aquí!... ¡La sed!... Y el sábado tiraban la casa por la ventana... ¡La Virgen! ¡Eso era currelar! ¡La paga entera! ¡Tracatrá!... Éstos, los moros, no es beber lo que les interesa, sino darse por culo... está prohibido beber en su religión, por lo visto, pero darse por culo no...»

Los despreciaba, Martrodin, a los moros. «¡Unos cabrones, vamos! ¡Hasta parece que se lo hacen a mi criada!... Son unos degenerados, ¿eh? ¡Vaya unas ideas! ¿Eh, doctor?

¿Qué le parece?»

El patrón, Martrodin, se apretaba con sus cortos dedos las bolsitas serosas que tenía bajo los ojos. «¿Qué tal los riñones? -le pregunté, al verle hacer eso. Yo lo trataba de los riñones-. Al menos, ya no tomará usted sal.»

«¡Albúmina otra vez, doctor! Antes de ayer encargué el análisis al farmacéutico... Oh, me importa tres cojones diñarla -añadióde albúmina o de otra cosa, pero lo que me fastidia es trabajar como trabajo... ¡para sacar tan poco!...»

La criada había acabado de lavar los platos, pero la venda le había quedado tan sucia con los restos de comida, que hube de volver a hacérsela. Me ofreció un billete de cinco francos. Yo no quería aceptarlos, sus cinco francos, pero se empeñó en dármelos. Sévérine, se llamaba.

«¿Te has cortado el pelo, Sévérine?», comenté.

«¡Qué remedio! ¡Está de moda! -dijo-. Y, además, que el pelo largo con la cocina de aquí coge todos los olores...»

«¡Tu culo huele mucho peor! -la interrumpió Martrodin, que no podía hacer sus cuentas con nuestra cháchara-. Y eso no impide a tus clientes...»

«Sí, pero no es igual -replicó la Sévérine, muy ofendida-. Una cosa es el olor del pelo y otra el del culo... Y usted, patrón, ¿quiere que le diga a qué huele usted?... ¿No en una parte del cuerpo, sino en todo él?»

Estaba muy irritada, Sévérine. Martrodin no quiso oír el resto. Volvió a sus cochinas cuentas refunfuñando.

Sévérine no conseguía quitarse las zapatillas, con los pies hinchados por el servicio, para ponerse los zapatos. Conque se las dejó puestas para marcharse.

«¡Pues dormiré con ellas!», comentó incluso en voz alta al final.

«¡Venga, vete a apagar la luz al fondo! le ordenó Martrodin-. ¡Cómo se ve que no me la pagas tú, la electricidad!»

«Con ellas dormiré», gimió Sévérine otra vez, al levantarse.

Martrodin no acababa nunca con sus sumas. Se había quitado el delantal y después el chaleco para mejor contar. Las pasaba canutas. Del fondo invisible del local nos llegaba un tintineo de platos, la tarea de Robinson y del otro lavaplatos. Martrodin trazaba grandes cifras infantiles con un lápiz azul que aplastaba entre sus gruesos dedos de asesino. La criada sobaba delante de nosotros, desgalichada en la silla. De vez en cuando, recuperaba un poco la conciencia en el sueño.

«¡Ay, mis pies! ¡Ay, mis pies!», decía entonces y después volvía a caer en la somnolencia.

Pero Martrodin se puso a despertarla con un buen berrido:

«¡Eh, Sévérine! ¡Llévate afuera a tus moros, venga! ¡Ya estoy harto!... ¡Daros el piro todos, hostias! Que ya es hora.»

Ellos, los árabes, no parecían tener la menor prisa, a pesar de la hora. Sévérine se despertó, por fin. «¡Es verdad que tengo que irme! -convino-. ¡Gracias, patrón!» Se llevó consigo a los dos moros. Se habían juntado para pagarle.

«Me los ventilo a los dos esta noche -me explicó, al marcharse-. Porque el domingo que viene no voy a poder, voy a Achares a ver a mi niño. Es que el sábado que viene es el día que libra la nodriza.»

Los árabes se levantaron para seguirla. No parecían nada sinvergüenzas. De todos modos, Sévérine los miraba un poco de soslayo, por el cansancio. «Yo no soy de la opinión del patrón, ¡yo prefiero a los moros! No son brutales como los polacos, los moros, pero son viciosos...

De eso no hay duda, son unos viciosos... En fin, que hagan todo lo que quieran, ¡no creo que eso me quite el sueño! ¡Venga! -les llamó-. ¡Vamos, chicos!»

Y se marcharon los tres, ella unos pasos delante. Los vimos cruzar la plaza apagada, salpicada con los restos de la verbena; el último farol iluminó el grupo brevemente y después se hundieron en la noche. Oímos un poco aún sus voces y después ya nada. Ya no había nada.

Salí de la tasca, a mi vez, sin haber vuelto a hablar con Robinson. El patrón me deseó un montón de cosas. Un agente de policía recorría el bulevar. Al pasar, animábamos el silencio. Un comerciante, aquí, allá, se sobresaltaba, liado con su cálculo agresivo, como un perro royendo un hueso. Una familia de juerga ocupaba toda la calle berreando en la esquina de la Place Jean-Jaurès, ya no avanzaba, ni un paso, aquella familia, vacilaba ante una callejuela, como una flotilla de pesca en plena tormenta. El padre tropezaba de una acera a otra y no paraba de orinar.

La noche estaba en casa.

* * *

Recuerdo también otra noche, por aquella época, a causa de las circunstancias. En primer lugar, un poco después de la hora de cenar, oí un estruendo de cubos de basura. Sucedía con frecuencia en mi escalera, que zarandearan los cubos de la basura. Y después, los gemidos de una mujer, quejas. Entorné mi puerta, pero sin moverme.

Si salía espontáneamente en el momento de un accidente, tal vez me hubieran considerado un simple vecino y mi socorro médico habría parecido gratuito. Si me necesitaban, ya podían llamarme como Dios manda y entonces les costaría veinte francos. La miseria persigue implacable y minuciosa al altruismo y las iniciativas más amables reciben su castigo implacable. Conque esperé a que vinieran a llamar, pero nadie vino. Para economizar seguramente.

Sin embargo, casi había dejado de esperar, cuando apareció una niña ante mi puerta, estaba leyendo los nombres en los timbres... En definitiva, era a mí a quien venía a buscar de parte de la Sra. Henrouille.

«¿Quién está enfermo en casa de los Henrouille?», le pregunté.

«Es para un señor que se ha herido en su casa...»

«¿Un señor?» En seguida pensé en el propio Henrouille.

«¿Él?... ¿El Sr. Henrouille?»

«No... Un amigo que está en su casa...»

«¿Lo conoces, tú?»

«No.» Nunca lo había visto, a ese amigo.

Fuera hacía frío, la niña corría, yo andaba de prisa.

«¿Cómo ha ocurrido?»

«Eso no lo sé.»

Costeamos otro jardincillo, último recinto de un antiguo bosque, donde por la noche venían a enredarse entre los árboles las largas brumas de invierno, suaves y lentas. Callejuelas, una tras otra. En unos instantes llegamos hasta su hotelito. La niña me dijo adiós. Tenía miedo de acercarse más. Henrouille nuera me esperaba en la escalera con marquesina. Su quinqué de petróleo vacilaba al viento.

«¡Por aquí, doctor! ¡Por aquí!», me llamó.

Yo le pregunté, al instante: «¿Es su marido quien se ha herido?»

«¡Entre, entre!», me dijo bastante brusca, sin darme tiempo a pensar. Y me tropecé con la vieja, que desde el pasillo se puso a chillar y acosarme. Una andanada.

«¡Si serán cabrones! ¡Si serán bandidos! ¡Doctor! ¡Han intentado matarme!» Conque habían fracasado.

«¿Matarla? -dije yo, como muy sorprendido-. ¿Y por qué?»

«¡Porque no me decidía a diñarla bastante rápido, ¡no te fastidia! ¡Ni más ni menos! ¡La madre de Dios! ¡Ya lo creo que no quiero morirme!»

«¡Mamá! ¡Mamá! -la interrumpía la nuera-. ¡No está usted en su sano juicio! Pero, bueno, mamá, ¡le está usted contando cosas horribles al doctor!...»

«Cosas horribles, ¿verdad? Pues, mira, bicho, ¡tienes una cara como un templo! Conque no estoy en mi sano juicio, ¿eh? ¡Aún me queda bastante juicio para mandaros a todos a la horca! ¡Para que te enteres!»

«Pero, ¿quién es el herido? ¿Dónde está?»

«¡Ahora lo verá usted! -me cortó la vieja-. ¡Está ahí arriba, en la cama, el asesino! Y, además, la ha ensuciado bien, la cama, ¿eh, bicho? ¡Lo ha ensuciado bien, tu asqueroso colchón, con su cochina sangre! ¡Y no con la mía! ¡Sangre que debe de ser como basura! ¡No lo vas a acabar de lavar nunca! Va a apestar durante siglos a sangre de asesino, ¡ya verás tú! ¡Ah! ¡Hay gente que va al teatro en busca de emociones! Pero, mire, ¡está aquí, el teatro! ¡Está aquí, doctor! ¡Ahí arriba! ¡Y un teatro de verdad! ¡No fingido! ¡No vaya a quedarse sin sitio! ¡Suba rápido! ¡Tal vez esté muerto, ese cochino canalla, cuando llegue usted! Conque, ¡no va usted a ver nada!»

La nuera temía que la oyesen desde la calle y le ordenaba callar. Pese a las circunstancias, no me parecía demasiado desconcertada, la nuera, muy contrariada sólo porque las cosas hubiesen salido torcidas, pero seguía con su idea. Incluso estaba absolutamente convencida de haber tenido razón.

«Pero, bueno, ¿ha escuchado usted eso, doctor? Fíjese, ¡lo que hay que oír! ¡Yo que, al contrario, siempre he intentado facilitarle la vida! Bien lo sabe usted... Yo que siempre le he propuesto ingresarla en el asilo de las hermanitas...»

Sólo le faltaba eso, a la vieja, oír hablar otra vez de las hermanitas.

«¡Al Paraíso! Sí, puta, ¡allí queríais enviarme todos! ¡La muy canalla! ¡Y para eso lo hicisteis venir, tu marido y tú, al sinvergüenza ese de ahí arriba! Para matarme, ya lo creo, y no para enviarme con las hermanitas, ¡si lo sabré yo! Le ha salido el tiro por la culata, eso sí que sí, ¡que lo había preparado bien mal! Vaya, doctor, a ver cómo ha quedado, ese cabrón, y, además, ¡él sólito se lo ha hecho!... ¡Y es de esperar que reviente! ¡Vaya, doctor! ¡Vaya a verlo, mientras está aún a tiempo!...»

Si la nuera no parecía desanimada, la vieja aún menos.

Y eso que había estado a punto de no contarlo, pero no estaba tan indignada como aparentaba. Camelo. Aquel asesinato fallido la había estimulado más bien, la había sacado de aquella como tumba sombría en que se había recluido desde hacía tantos años, en el fondo del jardín enmohecido. A su edad, una vitalidad tenaz volvía a embargarla. Gozaba de modo indecente con su victoria y también con el placer de disponer de un medio de fastidiar, para siempre, a la agarrada de su nuera. Ahora la tenía en sus manos. No quería que se ocultara ni un solo detalle de aquel atentado fallido y de cómo había sucedido.

«Y, además -proseguía, dirigiéndose a mí, en el mismo tono exaltado-, fue en casa de usted, verdad, donde lo conocí, al asesino, en su casa de usted, señor doctor... ¡Y eso que desconfiaba de él!... ¡Vaya si desconfiaba!... ¿Sabes lo que me propuso primero?

¡Liquidarte a ti, chica! ¡A ti, bicho! ¡Y barato también! ¡Te lo aseguro! ¡Es que propone lo mismo a todo el mundo! ¡Ya se sabe!... Conque ya ves, desgraciada, ¡si sé yo bien a lo que se dedicaba tu compinche! ¡Si estoy informada, eh! ¡Robinson se llama!... ¿A ver si no? ¡Anda, di que no se llama así! En cuanto lo vi rondando por aquí con vosotros, sospeché en seguida... ¡Y bien que hice! ¿Dónde estaría ahora, si no hubiera desconfiado?»

Y la vieja me contó una y otra vez cómo había sucedido todo. El conejo se había movido, mientras él ataba el petardo junto a la puerta de la jaula. Entretanto, ella, la vieja, lo observaba desde su refugio, «¡en primera fila!», como ella decía. Y el petardo con todas las postas le había explotado en plena cara, mientras preparaba su truco, en sus propios ojos. «No se está tranquilo, al hacer un asesinato. ¡Como es lógico!», concluyó.

En fin, que había sido el colmo de la torpeza y del fracaso.

«¡Así los han vuelto, a los hombres de ahora! ¡Exacto! ¡A eso los acostumbran!

-insistía la vieja-. ¡Ahora tienen que matar para comer! Ya no les basta con robar su pan sólo... ¡Y matar a abuelas, además!... Eso nunca se había visto... ¡Nunca!... ¡Es el fin del mundo! ¡Ya sólo piensan en hacer daño! Pero, ¡ahora estáis todos hasta el cuello en ese maleficio!... ¡Y ése está ciego ahora! ¡Y vais a tener que cargar con él para siempre!...

¿Eh?... ¡Y no vais a acabar de aprender bribonadas!...»

La nuera no rechistaba, pero ya debía de haber preparado su plan para salir del paso. Era una canalla reconcentrada. Mientras nosotros nos entregábamos a las reflexiones, la vieja se puso a buscar a su hijo por las habitaciones.

«Y, además, es cierto, ¡tengo un hijo, doctor! ¿Dónde se habrá ido a meter? ¿Qué más estará tramando?»

Oscilaba por el pasillo, presa de unas carcajadas que no acababan nunca.

Que un viejo se ría, y tan fuerte, es algo que apenas ocurre salvo en los manicomios. Es como para preguntarse, al oírlo, adonde vamos a ir a parar. Pero estaba empeñada en encontrar a su hijo. Se había escapado a la calle. «¡Muy bien! ¡Que se esconda y que viva mucho aún! ¡Le está bien empleado verse obligado a vivir con ese otro que está ahí arriba! ¡A vivir los dos juntos, con ése, que no va a ver más! ¡A alimentarlo! ¡Es que le ha explotado en plena jeta, su petardo! ¡Lo he visto yo! ¡Lo he visto todo! Así, ¡bum!

¡Es que lo he visto todo! Y no era un conejo, ¡se lo aseguro! ¡Huy, la Virgen! Pero, ¿dónde está mi hijo, doctor? ¿Dónde está? ¿No lo ha visto usted? Es un canalla de mucho cuidado, también ése, que siempre ha sido un hipócrita peor aún que el otro, pero ahora todo el horror ha acabado saliendo de su cochina persona, ¡menudo! ¡Ah! Tarda mucho en salir, ¡qué leche!, de una persona tan horrible. Pero, cuando sale, ¡es que ya es putrefacción de verdad! ¡No hay que darle vueltas, doctor! ¡No se lo pierda!» Y seguía divirtiéndose. También quería asombrarme con su superioridad ante los acontecimientos y confundirnos a todos de una vez, humillarnos, en una palabra.

Se había hecho con un papel favorable, que le proporcionaba emoción. Una felicidad inagotable. Mientras eres capaz aún de desempeñar un papel, tienes asegurada la felicidad. Las jeremiadas, para vejestorios, lo que le habían ofrecido desde hacía veinte años, la tenían harta, a la vieja Henrouille. Ese papel, que le habían brindado en bandeja, virulento, inesperado, ya no lo soltaba. Ser viejo es no encontrar ya un papel vehemente que desempeñar, es caer en un eterno e insípido «día sin función», donde ya sólo se espera la muerte. El gusto por la vida recuperaba, la vieja, de pronto, con un papel vehemente de revancha. De pronto, ya no quería morir, nunca. Con ese deseo de supervivencia, con esa afirmación, estaba radiante. Recuperar el fuego, un fuego de verdad en el drama.

Se caldeaba, ya no quería abandonarlo, el fuego nuevo, abandonarnos. Durante mucho tiempo, había dejado casi de creer en él. Había llegado a un punto en que ya no sabía qué hacer para no abandonarse a la muerte en el fondo de su absurdo jardín y, de repente, se veía envuelta, mira por dónde, en una tremenda tormenta de actualidad dura, bien a lo vivo.

«¡Mi muerte! -gritaba ahora la vieja Henrouille-. ¡Quiero verla, mi muerte! ¿Me oyes? ¡Tengo ojos, yo, para verla! ¿Me oyes? ¡Aún tengo ojos, yo! ¡Quiero verla bien!»

Ya no quería morir, nunca. Estaba claro. Ya no creía en su muerte.

* * *

Ya se sabe que esas cosas son siempre difíciles de arreglar y que arreglarlas cuesta siempre muy caro. Para empezar, no sabían siquiera dónde meter a Robinson. ¿En el hospital? Eso podía provocar mil habladurías, evidentemente, chismes... ¿Enviarlo a su casa? No había ni que pensar en eso tampoco, por el estado en que tenía la cara. Conque, con gusto o no, los Henrouille se vieron obligados a guardarlo en su casa.

A él, en la cama de la habitación de arriba, no le llegaba la camisa al cuerpo. Auténtico terror sentía de que lo pusieran en la puerta y lo denunciasen. Era comprensible. Era una de esas historias que no se podían, la verdad, contar a nadie. Mantenían las persianas de su cuarto bien cerradas, pero la gente, los vecinos, empezaron a pasar por la calle más a menudo que de costumbre, sólo para mirar los postigos y preguntar por el herido. Les daban noticias, les contaban trolas. Pero, ¿cómo impedir que se extrañaran?

¿Que chismorreasen? Conque exageraban la historia. ¿Cómo evitar las suposiciones? Por fortuna, aún no se había presentado ninguna denuncia concreta ante los tribunales. Ya era algo. En cuanto a su cara, yo hice lo que pude. No apareció ninguna infección y eso que la herida fue de lo más anfractuosa y sucia. En cuanto a los ojos, hasta en la córnea, yo preveía la existencia de cicatrices, a través de las cuales la luz no pasaría sino con mucha dificultad, si es que llegaba a pasar otra vez, la luz.

Ya buscaríamos un medio de arreglarle, mal que bien, la visión, si es que le quedaba algo que se pudiera arreglar. De momento, había que remediar la urgencia y sobre todo evitar que la vieja llegara a comprometernos a todos con sus chungos chillidos ante los vecinos y los curiosos. Ya podía pasar por loca, que eso no siempre explica todo.

Si la policía se ponía a examinar nuestras aventuras, sabe Dios adonde nos arrastraría, la policía. Impedir ahora a la vieja que se comportara escandalosamente en su patinillo constituía una empresa delicada. Teníamos que intentar calmarla, por turno. No podíamos tratarla con violencia, pero la suavidad tampoco daba resultado siempre. Ahora la embargaba un sentimiento de venganza, nos hacía chantaje, sencillamente.

Yo iba a ver a Robinson, dos veces al día por lo menos. Gemía bajo las vendas, en cuanto me oía subir la escalera. Sufría, desde luego, pero no tanto como intentaba aparentar. Ya iba a tener motivos para afligirse, preveía yo, y mucho más aún cuando se diera cuenta exacta de cómo le habían quedado los ojos... Yo me mostraba bastante evasivo en relación con el porvenir. Los párpados le ardían mucho. Se imaginaba que era por esa comezón por lo que no veía.

Los Henrouille se habían puesto a cuidarlo muy escrupulosamente, según mis indicaciones. Por ese lado no había problema.

Ya no se hablaba del intento. Tampoco se hablaba del futuro. Cuando yo me despedía de ellos por la noche, nos mirábamos todos por turno y con tal insistencia todas las veces, que siempre me parecía inminente la posibilidad de que se suprimieran de una vez por todas unos a otros. Ese fin, pensándolo bien, me parecía lógico y oportuno. Las noches de aquella casa me resultaban difíciles de imaginar. Sin embargo, volvía a encontrármelos por la mañana y continuábamos juntos con las personas y las cosas donde nos habíamos quedado la noche anterior. La Sra. Henrouille me ayudaba a renovar el apósito con permanganato y entreabríamos un poco las persianas, para probar. Todas las veces en vano. Robinson no advertía siquiera que acabábamos de entreabrirlas...

Así gira el mundo a través de la noche amenazadora y silenciosa.

Y el hijo me recibía todas las mañanas con una observación campesina: «Fíjese, doctor... ¡Ya son las últimas heladas!», comentaba lanzando los ojos al cielo bajo el pequeño peristilo. Como si eso tuviera importancia, el tiempo que hacía. Su mujer iba a intentar una vez más parlamentar con la suegra a través de la puerta atrancada y lo único que conseguía era aumentar su furia.

Mientras estuvo vendado, Robinson me contó cómo se había iniciado en la vida. En el comercio. Sus padres lo habían colocado, ya a los once años, en una zapatería de lujo para hacer recados. Un día que fue a entregar, una clienta lo invitó a gustar un placer que hasta entonces sólo había imaginado. No había vuelto nunca a casa del patrón, de tan abominable que le había parecido su propia conducta. En efecto, follarse a una clienta en la época de que hablaba era aún un acto imperdonable. Sobre todo la camisa de aquella clienta, de muselina pura, le había causado una impresión extraordinaria. Treinta años después, la recordaba exactamente, aquella camisa. Con la dama de los frufrús en su piso atestado de cojines y de cortinas con flecos, su carne rosa y perfumada, el pequeño Robinson se había llevado elementos para posteriores comparaciones desesperadas e interminables.

Sin embargo, muchas cosas habían sucedido después. Había visto continentes, guerras enteras, pero nunca se había recuperado del todo de aquella revelación. Pero le divertía volver a pensar en ello, volver a contarme esa especie de minuto de juventud que había tenido con la clienta. «Tener los ojos cerrados así hace pensar -comentaba-. Es como un desfile... Parece que tuvieras un cine en la chola...» Yo no me atrevía aún a decirle que iba a tener tiempo de cansarse de su cinillo. Como todos los pensamientos conducen a la muerte, llegaría un momento en que sólo la vería a ésa, en su cine.

Justo al lado del hotelito de los Henrouille funcionaba ahora una pequeña fábrica con un gran motor dentro. Hacía temblar el hotelito de la mañana a la noche. Y otras fábricas, un poco más allá, que martilleaban sin cesar, cosas y más cosas, hasta de noche. «Cuando caiga la choza, ¡ya no estaremos! -bromeaba Henrouille al respecto, un poco inquieto, de todos modos-. ¡Por fuerza acabará cayendo!» Era cierto que el techo se desgranaba ya sobre el suelo en cascotes pequeños. Por mucho que un arquitecto los hubiera tranquilizado, en cuanto te parabas a escuchar las cosas del mundo te sentías en su casa como en un barco, un barco que fuera de un temor a otro. Pasajeros encerrados y que pasaban mucho tiempo haciendo proyectos aún más tristes que la vida y economías también y, recelosos, además, de la luz y también de la noche.

Henrouille subía al cuarto después de comer para leerle un poco a Robinson, como yo le había pedido. Pasaban los días. La historia de aquella maravillosa clienta que había poseído en la época de su aprendizaje se la contó también a Henrouille. Y acabó siendo un motivo de risa general, la historia, para todo el mundo en la casa. Así acaban nuestros secretos, en cuanto los aireamos en público. Lo único terrible en nosotros y en la tierra y en el cielo acaso es lo que aún no se ha dicho. No estaremos tranquilos hasta que no hayamos dicho todo, de una vez por todas, entonces quedaremos en silencio por fin y ya no tendremos miedo a callar. Listo.

Durante las semanas que aún duró la supuración de los párpados, pude entretenerlo con cuentos sobre sus ojos y el porvenir. Unas veces decíamos que la ventana estaba cerrada, cuando, en realidad, estaba abierta de par en par; otras veces, que estaba muy obscuro fuera.

Sin embargo, un día, estando yo vuelto de espaldas, fue hasta la ventana él mismo para darse cuenta y, antes de que yo pudiera impedírselo, se había quitado las vendas de los ojos. Vaciló un momento. Tocaba, a derecha e izquierda, los montantes de la ventana, se negaba a creer, al principio, y, después, no le quedó más remedio que creer, de todos modos. Qué remedio.

«¡Bardamu! -me gritó entonces-. ¡Bardamu! ¡Está abierta, la ventana! ¡Te digo que está abierta!»
Yo no sabía qué responderle, me quedé como un imbécil allí delante. Tenía los dos brazos extendidos
por la ventana, al aire fresco. No veía nada, evidentemente, pero sentía el aire. Los alargaba entonces,
sus brazos, así, en su obscuridad, todo lo que podía, como para tocar el final. No lo quería creer.
Obscuridad para él sólito. Volví a conducirlo hasta la cama y le di nuevos consuelos, pero ya no me
creía. Lloraba. Había llegado al final él también. Ya no se le podía decir nada. Llega un momento en
que estás completamente solo, cuando has alcanzado el fin de todo lo que te puede suceder. Es el fin
del mundo. La propia pena, la tuya, ya no te responde nada y tienes que volver atrás entonces, entre
los hombres, sean cuales fueren. No eres exigente en esos momentos, pues hasta para llorar hay que
volver adonde todo vuelve a empezar, hay que volver a reunirse con ellos.

«Entonces, ¿qué van a hacer ustedes con él, cuando mejore?», pregunté a la nuera durante el
almuerzo que siguió a aquella escena. Precisamente me habían pedido que me quedara a comer con
ellos, en la cocina. En el fondo, no sabían demasiado bien, ninguno de los dos, cómo salir de aquella
situación. El desembolso de una pensión los espantaba, sobre todo a ella, mejor informada aún que él
sobre los precios de los subsidios para impedidos. Incluso había hecho ya algunas gestiones ante la
Asistencia Pública. Gestiones de las que procuraban no hablarme.

Una noche, después de mi segunda visita, Robinson intentó retenerme junto a él por todos los
medios, para que me fuera un poco más tarde aún. No acababa de contar todo lo que se le ocurría,
recuerdos de las cosas y los viajes que habíamos hecho juntos, incluso de lo que aún no habíamos
intentado recordar. Se acordaba de cosas que aún no habíamos tenido tiempo de evocar. En su retiro,
el mundo que habíamos recorrido parecía afluir con todas las quejas, las amabilidades, los trajes viejos, los amigos de los que nos habíamos separado, una auténtica leonera de emociones trasnochadas
que inauguraba en su cabeza sin ojos.

«¡Me voy a matar!», me avisaba, cuando su pena le parecía demasiado grande. Y después conseguía avanzar un poco más, de todos modos, con su pena, como una carga demasiado pesada para
él, infinitamente inútil, por un camino en el que no encontraba a nadie a quien hablar de ella, de tan
enorme y múltiple que era. No habría sabido explicarla, era una pena que superaba su instrucción.

Cobarde como era, yo lo sabía, y él también, por naturaleza, aún abrigaba la esperanza de que lo
salvaran de la verdad, pero, por otro lado, yo empezaba a preguntarme si existía en alguna parte gente
cobarde de verdad... Parece que siempre se puede encontrar, para cualquier hombre, un tipo de cosas
por las que está dispuesto a morir y al instante y bien contento, además. Sólo, que no siempre se
presenta su ocasión, de morir tan ricamente, la ocasión a su gusto. Entonces se va a morir como puede,
en alguna parte... Se queda ahí, el hombre, en la tierra con aspecto de alelado, además, y de cobarde
para todo el mundo, pero sin convencimiento, y se acabó. Es sólo apariencia, la cobardía.

Robinson no estaba dispuesto a morir en la ocasión que se le presentaba. Tal vez presentada de
otro modo le hubiera gustado mucho más.

En resumen, la muerte es algo así como una boda.

Esa muerte no le gustaba en absoluto y se acabó. No había más que hablar.

Conque iba a tener que resignarse a aceptar su hundimiento y desamparo. Pero de momento
estaba del todo ocupado, del todo apasionado, embadurnándose el alma de modo repulsivo con su
desgracia y su desamparo. Más adelante, pondría orden en su desgracia y entonces empezaría una
nueva vida de verdad. Qué remedio.

«Créeme, si quieres -me recordaba, zurciendo retazos de memoria así, por la noche, después de
cenar-, pero, mira, en inglés, aunque nunca he tenido demasiada facilidad para las lenguas, había
llegado, de todos modos, a poder sostener una pequeña conversación, al final, en Detroit... Bueno,
pues, ahora ya casi he olvidado todo, todo salvo una cosa... Dos palabras... Que me vienen a la cabeza
todo el tiempo desde que me ocurrió esto en los ojos: *Gentlemen first!* Es casi lo único que puedo
decir ahora de inglés, no sé por qué... Desde luego, es fácil de recordar... *Gentlemen first!* Y, para
intentar hacerlo cambiar de ideas, nos divertíamos hablando juntos inglés de nuevo. Entonces repetíamos, pero a menudo: *Gentlemen first!* a tontas y a locas, como idiotas. Un chiste exclusivo para
nosotros. Acabamos enseñándoselo al propio Henrouille, que subía de vez en cuando a vigilarnos.

Al remover los recuerdos, nos preguntábamos qué quedaría aún de todo aquello... Lo que habíamos conocido juntos... Nos preguntábamos qué habría sido de Molly, nuestra buena Molly... A Lola,

en cambio, quería olvidarla, pero, a fin de cuentas, me habría gustado tener noticias de todas, aun así, de la pequeña Musyne también, de paso... Que no debía de vivir demasiado lejos, en París, ahora. Al lado, vamos... Pero habría tenido que emprender auténticas expediciones, de todos modos, para tener noticias de Musyne... Entre tanta gente, cuyos nombres, trajes, costumbres, direcciones había olvidado y cuyas amabilidades y sonrisas incluso, después de tantos años de preocupaciones, de ansias de comida, debían de haberse vuelto como quesos viejos a fuerza de muecas penosas... Los propios recuerdos tienen su juventud... Se convierten, cuando los dejas enmohecer, en fantasmas repulsivos, que no rezuman sino egoísmo, vanidades y mentiras... Se pudren como manzanas... Conque nos hablábamos de nuestra juventud, la saboreábamos y volvíamos a saborear. Desconfiábamos. A mi madre, por cierto, llevaba mucho sin ir a verla... Y esas visitas no me sentaban nada bien en el sistema nervioso... Era peor que yo, para la tristeza, mi madre... Siempre en el cuchitril de su tienda, parecía acumular todas las decepciones que podía a su alrededor después de tantos y tantos años... Cuando iba a verla, me contaba: «Mira, la tía Hortense murió hace dos meses en Coutances... Ya podrías haber ido... Y Clémentin, ¿sabes quién digo?... ¿El encerador que jugaba contigo, cuando eras pequeño?... Bueno, pues, a ése lo recogieron antes de ayer en la Rué d'Aboukir... No había comido desde hacía tres días...»

La infancia, la suya, no sabía Robinson por dónde cogerla, cuando pensaba en ella, pues menos alegre era difícil de imaginar. Aparte del episodio con la clienta, no encontraba en ella nada que no lo desesperara hasta vomitar en los rincones, como en una casa donde no hubiera sino cosas repugnantes y que apestasen, escobas, cubos, adefesios, bofetadas... El señor Henrouille no tenía nada que contar de la suya hasta la mili, salvo que en aquella época le habían hecho la foto de chorchi con borla y que seguía aún ahora, esa foto, justo encima del armario de luna.

Cuando Henrouille había vuelto a bajar, Robinson me comunicaba su miedo a no cobrar ahora sus diez mil francos prometidos... «En efecto, ¡no cuentes demasiado con ellos!», le decía yo mismo. Prefería prepararlo para esa otra decepción.

Trocitos de plomo, lo que quedaba de la descarga, afloraban en los bordes de las heridas. Yo se los quitaba por etapas, unos pocos cada día. Le hacía mucho daño, cuando le hurgaba así justo por encima de las conjuntivas.

En vano habíamos tomado toda clase de precauciones, la gente del barrio se había puesto a hablar, de todos modos, con ganas. Por fortuna, Robinson no tenía idea de esas habladurías, se habría puesto aún más enfermo. Estábamos, ni que decir tiene, envueltos en sospechas. Henrouille hija hacía cada vez menos ruido al recorrer la casa en zapatillas. No contabas con ella y te la encontrabas a tu lado.

Ahora que estábamos en medio de los arrecifes, la menor duda bastaría ahora para hacernos zozobrar a todos. Todo iría entonces a reventar, resquebrajarse, chocar, deshacerse y desparramarse por la orilla. Robinson, la abuela, el petardo, el conejo, los ojos, el hijo inverosímil, la nuera asesina, quedaríamos desplegados ahí, entre todas nuestras basuras y nuestros cochinos pudores, ante los curiosos estremecidos. Yo no las tenía todas conmigo. No es que hubiera hecho nada, yo, verdaderamente criminal. Era sobre todo culpable por desear en el fondo que todo aquello continuara. E incluso no veía ya inconveniente en que nos fuéramos todos juntos a pasear cada vez más lejos en la noche.

Pero es que no había necesidad siquiera de desear, la cosa seguía sola, ¡y a escape, además!

* * *

Los ricos no necesitan matar en persona para jalar. Dan trabajo a los demás, como ellos dicen. No hacen el mal en persona, los ricos. Pagan. Se hace todo lo posible para complacerlos y todo el mundo muy contento. Mientras que sus mujeres son bellas, las de los pobres son feas. Es así desde hace siglos, aparte de los vestidos elegantes. Preciosas, bien alimentadas, bien lavadas. Desde que el mundo es mundo, no se ha llegado a otra cosa.

En cuanto al resto, en vano te esfuerzas, resbalas, patinas, vuelves a caer en el alcohol, que conserva a los vivos y a los muertos, no llegas a nada. Está más que demostrado. Y desde hace tantos siglos que podemos observar nuestros animales nacer, penar y cascar ante nosotros, sin que les haya ocurrido, tampoco a ellos, nada extraordinario nunca, salvo reanudar sin cesar el mismo fracaso insípido donde tantos otros animales lo habían dejado. Sin embargo, deberíamos haber comprendido lo que ocurría. Oleadas incesantes de seres inútiles vienen desde el fondo de los tiempos a morir sin cesar ante nosotros y, sin embargo, seguimos ahí, esperando cosas... Ni siquiera para pensar la muerte servimos.

Las mujeres de los ricos, bien alimentadas, bien engañadas, bien descansadas, ésas, se vuelven bonitas. Eso es cierto. Al fin y al cabo, tal vez eso baste. No se sabe. Sería al menos una razón para existir.

«Las mujeres en América, ¿no te parece que eran más bellas que las de aquí?» Cosas así me preguntaba, Robinson, desde que daba vueltas a los recuerdos de los viajes. Sentía curiosidades, se ponía a hablar incluso de las mujeres.

Ahora yo iba a verlo un poco menos a menudo, porque fue por aquella época cuando me destinaron a la consulta de un pequeño dispensario para tuberculosos de la vecindad. Hay que llamar las cosas por su nombre, con eso me ganaba ochocientos francos al mes. Los enfermos eran sobre todo gente de las chabolas, esa como aldea que nunca consigue desprenderse del todo del barro, encajonada entre las basuras y bordeada de senderos donde las chavalas demasiado despiertas y mocosas hacen novillos para pescar, junto a las vallas, de un sátiro a otro, un franco, patatas fritas y la blenorragia. País de cine de vanguardia, donde la ropa sucia infesta los árboles y todas las ensaladas chorrean orina los sábados por la noche. En mi terreno, no hice, durante aquellos meses de práctica especializada, ningún milagro. Y, sin embargo, había gran necesidad de milagros. Pero a mis clientes no les interesaba que yo hiciera milagros; contaban, al contrario, con su tuberculosis para que los pasaran del estado de miseria absoluta en que se asfixiaban desde siempre al de miseria relativa que confieren las minúsculas pensiones del Estado. Arrastraban sus esputos más o menos positivos de licencia en licencia desde la guerra. Adelgazaban a fuerza de fiebre mantenida por la poca comida, los muchos vómitos, la enormidad de vino y el trabajo, de todos modos, un día de cada tres, a decir verdad.

La esperanza de la pensión los poseía en cuerpo y alma. Les llegaría un día, como la gracia, la pensión, con tal de que tuvieran fuerza para esperar un poco aún, antes de cascarla del todo. No se sabe lo que es volver y esperar algo hasta que no se ha observado lo que pueden llegar a esperar y volver los pobres que esperan una pensión.

Pasaban tardes y semanas enteras esperando, en la entrada y en el umbral de mi miserable dispensario, mientras fuera llovía, y removiendo sus esperanzas de porcentajes, sus deseos de esputos francamente bacilares, esputos de verdad, esputos tuberculosos «ciento por ciento». La curación venía mucho después que la pensión en sus esperanzas; también pensaban, desde luego, en la curación, pero apenas, hasta tal punto los embelesaba el deseo de ser rentistas, un poquito rentistas, en cualesquiera condiciones. Ya no podían existir en ellos, aparte de ese deseo intransigente, definitivo, sino pequeños deseos subalternos y su propia muerte se volvía, en comparación, algo bastante accesorio, un riesgo deportivo como máximo. La muerte, al fin y al cabo, no es sino cuestión de unas horas, de minutos incluso, mientras que una renta es como la miseria, algo que dura toda la vida. Los ricos se emborrachan de otro modo y no pueden llegar a comprender esos frenesíes por la seguridad. Ser rico es otra embriaguez, es olvidar. Para eso incluso es para lo que se llega a rico, para olvidar.

Poco a poco había perdido yo la costumbre de prometerles la salud, a mis enfermos. No podía alegrarlos demasiado, la perspectiva de estar bien de salud. Al fin y al cabo, estar bien de salud no es sino un apaño. Sirve para trabajar, la salud, ¿y qué más? Mientras que una pensión del Estado, aun ínfima, es algo divino, pura y simplemente.

Cuando no se tiene dinero para ofrecer a los pobres, más vale callarse. Cuando se les habla de otra cosa, y no de dinero, se los engaña, se miente, casi siempre. Los ricos son fáciles de divertir, con simples espejos, por ejemplo, para que en ellos se contemplen, ya que no hay nada mejor en el mundo para mirar que los ricos. Para reanimarlos, se los eleva, a los ricos, cada diez años, a un grado más de la Legión de Honor, como una teta vieja, y ya los tenemos ocupados durante otros diez años. Y listo. Mis clientes, en cambio, eran unos egoístas, pobres, materialistas encerrados en sus cochinos proyectos de retiro, mediante el esputo sangrante y positivo. El resto les daba por completo igual. Hasta las estaciones les daban igual. De las estaciones sólo sentían y querían saber lo relativo a la tos y la enfermedad, que en invierno, por ejemplo, te acatarras mucho más que en verano, pero que en primavera, en cambio, escupes sangre con facilidad y que durante los calores puedes llegar a perder tres kilos por semana... A veces los oía hablarse entre ellos, cuando creían que yo no estaba, mientras esperaban su turno. Contaban sobre mí horrores sin fin y mentiras como para quedarse turulato. Criticarme así debía de animarlos, infundirles qué sé yo qué valor misterioso, que necesitaban para ser cada vez más implacables, resistentes y malvados pero bien, para durar, para resistir. Hablar mal así, maldecir, menospreciar, amenazar, les sentaba bien, era como para pensarlo. Y, sin embargo, había hecho todo lo posible, yo, para serles agradable, por todos los medios; estaba de su parte e intentaba serles útil, les daba mucho yoduro para hacerles escupir sus cochinos bacilos y todo ello sin conseguir nunca neutralizar su mala leche...

Se quedaban ahí delante de mí, sonrientes como criados, cuando les hacía preguntas, pero no me querían, en primer lugar porque los ayudaba, y también porque no era rico y recibir mis cuidados quería decir recibirlos gratis y eso nunca es halagador para un enfermo, ni siquiera para el que esta pendiente de conseguir una pensión. Por detrás no había, pues, perrerías que no hubiesen propagado sobre mí. Tampoco tenía auto yo, al contrario que la mayoría de los demás médicos de los alrededores, y era también como una invalidez, en su opinión, que fuese a pie. En cuanto los excitaban un poco, a mis enfermos, y los colegas no perdían ocasión de hacerlo, se vengaban, parecía, de toda mi amabilidad, de que fuera tan servicial, tan solícito. Todo eso es normal. El tiempo pasaba, de todos modos.

Una noche, cuando mi sala de espera estaba casi vacía, entró un sacerdote a hablar conmigo. Yo no lo conocía, a aquel cura, estuve a punto de ponerlo de patitas en la calle. No me gustaban los curas, tenía mis razones, sobre todo desde que me habían hecho la faena del embarque en San Tapeta. Pero aquél, en vano me esforzaba por reconocerlo, para darle un rapapolvo a ciencia cierta, la verdad es que no lo había visto nunca. Y, sin embargo, de noche debía de circular con frecuencia por Rancy, pues era de la vecindad.

¿Sería que me evitaba cuando salía? Lo pensé. En fin, debían de haberle avisado de que a mí no me gustaban los curas. Se notaba por el modo furtivo como inició el palique. Conque nunca nos habíamos tropezado en torno a los mismos enfermos. Servía en una iglesia de allí al lado, desde hacía veinte años, según me dijo. Fieles había a montones, pero no muchos que le pagaran. Pordiosero, más que nada, en una palabra. Eso nos aproximaba. La sotana que lo cubría me pareció un ropaje muy incómodo para deambular en el fango de las chabolas. Se lo comenté. Insistí incluso en la extravagante incomodidad de semejante atuendo.

«¡Se acostumbra uno!», me respondió.

La impertinencia de mi comentario no le quitó las ganas de mostrarse más amable aún. Evidentemente, venía a pedirme algo. Su voz apenas se elevaba sobre una monotonía confidencial, que se debía, así me imaginé al menos, a su profesión. Mientras hablaba, prudente y preliminar, yo intentaba imaginarme lo que debía de hacer, aquel cura, para ganarse sus calorías, montones de muecas y promesas, del estilo de las mías... Y después me lo imaginaba, para divertirme, desnudo ante su altar... Así es como hay que acostumbrarse a transponer desde el primer momento a los hombres que vienen a visitarte, los comprendes mucho más rápido después, disciernes al instante en cualquier personaje su realidad de enorme y ávido gusano. Es un buen truco de la imaginación. Su cochino prestigio se disipa, se evapora. Desnudo ante ti ya no es, en una palabra, sino una alforja petulante y jactanciosa que se afana farfullando, fútil, en un estilo o en otro. Nada resiste a esa prueba. Sabes a qué atenerte al instante. Ya sólo quedan las ideas y las ideas nunca dan miedo. Con ellas nada está perdido, todo se arregla. Mientras que a veces es difícil soportar el prestigio de un hombre vestido. Conserva la tira de pestes y misterios en la ropa.

Tenía dientes pésimos, el padre, podridos, ennegrecidos y rodeados de sarro verdusco, una piorrea alveolar curiosita, en una palabra. Iba yo a hablarle de su piorrea, pero estaba demasiado ocupado contándome cosas. No cesaban de rezumar, las cosas que me decía, contra sus raigones, a impulsos de una lengua todos cuyos movimientos espiaba yo. Lengua desollada, la suya, en numerosas zonas minúsculas de sus sanguinolentos bordes.

Yo tenía la costumbre, e incluso el placer, de esas observaciones íntimas y meticulosas. Cuando te detienes a observar, por ejemplo, el modo como se forman y profieren las palabras, no resisten nuestras frases al desastre de su baboso decorado. Es más complicado y más penoso que la defecación, nuestro esfuerzo mecánico de la conversación. Esa corola de carne abotargada, la boca, que se agita silbando, aspira y se debate, lanza toda clase de sonidos viscosos a través de la hedionda barrera de la caries dental, ¡qué castigo! Y, sin embargo, eso es lo que nos exhortan a transponer en ideal. Es difícil.

Puesto que no somos sino recintos de tripas tibias y a medio pudrir, siempre tendremos dificultades con el sentimiento. Enamorarse no es nada, permanecer juntos es lo difícil. La basura, en cambio, no pretende durar ni crecer. En ese sentido, somos mucho más desgraciados que la mierda, ese empeño de perseverar en nuestro estado constituye la increíble tortura.

Está visto que no adoramos nada más divino que nuestro olor. Toda nuestra desgracia se debe a que debemos seguir siendo Jean, Pierre o Gastón, a toda costa, durante años y años. Este cuerpo nuestro, disfrazado de moléculas agitadas y triviales, se revela todo el tiempo contra esta farsa atroz del durar. Quieren ir a perderse, nuestras moléculas,

¡ricuras!, lo más rápido posible, en el universo. Sufren por ser sólo «nosotros», cornudos del infinito. Estallaríamos, si tuviéramos valor; no hacemos sino flaquear día tras día. Nuestra tortura querida está encerrada ahí, atómica, en nuestra propia piel, con nuestro orgullo.

Como yo callaba, consternado por la evocación de esas ignominias biológicas, el padre creyó tenerme en el bote y aprovechó incluso para mostrarse de lo más condescendiente y familiar conmigo. Evidentemente, se había informado sobre mí por adelantado. Con infinitas precauciones, abordó el vidrioso tema de mi reputación médica en la vecindad. Habría podido ser mejor, me dio a entender, mi reputación, si hubiera actuado de modo muy distinto al instalarme y ello desde los primeros momentos de mi ejercicio en Rancy. «Los enfermos, querido doctor, no lo olvidemos nunca, son en principio conservadores... Temen, como es fácil de comprender, que lleguen a faltarles la tierra y el cielo...»

Según él, yo debería, pues, haberme aproximado desde el principio a la Iglesia. Tal era su conclusión de orden espiritual y práctico también. No era mala idea. Yo me guardaba bien de interrumpirlo, pero esperaba con paciencia que fuera al grano respecto a los motivos de su visita.

Para un tiempo triste y confidencial no se podía pedir nada mejor que el que hacía fuera. Era tan feo el tiempo, y de modo tan frío, tan insistente, como para pensar que ya no volveríamos a ver nunca el resto del mundo al salir, que se habría deshecho, el mundo, asqueado.

Mi enfermera había logrado, por fin, rellenar sus fichas, todas sus fichas, hasta la última. Ya no tenía excusa alguna para quedarse allí escuchándonos. Conque se marchó, pero muy molesta, dando un portazo tras sí, a través de una furiosa bocanada de lluvia.

* * *

Durante la conversación, aquel cura dio su nombre, padre Protiste se llamaba. Me comunicó, de reticencias en reticencias, que hacía ya un tiempo que realizaba gestiones junto con Henrouille hija con vistas a colocar a la vieja y a Robinson, los dos juntos, en una comunidad religiosa, una barata. Aún estaban buscando.

Mirándolo bien, habría podido pasar, el padre Protiste, por un empleado de comercio, como los demás, tal vez incluso por un jefe de departamento, mojado, verdoso y resecado cien veces. Era plebeyo de verdad por la humildad de sus insinuaciones. Por el aliento también. Yo no me equivocaba casi nunca con los alientos. Era un hombre que comía demasiado de prisa y bebía vino blanco.

Henrouille nuera, me contó, para empezar, había ido a verlo al presbiterio, poco después del atentado, para que los sacara del tremendo apuro en que acababan de meterse. A mí me parecía, mientras contaba eso, que buscaba excusas, explicaciones, parecía como avergonzarse de aquella colaboración. No valía la pena, la verdad, que se andara con remilgos por mí. Comprende uno las cosas. Había venido a vernos de noche. Y se acabó. ¡Peor para él, además! Una como cochina audacia se había apoderado de él también, poco a poco, con el dinero. ¡Allá él! Como todo mi dispensario estaba en completo silencio y la noche caía sobre las chabolas, bajó entonces la voz del todo para hacerme sus confidencias sólo a mí. Pero, de todos modos, en vano susurraba, todo lo que me contaba me parecía, pese a todo, inmenso, insoportable, por la calma, seguramente, que nos rodeaba, como llena de ecos. ¿Acaso dentro de mí sólo? ¡Chsss!, me daban ganas de apuntarle todo el tiempo, en el intervalo entre las palabras que pronunciaba. De miedo me temblaban un poco los labios incluso y al final de las frases dejaba de pensar.

Ahora que se había unido a nuestra angustia, ya no sabía demasiado cómo hacer, el cura, para avanzar detrás de nosotros cuatro en la negrura. Una pequeña pandilla.

¿Quería saber cuántos éramos ya en la aventura? ¿Adonde íbamos? Para poder, también él, coger la mano de los nuevos amigos hacia ese final que tendríamos que alcanzar todos juntos o nunca. Ahora éramos del mismo viaje. Aprendía a andar en la noche, el cura, como nosotros, como los otros. Tropezaba aún. Me preguntaba qué debía hacer para no caer. ¡Que no viniera, si tenía miedo! Llegaríamos al final juntos y entonces sabríamos lo que habíamos ido a buscar en la aventura. La vida es eso, un cabo de luz que acaba en la noche.

Y, además, puede que no lo supiéramos nunca, que no encontrásemos nada. Eso es la muerte.

La cuestión de momento era avanzar bien a tientas. Por lo demás, desde el punto al que habíamos llegado ya no podíamos retroceder. No había opción. Su cochina justicia con sus leyes estaba por todos lados, en la esquina de cada corredor. Henrouille hija llevaba de la mano a la vieja y su hijo y yo a ellas y a Robinson también. Estábamos juntos. Exacto. Le expliqué todo eso en seguida al cura. Y comprendió.

Quisiéramos o no, en el punto en que nos encontrábamos ahora, no habría sido plato de gusto que nos hubieran sorprendido y descubierto los transeúntes, le dije también al cura, e insistí mucho en eso. Si nos encontrábamos con alguien, tendríamos que aparentar que íbamos de paseo, como si tal cosa. Ésa era la consigna. Conservar la naturalidad. Así, pues, el cura ahora sabía todo, comprendía todo. Me estrechaba la mano con fuerza, a su vez. Tenía mucho miedo, como es lógico, él también. Los comienzos. Vacilaba, farfullaba incluso como un inocente. Ya no había camino ni luz en el punto en que nos encontrábamos, sólo prudencia en su lugar y que nos pasábamos de unos a otros y en la que no creíamos demasiado tampoco. Nada recoge las palabras que se dicen en esos casos para tranquilizarse. El eco no devuelve nada, has salido de la Sociedad. El miedo no dice ni sí ni no. Recoge todo lo que se dice, el miedo, todo lo que se piensa, todo.

Ni siquiera sirve en esos casos desorbitar los ojos en la obscuridad. Es horror inútil y se acabó. Se ha apoderado de todo, la noche, y hasta de las miradas. Te deja vacío. Hay que cogerse de la mano, de todos modos, para no caer. La gente de la luz ya no te comprende. Estás separado de ella por todo el miedo y permaneces aplastado por él hasta el momento en que la cosa acaba de un modo o de otro y entonces puedes reunirte por fin con esos cabrones de todo un mundo en la muerte o en la vida.

Lo que tenía que hacer el padre de momento era ayudarnos y espabilarse para aprender, era su currelo. Y, además, que había venido, sólo para eso, ocuparse de la colocación de la tía Henrouille, para empezar, y a escape, y de Robinson también, al tiempo, en donde las hermanitas de provincias. Le parecía posible, y a mí también, por cierto, ese arreglo. Sólo, que habría que esperar meses para una vacante y nosotros no podíamos esperar más. Hartos estábamos.

La nuera tenía toda la razón: cuanto antes, mejor. ¡Que se fueran! ¡Que nos viésemos libres de ellos! Conque Protiste estaba probando otro arreglo. Parecía, reconocí al instante, de lo más ingenioso. Y, además, que entrañaba una comisión para los dos, para el cura y para mí. El arreglo tenía que decidirse sin tardanza y yo debía desempeñar mi modesto papel. El consistente en convencer a Robinson para que se marchara al Mediodía, aconsejarlo al respecto y de forma totalmente amistosa, por supuesto, pero apremiante, de todos modos.

Al no conocer todos los entresijos del arreglo de que hablaba el cura, tal vez debería haberme reservado la opinión, haber exigido garantías para mi amigo, por ejemplo... Pues, al fin y al cabo, era, pensándolo bien, un arreglo muy raro el que nos presentaba, el padre Protiste. Pero estábamos todos tan apremiados por las circunstancias, que lo esencial era no perder tiempo. Prometí todo lo que deseaban, mi apoyo y el secreto. Aquel Protiste parecía estar de lo más acostumbrado a las circunstancias delicadas de ese género y yo tenía la sensación de que me iba a facilitar mucho las cosas.

¿Por dónde empezar, ante todo? Había que organizar una marcha discreta para el Mediodía. ¿Qué pensaría, Robinson, del Mediodía? Y, además, la marcha con la vieja, a la que había estado a punto de asesinar... Yo insistiría... ¡Y listo!... No le quedaba más remedio que aceptar, y por toda clase de razones, no todas demasiado positivas, pero sólidas todas.

Para oficio raro, el que les habían buscado a Robinson y a la vieja en el Mediodía lo era y raro de verdad. En Toulouse erá. ¡Ciudad bonita, Toulouse! Por cierto, ¡que la íbamos a ver! ¡Íbamos a ir a verlos, allí! Quedamos en que yo iría a Toulouse, en cuanto estuvieran instalados, en su casa y en su currelo y todo.

Y después, pensándolo bien, me fastidiaba que se marchara tan pronto Robinson, allí, y al mismo tiempo me daba mucho gusto, sobre todo porque por una vez me ganaba un beneficio curiosito y de verdad. Me iban a dar mil francos. Así estaba convenido también. Lo único que tenía que hacer era convencer a Robinson para que se fuese al Mediodía, asegurándole que no había clima mejor para las heridas de sus ojos, que allí estaría la mar de bien y que, en una palabra, tenía una potra que para qué de salir tan bien librado. Era el modo de decidirlo.

Tras cinco minutos de reflexionar así, ya estaba yo del todo convencido y preparado para una entrevista decisiva. A hierro caliente, batir de repente, ésa es mi opinión. Al fin y al cabo, no iba a estar peor allí que aquí. La idea que había tenido aquel Protiste parecía, pensándolo bien, muy razonable, la verdad. Esos curas saben, qué caramba, apagar los peores escándalos.

Un comercio tan decente como cualquier otro, eso era lo que les ofrecían a Robinson y a la vieja en definitiva. Una especie de sótano con momias era, si no había entendido yo mal. Dejaban visitarlo, el sótano bajo una iglesia, a cambio de un óbolo. Turistas. Y todo un negocio, me aseguraba Protiste. Ya estaba yo casi convencido y al instante un poco envidioso. No se presenta todos los días la oportunidad de hacer trabajar a los muertos.

Cerré el dispensario y nos dirigimos a casa de los Henrouille, bien decididos, el cura y yo, por entre los charcos. Era una novedad, pero lo que se dice una novedad. ¡Mil francos de esperanza! Yo había cambiado de opinión sobre el cura. Al llegar al hotelito, encontramos a los esposos Henrouille junto a Robinson, en la alcoba del primer piso. Pero, ¡en qué estado, Robinson!

«¡Ya estás aquí! -fue y me dijo con el alma en vilo, en cuanto me oyó subir-. ¡Siento que va a pasar algo!... ¿Es verdad?», me preguntó jadeando.

Y ya lo teníamos otra vez lloriqueando antes de que yo hubiese podido decir una palabra siquiera. Los otros, los Henrouille, me hacían señas, mientras Robinson pedía socorro: «¡Menudo lío! -me dije-. ¡Qué prisas tienen ésos!... ¡Siempre con excesivas prisas! ¿Habrán levantado la liebre así, en frío?... ¿Sin preparación? ¿Sin esperarme?...»

Por fortuna, pude presentar de nuevo, por así decir, el asunto con otras palabras. No pedía otra cosa tampoco Robinson, un nuevo aspecto de las mismas cosas. Eso bastaba. El cura seguía en el pasillo, no se atrevía a entrar en la habitación. Iba y venía, sin parar, de canguelo.

«¡Entre! -le invitó, sin embargo, la hija, al final-. ¡Entre, hombre! ¡No molesta usted ni mucho menos, padre! Sorprende usted a una pobre familia en plena desgracia, ¡nada más!... ¡El médico y el cura! ¿Acaso no es así siempre en los momentos dolorosos de la vida?»

Se ponía a hacer frases grandilocuentes. Las nuevas esperanzas de salir del tomate y de la noche eran las que la volvían lírica, a aquella puta, a su cochina manera.

El desamparado cura había perdido todos sus recursos y se puso a farfullar de nuevo, al tiempo que permanecía a cierta distancia del enfermo. Su emocionado farfullo se le pegó a Robinson, quien volvió a entrar en trance: «¡Me engañan! ¡Me engañan todos!», gritaba.

Cháchara, vamos, y, además, sobre simples apariencias. Emociones. Siempre lo mismo. Pero eso me reanimó a mí, me devolvió la cara dura. Me llevé a Henrouille hija a un rincón y le puse francamente las cartas boca arriba, porque veía que el único hombre allí capaz de sacarlos del apuro ira de nuevo mi menda, a fin de cuentas. «¡Un anticipo! -fui y le dije a la hija-. Y ahora mismo, ¡mi anticipo!» Cuando ya se ha perdido la confianza, no hay razón para andarse con rodeos, como se suele decir. Comprendió y me puso un billete de mil francos en toda la mano y otro más para mayor seguridad. Me había impuesto con autoridad. Entonces me puse a convencerlo, a Robinson, ya que estaba. Tenía que resignarse a marchar al Mediodía.

Traicionar, se dice pronto. Pero es que hay que aprovechar la ocasión. Es como abrir una ventana en una cárcel, traicionar. Todo el mundo lo desea, pero es raro que se consiga.

* * *

Una vez que Robinson se hubo marchado de Rancy, estuve convencido de que la vida iba a cambiar, de que tendría, por ejemplo, unos pocos más enfermos que de costumbre, y resulta que no. Primero, sobrevino el paro, la crisis, en la vecindad y eso es lo peor. Y, además, el tiempo se volvió, pese al invierno, suave y seco, mientras que el húmedo y frío es el que necesitamos para la medicina. Epidemias tampoco; en fin, una estación contraria, un buen fracaso.

Vi incluso a colegas que iban a hacer sus visitas a pie, con eso está dicho todo, divertidos en apariencia con el paseo, pero muy molestos, en realidad, y sólo por no sacar los autos, por economía. Por mi parte, yo sólo tenía un impermeable para salir.

¿Sería por eso por lo que pesqué un catarro tan tenaz? ¿O era que me había acostumbrado de verdad a comer demasiado poco? Todo era posible. ¿Sería que me habían vuelto las fiebres? En fin, el caso es que, por haber cogido un poco de frío, justo antes de la primavera, me puse a toser sin parar, más enfermo que la leche. Un desastre. Una mañana me resultó del todo imposible levantarme. Justo entonces pasaba por delante de mi puerta la tía de Bébert. La mandé llamar. Subió. La envié al instante a cobrar una pequeña cantidad que aún me debían en el barrio. La única, la última. Esa suma recuperada a medias me duró diez días, en cama.

Se tiene tiempo de pensar, durante diez días tumbado.

En cuanto me encontrara mejor, me iría de Rancy, eso era lo que había decidido. Dos mensualidades atrasadas ya, por cierto... ¡Adiós, pues, a mis cuatro muebles! Sin decir nada a nadie, por supuesto, me largaría, a hurtadillas, y no me volverían a ver nunca en La Garenne-Rancy. Me marcharía sin dejar rastro ni dirección. Cuando te acosa la fiera hedionda de la miseria, ¿para qué discutir? Un tunela no dice nada y se da el piro.

Con mi título podía establecerme en cualquier parte, cierto... Pero no iba a ser ni más agradable ni peor... Un poco mejor, el sitio, al comienzo, lógicamente, porque siempre hace falta un poco de tiempo para que la gente llegue a conocerte y para que se ponga manos a la obra y encuentre el truco con el que hacerte daño. Mientras aún te buscan el punto más flaco, disfrutas de un poco de tranquilidad, pero, en cuanto lo han encontrado, vuelve a ser la misma historia de siempre, como en todas partes. En una palabra, el corto período durante el que eres desconocido en cada sitio nuevo es el más agradable. Después, vuelta a empezar con la misma mala leche. Son así. Lo importante es no esperar demasiado a que te hayan descubierto, pero bien, la debilidad, los gachos. Hay que aplastar las chinches antes de que se hayan metido en sus agujeros, ¿no?

En cuanto a los enfermos, los clientes, no me hacía ilusiones al respecto... No iban a ser en otro barrio ni menos rapaces, ni menos burros, ni menos cobardes que los de aquí. La misma priva, el mismo cine, los mismos chismes deportivos, la misma sumisión entusiasta a las necesidades naturales, de jalar y quilar, los convertirían, allá como aquí, en la misma horda embrutecida, cateta, titubeante de una trola a otra, farolera siempre, chapucera, mal intencionada, agresiva entre dos pánicos.

Pero, ya que el enfermo, por su parte, no deja de cambiar de costado en su cama, en la vida tenemos también derecho a pasar de un flanco a otro, es lo único que podemos hacer y la única defensa que hemos descubierto contra el propio Destino. Hay que abandonar la esperanza de dejar la pena en algún sitio por el camino. Es como una mujer horrorosa, la pena, y con la que te hubieras casado. ¿No será mejor tal vez acabar amándola un poco que agotarse azotándola toda la vida, puesto que no te la puedes cargar?

El caso es que me largué a hurtadillas de mi entresuelo de Rancy. Estaban en corro en torno al vino de mesa y las castañas, la portera y compañía, cuando pasé por delante de su chiscón por última vez. Ni visto ni oído. Ella se rascaba y él, inclinado sobre la estufa, abotargado por el calor, estaba ya tan bebido, que se le cerraban los ojos.

Para aquella gente, yo me colaba en lo desconocido como en un gran túnel sin fin. Da gusto, tres personas menos que te conocen y, por tanto, tres menos para espiarte y hacerte daño, que ni siquiera saben en absoluto qué ha sido de ti. ¡Qué bien! Tres, porque cuento también a su hija, su hija Thérése, que se hacía heridas hasta supurar de forúnculos, de tanto como le picaban pulgas y chinches. Es cierto que picaban tanto, en su casa, que, al entrar en su chiscón, tenías la sensación de penetrar poco a poco en un cepillo.

El largo dedo del gas en la entrada, crudo y silbante, se apoyaba sobre los transeúntes al borde de la acera y los convertía, de golpe, en fantasmas extraviados en el negro marco del portal. A continuación iban a buscarse un poco de calor, los transeúntes, aquí y allá, delante de las otras ventanas y las farolas y al final se perdían como yo en la noche, negros y difusos.

Ni siquiera estabas obligado a reconocerlos, a los transeúntes. Y, sin embargo, me habría gustado detenerlos en su vago deambular, un segundito, el tiempo justo para decirles, de una vez por todas, que me iba a perderme, al diablo, que me marchaba, pero tan lejos, que ya podían darles por culo y que ya no podían hacerme nada, ni unos ni otros, intentar nada...

Al llegar al Boulevard de la Liberté, los camiones de legumbres subían temblando hacia París. Seguí su ruta. En una palabra, ya casi me había marchado del todo de Rancy. Hacía bastante fresco. Conque, para calentarme, di un pequeño rodeo hasta el chiscón de la tía de Bébert. Su lámpara era un puntito de luz al fondo del pasillo. «Para acabar -me dije- tengo que decirle "adiós" a la tía.»

Estaba en su silla, como de costumbre, entre los olores del chiscón, y la estufita calentando todo aquello y su vieja figura ahora siempre lista para llorar desde que Bébert había muerto y, además, en la pared, por encima de la caja de costura, una gran foto escolar de Bébert, con su delantal, una boina y la cruz. Era una «ampliación» conseguida con los cupones del café. La desperté.

«Hola, doctor -dijo sobresaltada. Aún recuerdo muy bien lo que me dijo-. ¡Tiene usted mala cara! -observó en seguida-. Siéntese... Yo tampoco me encuentro demasiado bien...»

«He salido a dar un paseo», respondí, para despistar.

«Es muy tarde -dijo- para dar un paseo, sobre todo si va usted hacia la Place Clichy... ¡A esta hora sopla un viento muy frío por la avenida!»

Entonces se levantó y, tropezando por aquí y por allá, se puso a hacernos un ponche y a hablar en seguida de todo al mismo tiempo y de los Henrouille y de Bébert, como es lógico.

No había forma de impedirle hablar de Bébert y eso que le causaba pena y la hacía sufrir y, además, lo sabía. Yo la escuchaba sin interrumpirla en ningún momento, estaba como embotado. Ella intentaba recordarme todas las buenas cualidades que había tenido Bébert y las exponía con mucho esfuerzo, porque no había que olvidar ninguna de sus cualidades, y volvía a empezar y después, cuando me había contado todas las circunstancias de su cría con biberón, recordaba otra cualidad más de Bébert que había que añadir a las demás, conque volvía a empezar la historia desde el principio y, sin embargo, se le olvidaban algunas, de todos modos, y al final no le quedaba más remedio que lloriquear un poco, de impotencia. Se equivocaba de cansancio. Se quedaba dormida sollozando. Ya no le quedaban fuerzas para sacar de la sombra el recuerdo del pequeño Bébert, al que tanto había querido. La nada estaba siempre cerca de ella y sobre ella ya un poco. Un poco de ponche y de fatiga y ya estaba, se dormía roncando como un avioncito lejano que se llevan las nubes. Ya no le quedaba nadie en la tierra.

Mientras estaba así, desplomada entre los olores, yo pensaba que me iba y que seguramente no volvería a verla nunca, a la tía de Bébert, que Bébert se había ido, por su parte, sin remilgos y para siempre, que también ella, la tía, se marcharía para seguirlo y dentro de poco tiempo. Para empezar, su corazón estaba enfermo y muy viejo. Bombeaba sangre como podía, su corazón, en sus arterias, le costaba subir por las venas. Se iría al gran cementerio de al lado, la tía, donde los muertos son como una multitud que espera. Allí era donde llevaba a jugar a Bébert, antes de que cayese enfermo, al cementerio. Y después de eso se habría acabado para siempre. Vendrían a pintar de nuevo su chiscón y se podría decir que nos habíamos reunido de nuevo todos, como las bolas del juego, que temblequean un poco al borde del agujero, que hacen remilgos antes de acabar de una vez.

Salen muy violentas y gruñonas, las bolas también, y no van nunca a ninguna parte, en definitiva. Nosotros tampoco y toda la tierra no sirve sino para eso, para hacer que nos reencontremos todos. Ya no le faltaba mucho, a la tía de Bébert, ahora, ya no le quedaba casi empuje. No podemos reencontrarnos mientras estamos en la vida. Hay demasiados colores que nos distraen y demasiada gente que se mueve alrededor. Sólo nos reencontramos en el silencio, cuando es demasiado tarde, como los muertos. Yo también tenía que moverme de nuevo y marcharme a otro sitio. De nada me servía hacer, saber... No podía quedarme allí con la tía.

Mi diploma en el bolsillo abultaba mucho, mucho más que el dinero y los documentos de identidad. Delante del puesto de policía, el agente de guardia esperaba el relevo de medianoche y escupía también de lo lindo. Nos dimos las buenas noches.

Después de la gasolinera, en la esquina del bulevar, venía la oficina de arbitrios y sus encargados, verdosos en su jaula de cristal. Los tranvías ya no circulaban. Era el mejor momento para hablarles de la vida, a los encargados, de la vida, cada vez más difícil, más cara. Eran dos allí, un joven y un viejo, con caspa los dos, inclinados sobre registros así de grandes. A través de su cristal, podían verse las grandes sombras de las fortificaciones del malecón, que se alzaban en la noche para esperar barcos procedentes de tan lejos, navíos tan nobles, que nunca se verán barcos así. Seguro. Los esperan.

Conque charlamos un rato, los encargados de arbitrios y yo, y hasta tomamos un cafelito que se calentaba en el cazo. Me preguntaron si me marchaba de vacaciones por casualidad, en broma, así, de noche, con mi paquetito en la mano. «Exacto», les respondí. Era inútil explicarles cosas poco comunes a los encargados de arbitrios. No podían ayudarme a comprender. Y un poco ofendido por su observación, me dieron ganas, de todos modos, de hacerme el interesante, de asombrarles, y me puse a hablar como un cohete, como si tal cosa, de la campaña de 1816, en la que los cosacos llegaron precisamente hasta el lugar en que nos encontrábamos, hasta el fielato, pisando los talones a Napoleón.

Evocado, todo ello, con desenvoltura, por supuesto. Tras haberlos convencido con pocas palabras, a aquellos dos sórdidos, de mi superioridad cultural, de mi espontánea erudición, cogí y me marché sosegado hacia la Place Clichy por la avenida que sube.

Habréis notado que siempre hay dos prostitutas esperando en la esquina de la Rué des Dames. Ocupan las pocas horas consumidas que separan la medianoche del amanecer. Gracias a ellas, la vida continúa a través de las sombras. Hacen de enlace con el bolso atestado de recetas, pañuelos para todo uso y fotos de hijos en el campo. Cuando te acercas a ellas en la sombra, has de tener cuidado, porque casi no existen, esas mujeres, de tan especializadas que están, vivas lo justo para responder a dos o tres frases que resumen todo lo que se puede hacer con ellas. Son espíritus de insectos dentro de botines con botones.

No hay que decirles nada, acercarse lo menos posible. Son malas. Me sobraba espacio. Eché a correr entre los raíles. La avenida es larga.

Al fondo se encuentra la estatua del mariscal Moncey. Sigue defendiendo la Place Clichy desde 1816 contra recuerdos y olvido, contra nada, con una corona de perlas baratas. Llegué yo también cerca de él corriendo con ciento doce años de retraso por la avenida tan vacía. Ni rusos ya, ni batallas, ni cosacos, ni soldados, nada que tomar ya en la plaza sino un reborde del pedestal bajo la corona. Y el fuego de un pequeño brasero con tres ateridos en torno a los que el apestoso fuego hacía bizquear. No daban ganas de quedarse.

Algunos autos escapaban a toda velocidad, mientras podían, hacia las salidas.

En casos de urgencia recuerdas los grandes bulevares como un lugar menos frío que otros. Mi cabeza ya sólo funcionaba a fuerza de voluntad, por la fiebre. Sostenido por el ponche de la tía, bajé huyendo delante del viento, menos frío cuando lo recibes por detrás. Una anciana con gorrito, cerca del metro Saint-Georges, lloraba por la suerte de su nieta enferma en el hospital, de meningitis, según decía. Aprovechaba para pedir limosna. Conmigo iba dada.

Le ofrecí unas palabras. Le hablé también yo del pequeño Bébert y de otra niña que había tratado en la ciudad, siendo estudiante, y que había muerto, de meningitis también. Tres semanas había durado su agonía y su madre, en la cama de al lado, ya no podía dormir de pena, conque se masturbaba, su madre, todo el tiempo durante las tres semanas de agonía y hasta después, cuando todo hubo acabado, ya no había forma de detenerla.

Eso demuestra que no se puede existir sin placer, ni siquiera un segundo, y que es muy difícil tener pena de verdad. Así es la existencia.

Nos despedimos, la anciana apenada y yo, delante de las Galerías. Tenía que descargar zanahorias por Les Halles. Seguía el camino de las legumbres, como yo, el mismo.

Pero el Tarapout me atrajo. Está situado sobre el bulevar como un gran pastel de luz. Y la gente acude a él de todas partes y a toda prisa, como larvas. Sale de la noche circundante, la gente, con ojos desorbitados ya para ir a llenárselos de imágenes. Es que no cesa, el éxtasis. Son los mismos del metro de por la mañana. Pero ahí, delante del Tarapout, están contentos, como en Nueva York, se rascan el vientre delante de la caja, apoquinan un poco de dinero y ahí van al instante muy decididos y se precipitan alegres a los agujeros de la luz. Estábamos como desvestidos por la luz, de tanta como había sobre la gente, los movimientos, las cosas, guirnaldas y lámparas y más lámparas. No se habría podido hablar de un asunto personal en aquella entrada, era como todo lo contrario de la noche.

Muy aturdido yo también, me metí en una tasca vecina. En la mesa contigua a la mía, miré y me vi a Parapine, mi antiguo profesor, que estaba tomando un ponche con su caspa y todo. Nos encontramos. Nos alegramos. Se habían producido grandes cambios en su vida, según me dijo. Necesitó diez minutos para contármelos. No eran divertidos. El profesor Jaunisset en el Instituto se había vuelto tan duro con él, lo había perseguido tanto, que había tenido que irse, Parapine, dimitir y abandonar su laboratorio y luego también las madres de las colegialas habían ido, a su vez, a esperarlo a la puerta del Instituto y romperle la cara. Historias. Investigaciones. Angustias.

En el último momento, mediante un anuncio ambiguo en una revista médica, había podido aferrarse por los pelos a otro modesto medio de subsistencia. No gran cosa, evidentemente, pero, de todos modos, un apaño descansado y de su especialidad. Se trataba de la astuta aplicación de las teorías recientes del profesor Baryton sobre el desarrollo de niños cretinos mediante el cine. Un gran paso adelante en el subconsciente. No se hablaba de otra cosa en la ciudad. Era moderno.

Parapine acompañaba a sus clientes especiales al moderno Tarapout. Pasaba a recogerlos a la moderna casa de salud de Baryton, en las afueras, y luego los volvía a acompañar después del espectáculo, alelados, ahítos de visiones, felices y salvos y más modernos aún. Y listo. Nada más sentarse ante la pantalla, ya no había necesidad de ocuparse de ellos. Un público de oro. Todo el mundo contento, la misma película diez veces seguidas les encantaba. No tenían memoria. Sus familias, encantadas. Parapine también. Yo también. Nos reíamos de gusto y venga ponches y más ponches para celebrar aquella reconstitución material de Parapine en el plano de la modernidad. Decidimos no movernos de allí hasta las dos de la mañana, tras la última sesión del Tarapout, para ir a buscar a sus cretinos, reunidos y llevarlos a escape en auto a la casa del doctor Baryton en Vigny-sur-Seine. Un chollo.

Como estábamos contentos ambos de volvernos a ver, nos pusimos a hablar sólo por el placer de decirnos fantasías y en primer lugar sobre los viajes que habíamos hecho y después sobre Napoleón, que salió a relucir a propósito de Moncey, el de la Place Clichy. Todo se vuelve placer, cuando el único objetivo es estar bien juntos, porque entonces parece como si por fin fuéramos libres. Olvidas tu propia vida, es decir, las cosas del parné.

Burla burlando, hasta sobre Napoleón se nos ocurrieron chistes que contar. Parapine se la conocía bien, la historia de Napoleón. Le había apasionado en tiempos, me contó, en Polonia, cuando aún estaba en el instituto de bachillerato. Había recibido buena educación, Parapine, no como yo.

Así, me contó, al respecto, que, durante la retirada de Rusia, a los generales de Napoleón les había costado Dios y ayuda impedirle ir a Varsovia para que la polaca de su corazón le hiciese la última mamada suprema. Era así, Napoleón, hasta en plenos reveses e infortunios. No era serio, en una palabra. ¡Ni siquiera él, el águila de su Josefina! Más cachondo que una mona, la verdad, contra viento y marea. Por lo demás, no hay nada que hacer, mientras se conserve el gusto por el goce y el cachondeo y es un gusto que todos tenemos. Eso es lo más triste. ¡Sólo pensamos en eso! En la cuna, en el café, en el trono, en el retrete. ¡En todas partes! ¡En todas partes! ¡La pilila! ¡Napoleón o no! ¡Cornudo o no! Lo primero, ¡el placer! ¡Anda y que la diñen los cuatrocientos mil pobres diablos empantanados hasta el penacho!, se decía el gran vencido, ¡con tal de que Napoleón eche otro polvo! ¡Qué cabrón! ¡Y hale! ¡La vida misma! ¡Así acaba todo!

¡No es serio! El tirano siente hastío de la obra que representa mucho antes que los espectadores. Se va a follar, cuando está harto de segregar delirios para el público. Entonces, ¡va de ala! ¡El Destino lo deja caer en menos que canta un gallo! ¡No son las matanzas a base de bien lo que le reprochan los entusiastas! ¡Qué va! ¡Eso no es nada!

¡Vaya si se las perdonarían! Sino que se volviera aburrido de repente, eso es lo que no le perdonan. Lo serio sólo se tolera cuando es un camelo. Las epidemias no cesan hasta el momento en que los microbios sienten asco de sus toxinas. A Robespierre lo guillotinaron porque siempre repetía la misma cosa y Napoleón, por su parte, no resistió a más de diez años de una inflación de Legión de Honor. La tortura de ese loco fue verse obligado a inspirar deseos de aventuras a la mitad de la Europa sentada. Oficio imposible. Lo llevó a la tumba.

Mientras que el cine, nuevo y modesto asalariado de nuestros sueños, podemos comprarlo, en cambio, procurárnoslo por una hora o dos, como una prostituta.

Y, además, en nuestros días, se ha distribuido a artistas por todos lados, por precaución, en vista de tanto aburrimiento. Hasta en los burdeles te los encuentras, a los artistas, con sus escalofríos desmadrándose por todos lados y sus sinceridades chorreando por los pisos. Hacen vibrar las puertas. A ver quién se estremece más y con más descaro, más ternura, y se abandona con mayor intensidad que el vecino. Hoy igual de bien decoran los retretes que los mataderos y el Monte de Piedad también, todo para divertirnos, para distraernos, hacernos salir de nuestro Destino.

Vivir por vivir, ¡qué trena! La vida es una clase cuyo celador es el aburrimiento; está ahí todo el tiempo es-piándote; por lo demás, hay que aparentar estar ocupado, a toda costa, con algo apasionante; si no, llega y se te jala el cerebro. Un día que sólo sea una jornada de 24 horas no es tolerable. Ha de ser por fuerza un largo placer casi insoportable, una jornada; un largo coito, una jornada, de grado o por fuerza.

Se te ocurren así ideas repulsivas, estando aturdido por la necesidad, cuando en cada uno de tus segundos se estrella un deseo de mil otras cosas y lugares.

Robinson era un tío preocupado por el infinito también, en su género, antes de que le ocurriese el accidente, pero ahora ya había recibido para el pelo bien. Al menos, eso creía yo.

Aproveché que estábamos en el café, tranquilos, para contar, yo también, a Parapine todo lo que me había ocurrido desde nuestra separación. Él comprendía las cosas, e incluso las mías, y le confesé que acababa de arruinar mi carrera médica al abandonar Rancy de modo insólito. Así hay que decirlo. Y no era cosa de broma. No había ni que pensar en volver a Rancy, en vista de las circunstancias. Así le parecía también a él.

Mientras conversábamos con gusto así, nos confesábamos, en una palabra, se produjo el entre-acto del Tarapout y llegaron en masa a la tasca los músicos del cine. Tomamos una copa a coro. Parapine era muy conocido de los músicos.

Burla burlando, me enteré por ellos de que precisamente buscaban un «pachá» para la comparsa del intermedio. Un papel mudo. Se había marchado, el que hacía de «pachá», sin avisar. Un papel bonito y bien pagado, además, en un preludio. Sin esfuerzo. Y, además, no hay que olvidarlo, con la picarona compañía de una magnífica bandada de bailarinas inglesas, miles de músculos agitados y precisos. Mi estilo y necesidad exactamente.

Me hice el simpático y esperé las propuestas del director. En una palabra, me presenté. Como era tan tarde y no tenían tiempo de ir a buscar a otro figurante hasta la Porte Saint-Martin, el director se alegró mucho de tenerme a mano. Le evitaba engorros. A mí también. Casi ni me examinó. Conque me aceptó sin más pegas. Me contrataron. Con tal de que no cojeara, valía y aún...

Penetré en los bellos sótanos, cálidos y acolchados, del cine Tarapout. Una auténtica colmena de camerinos perfumados, donde las inglesas, en espera del espectáculo, descansaban diciendo tacos y haciendo cabalgatas ambiguas. Exultante por tener de nuevo forma de ganarme las habichuelas, me apresuré a entrar en relaciones con aquellas compañeras jóvenes y desenvueltas. Por cierto, que me hicieron los honores de grupo con la mayor amabilidad del mundo. Ángeles. Ángeles discretos. Da gusto no sentirse ni confesado ni despreciado, así es en Inglaterra.

Substanciosas recaudaciones, las del Tarapout. Hasta entre bastidores todo era lujo, comodidad, muslos, luces, jabones, mediasnoches. El tema del intermedio en que aparecíamos se situaba, creo, en el Turquestán. Era un pretexto para pamplinas coreográficas, contoneos musicales y violentos tambo-rileos.

Mi papel, breve pero esencial. Al principio, hinchado de oro y plata, experimenté cierta dificul-tad para instalarme entre tantos bastidores y lámparas inestables, pero me acostumbré y, una vez en el sitio, graciosamente realzado, ya sólo me quedaba dejarme llevar por mis sueños bajo los focos opalinos.

Durante un buen cuarto de hora, veinte bayaderas londinenses se meneaban en melodías y baca-nales impetuosas para convencerme, al parecer, de la realidad de sus atractivos. Yo no pedía tanto y pensaba que repetir cinco veces al día aquella actuación era mucho para mujeres, y, además, sin fla-quear, nunca, una vez tras otra, contoneando implacables el trasero con esa energía de raza un poco aburrida, esa continuidad intransigente de los barcos en ruta, las estraves, en su infinito trajinar por los océanos...

* * *

No vale la pena debatirse, esperar basta, ya que todo acabará pasando por la calle. Ella sola cuenta, en el fondo. No hay nada que decir. Nos espera. Habrá que bajar a la calle, decidirse, no uno, ni dos, ni tres de nosotros, sino todos. Estamos ahí delante, haciendo remilgos y melindres, pero ya llegará.

En las casas, nada bueno. En cuanto una puerta se cierra tras un hombre, empieza a oler en seguida y todo lo que lleva huele también. Pasa de moda en el sitio, en cuerpo y alma. Se pudre. Si apestan, los hombres, nos está bien empleado. ¡Debíamos ocuparnos de ello! Debíamos sacarlos, expulsarlos, exponerlos. Todo lo que apesta está en la habitación y adornado, pero hediondo, de todos modos.

Hablando de familias, conozco a un farmacéutico, en la Avenue de Saint-Ouen, que tiene un hermoso rótulo en el escaparate, un bonito anuncio: ¡tres francos la caja para purgar a toda la familia! ¡Un chollo! ¡Eructan! Obran juntos, en familia. Se odian con avaricia, en un hogar de verdad, pero nadie protesta, porque, de todos modos, es menos caro que ir a vivir a un hotel.

El hotel, ya que hablamos, es más inquieto, no tiene las pretensiones de un piso, te sientes menos culpable en él. La raza humana nunca está tranquila y para descender al juicio final, que se celebrará en la calle, evidentemente estás más cerca en el hotel. Ya pueden venir, los ángeles con trompetas, que estaremos los primeros, nosotros, nada más bajar del hotel.

Intentas no llamar la atención demasiado, en el hotel. No sirve de nada. Ya sólo con gritar un poco fuerte o demasiado a menudo, mal asunto, te fichan. Al final, apenas te atreves a mear en el lavabo, pues todo se oye de una habitación a otra. Acabas adquiriendo por fuerza los buenos modales, como los oficiales en la marina de guerra. Todo puede ponerse a temblar de la tierra al cielo de un momento a otro, estamos listos, nos la suda, puesto que nos «perdonamos» ya diez veces al día tan sólo al encontrarnos en los pasillos, en el hotel.

Hay que aprender a reconocer, en los retretes, el olor de cada uno de los vecinos de la planta, es cómodo. Resulta difícil hacerse ilusiones en una pensión. Los clientes no son chulitos. A hurtadillas viajan por la vida un día tras otro sin llamar la atención, en el hotel, como en un barco que estuviera un poco podrido y lleno de agujeros y lo supiesen.

Aquel al que fui a alojarme atraía sobre todo a los estudiantes de provincias. Olía a colillas viejas y desayunos, desde los primeros escalones. Lo reconocías desde lejos, de noche, por la luz grisácea que tenía encima de la puerta y las letras melladas, de oro, que le colgaban del balcón como una enorme dentadura vieja. Un monstruo de alojamiento abotargado de apaños miserables.

De unas habitaciones a otras nos visitábamos por el pasillo. Tras años de empresas miserables en la vida práctica, aventuras, como se suele decir, volvía yo con los estudiantes.

Sus deseos eran siempre los mismos, sólidos y rancios, ni más ni menos insípidos que en la época en que me había separado de ellos. Los individuos habían cambiado, pero las ideas no. Seguían yendo, como siempre, unos y otros, a apacentarse más o menos con medicina, retazos de química, comprimidos de derecho y zoologías enteras, a horas más o menos regulares, en el otro extremo del barrio. La guerra, al pasar por su quinta, no había transformado nada en ellos y, cuando te metías en sus sueños, por simpatía, te llevaban derecho a sus cuarenta años. Se daban así veinte años por delante, doscientos cuarenta meses de economías tenaces, para fabricarse una felicidad.

Era un cromo, la imagen que tenían de la felicidad como del éxito, pero bien graduado, esmerado. Se veían en el último peldaño, rodeados de una familia poco numerosa pero incomparable y preciosa hasta el delirio. Y, sin embargo, nunca habrían echado, por así decir, un vistazo a su familia. No valía la pena. Está hecha para todo, menos para ser contemplada, la familia. Ante todo, la fuerza del padre, su felicidad, consiste en besar a su familia sin mirarla nunca, su poesía.

La novedad sería ir a Niza en automóvil con la esposa, provista de dote, y tal vez adoptar los cheques para las transferencias bancarias. Para las partes vergonzosas del alma, seguramente llevar también a la esposa una noche al picadero. No más. El resto del mundo se encuentra encerrado en los periódicos y custodiado por la policía.

La estancia en el hotel de las pulgas los avergonzaba un poco de momento y los volvía fácilmente irritables, a mis compañeros. El jovencito burgués en el hotel, el estudiante, se siente en penitencia y, como aún no puede, naturalmente, ahorrar, reclama bohemia para aturdirse y más bohemia, desesperación con café y leche.

Hacia primeros de mes pasábamos por una breve y auténtica crisis de erotismo, todo el hotel vibraba. Nos lavábamos los pies. Organizábamos una expedición amorosa. La llegada de los giros de provincias nos decidía. Yo, por mi parte, habría podido obtener los mismos coitos en el Tarapout con mis inglesas del baile y, además, gratis, pero pensándolo bien, renuncié a esa facilidad por evitar líos y por los amigos, chulos desgraciados y celosos, que andan siempre entre bastidores tras las bailarinas.

Como leíamos muchas revistas obscenas en nuestro hotel, ¡conocíamos la tira de trucos y direcciones para follar en París! Hay que reconocer que las direcciones son divertidas. Te dejas llevar; incluso a mí, que había vivido en el Passage des Bérésinas y había viajado y conocido muchas complicaciones de la vida indecente, el capítulo de las confidencias nunca me parecía del todo agotado. Subsiste en uno siempre un poquito de curiosidad de reserva para la cuestión de la jodienda. Te dices que ya no vas a aprender nada nuevo, sobre la jodienda, que ya no debes perder ni un minuto con ella, y después vuelves a empezar, sin embargo, otra vez sólo para cerciorarte de verdad de que es algo vacío y aprendes, de todos modos, algo nuevo al respecto y eso te basta para recuperar el optimismo.

Te recuperas, piensas con mayor claridad que antes, cobras nuevas esperanzas, cuando precisamente ya no te quedaba la menor esperanza, y vuelves fatalmente a la jodienda por el mismo precio. En una palabra, siempre hay cosas que descubrir en una vagina para todas las edades. Bueno, pues, una tarde, voy a contar lo que pasó, salimos tres huéspedes del hotel en busca de una aventura barata. Era fácil gracias a las relaciones de Pomone, que tenía una agencia con todo lo que se puede desear en materia de ajustes y compromisos eróticos, en su barrio de Batignoles. Su registro abundaba en invitaciones de diversos precios, funcionaba, aquel hombre providencial, sin fasto alguno, en el fondo de un pequeño patio de una casa modesta, tan poco alumbrada, que para guiarte necesitabas tanto tacto y consideración como en un urinario desconocido. Varias colgaduras que habías de apartar te inquietaban antes de llegar hasta aquel proxeneta, sentado siempre en una penumbra para confidencias.

Por culpa de aquella penumbra, nunca pude, a decir verdad, observar cómodamente a Pomone y, pese a haber tenido largas conversaciones juntos, a haber colaborado incluso durante un tiempo y a haberme hecho toda clase de proposiciones y toda clase de otras confidencias peligrosas, me resultaría imposible reconocerlo hoy, si me lo encontrara en el infierno.

Recuerdo sólo que los aficionados furtivos que esperaban su turno en el salón se mantenían siempre muy circunspectos, ninguna familiaridad entre ellos, hay que reconocerlo, la reserva en persona, como en la consulta de un dentista al que no le gustara nada el ruido ni la luz.

Fue gracias a un estudiante de medicina como conocí a Pomone. Frecuentaba la casa, el estudiante, para ganarse un complemento, gracias a que tenía, el muy potrudo, un pene formidable. Lo llamaban, al estudiante, para animar con su estupendo chuzo veladas muy íntimas, en las afueras. Sobre todo las damas, las que no creían que se pudiera tener «uno así de gordo», lo festejaban. Divagaciones de chiquillas aventajadas. En los registros de la policía figuraba, nuestro estudiante, con un seudónimo terrible:

¡Baltasar!

Los clientes que esperaban difícilmente trababan conversación. El dolor se exhibe, mientras que el placer y la necesidad dan vergüenza.

Es pecado, quieras que no, ser putero y pobre. Cuando Pomone se enteró de mi estado actual y de mi pasado médico, abandonó su reserva y me confió su tormento. Un vicio lo agotaba. Lo había contraído «tocándose» de continuo bajo su mesa durante las conversaciones que sostenía con sus clientes, investigadores, obsesionados del perineo.

«Es mi oficio, ¡compréndelo! No es fácil abstenerse... ¡Con todo lo que vienen a contarme, esos cabrones!...» En una palabra, la clientela lo arrastraba a los abusos, como esos carniceros demasiado gruesos que siempre tienen tendencia a atiborrarse de carnes. Además, estoy convencido de que tenía el bajo vientre permanentemente recalentado por una traidora fiebre que le venía de los pulmones. Por cierto, que unos años después la tuberculosis se lo llevó al otro mundo. La cháchara infinita de las clientas presuntuosas lo agotaba también en otro sentido, siempre tramposas, creadoras de montones de líos y alborotos por nada y por sus chichis, que, según ellas, no tenían igual en las cuatro partes del mundo.

A los hombres había que presentarles sobre todo admiradoras que tragaran para sus caprichos apasionados. Tantos como los de la Sra. Herote. En un solo correo matinal de la agencia Pomone llegaba bastante amor insatisfecho como para extinguir todas las guerras de este mundo. Pero es que esos diluvios sentimentales nunca trascienden la jodienda. Eso es lo malo.

Su mesa desaparecía bajo aquel revoltijo repulsivo de trivialidades ardientes. Con mi deseo de saber más, decidí interesarme durante un tiempo por la clasificación de ese tremendo tejemaneje epistolar. Se ordenaba, me explicó, por clases de afectos, como con las corbatas o las enfermedades, los delirios primero, por un lado, y después los masoquistas y los viciosos, por otro, los flagelantes por aquí, los de «estilo aya» en otra página y así con todos. No tardan demasiado en convertirse en cargas, las distracciones.

¡Nos expulsaron, pero bien, del Paraíso! ¡De eso no cabe duda! Pomone era de esa opinión también con sus manos húmedas y su vicio interminable, que le infligía a un tiempo placer y penitencia. Al cabo de unos meses me harté de él y de su comercio. Espacié mis visitas.

En el Tarapout seguían considerándome muy decente, muy tranquilo, figurante puntual, pero, tras unas semanas de calma, la desgracia me volvió por el conducto más inesperado y me vi obligado, también de repente, a abandonar la compañía para continuar mi puñetero camino. Considerados a distancia, aquellos tiempos del Tarapout no fueron, en resumen, sino una especie de escala prohibida y solapada. Siempre bien vestido, lo reconozco, durante aquellos cuatro meses, tan pronto de príncipe, dos veces de centurión, otro día aviador, y pagado generosa y regularmente. Comí en el Tarapout para años. Una vida de rentista sin las rentas. ¡Traición! ¡Desastre! Una noche, no sé por qué razón, cambiaron nuestro número. El nuevo preludio representaba los muelles de Londres. En seguida, me dio mala espina, nuestras inglesas tenían que cantar, desafinando y, en apariencia, a las orillas del Támesis, de noche, y yo hacía de *policeman,* papel del todo mudo, deambular de izquierda a derecha por delante del pretil. De pronto, cuando menos lo pensaba, su canción se volvió más fuerte que la vida y hasta dio un vuelco al destino y lo inclinó hacia la desgracia. Conque, mientras cantaban, yo ya no podía pensar en otra cosa que en toda la miseria del pobre mundo y en la mía, sobre todo, porque la canción de aquellas putas me repetía en el corazón, como el atún en el estómago. ¡Y eso que creía haberlo digerido, haber olvidado lo más duro! Pero lo peor de todo era que se trataba de una canción que quería ser alegre y no lo conseguía. Y se contoneaban, mis compañeras, al tiempo que cantaban, para que lo pareciese. Entonces sí que sí, la verdad, era como si pregonáramos la miseria, las angustias... ¡Exacto! ¡De paseo por la niebla con el alma en pena! Se deshacían en lamentos, envejecíamos por momentos con ellas. El decorado rezumaba también pánico con avaricia. Y, sin embargo, continuaban, las chatis. No parecían comprender los tremendos efectos de pena que sobre todos nosotros provocaba su canción... Se quejaban de toda su vida, moviendo el esqueleto, riendo, al compás... Cuando viene de tan lejos, con tal seguridad, no puedes equivocarte ni resistirte.

Estábamos rodeados de miseria, pese al lujo que había en la sala, sobre nosotros, sobre el decorado, desbordaba, chorreaba por toda la tierra, de todos modos. Eran artistas como la copa de un pino... Exhalaban pena, sin que quisiesen impedirlo ni comprenderlo siquiera. Sólo sus ojos eran tristes. No basta con los ojos. Cantaban el fracaso de la vida sin comprender. Seguían confundiéndolo con el amor, con puro y mero amor, no les habían enseñado el resto, a aquellas chavalitas. ¡Una penita cantaban, en apariencia! ¡Así lo llamaban! Todo parece penas de amor, cuando se es joven y no se sabe...

Where I go...where I look... It's only foryou... ou... Only foryou... ou...

Así cantaban.

Es la manía de los jóvenes de identificar toda la Humanidad con un chichi, uno solo, el sueño sagrado, la pasión de amor. Más adelante aprenderían tal vez, adonde iba a acabar todo eso, cuando ya no fueran rosas, cuando la miseria de verdad de su puñetero país las hubiera atrapado, a las dieciséis, con sus gruesos muslos de yegua, sus chucháis saltarines... Por lo demás, estaban ya de miseria hasta el cuello, hundidas, las ricuras, no se iban a librar. A las entrañas, a la garganta, se les aferraba ya, la miseria, por todas las cuerdas de sus voces finas y falsas también.

La llevaban dentro. No hay traje, ni lentejuelas, ni luz, ni sonrisas que valgan para engañarla, para despistarla, respecto a los suyos, los encuentra donde se escondan, los suyos; se divierte haciéndoles cantar simplemente, en espera de su turno, todas las tonterías de la esperanza. Eso la despierta, la mece y la excita, a la miseria.

Nuestra pena es así, la grande, una distracción.

Conque, ¡allá el que canta canciones de amor! El amor es ella, la miseria, y nada más que ella, ella siempre, que viene a mentir en nuestra boca, mierda pura, y se acabó. Está en todas partes, la muy puta, no hay que despertarla, la miseria propia, ni en broma. No entiende las bromas. Y, sin embargo, tres veces al día lo repetían, mis inglesas, delante del decorado y con melodías de acordeón. Por fuerza tenía que acabar muy mal.

Yo no me metía en nada, pero puedo asegurar que la vi venir, la catástrofe.

Primero, una de las chavalitas cayó enferma. ¡Muerte a las ricuras que provocan las desgracias! ¡Allá ellas y que la diñen! A propósito, tampoco hay que detenerse en las esquinas de las calles detrás de los acordeones, con frecuencia es ahí donde se pesca la enfermedad, el acceso de verdad. Conque vino una polaca para substituir a la que estaba enferma, en su cantinela. Tosía también, la polaca, en los entreactos. Una chica alta, fuerte y pálida era. En seguida nos hicimos confidencias. En dos horas conocí su alma entera, para el cuerpo esperé aún un poco. La manía de aquella polaca era mutilarse el sistema nervioso con amores imposibles. Como es lógico, había entrado en la puñetera canción de las inglesas como una seda, con su dolor y todo. Comenzaba con un tonillo simpático, su canción, como si nada, como todas las bailables, y después, mira por dónde, te encogía el corazón a fuerza de ponerte triste, como si, al oírla, fueses a perder las ganas de vivir, pues no podía ser más cierto que todo se acaba, juventud y demás, entonces te inclinabas, después de que se hubieran extinguido canción y melodía, para acostarte en la cama auténtica, la tuya, la de verdad de la buena, la del agujero para acabar de una vez. Dos estribillos y casi ansiabas irte al plácido país de la muerte, el país de la ternura eterna y el olvido instantáneo como una niebla. Eran voces de niebla, las suyas, en una palabra.

Coreábamos todos el lamento del reproche, contra los que andan aún por ahí, con la vida a cuestas, que esperan a lo largo de los muelles, de todos los muelles del mundo, a que acabe de pasar la vida, mientras se entretienen de cualquier modo, vendiendo cosas y naranjas a los otros fantasmas e informes y monedas falsas, policía, viciosos, penas, contando chismes, en esa bruma de paciencia que nunca acabará...

Tania se llamaba mi nueva amiga de Polonia. Su vida era febril de momento, lo comprendí, por un empleadillo de banca cuadragenario que conocía desde Berlín. Quería regresar, a su Berlín, y amarlo pese a todo y a cualquier precio. Para volver a verlo allí, habría hecho cualquier cosa.

Perseguía a los agentes teatrales, los que prometen contratos, hasta el fondo de sus escaleras apestosas. Le daban pellizcos en los muslos, los guarros, mientras esperaba respuestas que nunca llegaban. Pero apenas si notaba sus manipulaciones, de tan embargada que estaba por su amor lejano. No pasó una semana en tales condiciones sin que sucediera una catástrofe de aúpa. Había atiborrado el Destino de tentaciones desde hacía semanas y meses, como un cañón.

La gripe se llevó a su prodigioso amante. Nos enteramos de la desgracia un sábado por la noche. Nada más recibir la noticia, me arrastró, desmelenada, extraviada, al asalto de la Gare du Nord. Eso no era nada aún, pero con su delirio pretendía ante la taquilla llegar a tiempo a Berlín para el entierro. Fueron necesarios dos jefes de estación para disuadirla, hacerle comprender que era demasiado tarde.

En el estado en que se encontraba, yo no podía pensar en abandonarla. Por lo demás, se aferraba a su tragedia, quería a toda costa mostrármela en pleno trance. ¡Qué ocasión! Los amores contrariados por la miseria y la distancia son como los amores de marinero, son, digan lo que digan, irrefutables y logrados. En primer lugar, cuando no se tiene ocasión de verse con frecuencia, no se puede regañar y eso ya es una gran ventaja. Como la vida no es sino un delirio atestado de mentiras, cuanto más lejos estás más mentiras puedes añadir y más contento estás entonces, es lógico y normal. La verdad no hay quien la trague.

Por ejemplo, ahora es fácil contar cosas sobre Jesucristo. ¿Es que iba al retrete delante de todo el mundo, Jesucristo? Se me ocurre que no le habría durado demasiado el cuento, si hubiera hecho caca en público. Muy poca presencia, ésa es la cosa, sobre todo para el amor.

Una vez bien asegurados, Tania y yo, de que no había tren posible para Berlín, nos desquitamos con los telegramas. En la oficina de la Bolsa, redactamos uno muy largo, pero para enviarlo había otra dificultad, ya no sabíamos adonde enviarlo. No conocíamos a nadie en Berlín, salvo al muerto. A partir de aquel momento, sólo pudimos cambiar palabras sobre el deceso. Nos sirvieron, las palabras, para dar dos o tres veces más la vuelta a la Bolsa y después, como teníamos que adormecer el dolor, de todos modos, subimos despacio hacia Montmartre, al tiempo que farfullábamos pesares.

A partir de la Rué Lepic, empiezas a encontrar gente que va a buscar alegría a la parte alta de la ciudad. Se apresuran. Llegados al Sacré-Coeur, se ponen a mirar la noche, abajo, que forma un gran hueco con todas las casas amontonadas en el fondo.

En la placita, en el café que nos pareció, por las apariencias, el menos caro, entramos. Tania me dejaba, por el consuelo y el agradecimiento, besarla donde quisiera. Le gustaba mucho beber también. En las banquetas a nuestro alrededor, dormían ya juerguistas un poco borrachos.

El reloj de la pequeña iglesia se puso a dar las horas y después más horas hasta nunca acabar. Acabábamos de llegar al final del mundo, estaba cada vez más claro. No se podía ir más lejos, porque después de aquello ya sólo había los muertos.

Empezaban en la Place du Tertre, al lado, los muertos. Estábamos bien situados para localizarlos. Pasaban justo por encima de las Galeries Dufayel, al este, por consiguiente. Pero, aun así, hay que saber encontrarlos, es decir, desde dentro y con los ojos casi cerrados, porque los grandes haces de luz de los anuncios molestan mucho, aun a través de las nubes, a la hora de divisarlos, a los muertos. Con ellos, los muertos, comprendí en seguida, habían admitido a Bébert, incluso nos hicimos una señita los dos, Bébert y yo, y también, no lejos de él, la chica tan pálida, abortada por fin, la de Rancy, bien vaciada esa vez de todas sus tripas.

Había la tira de otros antiguos clientes míos, por aquí, por allá, y clientas en las que ya no pensaba nunca, y otros más, el negro en una nube blanca, solo, al que habían azotado más de la cuenta, allá, lo reconocí, en Topo, y el tío Grappa, ¡el viejo teniente de la selva virgen! De ésos me había acordado de vez en cuando, del teniente, del negro torturado y también de mi español, el cura; había venido, el cura, con los muertos aquella noche para las oraciones del cielo y su cruz de oro le molestaba mucho para revolotear de un cielo a otro. Se aferraba con su cruz a las nubes, a las más sucias y amarillas, y fui reconociendo a muchos otros desaparecidos, muchos, muchos otros... Tan numerosos, que da vergüenza, la verdad, no haber tenido tiempo de mirarlos mientras viven ahí, a tu lado, durante años...

Nunca se tiene bastante tiempo, es cierto, ni siquiera para pensar en uno mismo.

En fin, ¡todos aquellos cabrones se habían vuelto ángeles sin que me hubiera dado cuenta! Ahora había la tira de nubes llenas de ángeles y extravagantes e indecentes, por todos lados. ¡De paseo por encima de la ciudad! Busqué a Molly entre ellos, era el momento, mi amable, mi única amiga, pero no había venido con ellos... Debía de tener un cielo para ella sólita, cerca de Dios, de tan buena que había sido siempre, Molly... Me dio gusto no encontrarla con aquellos golfos, porque eran sin duda unos muertos golfos aquellos, unos pillos, sólo la chusma y la pandilla de los fantasmas se habían reunido aquella noche por encima de la ciudad. Del cementerio de al lado, sobre todo, venían sin parar y nada distinguidos. Y eso que era un cementerio pequeño; comuneros, incluso, todos sangrando, que abrían la boca como para gritar aún y que ya no podían... Esperaban, los comuneros, con los otros, esperaban a La Perouse, el de las Islas, que los mandaba a todos aquella noche para la reunión... No acababa, La Perouse, de prepararse, por culpa de la pata de palo que se le torcía... y, además, que siempre le había costado ponérsela, la pata de palo, y también por culpa de sus grandes anteojos, que no aparecían.

No quería salir a las nubes sin llevar en torno al cuello sus anteojos; una idea, su famoso catalejo de aventuras, un auténtico cachondeo, el que te hace ver a la gente y las cosas de lejos, cada vez más lejos por el agujerito y cada vez más deseables, por fuera, a medida que te acercas y pese a ello. Cosacos enterrados cerca del Moulin no conseguían salir de sus tumbas. Hacían esfuerzos espantosos, pero lo habían intentado ya muchas veces... Volvían a caer siempre en el fondo de sus tumbas, aún estaban borrachos desde 1820.

Aun así, un chaparrón los hizo saltar, a ellos también, serenados por fin, muy por encima de la ciudad. Entonces se disgregaron en su ronda y abigarraron la noche con su turbulencia, de una nube a otra... La Ópera, sobre todo, los atraía, al parecer, su gran brasero de anuncios en el medio; salpicaban, los aparecidos, para saltar a otro extremo del cielo y tan agitados y numerosos, que te nublaban la vista. La Perouse, equipado por fin, quiso que lo izaran vertical al sonar las cuatro, lo sostuvieron y lo montaron a horcajadas y derecho. Una vez instalado por fin, a horcajadas, aún gesticulaba, de todos modos, y se movía. Las campanadas de las cuatro lo sacudieron, mientras se abotonaba. Detrás de La Perouse, la gran avalancha del cielo. Una desbandada abominable, llegaban arremolinándose fantasmas, de los cuatro puntos cardinales, todos los aparecidos de todas las epopeyas... Se perseguían, se desafiaban y cargaban siglos contra siglos. El Norte permaneció mucho tiempo recargado con su abominable barahúnda. El horizonte se despejó azulado y el día se alzó al fin por un gran agujero que habían hecho pinchando la noche para escapar.

Después, encontrarlos de nuevo resulta muy difícil. Hay que saber salir del tiempo.

Por el lado de Inglaterra te los encuentras de nuevo, cuando llegas, pero por ese lado la niebla es todo el tiempo tan densa, tan compacta, que es como auténticas velas que suben unas delante de las otras desde la Tierra hasta lo más alto del cielo y para siempre. Con hábito y atención se puede llegar a encontrarlos de nuevo, de todos modos, pero nunca durante mucho tiempo por culpa del viento que no cesa de traer nuevas ráfagas y brumas de alta mar.

La gran mujer que está ahí, que guarda la Isla, es la última. Su cabeza está mucho más alta aún que las brumas más altas. Ella es lo único un poco vivo de la Isla. Sus cabellos rojos, por encima de todo, doran un poco aún las nubes, es lo único que queda del sol.

Intenta hacerse té, según explican.

Tiene que intentarlo, pues está ahí para la eternidad. Nunca acabará de hacerlo hervir, su té, por culpa de la niebla, que se ha vuelto demasiado densa y penetrante. El casco de un barco utiliza de tetera, el más bello, el mayor de los barcos, el último que ha podido encontrar en Southampton, se calienta el té, oleadas y más oleadas... Remueve... Da vueltas todo con un remo enorme... Con eso se entretiene.

No mira nada más, seria para siempre e inclinada.

La ronda ha pasado por encima de ella, pero ni siquiera se ha movido, está acostumbrada a que vengan todos los fantasmas del continente a perderse por allí... Se acabó.

Le basta con hurgar el fuego que hay bajo la ceniza, entre dos bosques muertos, con los dedos.

Intenta reavivarlo., todo le pertenece ahora, pero su té no hervirá nunca más. Ya no hay vida para las llamas.

Ya no hay vida en el mundo para nadie, salvo un poquito para ella y todo está casi acabado...

* * *

Tania me despertó en la habitación donde habíamos acabado acostándonos. Eran las diez de la mañana. Para deshacerme de ella, le conté que no me sentía bien y que me iba a quedar un poco más en la cama.

La vida se reanudaba. Fingió creerme. En cuanto ella hubo bajado, me puse en camino, a mi vez. Tenía algo que hacer, en verdad. La zarabanda de la noche anterior me había dejado como una extraña sensación de remordimiento. El recuerdo de Robinson venía a preocuparme. Era cierto que yo lo había abandonado a su suerte, a ése; peor aún, en manos del padre Protiste. Con eso estaba dicho todo. Desde luego, me habían contado que todo iba de perilla allí abajo, en Toulouse, y que la vieja Henrouille se había vuelto incluso de lo más amable con él. Claro, que, en ciertos casos, verdad, sólo oyes lo que quieres oír y lo que más te conviene... En el fondo, esas vagas indicaciones no demostraban nada.

Inquieto y curioso, me dirigí hacia Rancy en busca de noticias, pero exactas, precisas. Para llegar allí, había que volver a pasar por la Rué des Batignolles, donde vivía Pomone. Era mi camino. Al llegar cerca de su casa, me extrañó mucho vérmelo en la esquina de su calle, a Pomone, como siguiendo a un señor bajito a cierta distancia. Para él, Pomone, que no salía nunca, debía de ser un auténtico acontecimiento. Lo reconocí también, al tipo que seguía, era un cliente, el Cid se hacía llamar en la correspondencia. Pero sabíamos también, por informes confidenciales, que trabajaba en Correos, el Cid.

Desde hacía años no dejaba en paz a Pomone para que le encontrara una amiguita bien educada, su sueño. Pero las señoritas que le presentaban nunca estaban bastante bien educadas para su gusto. Cometían faltas, según decía. Conque la cosa no marchaba. Pensándolo bien, existen dos grandes especies de chorbitas, las que tienen «amplitud de miras» y las que han recibido «una buena educación católica». Dos formas, para las pelanas, de sentirse superiores, dos formas también de excitar a los inquietos y los insatisfechos, el estilo «pajolero» y el estilo «mujer libre».

Todas las economías del Cid habían acabado, mes tras mes, en esas búsquedas. Ahora había llegado, con Pomone, a quedarse sin recursos y sin esperanza también. Más adelante, me enteré de que había ido a suicidarse, el Cid, aquella misma noche en un solar. Por lo demás, en cuanto había yo visto a Pomone salir de su casa, había sospechado que ocurría algo extraordinario. Conque los seguí largo rato por aquel barrio en el que las tiendas van desapareciendo calle adelante y hasta los colores, uno tras otro, para acabar en tascas precarias hasta los límites justos del fielato. Cuando no tienes prisa, te pierdes con facilidad en esas calles, despistado primero por la tristeza y por la demasiada indiferencia del lugar. Si tuvieras un poco de dinero, cogerías un taxi al instante para escapar de tanto hastío. La gente que encuentras arrastra un destino tan pesado, que lo sientes por ellos. Tras las ventanas con visillos, pequeños rentistas han dejado el gas abierto, seguro. No hay nada que hacer. ¡Me cago en la leche!, dices, lo que no sirve de nada.

Y, además, ni un banco para sentarse. Marrón y gris por todos lados. Cuando llueve, cae de todas partes también, de frente y de lado, y la calle resbala entonces como el dorso de un gran pez con una raya de lluvia en medio. No se puede decir siquiera que sea un desorden ese barrio, es más bien como una cárcel, casi bien conservada, una cárcel que no necesita puertas.

Callejeando así, acabé perdiendo de vista a Pomone y a su suicidado después de la rué des Vinaigriers. Así, había llegado tan cerca de la Garenne-Rancy, que no pude por menos de ir a echar un vistazo por encima de las fortificaciones.

De lejos, es atractiva, la Garenne-Rancy, no se puede negar, por los árboles del gran cementerio. Poco falta para que te dejes engañar y jures que estás en el Bois de Boulogne.

Cuando se desean a toda costa noticias de alguien, hay que ir a preguntarlas a quienes las tienen. Al fin y al cabo, me dije entonces, no puedo perder gran cosa haciéndoles una visita, a los Henrouille. Debían de saber cómo iban las cosas en Toulouse. Y, mira por donde, fue una imprudencia de lo lindo la que cometí. Se fía uno demasiado. No sabes que has llegado y, sin embargo, estás ya metido de lleno en las cochinas regiones de la noche. No tarda en sucederte una desgracia entonces. Basta con poco y, además, es que no había que ir a ver de nuevo a cierta gente, sobre todo a ésos. Después es el cuento de nunca acabar.

De rodeos en rodeos, me vi como guiado de nuevo por la costumbre hasta poca distancia del hotelito. Casi no podía creerlo, al verlo en el mismo sitio, su hotelito. Empezó a llover. Ya no había nadie en la calle, excepto yo, que no me atrevía a avanzar más. Iba incluso a dar la vuelta sin insistir, cuando se entreabrió la puerta del hotelito, lo justo para que me hiciera señas de que me acercase, la hija. Ella, por supuesto, veía todo. Me había divisado, vacilante, en la acera de enfrente. Yo ya no deseaba acercarme, pero ella insistía y hasta me llamaba por mi nombre.

«¡Doctor!... ¡Venga, rápido!»

Así me llamaba, con autoridad... Yo temía llamar la atención. Conque me apresuré a subir su pequeña escalinata y a encontrarme de nuevo en el pasillito con la estufa y volver a ver todo el decorado. Volví a sentir una extraña inquietud, de todos modos. Y después se puso a contarme que su marido llevaba dos meses muy enfermo e incluso que empeoraba cada vez más.

Al instante, desconfié, por supuesto.

«¿Y Robinson?», me apresuré a preguntar.

Al principio, eludió mi pregunta. Por fin, se decidió. «Están bien, los dos... Su arreglo funciona en Toulouse», acabó respondiendo, pero así, rápido. Y, sin más ni más, va y me asedia de nuevo a propósito de su marido, enfermo. Quería que fuese a ocuparme de él al instante, de su marido, y sin perder un minuto más. Que si yo era tan servicial... Que si conocía tan bien a su marido... Y que si patatín y que si patatán... Que si él sólo tenía confianza en mí... Que si no había querido que lo visitaran otros médicos... Que si no sabían mi dirección... En fin, zalamerías.

Yo tenía muchas razones para temer que esa enfermedad del marido tuviera también orígenes extraños. Me conocía a la dama y también los usos de la casa. De todos modos, una maldita curiosidad me hizo subir a la habitación.

Estaba acostado precisamente en la misma cama en que había atendido yo a Robinson después de su accidente, unos meses antes.

En unos meses cambia una habitación, aun sin mover nada de su sitio. Por viejas que sean las cosas, por gastadas que estén, encuentran aún, no se sabe cómo, fuerzas para envejecer. Todo había cambiado ya a nuestro alrededor. No los objetos de lugar, claro está, sino las cosas mismas, en profundidad. Son otras, las cosas, cuando las vuelves a ver; tienen, parece, más fuerza para penetrar en nuestro interior con mayor tristeza, con mayor profundidad aún, con mayor suavidad que antes, fundirse en esa especie de muerte que se forma en nosotros despacio, con delicadeza, día tras día, cobardemente, ante la cual cada día nos acostumbramos a defendernos un poco menos que la víspera. De una vez para otra, la vemos ablandarse, arrugarse en nosotros mismos, la vida, y las personas y las cosas con ella, que habíamos dejado triviales, preciosas, temibles a veces. El miedo a acabar ha marcado todo eso con sus arrugas mientras corríamos por la ciudad tras el placer o el pan.

Pronto no quedarán sino personas y cosas inofensivas, lastimosas y desarmadas en torno a nuestro pasado, tan sólo errores enmudecidos.

La mujer nos dejó solos, al marido y a mí. No estaba hecho un pimpollo precisamente, el marido. Ya le fallaba la circulación. Era del corazón.

«Me voy a morir», repetía, con toda simpleza, por cierto.

Era lo que se dice potra, la mía, para verme en casos de ese estilo. Escuchaba latir su corazón, para adoptar una actitud de circunstancias, los gestos que esperaban de mí. Corría su corazón, no había duda, detrás de sus costillas, encerrado, corría tras la vida, a tirones, pero en vano saltaba, no iba a alcanzarla. Estaba aviado. Pronto, a fuerza de tropezar, caería en la podredumbre, su corazón, chorreando, rojo, y babeando como una vieja granada aplastada. Así aparecería su corazón, fláccido, sobre el mármol, cortado por el bisturí después de la autopsia, al cabo de unos días. Pues todo aquello acabaría en una linda autopsia judicial. Yo lo preveía, en vista de que todo el mundo en el barrio iba a contar cosas sabrosas a propósito de aquella muerte, que no iban a considerar normal tampoco, después de lo otro.

La estaban esperando con ganas en el barrio, a su mujer, con todos los chismes acumulados y pendientes del caso anterior. Eso iba a ser un poco más tarde. Por el momento, el marido ya no sabía qué hacer ni cómo morir. Ya estaba como un poco fuera de la vida, pero no conseguía, de todos modos, deshacerse de sus pulmones. Expulsaba el aire y el aire volvía. Le habría gustado abandonar, pero tema que vivir, de todos modos, hasta el final. Era un currelo bien atroz, que lo hacía bizquear.

«Ya no siento los pies... -gemía-. Tengo frío hasta las rodillas...» Quería tocárselos, los pies, pero ya no podía.

Beber tampoco podía. Estaba casi acabado. Al pasarle la tisana preparada por su mujer, yo me preguntaba qué le habría puesto dentro. No olía demasiado bien, la tisana, pero el olor no es una prueba, la valeriana huele muy mal por sí sola. Y, además, que, asfixiándose como se asfixiaba, el marido, ya no importaba demasiado que fuera extraña la tisana. Y, sin embargo, se esforzaba mucho, trabajaba de lo lindo, con todos los músculos que le quedaban bajo la piel, para seguir sufriendo y respirando. Se debatía tanto contra la vida como contra la muerte. Sería justo estallar en casos así. Cuando a la naturaleza le importa tres cojones algo así, parece que ya no hay límites. Detrás de la puerta, su mujer escuchaba la consulta, pero yo me la conocía bien, a su mujer. A hurtadillas, fui a sorprenderla. «¡Cu! ¡Cu!», le dije. No se ofendió lo más mínimo e incluso vino a hablarme al oído:

«Debería usted -me susurró-hacerle quitarse la dentadura postiza... Debe de molestarlo para respirar, la dentadura...» En efecto, yo no tenía inconveniente en que se la quitara, la dentadura.

«Pero, ¡dígaselo usted misma!», le aconsejé. En su estado, era un encargo delicado.

«¡No! ¡No! ¡Es mejor que sea usted! -insistió-. No le va a gustar saber que estoy enterada...»

«¡Ah! -me sorprendí-. ¿Por qué?»

«Hace treinta años que la lleva y nunca me ha hablado de ella...»

«Entonces, tal vez podríamos dejársela -le propuse-. Ya que tiene la costumbre de respirar con ella...»

«¡Oh, no, yo no podría perdonármelo nunca!», me respondió con cierta emoción en la voz...

Entonces volví a hurtadillas a la habitación. Me oyó volver a su lado, el marido. Le agradaba que yo volviera. Entre los sofocos, me hablaba aún, intentaba incluso mostrarse un poco amable conmigo. Me preguntaba cómo me iba, si había encontrado otra clientela... «Sí, sí», le respondía yo a todas las preguntas. Habría sido demasiado largo y complicado explicarle los detalles. No era el momento adecuado. Disimulada tras la puerta, su mujer me hacía señas para que le volviera a pedir que se quitara la dentadura postiza. Conque me acerqué al oído del marido y le aconsejé en voz baja que se la quitase. ¡Qué plancha! «¡La he tirado por el retrete!...», dijo entonces con mayor espanto aún en los ojos. Una coquetería, en una palabra. Y después de eso se puso a lanzar estertores un buen rato.

Se es artista con lo que se puede. Él, en relación con la dentadura postiza, había hecho un esfuerzo estético toda su vida.

El momento de las confesiones. Me habría gustado que aprovechara para darme su opinión sobre lo que había ocurrido con su madre. Pero ya no podía. Desvariaba. Se puso a babear en abundancia. El fin. Ya no se le podía sacar ni una frase. Le sequé la boca y volví a bajar. Su mujer, abajo, en el pasillo, no estaba nada contenta y casi me regañó por lo de la dentadura postiza, como si fuera culpa mía.

«¡De oro era, doctor!... ¡Yo lo sé! ¡Sé cuánto pagó por ella!... ¡Ya no las hacen así!...» Menuda historia. «No tengo inconveniente en subir a intentarlo otra vez», le propuse, de tan violento que me sentía. Pero, con ella; si no, ¡no!

Esa vez ya casi no nos reconocía, el marido. Un poquito sólo. Los estertores eran menos fuertes, cuando estábamos cerca, como si quisiera oír todo lo que hablábamos, su mujer y yo.

No fui al entierro. No hubo autopsia, como yo me había temido un poco. Se hizo todo a la chita callando. Pero eso no quita para que nos hubiéramos enfadado a base de bien, la viuda Henrouille y yo, a propósito de la dentadura postiza.

* * *

Los jóvenes tienen tanta prisa siempre por ir a hacer el amor, se apresuran tanto a coger todo lo que les dan a creer, para divertirse, que en materia de sensaciones no se lo piensan dos veces. Es un poco como esos viajeros que van a jalar todo lo que les sirvan en la cantina de la estación, entre dos pitidos. Con tal de que se les proporcione también, a los jóvenes, las dos o tres cantinelas que animan las conversaciones para follar, les basta, y ya los tenemos tan contentos. Se alegran con facilidad, los jóvenes; claro, que gozan como si tal cosa, ¡cierto es!

Toda la juventud acaba en la playa gloriosa, al borde del agua, allí donde las mujeres parecen libres por fin, donde están tan bellas, que ni siquiera necesitan ya la mentira de nuestros sueños.

Conque, por supuesto, llegado el invierno, cuesta regresar, decirse que se acabó, reconocerlo. Nos gustaría quedarnos aún, con el frío, con la edad, no hemos perdido la esperanza. Eso es comprensible. Somos innobles. No hay que culpar a nadie. Goce y felicidad ante todo. Ésa es mi opinión. Y después, cuando empiezas a apartarte de los demás, es señal de que tienes miedo a divertirte con ellos. Es una enfermedad. Habría que saber por qué se empeña uno en no curar de la soledad. Otro tipo que conocí en la guerra, en el hospital, un cabo, me había hablado un poco de esos sentimientos.

¡Lástima que no volviera a verlo nunca, a aquel muchacho! «¡La tierra es muerte!... -me había explicado-. No somos sino gusanos encima de ella, nosotros, gusanos sobre su repugnante y enorme cadáver, jalándole todo el tiempo las tripas y sólo sus venenos... No tenemos remedio. Todos podridos desde el nacimiento... ¡Y se acabó!»

Eso no impidió que se lo llevaran una noche a toda prisa a los bastiones, a aquel pensador, lo que demuestra que aún servía para ser fusilado. Fueron dos guindillas incluso los que se lo llevaron, uno alto y otro bajo. Lo recuerdo bien. Un anarquista, dijeron de él en el consejo de guerra.

Años después, cuando lo piensas, resulta que te gustaría mucho recuperar las palabras que dijeron ciertas personas y a las propias personas para preguntarles qué querían decir... Pero, ¡se marcharon para siempre!... No tenías bastante instrucción para comprenderlas... Te gustaría saber si no cambiarían tal vez de opinión más adelante... Pero es demasiado tarde... ¡Se acabó!... Nadie sabe ya nada de ellas. Conque tienes que continuar tu camino solo, en la noche. Has perdido a tus compañeros de verdad. No les hiciste la pregunta adecuada, la auténtica, cuando aún estabas a tiempo. Cuando estabas junto a ellos, no sabías. Hombre perdido. Siempre estás atrasado. Se trata de lamentos inútiles.

En fin, menos mal que el padre Protiste vino, al menos, a verme una hermosa mañana para que nos repartiéramos la comisión, la que nos correspondía por el asunto del panteón de la tía Henrouille. Yo ya ni siquiera contaba con el cura. Era como si me cayese del cielo... ¡Mil quinientos francos nos correspondían a cada uno! Al mismo tiempo, traía buenas noticias de Robinson. Tenía los ojos mucho mejor, al parecer. Ya ni siquiera le supuraban los párpados. Y todos los de allí abajo querían que yo fuese. Por lo demás, había prometido ir a verlos. El propio Protiste insistía.

Según lo que me contó, comprendí, además, que Robinson iba a casarse pronto con la hija de la vendedora de velas de la iglesia contigua al panteón, aquella de la que dependían las momias de la tía Henrouille. Era casi cosa hecha, ese matrimonio.

Como es lógico, todo eso nos condujo a hablar un poco del deceso del Sr. Henrouille, pero sin insistir, y la conversación cobró un cariz más agradable al tratar del futuro de Robinson y, después, de esa propia ciudad de Toulouse, que yo no conocía y de la que Grappa me había hablado en tiempos, y luego del comercio que hacían allí, la vieja y él, y, por último, de la muchacha que se iba a casar con Robinson. Un poco sobre todos los temas, en una palabra, y a propósito de todo, charlamos... ¡Mil quinientos francos! Eso me volvía indulgente y, por así decir, optimista. Todos los proyectos de Robinson que me comunicó me parecieron de lo más prudentes, sensatos y juiciosos y muy adaptados a las circunstancias... La cosa se iba a arreglar. Al menos, yo lo creía. Y después nos pusimos a discurrir sobre la cuestión de las edades, el cura y yo. Habíamos superado, los dos, los treinta años hacía ya bastante. Se alejaban en el pasado, nuestros treinta años, en riberas crueles y poco añoradas. Ni siquiera valía la pena volverse para reconocerlas, esas riberas. No habíamos perdido gran cosa al envejecer. «¡Hay que ser muy vil, al fin y al cabo -concluí-, para añorar tal año más que los demás!... ¡Con entusiasmo podemos envejecer nosotros, señor cura, y con decisión, además! ¿Fue acaso divertido ayer? ¿Y el año pasado?... ¿Qué le pareció?... Añorar, ¿qué?... ¡Dígame! ¿La juventud?... Pero, ¡si no tuvimos juventud nosotros!...»

«Rejuvenecen, es verdad, más que nada, por dentro, a medida que avanzan, los pobres, y, al acercarse a su fin, con tal de que hayan intentado perder por el camino toda la mentira y el miedo y el innoble deseo de obedecer que les han infundido al nacer, son, en una palabra, menos repulsivos que al comienzo. ¡El resto de lo que existe en la tierra no es para ellos! ¡No les incumbe! Su misión, la única, es la de vaciarse de su obediencia, vomitarla. Si lo consiguen del todo antes de cascarla, entonces pueden jactarse de que su vida no ha sido inútil!»

Estaba yo animado, la verdad... Aquellos mil quinientos francos me excitaban la imaginación; continué: «La juventud auténtica, la única, señor cura, es amar a todo el mundo sin distinción, eso es lo único cierto, eso es lo único joven y nuevo. Pues bien, ¿conoce usted, señor cura, a muchos jóvenes así? Yo, ¡no!... No veo por todos lados sino necedades sórdidas y viejas que fermentan en cuerpos más o menos recientes y cuanto más fermentan, esas sordideces, más les obsesionan, a los jóvenes, ¡y más fingen entonces ser tremendamente jóvenes! Pero no es verdad, son cuentos... Son jóvenes sólo al modo de los furúnculos, por el pus que les hace daño dentro y los hincha».

Incomodaba a Protiste que le hablara así... Para no ponerlo más nervioso, cambié de conversación... Sobre todo porque acababa de mostrarse muy amable conmigo e incluso providencial... Es de lo más difícil abstenerse de insistir en un tema que te obsesiona tanto como aquél me obsesionaba a mí. Te abruma el tema de tu vida entera, cuando vives solo. Te agobia. Para quitártelo de encima un poco, intentas pringar con él un poco a toda la gente que viene a verte y eso les fastidia. Estar solo es arrastrarse a la muerte.

«Habrá que morir -le dije también más copiosamente que un perro y tardaremos mil minutos en cascarla y cada minuto será nuevo, de todos modos, y ribeteado con suficiente angustia como para hacernos olvidar mil veces todo el placer que podríamos haber tenido haciendo el amor durante mil años de vida... La felicidad en la tierra sería morir con placer, en pleno placer... El resto no es nada, es miedo que no nos atrevemos a confesar, es arte.»

Protiste, al oírme divagar así, pensó que yo acababa de caer enfermo de nuevo. Tal vez tuviera razón y yo me equivocase por completo en todo. En mi retiro, buscando un castigo para el egoísmo universal, me hacía pajas mentales, en verdad, ¡iba a buscarlo hasta la nada, el castigo! Te diviertes como puedes, cuando las ocasiones de salir son escasas, por la falta de dinero, y más escasas aún las ocasiones de salir de ti mismo y de follar.

Reconozco que no tenía del todo razón para fastidiarlo, a Protiste, con mis filosofías contrarias a sus convicciones religiosas, pero es que había en su persona, de todos modos, un cochino regusto de superioridad, que debía de crispar los nervios a mucha gente. Según su idea, estábamos, todos los humanos, en una especie de sala de espera de eternidad en la tierra con números. El número de él era excelente, por supuesto, y para el Paraíso. Lo demás se la sudaba.

Convicciones así son insoportables. En cambio, cuando se ofreció, aquel mismo día por la noche, a adelantarme la suma que necesitaba para el viaje a Toulouse, cesé por completo de importunarlo y de contradecirle. El canguelo que me daba tener que volver a ver a Tania en el Tarapout con su fantasma me hizo aceptar su invitación sin discutir más. En último caso, ¡una o dos semanas de buena vida!, me dije. ¡El diablo conoce todos los trucos para tentarte! Nunca acabaremos de conocerlos. Si viviéramos el tiempo suficiente, no sabríamos ya adonde ir para buscar de nuevo la felicidad. Habríamos dejado abortos de felicidad por todos lados, apestando en los rincones de la tierra, y ya no podríamos ni respirar. Los que están en los museos, los abortos de verdad, hay gente que se pone enferma sólo de verlos y a punto de vomitar. Nuestros intentos también, tan repulsivos, de ser felices, son como para ponerse enfermo, de tan frustrados, y mucho antes de morir para siempre.

No cesaríamos de marchitarnos, si no los olvidáramos. Sin contar los esfuerzos que hemos hecho para llegar adonde estamos, para volver apasionantes nuestras esperanzas, nuestras degeneradas dichas, nuestros fervores y embustes... ¡La tira! Y nuestro dinero, ¿eh? Y modales modernos al tiempo y eternidades para dar y tomar... Y las cosas que nos obligamos a jurar y que juramos y que, según creímos, los demás no habían dicho ni jurado nunca antes de que nos llenaran la cabeza y la boca y perfumes, caricias y mímicas, toda clase de cosas, en una palabra, para acabar ocultándolo lo más posible, para no hablar más, de vergüenza y miedo a que nos vuelva como un vómito. Conque no es empeño lo que nos falta, no, sino más bien estar en el buen camino que conduce a la muerte tranquila.

Ir a Toulouse era, en resumen, otra tontería más. Al reflexionar, no me cupo la menor duda. Conque no tenía excusas. Pero, de seguir a Robinson así, entre sus aventuras, le había yo cogido gusto a los asuntos turbios. Ya en Nueva York, cuando me tenía quitado el sueño, había empezado a atormentarme la cuestión de si podría acompañar más adelante, y aún más, a Robinson. Te hundes, te espantas, primero, en la noche, pero quieres comprender, de todos modos, y entonces ya no sales de las profundidades. Pero hay demasiadas cosas que comprender a un tiempo. La vida es demasiado corta. No quisieras ser injusto con nadie. Tienes escrúpulos, vacilas a la hora de juzgar todo eso de golpe y temes sobre todo morir mientras vacilas, porque entonces habrías venido a la tierra para nada. De lo malo lo peor.

Tienes que darte prisa, no debes fallar tu propia muerte. La enfermedad, la miseria que te dispersa las horas, los años, el insomnio que te pintarrajea de gris días, semanas enteras, y el cáncer que tal vez te suba ya, meticuloso y sanguinolento, del recto.

¡No voy a tener nunca tiempo!, te dices. Sin contar la guerra, lista siempre también ella, en el hastío criminal de los hombres, para subir del sótano donde se encierran los pobres. ¿Se mata a bastantes pobres? No es seguro... Lo pregunto. ¿No habría tal vez que degollar a todos los que no comprendan? Y que nazcan otros, nuevos pobres y siempre así hasta que aparezcan los que comprendan bien la broma, toda la broma... Igual que se siega el césped hasta el momento en que la hierba es la buena de verdad, la tierna.

Al apearme en Toulouse, me encontré ante la estación bastante indeciso. Una cerveza en la cantina y ya me veía, de todos modos, deambulando por las calles. ¡Es divertido ir por ciudades desconocidas! Es el momento y el lugar en que puedes suponer que toda la gente que encuentras es amable. Es el momento del sueño. Puedes aprovechar que es el sueño para ir a matar un poco de tiempo al jardín público. Sin embargo, pasada cierta edad, a menos que haya razones familiares excelentes, tienes apariencia, como Parapine, de buscar a las niñas en el jardín público, has de andarte con ojo. Es preferible la pastelería, justo antes de cruzar la verja del jardín, bello establecimiento de la esquina decorado como un burdel con pajaritos que cubren los espejos de amplios biseles. Te ves en él comiendo, pensativo, infinitas garrapiñadas. Refugio para serafines. Las señoritas del establecimiento charlan a hurtadillas de sus asuntos del corazón así:

«Entonces le dije que podía venir a buscarme el domingo... Mi tía me oyó y me hizo una escena a causa de mi padre...»

«Pero, ¿no se volvió a casar tu padre?», la interrumpió la amiga.

«¿Qué tiene que ver que volviera a casarse?... Tiene derecho, de todos modos, a saber con quién sale su hija, ¿no?...»

Ésa era también la opinión de la otra señorita de la tienda. Lo que produjo una controversia apasionada entre todas las dependientas. En vano me mantenía yo en mi rincón, para no molestarlas, atiborrándome, sin interrumpirlas, de pastas y trozos de tarta, que, por cierto, no pagué, con la esperanza de que consiguieran resolver antes aquellos delicados problemas de precedencias familiares, seguían igual. Nada aclaraban. Su impotencia especulativa las hacía limitarse a odiar en plena confusión. Reventaban de irracionalidad, vanidad e ignorancia, las señoritas del establecimiento, y echaban chispas susurrándose mil injurias.

Pese a todo, me quedé fascinado con su cochina miseria. Me lancé por los borrachos. Ya es que ni los contaba. Ellas tampoco. Esperaba no tener que irme antes de que hubieran llegado a una conclusión... Pero la pasión las volvía sordas y luego mudas, a mi lado.

Agotada la hiel, se contenían, crispadas, al abrigo del mostrador de los pasteles, cada una de ellas invencible, cerrada, reprimida, cavilando el modo de sacarlo a relucir en otra ocasión, con mayor mala leche, de soltar, a la primera de cambio y con rabia, las memeces rabiosas e hirientes que supiesen de su compañera. Ocasión que, por cierto, no tardaría en presentarse, que provocarían... Desechos de argumentos al asalto de nada en absoluto. Había acabado sentándome para que me aturdieran mejor con el ruido incesante de las palabras, de los abortos de pensamiento, como en una orilla en que las olitas de pasiones incesantes nunca llegaran a organizarse. Escuchas, esperas, confías, aquí, allá, en el tren, en el café, en la calle, en el salón, en la portería, escuchas, esperas que la mala leche se organice, como en la guerra, pero se limita a agitarse y nunca ocurre nada, ni en el caso de esas pobres señoritas ni en los demás tampoco. Nadie viene a ayudarte. Una cháchara inmensa se extiende, gris y monótona, por encima de la vida como un espejismo de lo más desalentador. Dos damas entraron entonces y se rompió el deslucido encanto creado entre las señoritas y yo por la ineficaz conversación. Las clientas fueron objeto de la diligencia inmediata de todo el personal. Se adelantaban a servirles antes de que pidieran. Eligieron, aquí y allá, picaron pastas y tartas para llevar. En el momento de pagar aún se deshacían en cumplidos y pretendieron invitarse mutuamente a hojaldres «para tomar».

Una de ellas rehusó dando mil veces las gracias y explicando por los codos y en confianza, a las otras damas, muy interesadas, que su médico le había prohibido toda clase de dulces, que era maravilloso, su médico, que ya había hecho milagros con el estreñimiento en la ciudad y en otros lugares y que estaba curándola, a ella, entre otras, de una retención de caca que padecía desde hacía más de diez años, gracias a un régimen de lo más especial, gracias también a un medicamento maravilloso conocido sólo por él. Las damas no estaban dispuestas a dejarse superar tan fácilmente en el terreno del estreñimiento. Padecían más que nadie de estreñimiento. Protestaban. Exigían pruebas. La dama en tela de juicio se limitó a añadir que ahora hacía unas ventosidades, al ir al retrete, que eran como fuegos artificiales... que con sus nuevas deposiciones, todas muy bien construidas, muy resistentes, había de tener más cautela... A veces eran tan duras, las nuevas deposiciones maravillosas, que sentía un daño atroz en el trasero... Se le desgarraba... Conque se veía obligada a ponerse vaselina antes de ir al retrete. Era irrefutable.

Así salieron totalmente convencidas, aquellas clientas tan charlatanas, acompañadas hasta la puerta de la pastelería «Aux Petits Oiseaux» por todas las sonrisas del establecimiento.

El jardín público de enfrente me pareció apropiado para hacer un alto, en actitud de recogimiento, el tiempo justo de recobrar el ánimo antes de salir en busca de mi amigo Robinson.

En los parques provinciales los bancos permanecen casi todo el tiempo vacíos durante las mañanas laborables, junto a macizos repletos de cañacoros y margaritas. Cerca de los grutescos, sobre aguas totalmente cautivas, una barquita de zinc, rodeada de cenizas ligeras, se mantenía sujeta a la orilla con una cuerda enmohecida. El esquife navegaba el domingo, estaba anunciado en un cartel y el precio de la vuelta al lago también: «Dos francos.»

¿Cuántos años? ¿Estudiantes? ¿Fantasmas?

En todos los rincones de los jardines públicos hay, olvidados así, montones de sepulcritos cubiertos con las flores del ideal, bosquecillos llenos de promesas y pañuelos llenos de todo. Nada es serio.

De todos modos, ¡basta de quimeras! En marcha, me dije, en busca de Robinson y su iglesia de Sainte-Eponime y de ese panteón cuyas momias guardaba junto con la vieja. Yo había ido a ver todo aquello, tenía que decidirme.

Con un simón empecé a dar vueltas al trote, por el hueco de las umbrosas calles del casco antiguo, donde el día se queda enredado entre los tejados. Armábamos mucho escándalo con las ruedas tras el caballo, todo pezuña, de calzadas a pasarelas. Hace mucho que no se queman ciudades en el Mediodía. Nunca habían sido tan antiguas. Las guerras ya no pasan por allí.

Llegamos ante la iglesia de Sainte-Eponime, cuando daban las doce. El panteón estaba un poco más lejos, bajo un calvario. Me indicaron su emplazamiento en el centro de un jardincillo muy seco. Se entraba a aquella cripta por una especie de agujero con parapeto. De lejos divisé a la guardiana del panteón, una chica joven. Me apresuré a preguntarle por mi amigo Robinson. Estaba cerrando la puerta, aquella muchacha. Me sonrió muy amable para responderme y al instante me dio noticias y buenas.

Con la claridad del mediodía, desde el lugar donde nos encontrábamos, todo se volvía rosa a nuestro alrededor y las piedras desgastadas subían hacia el cielo a lo largo de la iglesia, como dispuestas a ir a fundirse en el aire, por fin, a su vez.

Debía de tener unos veinte años, la amiguita de Robinson, piernas muy firmes y prietas, busto chiquito de lo más agradable y cabecita menuda encima, bien dibujada, preciosa, de ojos tal vez demasiado negros y atentos, para mi gusto. De estilo nada soñador. Ella era quien escribía las cartas de Robinson, las que yo recibía. Me precedió con sus andares seguros hacia el panteón, pies, tobillos bien dibujados y también ligamentos de cachonda que debía de arquearse bien en el momento culminante. Manos breves, duras, firmes, manos de obrera ambiciosa. Giró la llave con un gestito seco. El calor bailaba a nuestro alrededor y temblaba por encima del piso. Hablamos de esto y aquello y después, abierta la puerta, se decidió, de todos modos, a enseñarme el panteón, pese a ser la hora del almuerzo. Yo empezaba a sentirme a gusto. Penetrábamos en el frescor en aumento tras su farol. Era muy agradable. Hice como que tropezaba entre dos peldaños para cogerme a su brazo, lo que nos hizo bromear y, al llegar a la tierra batida abajo, le di un besito en el cuello. Protestó al principio, pero no demasiado.

Al cabo de un momentito de afecto, me retorcí en torno a su vientre como un auténtico gusano enamorado. Nos mojábamos y remojábamos, viciosos, los labios, para la conversación de las almas. Le subí una mano despacio por los muslos arqueados; es agradable, con el farol en el suelo, porque se pueden contemplar al mismo tiempo los relieves en movimiento a lo largo de la pierna. Es una posición recomendable. ¡Ah! ¡No hay que perderse nada de momentos así! Bizqueas de gusto. Te sientes bien recompensado. ¡Qué impulso! ¡Qué buen humor de repente! La conversación se reanudó en otro tono, de confianza y sencillez. Éramos amigos. Lo primero, ¡darle al asunto! Acabábamos de economizar diez años.

«¿Acompañas a menudo a las visitas? -le pregunté entre resoplidos y con descaro. Pero al instante proseguí-: Es tu madre, ¿verdad?, la que vende las velas en la iglesia de al lado... El padre Protiste me habló también de ella.»

«Substituyo a la Sra. Henrouille sólo al mediodía... -respondió-. Por las tardes trabajo en una casa de modas... en la Rué du Théátre... ¿Has pasado por delante del Teatro al venir?»

Me tranquilizó una vez más respecto a Robinson: se encontraba mucho mejor e incluso el especialista de los ojos pensaba que pronto vería lo bastante como para ir solo por la calle. Ya lo había intentado incluso. Era un presagio excelente. La tía Henrouille, por su parte, se declaraba encantada con la cripta. Hacía negocio y economías. Un único inconveniente: en la casa en que vivían, las chinches no dejaban dormir a nadie, sobre todo durante las noches de tormenta. Conque quemaban azufre. Al parecer, Robinson hablaba con frecuencia de mí y en términos aún elogiosos. De una cosa a otra, pasamos a la historia y las circunstancias de la boda.

Es cierto que con todo aquello aún no le había preguntado yo cómo se llamaba. Madelon se llamaba. Había nacido durante la guerra. Su proyecto de boda, al fin y al cabo, me venía muy bien. Madelon era nombre fácil de recordar. Seguro que sabía lo que hacía casándose con Robinson... A pesar de sus progresos, iba a ser siempre un inválido, en una palabra... Y, además, ella creía que sólo le había afectado a los ojos... Pero tenía los nervios enfermos, ¡y el ánimo, pues, y lo demás! Estuve a punto de decírselo, de avisarla... Las conversaciones sobre matrimonios nunca he sabido yo cómo orientarlas ni cómo salir de ellas.

Para cambiar de tema, sentí gran interés repentino por las cosas de la cripta y, puesto que venía de muy lejos para verla, era el momento de ocuparse de ella.

Con su farolito, Madelon y yo los hicimos salir de la sombra, a los cadáveres, de la pared, uno por uno. ¡Debían de hacerlos reflexionar, a los turistas! Pegados a la pared, como fusilados, estaban aquellos muertos hacía tiempo... No les quedaba ya ni piel ni huesos ni ropa... Un poco sólo de todo ello... En estado lamentable y agujereados por todas partes... El tiempo, que llevaba años royéndoles la piel, seguía sin soltarlos... Aún les desgarraba trozos de rostro, aquí y allá, el tiempo... Les agrandaba todos los agujeros y les encontraba aún largos cabos de epidermis, que la muerte había olvidado sobre los cartílagos. El vientre se les había vaciado de todo, pero ahora parecían tener una cunita de sombra en lugar de ombligo.

Madelon me explicó que en un cementerio de cal viva habían esperado más de quinientos años, los muertos, para llegar a aquel estado. No se habría podido decir que fueran cadáveres. La época de cadáveres había acabado de una vez por todas para ellos. Habían llegado a los confines del polvo, despacito.

Los había, en aquel panteón, grandes y pequeños, veintiséis en total, deseosos de entrar en la Eternidad. Aún no les dejaban. Mujeres con cofias colocadas en lo alto del esqueleto, un jorobado, un gigante e incluso un niño de pecho, muy acabadito, también él, con una especie de babero de encaje en torno al cuello, faltaría más, y un jirón de pañal.

Ganaba mucho dinero, la tía Henrouille, con aquellos restos de siglos. Cuando pienso que yo la había conocido, a ella, casi igual a aquellos fantasmas... Así volvimos a pasar despacio ante todos ellos, Madelon y yo. Una a una, sus cabezas, por llamarlas de algún modo, fueron apareciendo en silencio en el círculo de cruda luz de la lámpara. No es exactamente noche lo que tienen en el fondo de las órbitas, es aún una mirada casi, pero más dulce, como la de las personas que saben. Lo que molesta más que nada es su olor a polvo, que te retiene por la punta de la nariz.

La tía Henrouille no se perdía una visita con los turistas. Los hacía trabajar, a los muertos, como en un circo. Cien francos al día le proporcionaban en la temporada alta.

«¿Verdad que no tienen aspecto triste?», me preguntó Madelon. La pregunta era ritual.

La muerte no le decía nada, a aquella monina. Había nacido durante la guerra, época de muerte fácil. Yo sabía bien cómo se muere. Lo había aprendido. Hace sufrir atrozmente. Se puede contar a los turistas que esos muertos están contentos. No tienen nada que decir. La tía Henrouille les daba incluso palmaditas en el vientre, cuando aún les quedaba bastante pergamino encima y resonaban: «bum, bum». Pero eso tampoco es prueba de que todo vaya bien.

Por fin, volvimos a nuestros asuntos, Madelon y yo. Así, que era totalmente cierto que se encontraba mejor, Robinson. Yo, encantado. ¡Parecía impaciente por casarse, la amiguita! Debía de aburrirse de lo lindo en Toulouse. Allí eran raras las ocasiones de conocer a un muchacho que hubiese viajado tanto como Robinson. ¡Menudo si sabía historias! Verdaderas y no tan verdaderas también. Ya le había hablado mucho, por cierto, de América y de los trópicos. Era perfecto.

Yo también había estado, en América y en los trópicos. Yo también sabía historias. Me proponía contarlas. A fuerza de viajar juntos era como nos habíamos hecho amigos incluso, Robinson y yo. El farol se estaba apagando. Volvimos a encenderlo diez veces, mientras arreglábamos el pasado con el porvenir. Ella me negaba los senos, demasiado sensibles.

De todos modos, como la tía Henrouille iba a regresar de un momento a otro del almuerzo, tuvimos que volver a la luz del día por la escalerita empinada y frágil y difícil como una escala. Lo noté.

* * *

Por culpa de aquella escalerita tan estrecha y traidora, Robinson bajaba pocas veces a la cripta de las momias. A decir verdad, se quedaba más bien ante la puerta, charlando un poco con los turistas y entrenándose para encontrar la luz, por aquí y por allá, y a través de los ojos.

En las profundidades, entretanto, se espabilaba la tía Henrouille. Trabajaba por dos, en realidad, con las momias. Amenizaba la visita de los turistas con un discursito sobre sus muertos de pergamino. «No son asquerosos, ni mucho menos, señoras y señores, ya que han estado conservados en cal viva, como ven, y desde hace más de cinco siglos... Nuestra colección es única en el mundo... La carne ha desaparecido, desde luego... Sólo les ha quedado la piel, pero está curtida... Están desnudos, pero no indecentes... Como verán, a un niño lo enterraron al tiempo que a su madre... Está muy conservado también, el niño... Y ese grande, con su camisa y su encaje, que viene después... Tiene todos los dientes... Como ven... -Volvía a darles palmaditas en el pecho, a todos, para acabar y sonaban como un tambor-. Ya ven, señoras y señores, que a éste sólo le queda un ojo... sequito... y la lengua... ¡que se ha vuelto como cuero también! -Se la sacaba-. Saca la lengua, pero no es repugnante... Pueden dejar la voluntad, al marcharse, señoras y señores, pero se suelen dejar dos francos por persona y la mitad por los niños... Pueden tocarlos antes de irse... Darse cuenta por sí mismos... Pero háganlo con cuidado... Se lo recomiendo... Son de lo más frágil...»

La tía Henrouille, nada más llegar, había pensado aumentar los precios, era cosa de entenderse con el obispado. Pero no era tan fácil por culpa del cura de Sainte-Eponime, que quería quedarse con la tercera parte de la recaudación, para él sólito, y también de Robinson, que protestaba, continuamente porque ella no le daba bastante comisión, le parecía a él.

«Ya me he dejado engañar -decíacomo un pardillo... Otra vez... ¡Tengo la negra!...

¡Y eso que es buen asunto, la cripta de la vieja!... Y se forra, la tía puta esa, te lo digo yo.»

«Pero, ¡tú no pusiste dinero en el negocio!... -le objetaba yo para calmarlo y hacerle comprender-. ¡Y estás bien alimentado!... ¡Y te cuidan!...»

Pero era obstinado como un abejorro, Robinson, auténtica naturaleza de perseguido.

No quería comprender, ni resignarse.

«Al fin y al cabo, ¡te has librado bastante bien de un asunto muy sucio! ¡Te lo aseguro!... ¡No te quejes! Ibas derechito a Cayena, si no te hubiéramos echado una mano... ¡Y te hemos buscado un sitio tranquilito!... Y, además, has conocido a Madelon, que es buena y te quiere... ¡Enfermo como estás!... Conque, ¿de qué vienes a quejarte?...

¡Sobre todo ahora que has mejorado de los ojos!...»

«Pareces querer decir que no sé de qué me quejo, ¿eh? -me respondía entonces-. Pero siento, de todos modos, que debo quejarme... Así es... Ya sólo me queda eso... Voy a decirte una cosa... Es lo único que me permiten... No están obligados a escucharme.»

En realidad, no cesaba de quejarse, en cuanto nos quedábamos solos. Yo había llegado a temer esos momentos de confianza. Lo veía con sus ojos parpadeantes, aún un poco supurantes al sol, y me decía que, después de todo, no era simpático, Robinson. Hay animales hechos así; de nada sirve que sean inocentes e infelices y demás, lo sabemos y, aun así, nos caen mal. Les falta algo.

«Podías haberte podrido en la cárcel...», volvía yo a la carga, para hacerlo reflexionar de nuevo.

«Pero, ¡si ya he estado en la cárcel!... ¡No es peor que como estoy ahora!... ¡Tú qué sabes!...»

No me había contado que hubiese estado en la cárcel. Debía de haber sido antes de que nos conociéramos, antes de la guerra. Insistía y concluía: «Sólo hay una libertad, te lo digo yo, una sola. Ver claro, en primer lugar, y después estar forrado de pasta, ¡lo demás son cuentos!...».

«Entonces, ¿adónde quieres llegar?», le decía yo. Cuando se lo instaba así, a decidirse, a pronunciarse de una vez, se desinflaba. Sin embargo, era cuando podría haber sido interesante...

Mientras Madelon se iba, por el día., a su taller y la tía Henrouille enseñaba sus restos a los clientes, íbamos, nosotros, al café bajo los árboles. Ése era un rincón que le gustaba mucho, el café bajo los árboles, a Robinson. Probablemente por el ruido que hacían por encima los pájaros. ¡Qué cantidad de pájaros! Sobre todo hacia las cinco, cuando volvían al nido, muy excitados por el verano. Caían entonces sobre la plaza como una tormenta. Contaban incluso que un peluquero, que tenía su establecimiento junto al jardín, se había vuelto loco, sólo de oírlos piar todos juntos durante años. Es cierto que ya no nos oíamos, al hablar. Pero era alegre, de todos modos, le parecía a Robinson.

«Si al menos me diera veinte céntimos por visitante, ¡me parecería bien!»

Volvía, cada cinco minutos más o menos, a su preocupación. Entretanto, los colores del tiempo pasado parecían volverle a la cabeza, pese a todo, historias también, las de la Compañía Pordureríe en África, entre otras, que habíamos conocido muy bien los dos, ¡qué caramba!, e historias verdes que aún no me había contado nunca. Tal vez no se hubiese atrevido. Era bastante reservado, en el fondo, misterioso incluso.

En punto a tiempo perdido, de Molly sobre todo era de quien me acordaba bien, yo cuando me sentía tierno, como del eco de una hora dada a lo lejos, y, cuando pensaba en algo agradable, en seguida pensaba en ella.

Al fin y al cabo, cuando el egoísmo cede un poco, cuando el momento de acabar de una vez llega, en punto a recuerdos no conservamos en el corazón sino el de las mujeres que amaban de verdad un poco a los hombres, no sólo a uno, aunque fueras tú, sino a todos.

Al volver por la noche del café, no habíamos hecho nada, como suboficiales jubilados.

Durante la temporada alta, los turistas no cesaban de acudir. Rondaban por la cripta y la tía Henrouille conseguía hacerlos reír. Al cura no le hacían demasiada gracia, aquellas bromas, pero, como recibía más de lo que le correspondía, no abría la boca y, además, es que, en materia de chocarrerías, no entendía. Y, sin embargo, valía la pena, ver y oír a la tía Henrouille, en medio de sus cadáveres. Se los miraba fijamente a la cara, ella que no tenía miedo a la muerte, pese a estar tan arrugada, tan apergaminada ya, también ella, que era como uno de ellos, con su farol, que fuese a charlar delante de sus narices, por llamarlas de algún modo.

Cuando regresábamos a la casa y nos reuníamos para cenar, volvía a hablarse de la recaudación y, además, la tía Henrouille me llamaba su «Doctor Chacal» por lo que había ocurrido entre nosotros en Rancy. Pero todo ello en broma, por supuesto. Madelon se ajetreaba en la cocina. Aquella vivienda en que nos alojábamos recibía una luz muy mortecina, dependencia de la sacristía, muy estrecha, llena de viguetas y recovecos polvorientos. «De todos modos -comentaba la vieja-, aunque sea de noche, por así decir, todo el tiempo, encuentras la cama, el bolsillo y la boca, ¡y con eso basta y sobra!»

Tras la muerte de su hijo, no había sufrido demasiado tiempo. «Siempre estuvo muy delicado - me contaba una noche, hablando de él-, y yo, fíjese, que ya tengo setenta y siete años, ¡nunca me he quejado de nada!... Él siempre estaba quejándose, era su forma de ser, exactamente como Robinson... por citar un ejemplo. Así, que la escalerita de la cripta es dura, ¿eh?... ¿La conoce usted?... Me cansa, desde luego, pero hay días en que me produce hasta dos francos por escalón... Los he contado... Bueno, pues, por ese precio, ¡subiría, si me lo pidieran, hasta el cielo!»

Ponía muchas especias en la comida, la Madelon, y tomate también. Comida rica. Y vino rosado. Hasta a Robinson le había dado por el vino, a fuerza de vivir en el Mediodía. Ya me lo había contado todo, Robinson, lo que había ocurrido desde su llegada a Toulouse. Yo ya no lo escuchaba. Me decepcionaba y me disgustaba un poco, en una palabra. «Eres un burgués -esa conclusión acabé sacando (porque para mí no había peor injuria en aquella época)-. No piensas, en definitiva, sino en el dinero... Cuando recuperes la vista, ¡te habrás vuelto peor que los demás!»

Las broncas lo dejaban frío. Daba incluso la impresión de que le infundían valor. Además, sabía que era verdad. Ese chico, me decía yo, ya está encarrilado, ya no hay que preocuparse por él... Una mujercita un poco violenta y un poco viciosa, digan lo que digan, te transforma a un hombre, que no lo reconoces... A Robinson, me decía yo también... lo tomé mucho tiempo por un aventurero, pero no es sino un calzonazos, cornudo o no, ciego o no... Y se acabó.

Además, la vieja Henrouille lo había contaminado en seguida, con su pasión por las economías, y también la Madelon, con sus ganas de casarse. Conque sólo faltaba eso. No sabía él lo que le esperaba. Sobre todo porque le iba a coger gusto, a la chavala. Que me lo dijeran a mí. Sería mentira, lo primero, decir que yo no estaba un poco celoso, no sería justo. Madelon y yo nos veíamos un momentito de vez en cuando, antes de cenar, en su habitación. Pero no eran fáciles de organizar, aquellas entrevistas. No decíamos nada. Éramos los más discretos del mundo.

No por ello debe pensarse que no lo amara, a su Robinson. No tenía nada que ver. Sólo que él jugaba al noviazgo, conque ella también, naturalmente, jugaba a las fidelidades. Ése era el sentimiento entre ellos. Lo principal en esos casos es entenderse. Esperaba a casarse para meterle mano, me había confiado. Ésa era su idea. Para él la eternidad, pues, y para mí la inmediatez. Por lo demás, me había hablado de un proyecto que tenía, además, para establecerse en un pequeño restaurante, con ella, y plantar a la vieja Henrouille. Todo en serio, pues. «Es agradable, gustará a la clientela -preveía en sus mejores momentos-. Y, además, ya has visto cómo cocina, ¿eh? ¡No tiene que envidiar a nadie, con el papeo!»

Pensaba incluso que podría sablearle un capitalito inicial, a la tía Henrouille. A mí me parecía bien, pero preveía que le costaría mucho convencerla. «Tú ves todo de color de rosa», le comentaba yo, para calmarlo y hacerle reflexionar un poco. De pronto se echaba a llorar y me llamaba desgraciado. En una palabra, que no hay que desanimar a nadie; al instante, reconocía yo estar equivocado y que lo que me había perdido, en el fondo, había sido el desánimo. Lo que sabía hacer antes de la guerra, Robinson, era el grabado en cobre, pero no quería volver a probarlo, a ningún precio. Era muy dueño.

«Con mis pulmones el aire libre es lo que necesito, compréndelo, y, además, que mis ojos no van a ser nunca como antes.» No dejaba de tener razón, en un sentido. No había nada que replicar. Cuando paseábamos juntos por las calles frecuentadas, la gente se volvía para compadecer al ciego. Tiene piedad, la gente, de los inválidos y los ciegos y se puede decir que tienen amor en reserva. Yo lo había sentido, muchas veces, el amor en reserva. Hay en cantidad. No se puede negar. Sólo, que es una pena que siga siendo tan cabrona, la gente, con tanto amor en reserva. No sale y se acabó. Se les queda ahí dentro, no les sirve de nada. Revientan, de amor, dentro.

Después de la cena, Madelon se ocupaba de él, de su Léon, como lo llamaba ella. Le leía el periódico. Él se pirraba por la política ahora y los periódicos del Mediodía apestan a política y de la animada.

A nuestro alrededor, por la noche, la casa se hundía en el tostadero de los siglos. Era el momento, después de cenar, en que las chinches van a explayarse, el momento también de probar con ellas, las chinches, los efectos de una solución corrosiva que yo quería ceder después a un farmacéutico por un pequeño beneficio. Un apañito. A la tía Henrouille la distraía, mi experimento, y me ayudaba, íbamos juntos de nido en nido, por las rendijas, los rincones, vaporizando sus enjambres con mi vitriolo. Bullían y se desvanecían bajo la vela que me sujetaba, muy atenta, la tía Henrouille.

Mientras trabajábamos, hablábamos de Rancy. Sólo de pensar en eso, en ese lugar, me daban ganas de vomitar, me habría quedado con gusto en Toulouse el resto de mi vida. No pedía otra cosa, en el fondo, papeo asegurado y tiempo libre. La felicidad, vamos. Pero tuve que pensar, de todos modos, en la vuelta y el currelo. El tiempo pasaba y la prima del cura también y los ahorros.

Antes de marcharme, quise dar unas lecciones y consejos a Madelon. Más vale, desde luego, dar dinero, cuando se puede y se quiere hacer el bien. Pero también puede ser útil ser prevenido y saber bien a qué atenerse exactamente y sobre todo el riesgo que se corre jodiendo a diestro y siniestro. Era eso lo que yo me decía, sobre todo porque en materia de enfermedades me daba un poco de miedo Madelon. Espabilada, desde luego, pero lo más ignorante del mundo sobre microbios. Conque fui y me lancé a explicaciones muy detalladas sobre lo que debía mirar detenidamente antes de responder a cumplidos. Si estaba roja... si había una gota en la puntita... En fin, cosas clásicas que se deben saber y de lo más útiles... Tras haberme escuchado atenta y haberme dejado hablar, protestó, por cumplir. Me hizo incluso una escena... Que si ella era formal... Que si era una vergüenza por mi parte... Que quién me había creído que era... Que no porque conmigo... Que si la estaba insultando... Que si los hombres eran todos unos asquerosos...

En fin, todo lo que dicen, todas las damas, en casos así. Era de esperar. El paripé. Lo principal, para mí, era que hubiese escuchado bien mis consejos y hubiera asimilado lo esencial. Lo demás no tenía la menor importancia. Tras haberme oído atenta, lo que en el fondo la entristecía era pensar que se pudiese pescar todo lo que yo le contaba sólo por la ternura y el placer. Aunque fuese cosa de la naturaleza, yo le parecía tan asqueroso como la naturaleza y se sentía insultada. No insistí más, salvo para hablarle un poco de los condones, tan cómodos. Por último, para dárnoslas de psicólogos, intentamos analizar un poco el carácter de Robinson. «No es celoso precisamente -me dijo entonces-, pero tiene momentos difíciles».

«¡Vale, vale!...», le respondí, y me lancé a una definición de su carácter, de Robinson, como si lo conociera, yo, su carácter, pero al instante me di cuenta de que no lo conocía apenas, a Robinson, salvo algunas evidencias groseras de su temperamento. Nada más.

Es asombroso cuánto cuesta imaginar lo que puede volver a una persona agradable para los demás... Y, sin embargo, quieres servirle, serle favorable, y farfullas... Es lastimoso, desde las primeras palabras... Estás pez.

En nuestros días, hacer de «La Bruyére» no es cómodo. Descubres el pastel del inconsciente, en cuanto te aproximas.

* * *

Cuando iba a ir a comprar el billete, me retuvieron una semana más, en eso quedamos. Para enseñarme los alrededores de Toulouse, las orillas del río, muy fresquitas, de que me habían hablado mucho, y llevarme a visitar sobre todo los bonitos viñedos de los alrededores, de los que todo el mundo en la ciudad parecía orgulloso y contento, como si fueran ya todos propietarios. No podía irme así, tras haber visitado sólo los cadáveres de la tía Henrouille. ¡No podía ser! En fin, cumplidos...

Tanta amabilidad me desarmaba. No me atrevía a insistir demasiado en quedarme por mi intimidad con la Madelon, intimidad que estaba volviéndose un poco peligrosa. La vieja empezaba a sospechar que había algo entre nosotros. Un estorbo.

Pero no iba a acompañarnos, la vieja, en aquel paseo. En primer lugar, no quería cerrar la cripta, ni siquiera por un solo día. Conque acepté quedarme y un hermoso domingo por la mañana nos pusimos en camino hacia el campo. A él, Robinson, lo llevábamos del brazo entre los dos. En la estación cogimos billetes de segunda. Olía de lo lindo a salchichón, de todos modos, en el compartimento, como en tercera. En un lugar que se llamaba Saint-Jean nos apeamos. Madelon parecía conocer bien la región y, además, en seguida se encontró con conocidos procedentes de todos los rincones. Se anunciaba un bonito día de verano, eso seguro. Mientras paseábamos, habíamos de contar todo lo que veíamos a Robinson. «Aquí hay un jardín... Ahí, mira, un puente y debajo un pescador... No pesca nada... Cuidado con esa bici...» Ahora, que el olor de las patatas fritas lo guiaba perfectamente. Fue él incluso quien nos llevó hasta la freiduría, donde las hacían, las patatas fritas, a cincuenta céntimos la ración. Siempre le habían gustado, las patatas fritas, desde que yo lo conocía, a Robinson, igual que a mí, por cierto. Es muy parisino, el gusto por las patatas fritas. Madelon, por su parte, prefería el vermut, seco y solo.

Los ríos lo pasan mal en el Mediodía. Parece que sufren, siempre están secándose. Colinas, sol, pescadores, peces, barcos, zanjas, lavaderos, viñas, sauces llorones, todo el mundo los quiere, todo los reclama. Les exigen demasiada agua, conque queda poca en el lecho del río. Parece en algunos puntos un camino un poco inundado más que un río de verdad. Como habíamos salido en busca de diversión, teníamos que apresurarnos para encontrarla. En cuanto acabamos las patatas fritas, decidimos dar una vuelta en barca, que nos distraería antes del almuerzo, yo remando, claro está, y ellos dos frente a mí, cogidos de la mano, Robinson y Madelon.

Conque salimos surcando las aguas, como se suele decir, y rozando el fondo aquí y allá, ella lanzando grititos y él no demasiado seguro tampoco. Moscas y más moscas. Libélulas que vigilaban el río con sus enormes ojos por doquier y moviendo la cola, temerosas. Un calor asombroso, como para hacer humear todas las superficies. Nos deslizábamos desde los anchos remolinos planos hasta las ramas muertas... Al ras de riberas ardientes pasamos, en busca de bocanadas de sombra que atrapábamos como podíamos detrás de árboles no demasiado acribillados por el sol. Hablar daba más calor aún, de ser posible. No nos atrevíamos a decir que nos sentíamos mal.

Robinson se cansó el primero, cosa natural, de la navegación. Entonces propuse que atracáramos delante de un restaurante. No éramos los únicos que habíamos tenido esa idea. Todos los pescadores de aquel tramo, la verdad, se habían instalado ya en la taberna, antes que nosotros, ávidos de aperitivos y parapetados tras sus sifones. Robinson no se atrevía a preguntarme si era cara, aquella tasca, que yo había elegido, pero al instante le quité esa preocupación asegurándole que todos los precios estaban anunciados y eran muy razonables. Era cierto. Ya no soltaba la mano de su Madelon.

Puedo decir ahora que pagamos en aquel restaurante como si hubiéramos comido, pero sólo habíamos intentado jalar. Más vale no hablar de los platos que nos sirvieron. Aún siguen allí.

Para pasar la tarde, después, organizar una sesión de pesca con Robinson era demasiado complicado y le habríamos apenado, pues ni siquiera habría visto el flotador. Pero a mí, por otro lado, la idea de remar, después del trago de la mañana, me ponía enfermo. Ya tenía bastante. Había perdido el entrenamiento de los ríos de África. Había envejecido en eso como en todo.

Para cambiar, de todos modos, de ejercicio, dije entonces que un paseíto a pie, simplemente, a lo largo de la orilla, nos sentaría pero que muy bien, al menos hasta aquellas hierbas altas que se veían a menos de un kilómetro de distancia, cerca de una cortina de álamos.

Ahí nos teníais de nuevo, a Robinson y a mí, en marcha y cogidos del brazo, mientras que Madelon nos precedía unos pasos más adelante. Era más cómodo para avanzar entre las hierbas. En un recodo del río oímos las notas de un acordeón. De una gabarra procedía, el sonido, una hermosa gabarra amarrada en aquel punto del río. La música hizo detener a Robinson. Era muy comprensible en su caso y, además, que siempre había sentido debilidad por la música. Conque, contentos de haber encontrado algo que lo divirtiera, nos sentamos en aquel césped mismo, menos polvoriento que el de la orilla en declive de al lado. Se veía que no era una gabarra corriente. Muy limpia y cuidada estaba, una gabarra para vivienda exclusivamente, no para carga, toda llena de flores y con una casilla muy peripuesta y todo, para el perro. Le describimos la gabarra, a Robinson. Quería enterarse de todo.

«Me gustaría mucho, a mí también, vivir en un barco como ése -dijo entonces-. ¿Y a ti?», fue y preguntó a Madelon.

«¡Anda, que ya sé adonde quieres ir a parar! -respondió ella-. Pero, ¡eso es muy caro, Léon! ¡Es mucho más caro aún, estoy segura, que una casa de alquiler!»

Nos pusimos, los tres, a pensar en lo que podía costar una gabarra así y no nos salía el cálculo... Cada uno daba una cifra. Por la costumbre que teníamos de contar en voz alta todo... La música del acordeón nos llegaba muy melosa, entretanto, e incluso la letra de una canción de acompañamiento... Al final, coincidimos en que debía de costar, tal cual, por lo menos cien mil francos, la gabarra. Como para dejarlo a uno turulato...

Ferme tes jolis yeux, car les heures sont breves... Au pays merveilleux, au doux pays du ré-é-éve

Eso era lo que cantaban en el interior, voces de hombres y mujeres mezcladas, desafinando un poco, pero muy agradables, de todos modos, gracias al lugar. No desentonaba con el calor, el campo, la hora que era y el río.

Robinson se empeñaba en contar miles y cientos. Le parecía que valía más aún, tal como se la habíamos descrito, la gabarra... Porque tenía una claraboya para ver mejor dentro y cobres por todos lados: lujo, vamos...

«Léon, no te canses -intentaba calmarlo Madelon-, túmbate en la hierba, que está muy mullida, y descansa un poco... Cien mil o quinientos mil, no está a nuestro alcance,

¿no?... Conque no vale la pena, verdad, que te hagas ilusiones...»

Pero estaba tumbado y se hacía ilusiones, de todos modos, con el precio, y quería enterarse a toda costa e intentar verla, la gabarra que valía tan cara...

«¿Tiene motor?», preguntaba... Nosotros no sabíamos.

Fui a mirar por detrás, ya que insistía, sólo por complacerlo, para ver si veía el tubo de un motorcito.

Ferme tes jolis yeux, car la vie n'est qu'un songe...
L'amour n'est qu'un menson-on-on-ge...
Ferme tes jolis yeuuuuuuux!

Seguían así cantando, dentro. Nosotros, por fin, caímos rendidos de cansancio... Nos adormilaban.

En determinado momento, el podenco de la casilla saltó afuera y fue a ladrar sobre la pasarela en nuestra dirección. Despertamos sobresaltados y nos pusimos a gritarle, al podenco. Miedo de Robinson.

Un tipo que parecía el propietario salió entonces al puente por la portezuela de la gabarra. ¡No quería que gritáramos a su perro y tuvimos unas palabras! Pero, cuando comprendió que Robinson estaba, por así decir, ciego, se calmó al instante, aquel hombre e incluso se mostró como un chorra. Dio marcha atrás y hasta se dejó llamar grosero para arreglar las cosas... Para resarcirnos, nos rogó que fuésemos a tomar café con él, en su gabarra, porque era su santo, fue y añadió. No quería que siguiésemos ahí, al sol, achicharrándonos, y que si patatín y que si patatán... Y que si veníamos al pelo, precisamente, porque eran trece a la mesa... Hombre joven era, el patrón, un fantasioso. Le gustaban los barcos, fue y nos explicó también... Comprendimos en seguida. Pero a su mujer le daba miedo el mar, conque habían amarrado allí, por así decir, sobre los guijarros. En la gabarra, parecieron muy contentos de recibirnos. Su esposa, en primer lugar, mujer bella que tocaba el acordeón como un ángel. Y, además, ¡que eso de habernos invitado a tomar café era amable, de todos modos, de su parte! ¡Podríamos haber sido sabe Dios qué! Era, en una palabra, una prueba de confianza por su parte... En seguida comprendimos que no debíamos desairar a aquellos encantadores anfitriones... Sobre todo ante sus invitados... Robinson tenía muchos defectos, pero era, de ordinario, un muchacho sensible. Para sus adentros, sólo por las voces, comprendió que había que comportarse bien y no soltar groserías. No íbamos bien vestidos, bien es verdad, pero sí muy limpios y decentes, de todos modos. El patrón de la gabarra, lo examiné de más cerca, debía de tener unos treinta años, con hermosos cabellos castaños y poéticos y un traje muy mono de estilo marinero, pero relamido. Su bella esposa tenía, por cierto, auténticos ojos «aterciopelados».

Acababan de terminar su almuerzo. Los restos eran copiosos. No rechazamos el trozo de tarta, ¡ni hablar! Ni el oporto para acompañarlo. Desde hacía mucho tiempo, no había oído yo voces tan distinguidas. Tienen una forma de hablar, las personas distinguidas, que te intimida y a mí me asusta, sencillamente, sobre todo sus mujeres, y, sin embargo, son simples frases mal paridas y presuntuosas, pero, eso sí, bruñidas como muebles antiguos. Dan miedo, sus frases, aun anodinas. Temes patinar encima de ellas, al responderles simplemente. Y hasta cuando cobran tono barriobajero para cantar canciones de pobres por diversión, lo conservan, ese acento distinguido, que te inspira recelo y asco, un acento en el que parece vibrar un latiguillo, siempre, el que se necesita, siempre, para hablar a los criados. Es excitante, pero al mismo tiempo te incita a cepillarte a sus mujeres, solo para verla derretirse, su dignidad, como ellos la llaman...

Expliqué en voz baja a Robinson el mobiliario que había a nuestro alrededor, todo él antiguo. Me recordaba un poco la tienda de mi madre, pero más limpio y mejor arreglado, evidentemente. En casa de mi madre siempre olía a rancio.

Y, además, colgados en los tabiques, cuadros del patrón, infinidad. Pintor él. Fue su mujer la que me lo reveló y con mil remilgos, encima. Su mujer lo amaba, se veía, a su hombre. Era un artista, el patrón, hermoso sexo, hermosos cabellos, hermosas rentas, todo lo necesario para ser feliz; y, encima, el acordeón, amigos, ensueños en el barco, sobre las aguas escasas y que se arremolinaban, muy contentos de no partir nunca... Tenían todo aquello en su casa con toda la dulzura y el frescor precioso del mundo entre los visillos y el hálito del ventilador y la divina seguridad.

Puesto que habíamos acudido, debíamos ponernos en consonancia. Bebidas heladas y fresas con nata, primero, mi postre preferido. Madelon se moría de ganas de repetir. También ella se dejaba conquistar ahora por los buenos modales. Los hombres la consideraban simpática, a Madelon, el suegro sobre todo, ricachón él, parecía muy contento de tenerla a su lado, a Madelon, y venga desvivirse para agradarle. Venga buscar por toda la mesa más golosinas, sólo para ella, que estaba dándose una panzada, de nata. Por lo que decía, era viudo, el suegro. ¡Menudo si lo había olvidado! Al cabo de poco, con los licores, Madelon tenía una curda de cuidado. El traje que llevaba Robinson y el mío también chorreaban fatiga y temporadas y más temporadas, pero en el refugio en que nos encontrábamos podía ser que no se viera. De todos modos, yo me sentía un poco humillado en medio de los demás, tan respetables en todo, limpios como americanos, tan bien lavados, tan bien educados, listos para concursos de elegancia.

Madelon, ya piripi, no se contenía demasiado bien. Con su fino perfil puntiagudo dirigido a las pinturas, contaba tonterías; la anfitriona, que se daba cuenta un poco, volvió al acordeón para remediarlo, mientras todos cantaban y nosotros también en sordina, pero desafinando y sin gracia, la misma canción que un poco antes oíamos fuera y después otra.

Robinson había encontrado el medio de entablar conversación con un señor anciano que parecía conocerlo todo sobre la cultura del cacao. Tema apropiado. Un colonial, dos coloniales. «Cuando estaba yo en África -oí, para mi gran sorpresa, afirmar a Robinson-, cuando era ingeniero agrónomo de la Compañía Porduriére -repetía-, ponía a cosechar a la población entera de una aldea... etc.» No podía verme, conque se despachaba a gusto... Con ganas... Falsos recuerdos... Deslumbraba al señor anciano...

¡Mentiras! Lo único que se le ocurría para ponerse a la altura del anciano competente. Él siempre tan reservado, Robinson, en su lenguaje, me irritaba y afligía al divagar así.

Lo habían instalado, con todos los honores, en un gran diván lleno de perfumes, con una copa de coñac en la mano derecha, mientras que con la otra evocaba con gestos ampulosos la majestad de las junglas vírgenes y los furores de los tornados ecuatoriales. Estaba disparado, disparado de lo lindo... Alcide se habría tronchado de risa, si hubiera estado allí, en un rincón. ¡Pobre Alcide!

No se puede negar, estábamos lo que se dice a gusto, en su gabarra. Sobre todo porque empezaba a alzarse una brisita del río y en los marcos de las ventanas flotaban los visillos encañonados como banderitas alegres.

Otra ronda de helados y después champán. Era su santo, lo había repetido cien veces, el patrón. Se había propuesto obsequiar por una vez a todos e incluso a los transeúntes. A nosotros por una vez. Durante una hora, dos, tres tal vez, estaríamos todos reconciliados bajo su batuta, seríamos todos amigos, los conocidos y los demás e incluso los extraños, e incluso nosotros tres, a quienes habían recogido en la ribera, a falta de algo mejor, para no ser trece a la mesa. Iba a ponerme a cantar mi cancioncilla de alborozo y después cambié de parecer, demasiado orgulloso de pronto, consciente. Conque me pareció oportuno revelarles, para justificar mi invitación, pese a todo, en un arranque impulsivo, ¡que acababan de invitar en mi persona a uno de los médicos más distinguidos de la región parisina! ¡No podía sospecharlo, aquella gente, por mi pinta, evidentemente! ¡Ni por la mediocridad de mis compañeros! Pero, en cuanto supieron mi rango, se declararon encantados, halagados y, sin más tardar, todos y cada uno se pusieron a iniciarme en las desdichas particulares de su cuerpo; aproveché para aproximarme a la hija de un empresario, una primita muy robusta que padecía precisamente urticaria y eructos agrios a la más mínima.

Cuando no estás acostumbrado a los primores de la mesa y del bienestar, te embriagan fácilmente. La verdad pierde el culo para abandonarte. Basta con muy poquito siempre para que te deje libre. No te aferras a la verdad. En esa abundancia repentina de placeres, eres, antes de que te des cuenta, presa del delirio megalómano. Yo me puse a divagar, a mi vez, mientras hablaba de urticaria a la primita. Sales de las humillaciones cotidianas intentando, como Robinson, ponerte en consonancia con los ricos, mediante las mentiras, monedas del pobre. A todos nos da vergüenza nuestra carne mal presentada, nuestra osamenta deficitaria. No podía decidirme a mostrarles mi verdad; era indigna de ellos, como mi trasero. Tenía que causar, a toda costa, buena impresión.

A sus preguntas me puse a responder con ocurrencias, como antes Robinson al anciano señor. ¡Me sentí, a mi vez, embargado por la soberbia!... ¡Que si mi numerosa clientela!... ¡Que si el exceso de trabajo!... Que si mi amigo Robinson... el ingeniero, que me había ofrecido hospitalidad en su hotelito tolosano...

Y es que, además, cuando ha comido y bebido bien, el anfitrión es fácil de convencer.

¡Por fortuna! ¡Todo cuela! Robinson me había precedido en la dicha furtiva de las trolas improvisadas; seguirlo no exigía ya apenas esfuerzo.

Con las gafas ahumadas que llevaba, Robinson, no se podía apreciar bien el estado de sus ojos. Atribuimos, generosos, su desgracia a la guerra. Desde ese momento, nos vimos acomodados, realzados social y patrióticamente hasta la altura de ellos, nuestros anfitriones, sorprendidos un poco, al principio, por la fantasía del marido, el pintor, a quien su situación de artista mundano forzaba, de todos modos, a algunas acciones insólitas de vez en cuando... Se pusieron, los invitados, a considerarnos de verdad a los tres de lo más amables e interesantes.

En su calidad de prometida, Madelon tal vez no desempeñara su papel todo lo púdicamente que requería la ocasión; excitaba a todo el mundo, incluidas las mujeres, hasta el punto de que yo me preguntaba si no iría a acabar todo aquello en una orgía. No. La conversación fue languideciendo, rota por el esfuerzo baboso de ir más allá de las palabras. No ocurrió nada.

Seguíamos aferrados a las frases y clavados a los cojines, muy atontados por el intento común de hacernos felices, más profunda, más calurosamente y aún un poco más, unos a otros, con el cuerpo ahíto, con el espíritu exclusivamente, haciendo todo lo posible para mantener todo el placer del mundo en el presente, todo lo maravilloso que conocíamos en nosotros y en el mundo, para que el vecino empezara a disfrutarlo también y nos confesara, el vecino, que era eso, exacto, lo que buscaba, tan admirable, que sólo le faltaba esa dádiva nuestra precisamente, desde hacía tantos y tantos años, para ser por fin perfectamente feliz, ¡y para siempre! ¡Que por fin le habíamos revelado su propia razón de ser! Y que había que ir a decírselo a todo el mundo entonces, ¡que había encontrado su razón de ser! ¡Y que bebiéramos otra copa juntos para festejar y celebrar aquella delectación y que durase siempre así! ¡Que no cambiáramos nunca más de encanto! ¡Que sobre todo no volviéramos a los tiempos abominables, a los tiempos sin milagros, a los tiempos de antes de conocernos!... ¡Todos juntos en adelante! ¡Por fin! ¡Siempre!...

El patrón, por su parte, no pudo por menos de romper el encanto.

Tenía la manía de hablarnos de su pintura, que lo traía por la calle de la amargura, de sus cuadros, a todo trance y con cualquier motivo. Así, por su imbecilidad obstinada, aun ebrios, la trivialidad volvió a embargarnos, abrumadora. Vencido ya, fui a dirigirle algunos cumplidos muy sinceros y resplandecientes, al patrón, felicidad en frases para los artistas. Eso era lo que necesitaba. En cuanto los hubo recibido, mis cumplidos, fue como un coito. Se dejó caer en uno de los sofás hinchados de a bordo y se quedó dormido en seguida, muy a gusto, feliz evidentemente. Los invitados, entretanto, se acariciaban mutuamente las facciones con miradas plomizas y mutuamente fascinadas, indecisos entre el sueño casi invencible y las delicias de una digestión milagrosa.

Yo, por mi parte, economicé ese deseo de dormitar y me lo reservé para la noche. Los miedos, supervivientes de la jornada, alejan demasiado a menudo el sueño y, cuando tienes la potra de hacerte, mientras puedes, con una pequeña provisión de beatitud, habrías de ser muy imbécil para desperdiciarla en fútiles cabezadas previas. ¡Todo para la noche! ¡Es mi lema! Hay que pensar todo el tiempo en la noche. Y, además, que estábamos invitados también para la cena, era el momento de recuperar el apetito...

Aprovechamos el sopor reinante para escabullirnos. Realizamos los tres una salida de lo más discreta, evitando a los invitados adormecidos y agradablemente desparramados en torno al acordeón de la patrona. Los ojos de ésta, dulcificados por la música, pestañeaban en busca de la sombra. «Hasta luego», nos dijo, cuando pasamos junto a ella y su sonrisa se acabó en un sueño.

No fuimos demasiado lejos, los tres, sólo hasta el lugar que yo había descubierto, en que el río hacía un recodo entre dos filas de álamos, altos álamos muy puntiagudos. Se veía desde allí todo el valle e incluso el pueblecito, a lo lejos, en su hueco, arrugado en torno al campanario plantado como un claro en el rojo del cielo.

«¿A qué hora tenemos un tren para volver?», se inquietó al instante Madelon.

«¡No te preocupes! -la tranquilizó él-. Nos van a acompañar en coche, así hemos quedado... Lo ha dicho el patrón... Tienen coche...»

Madelon no volvió a insistir. Seguía ensimismada de placer. Una jornada de verdad excelente.

«Y tus ojos, Léon, ¿qué tal?», le preguntó entonces.

«Mucho mejor. No quería decirte nada aún, porque no estaba seguro, pero creo que sobre todo con el izquierdo empiezo a poder contar incluso las botellas sobre la mesa... He bebido de lo lindo, ¿te has fijado? ¡Y estaba bueno!...»

«El izquierdo es el lado del corazón», observó Madelon, dichosa. Estaba muy contenta, es comprensible, de que mejoraran los ojos de él.

«¡Bésame, entonces, y déjame besarte!» le propuso él. Yo empezaba a sentirme de sobra junto a sus efusiones. Sin embargo, me resultaba difícil alejarme, porque no sabía bien por dónde irme. Hice como que iba a hacer una necesidad detrás del árbol, en espera de que se les pasara. Eran cosas tiernas las que se decían. Yo los oía. Los diálogos de amor más insulsos son siempre, de todos modos, un poco graciosos, cuando conoces a las personas. Y, además, que nunca les había oído decir cosas así.

«¿Es verdad que me quieres?» le preguntaba ella.

«¡Tanto como a mis ojos!», le respondía él.

«¡No es poco lo que acabas de decir, Léon!... Pero, ¡aún no me has visto, Léon!... Tal vez cuando me veas con tus propios ojos y no sólo con los de los demás, ya no me quieras... Entonces volverás a ver a las otras mujeres y a lo mejor las amarás a todas...

¿Como tus amigos?...»

Esa observación, como quien no quiere la cosa, iba por mí. No me equivocaba yo... Creía que estaba lejos y no podía oírla... Así, que echó el resto... No perdía el tiempo... Él, el amigo, se puso a protestar. «Pero, ¡bueno!...», decía. ¡Y que si todo eso eran simples suposiciones! Calumnias...

«Yo, Madelon, ¡ni mucho menos! -se defendía-. ¡Yo no soy de ese estilo! ¿Qué es lo que te hace pensar que soy como él?... ¿Con lo buena que has sido conmigo, además?...

¡Yo me encariño! ¡Yo no soy un cabrón! Es para siempre, ya te lo he dicho, ¡sólo tengo una palabra! ¡Es para siempre! Tú eres bonita, ya lo sé, pero lo serás aún más cuando te haya visto... ¿Qué? ¿Estás contenta ahora? ¿Ya no lloras? ¡Más que eso no puedo decirte!»

«¡Eso sí que es bonito, Léon!», le respondía ella entonces, al tiempo que se apretaba contra él. Estaban haciéndose juramentos, ya no había quien los detuviese, el cielo no era ya bastante grande.

«Me gustaría que fueses siempre feliz conmigo... -le decía él, muy dulce, después-. Que no tuvieras nada que hacer y que tuvieses, sin embargo, todo lo que necesitaras...»

«¡Ah, qué bueno eres, Léon! Eres mejor de lo que pensaba... ¡Eres tierno! ¡Eres fiel! ¡Todo lo mejorcito!...»

«Es porque te adoro, cariñito mío...»

Y se excitaban aún más, con magreos. Y después, como para mantenerme alejado de su felicidad, volvían a dejarme como un trapo a mí.

Primero ella. «El doctor, tu amigo, es simpático, ¿verdad? -Volvía a la carga, como si no hubiera podido tragarme-. ¡Es simpático!... No quiero hablar mal de él, ya que es un amigo tuyo... Pero es un hombre que parece brutal, de todos modos, con las mujeres... No quiero hablar mal de él, porque creo que es verdad que te aprecia. Pero, en fin, no es mi estilo... Voy a decirte una cosa... No te enfadarás, ¿verdad? -No, no se enfadaba por nada, Léon-. Pues mira, me parece que le gustan, al doctor, como demasiado, las mujeres... Como los perros un poco, ¿me comprendes?... ¿No te parece a ti?... ¡Es como si les saltara encima, parece, siempre! Hace daño y se va... ¿No te parece? ¿Que es así?» Le parecía, al cabronazo, le parecía todo lo que ella quisiese, le parecía incluso que lo que ella decía era de lo más exacto y gracioso. De lo más divertido. La animaba a continuar, se relamía de gusto.

«Sí, es muy cierto, eso que has notado en él, Madelon; es buena persona, Ferdinand, pero lo que se dice delicadeza no es que tenga, eso desde luego, y fidelidad tampoco, por cierto... ¡De eso estoy seguro!...»

«Has debido de conocerle amigas, ¿eh, Léon?» Se informaba, la muy puta.

«¡La tira! -le respondió él, convencido-. Pero es que... mira... Para empezar... ¡No es exigente!...»

Había que sacar una conclusión de esas afirmaciones, de lo cual se encargó Madelon.

«Los médicos, ya es sabido, son todos unos guarros... La mayoría de las veces... Pero es que él, ¡me parece que es cosa mala en ese estilo!...»

«Ni que lo jures -aprobó él, mi buen, mi feliz amigo, y continuó-: Hasta tal punto, que muchas veces he pensado, de tan aficionado que lo he visto a eso, que tomaba drogas... Y, además, ¡es que tiene un aparato! ¡Si vieras qué tamaño! ¡No es natural...!»

«¡Ah, ah! -dijo Madelon, perpleja de pronto e intentando recordar mi aparato-. ¿Tú crees que tendrá enfermedades entonces?» Estaba muy inquieta, afligida de repente por esas informaciones íntimas.

«Eso no sé -se vio obligado a reconocer él, con pena-, no puedo asegurarlo... Pero no me extrañaría con la vida que lleva.»

«De todos modos, tienes razón, debe de tomar drogas... Debe de ser por eso por lo que es tan extraño a veces...»

Y de repente la cabecita de Madelon se puso a cavilar. Añadió: «En el futuro tendremos que desconfiar un poco de él...»

«¿No tendrás miedo, de todos modos? -le preguntó él-. No es nada tuyo, al menos... ¿No se te habrá insinuado?»

«Ah, eso no, vamos, ¡me habría negado! Pero nunca se sabe lo que se le puede ocurrir... Suponte, por ejemplo, que le da un ataque... ¡Les dan ataques, a esa gente que toma drogas!... Desde luego, ¡no sería yo quien fuera a su consulta!...»

«¡Yo tampoco, ahora que lo dices!», aprobó Robinson. Y más ternura y caricias...

«¡Cielito!... ¡Cielito mío!...» Lo acunaba...

«¡Mi niña!... ¡Mi niña!...», le respondía él. Y después silencios interrumpidos por arranques de besos.

«Dime en seguida que me quieres todas las veces que puedas, mientras te beso hasta el hombro...»

Empezaba en el cuello el jueguecito.

«¡Qué sofocada estoy!... -exclamaba ella resoplando-. ¡Me asfixio! ¡Dame aire!» Pero él no la dejaba respirar. Volvía a empezar. Yo, en el césped de al lado, intentaba ver lo que iba a ocurrir. Él le cogía los pezones entre los labios y jugueteaba con ellos. Jueguecitos, vamos. Yo también estaba sofocadísimo, embargado por un montón de emociones y maravillado, además, de mi indiscreción.

«Vamos a ser muy felices, ¿eh? Dime, Léon. Dime que estás bien seguro de que vamos a ser felices.»

Eso era el entreacto. Y después más proyectos para el futuro que no acababan nunca, como para rehacer todo un mundo con ellos, pero un mundo sólo para ellos dos, ¡ya lo creo! Fuera yo, sobre todo, de él. Parecía que no pudiesen acabar nunca de deshacerse de mí, de despejar su intimidad de mi asquerosa evocación.

«¿Hace mucho que sois amigos, Ferdinand y tú?» Eso la inquietaba...

«Años, sí... Aquí... Allá... -respondió él-. Nos conocimos por casualidad, en los viajes... Él es un tipo al que le gusta conocer países,.. A mí también, en cierto sentido, conque es como si hubiéramos viajado juntos desde hace mucho... ¿Comprendes?...» Reducía así nuestra vida a trivialidades ínfimas.

«Bueno, pues, ¡vais a tener que dejar de ser tan amiguitos, cariño! ¡Y desde ahora, además!... -le respondió ella, muy decidida, rotunda-. ¡Esto se va a acabar!... ¿Verdad, cariño, que se va a acabar?... Conmigo solita vas a viajar tú ahora... ¿Me has entendido?... ¿Eh, cariño?...»

«Entonces, ¿estás celosa de él?», preguntó un poco desconcertado, de todos modos, el muy gilipollas.

«¡No! No estoy celosa de él, pero te quiero demasiado, verdad, Léon mío, quiero tenerte enterito para mí... No quiero compartirte con nadie... Y, además, es que ahora que yo te quiero, Léon mío, no es la clase de compañía que necesitas... Es demasiado vicioso... ¿Comprendes? ¡Dime que me adoras, Léon! ¡Y que me entiendes!»

«Te adoro.»

«Bien.»

* * *

Volvimos todos a Toulouse, aquella misma noche.

Dos días después se produjo el accidente. Tenía que marcharme, de todos modos, y, justo cuando estaba acabando la maleta para irme a la estación, oí a alguien gritar algo delante de la casa. Escuché... Tenía que bajar corriendo al panteón... Yo no veía a la persona que me llamaba así... Pero por el tono de voz debía de ser pero que muy urgente... Era urgente que acudiera, al parecer.

«¿No puedo esperar ni un minuto?», respondí, para no precipitarme... Debía de ser hacia las seis, justo antes de cenar íbamos a despedirnos en la estación, así habíamos quedado. Nos iba bien a todos así, porque la vieja tenía que volver un poco después a casa. Precisamente esa noche, por un grupo de peregrinos que esperaba en el panteón.

«¡Venga rápido, doctor!... -insistía la persona de la calle-. ¡Acaba de ocurrir una desgracia a la Sra. Henrouille!»

«¡Bueno, bueno!... -dije-. ¡Voy en seguida! ¡Entendido!... ¡Bajo ahora mismo!»

Pero para tener tiempo de serenarme un poco: «Vaya usted delante -añadí-. Dígales que ya llego... Que voy corriendo... El tiempo de ponerme los pantalones...»

«Pero, ¡es que es muy urgente! -insistía aún la persona-. ¡Le repito que ha perdido el conocimiento!... ¡Se ha abierto la cabeza, al parecer!... ¡Se ha caído por las escaleras del panteón!... ¡Rodando hasta abajo ha caído!...»

«¡Listo!», me dije para mis adentros al oír aquella bonita historia y no necesité pensarlo más. Me largué, derechito, a la estación. No necesitaba saber más.

Cogí el tren de las 7.15, a pesar de todo, pero por los pelos. No nos despedimos.

* * *

A Parapine lo que le pareció, ante todo, al volver a verme, fue que yo tenía mala cara.

«Debiste de cansarte mucho en Toulouse», observó, receloso, como siempre.

Es cierto que habíamos tenido emociones allá, en Toulouse, pero en fin, no había por qué quejarse, ya que me había librado de una buena, eso esperaba al menos, de los líos de verdad, al largarme en el momento crítico.

Conque le expliqué la aventura con detalle y también mis sospechas, a Parapine. Pero no le parecía ni mucho menos que yo hubiera actuado con demasiado acierto en aquella ocasión... De todos modos, no tuvimos tiempo de discutir el asunto, porque la cuestión de conseguir un currelo para mí se había vuelto en aquel momento tan urgente, que no podía pensar en otra cosa. No había, pues, tiempo que perder en comentarios... Ya sólo me quedaban ciento cincuenta francos de economías y no sabía adonde ir ya a colocarme. ¿En el Tarapout?... Ya no contrataban a nadie. La crisis. ¿Volver a La Garenne-Rancy, entonces? ¿Volver a probar con la clientela? Lo pensé, desde luego, por un momento, pese a todo, pero como último recurso y de muy mala gana. Nada se apaga como un fuego sagrado.

Fue él, Parapine, quien me echó al final un buen cable con una modesta plaza que descubrió para mí en un manicomio, precisamente, donde trabajaba desde hacía ya unos meses.

Las cosas iban aún bastante bien. En aquel manicomio, Parapine se ocupaba no sólo de llevar a los alienados al cine, sino también del tratamiento eléctrico. A horas determinadas, dos veces por semana, desencadenaba auténticas tormentas magnéticas por encima de las cabezas de los melancólicos reunidos a propósito en una habitación cerrada y muy obscura. Deporte mental, en una palabra, y la realización de la hermosa idea del doctor Baryton, su patrón. Roñoso él, por cierto, el compadre, que me admitió a cambio de un salario mínimo, pero con un contrato y cláusulas así de largas, todas ventajosas para él, evidentemente. Un patrono, en una palabra.

La remuneración en aquel manicomio era mínima, cierto es, pero, en cambio, la alimentación era bastante buena y el alojamiento perfecto. También podíamos tirarnos a las enfermeras. Estaba permitido y reconocido tácitamente. Baryton, el patrón, no tenía nada en contra de esas diversiones e incluso había comentado que esas facilidades eróticas mantenían el apego del personal a la casa. Ni tonto ni severo.

Y, además, que no era el momento de poner, para empezar, pegas ni condiciones, cuando me ofrecían un filete, que me venía más que de perilla. Pensándolo bien, yo no lograba comprender del todo por qué me había dado Parapine de repente muestras de tan vivo interés. Su actitud para conmigo me inquietaba. Atribuirle a él, a Parapine, sentimientos fraternos... Era demasiado bello, la verdad, para ser cierto... Debía de ser algo más complicado. Pero todo llega...

A mediodía nos encontrábamos a la mesa, era la costumbre, reunidos en torno a Baryton, nuestro patrón, alienista veterano, barba en punta, muslos cortos y carnosos, muy amable, asuntos económicos aparte, capítulo a propósito del cual se mostraba, de lo más asqueroso cada vez que le proporcionábamos pretexto y ocasión.

Tocante a tallarines y vinos ásperos, nos mimaba, desde luego. Según nos explicó, había heredado todo un viñedo. ¡Peor para nosotros! Era un vino muy modesto, lo aseguro.

Su manicomio de Vigny-sur-Seine estaba siempre lleno. Lo llamaban «Casa de salud» en los anuncios, por un gran jardín que lo rodeaba, donde nuestros locos se paseaban los días en que hacía bueno. Se paseaban por él, los locos, con aspecto de mantener con dificultad la cabeza en equilibrio sobre los hombros, como, si tuvieran miedo constantemente de que se les desparramara por el suelo, el contenido, al tropezar. Ahí dentro se entrechocaban toda clase de cosas saltarinas y extravagantes, a las que se sentían horriblemente apegados.

No nos hablaban de sus tesoros mentales, los alienados, sino con infinidad de contorsiones espantadas o aires condescendientes y protectores, al modo de administradores meticulosos y prepotentes. Ni por un imperio se habría podido sacarlos de sus cabezas. Un loco no es sino las ideas corrientes de un hombre pero bien encerradas en una cabeza. El mundo no pasa a través de su cabeza y se acabó. Se vuelve como un lago sin ribera, una cabeza cerrada, una infección.

Baryton se abastecía de tallarines y legumbres en París, al por mayor. Por eso, no nos apreciaban nada los comerciantes de Vigny-sur-Seine. Nos tenían fila incluso, los comerciantes, estaba más claro que el agua. No nos quitaba el apetito, aquella animosidad. En la mesa, al comienzo de mi período de prueba, Baryton sacaba sin falta las conclusiones y la filosofía de nuestras deshilvanadas conversaciones. Pero, por haberse pasado la vida entre los alienados, ganándose las habichuelas con aquel tráfico, compartiendo su rancho, neutralizando mal que bien sus insanias, nada le parecía más aburrido que tener, además, que hablar a veces de sus manías durante nuestras comidas.

«¡No deben figurar en las conversaciones de la gente normal!», afirmaba defensivo y perentorio. Personalmente, se atenía a esa higiene mental.

A él le gustaba la conversación y de modo casi inquieto, le gustaba divertida y sobre todo tranquilizadora y muy sensata. Sobre los chiflados no deseaba explayarse. Una antipatía instintiva hacia ellos le bastaba y le sobraba. En cambio, nuestros relatos de viajes le encantaban. Nunca se cansaba de oírlos. Parapine, desde mi llegada, se vio liberado de su cháchara. Yo había venido al pelo para distraer a nuestro patrón durante las comidas. Todas mis peregrinaciones salieron a colación, relatadas por extenso, retocadas, por supuesto, literaturizadas como Dios manda, agradables. Baryton, al comer, hacía, con la lengua y la boca, mucho ruido. Su hija se mantenía siempre a su diestra. Pese a contar sólo diez años, parecía ya marchita para siempre, su hija Aimée. Algo inanimado, una tez grisácea incurable desdibujaba a Aimée ante nuestra vista, como si nubéculas malsanas le pasaran de continuo por delante de la cara.

Entre Parapine y Baryton surgían pequeños roces. Sin embargo, Baryton no guardaba el menor rencor a nadie, siempre que no se inmiscuyera en los beneficios de su empresa. Sus cuentas constituyeron durante mucho tiempo el único aspecto sagrado de su existencia.

Un día, Parapine, en la época en que aún le hablaba, le había declarado con toda crudeza en la mesa que carecía de ética. Al principio, esa observación lo había ofendido, a Baryton. Y despúes todo se había arreglado. No se enfada uno por tan poca cosa. Con el relato de mis viajes Baryton experimentaba no sólo una emoción novelesca, sino también la sensación de hacer economías. «Después de haberlo oído a usted, Ferdinand, con lo bien que lo cuenta, ¡ya no le quedan a uno ganas de ir a verlos, esos países!» No podía ocurrírsele un cumplido más amable. En su manicomio se recibía sólo a los locos fáciles de vigilar, nunca a los alienados muy aviesos y de claras tendencias homicidas. Su manicomio no era un lugar siniestro en absoluto. Pocas rejas, sólo algunas celdas. El asunto más inquietante era tal vez, de entre todos, la pequeña Aimée, su propia hija. No se contaba entre los enfermos, la niña, pero el ambiente la atormentaba.

Algunos alaridos, de vez en cuando, llegaban hasta nuestro comedor, pero el origen de esos gritos era siempre bastante fútil. Duraban poco, por lo demás. Observábamos también largas y bruscas oleadas de frenesí, que sacudían de vez en cuando a los grupos de alienados, por un quítame allá esas pajas, durante sus interminables paseos entre los bosquecillos y los macizos de begonias. Acababan sin demasiados cuentos ni alarmas con baños calientes tibios y damajuanas de tebaína.

A las escasas ventanas de los refectorios que daban a la calle iban los locos a veces a gritar y alborotar al vecindario, pero el horror se les quedaba más bien en el interior. Conservaban y se ocupaban personalmente de su horror, contra nuestras empresas terapéuticas. Les apasionaba, esa resistencia.

Al pensar ahora en todos los locos que conocí en casa del tío Baryton, no puedo por menos de poner en duda que existan otras realizaciones auténticas de nuestros temperamentos profundos que la guerra y la enfermedad, infinitos de pesadilla.

La gran fatiga de la existencia tal vez no sea, en una palabra, sino ese enorme esfuerzo que realizamos para seguir siendo veinte años, cuarenta, más aún, razonables, para no ser simple, profundamente nosotros mismos, es decir, inmundos, atroces, absurdos. La pesadilla de tener que presentar siempre como un ideal universal, superhombre de la mañana a la noche, el subhombre claudicante que nos dieron.

Enfermos teníamos de todos los precios en el manicomio y los más opulentos vivían en habitaciones Luis XV bien acolchadas. A éstos Baryton les hacía la visita diaria de alto precio. Ellos lo esperaban. De vez en cuando recibía un par de señoras bofetadas, Baryton, formidables, la verdad, largo tiempo meditadas. En seguida las apuntaba a la cuenta en concepto de tratamiento especial.

En la mesa Parapine se mantenía reservado; no es que mis éxitos oratorios ante Baryton lo hirieran ni mucho menos; al contrario, parecía bastante menos preocupado que antes, en la época de los microbios, y, en definitiva, casi contento. Conviene observar que había pasado un miedo de aúpa con sus historias de menores. Seguía un poco desconcertado respecto al sexo. En las horas libres vagaba por el césped del manicomio, también él, como un enfermo, y, cuando yo pasaba junto a él, me dirigía sonrisitas, pero tan indecisas, tan pálidas, aquellas sonrisas, que se podrían haber considerado despedidas.

Al admitirnos a los dos en su personal técnico, Baryton hacía una buena adquisición, ya que le habíamos aportado no sólo la entrega de todo nuestro tiempo, sino también distracción y ecos de aventuras a las que era muy aficionado y de las que se veía privado. Por eso, con frecuencia tenía el gusto de manifestarnos su contento. No obstante, expresaba algunas reservas respecto a Parapine.

Nunca se había sentido del todo cómodo con Parapine. «Mire usted, Ferdinand... -me dijo un día, confidencial-, ¡es ruso!» Ser ruso, para Baryton, era algo tan descriptivo, tan morfológico, irremisible, como «diabético» o «negro». Lanzado a propósito de ese tema, que lo ponía nervioso desde hacía muchos meses, se puso a cavilar de lo lindo ante mí y para mí... Yo no lo reconocía, a Baryton. Precisamente íbamos juntos al estanco del pueblo a buscar cigarrillos.

«Parapine me parece, verdad, Ferdinand, de lo más inteligente, eso desde luego... Pero, de todos modos, ¡tiene una inteligencia enteramente arbitraria, ese muchacho! ¿No le parece a usted, Ferdinand?» «En primer lugar, no quiere adaptarse... Se le nota en seguida... Ni siquiera está a gusto con su trabajo... ¡Ni siquiera está a gusto en este mundo!... ¡Reconózcalo!... ¡Y en eso se equivoca! ¡Completamente!... ¡Porque sufre!...

¡Ésa es la prueba! ¡Mire cómo me adapto yo, Ferdinand!...» (Se daba golpes en el esternón). «¿Que mañana la tierra se pone a girar en sentido contrario? Bueno, pues, ¡yo me adaptaré, Ferdinand! Y, además, ¡en seguida! ¿Y sabe usted cómo, Ferdinand? Dormiré de un tirón doce horas más, ¡y listo! ¡Y se acabó! ¡Hale! ¡Es así de sencillo! ¡Y ya estará hecho! ¡Estaré adaptado! Mientras que ese Parapine, ¿sabe usted lo que hará en semejante aventura? ¡Rumiará proyectos y amarguras durante cien años más!...

¡Estoy seguro! ¡Se lo digo yo!... ¿Acaso no es verdad? ¡Perderá el sueño porque la tierra gire en sentido contrario!... ¡Le parecerá yo qué sé qué injusticia especial!... ¡Demasiada injusticia!... ¡Es su manía, por cierto, la injusticia!... Me hablaba y no paraba, de la injusticia, en la época en que se dignaba dirigirme la palabra... ¿Y cree usted que se contentará con lloriquear? ¡Eso sólo sería un mal menor!... Pero, ¡no! ¡Buscará en seguida un medio de hacer saltar la tierra! ¡Para vengarse, Ferdinand! Y lo peor, se lo voy a decir yo, Ferdinand, lo peor... Pero que esto quede entre nosotros... Pues, bien, es que lo encontrará, ¡el medio!... ¡Como se lo digo yo! ¡Ah! Mire, Ferdinand, intente comprender bien lo que voy a explicarle... Existe una clase de locos simples y otra clase, los torturados por la manía de la civilización... ¡Me horroriza pensar que Parapine sea uno de éstos!... ¿Sabe usted lo que me dijo un día?»

«No, señor...»

«Pues me dijo: "¡Entre el pene y las matemáticas, señor Baryton, no existe nada!

¡Nada! ¡El vacío!" Y agárrese... ¿Sabe usted a qué está esperando para volver a hablarme?»

«No, señor Baryton, no tengo la menor idea...»

«Entonces, ¿no se lo ha contado?»

«No, aún no...»

«Pues a mí sí que me lo ha dicho... ¡Espera el advenimiento de la era de las matemáticas! ¡Sencillamente! ¡Está absolutamente decidido! ¿Qué le parece ese impertinente comportamiento hacia mí? ¿Que soy mayor que él? ¿Su jefe?...»

No me quedaba más remedio que echarme a reír un poquito ante tal fantasía exorbitante. Pero a Baryton no le parecía broma. Encontraba motivos incluso para indignarse por muchas otras cosas...

«¡Ah, Ferdinand! Ya veo que todo esto le parece anodino... Palabras inocentes, cuentos extravagantes entre tantos otros... Esa parece ser la conclusión de usted... Eso sólo, ¿verdad?... ¡Oh, imprudente Ferdinand! Al contrario, ¡permítame ponerlo en guardia contra esos extravíos, fútiles sólo en apariencia! ¡Está usted totalmente equivocado!... ¡Totalmente!... ¡Mil veces, en verdad!... A lo largo de mi carrera, ¡convendrá usted en que he oído casi todo lo que se puede oír, aquí y en otros sitios, en cuestión de delirios de todas clases! ¡No me he perdido ni uno!... No me lo va usted a negar, ¿verdad, Ferdinand?... Y yo no doy la impresión de ser propenso a las angustias, como no habrá usted dejado de observar, Ferdinand... Ni a las exageraciones... ¿No es así? Ante mi juicio, muy poca es la fuerza de una palabra e incluso de varias palabras, ¡e incluso de frases y discursos enteros!... Soy bastante sencillo de nacimiento y por naturaleza, ¡y no se me puede negar que soy uno de esos seres humanos a quienes las palabras no dan miedo!... Bueno, pues, tras un análisis concienzudo, Ferdinand, ¡me he visto obligado, en relación con Parapine, a mantenerme en guardia!... Formular las más claras reservas... Su extravagancia no se parece a ninguna de las inofensivas y corrientes... Pertenece más bien, me ha parecido, a una de las raras formas temibles de originalidad, a una de esas manías fácilmente contagiosas: ¡sociales y triunfantes, en una palabra!... Tal vez no se trate aún de locura del todo en el caso de su amigo... ¡No! Tal vez sólo sea convicción exagerada... Pero yo me conozco el percal, tocante a demencias contagiosas... ¡Nada es más grave que la convicción exagerada!... ¡He conocido muchos, Ferdinand, de esa clase de convencidos y de diversas procedencias, además!... ¡Los que hablan de justicia me han parecido, en definitiva, los más fanáticos!... Al principio, esos justicieros me interesaron un poco, lo confieso... Ahora me ponen negro, me irritan a más no poder, esos maníacos... ¿Opina usted igual?... Descubre uno en los hombres no sé qué facilidad de transmisión por ese lado que me espanta y en todos los hombres, ¿me oye usted?... ¡Fíjese, Ferdinand! ¡En todos! Como con el alcohol o el erotismo... La misma predisposición... La misma fatalidad... Infinitamente extendida... ¿Se ríe usted, Ferdinand? ¡Ahora me espanta usted también!

¡Frágil! ¡Vulnerable! ¡Inconsistente! ¡Peligroso Ferdinand! ¡Cuando pienso que me parecía usted serio!... No olvide que soy viejo, Ferdinand, ¡podría permitirme el lujo de cachondearme del porvenir! ¡Me estaría permitido! Pero, ¡usted!»

En principio, para siempre y en todas las cosas yo opinaba igual que mi patrón. No había hecho grandes progresos prácticos a lo largo de mi aperreada existencia, pero había aprendido, de todos modos, los principios adecuados de etiqueta propios de la servidumbre. Gracias a esas disposiciones, Baryton y yo nos habíamos hecho muy amigos en seguida, yo nunca le contrariaba, comía poco en la mesa. Un ayudante simpático, en una palabra, de lo más económico y nada ambicioso, nada amenazador.

* * *

Vigny-sur-Seine se presenta entre dos esclusas, entre sus dos oteros desprovistos de vegetación, es un pueblo que se transforma en suburbio. París va a absorberlo.

Pierde un jardín por mes. La publicidad, desde la entrada, lo vuelve abigarrado como un ballet ruso. La hija del ordenanza sabe hacer cócteles. Sólo el tranvía se empeña en pasar a la historia, no se irá sin revolución. La gente está inquieta, los hijos ya no tienen el mismo acento que sus padres. Te encuentras como incómodo, al pensarlo, de ser aún de Seine-et-Oise. Se está produciendo el milagro. El último parterre desapareció con la llegada de Laval al Ministerio y las asistentas cobran veinte céntimos más por hora desde las vacaciones. Se ha establecido un *bookmaker*. La empleada de la estafeta de correos compra novelas pederásticas e imagina otras mucho más realistas. El cura dice «mierda» cada dos por tres y da consejos sobre la Bolsa a los que son buenos. El Sena ha matado sus peces y se americaniza entre una fila doble de volquetes-tractoresremolcadores que le forman al ras de las riberas una terrible dentadura postiza de basuras y chatarra. Tres corredores de terrenos acaban de ir a la cárcel. Nos vamos organizando.

Esa transformación local del terreno no pasó inadvertida a Baryton. Lamentaba con amargura que no se le hubiera ocurrido comprar otros terrenos más en el valle contiguo veinte años antes, cuando aún te rogaban que te los quedaras por veinte céntimos el metro, como una tarta rancia. Los buenos tiempos pasados. Por fortuna, su Instituto Psicoterapéutico se defendía aún muy bien. Pero no sin problemas. Las insaciables familias no cesaban de reclamarle, de exigirle, una y mil veces sistemas más modernos de cura, más eléctricos, más misteriosos, más todo... Mecanismos más modernos sobre todo, aparatos más impresionantes y al minuto, además, y no le quedaba más remedio que adoptarlos, so pena de verse superado por la competencia... por esas casas similares emboscadas en los oquedales vecinos de Asniéres, Passy, Montretout, al acecho, también ellas, de todos los viejos chochos de lujo.

Se apresuraba, Baryton, guiado por Parapine, a adaptarse al gusto del momento, al mejor precio, por supuesto, en rebajas, en tiendas de ocasión, en saldos, pero sin cesar, a base de nuevos artefactos eléctricos, pneumáticos, hidráulicos, a fin de parecer así cada vez mejor equipado para correr tras las chifladuras de los quisquillosos y acaudalados internos. Gemía por verse obligado a utilizar esos aparatos inútiles... a granjearse el favor de los propios locos...

«Cuando abrí mi manicomio -me confiaba un día, desahogándose por sus pesares-era justo antes de la Exposición, la grande... Éramos, constituíamos, los alienistas, un número muy limitado de facultativos y mucho menos curiosos y depravados que hoy, ¡le ruego que me crea!... Ninguno de nosotros intentaba entonces estar tan loco como el cliente... Aun no había aparecido la moda de delirar con el pretexto de curar mejor, moda obscena, fíjese, como casi todo lo que nos llega del extranjero...» En los tiempos en que me inicié, los médicos franceses, Ferdinand, ¡aún se respetaban! No se creían obligados a desatinar al mismo tiempo que sus enfermos...

¿Para ponerse a tono seguramente?... ¿Qué sé yo? ¡Complacerlos! ¿Adonde nos va a conducir eso?... ¡Dígame usted!... A fuerza de ser más astutos, más mórbidos, más perversos que los perseguidos más transtornados de nuestros manicomios, de revolearnos con una especie de nuevo orgullo fangoso en todas las insanias que nos presentan, ¿adonde vamos?... ¿Está usted en condiciones de tranquilizarme, Ferdinand, sobre la suerte de nuestra razón?... ¿E incluso del simple sentido común?... A este ritmo, ¿qué nos va a quedar del sentido común? ¡Nada! ¡Es de prever! ¡Absolutamente nada! Puedo predecírselo... Es evidente...» En primer lugar, Ferdinand, ¿es que ante una inteligencia realmente moderna no acaba todo valiendo lo mismo? ¡Ya no hay blanco! ¡Ni negro tampoco! ¡Todo se deshilacha!... ¡Es el nuevo estilo! ¡La moda! ¿Por qué, entonces, no volvernos locos nosotros mismos?... ¡Al instante! ¡Para empezar! ¡Y jactarnos de ello, además! ¡Proclamar el gran pitote espiritual! ¡Hacernos publicidad con nuestra demencia! ¿Quién puede contenernos? ¡Dígame, Ferdinand! ¿Algunos escrúpulos humanos, supremos y superfluos?... ¿Y qué insípidas timideces más? ¿Eh?... Mire, Ferdinand, cuando escucho a algunos de nuestros colegas y, fíjese bien, algunos de los más estimados, los más buscados por la clientela y las Academias, ¡llego a preguntarme adonde nos conducen!... ¡Es infernal, la verdad! ¡Esos insensatos me desconciertan, me angustian, me demonizan y sobre todo me asquean! Sólo de oírlos comunicar, durante uno de esos congresos modernos, los resultados de sus investigaciones familiares, ¡soy presa de un terror pánico, Ferdinand! Mi razón me traiciona sólo de escucharlos... Poseídos, viciosos, capciosos y marrulleros, esos favoritos de la psiquiatría reciente, a fuerza de análisis superconscientes nos precipitan a los abismos... ¡A los abismos, sencillamente! Una mañana, si no reaccionan ustedes, los jóvenes, vamos a pasar, entiéndame bien, Ferdinand, vamos a pasar... a fuerza de estirarnos, de sublimarnos, de calentarnos el entendimiento... al otro lado de la inteligencia, al lado infernal, ¡al lado del que no se vuelve!... Por lo demás, ¡parece como si ya estuvieran encerrados, esos listillos, en el sótano de los condenados, a fuerza de masturbarse el caletre día y noche!

»Digo bien, día y noche, ¡porque ya sabe usted, Ferdinand, que ya ni siquiera por la noche cesan de fornicarse en todos los sueños, esos asquerosos!... ¡Con eso está dicho todo!... ¡Y venga devanarse el caletre! ¡Y venga dilatarlo! ¡Y venga tiranizármelo!... Y ya no hay, a su alrededor, sino una bazofia asquerosa de desechos orgánicos, una papilla de síntomas de delirios en compota, que les chorrea y gotea por todos lados... Tenemos las manos pringadas de lo que queda del espíritu, pegajosas, estamos grotescos, de desprecio, de hedor. Todo va a desplomarse, Ferdinand, todo se desploma, se lo predigo yo, el viejo Baryton, ¡y dentro de muy poco!... ¡Y ya verá usted, Ferdinand, la inmensa desbandada! ¡Porque usted es joven aún! ¡Ya la verá!... ¡Ah! ¡Prepárese para los goces!

¡Pasarán todos ustedes a casa del vecino! ¡Hala! ¡De un buen ataque de delirio más!

¡Uno de más! ¡Y brum! ¡Derechitos al manicomio! ¡Por fin! ¡Se verán liberados, como dicen! ¡Hace mucho que los ha tentado demasiado! ¡Una audacia de aúpa va a ser! Pero, cuando estén en el manicomio, amigos míos, ¡les aseguro que se quedarán en él!

»Recuerde bien esto, Ferdinand, ¡el comienzo del fin de todo es la desmesura! Yo estoy en buenas condiciones de contarle cómo empezó la gran desbandada... ¡Por las fantasías desmesuradas comenzó! ¡Por las exageraciones extranjeras! ¡Ni mesura ni fuerza ya! ¡Estaba escrito! Entonces, ¿a la nada todo el mundo? ¿Por qué no? ¿Todos?

Louis-Ferdinand Céline

¡Pues claro que sí! Por lo demás, no es que vayamos, ¡es que corremos hacia ella! ¡Una auténtica avalancha! ¡Yo lo he visto, Ferdinand, el espíritu, ceder poco a poco su equilibrio y después disolverse en la gran empresa de las ambiciones apocalípticas! Eso comenzó hacia 1900... ¡Esa es la fecha! A partir de esa época, ya no hubo en el mundo en general y en la psiquiatría en particular sino una carrera frenética a ver quién se volvía más perverso, más salaz, más original, más repugnante, más creador, como dicen, que el compañero... ¡Bonito batiburrillo!... ¡A ver quién se encomendaría lo más pronto posible al monstruo, a la bestia sin corazón y sin comedimiento!... Nos comerá a todos, la bestia, Ferdinand, ¡está claro y lo apruebo!... ¿La bestia? ¡Una gran cabeza que avanza como quiere!... ¡Sus guerras y sus babas llamean ya hacia nosotros y desde todas partes!... ¡Ya estamos en pleno diluvio! ¡Sencillamente! ¡Ah, nos aburríamos, al parecer, en el consciente! ¡Ya no nos aburriremos más! Empezamos a darnos por culo, para variar... Y entonces nos pusimos al instante a sentir las "impresiones" y las "intuiciones"... ¡Como mujeres!...

»Por lo demás, ¿acaso es necesario aún, en el extremo a que hemos llegado, molestarse en utilizar término tan traicionero como el de "lógica"?... ¡Pues claro que no! Más bien es como un estorbo, la lógica, ante sabios psicólogos infinitamente sutiles como los que nuestra época produce, progresistas de verdad... ¡No me atribuya usted por ello desprecio de las mujeres! ¡Ni mucho menos! ¡Bien lo sabe usted! Pero, ¡no me gustan sus impresiones! Yo soy un animal de testículos, Ferdinand, y, cuando tengo un hecho, me cuesta soltarlo... Hombre, mire, el otro día me ocurrió una buena en ese sentido... Me pidieron que ingresara a un escritor... Desatinaba, el escritor... ¿Sabe usted lo que gritaba desde hacía más de un mes? "¡Se liquida!... ¡Se liquida!..." ¡Así vociferaba, por toda la casa! Ése sí que sí... No había duda... ¡Había pasado al otro lado de la inteligencia!... Pero es que precisamente le costaba lo indecible liquidar... Un antiguo estrechamiento lo intoxicaba con orina, le atrancaba la vejiga... Yo no acababa nunca de sondarlo, de descargarle gota a gota... La familia insistía en que eso le venía, pese a todo, de su genio... De nada servía que les explicara, a la familia, que era más bien la vejiga la que tenía enferma, el escritor, seguían en sus trece... Para ellos, había sucumbido a un momento de exceso de genio y se acabó... No me quedó más remedio que adherirme a su opinión al final. Sabe usted, ¿verdad?, lo que es una familia. Imposible hacer comprender a una familia que un hombre, pariente o no, no es, al fin y al cabo, sino podredumbre en suspenso... Se negaría a pagar por una podredumbre en suspenso.»

Desde hacía más de veinte años, Baryton no acababa nunca de satisfacerlas en sus vanidades puntillosas, a las familias. Le amargaban la vida. Pese a ser paciente y muy equilibrado, tal como yo lo conocí, conservaba en el corazón un antiguo resto de odio muy rancio hacia las familias... En el momento en que yo vivía junto a él, estaba harto e intentaba en secreto y con tesón liberarse, substraerse, de una vez por todas de la tiranía de las familias, de un modo o de otro... Cada cual tiene sus razones para evadirse de su miseria íntima y cada uno de nosotros, para conseguirlo, saca de sus circunstancias un camino ingenioso. ¡Felices aquellos que tienen bastante con el burdel!

Parapine, por su parte, parecía feliz de haber elegido el camino del silencio. En cambio, Baryton, hasta más adelante no lo comprendí, se preguntaba en conciencia si conseguiría alguna vez deshacerse de las familias, de su sujeción, de las mil trivialidades repugnantes de la psiquiatría alimentaria, de su estado, en una palabra. Tenía tal deseo de cosas absolutamente nuevas y diferentes, que estaba maduro en el fondo para la huida y la evasión, lo que explica seguramente sus peroratas críticas... Su egoísmo reventaba bajo las rutinas. Ya no podía sublimar nada, quería irse simplemente, llevarse su cuerpo a otra parte. No tenía nada de músico, Baryton, conque necesitaba derribar todo como un oso, para acabar de una vez.

Se liberó, él, que se creía razonable, mediante un escándalo de lo más lamentable.

Más adelante intentaré contar, con detalle, cómo sucedió.

En lo que a mí respectaba, por el momento, el oficio de ayudante en su casa me parecía perfectamente aceptable.

Las rutinas del tratamiento no eran nada pesadas, si bien de vez en cuando era presa de cierto desasosiego, evidentemente; cuando, por ejemplo, había conversado demasiado tiempo con los internos, me arrastraba entonces como un vértigo, como si me hubieran llevado lejos de mi orilla habitual, los internos, consigo, como quien no quiere la cosa, de una frase corriente a otra, con palabras inocentes, hasta el centro mismo de su delirio. Me preguntaba, por un breve instante, cómo salir de él y si por ventura no estaba encerrado de una vez por todas con su locura, sin sospecharlo.

Me mantenía en el peligroso borde de los locos, en su lindero, por así decir, a fuerza de ser siempre amable con ellos, mi carácter. No zozobraba, pero me sentía todo el tiempo en peligro, como si me hubieran atraído solapadamente a los barrios de su ciudad desconocida. Una ciudad cuyas calles se volvían cada vez más difusas, a medida que avanzabas entre sus borrosas casas, las ventanas desdibujadas y mal cerradas, entre rumores ambiguos. Las puertas, el suelo en movimiento... Te daban ganas, de todos modos, de ir un poco más allá a fin de saber si tendrías fuerza para recuperar la razón, de todos modos, entre los escombros. No tarda en volverse vicio, la razón, como el buen humor y el sueño, en los neurasténicos. Ya no puedes pensar sino en tu razón. Ya todo va mal. Se acabó la diversión.

Todo iba, pues, así, de dudas en dudas, cuando llegamos a la fecha del 4 de mayo. Fecha famosa, aquel 4 de mayo. Me sentía por casualidad tan bien aquel día, que era como un milagro. Setenta y ocho pulsaciones. Como después de un buen almuerzo.

¡Cuando, mira por dónde, todo se puso a dar vueltas! Me agarré. Todo se volvía bilis. Las personas empezaron a poner caras muy extrañas. Me parecían haberse vuelto ásperas como limones y más malintencionadas aún que antes. Por haber trepado demasiado alto, seguramente, demasiado imprudente, a lo alto de la salud, había recaído ante el espejo, a mirarme envejecer, con pasión.

Son incontables los hastíos, las fatigas, cuando llegan esos días mierderos, acumulados entre la nariz y los ojos; hay sitio, en ellos, para años de varios hombres. Más que de sobra para un hombre.

Pensándolo bien, de repente habría preferido volver al instante al Tarapout. Sobre todo porque Parapine había dejado de hablarme, a mí también. Pero ya no tenía nada que hacer en el Tarapout. Es duro que el único consuelo material y espiritual que te quede sea tu patrón, sobre todo cuando es un alienista y no estás ya demasiado seguro de tu propia cabeza. Hay que resistir. No decir nada. Aún podíamos hablar de mujeres; era un tema inofensivo gracias al cual confiaba aún en poder divertirlo de vez en cuando. En ese sentido, concedía cierto crédito a mi experiencia, modesta y asquerosa competencia.

No era malo que Baryton me considerara en conjunto con algo de desprecio. Un patrón se siente siempre un poco tranquilizado por la ignominia de su personal. El esclavo debe ser, a toda costa, un poco despreciable e incluso mucho. Un conjunto de pequeñas taras crónicas, morales y físicas, justifica la suerte que lo abruma. La tierra gira mejor así, ya que cada cual se encuentra en el lugar que merece.

La persona a la que utilizas debe ser vil, vulgar, condenada a la ruina, eso alivia; sobre todo porque nos pagaba muy mal, Baryton. En esos casos de avaricias agudas, los patronos se muestran siempre un poco recelosos e inquietos. Fracasado, degenerado, golfo, servicial, todo se explicaba, se justificaba y se armonizaba, en una palabra. No le habría desagradado, a Baryton, que me hubiera buscado un poco la policía. Eso es lo que te vuelve servicial.

Por lo demás, yo había renunciado, desde hacía mucho, a cualquier clase de amor propio. Ese sentimiento me había parecido siempre superior a mi condición, mil veces demasiado dispendioso para mis recursos. Me sentía muy bien por haberlo sacrificado de una vez por todas.

Ahora me bastaba con mantenerme en un equilibrio soportable, alimentario y físico. El resto, la verdad, ya no me importaba en absoluto. Pero, de todos modos, me costaba mucho trabajo surcar ciertas noches, sobre todo cuando el recuerdo de lo que había ocurrido en Toulouse venía a despertarme durante horas enteras.

Imaginaba entonces, no podía evitarlo, toda clase de continuaciones dramáticas de la caída de la tía Henrouille en su fosa de las momias y el miedo me subía desde los intestinos, me atenazaba el corazón y me lo mantenía, latiendo, hasta hacerme saltar fuera de la piltra para recorrer mi habitación en un sentido y luego en el otro hasta el fondo de la sombra y hasta la mañana. Durante esos ataques, llegaba a perder la esperanza de recuperar alguna vez bastante despreocupación como para poder quedarme dormido de nuevo. Así, pues, no creáis nunca de entrada en la desgracia de los hombres. Limitaos a preguntarles si aún pueden dormir... En caso de que sí, todo va bien. Con eso basta.

Yo no iba a conseguir nunca más dormir del todo. Había perdido, como de costumbre, esa confianza, la que hay que tener, realmente inmensa, para quedarse dormido del todo entre los hombres.

Habría necesitado al menos una enfermedad, una fiebre, una catástrofe concreta, para poder recuperar un poco esa indiferencia, neutralizar mi inquietud y recuperar la tranquilidad idiota y divina. Los únicos días soportables que puedo recordar a lo largo de muchos años fueron los de una gripe con mucha fiebre.

Baryton no me preguntaba nunca por mi salud. Por lo demás, procuraba también no ocuparse de la suya. «¡La ciencia y la vida forman mezclas desastrosas, Ferdinand! Procure siempre no cuidarse, créame... Toda pregunta hecha al cuerpo se convierte en una brecha... Un comienzo de inquietud, una obsesión...» Tales eran sus principios biológicos simplistas y favoritos. En una palabra, se hacía el listo. «¡Con lo conocido tengo bastante!», decía también con frecuencia. Para deslumbrarme.

Nunca me hablaba de dinero, pero era para más pensar en él, en la intimidad.

Yo guardaba en la conciencia, sin comprenderlos aún del todo, los enredos de Robinson con la familia Henrouille y con frecuencia intentaba contarle aspectos y episodios de ellos a Baryton. Pero eso no le interesaba en absoluto. Prefería mis historias de África, sobre todo las relativas a los colegas que había conocido casi por todas partes, a sus prácticas médicas poco comunes, extrañas o equívocas.

De vez en cuando, en el manicomio, teníamos una alarma a causa de su hija, Aimée. De repente, a la hora de la cena no aparecía ni en el jardín ni en su habitación. Por mi parte, yo siempre me esperaba encontrarla un buen día descuartizada detrás de un bosquecillo. Con nuestros locos andando por todos lados, le podía suceder lo peor.

Por lo demás, había escapado por los pelos a la violación, muchas veces ya. Y entonces venían los gritos, las duchas, las aclaraciones interminables. De nada servía prohibirle que pasara por ciertas avenidas demasiado ocultas; volvía a ellas, aquella niña, sin remedio, a los recovecos. Su padre no dejaba de azotarla todas las veces y de modo memorable. De nada servía. Creo que le gustaba todo aquello.

Al cruzarnos con los locos por los pasillos, al adelantarlos, nosotros, el personal, teníamos que ir un poco en guardia. A los alienados les resulta aún más fácil matar que a los hombres normales. Conque se había vuelto como una costumbre colocarnos, para cruzarnos con ellos, con la espalda contra la pared, siempre listos para recibirlos con un patadón en el bajo vientre, al primer gesto. Te espiaban, pasaban. Locura aparte, nos comprendíamos perfectamente.

Baryton deploraba que ninguno de nosotros supiera jugar al ajedrez. Tuve que ponerme a aprender ese juego sólo por complacerlo.

Durante el día, se distinguía, Baryton, por una actividad fastidiosa y minúscula, que volvía la vida muy cansina a su alrededor. Todas las mañanas se le ocurría una idea de índole trivialmente práctica. Substituir el papel en rollos de los retretes por papel en folios desplegables nos obligó a pensar durante toda una semana, que desperdiciamos en resoluciones contradictorias. Por último, se decidió que esperaríamos al mes de los saldos para dar una vuelta por los almacenes. Después de eso, surgió otra preocupación ociosa, la de los chalecos de franela... ¿Había que llevarlos debajo?... ¿O encima de la camisa?... ¿Y la forma de administrar el sulfato de sodio?... Parapine eludía, mediante un silencio tenaz, esas controversias subintelectuales.

Estimulado por el aburrimiento, yo había acabado contando a Baryton muchas más aventuras que las que había conocido en todos mis viajes, ¡estaba agotado! Y entonces le tocó el turno a él de ocupar enteramente la conversación vacante sólo con sus propuestas y reticencias minúsculas. No había escapatoria. Me había podido por agotamiento. Y yo no disponía, como Parapine, de una indiferencia absoluta para defenderme. Al contrario, tenía que responderle a pesar mío. Ya no podía por menos de discutir por motivos fútiles, hasta el infinito, sobre los méritos comparativos del cacao y el café con leche... Me hechizaba a base de tontería.

Volvíamos a empezar a propósito de cualquier cosa, de las medias para varices, de la corriente farádica óptima, del tratamiento de las celulitis en la región del codo... Yo había llegado a farfullar exactamente de acuerdo con sus indicaciones y sus inclinaciones, a propósito de cualquier cosa, como un técnico de verdad. Me acompañaba, me precedía en ese paseo infinitamente meningítico, Baryton; me saturó la conversación para la eternidad. Parapine se reía con ganas para sus adentros, al oírnos desfilar entre nuestras porfías, que duraban lo que los tallarines, al tiempo que espurreaba el mantel con perdigones del burdeos del patrón.

Pero, ¡paz para el recuerdo del Sr. Baryton, el muy cabrón! Acabé, de todos modos, haciéndolo desaparecer. ¡Me hizo falta mucho genio!

Entre las clientas cuya custodia me habían confiado en especial, las más pejigueras me daban una lata que para qué. Sus duchas por aquí... Sus sondas por allá... Sus vicios, sevicias, y sus grandes agujeros, que había que tener siempre limpios... Una de las jóvenes pacientes era la causa de bastantes de las reprimendas que me echaba el patrón. Destruía el jardín arrancando las flores, era su manía, y a mí no me gustaban las reprimendas del patrón...

«La novia», como la llamábamos, una argentina, de físico no estaba nada mal, pero, en lo moral, sólo tenía una idea, la de casarse con su padre. Conque las flores iban todas, una tras otra, a parar, cosidas, al gran velo blanco que llevaba día y noche, a todas partes. Un caso del que su familia, religiosa fanática, se avergonzaba horriblemente. Ocultaban su hija al mundo y con ella su idea. Según Baryton, sucumbía a las inconsecuencias de una educación demasiado rígida, demasiado severa, de una moral absoluta, que, por así decir, le había estallado en la cabeza.

A la hora del crepúsculo, hacíamos regresar a todos, después de mucho llamarlos, y, además, pasábamos por las habitaciones sobre todo para impedirles, a los excitados, tocarse demasiado frenéticamente antes de dormirse. El sábado por la noche era muy importante moderarlos y prestar mucha atención, porque el domingo, cuando venían los parientes, les causaba muy mala impresión encontrarlos pálidos, a los pacientes, de tanto masturbarse.

Todo aquello me recordaba el caso de Bébert y el jarabe. En Vigny administraba grandes cantidades de aquel jarabe. Había conservado la fórmula. Había acabado creyendo en él.

La portera del manicomio tenía un pequeño comercio de caramelos, con su marido, auténtico cachas, al que recurríamos de vez en cuando, para los casos duros.

Así pasaban las cosas y los meses, bastante agradables, en resumen, y no habría habido demasiados motivos para quejarse, si a Baryton no se le hubiera ocurrido de pronto otra dichosa idea nueva.

Desde hacía mucho, seguramente, se preguntaba si no podría tal vez utilizarme más y mejor aún por el mismo precio. Conque había acabado encontrando el modo.

Un día, tras el almuerzo, sacó su idea. Primero hizo que nos sirvieran una fuente llena de mi postre favorito, fresas con nata. Aquello me pareció de lo más sospechoso. En efecto, apenas había acabado de jalarme su última fresa, cuando me abordó imperioso.

«Ferdinand -me dijo-, me pregunto si le parecería a usted bien dar unas lecciones de inglés a mi hijita Aimée... ¿Qué me dice usted?... Sé que tiene usted un acento excelente... Y en el inglés, verdad, ¡el acento es esencial!... Y, además, sin intención de halagarlo, es usted, Ferdinand, la complacencia en persona.»

«Pues, claro que sí, señor Baryton», le respondí, desprevenido.

Y quedamos, en el acto, en que daría a Aimée, la mañana siguiente, su primera lección de inglés. Y siguieron otras, así sucesivamente, durante semanas...

A partir de aquellas lecciones de inglés fue cuando entramos todos en un período absolutamente turbio, equívoco, durante el cual los acontecimientos se sucedieron a un ritmo que ya no era, ni mucho menos, el de la vida corriente.

Baryton quiso asistir a todas las lecciones que yo daba a su hija. Pese a toda mi solicitud inquieta, a la pobre Aimée no se le daba, a decir verdad, nada bien el inglés. En el fondo, no le importaba, a la pobre Aimée, saber lo que todas aquellas palabras nuevas querían decir. Se preguntaba incluso qué queríamos de ella todos, al insistir, viciosos, así para que retuviera realmente su significado. No lloraba, pero le faltaba muy poco. Habría preferido, Aimée, que la dejaran arreglárselas con el poquito francés que ya sabía, cuyas dificultades y facilidades le bastaban de sobra para ocupar su vida entera.

Pero su padre, por su parte, no lo veía así. «¡Tienes que llegar a ser una joven moderna, Aimée!... -la animaba, incansable, para consolarla-. Yo, tu padre, he sufrido mucho por no haber sabido bastante inglés para desenvolverme como Dios manda entre la clientela extranjera... ¡Anda! ¡No llores, querida!... Escucha al Sr. Bardamu, tan paciente, tan amable y, cuando sepas, a tu vez, pronunciar los *the* con la lengua como él te muestra, te regalaré, te lo prometo, una bonita bicicleta ni-que-la-da...»

Pero no tenía deseos de pronunciar los *the* ni los *enough*, Aimée, pero es que ninguno... Era él, el patrón, quien los pronunciaba por ella, los *the* y los *rough*, y hacía muchos otros progresos, pese a su acento de Burdeos y su manía por la lógica, gran obstáculo para el inglés. Durante un mes, dos meses así. A medida que se desarrollaba en el padre la pasión por aprender el inglés, Aimée tenía cada vez menos ocasión de forcejear con las vocales. Baryton me acaparaba, ya no me soltaba, me sorbía todo mi inglés. Como nuestras habitaciones eran contiguas, por la mañana podía oírlo, mientras se vestía, transformar ya su vida íntima en inglés. *The coffee is black... My shirt is white... The garden is green... How are yon today Bardamu?,* gritaba a través del tabique. Muy pronto cogió gusto a las formas más elípticas de la lengua.

Con aquella perversión iba a llevarnos muy lejos... En cuanto hubo tomado contacto con la literatura importante, nos fue imposible parar... Tras ocho meses de progresos tan anormales, había llegado casi a reconstituirse enteramente en el plano anglosajón. Así consiguió al tiempo asquearme del todo, dos veces seguidas.

Poco a poco habíamos ido dejando a la pequeña Aimée fuera de las conversaciones y, por tanto, cada vez más tranquila. Volvió, apacible, entre sus nubes, sin pedir explicaciones. No iba a aprender el inglés, ¡y se acabó! ¡Todo para Baryton!

Volvió el invierno. Llegó la Navidad. En las agencias anunciaban billetes de ida y vuelta para Inglaterra a precio reducido... Al pasar por los bulevares con Parapine, cuando lo acompañaba al cine, los había visto yo, esos anuncios... Había entrado incluso en una de las agencias para informarme sobre los precios.

Y después en la mesa, entre otras cosas, dije dos palabras a Baryton sobre el asunto.

Al principio no pareció interesarle, mi información. La dejó pasar. Yo estaba convencido incluso de que la había olvidado del todo, cuando una noche fue él mismo quien se puso a hablarme de ello para rogarme que le trajera los prospectos.

Entre sesión y sesión de literatura inglesa, jugábamos muchas veces al billar japonés y al chito en una de las celdas de aislamiento, bien provista de barrotes sólidos, situada justo encima del chiscón de la portera.

Baryton destacaba en los juegos de destreza. Parapine apostaba a menudo el aperitivo con él y lo perdía todas las veces. Pasábamos en aquella salita de juegos improvisada veladas enteras, sobre todo durante el invierno, cuando llovía, para no estropearle los salones al patrón. En ocasiones, si bien raras, colocaban, en aquella misma salita de juego, a un agitado en observación.

Mientras rivalizaban en destreza, Parapine y el patrón, jugando al chito sobre el tapiz o sobre el suelo, yo me divertía, si puedo expresarme así, intentando experimentar las mismas sensaciones que un preso en su celda. Era una sensación que me faltaba. Con voluntad puedes llegar a sentir amistad por los tipos raros que pasan por los barrios de los suburbios. Al final de la jornada sientes piedad ante la barahúnda que forman los tranvías al traer de París, a los empleados, de vuelta a casa en grupitos dóciles. Al primer desvío, después de la tienda de comestibles, se acabó su derrota. Van a derramarse despacio en la noche. Apenas te da tiempo a contarlos. Pero raras veces me dejaba Baryton soñar a gusto. En plena partida de chito seguía, petulante, con sus insólitas interrogaciones.

«*How do yo say*» "imposible" en *english,* Ferdinand?...»

En una palabra, nunca se cansaba de hacer progresos. Tendía con toda su estupidez hacia la perfección. Ni siquiera quería oír hablar de aproximaciones ni de concesiones. Por fortuna, una crisis me libró de él. Veamos lo esencial.

A medida que avanzábamos en la lectura de la *Historia de Inglaterra,* le vi perder un poco su seguridad y, al final, lo mejor de su optimismo. En el momento en que abordamos a los poetas isabelinos, su espíritu y su persona experimentaron grandes cambios inmateriales. Al principio me costó un poco convencerme, pero no me quedó más remedio, al final, como a todo el mundo, que aceptarlo tal como se había vuelto, Baryton, lamentable, la verdad. Su atención, antes precisa y severa, flotaba ahora, arrastrada hacia digresiones fabulosas, interminables. Y entonces le tocó el turno a él de permanecer horas enteras, en su propia casa, ahí, ante nosotros, soñador, lejano ya... Aunque me había asqueado por mucho tiempo y con ganas, sentía algo de remordimiento al verlo así, disgregarse, a Baryton. Yo me consideraba un poco responsable de ese derrumbamiento... Su desconcierto espiritual no me era del todo ajeno... Hasta tal punto, que le propuse un día interrumpir por un tiempo nuestros ejercicios de literatura con el pretexto de que un intermedio nos proporcionaría tiempo y ocasión para renovar nuestros recursos documentales... No se dejó engañar por astucia tan débil y opuso, en el acto, una negativa, benévola, bien es verdad, pero del todo categórica... Estaba decidido a proseguir conmigo sin cesar el descubrimiento de la Inglaterra espiritual... Tal como lo había emprendido... Yo no podía responder nada... Me incliné. Temía incluso no disponer de bastantes horas de vida para lograrlo del todo... En una palabra, pese a que yo ya presentía lo peor, hubo que continuar con él, mal que bien, aquella peregrinación académica y desolada.

La verdad es que Baryton había dejado de ser el que era. A nuestro alrededor, personas y cosas perdían, peregrinas y paulatinas, su importancia ya e incluso los colores con que las habíamos conocido adquirían una suavidad soñadora de lo más equívoca...

Ya no daba muestras, Baryton, sino de un interés ocasional y cada vez más lánguido por los detalles administrativos de su propia casa, obra suya, sin embargo, por la que había sentido durante más de treinta años auténtica pasión. Dejaba toda la responsabilidad de los servicios administrativos en manos de Parapine. El desconcierto cada vez mayor de sus convicciones, que aún intentaba disimular púdicamente en público, estaba llegando a ser evidente para nosotros, irrefutable, físico.

Gustave Mandamour, el agente de policía que conocíamos en Vigny porque a veces lo utilizábamos en los trabajos pesados de la casa y que era sin lugar a dudas el ser menos perspicaz que he tenido oportunidad de conocer entre tantos otros del mismo orden, me preguntó un día, por aquella época, si no habría tenido tal vez muy malas noticias el patrón... Lo tranquilicé lo mejor que pude, pero sin demasiado convencimiento.

Todos esos chismes ya no interesaban a Baryton. Lo único que quería era que no se lo molestara con ningún pretexto... Al comienzo de nuestros estudios, de acuerdo con su deseo, habíamos recorrido demasiado rápido la gran *Historia de Inglaterra* de Macaulay, obra capital en dieciséis volúmenes. Reanudamos, por orden suya, esa dichosa lectura y ello en condiciones morales de lo más inquietantes. Capítulo tras capítulo.

Baryton me parecía cada vez más pérfidamente contaminado por la meditación. Cuando llegamos al pasaje, implacable como ninguno, en que Monmouth el Pretendiente acaba de desembarcar en las orillas imprecisas de Kent... En el momento en que su aventura empieza a girar en el vacío... En que Monmouth el Pretendiente no sabe ya muy bien lo que pretende... Lo que quiere hacer. Lo que ha ido a hacer... En que empieza a decirse que le gustaría marcharse, pero ya no sabe adonde ni cómo... Cuando la derrota se alza ante él... En la palidez de la mañana... Cuando el mar se lleva sus últimos navíos... Cuando Monmouth se pone a pensar por primera vez... Baryton no lograba tampoco, en sus asuntos, ínfimos, adoptar sus propias decisiones... Leía y releía ese pasaje y lo murmuraba una y otra vez, además... Abrumado, volvía a cerrar el libro y venía a tumbarse cerca de nosotros.

Durante largo rato, repetía, con los ojos entornados, el texto entero, de memoria, y después, con su acento inglés, el mejor de entre todos los de Burdeos que yo le había dado a elegir, nos recitaba otra vez...

En la aventura de Monmouth, cuando todo el lastimoso ridículo de nuestra pueril y trágica naturaleza se desabrocha, por así decir, ante la Eternidad, Baryton era presa del vértigo, a su vez, y, como ya sólo colgaba por un hilo de nuestro destino corriente, se soltó del todo... Desde aquel momento, puedo afirmarlo, dejó de ser de los nuestros... Ya no podía más...

Al final de aquella misma velada, me pidió que fuera a reunirme con él en su gabinete de director... Desde luego, en vista del extremo a que habíamos llegado, yo me esperaba que me comunicara alguna resolución suprema, mi despido inmediato, por ejemplo... Bueno, pues, ¡no! La decisión que había adoptado, ¡me era, al contrario, del todo favorable! Ahora bien, tan raras veces me ocurría que una suerte favorable me sorprendiese, que no pude por menos de derramar algunas lágrimas... Baryton tuvo a bien considerar pena ese testimonio de mi emoción y entonces le tocó a él consolarme...

«¿Va usted a dudar de mi palabra, Ferdinand, si le garantizo que he necesitado mucho más que valor para decidirme a abandonar esta casa...? ¿Yo, de costumbres tan sedentarias, que usted conoce, yo, ya casi un anciano, en una palabra, con toda una carrera que no ha sido sino una larga verificación, muy tenaz, muy escrupulosa, de tantas maldades lentas o rápidas?... ¿Cómo es posible que haya llegado a abjurar de todo en unos meses?... Y, sin embargo, aquí me tiene, en cuerpo y alma, en este estado de desapego, de nobleza... ¡Ferdinand! *Hurrah!* ¡Como usted dice en inglés! Mi pasado ya no es nada para mí, ¡eso está claro! ¡Voy a renacer, Ferdinand! ¡Sencillamente! ¡Me marcho! ¡Oh, sus lágrimas, bondadoso amigo, no podrán atenuar el asco definitivo que siento por todo lo que me retuvo aquí durante tantos y tantos años insípidos!... ¡Es demasiado! ¡Basta, Ferdinand! ¡Le digo que me voy! ¡Huyo! ¡Me evado! ¡Se me parte el corazón, desde luego! ¡Lo sé! ¡Sangro! ¡Lo veo! Pues bien, Ferdinand, por nada del mundo, sin embargo... Ferdinand, por nada... ¡me haría usted volver sobre mis pasos!

¿Me oye usted?... Aun cuando hubiera dejado caer un ojo ahí, en algún punto de este cieno, ¡no volvería a recogerlo! Conque, ¡con eso está dicho todo! ¿Duda usted ahora de mi sinceridad?»

Yo ya no dudaba de nada. Era capaz de todo, Baryton, estaba claro. Por lo demás, creo que habría sido fatal para su razón que yo me hubiese puesto a contradecirlo en el estado a que había llegado. Le dejé descansar un momento y después intenté, de todos modos, ablandarlo un poco, me atreví a hacer un intento supremo para traerlo de nuevo hasta nosotros... Mediante los efectos de una ligera transposición... de una argumentación amablemente oblicua...

«¡Abandone, pues, Ferdinand, por favor, la esperanza de verme renunciar a mi decisión! ¡Ya le digo que es irrevocable! Le agradeceré que no me vuelva a hablar de eso... Por última vez, Ferdinand, ¿quiere usted ser tan amable? A mi edad, las vocaciones, verdad, son muy raras... Es sabido... Pero son irremediables...»

Tales fueron sus propias palabras, casi las últimas que pronunció. Las transmito.

«Tal vez, querido señor Baryton -me atreví, de todos modos, a interrumpirlo de nuevo-, estas vacaciones repentinas que se dispone usted a tomarse no constituyan, en definitiva, sino un episodio un poco novelesco, una oportuna diversión, un entreacto feliz, en el curso un poco austero, bien es verdad, de su carrera... Tal vez tras haber probado otra vida... más amena, menos trivialmente metódica, que la que llevamos aquí, vuelva usted, sencillamente, contento de su viaje, hastiado de imprevistos... Entonces, volverá usted a ocupar, del modo más natural, su lugar a la cabeza de esta institución... Orgulloso de sus experiencias recientes... Renovado, en una palabra, y seguramente del todo indulgente en adelante para las monotonías cotidianas de nuestra ajetreada rutina...

¡Envejecido, por fin! Si me permite usted expresarme así, señor Baryton...»

«¡Qué halagador, este Ferdinand!... Aún encuentra modo de conmoverme en mi orgullo masculino, sensible, exigente incluso, ahora lo descubro pese a tanto hastío y a las adversidades pasadas... ¡No, Ferdinand! Todo el ingenio que usted despliega no podría ablandar, en un momento, todo el fondo abominablemente hostil y doloroso de nuestra voluntad. Por lo demás, Ferdinand, ¡ya no hay tiempo para vacilar, para volver sobre mis pasos!... ¡Estoy, lo confieso, lo clamo, Ferdinand, vacío! ¡Agobiado, vencido!

¡Por cuarenta años de pequeneces sagaces!... ¡Ya es más que demasiado!... ¿Lo que quiero intentar?

¿Quiere usted saberlo?... Puedo decírselo, a usted, mi amigo supremo, usted que ha tenido a bien compartir, desinteresado, admirable, los sufrimientos de un viejo derrotado... Quiero, Ferdinand, probar a ir a perder mi alma, igual que va uno a perder su perro sarnoso, su perro hediondo, muy lejos, el compañero que le asquea a uno, antes de morir... Por fin solo... Tranquilo... uno mismo...»

«Pero, querido señor Baryton, ¡esta violenta desesperación cuyas inflexibles exigencias me revela usted de pronto nunca la había advertido yo en sus palabras y me deja pasmado! Muy al contrario, sus observaciones cotidianas me parecen aún hoy perfectamente pertinentes... Todas sus iniciativas siempre alegres y fecundas... Sus intervenciones médicas perfectamente juiciosas y metódicas... En vano buscaría en sus actos cotidianos una de esas señales de abatimiento, de derrota... La verdad, no observo nada semejante...»

Pero, por primera vez desde que yo lo conocía, no sentía Baryton ningún placer de recibir mis cumplidos. Me disuadía incluso, amable, para que no continuara la conversación en aquel tono lisonjero.

«No, mi querido Ferdinand, se lo aseguro... Estos testimonios últimos de su amistad vienen a suavizar, desde luego y de forma inesperada, los últimos momentos de mi presencia aquí; sin embargo, toda su solicitud no podría volverme tolerable simplemente el recuerdo de un pasado que me abruma y al que estos lugares apestan... Quiero alejarme a cualquier precio, ¿me oye usted?, y con cualesquiera condiciones...»

«Pero, señor Baryton, ¿qué vamos a hacer en adelante con esta casa? ¿Lo ha pensado usted?»

«Sí, desde luego, lo he pensado, Ferdinand... Usted se hará cargo de la dirección durante el tiempo que dure mi ausencia, ¡y se acabó!... ¿No ha tenido usted siempre relaciones excelentes con nuestra clientela?... Así, pues, su dirección será aceptada fácilmente... Todo irá bien, ya lo verá, Ferdinand... Parapine, por su parte, ya que no puede tolerar la conversación, se ocupará de los mecanismos, los aparatos y el laboratorio... ¡Eso es lo suyo!... Así todo queda arreglado como Dios manda... Por lo demás, he dejado de creer en las presencias indispensables... Por ese lado también, ya lo ve, amigo mío, he cambiado mucho...»

En efecto, estaba desconocido.

«Pero, ¿no teme usted, señor Baryton, que su marcha se comente del modo más malicioso entre nuestra competencia de los alrededores?... ¿De Passy, por ejemplo? ¿De Montretout?... ¿De Gargan-Livry? Todos los que nos rodean... Que nos espían... Esos colegas de una perfidia incansable... ¿Qué sentido atribuirán a su noble y voluntario exilio?... ¿Cómo lo llamarán? ¿Escapada? ¿Qué sé yo qué más? ¿Extravagancia?

¿Derrota? ¿Fracaso? ¿Quién sabe?...»

Esa eventualidad le había hecho sin duda reflexionar larga y penosamente. Aún lo turbaba, ahí, ante mí, empalidecía al pensarlo...

Aimée, su hija, nuestra inocente Aimée, iba a sufrir, con todo aquello, una suerte bastante brutal. La dejaba al cuidado de una de sus tías, una desconocida, a decir verdad, en provincias. Así, liquidadas todas las cosas íntimas, ya sólo nos quedaba, a Parapine y a mí, hacer todo lo posible para administrar todos sus intereses y sus bienes.

¡Bogue, pues, la barca sin capitán!

Después de aquellas confidencias, podía permitirme, me pareció, preguntarle al patrón por qué lado pensaba lanzarse hacia las regiones de su aventura...

«¡Por Inglaterra, Ferdinand!», me respondía, sin vacilar.

Todo lo que nos sucedía, en tan poco tiempo, me parecía, desde luego, muy difícil de asimilar, pero, de todos modos, tuvimos que adaptarnos rápidos a la nueva suerte.

El día siguiente, lo ayudamos, Parapine y yo, a hacerse un equipaje. El pasaporte con todas sus páginas y sus visados le extrañaba un poco. Nunca había tenido pasaporte. Ya que estaba, le habría gustado obtener otros, de recambio. Tuvimos que convencerlo de que era imposible.

Una última vez titubeó respecto a la cuestión de si llevar cuellos duros o blandos y cuántos de cada clase. Con aquel problema, mal resuelto, estuvimos hasta la hora del tren. Saltamos los tres al último tranvía para París. Baryton llevaba sólo una maleta ligera, pues tenía intención de permanecer, por dondequiera que fuese y en todas las circunstancias, móvil y ligero.

En el andén la noble altura de los estribos de los trenes internacionales le impresionó. Vacilaba a la hora de subir aquellos escalones majestuosos. Se recogía ante el vagón como en el umbral de un monumento. Lo ayudamos un poco. Como había cogido billete de segunda, nos hizo al respecto una observación comparativa, práctica y sonriente. «La primera no es mejor», dijo.

Le tendimos las manos. Fue el momento. Sonó el pitido de la salida, con un arranque tremendo, como una catástrofe de chatarra, en el instante bien preciso. Fue una brutalidad abominable para nuestra despedida. «¡Adiós, hijos!», le dio apenas tiempo de decirnos y su mano se separó, hurtada a las nuestras...

Se movía allá, entre el humo, su mano, alargada entre el ruido, ya en la noche, a través de los raíles, cada vez más lejos, blanca...

* * *

Por una parte, no lo echamos de menos, pero, de todos modos, su marcha creaba un vacío tremendo en la casa.

Para empezar, su forma de marcharse nos había puesto tristes a nuestro pesar, por decirlo así. No había sido natural, su forma de marcharse. Nos preguntábamos qué podría ocurrirnos, a nosotros, tras un golpe semejante.

Pero no tuvimos tiempo de preguntárnoslo demasiado ni tampoco de aburrirnos siquiera. Pocos días después de que lo acompañáramos hasta la estación, a Baryton, mira por dónde, me anunciaron una visita para mí, en el despacho, para mí en especial. El padre Protiste.

¡Menudo si le di noticias, yo, entonces! ¡Y buenas! Y, sobre todo, ¡del modo como nos había plantado a todos para irse de juerga a los septentriones, Baryton!... No salía de su asombro, Protiste, al enterarse de ello, y después, cuando por fin hubo comprendido, lo único que discernía ya en aquel cambio era el provecho que yo podía sacar de semejante situación. «¡Esta confianza de su director me parece la más halagadora de las promociones, mi querido doctor!», me repetía, machacón.

De nada servía que yo intentara calmarlo; una vez lanzado a la locuacidad, no se apeaba de su fórmula ni cesaba de predecirme el más magnífico de los porvenires, una espléndida carrera médica, como él decía. Yo ya no podía interrumpirlo.

Con mucha dificultad, volvimos, de todos modos, a las cosas serias, a aquella ciudad de Toulouse precisamente, de la que había llegado, él, la víspera. Por supuesto, le dejé contar, a su vez, todo lo qué sabía. Incluso aparenté asombro, estupefacción, cuando me contó el accidente que había tenido la vieja.

«¿Cómo? ¿Cómo? -lo interrumpía yo-. ¿Que ha muerto?... Pero, bueno, ¿cuándo ha sido?»

Conque punto por punto tuvo que soltar la historia entera.

Sin decirme claramente que había sido Robinson quien la había empujado, por la escalera, a la vieja, no me impidió, de todos modos, suponerlo... No había tenido tiempo de decir ni pío, al parecer. Nos comprendimos... Buen trabajo, primoroso... La segunda vez que lo había intentado no había fallado.

Por fortuna, en el barrio, en Toulouse, creían que Robinson estaba del todo ciego aún. Conque lo habían considerado un simple accidente, muy trágico, desde luego, pero, de todos modos, explicable, pensándolo bien, todo, las circunstancias, la edad de la anciana, y también que había sido al final de una jornada, la fatiga... Yo no quería saber más de momento. Ya había recibido más de la cuenta, de confidencias así.

Aun así, me costó trabajo hacerlo cambiar de conversación, al padre. Le obsesionaba, su historia. Volvía a ella una y mil veces, con la esperanza seguramente de hacerme picar, de comprometerme, parecía... ¡Estaba guapo!... Podía esperar sentado... Conque renunció, de todos modos, y se contentó con hablarme de Robinson, de su salud... De sus ojos... Por ese lado, iba mucho mejor... Pero seguía tan desanimado como siempre.

¡Pero que muy bajo de moral, la verdad! Y ello a pesar de la solicitud, del afecto que no cesaban las dos mujeres de prodigarle... Y, sin embargo, no cesaba de quejarse, de su suerte y de su vida.

A mí no me sorprendía oírle decir todo aquello al cura. Me lo conocía, a Robinson, yo. Tristes, ingratas disposiciones tenía. Pero desconfiaba aún más del cura, mucho más aún... Yo no decía esta boca es mía, mientras me hablaba. Conque perdía el tiempo con sus confidencias.

«Su amigo, doctor, pese a su vida material ahora agradable, fácil, y a las perspectivas, por otra parte, de un próximo matrimonio feliz, defrauda todas nuestras esperanzas, debo confesárselo... ¡Pues no le ha dado de nuevo por las funestas escapadas, por las golferías, como cuando usted lo conoció en otro tiempo!... ¿Qué le parecen a usted esas disposiciones, mi querido doctor?»

Así, pues, no pensaba allí, en una palabra, sino en dejar todo plantado, Robinson, me parecía entender; la novia y su madre se sentían ofendidas, primero, y, después, sentían toda la pena que era fácil imaginar. Eso era lo que había venido a contarme el padre Protiste. Todo eso era muy inquietante, desde luego, y, por mi parte, yo estaba decidido a callarme, a no intervenir, a ningún precio, en los asuntos de aquella familia... Abortada la conversación, nos separamos, el cura y yo, en el tranvía, con bastante frialdad, en una palabra. Al volver al manicomio, yo no las tenía todas conmigo.

Poco después de aquella visita fue cuando recibimos, de Inglaterra, las primeras noticias de Baryton. Algunas postales. Nos deseaba a todos «salud y suerte». Nos escribió también algunas líneas insignificantes, de aquí y de allá. Por una postal sin texto nos enteramos de que había pasado a Noruega y, unas semanas después, un telegrama vino a tranquilizarnos un poco: «¡Feliz travesía!», desde Copenhague...

Como habíamos previsto, la ausencia del patrón se comentó con la peor intención en el propio Vigny y en los alrededores. Más valía, para el futuro del Instituto, que diéramos en adelante, sobre los motivos de esa ausencia, explicaciones mínimas, tanto ante nuestros enfermos como a los colegas de los alrededores.

Meses pasaron, meses de gran prudencia, apagados, silenciosos. Acabamos evitando del todo el recuerdo mismo de Baryton entre nosotros. Por lo demás, su recuerdo nos daba a todos un poco de vergüenza.

Y después volvió el verano. No podíamos quedarnos todo el tiempo en el jardín vigilando a los enfermos. Para probarnos a nosotros mismos que éramos, a pesar de todo, un poco libres, nos aventurábamos hasta las orillas del Sena, por salir un poco.

Tras el terraplén de la otra orilla, empieza la gran llanura de Gennevilliers, una extensión muy bella, gris y blanca, donde las chimeneas se perfilan suaves entre el polvo y la bruma. Muy cerca del camino de sirga se encuentra la tasca de los barqueros, guarda la entrada del canal. La corriente amarilla va a precipitarse en la esclusa.

Nosotros la mirábamos, a vista de pájaro, durante horas, y, al lado, esa especie de larga ciénaga, cuyo olor vuelve, solapado, hasta la carretera de los coches. Te acostumbras. Ya no tenía color, aquel barro, de tan viejo y fatigado que estaba por las crecidas. Hacia la noche, en verano, se volvía a veces suave, el barro, cuando el cielo, en rosa, se ponía sentimental. Allí, sobre el puente, íbamos a escuchar el acordeón, el de las gabarras, mientras esperaban delante de la puerta que la noche acabara pasando al río. Sobre todo las que bajaban de Bélgica eran musicales, todas pintadas, de verde y amarillo, y con las cuerdas llenas de ropa secándose y combinaciones de color frambuesa que el viento infla al saltarles dentro a bocanadas.

Yo iba con frecuencia al café de los barqueros, solo, en la hora muerta que sigue al almuerzo, cuando el gato del patrón está muy tranquilo, entre las cuatro paredes, como encerrado en un cielo de esmalte azul para él solito.

Allí también yo, somnoliento al comienzo de una tarde, esperando, bien olvidado, pensaba, a que pasara.

Vi a alguien llegar de lejos, alguien que subía por la carretera. No tardé mucho en comprender. Ya por el puente lo había reconocido. Era mi Robinson en persona. ¡No había la menor duda! «¡Viene por aquí a buscarme!... -me dije al instante-. ¡El cura debe de haberle dado mi dirección!... ¡Tengo que deshacerme de él en seguida!»

En aquel momento me pareció abominable que me molestara justo cuando empezaba a recuperar, egoísta, un poco de tranquilidad. Desconfiamos de lo que llega por las carreteras y con razón. Ya estaba muy cerca de la tasca. Salí. Se sorprendió al verme.

«¿De dónde vienes ahora?», le pregunté, así, sin amabilidad. «De la Garenne...», me respondió. «¡Bueno, vale! ¿Has comido? -le pregunté. No parecía que hubiera comido, pero no quería presentarse, nada más llegar, como un muerto de hambre-. ¿Otra vez en danza?», añadí. Porque, puedo asegurarlo ahora, no me alegraba lo más mínimo volver a verlo. Malditas las ganas.

Parapine llegaba también por el lado del canal, a mi encuentro. Muy oportuno. Estaba cansado, Parapine, de quedarse tanto tiempo de guardia en el manicomio. Es cierto que yo me tomaba el servicio un poco a la ligera. En primer lugar, respecto a la situación, habríamos dado cualquier cosa con gusto, uno y otro, por saber con certeza cuándo iba a volver Baryton. Esperábamos que pronto dejaría de darse garbeos por ahí para volver a hacerse cargo de su leonera en persona. Era demasiado para nosotros. No éramos ambiciosos, ni uno ni otro, y nos la traían floja las posibilidades del futuro. En lo que nos equivocábamos, por cierto.

Hay que reconocer una cosa buena de Parapine y es que nunca hacía preguntas sobre la gerencia comercial del manicomio, sobre mi forma de tratar a los clientes; yo lo informaba, de todos modos, a su pesar, por así decir, conque hablaba yo solo. Respecto a Robinson, era importante ponerlo al corriente.

«Ya te he hablado de Robinson, ¿verdad? -le pregunté a modo de introducción-. Ya sabes, mi amigo de la guerra... ¿Recuerdas?»

Me las había oído contar cien veces, las historias de la guerra y las de África también y cien veces de formas diferentes. Era mi estilo.

«Bueno, pues -continué-, aquí lo tenemos, a Robinson, en carne y hueso, procedente de Toulouse... Vamos a comer juntos en casa.» En realidad, al tomar la iniciativa así, en nombre de la casa, yo me sentía un poco violento. Cometía como una indiscreción. Habría necesitado, para el caso, tener una autoridad flexible, atractiva, de la que carecía por completo. Y, además, que Robinson no me facilitaba las cosas. Por el camino del pueblo, se mostraba ya muy curioso e inquieto, sobre todo respecto a Parapine, cuya larga y pálida figura junto a nosotros le intrigaba. Al principio había creído que era un loco también, Parapine. Desde que sabía que vivíamos en Vigny, veía locos por todas partes. Lo tranquilicé.

«Y tú -le pregunté-, ¿has encontrado al menos algún currelo desde que estás de vuelta?»

«Voy a buscar...», se contentó con responderme.

«Pero, ¿tienes los ojos ya curados? ¿Ves bien ahora?»

«Sí, veo casi como antes...»

«Entonces, ¿estarás contento?», le dije.

No, no estaba contento. Tenía otras cosas en que pensar. Me abstuve de hablarle de Madelon en seguida. Era un tema que seguía siendo delicado entre nosotros. Pasamos un buen rato ante el aperitivo y aproveché para ponerlo al corriente de muchas cosas del manicomio y de otros detalles más. Nunca he podido dejar de charlar por los codos. Bastante parecido, a fin de cuentas, a Baryton.

La cena acabó en plena cordialidad. Después, no podía, la verdad, enviarlo así, a la calle, a Robinson Léon. Decidí al instante montarle en el comedor una cama plegable de momento. Parapine seguía sin dar su opinión. «¡Mira, Léon! -le dije-. Puedes vivir aquí mientras buscas un sitio...» «Gracias», respondió simplemente. Y desde aquel momento todas las mañanas se iba en el tranvía a París en busca, según decía, de un empleo de representante.

Estaba harto de la fábrica, decía, quería «representar». Tal vez se esforzara por encontrar una representación, hay que ser justos, pero el caso es que no la encontró.

Una tarde volvió de París más temprano que de costumbre. Yo estaba aún en el jardín, vigilando las inmediaciones del gran estanque. Vino a buscarme para decirme dos palabras.

«¡Escucha!», empezó.

«Escucho», respondí.

«¿No podrías darme tú un empleíllo aquí mismo?... No encuentro nada...»

«¿Has buscado bien?»

«Sí, he buscado bien...»

«¿Quieres un empleo en la casa? Pero, ¿para qué? Conque, ¿no encuentras un empleíllo cualquiera en París? ¿Quieres que preguntemos Parapine y yo a la gente que conocemos?»

Le molestaba que le propusiera ayudarlo a buscar un empleo.

«No es que no se encuentre absolutamente nada -prosiguió entonces-. Se podría encontrar tal vez... Alguna cosilla... Pero a ver si me comprendes... Necesito absolutamente parecer estar mal de la cabeza... Es urgente e indispensable que parezca estar mal de la cabeza...»

«¡Vale! -dije yo entonces-. ¡No me digas más!...»

«Sí, sí, Ferdinand, al contrario, tengo que decirte mucho más -insistía-. Quiero que me comprendas bien...

Y, además, como te conozco, porque tú eres lento para comprender y para decidirte...»

«Anda, venga -dije resignado-, cuenta...»

«Como no parezca yo un loco, la cosa va ir mal, te lo garantizo... Se va a armar una buena... Ella es capaz de hacer que me detengan... ¿Me comprendes ahora?»

«¿Te refieres a Madelon?»

«¡Sí, claro!»

«¡Pues vaya!»

«Ni que lo digas...»

«¿Os habéis enfadado del todo, entonces?»

«Ya lo ves...»

«¡Ven por aquí, si me quieres dar más detalles! -lo interrumpí entonces y me lo llevé aparte-. Será más prudente, por los locos... Pueden comprender también algunas cosas y contar otras aún más extrañas... con todo lo locos que están...»

Subimos a una de las celdas de aislamiento y, una vez allí, no tardó demasiado en exponerme toda la situación, sobre todo porque yo ya estaba más que al corriente de sus capacidades y, además, que el padre Protiste me había hecho suponer el resto...

En la segunda ocasión, no había fallado. ¡No se podía decir que hubiera sido un maleta! ¡Eso sí que no! Ni mucho menos. Había que reconocerlo.

«Compréndelo, la vieja me perseguía cada vez más... Sobre todo desde que empecé a mejorar un poco de los ojos, es decir, cuando empecé a poder ir solo por la calle... Volví a ver cosas desde aquel momento... Y volví a ver también a la vieja... Es más, ¡sólo la veía a ella!... ¡La tenía todo el tiempo ahí, ante mí!... ¡Era como si me hubiese cerrado la existencia!... Estoy seguro de que lo hacía a propósito... Sólo para fastidiarme... Si no, ¡no se explica!... Y después en la casa, donde estábamos todos, ya la conoces, ¿eh?, la casa, no era difícil pelearse... ¡Ya viste lo pequeña que era!... ¡Como sardinas en lata!

¡Es la pura verdad!»

«Y los escalones del panteón, no eran muy resistentes, ¿eh?»

Yo mismo había notado lo peligrosa que era, la escalera, al visitarla la primera vez con Madelon, que ya se movían, los escalones.

«No, con eso estaba chupado», reconoció, con toda franqueza.

«¿Y la gente de por allí? -volví a preguntarle-. ¿Los vecinos, los curas, los periodistas?... ¿No hicieron comentarios, cuando ocurrió?...»

«No, hay que ver... Además, es que no me creían capaz... Me tomaban por un rajado... Un ciego... ¿Comprendes?...»

«En fin, puedes agradecer tu buena suerte, porque si no... ¿Y Madelon? ¿Qué tenía que ver en todo aquello? ¿Estaba de acuerdo?»

«No del todo... Pero un poco, de todos modos, lógicamente, ya que el panteón, verdad, iba a pasar a nuestra propiedad, cuando la vieja muriera... Estaba previsto así... íbamos a hacernos cargo nosotros del negocio...»

«Entonces, ¿por qué no pudisteis seguir juntos después de eso?»

«Mira, eso es difícil de explicar...»

«¿Ya no te quería?»

«Sí, hombre, al contrario, me quería mucho y, además, estaba muy interesada por el matrimonio... Su madre también lo deseaba y mucho más aún que antes y que se hiciera en seguida, por las momias de la tía Henrouille que nos correspondían, conque teníamos de sobra para vivir, los tres, en adelante, tranquilos...»

«¿Qué ocurrió, entonces, entre vosotros?»

«Pues, mira, ¡yo quería que me dejaran en paz de una puta vez! Sencillamente... La madre y la hija...»

«¡Oye, Léon!... -lo interrumpí de repente al oírle decir eso-. Escúchame... Eso no es serio tampoco de tu parte... Ponte en su lugar, de Madelon y su madre... ¿Es que habría sido plato de gusto para ti? ¡Vamos, hombre! Al llegar allí ibas casi descalzo, no tenías dónde caerte muerto, no parabas de protestar todo el santo día, que si la vieja se quedaba con toda tu pasta y que si patatín y que si patatán... Va y deja el campo libre, mejor dicho, la quitas de en medio tú... Y empiezas a poner mala cara otra vez, a pesar de todo... Ponte en el lugar de esas dos mujeres, ¡ponte en su lugar, hombre!... ¡Es insoportable!... Yo que ellas, ¡menudo si te habría mandado a tomar por saco!... Te lo merecías cien veces, ¡que te mandaran al trullo! ¡Ya lo sabes!»

Así mismo se lo dije a Robinson.

«Puede ser -fue y me respondió, devolviéndome la pelota-, pero tú ya puedes ser médico y tener instrucción y todo, que no comprendes nada de mi forma de ser...»

«¡Anda, calla, Léon! -acabé diciéndole y para terminar-. Calla, desgraciado, ¡y deja en paz tu forma de ser! ¡Te expresas como un enfermo!... Cuánto siento que Baryton se haya ido al quinto infierno; si no, ¡te habría puesto en tratamiento, ése! ¡Es lo mejor que se podría hacer por ti, por cierto! ¡Encerrarte, lo primero! ¿Me oyes? ¡Encerrarte! ¡Vaya si se habría encargado ése, Baryton, de tu forma de ser!»

«Si tú hubieras tenido lo que yo y hubieses pasado por lo que yo he pasado -saltó al oírme-, ¡bien enfermo que habrías estado también! ¡Te lo garantizo! ¡Y puede que peor que yo aún! ¡Con lo cagueta que eres!...» Y entonces empezó a ponerme de vuelta y media, como si hubiera tenido derecho.

Yo lo miraba fijamente, mientras me ponía verde. Estaba acostumbrado a que me maltrataran así, los enfermos. Ya no me molestaba.

Había adelgazado mucho desde lo de Toulouse y, además, algo que yo no conocía aún le había subido a la cara, como un retrato, parecía, sobre sus facciones enormes, con el olvido ya, silencio en derredor.

En las historias de Toulouse había otra cosa más, menos grave, evidentemente, que no había podido tragar, pero, al acordarse, se le revolvía la bilis. Era haberse visto obligado a untar la mano a toda una patulea de traficantes para nada. No había podido tragar lo de haberse visto obligado a dar comisiones a diestro y siniestro, en el momento de tomar posesión de la cripta, al cura, a la señora de las sillas, a la alcaldía, a los vicarios y a muchos otros más y todo ello sin resultado, en una palabra. Cuando volvía a hablar de eso, es que se ponía enfermo. Robo a mano armada, llamaba esos manejos.

«Entonces, ¿os casasteis, a fin de cuentas?», le pregunté, para acabar.

«Pero, ¡si te he dicho que no! ¡Yo ya no quería!»

«¿No estaba mal, de todos modos, la Madelon? ¿No irás a decirme que no?»

«La cuestión no es ésa...»

«Pues claro que sí que es ésa la cuestión. Si estabais libres, como dices... Si estabais absolutamente decididos a marcharos de Toulouse, podíais perfectamente dejar encargada del panteón a su madre por un tiempo... Podíais volver más adelante...»

«Lo que es el físico -prosiguió- no hace falta que lo jures, era mona de verdad, lo reconozco, no me habías engañado, desde luego, y sobre todo que, tú fíjate, cuando volví a ver por primera vez, como preparado a propósito, fue a ella, por así decir, a quien vi la primera, en un espejo... ¿Te imaginas?... ¡A la luz!... Ya hacía por lo menos dos meses que se había caído la vieja... La vista me volvió como de repente ante ella, al intentar mirarle la cara... Un rayo de luz, en una palabra... ¿Me comprendes?»

«¿No fue agradable?»

«Menudo si fue agradable... Pero eso no era todo...»

«Te diste el piro, de todos modos...»

«Sí, pero te voy a explicar, ya que quieres entender, fue ella la primera que empezó a encontrarme raro... Que si estaba desanimado... Que si estaba antipático... Chorraditas, pijaditas...»

«¿No sería que te remordía la conciencia?»

«¿La conciencia?»

«Tú sabrás...»

«Llámalo como quieras, pero no estaba animado... Y se acabó... De todos modos, yo creo que no eran remordimientos...»

«¿Estabas enfermo, entonces?»

«Eso debe de ser más bien, enfermo... Por cierto, que hace ya una hora por lo menos que intento decírtelo, que estoy enfermo... Reconocerás que tardas la tira...»

«¡Bueno! ¡Vale! -le respondí-. Lo diremos, que estás enfermo, ya que es lo más prudente, según tú...»

«Bien hecho -volvió a insistir-, porque de esa mujer me espero cualquier cosa... Es pero que muy capaz de soltar la liebre antes de nada...»

Era como un consejo que parecía darme y yo no quería sus consejos. No me gustaba nada todo aquello, por las complicaciones que iban a presentarse otra vez.

«¿Crees que soltaría la liebre? -le pregunté otra vez para asegurarme-. Pero, ¡si era tu cómplice en cierto modo!... ¡Eso debería hacerla reflexionar un momento antes de ponerse a largar!»

«¿Reflexionar?... -volvió a saltar él, entonces, al oírme-. Cómo se ve que no la conoces... -Le hacía gracia oírme-. Pero, ¡si no dudaría ni un segundo!... ¡Te lo digo yo! Si la hubieras tratado como yo, ¡no lo dudarías! ¡Te repito que está enamorada!... Entonces, ¿es que no has conocido tú a una mujer enamorada? Cuando está enamorada, ¡es una loca, sencillamente! ¡Una loca! Y de mí es de quien está enamorada, ¡loquita!...

¿Te das cuenta? ¿Comprendes? Conque, ¡todas las locuras la excitan! ¡Es muy sencillo!

¡No la detienen! ¡Al contrario!...»

Yo no podía decirle que me extrañaba un poco, de todos modos, que hubiera llegado en unos meses a ese grado de frenesí, Madelon, porque, de todos modos, yo la había conocido un poquito, a Madelon... Yo tenía mi opinión sobre ella, pero no podía comunicarla.

Por su forma de espabilarse en Toulouse y por las cosas que le había oído decir, estando yo detrás del álamo, el día de la gabarra, era difícil imaginar que hubiera podido cambiar de disposiciones hasta ese punto y en tan poco tiempo... Me había parecido más espabilada que trágica, desenvuelta de lo lindo y muy contenta de pescarlo, a Robinson, con sus cuentos y camelos siempre que podía hacer el paripé. Pero de momento, llegados a ese punto, yo no podía decirle nada. Tenía que dejarlo pasar. «¡Bueno! ¡Vale! ¡De acuerdo! -concluí-. ¿Y la madre, entonces? ¡Debió de armar la marimorena, la madre, cuando comprendiera que te las pirabas y de verdad!...»

«¡Y que lo digas! Y eso que se pasaba todo el santo día diciendo que yo era un cochino, ¡y, tú fíjate, justo cuando más necesitaba, al contrario, que me hablaran amablemente!... ¡Unas monsergas!... En una palabra, aquello no podía continuar tampoco con la madre, conque le propuse a Madelon dejarles el panteón a ellas dos y marcharme yo, por mi parte, a dar una vuelta, volver a ver mundo un poco...

»"Irás conmigo -protestó ella entonces-. Soy tu novia, ¿no?... Irás conmigo, Léon, ¡o no irás!... Y además -insistía-que no estás curado del todo..."

»"¡Sí que estoy curado y me voy a ir solo!", le respondía yo... Y de ahí no salíamos.

»"¡Una mujer acompaña siempre a su marido! –decía la madre—. ¡Lo que tenéis que hacer es casaros!" La apoyaba sólo para fastidiarme.

»Al oír esas cosas, yo sufría. ¡Ya me conoces! ¡Como si hubiera yo necesitado a una mujer para ir a la guerra! ¡Y para escapar de ella! Y en África, ¿es que tenía mujeres yo? Y en América, ¿tenía acaso mujer yo?... De todos modos, de oírlas discutir así durante horas, ¡me daba dolor de vientre! ¡Un tostón! ¡Sé para lo que sirven las mujeres, de todos modos! Tú también, ¿eh? ¡Para nada! ¡Pues no he viajado yo ni nada! Por fin, una noche que me habían sacado de quicio de verdad con sus rollos, ¡fui y le solté de una vez a la madre todo lo que pensaba de ella! "A usted lo que le pasa es que es una vieja gilipuertas -fui y le dije-. ¡Es usted una tía aún más idiota que la Henrouille!... Si hubiera usted conocido un poco más de mundo, como yo he conocido, se lo pensaría un poco antes de ponerse a dar consejos a toda la gente. ¡A ver si se cree que, porque se haya pasado el tiempo recogiendo trozos de vela en un rincón de su puñetera iglesia, sabe algo de la vida! ¡Salga un poco también usted, que le sentará bien! ¡Ande, vaya a pasearse un poco, vieja imbécil! ¡Así aprenderá! ¡Le quedará menos tiempo para rezar y no andará diciendo tantas gilipolleces!..."

»¡Ya ves tú cómo la traté, yo, a la madre! Te digo que hacía mucho que tenía ganas de echarle una buena bronca y, además, que lo necesitaba, la tía esa, con ganas... Pero a fin de cuentas a mí fue a quien me vino bien... Me liberó en cierto modo de la situación... Ahora, que parecía también que sólo esperaba ese momento, la muy puta, a que yo me desahogara, ¡para lanzarme, a su vez, todos los insultos que sabía! ¡No quieras ver lo que soltó por la boca! "¡Ladrón! ¡Vago! -me soltó-. ¡Que ni siquiera tienes un oficio!... ¡Pronto va a hacer un año que te damos de comer, mi hija y yo...! ¡Inútil!... ¡Chulo de putas!..."

¡Tú fíjate! Lo que se dice una escena familiar... Se quedó un poco como reflexionando y después lo dijo un poco más bajo, pero mira, chico, lo dijo y, además, con toda el alma: "¡Asesino!... ¡Asesino!", me llamó. Eso me enfrió un poco.

»La hija, al oír eso, tenía como miedo de que me la cargara allí mismo, a su madre. Se arrojó entre nosotros. Le cerró la boca a su madre con su propia mano. Hizo bien. Conque, ¡estaban de acuerdo, las muy putas!, me decía yo. Era evidente. En fin, no insistí... Ya no era momento de violencias... Y, además, que, en el fondo, me la chupaba que estuvieran de acuerdo... ¿Crees tú que, después de haberse desahogado, me iban a dejar tranquilo en adelante?... ¡Sí, sí! ¡Ni mucho menos! Eso sería no conocerlas... La hija volvió a empezar. Tenía fuego en el corazón y en el chocho también... Volvió a darle con más fuerza...

»"Te quiero, Léon, ya lo ves que te quiero, Léon..."

»Sólo sabía decir eso: "te quiero". Como si fuera la respuesta para todo.

«"¿Todavía le quieres? -volvía la madre a la carga, al oírla-. Pero, ¿es que no ves que es un simple golfo? ¿Un inútil? Ahora que ha recuperado la vista, gracias a nuestros cuidados, ¡vas a ver tú lo desgraciada que te va a hacer! ¡Te lo digo yo, tu madre!..."

«Lloramos todos, para acabar la escena, incluso yo, porque no quería ponerme del todo a mal con aquellos dos bichos, enfadarme más de la cuenta, pese a todo.

«Conque me fui, pero nos habíamos dicho demasiadas cosas como para que aquello pudiera durar mucho tiempo. Aun así, la situación se prolongó durante semanas, venga reñir por esto y por lo otro, y, además, vigilándonos durante días y, sobre todo, por las noches.

»No podíamos decidirnos a separarnos, pero ya no sentíamos igual. Lo que nos mantenía juntos aún eran los miedos.

«"Entonces, ¿es que quieres a otra?", me preguntaba Madelon, de vez en cuando.

»"Pero, ¿qué dices? -intentaba tranquilizarla yo-. Pues claro que no." Pero estaba claro que no me creía. Para ella había que querer a alguien en la vida y no había vuelta de hoja.

»"A ver -le respondía yo-, ¿qué podría yo hacer con otra mujer?" Pero era su manía, el amor. Yo ya no sabía qué contarle para calmarla. Se le ocurrían unas cosas que yo no había oído en mi vida. Nunca habría imaginado que ocultara cosas así en la cabeza.

»"¡Me has robado el corazón, Léon! -me acusaba y, además, en serio-. ¡Te quieres marchar! -me amenazaba-. ¡Márchate! Pero, ¡te aviso que me moriré de pena, Léon!..."

¿Que yo iba a ser la causa de su muerte de pena? ¿Con qué se come eso? ¿Eh? ¡Dime tú! "Pero, ¡que no! ¡Qué cosas dices! -la tranquilizaba yo-. En primer lugar, ¡yo no te he robado nada! Pero, bueno, ¡si ni siquiera te he hecho un hijo! ¡Reflexiona! Tampoco te he pegado enfermedades, ¿no? ¿Entonces? Lo único que quiero es irme, ¡nada más! Irme de vacaciones, como quien dice. Con lo sencillo que es... Intenta ser razonable..." Y cuanto más intentaba hacerle comprender mi punto de vista, menos le gustaba a ella. En una palabra, que ya no nos entendíamos. Se ponía como rabiosa con la idea de que yo pudiese pensar de verdad lo que decía, que era la pura verdad, simple y sincera.

»Además, creía que eras tú quien me incitaba a largarme... Al ver entonces que no me iba a retener avergonzándome con mis sentimientos, intentó retenerme de otro modo.

»"¡No vayas a creer, Léon -me dijo entoncesque quiero seguir contigo por el negocio del panteón!... Ya sabes que a mí el dinero me da completamente igual, en el fondo... Lo que yo quisiera, Léon, es quedarme contigo... Ser feliz... Eso es todo... Es muy natural... No quiero que me dejes... Es muy duro separarse cuando se ha querido como nos queríamos nosotros dos... Júrame, al menos, Léon, que no te irás por mucho tiempo..."

»Y así siguió su crisis durante semanas. No había duda de que estaba enamorada y pesadísima... Cada noche otra vez a vueltas con su locura de amor. Al final, aceptó dejar a su madre encargada del panteón, a condición de que nos marcháramos los dos juntos a buscar trabajo a París... ¡Siempre juntos!... ¡Cuidado con la tía! Estaba dispuesta a entender cualquier cosa, salvo que yo me fuera solo por mi lado y ella por el suyo... Eso ni hablar... Conque cuanto más se empeñaba, más enfermo me ponía, ¡por fuerza!

»No valía la pena intentar hacerla entrar en razón. Me di cuenta de que era tiempo perdido, la verdad, o una idea fija y que la volvía más rabiosa aún. Conque no me quedó más remedio que ponerme a probar trucos para deshacerme de su amor, como ella decía... Entonces fue cuando se me ocurrió la idea de meterle miedo contándole que de vez en cuando me volvía un poco loco... Que me daban ataques... Sin avisar... Me miró con mala cara, con expresión muy extraña... Aún no estaba del todo segura de si se trataba de un embuste... Sólo, que, de todos modos, a causa de las aventuras que le había yo contado antes y, además, de la guerra, que me había afectado, y, sobre todo, del último chanchullo, lo de la tía Henrouille, y también lo de que me hubiera vuelto de repente tan raro con ella, le dio que pensar, de todos modos...

»Durante más de una semana estuvo pensando y me dejó muy tranquilo... Debía de haber hecho alguna confidencia a su madre sobre mis ataques... El caso es que insistían menos en retenerme... "Ya está -me decía yo-. ¡Esto va a dar resultado! Ya me veo libre..." Ya me veía largándome muy tranquilo, a hurtadillas, hacia París, ¡sin decir ni pío!... Pero, ¡espera! Resulta que quise hacerlo todo demasiado bien... Me esmeré... Creía haber encontrado el truco perfecto para probarles de una vez por todas que era la verdad... Que estaba pero como una cabra a ratos... "¡Toca! -le dije una noche a Madelon-.

Tócame ahí detrás, en la cabeza, ¡el bulto! ¿Notas la cicatriz? ¿Has visto el bulto tan grande que tengo? ¿Eh?..."

«Después de palparme bien el bulto, en la cabeza, se sintió conmovida, que no te puedes imaginar... Pero, ¡vaya, hombre!, eso la excitó aún más, ¡no le repugnó ni mucho menos!... "Ahí es donde me hirieron en Flandes. Ahí es donde me hicieron la trepanación...", insistía yo.

»"¡Ah, Léon! -saltó entonces, al sentir el bulto¡te pido perdón, Léon mío!... Hasta ahora he dudado de ti, pero, ¡te pido perdón con toda el alma! ¡Me doy cuenta! ¡He sido infame contigo! ¡Sí! ¡Sí! Léon, ¡he sido horrible!... ¡No volveré a ser mala contigo nunca! ¡Te lo juro! ¡Quiero expiar, Léon! ¡En seguida! No me impidas expiar, ¿eh?...

¡Te voy a devolver la felicidad! ¡Te voy a cuidar bien, de verdad! ¡A partir de hoy! ¡Voy a ser muy paciente para siempre contigo! ¡Voy a ser muy dulce! ¡Ya verás, Léon! ¡Te voy a comprender tan bien, que no vas a poder vivir sin mí! ¡Mi corazón es tuyo otra vez! ¡te pertenezco!... ¡Todo! ¡Toda mi vida, Léon, te doy! Pero dime que me perdonas al menos, ¿eh, Léon?..."

»Yo no había dicho nada así, nada. Ella lo había dicho todo, conque le resultaba muy fácil contestarse a sí misma... ¿Cómo había que hacer entonces para disuadirla?

«¡Haber palpado mi cicatriz y mi bulto la había emborrachado, por así decir, de amor, de golpe! Quería volver a cogerla en las manos, mi cabeza, y no soltarla y hacerme feliz hasta la Eternidad, ¡quisiera yo o no! A partir de aquella escena, su madre no volvió a tener derecho a la palabra para echarme broncas. No le dejaba hablar, Madelon, a su madre. No la habrías reconocido, ¡quería protegerme a más no poder!

«¡Aquello tenía que acabar! Desde luego, yo habría preferido, claro está, que nos hubiéramos separado como buenos amigos... Pero es que ya ni valía la pena intentarlo... No podía más de amor y estaba muy terca. Una mañana, mientras estaban en la compra, la madre y ella, hice como tú, un paquetito, y me di el piro a la chita callando... Después de eso, ¿no dirás que no he tenido bastante paciencia?... Es que, te lo repito, no había nada que hacer... Ahora, ya lo sabes todo... Cuando te digo que es capaz de todo, esa chica, y que puede perfectamente venir a insistirme de nuevo aquí, de un momento a otro, ¡no me vengas con que veo visiones! ¡Sé lo que me digo! ¡Me la conozco yo! Y estaríamos más tranquilos, en mi opinión, si me encontrara ya como encerrado con los locos... Así, me sería más fácil hacer como quien ya no comprende nada... Con ella, eso es lo que hay que hacer... No comprender...»

Dos o tres meses antes, todo lo que acababa de contarme, Robinson, me habría interesado aún, pero yo había como envejecido de golpe.

En el fondo, me había vuelto cada vez más como Baryton, me la traía floja. Todo eso que me contaba Robinson de su aventura en Toulouse no era ya para mí un peligro vivo; de nada me servía intentar interesarme por su caso, olía a rancio, su caso. De nada sirve decir ni pretender, el mundo nos abandona mucho antes de que nos vayamos para siempre.

Las cosas que más te interesan, un buen día decides comentarlas cada vez menos, y con esfuerzo, cuando no queda más remedio. Estás pero que muy harto de oírte hablar siempre... Abrevias... Renuncias... Llevas más de treinta años hablando... Ya no te importa tener razón. Te abandona hasta el deseo de conservar siquiera el huequecito que te habías reservado entre los placeres... Sientes hastío... En adelante te basta con jalar un poco, tener un poco de calorcito y dormir lo más posible por el camino de la nada. Para recuperar el interés, habría que descubrir nuevas muecas que hacer delante de los demás... Pero ya no tienes fuerzas para cambiar de repertorio. Farfullas. Buscas aún trucos y excusas para quedarte ahí, con los amiguetes, pero la muerte está ahí también, hedionda, a tu lado, todo el tiempo ahora y menos misteriosa que una partida de brisca. Sólo conservas, preciosas, las pequeñas penas, la de no haber encontrado tiempo para ir a Bois-Colombes a ver, mientras aún vivía, a tu anciano tío, cuya cancioncilla se extinguió para siempre una noche de febrero. Eso es todo lo que has conservado de la vida. Esa pequeña pena tan atroz, el resto lo has vomitado más o menos a lo largo del camino, con muchos esfuerzos y pena. Ya no eres sino un viejo reverbero de recuerdos en la esquina de una calle por la que ya no pasa casi nadie.

Puestos a aburrirse, lo menos cansino es hacerlo con hábitos regulares. Me empeñaba en que todo el mundo estuviera acostado en la casa a las diez de la noche. Yo me encargaba de apagar las luces. Los negocios iban solos.

Por lo demás, no hicimos derroche alguno de imaginación. El sistema Baryton de los «cretinos en el cine» nos ocupaba suficientemente. Tampoco se hacían demasiadas economías en la casa. El despilfarro, nos decíamos, lo haría tal vez volver, al patrón, ya que lo angustiaba tanto.

Habíamos comprado un acordeón para que Robinson pudiese poner a bailar a nuestros enfermos en el jardín durante el verano. Era difícil tenerlos ocupados en Vigny, a los enfermos, día y noche. No podíamos enviarlos todo el tiempo a la iglesia, se aburrían demasiado en ella.

De Toulouse no volvimos a tener la menor noticia, el padre Protiste no volvió tampoco a vernos nunca. La existencia en el manicomio se organizaba monótona, furtiva. Moralmente, no estábamos a gusto. Demasiados fantasmas, aquí y allá.

Pasaron algunos meses más. Robinson se recuperaba. Por Semana Santa nuestros locos se agitaron un poco, mujeres ligeras de ropa pasaban y volvían a pasar por delante de nuestros jardines. Primavera precoz. Bromuros.

En el Tarapout, desde la época en que fui extra, habían renovado el personal muchas veces. Las inglesitas habían acabado muy lejos, según me dijeron, en Australia. No las volveríamos a ver...

Las tablas, desde mi historia con Tania, me estaban prohibidas. No insistí.

Nos pusimos a escribir cartas casi a todas partes y sobre todo a los consulados de los países del Norte, para obtener algunos indicios sobre las posibles andanzas de Baryton. No recibimos respuesta interesante alguna de ellos.

Parapine realizaba, calmado y silencioso, su servicio técnico a mi lado. Desde hacía veinticuatro meses no había pronunciado más de veinte frases en total. Me veía obligado a adoptar prácticamente solo las iniciativas materiales y administrativas que la situación cotidiana requería. A veces metía la pata, pero Parapine no me lo reprochaba nunca. Nos entendíamos a fuerza de indiferencia. Por lo demás, un trasiego suficiente de enfermos aseguraba el aspecto material de nuestra institución. Pagados los proveedores y el alquiler, nos quedaba aún mucho con que vivir, aun pagando la pensión de Aimée a su tía religiosamente, por supuesto.

Robinson me parecía mucho menos inquieto ahora que a su llegada. Había recuperado el buen color y tres kilos. En una palabra, mientras hubiera locos en las familias, no dejarían de recurrir a nosotros, estando como estábamos tan a mano, cerca de la capital. Ya sólo nuestro jardín justificaba el viaje. Venían a propósito de París para admirar nuestros macizos y nuestros bosquecillos de rosas en pleno verano.

Uno de esos domingos de junio fue cuando me pareció reconocer a Madelon, por primera vez, en medio de un grupo de transeúntes, inmóvil por un instante, justo delante de nuestra verja.

Al principio, no quise comunicar esa aparición a Robinson, para no asustarlo, y después, tras haberlo pensado despacio, unos días después, le recomendé, de todos modos, no alejarse, al menos por un tiempo, con sus erráticos paseos por los alrededores, a los que se había aficionado. Ese consejo le inquietó. Sin embargo, no insistió para saber más detalles.

Hacia finales de julio, recibimos de Baryton algunas tarjetas postales, desde Finlandia esa vez. Nos dio alegría, pero no nos decía nada de su regreso, Baryton, nos deseaba una vez más «buena suerte» y mil detalles amistosos.

Pasaron dos meses y después otros más... El polvo del verano no volvió a caer sobre la carretera. Uno de nuestros alienados, hacia Todos los Santos, armó un pequeño escándalo delante de nuestro Instituto. Ese enfermo, antes de lo más apacible y correcto, soportó mal la exaltación mortuoria de Todos los Santos. No pudimos impedirle a tiempo gritar por su ventana que no quería morirse nunca... A los transeúntes les parecía de lo más divertido... En el momento en que se produjo aquella algarada tuve de nuevo, pero aquella vez con mayor precisión que la primera, la impresión, muy desagradable, de reconocer a Madelon en la primera fila de un grupo, justo en el mismo sitio, delante de la verja.

Durante la noche que siguió, me desperté angustiado, intenté olvidar lo que había visto, pero todos mis esfuerzos para olvidar fueron en vano. Más valía no volver a intentar dormir.

Hacía mucho que no había yo vuelto a Rancy. Para ser presa de la pesadilla, me preguntaba si no valía más dar una vuelta por allí, de donde todas las desgracias precedían, tarde o temprano... Yo había dejado allá, tras mí, pesadillas... Intentar adelantárseles podía, si acaso, pasar por una especie de precaución... Para Rancy, el camino más corto, viniendo de Vigny, es seguir por la orilla del río hasta el puente de Gennevilliers, ese que es muy plano, tendido sobre el Sena. Las lentas brumas del río se deshacen al ras del agua, se apretujan, pasan, se elevan, se tambalean y van a caer del otro lado del pretil, en torno a las ácidas farolas. La gran fábrica de tractores que queda a la izquierda se esconde en un gran retazo de noche. Tiene las ventanas abiertas por un incendio tétrico que la quema por dentro y nunca acaba. Pasada la fábrica, estás solo en la ribera... Pero no tiene pérdida... Por la fatiga te das cuenta más o menos de que has llegado.

Basta entonces con girar de nuevo a la izquierda por la Rué de Bournaires y ya no queda demasiado lejos. No es difícil orientarse, gracias a la farola roja y verde del paso a nivel, que siempre está encendida.

Incluso de noche, habría ido yo, con los ojos cerrados, hasta el hotelito de los Henrouille. Había ido con frecuencia, en otro tiempo...

Sin embargo, aquella noche, cuando hube llegado delante de la puerta, me puse a pensar en vez de avanzar...

Estaba sola ahora, la nuera, para habitar el hotelito, pensaba yo... Estaban todos muertos, todos... Debía de haber sabido, o al menos sospechado, el modo como había acabado su vieja en Toulouse... ¿Qué efecto le habría causado?

El reverbero de la acera blanqueaba la pequeña marquesina de cristales como con nieve encima de la escalera. Me quedé ahí, en la esquina de la calle, mirando simplemente, mucho rato. Podría perfectamente haber ido a llamar. Seguro que me habría abierto. Al fin y al cabo, no estábamos enfadados, ella y yo. Hacía un frío glacial, donde me había quedado parado...

La calle acababa aún en un hoyo, como en mis tiempos. Habían prometido arreglarlo, pero no lo habían hecho... Ya no pasaba nadie.

No es que tuviese miedo de ella, de Henrouille nuera. No. Pero, de repente, estando allí, se me quitaron las ganas de volver a verla. Me había equivocado con lo de querer volver a verla. Allí, delante de su casa, descubría yo de repente que ya no tenía nada que enseñarme... Habría sido enojoso incluso que me hablara ahora y se acabó. Eso era lo que habíamos llegado a ser uno para el otro.

Yo había llegado más lejos que ella en la noche ahora, más lejos incluso que la vieja Henrouille, que estaba muerta... Ya no estábamos todos juntos... Nos habíamos separado para siempre... No sólo por la muerte, sino también por la vida... Por la fuerza de las cosas... ¡Cada cual a lo suyo!, me decía yo... Y me marché por donde había venido, hacia Vigny.

No tenía suficiente instrucción para seguirme ahora, la Henrouille nuera... Carácter sí, de eso sí que tenía... Pero, ¡instrucción, no! Ése era *elhic*. ¡Instrucción, no! ¡Es fundamental, la instrucción! Conque ya no podía comprenderme ni comprender lo que ocurría a nuestro alrededor, por puta y terca que fuera... Eso no basta... Hace falta corazón también y saber para llegar más lejos que los demás... Por la Rué des Sanzillons me metí para volverme hacia el Sena y después por el Impasse Vassou. ¡Liquidada, mi inquietud! ¡Contento casi! Orgulloso casi, porque me daba cuenta de que no valía la pena ya insistir por el lado de Henrouille nuera, ¡había acabado perdiéndola, a aquella puta, por el camino!... ¡Qué tía! Habíamos simpatizado a nuestro modo... Nos habíamos comprendido bien en tiempos, la nuera Henrouille y yo... Durante mucho tiempo... Pero ahora ya no estaba bastante abajo para mí, no podía descender... Llegar hasta mí... No tenía instrucción ni fuerza. No se sube en la vida, se baja. Ella ya no podía. Ya no podía bajar hasta donde yo estaba... Había demasiada noche para ella a mi alrededor.

Al pasar por delante del inmueble donde la tía de Bébert era portera, habría entrado también yo, sólo para ver a los que lo ocupaban ahora, su chiscón, donde yo había tratado a Bébert y de donde éste se nos había ido. Tal vez siguiera aún allí, su retrato de colegial, por encima de la cama... Pero era demasiado tarde para despertar a la gente. Pasé de largo, sin darme a conocer...

Un poco más adelante, en el Faubourg de la Liberté, me encontré con la tienda de Bézin, el chamarilero, aún iluminada... No me lo esperaba... Pero sólo con una pequeña lámpara de gas en el medio del escaparate. Ése, Bézin, conocía todos los chismes y las noticias del barrio, a fuerza de parar en las tascas y por ser tan conocido desde la Foire aux Puces hasta la Porte Maillot.

Habría podido contarme muchas cosas, si hubiera estado despierto. Empujé la puerta. Sonó el timbre, pero nadie me respondió. Yo sabía que dormía en la trastienda, en el comedor, en realidad... Ahí estaba, también él, en la obscuridad, con la cabeza sobre la mesa, entre los brazos, sentado de costado junto a la cena fría que lo esperaba, lentejas. Había empezado a comer. El sueño lo había vencido en seguida, al volver. Roncaba fuerte. Había bebido también, claro. Recuerdo bien el día, un jueves, día de mercado en Lilas... Tenía un hatillo lleno de «ocasiones» y aún abierto en el suelo, a sus pies.

Siempre me había parecido buen tío, Bézin, no más innoble que otro. Nada que achacarle. Muy complaciente, fácil de tratar. No iba a despertarlo por curiosidad, para hacerle preguntas... Conque me marché, después de apagar el gas.

Le costaba mucho defenderse, claro está, con su comercio. Pero a él al menos no le costaba trabajo dormirse.

Volví triste, de todos modos, hacia Vigny, pensando en que toda aquella gente, aquellas casas, aquellas cosas sucias y sombrías ya no me llegaban derechas al corazón como en otro tiempo y que a mí, por listillo que pareciera, acaso no me quedase ya bastante fuerza, bien que lo notaba, para seguir adelante, yo, así, solo.

* * *

Para las comidas, en Vigny, habíamos conservado las costumbres de la época de Baryton, es decir, que nos reuníamos todos a la mesa, pero ahora, por lo general, en la sala de billar de encima de la portería. Era más familiar que el comedor de verdad, donde perduraban los recuerdos, nada gratos, de las conversaciones en inglés. Y, además, que había demasiados muebles elegantes también, para nosotros, en el comedor, de auténtico estilo «1900» con vidrieras de opalina.

Desde el billar se podía ver todo lo que ocurría en la calle. Podía ser útil. Pasábamos en aquel cuarto domingos enteros. De invitados, recibíamos a veces a cenar a médicos de los alrededores, aquí y allá, pero nuestro convidado habitual era más bien Gustave, agente de tráfico. Ése, desde luego, era asiduo. Nos habíamos conocido así, por la ventana, contemplándolo los domingos realizar su servicio, en el cruce de la carretera, a la entrada del pueblo. Le daban mucho trabajo los automóviles. Primero habíamos cambiado algunas palabras y después, domingo tras domingo, nos habíamos hecho amigos del todo. Yo había tenido ocasión de tratar, en la ciudad, a sus dos hijos, uno tras otro, de sarampión y paperas. Nos era fiel, Gustave Mandamour, que así se llamaba, oriundo de Cantal. Para la conversación era un poco pesado, porque las palabras le salían con dificultad. No dejaba de encontrarlas, las palabras, pero no le salían, se le quedaban en la boca, haciendo ruidos.

Una tarde, Robinson lo invitó al billar, en broma, creo. Pero lo suyo era la constancia, conque desde entonces había vuelto siempre, Gustave, a la misma hora todas las tardes, a las ocho. Se encontraba a gusto con nosotros, Gustave, mejor que en el café, según nos decía él mismo, por las discusiones políticas, que a menudo se enconaban, entre los asiduos. Nosotros nunca discutíamos de política. En el caso de Gustave, era terreno bastante delicado la política. En el café había tenido problemas con eso. En principio, no debería haber hablado de política, sobre todo cuando había bebido un poco, lo que no era raro. Era conocido incluso porque le daba a la priva, era su debilidad. Mientras que con nosotros se sentía seguro en todos los sentidos. Lo reconocía él mismo. Nosotros no bebíamos. Podía sacar los pies del plato, no había problema. Había confianza.

Cuando pensábamos, Parapine y yo, en la situación de la que nos habíamos librado y la que nos había correspondido en casa de Baryton, no nos quejábamos, no teníamos motivos, porque, a fin de cuentas, habíamos tenido una suerte milagrosa y disponíamos de todo lo necesario y no nos faltaba nada tanto desde el punto de vista de la consideración como de las comodidades materiales.

Sólo, que yo siempre había pensado que no duraría el milagro. Tenía un pasado con muy mala pata, que me repetía, como eructos del Destino. Ya al principio de estar en Vigny, había recibido tres cartas anónimas que me habían parecido de lo más equívocas y amenazadoras. Y después, muchas otras cartas más, todas igual de rencorosas. Cierto es que recibíamos a menudo, cartas anónimas, en Vigny y, por lo general, no les hacíamos demasiado caso. La mayoría procedían de antiguos enfermos, a quienes sus persecuciones iban a atormentarlos a domicilio.

Pero aquellas cartas, por el tono, me inquietaban más, no se parecían a las otras; sus acusaciones eran precisas y, además, sólo se referían a Robinson y a mí. En una palabra, nos acusaban de estar liados. Era una canallada de suposición. Al principio, me resultaba violento contárselo, pero después me decidí, de todos modos, porque no cesaban de llegarme nuevas cartas del mismo estilo. Entonces pensamos juntos a ver de quién podían ser. Enumeramos todas las personas posibles de entre nuestros conocidos comunes. No se nos ocurría ninguna. Para empezar, era una acusación sin pies ni cabeza. Por mi parte, la inversión no era mi estilo y a Robinson, por la suya, ya es que se la chupaban con ganas las cosas del sexo, tanto por delante como por detrás. Si algo le preocupaba, no era, desde luego, la jodienda. Tenía que ser por lo menos una celosa para imaginar semejantes cochinadas.

En resumen, sólo conocíamos a Madelon capaz de venir a acosarnos con invenciones tan asquerosas hasta Vigny. Me daba igual que siguiera escribiendo sus chorradas, pero yo tenía motivos para temer que, exasperada por no recibir respuesta, viniese a acosarnos, en persona, un día u otro, y a armar escándalo en el establecimiento. Había que esperarse lo peor.

Pasamos así unas semanas durante las cuales nos sobresaltábamos cada vez que sonaba el timbre. Yo me esperaba una visita de Madelon o, peor aún, de la autoridad.

Cada vez que el agente Mandamour llegaba para la partida un poco antes que de costumbre, yo me preguntaba si no traería una citación al cinto, pero en aquella época era aún, Mandamour, de lo más amable y relajado. Hasta más adelante no empezó a cambiar de modo notable también él. En aquel tiempo, aún perdía casi todos los días a todos los juegos y tan campante. Si cambió de carácter, fue, por cierto, culpa nuestra.

Una noche, por curiosidad, le pregunté por qué no conseguía nunca ganar a las cartas; en el fondo, no tenía yo motivo para preguntarle eso a Mandamour, sólo por la manía de saber el porqué de todo. ¡Sobre todo porque no jugábamos por dinero! Y, al tiempo que hablábamos de su mala suerte, me acerqué a él y, examinándolo bien, me di cuenta de que tenía una acusada hipermetropía. La verdad es que, con la iluminación que teníamos, apenas si distinguía el trébol del rombo en las cartas. No podía seguir así. Puse remedio a su enfermedad regalándole unas hermosas gafas. Al principio estaba muy contento de probarse las gafas, pero eso duró poco. Como jugaba mejor, gracias a las gafas, perdía menos que antes y se empeñó en no volver a perder nunca. No era posible, conque hacía trampas. Y cuando con trampas y todo perdía, pasaba horas enteras enfurruñado. En una palabra, se volvió insoportable.

Me preocupaba mucho, se enfadaba por un quítame allá esas pajas, Gustave, y, además, procuraba, a su vez, molestarnos, crearnos inquietudes, preocupaciones. Se vengaba, cuando perdía, a su modo... Y, sin embargo, no era por dinero, repito, por lo que jugábamos, sólo por la distracción y la gloria... Pero se ponía furioso, de todos modos.

Así, una noche que no había tenido suerte, nos habló airado al marcharse. «Señores, ¡permítanme una advertencia!... Con la gente que frecuentan, ¡yo que ustedes me andaría con ojo!... ¡Hay una morena, entre otras personas, que hace días que se pasea por delante de esta casa!... ¡Demasiado a menudo en mi opinión!.. ¡Motivos tiene!... ¡No me sorprendería nada que tuviera cuentas que ajustar con uno de ustedes!...»

Así mismo nos lo espetó, el asunto, pernicioso, Mandamour, antes de marcharse.

¡Menuda sensación causó!...

Aun así, yo recobré el dominio de mí mismo al instante. «Muy bien. ¡Gracias, Gustave!... -fui y le respondí con calma-. No sé quién podrá ser la morenita de que habla usted... Ninguna de nuestras antiguas enfermas, que yo sepa, ha tenido motivo para quejarse de nuestro trato... Debe de tratarse una vez más de una pobre enajenada... Ya la encontraremos... En fin, tiene usted razón, más vale siempre estar enterado... Muchas gracias otra vez, Gustave, por habernos avisado... ¡Y buenas noches!»

Robinson, del susto, no podía ya levantarse de la silla. Cuando hubo salido el agente, examinamos la información que acababa de darnos, en todos los sentidos. Podía perfectamente ser, de todos modos, otra mujer y no Madelon... Venían muchas así, a merodear bajo las ventanas del manicomio... Pero, de todos modos, había motivos poderosos para sospechar que fuera ella y esa duda bastaba para que sintiésemos un canguelo que para qué. Si era ella, ¿cuáles serían sus nuevas intenciones? Y, además, ¿de qué viviría desde hacía tantos meses en París? Si iba a volver a presentarse en persona, teníamos que prepararnos, en seguida.

«Oye, Robinson -dije para concluir-, decídete, es el momento, y no te eches atrás...

¿qué quieres hacer? ¿Deseas volver con ella a Toulouse?»

«¡Que no!, te digo. ¡Que no y que no!» Esa fue su respuesta. Rotunda.

«¡De acuerdo! -dije yo entonces-. Pero en ese caso, si de verdad no quieres volver con ella nunca, lo mejor, en mi opinión, sería que te marcharas a ganarte las habichuelas, durante un tiempo al menos, al extranjero. De ese modo te librarás de ella de verdad... No te va a seguir hasta allí, ¿no?... Aún eres joven... Has recuperado la salud... Has descansado... Te daremos algo de dinero, ¡y buen viaje!... ¡Ésa es mi opinión! Como comprenderás, aquí, además, no tienes porvenir... No puedes seguir aquí siempre...»

Si me hubiera escuchado, si se hubiese marchado entonces, me habría venido muy bien, me habría dado una alegría. Pero no se fue.

«Anda, Ferdinand, ¡te burlas de mí!... -respondió-. No está bien, a mi edad... Mírame bien, ¡anda!...» Ya no quería marcharse. Estaba cansado de los garbeos, en una palabra.

«No quiero ir a ninguna parte... -repetía-. Digas lo que digas... Hagas lo que hagas... No me iré...»

Así mismo respondía a mi amistad. No obstante, insistí.

«¿Y si fuera a denunciarte, Madelon, supongamos, por lo de la tía Henrouille?... Tú mismo me lo dijiste, que era capaz de hacerlo...»

«Pues, ¡mala suerte! -respondió-. Que haga lo que quiera...»

Palabras así eran nuevas en su boca, porque la fatalidad, antes, no era su estilo...

«Por lo menos, ve a buscarte algún trabajillo ahí al lado, en una fábrica; así no estarás obligado a pasar todo el tiempo aquí con nosotros... Si llegan a buscarte, tendremos tiempo de avisarte.»

Parapine estaba totalmente de acuerdo conmigo al respecto e incluso, en aquella ocasión, volvió a hablar un poco. Tenía, pues, que parecerle de lo más grave y urgente lo que nos ocurría. Tuvimos que ingeniárnosla entonces para colocarlo, disimularlo, ocultarlo, a Robinson. Entre nuestras relaciones figuraba un industrial de los alrededores, un chapista que nos estaba agradecido por pequeños favores de lo más delicados, que le habíamos hecho en momentos críticos. No tuvo inconveniente en tomar a Robinson de prueba para la pintura a mano. Era un currelo fino, suave y bien pagado.

«Léon -le dijimos la mañana que empezaba a trabajar-, no hagas el idiota en tu nuevo trabajo, no andes contando tus ideas ridículas para que te fichen... Llega a la hora... No te vayas antes que los demás... Saluda a todo el mundo al llegar... Pórtate bien, en una palabra. Es un taller decente y vas recomendado...»

Pero nada, lo ficharon en seguida, de todos modos, y no por culpa suya, sino por un chivato de un taller cercano que lo había visto entrar en el gabinete privado del patrón. Fue suficiente. Informe. Malas intenciones. Despido.

Conque ahí lo teníamos de vuelta, a Robinson, otra vez, sin empleo, unos días después. ¡Fatalidad!

Y, además, empezó a toser otra vez casi el mismo día. Lo auscultamos y descubrimos toda una serie de estertores a lo largo del pulmón derecho. No le quedaba más remedio que guardar reposo.

Eso sucedió un sábado por la noche justo antes de cenar; entonces alguien preguntó por mí en el salón de la entrada.

Una mujer, me anunciaron.

Era ella con un sombrerito muy elegante y guantes. Lo recuerdo bien. No hacía falta preámbulo, no podía ser más oportuna. La puse al corriente.

«Madelon -le dije lo primero-, si es a Léon a quien desea ver, le aviso ya desde ahora que no vale la pena que insista, puede dar media vuelta... Está enfermo de los pulmones y de la cabeza... Bastante grave, por cierto... No puede usted verlo... Además, es que no tiene nada que decirle a usted...»

«¿Ni siquiera a mí?», insistió.

«No, ni siquiera a usted... Sobre todo a usted...», añadí.

Creí que iba a saltar de nuevo. No, se limitó a mover la cabeza, allí, delante de mí, de derecha a izquierda, con los labios apretados, y con los ojos intentaba encontrarme de nuevo donde me había dejado en su recuerdo. Yo ya no estaba allí. Me había desplazado, también yo, en el recuerdo. En la situación en que nos encontrábamos, un hombre, un cachas, me habría dado miedo, pero de ella no tenía yo nada que temer. Yo le podía, como se suele decir. Siempre había deseado meterle un buen cate a una cabeza presa así de la cólera para ver cómo dan vueltas las cabezas encolerizadas en esos casos. Eso o un hermoso cheque es lo que hace falta para ver de golpe cambiar todas las pasiones que se enroscan en una cabeza. Es tan bello como una hermosa maniobra a vela sobre un mar agitado. Toda la persona se ladea como azotada por un viento nuevo. Yo quería ver una cosa así.

Hacía veinte años por lo menos, que me perseguía ese deseo. En la calle, en el café, en todas partes donde la gente más o menos agresiva, quisquillosa y fanfarrona, se pelea. Pero nunca me había atrevido por miedo a los golpes y sobre todo por la vergüenza que acompaña a los golpes. Pero aquella ocasión, por una vez, era magnífica.

«¿Te vas a ir de una vez?», fui y le dije, sólo para excitarla un poco más aún, ponerla a tono.

Ella ya no me reconocía, de hablarle así. Se puso a sonreír, del modo más horripilante, como si me considerara ridículo y muy despreciable... «¡Zas! ¡Zas!» Le pegué dos guantazos como para dejar sin sentido a un asno.

Fue a caer redonda sobre el gran diván rosa de enfrente, contra la pared, con la cabeza entre las manos. Respiraba entrecortadamente y gemía como un perrito apaleado. Y después, pareció como si reflexionara y de repente se levantó, con agilidad, y cruzó la puerta sin volver siquiera la cabeza. Yo no había visto nada. Vuelta a empezar.

* * *

Pero de nada nos sirvió lo que hicimos, era más astuta que todos nosotros juntos. La prueba es que volvió a verlo, a su Robinson, como quiso... El primero que los descubrió juntos fue Parapine. Estaban en la terraza de un café frente a la Gare de l'Est.

Yo me lo figuraba ya, que se volvían a ver, pero no quería dar la impresión otra vez de interesarme por sus relaciones. No era asunto mío, en una palabra. Él cumplía con su deber en el manicomio y muy bien, por cierto, con los paralíticos, currelo ingrato si los hay, limpiándolos, lavándolos, cambiándoles la muda, dándoles palique. No podíamos pedirle más.

Si aprovechaba las tardes que yo lo enviaba a París, a hacer recados, para volver a verla, a su Madelon, era asunto suyo. El caso es que no habíamos vuelto a verla, después de lo de las bofetadas, en Vigny-sur-Seine, a Madelon. Pero yo pensaba que debía de haberle contado marranadas sobre mí.

Yo ya no le hablaba ni siquiera de Toulouse, a Robinson, como si nada de todo aquello hubiese sucedido nunca.

Seis meses pasaron así, mejor o peor, y después se produjo una vacante en nuestro personal y de repente necesitamos con urgencia una enfermera especializada en masajes, la nuestra se había marchado sin avisar para casarse.

Gran número de jóvenes hermosas se presentaron para aquel puesto, con lo que nuestro único problema fue no saber a cuál elegir de entre tantas criaturas sólidas de todas las nacionalidades que acudieron en tropel a Vigny, en cuanto apareció nuestro anuncio. Al final, nos decidimos por una eslovaca llamada Sophie cuya carne, cuyo porte, ágil y tierno a la vez, cuya divina salud, nos parecieron, reconozcámoslo, irresistibles.

Conocía, aquella Sophie, pocas palabras en francés, pero yo, por mi parte, estaba dispuesto, era lo menos que podía hacer, a darle clases sin pérdida de tiempo. Por cierto, que, en contacto con ella, recuperé el gusto por la enseñanza. Sin embargo, Baryton había hecho todo lo posible para que me asqueara. ¡Impenitencia! Pero, ¡qué juventud también! ¡Qué ardor! ¡Qué musculatura! ¡Qué excusa! ¡Elástica! ¡Nerviosa! ¡De lo más asombrosa! No menoscababan aquella belleza ninguno de esos pudores, verdaderos o falsos, que tanto molestan en las conversaciones demasiado occidentales. Por mi parte, mi admiración era, a decir verdad, infinita. De músculos en músculos, por grupos anatómicos, avanzaba yo... Por vertientes musculares, por regiones... No me cansaba de perseguir ese vigor concertado y al mismo tiempo suelto, repartido en haces sucesivamente huidizos y consistentes, al tacto... Bajo la piel aterciopelada, tersa, relajada, milagrosa...

La era de esos gozos vivos, de las grandes armonías innegables, fisiológicas, comparativas, está aún por venir... El cuerpo, divinidad sobada por mis vergonzosas manos... Manos de hombre honrado, cura desconocido... Permiso primero de la Muerte y las Palabras... ¡Cuántas cursilerías apestosas! El hombre distinguido va a echar un polvo embadurnado con una espesa mugre de símbolos y acolchado hasta la médula... Y después, ¡que pase lo que pase! ¡Buen asunto! La economía de no excitarse, al fin y al cabo, sino con reminiscencias... Se poseen las reminiscencias, se pueden comprar, hermosas y espléndidas, una vez por todas, las reminiscencias... La vida es algo más complicado, la de las formas humanas sobre todo. Atroz aventura. No hay otra más desesperada. Al lado de ese vicio de las formas perfectas, la cocaína no es sino un pasatiempo para jefes de estación.

Pero, ¡volvamos a nuestra Sophie! Su simple presencia parecía una audacia en nuestra casa enfurruñada, atemorizada y equívoca.

Tras un tiempo de vida en común, seguíamos contentos, desde luego, de contarla entre nuestras enfermeras, pero no podíamos, sin embargo, por menos de temer que un día se pusiera a descomponer el conjunto de nuestras infinitas prudencias o simplemente tomara conciencia una mañana de nuestra lastimosa realidad...

¡Ignoraba aún, Sophie, la suma de nuestros encenagados abandonos! ¡Un hatajo de fracasados! La admirábamos, viva junto a nosotros, por el simple hecho de alzarse, venir a nuestra mesa, volverse a marchar... Nos hechizaba...

Y, todas las veces que hacía esos gestos tan sencillos, sentíamos sorpresa y gozo. Hacíamos como progresos de poesía sólo con admirarla por ser tan bella y tanto más inconsciente que nosotros. El ritmo de su vida brotaba de fuentes distintas de las nuestras... Rastreras para siempre, las nuestras, babosas.

Aquella fuerza alegre, precisa y suave a la vez, que la animaba desde la cabellera hasta los tobillos nos turbaba, nos inquietaba de modo encantador, pero nos inquietaba, ésa es la palabra.

Nuestro áspero saber sobre las cosas de este mundo hacía ascos a ese gozo, aun cuando el instinto saliera ganando, siempre ahí el saber, temeroso en el fondo, refugiado en el sótano de la existencia, acostumbrado a lo peor, por experiencia.

Tenía, Sophie, esos andares alados, ágiles y precisos, que se encuentran, tan frecuentes, casi habituales, en las mujeres de América, los andares de los elegidos del porvenir, a quienes la vida lleva, ambiciosa y ligera aún, hacia nuevas formas de aventuras... Velero con tres mástiles de alegría tierna rumbo al Infinito...

Parapine, por su parte, pese a no ser lírico precisamente en materia de atracción, se sonreía a sí mismo, cuando ella había salido. El simple hecho de contemplarla te sentaba bien en el alma. Sobre todo a mí, para ser justos, consumiéndome de deseo.

Para sorprenderla, hacerla perder un poco de esa soberbia, de ese como poder y prestigio que había adquirido sobre mí, Sophie, rebajarla, en una palabra, humanizarla un poco a nuestra mezquina medida, yo entraba en su habitación mientras ella dormía.

Ofrecía un espectáculo muy distinto entonces, Sophie, familiar y, sin embargo, sorprendente, tranquilizador también. Sin ostentación, casi sin tapar, atravesada en la cama, con las piernas en desorden, carnes húmedas y abiertas, forcejeaba con la fatiga... Se cebaba en el sueño, Sophie, en las profundidades del cuerpo, roncaba. Ése era el único momento en que yo la encontraba a mi alcance. No más hechizos. No más cachondeo. Pura y simple seriedad. Se afanaba en el revés, por así decir, de la existencia, extrayéndole vida... Tragona era en esos momentos, borracha incluso a fuerza de absorberla. Había que verla tras aquellas sesiones de soñarrera, toda hinchada aún y, bajo su piel rosa, los órganos que no cesaban de extasiarse. Estaba graciosa entonces y ridícula como todo el mundo. Titubeaba de felicidad durante unos minutos más y después toda la luz del día caía sobre ella y, como tras el paso de una nube demasiado cargada, recobraba el vuelo, gloriosa, liberada...

Da gusto echar un palo así. Es muy agradable tocar ese momento en que la materia se vuelve vida. Subes hasta la llanura infinita que se abre ante los hombres. Gritas: ¡Aaah!

¡Y aaah! Gozas todo lo que puedes ahí encima y es como un gran desierto...

De entre nosotros, sus amigos más que sus patronos, yo era, creo, el más íntimo. Ahora, que me engañaba puntualmente, he de reconocerlo, con el enfermero del pabellón de los agitados, antiguo bombero, por mi bien, según me explicaba, para no agotarme, por los trabajos intelectuales que yo estaba haciendo y que armonizaban bastante mal con los accesos de su temperamento. Lo que se dice por mi bien. Me ponía los cuernos por higiene. Era muy dueña.

Todo aquello, en definitiva, sólo me habría causado placer, pero no podía quitarme de la conciencia la historia de Madelon. Acabé contándoselo todo un día, a Sophie, para ver qué decía. Me desahogué un poco, al contarle mis problemas. Estaba harto, desde luego, de las disputas interminables y de los rencores provocados por sus amores desgraciados y Sophie me daba la razón en todo aquello.

Ya que habíamos sido amigos, Robinson y yo, le parecía a ella que debíamos reconciliarnos todos, sencillamente, como buenos amigos, y lo más pronto posible. Era el consejo de un buen corazón. Tienen muchos corazones buenos así, en Europa central. Sólo, que no estaba demasiado al corriente de los caracteres ni de las reacciones de la gente de por aquí. Con las mejores intenciones del mundo, me aconsejaba lo menos indicado. Me di cuenta de que se había equivocado, pero ya era demasiado tarde.

«Deberías volver a verla, a Madelon -me aconsejó-, debe de ser buena chica en el fondo, por lo que me has contado... Sólo, que tú la provocaste, ¡y estuviste de lo más brutal y asqueroso con ella!... Le debes excusas e incluso un regalo bonito para hacerla olvidar...» Así se hacía en su país. En una palabra, iniciativas muy corteses me aconsejaba, pero poco prácticas.

Seguí sus consejos, sobre todo porque vislumbraba, al cabo de todos aquellos melindres, acercamientos diplomáticos y remilgos, una posible partida entre cuatro que sería de lo más divertida, vamos, renovadora incluso. Mi amistad se volvía, siento decirlo, bajo la presión de los acontecimientos y de la edad, solapadamente erótica. Traición. Sophie me ayudaba, sin quererlo, a traicionar en aquel momento. Era demasiado curiosa como para no gustar de los peligros, Sophie. De madera excelente, nada protestona, persona que no intentaba minimizar las ocasiones de la vida, que no desconfiaba por principio de ésta. Mi estilo mismo. Más lanzada aún. Comprendía la necesidad de los cambios en las distracciones de la jodienda. Disposición aventurera, más rara que la hostia, hay que reconocerlo, entre las mujeres. No había duda, habíamos elegido bien.

Le habría gustado, y a mí me parecía muy natural, que pudiera darle algunos detalles sobre el físico de Madelon. Temía parecer torpe junto a una francesa, en la intimidad, sobre todo por el gran renombre de artistas en ese terreno que se les ha atribuido a las francesas en el extranjero. En cuanto a soportar, además, a Robinson, para complacerme, y se acabó, consentiría. No la excitaba lo más mínimo, Robinson, según me decía, pero, en resumidas cuentas, estábamos de acuerdo. Era lo principal. Bien.

Esperé un poco a que una buena ocasión se presentara para decir dos palabras a Robinson sobre mi proyecto de reconciliación general. Una mañana en que estaba en el economato copiando las observaciones médicas en el registro, el momento me pareció oportuno para mi intento y lo interrumpí para preguntarle con toda sencillez qué le parecería una iniciativa por mi parte ante Madelon para que quedara olvidado el violento pasado reciente... Y si podría en la misma ocasión presentarle a Sophie, mi nueva amiga... Y si no pensaba, por último, que había llegado el momento de que todos tuviéramos una explicación de una vez y como buenos amigos.

Primero vaciló un poco, bien lo advertí, y después me respondió, pero sin entusiasmo, que no veía inconveniente... En el fondo, creo que Madelon le había anunciado que yo intentaría volver a verla con un pretexto u otro. De la bofetada del día en que ella había venido a Vigny no dije ni pío.

No podía arriesgarme a que me echara una bronca entonces y me llamase bestia en público, pues, al fin y al cabo, si bien éramos amigos desde hacía mucho, en aquella casa estaba a mis órdenes, de todos modos. Lo primero, la autoridad.

Era el momento de dar ese paso, el mes de enero. Decidimos, porque era más cómodo, que nos encontraríamos todos en París un domingo, que iríamos después al cine juntos y que tal vez pasaríamos primero un momento por la verbena de Batignolles, siempre que no hiciese demasiado frío fuera. Robinson había prometido llevarla a la verbena de Batignolles. Se pirraba por las verbenas, Madelon, según me dijo él. ¡Venía al pelo! Para la primera vez que volvíamos a vernos, sería mejor que fuese con ocasión de una fiesta.

* * *

¡La verdad es que nos dimos un atracón de verbena con los ojos! ¡Y con la cabeza también! ¡Bim y bum! ¡Y más bum! ¡Y empujones por aquí! ¡Y empujones por allá! ¡Y venga gritos! Y ahí nos teníais a todos en el barullo, ¡con luces, jaleo y demás! ¡Y viva el tino, la audacia y el cachondeo! ¡Hale! Cada cual intentaba parecer animado, pero un poco distante, de todos modos, para hacer ver a la gente que normalmente nos divertíamos en otra parte, en lugares mucho más caros, *expensifs* como se dice en inglés.

Astutos y alegres cachondos aparentábamos ser, pese al cierzo, humillante también, y ese miedo deprimente a ser demasiado generosos con las distracciones y tener que lamentarlo mañana, tal vez durante toda una semana incluso.

Un gran eructo de música sube de la noria. No consigue vomitar su vals de *Fausto,* la noria, pero hace todo lo posible. Le baja, el vals, y le vuelve a subir en torno al techo redondo, que gira con sus mil tartas de luz en bombillas. No es cómodo. El órgano sufre de música en el tubo de su vientre. ¿Qué tal un trozo de turrón? ¿O, mejor, el tiro al blanco? ¡A elegir!...

Entre nosotros, la más hábil, con el ala del sombrero alzada por delante, en el tiro, era Madelon. «¡Mira! -dijo a Robinson-. ¡Yo no tiemblo! ¡Y eso que hemos bebido de lo lindo!» Con eso os hacéis idea del tono exacto de la conversación. Acabábamos de salir del restaurante. «¡Otra más!» ¡Madelon la ganó, la botella de champán! «¡Ping y pong!

¡Y blanco!» Entonces le hice una apuesta: a que no me atrapaba en los coches de choque. «¿Que no? -respondió, muy animada-. ¡Cada cual al suyo!» ¡Y hale! Yo estaba contento de que hubiese aceptado. Era un medio de aproximarme a ella. Sophie no era celosa. Tenía motivos.

Conque Robinson subió detrás con Madelon en un coche y yo en otro delante con Sophie, ¡y nos pegamos una de golpes! ¡Toma castaña! ¡Toma ciribicundia! Pero en seguida vi que no le gustaba eso de que la zarandearan, a Madelon. Tampoco a él, por cierto, a Robinson, le gustaba ya eso. La verdad es que no estaba a gusto con nosotros. En el pasillo, cuando nos agarrábamos a las barandillas, unos marineros se pusieron a sobarnos por la fuerza, a hombres y mujeres, y nos hicieron proposiciones. Nos entró canguelo. Nos defendimos. Nos reímos. Llegaban de todos lados, los sobones, y, además, ¡con música, arrebato y cadencia! Recibes en esas especies de toneles con ruedas tales sacudidas, que cada vez que te dan se te salen los ojos de las órbitas.

¡Alegría, vamos! ¡Violencia con cachondeo! ¡Todo un acordeón de placeres! Me habría gustado hacer las paces con Madelon antes de abandonar la verbena. Yo insistía, pero ella ya no respondía a mis iniciativas. Nada, que no. Me ponía mala cara incluso. Me mantenía a distancia. Yo estaba perplejo. No estaba de humor, Madelon. Yo había esperado otra cosa. Físicamente había cambiado también, por cierto, y en todo.

Observé que, al lado de Sophie, desmerecía, estaba mustia. La amabilidad le sentaba mejor, pero parecía que ahora supiese cosas superiores. Eso me irritó. Con gusto la habría abofeteado de nuevo para hacerla entrar en razón o, si no, que me dijera, a mí, eso superior que sabía.

Pero, ¡a sonreír tocaban! Estábamos en la verbena, ¡no habíamos ido a lloriquear!

¡Había que celebrarlo!

Había encontrado trabajo en casa de una tía suya, iba contando a Sophie, después, mientras caminábamos. En la Rué du Rocher, una tía corsetera. No íbamos a ponerlo en duda.

No era difícil de comprender, desde ese momento, que para lo de la reconciliación el encuentro había sido un fracaso. Y para mi plan también, había sido un fracaso. Un desastre incluso.

Había sido un error volver a verse. Sophie, por su parte, aún no comprendía bien la situación. No se daba cuenta de que, al volver a vernos, acabábamos de complicar las cosas... Robinson debería haberme dicho, haberme avisado, que era terca hasta ese punto... ¡Una lástima! ¡En fin! ¡Catapún! ¡Chin, chin! ¡Ánimo, que no se diga! ¡Hale, a la oruga! Yo lo propuse, invitaba yo, para intentar acercarme una vez más a Madelon. Pero se escabullía constantemente, me evitaba, aprovechaba la multitud para subirse a otra banqueta, delante, con Robinson; estaba yo guapo. Olas y remolinos de obscuridad nos atontaban. No había nada que hacer, concluí para mis adentros. Y Sophie ya era de mi opinión. Comprendía que en todo aquello había sido yo víctima de mi imaginación de obseso y salido. «¡Mira! ¡Está ofendida! Me parece que lo mejor sería dejarlos tranquilos ahora... Nosotros podríamos quizás ir a dar una vuelta por el Chabanais antes de volver a casa...» Era una propuesta que le gustaba mucho, a Sophie, porque había oído hablar mucho del Chabanais, cuando aún se encontraba en Praga, y estaba deseando conocerlo, el Chabanais, para poder juzgar por sí misma. Pero calculamos que nos saldría demasiado caro, el Chabanais, para la cantidad de dinero que habíamos cogido. Conque tuvimos que interesarnos de nuevo por la verbena.

Robinson, mientras estábamos en la oruga, debía de haber tenido una escena con Madelon. Bajaron de lo más irritados, los dos, de aquel carrusel. Estaba visto que aquel día estaba ella de mírame y no me toques. Para calmar los ánimos, les propuse una distracción muy entretenida: un concurso de pesca al cuello de las botellas. Madelon aceptó refunfuñando. Y, sin embargo, nos ganó todo lo que quiso. Llegaba con su anillo justo encima del cuello de la botella, ¡e iba y te lo metía en menos que canta un gallo!

¡Tris, tras! Listo. El hombre de la caseta no daba crédito a sus ojos. Le entregó, de premio, «una media Grand-Duc de Malvoison». Para que os hagáis idea del tino que tenía. Pero, aun así, no quedó satisfecha. No la iba a beber... nos anunció al instante... Que si era malo... Conque fue Robinson quien la abrió para beberla. ¡Zas! ¡Y empinando el codo bien! Una gracia en su caso, pues no bebía, por así decir, nunca.

Después pasamos delante de la boda del pim pam pum. ¡Pan! ¡Pan! Peleamos con pelotas duras. Había que ver qué poco tino tenía yo... Felicité a Robinson. Me ganaba a cualquier juego también él. Pero tampoco lo hacía sonreír su tino. Estaba visto: parecía que los hubiéramos llevado por la fuerza a los dos. No había modo de animarlos, de alegrarlos. «¡Que estamos en la verbena!», grité; por una vez me fallaba la inventiva.

Pero les daba igual que yo los animara y les repitiese esas cosas al oído. No me oían.

«Pero, ¿qué juventud es ésta? -les pregunté-. ¡A quien se le diga...! ¿Es que ya no se divierte la juventud? ¿Qué tendría que hacer yo, entonces, que tengo diez castañas más que vosotros? ¡Pues sí!» Entonces me miraban, Madelon y él, como si se encontraran ante un intoxicado, un baboso, y ni siquiera valiese la pena responderme... Como si ni siquiera valiese la pena hablarme, pues ya no comprendería, seguro, lo que pudieran explicarme... Nada de nada... ¿Tendrían razón?, me pregunté entonces y miré, muy inquieto, a nuestro alrededor, a la otra gente.

Pero los otros hacían lo que convenía, por su parte, para divertirse, no como nosotros ahí, haciéndonos pajas mentales con nuestra pena, penita, pena. ¡Ni hablar del peluquín!

¡Menudo si la gozaban con la fiesta! ¡Por un franco aquí!... ¡Cincuenta céntimos allá!... Luz... Bombo, música y caramelos... Como moscas se agitaban, con sus larvillas incluso en los brazos, bien lívidos, pálidos bebés, que desaparecían, a fuerza de palidez, entre tanta luz. Un poco de rosa sólo en torno a la nariz les quedaba, a los bebés, en el sitio de los catarros y los besos.

Entre todas las casetas, lo reconocí en seguida, al pasar, el «Tiro de las Naciones», un recuerdo, no les comenté nada a los otros. Quince años ya, me dije, sólo para mis adentros. Quince años han pasado ya... ¡La tira! ¡La cantidad de amiguetes que ha perdido uno por el camino! Nunca habría creído que se hubiera librado del barro en que estaba hundido allí, en Saint-Cloud, el «Tiro de las Naciones»... Pero estaba bien restaurado, casi nuevo, en una palabra, ahora, con música y todo. Muy bien. No cesaban de tirar. Una caseta de tiro está siempre muy solicitada. El huevo había vuelto también, como yo, en el centro, casi en el aire, a brincar. Costaba dos francos. Pasamos de largo, teníamos demasiado frío como para probar, más valía caminar. Pero no era porque nos faltase dinero, teníamos aún los bolsillos llenos, de moneda tintineante, la musiquilla del bolso.

Yo habría probado cualquier cosa, en aquel momento, para que cambiásemos de ánimo, pero nadie ponía nada de su parte. Si hubiera estado Parapine con nosotros, habría sido aún peor seguramente, ya que se ponía triste en cuanto había gente. Por fortuna, se había quedado de guardia en el manicomio. Por mi parte, yo me arrepentía de haber ido. Madelon se echó entonces a reír, pese a todo, pero no era divertida su risa ni mucho menos. Robinson lanzaba risitas a su lado para no desentonar. De repente, Sophie se puso a contar chistes. Lo que faltaba.

Al pasar por delante de la caseta del fotógrafo, nos vio, el artista, vacilantes. No queríamos fotografiarnos, salvo Sophie tal vez. Pero acabamos expuestos ante su aparato, de todos modos, a fuerza de vacilar ante la puerta. Nos sometimos a sus lentas instrucciones, ahí, sobre la pasarela de cartón, que debía de haber construido él mismo, de un supuesto barco *La Belle-France*. Estaba escrito en los falsos salvavidas. Nos quedamos así un buen rato, con los ojos clavados en el horizonte desafiando el porvenir. Otros clientes esperaban impacientes a que bajáramos de la pasarela y ya se vengaban considerándonos feos y nos lo decían, además, y en voz alta.

Se aprovechaban de que no podíamos movernos. Pero Madelon no tenía miedo, los puso de vuelta y media con todo el acento del Mediodía. Bien clarito. Respuesta sabrosa.

Magnesio. Todos parpadeamos. Una foto cada uno. Más feos que antes. Estábamos más feos que antes. Calaba la lluvia por la lona. Teníamos los pies molidos de cansancio y congelados. El viento se nos había colado, mientras posábamos, por todos los agujeros, hasta el punto de que el abrigo parecía inexistente.

Había que ponerse de nuevo a deambular entre las casetas. Yo no me atrevía a proponer que volviésemos a Vigny. Era demasiado temprano. El sentimental órgano del tiovivo aprovechó que estábamos ya tiritando para provocarnos más tembleque aún, nervioso. Del fracaso del mundo entero se cachondeaba, el instrumento. Cantaba a la derrota entre sus tubos plateados y la melodía iba a diñarla en la noche de al lado, a través de las calles meadas que bajan de las Buttes.

Las marmotillas de Bretaña tosían mucho más que el invierno pasado, cierto es, cuando acababan de llegar a París. Sus muslos jaspeados de verde y azul eran los que adornaban, como podían, los arreos de los caballitos. Los chorbos de Auvernia que las invitaban, prudentes empleados de Correos, sólo se las tiraban con condón, era sabido. No estaban dispuestos a pescarlas por segunda vez. Las marmotas se retorcían esperando el amor en el estrépito asquerosamente melodioso del tiovivo. Un poco mareadas estaban, pero posaban, de todos modos, con seis grados de temperatura, porque era el momento supremo, el momento de probar su juventud con el amante definitivo, que tal vez estuviera ahí, conquistado ya, acurrucado entre los gilipuertas de aquella multitud aterida. No se atrevía aún, el Amor... Todo llega, sin embargo, como en el cine, y la felicidad también. Que te adore una sola noche y nunca más se separará de ti, ese hijo de papá... Es algo visto y se acabó. Además, es que está bien, es que es guapo, es que es rico.

En el quiosco de al lado, junto al metro, a la vendedora, por su parte, le importaba un pepino el porvenir, se rascaba su antigua conjuntivitis y se la infectaba despacio con las uñas. Es un placer, obscuro y gratuito. Ya hacía seis años que le duraba, lo del ojo, y cada vez le picaba más.

Los transeúntes apiñados en grupo contra el frío que pelaba se apretujaban para derretirse en torno a la rifa. Sin conseguirlo. Brasero de culos. Entonces se largaban corriendo y saltaban para calentarse en el cogollo de multitud que formaban los de enfrente, delante del ternero con dos cabezas.

Protegido por el urinario, un muchachito a quien el paro acechaba decía su precio a una pareja de provincias, que se sonrojaba de emoción. El guri que velaba por las buenas costumbres había comprendido el tejemaneje, pero se la traía floja, su cita de momento era a la salida del café Miseux. Hacía una semana que lo acechaba. Tenía que ser en el estanco o en la trastienda del vendedor de libros verdes de al lado. En cualquier caso, hacía tiempo que le habían dado el soplo. Uno de los dos procuraba, según contaban, menores, que aparentaban vender flores. Más anónimos. El vendedor de castañas de la esquina «soplaba» también, por su parte, a la bofia. Qué remedio, por cierto. Todo lo que había en la acera pertenecía a la policía.

Esa especie de ametralladora que se oía, furiosa, por este lado, a ráfagas, era simplemente la moto del tipo del «Disco de la Muerte». Un «evadido», según decían, pero no era seguro. En cualquier caso, ya había reventado su tienda dos veces, aquí mismo, y también dos años antes en Toulouse. ¡A ver si se estrellaba de una vez con su aparato! ¡A ver si se rompía la jeta de una vez y la columna también y que no se hablara más del asunto! De oírlo, ¡te entraban ganas de matarlo! El tranvía también, por cierto, con su campanilla; ya había atropellado a dos viejos de Bicetre, a la altura de las casetas, en menos de un mes. El autobús, en cambio, era tranquilo. Llegaba a la chita callando a la Place Pigalle, con muchas precauciones, titubeando más bien, tocando la bocina, jadeando, con sus cuatro personas dentro, muy prudentes y lentas a la hora de salir, como monaguillos.

De mostradores a grupos y de tiovivos a rifas, a fuerza de deambular, habíamos llegado hasta el final de la verbena, el enorme vacío negro como la pez donde las familias iban a hacer pipí... ¡Media vuelta, pues! Al volver sobre nuestros pasos, comimos castañas para que nos diera sed. Dolor en la boca nos dio, pero no sed. Un gusano también en las castañas, uno muy mono. Se lo encontró Madelon, como hecho a propósito. E incluso desde aquel momento fue cuando las cosas empezaron a ir francamente mal entre nosotros, hasta entonces nos conteníamos un poco, pero lo de la castaña la puso absolutamente furiosa.

En el momento en que se acercaba al arroyo para escupirlo, el gusano, Léon le dijo, además, algo como para impedírselo, ya no sé qué, ni por qué le dio eso, pero de repente eso de ir a escupir así no le gustaba a Léon. Le preguntó, como un tonto, si había encontrado una pepita... No había que hacerle una pregunta así... Y entonces va y se le ocurre a Sophie meterse en su discusión, no comprendía por qué regañaban... Quería saberlo.

Conque eso los irritó aún más, verse interrumpidos por Sophie, una extranjera, lógicamente. Justo entonces un grupo de alborotadores pasó entre nosotros y nos separó. Eran jóvenes que hacían la carrera, en realidad, pero con mímicas, pitos y toda clase de gritos de alma que lleva el diablo. Cuando pudimos juntarnos, seguían regañando, Robinson y ella.

«Ha llegado el momento -pensaba yode regresar... Si los dejamos juntos aquí unos minutos más, nos van a armar un escándalo en plena verbena... ¡Ya basta por hoy!» Todo había fallado, había que reconocerlo. «¿Quieres que nos vayamos? -le propuse. Entonces me miró como sorprendido. Sin embargo, me parecía la decisión más prudente e indicada-. ¿Es que no estáis hartos de la verbena así?», añadí. Entonces me indicó por señas que lo mejor era que preguntara primero su opinión a Madelon. No tenía yo inconveniente en preguntárselo, a Madelon, pero no me parecía muy oportuno.

«Pero, ¡si nos la llevamos con nosotros, a Madelon!», acabé diciendo.

«¿Que nos la llevamos? ¿Adonde quieres llevarla?», dijo él.

«Pues, ¡a Vigny, hombre!», respondí.

¡Era meter la pata!... Una vez más. Pero no podía echarme atrás, ya lo había dicho.

«¡Tenemos una habitación libre para ella en Vigny! -añadí-. ¡Nos sobran habitaciones, qué caramba!... Además, podemos tomar una cenita juntos, antes de irnos a acostar... ¡Será más alegre que aquí, donde nos estamos quedando, literalmente, congelados desde hace dos horas! No va a ser difícil...» No respondía nada, Madelon, a mis propuestas. Ni siquiera me miraba, mientras yo hablaba, pero, aun así, no se perdía ripio de lo que yo acababa de explicar. En fin, lo dicho dicho estaba.

Cuando me encontré un poco separado, ella se acercó a mí con disimulo para preguntarme si no sería que quería jugarle otra mala pasada invitándola a Vigny. No le respondí nada. No se puede razonar con una mujer celosa, como ella estaba, habría sido otro pretexto más para cuentos interminables. Y, además, yo no sabía exactamente de quién ni de qué estaba celosa. Con frecuencia es difícil determinar esos sentimientos provocados por los celos. De todo, en una palabra, estaba celosa, me imagino, como todo el mundo.

Sophie no sabía ya qué hacer, pero seguía insistiendo para mostrarse amable. Había cogido del brazo incluso a Madelon, pero ésta estaba demasiado rabiosa y contenta, además, de estarlo como para dejarse distraer por amabilidades. Nos escurrimos con mucho trabajo a través del gentío para llegar hasta el tranvía, en la Place Clichy. En el preciso momento en que íbamos a coger el tranvía, una nube descargó sobre la plaza y empezó a llover a mares. El cielo se derramó.

En un instante todos los autos fueron cogidos al asalto. «¿No irás a ponerme en evidencia delante de la gente?... ¿Eh, Léon? -oí a Madelon preguntarle a media voz junto a nosotros. Aquello se ponía feo-. ¿Conque ya estás harto de verme, eh?... ¡Anda, dilo que estás harto de verme! -proseguía-. ¡Dilo! ¡Y eso que no me ves a menudo!... Pero prefieres estar a solas con ellos dos, ¿eh?...

Apuesto algo a que os acostáis juntos, cuando yo no estoy... ¡Dilo, que prefieres estar con ellos y no conmigo!... Dilo, que yo te oiga... -Y después se quedaba sin decir nada, la cara se le cerraba en una mueca en torno a la nariz, que le subía y le tiraba de la boca. Estábamos esperando en la acera-. ¿Has visto cómo me tratan tus amigos?... ¿Eh, Léon?», continuaba.

Pero Léon, hay que ser justos, no replicaba, no la provocaba, miraba para otro lado, a las fachadas y el bulevar y los coches.

Sin embargo, era un violento a ratos, Léon. Como Madelon veía que no daban resultado sus amenazas, lo hostigaba de otro modo y después con ternura, mientras esperaba. «Yo te quiero, Léon mío, ¿me oyes, que te quiero?... ¿Te das cuenta por lo menos de lo que he hecho por ti?... ¿Tal vez habría sido mejor que yo no viniera hoy?...

¿Me quieres, de todos modos, un poquito, Léon? No es posible que no me quieras nada... Tienes corazón, ¿no, Léon? Tienes un poco de corazón, de todos modos, ¿no, Léon?... Entonces, ¿por qué desprecias mi amor?... Habíamos tenido un sueño bonito juntos... ¡Anda que no eres cruel conmigo!... ¡Has despreciado mi sueño, Léon! ¡Lo has ensuciado!... ¡Ya puedes decir que lo has destruido, mi ideal!... Entonces no quieres que crea más en el amor, ¿eh? ¿Es eso lo que quieres de verdad?...» Todo le preguntaba, mientras la lluvia calaba el toldo del café.

Chorreaba entre la gente. Estaba visto, Madelon era como él me había advertido. No había inventado nada Robinson en lo referente a su carácter auténtico. No habría yo podido imaginar que hubiesen llegado tan rápido a semejantes intensidades sentimentales, así era.

Como los coches y todo el tráfico hacían mucho ruido en torno a nosotros, aproveché para decir unas palabras a Robinson al oído, de todos modos, sobre la situación, para intentar librarnos de ella ahora y acabar lo más rápido posible, ya que había sido un fracaso, zafarnos a la chita callando antes de que todo se agriara y que nos enfadásemos sin remedio. Era como para temerlo. «¿Quieres que te busque un pretexto yo? -le sugerí-. ¿Y que nos larguemos cada uno por nuestro lado?» «¡No se te ocurra! -me respondió él-. ¡No se te ocurra! ¡Podría darle un ataque aquí mismo y no podríamos con ella!» No insistí.

Al fin y al cabo, tal vez fuera eso lo que le daba gusto, que le echasen una bronca en público, a Robinson, y, además, que él la conocía mejor que yo. Cuando el diluvio amainaba, encontramos un taxi. Nos precipitamos y nos encontramos apretujados. Al principio, no nos decíamos nada. Estábamos mustios y, además, yo ya había metido la pata lo mío. Podía esperar un poquito antes de volver a empezar.

Léon y yo cogimos los transpórtales de delante y las dos mujeres ocuparon el fondo del taxi. Las noches de verbena hay embotellamientos en la carretera de Argenteuil, sobre todo hasta la Porte. Después hay que contar por lo menos una buena hora para llegar a Vigny por culpa del tráfico. No es cómodo permanecer una hora sin hablarse, mirándose de frente, sobre todo cuando es de noche, cuando vas inquieto a causa de los que te acompañan.

Sin embargo, si hubiéramos permanecido así, ofendidos, pero sin manifestarlo, no habría ocurrido nada. Hoy sigo siendo del mismo parecer, cuando lo pienso.

A fin de cuentas, fue culpa mía que volviéramos a hablar y que la disputa se reanudara al instante y con más fuerza. Con las palabras todas las precauciones son pocas; parecen mosquitas muertas, las palabras, no parecen peligros, desde luego, vientecillos más bien, ruiditos vocales, ni chicha ni limonada, y fáciles de recoger, en cuanto llegan a través del oído, por el enorme hastío, gris y difuso, del cerebro. No desconfiamos de las palabras y llega la desgracia.

Palabras hay escondidas, entre las otras, como guijarros. No se reconocen en especial y después van, sin embargo, y te hacen temblar la vida entera, en su fuerza y en su debilidad... Entonces viene el pánico... Una avalancha... Te quedas ahí, como un ahorcado, por encima de las emociones... Una tormenta que ha llegado, que ha pasado, demasiado fuerte para uno, tan violenta, que nunca la hubiera uno imaginado sólo con sentimientos... Así, pues, todas las precauciones son pocas con las palabras, ésa es mi conclusión. Pero, primero, voy a contar cómo fue...: el taxi seguía despacio tras el tranvía a causa de las obras... «Rrron...» y «rrron...», hacía. Una cuneta cada cien metros... Sólo, que yo no podía conformarme con eso, el tranvía delante. Yo, siempre charlatán e infantil, me impacientaba... Me resultaba insoportable aquella marcha de entierro y aquella indecisión por todas partes... Me apresuré a romper el silencio para preguntar a gritos por qué iba pisando huevos. Observé o, mejor, intenté observar, pues ya casi no se veía, en su rincón, a la izquierda, en el fondo del taxi, a Madelon. Mantenía la cara vuelta hacia fuera, hacia el paisaje, hacia la noche, a decir verdad. Comprobé con rencor que seguía tan terca.

Y yo tenía que hacer la puñeta, desde luego. Me dirigí a ella, sólo para que volviera la cara hacia mí.

«¡Oye, Madelon! -le pregunté-. ¿No tendrás un plan para que nos divirtamos que no te atreves a proponernos? ¿Quieres que nos detengamos en alguna parte antes de regresar? ¡Dilo sin falta!...»

«¡Divertirse! ¡Divertirse! -me respondió como insultada-. ¡Sólo pensáis en eso, vosotros! ¡En divertiros!...»

Y de pronto lanzó toda una serie de suspiros, profundos, conmovedores como pocos he oído en mi vida.

«¡Yo hago lo que puedo! -le respondí-. ¡Es domingo!»

«¿Y tú, Léon? -le preguntó entonces a él-. ¿Tú? ¿Haces tú también todo lo que puedes? ¿Eh?» Sin rodeos.

«¡Ya lo creo!», le respondió él.

Los miré a los dos en el momento en que pasábamos ante los faroles. La cólera en persona. Madelon se inclinó entonces como para besarlo. Estaba visto y bien visto que aquella tarde no íbamos a dejar de meter la pata ni una sola vez.

El taxi volvía a avanzar muy despacio por culpa de los camiones, en constante caravana por delante de nosotros. Eso le molestaba precisamente, a él, que lo besara, y la rechazó con bastante brusquedad, hay que reconocerlo. Desde luego, no era un gesto amable precisamente, sobre todo delante de nosotros.

Cuando llegamos al final de la Avenue de Clichy, a la Porte, era ya noche obscura, las tiendas estaban encendiendo las luces. Bajo el puente del ferrocarril, que resuena siempre tan fuerte, oí que volvía a preguntarle: «¿No quieres besarme, Léon?» Volvía a la carga. Él seguía sin responderle. De repente, ella se volvió hacia mí y me increpó a las claras. Lo que no podía soportar era la afrenta.

«¿Qué más le has hecho a Léon para que se haya vuelto tan malo? Anda, atrévete a decírmelo en seguida... ¿Qué le has contado?...» Asimismo me provocaba.

«¿Contarle? -le respondí-. ¡No le he contado nada!... ¡Yo no me meto en vuestras disputas!...»

Y lo más grande es que era verdad, que yo no le había contado nada en absoluto de ella, a Léon. Era muy dueño de quedarse con ella o separarse. No me incumbía, pero no valía la pena intentar convencerla, ya no se avenía a razones y volvimos a callarnos frente a frente, en el taxi, pero la atmósfera seguía tan cargada de bronca, que no se podía continuar así mucho rato. Había puesto, para hablarme, un tono de voz sordo, que nunca le había oído yo, un tono monótono también, como el de una persona del todo decidida. Echada hacia atrás como iba en el rincón del taxi, yo ya no podía apenas ver sus gestos y eso me fastidiaba mucho.

Sophie, entretanto, me tenía cogida la mano. Ya no sabía dónde meterse, Sophie, de repente, la pobre.

Cuando acabábamos de pasar Saint-Ouen, fue Madelon quien reanudó la sesión de quejas contra Léon y con una intensidad frenética, volviendo a hacerle preguntas interminables y en voz alta ahora a propósito de su afecto y su fidelidad. Para nosotros dos, Sophie y yo, era de lo más violento. Pero estaba tan soliviantada, que le daba absolutamente igual que la escucháramos: al contrario. Desde luego, yo me había lucido encerrándola en aquella jaula con nosotros, resonaba y eso le daba ganas, con su carácter, de hacernos la gran escena. Había sido otra iniciativa mía, muy ocurrente, lo del taxi...

Él, Léon, ya no reaccionaba. En primer lugar, estaba cansado por la tarde que acabábamos de pasar juntos y, además, siempre tenía sueño atrasado, era su enfermedad.

«¡Cálmate, mujer! -conseguí, de todos modos, hacerle entender a Madelon-. Ya reñiréis los dos al llegar... ¡Os sobra tiempo!...»

«¡Llegar! ¡Llegar! -me respondió entonces con un tono indescriptible-. ¿Llegar? No vamos a llegar nunca, ¡te lo digo yo!... Y, además, ¡que estoy harta de vuestros asquerosos modales! -prosiguió-. ¡Yo soy una chica decente!... ¡Valgo más que todos vosotros juntos, yo!... Hatajo de guarros. Ya podéis tomarme el pelo... ¡que no sois dignos de comprenderme!... ¡Estáis demasiado corrompidos, todos vosotros, para comprenderme!... ¡Ya no hay cosa limpia ni bonita que podáis comprender!»

Nos atacaba a fin de cuentas, en el amor propio y sin cesar, y de nada servía que yo permaneciera muy modosito en mi transportín, lo mejor posible, y sin lanzar ni un simple suspiro, para no excitarla más; a cada cambio de velocidad del taxi, volvía a lanzarse en trance. Basta una nimiedad en esos momentos para desencadenar lo peor y era como si gozara sólo con hacernos sufrir, ya no podía dejar de dar rienda suelta en seguida a su carácter y hasta el fondo.

«Pero, ¡no os creáis que esto va a quedar así! -siguió amenazándonos-. ¡Ni que vais a poder deshaceros de la chica a la chita callando! ¡Ah, no! ¿Eh? ¡No os lo vayáis a creer! No, ¡os va a salir el tiro por la culata! Desgraciados, que es lo que sois, todos... ¡Me habéis hecho una desdichada! ¡Os vais a enterar, con todo lo asquerosos que sois!...»

De repente, se inclinó hacia Robinson y lo cogió del abrigo y se puso a zarandearlo con los dos brazos. Él no hacía nada para desasirse. No iba yo a intervenir. Era casi como para pensar que le daba placer, a Robinson, verla excitarse un poco más aún en relación con él. Él se reía burlón, no era natural, oscilaba, mientras ella lo ponía verde, como un monigote, con la cabeza gacha y fláccida.

En el momento en que yo iba a hacer, pese a todo, un gesto de reconvención para interrumpir aquellas groserías, ella se me volvió y no queráis ver lo que me soltó incluso a mí... Lo que se tenía callado desde hacía mucho... ¡Me lanzó una buena, la verdad! Y delante de todo el mundo. «Tú, ¡estáte quieto, sátiro! -fue y me dijo-. ¡No te metas en donde no te llaman! ¡No te aguanto más violencias, amigo! ¿Me oyes? ¿Eh? ¡Es que no te las aguanto más! Si vuelves a levantarme la mano una sola vez, ¡te va a enseñar, Madelon, cómo hay que comportarse en la vida!... ¡A poner los cuernos a los amigos y después pegar a sus mujeres!... ¡Será jeta, el cabrón este! ¿Es que no te da vergüenza?» Léon, por su parte, al oír aquellas verdades, pareció despertar un poco. Dejó de reírse. Yo me pregunté incluso por un momentito si no iríamos a provocarnos, a canearnos, pero es que, en primer lugar, no teníamos sitio, siendo cuatro en el taxi. Eso me tranquilizaba. Era demasiado estrecho.

Y, además, que íbamos bastante deprisa ahora por el adoquinado de los bulevares del Sena y pegábamos unos botes, que no podíamos ni movernos...

«¡Ven, Léon! -le ordenó entonces-. ¡Ven! ¡Te lo pido por última vez! ¿Me oyes? ¡Ven! ¡Mándalos a freír espárragos! ¿Es que no oyes lo que te digo?» Una comedia de verdad.

«¡Para el taxi, venga, Léon! ¡Páralo tú o lo paro yo misma!» Pero él, Léon, seguía sin moverse de su asiento. Estaba clavado.

«Entonces, ¿no quieres venir? -volvió a insistir-. ¿No quieres venir?»

Me había avisado que lo mejor que podía hacer yo era quedarme tranquilo. Despachado. «¿No vienes?», le repetía. El taxi seguía a gran velocidad, la carretera estaba despejada ahora y pegábamos botes aún mayores. Como paquetes, para aquí, para allá.

«Bueno -concluyó, en vista de que él no le respondía nada-. ¡Muy bien! ¡De acuerdo!

¡Tú lo habrás querido! ¡Mañana! ¿Me oyes? Mañana, a más tardar, iré a ver al comisario y le explicaré, yo, al comisario, ¡cómo cayó en su escalera la tía Henrouille! ¿Me oyes, ahora? ¿Di, Léon?... ¿Estás contento?... ¿Ya no te haces el sordo? ¡O te vienes conmigo ahora mismo o voy a verlo mañana por la mañana!... A ver, ¿quieres venir o no? ¡Explícate!...» Era categórica, la amenaza.

En aquel momento, él se decidió a responderle un poco.

«Pero, bueno, ¡si tú estás pringada también! -le dijo-. ¡Qué vas a decir tú...!»

Al oírle responder aquello, ella no se calmó lo más mínimo: al contrario. «¡Me importa un comino! -le respondió-. ¡Estar pringada! ¿Quieres decir que iremos a la cárcel los dos?... ¿Que fui tu cómplice?... ¿Es eso lo que quieres decir?... Pero, ¡si no deseo otra cosa!...»

Y de pronto se echó a reír burlona, como una histérica, como si en su vida hubiera conocido cosa más graciosa...

«Pero, ¡si no deseo otra cosa, ya te digo! Pero, ¡si a mí me gusta la cárcel! ¡Te lo digo yo!... ¡No te vayas a creer que me voy a rajar por miedo a la cárcel!... ¡Iré cuantas veces quieran, a la cárcel! Pero tú también irás entonces, ¿eh, cabrón?... ¡Al menos, ya no te burlarás más de mí!... ¡Soy tuya, de acuerdo! Pero, ¡tú eres mío! ¡Haberte quedado conmigo allí! Yo sólo conozco un amor, ¿sabe, usted? ¡Yo no soy una puta!»

Y nos desafiaba, a mí y a Sophie, al mismo tiempo, al decir eso. De fidelidad hablaba, de consideración.

Pese a todo, seguíamos en marcha y Robinson seguía sin decidirse a detener al taxista.

«Entonces, ¿no vienes? ¿Prefieres ir a presidio? ¡Muy bien!... ¿Te la trae floja que te denuncie?... ¿Que te quiera?... ¿Te la trae floja también? ¿Eh?... ¿Y mi porvenir te la trae floja?... Todo te la trae floja, en realidad, ¿no es así? ¡Dilo!»

«Sí, en cierto sentido... -respondió él-. Tienes razón... Pero no más tú que otra, me la traes floja... ¡Sobre todo no te lo tomes como un insulto!... Tú eres simpática, en el fondo... Pero ya no deseo que me amen... ¡Me da asco!...»

No se esperaba que le dijeran una cosa así, ahí, en sus narices, y tanto la sorprendió, que ya no sabía cómo reanudar la bronca que había iniciado. Estaba bastante desconcertada, pero volvió a empezar, de todos modos. «¡Ah! ¡Conque te da asco!...

¿Cómo que te da asco? ¿Qué quieres decir?... Explícate, ingrato asqueroso...»

«¡No! No eres tú, ¡es que todo me da asco! -le respondió él-. No tengo ganas... No hay que tomármelo en cuenta...»

«¿Cómo dices? ¡Repítelo!... ¿Yo y todo? -Intentaba comprender-. ¿Yo y todo? Pero, ¡explícate! ¿Qué quiere decir eso?... ¿Yo y todo?... ¡No hables en chino!... Dímelo en cristiano, delante de ellos, por qué te doy asco ahora. ¿Es que no te empalmas como los demás, eh, cacho cabrón? ¿Cuando haces el amor? A ver, ¿no te empalmas? ¿Eh?... Atrévete a decirlo aquí... delante de todo el mundo... ¡que no te empalmas!...»

Pese a su furia, daba un poco de risa su manera de defenderse con esas observaciones. Pero no tuve mucho tiempo para divertirme, porque volvió a la carga. «Y ése, ¿qué? -dijo-. ¿Es que no se pone las botas, siempre que puede atraparme en un rincón? ¡Ese asqueroso! ¡Ese sobón! ¡A ver si se atreve a decirme lo contrario!... Pero decidlo todos, ¡que lo que queréis es variar!... ¡Re-conocedlo!... ¡Que lo que necesitáis es la novedad!... ¡Orgías!... ¿Por qué no jovencitas vírgenes? ¡Hatajo de depravados! ¡Hatajo de cerdos! ¿Por qué buscáis pretextos?... Lo que os pasa es que estáis hastiados de todo, ¡y se acabó! Sólo, ¡que ya no tenéis valor para vuestros vicios! ¡Os dan miedo vuestros vicios!»

Y entonces fue Robinson quien se encargó de responder. Se había irritado también, al final, y ahora berreaba tan fuerte como ella.

«¡Pero, claro que sí! -le respondió-. ¡Claro que tengo valor! ¡Y seguro que tanto o más que tú!... Sólo, que yo, si quieres que te diga la verdad... toda absolutamente... pues, ¡es que todo me repugna y me asquea ahora! ¡No sólo tú!... ¡Todo!... ¡Sobre todo el amor!... El tuyo como el de los demás... Ese rollo de sentimientos que andas tirándote, ¿quieres que te diga a qué se parece? ¡Se parece a hacer el amor en un retrete! ¿Me comprendes ahora?... Y los sentimientos que andas sacando para que me quede pegado a ti, me sientan como insultos, por si te interesa saberlo... Y ni siquiera lo sospechas, además, porque la asquerosa eres tú, que no te das cuenta... ¡Y ni siquiera te imaginas que eres una asquerosa!... Te basta con repetir los rollos que anda soltando la gente... Te parece normal... Te basta porque te han contado que no había nada mejor que el amor y que le da a todo el mundo *y* siempre... Bueno, pues, ¡yo me cago en ese amor de todo el mundo!... ¿Me oyes? Yo ya no pico, chica... ¡en su asqueroso amor!... ¡Vas lista!...

¡Llegas demasiado tarde! Yo ya no pico, ¡y se acabó!... ¡Y por eso te enfureces!...

¿Sigue interesándote hacer el amor en medio de todo lo que ocurre?... ¿De todo lo que vemos?... ¿O es que no ves nada?... ¡Más bien creo que te importa un pepino!... Te haces la sentimental, pero eres una bestia como no hay dos... ¿Quieres jalar carne podrida?

¿Con tu salsa a base de ternura?... ¿Te pasa así?... ¡A mí, no!... Si no hueles nada, ¡mejor para ti! ¡Es que tienes la nariz tapada! Hay que estar embrutecido como estáis todos para que no os dé asco... ¿Quieres saber lo que se interpone entre tú *y* yo?... Bueno, pues, entre tú y yo se interpone la vida entera... ¿No te basta acaso?»

«Pero mi casa está limpia... -se rebeló ella-. Se puede ser pobre y, aun así, limpio, ¡qué caramba! ¿Cuándo has visto tú que no estuviera limpia mi casa? ¿Eso es lo que quieres decir al insultarme?... Yo tengo el culo limpio, ¡para que se entere usted!...

¡Quizá tú no puedas decir lo mismo!... ¡ni los pies tampoco!...»

«Pero, ¡si yo no he dicho nunca eso, Madelon! ¡Yo no he dicho nada así!... ¡Que tu casa no esté limpia!... ¿Ves como no comprendes nada?» Eso era lo único que se le había ocurrido para calmarla.

«¿Que no has dicho nada? ¿Nada? Mirad cómo me insulta y me deja por los suelos, ¡y encima, se pone que no ha dicho nada! Pero, ¡si es que habría que matarlo para que no pudiera mentir más! ¡El trullo no es bastante para un mierda como éste! ¡Un chulo asqueroso y degenerado!... ¡No basta!... ¡Lo que le haría falta es el patíbulo!»

Ya no quería calmarse de ningún modo. Ya no se entendía nada de su disputa en el taxi. Sólo se oían palabrotas con el estruendo del auto, el golpeteo de las ruedas con la lluvia y el viento que se lanzaba contra nuestra portezuela a ráfagas. Íbamos atestados de amenazas. «Es innoble... -repitió varias veces. Ya no podía hablar de otra cosa-. ¡Es innoble! -Y después probó el juego fuerte-: ¿Vienes? -le dijo-. ¿Vienes, Léon? ¿A una?... ¿Vienes? ¿A las dos?... -Esperó-. ¿A las tres?... ¿No vienes, entonces?» «¡No! -le respondió él, sin hacer el menor movimiento-. ¡Haz lo que quieras!», añadió incluso. Respuesta clara.

Ella debió de echarse hacia atrás un poco en el asiento, al fondo. Debía de sujetar el revólver con las dos manos, porque, cuando le salió el disparo, parecía proceder derecho de su vientre y después, casi juntos, dos tiros más, dos veces seguidas... Lleno de humo picante quedó el taxi entonces.

Seguimos en marcha, de todos modos. Cayó sobre mí, Robinson, de lado, a sacudidas, farfullando. «¡Hop!» y «¡Hop!» No cesaba de gemir. «¡Hop!» y «¡Hop!» El conductor tenía que haber oído.

Aminoró un poco sólo al principio, para cerciorarse. Por fin, se detuvo del todo delante de un farol de gas.

En cuanto hubo abierto la portezuela, Madelon le dio un violento empujón y se lanzó afuera. Cayó rodando por el terraplén. Se largó corriendo entre la obscuridad del campo y por el barro. De nada sirvió que yo la llamara, ya estaba lejos.

Yo no sabía qué hacer con el herido. Llevarlo hasta París habría sido lo más práctico en cierto sentido... Pero ya no estábamos lejos de nuestra casa... La gente del pueblo no habría comprendido la maniobra... Conque Sophie y yo lo tapamos con los abrigos y lo colocamos en el propio rincón donde Madelon se había situado para disparar.

«¡Despacio!», recomendé al conductor. Pero aún iba demasiado rápido, tenía prisa. Los tumbas hacían gemir aún más a Robinson.

Una vez que llegamos ante la casa, ni siquiera quería darnos su nombre, el conductor; estaba preocupado por los líos que eso le iba a traer, con la policía, los testimonios...

Decía también que seguramente habría manchas de sangre en los asientos. Quería marcharse al instante. Pero yo había tomado su número.

En el vientre había recibido Robinson las dos balas, tal vez tres, no sabía yo aún cuántas exactamente.

Había disparado justo delante de ella, eso lo había visto yo. No sangraban, las heridas. Entre Sophie y yo, pese a que lo sujetábamos, daba muchos tumbos, de todos modos, la cabeza se le bamboleaba. Hablaba, pero era difícil comprenderlo. Era ya delirio. «¡Hop!» y «¡Hop!», seguía canturreando. Iba a tener tiempo de morirse antes de que llegáramos.

La calle estaba recién adoquinada. En cuanto llegamos ante la verja, envié a la portera a buscar a Parapine en su habitación, a toda prisa. Bajó al instante y con él y un enfermero pudimos subir a Léon hasta su cama. Una vez desvestido, pudimos examinarlo y palparle la pared abdominal. Estaba ya muy tensa, la pared, bajo los dedos, a la palpación, e incluso producía un sonido sordo en algunos puntos. Dos agujeros, uno encima del otro, encontré, una de las balas debía de haberse perdido.

Si yo hubiera estado en su lugar, habría preferido una hemorragia interna, eso te inunda el vientre, y tarda poco. Se te llena el peritoneo y se acabó. Mientras que una peritonitis es infección en perspectiva, larga.

Podíamos preguntarnos cómo iría a hacer, para acabar. El vientre se le hinchaba, nos miraba, Léon, ya muy fijo, gemía, pero no demasiado. Era como una calma. Yo ya lo había visto muy enfermo, y en muchos lugares diferentes, pero aquello era un asunto en que todo era nuevo, los suspiros y los ojos y todo. Ya no se lo podía retener, podríamos decir, se iba de minuto en minuto. Transpiraba con gotas tan gruesas, que era como si llorase con toda la cara. En esos momentos es un poco violento haberse vuelto tan pobre y tan duro. Careces de casi todo lo que haría falta para ayudar a morir a alguien. Ya sólo te quedan cosas útiles para la vida de todos los días, la vida de la comodidad, la vida propia sólo, la cabronada. Has perdido la confianza por el camino. Has expulsado, ahuyentado, la piedad que te quedaba, con cuidado, hasta el fondo del cuerpo, como una píldora asquerosa. La has empujado hasta el extremo del intestino, la piedad, con la mierda. Ahí está bien, te dices.

Y yo seguía, delante de Léon, para compadecerme, y nunca me había sentido tan violento. No lo conseguía... Él me encontraba... Las pasaba putas... Él debía de buscar a otro Ferdinand, mucho mayor que yo, desde luego, para morir, para ayudarlo a morir más bien, más despacio. Hacía esfuerzos para darse cuenta de si por casualidad no habría hecho progresos el mundo. Hacía el inventario, el pobre desgraciado, en su conciencia... Si no habrían cambiado un poco los hombres, para mejor, mientras él había vivido, si no habría sido alguna vez injusto con ellos sin quererlo... Pero sólo estaba yo, yo y sólo yo, junto a él, un Ferdinand muy real al que faltaba lo que haría a un hombre más grande que su simple vida, el amor por la vida de los demás. De eso no tenía yo, o tan poco, la verdad, que no valía la pena enseñarlo. Yo no era grande como la muerte. Era mucho más pequeño. Carecía de la gran idea humana. Habría sentido incluso, creo, pena con mayor facilidad de un perro estirando la pata que de él, Robinson, porque un perro no es listillo, mientras que él era un poco listillo, de todos modos, Léon. También yo era un listillo, éramos unos listillos... Todo lo demás había desaparecido por el camino y hasta esas muecas que pueden aún servir junto a los agonizantes las había perdido, había perdido todo, estaba visto, por el camino, no encontraba nada de lo que se necesita para diñarla, sólo malicias. Mi sentimiento era como una casa adonde sólo se va de vacaciones. Es casi inhabitable. Y, además, es que es exigente, un agonizante moribundo. Agonizar no basta. Hay que gozar al tiempo que se casca, con los últimos estertores hay que gozar aún, en el punto más bajo de la vida, con las arterias llenas de urea.

Lloriquean aún, los agonizantes, porque no gozan bastante... Reclaman... Protestan.

Es la comedia de la desgracia, que intenta pasar de la vida a la propia muerte.

Recuperó un poco el sentido, cuando Parapine le hubo puesto la inyección de morfina. Nos contó incluso cosas entonces sobre lo que acababa de ocurrir. «Es mejor que esto acabe así... -dijo y añadió-: No duele tanto como yo hubiera creído...» Cuando Parapine le preguntó en qué punto le dolía exactamente, se veía ya bien que estaba un poco ido, pero también que aún quería, pese a todo, decirnos cosas... Le faltaba la fuerza y también los medios. Lloraba, se asfixiaba y se reía un instante después. No era como un enfermo corriente, no sabíamos qué actitud adoptar ante él.

Era como si intentara ayudarnos a vivir ahora a nosotros. Como si nos buscase, a nosotros, placeres para permanecer. Nos tenía cogidos de la mano. Una a cada uno. Lo besé. Eso es ya lo único que se puede hacer sin equivocarse en esos casos. Esperamos. Ya no dijo nada más. Un poco después, una hora tal vez, no más, se decidió la hemorragia, pero entonces abundante, interna, masiva. Se lo llevó.

Su corazón se puso a latir cada vez más deprisa y después como un loco. Corría, su corazón, tras su sangre, agotado, ahí, minúsculo ya, al final de las arterias, temblando en la punta de los dedos. La palidez le subió desde el cuello y le inundó toda la cara. Acabó asfixiándose. Se marchó de golpe, como si hubiera tomado carrerilla, apretándose contra nosotros dos, con los dos brazos.

Y después volvió, ante nosotros, casi al instante, crispado, adquiriendo ya todo su peso de muerto.

Nos levantamos, nosotros, nos desprendimos de sus manos. Se le quedaron en el aire, las manos, muy rígidas, alzadas, bien amarillas y azules bajo la lámpara.

En la habitación parecía un extranjero ahora, Robinson, que viniera de un país atroz y al que no nos atreviésemos ya a hablar.

* * *

Parapine conservaba la presencia de ánimo. Encontró el medio de enviar a un hombre a la comisaría. Precisamente era Gustave, nuestro Gustave, quien estaba de plantón, después de volver de su trabajo con el tráfico.

«¡Vaya, otra desgracia!», dijo Gustave, en cuanto entró en la habitación y vio.

Y después se sentó al lado para cobrar aliento y echar un trago también en la mesa de los enfermeros, que aún no habían recogido. «Como es un crimen, lo mejor sería llevarlo a la comisaría -propuso y después comentó también-: Era un buen chico, Robinson, incapaz de hacer daño a una mosca. Me pregunto por qué lo habrá matado...» Y volvió a echar un trago. No debería haberlo hecho. Toleraba mal la bebida. Pero le gustaba la botella. Era su debilidad.

Fuimos a buscar una camilla arriba, con él, en el almacén. Era ya muy tarde para molestar al personal, decidimos transportar el cuerpo hasta la comisaría nosotros mismos. La comisaría quedaba lejos, en el otro extremo del pueblo, después del paso a nivel, la última casa.

Conque nos pusimos en marcha. Parapine sujetaba la camilla por delante. Gustave Mandamour por el otro extremo. Sólo, que no iban demasiado derechos ni uno ni otro. Sophie tuvo incluso que guiarlos un poco para bajar la escalerita. En aquel momento observé que no parecía demasiado emocionada, Sophie. Y, sin embargo, había sucedido a su lado y tan cerca incluso, que habría podido muy bien recibir una de las balas, mientras la otra loca disparaba. Pero Sophie, ya lo había yo notado en otras circunstancias, necesitaba tiempo para ponerse a tono con las emociones. No es que fuera fría, ya que le venía más bien como una tormenta, pero necesitaba tiempo.

Yo quería seguirlos aún un poco con el cuerpo para asegurarme de que todo había acabado. Pero, en lugar de seguirlos con su camilla, como debería haber hecho, deambulé más bien de derecha a izquierda a lo largo de la carretera y después, al final, una vez pasada la gran escuela que está junto al paso a nivel, me metí por un caminito que baja entre los setos primero y después a pique hacia el Sena.

Por encima de las verjas los vi alejarse con su camilla, iban como a asfixiarse entre las fajas de niebla, que se rehacían despacio detrás de ellos. A orillas del río el agua chocaba con fuerza contra las gabarras, bien apretadas contra la crecida. De la llanura de Gennevilliers llegaba aún un frío que pelaba a bocanadas sobre los remolinos del río y lo hacía relucir entre los arcos del puente.

Allí, muy a lo lejos, estaba el mar. Pero yo ya no podía imaginar nada sobre el mar. Tenía otras cosas que hacer. De nada me servía intentar perderme para no volver a encontrarme ante mi vida, por todos lados me la encontraba, sencillamente. Volví sobre mí mismo. Mi trajinar estaba acabado y bien acabado. ¡Que otros siguieran!... ¡El mundo se había vuelto a cerrar! ¡Al final habíamos llegado, nosotros!... ¡Como en la verbena!... Sentir pena no basta, habría que poder reanudar la música, ir a buscar más pena... Pero, ¡que otros lo hiciesen!... Es juventud lo que pedimos de nuevo, así, como quien no quiere la cosa... ¡Y desenvueltos!... Para empezar, ¡ya no estaba dispuesto a soportar más tampoco!... Y, sin embargo, ¡ni siquiera había llegado tan lejos como Robinson, yo, en la vida!... No había triunfado, en definitiva. No había logrado hacerme una sola idea de ella bien sólida, como la que se le había ocurrido a él para que le dieran para el pelo. Una idea más grande aún que mi gruesa cabeza, más grande que todo el miedo que llevaba dentro, una idea hermosa, magnífica y muy cómoda para morir... ¿Cuántas vidas me harían falta a mí para hacerme una idea así más fuerte que todo en el mundo?

¡Imposible decirlo! ¡Era un fracaso! Mis ideas vagabundeaban más bien en mi cabeza con mucho espacio entre medias, eran como humildes velitas trémulas que se pasaban la vida encendiéndose y apagándose en medio de un invierno abominable y muy horrible... Las cosas iban tal vez un poco mejor que veinte años antes, no se podía decir que no hubiese empezado a hacer progresos, pero, en fin, no era de prever que llegara nunca yo, como Robinson, a llenarme la cabeza con una sola idea, pero es que una idea soberbia, claramente más poderosa que la muerte, y que consiguiera, con mi simple

idea, soltar por todos lados placer, despreocupación y valor. Un héroe fardón.

La tira de valor tendría yo entonces. Chorrearía incluso por todos lados valor y vida y la propia vida ya no sería sino una completa idea de valor, que lo movería todo, a los hombres y las cosas desde la Tierra hasta el Cielo. Amor habría tanto, al mismo tiempo, que la Muerte quedaría encerrada dentro con la ternura y tan a gusto en su interior, tan caliente, que gozaría al fin, la muy puta, que acabaría divirtiéndose con amor también ella, con todo el mundo. ¡Eso sí que sería hermoso! ¡Sería un éxito! Me reía solo a la orilla del río pensando en todos los trucos que debería hacer para llegar a hincharme así con resoluciones infinitas... ¡Un auténtico sapo de ideal! La fiebre, al fin y al cabo.

¡Hacía una hora por lo menos que los compañeros me buscaban! Sobre todo porque habían advertido sin duda alguna que, al separarme de ellos, no estaba animado precisamente... Fue Gustave Mandamour quien me divisó el primero bajo el farol de gas.

«¡Eh, doctor! -me llamó. Tenía, la verdad, una voz de la hostia, Mandamour-. ¡Por aquí! ¡Lo llaman en la comisaría! ¡Para la declaración!...» «Oiga, doctor... -añadió, pero entonces al oído-, ¡tiene usted muy mal aspecto!» Me acompañó. Me sostuvo incluso para andar. Me quería mucho, Gustave. Yo no le hacía nunca reproches sobre la bebida. Comprendía todo, yo. Mientras que Parapine, ése era un poco severo. Le avergonzaba de vez en cuando por lo de la bebida. Habría hecho muchas cosas por mí, Gustave. Me admiraba incluso. Me lo dijo. No sabía por qué. Yo tampoco. Pero me admiraba. Era el único.

Recorrimos dos o tres calles juntos hasta divisar el farol de la comisaría. Ya no podíamos perdernos. El informe que debía hacer era lo que le preocupaba, a Gustave. No se atrevía a decírmelo. Ya había hecho firmar a todo el mundo, al pie del informe, pero, aun así, le faltaban todavía muchas cosas a su informe.

Tenía una cabeza enorme, Gustave, por el estilo de la mía, y hasta podía yo ponerme su quepis, con eso está dicho todo, pero olvidaba con facilidad los detalles. Las ideas no acudían solícitas, hacía esfuerzos para expresarse y muchos más aún para escribir. Parapine lo habría ayudado con gusto a redactar, pero no sabía nada de las circunstancias del drama, Parapine. Habría tenido que inventar y el comisario no quería que se inventaran los informes, quería la verdad y nada más que la verdad, como él decía.

Al subir por la escalerita de la comisaría, iba yo tiritando. Tampoco yo podía contarle gran cosa al comisario, no me encontraba bien, la verdad.

Habían colocado el cuerpo de Robinson ahí, delante de las filas de enormes archivadores de la comisaría.

Impresos por todos lados en torno a los bancos y a las colillas viejas. Inscripciones de «Muerte a la bofia» no del todo borradas.

«¿Se ha perdido usted, doctor?», me preguntó el secretario, muy cordial, por cierto, cuando por fin llegué. Estábamos todos tan cansados, que farfullamos todos, unos tras otros, un poco.

Por fin, llegamos a un acuerdo sobre los términos y las trayectorias de las balas, una incluso que estaba aún alojada en la columna vertebral. No la encontrábamos. Lo enterrarían con ella. Buscaban las otras. Clavadas en el taxi estaban, las otras. Era un revólver potente.

Sophie vino a reunirse con nosotros, había ido a buscar mi abrigo. Me besaba y me apretaba contra sí, como si yo fuera a morir, a mi vez, o a salir volando. «Pero, ¡si no me voy! -no me cansaba de repetirle-. Pero, bueno, Sophie, ¡que no me voy!» Pero no era posible tranquilizarla.

Nos pusimos a hablar en torno a la camilla con el secretario de la comisaría, que estaba curado de espanto, como él decía, en cuanto a crímenes y no crímenes y catástrofes también e incluso quería contarnos todas sus experiencias a la vez. Ya no nos atrevíamos a irnos para no ofenderlo. Era demasiado amable. Le daba gusto hablar por una vez con gente instruida, no con golfos. Conque, para no desairarlo, nos entretuvimos mucho en la comisaría.

Parapine no llevaba impermeable. Gustave, de oírnos, sentía acunada su inteligencia. Se quedaba con la boca abierta y su gruesa nuca tensa, como si tirara de un carro. Yo no había oído a Parapine pronunciar tantas palabras desde hacía muchos años, desde mi época de estudiante, a decir verdad. Todo lo que acababa de ocurrir aquel día lo embriagaba. Nos decidimos, de todos modos, a regresar a casa.

Nos llevamos con nosotros a Mandamour y también a Sophie, que todavía me daba apretones de vez en cuando, con el cuerpo lleno de las fuerzas de inquietud y de ternura, hermosa, y el corazón también. Yo estaba henchido de su fuerza. Eso me molestaba, no era la mía y la mía era la que yo necesitaba para ir a diñarla magníficamente un día, como Léon. No tenía tiempo que perder en muecas. ¡Manos a la obra!, me decía yo. Pero no me venía.

Ni siquiera quiso Sophie que me volviera a mirarlo por última vez, el cadáver. Conque me fui sin volverme. «Cierren la puerta», decía un cartel. Parapine tenía sed aún. De hablar, seguramente. Demasiado hablar, para él. Al pasar por delante del quiosco de bebidas del canal, llamamos en el cierre un buen rato. Eso me recordaba la carretera de Noirceur durante la guerra. La misma línea de luz encima de la puerta y dispuesta a apagarse. Por fin, llegó el patrón, en persona, para abrirnos. No estaba enterado. Se lo contamos todo nosotros y la noticia del drama también. «Un drama pasional», como lo llamaba Gustave.

La tasca del canal abría justo antes del amanecer para los barqueros. La esclusa empieza a girar sobre su eje despacio hacia el final de la noche. Y después todo el paisaje se reanima y se pone a trabajar. Las planchas se separan del río muy despacio, se alzan, se elevan a ambos lados del agua. El currelo emerge de la sombra. Se empieza a ver todo de nuevo, sencillo, duro. Los tornos aquí, las empalizadas de las obras allá y lejos, por encima de la carretera, ahí vuelven de más lejos los hombres. Se infiltran en el sucio día en grupitos transidos. El día les inunda la cara para empezar, al pasar delante de la aurora. Van más lejos. Sólo se les ve bien la cara pálida y sencilla; el resto está aún en la noche. También ellos tendrán que diñarla un día. ¿Cómo harán?

Suben hacia el puente. Después desaparecen poco a poco en la llanura y llegan otros hombres más, más pálidos aún, a medida que el día se alza por todas partes. ¿En qué piensan?

El patrón de la tasca quería enterarse de todo lo relativo al drama, las circunstancias, que le contáramos todo.

Vaudescal se llamaba, el patrón, un muchacho del norte muy limpio. Gustave le contó entonces todo y más.

Nos repetía, machacón, las circunstancias, Gustave, y, sin embargo, no era eso lo importante; nos perdíamos ya en las palabras. Y, además, como estaba borracho, volvía a empezar. Sólo, que entonces ya no tenía nada más que decir, la verdad, nada. Yo lo habría escuchado con gusto un poco más, bajito, como un sueño, pero entonces los otros se pusieron a protestar y eso le irritó.

De rabia, fue a dar un patadón a la estufita. Todo se derrumbó, se volcó: el tubo, la rejilla y los carbones en llamas. Era un cachas, Mandamour, como cuatro.

Además, ¡quiso enseñarnos la auténtica Danza del Fuego! Quitarse los zapatos y saltar de lleno en los tizones.

El patrón y él habían hecho un negocio con una «máquina tragaperras» no registrada... Era muy falso, Vaudescal; no había que fiarse de él, con sus camisas siempre demasiado limpias como para ser del todo honrado. Un rencoroso y un chivato. Hay la tira de ésos por los muelles.

Parapine sospechó que iba por Mandamour, para que lo expulsaran del cuerpo, aprovechando que había bebido demasiado.

Le impidió hacerla, su Danza del Fuego, y le avergonzó. Empujamos a Mandamour hasta el extremo de la mesa. Se desplomó ahí, por fin, muy modosito, entre suspiros tremendos y olores. Se quedó dormido.

A lo lejos, pitó el remolcador; su llamada pasó el puente, un arco, otro, la esclusa, otro puente, lejos, más lejos... Llamaba hacia sí a todas las gabarras del río, todas, y la ciudad entera y el cielo y el campo y a nosotros, todo se llevaba, el Sena también, todo, y que no se hablara más de nada.

* * *

MUERTE A CRÉDITO

Aquí estamos solos otra vez. Es todo tan lento, tan pesado, tan triste… Pronto seré viejo. Y por fin se habrá acabado. Ha venido tanta gente a mi habitación. Han hablado. No me han dicho gran cosa. Se han ido. Se han vuelto viejos, miserables y lentos, cada cual en un rincón del mundo.

Ayer a las ocho murió la Sra. Bérenge, la portera. Una gran tormenta se eleva en la noche. Aquí, en lo alto, donde estamos, la casa tiembla. Era buena amiga, amable y fiel. Mañana la entierran en la Rue des Saules. Era vieja de verdad, al final de la vejez. Desde el primer día, cuando empezó a toser, le dije: «¡Sobre todo no se tumbe!…

¡Quédese sentada en la cama!». Me lo temía. Y despúes ya veis… Y luego en fin…

Yo no he practicado siempre la medicina, mierda de oficio. Voy a escribirles que ha muerto la Sra. Bérenge, a los que me conocen, a quienes la conocieron. ¿Dónde estarán?…

Me gustaría que la tormenta levantara mucho más estruendo, que los techos se desplomasen, que la primavera no volviese nunca, que nuestra casa desapareciera.

Lo sabía, la Sra. Bérenge, que todas las penas vienen en las cartas. Ya no sé a quién escribir. Toda esa gente está lejos… Han cambiado de alma para traicionar mejor, olvidar mejor, hablar siempre de otra cosa…

Pobre Sra. Bérenge, pobre vieja, su perro bizco, lo cogerán, se lo llevarán… Toda la pena de las cartas, pronto hará veinte años, se ha acabado en su casa. Está ahí, en el olor de la muerte reciente, ese increíble gusto agrio… Acaba de aparecer… Anda por ahí… Merodeando… Ahora nos conoce, lo conocemos. Ya no se irá nunca más. Hay que apagar el fuego en el chiscón. ¿A quién voy a escribir? Ya no tengo a nadie. No queda ni un alma para acoger con cariño el amable espíritu de los muertos… para despúes hablar más suave a las cosas… ¡Ánimo, tú solo!

Al final, mi vieja portera ya es que no podía decir nada. Se asfixiaba, no me soltaba la mano… Entró el cartero. La vio morir. Un gemido de nada. Y se acabó. Mucha gente había venido en tiempos a preguntarle por mí. Se marcharon lejos, muy lejos en el olvido, en busca de un alma. El cartero se quitó la gorra. Yo podría expresar todo mi odio. Lo sé. Ya lo haré más adelante, si no vuelven. Prefiero contar historias. Voy a contar tales historias, que volverán a propósito, para matarme, desde todos los confines del mundo. Entonces todo habrá terminado y me alegraré.

En la clínica en la que trabajo, la Fundación Linuty, me han llamado ya la atención mil veces por las historias que cuento… Mi primo Gustin Sabayot lo ve clarísimo: yo debería cambiar sin falta de actitud. Es médico él también, pero del otro lado del Sena, en La Chapelle-Jonction. Ayer no tuve tiempo de ir a verlo. Quería hablarle precisamente de la Sra. Bérenge. Demasiado tarde. Es duro, este oficio nuestro, la consulta. También él por la noche está reventado. Casi toda la gente hace preguntas cargantes. De nada sirve darse prisa, hay que repetirles veinte veces todos los detalles de la receta. Les gusta hacerte hablar, agotarte… No cumplirán los consejos, ni mucho menos. Pero temen que no te tomes interés, insisten para asegurarse; o sea, ventosas, radiografías, análisis… que los sobes de pies a cabeza… Que les midas todo… La presión arterial y la gilipollez… Gustin, en la Jonction, hace treinta años que ejerce. A los míos, ahora que pienso, los andobas esos, voy a enviarlos una mañana a La Villette, a que beban sangre caliente. Así quedarán rilados para todo el día. No sé qué podría hacer para aburrirlos…

Por fin, anteayer, estaba decidido a ir a verlo, a Gustin, a su casa. Queda a veinte minutos de la mía, pasado el Sena. No hacía bueno precisamente. De todos modos, me animé. Voy a coger el autobús, me dije. Corrí a acabar la consulta. Me escabullí por el pasillo de las curas. Una tía me ve y va y se me pega. Arrastraba las palabras, como yo. Del cansancio. Ronca, además, del alcohol. Conque se pone a lloriquear, quería llevarme a su casa. «Venga, doctor, ¡se lo suplico!… ¡mi hijita, mi Alice!… ¡Es en la Rue Rancienne!… ¡a dos pasos!…». No estaba obligado a ir. En principio, ¡ya la había acabado, mi consulta!… Se obstinaba… Ya estábamos fuera… Estaba hasta las narices de los enfermos… Treinta de esos pelmas nada menos llevaba ya un tiempo remendando… No podía más…

¡Que tosieran! ¡Escupiesen!

¡Reventaran! ¡Se descuajaringasen!

¡Salieran volando con treinta mil gases en el culo!… ¡A mí, plin!… Pero la llorona se me apalancó, se me colgó del cuello con avaricia, me susurró su desesperación. Apestaba a «alpiste»… Yo no tenía fuerzas para luchar. Ésa no iba a separarse más de mí. Cuando estuviéramos en la Rue des Casses, que es larga y no tiene ni un farol, tal vez le endiñase un patadón en el bul… No tuve valor… Me achanté… Y vuelta a empezar, la misma canción… «¡Mi hijita!… ¡Se lo suplico, doctor!… ¡Mi Alice!… ¿La conoce usted?…». La Rue Rancienne no quedaba tan cerca… Me obligaba a dar un rodeo… La conocía. Después de las fábricas de cables… La escuchaba por entre la alucinación…

«Sólo disponemos de 82 francos a la semana… ¡con dos hijos!… Y, encima, ¡mi marido es muy bruto conmigo!… ¡Es una vergüenza, señor doctor!…».

Eran puras trolas, de sobra lo sabía yo. Despedía un tufo a podrido, el hálito de las pituitas…

Habíamos llegado ante la queli… Subí. Me senté por fin… La chiquilla llevaba gafas.

Me senté junto a su cama. Jugaba aún un poco, de todos modos, con la muñeca. Me puse a divertirla, a mi vez. Soy gracioso, cuando me pongo… No se moría, el churumbel… No respiraba bien… La congestión, claro… La hice reír. Se tronchaba. Tranquilicé a la madre. Aprovechó, la muy puta, que me tenía apalancado en su casa, para consultarme, a su vez, sobre las marcas de las hostias; es que tenía las piernas llenas. Se alzó las faldas, unos cardenales tremendos e incluso quemaduras profundas. Con el atizador se las hacía. Ya veis cómo era el marido, parado él. Le receté un remedio… Con un cordón monté un columpio muy gracioso para la triste muñeca… Subía y bajaba, hasta el picaporte de la puerta… mejor eso que hablar.

La ausculté, lanzaba muchos pitidos. Pero en fin, no era fatal… Volví a tranquilizarla. Repetí dos veces las mismas palabras. Eso es lo que te deja rilado… Ahora la chiquitina se tronchaba… Volvía a asfixiarse. Tuve que interrumpir. Se ponía cianótica…

¿No tendría algo de difteria? Había que ver… ¿Un frotis?… ¡Mañana!…

Llegó el papá. Con sus 82 francos no tenía ni para vino, sólo podían pimplar sidra. «Yo bebo en tazón. ¡Hace mear!», me anunció en seguida. Bebió de la botella. Me enseñó… nos congratulamos de que no estuviera grave, la monina. A mí lo que me interesaba era la muñeca… Estaba demasiado cansado como para ocuparme de los adultos y los pronósticos. ¡Son el peor coñazo, los adultos! No iba a atender ni a uno más hasta mañana.

Me la traía floja que no me consideraran serio. Volvía a beber a su salud. Mi intervención era gratuita, absolutamente suplementaria. La madre otra vez con los muslos a vueltas. Le recomendé un remedio superior. Y después bajé la escalera. En la acera, mira por dónde, un perrito que cojeaba. Me siguió sin que le dijese nada. Todos se me enganchaban esa noche. Era un *fox* pequeño, ese perro, negro y blanco.

Estaba perdido, me pareció. Qué ingratos, ésos de ahí arriba, el parado y su mujer. Ni siquiera me acompañaron hasta la puerta. Estaba seguro de que habrían vuelto a pegarse. Los oía dar voces. Pues, ¡que le metiera el tizón entero por el jebe! ¡Así aprendería, esa cochina! ¡A fastidiarme!

Torcí a la izquierda… Hacia Colombes, pues. El perrito me seguía aún… Después de Asnières, venía la Jonction y luego la casa de mi primo. Pero el perrito cojeaba mucho. Me miraba. No podía resistir verlo arrastrándose por ahí. Más valía volver a casa, a fin de cuentas. Volvimos por el Pont Bineux y después bordeando las fábricas. No estaba cerrado aún el dispensario, al llegar… Dije a la Sra. Hortense: «Hay que dar de comer al chuquelín. Alguien tiene que ir a buscar carne… Mañana a primera hora telefonearemos… Vendrán de la "Protectora" a buscarlo con un coche. Esta noche habría que encerrarlo.». Así me marché tranquilo. Pero era un perro demasiado temeroso. Había recibido golpes demasiado duros. La calle tiene mala leche. El día siguiente, al abrir la ventana, no quiso esperar siquiera, saltó al exterior, tenía miedo también de nosotros. Creía que lo habíamos castigado. Ya no comprendía nada de lo que pasaba. Ya no tenía la menor confianza. En casos así, es terrible.

Gustin me conoce bien. Cuando no ha bebido, da consejos excelentes. Es experto en lindezas de estilo. Se puede uno fiar de sus opiniones. No es pero que nada envidioso. Ya no pide gran cosa al mundo. Tiene una antigua pena de amor. No quiere olvidarla. Muy raras veces habla de ella. Era una mujer casquivana. Gustin tiene un corazón de oro. No va a cambiar antes de morir.

Entretanto bebe un poco…

A mí lo que me atormenta es el sueño. Si hubiera dormido siempre bien, no habría escrito una línea…

«Podrías», me decía Gustin, «contar cosas agradables… de vez en cuando…

No todo es negro en la vida…». En cierto sentido, no deja de ser verdad. Hay manía en mi caso, parcialidad. La prueba es que en la época en que me zumbaban los dos oídos, y mucho más que ahora, que tenía fiebre a todas horas, estaba mucho menos melancólico… Me marcaba unos sueños muy bonitos… La Sra. Vitruve, mi secretaria, me lo comentaba también. Bien que conocía ella mis tormentos. Cuando eres tan generoso, dispersas tus tesoros, los pierdes de vista… Entonces me dije: «Ese bicho de la Vitruve, ella es la que los ha escondido en algún lado…». Auténticas maravillas… retazos de leyenda… éxtasis puro… A ese género me voy a lanzar en adelante… Para asegurarme revolví mis papeles… No encontré nada… Telefoneé a Delumelle, mi agente, quería crearme un enemigo mortal… Quería que rabiase ante los insultos… ¡Hacen falta la tira de ellos para cabrearlo!…

¡Se la suda! Tiene millones. Me respondió que me tomara unas vacaciones… Llegó por fin, mi Vitruve… Yo no me fiaba de ella. Tenía razones muy poderosas. «¿Dónde has puesto mi hermosa obra?», voy y le suelto así, de buenas a primeras. Tenía al menos centenares de razones para sospechar de ella…

La Fundación Linuty estaba delante de la bola de bronce, en la Porte Pereire. Allí iba a hacerme las copias, casi todos los días, cuando yo había acabado con mis enfermos. Un pequeño edificio provisional, que después demolieron. No me encontraba a gusto allí. Las horas eran demasiado monótonas. Linuty, su fundador, era un multimillonario, quería que todo el mundo recibiera asistencia y se encontrase mejor gratis. Son un coñazo, los filántropos. Por mi parte, yo habría preferido un empleíllo municipal… Vacunaciones discretas… Un apañito para expedir certificados… Una casa de baños incluso… Como un retiro, en una palabra. Ojalá. Pero no soy judío, meteco ni masón, ni he estudiado en la *Ecole Normale*, no sé hacerme valer, follo demasiado, no tengo buena fama… En los quince años que llevo aquí, en el arrabal, hasta las ruinas más decrépitas que me ven trampeando han acabado perdiéndome el respeto y despreciándome. Y menos mal que no me han dado el lique. La literatura compensa. No puedo quejarme. La tía Vitruve me pasa a máquina las novelas. Me tiene cariño. «Mira», voy y le digo, «tía pureta, ¡es la última vez que te doy bronca!… Si no encuentras mi *Leyenda*, ya puedes despedirte, se acabó nuestra amistad. ¡Adiós a la colaboración confiada!… ¡Se acabó el tracatrá!… ¡Y la priva!… ¡Nada de nada!…».

Entonces se deshace en lloriqueos. Es fea con avaricia, Vitruve, en persona y en el trabajo. Es una verdadera cruz. La arrastro desde Inglaterra. Consecuencia de una promesa. No es que acabemos de conocernos, no. Fue su hija Angèle, en Londres, quien me hizo jurar en tiempos que la ayudaría siempre. Ya lo creo que la he ayudado. He cumplido mi promesa a Angèle. Eso data de la guerra. Y, además, que sabe la tira de cosas. En fin. No es charlatana, en principio, pero se acuerda… Angèle, su hija, era mujer de temperamento. Resulta increíble lo fea que se puede volver una madre. Angèle tuvo un fin trágico. Ya lo contaré todo, si no queda más remedio. Angèle tenía otra hermana, Sophie, una idiota, en Londres, establecida allí. Y Mireille aquí, la sobrinita, cojea del mismo pie que las otras, un verdadero bicho, una síntesis.

Cuando me mudé de Rancy y vine a la Porte Pereire, me acompañaron las dos. Ha cambiado, Rancy, no queda casi nada de la muralla ni del Bastión. Grandes ruinas negras y agrietadas, las arrancan del blando terraplén, como raigones. Acabarán con todo, la ciudad se come sus viejas encías. El «P. Q. *bis*» pasa ahora por las ruinas, en tromba. Pronto no habrá por todos lados sino semirrascacielos de barro cocido.

Veremos. La Vitruve y yo siempre estábamos discutiendo sobre las miserias. Decía siempre que ella había sufrido más. Imposible. En cuanto a arrugas, seguro que sí, ¡tiene muchas más que yo! Una cantidad de arrugas infinita, el encaje infecto de los años dorados en la carne. «¡Debió de ser Mireille la que guardó esas páginas!».

Salí con ella, la acompañé, al Quai des Minimes. Viven juntas, cerca de la fábrica de chocolate Bitronnelle, en el llamado Hôtel Méridien.

Su habitación es una leonera increíble, un amasijo de perifollos, sobre todo lencería, pero de lo más frágil, de lo más módico en precio.

La Sra. Vitruve y su sobrina se pirran por el asunto, las dos. Tres inyectores tienen, además de una cocina completa y un bidé de caucho. Todo eso colocado entre las dos camas y un gran vaporizador que nunca han sabido poner en marcha. No quiero poner verde a la Vitruve. Acaso haya tenido más sinsabores que yo en la vida. Eso es lo que me calma siempre. Si no, de estar seguro, le daría unas zurras de aúpa. En el fondo de la chimenea guardaba la Remington, que no había acabado de pagar… Así decía. No le pago demasiado por las páginas, cierto es, por ahora… sesenta y cinco céntimos cada una, pero al final sube lo suyo de todos modos… Sobre todo con las obras extensas.

En cuanto a bizquera, la Vitruve, en mi vida he visto cosa igual. Daba angustia mirarla.

Con las cartas, los *tarots*, quiero decir, le daba prestigio, esa tremenda bizquera. Facilitaba a las clientas medias de seda… el porvenir también a crédito. Cuando era presa entonces de la incertidumbre y se sumía en la reflexión, detrás de sus cristales, viajaba con la mirada como auténtica langosta.

Sobre todo desde que empezó a «echarlas», fue ganando influencia en los alrededores. Conocía a todos los cornudos. Me los señalaba por la ventana, y hasta los tres asesinos:

«¡Tengo las pruebas!». Además, le regalé, para la presión arterial, un viejo aparato Laubry y le enseñé un masaje sencillo para las varices. Con eso engrosaba sus ingresillos. Su ambición eran los abortos o incluso pringarse en una revolución sangrienta, que hablasen de ella por todos lados, que se propagara por los periódicos.

Cuando la veía revolver en los rincones de su leonera, nunca podría describir con creces lo que me repugnaba. Por todo el mundo hay camiones que a cada minuto atropellan a gente simpática… La tía Vitruve, en cambio, olía a peste. Suele darse en las pelirrojas. Tienen, me parece, las bermejas, el destino de los animales, brutal, trágico, lo llevan en el pelo. Me daban unas ganas de derribarla de una hostia, cuando la oía hablar fuerte, contar recuerdos… Pese a su furor uterino, le resultaba difícil encontrar amor suficiente. ¡A no ser que el tipo estuviera borracho! Y que, además, fuese noche muy cerrada, ¡no tenía la menor posibilidad! En eso la compadecía. Yo estaba más adelantado por el camino de las bellas armonías. A ella no le parecía justo eso tampoco. Llegado el día, ¡la muerte no iba a poder quitarme lo bailado!… Era un rentista de estética. Había probado mucha almeja y rica… debo confesarlo, auténtica luz. Había jalado del infinito.

Ella no tenía economías, como se comprenderá, no hace falta decirlo. Para mojar y gozar, además, tenía que pillar al cliente por fatiga o por sorpresa. Un infierno.

A partir de las siete, en principio, los currantes están en casa. La mujer está lavando los platos y el andoba se queda embobado con las ondas de radio. Entonces la Vitruve abandona mi bonita novela para salir en busca de su subsistencia. Rellano tras rellano patea con sus medias un poco raídas, sus jerséis de pobretona. Antes de la crisis aún podía defenderse con el crédito y la forma de atontar a sus cabritos, pero ahora género idéntico al suyo es el que dan de consuelo a los que protestan tras perder en los triles. Ya no es competencia leal. Intenté explicarle que todo eso era culpa de los japoneses… No me creía. La acusé de descomponer a propósito mi bonita *Leyenda* entre su basura…

«¡Es una obra maestra!», añadí.

«Conque, ¡seguro que la recuperaremos!…».

Se desternilló de risa… Hurgamos juntos en el montón de la morralla.

Llegó la sobrina, por fin, con mucho retraso. ¡Había que ver aquellas caderas! Un culamen de auténtico escándalo… La falda muy tableada…

Para que diera la nota bien. El acordeón del bul. Nada se escapaba. Los parados están salidos, sin solución, no tienen ni chavo para invitar… Se tiraban faroles.

«¡Estás para hacerte un favor!», le soltaban… En sus narices. Al aparecer por los pasillos, hartos de empalmarse en balde. Los chorbos de rasgos más finos que los otros lo tienen más fácil para mojar, dejarse querer en la vida.

¡Hasta más adelante no empezó a bajar a hacer la carrera!… despés de muchas calamidades… De momento se divertía…

Tampoco ella encontró mi bonita *Leyenda*. La traía sin cuidado el «Rey Krogold»… Sólo a mí me preocupaba eso. Para ella, la escuela de libertad era el *Petit Panier*, un poco antes del ferrocarril, el baile de la Porte Brancion.

No me quitaban los ojos de encima, cuando me irritaba. En su opinión, ¡a «pobre tío» no me ganaba nadie! Pajillero, tímido, intelectual y demás. Pero ahora, para mi sorpresa, tenían canguis de que me largase. Si hubiera ahuecado el ala, no sé cómo se las habrían arreglado. La tía pensaba en eso a menudo, no me cabe duda. En cuanto hablaba un poco de viajes, me lanzaban unas sonrisas, que me parecían de espanto...

La Mireille, además del culo imponente, tenía ojos románticos, mirada seductora, pero una nariz monumental, napia con avaricia, su auténtica penitencia. Cuando yo quería humillarla un poco: «Fuera de bromas, Mireille», le decía. «¡Tienes lo que se dice nariz de hombre!...». Sabía también contar historias muy hermosas, le gustaba más que a un marino. Inventó mil cuentos para agradarme primero y después para perjudicarme. Mi debilidad es escuchar las historias interesantes. Abusaba, sencillamente. Nuestras relaciones acabaron con violencia, pero se la había merecido mil veces, la bronca, e incluso que la caneara bien. Al final lo reconoció. Yo era generoso de verdad... La castigué con razón... Todo el mundo lo dijo... Gente que sabe...

* * *

No es que yo quiera denigrar a Gustin Sabayot, pero puedo repetir, de todos modos, que no se quedaba calvo con los diagnósticos. Con las nubes se orientaba.

Al salir de su casa, lo primero, miraba bien arriba: «Ferdinand», me decía, «¡hoy van a ser sin duda reumatismos! ¿Qué te apuestas?...». Lo leía en el cielo. Nunca se equivocaba demasiado, ya que conocía a fondo la temperatura y los diversos temperamentos.

«¡Ah! ¡Una ola de calor después del frío! ¡Fíjate bien! El calomelanos, ¡ya puedes estar seguro! ¡Se respira ictericia en el aire! El viento ha cambiado... ¡De Norte a Oeste! ¡Del frío a los chubascos!... ¡Bronquitis durante quince días! ¡No vale la pena siquiera que se despeloten!... Si de mí dependiese, ¡les daría las recetas desde la cama!... En el fondo, Ferdinand, en cuanto llegan, ¡ya está la cháchara!... Para los que tienen consulta privada, aún se explica... pero ¿nosotros?... ¿que tenemos un sueldo?... ¿A qué viene?... ¡yo los trataría sin verlos, tú fíjate, a los chorras esos! ¡Desde aquí mismo! ¡No se asfixiarían ni más ni menos! No vomitarían más, no se pondrían menos amarillos, ni menos rojos, ni menos pálidos, ni menos gilipollas... ¡Es la vida!...». Tenía lo que se dice razón, Gustin, más que un santo.

«¿Te crees tú que están enfermos?... Venga gemir... eructar... temblar... supurar... ¿Quieres vaciar la sala de espera? ¿Al instante? ¿Incluso de quienes se ahogan de tanto carraspear y echar lapos?... ¡Propón un cinito!...

¡Una copa gratis ahí enfrente!... vas a ver cuántos te quedan... Vienen a darte el coñazo sobre todo porque se aburren. Las vísperas de fiesta no ves ni a uno...

A esos desgraciados, créeme, lo que les falta es ocupación, no salud... Lo que quieren es que los distraigas, animes, intrigues con sus eructos... gases... achaques... que les encuentres explicaciones... fiebres... gorgoteos...

¡novedades!... Que te enrolles... te tomes interés... Para eso tienes los diplomas... ¡Ah! Divertirse con su muerte, mientras la fabrica, ¡así es el hombre, Ferdinand! Guardarán sus purgaciones, su sífilis, todos sus tubérculos. ¡Los necesitan! Y la vejiga que no cesa de chorrear, el recto ardiendo, ¡nada de eso tiene importancia! Pero si te desvives, si sabes interesarles, te esperarán para morir, ¡ésa es tu recompensa! Te jorobarán hasta el último momento». Cuando la lluvia volvía de pronto entre las chimeneas de la central eléctrica:

«¡Ferdinand!», me anunciaba, «¡ahora los de la ciática!... Si no vienen diez hoy, ¡ya puedo devolver mi papela al decano!». Pero cuando el hollín volvía hacia nosotros desde el Este, que es el lado más seco, por encima de los hornos de la Bitronnelle, se aplastaba una mota de hollín en la nariz: «¡Que me den por culo, ¿me oyes?, si esta misma noche no escupen sus coágulos los pleuréticos!

¡Me cago en Dios!... ¡Otra noche que me van a despertar veinte veces!...».

Había días en que lo simplificaba todo. Se subía al taburete delante del enorme armario de las muestras y empezaba la distribución directa, gratuita y sin solemnidad de la farmacia...

«¿Tiene palpitaciones? ¿eh, fideo?», preguntaba a la desgraciada. «¡No!...».

«¿Tiene acidez?... ¿Y hemorragias?...».

«¡Sí! Un poquito...». «Entonces póngase esto donde usted sabe... en dos litros de agua... ¡le sentará muy bien!... ¿Y las articulaciones? ¿Le duelen?... ¿No tiene hemorroides? Y de vientre,

¿cómo andamos?… ¡Aquí tiene supositorios Pepet!… ¿Lombrices también? ¿Ha notado?… Mire, veinticinco gotas mágicas… ¡Al acostarse!…».

Ofrecía todos sus anaqueles… Había para todos los trastornos, todas las diátesis y manías… Un enfermo es de una codicia terrible. En cuanto puede echarse una porquería al coleto, está encantado, se da el piro tan contento, temeroso de que lo vuelvas a llamar.

Gracias a los regalos, vi, yo, a Gustin, reducir a diez minutos consultas que habrían durado por lo menos dos horas, celebradas con detenimiento. Pero yo no tenía nada que aprender sobre el modo de abreviar. Tenía mi sistema propio.

Quería hablarle de mi *Leyenda*. Habían encontrado el comienzo bajo la cama de Mireille. Me sentí muy decepcionado al releerla. No había ganado con el tiempo, mi romanza. Tras años de olvido, la obra de imaginación es una simple fiesta anticuada… En fin, Gustin siempre me daría una opinión libre y sincera. Preparé el terreno en seguida.

«Gustin», le dije, «tú no siempre has sido tan gilipollas como ahora, embrutecido por las circunstancias, el oficio, la priva las sumisiones más funestas… ¿Puedes aún, por un momentito, recuperarte para la poesía?… ¿Dar un saltito con el corazón y la pilila hasta el relato de una epopeya, trágica, desde luego, pero noble, fulgurante?… ¿Te consideras capaz?…».

Seguía ahí, Gustin, adormilado sobre su taburete, ante las muestras, el armario abierto de par en par… Ya no decía ni pío… no quería interrumpirme…

«Se trata», le informé, «de Gwendor el Magnífico, Príncipe de Cristiania… Llegamos… Agoniza… en el momento mismo en que te hablo… La sangre se le escapa por veinte heridas… El ejército de Gwendor acaba de sufrir una derrota terrible… El Rey Krogold en persona ha descubierto en plena refriega a Gwendor… Lo ha atravesado de una estocada… No es perezoso, Krogold… Hace justicia con sus propias manos… Gwendor ha traicionado… La muerte se acerca a Gwendor y va a terminar su tarea… ¡Escucha, hombre!

»El tumulto del combate cede con las últimas luces del día… A lo lejos desaparecen los últimos guardias del Rey Krogold… En la sombra se elevan los estertores de la inmensa agonía de un ejército… Vencedores y vencidos entregan el alma como pueden… El silencio sofoca sucesivamente gritos y estertores, cada vez más quedos, más raros…

»Aplastado bajo un montón de sus seguidores, Gwendor el Magnífico sigue perdiendo sangre… Al amanecer tiene la muerte delante.

»—¿Has comprendido, Gwendor?

»—¡He comprendido, Muerte! He comprendido desde el comienzo de este día… He sentido en mi corazón, en mi brazo también, en los ojos de mis amigos, en el propio paso de mi caballo, un hechizo triste y lento semejante al sueño… Mi estrella se apagaba entre tus heladas manos… ¡Todo ha empezado a escapar! ¡Oh, Muerte! ¡Terribles remordimientos! ¡Mi vergüenza es inmensa!… ¡Mira esos pobres cuerpos! … ¡Una eternidad de silencio no puede aliviarlo!…

»—¡No hay alivio alguno en este mundo, Gwendor! ¡Sólo leyenda! ¡Todos los reinos acaban en un sueño!…

»—¡Oh, Muerte! Devuélveme un poco de tiempo… ¡un día o dos! Quiero saber quién me ha traicionado…

»—Todo traiciona, Gwendor… Las pasiones no pertenecen a nadie, el amor, sobre todo, no es sino flor de vida en el jardín de la juventud.

»Y la muerte se apodera despacito del príncipe… Éste ya no se defiende… Ha perdido el peso… Y, además, un bello sueño embarga su alma… El sueño que tenía con frecuencia, cuando era pequeño, en su cuna de piel, en la Cámara de los Herederos, junto a su nodriza la Morava, en el castillo del Rey René…».

A Gustin le colgaban las manos entre las rodillas…

«¿No es hermoso?», le pregunté.

Recelaba. No quería rejuvenecer demasiado. Se defendía. Me pidió que le explicara todo de nuevo… esto… y lo otro… No es tan fácil… Es frágil como una mariposa. Por una cosita de nada, se deshace, te ensucia. ¿Qué ganas con eso? No insistí.

* * *

Para ligar bien mi *Leyenda* habría podido documentarme con personas sensibles… versadas en sentimientos… en las innumerables variaciones de los estilos amorosos…

Prefiero arreglármelas solo.

Con frecuencia las personas sensibles son incapaces de gozar. Es cuestión de azotes. Cosas así no se perdonan. Pero voy a describiros el castillo del Rey Krogold:

«…Un monstruo tremendo en pleno bosque, abrumadora mole oculta, cortada en la roca… llena de zahúrdas, credencias recargadas con frisos y resaltos… torretas… Desde lejos, desde el mar, allá… las cimas del bosque llegan ondulando hasta las primeras murallas…

»El vigía a quien el miedo a la horca hace desorbitar los ojos… Más arriba… En lo más alto… En la cima de Morehande, la Torre del Tesoro, el gonfalón flamea en la borrasca… Ostenta las armas reales. ¡Una serpiente partida en banda, sangrando por el cuello! ¡Ay de los traidores! ¡Gwendor expía!…».

Gustin ya es que no podía más. Se adormilaba… Sobaba incluso. Fui a cerrar su armario. Le dije: «¡Vámonos!

¡Ven a dar un paseo por el Sena!… Te sentará bien…». Prefería no moverse… Por fin, ante mi insistencia, se decidió. Le propuse un cafelito al otro lado de la Ile aux Chiens… Allí, a pesar del café, volvió a dormirse. Se estaba bien allí, desde luego, a las cuatro, la hora del ensueño en las tascas… Había tres flores artificiales en el jarrón de estaño. Todo estaba muerto en el muelle. Hasta el viejo borracho de la barra se resignaba a que la patrona no le hiciera ya caso. Lo dejé tranquilo, a Gustin. El próximo remolcador lo despertaría, seguro. El gato se había alejado de la purí para ir a afilarse las uñas.

Como tenía las manos vueltas, Gustin, mientras sobaba, era fácil leerle el porvenir. El carácter y la vida entera de un hombre están inscritos en las palmas. En Gustin la línea de la vida era la más marcada. En mí, más que nada la de la suerte y el destino. No me sonríe en cuanto a duración de la existencia… Me pregunto para cuándo será. Tengo un surco en la parte baja del pulgar…

¿Será una arteriola que estalle en el encéfalo? ¿O en la circunvolución central?… ¿En el recoveco de la «tercera»?… En el depósito de cadáveres observé muchas veces con Metitpois ese punto… Es de lo más minúsculo un ictus… Un cratercito tamaño alfiler en el gris de los surcos… Consume el alma, el fenol y todo. Tal vez sea, ay, un «neo» fungoso del recto… Preferiría con mucho la arteriola… ¡Salud, chicos!… Con Metitpois, maestro de verdad, pasé muchos domingos escudriñando así los surcos… las formas de morir… Era la pasión de ese pureta… Quería hacerse una idea. Personalmente, deseaba una inundación chachi de los dos ventrículos a la vez, cuando le llegara la hora…

¡Estaba cargado de honores!…

«Las muertes más exquisitas, fíjese bien, Ferdinand, son las que nos alcanzan en los tejidos más sensibles…». Era afectado en el habla, refinado, sutil, Metitpois, como los hombres de la época de Charcot. No le sirvió de gran cosa estudiar la circunvolución, «la tercera» y el núcleo gris… Murió del corazón, por fin, en condiciones nada chachis… de una tremenda angina de pecho, un ataque que duró veinte minutos. Resistió, desde luego, ciento veinte segundos con todos sus recuerdos clásicos, sus resoluciones, el ejemplo de César… pero durante dieciocho minutos gritó a voz en cuello… Que si le arrancaban el diafragma, todas las tripas vivas… Que si le pasaban diez mil cuchillas por la aorta… Intentaba vomitárnoslas… No era cuento. Se arrastraba para eso en el salón… Se aplastaba el pecho… Bramaba sobre la alfombra… Pese a la morfina. Resonaba por todos los pisos y en la calle… Acabó bajo el piano. Las arteriolas del miocardio, cuando estallan una por una, forman un harpa extraordinaria… Es una pena que nadie vuelva de la angina de pecho. Habría sabiduría y genio para todo el mundo.

Debíamos dejar de meditar, pronto iba a ser la hora de los venéreos. Era en La Pourneuve, al otro lado de La Garenne. Lo hacíamos los dos. Tal como yo había previsto, un remolcador tocó la sirena. Era el momento de pirarse. El sistema de los venéreos era ingenioso. Los de purgaciones y los de sífilis, en espera de las inyecciones, hacían amistad. Al principio cohibidos, después con gusto. Cerca del matadero, al final de la calle, iban rápido a unirse en cuanto caía la noche en invierno. Tienen siempre mucha prisa, esa clase de enfermos, temen no volver a tener una erección curiosita. La tía Vitruve, al venir a verme, había advertido todo eso… Se ponen muy melancólicos, los jovencitos, con sus primeras purgaciones, les afectan muchísimo. Ella iba a esperar a la salida… Se los ganaba con zalamerías… con solicitud conmovedora… «Te escuece de lo lindo, ¿eh, chaval?… Sé lo que son… Las he curado… Conozco una tisana asombrosa… Ven a casa y te haré una…». Dos o tres cafés con leche más y el chico le daba su savia. Una noche junto a la tapia hubo escándalo, un mojamé con chuzo como de asno tenía ensartado por el culo a un aprendiz de pastelero, por el placer, junto a la garita del guardia. El guri, acostumbrado a la función, primero escuchó todo, los murmullos, los quejidos y luego los alaridos… El chaval era presa de convulsiones, había cuatro sujetándolo… Pero aun así se lanzó al chiscón del purili, para que lo protegieran de esos desgraciados. El otro entonces cerró la burda. «¡Lo remató! ¡Así mismo!», decía segura la Vitruve. Al comentarlo.

«¡Lo vi yo, al guri, por la persiana!

¡Le daban al asunto con ganas los dos!

¡Tal para cual!…».

No creía en los sentimientos. Pensaba mal y acertaba. Para ir a La Pourneuve debíamos tomar el autobús.

«¡Por cinco minutos más o menos!», me decía Gustin. No tenía la menor prisa. Nos sentamos en la parada, a cubierto, la que está delante de la rampa del puente.

En esa orilla, en el 18, fue donde mis padres no vendieron ni una escoba durante el invierno del 92, hace la tira.

Era una tienda de «Modas, flores y plumas». Había en total, de modelos, tres simples sombreros, en un solo escaparate, me lo habían contado muchas veces. El Sena se heló aquel año. Yo nací en mayo. Soy la primavera en persona. Sea el destino o no, acabas hasta los huevos de envejecer, de ver cambiar las cosas, los números, los tranvías y los peinados, al paso de la vida. Falda corta o gorro hendido, pan duro, barcos de ruedas, todo por los aires, ¡qué más da! Te hacen despilfarrar la simpatía. Yo no quiero cambiar más.

Tengo muchas cosas de que quejarme, pero estoy unido a ellas, soy un desastre y me adoro tanto como apesta el Sena. Quien cambie el farol curvado de la esquina junto al número 12 me dará un buen disgusto. Somos temporales, no hay duda, pero ya hemos temporizado de lo lindo.

Ahí están las gabarras… Tienen todas un corazón ahora. Late con fuerza y huraño que para qué en el negro eco de los arcos. Basta. Me estoy dispersando. No voy a quejarme más. Pero a ver si no se me juntan más. Si las cosas se nos llevaran consigo, con lo frágiles que son, moriríamos de poesía. Sería cómodo en cierto sentido. Gustin, tocante a seducciones y encantos ínfimos, era de mi opinión, sólo que para el olvido confiaba más que nada en la bebida. En fin… En sus bigotes de estilo galo se le quedaba siempre algo de priva y penas…

Con los venéreos, nuestro sistema consistía en trazar rayas, en un gran cuadro, paso a paso… Con eso bastaba. Una raya roja: Novars… Verde:

¡mercurio!… ¡Y hale! La rutina se encargaba del resto… bien contenta… Sólo quedaba mecharle al andoba el culo o los pliegues del brazo con el mejunje… Con eso quedaba untado bien, como con mantequilla… ¡Verde!…

¡Brazo!… ¡Amarillo!… ¡Culo!…

Rojo… ¡dos carrillos!… ¡Largo, cularra! Y otro culo. ¡Bismuto!

¡Cochina! ¡Azul! Poder mear, ¡qué potra!

¡Cabrito!… ¡Arriba el pantalón!…

¡Andando!… Un ritmo constante. Purrela y más purrela… Filas interminables…

¡Mingas! ¡Pichas hechas polvo! ¡Pililas goteando! ¡Supurantes! ¡Purulentas!

¡Ropa basta y almidonada, cartón piedra! ¡Purgaciones! ¡andares torcidos!

¡Reinas del mundo! ¡Su trono, el asunto!

¡Caliente en invierno como en verano!…

¡Fríos los pobres chorras desconfiados! ¡Y después se transmitían recetas de gilipuertas para quilar aún mejor! ¡Más!… Que Julienne no se enterara… No volver… ¡Mentirnos!… Gritando de placer… Uretra llena, ¡cuchillas! ¡Nabo todo rajado! ¡Cimbel en la boca! ¡Saca la raja!

Ahí va el «historial 34», el empleado de gafas negras, el tímido, el pirilla, va a pescarlas a propósito, sus purgaciones, cada seis meses, en *cour* d'Amsterdam, para mejor expiar por la verga… mea sus cuchillas en las zorrupias de los anuncios por palabras… ¡Es su oración!, como él dice… ¡Es un microbio enorme, el «34»! ¡Lo ha escrito en nuestro retrete!:

«Soy el terror de los chochos… He dado por culo a mi hermana mayor…

¡Me he casado doce veces!». Es un cliente muy puntual, silencioso y modosito y siempre contento de volver.

Así nos ganamos el cocido; no te deja tan baldado como terraplenar las vías del tren.

Al llegar a La Pourneuve, me dijo así Gustin: «Oye, Ferdinand, antes… mientras yo dormitaba, no me vayas a decir que no… me has leído las líneas de la mano… ¿Y qué has visto?».

Bien sabía yo lo que le preocupaba, desde hacía mucho, el hígado, su punto sensible, y, además, pesadillas horribles… Se iba fabricando su cirrosis…

Muchas mañanas lo oía vomitar en la pila… Lo tranquilicé, de nada servía meterle miedo. El mal estaba hecho. Lo principal era que conservara los currelos.

En la Jonction, lo había conseguido en seguida, su puesto en la Beneficencia. Al acabar los estudios, gracias a un aborto curiosito, es la pura verdad, que hizo a la amiguita de un concejal muy conservador de entonces… Acababa de establecerse, Gustin, al lado, boqueras. Le había salido chipén, aún no le temblaba la mano. La vez siguiente, a la mujer del alcalde. ¡Otro éxito!… En agradecimiento lo nombraron médico de los pobres.

Al principio, había gustado mucho, y

a todo el mundo, en sus funciones. Y después, en determinado momento, dejó de gustar… Se hartaron de su jeta y sus modales… No lo tragaban más. Conque le hicieron de todo… A ver quién le hacía de rabiar más. Se lo pasaron bomba quedándose con él; lo acusaban de cualquier cosa, llevar las manos sucias, columpiarse con las dosis, no conocer los venenos… Que si le rugía el aliento… Que si llevaba botines… Cuando lo habían jorobado tanto, que le daba vergüenza incluso salir, y le habían repetido la tira de veces que podían darle el lique como si tal cosa, entonces cambiaron de idea, empezaron a tolerarlo otra vez, sin motivo, salvo que se habían cansado de considerarlo tan feo y calzonazos…

Toda la mala hostia, la envidia, la rabia de un barrio había caído sobre su jeta. Había tenido que tragar toda la acerba mala leche de los chupatintas de su propio consultorio. La acidez al despertar de los 14 000 alcohólicos del barrio, las pituitas, las retenciones extenuantes de las 6422 blenorragias que no conseguía atajar, las convulsiones ováricas de las 4376 menopausias, la angustia preguntona de 2 266 hipertensos, el desprecio inconciliable de 722 biliosos con jaqueca, la obsesión recelosa de los 47 portadores de tenias, más las 352 madres de niños con ascárides, la horda confusa, la gran turba de los masoquistas de toda manía. Eccematosos, albuminosos, azucarados, fétidos, temblequeantes, vaginosas, inútiles, los «demasiado», los «insuficiente», los estreñidos, los chorras del remordimiento y toda la pesca, el ir y venir de asesinos, había refluido hacia su jeta, había caído en cascada ante sus binóculos desde hacía treinta años, mañana y tarde.

En la Jonction, vivía en plena cochambre, justo encima de los rayos X. Tenía allí su piso de tres habitaciones, un edificio de sillares, no de ladrillo como ahora. Para defenderse contra la vida harían falta diques diez veces más altos que en Panamá y pequeñas esclusas invisibles. Habitaba allí desde la Exposición, la grande, desde los felices tiempos de Argenteuil.

Ahora había grandes *buildings* en torno al establecimiento.

De vez en cuando buscaba aún, Gustin, una pequeña distracción… Mandaba subir a una monina, pero no demasiado a menudo. Su gran pena volvía a embargarlo, en cuanto le aparecía el sentimiento. Tras el tercer encuentro… Prefería pimplar… En la acera de enfrente había una tasca, con fachada verde y concierto de banjo los domingos; era cómoda para marcarse unas patatas fritas, la chica las hacía incomparables. La priva le quemaba el estómago, a Gustin, y yo no puedo ni probarla desde que tengo los zumbidos día y noche. Me deja hecho una mierda, me da aspecto de apestado. Conque a veces me ausculta, Gustin. Tampoco me dice lo que piensa. Es el único aspecto sobre el que somos discretos. Tengo mi pena, yo también, la verdad. Conoce mi caso, intenta animarme: «Anda, Ferdinand, léemela, ¡que te la escucho, hombre, tu historia! ahora, ¡que no leas demasiado rápido! No gesticules. Te cansas y a mí me marea…».

«El Rey Krogold, sus caballeros, sus pajes, su hermano el Arzobispo, el clero del campamento, toda la corte, fueron tras la batalla a desplomarse bajo la tienda, en medio del vivaque. La pesada media luna de oro, regalo del Califa, había desaparecido en el momento del reposo… Coronaba el palio real. El capitán del convoy, el responsable, fue azotado como una estera. El rey se tumbó, quería dormirse… Sufría aún de sus heridas. Estaba desvelado. El sueño se negaba a acudir… Insultó a los que roncaban. Se levantó. Pasó por encima de los cuerpos, pisó manos, salió… Fuera hacía tanto frío, que se estremeció. Cojeaba; aun así, avanzó. La larga fila de carros rodeaba el campamento. Los guardias se habían dormido. Krogold costeó los grandes fosos de defensa… Iba hablando en voz alta y tropezó, estuvo a punto de caer. En el fondo del foso brilló algo, una hoja enorme que lanzaba destellos… Un hombre sostenía el objeto reluciente en sus brazos. Krogold se lanzó sobre él, lo derribó, lo maniató; era un soldado, lo degolló con su propia espada corta, como a un cerdo… "¡Glu, glu!", gorgoteaba el ladrón por su agujero. Soltó todo. Era el fin. El rey se agachó, recogió la media luna del Califa. Volvió a subir hasta el borde del foso. Se quedó dormido ahí entre la bruma… El ladrón había recibido su castigo».

* * *

Por aquella época se produjo la crisis, por muy poquito no me dieron el lique en el dispensario. Por los cotilleos otra vez.

Fue Lucie Keriben, que tenía una tienda de modista, en el Bulevar Moncontour, quien me avisó. Veía a cantidad de gente. Se cotilleaba mucho en su tienda. Me comunicó chismes muy chungos. Con esa mala leche, tenían que ser de Mireille… No me equivoqué… Puras calumnias, claro está. Decía que yo había organizado orgías con clientas del barrio. Barbaridades, en una palabra… Lucie Keriben, a la chita callando, se alegraba bastante de que fuera un poco de ala yo… Tenía envidia. Conque esperé a que regresara la Mireille, me apalanqué en el Impasse Viviane; por fuerza había de pasar por allí. Yo no ganaba aún bastante para dedicarme a escribir… Podía meterme hasta el cuello en la miseria otra vez. No me sentía con ánimos. La vi venir… pasó por delante. Le envié tal viaje en el bul, que salió volando de la acera. Me entendió en el acto, pero no por ello habló. Quería ver primero a su tía. No quería confesar, la muy puta. Nada de nada.

Lo hacía, lo de difundir trolas, era para meterme miedo… Conque el día siguiente me apresuré a complacerlas. La brutalidad no servía, sobre todo con Mireille, se volvía aún más bicho.

Quería casarse. Conmigo o con cualquier otro. Estaba hasta el moño de las fábricas. A los dieciséis años ya había pasado siete en el suburbio del oeste.

«¡Se acabó!», anunciaba. En *Happy Suce*, la fábrica de caramelos ingleses, había sorprendido al director en el momento en que un aprendiz se la mamaba. ¡Menuda, aquella fábrica! Durante seis meses tiró todas las ratas muertas a la gran tina de las garrapiñadas. En Saint-Ouen una encargada se la había llevado a vivir con ella, le daba buenas tundas en los retretes. Se habían dado el piro juntas.

El capital y sus leyes los había comprendido, Mireille… Antes aún de tener la regla. En las colonias de Marty- sur-Oise había pajillería, aire puro y discursos hermosos. Ella se había desarrollado muy bien. En la fiesta anual de los Fédérés hacía los honores al patronato, era ella la que blandía a Lenin, en lo alto de una vara, de La Courtine al Père-Lachaise. La bofia no daba crédito a sus ojos, ¡al ver a semejante chulángana! Pero con unas pantorrillas tan espléndidas, ¡que se llevaba de calle a la gente cantando, empalmada, la Internacional!

Los macarrillas de baile o los que frecuentaba no se daban cuenta de lo que tenían en las manos. Era menor, recelaba de la pasma. De momento seguía a Robert, Gégéné y Gaston. Pero se iban a ganar, esos chavales, desgracias de verdad. Ella iba a ser su ruina.

De la Vitruve y su sobrina, podía esperarme yo cualquier cosa; la vieja, sobre todo, sabía demasiado como para no utilizarlo un día.

Yo la moderaba con el parné, pero la chavala quería más, quería todo. Si la trataba con ternura, le parecía sospechoso. Me la voy a llevar al Bois, fui y me dije. Me guarda rencor. Tengo que hacer algo para interesarle. En el Bois tenía pensado contarle una historia bonita, halagarle la vanidad.

«Pregunta a tu tía», le dije. «Estarás de vuelta antes de medianoche…

¡Espérame en el Café Byzance!».

Conque salimos, los dos.

A partir de la Porte Dauphine ya se sentía más contenta. Le gustaban los barrios elegantes. En el Hôtel Méridien lo que la horrorizaba eran las chinches. Cuando tenía un ligue y debía quitarse la blusa, las marcas le daban vergüenza. Sabían todos que eran picaduras de chinche… Conocían todos los líquidos y desinfectantes para fumigar... El sueño de Mireille era una queli sin churráis... Si se hubiera dado el piro entonces, su tía la habría mandado trincar. Contaba con ella para la jalandria, pero yo sabía que tenía un chulín que pretendía lo mismo, el Bébert de Val-de-Grace. Acabó dándole a la «nieve». Leía el *Viaje*, ése...

Al acercarnos a la Cascada, comencé con las confidencias...

«Sé que tienes un empleado de Correos al que le va la marcha que para qué...».

Estaba demasiado contenta entonces como para no ponerse zalamera o no soltar la lengua. Me contó todo. Pero al llegar al Catelan, ya no se atrevía a seguir, la obscuridad le daba miedo. Creía que la llevaba al bosque para canearla. Me tentaba el bolsillo para ver si llevaba una pistola. Yo no llevaba nada. Me palpaba el pito. Como pasaban coches, le propuse ir a la Isla, que estaríamos mejor para charlar. Era un bicho, le costaba mucho gozar y el peligro la fascinaba. Los que remaban cerca de la orilla se perdían, se enredaban siempre con las ramas, soltaban tacos, volcaban y destrozaban sus farolillos.

«¡Escucha los patos ahogándose en la orina del agua!».

«¡Mireille!», le dije, una vez instalados así. «Sé que te van las trolas... la verdad no te quita el sueño...».

«Mira, chico», respondió, «¡si tuviera que repetir sólo la cuarta parte de lo que oigo!...».

«¡Vale!», la interrumpí... «Me inspiras indulgencia y debilidad incluso... No es por tu cuerpo... ni por tu cara, con esa nariz... Es la imaginación lo que me atrae de ti... ¡Soy *voyeur*! Cuéntame historias verdes... Y yo te contaré una leyenda hermosa... Si quieres, la firmamos juntos... *¿fifty-fifty?* ¡Saldrás ganando tú!...».

Le gustaba eso, hablar de cuartos... Yo le conté todo el tinglado... Le aseguré que habría princesas por todos lados y colas de terciopelo de verdad... bordados hasta los forros... pieles y joyas... No os podéis hacer idea... Nos entendimos perfectamente respecto a todas las cuestiones de decorado e incluso de vestidos. Y así comenzaba por fin nuestra historia:

«Estamos en Bredonnes, en Vendée... Es el momento de los torneos...

»La ciudad se apresta a recibir... Ahí están los caballeros engalanados... Ahí los luchadores desnudos... los saltimbanquis... Pasa su carro... se abre paso entre la muchedumbre... Ahí están las tortas friéndose... Un trío de caballeros acorazados con armaduras damasquinadas... llegan todos de muy lejos... del Sur... del Norte... se lanzan desafíos animosos...

»Ahí está Teobaldo el Perverso, trovero, llega al amanecer a las puertas de la ciudad, por el camino de sirga. Está rendido... Viene a Bredonnes a buscar cobijo y techo... Viene a acusar a Joad, el hipócrita hijo del Procurador. Viene a recordarle la horrible historia, el asesinato de un arquero en París, cerca del Pont au Change, cuando eran estudiantes...

»Teobaldo se acerca... En la barcaza Sainte-Geneviève se niega a entregar su diezmo... Se pega con el barquero... Acuden los arqueros... lo derriban, se lo llevan... Ahí lo tenemos, atado de pies y manos, echando espuma por la boca, vestido con andrajos y arrastrado ante el Procurador. Forcejea furioso, le grita la horrible historia...».

A Mireille el tono le gustaba, quería que cargáramos las tintas. Hacía mucho que no nos habíamos entendido tan bien. Por fin, hubo que volver a casa.

Por las alamedas de Bagatelle ya sólo había algunas parejas. Mireille estaba animada. Quería que las sorprendiéramos... Abandonamos mi hermosa *Leyenda* para discutir con pasión si el gran deseo de las damas no será quilar entre ellas... Mireille, por ejemplo, ¿es que no le gustaría tirarse a las amigas?... ¿darles por culo, llegado el caso?... ¿sobre todo a las delicadas, las auténticas gacelas?... Mireille, con sus caderas y pelvis bien proporcionadas... de atleta...

«¡No olvides los consoladores!», me hizo notar Mireille. «¡Por eso mismo miramos! ¡De tan cerca, cuando se dan el lote! ¡Para ver si les crece!... ¡Que se desgarren! ¡Que se saquen todo, las cochinas! ¡Que llenen todo de sangre! ¡Que les salga toda la mala hostia!...».

¡Comprendía muy bien la fantasía, Mireille, la monina! Aprovechaba al máximo mi espectáculo... De repente la avisé: «Si lo cuentas en Rancy... ¡te voy a hacer tragar los zapatos!...». Y la agarré bajo el farol de gas... Ya estaba adoptando expresión triunfal. ¡Yo tenía la sensación de que iba a andar diciendo por ahí que me comportaba como un vampiro!... ¡En el Bois de Boulogne!

Entonces la cólera me sofocaba...

¡Pensar que una vez más hacía yo el primo! Le endiñé un soplamocos con ganas... Se rió burlona. Me desafiaba.

De los bosquecillos, de los macizos, de todos lados salió gente a admirarnos, de dos en dos, de cuatro en cuatro, en auténticas cohortes. Todos con la mano en la polla y las damas con las faldas levantadas por delante y por detrás. Unas atrevidas, serias otras y otras más prudentes...

«¡Duro, Ferdinand!», me animaban todos. Era una algarabía tremenda... Se alzaba de los bosques. «¡Dale para el pelo bien, a la chavalina! ¡Para que aprenda!». Lógicamente, me ponía bruto oírlos estimularme.

Mireille salió de naja dando chillidos. Entonces corrí tras ella y me puse como loco. Le arreé puntapiés en el culo con muy mala leche. Hacían un ruido sordo. Calaveras del Ranelagh había aún centenares que afluían; por delante se agrupaban por pichas, le daban al asunto con ganas por detrás...

Estaba invadido el césped, millares por la avenida. Todo el tiempo llegaban más del fondo de la noche... Todos los vestidos estaban hechos jirones... chucháis bamboleantes, desgarrados... niños sin pantalones... Se derribaban, se pisoteaban, se tiraban unos a otros por el aire... Algunos quedaban colgados de los árboles... junto con las sillas hechas trizas... Una purí, inglesa, sacaba la cabeza de un cochecito hasta casi descoyuntársela, me incordiaba incluso para que me afanara... Nunca había visto yo ojos tan contentos como los suyos... «*Hurray! Hurray*! ¡Muchacho magnífico!», me gritaba en pleno arrebato... «*Hurray*! ¡Le vas a romper el bul! ¡Va a haber un gentío en las estrellas! ¡Le va a salir la eternidad!

¡Viva la Ciencia Cristiana!».

Yo apretaba aún más. Corría más que su auto. Me entregaba del todo a mi tarea, ¡chorreaba sudor! Al cargar, pensaba en mi posición... Que iba a perder, seguro. Eso me aplacaba:

«¡Mireille! ¡Ten compasión! ¡Te adoro!

¿Vas a esperarme, guarra? ¿Vas a creerme?».

Al llegar al Arco del Triunfo, toda la multitud se puso a hacer un corro. Toda la horda perseguía a Mireille. Había ya la tira de muertos por todas partes. Los otros se arrancaban los órganos. ¡La inglesa agitaba el coche, por encima de su cabeza! «*Hurray! Hurray*!». Derribó un autobús con él. El tráfico quedó interrumpido por tres filas de la guardia móvil con armas. Entonces los honores fueron para nosotros. El vestido de Mireille se alzó con el viento. La vieja inglesa saltó sobre la chavala, le envió un directo a los senos, chorrearon, salpicaron y todo quedó rojo. Nos desplomamos, nos revolcamos todos juntos, nos ahogábamos. Una agitación tremenda.

La llama bajo el Arco subió y subió, se dividió, atravesó las estrellas, se dispersó por el cielo... Por todos lados olía a jamón ahumado... Ahí tenía a Mireille, que había venido a hablarme por fin, al oído. «Ferdinand, querido, ¡te amo!... Ya lo creo, ¡tienes ideas por un tubo!». Una lluvia de llamas volvió a caer sobre nosotros, cada cual cogió un gran trozo... Nos lo metimos chisporroteante, remolineante, en la braqueta. Las damas se metieron un ramillete de fuego... Nos dormimos unos sobre los otros.

25 000 agentes despejaron la Concorde. Ya no cabíamos. De bote en bote. Abrasaba con ganas. Humeaba. Era el infierno.

* * *

Mi madre y la Sra. Vitruve, al lado, estaban preocupadas, iban y venían por el cuarto, mientras esperaban a que me bajara la fiebre. Me había traído una ambulancia. Me había echado sobre una verja en la Avenue Mac-Mahon. Me habían visto los guris en bici.

Con fiebre o sin ella, siguen zumbándome los dos oídos y tanto que ya es que no puede ser peor. Desde la guerra me zumban. Ha corrido tras mí, la locura... con avaricia durante veintidós años. Cosa fina. Ha probado mil quinientos ruidos, un estruendo inmenso, pero yo he delirado más deprisa que ella, me la he metido en el bote, le he hecho el avión pero bien. ¡Y listo! Digo gilipolleces, la camelo, la obligo a olvidarme. Mi gran rival es la música; está atrapada, se descompone en el fondo de mi oído... No cesa de agonizar... Me atonta a trombonazos, se defiende día y noche. No me falta ningún ruido de la naturaleza, de la flauta al Niágara... Paseo conmigo el tambor y una avalancha de trombones... Toco el triángulo semanas enteras... Nadie me puede con el clarín. Tengo también, yo solito, una pajarera completa con tres mil quinientos veintisiete pajaritos que no callarán nunca... Soy los órganos del universo... He aportado todo, la piltrafa, el espíritu y el hálito... A menudo parezco agotado. Las ideas trastabillan y se revuelcan. No estoy a gusto con ellas. Estoy creando la ópera del diluvio. En el momento en que baja el telón, el tren de medianoche está entrando en la estación... La vidriera de arriba se rompe y se desploma... El vapor escapa por veinticuatro válvulas... ¡las cadenas saltan hasta el tercero!... En los vagones, abiertos de par en par, trescientos músicos bien

mamados desgarran la atmósfera con cuarenta y cinco pentagramas de una vez...

Desde hace veintidós años, todas las noches quiere dejarme seco... a medianoche en punto... Pero yo también sé defenderme... con doce puras sinfonías de címbalos, dos cataratas de ruiseñores... una manada completa de focas tostándose a fuego lento... Buen trabajo para un soltero... Nada que objetar. Es mi otra vida. Asunto mío.

Lo cuento para explicar que en el Bois de Boulogne tuve un ligero ataque. Suelo hacer mucho ruido cuando hablo. Levanto demasiado la voz. Me hacen señas para que la baje. Chachareo un

poco, como es lógico... Tengo que hacer unos esfuerzos para interesarme por los amigos. No me costaría nada perderlos de vista. Estoy preocupado. Vomito a veces en la calle. Entonces todo se interrumpe. Se hace casi la calma. Pero las paredes se ponen a bambolearse otra vez y los coches a recular. Tiemblo con toda la Tierra. No digo nada... La vida vuelve a empezar. Cuando me encuentre con Dios en su morada, le voy a reventar, yo, el fondo del oído, el interno; he aprendido. Me gustaría ver si le divierte. Soy jefe de la estación diabólica. El día en que yo falte, veremos si descarrila el tren. El Sr. Bizonde, el ortopedista, para el que hago algún que otro «articulillo», me encontrará aún más pálido. Se resignará. Pensaba en todo eso en mi cuarto, mientras mi madre y la Vitruve se paseaban al lado.

La puerta del infierno en el oído es un pequeño átomo de nada. Si lo desplazas un cuarto de pelo... lo mueves sólo una micra, miras a través ¡se acabó! ¡adiós, muy buenas! ¡estás perdido para siempre! ¿Estás listo? ¿No? ¿En condiciones? ¡No se la diña así como así! Menudo sudario bordado con historias hay que presentar a la Dama. Es exigente, el último suspiro. ¡Cine «La penúltima»! ¡No todo el mundo está prevenido! ¡Hay que darse un tute, a toda costa! Yo pronto estaré preparado... Oiré por última vez a mi corazón hacer su *pfutt* charlatán... y después, ¡*flac*!, aún... Se bamboleará tras su aorta... como en un carcamal... Y fin. Lo abrirán para comprobarlo... En la mesa inclinada... No verán mi hermosa leyenda, mi pito tampoco... La Pálida se habrá hecho ya con todo...

¡Aquí tenéis, Señora, le diré, sois la más experta!...

* * *

Me había quedado frito, pero, aun así, no me podía quitar a la Mireille de la cabeza...

No me cabía duda, debía de haber ido a largar hasta hartarse.

«¡Ah!», dirían en la Jonction... «¡El Ferdinand se ha vuelto insoportable! ¡Se va al Bois a mojar el churro!» (ya que siempre se exagera). «¡Y, además, se lleva a la Mireille!... ¡Pervierte a todas las jovencitas!... ¡Nos vamos a quejar en el Ayuntamiento!... ¡No es digno de su empleo! ¡Es un violador y un subversivo!...».

¡Así mismo! Me hervía la sangre en la piltra al imaginarme esos follones, chorreaba por todo el cuerpo como un sapo... Me asfixiaba... me retorcía... No me podía estar quieto... Tiré por el aire las mantas... Volví a sentir una energía de la hostia. Pero ¡vaya si era cierto que nos habían seguido los sátiros!... ¡Olía a chamusquina por todos lados! Una sombra enorme me impedía ver... Era el sombrero de Léonce... Sombrero de militante... Alas más amplias que un velódromo... Debía de haber apagado el fuego... ¡Era Léonce Poitrat! ¡Estaba seguro! No cesaba de seguirme los pasos... ¡Me estaba provocando, ese chaval! Andaba por la comisaría mucho más a menudo de lo que debía... Después de las seis de la tarde... Andaba por ahí, trajinaba, militaba entre los aprendices, se dedicaba a hacer abortos... Yo no le hacía gracia... Lo ponía negro. Quería liquidarme. Lo decía a las claras...

En la clínica, era el contable... También llevaba chalina. Me tapaba todo un lado del sueño con su sombrero... La fiebre seguía subiéndome, me parecía... Iba a estallar... Era un listillo, Léonce Poitrat, un tunela en las reuniones... En los chantajes confederados podía tirarse dos horas vociferando. Nadie lo hacía callar... Si le habían cambiado su moción, se ponía como una fiera por una palabra. Bramaba más fuerte que un coronel. Era cachas como un camión. A labia no le ganaba nadie; a trabuco tampoco, se le ponía más duro que treinta y seis bíceps. Tenía alegrías de acero. Así mismo. Era secretario del «Sindicato de la Construcción» de Vanves La Révolte. Secretario elegido. Sus tronquis estaban orgullosos de Léonce, tan vago, tan violento. Era el chulanga más fetén del ramo.

Aun así, no estaba contento, me tenía envidia, a mí, mis ideas, mis tesoros espirituales, mi empaque, que me llamaran «doctor». Se quedaba ahí con las señoras, esperaba ahí al lado… ¿A que me decidiera? ¿A que cascara de una vez?… ¡Enseguidita!… Y aunque sólo fuera por joderlo… ¡Me iba a quedar en la Tierra, yo!… ¡Habría milagro!… ¡Lo abrazaría incluso, para que la diñara!… ¡Por contagio!… El piso de arriba resonaba… Ruidos diferentes… era el artista, que daba sus clases… Ensayaba… inquieto… Debía de estar solo… ¡Do!… ¡do!… ¡do!… ¡La cosa no iba nada bien!… ¡Si!… ¡si! … Un poquito más… ¡Mi! ¡mi!… ¡Re! ¡Todo tiene arreglo!… ¡Y después un arpegio con la izquierda!… Y luego la derecha que se reanimaba… ¡Si sostenido!… ¡Hostias!

Por mi ventana se veía París… Desplegado ahí abajo… Y después se ponía a trepar… hacia nosotros… hacia Montmartre… Un tejado empujaba a otro, en punta, hiriendo sangrando por el reguero de luces, de calles en azul, en rojo, en amarillo… Más abajo, el Sena las pálidas brumas, un remolcador avanzando… con un aullido de cansancio… Más lejos aún, las colinas… Las cosas se entregaban al recogimiento… La noche estaba al caer.

¿Sería mi portera la que daba golpes en la pared?

Para que ésa subiese, debía yo de estar para el arrastre… Era demasiado vieja, la tía Bérenge, como para darse el tute de las escaleras… ¿De dónde podía salir?… Atravesó mi cuarto muy despacio… No tocaba el suelo. Ya ni siquiera miraba a derecha e izquierda… Salió por la ventana al vacío… Por ahí se fue a la obscuridad, por encima de las cosas… Por allí iba…

* * *

¡Re!… ¡fa!… ¡sol sostenido!… ¡mil… ¡Joder! ¡No iba a acabar nunca! Debía de ser el alumno que volvía a empezar… Cuando se declara la fiebre, la vida se vuelve blanda como panza de tabernero… Te hundes en un remolino de tripas. Oía yo a mi madre que insistía… Contaba su vida a la Sra. Vitruve… ¡Repetía para que comprendiera bien lo difícil que yo había sido!… ¡Derrochador!… ¡Tarambana!… ¡Perezoso!… Que no me parecía pero es que nada a mi padre… Tan formal él entonces… tan trabajador… tan modélico… tan poco potrudo… muerto el invierno anterior… Sí… No le hablaba de los platos que le rompía en la chola… ¡No! ¡Re, do, mi! ¡re bemol!… Era el alumno que volvía a empezar con dificultad… Trepaba por las semicorcheas… Acababa en los dedos del maestro… Resbalaba… Se empantanaba… Tenía los dedos llenos de sostenidos… «¡El compás!», grité yo con ganas.

Mi madre no contaba tampoco cómo la arrastraba, Auguste, de la pelambrera, por la trastienda. Un cuchitril, la verdad, para discusiones…

De todo eso no decía ni pío… Pura poesía… Sólo que pasábamos estrecheces, pero que nos queríamos con locura. Eso le contaba. Me quería tanto mi papá, era tan sensible en todo, que mi conducta… las preocupaciones… mis inquietantes inclinaciones, mis monstruosas malandanzas habían precipitado su muerte… De pena, evidentemente… ¡Que le habían afectado al corazón!… ¡Zas! Así se cuentan las historias… No dejaba de ser bastante natural, todo eso, pero también un montón de mentiras inmundas, asquerosas… Las muy putas se excitaban tanto calentándose la cabeza las dos, que no dejaban oír los ruidos del piano… Ya podía yo berrear con ganas.

Vitruve no era manca a la hora de contar trolas… enumeró sus sacrificios… ¡Mireille lo era todo en la vida para ella!… Yo no entendía todo… Tuve que ir a devolver al retrete… Seguro que era el paludismo, encima… Lo había pillado en el Congo… Estaba bien arreglado, yo, de pies a cabeza.

Cuando volví a acostarme, mi madre estaba hablando por los codos de su noviazgo… en Colombes… Cuando Auguste montaba en bicicleta… La otra, que no le iba a la zaga… se corría de gusto, la asquerosa… contando cómo se desvivía para salvar mi reputación… en Linuty… ¡Ah! ¡Ah! ¡Ah! Aquello me sublevó… No lo pude soportar… No me moví más… Me limité a inclinarme para vomitar del otro lado de la piltra… Puestos a desvariar con mala hostia, prefería revolcarme en historias de mi cosecha… Vi a Teobaldo, el *Trovero*… Seguía necesitando dinero… Iba a matar al padre de Joad… un padre menos, pues… Vi torneos magníficos en el techo… lanceros que se ensartaban… Vi al Rey Krogold en persona… Llegaba del Norte… Estaba invitado en Bredonnes con toda su Corte… Vi a su hija Wanda la rubia, la radiante… Con gusto me la habría cascado, pero tenía las manos demasiado pegajosas… Joad estaba enamorado y brutísimo… ¡La vida!… ya volvería yo a eso… Arrojé de repente una de bilis… Bramaba con los esfuerzos… Las viejas habían oído, de todos modos… Acudieron, me atendieron. Las volví a echar… En el pasillo se pusieron a chacharear otra vez. Después de ponerme a caldo así, dieron marcha atrás un poco en la expresión… Volvían a darme jabón un poco… Dependían de mí para muchas cosas… Se recataron de repente… Habían exagerado… A mí era a quien debían el parné que entraba… Mi madre, en casa del Sr. Bizonde, el famoso ortopedista, no ganaba demasiado… No le habría bastado… Es duro a su edad salir adelante a comisión… En cuanto a la Sra. Vitruve y su sobrina, yo era quien apoquinaba para sus habichuelas con apaños ingeniosos… De repente se pusieron cautelosas, empezaron a hacer el paripé…

«Es un bruto… ¡está chiflado!… Pero tiene un corazón de oro…». Eso había que reconocerlo. Claro está. No se podía olvidar el alquiler y la pitanza… No se debían decir demasiadas gilipolleces. Se apresuraron a tranquilizarse. Mi madre no era una obrera… Lo repetía mil veces, era su letanía… Era una comerciante modesta… Nuestra familia fue de cráneo por el honor del comercio modesto… No éramos obreros borrachos y cargados de deudas, nosotros… ¡Ah, no! ¡Ni mucho menos!… ¡Aún había clases! … Tres vidas, la mía, la suya y sobre todo la de mi padre, se consumieron a base de sacrificios… No se sabe siquiera lo que ha sido de ellas… Pagaron todas las deudas…

Ahora mi madre hace unos esfuerzos horribles para recuperar nuestras vidas… Se ve obligada a imaginar… Han desaparecido, nuestras vidas… nuestro pasado también… Se pone a trajinar, en cuanto tiene un momentito… pone las cosas en su sitio otra vez… y después, ¡vuelven a caer fatalmente!…

Coge unos cabreos terribles, con sólo que yo me ponga a toser, porque mi padre tenía pecho de toro, pulmones sólidos… No quiero ni verla, ¡me pone negro! Quiere que delire con ella… ¡De eso nada! ¡Voy a provocar una desgracia! Yo quiero decir gilipolleces por mi cuenta… ¡Do! ¡mi! ¡la! el alumno se había marchado… El artista se entretenía… Tocaba una «nana»… Me habría gustado que Emilie subiera… Venía por las noches a arreglarme el cuarto… Apenas hablaba… ¡No la había visto! Anda, ¡si estaba ahí!… Quería que tomara ron… Al lado, los borrachos vociferaban…

«Mire, ¡tiene una fiebre tremenda!…

¡Estoy muy preocupada!», volvió a repetir mamá.

«¡Es muy amable con los enfermos!…», gritó, a su vez, la Vitruve…

Yo entonces tenía tanto calor, que me arrastré hasta la ventana.

* * *

Virando a través de la Etoile, mi hermoso navío enfilaba por la sombra… cargado de velas hasta el sobrejuanete de proa… Apuntaba derecho hacia el Hôtel-Dieu… La ciudad entera estaba en cubierta, tranquila… Reconocí a todos los muertos… Conocía incluso al que iba al timón… Al piloto lo tuteaba… Había comprendido, el profesor… tocaba abajo la tonada que necesitábamos… *Black Joe*… Para los cruceros… Para torear el tiempo… el viento… los embustes… Si hubiera abierto la ventana, habría hecho frío de repente… Mañana iría a matarlo, al Sr. Bizonde, que nos facilitaba el sustento… el ortopedista, en su tienda… Quería yo que viajara… no salía nunca… Mi navío penaba y pugnaba por encima del parque Monceau… Iba más lento que la otra noche… Iba a chocar con las estatuas… Dos fantasmas bajaron en la Comédie-Française… Tres olas enormes arrancaron las arcadas de la Rue de Rivoli. La sirena aulló contra mis cristales… Empujé la burda… El viento entró con violencia… Mi madre acudió con ojos como platos… Me regañó… ¡Que es que me portaba mal, como siempre!… ¡La Vitruve se precipitó!… Un diluvio de sermones… Me rebelé… Me puse a insultarlas… Mi hermoso navío renqueaba… Esas mujeres arruinaban cualquier infinito… Calaba de proa, ¡era una vergüenza!… se inclinaba hacia babor, de todos modos… No había velero más bonito… Mi corazón lo seguía… ¡Deberían haber corrido, las muy putas, tras las ratas que iban a joder la maniobra!… No iba a poder bordear nunca, con unas drizas tan azocadas… Habría que haber aflojado… ¡Tomar tres rizos antes de la «Samaritaine»! Grité todo eso sobre todos los tejados… Y, además, ¡mi alcoba iba a hundirse!... ¡Por fin había pagado yo! ¡Todo! ¡Hasta el último céntimo! ¡La puta mierda de mi vida!...

¡Me cagué en el pijama! Todo él pringado... ¡Qué mal lo veía! Iba a descojonarme contra la Bastilla. «¡Ah!

¡Si tu padre pudiera verte!»... Oí esas palabras... ¡Me sacaron de quicio! ¡Ella otra vez! Me volví. «¡Puse a padre de vuelta y media!», dije... ¡Me desgañité!... «¡No había un cabronazo mayor en todo el universo! ¡de Dufayel al Capricornio!...». Primero, ¡fue presa de auténtico estupor! ¡Se quedó helada! Transida... Después se recobró. Me puso a parir. Yo no sabía dónde meterme. Lloraba como una Magdalena.

Se revolcaba por la alfombra de amargura. Se puso de rodillas otra vez. Volvió a levantarse. Me atacó con el paraguas.

* * *

Me dio una de golpes con el mediomundo en toda la jeta. Se le reventó el mango en la mano. Se deshizo en lágrimas. La Vitruve se interpuso.

¡No quería volver a verme más!... ¡Así me juzgaba! Hacía temblar toda la queli... Su recuerdo fue lo único que dejó mi padre y problemas para parar un tren. ¡Era una obsesa del recuerdo! Cuanto más muerto, ¡más lo amaba! Era como una perra incapaz de parar... Pero ¡yo no estaba de acuerdo! Aunque me costara la vida, ¡no me mordería la lengua! Le repetí que era un falso, un hipócrita, ¡bruto y cagueta de la cabeza a los pies! Volvió a la carga. Se habría dejado matar por su Auguste. Le iba yo a dar para el pelo bien. ¡Qué leche!... Para algo tenía paludismo. Me injurió, se puso como una fiera, no respetaba mi estado. Conque me agaché, le levanté las faldas, con la furia. Vi su pantorrilla descarnada, como un bastón, sin carnes, la media arrugada, ¡qué asco!... No he podido quitarle ojo nunca... Le eché las tripas encima...

«¡Estás loco, Ferdinand!», dijo y retrocedió... ¡Se sobresaltó!... ¡Se largó! «Estás loco», volvió a gritar por la escalera.

Yo tropecé. Caí cuan largo era. La oí cojear hasta abajo. La ventana se había quedado de par en par... Me acordé de Auguste, también le gustaban los barcos a él... Era un artista, en el fondo... No tuvo su oportunidad. Dibujaba tormentas de vez en cuando en mi pizarra...

La criada se había quedado junto a la cama... Le dije: «Acuéstate ahí, vestida... Vamos de viaje... Mi barco ha perdido todas las luces en la estación de Lyon... Voy a dar el recibo al capitán para que vuelva al Quai Arago, cuando monten las guillotinas... el Quai du Matin...».

Emilie se tronchaba... No comprendía los chistes... «Mañana...», dijo. «¡Mañana!...». Se marchó en busca de su nene.

¡Entonces sí que me quedé solo de verdad!...

Entonces vi volver miles y miles de lanchas por encima de la Rive Gauche... Cada una llevaba un pequeño cadáver apergaminado bajo la vela... y su historia... sus mentirijillas para orientarse...

* * *

Del siglo pasado puedo yo hablar, lo vi fenecer... Se marchó por la carretera después de Orly... Choisy-le-Roi... Por el lado de Rungis, donde vivía Armide, la tía, la decana de la familia.

Hablaba de cantidad de cosas que ya nadie recordaba. Elegíamos un domingo en otoño para ir a verla, antes de los meses más duros. No íbamos a volver ya hasta la primavera para asombrarnos de que aún viviese...

Los recuerdos antiguos son algo tenaz... pero quebradizo, frágil... Estoy seguro, no obstante, de que tomábamos el «tranvi» delante del Châtelet, el de caballos... Subíamos con nuestros primos a los bancos de la imperial. Mi padre se quedaba en casa. Los primos bromeaban, decían que no volveríamos a verla más, a la tía Armide, en Rungis.

Que, al no tener criada y vivir en un hotelito, seguro que la asesinarían y que con las inundaciones tal vez nos enteráramos demasiado tarde...

Íbamos traqueteando así todo el rato hasta Choisy por la ribera del río. Duraba horas. Así tomaba el aire yo. A la vuelta teníamos que coger el tren.

Llegados al final de la línea, ¡debíamos arrear! Salvar los enormes adoquines… Mi madre me tiraba de los brazos para que la siguiera a su paso… Nos encontrábamos con otros parientes que iban a ver también a la vieja. Le costaba trabajo, a mi madre, con su moho, su velo, su sombrerito de paja, sus alfileres… Cuando el velo estaba mojado, se lo mordía nerviosa. Las avenidas de antes de la casa de la tía estaban llenas de castañas. No me dejaban recoger, no podíamos perder ni un minuto… Más allá de la carretera, venían los árboles, los campos, el terraplén, montículos de tierra y después el campo… más lejos aún los países desconocidos… la China… Y después nada de nada.

Teníamos tanta prisa por llegar, que me hacía caca en los pantalones… Por cierto, que me pasé toda la juventud, hasta la mili, cagándome en los pantalones, con las prisas que me metían. Llegábamos empapaditos a las primeras casas. Era una aldea divertida, ahora lo comprendo, pintoresca, con rinconcitos tranquilos, callejuelas, musgo, recovecos y toda la pesca. Al llegar delante de su verja, se había acabado la juerga. Chirriaba. La tía había vendido a saldo telas de Holanda en el Carreau du Temple durante casi cincuenta años… Su hotelito de Rungis era el fruto de todos sus ahorros.

Vivía en el fondo de un cuarto, delante de la chimenea; se quedaba en el sillón. Esperando a que fuéramos a verla. Cerraba también las persianas, porque tenía la vista delicada.

Su hotelito era de estilo suizo, el sueño de la época. Delante cocían a fuego lento los peces en un estanque hediondo. Andábamos un poquito más, llegábamos a su escalinata. Nos sumergíamos en las sombras. Tocábamos algo blando. «¡Acércate, no tengas miedo, Ferdinand, guapo!…». Me invitaba a las caricias. Conque no me libraba del asunto. Era frío y áspero y después tibio, en la comisura de la boca, con un gustó espantoso. Encendían una vela. Los parientes formaban su círculo de la cháchara. Verme besar a la abuela los excitaba. Y eso que con ese único beso sentía yo unas náuseas… Y también por haber andado demasiado aprisa. Pero, cuando se ponía a hablar, se veían obligados a callar todos. No sabían qué responderle. Sólo conversaba, la tía, con el imperfecto de subjuntivo. Eran modos caducos. Dejaban boquiabiertos a todos. Ya era hora de que la palmara.

En la chimenea, detrás de ella, ¡nunca habían encendido fuego!

«Debería haber tenido un poco más de tiro…». En realidad, era por ahorrar.

Antes de que nos separáramos, Armide ofrecía galletas, ¡más resecas!, de un receptáculo bien tapado, que sólo se abría dos veces al año. Todo el mundo las rechazaba, por supuesto… Ya no eran niños… ¡Eran para mí, las galletas!… Con la emoción por jalármelas brincaba, de placer… Mi madre me pellizcaba por eso… No tardaba en escaparme al jardín, travieso

siempre, a escupirlas donde los peces… En la obscuridad, detrás de la tía, tras su sillón, estaba todo lo caduco, mi abuelo Léopold, que nunca volvió de las Indias, la Virgen María, el Sr. de Bergerac, Felix Faure y Lustucru[1] y el imperfecto de subjuntivo. Pues sí.

Me besaba la abuela una vez más al marchar… Y después venía la salida precipitada, volvíamos a pasar deprisa por el jardín. Delante de la iglesia nos separábamos de unos primos, los que subían hacia Juvisy. Despedían unos olores, todos, al besarme, un aliento rancio entre la barba y la pechera. Mi madre cojeaba más por haber estado una hora sentada, entumecidita.

Al volver a pasar ante el cementerio de Thiais, entrábamos un momentito. Aún teníamos dos muertos nuestros allí, al final de una avenida. Apenas si mirábamos sus tumbas. Volvíamos a salir a escape como ladrones. La noche vuelve muy rápida hacia Todos los Santos. Dábamos alcance a Clotilde, Gustave y Gaston después del cruce de Belle-Epine. Mi madre, con la pierna a la virulé arrastrando, chocaba a cada momento. Se hizo incluso un auténtico esguince al intentar llevarme en brazos justo delante del paso a nivel.

En plena noche sólo pensábamos en llegar hasta el gran tarro de la farmacia. Era la Grand-Rue, señal de que estábamos salvados… Sobre el fondo crudo de los faroles de gas, se oían las músicas de las tabernas, sus puertas temblequeantes. Nos sentíamos amenazados. Cruzábamos rápido a la otra acera, mi madre tenía miedo de los borrachos.

La estación era por dentro como una caja, la sala de espera cargada de humo con una lámpara de aceite arriba, bamboleándose en el techo. Venga a toser, venga gargajear en torno a la estufita, los viajeros, amontonados todos, chisporroteando al calor. Zumbaba de pronto el tren, un fragor de trueno;

parecía que lo arrancara todo. Los viajeros se agitaban, se afanaban, embestían las puertas como un huracán. Nosotros dos éramos los últimos. Yo me ganaba un cachete para que dejara el picaporte tranquilo.

En Ivry debíamos apearnos, aprovechábamos esa salida para ir a ver a la Sra. Héronde, que reparaba encajes. Arreglaba todos los bordados de la tienda, sobre todo los antiguos, tan frágiles, tan difíciles de teñir.

Vivía al final de Ivry más o menos, en la Rue des Palisses, un esbozo en pleno campo. Era una cabaña. Aprovechábamos nuestra salida para ir a animarla. Nunca cumplía los plazos de entrega. Las clientas protestaban con una ferocidad que ahora resulta increíble. Vi llorar todas las noches o casi a mi madre por los encajes que la costurera no traía. Si ponía mala cara nuestra clienta por lo del siete en su Valenciennes, no volvía en todo un año.

La llanura más allá de Ivry era aún más peligrosa que el camino de la tía Armide. No había comparación. A veces nos cruzábamos con golfos. Increpaban a mi madre. Si me volvía, me ganaba un tortazo. Cuando el barro se ponía tan blando, tan viscoso, que perdíamos los calcos dentro, significaba que ya faltaba poco. La casucha de la Sra. Héronde dominaba un solar. El chucho nos había olfateado. Berreaba como un descosido. Ya velamos la ventana.

Todas las veces se llevaba una sorpresa la costurera, se quedaba pasmada al vernos. Mi madre la ponía verde a reproches. Se soltaban una de quejas. Al final, se deshacían en lágrimas las dos. Yo ya podía ponerme a esperar, a mirar afuera… lo más lejos posible… la llanura cargada de sombras que acababa en las orillas del Sena, en la hilera de los afortunados.

Con luz de petróleo trabajaba, nuestra costurera. Se ahumaba, se jodía los ojos así. Mi madre no dejaba de insistirle para que mandara poner el gas de una vez. «¡Es que es indispensable, la verdad!», insistía al marchar.

Para remendar «entredoses» minúsculos, telas de araña, no había duda de que se estropeaba las retinas. Mi madre no se lo decía sólo por interés, también por amistad. Nunca la visité sino de noche, la cabaña de la Sra. Héronde.

«¡Nos lo van a poner en septiembre!», decía todas las veces. Era mentira, para que no insistiese… Mi madre, pese a sus defectos, la apreciaba mucho.

El terror de mamá eran las ladronas. La Sra. Héronde era honrada como ninguna. Nunca sisaba ni un céntimo. Y, sin embargo, ¡mira que se le habían confiado tesoros, allí, entre su cochambre! ¡Casullas enteras de Venecia, como ya no quedan ni en los museos! Cuando lo comentaba, mi madre después, en la intimidad, aún se entusiasmaba. Se le saltaban las lágrimas. «¡Era una auténtica hada, esa mujer!», reconocía. «¡Es una pena que no tenga palabra! ¡Nunca ha entregado a tiempo!…». Murió, el hada, antes de que pusieran el gas, de cansancio; se la llevó la gripe y también, seguro, la pena por tener un marido demasiado mujeriego… Murió al dar a luz… Recuerdo muy bien su entierro. Era en Petit-Ivry. Sólo estábamos nosotros tres, mis padres y yo, ¡el marido ni siquiera se molestó!

Era hombre apuesto, se había bebido hasta el último céntimo. Se pasaba años enteros en el bar, en la esquina de la Rue Gaillon. Durante por lo menos diez años lo vimos al pasar. Y después desapareció.

Cuando salíamos de casa de la costurera, no habíamos acabado todos los recados. En Austerlitz volvíamos a correr y después un ómnibus hasta la Bastilla. Por el lado del Cirque d'Hiver estaba el taller de los Wurzem, ebanistas, alsacianos, toda una familia. Todos nuestros muebles, las mesillas, las consolas, él era quien los maquillaba «al estilo antiguo». Desde hacía veinte años no hacía otra cosa, para mi abuela y para otros también. La marquetería no resiste nunca, una discusión perpetua. Un artista, además, Wurzem, artesano sin par. Se alojaban todos entre las virutas, su mujer, su tía, un cuñado, dos primas y cuatro hijos. Nunca tenía listo el trabajo tampoco. Su vicio era la pesca. Con frecuencia se pasaba una semana en el canal Saint-Martin, en lugar de acabar los encargos. Mi madre se ponía roja de ira. Él respondía con insolencia. Después se disculpaba. La familia estallaba en sollozos, o sea, que eran nueve llorando, y nosotros sólo dos. Tenían «agujeros en los bolsillos». Por no pagar el alquiler, tuvieron que salir pitando, refugiarse en un jardincillo, la Rue Caulaincourt.

Su chabola estaba en el fondo de un hoyo, para llegar había que pasar sobre unas tablas. De lejos, dábamos voces, nos dirigíamos hacia su farol. Lo que me atormentaba en esa casa era el deseo de mandar por el aire el bote de cola, que siempre estaba tembleando al borde de la estufa. Un día me decidí. Mi padre, al enterarse, avisó en seguida a mamá, que un día yo la estrangularía, que se me veía la inclinación. Esas cosas las veía él.

Lo agradable de los Wurzem era que no fuesen rencorosos. Después de las peores broncas, en cuanto apoquinábamos un poco, se ponían a cantar otra vez. Para ellos nada era trágico, ¡muy imprevisores, aquellos obreros! ¡No como nosotros, tan próvidos! Mi madre aprovechaba siempre esos incidentes como ejemplos para horrorizarme. A mí me parecía muy simpática, aquella gente. Me quedaba sobando entre sus virutas. Tenían que despertarme otra vez para arrear hasta el Bulevar, saltar al ómnibus de «Halles aux Vins». Por dentro me parecía espléndido por el gran ojo de cristal que proyectaba figuras luminosas por toda la hilera de bancos. Cosa mágica.

Los jamelgos galopaban por la Rue des Martyrs, todo el mundo se apartaba para dejarnos paso. Llegábamos, de todos modos, con mucho retraso a la tienda.

La abuela refunfuñaba en su rincón; Auguste, mi padre, se calaba la gorra hasta las cejas. Se paseaba como un león por el puente de un barco. Mi madre se dejaba caer sobre un taburete. Estaba lista, no valía la pena que explicara nada. Nada de lo que habíamos hecho por ahí gustaba a ninguno, ni a la abuela ni a papá. Cerraban, por fin, la tienda… Decíamos «adiós» muy educados. Íbamos los tres a acostarnos. Era otra caminata de la leche hasta casa. Hasta el otro lado del «Bon Marché».

Mi padre no era fácil de tratar. En cuanto salía de la oficina, sólo se ponía gorras, de marino. Había sido siempre su sueño, ser capitán de altura. Lo amargaba pero bien, ese sueño.

Nuestra casa, en la Rue de Babylone, daba a las «Misiones». Cantaban a menudo, los curas, hasta por la noche se levantaban para reanudar sus cánticos. Nosotros no podíamos verlos por la pared que tapaba justo nuestra ventana. Menudo, la obscuridad que provocaba.

En la *Coccinelle-Incendie*, mi padre no ganaba demasiado.

Para cruzar las Tullerías muchas veces debía cogerme en brazos. Los guris en aquella época tenían todos panzas enormes. Se quedaban apalancados bajo las farolas.

El Sena es algo que sorprende a los chavales, el viento que hacía temblar los reflejos, la gran sima al fondo, que se mueve y gruñe. Torcíamos en la Rue Vaneau y después llegábamos a casa. Para encender la lámpara colgante, otro jaleo. Mi madre no sabía. Mi padre, Auguste, la manoseaba, soltaba tacos, juraba, descuajaringaba todas las veces casquillo y manguito.

Era rubio y robusto, mi padre, furioso por nada, con nariz como de bebé, redonda, sobre un mostacho enorme. Hacía visajes con ojos feroces, cuando montaba en cólera. Sólo recordaba las contrariedades. Las había habido a centenares. En la oficina de seguros ganaba ciento diez francos al mes.

Con su ilusión por ir a Marina, le había tocado por sorteo pasar siete años en Artillería. Le habría gustado ser fuerte, acomodado y respetado. En la oficina de la *Coccinelle* lo trataban a patadas. El amor propio lo torturaba y la monotonía también. Sólo contaba con su bachillerato, su mostacho y sus escrúpulos. Con mi nacimiento, además, se hundían en la miseria.

Y seguíamos sin jalar. Mi madre trajinaba con las cacerolas. Ya se había quedado en enagua para no mancharse con el guiso. Lloraba y decía que no la apreciaba su Auguste, sus buenas intenciones, las dificultades del comercio… Él, por su parte, rumiaba su desgracia con los codos en una esquina del hule… De vez en cuando, hacía como que no podía contenerse más… Ella intentaba tranquilizarlo siempre y pese a todo. Pero en el preciso momento en que ella tiraba de la lámpara, el hermoso globo amarillo de cremallera, era cuando se ponía furioso de verdad él. «¡Hostias, Clémence! ¡vas a provocarnos un incendio! ¿Cuántas veces he de decirte que la cojas con las dos manos?». Lanzaba unos clamores espantosos, parecía que le fuera a estallar la lengua, de lo indignado que se ponía. En pleno trance, se ponía como un tomate, se hinchaba todo él, giraba los ojos como un dragón. Era un espectáculo atroz. Teníamos miedo, mi madre y yo. Y después rompía un plato y luego nos íbamos a dormir…

«¡Mira a la pared! ¡Cabrito! ¡Y no te vuelvas!». Ni ganas tenía yo… Ya sabía… Vergüenza me daba… Las piernas de mamá, la pequeña y la grande… Iba a seguir cojeando de un cuarto a otro… Él la chinchaba… Ella insistía en que quería acabar de lavar los platos… Entonaba una cancioncilla para disipar la tensión en el ambiente…

Y el sol por los agujeros del techo bajaba hasta
nosotros…

Auguste, mi padre, leía *La Patrie*[2]. Se sentaba cerca de mi cama plegable. Ella se acercaba a darle un beso. Ya se iba calmando… Él se levantaba e iba hasta la ventana. Aparentaba ver algo en el fondo del patio. Se tiraba un pedo bien sonoro. La distensión.

Ella se tiraba también un pedito por simpatía y después se escapaba traviesa a la cocina.

Después cerraban la puerta… la de su alcoba… Yo dormía en el comedor.

El cántico de los misioneros atravesaba las paredes… Y en toda la Rue de Babylone sólo se oía un caballo al paso… ¡Bum! ¡Bum! ese simón rezagado…

* * *

Mi padre, para criarme, se chupó la tira de currelos suplementarios. Lempreinte, su jefe, lo humillaba de mil maneras. Yo lo conocí, a ese Lempreinte, un pelirrojo que se había vuelto pálido, con largos pelos de oro, muy pocos, en lugar de barba. Mi padre tenía estilo, la elegancia le salía sola, era natural en él. A Lempreinte ese don le irritaba. Se vengó durante treinta años. Le hizo repetir casi todas sus cartas.

Cuando yo era más pequeño aún, en Puteaux, en la casa de la nodriza, mis padres subían allí, a verme, los domingos. Había aire puro. Siempre pagaban por adelantado. Nunca un céntimo de deuda. Incluso en las épocas de peor penuria. En Courbevoie, con tantas precauciones y privaciones, mi madre empezó a toser. No paraba. Lo que la salvó fue el jarabe de limaza y también el método Raspail[3].

El Sr. Lempreinte temía que mi padre tuviera unas ambiciones de aúpa con un estilo como el suyo.

Desde la casa de mi nodriza, en Puteaux, desde el jardín, se dominaba todo París. Cuando subía a verme papá, el viento le desgreñaba el mostacho. Ése es mi primer recuerdo.

Tras la quiebra de la tienda de modas de Courbevoie, tuvieron que trabajar el doble, mis padres, darse unos tutes que para qué. Ella de vendedora en casa de la abuela, él haciendo todas las horas que podía en la *Coccinelle*. Pero es que cuanto más mostraba su elegante estilo, más odioso le parecía a Lempreinte. Para no andar rumiando el rencor, se lanzó a la acuarela. Las hacía por la noche, después del papeo. Me llevaron a París. Yo lo veía a las tantas dibujando, barcos sobre todo, navíos en el océano, de tres mástiles y con fuerte brisa, de negro, en colores. Se le daba a las mil maravillas… Más adelante recuerdos de la artillería, baterías colocándose al galope en posición. Y luego obispos… A petición de los clientes… Por la brillantez del hábito… Y también bailarinas, al final, de muslos voluminosos… Mi madre iba a enseñar todo el surtido, durante la hora del almuerzo, a los revendedores de las galerías… Hizo todo lo imaginable para que yo viviese, nacer es lo que no debería haber hecho yo.

En casa de la abuela, en la Rue Montorgueil, después de la quiebra de la tienda, a veces mamá escupía sangre por la mañana, mientras ponía el escaparate. Ocultaba sus pañuelos. La abuela se le acercaba de improviso… «Clémence, ¡sécate los ojos!… ¡Con llorar no se arregla nada!…». Para llegar temprano, nos levantábamos al amanecer, atravesábamos las Tullerías, después de haber hecho la limpieza, papá daba la vuelta a los colchones.

Durante el día no era divertido precisamente. Raro era que no pasara yo llorando buena parte de la tarde. Recibía más tortas que sonrisas, en la tienda. Pedía perdón por cualquier cosa, por todo he pedido perdón.

Había que evitar robos y roturas, la chamarilería es frágil. Desfiguré, sin querer, toneladas de baratijas. Las antiguallas es que aún me repugnan, pero gracias a ellas jalábamos. Tristes son las virutas que deja el tiempo… infectas, charras. Se vendían de grado o por fuerza. De puro aburrimiento. Dejaban turulato al cliente bajo cascadas de trolas… que si las ventajas increíbles… sin la menor piedad… Tenía que ceder ante el argumento… Perder la sensatez… Volvía a cruzar la puerta deslumbrado, con la taza Luis XIII en el bolsillo, el abanico calado tan monín en un cestito de seda. Hay que ver lo que me repugnaban, a mí, los adultos que se llevaban a su casa semejantes chismes…

La abuela Caroline se apalancaba durante las horas de trabajo detrás de *El hijo pródigo*, tablero enorme con tapiz. Caroline estaba al loro para guipar las manos. Eran pirillas con avaricia, las clientas:

cuanto más encopetadas más mangantes. Un encaje de Chantilly desaparece como una exhalación en un manguito bien entrenado.

No iluminaban la tienda raudales de luz precisamente... Y el invierno era de lo más traicionero por los volantes... terciopelos, pieles, baldaquines, que daban tres vueltas en torno a los chucháis... Y de los hombros salían toda clase de boas remotas, olas de muselina sinuosa... Los pájaros de un duelo inmenso... Se pavoneaba, la clienta, hurgaba en los montones de baratijas, entre risitas, volvía sobre sus pasos... desparramaba... Siempre picoteando, cacareando... pendenciera por placer. Desorbitábamos los ojos para sorprender su codicia, había una de surtido en la queli... La abuela no cesaba de reponer... de ir por «material» a la sala de subastas... Traía de todo, telas de óleo, amatistas, marañas de candelabros, cascadas de tules bordados, cabujones, copones, animales disecados, armaduras y sombrillas, horrores dorados del Japón, fruteros y de sitios mucho más lejanos aún y trastos ya sin nombre y chismes inconcebibles.

La clienta se excitaba con el tesoro de cachivaches. El montón volvía a cerrarse tras ella. Quedaban patas arriba, tintineaban, se arremolinaban. Había entrado para instruirse. Estaba lloviendo y venía a refugiarse. Cuando se hartaba, se las piraba con una promesa. Entonces había que perder el culo para juntar toda la cacharrería... De rodillas nos poníamos, rastrillábamos bajo los muebles. A ver si estaba todo... pañuelos... chirimbolos... vidrio tallado... chamarilería... menudo suspiro lanzábamos entonces.

Mi madre se desplomaba, sin habla, se frotaba la pierna, el calambre de tanto haber estado de pie. Y entonces salía de la sombra, justo antes de cerrar, el cliente vergonzante. Entraba a hurtadillas, ése, explicaba en voz muy baja, quería pulir un objeto pequeño, recuerdo de su familia, abría el envoltorio de papel de periódico. Se lo valoraban bajísimo. Iban a lavar ese hallazgo en la pila de la cocina. El día siguiente por la mañana se lo pagarían. Ahuecaba diciendo apenas «adiós»... El ómnibus Panthéon-Courcelles pasaba en tromba, casi rozando la tienda.

Llegaba mi padre de la oficina. A cada segundo miraba el reloj. Estaba nervioso. Ahora debíamos arrear.

Dejaba el sombrero. Cogía la gorra del clavo.

Aún teníamos que jalarnos los macarrones y después pirarnos a entregar.

* * *

Apagábamos la tienda. Mi madre no era buena cocinera, pero hacía un comistrajo, de todos modos. Cuando no era «sopa de pan con huevos», eran «macarrones», seguro. Sin piedad. Después de los macarrones, nos quedábamos un momento tranquilos, meditando para el estómago. Mi madre intentaba distraernos, diluir el malestar. Si yo no respondía a las preguntas insistía amable... «Que les he puesto mantequilla, ¿eh?». Ahí tras el tapiz, estaba la lámpara de gas. Los platos quedaban a obscuras. Mi madre iba y se servía más macarrones, estoica, para incitarnos... Había que echar un buen trago de vino para no vomitarlos.

El cuchitril de las comidas servía, además, para la colada y para guardar trastos... Había montones, pilas... Los irreparables, los invendibles, los impresentables, los peores horrores. Del montante colgaban telas hasta la sopa. Seguía allí, no sé por qué, un gran «horno de jardín» con campana enorme; ocupaba la mitad del espacio. Al final, volvíamos el plato para tomar la mermelada.

Un decorado de museo sucio.

Desde que nos fuimos de Courbevoie, la abuela y papá no se hablaban. Mamá charlaba sin cesar para que no se tiraran los platos a la cabeza. Tras dar cuenta de los macarrones y degustar la mermelada, nos poníamos en marcha. Envolvían el chisme vendido en un gran «lienzo». Casi siempre se trataba de un mueble de salón, una mesilla, a veces un tocador. Papá se lo apalancaba en el cogote y nos íbamos hacia la Concordia. A partir de los surtidores, tenía yo un poco de miedo. Al subir los Campos Elíseos, la noche era inmensa. Mi padre najaba como un ladrón. Me costaba seguirlo. Parecía que quisiera perderme de vista.

Me habría gustado que me hablara, sólo mascullaba insultos a desconocidos. Al llegar a Etoile, iba bañado en sudor. Hacíamos un alto. Delante del edificio del cliente había que buscar la «entrada de servicio».

Cuando íbamos a entregar a Auteuil, mi padre se mostraba más amable. Sacaba menos a menudo el reloj. Yo me subía al pretil, él me hablaba de los remolcadores... los discos verdes... los pitidos con que comunicaban los convoyes entre sí... «¡Pronto estará en el Point du Jour!...». Admirábamos el carcamán asmático... Le deseábamos feliz maniobra...

Las noches que nos marcábamos los Ternes era cuando se ponía cabrón, sobré todo si se trataba de gachís... Le horrorizaban. Ya al salir estaba a punto de estallar. Recuerdo las circunstancias, íbamos por la Rue Demours. Delante de la iglesia va y me mete un guantazo, un patadón con una mala leche, para que cruzara aprisa. Al llegar a la casa de la clienta, ya no podía contener las lágrimas. «¡Serás sinvergüenza!», me regañaba. «Te voy a dar una, que vas a llorar tú por algo...». Con el velador al hombro, trepaba tras mí. Nos equivocamos de puerta. Todas las marmotas se interesaban... Yo bramaba como un becerro... Lo hacía adrede.

¡Quería que se chinchara! ¡Un escándalo! Por fin lo encontramos, el timbre que era. La doncella nos hizo pasar. Se compadeció de mi pena. Llegó la señora entre frufrús: «Oh, ¡qué niño más malo! ¡qué monicaco! ¡Enfadando a su papá!». Él no sabía dónde meterse. Habría deseado que se lo tragara la tierra. La clienta quería consolarme. Sirvió un coñac a mi padre. Le dijo así:

«A ver, amigo, ¡saque lustre a la mesita! Con la lluvia, temo que manche...». La criada le dio un trapo. Él se puso manos a la obra. La señora me ofreció un caramelo. Yo la seguí a la habitación. La criada también. Entonces la clienta se tumbó entre los encajes. Se alzó la bata de repente, me enseñó los muslos, gruesos, el pompis y el monte de pelos, ¡la muy guarra! Con los dedos se hurgaba dentro...

«¡Ven, monín!... ¡Toma, cielo!...

¡Ven a chuparme ahí dentro!...». Me invitaba con voz muy dulce... muy tierna... en mi vida me habían hablado así. Se lo abrió, estaba chorreando.

La marmota es que se tronchaba de risa. Eso fue lo que me cohibió. Me escapé a la cocina. Ya no lloraba. Mi padre recibió una propina. No se atrevía a metérsela en el bolsillo, se la miraba. La marmota seguía desternillándose.

«¿Qué? ¿No la quieres?», le decía. Él salió pitando por la escalera. Me olvidaba, yo corría tras él por la calle. Lo llamaba por la Avenida. «¡Papá! ¡Papá!». En Place des Ternes lo alcancé. Nos sentamos. Hacía frío. No solía besarme. Me apretaba la mano.

«¡Sí, hijo!... ¡Sí, hijo!...», se repetía como para sí mismo... con la mirada perdida... En el fondo tenía buen corazón. Yo también tenía buen corazón. La vida no es asunto de corazón. Volvimos derechos a la Rue de Babylone.

* * *

Mi padre no se fiaba de los juegos de la imaginación. Hablaba solo por los rincones. No quería dejarse arrastrar... Debía de arder por dentro...

En El Havre había nacido. Sabía todo lo que hay que saber sobre barcos. Citaba a menudo un nombre, el del capitán Dirouane, que mandaba el *Ville-de-Troie*. Lo había visto, su barco, marcharse, zarpar de la dársena de la Barre. No había vuelto nunca. Se había perdido con tripulación y cargamento frente a las costas de Florida. «¡Un barco magnífico, de tres mástiles!».

* * *

Otro, el *Gondriolan*, uno noruego sobrecargado, que había desfondado la esclusa... Me explicaba el error de maniobra. Aún se horrorizaba, veinte años después... Aún se indignaba... Y después se largaba otra vez al rincón. Y vuelta a rumiar.

Su hermano, Antoine, era distinto. Había vencido con vigor todas las inclinaciones a la golfería, de modo heroico de verdad. Había nacido también cerca del gran Semáforo... Cuando el padre, profesor de retórica él, había muerto, se había lanzado a los «Pesos y Medidas», puesto estable de verdad. Para mayor seguridad, se había casado incluso con una señorita de «Estadística». Pero el deseo de conocer lugares remotos volvía a obsesionarlo... Conservaba en la sangre el gusto por la aventura, no se sentía bastante enterrado, no cesaba de encajonarse.

Venía a vernos con su mujer por Año Nuevo. Tanto economizaban, tan mal comían, sin hablar a nadie, que el día que la palmaron ya no los recordaban en el barrio. Fue una sorpresa. Se habían ido a hurtadillas, él de cáncer, ella de abstinencia. La encontraron, a su mujer, la Blanche, en Buttes-Chaumont.

Allí acostumbraban a pasar las vacaciones siempre. Tardaron, no obstante, cuarenta años, siempre juntos, en suicidarse.

Lo de la hermana de mi padre, tía Hélène, fue distinto. Ésa se lanzó viento en popa a toda vela. Barloventeó por Rusia. En San Petersburgo, se metió a zorra. En una época tuvo de todo, carroza, tres trineos, una aldea para ella sola, con su nombre. Vino a vernos al Passage, dos veces seguidas, maqueada, magnífica, como una princesa y feliz y todo. Tuvo un fin trágico: muerta a tiros por un oficial. No tenía resistencia. Era toda carne, deseo, música. Papá es que vomitaba sólo de pensarlo. Mi madre sentenció, al enterarse de su muerte:

«¡Un fin muy horrible! Pero ¡propio de una egoísta!».

Y, además, el tío Arthur, ¡que tampoco era un modelo! También lo dominó la carne. Mi padre tenía como una inclinación hacia él, cierta debilidad. Vivió como un auténtico bohemio, al margen de la sociedad, en una buhardilla, en comercio con una marmota. Ésta trabajaba en un restaurante delante de la Academia Militar. Gracias a eso, hay que reconocerlo, conseguía él jalar bien. Arthur era un viva la vida, con perilla, pantalón de pana, calcos en punta, pipa afilada. No se apuraba por nada. Se entregaba al «ligoteo» con ganas. Caía enfermo con frecuencia y muy grave cuando había que pagar el alquiler. Entonces se quedaba ocho días en la cama con sus compañeras. Cuando íbamos a verlo un domingo, no siempre se comportaba como Dios manda, sobre todo con mi madre. Se tomaba algunas libertades con ella. Eso ponía fuera de sí a mi padre. Al salir, juraba por ciento veinte mil diablos que nunca volveríamos.

«¡Hay que ver, este Arthur! ¡Tiene unos modales detestables!…». De todos modos, volvíamos.

Dibujaba barcos en una gran lámina, bajo el tragaluz, yates entre espuma, era su estilo, con gaviotas alrededor… De vez en cuando estarcía un dibujo para un catálogo, pero tenía tantas deudas, que se desanimaba. Cuando no hacía nada, estaba contento.

Del cuartel de caballería contiguo se oían todas las trompetas. Se sabía de memoria, Arthur, todos los rigodones. A cada estribillo vuelta a empezar. Los inventaba bien verdes. Mi madre, la criada, exclamaban: «¡Oh! ¡Oh!…». Mi papá se indignaba porque lo hiciera delante de un niño inocente como yo.

Pero el más gilí de la familia era sin lugar a dudas el tío Rodolphe, estaba completamente chalado. Se guaseaba bajito, cuando le hablaban. Se respondía a sí mismo. La cosa duraba horas. Sólo quería vivir al aire libre. Nunca quiso probar a meterse en una tienda, ni en una oficina, ni siquiera de guarda, ni de noche siquiera. Para jamar, prefería quedarse fuera, en un banco. Desconfiaba de los lugares cerrados.

Cuando tenía de verdad mucha hambre, venía a casa. Pasaba por la noche. Señal de que había tenido demasiados fracasos.

Su «apaño» era de mozo en las estaciones, tarea que se las traía. La ejerció durante veinte años. Estaba enchufado con la Compañía «Urbaine», corrió como un conejo tras simones y equipajes, mientras tuvo fuerzas. Su agosto era a la vuelta de las vacaciones. Le daba hambre, la tarea, sed siempre. Los cocheros le tenían simpatía. En la mesa hacía locuras. Se levantaba con el vaso en la mano, brindaba, entonaba una canción… Se interrumpía a la mitad… Se tronchaba sin ton ni son, se ponía la servilleta perdida de babas…

Lo acompañábamos a casa. Seguía cachondeándose. Vivía en la Rue Lepic, en el «Rendez-vous du Puy-de-Dôme», un cuarto interior. Tenía los avíos por el suelo, ni una silla, ni una mesa. Cuando la Exposición, se había hecho «Trovador». Buscaba parroquia por el «Viejo París», por la ribera del río, delante de las tabernas de cartón. Su atuendo se componía de jirones de todos los colores. «¡Entren a ver la "Edad Media!"…». Entraba en calor berreando, pisando con fuerza. Por la noche, cuando venía a cenar, disfrazado como para Carnaval, mi madre le preparaba una bolsa de agua caliente.

Siempre tenía frío en los pies. Para acabarlo de complicar, se lió con una fulana, que también hacía el paripé callejero, la Rosine, por la otra puerta, en una caverna de papel pintado. La pobre desgraciada echaba ya los pulmones por la boca. Fue cosa de menos de tres meses. Murió en su propia habitación del Rendez-vous. Él no quería que se la llevaran. Había atrancado la burda. Volvía cada noche a acostarse a su lado. Por la peste lo notaron. Entonces se puso furioso. No comprendía que las cosas perecieran. A la fuerza la tuvieron que enterrar. Quería llevarla él mismo, en un capacho, hasta Pantin.

Al final, volvió a montar guardia ante la Esplanade. Mi madre estaba indignada. «¡Vestido de histrión! ¡con el frío que hace! ¡mira que tiene delito!». Lo que la inquietaba sobre todo era que no se pusiese el abrigo. Tenía uno de papá. Me enviaban a observarlo, yo que era menor y podía pasar gratis.

Ahí estaba, tras la verja, de trovador. Volvía a ser la sonrisa en persona, Rodolphe. «¡Hola!», me decía.

«¡Hola, hijo!… La ves, ¿no?, a mi Rosine…». Me indicaba más allá del Sena, toda la llanura… un punto en la bruma… «¿La ves?». Yo le decía que «sí». No lo contrariaba. A mis padres los tranquilizaba. ¡Puro espíritu, Rodolphe!

A finales de 1913, se marchó con un circo. Nunca se pudo saber qué había sido de él. Nunca se volvió a verlo.

Abandonamos la Rue de Babylone, para poner de nuevo una tienda, probar fortuna otra vez, en el Passage des Bérésinas, entre la Bolsa y los Bulevares. Teníamos una vivienda arriba del todo, tres habitaciones comunicadas por una escalera de caracol. Mi madre no paraba de trajinar para arriba y para abajo, cojeando. ¡Ta! ¡pa! ¡tam! ¡Ta! ¡pa! ¡tam! Se agarraba a la barandilla. Oírla crispaba los nervios a mi padre. Ya estaba de mala leche por el lento paso de las horas. No cesaba de mirar el reloj. Y, encima, mi madre y su zanca lo sacaban de sus casillas a la más mínima.

Arriba, nuestro último cuarto, el que daba a la vidriera del Passage, es decir, al aire, estaba cerrado con barrotes por miedo a ladrones y gatos. Era mi alcoba; allí también podía dibujar mi padre, cuando volvía de las entregas. Se esmeraba con las acuarelas y después, cuando había acabado, muchas veces fingía que bajaba para sorprenderme cascándomela. Se apalancaba en la escalera. Yo era más vivo que él. Sólo una vez me sorprendió. Pero encontraba, de todos modos, pretexto para darme una tunda. Era un combate entre él y yo.

Al final, yo le pedía perdón por haber estado insolente… Puro paripé, porque no era verdad, ni mucho menos.

Él era quien respondía por mí. Después de haberme castigado, se quedaba aún largo rato tras los barrotes, contemplaba las estrellas, la atmósfera, la Luna, la noche, alta ante nosotros. Era su castillo de proa. Ya lo sabía, yo. Dominaba el Atlántico.

Si mi madre lo interrumpía, le pedía que bajara, se ponía a piarlas otra vez. Chocaban en la obscuridad, en la estrecha escalera, entre el primero y el segundo. Ella se ganaba un empujón y un broncazo. ¡Ta! ¡ga! ¡dam! ¡Ta! ¡ga! ¡dam! Lloriqueando por la andanada, volvía a caer rodando hasta el sótano, a inventariar sus baratijas. «¿Por qué no me dejan tranquilo de una puñetera vez?

¡Me cago en la puta hostia! ¿Qué he hecho yo para merecer esto?…». Esa pregunta a gritos sacudía toda la queli. En el fondo de la angosta cocina, iba a servirse un vaso de tinto. No volvíamos a decir ni pío. Para no molestarlo.

Durante el día tenía conmigo a la abuela, me enseñaba a leer un poco. Ella misma no sabía demasiado bien, había aprendido muy tarde, cuando ya tenía hijos. No puedo decir que fuera tierna ni cariñosa, pero no hablaba demasiado, y ya sólo eso es más que suficiente; y, además, ¡nunca me abofeteó!… A mi padre, ¡le tenía un odio! No podía verlo, con su instrucción, sus tremendos escrúpulos, sus cóleras de panoli, todo su *rataplán* cargante. A su hija la consideraba gilipuertas también, por haberse casado con semejante chorra, de setenta francos al mes, en las *Assurances*. De mí, el chava, aún no sabía bien qué pensar, me tenía en observación. Era mujer de carácter.

* * *

En el Passage, nos ayudó mientras pudo, con lo que le quedaba de la tienda, de la chamarilería. Sólo encendían un escaparate, el único que se podía llenar… Eran baratijas, chuchurrías, chismes que envejecían mal, trastos pasados de moda, chirimbolos inútiles, como para seguir «boqueras»… Nos defendíamos a base de privaciones… a base de macarrones siempre y empeñando a fin de mes los zarcillos de mamá… Poco faltaba para que no pudiéramos ni tomar el caldo.

Lo que nos procuraba algunos ingresos eran las reparaciones. Las aceptábamos a cualquier precio, mucho más baratas que nadie. Las entregábamos a todas horas. Por dos francos de beneficio nos marcábamos el parque Saint Marc ida y vuelta.

«¡Nunca demasiado tarde para los valientes!», comentaba mi madre en broma. Su fuerte era el optimismo. Sin embargo, la Sra. Héronde exageraba en el retraso. A cada espera, un drama, poco faltaba para que la palmáramos, todos. Mi padre, desde las cinco de la tarde, al volver de la oficina, se agitaba ya angustiado, ya es que no guardaba el reloj.

«Te lo vuelvo a repetir, Clémence, por centésima vez... Como roben a esa mujer, ¿qué será de nosotros?... ¡Su marido venderá todo de mala manera!... Se pasa la vida en el burdel, ¡lo sé de buena tinta!... Todo el mundo lo sabe...».

Trepaba al tercero. Allí arriba seguía dando voces. Volvía a bajar a la tienda. Nuestra queli, en superficie, era como un acordeón. Se amplificaba de arriba abajo.

Yo iba a acechar a la Sra. Héronde, hasta la Rue des Pyramides. Si no la veía llegar con su paquete más grande que ella, regresaba al galope, con las manos vacías. Volvía a salir corriendo. Al final, cuando ya desesperábamos de verla, perdida con todo el equipo, me la encontraba por la Rue Thérèse, resoplando entre un torbellino del gentío, a punto de derrengarse bajo el petate. La arrastraba hasta el Passage. En la tienda, se desplomaba. Mi madre daba gracias al Cielo. Mi padre no podía resistir la escena. Volvía a subir a su buhardilla, diquelando el reloj a cada paso, a acicalar toda su obsesión. Preparaba el otro pánico, y el «Diluvio» que no se haría esperar... Se entrenaba...

* * *

En casa de los Pinaise nos hicieron la cusqui bien. Mi madre y yo corrimos a presentar nuestro surtido de encajes de guipur, regalo para una boda.

Vivían en un palacio, frente al puente Solferino. Recuerdo lo que me impresionó en primer lugar... Los jarrones, tan altos, tan gruesos, que habría podido uno esconderse dentro. Tenían por todos lados. Era muy rica, esa gente. Nos hicieron subir al salón. La hermosa Sra. Pinaise y su marido estaban presentes... esperándonos. Nos recibieron amables. Mi madre, en seguida, desplegó sus bártulos ante ellos... sobre la alfombra. Se puso de rodillas, así más cómoda. Se desgañitaba, menudo lo que se enrolló. Los otros se hacían los remolones, no iban a decidirse nunca, había que ver sus melindres y dengues.

En bata toda adornada de cintas, se reclinó la Sra. Pinaise sobre el diván. Él me hizo pasar por detrás, me dio cachetitos amistosos, me hizo cosquillas un poco... Mi madre, en el suelo, se afanaba, se agitaba, blandía las baratijas... Con el esfuerzo se le deshizo el moño, la cara le chorreaba. Daba pena verla. ¡Se sofocaba! Se azaró, se puso a subirse las medias, el mono se le enmarañó... le cayó sobre los ojos.

La Sra. Pinaise se acercó. Se divertían haciéndome arrumacos, los dos. Mi madre seguía hablando. Su cháchara no servía de nada. Yo estaba a punto de correrme en los pantalones... En una exhalación, vi a la Pinaise. Había guindado un pañuelo. Lo tenía metido entre los chucháis. «¡La felicito!

¡Tiene usted, señora, un niño muy majo, la verdad!...». Era el paripé, ya no querían saber nada más. Volvimos a guardar todo en seguida. Sudaba la gota gorda, mamá, pero sonreía de todos modos. No quería ofender a nadie...

«¡Otra vez será!...», se excusaba muy educada. «¡Siento no haber podido interesarle!...».

En la calle, ante el portal, me preguntó entre susurros si no la había visto yo metérselo, el pañuelo, en el corsé. Respondí que no.

«¡A tu padre le va a dar algo! ¡Era un pañuelo en depósito! ¡Un "calado" de Valenciennes! ¡Era de los Gréguès! ¡No era nuestro! Pero ¡imagínate! Si se lo llego a coger ¡perdemos a la clienta!...

¡Y a todas sus amigas!... ¡Menudo escándalo!...».

«¡Clémence! ¡mira qué pelo traes!

¡Mechas en los ojos! ¡Estás pálida, mujer! ¡Y descompuesta! ¡Esas visitas van a acabar contigo!...». Fueron las primeras palabras que él dijo, cuando llegamos.

Para no perder de vista el reloj, lo colgaba en la cocina por encima de los macarrones. Volvió a mirar a mi madre.

«Estás lívida, Clémence, ¡de verdad!». El reloj era para que acabáramos, con los huevos, el papeo, los macarrones... con toda la fatiga y el porvenir. No quería saber nada más.

«Voy a hacer la cena», propuso ella. Él no quería que tocara nada... Que manipulase la jalandria lo asqueaba aún más... «¡Tienes las manos sucias! ¡Anda, mujer! ¡Que estás reventada!». Entonces ella ponía la mesa. Se le escapaba un plato por el aire. Él se abalanzaba, furioso, en su socorro. Era tan pequeño el cuarto, que chocábamos por todos lados. Nunca había sitio para un furioso de su especie. La mesa se descuajaringaba, las sillas se lanzaban al vals. Era un pitote espantoso. Tropezaban el uno con el otro. Se volvían a levantar cubiertos de cardenales. Volvíamos a los puerros con aceite. El momento de las confesiones...

«O sea, ¿que no has vendido nada?

... ¿Tanto esfuerzo en balde?...

¡Pobrecilla!...».

Lanzaba unos suspiros tremendos. Se compadecía de ella. Veía el porvenir hecho una mierda, que no saldríamos nunca del apuro...

Entonces ella soltó prenda, todo, de golpe... Que nos habían afanado un pañuelo... y las circunstancias...

«¿Cómo?». ¡No comprendía! «¿No has gritado "al ladrón"? ¡Te dejas pispar así! ¡El producto de nuestro trabajo!». Parecía que fuese a reventar, de lo furioso que estaba... La chaqueta se le abría por todas las costuras... «¡Es espantoso!», vociferaba. Mi madre chillaba, de todos modos, como para disculparse... Él ya no escuchaba. Entonces cogió el cuchillo, lo hincó en el plato, el fondo reventó, la salsa de los macarrones saltó por todo el cuarto.

«¡No! ¡no! ¡no puedo más!». Daba vueltas, volvía a agitarse, agarró el pequeño aparador, el de estilo Enrique III. Lo sacudió como un ciruelo. Una avalancha de vajilla.

La Sra. Méhon, la corsetera, desde la tienda de enfrente, se acercó a las ventanas para cachondearse mejor. Era una enemiga infatigable, nos detestaba desde siempre. Los Perouquière, libreros de lance, a dos tiendas de la nuestra, abrieron sin disimulo la ventana. No tenían por qué cohibirse. Se acodaron al escaparate... Mamá iba a cobrar, no había duda. Por mi parte, yo no tenía preferencias. En cuanto a berridos y gilipollez, me parecían idénticos... Ella pegaba con menos fuerza, pero más a menudo. ¿A cuál me hubiera gustado más que mataran? Creo que en el fondo a mi papá.

No me iban a dejar ver. «Sube a tu cuarto, ¡sinvergüenza!... ¡Vete a acostar!

¡Reza tus oraciones!...».

Bramaba, embestía, explotaba, iba a bombardear el papeo. Después, todo patas arriba... Toda la quincalla en danza... crepitaba... salpicaba... resonaba... Mi madre, de rodillas, imploraba perdón del Cielo... La mesa la catapultó de un solo patadón... Se volcó sobre ella...

«¡Escapa, Ferdinand!», tuvo aún tiempo de gritar ella. Salté. Pasé a través de una cascada de vasos y vidrios rotos... Derrumbó el piano, depósito de una clienta... Estaba fuera de sí. Le metió el tacón, el teclado estalló... Ahora le tocaba a mi madre, era la que cobraba ahora... Desde mi habitación la oía gritar...

«¡Auguste! ¡Auguste! ¡Déjame!...», y después cortos ahogos...

Bajé un poco para ver... La arrastraba por la barandilla. Ella se agarró. Le rodeó el cuello. Eso la salvó. Fue él quien se soltó... La tiró al suelo. Cayó patas arriba... Fue rebotando escalera abajo... Dando botes suaves...

Volvió a alzarse abajo... Entonces él se dio el piro... Se largó por la tienda... Se fue afuera... Ella consiguió ponerse en pie otra vez... Volvió a subir a la cocina. Tenía sangre en los cabellos. Se lavó en la pila... Lloraba... Se sofocaba... Volvió a barrer todos los cascos... En esos casos él volvía muy tarde... Ya estaba todo tranquilo otra vez...

* * *

La abuela comprendía que yo necesitaba divertirme, que no era sano pasar todo el santo día en la tienda. Oír al energúmeno de mi padre berrear sus chorradas, ya es que la ponía enferma.

Había comprado un perrito para que yo me distrajese un poco, en espera de los clientes. Intenté hacerle lo mismo que mi padre. Le daba patadas con una mala leche, cuando estábamos solos. Se metía gimiendo bajo un mueble. Se echaba por el suelo para pedir perdón. Se comportaba exactamente como yo.

No me daba gusto pegarle, en el fondo prefería abrazarlo. Acababa acariciándolo. Entonces se empalmaba. Nos acompañaba a todas partes, incluso al cine, al Robert Houdin[4], el jueves por la tarde. La abuela me pagaba también eso. Nos quedábamos tres sesiones seguidas. Era precio único, un franco, mudo ciento por ciento, sin frases, sin música, sin letras, sólo el runrún de la máquina. Ya volverá, se cansa uno de todo salvo de dormir y soñar despierto. Ya volverá el *Viaje a la Luna*[5]... Aún me lo sé de memoria.

Muchas veces en verano estábamos nosotros dos solos, Caroline y yo, en la gran sala del entresuelo. Al final, la acomodadora nos indicaba por señas que debíamos salir. Yo los despertaba, a la abuela y al perro. Después arreábamos por entre la multitud, los bulevares y el tropel. Siempre volvíamos con retraso. Llegábamos sin aliento.

«¿Te ha gustado?», me preguntaba Caroline. Yo no respondía nada, no me gustan las preguntas indiscretas. «Este niño es reservado», decían los vecinos...

En la esquina de nuestro «Passage», al volver, aún me compraba *Les Belles Aventures Illustrées* en la vendedora del brasero. Me las escondía incluso en su regazo, bajo sus tres espesas enaguas. Papá no quería que yo leyera semejantes paparruchas. Decía que descarriaban, que no preparaban para la vida, que lo que debía hacer era aprender el alfabeto en cosas serias.

Iba a cumplir los siete años, pronto iba a empezar en la escuela, no debía descarriarme... Los otros hijos de tenderos iban a empezar pronto también.

No era momento de bromear. Me echaba sermones sobre la seriedad de la vida, al volver de las entregas.

O sea, que los guantazos no bastaban.

* * *

Mi padre, previendo que yo iba a ser un mangante, seguro, berreaba como un trombón. Yo había vaciado el azucarero con Tom una tarde. Nunca lo olvidaron. Otro defecto más era que siempre tenía el trasero sucio, no me limpiaba, no tenía tiempo; tenía una excusa, siempre teníamos demasiadas prisas... Seguía limpiándome mal y siempre había una bofetada esperando... Que me apresuraba a evitar... Dejaba abierta la puerta del retrete para oírlos venir... Hacía caca como un pájaro, entre dos borrascas...

Subía corriendo al otro piso, no me encontraban... Conservaba semanas la mierda en el culo. Notaba el olor, me apartaba un poco de la gente.

«¡Es más sucio que treinta y seis cerdos! ¡No tiene el menor respeto de sí mismo! ¡No se va a ganar la vida nunca!

¡Todos los patronos lo despedirán!»... Me veía un porvenir de mierda...

«¡Apesta!... ¡Vamos a tener que cargar con él siempre!...».

Papá era muy previsor, veía el futuro. Lo recalcaba en latín: *Sana...*

Corpore sano... Mi madre no sabía qué responder.

* * *

Un poco más allá de nosotros, en el Passage, había una familia de encuadernadores. Sus hijos no salían nunca.

La madre era baronesa, de Caravals se llamaba. Sobre todo no quería que sus hijos aprendieran palabrotas.

Jugaban juntos todo el año, tras los cristales, a meterse la nariz en la boca y las dos manos al mismo tiempo. Por la tez, eran auténticas endivias.

Una vez al año, se iba sola, la Sra. de Caravals, de vacaciones, a visitar a sus primos de Périgord. Contaba a todo el mundo que sus parientes iban a buscarla a la estación, con su «break» y cuatro caballos «fuera de serie». Y despúes atravesaban juntos los dominios hasta el infinito… En la alameda del castillo los campesinos acudían a arrodillarse a su paso… así lo contaba.

Un año se llevó a sus dos chavales. Volvió sola en el invierno, mucho más tarde que de costumbre. Venía cubierta de un luto inmenso. No se le veía la cara, tapada con velos. Nada explicó. Subió arriba, a acostarse. No volvió a hablar a nadie.

Para los chavales que nunca salían, la transición fue demasiado. ¡Habían muerto al aire libre!… Semejante catástrofe hizo reflexionar a todo el mundo. No se habló de otra cosa que de oxígeno desde la Rue Thérèse a la plaza Gaillon… Durante más de un mes…

* * *

Nosotros teníamos con frecuencia ocasión de ir al campo. El tío Edouard, el hermano de mamá, estaba siempre deseoso de contentarnos. Nos proponía excursiones. Papá no las aceptaba nunca. Siempre encontraba pretextos para escabullirse. No quería deber nada a nadie, era su principio.

Era moderno, el tío Edouard, se le daba muy bien la mecánica. Para empezar, era mañoso y hacía lo que quería con sus diez dedos. No era gastador, no nos habría puesto en un aprieto, pero, de todos modos, la menor excursión sale bastante cara, claro…

«¡Cinco francos», como decía mamá, «se derriten, en cuanto sales!».

La triste historia de los Caravals había conmovido de todos modos al Passage, tan profundamente, que hubo que tomar medidas. De repente, descubrieron que todo el mundo estaba «paliducho». Se pasaban consejos de tienda a tienda. Ya sólo pensaban en microbios y en los desastres de la infección. Los chavales empezaron a recibir, pero bien, la solicitud de las familias. Tuvieron que zamparse el aceite de hígado de bacalao, reforzado, en dosis doble, a base de garrafas y aljibes. La verdad es que no hacía gran cosa… Les hacía eructar. Se ponían aún más pálidos; cuando resulta que no se sostenían en pie, el aceite les quitaba todo el apetito.

Hay que reconocer que sería difícil encontrar sitio más increíblemente putrefacto que el Passage. Está hecho para que la diñes, despacio pero seguro, entre la orina de los chuchos, las ñordas, los lapos, los escapes de gas. Más infecto que el interior de una cárcel. Bajo la vidriera, abajo, el 501 llega tan chungo, que una vela lo eclipsa. Todo el mundo empezó a sofocarse. ¡El Passage se volvía consciente de su innoble asfixia!… Ya sólo se hablaba de campo, montes, valles y maravillas…

Edouard volvió a ofrecerse a sacarnos un domingo, pasearnos hasta Fontainebleau. Papá se dejó convencer, por fin. Preparó nuestra ropa y las provisiones.

El primer triciclo de Edouard era un monocilindro, rechoncho como un obús y con un semisimón delante.

Nos levantamos aquel domingo aún más temprano que de costumbre. Me limpiaron el culo a fondo. Esperamos una hora, en el lugar de la cita de la Rue Gaillon, a que el vehículo llegara. La salida para el paseo no era moco de pavo. Se habían puesto por lo menos seis a empujarlo desde el puente Bineau. Llenaron los depósitos. El carburador escupió en todas direcciones. Al volante le daban como eructos. Hubo explosiones horribles. Volvieron a probar con la correa… Se ponían a ello tres o seis… Por fin, ¡una gran detonación!… El motor empezó a girar. Aún se incendió dos veces… Lo apagaron rápido. Mi tío dijo: «¡Suban, señoras! ¡Me parece que ya está caliente! ¡Vamos a poder ponernos en marcha!…». Había que ser valiente para mantenerse encima. La multitud se apartaba en derredor. Nos apretujamos Caroline, mi madre y yo, tan atados al asiento, empaquetados de tal modo, tan azocados entre la ropa y los aparejos, que sólo sobresalía mi lengua. Antes de salir, me gané, de todos modos, un buen capón, para que no pensara que todo el monte es orégano.

El triciclo primero se encabritaba y después volvía a caer sobre sí mismo… Daba aún dos, tres sacudidas… Unos pedos espantosos y jipíos… La multitud retrocedía aterrada. Creíamos que ya había acabado todo… Pero el trasto trepaba a tirones por la Rue Réaumur… Mi padre había alquilado una bici… Aprovechaba la subida para echar una mano por detrás… Al menor alto, avería definitiva… Tenía que empujarnos a fondo… En el Square du Temple descansábamos. Volvíamos a salir disparados. Mi tío derramaba la grasa, en plena marcha, a borbotones, a través de las bielas, la cadena y el mecanismo. Debía chorrear como el de un paquebote. En el compartimento de delante había problemas… Mi madre tenía ya dolor de vientre. Si lo soltaba, si nos deteníamos, podía ser el fin del motor…

Como se ahogara, ¡estábamos jodidos!… Mi madre se mantenía heroica… Mi tío, encaramado en su infierno, como buzo valiente, rodeado de mil pavesas, nos pedía desde el volante que nos agarráramos bien al trasto… Mi padre iba pisándonos los talones. Corría pedaleando a socorrernos. Recogía todos los trozos a medida que se desprendían, piezas de la transmisión y pernos, pequeñas clavijas y piezas grandes. Lo oíamos renegar, lanzar unos tacos más sonoros que todo su follón.

El desastre era consecuencia de los adoquines… Los de Clignancourt hicieron saltar las tres cadenas… Los de la barrera de Vanves eran la muerte de los muelles delanteros… Perdimos todos los faros y la bocina en forma de boca de serpiente en los pequeños badenes, a la altura de las obras de La Villette… Hacia Picpus y la carretera principal perdimos tantas cosas, que algunas se le escapaban a mi padre…

Aún lo oigo renegar detrás, ¡que si era el acabóse! ¡Que si nos iba a sorprender la noche!

Tom precedía a nuestra expedición, gracias a su jebe nos orientábamos. Tenía tiempo de mear por todas partes. El tío Edouard no sólo era mañoso, se daba traza infinita también para toda clase de arreglos. Hacia el final de nuestras excursiones, él era quien sujetaba todo en sus manos, llevaba la mecánica en los dedos, hacía malabarismos entre los traqueteos con las juntas y las varillas, tocaba con los escapes y el pistón como con trompeta.

Era maravilloso verlo hacer acrobacias. Sólo, que en determinado momento todo se iba, de todos modos, a tomar por culo en plena carretera… Entonces empezábamos a derivar, la dirección enloquecía, caíamos a la cuneta. Se escacharraba entre resoplidos y salpicando en pleno barro.

Mi padre llegaba gritando… El cacharro lanzaba un último BUUAH…

¡Y se acabó! ¡Se desplomaba, el muy cabrón!

Apestábamos el campo con un hedor espantoso a grasa. Salíamos a trancas y barrancas del catafalco… Lo empujábamos hasta Asnières. Allí tenía el garaje mi tío. A mi padre, corpulento él, le sobresalían en plena acción los músculos con las medias de lana acanalada… Las damas a los lados de la carretera se relamían con el espectáculo. Era el orgullo de mamá… Había que enfriar el motor, para eso llevábamos un cubito de tela extensible. Cogíamos agua en las fuentes. Nuestro triciclo era como una fábrica sobre un carro de vendedor ambulante. Al empujarlo, nos dejábamos la ropa hecha jirones, de tantos ganchos y chismes puntiagudos que sobresalían a su alrededor.

Al llegar a la barrera del consumero, mi tío y papá se metían en la tasca a marcarse una cerveza los primeros. Las damas y yo, deshechos y entre estertores, esperábamos, en un banco de enfrente, nuestra gaseosa. Todo el mundo estaba crispado. Al final, cobraba yo. La tormenta se cernía sobre la familia. Auguste no podía dejar de sulfurarse. Buscaba un pretexto nimio. Estaba hinchado, resoplaba como un bulldog. Sólo yo hacía al caso. Los otros lo habrían mandado a hacer puñetas… Se trincaba un *pernod* doble. No estaba acostumbrado, era una extravagancia… Con el pretexto de que me había roto el pantalón, me daba para el pelo bien. Mi tío intercedía un poco, conque él se ponía más furioso aún.

Al volver del campo, era cuando recibía yo los peores guantazos. En las barreras del consumero, siempre hay gente. Yo me ponía adrede a berrear con todas mis fuerzas, para fastidiarlo. Alborotaba, me metía bajo los veladores. Le hacía pasar unas vergüenzas espantosas. Él enrojecía de pies a cabeza. Detestaba llamar la atención. Me habría gustado que la palmara del disgusto. Nos marchábamos como unos caguetas, curvados sobre el instrumento feroz.

Había siempre tantas peleas al regreso de las excursiones, que mi tío acabó renunciando.

«Al niño», dijeron entonces, «el aire le sienta bien, ¡seguro!… Pero ¡es que el automóvil lo pone nervioso!…».

La Srta. Méhon, de la tienda justo delante de la nuestra, era un bicho increíble. Nos provocaba, no cesaba de maquinar, tenía envidia. Y eso que vendía bien sus corsés. Era vieja y tenía una clientela aún muy fiel y de madres a hijas, desde hacía cuarenta años. Personas que no habrían enseñado así como así los pechos a cualquiera.

Por Tom se enconó la situación, porque le había dado de mearse en los escaparates. Y eso que no era el único. Todos los chuchos de los alrededores lo hacían y más. El Passage era su paseo.

Cruzó a propósito, la Méhon, para venir a provocar a mi madre, armarle un escándalo. Se puso a gritar que era una vergüenza, cómo ensuciaba todo su escaparate, nuestro chucho… Resonaban que daba gusto, sus palabras, a ambos lados de la tienda y hasta lo alto de la vidriera. Los transeúntes tomaban partido. Fue una discusión fatal. La abuela, pese a ser comedida de palabra, le respondió con acritud.

Papá, al enterarse a la vuelta de la oficina, cogió un cabreo, pero tan grande, ¡que daba miedo verlo! Lanzaba unas miradas tan feroces hacia el escaparate de la tía esa, que temíamos que la estrangulara. Lo sujetamos todos, le tirábamos del abrigo… Ahora tenía la fuerza de un toro. Nos arrastraba a la tienda… Bramaba hasta el tercer piso que iba a hacer picadillo a esa corsetera infernal… «¡No debería habértelo contado!…», gemía mamá. El mal ya estaba hecho.

* * *

Durante las semanas que siguieron, estuve un poco más tranquilo. Mi padre estaba absorto. En cuanto tenía un instante libre, diquelaba hacia la tienda de la Méhon. Por su parte, ella hacía lo mismo. Tras los visillos, se espiaban, piso a piso. Nada más volver de la oficina, se preguntaba qué estaría haciendo ésa. Era justo enfrente…

Cuando ella se encontraba en la cocina, en el primero, él se apalancaba en un rincón de la nuestra. Mascullaba amenazas terribles…

«¡Mira! ¿Por qué no se envenenará un día, esa asquerosa?… ¿Por qué no comerá setas?… ¿Por qué no se jalará la dentadura postiza? ¡Vamos, hombre! ¡no le va el vidrio en polvo!… ¡Será puta!…». No cesaba de mirarla fijamente. Ya no se ocupaba de mis inclinaciones… En cierto sentido, era muy cómodo.

Los vecinos no se atrevían a comprometerse demasiado. Los perros orinaban por todas partes y en sus escaparates también, no sólo en el de la Méhon. De nada servía que derramaran azufre, era como una cloaca igual, el Passage des Bérésinas. El meado atrae a la gente. Meaba quien quería sobre nosotros, hasta los adultos, sobre todo cuando llovía fuera, en la calle. Para eso entraban. En el callejón que daba a la Allée Primorgueil era corriente que hiciesen caca. No habría sido justo que nos quejáramos. Muchas veces se volvían clientes, los meones, con o sin perro.

Al cabo de un tiempo, a mi padre no le bastó con irritarse contra la Méhon, la tomaba con la abuela.

«¡Hombre! ¡Esa vieja asquerosa con su chucho apestoso! ¿Quieres que te lo diga yo, lo que ha maquinado?… ¿No lo sabes?… ¡Es muy astuta!… ¡Pérfida! ¡Es su cómplice! ¡Ya ves tú! ¡Una jugada artera están tramando, las dos!… ¡Y no es cosa de ahora! ¡Ah! ¡qué dos bichos!… ¿Que por qué? ¿Encima me lo preguntas? Pues, ¡para sacarme de quicio! ¡Ya ves! ¡Para eso!…».

«Que no, Auguste, vamos, ¡te lo aseguro!… ¡Qué ocurrencias! ¡De un grano de arena haces una montaña!…».

«¡Ocurrencias! Sí, anda, ¡di que estoy chalado!… ¡Anda! Ocurrencias, ¡eh! ¡Ah! ¡Clémence! ¡Mira! ¡Eres incorregible! ¡La vida pasa y no aprendes nada!… ¡Nos persiguen! ¡Nos pisotean! ¡Se burlan de nosotros! ¡Me deshonran! ¿Y tú qué respondes? ¡Que exagero!… ¡Es el colmo!».

De repente, se deshacía en sollozos… Alguna vez tenía que tocarle a él.

* * *

No éramos los únicos en el Passage que teníamos veladores, mesillas, silloncitos, acanalados Luis XVI. La competencia, los chapuceros, se pusieron de parte de la Méhon. Era de esperar. Papá ya es que no dormía. Su pesadilla era la limpieza del cuadrado delante de nuestra tienda, las baldosas que debía fregar todas las mañanas antes de salir para la oficina.

Salía con su cubo, su escoba, su trapo y, además, la paleta para recoger las ñordas, que provocaba unos resbalones, y colocarlas sobre el serrín. Era la peor afrenta para un hombre de su instrucción. Ñordas había cada vez más y muchas más delante de nuestra tienda que en las otras, a lo largo y a lo ancho. Seguro que era una confabulación.

La Méhon, desde su ventana del primero, se tronchaba contemplando a mi padre luchar con la palomina. Gozaba para toda una jornada. Los vecinos acudían a contar las ñordas.

Hacían apuestas, a que no iba a poder quitarlas todas.

Él se daba prisa, volvía a entrar en seguida para ponerse el cuello duro y la corbata. Debía llegar antes que los demás a la *Coccinelle* para abrir el correo.

El barón Méfaize, el director general, contaba con él a toda costa.

* * *

Fue entonces cuando se produjo la tragedia en casa de los Cortilène. Un drama pasional en el 147 del Passage. Salió en todos los periódicos; durante ocho días una densa multitud desfiló, masculló, rumió, escupió ante su tienda.

A la Sra. Cortilène yo la había visto muy a menudo, mamá le hacía sus blusas en «entredós» de guipur de Irlanda. Recuerdo sus largas pestañas, sus acáis cargados de dulzura y las miradas que me echaba, incluso a mí, un chavalín. Me la casqué con frecuencia por ella.

Durante las pruebas, se le veían los hombros, la piel... En cuanto se marchaba, no lo podía evitar, subía al retrete, en el tercero, a meneármela con ganas. Volvía a bajar con unas ojeras de aúpa.

En su casa también había escenas, pero por celos. Su marido no quería que saliese. Él era el que salía siempre. Era antiguo oficial, bajito, moreno y colérico. Vendían objetos de goma en el 147. Desatascadores, instrumentos, artículos...

Todo el mundo decía, en el Passage, que era demasiado hermosa para regentar semejante tienda...

Un día, volvió, el celoso, de improviso. Se la encontró, a la guapiña, de palabrita arriba con dos caballeros; fue tal su conmoción, que sacó el revólver y disparó primero a ella y después a sí mismo, una bala en plena boca. Murieron abrazados.

Hacía un cuarto de hora apenas que había salido.

* * *

El de mi padre era un modelo reglamentario, lo guardaba en su mesilla de noche. Era un revólver de calibre enorme. Lo había traído del servicio.

A mi padre, el drama de los Cortilène habría podido brindarle ocasión para trances y motivos para las peores broncas. Al contrario, lo volvió reservado. Ya casi no nos hablaba.

No es que faltaran ñordas en nuestro embaldosado y delante de la puerta. Con toda la gente que pasaba, había tantos lapos diseminados, que estaba resbaladizo. Él lo limpiaba todo. Y sin decir ni pío, además. Era tal la transformación en sus costumbres, que mamá se puso a espiarlo, cuando se encerraba en su cuarto. Se quedaba horas ahí. No se ocupaba de las entregas. Ya no dibujaba nada. Ella lo observaba por la cerradura. Cogía el revólver en la mano, hacía girar el tambor, se oían los «¡clic! ¡clic!»... Se entrenaba, parecía.

* * *

Un día que salió solo, volvió con balas, una caja entera, la abrió delante de nosotros, para que la viéramos bien. No dijo ni palabra, la dejó sobre la mesa junto a los macarrones. Entonces mi madre, horrorizada, se echó a sus rodillas, le suplicó que tirara todo eso a la basura. En vano. Era terco. Ni siquiera le respondía. La apartó brutal. Se bebió, él solito, un litro entero, de tinto. No quiso jalar. A mi madre, que lo acosaba, le dio un empujón y la mandó hasta el armario empotrado. Se escapó al sótano. Bajó la trampilla tras él.

Lo oímos disparar. ¡Peng! ¡Peng!

¡Peng!... Se lo tomaba con calma, unos chasquidos, un eco terrible. Debía de dar en los toneles vacíos. Mi madre le gritaba, se desgañitaba por las ranuras...

«¡Auguste! ¡Auguste! ¡Por el amor de Dios! ¡Piensa en el niño! ¡Piensa en mí!

¡Llama a tu padre, Ferdinand!...».

«¡Papá! ¡papá!», gritaba yo, a mi vez...

Yo me preguntaba a quién iría a matar. ¿A la Méhon? ¿A la abuela Caroline? ¿A las dos, como en el caso de los Cortilène? ¿Tendría que encontrarlas juntas?

¡Peng! ¡Peng! ¡Peng!... No cesaba de disparar... Acudieron los vecinos. Creían que era una hecatombe...

A fuerza de disparar, se quedó sin balas. Volvió a subir, por fin... Cuando levantó la trampilla, estaba lívido como un muerto. Lo rodeamos, lo sujetamos, lo instalamos en un sillón Luis XIV, en el centro de la tienda. Le hablábamos con mucha dulzura. Su revólver humeaba aún colgando.

La señora Méhon, al oír aquella metralla, se jiñó en las faldas... Cruzó a ver lo que pasaba. Entonces ahí, en medio de la gente, mi madre le gritó lo que pensaba. Y eso que no era nada atrevida.

«¡Entre! ¡Venga a ver! ¡Mire, mire usted! ¡A qué estado lo ha reducido! ¡A un hombre honrado! ¡A un padre de familia! ¿Es que no le da vergüenza?

¡Ah! ¡Es usted una malvada!...».

A la Méhon ya es que no le llegaba la camisa al cuerpo. Volvió corriendo a su casa. Los vecinos le lanzaban miradas severas. Consolaron a mi padre.

«¡Yo tengo conciencia!», no dejaba de rumiar en voz baja. El Sr. Visios, el vendedor de pipas que había servido siete años en la Marina, consiguió hacerlo entrar en razón.

Mi madre envolvió el arma en capas y capas de periódicos y después en un chal de India.

Mi padre subió a acostarse. Ella le puso ventosas. Fue presa de temblores durante dos horas más por lo menos...

«¡Ven, hijo!... ¡Ven!», me dijo ella, cuando nos quedamos solos.

Era tarde, corrimos por la Rue des Pyramides hasta el Pont Royal... Miramos a derecha e izquierda, por si venía alguien. Tiramos el paquete a la pañí.

Volvimos aún más rápido. Dijimos a mi padre que habíamos ido a acompañar a Caroline.

La mañana siguiente tuvo unas agujetas terribles... un dolor atroz al erguirse. Durante ocho días fue mi madre quien fregó el enlosado.

* * *

La abuela desconfiaba de lo lindo de la Exposición que se anunciaba. La otra, la de 1882, sólo había servido para contrariar a los pequeños comerciantes, para hacer malgastar el dinero a los idiotas. De tanto alboroto, agitación y fantasmadas, sólo habían quedado dos o tres solares y cascotes tan repulsivos, que veinte años después nadie quería aún retirarlos... Sin contar dos epidemias, que los iroqueses, salvajes azules, amarillos y marrones, habían traído de su tierra.

Seguro que la nueva Exposición iba a ser mucho peor. Traería el cólera, seguro. La abuela estaba más que convencida.

Ya los clientes escatimaban, se guardaban sus dineritos, se defendían con mil cuentos, ¡esperaban a la «inauguración»! Un hatajo asqueroso de mierdas protestones. Los zarcillos de mi madre ya que no salían del Monte de Piedad.

«Si fuera para hacer salir a los campesinos de sus campos, ¡bastaba con ofrecerles bailes en Trocadero!... ¡Hay sitio de sobra para todos! ¡Para eso no valía la pena destripar la ciudad de punta a punta y tapar el Sena!... ¡Que la gente ya no sepa divertirse junta no es razón para derrochar! ¡Ya lo creo que no!».

Así razonaba mi abuela Caroline. En cuanto se marchaba, mi padre se devanaba los sesos, preguntándose qué querría decir con palabras tan amargas...

Descubría un sentido profundo... Alusiones personales... a modo de amenazas... Se ponía a la defensiva...

* * *

«¡Por lo menos os prohíbo que le habléis de mis asuntos!... ¿La Exposición? Clémence, ¿quieres que te diga lo que pienso? ¡Es un pretexto! ¿Sabes lo que quiere tu madre? ¿Quieres saberlo? Porque es que yo me lo he olido en seguida. ¡Nuestro divorcio!... Ya ves tú...».

Después, de lejos, en un rincón, me señalaba a mí, ¡el ingrato! El monicaco aprovechado e hipócrita... Que se atiborraba con los sacrificios ajenos... Yo... con mi mierda en el culo... Mis forúnculos... y mis zapatos insaciables... ¡Ahí estaba yo!... Las conclusiones me concernían, a mí, el chivo expiatorio de todos los sinsabores...

«¡Ah! ¡Me cago en Dios! ¡Me cago en la hostia puta! ¡Si ése no existiera!

¡Ah! ¿Me oyes? ¡Uf! ¡Ah! ¡Ya te lo aseguro que sería cosa hecha desde hace

mucho!... ¡Pero mucho! ¡Ni una hora!

¿Me oyes? ¡Ahora mismo! ¡Coño, joder!

¡Si no existiera ese mocoso! No insistiría, ¡eh! ¡Ya puedes estar segura!

¡El divorcio! ¡Ah! ¡EL DIVORCIO!...».

Se retorcía, crispado, presa de sacudidas. Se comportaba como el malo de las películas, pero, además, blasfemaba...

«¡Ah! ¡Me cago en la puta madre de Dios! ¡La libertad! ¿Abnegación? ¡Sí!

¿Renuncia? ¡Sí! ¿Privaciones? ¡Ah! ¡Ah!

¡Todo! ¡Y más! ¡Y cada vez más por este mequetrefe descastado! ¡Ah! ¡Ah! ¡La libertad! ¡Libertad!». Desaparecía entre bastidores. Se sacudía a base de bien en el pecho, con unos golpes secos, mientras subía.

Sólo de oír la palabra «divorcio», a mi madre le daban convulsiones...

«Pero ¡si hago todo lo que puedo, Auguste! ¡De sobra lo sabes! ¡Si es que echo el bofe! ¡Si es que echo los higadillos! ¡Bien que lo ves! ¡Todo se arreglará! ¡Te lo juro! ¡Te lo suplico!

¡Un día seremos felices los tres!...».

«¡Yo también hago lo que puedo!

¡Huy! ¡Ay!», le replicaba él desde arriba. «¿Y de qué sirve?...».

Ella se abandonaba a la pena, un auténtico diluvio.

«¡Lo vamos a educar bien! ¡ya verás!

¡Te lo aseguro, Auguste! ¡No te pongas nervioso! ¡Más adelante comprenderá!

... Hará todo lo posible él también...

¡Será como nosotros!... ¡Será como yo!

¡Ya lo verás! ¡Será como nosotros!

¿Verdad que sí, hijo?...».

* * *

Volvimos a empezar con las entregas. Vimos la construcción, en la esquina de la Concorde, de la gran puerta, la monumental. Era tan delicada, tan labrada, con tantos perifollos, tantos perendengues de arriba abajo, que parecía una montaña vestida de novia. Cada vez que pasábamos por su lado, veíamos nuevos trabajos.

Por fin, quitaron las tablas. Todo estaba listo para las visitas... Al principio, mi padre puso mala cara, pero después acabó yendo, de todos modos, él solo un sábado por la tarde...

Para sorpresa de todos, la prueba le encantó... Feliz, contento, como un chaval que hubiera ido a ver a las hadas...

Todos los vecinos del Passage, salvo la Méhon, claro está, acudieron a que les contara. A las diez de la noche aún seguía fascinándoles. En menos de una hora en el recinto, lo había visto todo, mi padre, lo había visitado todo, lo había comprendido todo y mucho más aún, desde el pabellón de las serpientes hasta la Galería de las Máquinas y desde el Polo Norte hasta los caníbales...

A Visios, el gaviero que había recorrido medio mundo, todo le parecía magnífico. ¡Nunca lo hubiera creído!... Y eso que entendía en la materia. Mi tío Rodolphe, que desde la apertura trabajaba en las atracciones y vestido de trovador, no figuraba en el relato. Estaba allí, él también, con los otros en la tienda, y ataviado con sus oropeles, se reía burlón y sin motivo, hacía pajaritas de papel, esperaba a que sirvieran el papeo.

La Sra. Méhon, tras los cristales de su ventana, estaba más preocupada que la leche de ver así a todos sus vecinos aglomerados en nuestra casa. Se preguntaba si no acabaría la cosa en conspiración. A mi abuela es que le repugnaba, el entusiasmo de mi padre. Se resistió ocho días sin ir. Y cada noche él volvía a empezar todo su discurso, con nuevas peripecias. Rodolphe recibió entradas, gratis. Conque nos lanzamos los tres entre la multitud un domingo.

En la plaza de la Concordia fuimos literalmente aspirados hacia dentro por el tropel. Acabamos atontados ante la Galería de las Máquinas, auténtico cataclismo colgante en una catedral transparente, en pequeñas vidrieras hasta el cielo. Había un bullicio inmenso, tan inmenso, que no podíamos oír a mi padre, y eso que se desgañitaba. El vapor rociaba, saltaba por todos lados. Había marmitas prodigiosas, como tres casas de altas, bielas resplandecientes que se abalanzaban a la carga sobre nosotros desde el fondo del infierno… Al final, no podíamos resistir más, nos entró miedo, salimos… Pasamos delante de la gran Rueda… Pero preferimos las orillas del Sena.

Era curiosa la instalación de la Explanada, mirífica… Dos filas de pasteles enormes, merengues fantásticos, cubiertos de balcones, atestados de cíngaros envueltos en las banderas, en la música y millones de bombillitas encendidas aún en pleno día. Eso sí que era despilfarro. La abuela tenía toda la razón. Desfilamos, cada vez más apretujados. Yo me encontraba justo encima de los pies, el polvo era tan espeso, que ya no veía hacia dónde íbamos. Tragaba tales bocanadas, que lo escupía como si fuera cemento… Por fin, llegamos al «Polo Norte»… Un explorador muy amable explicaba todo lo que había, pero en voz tan baja, tan confidencial, arropado en sus pieles, que apenas oíamos nada. Mi padre nos lo contó. Entonces aparecieron las focas para comer. Gritaban tanto, ésas, que ya no se oía nada más. Volvimos a pirárnoslas.

En el gran Palacio de la Bebida, vimos en fila india y desde muy lejos las naranjadas, hermosas, gratuitas, a lo largo de un pequeño mostrador móvil… Entre ellas y nosotros había un tumulto… Una multitud en ebullición para llegar hasta las jarras. Es implacable, la sed. Si nos hubiéramos aventurado, no habría quedado ni rastro de nosotros. Escapamos por otra puerta. Fuimos a ver a los indígenas…

Sólo vimos a uno, detrás de una rejilla; estaba haciéndose un huevo pasado por agua. No nos miraba, nos daba la espalda. Ahí, como había silencio, mi padre se puso a charlar otra vez muy animado, quería ilustrarnos sobre las curiosas costumbres de los países tropicales. No pudo terminar, el negro estaba también hasta la coronilla. Se metió en su choza, escupió hacia nosotros… En realidad, yo ya no veía ni podía abrir la boca. Había aspirado tanto polvo, que tenía los conductos tapados. De torbellino en torbellino, bogamos hacia la salida. Hasta un poco después de los Inválidos recibí pisotones y achuchones. Ya es que no nos reconocíamos, de tan achuchados, molidos, deslucidos como estábamos por la fatiga y los sobresaltos. Nos metimos por el camino más corto… Hacia el mercado de Saint-Honoré. En casa, en el primer piso, bebimos toda el agua de la cocina.

Los vecinos, sobre todo Visios, nuestro gaviero, el vendedor de perfumes del 27, la vendedora de guantes Sra. de Gratat, Dorival el pastelero, el Sr. Pérouquière, acudieron todos en seguida en busca de noticias, pidiendo que les contáramos… Aún más… Si habíamos recorrido todo el recinto… Si me habían extraviado… Cuánto habíamos gastado… en cada molinete…

Mi padre contaba las cosas con gran lujo de detalles… unos exactos… y otros menos… Mi madre estaba contenta, se veía recompensada… Por una vez Auguste se lucía de verdad… Estaba muy orgullosa de él… Él fardaba. Faroleaba delante de todo el mundo… Puras trolas, bien lo veía ella… Pero eso formaba parte de la instrucción… No había sufrido en vano… Se había entregado a alguien de valía… A un talento… No se podía negar. Los otros panolis se quedaban con la boca abierta… Lo admiraban de lo lindo.

Mi padre les endiñaba espejismos poco a poco, a ritmo de respiración… Había magia en nuestra tienda… con el gas apagado. Él solito les brindaba un espectáculo mil veces asombroso, como cuatro docenas de Exposiciones… Pero ¡sin la lámpara de gas!… ¡Velas sólo!… Nuestros amiguitos, los comerciantes, se traían sus candelas, de sus desvanes. Volvieron todas las noches a escuchar de nuevo a mi padre y no cesaban de pedir más…

Era un prestigio tremendo… No conocían nada mejor. Y la Méhon, al final, iba a caer enferma, en el fondo de su cuchitril, atormentada por los sentimientos… Le habían repetido todo, literalmente…

La decimoquinta noche, más o menos, no pudo resistir más… Bajó sola, cruzó el Passage… Parecía un fantasma… Iba en camisón. Llamó a nuestro escaparate… Entonces todo el mundo se volvió. No dijo ni palabra. Pegó un papel, corto y con grandes mayúsculas…: «MENTIROSO…».

Todo el mundo se echó a reír. Se había deshecho el hechizo para siempre… Todo el mundo volvió a su casa… Mi padre ya no tenía nada que decir…

* * *

El único motivo de orgullo de nuestra tienda era el velador del centro, un Luis XV, el único del que estábamos seguros de verdad. Con frecuencia intentaban regatear los clientes respecto a él, pero no teníamos demasiados deseos de venderlo. No habríamos podido substituirlo.

Los Brétonté, nuestros clientes famosos del Faubourg, le habían echado el ojo desde hacía mucho… Pidieron que se lo prestáramos, para decorar un escenario teatral, una comedia que iban a representar, con otra gente de alcurnia, en su vivienda particular. Participaban los Pinaise y también los Courmanche, y los Dorange, cuyas hijas bizqueaban que daba miedo, y, además, muchos otros, clientes más o menos. Los Girondet, los Camadour y los de Lambiste, parientes de embajadores… ¡La flor y nata!… Iba a ser un domingo por la tarde. La Sra. Brétonté estaba segura de que obtendrían un gran éxito con su teatro.

Volvió más de diez veces a la tienda a darnos la lata. No podíamos negárselo, era para una obra de caridad.

Para que no le ocurriese nada a nuestro velador, lo transportamos nosotros mismos, por la mañana, envuelto en tres mantas, sobre un simón. Volvimos con el tiempo justo para ocupar nuestros sitios, tres taburetes cerca de la salida.

Aún no habían alzado el telón, pero ya era precioso, todas las damas de gran gala hacían mil melindres y se daban mucho pisto. Despedían un perfume como para desmayarse… Mi madre reconocía en ellas todos los encantos de su tienda. Sus boleros, sus finos alzacuellos, sus «Chantilly». Recordaba hasta los precios. Los «modales» la maravillaban… ¡Qué bien les sentaban, sus encajes!… ¡Cómo les favorecían!… Estaba embelesada.

Antes de salir de la tienda me habían advertido que, si soltaba malos olores, me echarían en el acto. A fondo me había yo limpiado, vamos, había dejado atrancado el retrete. Hasta los pies, limpios y enfundados en los calcos «de vestir»…

Por fin, la gente se sentó. Ordenaron silencio. El telón se replegó sobre sí mismo… Apareció nuestro velador… en el centro mismo del escenario… exactamente igual que en nuestra tienda… Eso nos tranquilizó a todos… Unos compases de piano… y nos llegaron los parlamentos… ¡Ah, qué dicción tan perfecta!… Todos los personajes iban, venían y se pavoneaban bajo las luces… Ya estaban maravillosos… Reñían… Se peleaban… se acaloraban hasta la cólera… Pero cada vez más seductores… Yo estaba completamente hechizado… Me habría gustado que hubieran vuelto a empezar. Me costaba entenderlo todo… Pero me habían conquistado en cuerpo y alma… Todo lo que tocaban… Sus menores gestos… las palabras más corrientes se volvían auténticos sortilegios… Sonaron aplausos a nuestro alrededor, mis padres y yo no nos atrevimos…

En el escenario reconocí a la Sra. Pinaise, estaba lo que se dice divina, volví a notar sus muslos, las palpitaciones de los chucháis… Enfundada en una bata vaporosa… sobre un diván de sedas profundas… No podía más, sollozaba… Dorange, otro cliente nuestro, era quien la hacía gemir… La estaba poniendo como un trapo, ella ya no sabía a qué santo encomendarse… Pero ese cruel fue y pasó por detrás, aprovechó que lloraba con la cabeza reclinada al borde de nuestro velador, que estaba destrozada de verdad, para robarle un beso… y luego mil zalamerías más… No era como en casa… Entonces, se dio por vencida…

Se recostó, graciosa, contra el sofá… Se lo repitió, en plena boca… La dejó casi desvanecida… A punto de expirar…

¡Buen trabajo! Él, venga menear el pompis…

Comprendí el drama, de verdad… la cortesía ardiente… la sabrosa melodía profunda… Visiones y más visiones para «cascársela»…

Nuestro velador, de justicia es reconocerlo, ¡quedaba muy bien ahí!…

¡Todos! Manos, codos, panzas de la intriga… fueron a restregarse contra él… La Pinaise lo agarraba con tal fuerza, que se lo oía crujir de lejos, pero lo más duro fue cuando al propio guapo, Dorange, en un momento muy trágico se le ocurrió sentarse encima… A mi madre se le heló la sangre en las venas... Por fortuna, volvió a alzarse... Casi al instante... En el entreacto, temblaba por si volvía a ocurrírsele... Mi padre entendía todo de la obra... Pero estaba demasiado emocionado como para comentárnosla ya...

A mí también me impresionaba. No probé los jarabes ni las pastas siquiera que esa gente distinguida pasaba de mano en mano... Son gente acostumbrada a mezclar la jalandria con las emociones mágicas... ¡Todo les viene bien, a esos cerdos! Con tal de tragar... No pueden interrumpir nunca. Comen todo en la misma sesión, la rosa y la mierda, al pie...

Volvimos al espectáculo... El segundo acto pasó como un sueño... Luego acabó el milagro... Volvimos a estar entre la gente y las cosas vulgares.

Esperábamos, los tres, en nuestros taburetes, no nos atrevíamos a decir ni pío... Esperábamos muy pacientes a que la muchedumbre desfilara para recuperar nuestro velador... Entonces entró una señora, nos pidió que esperáramos un momentito más ahí... No tuvimos inconveniente... Vimos alzarse el telón otra vez... Vimos a todos los actores, los de antes, que ahora estaban sentados en torno a nuestra mesa. Jugaban a las cartas todos juntos. Los Pinaise, los Couloumanche, los Brétonté, los Dorange y el viejo banquero Kroing... Unos frente a otros...

Kroing era un viejecito curioso, venía con frecuencia a la tienda de mi abuela, en la Rue Montorgueil, siempre extraordinariamente amable, perfectamente apergaminado, apestaba a perfume violeta, infestaba toda la tienda. Sólo coleccionaba una cosa, lo único que le interesaba, los tiradores de campanillas estilo Imperio.

La partida del velador empezó muy amable. Se daban corteses las cartas y después se agriaron un poco, se pusieron a hablar más secos, en nada recordaban ya al teatro... Ya no bromeaban. Se contestaban con cifras. Los triunfos chasqueaban como bofetadas. Detrás de su padre, las Dorange hijas miraban con una avaricia que daba miedo. Las madres, las esposas, todas entonces a lo suyo, muy crispadas, con las sillas contra la pared, no se atrevían a respirar siquiera. Los jugadores cambiaban de sitio al sonar una breve orden. Sobre el velador se acumulaba la pasta... Se formaban pilas... El viejo Kroing arañaba la mesita con las dos manos... Delante de los Pinaise la pila seguía aumentando, crecía más... como un animal... Se les ponía la cara encarnada... Los Brétonté, lo contrario... Perdían su parné... Estaban pálidos como cadáveres... Ya no les quedaba ni un céntimo delante... Mi padre palidecía también. ¡Yo me preguntaba qué iría a hacer! Ya hacía al menos dos horas que esperábamos a que acabaran... Nos habían olvidado...

Los Brétonté se irguieron de repente... Ofrecían un nuevo envite... ¡su castillo de Normandía! Así lo proclamaron... ¡A tres manos!... Y ganó el pequeño Kroing... No parecía contento... el Brétonté, el hombre, volvió a alzarse... Dijo con un hilo de voz: «¡Me juego la casa!... ¡La casa en que estamos!...».

Mi madre pareció alcanzada por un rayo... Saltó como un resorte. Mi padre no pudo sujetarla...

Cojea que te cojea, subió al escenario... Con voz aún emocionada dijo así a tamaños jugadores: «Señoras, señores, nosotros tenemos que irnos con nuestro niño... Ya debería estar acostado... Vamos a llevarnos nuestra mesa...». Nadie puso objeciones. Habían perdido el norte... Tenían la mirada perdida. Levantamos nuestro velador... Nos lo llevamos pitando... Temíamos que nos hicieran volver...

Al llegar al Puente Solferino, nos detuvimos un momento... Respiramos un instante... Muchos años después, mi padre aún lo contaba... con mímica graciosísima... Mi madre no podía soportar ese relato... Le recordaba demasiadas emociones... Él siempre enseñaba el punto en pleno centro del velador, el punto exacto del que habíamos visto, nosotros, esfumarse en unos minutos millones y millones y todo el honor de una familia y todos los castillos.

* * *

Con la abuela Caroline, no se aprendía demasiado deprisa. De todos modos, un día supe contar hasta cien y hasta sabía leer mejor que ella. Estaba listo para las sumas. Era la vuelta a la escuela. Eligieron la municipal, Rue des Jeûneurs, a dos pasos de casa, después del cruce de Francs-Bourgeois, la puerta muy obscura.

Seguíamos un largo corredor, llegábamos a la clase. Daba a un patinillo y a una pared tan alta, tan elevada, que tras ella sólo había el azul del cielo. Para que no miráramos hacia arriba, había, además, un reborde de chapa en forma de cobertizo. Sólo debíamos interesarnos en los deberes y no molestar al maestro. Apenas lo conocí, a ése, sólo recuerdo sus quevedos, su larga varilla, sus manguitos apoyados en el pupitre.

Fue la propia abuela quien me llevó durante ocho días, el noveno caí enfermo. A media tarde, la señora de la limpieza me llevó a casa...

Una vez en la tienda, no cesaba de vomitar. Me subieron por todo el cuerpo unos accesos de fiebre... una calentura tan densa, que me parecía haberme convertido en otra persona. Habría sido agradable incluso, si no hubiese vomitado tanto. Mi madre al principio recelaba, empezó diciendo que debía de haber comido turrón... La verdad es que no me gustaba... Me pedía que me contuviera, que hiciese esfuerzos para vomitar menos. La tienda estaba llena de gente. Al acompañarme hasta el retrete, temía que le afanasen encajes. Fui empeorando. Llené una palangana de vómito. La cabeza empezó a arderme. Ya no podía ocultar mi gozo... Por las distracciones, las extravagancias, que me asaltaban las sienes.

Siempre he tenido la chola grande, mucho mayor que la de los otros niños. Sus gorras nunca me entraban. Lo recordó de repente, mi madre, esa predisposición monstruosa... a medida que yo vomitaba... Se moría de preocupación.

«¡A ver si le va a dar una meningitis, Auguste! ¡Con esta perra suerte!... ¡Sólo nos faltaba una desgracia así!... ¡Ya es que sería el colmo, la verdad!...». Al final dejé de devolver... Estaba

confitado en el calor... Me interesaba enormemente... Nunca habría imaginado que tuviera tantas cosas en el coco... Fantasías. Humores abracadabrantes. Primero lo vi todo de rojo... Como una nube hinchada de sangre... Y se quedó en el medio del cielo... Y después se descompuso... Adoptó la forma de una clienta... Y entonces, ¡de un tamaño prodigioso!... Unas proporciones colosales... Y se puso a darnos órdenes... Allá arriba... En el aire... Nos esperaba... Así, en suspenso... Ordenó que nos diéramos prisa... Hacía señas... ¡Que aligeráramos todos!... ¡Que nos largásemos del Passage!... ¡Y a escape!... ¡Y juntos todos!... ¡No había ni un segundo que perder!

Y después volvió a bajar, se acercó bajo la vidriera... Ocupaba todo nuestro Passage... Se pavoneaba en las alturas... No quiso que quedase un solo tendero en su tienda... uno solo de los vecinos en su queli... Hasta la Méhon venía con nosotros. Le habían crecido tres manos y, además, cuatro guantes enfundados... Yo veía que salíamos a divertirnos. Las palabras bailaban a nuestro alrededor como en torno a los de la farándula... Ritmos vivos, imprevistos, entonaciones magníficas... Irresistibles...

Se llenó las mangas con nuestros encajes, la gran clienta... Los mangaba en el propio escaparate, sin disimular, se cubrió de guipures, mantillas enteras, casullas como para cubrir a veinte curas... Crecía y crecía entre los frufrús y los calados...

Todos los golfillos del Passage... los revendedores de paraguas... Visios, el de las petacas... las chavalitas del pastelero... Esperaban... La Sra. Cortilène, la fatal, estaba ahí, a nuestro lado... Con el revólver en bandolera, cargado de perfumes... Vaporizaba en derredor... La Sra. Gounouyou, la de los velos, la que permanecía encerrada desde hacía tantos años a causa de sus ojos legañosos, y el guarda del bicornio, estaban concertados ahora, como antes de una fiesta, endomingados, y hasta el pequeño Gaston, uno de los chavales muertos del encuadernador, había vuelto a propósito tomaba el pecho de su madre precisamente. Muy modosito en sus rodillas, esperaba a que lo pasearan. Ella le guardaba el aro.

Desde el cementerio de Thiais, la anciana tía Armide se anunció, se presentaba en calesa por el extremo del Passage. Venía a dar una vuelta... Había envejecido tanto desde el invierno anterior, que ya no le quedaba cara, sólo una pasta blanda en su lugar... La reconocí, de todos modos, por el olor... Iba del brazo de mi madre. Auguste, mi padre, iba acicalado que daba gusto, un poco más adelante como siempre. El reloj le colgaba del cuello, enorme como un despertador. Llevaba ropa muy especial, levita, sombrero de paja, bicicleta de ebonita, e iba marcando paquete, con las medias bien ajustadas en las pantorrillas. En plan fardón, con una flor en el ojal, me fastidiaba aún más. Mi pobre madre, muy cohibida, le devolvía los cumplidos... La Sra. Méhon, la tía bicho, llevaba a Tom en equilibrio entre las plumas del sombrero... Le hacía morder a todos los transeúntes.

A medida que avanzábamos, que seguíamos a la gran clienta, éramos cada vez más numerosos, nos achuchábamos tras ella... Y la señora no cesaba de crecer... Se veía obligada a inclinarse para no llevarse nuestra vidriera por delante... El impresor de tarjetas de visita salió pitando de su sótano en el preciso momento en que pasábamos, llevaba a sus dos mocosos, delante de él, en un cochecito, y tampoco demasiado vivos... arropados con billetes de banco... Todos de cien francos... Falsos todos... Era su rollo... El de la casa de música del 34, que poseía un gramófono, seis mandolinas, tres cornamusas y un piano, no quería dejar nada... Quiso que nos lleváramos todo. Nos apalancamos en su escaparate; con el esfuerzo se hundió... ¡Un estruendo tremendo!

De entre los bastidores del café- cantante «Le Grénier-Mondain», frente al 96, salió una orquesta de solistas brillantes... Se agruparon lejos de la giganta. Lanzaron tres acordes famosos... Violines, cornamusas y harpas... Trombones y bajos soplaron y rascaron tan bien, tan fuerte, que toda la panda aulló de placer...

Las acomodadoras, de gorros frágiles, brincaban, graciosas, menudas, en derredor... Revoloteaban entre las mandarinas... En el 48, las tres hermanas viejas encerradas desde hacía cincuenta y dos años, tan corteses, tan pacientes siempre con sus clientas, vaciaron su tienda en un instante, a garrotazos... Dos arpías la diñaron en su acera, destripadas... Entonces las tres viejas se ataron una estufilla al culo para correr más rápido... De la dama inmensa llovían objetos por todos lados... Chucherías robadas. Se le caían de todos los pliegues... Todo el surtido ahuecaba... No cesaba de recogerlos... Delante de César, el joyero, se remendó el vestido, se cubrió de largos collares y perlas totalmente falsas... Todo el mundo se rió... Y después una fuente cargada de amatistas que sembró a puñados por el tragaluz de arriba... Nos volvimos violetas todos. Con los topacios del otro recipiente, acribilló la gran vidriera... En el acto, todo el mundo quedó amarillo... Ya casi habíamos llegado al final del Passage... Había una multitud inmensa delante del cortejo y la tira hasta muy atrás... La de la papelería del 86, a la que yo había birlado tantos lápices, se aferraba a mi pantalón... Y la viuda, la de la tienda de armarios antiguos, donde tantas veces me había meado yo, ¡me buscaba con ganas la pilila!... No me hacía ninguna gracia... Me salvó el revendedor de paraguas, que me ocultó en su sombrilla. Si la tía Armide hubiera reparado en mí otra vez, habría tenido que besarla en plena plasta de su cara...

El tío Edouard con su triciclo era quien seguía a mi padre ahora, iba tan atento al asfalto, que la bicicleta casi se doblaba. Una gran china se le había alojado en una de las ventanas de la nariz. El motor arrullaba como una torcaz, pero los ojos arrastraban en los extremos de dos cordeles a ras del suelo para que no se le escapara nada... En el asiento de delante, abrigada entre los cojines, la tía Armide iba de palique con un señor vestido totalmente de negro. Éste iba abrazado a un termómetro, cuatro veces mayor que yo... Era el médico de las Hespérides, venía a su consulta... De su figura consternada saltaban ya mil partículas luminosas...

Al verlo, los vecinos se descubrían hasta el suelo. Y después enseñaban el trasero. Les escupió... No tenía tiempo de detenerse. Nos precipitamos incluso hacia la salida todos juntos... Invadimos los Bulevares...

Al atravesar la plaza Vendôme, una gran borrasca dilató a la Clienta. En la Ópera, volvió a inflarse hasta un tamaño dos veces... ¡cien veces mayor!... Todos los vecinos, se precipitaban, como ratones bajo sus faldas... Apenas se habían acurrucado, cuando ya volvían a saltar enloquecidos... Volvían a apalancarse otra vez en las profundidades... Un pitote atroz.

Los perritos del Passage se ponían a salpicar por todos lados, hacer sus necesidades, saltar a los culos, mordisquear con ganas. La Sra. Juvienne, la de la perfumería del 72, expiró delante de nosotros, bajo un montículo de flores malvas, jazmines eran... Se asfixiaba... Tres elefantes que pasaban pisaron despacio a la agonizante, de ella rezumaron hasta el arroyo mil regueritos de perfume...

Cuatro mozos del pastelero Largenteuil transportaban corriendo la pipa, el rótulo tremendo, el de los Tabacos Mahometanos, que no se encendía hasta después de las seis... Le rompieron la tabaquera contra el mercado de Saint-Honoré para separar los pabellones... Arremetieron contra el de la derecha... Contra el de la «Pollería». Y después contra el de la izquierda, el del «Pescado».

Pero ¡debíamos avanzar! ¡Sobre todo la giganta! ¡La nuestra! Que tenía dos planetas por chucháis... Ahí recibí una buena... En vano me sostenía mi padre... Se quedó enredado en los rayos de su bici... Mordió la cola a Tom. Éste trotaba, ladraba delante de nosotros, pero no se oía sonido alguno...

El guarda volvió a ponerme de pie, ya sólo llevaba la guerrera... Por abajo acababa en cola de morcilla... Con su larga horquilla para encender el gas, nos hizo reír con ganas... Se la metía por la nariz, y hasta bien dentro.

Al cruzar la Rue de Rivoli, la clienta dio un paso en falso chocó contra una marquesina de la calle, aplastó una casa entonces el ascensor voló, le saltó un ojo... Pasamos por encima de los escombros. En la Rue des Jeûneurs, salió de la escuela mi amiguito Emile Orgeat, el jorobado... Yo siempre lo había conocido así, y, además, verdusco, con una gran mancha vinosa que le salía de las orejas... Ya no estaba feo ni mucho menos. Estaba hermoso, lozano, molón, y yo me alegraba mucho por él.

Todos los que habíamos conocido corrían ahora juntos en las profundidades de la dama, en su pantalón, por calles y barrios, comprimidos bajo sus faldas... Iban a donde ella quería. Nos apretábamos aún más. Mi madre ya no me soltaba la mano... Y cada vez un poco más rápido... A la Concorde, comprendí que nos llevaba, a la Exposición... Era un detalle muy cariñoso de su parte... Quería que nos divirtiéramos...

La Dama, la clienta, la que llevaba todo el dinero encima todo el parné de los tenderos apalancado en sus bolsos... era la que debía pagar... Y cada vez hacía más calor, así pegados a la dama... Entre los volantes, lejos, hacia el forro, yo guipaba mil otros chismes colgados. Toda la siega del mundo

entero... Al correr me cayó encima y me hizo un chichón el espejito «bizantino» el que tanto habíamos buscado durante meses en Montórgueil... Si hubiera podido, habría anunciado a gritos el descubrimiento... Pero no habría podido recogerlo, de tanto como nos apretujábamos ya... Era el momento, todo el mundo lo comprendió, de encogerse un poco más... Encajonados nos encontrábamos entonces entre los batientes de la puerta, la monumental, la arrogante, que se alzaba hacia el cielo como una peineta... Eso de no pagar la entrada nos daba un terror espantoso... Por fortuna, nos veíamos transportados por el torrente de los refajos... Nos aplastábamos, nos asfixiábamos, reptábamos cuerpo a tierra... Allá arriba, nuestra clienta se agachó un poco en el momento de pasar. ¿Habría llegado el fin?... ¿Estaríamos ya bajo el Sena?

¿Estarían al llegar los cancerberos para pedirnos unas perras?... ¿Eh? ¿Dónde se ha visto que se pueda entrar a un sitio sin pagar?... Entonces lancé un grito tan agudo, tan estridente, ¡que la giganta se espantó! De pronto se alzó todos los volantes de sus faldas... sus pololos... por encima de la cabeza... hasta las nubes... Una auténtica tormenta, un viento tan glacial, se coló por debajo, que aullamos de dolor... Quedamos petrificados a la orilla del río, abandonados, tiritando, a nuestra suerte.

¡Entre el terraplén y las tres barcazas se había esfumado la clienta!... Todos los vecinos del Passage habían quedado tan pálidos, que yo ya no reconocía a ninguno... ¡Había engañado a todos, la giganta, con sus geniales triquiñuelas!...

¡Ya no había Exposición!... ¡Hacía mucho que se había acabado!... Ya se oía aullar a los lobos en el Cours-la- Reine...

Era hora de que nos largáramos... Pero corríamos todos de través... Faltaban muchas piernas... Yo, tan minúsculo aplasté a la Méhon...

Mi madre se alzó las faldas... Pero corría cada vez menos... por culpa de las pantorrillas... que de repente se le habían vuelto más finas que hilos... y tan peludas al tiempo... que se enredaban una en la otra... como una araña... La devanamos como un carrete delante de nosotros... La echamos a rodar... Pero aparecieron los ómnibus... Tenían aspecto infernal... Se lanzaron a una carga atroz por toda la Rue Royale... Verdes, azules y amarillos... Primero se rompieron las direcciones y después saltaron los arneses muy lejos por la explanada hasta los árboles de las Tullerías. En seguida comprendí la aventura... Arengué... Exhorté... Agrupé las tropas... Expuse el plan de ataque... Todos en sentido contrario, por la acera de la Orangerie... ¡Todo en vano! El pobre tío Edouard se estrelló casi al instante con su triciclo de petróleo, al pie de la estatua de Burdeos... Volvió a salir algo después, por la estación de Solferino con su asiento soldado, montado sobre el trasero como un caracol... Lo llevamos... Debía apresurarse aún, trepar cada vez más rápido, porque había centenares de automóviles... los Reines Serpollet[6] del Salón. Estaban bombardeando el Arco de Triunfo. Bajaban a tumba abierta hacia nuestra confusa reunión...

Apoyado en el pedestal de Juana de Arco, vislumbré, por espacio de un segundo, a Rodolphe sonriendo tan contento... Subastaba su traje de «trovador»... Quería comprarse uno de «general»... No era momento de molestarlo... El macadán estaba reventado... Por allí se abrió un abismo... Todo fue a hundirse en él... Yo pasé al ras del precipicio... Atrapé la cartera de Armide, justo antes de que desapareciese... Llevaba escrita con perlitas la inscripción: «Recuerdos»... Dentro estaba su ojo de vidrio. La sorpresa nos hizo troncharnos a todos... Pero de todos lados llegaba la gran avalancha de los catetos... Eran tantos esa vez, que habían abarrotado la Rue Thérèse, hasta el tercer piso...

Escalamos esa colina de piltrafa apretujada... Zumbaba como el estiércol y hasta las estrellas...

Pero, para llegar hasta casa, había que doblar aún cuatro verjas atrancadas... Nos pusimos a centenares, a millares, a empujar la burda... Para entrar bajo los montantes... Era inútil... Las barras cedían y al instante se enderezaban, nos saltaban a la jeta como si fueran de goma... ¡Un fantasma ocultaba la llave!... ¡Quería una picha o nada!... ¡Lo mandamos a la mierda!...

«Pues, ¡a tomar por culo!...», nos respondió... Volvimos a llamarlo. Éramos diez mil haciendo fuerza...

Por los ecos de la Rue Gomboust, nos llegaban ráfagas de los cien mil gritos de la catástrofe... Eran las multitudes aplastadas a la altura de la Place Gaillon... La furia de los ómnibus... la algarada que continuaba... El de Clichy-Odéon abría una brecha por entre la turbamulta de los exaltados... El de Panthéon-Courcelles arremetía por detrás... Desparramaba sus pedazos a millares... Chorreaban sobre nuestros escaparates. Mi padre gemía a mi lado: «¡Si al menos tuviera una trompeta!...». Presa de la desesperación, se puso en pelotas rápido, empezó a escalar el Banco de Francia, ahí lo teníamos ya encaramado al reloj... Arrancó la aguja de los minutos... Volvió a bajar con ella. Se la apalancó sobre las rodillas... Le fascinaba... Le daba alegría... Nos habría podido divertir a todos... Pero justo entonces un regimiento de «guardias» bajaba por la Rue Méhul... El autobús Madeleine-Bastille hizo carambola, fue a caer sobre nuestra verja... Por suerte, ¡se hundió todo! El eje se incendió, el enorme camión ardió y crepitó... el cobrador azotaba al conductor... Aceleraban como locos... Se llevaron por delante la Rue des Moulins, la escalaron, arrastraron el fuego en un huracán... La tromba chocó, rebotó y se estrelló contra la Comédie- Française... Entonces todo fue pasto de las llamas... el techo se soltó, se elevó, voló llameando hasta las nubes... La bella artista «la Méquilibre», en su camerino, se esforzaba con la poesía... Tenía el alma henchida de poesía antes de aparecer en escena. Se metía tales viajes al chichi, que tropezó... cayó rodando al fogón... Lanzó un grito prodigioso... El volcán lo consumió todo...

Sólo quedaba en el mundo nuestro fuego... Un tremendo resplandor rojo que me retumbaba en las sienes con una barra que todo lo removía... desgarraba la angustia... Me devoró el interior de la chola como una sopa ardiendo... la barra hacía de cuchara... Ya no me abandonaría nunca...

* * *

Tardé mucho en recuperarme. La convalecencia se alargó aún dos meses. Había sido grave de verdad... Acabó con un sarpullido... El médico volvió con frecuencia. Aconsejó otra vez con insistencia que me enviaran al campo... Era muy fácil de decir, pero no había medios... Aprovechaban cualquier oportunidad para hacerme tomar el aire.

A finales de enero, la abuela Caroline se las piraba hasta Asnières para cobrar los alquileres. Aproveché esa circunstancia. Tenía allí dos casas, de ladrillo y adobe, en la Rue de Plaisance, una pequeña y otra mediana, alquiladas a obreros. Era su renta, su bien, su economía...

Nos pusimos en camino los dos. Por mi culpa teníamos que ir despacio. Seguí débil aún por mucho tiempo, sangraba de la nariz por menos de nada y, además, se me peló todo el cuerpo. Al bajar delante de la estación, era recto... la Avenue Faidherbe... la Place Carnot... En el Ayuntamiento, giramos a la izquierda y un poco después cruzamos el parque.

Jugando a los bolos, entre la verja y la cascada, estaba la banda de los viejos chochos y cachondos, los puretas con labia, los guasones y los jubilados cascarrabias... Cada vez que derribaban el juego entero de bolos, venía una auténtica andanada de ocurrencias... un estallido de quiproquos... Yo comprendía sus chascarrillos... y cada vez mejor... Lo más gracioso era cuando tenían que mear... corrían detrás de un árbol, por turno... Sufrían lo indecible... «¡Cuidado, Totó, que no se te escape!...», Así se hablaban... Los otros repetían a coro... A mí me parecían fabulosos. Me reía a carcajadas, y tan fuertes, que ponía violenta a mi abuela... Con semejante cierzo invernal, estar de pie tanto tiempo... escuchando los chascarrillos... era como para palmarla de una pulmonía doble...

Mi abuela no se reía demasiado, pero le parecía bien que yo me divirtiese... En casa no había diversión precisamente... Bien que se daba cuenta... Era un placer barato... Nos quedamos un poco más... Cuando por fin acabó el juego de bolos y nos separamos de los vejetes, ya era casi de noche...

Las casas de Caroline estaban más allá de Les Bourguignons... después de la llanura de los huertos... la que en aquella época se extendía hasta las orillas del río en Achères...

Para no meternos en los barrizales y quedarnos empantanados, avanzábamos uno tras otro, por una hilera de tablas... Había que tener cuidado para no tropezar con las cajoneras... sartas llenas de esquejes... Yo me reía aún tras ella... Al tiempo que procuraba mantener el equilibrio. Recordando ocurrencias tan graciosas... «¿Tanto te has divertido, entonces?», me preguntaba... «¿Eh, Ferdinand?».

A mí no me gustaban las preguntas.

En seguida me enfurruñaba... Confesar atrae las desgracias.

Llegábamos a la Rue de Plaisance.

Allí comenzaba nuestro currelo de verdad. El cobro del alquiler era un drama... y los inquilinos se rebelaban. Primero nos daban el coñazo y luego no conseguíamos cobrar el alquiler entero... Nunca... Se defendían con uñas y dientes... La bomba siempre estaba estropeada... Una palabrería infinita... Por cualquier cosa voceaban y mucho antes de que la abuela les hablara... Los retretes estaban atascados... Se quejaban con ganas... por todas las ventanas de la queli... Exigían que se los desatascáramos... ¡Y en el acto!... Temían que les metiéramos clavo... Aullaban para que no se hablara de sus recibos... No querían ni verlos siquiera... El depósito estaba tan atascado, que desbordaba hasta la calle... En invierno, blanqueado por los hielos, al menor esfuerzo de presión, se resquebrajaba y se salía el pastel... Todas las veces costaba 80 francos...

¡Todo lo estropeaban, esos cabrones!... Era su revancha de inquilinato... Y, además, venga hacer churumbeles... Todas las veces había alguno nuevo... Y con menos ropa... Desnudos incluso... Acostados en el fondo de un armario...

Los más borrachos, las más cochinas nos ponían a parir... Vigilaban todos nuestros esfuerzos para desatascar. Bajaban con nosotros al sótano... Cuando íbamos a buscar la cana... la que pasaba por el sifón... Se acababan las bromas... La abuela se alzaba bien arriba las faldas con imperdibles, se quedaba en blusa. Y comenzaba la maniobra... Necesitábamos mucha agua caliente. La traíamos en un jarro de la casa del zapatero de enfrente. Los inquilinos por nada del mundo nos la habrían dado. Entonces, en cierto momento Caroline hurgaba el fondo del depósito. Entraba con decisión, revolvía la plasta. Con la caña no bastaba. Metía los dos brazos, los inquilinos se acercaban todos, con la chiquillería, para ver si evacuábamos su mierda, y, además, los papeles... y los trapos... Ponían tapones a propósito... Caroline no se desanimaba, era mujer que no tenía miedo a nada...

Los inquilinos, cuando lo había logrado, se daban cuenta... de que empezaba a correr de nuevo... Reconocían el esfuerzo... Para no debernos el favor... Acababan ayudándonos... Ofrecían un trago... La abuela pimplaba con ellos... No era rencorosa... Nos deseábamos feliz año... de todo corazón... como buenos amigos... No por ello apoquinaban... Eran gente sin escrúpulos... Si los hubiera echado, antes de soltar la queli, habrían tenido tiempo de vengarse... Habrían dejado todo destrozado... Las dos leoneras estaban ya acribilladas de agujeros... Cuando visitábamos las viviendas, intentábamos taparlos... No servía de nada... No cesaban de hacer más... Llevábamos masilla a propósito... Cañerías, sobradillos, paredes y entarimados, estaban hechos jirones, remiendos... Pero el que más recibía era el depósito de los retretes... Estaba todo rajado... A la abuela se le saltaban las lágrimas al verlo... La verja del jardín, ídem de ídem... La habían doblado sobre sí misma... Parecía regaliz... En una época habían tenido una portera anciana y muy amable... No había durado ni ocho días... Se había largado horrorizada... En menos de una semana, dos inquilinos habían subido a estrangularla... en la cama... por discusiones sobre los felpudos...

Las casas de que hablo, aún siguen allí. Sólo ha cambiado el nombre de la calle; de «Plaisance» ha pasado a ser «Marne»... Fue la moda en una época... Muchos inquilinos pasaron, solitarios, familias enteras, generaciones… Siguieron haciendo agujeros, las ratas también, los ratones, los grillos y las cochinillas… No se volvieron a tapar nunca… El tío Edouard se hizo cargo de todo eso. Las viviendas, a fuerza de sufrir, quedaron hechas auténticos coladores… Ya nadie pagaba el alquiler… Los inquilinos habían envejecido, estaban hartos de discusiones… Mi tío también por fuerza… hasta de los retretes acabaron hartos… Ya no se podían descuajaringar más. Ya no les quedaba nada. Los convirtieron en cuartos de trastos. Guardaron en ellos las carretillas, las regaderas y el carbón… A estas alturas, ya no se sabe exactamente quién vive en esas casas… Están expropiadas… Las van a derribar… Al parecer, hay cuatro familias dentro… Tal vez sean muchas más… Portugueses, al parecer…

Ya nadie se preocupa de su conservación… La abuela se esforzó tanto, pero de nada sirvió… Fue incluso la causa de su muerte, en el fondo… Por haberse quedado en enero hasta más tarde de lo habitual trajinando con el agua fría primero y luego el agua hirviendo… Expuesta a la corriente, echando estopa en la bomba y descongelando los grifos.

A nuestro alrededor, los inquilinos acudían con velas a ponernos verdes y a ver si avanzaba el currelo. Tocante al alquiler, pedían otro aplazamiento. Debíamos volver a pasar la semana próxima… Nos pusimos en camino de vuelta a la estación…

Al llegar a la ventanilla, le dio un vahído a la abuela Caroline, se agarró a la barandilla… No era habitual en ella… Se estremeció presa de escalofríos… Volvimos a cruzar la plaza, entramos en un café… Mientras esperábamos la hora del tren tomamos un *grog* entre los dos… Al llegar a Saint-Lazare, fue en seguida a acostarse, directamente… No podía con su alma… Le dio fiebre, muy alta, como la que yo había tenido en el Passage, pero en su caso era de gripe y después neumonía… El médico venía mañana y tarde… Llegó a estar tan enferma, que en el Passage ya no sabíamos qué responder a los vecinos que nos preguntaban por ella.

El tío Edouard iba y venía entre la tienda y la casa de la abuela… Había empeorado aún más… Ya no quería ponerse el termómetro, ni siquiera quería que supiésemos cuánto tenía de fiebre… Conservó la entereza. Tom se escondía bajo los muebles, no se movía, apenas comía… Mi tío pasó por la tienda, traía oxígeno en una bombona.

Una noche mi madre no volvió siquiera a cenar… El día siguiente, aún era de noche cuando el tío Edouard me despertó en la piltra para que me vistiese aprisa. Me avisó… Era para dar un beso a la abuela… Yo aún no comprendía del todo… No estaba del todo despierto… Anduvimos a escape… A la Rue du Rocher íbamos… al entresuelo… La portera no se había acostado… Llegaba con una lámpara para guiarnos por el pasillo… Arriba, en el primer cuarto, estaba mi madre de rodillas, llorando apoyada en una silla. Gemía muy bajito, murmuraba de dolor… Papá se había quedado de pie… Ya no decía nada… Iba hasta el descansillo, volvía otra vez… Miraba el reloj… Se manoseaba el bigote… Entonces vislumbré a la abuela en su cama, en el cuarto más lejano… Jadeaba, carraspeaba, se asfixiaba, armaba un jaleo de miedo… Justo entonces salió el médico… Dio la mano a todo el mundo… Entonces me hicieron entrar a mí… En la cama, vi los esfuerzos que hacía para respirar. Amarilla y roja tenía ahora toda la cara, empapada en sudor, como una máscara que estuviera derritiéndose… Me miró muy fijamente, pero aún más amable, la abuela… Me habían dicho que la besara… Ya estaba yo apoyándome en la cama. Me indicó que no con un gesto… Sonrió aún un poco… Quiso decirme algo… Le raspaba, la garganta, sin cesar… Aun así, lo consiguió… lo más bajito que pudo… «¡Aplícate mucho, Ferdinand, hijo!», susurró… Yo no tenía miedo de ella… Nos comprendíamos, en el fondo… Al fin y al cabo, así ha sido, me he aplicado… A nadie le importa…

A mi madre quería decirle algo también. «Clémence, hija mía… hazme caso… no te abandones… te lo ruego…», pudo decir aún… Se asfixiaba completamente… Pidió por señas que nos alejáramos… Que nos fuésemos al cuarto contiguo… Obedecimos… La oíamos… Retumbaba el piso… Permanecimos una hora por lo menos así, helados. El tío volvía a la puerta. Le habría gustado verla. No se atrevía a desobedecerla. Se limitaba a entreabrir el batiente, así la oíamos mejor… Le sobrevino una especie de hipo… Mi madre se puso en pie de un salto… Lanzó un «¡uc!». Como si le hubieran cortado el cuello. Volvió a caer como un saco, detrás del sofá, entre el sillón y mi tío… Con la mano tan crispada en la boca, que no podíamos apartársela…

Cuando volvió en sí: «¡Mamá ha muerto!…», no cesaba de gritar… Ya no sabía dónde estaba… Mi tío se quedó a velar… Nosotros nos marchamos, al Passage, en un simón…

Cerramos la tienda. Echamos todas las persianas… Teníamos como vergüenza… Como si fuéramos culpables… No nos atrevíamos a movernos, para guardar mejor nuestra pena… Llorábamos con mamá, con la cabeza reclinada en la mesa… No teníamos hambre… Ni ganas de nada ya… Ocupábamos ya muy poquito espacio y, aun así, nos habría gustado poder achicarnos aún más… Pedir perdón a alguien a todo el mundo… Nos perdonábamos unos a otros… Nos repetíamos que nos queríamos… Temíamos perdernos… para siempre… como Caroline…

Y llegó el entierro… El tío Edouard, él solo, había apechugado con todos los recados. Había hecho todos los trámites… También él tenía pena… No la demostraba… No era expresivo… Vino a recogernos en el Passage, en el momento preciso del levantamiento del cadáver…

Todo el mundo… vecinos… curiosos… acudieron a decirnos

«¡Ánimo!». Hicimos un alto en Rue Deauville para comprar las flores…

Elegimos las mejores que había… Rosas sólo… Eran sus flores preferidas…

* * *

No nos acostumbrábamos a su ausencia… Hasta mi padre quedó deshecho… Ya sólo me tenía a mí para las escenas… Y, pese a la convalecencia, yo me encontraba aún tan débil, que ya no resultaba tan interesante. Me veía tan deslucido que vacilaba a la hora de martirizarme…

Me arrastraba de silla en silla… Adelgacé tres kilos en dos meses. Vegetaba en la enfermedad… Devolvía todo el aceite de hígado de bacalao…

Mi madre no pensaba sino en su pena… La tienda zozobraba sin remedio… Ya no se vendían más cachivaches, ni siquiera a precios de risa… Había que expiar los gastos extravagantes causados por aquella Exposición… Los clientes es que estaban boqueras todos… Encargaban las menos reparaciones posibles. Se lo pensaban dos veces antes de gastarse tan sólo cinco francos…

Mamá se pasaba las horas muertas sin moverse, apoyada en la pierna que cojeaba, en postura irregular, alelada… Al levantarse, le dolía tanto, que no cesaba de cojear por toda la casa… Entonces mi padre la recorría en sentido inverso. Ya sólo de oírla renquear, se habría vuelto majareta…

Yo fingía ir a hacer mis necesidades. Me encerraba en el retrete a entretenerme… Me tocaba un poco el glande. Pero ya no podía empalmarme… Aparte de las dos casas, que habían correspondido a Edouard, quedaban tres mil francos de la abuela, en herencia… Pero era dinero sagrado… Así dijo mi madre en seguida… No había que desprenderse de él nunca… Pulimos los zarcillos, y con eso pagamos los préstamos, uno en Clichy, el otro en Asnières…

Pero nuestro baratillo, nuestro género en la tienda, estaba chungo, pobretón y lastimoso… Ya es que casi no se podía enseñar…

La abuela, al menos, se espabilaba, nos traía «depósitos»… trastos que los otros comerciantes accedían a prestarle… Pero con nosotros era otro cantar… Desconfiaban… Nos consideraban unos maletas… Cada día íbamos más de ala…

Mi padre volvía de la oficina y cavilaba soluciones… De lo más siniestras… Era el propio causante de nuestra privación… Mi madre era más hábil… Él mondaba las alubias… Se ponía a hablar ya de suicidarnos con el gas abierto… Mi madre ni siquiera reaccionaba… Él lo achacaba a los «masones»… ¡Que si Dreyfus!… ¡Que si los otros criminales que se ensañaban con nuestro destino!

Mi madre ya es que había perdido la brújula… Hasta sus gestos eran raros… Con lo torpe que ya era antes, ahora tiraba todo por el suelo. Rompía tres platos al día… No salía de su pasmo… Se movía como sonámbula… En la tienda le entraba miedo… No quería moverse, se quedaba todo el tiempo en el piso de arriba…

Una noche que no esperábamos a nadie, cuando iba a acostarse… vino la Sra. Héronde. A la puerta de la tienda, se puso a llamar, a dar voces… Ya no nos acordábamos de ella. Fui yo a abrir.

Mi madre ya no quería saber nada con ella, se negaba incluso a hablarle… Daba vueltas cojeando por la cocina. Entonces va y le dice mi padre:

«¿Qué, Clémence? ¿Te decides?… Como baje yo, ¡es que la mando a paseo!…». Lo pensó un instante y después bajó. Intentó contar los encajes de guipur que la otra le traía… No lo lograba… Su pena la hacía ver todo borroso… Las ideas, las cifras… Mi padre y yo la ayudamos…

Luego subió a acostarse… Y después se levantó a propósito, volvió a bajar… Se pasó toda la noche ordenando, con rabia, con obstinación, todo el baratillo de la tienda.

Por la mañana todo estaba en un orden impecable… Se había vuelto otra persona… Habría sido imposible reconocerla… Le había dado vergüenza de repente…

Encontrarse ante la Sra. Héronde en estado tan lastimoso y que la otra la hubiera visto tan acabada, ¡había sido una vergüenza horrible!

«¡Cuando pienso en mi pobre Caroline!… ¡En la energía que demostró hasta el último minuto! ¡Ah! ¡si me viera así!…».

Se había armado de valor de repente. Había concebido incluso mil proyectos durante toda la noche…

«Como las clientas ya no vienen, pues, mira, Ferdinand, ¡iremos a buscarlas!…

¡Y hasta su casa!… Pronto empezará a hacer bueno dejaremos la tienda un poco… Iremos a todos los mercados de los alrededores… ¡Chatou!… Vésinet!… ¡Bougival!… donde toda la gente de postín… están haciéndose hermosas quintas… ¡Mejor que enmohecernos!…

¡Que esperarlas aquí sentados!… Y, además, ¡que así tomarás el aire!».

* * *

A mi padre, lo de los mercados, maldita la gracia que le hacía… ¡Una aventura llena de riesgos!… Sólo de pensarlo, se ponía enfermo… Nos predecía las peores complicaciones…

¡Seguro que nos los guindaban, los últimos trastos!… Además los comerciantes del lugar nos iban a dar para el pelo… Mi madre le dejaba hablar… Estaba muy decidida.

Es que además, ¡no había otra opción! Ya sólo comíamos una vez al día… Hacía mucho que para encender el horno usábamos trozos de papel en lugar de cerillas.

Una mañana, llegó la hora de la marcha y nos lanzamos hacia la estación. Mi padre llevaba el enorme petate, un gran paño cargado de mercancías… Lo menos chungo de lo que quedaba en existencia… Mi madre y yo cargábamos con los cartapacios… En el andén, en Saint-Lazare, volvió a repetirnos todos sus temores por la aventura. Y se largó pitando a la oficina.

Ir a Chatou, en la época de que hablo, era todo un viaje. Aún no era de día y ya nos encontrábamos al pie del cañón… Untamos al guarda… Le costó Dios y ayuda, pero al final nos colocó… Conseguimos un caballete… Teníamos un sitio bastante bueno… entre una carnicera y un hombre que vendía pajaritos. Ahora, que nos echaron unas miradas… en seguida… al llegar.

Detrás de nosotros, el de la mantequilla y los huevos no paraba de mover la chola. Le parecíamos chocantes, con nuestros torrentes de cachivaches. ¡Unas alusiones de lo más desagradables!…

* * *

El paseo en que nos encontrábamos no era el mejor sitio, pero cerca del parque, de todos modos… Y a la sombra de tilos espléndidos… Mediodía, la hora de las clientas… se acercaban todas melindres… ¡Dios no quisiera que soplase en esos momentos un poco de brisa! Al primer céfiro, un remolino, una tromba de frufrúes… cofias, pamelas, pañuelitos y medias por los aires… A la más mínima echan a volar, frágiles como nubes. Los sujetábamos con ayuda de pinzas y alfileres. Parecía un erizo, nuestro tenderete… Las clientas deambulaban caprichosas… Mariposas seguidas por una o dos cocineras… Volvían otra vez… Mi madre intentaba camelarlas… hacerlas fijarse en los bordados… las toreras a medida… los guipures «estilo Bruselas»… o los triunfos vaporosos de la Sra. Héronde…

«¡Qué gracia encontrarla por aquí!…

¡En un mercado al aire libre!… Pero

¿tiene usted una tienda?… ¡Deme su tarjeta!… ¡Iremos a verla, sin falta!…».

Se marchaban con sus frufrúes a otra parte, no les endilgábamos gran cosa…

¡Pura propaganda!…

De vez en cuando, nuestros encajes, con un arranque de tornado, aterrizaban en el puesto contiguo, entre los escalopes… El tipo expresaba su desagrado…

Para defendernos mejor, deberíamos haber traído de París nuestro bonito maniquí con pedestal, de busto resistente, que habría resaltado muy bien los exquisitos hallazgos… las volutas de muselina y raso… los millares de bagatelas del «hada de Alfort»… Para conservar entre las legumbres, las tripas, un gusto Luis XV pese a todo, una atmósfera refinada, llevábamos al campo una auténtica pieza de museo, una minúscula y preciosa obra maestra, el estuche-muñeca «palo de rosa»… Dentro guardábamos los bocadillos.

Nuestro terror, mucho más que el viento acaso, ¡eran los chaparrones!…

¡Todos nuestros frufrúes quedaban como tortas!… el ocre les chorreaba por veinte regueros… y la acera se ponía pegajosa… Quedaban hechos esponjas… El regreso era espantoso. Delante de mi padre nunca nos quejábamos.

La semana siguiente, a Enghien y algunos jueves a Clignancourt… La Puerta… Nos encontrábamos junto al «Rastro»… A mí me gustaban mucho los mercados… Me permitían hacer novillos. El aire es que me volvía impetuoso… Cuando por la noche volvíamos a ver a mi padre, me causaba un efecto lamentable… Nunca estaba contento… Venía a buscarnos a la estación… Con gusto le habría tirado yo el estuche a los cataplines para verlo saltar un poco.

En Clignancourt, la clientela era muy distinta… Exponíamos nuestros bártulos, simples cachivaches, los peores, los que estaban apalancados en el sótano desde hacía años. Los pulíamos por una miseria…

En el «Rastro» precisamente fue donde conocí a un chaval llamado Popaul. Trabajaba para una vendedora, dos filas detrás de nosotros. Le vendía todos sus botones, por la avenida, cerca de la puerta; se paseaba por el mercadillo, con su cesta al pecho, colgada del cuello por un hilo. «¡Trece cartones por diez céntimos, señoras!…». Era más joven que yo, pero infinitamente más avispado… En seguida nos hicimos amigos… Lo que yo admiraba en Popaul era que no llevaba zapatos, sino simples tablas con cordones… Así no le dolían los pinreles… Conque yo me quitaba los míos, cuando nos íbamos de excursión por los bastiones.

Liquidaba rápido su surtido, las docenas de trece, no daba tiempo a verlos, de hueso y de nácar… Después quedábamos libres.

Además, tenía un truco para conseguir cuartos. «Es fácil», me explicó… en cuanto nos hicimos compinches. En el terraplén del Bastión 18 y en los refugios del tranvía delante de La Villette, se encontraba con chorchis y carniceros cuyos gustos satisfacía. Se ofrecía a presentármelos… Era a una hora en que yo no podía ir… Podía sacarse cinco francos, a veces más.

Detrás de la caseta de la balanza, me enseñó, sin que yo se lo pidiera, cómo se la chupaban los mayores. Él, Popaul, tenía potra, le salía lefa, a mí aún no me salía. Una vez había hecho quince francos en una noche.

Para escaparme, tenía que mentir, decía que iba a buscar patatas fritas. Mi madre conocía bien a Popaul y no lo podía ver, ni siquiera de lejos, me prohibía que anduviera con él. Aun así, nos dábamos el piro juntos, íbamos callejeando hasta Gonasse. A mí me parecía irresistible… En cuanto tenía un poco de miedo, le daba un tic, se pasaba de repente la lengua por los labios, una mueca de la hostia. Al final yo lo imitaba, a fuerza de pasearme con él.

La mercera de Popaul, antes de que se marchara, le ponía una chaqueta curiosa, muy especial, como para un mono, completamente cubierta de botones, grandes, pequeños, a millares, delante, detrás, todo un terno hecho de muestrarios, nácar, acero, hueso…

Su sueño era el ajenjo; su mercera le servía una copa cada vez que volvía y había liquidado bien. Eso le daba valor. Fumaba tabaco de tropa, nos hacíamos los canutos con papel de periódico… No le daba asco, chuparla; era un golfo. Todos los hombres que encontrábamos en la calle, nos figurábamos lo gorda que debían de tenerla. Mi madre no podía alejarse del puesto, sobre todo en un barrio así. Yo me las piraba cada vez más a menudo… Y luego pasó esto:

Yo creía que Popaul era un tío legal, fiable y fiel. Me equivoqué con él. Se portó como un gallina. Las cosas como son. No paraba de hablarme de un arcabuz. Yo no entendía del todo a qué se refería. Un día lo trajo. Era una tira de goma muy larga, como un tirachinas, de horquilla doble, para matar pájaros. Me dijo: «¡Vamos a practicar! Después, ¡rompemos un escaparate!… Hay uno que está chupado en la Avenida… Después, ¡apuntamos a un guri!…».

¡Hombre! ¡Vale! ¡Buena idea! Nos fuimos hacia la escuela. Me dijo:

«¡Vamos a empezar aquí!...». Acababan de salir de clase, muy cómodo para pirárselas. Me pasó el chisme... Yo lo cargué con un pedrusco. Tiré con fuerza del mango... Hasta que la goma no daba más de sí... Dije a Popaul: «¡Apunta ahí arriba!», ¡y clac! ¡Ping!... ¡Ratatrac!... ¡En pleno reloj!... Voló en pedazos...

Me quedé petrificado como un gilipollas. No me podía imaginar que armaría tal estruendo... ¡al estallar en añicos la esfera! Llegó gente... Se me había caído el pelo bien... Me tiraron todos de las orejas. Grité: «¡Popaul!...».

¡Se había esfumado!... ¡Ni rastro!... Me llevaron arrastrando ante mi madre. Le armaron un escándalo tremendo. Tuvo que entregar toda la caja para que no me llevaran a la cárcel. Dio su nombre y dirección... En vano expliqué:

«¡Popaul!»... Cayó sobre mí tal diluvio de bofetadas, que vi las estrellas...

En casa, vuelta a empezar, otra tromba... Un huracán... Mi padre me dio para el pelo, patadas a base de bien, en las costillas, me pisoteó, me bajó los pantalones. Además, ¡gritaba que yo iba a llevarlo a la tumba!... ¡Que debería estar en la cárcel! ¡Desde siempre!... Mi madre le suplicaba, lo abrazaba, se le ponía de rodillas, gritaba que «en la cárcel se vuelven aún más feroces». Yo era peor de lo que se podía imaginar... Estaba a un paso del patíbulo. ¡Así mismo!... Mucha culpa tenía Popaul, pero el aire también y el paseo... No intento justificarme.

* * *

Pasamos una buena semana así, en pleno frenesí. Mi padre estaba tan furioso, se congestionaba tanto, que temimos un «ataque». El tío Edouard volvió a propósito de Romainville para hacerlo entrar en razón. El tío Arthur no tenía bastante influencia, no era bastante serio. Rodolphe, por su parte, estaba lejos, recorría las provincias con el Circo Capitol.

Los vecinos y los parientes, todo el mundo en el Passage, opinaron que debían purgarme y a mi padre también de paso, que nos sentaría bien a los dos. Buscando las razones de los sucesos, sacaron la conclusión de que seguramente las lombrices me habían vuelto tan malvado... Me dieron una substancia... Vi todo amarillo y después marrón. Me sentí bastante sosegado. Mi padre, por la reacción, permaneció al menos tres semanas absolutamente mudo. Se limitaba a lanzarme miradas, de lejos, de vez en cuando... prolongadas, recelosas... Yo seguía siendo su tormento, su cruz. Volvimos a purgarnos todos, cada cual con su medicamento. Él, agua de Janos; yo, ricino; ella, ruibarbo. Después, decidieron que no volveríamos nunca a los mercados, pues la calle iba a ser mi perdición. Es que ponía las cosas imposibles, con mis instintos criminales. Mi madre volvió a llevarme a la escuela con mil recomendaciones. Al llegar a la Rue des Jeûneurs, estaba fuera de sí. Ya le habían advertido, que no me admitirían por más de ocho días. Sin embargo, estuve muy modosito y no me expulsaron. No aprendí nada, eso desde luego. Es que me desesperaba, la escuela; el profesor con perilla, no cesaba un momento de rumiar sus problemas. Sólo de verlo, me ponía enfermo. Es que ya sólo de haber probado, con Popaul, el pindongueo, me daba asco, vamos, permanecer después así, sentado la tira de horas, escuchando cuentos.

En el patio, los chavales intentaban desentumecerse un poco, pero era un esfuerzo penoso, la pared de delante subía tan arriba, que lo aplastaba todo, se les pasaban las ganas de divertirse.

Volvían dentro a buscar buenas notas...

¡La leche!

En el patio sólo había un árbol y en su rama sólo se posó un pájaro. Lo liquidaron, los chavales, a base de piedras y tirachinas. El gato se lo jaló durante todo un recreo. Yo sacaba notas medianas. Temía que me obligaran a volver. Me apreciaban incluso por mi buen comportamiento. Teníamos todos el culo cubierto de mierda. Yo era quien les había enseñado a guardarse la orina en botellitas.

En la tienda, los lloriqueos cada vez se intensificaban más. Mi madre machacaba su pena. Buscaba todas las oportunidades para acordarse de su mamá, los menores detalles... Si entraba una persona a proponer un cachivache en el momento de cerrar, se deshacía en lágrimas al instante... «¡Si mi madre estuviera aún aquí!», se ponía a chillar, «¡ella que sabía comprar tan bien!...». Reflexiones desastrosas...

Teníamos una vieja amiga, que supo aprovechar muy bien las melancolías de mi madre… Se llamaba Sra. Divonne, era casi tan anciana como la tía Armide. Después de la guerra de 1870, había hecho una fortuna con su marido, en el comercio de guantes «de cordero», en el Passage des Panoramas. Era una tienda célebre y tenían otra, en el Passage du Saumon. En una época, daban trabajo a dieciocho dependientes. «No paraban de entrar y salir clientes». La abuela lo contaba siempre. El marido, de manejar tanto parné, se había ofuscado. Había perdido de repente todo y más, en el Canal de Panamá. Los hombres es que no tienen nervio; en lugar de remontar la corriente, se largó muy lejos con una moza. Habían pulido todo a precio ruinoso. Ahora estaban en la miseria. Vivía, la Sra. Divonne, a salto de mata. Su refugio era la música. Le quedaban algunas perras, pero tan pocas, que tenía apenas para comer y ni siquiera todos los días. Aprovechaba las amistades. Se había casado por amor con el hombre de los guantes. No era de familia de comerciantes, su padre era prefecto del Imperio. Tocaba el piano de maravilla. No se quitaba los mitones, porque tenía las manos delicadas y en invierno manoplas espesas, pero de redecilla y adornadas con rosas de pitiminí. Coqueta hasta la sepultura.

Entró en la tienda, hacía mucho tiempo que no venía. La muerte de la abuela le había afectado mucho. ¡Aún no lo podía creer! «¡Tan joven!», repetía después de cada frase. Hablaba con ternura de Caroline, su pasado común, sus maridos, el «Saumon» y los Bulevares… Con muchos matices y precauciones exquisitas… Estaba pero que muy bien educada… Bien lo veía yo… A medida que contaba, todo se volvía como un sueño frágil. No se quitaba el velo ni el sombrero… por el cutis, alegaba… Sobre todo por la peluca… Para cenar, nunca nos quedaba demasiado… Aun así, la invitamos… Pero en el momento de acabar la sopa, se alzaba el velo y el sombrero y toda la pesca… Se bebía el caldo… Así le parecía mucho más cómodo… Por la dentadura postiza seguramente. La oíamos repicar… Desconfiaba de las cucharas. Los puerros es que le encantaban, pero había que pelárselos, era un rollo. Cuando habíamos acabado de jalar, remoloneaba. Se ponía frívola. Se dirigía al piano, que una clienta había dejado en prenda y olvidado. Nunca estaba afinado, pero aún funcionaba.

A mi padre, como todo le irritaba, es que le crispaba los nervios, la vieja lila con sus mímicas. Y, sin embargo, se ablandaba, cuando acometía ciertas tonadas como *Lucie de Lammermoor* y sobre todo *Clair de lune*.

Empezó a venir más a menudo. Ya no esperaba a que la invitáramos… Se daba cuenta del desconcierto. Mientras ordenábamos la tienda, subía en un dos por tres, se instalaba en el taburete, iniciaba dos o tres valses y después *Lucie* y luego *Werther*. Tenía un repertorio, todo el *Chalet* y *Fortunio*. No nos quedaba más remedio que subir.

No habría interrumpido nunca, si no nos hubiéramos sentado a la mesa. «¡Cu-cu!…», decía, al vernos aparecer. Durante la cena, lloraba muy bajito al tiempo que mi madre. Lo que no le quitaba el apetito. No hacía ascos a los macarrones. Siempre me espantaban las cantidades que se metía. Lo repetía en otras casas, el truco de los recuerdos, con muchos otros comerciantes, que estaban más o menos desconsolados, por aquí, por allá, en las tiendas. Había conocido más o menos a los difuntos de todo el barrio, Mail y Gaillon. Así acababa alimentándose.

Conocía las historias de todas las familias de los callejones. Además, cuando había piano, no tenía igual… Con más de setenta años, aún podía cantar *Faust*, pero tomaba precauciones… Se atracaba de pastillas de goma para no cascarse la voz… Hacía los coros ella sola, con las dos manos a modo de trompetilla. «¡Gloria inmortal!»… Marcaba el ritmo con el pie, sin separar las manos del teclado.

Al final, no podíamos contenernos, nos tronchábamos. La tía Divonne, una vez lanzada, no callaba así como así. Era artista de nacimiento. A mi madre le daba vergüenza, pero aun así se cachondeaba… Le sentaba bien…

Mi madre ya no podía prescindir de ella, pese a sus defectos, sus travesuras. Se la llevaba a todas partes. Por la noche la acompañábamos hasta la Puerta de Bicêtre. Volvía andando a su casa, en el Kremlin, junto al Asilo.

El domingo por la mañana, venía ella a buscarnos para que fuéramos juntos al cementerio. El nuestro era el Père-Lachaise, Sección 43.ª. Mi padre nunca entraba. Las tumbas le horrorizaban. No pasaba de la Rotonda frente a la Roquette. Allí se quedaba leyendo el periódico y esperaba a que regresáramos.

El panteón de la abuela estaba muy bien conservado. Unas veces cambiábamos las lilas, otras los jazmines. Llevábamos siempre rosas. Era el único lujo de la familia. Cambiábamos las flores, sacábamos brillo a las baldosas. Dentro, parecía un teatro de guiñol con las estatuas de color y los paños de encaje de verdad. Mi madre no cesaba de llevar más y más, era su consuelo. Se esmeraba arreglando el interior.

Mientras hacíamos la limpieza, no cesaba de sollozar... Caroline no estaba lejos, allí debajo... Yo me acordaba siempre de Asnières... Del trajín que nos habíamos dado por los inquilinos.

Volvía a verla, por decirlo así... Por muy reluciente y requetelavado que estuviera todos los domingos, no por ello dejaba de subir un olorcillo curiosito... penetrante, sutil, agridulce, muy insinuante... cuando lo has conocido una vez... después lo hueles por todas partes... pese a las flores... en el propio perfume... pegado a ti... Te marea... viene del hoyo... crees que no lo has notado. Y después, ¡ahí está!... Yo era el que iba hasta el extremo del sendero a llenar los jarros para los floreros... Una vez que habíamos acabado... yo ya no decía nada... Y después me volvía otro poquito a la garganta, el tufillo... Cerrábamos la burda. Decíamos la oración... Volvíamos a ponernos en camino para París.

La Sra. Divonne no cesaba de charlar, mientras andaba... Haberse levantado tan temprano, haberse ocupado de las flores, haber sollozado tanto rato, le abría el apetito... Y, además, con su diabetes... El caso es que tenía hambre... En cuanto nos encontrábamos fuera del cementerio, quería que hiciéramos por la vida. No cesaba de hablar del asunto, se volvía una auténtica obsesión. «¿Sabes, Clémence, lo que me apetece, a mí? ¡Y eso que no soy glotona!... Pues mira, una lonchita de galantina en un panecillo fresquito... ¿Eh? ¿Qué me dices?».

Mi madre no respondía. Se sentía violenta. A mí de repente me entraban ganas de echar las tripas allí mismo... Ya no deseaba sino vomitar... Pensaba en la galantina... En la cabeza que debía de tener ahora, Caroline, allí debajo... en todos los gusanos... grandes... gordos y con patas... que debían de carcomer... pulular por dentro... La putrefacción... millones en todo ese pus inflado, la peste arrastrada por el viento...

Allí estaba mi padre... Tuvo el tiempo justo de sujetarme junto al árbol... Eché hasta las tripas en la rejilla... Mi padre dio un salto rápido...

No consiguió esquivarlo del todo...

«¡Ah, guarro!», gritó... Lo había recibido en pleno pantalón... La gente nos miraba. Le daba mucha vergüenza. Se marchó a escape, solo, por el otro lado, hacia la Bastilla. No quería saber ya nada con nosotros. Las damas y yo entramos en un cafetín para que me tomara una tila, que era buena para el estómago. Era un local muy pequeño justo enfrente de la cárcel.

Más adelante, volví a pasar con frecuencia por allí. Y siempre miraba. Nunca veía a nadie dentro.

El tío Arthur estaba comido de deudas. De la Rue Cambronne a Grenelle, tenía tantos pufos, que su vida resultaba insoportable, un cesto agujereado. Una noche, se mudó de su casa a hurtadillas. Un amiguete fue a ayudarlo. Ataron sus bártulos en un carro tirado por un asno. Se iban a las afueras. Pasaron a avisarnos, cuando ya estábamos acostados.

Aprovechó para dar puerta a su compañera, la chacha... La tía se había puesto a hablar de vitriolo... ¡Ya era hora de darse el piro!

Habían reparado una choza, su amigo y él, donde nadie iría a darle el coñazo, en las laderas de Athis-Mons.

El día siguiente mismo, cayeron sobre nosotros los acreedores. ¡Ya no levantaban el sitio del Passage, los cabrones!... Fueron incluso a acosar a mi padre en la oficina, en la *Coccinelle*. Una vergüenza. Al instante, se puso como una fiera... Volvía a armar gresca...

«¡Qué pandilla! ¡Qué jaez!... ¡Qué atajo de desaprensivos, toda esta familia! ¡Ni un minuto tranquilo nunca! ¡Me vienen a fastidiar hasta en el trabajo!... ¡Mis hermanos están hechos unos golfos! ¡Mi hermana comercia con su cuerpo en Rusia! ¡Mi hijo tiene ya todos los vicios! ¡Pues sí! ¡Ah! ¡Estoy apañado!...». A mi madre no se le ocurría nada... No intentaba siquiera discutir... Ya podía él soltar por la boca lo que quisiera.

Los acreedores se daban cuenta de que mi padre respetaba el honor… No cedían un ápice. Ya es que no salían de nuestra tienda… Nosotros, que apenas si teníamos ya para jalar… Si hubiéramos pagado las deudas, nos habríamos muerto de hambre de verdad…

«¡Iremos a verlo el domingo que viene!…», decidió entonces mi padre.

«¡Se lo voy a decir yo, de hombre a hombre, todo lo que pienso!…».

Salimos al amanecer para encontrarlo en casa, antes de que se marchara de juerga… Al principio, nos equivocamos de camino… Por fin, lo encontramos… Yo pensaba que me lo vería, al tío Arthur, hecho polvo, arrepentido, cagadito de miedo, en un rincón de una caverna, acorralado por trescientos gendarmes… y jalando ratas estofadas… Así hacían en *Les Belles Images* los presidiarios evadidos… El tío Arthur era harina de otro costal… Nos lo encontramos sentado ya a una mesa de la taberna *A la Belle Adèle*. Nos recibió en plena jarana bajo el emparrado… ¡Pimplando de lo lindo y a crédito! ¡Y nada de peleón!… Un *muscadet rosé* curiosito… Priva de primera… Tenía un aspecto excelente… Nunca se había encontrado mejor…

Alegraba la vida a todo el vecindario… Lo consideraban irresistible… Acudían a escucharlo… Nunca había habido tantos clientes en *A la Belle Adèle*… Todas las sillas ocupadas, atestado de gente sentada en los escalones… Todos los pequeños propietarios que venían desde Juvisy… con jipijapas de imitación… Y todos los pescadores del canal, en zuecos, se llegaban hasta *A la Belle Adèle* para el aperitivo, a propósito para encontrarse al tío Arthur. Nunca se habían cachondeado tanto.

¡Había para todos los gustos! ¡Todos los juegos! ¡Todas las atracciones! Del chito a la raqueta… ¡Discursos!… ¡Adivinanzas!… ¡Entre los árboles!… Para las damas… El tío Arthur era el entusiasmo en persona… admirado por todos… Se movía, estaba en todo… Pero no se quitaba el sombrero, *¡jipijapa* de artista! Aun entonces, en pleno verano, transpiraba a raudales… Nunca cambiaba de vestimenta… Sus calcos en punta, sus alares de pana con canalé… su enorme corbata, hoja de lechuga…

Con su gusto por las chachas, se había ligado a las tres… Felices de servir y amar… No quería oír hablar otra vez de sus miserias de Vaugirard…

¡Era algo olvidado, ya!… ¡Iba a rehacer su vida del todo!… No dejaba acabar a mi padre… Razonar sus chorradas…

Nos besaba, uno tras otro… Estaba muy contento de volver a vernos…

«¡Arthur! ¿Vas a escucharnos un momento?… ¡Tus acreedores están pegados a nuestra puerta!… ¡de la mañana a la noche!… ¡Nos acosan!… ¿Me oyes?». Arthur barría con un gesto esas evocaciones lastimosas. Y a mi padre lo miraba como a un pobre memo cabezón… ¡Lo compadecía, en una palabra! «Vamos, ¡venid todos por aquí! … ¡Ven, Auguste! ¡Luego me lo cuentas! ¡Os voy a enseñar el panorama más hermoso de la región!… ¡Saint-Germain no existe!… Otro repechito de nada… El camino de la izquierda y después la bóveda de verdor… ¡Al final está mi taller!…».

Así llamaba su choza… Era chachi, exacto, por la situación. Se dominaba todo el valle desde allí… El Sena hasta Villeneuve-Saint-Georges y, por el otro lado, los bosques de Sénart. No se podía imaginar nada mejor. Tenía potra. No pagaba alquiler, ni un céntimo. En teoría, vigilaba el estanque de un propietario…

El estanque sólo se llenaba en invierno, en verano no había ni gota de agua. Las damas lo miraban bien… Había espabilado a las chachas. ¡En su casa había jalandria y en abundancia!… Muscadet, como abajo, salchichón, alcachofas y quesitos cremosos… ¡Para parar un tren, vamos! A los que tan aficionada era mi madre. Se daba buena vida… Nos habló de sus encargos… Rótulos para todas las tascas, tiendas de ultramarinos, panaderías… «¡Ellos hacen lo útil y yo lo agradable!». Así veía la vida… Las paredes estaban cubiertas de esbozos: *El lucio relleno* con un enorme pez azul, rojo y bermellón… *La bella marinera* para una lavandera amiga suya, con tetas luminosas, idea muy brillante… El futuro estaba asegurado. No había por qué preocuparse.

Antes de que volviéramos al pueblo, ocultó todo en tres o cuatro cántaros, toda la jalandria y la priva, como un tesoro en un surco… No quería dejar rastro. Recelaba de la gente que pasaba. Escribió con tiza en la puerta: *No volveré nunca.*

Bajamos hacia la esclusa, él conocía a los barqueros. Era una caminata por senderos cortados a pico, mi madre cojeaba detrás. Al llegar, le dolía, se quedó sentada en un mojón. Contemplamos los remolcadores, el movimiento de la cámara de las gabarras, que parecen tan sensibles, tan frágiles, como vidrio contra las murallas… No se atreven a atracar en ninguna parte.

El grueso guarda escupió tres veces el tabaco mascado, se quitó la chaqueta, carraspeó y se puso a echar pestes sobre el trasto… La puerta de los pivotes tembleó, chirrió y se puso en movimiento poco a poco… Los remolinos la retenían… los batientes empezaron a rezumar y cedieron al fin… el *Artemise* lanzó un largo pitido… entró el convoy…

Más lejos, en Villeneuve-Saint Georges… La bovedilla gris del Ivette tras el collado… Abajo, el campo… la llanura… el viento que se levantaba… tropezaba con el río… sacudía el lavadero flotante… Un chapoteo infinito… tresillos de las ramas en el agua… Del valle… De todas partes llegaba… Modulaba las brisas… Ni hablar ya de las deudas… La fuerza del aire nos embriagaba… Venga soltar gilipolleces, junto con el tío Arthur… Quería que cruzáramos. Mi madre se negaba a que embarcásemos… Subió él solo en una barquichuela. Iba a mostrarnos sus talentos. Remaba a contracorriente. Mi padre se animó y le prodigó mil consejos, lo exhortó para que diera muestras de la mayor prudencia. Hasta mi pobre madre se apasionó. Ya se temía lo peor. Cojeaba, nos acompañaba por toda la orilla…

El tío Arthur molestaba a los pescadores, desde su banqueta sembraban al viento sus gusanos… Lo enguirnaldaron de lo lindo… Se enredó en los nenúfares… Iba a ponerse en acción de nuevo… Transpiraba como tres atletas. Giró, cruzó el estrecho paso, debía torcer rápido hacia los arenales, escapar del «gran torbellino». De lejos se anunciaba *La flor de las canteras*, avanzaba con la fuerza de las cadenas, con un estruendo espantoso… Removía el fondo del río… Después hacía subir todo a la superficie… Todos los cienos, cadáveres y lucios… Salpicaba, arrollaba dos orillas a la vez… Sembraba el terror y el desastre por dondequiera que pasase… La flotilla de las riberas dio vueltas de campana, hizo carambolas en los postes… Tres tramos transtornados a la vez… ¡La catástrofe de los barcos! Por ahí salía, de debajo del puente, *La Flor de las Canteras*. Bamboleaba en el fondo de su casco y en sus balcones, toda la quincalla, las catapultas y la timonería de un infierno. Arrastraba tras sí al menos veinte chalanas cargadas de carbonilla… ¡No era momento de pavonearse!… Mi tío se enganchó con un cabo… No tuvo tiempo de tocar la orilla… Con el chapoteo, su barquichuela se elevó… su precioso sombrero cayó a la pañí… Se inclinó, intentó hacer un esfuerzo… Perdió el remo… Y la serenidad… Se resistió… Volcó… Cayó al agua igualito que en las «justas acuáticas», ¡de culo!… Por suerte, ¡sabía nadar!… Nos precipitamos, lo abrazamos, lo felicitamos… El Apocalipsis había pasado ya… andaba por Ris-Orangis sembrando otros terrores.

Nos volvimos a encontrar todos en *La Perte du Goujon*, cita de los escluseros, nos congratulamos… El momento de los chatos… Apenas se hubo secado, mi tío Arthur reunió a todos sus conocidos… ¡Tenía una idea!… Para un «Club de Amigos de la Vela». Los pescadores se mostraron menos entusiastas… Recogió las cotizaciones… Las amiguitas acudieron a besarlo… Nos quedamos también a papear… Bajo los farolillos, entre los mosquitos y la sopa, el tío se puso a entonar su romanza: «Un poeta me dijo…». No queríamos de ninguna manera que volviese al estanque, el tío Arthur… Lo acaparamos… No sabía cómo complacer a todo el mundo…

Volvimos a ponernos en camino hacia la estación… Nos fuimos a hurtadillas, mientras él arrullaba aún… Pero mi padre no estaba contento… Sobre todo al pensarlo… Rabiaba por dentro… Estaba furioso consigo mismo, por no haberle cantado las cuarenta… Le había faltado aplomo. Volvimos en otra ocasión. Tenía un bote nuevo con una vela de verdad, Arthur… y hasta un petifoque… Zigzagueaba cantando *Sole mio*. Su linda canción resonaba en Les Sablières… Estaba encantado… Mi padre ya es que no lo podía soportar… Aquello no podía continuar… Mucho antes del aperitivo, nos largamos como unos caguetas… No nos vieron marchar… Nunca más volvimos a verlo… No era posible seguir frecuentándolo… Nos corrompía…

* * *

Como hacía diez años justos que mi padre trabajaba en la *Coccinelle*, le concedieron unas vacaciones, quince días y pagados…

Que nos fuéramos así los tres no era sensato… Costaba una fortuna… Pero era un verano terrible y en el Passage nos achicharrábamos, sobre todo yo que era el más lívido, que padecía del crecimiento. Ya no me sostenía en el aire de anemia. Fuimos a ver al médico, mi estado le pareció inquietante…

«¡Quince días, no! ¡Tres meses de aire puro necesitaría!…». Así dijo.

«Ese Passage», añadió, «es una auténtica leonera infecta... ¡Ni siquiera rábanos crecerían en él! Es un urinario sin desagüe... ¡Márchense de él!...».

Se mostró tan categórico, que mi madre regresó llorando... Había que encontrar una solución. No queríamos echar mano demasiado de los tres mil francos de la herencia. Conque decidieron probar de nuevo con los mercados: Mers... Onival... y sobre todo Dieppe... Tuve que prometer que iba a estarme quietito... que no volvería a bombardear relojes... que no seguiría a los golfos más... que no me separaría de mi madre ni un metro... Juré todo lo que quisieron... que sería bueno e incluso agradecido... que a la vuelta me aplicaría mucho para aprobar los exámenes...

Tranquilizados así sobre mí, dijeron que podíamos marcharnos. Cerramos la tienda. Primero iríamos a Dieppe, mi madre y yo, para hacer una exploración un mes antes... La Sra. Divonne iría de vez en cuando a ver si sucedía algo insólito durante nuestra ausencia... Papá se reuniría con nosotros más adelante, haría el trayecto en bicicleta... Pasaría dos semanas con nosotros...

En cuanto llegamos, nosotros dos, nos espabilamos en seguida, no tuvimos demasiados problemas, la verdad. Nos alojamos en Dieppe, encima de un café: *Aux Mésanges*. Dos colchones por el suelo, en casa de un empleado de Correos. Lo único malo era el fregadero, olía muy mal.

Cuando llegó el momento de desembalar en la Plaza Mayor las mercancías, a mi madre le entró miedo de repente. Habíamos llevado un surtido completo de perendengues, bordados y baratijas de lo más volubles. Era muy arriesgado instalar todo aquello al aire libre, en una ciudad que no conocíamos... Pensándolo bien, preferimos dirigirnos a las clientas en persona; era muy arduo, desde luego, pero había menos peligro de que nos mangaran... De un extremo a otro de la Explanada, frente al mar, nos marcamos puerta tras puerta... Era un currelo que para qué. Pesaba mucho, nuestro petate. Esperábamos delante de las quintas, en el banco de enfrente. Había momentos oportunos, cuando habían jalado bien... Había que oír el piano... ¡Ahí estaban! ¡Ya pasaban al salón!...

Mi madre daba un brinco entonces, se acercaba a saltitos al timbre... La recibían mal o bien... Conseguía vender, pese a todo...

Aire tomaba yo tanto y tan fuerte, en tal abundancia, que me embriagaba. Hasta de noche me despertaba. Yo ya no veía otra cosa que pichas, culos, barcos, velas... La ropa tendida flotando en las cuerdas me daba unas palizas terribles... Se inflaban... Provocaban... todos los pololos de las vecinas...

Del mar recelábamos al principio... Pasábamos, a ser posible, por las callejuelas resguardadas. La tormenta es que da delirio. Ya es que no paraba de cascármela...

En el cuarto contiguo al nuestro, vivía el hijo de un representante.

Hacíamos todos nuestros deberes juntos. Me toqueteaba un poco la minga, se hacía aún más pajas que yo. Iba allí, todos los años, conque conocía todas las clases de barcos. Me enseñó todos los detalles y sus aparejos y sus trinquetes... Los buques de tres palos... Los buques de cruz... Las goletas de tres mástiles... Me interesaba con pasión, mientras mi madre se marcaba las quintas...

La conocían en la playa tan bien como al vendedor de cocos... de tanto verla trajinar con su impedimenta... Dentro llevaba sus bordados, «patrones», labores de señoras y hasta planchas... Habría vendido riñones, pieles de cordero, chucherías, para que pudiéramos resistir los dos meses.

Al hacer nuestras rondas, recelábamos también del puerto, procurábamos no pasar demasiado cerca, por los mojones y los cordajes, en los que te tropiezas con mucha facilidad. No hay sitio más traidor. Si caes en el cieno, te atrapa, te quedas en el fondo, te jalan los cangrejos, no te vuelven a encontrar...

Los acantilados también son peligrosos. Todos los años familias enteras quedan despanzurradas bajo las rocas. Una imprudencia, un paso en falso, una ocurrencia desgraciada... La montaña se te vuelca encima... Nos arriesgábamos lo menos posible, no salíamos demasiado de las calles. Por la noche, nada más cenar, llamábamos otra vez a los timbres. Volvíamos a marcarnos una ronda amplia... por un extremo y después por el otro... Toda la Avenida del Casino...

Yo esperaba, delante de las quintas, en un banco de fuera... Oía a mi madre dentro, que se desgañitaba... Se daba unas palizas de aúpa... Yo me sabía todos los argumentos... Conocía todos los perros perdidos... Llegaban, husmeaban, salían pitando... Me conocía a todos los buhoneros también, era la hora en que regresaban con sus carricoches... Tiraban, empujaban, se extenuaban... Nadie los miraba... Conque no se recataban de dar voces... Resoplaban tirando de los varales... Otro empujón hasta la próxima esquina… El faro abría ojos como platos en la noche… El fogonazo iluminaba al buen hombre… En la playa el oleaje aspiraba los cantos… Se estrellaba… volvía a rodar… rompía… regresaba… estallaba…

* * *

En los carteles vimos que, después de la feria del 15 de agosto, iba a haber una carrera de automóviles. Debía de acudir mucha gente, sobre todo ingleses. Mi madre decidió que nos quedáramos un poco más. No habíamos tenido demasiada potra, había hecho tan mal tiempo durante el mes de julio, que las clientas se quedaban en casa, bordando… Así no vendíamos ni cofias ni «toreras» ni labores de ganchillo siquiera… ¡Si al menos hubieran comprado material!… Pero ¡no cesaban de zurcir sus tapices!… A la orilla del mar cotilleaban más que en la ciudad… Como todas las de clase alta, sólo de chachas y cacas…

Se repantigaban en una auténtica galbana, se lo pensaban veinte veces… se pasaban las horas muertas mirando nuestros modelos…

Mi padre ya es que no tenía confianza. Se alarmaba en sus cartas. Ya nos veía jodidos. Habíamos quemado más de mil francos… Mi madre le respondió que metiese mano a la herencia. Eso era heroísmo de verdad, podía acabar muy mal. Yo ya veía toda la mala pata refluyéndome a la jeta. Contestó que llegaba. Lo esperamos delante de la iglesia. Apareció por fin con una bici cubierta de barro.

Yo creía que me iba a dar para el pelo, atribuirme desastres, ya estaba preparado para una corrida impetuosa… pero ¡qué va!… Parecía, al contrario, feliz de estar en el mundo y de encontrarnos allí. Más bien me felicitó por mi comportamiento y mi buen aspecto. Yo estaba emocionado a más no poder. Él mismo propuso que fuéramos a dar un paseo hasta el puerto… Entendía de navíos. Recordaba toda su juventud. Era experto en maniobras. Mi madre se fue con sus petates y nosotros nos largamos hacia las dársenas. Recuerdo perfectamente el barco ruso de tres palos, todo él blanco. Se dirigió hacia el paso de entrada con la marea de la tarde.

Llevaba tres días faenando frente a las costas de Villers, luchando contra el oleaje… traía los foques cubiertos de espuma… Llevaba una carga tremenda de maderas inquietos, montículos en pleno desorden en todos sus puentes, en las bodegas sólo hielo, enormes cubos deslumbrantes, la superficie de un río que traía de Arkangel a propósito para venderlo en los cafés… Con el mal tiempo se había ladeado mucho y había cabreo a bordo… Fuimos a esperarlo, papá y yo, entre la multitud, desde el faro pequeño hasta su dársena. El oleaje lo había desviado tanto, que su gran verga cortaba el agua… El capitán, lo recuerdo como si lo estuviera viendo, un gigantón, gritaba en su embudo, ¡con potencia diez veces mayor que la de mi padre! Sus andobas trepaban por los obenques, subieron a enrollar allá arriba todas las velas, la lona, todos los cangrejos, las drizas justo por debajo del gran pabellón de San Andrés… Por la noche había parecido que iba a estrellarse contra las rocas. Los socorristas ya no querían hacerse a la mar, estaba dejado de la mano de Dios… Seis barcos de pesca se habían perdido. Hasta la baliza del arrecife de Trotot había encajado un golpe demasiado duro, habían echado el ancla… Eso da idea del temporal.

* * *

Delante del café *La Mutine* se hizo la maniobra con las escotas… sobre una boya de amarras con una deriva sin peligro… Pero la pandilla estaba tan borracha, la que halaba, que ya no sabía lo que hacía… Azocaron por el través… El estrave chocó con el muelle de la Aduana… La «dama» de la proa, escultura magnífica, se destrozó los dos chucháis… Hechos papilla… Saltaban chispas… El bauprés rompió los cristales… Entró hasta la tasca… El foque barrió la tienda.

Se produjo un griterío como de motín… Idas y venidas por todos lados. Estallaron palabrotas… Al final, muy despacio… el hermoso navío atracó… Se pegó al cargadero, acribillado de cabos… Deshecha con tantos esfuerzos, la última vela se le cayó del trinquete… desplegada como una gaviota…

La amarra de popa gimió una vez más con estruendo… La tierra abrazó el navío. El cocinero salió de su cantina, lanzó una gran olla de comida a las chillonas aves. Los gigantes de la orilla gesticulaban a lo largo de la batayola, los borrachos del desembarque no se ponían de acuerdo para trepar por la pasarela... las escotillas colgaban...

El amanuense fue el primero en subir, con levita... La polea pasaba por encima con un madero... Comenzaron a provocarse otra vez... Seguía la murga... Los descargadores hormigueaban por las drizas... Saltaron los cuarteles de escotilla... ¡Allí estaba el iceberg en detalle!... ¡Tras el bosque!... ¡Látigo!... Avanzaron los carros... Se había acabado el espectáculo, la emoción estaba en otra parte.

Volvimos hasta el semáforo, indicaba la llegada de un barco carbonero. A la altura del «Roche-Guignol» y con bandera a media asta.

El práctico, alrededor, danzaba y saltaba de ola en ola con su lancha. Se debatía... Retrocedió... por fin dio con la escala... trepó al flanco. Llegaba a trancas y barrancas desde Cardiff, aquella tartana, luchando con el oleaje... Estaba cobrando de lo lindo sobre un monte de espuma... Se encorajinaba con la corriente... Lo deportaron hacia el malecón... Por fin la marea se deslizó un poco, lo entonó, lo rechazó al estuario... Temblaba al entrar, furioso, con todo su armazón, los golpes de mar seguían hostigándolo. Gruñía, bramaba con todo su vapor. Sus aparejos chirriaban con las ráfagas. El humo recaía sobre las crestas de las olas, el reflujo azotaba las escolleras.

Ahora distinguíamos los *Casquets*[7] en el paso de Emblemeuse, era el momento... Las rocas emergían ya con la marea baja...

Dos balandros en peligro de naufragio intentaban pasar... La tragedia era inminente, no había que perderse detalle... Todos los entusiastas se aglomeraron en el extremo del malecón, junto a la campana de peligro... Escudriñamos con gemelos... Uno de los vecinos nos prestó los suyos. Las borrascas se estaban volviendo tan densas, que nos impedían abrir la boca. Nos asfixiábamos... El viento avivaba la violencia del mar... Salpicaba a chorros por encima del faro... subía hasta el cielo.

Mi padre se caló la gorra... Cuando volviéramos, iba a ser de noche... Tres pesqueros regresaban desarbolados... En el fondo del canal resonaban sus voces... Se llamaban... Se enredaban los remos unos con otros...

Mi madre, allá, estaba preocupada, nos esperaba en *La Petite Souris*, el cafetucho de los mariscqueros... No había vendido gran cosa... A nosotros ya sólo nos interesaban los viajes por alta mar.

* * *

Papá sabía nadar bien, era muy aficionado a los baños. A mí no me decían gran cosa. La playa de Dieppe no era demasiado agradable. Pero, en fin, ¡eran las vacaciones! Y, además, yo no había vuelto aún más sucio que en el Passage.

En la Mésange sólo teníamos una pequeña jofaina para los tres. Yo me escaqueaba de todos los lavados de pies. Empezaba a apestar, casi tanto como el sumidero.

Para los baños de mar había que tener valor. La cresta humeante, erizada, reforzada con cien mil guijarros, rugiente, se estrellaba y me derribaba.

Transido, arrastrado, el niño vacilaba, sucumbía... Un universo de guijarros me cascaba todos los huesos entre los vellones, la espuma. La cabeza era la que volcaba primero, arrastraba, machacaba contra el fondo de la grava... Cada segundo era el último... Mi padre, en bañador a rayas, se desgañitaba entre dos valles mugientes. Aparecía ante mí... Eructaba... se consumía, venga decir gilipolleces. Otra oleada lo derribaba, le daba la vuelta, ahí iba con los pinreles por el aire... Pataleaba como una rana... Ya no podía ponerse en pie, estaba jodido... Entonces una terrible ráfaga de guijarros arremetió contra mi pecho... Me acribilló... Me ahogaba... Guapo estaba yo... Un diluvio me aplastó. Después me devolvió proyectado hasta los pies de mi madre... Ella intentó asirme, sacarme... La succión me desprendió... me alejó... Ella lanzó un grito horrible. Afluyó la playa entera... Pero cualquier esfuerzo era en vano ya... Los bañistas se aglomeraban, se agitaban... Cuando la furia me tiraba contra el fondo, salía de nuevo a flote a lanzar un estertor...

Vi en un abrir y cerrar de ojos que comentaban mi agonía... Eran de todos los colores: verdes... azules, sombrillas, amarillas... limón... Yo giraba hecho pedazos... Y después ya no vi nada... Una boya me estrangulaba... Me jalaron hasta las rocas... como un cachalote... El vulnerario me quemó la boca, me rociaron todo el cuerpo con árnica... Ardía bajo los paños calientes... Las terribles fricciones. Me agarrotaron bajo tres albornoces...

A mi alrededor daban

explicaciones… ¡Que el mar estaba demasiado fuerte para mí! ¡Exacto! ¡A ver si se enteraban!… ¡Yo no pedía tanto!… Era el sacrificio… Para el lavado a base de bien…

* * *

Ya habían pasado diez días. La semana siguiente, acababan las vacaciones. Mi padre volvía a la oficina. Sólo de pensarlo, se nos ponía la carne de gallina. Ni un minuto que perder.

Tocante a ventas, se habían vuelto tan flojas, que hizo falta un auténtico pánico para que nos decidiéramos a la excursión… Nos embarcáramos todos para Inglaterra… Lo que nos hacía perder la cabeza… nos incitaba a los excesos… era la proximidad del regreso…

Salimos al amanecer, con apenas tiempo de tomar un café con leche… El peculio de la abuela… ¡zas!… ¡lo habíamos malgastado a medias!…

Embarcamos con antelación… Teníamos asientos baratos, justo encima del estrave, pero estaban bien… Se veía todo el horizonte admirablemente… Yo quería ser el primero en señalar la costa extranjera… El tiempo no era malo, pero, aun así, en cuanto nos alejamos un poco, en cuanto perdimos de vista los faros, empezamos a mojarnos… Se estaba volviendo un columpio, empezaba la navegación de verdad… Entonces mi madre se abrigó en el cubículo de los salvavidas… Fue ella la primera que vomitó sobre el puente y los viajeros de tercera… Se produjo el vacío por un instante…

«¡Ocúpate del niño, Auguste!», tuvo el tiempo justo de chillar… Nada mejor para ponerlo a él fuera de sí…

Otras personas se pusieron entonces a hacer esfuerzos inauditos… por sobre la borda… Con los balanceos, contra el movimiento, echabas las tripas a base de bien, sin remilgos a la buena de Dios… Sólo había un retrete en el rincón de la cubierta… Ya estaba ocupado por cuatro vomitones ávidos, apretujados y abrazados… El mar se embravecía cada vez más… A cada oleada, en el ascenso, una vomitona curiosita… En el descenso, al menos doce mucho más opulentas, compactas… A mi madre una ráfaga le arrancó el velo, empapado… fue a pegarse a la boca de una dama en el otro extremo… que agonizaba de tanto devolver… ¡Sin resistencia ya! En el horizonte, mermeladas… la ensalada… la pepitoria… el café con leche… y toda la pesca… ¡todo se vertía!… De rodillas en cubierta, mi madre hacía esfuerzos y sonreía sublime, con la baba colgando…

«¿Ves?», observó, en pleno cabeceo… horrible… «¿Ves? ¡a ti también, Ferdinand, se te ha quedado en el estómago el atún!…». Volvimos a hacer esfuerzos juntos. ¡Buah!… ¡y buah!… ¡Se había equivocado! ¡Eran las tortas!… Creo que habría podido echar patatas fritas yo… haciendo aún más esfuerzo… retorciéndome todas las tripas y echando el bofe ahí, sobre el puente… Lo intenté… Forcejeé… Redoblé los esfuerzos… Un embate feroz de las olas embistió la batayola, retumbó, se elevó, salpicó, volvió a caer, barrió el entrepuente… La espuma arrastró, batió, revolvió entre nosotros todas las basuras… Las tragamos otra vez… Y vuelta a empezar… A cada inmersión se nos escapaba el alma… la recuperábamos a la subida en un reflujo de flemas y olores… Rezumaban aún por la nariz, saladas. ¡El colmo!… Un pasajero imploraba perdón… ¡Gritaba al cielo que estaba vacío!… ¡Forcejeó!… ¡Y le salió también una frambuesa!… La diqueló espantado… Bizqueó… ¡Ya es que no le quedaba nada, la verdad!… Le habría gustado vomitar los dos ojos… Hizo esfuerzos… Se apoyó en la arboladura… Intentaba sacárselos de las cuencas… Mi madre se desplomó sobre la barandilla… Echó lo que le quedaba de tripas… Con una zanahoria… un bocado de chicha… y la cola entera de un salmonete…

Allí arriba, cerca del capitán, los de primera y segunda se inclinaban para soltar su carga, caía en cascada sobre nosotros… A cada vergajazo de las duchas recibíamos comidas enteras… nos azotaban los detritos, bazofias deshilachadas… Las borrascas se lo llevaban para arriba… se quedaba decorando los obenques… En torno bramaba el mar, la batalla de las espumas… Mi padre, con gorra y barboquejo, supervisaba nuestros desvanecimientos… se lo estaba pasando bomba, él, ¡tenía corazón de marino!… Nos daba consejos útiles, quería que nos prosternáramos más… que reptásemos un poco más aún… Una pasajera chorreaba… Se acercó a mamá… se volvió para vomitar mejor… Un chucho chiquitín acudió también, tan descompuesto, que les jiñó en las faldas… Se volvió, nos mostró el vientre… Del retrete salían unos gritos horribles… Eran las cuatro personas encerradas, que ya es que no podían vomitar ni mear… ni jiñar tampoco… Ahora se esforzaban sobre la taza… Imploraban que las asesinaran… Y la tartana se encabritaba aún más… cada vez más tensa, volvía a hundirse… volvía a lanzarse al abismo… verde obscuro… Volvía a caer… Nos sublevaba, la asquerosa, otra vez el vacío de la barriga…

Delante un rechoncho, un auténtico insolente, ayudaba a su esposa a echar las tripas en una cubeta… Le daba ánimos…

«¡Duro, Léonie!… ¡Suéltalo!… ¡Que aquí estoy yo!… Yo te sujeto». Ella giró la cabeza de pronto en el sentido del viento… Todo el estofado que le hacía gluglú en la mui me lo endilgó en plena chola… Me untó todos los dientes con judías, tomate… ¡yo que ya nada tenía que vomitar!… Vuelta a empezar… Probé un poco… las tripas para arriba otra vez. ¡Ánimo ahí!… ¡Se desbloqueaba!… Menudo viaje me vino a la lengua… Le iba a devolver, yo, todas mis tripas a la boca… Me acerqué a tientas… Reptamos despacito los dos… Nos aferramos… Nos prosternamos… Nos estrechamos… luego nos vomitamos uno en el otro. Mi querido papá y su marido intentaban separarnos… Tiraban cada uno por un lado… Nunca comprenderían…

¡A olvidar los feos resentimientos!

¡Buah!… ¡Aquel marido era un cernícalo, un cabezón!… ¡Hombre, mira, a vomitar juntos el monín!… Volví a enviar a su cielito todo un ovillo perfecto de tallarines… con el jugo de tomate… Una sidra de tres días… Ella me pasó su *gruyère*… Chupé sus filamentos… Mi madre, enredada en las cuerdas… reptaba tras sus lapos… Arrastraba el chucho en sus faldas… Nos retorcimos todos juntos con la mujer del cachas… Me daban unos tirones feroces… Para alejarme de su apretón, me atizaba en el culo unas patadas que para qué… Era el tipo «campeón de boxeo»… Mi padre intentó ablandarlo… Apenas había dicho dos palabras, el otro le arreó tal cabezazo en pleno estómago, que fue a dar contra el cabrestante… ¡Y no acabó ahí la cosa!… El cachas le saltó encima de la rabadilla… Le destrozó la mui… Se puso en cuclillas para liquidarlo… Sangraba, mi padre, por toda la cabeza… Chorreaba hasta el vómito… Vaciló junto al mástil… Acabó desplomándose… Al marido no le pareció bastante… Aprovechó que el balanceo me arrastraba… Me embistió… Yo resbalé… Me catapultó al retrete… Un auténtico empellón de carnero… Choqué… Derribé toda la burda… Caí sobre los andobas hechos polvo… Me revolví en el montón… Quedé encajonado en el medio… ¡Habían perdido los pantalones todos!… Tiré de la cadena. ¡La tromba nos inundó! ¡Nos estrellamos contra el depósito!… Pero no acababan de roncar… Yo ya no sabía siquiera si estaba muerto.

* * *

La sirena despertó a todo el mundo. Nos apalancamos en los «wáteres» y nos asomamos a los ojos de buey… Los espigones en el extremo del puerto formaban un gran encaje de pilotes… Contemplamos Inglaterra como quien desembarca en el Más Allá…

Había acantilados también y luego hierba… Pero mucho más obscuros y escarpados, además, que enfrente… El agua estaba muy tranquila ahora… Era fácil para vomitar… Pero habían pasado las ganas.

Pero lo que es tiritera, ¡menudo! Como para rompernos todos los dientes… Mi madre lloraba convulsiva de tanto arrojar… Yo tenía chichones en todo el cuerpo… Se hizo un gran silencio en las filas, la timidez, las inquietudes del atraque. Unos cadáveres no habrían estado más tímidos.

El buque azocó con el ancla, dio dos o tres tirones y después nos detuvimos de verdad. Nos hurgamos los bolsillos en busca de los billetes… Una vez cruzada la aduana, intentamos arreglarnos la ropa. Mi madre tenía que retorcerse la falda y le salían torrentes de agua. Mi padre había cobrado tanto, que le faltaba un trozo de bigote. Yo fingía no mirar, pero bien que tenía un ojo a la funerala. Se lo cubría con el pañuelo… Nos íbamos recuperando poco a poco todos. El suelo se tambaleaba de lo lindo aún. Caminamos ante las tiendas, minúsculas como son allá, con postigos abigarrados y las escaleritas blanqueadas con albayalde.

Mi madre se esforzaba todo lo posible, no quería ser un obstáculo, pero se quedaba muy atrás cojeando… Se nos ocurrió entrar en un hotel, tomar una habitación en seguida para que descansara… un instante… No íbamos a llegar nunca a Londres, ya estábamos demasiado empapados… Caeríamos enfermos, seguro, si nos arriesgábamos más… Y, además, es que los calcos no iban a resistir. Bebían en pleno barro, sonaban como un rebaño…

Descubrimos un hotel… Así estaba escrito en la fachada, con letras de oro… Al llegar ante él, nos asustamos… Cruzamos al otro lado… Cada vez llovía más. Intentábamos imaginar el precio hasta de la cosa más mínima… Teníamos miedo a la moneda… Entramos en un salón de té… Ésos nos entendían… Tras sentarnos, miramos la maleta… ¡No era la misma!… Con la confusión, ¡en la aduana nos habíamos equivocado!… Volvimos a escape, en seguida… ¡La nuestra ya no estaba!… La que no era nuestra, la devolvimos al jefe de estación… ¡Y así nos habíamos quedado sin nada!… ¡El colmo de la desventura!… ¡Eso sólo nos ocurría a nosotros!… Era bien cierto, en un sentido… Mi padre lo comprobaba una vez más… Ya no teníamos con qué cambiarnos… ¡ni una camisa! Pero

habíamos de pasear, de todos modos… Empezábamos a llamar la atención en el pueblo, los tres, ateridos bajo la pañí.

¡Lo que se dice auténticos «calorrós»! Era más prudente irnos por la carretera… Elegimos una al azar… Después de la última casa…

«¡Brighton!»… Estaba escrito en el mojón, a catorce millas delante de nosotros… Como éramos buenos caminantes, no debía asustarnos. Pero nunca íbamos al mismo paso. Mi padre siempre por delante… No estaba orgulloso de nosotros precisamente… Aun así, calado, enlodado, baldado, se alejaba lo más posible… No podía soportar que nos pegáramos a él… Se distanciaba.

Mi madre, con la lengua fuera, apenas podía arrastrar la peana. Jadeaba como una perra vieja.

La carretera serpenteaba al borde de los acantilados. Avanzamos contra el aguacero. Abajo, el océano bramaba, al fondo del abismo atestado de nubes y escombros.

A mi padre, la gorra náutica le caía hasta la boca. El impermeable se le pegaba tanto a las formas, que el culo parecía una cebolla.

Mi madre andaba renqueando, había renunciado al sombrero, el que tenía golondrinas y cerecitas de adorno. Lo tiramos a un zarzal… Las gaviotas que huían de la tormenta venían a graznar en derredor. Debía de sorprenderlas vernos pasar también a nosotros entre los nubarrones… Batidos bajo las ráfagas, nos aferrábamos a lo que podíamos… Al declive de los acantilados, a las cuestas como olas, y luego a otra… infinitas… A mi padre las nubes lo tapaban… Iba a fundirse en los aguaceros… Volvíamos a verlo cada vez más lejos, bien firme, cada vez más minúsculo, en la otra ladera.

«¡Vamos a subir también ésta, Ferdinand!… ¡Y después voy a descansar! ¿Crees que lo verá él, el "Brijton" ese? ¿Crees que será muy lejos?…». Ya es que no podía con su alma. Sentarse era imposible. Todos los terraplenes se habían disuelto… Los pingos le habían encogido tanto, que los brazos se le alzaban hacia el cielo… Los calcos hinchados como odres… Entonces va mi madre y se le dobla la pierna… Cedió bajo su peso… Fue a caer al vacío del talud. La cabeza se le quedó enganchada, atascada… Ya no podía moverse… Hacía burbujas como un sapo… La lluvia de Inglaterra es un océano suspendido en el aire… Te ahogas poco a poco…

Pedí socorro a mi padre y con todas mis fuerzas. ¡Mi madre sucumbía cabeza abajo! Yo tiraba hacia arriba con todas mis fuerzas. Hacía tracciones. ¡En vano!

… Pero ya llegaba nuestro explorador. Venía aturdido por las nubes. Hicimos esfuerzos juntos… Izamos con ganas. La agitamos. La sacamos del espeso fango… Pero no había perdido la sonrisa. Le daba un gusto sublime volver a ver a su Auguste. Le preguntaba qué había sido de él… Si no lo había pasado demasiado mal… Qué había visto desde el acantilado. Él no respondía nada… Sólo que había que largarse a escape… Volver corriendo al puerto… Cien subidas más, cien bajadas… sin aliento. Ya no reconocíamos la carretera, de tan descompuesta que la habían dejado las tormentas… Vislumbramos las luces… el puerto y los faros… Era noche cerrada… Arrastrándonos, tambaleándonos, volvimos a pasar ante el mismo hotel… No habíamos gastado nada… No habíamos encontrado a nadie… Ya no nos quedaba ni un solo traje intacto… jirones deshilachados… Parecíamos tan exhaustos, que en el barco nos hicieron un favor… Nos permitieron pasar de tercera a segunda… nos dijeron que nos tumbáramos… En la estación de Dieppe nos acostamos en los bancos… Íbamos a regresar directamente… En el tren hubo otra escena por el estreñimiento de mi madre…

«¡Hace ocho días que no obras!…

¿Es que no vas a obrar nunca más?».

«Que sí, hombre, en casa…».

Era una auténtica fobia, que ella no obrara con regularidad le obsesionaba. Las travesías estriñen. Ya sólo pensaba en su caca, mi padre. En el Passage pudimos secarnos por fin. Estábamos constipados los tres. Habíamos salido bien librados. Mi padre tenía un cardenal curiosito. Dijimos que había sido un caballo, uno que había pasado detrás de él justo cuando se produjo una detonación…

La Sra. Divonne era curiosa, quería que le contáramos todo. Todos los detalles de la aventura… También ella había estado, en Inglaterra, en viaje de novios. Para oír mejor el relato, dejó de tocar el piano… En pleno *Clair de Lune*.

El Sr. Visios era muy aficionado también a los relatos y los descubrimientos… Edouard pasó a vernos con Tom para que le contáramos… Mi madre y yo también teníamos nuestras impresiones… Pero mi padre no quería que habláramos… Hablaba por los codos, él solo… La de cosas prodigiosas que había visto… y fantásticas… insólitas… perfectamente imprevistas… al final de la carretera… allá lejos, después del acantilado… Cuando estaba entre las nubes… entre «Brijton» y el huracán… Papá a solas, ¡absolutamente aislado!… Perdido entre las borrascas… entre cielo y tierra… Ahora, ya no se andaba con chiquitas, les soltaba maravillas…

¡Cascaba a más no poder!… Mi madre no le contradecía… Siempre se alegraba, cuando él triunfaba…

«¿Verdad, Clémence?», le preguntaba, cuando la trola no acababa de colar… Ella aprobaba, sancionaba todo… Sabía que exageraba, pero ¡como le hacía feliz!…

«Pero, a Londres, ¿no fueron?», preguntó el Sr. Lérosite, el vendedor de gafas del 37, totalmente pueril, que recibía los cristales de allá…

«¡Sí! Pero sólo a los alrededores… ¡Vimos lo principal!… ¡El puerto! En el fondo, ¡es lo único que cuenta! Y después los arrabales… ¡Sólo disponíamos de unas horas!…». Aun así, mi madre no se inmutó… Pronto corrió el rumor de que habíamos naufragado… Que habían desembarcado a las mujeres en los acantilados mediante un cabrestante… Iba inventando a medida que hablaba… Y que si nos habíamos paseado por Londres con las familias supervivientes… ¡Extranjeros la mayoría! ¡Estaba lanzado, mi papá!… Imitaba sus acentos.

Todas las noches, después de cenar, había nuevas sesiones… Ilusiones… ¡y más ilusiones!… La Sra. Méhon empezó a fermentar en su cabeza otra vez…

Desde allí enfrente, no cruzaba… Estábamos reñidos hasta la muerte… Ponía a cantar su gramófono para interrumpir a mi padre… Para que se viera obligado a callar… Para estar tranquilos de verdad mi madre había cerrado la tienda. Las persianas echadas hasta abajo… Entonces vino, la Méhon, a llamar a nuestros cristales, a provocar a mi padre para que saliera y se explicase, a ver… Mi madre se interpuso… Todos los vecinos estaban indignados… De nuestra parte todos… Estaban cogiendo gusto a los viajes… Una noche, al volver de los recados, ya no se oía a la Méhon ni su gramófono… Los asiduos de la sesión llegaban uno a uno… Nos instalamos en la trastienda… Mi padre estaba iniciando su relato… y de forma muy diferente… Cuando, mira por dónde, de la casa de la pureta salió… ¡patatrac!… ¡un ruido tremendo!… ¡Y cohetes a cuál más estridente!… ¡Un haz inmenso de luz que nos cegó! ¡Explotó contra la tienda!… ¡La puerta saltó! La vimos entonces, a la puta, gesticulando en el centro, con una antorcha y petardos… ¡Pegó fuego a las mechas!… ¡Empezaron a saltar, a girar! ¡Lo que se le había ocurrido para cortar las fantasías! ¡Se agitaba como el diablo! Se prendió las faldas. ¡Se abrasaba ella también! ¡Nos precipitamos! La asfixiamos con las cortinas. Lo sofocamos. Pero ¡su tienda ardía con sus corsés! ¡Llegaron los bomberos a la carga! ¡No la volvimos a ver, a aquella asquerosa!… ¡Se la llevaron a Charenton! ¡Allí se quedó para siempre! ¡Nadie quiso que volviese! Firmaron una petición de un extremo a otro del Passage, que si estaba loca, que si era inaguantable.

* * *

Volvió el mal tiempo. No se habló más de vacaciones, ni de mercados, ni de Inglaterra… Nuestra vidriera retumbó bajo los aguaceros, nuestra galería volvió a cerrarse sobre el acre color de los transeúntes, de los perritos callejeros.

Era el otoño…

Volví a cobrar por querer jugar en vez de aprender. En clase no comprendía gran cosa. Mi padre volvió a descubrir que yo era de verdad un cretino. El mar me había hecho crecer, pero me había vuelto aún más apático. Me perdía en distracciones... Volvieron a darle ataques terribles a mi padre. Me acusaba de gandulería. Mamá empezó a gemir de nuevo.

Su comercio resultaba imposible, las modas no cesaban de cambiar. Volvieron los «batistas», sacaron otra vez las cazuelas de sostenes. Las clientas se las enrollaban como toallas por todas las tetas, por el pelo. La Sra. Héronde, en plena batalla, apechugaba con las transformaciones. Construyó boleros en «Irlanda fuerte» que estaban hechos para durar veinte años. ¡Meros caprichos, por desgracia! Después del *Grand Prix*, los montaron sobre alambres, pasaron a ser pantallas de lámpara... A veces, la Sra. Héronde, ya es que sentía tal cansancio, que confundía todos los encargos; así, nos entregó «baberitos» bordados que debían ser edredones... Se armaban unos dramas de la leche, entonces... la clienta echaba sapos por la boca, ¡y amenazaba con los tribunales! La desesperación era increíble; había que pagar por el perjuicio, y en eso se iban dos meses de macarrones... La víspera de mi examen, hubo un volcán en la tienda. La Sra. Héronde acababa de teñir en amarillo narciso un «salto de cama», ¡que debía ser, claro está, como «vestido de novia»! ¡Un golpe como para morirse!... ¡Menuda metedura de pata! ¡La clienta nos iba a matar!... ¡Y eso que estaba escrito y bien claro en la libreta!... Sollozaba, la Sra. Héronde, hundida, abajo, abrazada a mi madre.

¡Mi padre, en el primero, rugía!

«¡Ah! ¡nunca aprenderás! ¡Siempre demasiado buena! ¿Es que no te he avisado bastante? ¿Que nos van a llevar a la ruina? ¡Todas tus costureras!... ¡Ah! Mira, ¡imagínate que yo cometiese sólo la cuarta parte de un error así en la *Coccinelle*!... ¡Ah! ¡la que me esperaba en la oficina!». La hipótesis era tan horrible, ¡que ya se sentía perdido!... ¡Empalidecía!... Lo hacíamos sentar... ¡Listo!... Yo reanudaba mis deberes de aritmética... Me hacían repasar con él... Entonces yo no podía abrir la boca, me hacía ver visiones, con lo que se embarullaba en sus propias explicaciones. Me ponía a hacerlo al revés... Yo que apenas entendía nada de antemano... Me daba por vencido... Él la tomaba con mis fallos... Me consideraba incorregible... Y yo a él lo más gilipollas que ha parido madre...

Se ponía a berrear otra vez por mis «divisiones». Se liaba hasta la raíz... Me daba otra zurra... Me arrancaba las orejas... Decía que me reía... Que me burlaba de su jeta...

Mi madre asomaba un momento... Él se ponía aún más furioso... ¡Gritaba que quería morir!

* * *

La mañana del examen, mi madre cerró la tienda para poder animarme mejor. Era en la Escuela Municipal cerca de Saint-Germain-l'Auxerrois, en el propio cobertizo. Por el camino me recomendaba que tuviese confianza en mí mismo. Era un momento solemne, se acordaba de Caroline, eso la hacía lloriquear otra vez...

Mientras rodeábamos el Palais-Royal, me hizo recitar las «Fábulas» y la lista de los departamentos... A las ocho en punto, delante de la verja, ahí estábamos, listos para que nos inscribiesen. Endomingados, todos los chavales, y requetelimpios, pero de lo más nerviosos y las madres también.

Primero fue el dictado, luego problemas. No era demasiado difícil, lo recuerdo, bastaba con copiar. Formábamos parte, nosotros, de los suspendidos de otoño, de la convocatoria anterior. Para casi todos era una tragedia... Los que querían entrar de aprendices... En el oral tuve mucha suerte, me tocó un buen señor muy corpulento, con la nariz cubierta de verrugas. Llevaba una gran chalina, un poco al estilo del tío Arthur, pero no era un artista... Farmacéutico había sido, en la Rue Gomboust. Algunos lo conocían. Me hizo dos preguntas sobre plantas... De eso yo no tenía ni idea... Se respondió a sí mismo. Yo estaba muy confuso. Después me preguntó la distancia entre el Sol y la Luna y luego la Tierra y el otro lado... Yo no me atrevía a comprometerme... Tuvo que repescarme. Sobre la cuestión de las estaciones yo sabía un poquito más. MasCullé vaguedades... La verdad es que no era exigente... Acababa todo por mí.

Entonces me preguntó qué iba a hacer en el futuro, si aprobaba.

«Voy a entrar», dije sin fuerzas, «en el comercio».

«¡El comercio es duro, hijo!»... me respondió. «¿No podría esperar un poco quizás?... ¿Un año más acaso?...».

No debí de parecerle fuerte… De repente creí que me cateaba… Pensé en el regreso a casa, en el drama que iba a provocar… Sentí que me subía un vértigo… Creí que me iba a desmayar… el corazón me latía como loco… Me agarré a la mesa… El viejo me vio palidecer…

«¡No, hijo, no!», fue y me dijo.

«¡Tranquilo, hombre! ¡Esto no tiene importancia! ¡Lo voy a aprobar! ¡Va usted a entrar en la vida! ¡Ya que tanto le interesa!».

Fui a sentarme de nuevo en el banco, ¡a distancia, frente a la pared!… Pese a todo, estaba muy preocupado. Me preguntaba si no sería una mentira cómoda… Para librarse de mí. Mi madre estaba delante de la iglesia, en la placita, esperando los resultados…

No habían acabado todos… Quedaban algunos chavales… Ahora los veía yo, a los otros. Farfullaban las confidencias, por encima del tapete… el mapa de Francia, los continentes…

Desde que me había dicho lo de entrar en la vida, yo los miraba, a mis compañeros, como si nunca los hubiera visto… El terror a suspender los mantenía clavados a la mesa, se retorcían como en una trampa.

¿Eso era entrar en la vida? Intentaban en ese momento mismo dejar de ser simples chavales… Se esforzaban por hacer buen papel, para aparentar ser ya hombres…

Nos parecíamos todos bastante, así vestidos, con delantal; eran niños como yo, hijos de pequeños comerciantes del centro, artesanos, «verbeneros»… Estaban todos bastante escuchimizados… Desorbitaban los acáis, jadeaban como perritos, con el esfuerzo por responder al viejo…

* * *

Los padres, pegados a la pared, contemplaban la ceremonia… Lanzaban unas miradas a sus churumbeles que para qué, como puñales, unas ondas como para cortarles la respiración.

Los chavales no acertaban ni una… se encogían aún más… El viejo era incansable… Respondía por todo el mundo… Era la convocatoria de los cretinos… Las madres enrojecían cada vez más… Anunciaban unas zurras… Olía a escabechina en la sala… Por fin habían pasado todos los chavales… Ya sólo faltaba el palmarés… No podía ser más hermoso, ¡puro milagro!… Al final, ¡todo el mundo aprobado! El inspector escolar lo proclamó desde el estrado… Llevaba una cadena sobre la panza, un gran dije que saltaba entre frase y frase. Farfullaba un poquito, se equivocó con todos los nombres… No tenía la menor importancia…

Aprovechó la ocasión para pronunciar unas palabras de lo más amables… y muy cordiales… muy estimulantes… Nos aseguró que, si nos comportábamos más adelante en la vida, en la existencia, con tanto valor, podíamos estar tranquilos, seguro que recibiríamos nuestra recompensa.

Yo me había meado en los calzoncillos y me había hecho caca con ganas. Me costaba trabajo moverme. No era el único. Todos los niños andaban torcidos. Pero a mi madre no se le había escapado el olor al abrazarme… Echaba tal peste, que tuvimos que apresurarnos. No pudimos decir adiós a los amiguitos… Los estudios habían acabado… Para volver más deprisa tomamos un simón…

Dejamos circular el aire… Eran unos cristales curiosos que no cesaron de bambolearse todo el trayecto. Ella volvió a hablar de Caroline. «¡Qué feliz habría sido al verte triunfar!… ¡Ah! ¡Espero que pueda ver desde allá!…».

Mi padre esperaba en el primer piso, con las luces apagadas, los resultados… Había entrado él solo las cosas del escaparate, de tan nervioso que estaba…

«¡Auguste! ¡Ha aprobado!… ¿Me oyes?… ¡Ha aprobado!… ¡Ha pasado sin problemas!…».

Me recibió con los brazos abiertos… Volvió a encender las luces para verme. Me miraba con afecto. Estaba de lo más emocionado… Todo el bigote le temblequeaba…

«¡Muy bien, hijo! ¡Nos has dado muchos disgustos!… Pero ¡ahora te felicito!… Vas a entrar en la vida… ¡El futuro es tuyo!… ¡Si sabes seguir el buen ejemplo!… Internarte por el camino recto… ¡Trabajar!… ¡Perseverar!…».

Le pedí perdón por haber sido siempre tan malo. Lo besé con todo mi corazón… Sólo, que apestaba tan fuerte, que se puso a olfatear.

Louis-Ferdinand Céline

«¡Ah! ¿Qué es esto?», dijo y me echó hacia atrás… «¡Ah! ¡será guarro!… ¡será cochino!… Pero ¡si está todo cubierto de mierda!… ¡Ah! ¡Clémence! ¡Clémence!… ¡Llévatelo ahí arriba, hazme el favor!… ¡Otra vez me va a hacer montar en cólera! ¡Es repugnante! …». Fue el fin de las efusiones…

Me lavaron de lo lindo, me untaron agua de colonia.

El día siguiente, salimos en busca de una casa seria de verdad para que me iniciara en el comercio. Un sitio un poco severo incluso, donde no me dejaran pasar ni una.

Para aprender, ¡tiene que haber hostias! Era la opinión de Edouard. Tenía veinte años de referencias. Todo el mundo era de su parecer.

* * *

En el comercio, la buena presencia es absolutamente esencial. Un empleado que no la cuida es una vergüenza para sus patronos… ¡Por los zapatos, te juzgan!… ¡No parecer pobre por los pinreles!…

Prince Régent, delante de Les Halles, era una casa centenaria… ¡No se podía desear nada mejor! Tenía fama desde siempre por las formas feroces y en punta… «pico de pato», de vestir. Las uñas se te meten todas en la carne, ¡es el muñón de los elegantes! Mi madre me compró dos pares prácticamente eternos. Después pasamos enfrente a la Casa de Confecciones *Classes Méritantes*. Aprovechamos los saldos, había que acabar de pertrecharme.

Me compró tres pantalones, tan impecables, tan sólidos, que elegimos una talla un poco mayor, con dobladillo, para diez años. Aún debía crecer mucho. La chaqueta era de las más obscuras;

además, llevaba el brazal, el luto por la abuela. Tenía que parecer lo más serio del mundo. En los cuellos tampoco hay que equivocarse… Por la anchura te salvas, mientras eres joven y delgaducho. La única coquetería permitida era la corbata ligera, de pajarita, con el nudo ya hecho. Un reloj con cadena, evidentemente, pero de tono obscuro también por el luto. Con todo eso, estaba presentable. Hasta el último detalle. Mi padre también llevaba un reloj, pero de oro, él, un cronómetro… En él contó todos los segundos hasta el fin… La aguja grande le fascinaba, por lo deprisa que corría. Se pasaba las horas muertas mirándola…

Mi madre me llevó en persona a casa del Sr. Berlope, *Rubans Garnitures*, Rue de la Michodière, justo después del Bulevar, para presentarme.

Como era muy escrupulosa, le informó por adelantado… Que si le iba a costar hacer carrera de mí, que si yo iba a dar mucha guerra, que si era bastante holgazán, desobediente por naturaleza y algo atolondrado. Eran ideas suyas… Yo hacía siempre lo que podía. Además, les avisó de que me hurgaba la nariz sin cesar, de que era una auténtica pasión. Recomendó que me avergonzaran. Que desde siempre había intentado corregirme, sin conseguir gran cosa… El Sr. Berlope, mientras escuchaba esos detalles, se limpiaba las uñas despacio… Con expresión seria y preocupada. Llevaba un chaleco impresionante salpicado con abejas de oro… Recuerdo también su barba en abanico y su gorra redonda y bordada, que no se quitó a nuestra llegada.

Por fin respondió… Intentaría meterme en cintura… Seguía sin mirarme… Si daba muestras de buena voluntad, inteligencia y celo… Pues ya vería… Tras unos meses en una sección, tal vez me enviasen afuera… Con un corredor… Para llevar los muestrarios… Así conocería a los clientes… Pero antes de aventurarme, tendría que ver primero para qué servía yo… ¡Si tenía sentido comercial!… La vocación de empleado… La competencia… La abnegación…

Por lo que había dicho mi madre, no parecía probable…

Mientras hablaba, el Sr. Berlope, se pasaba el peine, por el pelo, se lo atusaba, se miraba de perfil; tenía espejos por todos lados… Era un honor que nos atendiera… Más adelante, mi madre lo repitió con frecuencia, que el patrón nos había hecho el honor de entrevistarnos en persona.

«Berlope e hijo» no tomaban a cualquiera, ni siquiera a prueba, ¡ni gratis siquiera!

La mañana siguiente, a las siete en punto, ya me encontraba en la Rue Michodière, delante de su cierre… Me apresuré a ayudar al recadero… Di vueltas a la manivela… Quería dar prueba de celo al instante…

Por supuesto, no fue Berlope en persona quien se ocupó de mis primeras armas, sino el Sr. Lavelongue… Ése, era evidente… era la mala hostia en persona. Te seguía el rastro todo el día, siempre en plan traidor, y desde el primer instante… No te dejaba ni un momento, siempre de puntillas, tras tus talones… Sinuoso, tras ti, de un pasillo a otro… Con los brazos caídos, listo para abalanzarse, derribarte… Al acecho del pitillo… de la más minúscula colilla… del pobre tío reventado que se sienta…

Me estaba quitando el abrigo y ya se puso a chamullarme.

«¡Soy su jefe de personal!… Y usted, ¿cómo se llama?».

«Ferdinand, señor…».

«Bien, pues voy a hacerle una advertencia… ¡Nada de payasadas en esta casa! Si de aquí a un mes no responde usted totalmente a nuestras esperanzas… Yo me encargo, ¿me oye usted? ¡me encargo de ponerlo de patitas en la calle! ¡Así mismo! ¿Está claro? ¿Entendido?».

Una vez que quedó bien claro, se escabulló como un fantasma entre las pilas de cajas… Seguía refunfuñando… Cuando creías que aún estaba lejos, lo tenías a un milímetro… Era jorobado. Se escondía tras las clientas… Los horterillas temblaban de canguelo de la mañana a la noche. Él nunca perdía la sonrisa, pero qué sonrisa… Lo que se dice de cabrón.

* * *

El follón, la confusión de los horterillas, es mayor con la sedería que con ningún otro tejido. Todos los anchos, los largos, las muestras, los retales que se desparraman, se enredan, se enroscan hasta el infinito… A la noche, un espectáculo desesperante.

Unos revoltijos prodigiosos, enmarañados como zarzales.

Durante toda la jornada, las recaderas de la costura, piándolas siempre, venían a cacarear en los mostradores. Revolvían, protestaban, ensuciaban. Todo un delirio a base de cursilerías. Acababa culebreando bajo los taburetes…

Después de las siete, para volver a liarlo, ¡no veas! Muchas no hacían sino aumentar el pitote… Nos asfixiábamos entre tanto perendengue. Una orgía de «descabalados». Miles y miles de colores… Moarés, rasos, tules… Por dondequiera que pasasen, las chicharras, manoseando el material, no dejaban títere con cabeza. Ya no quedaba ni una caja disponible. Todos los modelos descabalados. Nos ponían verdes… ¡Y dale! ¡Todos los cabrones de la sección! Los dependientes gruesos y de cabellos lisos o de tupé como Mayol[8].

Para enrollar estaban los machacas. Para devanar servían. Prender las cintas al palo. Dar vueltas a la cadeneta. Todos los aprendices con la pasamanería, la pana de Bérgamo… El baile de los tafetanes, los tornasolados… Todo el remanente, toda la avalancha fláccida de los «restos» en sus narices. En cuanto lo habían puesto todo en orden, se presentaban otras liantas… ¡volvían a desbaratarlo todo!… A deshacer de nuevo el trabajo de los cojones…

Con sus jetas, sus enredos, sus revuelos desagradables, sus muestras en la mano, siempre en busca de otro tono, el que no teníamos…

Además, yo tenía mis tareas, un trajín agotador… Las idas y venidas al almacén. Unas cincuenta veces al día. Estaba en el séptimo. Me chupaba todas las cajas. Cargamentos de artículos desechados, fardos para acá y para allá, o basura. Todas las devoluciones me tocaban a mí. Las *marquisettes*, los retales largos, todas las modas de una temporada muy mona me los transportaba siete pisos. Un trajín de la hostia, vamos. Como para reventar a un borrico. El cuello y la pajarita, con el ejercicio y el esfuerzo se me empalmaban hasta las orejas. Y eso que me lo almidonaban al máximo.

El Sr. Lavelongue me trató con dureza y mala fe. En cuanto llegaba una clienta, me hacía una seña para que me largara. Nunca debía andar por allí. Estaba impresentable… Lógicamente, a causa del polvo tan espeso del almacén y de la abundante transpiración, quedaba embadurnado hasta la coronilla. Pero, en cuanto había salido, empezaba a ponerme verde otra vez por haberme ido. No había modo de obedecer…

Los mierdas de las otras secciones, ya es que se tronchaban al verme trajinar así, al ver con qué rapidez pasaba de un piso a otro. Lavelongue no quería que yo descansara.

«¡Olé ahí la juventud, el deporte!…». Así mismo. Apenas había bajado, ¡ya me estaban endosando otro paquetón!… «¡Andando, monín! ¡Que a mí no me la das!».

No se llevaba bata en aquella época en los almacenes del Sentier, no estaba bien visto. Con currelos así, pronto se le empezó a ver la trama a mi preciosa chaqueta.

«¡Vas a costar más de lo que ganas!», se inquietaba ya mi madre. Era lo más fácil, ya que no cobraba nada de nada. Bien es verdad que en ciertos oficios los machacas pagaban por aprender. En una palabra, que me hacían un favor… No era el momento de ponerme a piarlas. La «ardilla» me llamaban los colegas, por el entusiasmo con que subía al almacén. Pero no por eso dejaba Lavelongue de darme el coñazo. No podía perdonarme que hubiera entrado gracias al Sr. Berlope. Sólo de verme, ya es que le daba un ataque. No soportaba mi jeta. Quería desanimarme.

Tampoco le hacían gracia mis calcos, que hacían demasiado ruido por las escaleras. Taconeaba un poco, claro, la punta me hacía un daño terrible, sobre todo al llegar la noche, parecían auténticos tizones.

«¡Ferdinand!», me interpelaba, «¡es que es usted el colmo! ¡arma usted solo más escándalo que una línea de autobús!…». Cómo exageraba.

Mi chaqueta cedía por todos los ángulos. Era un pozo sin fondo para los trajes. Hubo que hacerme otro, con uno viejo del tío Edouard. Mi padre no ganaba para disgustos; es que además, tenía problemas, y cada vez más fastidiosos, en la oficina. Durante sus vacaciones, los otros cabrones, los redactores, se habían aprovechado. Lo habían calumniado con ganas…

El Sr. Lempreinte, su superior, se lo creía todo a pie juntillas. Tenía ataques gástricos, ése. Cuando le dolía de verdad, veía tigres en el techo… Eso no favorecía la situación, precisamente.

* * *

Yo ya es que no sabía qué hacer para complacer en donde Berlope. Cuanto más trajinaba por la escalera, más tirria me tenía el Lavelongue. Ya es que no me podía ver ni en pintura.

Hacia las cinco, cuando iba a marcarse un cafelito, yo aprovechaba en el almacén para quitarme un rato los calcos; también lo hacía en el retrete, cuando no había nadie. En seguida, los otros maricones iban a chivarse al baranda. Lavelongue acudía a cien por hora, me tenía una manía… Al instante lo tenía encima.

«¿Va usted a salir o no, señor holgazán? ¿Eh? ¿A esto le llama usted trabajar?… ¡A cascársela por todos los rincones!… ¿Así quiere usted aprender?

¿Verdad? ¿Tumbado a la bartola y dándole al asunto?… ¡El ideal de esta juventud!…».

Yo me las piraba a otro escondite, para dejar respirar a los tachines. Me los pasaba por el grifo. A causa de los calcorros recibía caña de todos lados, mi madre, que había hecho el sacrificio, nunca había reconocido que los había comprado demasiado estrechos. ¡La culpa era de mi vaguería! ¡Mi mala voluntad! Yo nunca tenía razón.

Allí arriba, en el almacén, donde trajinaba con mis cargamentos, trabajaba otro chaval, André, allí arreglaba las cajas, marcaba números con cera y brocha. Había entrado el año anterior, André. Vivía lejos, él, en las afueras, tenía que andar la tira… Sus andurriales quedaban más allá de Vanves, los «Cocoteros» se llamaba.

Tenía que levantarse a las cinco para no gastar demasiado en tranvías. Se traía su cestita, con toda la jalandria, cerrada con una varilla y, además, un candado.

En invierno no se movía, comía en su almacén, pero en verano iba a jalar a un banco del Palais-Royal. Se largaba un poco antes de la hora para llegar a mediodía en punto, no quería perderse la explosión de cañón. Le interesaba.

Tampoco se dejaba ver demasiado; tenía un catarro continuo, no cesaba de sonarse, incluso en pleno mes de agosto. Sus pingos eran aún peores que los míos, meros jirones. Los otros machacas de abajo, como era un canijo, llevaba siempre las velas colgando de las napias y tartamudeaba para no decir nada, lo pinchaban; lo que querían era zumbarlo… Él prefería quedarse allí arriba, nadie iba a provocarlo allí.

Su tía, además, lo caneaba pero bien, sobre todo porque se meaba en la piltra, unas zurras de miedo, me las contaba con pelos y señales, las mías no eran nada a su lado. Se empeñaba en que fuera con él al Palais-Royal, quería enseñarme a las gachís, decía que hablaba con ellas. E incluso los gorriones comían las migas en su mano. Pero yo no podía ir. No podía retrasarme ni un minuto. Mi padre es que me había jurado que me encerraría en La Roquette, si me encontraban callejeando.

Además, es que, en punto a mujeres, era terrible mi padre; si sospechaba que tenía ganas de ir a probar un poco, se ponía como una fiera. Con cascármela tenía bastante. Me lo recordaba todos los días con el menor pretexto.

Desconfiaba de André… Que si tenía las inclinaciones de la chusma… Que si era retoño de un golfo… Yo era distinto, tenía padres respetables, no debía olvidarlo; además, me lo recordaban todas las noches, al volver de donde Berlope, rendido, atónito. Como contestara, ¡me ganaba otra somanta!…

¡Para que no me echara a perder! Ya tenía demasiados malos instintos, ¡que a saber de dónde me vendrían!… Si hacía caso a André, seguro que me volvería un asesino. Mi padre estaba más que seguro de eso. Es que, además, mis sucios vicios le daban una de disgustos, de desdichas de las peores que le reservaba el destino…

De lo más horrorosos, mis vicios, así de cierto era y atroz. Ya no sabía él cómo salvarme… Ni yo cómo expiar… Hay niños intocables.

André olía mal, un olor más acre que el mío, lo que se dice olor a pobre. En su almacén apestaba. Su tía le cortaba el pelo bien corto, con sus propias tijeras; parecía hierba con una mata delante.

A fuerza de aspirar tanto polvo, los fideos de la nariz se le volvían masilla. No se despegaban nunca… Su mayor distracción era arrancárselos y después jalárselos tan ricamente. Como nos sonábamos con los dedos, entre el betún, los mocos y la tinta, nos poníamos perfectamente negros.

Tenía que despachar, André, al menos unas trescientas cajas al día… Ponía unos acáis como platos para ver en su sobradillo. Los alares ya sólo se le ajustaban con cordeles e imperdibles.

Desde que yo hacía de montacargas, él ya no tenía que pasar por las secciones; era mucho más cómodo para él. Se libraba de las hostias. Llegaba por el patio, se escabullía por la portería, la escalera de las criadas… Si había demasiados «números», yo me quedaba un poco para ayudarlo. En esos momentos me quitaba los calcos.

Para hablar, en su rincón, lo teníamos bastante fácil. Nos colocábamos entre dos vigas, al abrigo de las corrientes de aire, por lo de su nariz siempre.

En punto a pinreles, tenía potra, ya no crecía, André. Dos hermanos suyos vivían aún en casa de una tía en Les Lilas. Sus hermanas, en cambio, seguían en Aubervilliers en casa de su viejo. Su viejo hacía la lectura de los contadores de gas de la región… Casi nunca lo veía, no tenía tiempo.

A veces, los dos, nos enseñábamos la picha. Además, yo le daba noticias de lo que se tramaba en las secciones, los andobas que iban a despedir, porque siempre había alguno que iba de cráneo… Sólo pensaban en eso, entre ellos, los machacas, en ponerse la zancadilla unos a otros… a base de chismes muy perniciosos… y, además, hablábamos también de las treinta y seis formas de ver el culo a las clientas, en cuanto se sentaban.

Algunas de las recaderas eran golfas de verdad… A veces levantaban a propósito el pie al aire sobre un taburete para que les viéramos el tesoro que tenían entre las piernas. Luego se largaban riendo… Una, al pasar yo, me enseñó las ligas… Me hacía ruidos con la boca, como si chupara… Subí arriba para decírselo a André… Nos preguntábamos los dos… cómo sería su coño, si soltaría mucho jugo, amarillo o rojo, si estaría ardiendo… y cómo serían sus piernas. Hacíamos ruidos también nosotros con la lengua y la saliva, imitábamos el besuqueo… Pero despachábamos, de todos modos, de veinticinco a treinta piezas por hora. Me enseñó a usar la aguja, André, que es lo esencial cuando se arreglan las piezas por el extremo… Después la punta al bies… el enfaldo del raso. Ahí se colocan a cada lado, como espinas… para cada una un golpecito seco… Hay que saber tratar las vueltas lisas sin ensuciarlas… Hay que lavarse los bastes primero. Auténtica técnica.

* * *

En casa, se daban cuenta de que yo no iba a durar demasiado donde Berlope, había empezado con mal pie… Lavelongue, al encontrarse a mi madre, aquí, allá, por el barrio, cuando hacía la compra, siempre se le quejaba. «¡Ay, señora! Su hijo no es malo, ¡eso desde luego! Pero ¡menudo atolondrado está hecho!… ¡Ah, qué razón tenía usted!…

¡Una cabeza sin seso!… ¡No sé, la verdad, si vamos a poder hacer carrera de él!… ¡No puede tocar nada!… ¡Todo lo tira!… ¡Ay!, ¡Huy, huy!…».

Eran mentiras, una injusticia repugnante… Yo lo veía claro. Pues, ¡ya no me chupaba el dedo! ¡Esos cuentos asquerosos eran para que currelara de balde!… Se aprovechaba de mis padres… De que aún podían mantenerme… Despreciaba mi currelo para hacerme apencar gratis. De nada habría servido lo que yo dijera, lo que hiciese; si las hubiera piado, mis viejos no me habrían creído… Simplemente me habrían echado una bronca peor…

André, aunque era un pobre tío, cobraba, de todos modos, 35 francos al mes. Más no lo podían explotar… Mi padre se descuartizaba la imaginación a propósito de mi porvenir, ¿dónde iba a poder colocarme? Lo veía muy negro… Para una oficina no valía… ¡Menos aún que él, seguramente!… No tenía la menor instrucción… Si racaneaba en el comercio, ¡entonces iba a ser la ruina!

Se hundía en seguida en la desesperación… Imploraba socorro… Y eso que yo me esforzaba… Me imponía entusiasmo a mí mismo… Llegaba al almacén con horas de adelanto… Para hacer méritos… Me marchaba el último… Y, aun así, no me miraban bien… No hacía sino gilipolleces… Estaba aterrado… Siempre me equivocaba… Hay que haber pasado por eso para saber lo que es el canguelo obsesivo… Para que te pase por las tripas, hasta el corazón…

A menudo me cruzo, ahora, con indignados que las pían… Son unos pobres chorras tarados… unos maletas, vividores fracasados… Rebelión de sarasa… regalada, gratuita… Unos mantas, vamos…

¿De dónde la sacan?… del instituto de bachillerato, tal vez… Es de boquilla, palabras que se lleva el viento. El odio de verdad viene del fondo, de la juventud, perdida en el currelo sin defensa. Ése es el que liquida. Pero quedará aún, tan profundo, por todos lados. Chorreará por la tierra como para envenenarla, que no le crezcan sino cabronadas, entre muertos, entre los hombres.

Cada noche, al volver a casa, mi vieja me preguntaba si no me habían despedido… Siempre se esperaba lo peor. Durante la cena se volvía a hablar del asunto. Era el tema inagotable. Si me ganaría alguna vez la vida…

A fuerza de hablar de eso, el pan sobre la mesa me impresionaba. Ya casi no me atrevía a pedir más. Me apresuraba a acabar. Mi madre también comía rápido, pero aun así yo la irritaba:

«¡Ferdinand! ¡Otra vez! ¡Ni siquiera ves lo que comes! ¡Lo tragas todo sin masticar! ¡Lo engulles todo como un perro! ¡Mira la cara que tienes! ¡Estás transparente! ¡Verdoso!… ¿Cómo quieres que te aproveche? ¡Hacemos todo lo que podemos por ti! pero ¡tú desperdicias el alimento!».

En el almacén, André gozaba de cierta calma. Lavelongue casi nunca subía. Con tal de que le diera al asunto de los números, no le hacían la puñeta demasiado.

A André le gustaban las flores, suele ser propio de impedidos, se las traía del campo, las conservaba en botellas… Decoraba todas las vigas del cuarto con ellas… Una mañana trajo incluso un enorme manojo de magnolias. Los otros lo vieron llegar… Les pareció el acabóse. Lo comentaron tanto delante de Lavelongue, que éste acabó subiendo allí arriba para comprobarlo. Menuda se ganó André, tuvo que tirar todo el manojo al patio…

Abajo, en las secciones grandes, eran todos unos chivatos, sobre todo los «expedidores»; en mi vida he conocido mierdas más cotillas, más hipócritas… Su única tarea era hacer paquetes.

Había un hortera, el gran Magadur, de la sección «Envíos-París», que era chivato con avaricia. Él fue quien calentó la cabeza a André, quien malmetió para que me retirara su aprecio… Con frecuencia hacían el camino juntos desde la Porte des Lilas… Lo engatusó para volverlo contra mi menda… Cosa fácil, era muy influenciable. Solo en su rincón, pasando las horas muertas en su almacén, se atormentaba fácilmente. Bastaba camelarlo, ponerlo a la defensiva un poco. Y ya no había quien lo parara… Cualquier trola se creía… Llego y me lo encuentro trastornado…

«¿Es verdad, Ferdinand?», va y me pregunta. «¿Es verdad? ¿Que quieres quitarme el puesto?».

Me pilló desprevenido la agresión… Me quedé alelado de la sorpresa… incapaz de reaccionar… Y él continuó…

«¡Anda, anda! ¡No te molestes!
¡Todo el mundo lo sabe en la tienda!
¡Sólo yo no lo sospechaba!… ¡Yo soy el gilipollas! ¡Y ya está!…».

Él, que ya era de color bastante

pálido, se puso amarillo; él, que ya era horroroso con sus dientes mellados, sus mocos, ya es que había que apartar la vista, cuando se emocionaba… La cabeza tiñosa, además, los cabellos enredados, el olor. Ya es que no se le podía hablar… Me daba demasiada vergüenza…

Antes de que sospechara que yo quería guindarle el curro… habría preferido cien veces que me pusieran en la puta calle en el acto… Pero ¿adónde ir después? Era una resolución transcendental… Muy superior a mis medios… Debía, al contrario, empeñarme, afanarme, para demostrarle mi inocencia… Intenté sacarlo de su error… Ya no me creía. El otro cabrón, el Magadur, le había comido el coco bien…

A partir de aquel momento, desconfiaba de lo lindo de mis menores intenciones. Ya no me enseñaba más la polla. Temía que fuera a contarlo. Se iba solo al retrete, a propósito, para fumar más tranquilo. Ya no hablaba más del Palais-Royal…

Entre dos garbeos al séptimo, para marcarme todos los cargamentos, caía hecho una braga bajo el artesonado, me quitaba los calcos, la chupa, esperaba a que se me pasara…

André hacía como que no me veía, se llevaba allá arriba a propósito *Les Belles Aventures Illus-trées*. Se las leía solito. Las extendía por el suelo… Si le hablaba, aun a voz en grito… hacía como que no me oía. Seguía frotando las cifras con la brocha. Todo lo que yo dijera o hiciese le parecía sospechoso. Me consideraba un traidor. Si llegaba a perder su puesto, me lo había contado muchas veces, su tía le daría tal zurra, que acabaría en el hospital… ¡Así mismo! Estaba convencido desde siempre… Aun así, yo es que no podía resistir que me considerara un cabrón.

«Oye, André», fui y le dije, cuando ya no se me ocurría otra cosa, «¡deberías darte cuenta, joder, de que no soy yo quien te quiere echar!…».

No me respondía nada aún, seguía mascullando ante sus imágenes… Leía en alto… Me acerqué… Miré yo también lo que contaba… Era la historia del Rey Krogold… Bien que la conocía, yo, esa historia… Desde siempre… Desde que la abuela Caroline… me enseñaba a leer con ella… Sólo tenía un número viejo, un solo ejemplar…

«Mira, André», fui y le propuse.

«¡Yo sé cómo continúa esa historia! ¡Me la sé de memoria!…». Seguía sin responder. Pero, aun así, le estaba haciendo mella… Estaba interesado… No tenía el otro número…

«Mira», proseguí… Aproveché la circunstancia. «Toda la ciudad de Cristiania se había refugiado en la iglesia… En la catedral, bajo las bóvedas, cuatro veces mayores que las de Notre-Dame… Se arrodillaron todos… dentro… ¿Oyes?… Temían al Rey Krogold… ¡Pedían perdón al cielo por haberse metido en la guerra!… ¡Por haber defendido a Gwendor!… ¡El príncipe felón!… Ya no sabían dónde meterse… ¡Eran cien mil bajo la bóveda!… ¡Ya nadie se atrevía a salir!… Estaban tan paralizados por el miedo, ¡que ya ni siquiera recordaban sus oraciones!… ¡Farfullaban con ganas! viejos comerciantes, jóvenes, madres, curas, caguetas, niños, chavalas guapas, arzobispos, alguaciles, se jiñaban todos en los alares… Se prosternaban unos sobre otros… Una amalgama terrible… Gruñían, gemían… Ni siquiera se atrevían a respirar, ante la gravedad de la situación… Suplicaban… Imploraban… Que no lo quemara todo el Rey Krogold… Sino sólo un poco los arrabales… ¡Que no lo quemara todo para castigarlos!… ¡Necesitaban los mercados! ¡los graneros, la balanza, el presbiterio, el Palacio de Justicia y la Catedral!… La Santa Cristiania… ¡La más magnífica de todas! ¡Ya es que nadie sabía dónde meterse! De apretados que estaban… Ya no sabían cómo desaparecer…» Se oyó entonces, desde abajo, desde el otro lado de las murallas el estruendo que subía… Era la vanguardia del Rey Krogold… la ráfaga de los rudos herrajes sobre el puente levadizo… ¡Ah! sí, desde luego! ¡Ya la caballería de escolta!… El Rey Krogold estaba ante la puerta… Se alzó sobre los estribos… Se oyeron restallar mil armaduras… Los caballeros que cruzaban todo el arrabal Stanislas… La inmensa ciudad parecía desierta… Ya no había nadie ante el Rey… A continuación el tropel de los lacayos… La puerta nunca era bastante ancha… Los carros quedaron atrancados… Destriparon las altas murallas a cada lado… ¡Todo se desplomó!… Los furgones, las legiones, los bárbaros se precipitaron, las catapultas, los elefantes, trompa en alto, irrumpieron por la brecha… En la ciudad todo estaba mudo, transido… Atalayas… Conventos… Viviendas… Tenderetes… Nada se movía…

»El Rey Krogold se detuvo en los primeros peldaños del atrio… A su alrededor, los 23 dogos ladraron, se abalanzaron, treparon… Su jauría era famosa por los combates con osos y uros… Habían descuartizado, esos molosos, bosques enteros… del Elba a los Cárpatos… Krogold, pese al estruendo, oyó el rumor de los cánticos… de esa multitud amontonada, escondida, acorralada bajo la bóveda… Esa triste oración… Los enormes batientes giraron… Entonces vio, Krogold, que ante él había un hormiguear… En el fondo de aquellas sombras… ¿Todo un pueblo refugiado?… Temía una traición… No quería entrar… Los órganos retumbaron… Su fragor se desencadenó por los tres pórticos… ¡Desconfianza!… ¡Aquella ciudad era felona!… ¡Siempre lo sería!… Lanzó al preboste la orden de que vaciaran al instante las tres bóvedas… Tres mil lacayos se abalanzaron, aporrearon, machacaron… rompieron huesos… La muchedumbre cedía, volvía a formarse en torno a ellos… se estrellaba contra las puertas… se aglomeraba en los contornos… Los espadachines se veían desbordados… En vano cargaban y cargaban… El Rey, aún en la silla, esperaba… Su percherón, enorme y peludo, piafaba… El Rey devoró una enorme tajada de carne, una pierna de cordero; le asestó un mordisco, con los colmillos… Despedazó, rabioso… Y ahí abajo, ¿qué? ¿Es que no avanzaban?… El Rey se irguió otra vez sobre sus estribos… Era el más fuerte de la horda… Silbó… Llamó… Reunió la jauría a su alrededor… Blandió la pierna de cordero por encima de su corona… La lanzó al vuelo… a lo lejos, a las sombras… Cayó en el centro de la iglesia… En medio de los acurrucados… Toda la jauría arrancó aullando, saltando por todos lados… Los dogos desgarraron, a diestro y siniestro… desollaron… arrancaron… Un pánico atroz. Se intensificaron los alaridos… Toda la riada presa del terror se lanzó hacia los pórticos… Un torrente… una avalancha hasta los puentes levadizos… Contra las murallas, fueron a aplastarse… Entre las picas y los carros… Ahora el Rey tenía ante sí el camino expedito… Toda la catedral era suya… Arreó su caballo… Entró… Ordenó silencio absoluto… A la jauría… a la gente… al órgano… al ejército… Avanzó dos cuerpos más… Pasó los tres pórticos… Desenvainó despacio… su inmensa espada… Hizo con ella una gran señal de la cruz… Y después la lanzó a lo lejos… muy lejos, volando… ¡Hasta el centro mismo del altar!… ¡La guerra había terminado!… Su hermano, el obispo, se acercó… Se arrodilló… Iba a cantar su "credo"…».

¡Ajá! Digan lo que digan, un cuento así causa su efecto. A André, en el fondo, le habría gustado que continuara… que añadiese más detalles… Le gustaban mucho las historias bonitas… Pero temía que lo influyera… Andaba hurgando en el fondo de su caja… Revolvía sus hierritos… sus brochas… No quería que lo hechizara… Que volviéramos a ser amigos como antes…

Aquella misma tarde, volví a subir con otra carga… Seguía sin hablarme… Yo estaba cansadísimo, me senté. Quería a toda costa que me hablara. Dije: «Oye, André, también me sé todo el capítulo siguiente, cuando se van todos los comerciantes a Palestina… Con Teobaldo a la Cruzada… Y dejan para guardar el castillo… al trovador, con Wanda, la princesa… ¿No sabes nada de todo eso, tú? ¡Es apasionante! la venganza de Wanda, sobre todo, cómo lava su injuria con sangre… cómo va a humillar a su padre.».

André era todo oídos. No quería interrumpirme, pero yo los oí, los pasos sigilosos en el pasillo… No quería deshacer el encantamiento. ¡De repente vi en el cristal de la ventanita la jeta de Lavelongue!… Di un salto… Debía de haber subido al instante para atraparme… Seguro de que se habían chivado… Me sobresalté… Me volví a poner los calcos… Él sólo me hizo una señita…

«¡Muy bien! ¡muy bien, Ferdinand!

¡Luego ajustaremos cuentas! ¡No se mueva, muchacho!…».

No se hizo de esperar. El día siguiente llegué a mediodía y mi madre me informó…

«Ferdinand», empezó en seguida… ya totalmente resignada, absolutamente convencida… «El Sr. Lavelongue acaba de salir de aquí… ¡en persona!… ¡él mismo! ¿Y sabes lo que me ha dicho?…

¡No quiere volver a verte por el almacén! ¡Ya está! ¡Buena la has hecho! Ya estaba descontento, pero es que ahora, ¡es el colmo! Según me ha dicho, ¡te pasas las horas muertas escondido en el desván!… ¡En lugar de avanzar con tu trabajo!… ¡Y corrompes a André!… ¡Te ha sorprendido! ¡No lo niegues!… ¡Contándole historias! ¡y asquerosas, encima!… ¡No te atreverás a negarlo! ¡Con un chico del arroyo! ¡Un hijo abandonado! El Sr. Lavelongue nos conoce desde hace diez años, ¡por suerte, Dios mío! ¡Sabe que no tenemos nada que ver! ¡Sabe lo que trajinamos! Los dos, tu padre y yo, ¡para darte lo necesario!… ¡Sabe de sobra lo que valemos! ¡Nos aprecia! Nos tiene consideración. Me ha pedido que te traiga a casa… Por consideración hacia nosotros, no te despedirá… ¡Nos evitará esa afrenta!… ¡Ah! ¡cuando se lo diga a tu padre!… ¡Se va a poner enfermo!…». Conque llegó él, justo entonces volvía de la oficina. Cuando abrió la puerta, ella se puso a contarle… Al oír el caso, él se sujetaba a la mesa. No daba crédito a sus oídos… Me miraba de arriba abajo, alzaba los hombros…

Se le volvían a bajar de pesadumbre…

¡Semejante monstruo superaba su entendimiento! No bramaba… Ya ni siquiera me pegaba… No sabía cómo afrontarlo… Se rendía. Se balanceaba en su silla… «¡Huy!… ¡Huy!… ¡Huy!…», decía sólo a cada vaivén… De todos modos, al final dijo:

«Entonces, ¿eres aún más desnaturalizado, más hipócrita, más abyecto de lo que yo me imaginaba, Ferdinand?».

Después miró a mi madre, la ponía por testigo de que no había que probar más… Que yo no tenía remedio…

Yo mismo estaba abrumado, me buscaba dentro, a ver de qué vicios inmensos, qué depravaciones inauditas, podía ser culpable… No los descubría… Estaba indeciso… Encontraba multitudes, no estaba seguro de nada…

Mi padre levantó la sesión, se subió al dormitorio, quería pensar a solas… Yo dormía en plena pesadilla… Veía todo el rato a André, contando horrores al Sr. Berlope…

La tarde siguiente, fuimos, mi madre y yo, a buscar el certificado… El Sr. Lavelongue nos lo entregó en persona… Además, quiso hablarme…

«¡Ferdinand!», dijo. «Por consideración hacia sus padres, no lo despediré… ¡Ellos se lo llevan a usted!… ¡Por su propia voluntad! ¿Comprende la diferencia?… Siento pena, créame, al verlo marchar de nuestra casa. Pero es que, en fin, ¡con su mala conducta ha sembrado usted mucha indisciplina por todas las secciones!… ¡Yo, verdad, soy responsable!… ¡Castigo! ¡Es justo!… Pero ¡que este fracaso le haga reflexionar seriamente! ¡Lo poco que ha aprendido le servirá, seguro, en otro sitio! ¡Ninguna experiencia es inútil! Conocerá usted a otros patronos, ¡tal vez menos indulgentes aún!… Necesitaba usted esta lección… Bueno, pues, ¡ya la ha aprendido usted! ¡Ferdinand! ¡Y que le sea de provecho!… ¡A su edad todo se corrige!…». Me estrechaba la mano con mucha convicción. Mi madre estaba emocionada lo indecible… Se secaba los ojos con el pañuelo.

«¡Discúlpate, Ferdinand!», me ordenó, cuando nos levantamos para marcharnos… «¡Es joven, señor, es joven!… Agradece al Sr. Lavelongue que te haya dado, pese a todo, un certificado excelente… ¡Anda, que no te lo mereces!».

«No tiene importancia, querida señora, ni la menor importancia, se lo aseguro. ¡Es lo más normal! ¡Ferdinand no es el primer joven que comienza con mal pie! ¡Ah, no, no! Mire, dentro de diez años, será él mismo, estoy seguro, quien venga a decirme… aquí… ¡A mí! en persona:

»"Señor Lavelongue, ¡hizo usted bien! ¡Es usted un hombre bueno! ¡Gracias a usted comprendí!"… ¡Hoy no me lo perdona! Pero ¡es lo más normal!…». Mi madre protestaba… Él me daba palmaditas en el hombro. Nos mostraba la salida.

Al día siguiente, para el almacén, enviaron a otro muchacho… Me enteré… No duró tres meses… Se derrumbaba contra todas las barandillas… El trabajo lo mataba.

Pero yo nada ganaba con ser culpable o inocente… Estaba convirtiéndome en un auténtico problema para toda la familia. El tío Edouard se puso a buscar otra colocación para mí, de recadero, para que volviera a empezar. Ya no le resultaba tan fácil… Tenía que cambiar de «ramo»…

Ya tenía yo un pasado… Más valía no hablar del asunto. Así se decidió, por cierto.

* * *

Una vez pasada la sorpresa, mi padre se puso a machacar otra vez… Reanudó el inventario de todos mis defectos uno por uno… Buscaba los vicios emboscados en el fondo de mi carácter como si fueran fenómenos… Lanzaba gritos diabólicos… Volvían a darle ataques… Se veía perseguido por un carnaval de monstruos… Para todos los gustos… Judíos… intrigantes… arribistas… Y sobre todo masones… No sé qué tendrían que ver con eso… Siempre con sus manías a vueltas… Se debatía tanto en el diluvio, que acababa olvidándome…

La tomaba con Lempreinte, el monstruo de las gastritis… con el Barón Méfaize, su director general… con quienquiera y cualquier cosa, con tal de poder irritarse y sulfurarse… Armaba un follón terrible, todos los vecinos se tronchaban.

Mi madre se arrastraba a sus pies… Él no cesaba de bramar… Volvía a ocuparse de mi suerte… Me veía las peores inclinaciones… ¡Una desvergüenza increíble! A la postre, ¡se lavaba las manos!… ¡como Poncio Pilatos!… decía… Se descargaba la conciencia…

Mi madre me miraba… «su cruz»… Se resignaba con tristeza… Ya no quería abandonarme… Pues era evidente que acabaría en el patíbulo, me acompañaría hasta el final…

* * *

Sólo teníamos una cosa en común, en la familia, en el Passage, la angustia del papeo. Pero con ganas. Desde los primeros suspiros, la sentí… Me la endosaron en seguida… Estábamos todos obsesionados con eso, todos, en casa.

Para nosotros el alma era el canguelo. En cada cuarto, el miedo a fracasar rezumaba de las paredes… Por él nos costaba trabajo tragar, nos saltábamos todas las comidas, perdíamos el culo en los recados, zigzagueábamos como pulgas por los barrios de París, de la Place Maubert a Etoile, con pánico de las denuncias, de los vencimientos, del cobrador del gas, la obsesión por las contribuciones… Nunca tuve tiempo de limpiarme el culo, con tantas prisas.

Desde que me despidieron de la casa Berlope, tuve, además, yo solito, la angustia de no levantar cabeza nunca más… He conocido miserables, parados, y a centenares, aquí y en todos los rincones del mundo, hombres que estaban, todos, al borde de acabar lampando… ¡No habían sabido salir adelante!

Yo, mi placer en la existencia, el único, a decir verdad, es el de ser más rápido que «los barandas» en lo del despido… Me huelo el golpe bajo de antemano… Me lo veo venir a mucha distancia… Me lo noto, en cuanto se changa un currelo… Ya tengo otro pequeñito que empuja en el otro bolsillo. El baranda es lo más cerdo que existe, sólo piensa en ponerte en la calle… El espanto de verdad es el de verse un día «boqueras», sin empleo… Yo siempre he tenido uno en el bote, como quien se vacuna… Me la trae floja cuál sea… A base de garbeos por las calles, montañas y leoneras. Algunos eran tan extraños, que ya ni tenían forma, ni contorno, ni gusto… Me es igual… No tienen la menor importancia. Cuanto más asco me dan, más tranquilo me quedo…

Me horrorizan, los currelos. ¿Por qué habría de hacer distinciones?… No seré yo quien los ensalce… Con qué ganas me cagaría en ellos, si me dejaran… Sólo se merecen eso…

Al tío Edouard le iba cada vez mejor en la mecánica. Vendía sobre todo en provincias, linternas y accesorios para el automóvil. Por desgracia, yo era demasiado joven para acompañarlo. Debía esperar aún… Tenían que vigilarme, además, con lo que acababa de ocurrir…

El tío Edouard no era tan pesimista sobre mi caso, ¡no lo consideraba tan irremediable! Decía que si no valía para un currelo sedentario, tal vez pudiera ser, en cambio, un empleado de buten, un hacha como representante.

Se podía probar… Pero con buena presencia, sobre todo ropa excelente… Para estar aún más a tono, me hicieron parecer dos años mayor, con cuello extraduro, de celuloide, pues había hecho trizas todos los demás. También me pusieron polainas, bien grises, sobre los calcos, para que los pies no parecieran tan grandes, reducirme un poco los pinreles, no hacer tanto bulto sobre los felpudos. A mi padre todo aquello lo dejaba escéptico, ya es que no creía en mi porvenir. Los vecinos, en cambio, se preocupaban por mí, me colmaban de consejos… No daban ni un céntimo por mi carrera… Hasta el guarda del Passage me era contrario… Entraba en todas las tiendas, al hacer la ronda del alumbrado. Divulgaba los cotilleos. Repetía a todo el mundo que yo iba a acabar de macarra, bastante parecido a mi padre, en su opinión, quien sólo servía para incordiar a la gente… Por suerte, estaba Visios, el gaviero, que era, en cambio, más indulgente, comprendía mis esfuerzos, sostenía la opinión contraria, que yo no era mal muchacho. Todo eso era motivo de mucho comentario… pero yo seguía parado… Tenían que encontrarme un patrón.

Se preguntaron, entonces, qué papel iba a representar yo… Mi madre lo que más deseaba era que fuese joyero… Le parecía muy decoroso. Dependientes atildados, bien vestidos, de punta en blanco incluso… Y, además, que manejaban tesoros tras mostradores deslumbrantes. Pero un joyero es de lo más exigente en punto a confianza. ¡No para de temblar por sus joyas! ¡No duerme por miedo a que le roben! ¡a que lo estrangulen e incendien!… ¡Ah!

Cosa indispensable, ¡la probidad escrupulosa! Por ese lado, ¡no teníamos nada que temer! Con padres como los míos, tan meticulosos, tan maniáticos de la honradez en los negocios, ¡yo tenía unas referencias de la hostia!… ¡Podía ir a presentarme ante cualquier patrón!… El más obsesionado… el más receloso… ¡conmigo podía estar tranquilo! Nunca, por lejos que se remontaran, habían conocido, en toda la familia, un ladrón, ¡ni uno!

Una vez decidido, preparamos el terreno. Mi madre salió a la caza, entre los que conocíamos… No necesitaban a nadie… Pese a mis excelentes aptitudes, me resultó difícil de verdad, que me tomaran, ni siquiera a prueba.

Me equiparon de nuevo, para volverme más seductor. Estaba resultando tan caro como un enfermo. Había desgastado todo el traje… Había agujereado los calcos… Además de polainas variadas, me compraron un nuevo par de calcos, de la marca inglesa Broomfield, de suelas rebosantes, a prueba de agua de verdad. Los elegimos varios números mayores, para que me duraran por lo menos dos años… Yo resistía muy resuelto la estrechez y el empeine. Parecía un buzo por los bulevares…

Una vez maqueado así, pusimos rumbo a las direcciones de que disponíamos, mi madre y yo, el día siguiente mismo. El tío Edouard nos las pasaba, todas las que conseguía por los amigos; las demás las buscábamos en la guía. La Sra. Divonne era quien guardaba la tienda todas las mañanas hasta el mediodía, mientras nosotros perdíamos el culo por ahí en busca de una colocación. No podíamos perder ni un minuto, la verdad. Nos marcamos todo el Marais, puerta tras puerta, e incluso las transversales, la Rue Quincampoix, la Rue Galante, la Rue aux Ours, la Vieille-du-Temple… Todo ese barrio nos lo peinamos, como lo cuento, piso tras piso… Mi madre cojeaba detrás… ¡Ta! ¡ga! ¡dac! ¡Ta! ¡ga! ¡dac!… Me proponía a las familias, a los pequeños comerciantes de los cuchitriles, en cuclillas tras sus tarros… Me ofrecía con mucha habilidad… Como un utensilio sobrante… Un peón muy valioso… nada exigente… lleno de astucia, celo, energía… Y, sobre todo, ¡que menudo si corría! Muy ventajoso, en una palabra… Bien vestido ya, lo más obediente… Ante nuestro tímido timbrazo, entreabrían la burda… desconfiados al principio… pitillo en ristre… me diquelaban por encima de las gafas… Me guipaban un buen rato… No les hacía gracia… Ante sus batas hinchadas en pliegues, mi madre entonaba la cantilena:

«¿No necesitaría usted por casualidad un joven representante?… Yo soy su mamá. He venido a acompañarlo… Está deseoso de cumplir… Es un joven muy decente. Además, no le cuesta nada, puede usted informarse… Tenemos una tienda desde hace diez años, en el Passage aux Bérésinas!… ¡Un muchacho criado en el comercio!… Su padre trabaja en una oficina de la *Coccinelle-Incendie*… Supongo que la conocerá usted… No somos ricos, ninguno de los dos, pero no tenemos ni un céntimo de deudas… Cumplimos con nuestros compromisos… Su padre trabaja en el ramo de seguros…».

Cada mañana nos marcábamos, por lo general, quince, de todos los gustos y colores… Engastadores, lapidarios, pequeños fabricantes de cadenas, timbaleros e incluso tipos que han desaparecido, como los orfebres de la cortadera y cinceladores de ágatas.

Se ponían a diquelarnos otra vez…

Dejaban de lado las lupas para ver mejor… si no seríamos unos bandidos…

¡escapados del trullo!… Cuando se tranquilizaban, ¡se volvían amables e incluso complacientes!… Pero es que no necesitaban a nadie… ¡De momento! No tenían presupuesto para gastos generales… Hacían las visitas por la ciudad personalmente… Se defendían en familia, todos juntos, en sus minúsculos cuchitriles… En los siete pisos que daban al patio, estaban como excavados, sus bujíos, parecían covachuelas, alvéolos de talleres en hermosas casas antiguas… Ya no podían guardar las apariencias. Se amontonaban todos allí. La esposa, los churumbeles, la abuela, todo el mundo apalancado al negocio… Como máximo, un aprendiz para las fiestas de Navidad…

Cuando mi madre, tras agotar todos los argumentos, para seducirlos pese a todo, les ofrecía que me tomaran gratis… ¡les daba un sobresalto que para qué! Se rajaban con ganas. ¡Nos daban con la puerta en las narices!

¡Desconfiaban de los sacrificios! Era un indicio de lo más chungo. ¡Y había que volver a empezar! Mi madre insistía en la confianza, no parecía dar resultado.

¿Proponerme sencillamente para aprendiz de engastador o para la fresa de metales nobles?… Era ya demasiado tarde… Nunca iba a adquirir la habilidad en los dedos… Ya sólo podía ser un pobre diablo, un representante externo, un simple «mocito»… Tenía malogrado el futuro en todos los sentidos…

Cuando volvíamos a casa, mi padre me preguntaba cómo había ido… A fuerza de fracasos, se iba a volver majareta. Se debatía toda la noche entre los espejismos atroces… Tenía, en la chola, material como para amueblar veinte manicomios…

Mi madre, a fuerza de escaladas, tenía las piernas torcidas… le parecía tan extraño, que no podía estarse quieta… Daba vueltas en torno a la mesa y ponía unas muecas… Sentía tirones en los muslos… Los calambres la torturaban…

Aun así, el día siguiente temprano, nos lanzábamos a escape hacia otras direcciones… la Rue Réaumur, la Rue Greneta… La Bastille y Jeûneurs… Vosges, sobre todo… Tras varios meses de mendigar así, de escaleras, contactos y sofocos, sin nada que rascar, mi madre se preguntaba, de todos modos, si no se me vería en la nariz que era un pequeño rebelde, un granuja inútil… A mi padre ya es que no le cabía duda… Hacía mucho que estaba seguro… Su convicción se reafirmaba todas las noches, cuando regresábamos con las manos vacías… Desconcertados, jadeantes, deshechos, empapados de tanto patearnos las calles al galope, mojados por encima, debajo, del sudor y la lluvia…

«¡Es más difícil colocarlo que liquidar toda la tienda!… ¡y eso que, bien lo sabes tú, Clémence, es un quebradero de cabeza infernal!».

Para algo era instruido él, sabía comparar, sacar conclusiones.

Ya mi treno anterior estaba deforme por todos lados, en las rodillas tenía bolsas enormes; las escaleras son mortales. Por suerte, llevaba un sombrero de mi padre. Teníamos la misma talla. Como no era nuevo precisamente, lo llevaba todo el tiempo en la mano. Lo desgasté por el borde… Era espantoso, en aquella época, lo educados que éramos…

* * *

Ya era hora de que el tío Edouard me encontrara por fin una buena dirección. Se estaba volviendo insoportable, nuestra mala pata. Ya no sabíamos a quién acudir. ¡Un día, de todos modos, se resolvió!… Apareció a mediodía, de lo más radiante, exultante. Estaba seguro del asunto. Había ido a verlo personalmente, al tipo, un patrón cincelador. ¡Seguro que me daba trabajo, ése! ¡Estaba hecho!

Gorloge, se llamaba; vivía en la Rue Elzévir, en un piso, en el quinto. Se dedicaba sobre todo a las sortijas, los broches y las pulseras labradas y, además, las reparaciones de poca monta. Aceptaba cualquier chapuza. Vivía a salto de mata. No era hombre difícil. No se le caían los anillos…

Edouard nos infundió confianza. Estábamos impacientes por verlo. Ni siquiera acabamos el queso, fuimos perdiendo el culo, mi madre y yo… El autobús, los Bulevares, la Rue Elzévir… Cinco pisos… Aún estaban en la mesa, cuando llamamos al timbre. Comían sopa de pan también, tazones enteros y, además, macarrones gratinados y para acabar nueces.

Esperaban nuestra visita. Mi tío me había elogiado. Llegábamos en el mejor momento… No doraron la píldora… No intentaron aparentar… Estaban pasando por una crisis de la hostia, con sus joyas cinceladas… Lo confirmaron en seguida… Mala racha desde hacía doce años… Aún seguían esperando la recuperación… Revolvían cielo y tierra… pero la resurrección no llegaba… Los clientes tenían otras cosas en que pensar. Era la ruina…

El Sr. Gorloge aguantaba, de todos modos, resistía… Aún tenía esperanzas… Se maqueaba igual que el tío Arthur… como artista arrogante exactamente, con perilla, chalina, calcos en punta y, además, una blusa vaporosa cubierta de lamparones de morapio… Estaba arrellanado a gusto. Fumaba, ya es que no se lo veía tras las volutas… Las dispersaba con la mano.

La Sra. Gorloge estaba sentada en el taburete, frente a él, con los chucháis aplastados contra la mesa. Estaba regordeta, un tetamen espléndido… se le salían del delantal. Estaba cascando nueces a puñados… desde muy arriba, con un golpe tremendo, como para rajar todo el mueble a lo largo. Estremecía el taller… Una señora mujer… Antigua modelo… Más adelante me enteré… Tipo que me gustaba mucho.

De sueldo ni siquiera hablamos.

Temíamos ser indiscretos. Ya se vería… Yo creía que no ofrecería nada. De todos modos, se decidió, justo cuando nos íbamos. Dijo como si tal cosa que podía contar con un sueldo fijo… treinta y cinco francos al mes… desplazamientos incluidos… Además, podía tener esperanzas… una prima curiosita, si con mis esfuerzos levantaba la artesanía del cincelado. Le parecía demasiado joven… pero no tenía importancia, puesto que tenía el fuego sagrado… era hijo de gente del gremio… ¡Había nacido en una tienda!… El trato se estaba poniendo interesante… cháchara agradable por un tubo…

Volvimos al Passage completamente entusiasmados… con el cielo abierto. Terminamos la comida. Vaciamos los tarros de mermeladas. Mi padre se tomó tres vasos de vino. Se tiró un pedo con ganas… Llevaba mucho sin hacerlo… Abrazamos al tío Edouard… El viento volvía a hinchar las velas, tras la terrible penuria.

* * *

La mañana siguiente temprano, ya me encontraba en la Rue Elzévir, para recoger mi colección.

El Sr. Gorloge, arrellanado como lo sorprendí, creí que me había olvidado… Estaba ahí, ante la ventana, abierta de par en par, contemplando los tejados… Tenía entre las rodillas un gran tazón de café con leche… No daba ni golpe, era evidente. Le divertía, la perspectiva… los millares de patios del Petit Marais… Ponía expresión soñadora… Se le extraviaba como en un sueño… Es que puede fascinar, hay que comprenderlo. El hermoso encaje de las pizarras… Todos los reflejos que desprende… Los colores enmarañados. Los canalones retorcidos. Y los pajaritos brincando… Todas las columnas de humo culebreando por encima de los abismos de sombra…

Me hacía señas para que cerrara el pico, escuchase también las cosas…

Contemplara ese decorado… No le gustaba que lo molestasen… Debí de parecerle un poco bruto. Ponía mala cara.

De arriba abajo un guiñol, alrededor del patio, en todas las ventanas… las jetas asomadas al acecho… pálidos, calvos, grandullones… Chillando, refunfuñando, silbando… Y otros clamores, además… Una regadera que se volcaba, saltaba, caía hasta los adoquines… El tiesto de geranios que resbalaba… Como una bomba sobre la portería. Estallaba hecho añicos. La portera salía de su caverna… Se ponía a berrear. ¡Asesinos! ¡Canallas asesinos!… La marimorena en toda la queli…

Todos los andobas asomados a los tragaluces… Se ponían verdes… Se lanzaban lapos… Se provocaban por encima del vacío… Todo el mundo vociferando… Ya no se sabía quién tenía razón…

El Sr. Gorloge se colgó de la ventana… No quería perderse ni una palabra… El espectáculo le resultaba apasionante… Cuando volvió la calma, se quedó desconsolado… Lanzó un suspiro… otro… Volvió a sus rebanadas de pan con mantequilla… Se sirvió otro tazón… Me ofreció también a mí… «Ferdinand», dijo por fin al cabo de un momento, «¡tengo que repetírselo! ¡que no va a ser una sinecura vender mis artículos!… Ya he tenido diez representantes… ¡Eran muchachos muy formales! ¡Y bien valientes!… De hecho, usted hace el número doce, porque también yo, verdad, he intentado colocarlos por ahí… ¡En fin! ¡Vuelva mañana, pues!… Hoy no me siento en forma… ¡Ah! pero ¡no, hombre! ¡Quédese un poquito más!… El Sr. Antoine está a punto de llegar… ¿Tal vez sería mejor que se lo presentara?… Pues no, mire, ¡váyase, váyase!… ¡Yo le diré que lo he contratado a usted!…

¡Menuda sorpresa se va a llevar!… ¡No le hacen gracia, los representantes! Es mi oficial de primera… ¡El encargado del taller, de hecho!… ¡Tiene un carácter difícil! ¡Ah! ¡ya lo creo! ¡Ya verá usted! ¡Me es muy útil! ¡Ah! ¡eso desde luego!… ¡Ya se dará en cuenta en seguida! ¡Me presta buenos servicios! ¡Ah! ¡hay que reconocerlo!… También le presentaré a Robert, nuestro aprendiz… ¡Es muy majo! Se entenderán en seguida, ¡estoy seguro! Él le entregará la colección… Está en el armario… Un conjunto único… Compréndalo… Pesa lo suyo, la verdad… Unos catorce, quince kilos…¡Sólo modelos!… Cobre, plomo… ¡Las primeras piezas datan de la época de mi padre!… ¡La de cosas bonitas que tenía! ¡Únicas! ¡Únicas! ¡En su casa vi el Trocadero!… ¡Enteramente cincelado a mano! ¡montado como una diadema! ¿Se da usted cuenta? Lo han llevado ya dos veces… Aún conservo la fotografía. Un día se la enseñaré…».

Estaba harto, Gorloge, de darme explicaciones… Volvía a ser presa del hastío… Hizo otro esfuerzo… Puso los calcos sobre la mesa… Lanzó un largo suspiro… Llevaba zapatillas bordadas, es como si las volviera a ver… Gatitos corriendo a su alrededor…

«Bueno, pues, ¡márchese, Ferdinand!… Salude a su madre… ¡De mi parte!… Al pasar ante la portera, dígale que telefonee desde el café del 26… Que pregunte de mi parte en el *Hôtel des Trois*

Amiraux… A ver si Antoine está enfermo… Es un chico lunático… A ver si le ha ocurrido algo… Lleva dos días sin venir… Que me lo grite por el patio… Dígale que busque en la guía… ¡El *Hôtel des Trois Amiraux*!… ¡Dígale que encargue que me suban leche!… ¡La patrona no se encuentra muy católica!… ¡Que encargue que me suban el periódico!… ¡Uno cualquiera!… ¡Mejor *Les Sports*!».

* * *

El día siguiente no, el otro, vi, por fin, la colección… Gorloge no exageraba… ¡Quince kilos!… Pesaba al menos el doble… Me había indicado vagamente algunos modos de «presentación»… Sin embargo, no se pronunciaba… No tenía preferencias. Yo tenía libertad para actuar… Se fiaba de mi buen gusto… Yo me esperaba chismes horribles, pero confieso que casi me caigo de culo al ver de cerca aquellos trastos… Era increíble… Nunca había visto tantos horrores y adefesios juntos… Era disparatado… Un infierno de bolsillo…

Todo lo que abrían era espantoso… Puros mamarrachos y ludiones… en plomos alambicados, torturados, requetetrabajados, como para revolver el estómago… Toda la crisis del simbolismo… Jirones de pesadillas… Una «Samotracia» de masilla… Otras «Victorias» con pendulillos… Collares de medusas enredadas como serpientes… ¡Y más quimeras!… Cien alegorías para anillos, a cuál más plasta… Me esperaba una buena… Todo aquello para los dedos, la cintura, la corbata. ¿Colgar eso de las orejas?… ¡Imposible de creer!… ¿Y comprarlo? ¿Quién? ¡Huy, la Virgen! ¿Quién? Había toda clase de dragones, diablos, duendes, vampiros… Toda la formación horrible de los esperpentos… El insomnio de un mundo entero… Toda la furia de un manicomio en baratijas… Pasaba de la cursilería a la atrocidad… Hasta en la tienda de mi abuela en la Rue Montorgueil, los cascajos más charros eran rosas a su lado…

No iba a poder salir adelante nunca con cachivaches tan chungos. Empezaba a comprenderlos, a los otros diez capullos que me habían precedido. Debían de haber sudado la gota gorda… Artículos así de espantosos ya no se encontraban en las tiendas. Desde los últimos románticos, los escondían con espanto… Tal vez se los pasaran dentro de la familia… en las herencias, pero con muchas precauciones… Ya es que era arriesgado incluso, exhibir tales ingredientes ante gente desprevenida… Nuestra colección furibunda… ¡Podían creerse insultados!… Ni siquiera Gorloge se atrevía ya… Es decir, ¡en persona! ¡Ya no desafiaba la corriente de las modas!… El heroísmo, ¡para un chorra como yo!… ¡Yo era el representante supremo!… Nadie había resistido más de tres semanitas…

Él se reservaba la ronda de las reparaciones sencillas… Para mantener el taller en marcha en espera de que volviese la moda… Conservaba conocidos aquí y allá, en las tiendas… Amigos de épocas mejores que no querían dejarlo palmar. Le pasaban encargos de engastes… Las chapuzas cargantes. Pero él no daba golpe… Se lo endiñaba todo a nuestro Antoine. Lo suyo era el cincelado… No quería deshacerse la mano en tareas inferiores, perder así, por una cosa de nada, su clase y su reputación. Ni hablar. En eso no daba su brazo a torcer.

Yo, a las nueve, ya había subido a su casa, no esperaba a que bajase… En seguida me lanzaba hacia París, armado de mi celo y «kilos» de muestrarios… Como estaba destinado al «exterior», ¡me cargaron con avaricia!… Pero me iba el asunto. De la Bastille a la Madeleine… Grandes distancias por salvar… Todos los bulevares… Todas las joyerías, una por una… Sin contar las callejuelas transversales… Desanimarme habría sido ya imposible… Para hacer que los clientes volvieran a gustar los cincelados, habría hecho trizas la Luna. Me habría jalado mis «dragones». Acabé haciendo yo mismo todas las muecas al caminar… Escrupulosamente empedernido, esperaba mi turno en la banqueta de los representantes, ante el pasillo de los compradores.

¡Había acabado creyéndome el renacimiento del cincelado! ¡Tenía una fe a prueba de bombas! Ya es que no veía siquiera a los demás colegas. Ésos se tronchaban sólo de oír mi nombre. Cuando llegaba mi turno ante la ventanilla, me acercaba muy afable, muy meloso. De detrás de la espalda, a la chita callando, sacaba mi estuche, el menos atroz… Lo colocaba sobre el mostrador… El bestia ni siquiera se molestaba en darme explicaciones… Me indicaba con un gesto que me largara… Que daba asco, vamos…

Conque me lancé mucho más lejos. La pasión no permite el cálculo. Chorreando en mi concha o consumido por la sed según el tiempo y la estación, me marqué hasta las tiendas más pequeñas, los relojeros más insignificantes y deprimentes, acurrucados en sus arrabales, entre el tarro y el quinqué…

De La Chapelle a Les Moulineaux, los recorrí todos. Encontré interés por mis productos en un chamarilero de Pierrefitte, en un trapero de Saint-Maur.

Volví a visitar a los que dormitan en torno al Palais-Royal, los que están allí desde los tiempos de Desmoulins, bajo los soportales de Montpensier… los escaparates del Pas-Perdu… los comerciantes que han perdido la esperanza, tiesos y lívidos en su mostrador… Ya no quieren vivir ni morir. Najé hacia el Odéon, en los alrededores del teatro, los últimos joyeros parnasianos. Ni siquiera la diñaban de hambre, digerían el polvo. Tenían también sus modelos, de plomo, casi idénticos, suficientes para fabricarse mil ataúdes y otros collares mitológicos… Y tal montón de amuletos, una masa tan espesa, que se hundían en la tierra con sus locales… Hasta los hombros… Desaparecían, se volvían egipcios ya. Ya ni me respondían. Ésos me dieron miedo, la verdad…

Volví a lanzarme hacia los suburbios… Cuando en la caza al entusiasmo me había internado demasiado lejos, me había sorprendido la noche, me sentía un poco perdido, en seguida me marcaba un autobús, para no volver demasiado tarde, de todos modos. De los treinta y cinco francos mensuales, mis padres me dejaban quince… Se me iban en transportes. Sin proponérmelo, por necesidad, me volvía bastante gastador… En principio, claro está, debería haber ido a pie… pero ¡es que entonces se gastaban los zapatos!…

* * *

El Sr. Gorloge pasaba también por la Rue de la Paix, siempre para las chapuzas. Habría podido gustar mucho a los patronos; lo malo era que no acababa de agradar porque no iba demasiado limpio, por la barba. Iba siempre cubierto de costras… Su «sicosis», como él decía…

Muchas veces lo vi, al abrigo de una puerta cochera, rascándose… con avaricia. Reanudaba la marcha tan contento… Siempre llevaba en los bolsillos sortijas por modificar, cambiar de talla. Un broche por soldar… de los que nunca cerraban. Una cadena por reducir… un chirimbolo… otro… Suficiente para dar que hacer en la queli… No era avaricioso.

Antoine, el único compañero, era quien se marcaba todos esos trabajillos. Gorloge no daba golpe. Cuando yo subía por los bulevares, me lo cruzaba, lo veía de muy lejos… No caminaba como todo el mundo… Le interesaba la multitud… Diquelaba en todas direcciones… Yo veía girar su sombrero. También era de notar su chaleco de lunares… tipo mosquetero…

«¿Qué tal, Ferdinand?… ¿Al ataque?

¿Eh? ¿En la brecha? ¿Y qué? ¿Cómo va?…».

«¡Muy bien! ¡Muy bien! ¡Señor Gorloge!…».

Me erguía para responderle, pese a la terrible carga de mis bultos… El entusiasmo no decaía. Sólo que, de no ganar nada, de no vender nada, de caminar siempre con una colección tan pesada, adelgazaba cada vez más… Salvo en los bíceps, claro está. Seguían creciéndome los pies. Y el alma… y todo… Me volvía sublime…

Cuando volvía de mi representación, me marcaba, además, algunos recados, encargos para el taller. A un artesano, a otro. Al almacén, a buscar estuches. Todo estaba en la misma calle.

Robert, el aprendiz, estaba mucho más ocupado remachando engastes, perfilando «calados» o incluso barriendo el local. Nunca había armonía precisamente, en casa de los Gorloge. Se tiraban los trastos a la cabeza con ganas, más aún que en mi casa. Sobre todo entre Antoine y el patrón, continuamente se armaba una que para qué. Ya no quedaba ni sombra de respeto, sobre todo el sábado por la tarde, cuando hacían cuentas. Antoine nunca estaba contento… Ya fuera a destajo, por horas o por semanas o por el sistema que fuese, nunca dejaba de piarlas. Y eso que no dependía de nadie, no había otros obreros. «¡Ya se lo puede usted meter en el culo, el taller de los cojones! Ya se lo he dicho mil veces…».

Así se hablaban. El otro ponía una cara que daba risa. Después se rascaba la barba… Estaba tan nervioso, que se comía las escamas.

Algunas noches Antoine se ponía tan furioso por los cuartos, que lo amenazaba con tirarle el tarro a la jeta… Yo siempre pensaba que se iría… Pero ¡qué va!… Se estaba volviendo una auténtica costumbre, como en nuestra casa…

Pero la Sra. Gorloge no se preocupaba como mi madre… no dejaba de hacer punto por los alborotos y berridos. Pero Robert, en cuanto se mascaba la tragedia, se apalancaba rápido bajo el banco… No se perdía ni un detalle de la corrida. Y sin recibir ni un capón. Contemplaba el espectáculo, mientras se comía una rebanada de pan con mantequilla…

Cuando no quedaba ni un chavo para Antoine el sábado, en el último momento se encontraban, de todos modos, unos cuartos en el fondo de un cajoncito para completar la suma… Un expediente u otro. Quedaba incluso una «providencia» en la gran alacena de la cocina… El cargamento de los camafeos… ¡La reserva abracadabrante! … ¡Nuestro último recurso!… ¡El tesoro de las mitologías!… No había que vacilar.

En las semanas de graves carestías, yo iba a pulirlos al peso en cualquier sitio… ¡a cualquiera!… al Village Suisse… al Temple, enfrente… Al montón, en la Porte Kremlin… Siempre se sacaban unos cinco francos…

Desde que el cincelado había pasado de moda, ni un gramo de oro había permanecido más de tres días en casa de los Gorloge. Las pocas piezas para reparar que se conseguían, se devolvían en seguida, en la misma semana. Nadie tenía demasiada confianza… Los sábados me marcaba tres y cuatro entregas, a la Place des Vosges, a la Rue Royale, ¡a paso ligero una vez más! En aquella época no se tenía en cuenta la dureza del trabajo. Hasta mucho más adelante no se empezó a comprender, en una palabra, que ser obrero es un coñazo. Sólo había algunos indicios. Hacia las siete de la tarde en pleno verano no hacía fresco en el Bulevar Poissonnière, cuando volvía de mis odiseas. Recuerdo que en la fuente Wallace, bajo los árboles del Ambigu, te metías dos o tres tragos de agua, había cola incluso… Echabas un descansito por un rato, sentado en las escaleras del teatro. Había rezagados venidos de todas partes, tomando aliento… Era un punto de reunión perfecto para recogecolillas, hombres-anuncio, carteristas al acecho, corredores de apuestas, representantes modestos y los «boqueras», los desempleados de todas clases, en cantidad, a docenas… Se hablaba de las dificultades, de las apuestillas que se podían hacer… de los caballos por los que apostar y de las noticias del velódromo… *La Patrie* pasaba de mano en mano, con las carreras y los anuncios…

Ya se cantaba la «Matchiche», la canción de moda… Todo el mundo la silbaba contoneándose en torno al quiosco… Esperando su turno para mear… Y después otra vez al cruce. El polvo más denso salía de las obras del Temple… Estaban cavando para el metro… Después los jardincillos, los callejones, Greneta, Beaubourg… La Rue Elzévir se hacía muy cuesta arriba… así, ¡hacia las siete! En la otra punta del barrio.

* * *

Robert, el aprendiz, enviaba toda la paga, doce francos a la semana, a su madre, que vivía en Epernon; además, recibía la manutención y dormía bajo el mostrador, en un colchón que él mismo plegaba por la mañana. ¡Con el chaval me anduve con ojo! Fui muy prudente, no conté historias, no quería meter la pata…

Antoine, el único obrero, era de lo más hueso, le daba un tortazo por menos de nada. Pero le gustaba el sitio, de todos modos, porque a partir de las siete estaba tranquilo. Se lo pasaba bomba por la escalera. En el patio había la tira de mininos y les llevaba los restos. Al subir por los pisos, diquelaba por todas las cerraduras… Era su mayor distracción.

Cuando nos conocimos mejor, fue él quien me lo contó todo. Me enseñó su sistema para mirar dentro de los retretes y ver mear a las gachís, en nuestro propio descansillo, dos agujeros en el montante de la puerta. Luego volvía a colocar unos taponcitos. Así las había visto a todas, y también a la Sra. Gorloge, que incluso era la más guarra, según había visto, por la forma de alzarse las faldas…

Era mirón por instinto. Al parecer, la Sra. Gorloge tenía muslos como monumentos, unos pilares enormes, y, además, una pelambrera en el chocho que subía hasta taparle todo el ombligo… La había visto, Robert, con el mes y todo… Tenía manchas rojas por todos lados y sangraba tanto, que salpicaba por todo el retrete, todo el chumino le chorreaba… Nunca se hubiera podido imaginar un bul tan tremendo… Prometió enseñármelo y otra cosa aún más fuerte, otro agujero que había hecho, algo ya cojonudo, en la propia pared de la alcoba, junto a la cama. Y, además, otra posición… Subiendo por encima del horno… en el rincón de la cocina, te descolgabas por el tragaluz y es que veías la piltra entera.

Robert se levantaba a propósito para eso. Los había contemplado muchas veces, a los Gorloge, mientras follaban. El día siguiente, me lo contaba todo, sólo que no se tenía en pie… Se le cerraban los ojos, de tanto cascársela…

El currelo de Robert era sobre todo las filigranas… Pasaba por los «calados» más minúsculos con una lima del tamaño de un cabello… Además, daba la pátina a todos los acabados…

No eran rejillas siquiera… auténticas telas de araña… A fuerza de fijarse en las piezas, le dolían los acáis… Entonces interrumpía para regar el taller.

Antoine no le pasaba ni una, le tenía fila. A mí tampoco me tragaba. Nos habría gustado sorprenderlo cepillándose a la patrona. Al parecer, ya había ocurrido… Robert lo afirmaba siempre, pero no estaba seguro… Tal vez fuese un simple cuento. En la mesa era insoportable, Antoine; nadie podía contradecirlo. Al menor comentario que no le gustara, se cabreaba y ya estaba recogiendo sus herramientas. Le prometían un aumento… Diez francos… cinco incluso… «¡Vete a la mierda!», respondía en la cara al pobre Gorloge…

«¡Me tienes contento!… ¿Qué andas prometiendo, si no tienes ni para comprarte unos calcos?… ¡Anda, déjate de cuentos!».

«¡No se enfade, Antoine! ¡Le aseguro que nos recuperaremos!… ¡Un día!… ¡Estoy convencido!… ¡Pronto!…

¡Antes de lo que usted cree!…».

«¡Sí, sí! ¡Por mis cojones nos vamos a recuperar!… ¡Cuando yo sea obispo!…».

Así mismo se respondían. Ya no había límites. El patrón lo toleraba todo. Tenía demasiado miedo de que se fuera. No quería dar ni puto golpe él… No quería estropearse las manos. En espera de la reactivación… Su placer era el café con leche y, además, mirar por la ventana mientras se fumaba su pipa… El Panorama del Marais… Sobre todo si llovía un poco… Le molestaba que le habláramos… Podíamos hacer lo que quisiéramos. Siempre que no le pidiésemos nada. Nos lo decía con toda franqueza: «¡Hagan como si yo no estuviera!».

* * *

Yo seguía sin encontrar compradores, ni al «mayor» ni al «menor»… No había modo de quitarse de encima mis chucherías ni mis quimeras… Pese a haberlo intentado todo… De la Madeleine a la Bastille… Recorrido todo… probado todo… Ni a una puerta había dejado de llamar, antes o después, de la Bastille a Saint-Cloud… Todas las chamarilerías… las relojerías… desde la Rue de Rivoli hasta el cementerio de Bagneux… Hasta los judíos más insignificantes me conocían… Todos los orfebres… Siempre me daban calabazas… No querían nada… Aquello no podía seguir así… Hasta la mala racha acaba cansándose…

Un día, por fin, me estrené. El milagro sobrevino en la esquina de la Rue Saint-Lazare… ¡Y eso que había pasado todos los días por allí!… Nunca me había detenido. Una tienda de objetos chinos… A cien metros de la Trinité. ¡Debería haber notado que les gustaban también las cursiladas! ¡Y de marca mayor! ¡Tenían vitrinas llenas! En serio, ¡auténticos horrores! Del estilo de las mías, en el fondo… Tan feas en una palabra… Pero ellos más que nada estilo salamandras… dragones volantes… budas sobre panzas enormes… completamente dorados alrededor… de ojos furibundos… Que humeaban por detrás del pedestal… Tipo «ensueño de opio»… Y filas de arcabuces y alabardas hasta el techo… con flecos y abalorios de luces intermitentes. Como para mondarse. Por ellos bajaban la tira de reptiles, que escupían fuego… Hacia el suelo… Enroscados a las columnas… Y cien quitasoles en las paredes flameando con incendios chillones y un diablo junto a la puerta, de tamaño natural, envuelto en sapos, y con acáis desorbitados por diez mil farolillos…

Puesto que vendían cosas semejantes, se me ocurrió… astuto de mí… que podrían gustarles también mis articulillos personales.

Me armé de audacia y entré... con mis bultos, desembalé, farfullé al principio, lógicamente... por último, saqué mi camelo.

Era un andoba bajito con ojos rasgados y voz de vejestorio, muy cuco, menudito, llevaba también una túnica de seda rameada y chinelas sobre tablillas, chino de pies a cabeza, en una palabra, salvo el gorro... Al principio, no naqueró apenas... Pero, de todos modos, noté que le hacía tilín un poquito con mi gran surtido de sortilegios... mis mandrágoras... todas mis medusas en espiral... mis broches en pieles de Samotracia... ¡De rechupete para un chino!... Había que venir de tan lejos para apreciar mi surtido...

Por último, abandonó su reserva... Se mostró sinceramente emocionado incluso... Entusiasmado... Exultante... Tartamudeó de impaciencia... Me dijo así, de buenas a primeras... «Mire, joven, creo que voy a poder hacer algo por usted...». Y siguió canturreando... Conocía a un aficionado cerca del Luxembourg... Un señor extraordinariamente distinguido... Un auténtico sabio... que se pirraba por las joyas de gran estilo y arte... mi tipo exactamente... Era manchú, el andoba, y estaba de vacaciones... me informó sobre sus gustos... No debía hablar demasiado alto... Detestaba cualquier clase de ruidos... Me dio su dirección. No era un hotel estupendo, estaba en la Rue Soufflot... El chino de la Rue Saint-Lazare sólo pedía para sí una «propinilla»... Si obtenía el pedido... Sólo un cinco por ciento... No era exagerado... Firmé su papelina... No perdí un segundo... Subí al autobús incluso, en la Rue des Martyrs.

Fui a ver al aficionado. Le enseñé mis cartapacios, me presenté. Abrí mis muestrarios. Tenía ojos más rasgados aún que el otro... También llevaba túnica. Le encantó lo que traía... Se puso muy elocuente, al descubrir cosas tan bellas...

Entonces me enseñó en el mapa, de dónde venía... De la otra punta del mundo y de un poco más lejos incluso, en el margen izquierdo... Era un mandarín de vacaciones... Deseaba llevarse una joya, pero quería que se la cincelaran... Conocía incluso el modelo, el único que le gustaba... Debía hacerlo yo... ¡Un pedido de verdad!... Me explicó dónde podía ir a copiarlo... Estaba en el Museo Galliera, segundo piso, vitrina del centro... No podía equivocarme, me hizo un dibujito. Me escribió el nombre con mayúsculas:

«SAKYA-MUNI» se llamaba... ¡El dios de la felicidad!... Quería que fuera muy exacto, para el alfiler de la corbata, porque allí, según me dijo: «Me visto a la europea. ¡Soy el encargado de hacer justicia!».

Tenía una idea muy clara... Confianza total. Me puso doscientos francos en la mano, para que comprara el metal precioso... Era más cómodo. Así no perderíamos tiempo...

Debí de poner, seguro, cara de buda yo mismo, al coger las dos *sábanas*... Me dejaron turulato sus extraños modales... Subí el bulevar tambaleándome; iba tan alucinado, que casi me atropella un coche...

Por fin llegué a la Rue Elzévir... Conté toda mi aventura... ¡La suerte inesperada!... ¡El renacimiento del cincelado! ¡Gorloge había acertado con su previsión!... ¡Pimplarnos todos juntos! ¡Me abrazaron! ¡Todo el mundo reconciliado!... ¡A cambiar los doscientos pavos! Ya sólo quedaban ciento cincuenta...

* * *

Gorloge y yo fuimos juntos al museo a dibujar el famoso monigote. Estaba muy interesante en su vitrinita, absolutamente solo y tan campante, en una sillita plegable, desternillándose él solito, con un báculo al lado...

Nos lo tomamos con toda la calma, copiamos, redujimos el esbozo a escala 100/1... Preparamos una maqueta pequeña... Todo salió perfecto. Me las guillé con Robert al Banco Judío-Suizo, en la Rue Francoeur, a buscar cien francos en oro «de dieciocho» y cincuenta francos de soldadura... Lo guardamos bien, el lingote, bajo cerradura doble en la caja fuerte... Hacía cuatro años que no se guardaba metal para pasar la noche en la Rue Elzévir... Cuando hubo concluido el modelado, lo enviamos a moldear...¡Tres veces seguidas se equivocaron!... Tuvieron que volver a empezar... ¡Es que no entienden nunca, los fundidores! ... Pasaba el tiempo... Acabábamos irritándonos... Y por fin chanelaron. No quedó mal, en conjunto… Empezaba a adquirir forma, el dios… Ya sólo faltaba el acabado, pulir, burilar la pieza…

* * *

Y, mira por dónde, en ese preciso momento, se produjo un contratiempo… Los gendarmes vinieron a buscar a Gorloge… Toda la casa conmocionada… Era para que fuese inmediatamente a cumplir sus veintiocho días… Ya no tenía derecho a prórroga ninguna… Ya las había disfrutado todas… No podía interrumpir las grandes maniobras… Tenía que abandonar el «dios de la felicidad» a medias… No se podía hacer aprisa y corriendo… Había que esmerarse…

Puesto que no podía retrasarlo más, Gorloge decidió lo siguiente… Que lo concluyera Antoine… Que lo acabase poquito a poco… Y que yo lo entregara… Ya sólo quedaban cien francos por cobrar… ¡Para eso iría Gorloge en persona!… ¡Lo especificó claramente!… Cuando volviera del servicio… Conservaba una desconfianza de la leche.

Si gustaba al chino, haríamos otros, ya está, ¡Sakya-Munis de oro! No nos dejaríamos detener por tan poca cosa. Nos prepararíamos un porvenir color de rosa… El renacimiento del cincelado tal vez viniese de Extremo Oriente… ¡Ah!, toda la escalera, la nuestra, la B, retumbaba con nuestra historia, estaban que trinaban todos los chapuceros de los pisos, no se lo creían, ¡que tuviéramos tanta suerte! ¡Una potra semejante! Ya andaban diciendo por ahí que recibíamos cheques de Pekín.

Gorloge remoloneaba hasta el último segundo. Iba a tener problemas. Antoine y él se turnaban en la tarea. Había detalles insensatos, tan diminutos, tan ínfimos, que ni siquiera con lupa se veían del todo. En la sillita… el báculo… y, además, en la boquita sobre todo… Una sonrisa minúscula… ¡eso era difícil de lograr! Seguían rebajando el grano con una herramienta aguda, afinada como una uña… Ya no le faltaba casi nada… ¡Era la copia chachi! Pero, aun así, era preferible que Antoine reflexionara un poco más… Continuase cuatro o cinco días después… El resultado sería un currelo refinado…

Gorloge se decidió por fin, tenía que largarse. Los gendarmes volvieron otra vez…

La mañana siguiente, lo vi, cuando llegué, estaba vestido de soldado de pies a cabeza… Se había puesto el capote enorme, que le venía grande, con dos botones, con las hombreras altas como cucuruchos de patatas fritas… Quepis, borla verde y alares rojos haciendo juego… Así bajó… Robert llevaba su morral… Iba cargadísimo, con tres *camemberts* en primer lugar, y de los cargaditos de gusanos, que todo el mundo lo comentaba… Y dos litros de blanco, dos botellines de cerveza y un surtido de calcetines… y el camisón de lana para dormir al sereno…

Los vecinos bajaron todos en tropel de los pisos, en mono y chanclas… Escupieron con ganas y empaparon las esteras… Le dieron ánimos. Yo lo acompañé, a Gorloge, hasta la Gare de l'Est, después del cruce del Bulevar Magenta. Le preocupaba mucho marcharse, justo cuando había ese pedido. Me repetía las instrucciones. Le angustiaba infinitamente no poder acabarlo él… Por fin, me dijo «adiós»… Me recomendó que me portara bien… Siguió el cartel… Ya estaba todo atestado de chorchis… Algunos andobas las piaban porque no dejábamos pasar con tanto paripé…

Tuve que largarme…

Al llegar a la Rue Elzévir, cuando volví a pasar ante el cuchitril, la portera me llamó:

«¡Eh, oye!», me dijo. «¡Ven aquí un momento, Ferdinand!… Entonces, ¿qué?

¿Se ha marchado?… ¡Por fin se ha decidido! ¡Bien que se lo ha pensado!…

¡No va a pasar frío allí! ¡Menudas calorinas se va a chupar! Menos mal que se ha llevado algo de beber. ¡Las va a pasar canutas en las maniobras! ¡Anda y que le den por el culo, al muy cerdo! ¡Va a sudar la gota gorda, ese cornudo de tu patrón!…».

Me lo decía para tirarme de la lengua. Yo no respondí nada. Estaba hasta los huevos de cotilleos. ¡Sí, joder! Me estaba volviendo muy desconfiado… Razón tenía… ¡Y más que me habría de volver!… Los acontecimientos posteriores me lo demostrarían.

Desde que el patrón se las piró, Robert estaba que no podía contenerse. Quería a toda costa verlos, a Antoine y la patrona, quilando. Decía que habría de suceder, que era fatal… Era mirón por naturaleza.

Durante toda la primera semana no notamos nada… Para hacer funcionar el taller, ahora era yo quien pasaba por la Rue de Provence y por el Bulevar a la caza de reparaciones… Me traía lo que encontraba. Apenas era suficiente. Ya no paseaba mi colección de acá para allá. Sólo habría conseguido que me pusieran de patitas en la calle.

Antoine continuaba con el bonzo, lo perfilaba a maravilla. Era un hacha. Hacia la segunda semana, sin más ni más, la patrona cambió de repente de actitud. Ella, que era bastante distante, que casi nunca me hablaba, cuando Gorloge estaba presente, se volvió de pronto muy amable, encantadora y abierta. Al principio, me pareció muy misterioso. Pero, en fin, no dije nada. Pensé que tal vez fuera porque me estaba volviendo más útil… Porque traía algunos trabajillos… Y eso que no aportaban pasta alguna… No nos pagaban ni una factura…

Gorloge, siempre desconfiado… había especificado claramente que no cobráramos ninguna factura… Que iría él en persona a cobrar, en cuanto regresara. Ya había avisado a los clientes.

Una mañana que llegué temprano, me encontré a la Sra. Gorloge ya levantada, paseándose por el cuarto… Aparentaba buscar algo por el banco… Vestía un camisón muy sedoso… Me pareció muy curiosa, singular… Se me acercó… Me dijo así:

«¡Ferdinand! Cuando vuelva esta tarde de los recados, ¿sería tan amable de traerme un ramito, por favor? Alegraría la casa…». También lanzó un suspiro… «Desde que mi marido se marchó, no he tenido ánimos para salir». Se paseaba, contoneando el bul.

Quería seducirme. Era evidente. La burda estaba abierta de par en par, la de su alcoba… Yo veía su piltra… No chisté… No me moví… Subieron los otros de la tasca, Antoine y Robert… No les conté nada…

Por la noche subí tres peonías. Era lo único que podía comprar. Ya no nos quedaba nada en la caja. Por mi parte era más que suficiente. Sabía que no me las iban a pagar.

Y después fue Antoine, a su vez, quien se volvió muy cortés e incluso de lo más amistoso… Él, que no cesaba de darnos la polcata, una semana antes… Se estaba volviendo encantador… Ya no quería siquiera que yo bajase, que me marchara a mi currelo… Me decía así:

«¡Descanse!… ¡Quédese un poco en el taller! ¡Fíjese en las reparaciones!… ¡ya continuará la ronda más tarde!…».

Pese a habérnoslo tomado con calma, el alfiler quedó acabado… Volvió del pulidor. Me correspondía a mí entregarlo… Justo entonces, la patrona recibió una carta de Gorloge… Nos recomendaba no apresurarnos… que guardáramos la joya en casa… Que esperásemos a su regreso. Que iría él en persona a llevársela al chino… Que, entretanto, si no me importaba, podía enseñar esa joya tan bella a algunos clientes aficionados…

De repente, ¡se acabó mi tranquilidad! Todo el mundo lo admiraba, cierto es, ese monigote… Estaba muy logrado, sobre su pavés, ¡el «Sakya-Muni» de oro macizo!… La tira de metal la verdad, ¡de dieciocho quilates!… ¡Sobre todo en la época de que hablo! ¡No se podía imaginar nada mejor!… Todos los vecinos, buenos conocedores, vinieron a darnos sus parabienes… ¡Honraba a la casa!… ¡El cliente no iba a poder quejarse!… Ya sólo faltaban diez días para que regresara Gorloge… Aún me quedaba bastante tiempo para pasearlo por las tiendas…

«¡Ferdinand!», me aconsejó la patrona, «¡déjelo aquí por la noche, ande, en el cajón!… Mire, ¡nadie lo tocará! ¡Ya lo recogerá mañana por la mañana!».

Yo prefería guardármelo en el maco, llevármelo a casa. Me parecía mucho más escrupuloso… Incluso lo sujetaba con un imperdible grande y dos pequeños a cada lado… Todo el mundo se cachondeaba… «¡No lo va a perder!», decían.

Por la situación de nuestro taller, justo bajo la pizarra, hacía un calor terrible; incluso a finales del mes de septiembre era tan agobiante aún, que no parábamos de privar.

Una tarde, por fuerza, Antoine ya es que no se tenía en pie. Gritaba tan fuerte, sus canciones, que se le oía en todo el patio y hasta en la portería… Había traído más ajenjo y la tira de galletas. Nos pusimos a jalar juntos. Nosotros dos, Robert y yo, éramos quienes poníamos a refrescar, bajo los grifos del descansillo, todo el cargamento de botellas. Las comprábamos a crédito, por cajas. Sólo que había problemas… los tenderos las piaban… Era una locura, en cierto modo… Todo el mundo había perdido la chaveta, por el calor y la libertad.

La patrona vino con nosotros. Antoine se sentó a su lado. Nos cachondeábamos al verlos magrearse. Él le buscaba las ligas. Le alzaba las faldas. Ella se reía como una pureta. Era tan irritante, que daban ganas de darle para el pelo… Él le sacó un chuchái. Ella se quedó como si tal cosa, encantada. Antoine nos sirvió lo que le quedaba en la botella. Robert y yo nos lo acabamos. Lamimos los vasos. Estaba más rico que el de Banyuls… Al final, todos estábamos borrachos. Fue el frenesí de los sentidos… Entonces Antoine le levantó las faldas del todo, a la patrona, ¡zas!, de un tirón. ¡Por encima de la cabeza!… Él se puso de pie también y después, tal como estaba, tapada así, la empujó hasta su alcoba. Ella seguía cachondeándose… Se reía como una loca… Cerraron la burda tras de sí… Ella no dejaba de troncharse.

Nosotros dos, Robert y yo, era el momento de que trepáramos al horno de la jalancia para presenciar el espectáculo… Era una alcándara perfecta… Se dominaba toda la piltra… No nos perdíamos ripio. Antoine, en seguida, la hizo caer de rodillas, a la chavalota… Estaba muy bestia… Ella tenía el culo al aire… Él le toqueteaba la raja… No encontraba el chumino… Rasgaba los volantes… Lo rasgaba todo… Y después la enganchó. Sacó el chuzo… Empezó a lanzarle viajes… Y no era en broma… Nunca me lo habría imaginado tan cachas… Yo no salía de mi asombro… Gruñía como un cerdo… Ella lanzaba estertores también… Y mucho más agudos, cada vez que él empujaba… Era cierto, lo que me había dicho Robert de su culamen… Ahora se le veían bien… los dos carrillos… rojos… enormes, ¡escarlatas!…

Los pololos, de finos volantes, estaban hechos jirones… los tenía empapados alrededor… Antoine se lanzaba con fuerza contra su popa… Se oía un castañeteo… Se agitaban como salvajes… La iba a liquidar con semejantes viajes… Él tenía el pantalón en las pantorrillas y arrastrando por el suelo… La blusa le molestaba y se la quitó de un tirón… Cayó a nuestro lado… Ahora estaba en pelotas… Solo le quedaban las zapatillas… las del patrón… los mininos bordados…

En su ardor por ventilársela, resbaló en la alfombra y fue a dar con la chola en la barra de la cama… Echaba chispas como un ladrón… Se acariciaba el coco… Tenía chichones, se apartó… Volvió al asunto furioso. «¡Será puta!», saltó otra vez. «¡Será bicho!». ¡Le metió un rodillazo en todas las costillas!… Ella quería largarse, se andaba con melindres…

«¡Antoine! ¡Antoine! ¡que no puedo más!… te lo suplico, ¡déjame, amor!… ¡Ten cuidado! ¡No me vayas a hacer un churumbel! ¡Estoy empapada!…». Pero era puro paripé, ¡quería más!…

«¡Vale! ¡Vale! ¡guarra! ¡cierra el pico! ¡y abre el chocho!…». Él no la escuchaba, la puso en su sitio a cipotazos, con tres viajes tremendos en el vientre… Resonaba con fuerza… Se asfixiaba, la tía bicho… Sonaba como una fragua… Yo me preguntaba si iría a matarla… dejarla en el sitio… Le estaba dando caña con ganas, mientras la colocaba en su sitio. Bramaban como fieras… Ella se estaba corriendo… Robert ya no daba para más. Nosotros bajamos de nuestro trampolín. Volvimos al taller. Nos consideramos potrudos… Habíamos deseado espectáculo… Pues, ¡íbamos bien servidos!… Sólo que era peligroso… Ellos continuaban la corrida. Bajamos al patio… a buscar el cubo y las escobas, como para hacer la limpieza… Nos metimos en casa de la portera; preferíamos no estar presentes, en caso de que la estrangulara…

* * *

No hubo drama ni cadáver… Volvieron a salir tan contentos… ¡A acostumbrarse tocaban!…

Los días siguientes, encargamos provisiones por todos lados, a tres tenderos, Rue des Ecouffes, Rue Beaubourg, que aún no nos conocían… Nos montamos todo un almacén de jalandria y, al mismo tiempo, una auténtica bodega, con cerveza a crédito y espumoso «malvasía». Nos estábamos volviendo unos golfos…

Yo encontraba pretextos para no volver a jalar con mis viejos. En la Rue Elzéxir había unas juergas de miedo, no parábamos de colocarnos. Ya no dábamos golpe. Por la tarde, hacia las cuatro, esperábamos, nosotros dos, Robert y yo, el comienzo de la corrida… Ahora ya no teníamos canguis… Así nos hacía menos efecto.

Aparte de que Antoine se desinflaba, ya no le daba al asunto con tantas ganas, se le iba toda la fuerza por la boca… Lo intentaba diez veces… Se resbalaba entre los carrillos… Todas las veces la hacía caer de rodillas… Ahora le colocaba bajo el vientre el edredón. Le alzaba la cabeza sobre los almohadones… Era una posición curiosa… Le agarraba los cabellos… Ella lanzaba unos suspiros de la hostia…

Sin embargo, no bastaba… Quiso desvirgarle el bul… Ella se defendía… Se debatía. Entonces volvió a ponerse furioso. Era un cachondeo tremendo…

¡Ella berreaba más que un asno!… Él resbalaba, a todos los intentos… Ya no lo lograba… Entonces fue y saltó de la piltra, se fue derecho a la cocina… Por suerte, como nosotros estábamos sobre el horno, con lo agitado que estaba no nos vió… Pasó al lado, se puso a revolver en la alacena, así, en pelotas, en calcetines… Buscaba el tarro de la mantequilla… Se daba con la picha por todos lados: «¡Oh! ¡Ay, ay! ¡Oh, oh! ¡Ay! ¡Ay!…», no cesaba de chillar… Nosotros nos meábamos de risa… reventábamos…

«¡La mantequilla! ¡me cago en Dios! ¡La mantequilla!…».

Por fin, encontró el tarro… Metió la mano… Se la llevó casi toda… Volvió corriendo a la piltra… Ella seguía con sus melindres… no cesaba de culebrear… Él le metió la mantequilla por todo el culo, el jebe, los bordes, lenta, cuidadosamente y a fondo, como un artesano del asunto… ¡Relucía ya, la tía!… No le costó demasiado… Se la metió a fondo con decisión… Entró sola… Se corrieron con ganas… Lanzaban gritos estridentes. Se desplomaron de costado. Luego boca arriba… Se pusieron a roncar… Dejaron de interesarnos…

Los tenderos de la Rue Berce fueron los primeros en armar escándalo… No querían fiarnos más la jalandria… Venían a traer las facturas… Los oíamos subir… No respondíamos…

Volvían a bajar a la portería… Lanzaban unos clamores espantosos… La vida se volvía insoportable. De repente, Antoine y la patrona se pusieron a salir a cada momento, iban a jalar fuera, dejaban pufos de miedo en todos los tascucios del barrio… Yo no contaba nada de eso en casa… Me habría recaído sobre la jeta… ¡Se habrían imaginado que era yo quien hacía las gilipolleces!

¡Lo principal era el estuche!… El «Sakya-Muni» de oro macizo… ése no lo soltaba yo, ¡salía muy poco de casa! Lo guardaba con devoción apalancado en el fondo de mi maco, y prendido, además, con los tres imperdibles. Ya no se lo enseñaba a nadie, no me fiaba… Esperaba al regreso del patrón.

En el taller, Robert y yo nos lo teníamos bien montado. Antoine apenas currelaba ya. Cuando se había divertido bien con la gachí, volvían a cachondearse con nosotros. Revolvíamos todo el taller. Entretanto, se pasaban toda la tarde sobando… ¡Éramos la familia pervertida!…

Sólo, ¡que un día sobrevino el drama! No habíamos echado el cerrojo… Era la hora de la cena… Había en todos los pisos muchas idas y venidas… Uno de nuestros taberneros furiosos, el más atravesado, en realidad, fue y subió allá arriba, ¡de cuatro en cuatro!… Nos dimos cuenta demasiado tarde. Empujó la puerta, entró… ¡Se los encontró a los dos en el sobre! ¡Antoine y la chavalota!… Conque, ¡armó un cristo de la hostia!… Tenía los ojos inyectados en sangre… Quería canear a Antoine, ¡y al instante! Blandía su enorme martillo… Yo pensaba que le iba a abrir la cabeza… Cierto es que le debíamos la tira… Por lo menos veinticinco litros… blanco… rosado… aguardiente e incluso vinagre… Se entabló una auténtica batalla… Tuvimos que intervenir ocho para reducir al gorila… Llamamos a todos los tronquis… Antoine recibió una buena. Dos cardenales enormes… uno azul y otro amarillo… Desde abajo, desde el patio, seguía amenazándonos. Nos llamaba de todo, el delirante: «¡Granujas!… ¡Guarros!… ¡Maricones!…».

«¡Esperad un momento, holgazanes!

¡Y veréis!… ¡y dentro de muy poquito, so cerdos!… ¡Cuando venga el comisario!…».

¡Empezaba a oler a chamusquina!…

El día siguiente, por la tarde, dije a Robert: «¡Oye, chaval! Voy a tener que bajar. Esta mañana han venido también los de Tracard a buscar su broche, ¡hace lo menos ocho días que deberíamos haberlo entregado!…».

«Bueno», me respondió, «¡yo también tengo que salir!… Tengo una cita con un colega en la esquina de *Le Matin*…».

Bajamos los dos… Ni Antoine ni la patrona habían vuelto de comer…

Cuando llegábamos al segundo, la oí subir… Pero completamente sofocada, congestionada, incandescente… Seguro que habían trapiñado más de la cuenta…

«¿Adónde va, Ferdinand?».

«A un recado… Al bulevar… ¡a ver a una clienta!».

«¡Ah! ¡no se vaya así!…», me dijo contrariada… «¡Venga un momento arriba!… Tengo que decirle una cosa».

Vale… La acompañé… Robert se largó a su cita.

Nada más entrar, cerró la burda, las ventanas, todo, y despés echó los dos pestillos… Pasó delante de mí a la alcoba… Me indicó por señas que la siguiera… Me acerqué… Yo me preguntaba qué sucedía… Se puso a hacerme caricias… Me soplaba en la nariz… «¡Ah! ¡Ah!», me decía. Se ponía cachonda… Yo la magreé un poco también…

«¡Ah, cabrito! Parece ser que miras por los agujeros, ¿eh?… a ver, ¡dime que no es verdad!…».

Con una sola mano, abajo, me magreaba la bragueta… «Se lo voy a decir a tu madre. ¡Huy, huy, huy! ¡Qué sinvergüenza!… ¡Qué sinvergonzón tan majo!…».

Le rechinaban los dientes… Se retorcía… Me cogió por banda… Me pasó la lengua con ganas, un morreo de golfa… Vi las estrellas… Me obligó a sentarme a su lado en la piltra… Se echó hacia atrás… Se levantó las faldas de un tirón…

«¡Toca! ¡Toca ahí!», me dijo… Yo le metí la mano entre los muslos…

«¡Anda!», insistió… «¡Anda! ¡cielo! … ¡Duro ahí!… ¡Llámame Louison!… ¡Tu Louison! ¡Cabrito! Anda, ¡dilo!…».

«Sí, Louison», dije…

Se alzó, volvió a besarme. Se quitó todo… Blusa… corsé… Entonces la vi desnuda… La pelambrera tan voluminosa… se extendía por todos lados… Algo increíble… Me dio asco, de todos modos… Me agarró de las orejas… me obligó a inclinarme, a bajar hasta su coño… Con toda su fuerza… Me metió la nariz dentro… Estaba rojo, babeante, soltaba jugo, que me entró hasta los ojos… Me hizo mamárselo… Se meneaba bajo la lengua… Chorreaba… Parecía un hocico de perro…

«¡Anda, amor!… ¡Hasta el fondo!…».

Me maltrataba, me molestaba… Me escurría en la mermelada… No me atrevía a resoplar demasiado… Temía hacerle daño… Ella se agitaba como un ciruelo…

«¡Muerde un poco, cachorro bonito! … ¡Muerde dentro! ¡Anda!», me animaba… ¡Le daban calambres de tanto menearse! Lanzaba grititos… Jumeaba a mierda y huevos podridos ahí, al fondo… El cuello duro me estaba estrangulando… El celuloide… Me sacó la cabeza del foso… Salí a la luz… Tenía como un barniz sobre los acáis, estaba viscoso hasta las cejas…

«¡Anda! ¡desvístete!», me ordenó, «¡quítate todo esto! ¡Que quiero ver tu cuerpo bonito!… ¡Rápido! ¡Rápido! ¡Vas a ver tú, chavalín!… ¿Conque eres virgen? ¿Eh, cielo? Vas a ver qué favor más rico te voy a hacer… Ay, este cabrito… ¡no va a mirar más por los agujeros!…».

¡Meneaba el espinazo esperando a que yo estuviera listo!… Agitaba toda la piltra en zigzag… Era un vampiro… Yo no me atrevía a quitarme demasiada ropa. Sólo el puto cuello, lo que más me molestaba… y después la chaqueta y el chaleco… Los colgó junto a la cama, en el respaldo de la silla… Yo no quería quitarme todo el terno… como Antoine… Sabía que tenía mierda en el culo y los pies muy negros… Me olía yo mismo… Para evitar que insistiera, me puse a darle al asunto otra vez y a toda leche, como un enamorado, me lancé, la abracé, gruñí… Entré en acción, como Antoine, pero, eso sí, mucho más despacio… Notaba que mi churro se paseaba alrededor… Yo farfullaba entre la espuma… El glande se me extraviaba… No me atrevía a usar los dedos… Y eso que era necesario… Se me escapaba su chocho… Por fin resbalé hasta dentro… Sin esfuerzo…

¡Me estaba aplastando entre sus chucháis! Quilaba con ganas, la tía… Nos sofocábamos, era como un horno… Quería que acelerara… No me imploraba compasión, como al otro andoba… Al contrario, no me eximía ni de un solo cipotazo…

«¡Entra bien, cariño! ¡Métela, anda! ¡Hasta el fondo! ¿Eh? Oye, ¡qué polla más grande tienes!… ¡Ah! ¡Ah! ¡Zúmbame bien! ¡Zúmbame! ¿Te vas a comer mi mierda? ¡Dime que sí! ¡Oh! ¡Oh!… ¡Ah! ¡Qué bien la clavas!… ¡Cabrito!… ¡Maricón!… ¡Qué rico! ¿verdad?». ¡Y dale! Le tiraba un viaje… ¡Ya no podía más!… Resoplaba… Ella me mamaba la cara… Tenía las napias inundadas, además de sus morreos… de ajo… roquefort… Habían jalado salchichas…

«¡Córrete bien, cielito! ¡Ah! Córrete… ¡Vamos a irnos al mismo tiempo!… ¿Eh? ¡No salgas, cariño!… ¡Deja que entre todo!… ¡Anda! no te preocupes…». Se desvanecía, se ladeaba… Se revolvía hasta quedar casi sobre mí… Yo notaba que me subía la lefa… Me dije para mis adentros…

«¡Largo, chaval!». Aunque estaba desmayado… como una exhalación… Me retiré… Derramé todo fuera… La salpiqué… en plena panza… Intenté retenerlo… Me llené las dos manos…

«¡Ah, bandido! ¡golfo!», exclamó. «¡Oh! ¡qué golfo y sinvergüenza! ¡Ven aquí, que te limpio!...». Vuelta a empezar... Me saltó sobre el glande con avaricia... Se lo trincó todo... Le supo a gloria... Le gustaba, la lefa... «¡Oh, qué rica está, tu leche!...», exclamó, además. Buscó más alrededor de mis huevos... Registró los pliegues... Se esmeraba... Iba a correrse otra vez... Se me pegó a los muslos, de rodillas, se crispaba, se relajaba, era ágil como un gato, pese a su enorme culamen. Me obligó a echarme sobre ella otra vez...

«¡Te voy a dar por culo, cochino!...», me dijo picarona. Me metió dos dedos en el jebe... Me forzó, ¡vamos ya!... Se había puesto tan cachonda, ¡que no iba a haber modo de hartarla!...

«¡Oh, tengo que irrigarme!...». Lo recordó de repente. De un salto, ¡ya estaba fuera!... La oí mear en la cocina... Hurgaba debajo, en el sumidero... Me gritó: «¡Espérame, cariño!»... Yo me di el piro sin decir ni pío... Me lancé por mi terno... Agarré el batiente, empujé, ¡y en el rellano!... Bajé de cuatro en cuatro... Respiré con fuerza... Ya estaba en la calle... Era hora de reflexionar. Resoplé... Caminé despacio hacia los bulevares.

Llegué ante el Ambigu... ¡allí me senté por fin! Recogí un periódico del suelo. Iba a ponerme a leer... No sé por qué... Me palpé el bolsillo... Fue un gesto inconsciente... Una inspiración... Volví a tocar... No encontraba la protuberancia... Palpé el otro... ¡Lo mismo! ¡No lo tenía!... Mi estuche, ¡perdido! Me busqué cada vez con más afán... Me toqueteé todos los dobladillos... El calzón... Derecho... Revés... ¡No había duda!... Entré en el retrete... Me desvestí totalmente... Di la vuelta a todo... ¡Nada!... ¡No eran figuraciones mías!... Se me heló la sangre en las venas... Me senté en los escalones... ¡Estaba listo!... ¡Pero bien! ¡Más perdido que Carracuca!... Volví a sacarme los macos... ¡Volví a empezar otra vez!... Pero sin convencimiento ya... Recordaba todo con precisión. Lo había prendido bien, el estuche... En el fondo del maco interior. Antes de bajar con Robert, ¡lo había palpado una vez más!... ¡Habían desaparecido, los imperdibles!... ¡No se podían haber soltado solos!... Recordé al instante la forma extraña como me sujetaba ella todo el rato la cabeza... ¿Y por el otro lado de la silla?... Trajinaba con una mano... Iba comprendiendo todo a ráfagas... Me abogaba el espanto, el horror... Me subía del corazón... Me repiqueteaba más fuerte que treinta y seis caballos de ómnibus... La chola me daba vueltas... Era inútil... Me ponía a buscar otra vez... ¡No era posible que se hubiese caído, mi estuche!... que se hubiera soltado, ¡con lo bien que lo había prendido!... ¡Qué va!... Y, además, ¡que un imperdible no se abre así como así!... ¡Tres había!... ¡No se sueltan solos! Para cerciorarme de que no estaba soñando, volví corriendo hacia la Republique... Al llegar a Rue Elzévir, ¡ya no había nadie allá arriba! ... Ya se habían pirado todos... Esperé en los escalones... Hasta las siete, a ver si venían... Ninguno volvió... Intentaba repasar y ordenar palabras, retazos... e incidentes. Iba recordando todo poco a poco... ¿Sería Antoine el autor? ¿y entonces Robert?... ¿Lo habrían tramado todo?... Y también la guarra esa... Al ponerme en pie, ya no sentía las piernas... Iba como borracho por la calle... Los transeúntes se me quedaban mirando... Me quedé un buen rato bajo el pequeño túnel de la Porte Saint-Denis. Ya no me atrevía a salir del agujero... Veía los autobuses a lo lejos, ondulaban en el calor... Me daban vahídos... Volví muy tarde al Passage... Dije que me dolía el vientre... Así, evité las preguntas... No pude dormir por la noche, del miedo que tenía... El día siguiente estaba tan ansioso por saber lo que habría pasado, que me marché al amanecer...

En el taller, al llegar, los miré fijamente a los tres... No parecían cavilar... ¡ni la puta... ni Antoine... ni el chaval!... Cuando se lo anuncié, que se había perdido la joya... ¡Me miraron pasmados!... Turulatos se quedaron...

«¡Cómo, Ferdinand! ¿Está seguro?

¿Ha mirado bien en su casa?... ¡Dése la vuelta a los bolsillos!... ¡Aquí no hemos encontrado nada!... ¿Verdad, Robert? ¿Tú no has visto nada? ¡El chaval es quien ha barrido!... ¡Vuelve a mirar!...».

Hablándome así, me parecían tan feroces, que me eché a llorar... Los veía en el espejo haciéndose señas... Antoine, ése prefería no mirarme... Me volvía la espalda, hacía como que lustraba la piedra de amolar... Ella seguía con su cháchara a base de camelos... Intentaba cogerme en un renuncio, contradiciéndome.

«¿Y en la casa de los Tracard?...

¿No dijo que iba allí?... ¿No habrá sido en esa casa? ¿Está seguro?...».

Yo las estaba pasando putas... Menuda faena... No me quedaba ningún recurso... Estaba guapo... No habría sido precisamente a mí al que habrían creído, si hubiera contado lo sucedido... ¿De qué habría servido?...

«El patrón vuelve pasado mañana...

De aquí a entonces, ¡intente encontrarla! ... ¡Robert lo ayudará!...». Eso me proponía... ¡No me quedaba escapatoria! Si hubiera explicado las circunstancias, me habrían tachado de impostor, monstruo espantoso, abyecto... que si intentaba disculparme cubriendo de mierda a una persona excelente como mi patrona... que si ya es que había perdido la vergüenza... que si tenía un rostro que para qué... una calumnia extravagante... Una guarrada monumental... Ni siquiera intenté abrir la boca... Además, es que no me quedaban ganas... Ya no podía jalar... Tenía la cabeza agarrotada... las ideas, la boca, la chola...

Mi madre me veía raro, al contemplar mi aspecto, se preguntaba qué enfermedad estaría incubando... Yo tenía el miedo metido hasta las tripas... Me habría gustado desaparecer... adelgazar hasta que no me quedara nada...

Mi padre hacía comentarios cáusticos... «¿No estarás enamorado por casualidad?... ¿No será tal vez la primavera?... ¿No tendrás un sarpullido en el trasero?...». En un rincón me preguntó: «¿No habrás pillado purgaciones?...». Yo ya no sabía qué hacer, cómo ponerme...

Gorloge, que siempre se retrasaba, había venido por otra ruta, se había entretenido un poco de una ciudad a otra... Se presentó un miércoles, lo esperábamos desde el domingo... La mañana siguiente, cuando subí al currelo, estaba en la cocina, afilando las limas. Me quedé así, detrás de él, plantado un buen rato... Ya no me atrevía a moverme en el pasillo... Esperaba a que me hablara. Tenía la sangre en los talones. Ya no sabía ni lo que quería decir. Él debía de haberse enterado ya de todo. Le tendí la mano, de todos modos. Me diqueló un poco de reojo... Ni siquiera se volvió... Siguió con su herramienta... Yo ya no existía... Entonces me fui al taller. Tenía tal canguelo, que dejé en el fondo del armario la mitad de la colección para pirármelas más rápido... Nadie me llamó... Estaban todos ahí, en el cuarto, absortos en sus manivelas... Volví a salir sin decir palabra... Ya ni siquiera sabía adónde iba... Menos mal que tenía costumbre... Caminaba como en sueños... Por la Rue Réaumur me salía sudor frío a borbotones... En el gran parterre iba de banco en banco... Intenté, de todos modos, entrar en una tienda... Pero no pude... de tanto que temblequeaba al empuñar el picaporte... Ya es que no podía abrirlo... Creía que todo el mundo me seguía...

Me quedé horas así... Toda la mañana. Y después la tarde también, siempre de un banco a otro, hasta la plaza Louvois... y apoyado en los escaparates... Ya no podía andar. No quería volver más a casa de Gorloge... Prefería hasta a mis padres... Algo espantoso también... pero al menos quedaba más cerca... Justo al lado de la plaza Louvois... Es curioso de todas formas, cuando ya sólo te quedan para respirar lugares muy horribles todos...

Di otra vez, dos veces, despacito la vuelta al Banco de Francia con mis asquerosos bártulos... Me armé de valor y volví al Passage... Mi padre estaba en la puerta... Esperándome, evidentemente... Por su forma de decirme que subiera, no me cupo la menor duda... Arreciaba la tormenta... Desde el primer intento se puso a tartamudear de tal modo, tan fuerte, que en lugar de palabras le salía como vapor... Ya no se le entendía... Sólo, que exhalaba cohetes... La gorra se le escapaba arrebatada... Por todos lados... Se la sujetaba a capones, primero una mano y luego la otra... Se iba a aplastar el coco... Se le hinchaba la jeta... completamente carmesí... con surcos lívidos... Cambiaba de color. Se volvía violeta...

Me fascinaba que se volviera azul... o amarillo después. Lanzaba tal furia sobre mí, que yo ya no oía nada... Pegaba una hostia sobre el mueble con un trasto... Lo blandía para romperlo... Yo pensaba que iba a tirar todo por el aire... Hasta la lengua se mordía dentro, tan fuerte, con tanta rabia, que se le volvía como un tapón, hinchada, encajonada, carne tensa a punto de estallar... Volvía a dejar el plato... Se ahogaba sencillamente... Ya no podía más... Se marchó de repente, se lanzó a la calle, corrió al Passage. Igual podría haber salido volando, superhinchado como estaba... irresistible... espantoso... Mi madre se quedó conmigo... Repetía machacona todas las tonterías, los detalles de la catástrofe... Sus ideas... sus arraigadas certidumbres... Había estado allí el Sr. Gorloge dos horas hablando con ellos... Lo sabía todo... había explicado todo con detalle... había enumerado todo el porvenir. «¡Ese hijo será su perdición!… ¡Tan joven y ya corrompido!… Es un desgraciado… ¡Yo había puesto mi confianza en él!… Estaba empezando a espabilarse…».

¡Tales habían sido sus últimas palabras!… Mi madre había canguelado que fuera a denunciarme a la Justicia… que me detuviesen en seguida… No se había atrevido a responder nada… A ella no le cabía la menor duda… Que me habían hecho una pirula… Más valía que confesara al instante… Que lo había perdido al menos… Antes que discutir… Indisponer a mi patrón… ¡Era la hipótesis menos indecente!… Lo devolverían poco a poco… y en todo caso, mis padres… ¡Eso desde luego!…

«¿Dónde has aprendido eso?»… me preguntaba entre lágrimas. «¿Qué has hecho con esa joya?… ¡Dilo, a ver! ¡hijo! ¡No te vamos a comer por eso!… ¡No se lo diré a tu padre!… ¡Te lo juro! … ¿Eh? ¿Me crees? Iremos a verla juntos… ¡Si se la has dado a una mujer! ¡Dímelo rápido, antes de que vuelva! ¡Tal vez acepte devolverla por un poco de dinero!… ¿La conoces bien? ¿No te parece?… ¡Así todo se arreglará, al final! ¡No diremos nada a nadie!…».

Yo esperaba a que se le pasara un poco, para poder explicarle tal vez… Justo entonces volvió mi padre… No se había enfriado lo más mínimo… Se puso a aporrear la mesa, ¡y los tabiques con todas sus fuerzas!… ¡Con los dos puños cerrados! Y sin dejar de exhalar vapores… Si se detenía un segundo, ¡entonces coceaba por detrás! La cólera lo levantaba, ¡planeaba con el culo como un penco! Daba patadas a las paredes… Sacudía toda la queli… Una sacudida tremenda, el aparador se venía abajo… De ráfagas en derrumbes, la escena duró toda la noche… ¡Se encabritaba de indignación y volvía a caer a cuatro patas!… Ladraba como un dogo… Estuvieron dando alaridos, que si sí, que si no, entre ataques y furias… Yo no me iba a poner a hablarles, ¿no?…

Cuando se quedó sin argumentos, mi madre subió a emprenderla conmigo… Quería que confesara… Yo no respondía nada… Lloraba de rodillas junto a mi cama, como si ya me hubiera muerto… Mascullaba oraciones… Seguía implorándome… Quería que confesara al instante… ¡que le dijese si se trataba de una mujer!… Que iríamos todos juntos a verla…

«Pero ¡si es la patrona!…», le solté por fin. ¡Estaba harto! ¡Joder!

«¡Ah! ¡Calla, desgraciado!… ¡No sabes el daño que nos haces!…».

No valía la pena insistir… ¿Para qué hablar a semejantes gilipuertas?… ¡Eran aún más insensibles que todos los retretes de Asnières juntos! Ésa era mi opinión.

* * *

Aun así, fue un golpe terrible. Me quedé mucho tiempo en mi cuarto, cinco o seis días sin salir. Me obligaban a bajar para comer… Mi madre me llamaba diez veces. Al final subía a buscarme. Yo ya no quería nada de nada y menos que nada hablar. Mi padre hablaba solo. Se perdía en monólogos.

Vituperaba sin cesar… Todo el repertorio de maleficios… El destino… Los judíos… La mala pata… La Exposición… La Providencia… Los masones…

En cuanto volvía de las entregas, subía allá arriba, al granero… Se ponía otra vez con las acuarelas, era muy urgente… Teníamos necesidades apremiantes, había que devolver el importe a Gorloge… Pero ya no podía aplicarse. La cabeza se le escapaba… En cuanto tocaba el pincel, se irritaba enormemente, la varilla le explotaba en las manos. Se sentía tan nervioso, que hasta hizo añicos la plumilla para tinta china… los cubiletes también… los colores se derramaban por todos lados… No había forma… Con sólo sentirme cerca, habría tirado de un puntapié todo el tinglado… En cuanto se encontraba con mi madre, volvía a armar la tremolina, sentía aún mayor zozobra.

«Si le vuelves a dejar que se pase todo el santo día callejeando, con el pretexto de aprender comercio, ¡ya te puedes ir preparando, chica! ¡Ya lo creo! ¡Ni que lo jures! ¡Esto no va a ser sino el principio! ¡No va a acabar ladrón! ¡Sino asesino! ¿me oyes?

¡Asesino! ¡No me extrañaría que en menos de seis meses estrangulara a una anciana rica! ¡Oh! ¡pues no va cuesta abajo ni nada!… ¡Menudo! ¡No es que resbale! ¡Es que vuela! ¡Galopa desenfrenado! ¡Ya lo creo! ¿No lo ves, tú? ¡Tú no crees en nada! ¡Estás ciega! Pero ¡yo no! ¡No! ¡Ah, no! ¡Yo no!…».

Entonces una aspiración profunda… La fascinaba…

«¿Me vas a escuchar de una vez?

¿Quieres que te explique la que se está preparando?… ¿No? ¿No te interesa?…».

«¡No, Auguste, por favor!…».

«¡Ah! ¡Ah! Conque, ¡tienes miedo a escucharme!… Pues, ¡mira!…».

La agarraba de las muñecas, para que no se escapara… Para que oyese bien todo.

«A nosotros, ¿me oyes?, ¡es a quien se cargará! ¡Un día! ¡Nos ajustará las cuentas, muchacha!… ¡Así te agradecerá tus desvelos!… ¡Ah! luego no digas que no te he avisado… ¡que no te lo he anunciado, hostias!… ¡Yo tengo la conciencia tranquila!… ¡Ah! ¡Me cago en la leche puta! ¡No me canso de repetírtelo! ¡Desde siempre! ¡En fin! *Alea jacta!*…».

A mi madre le metía un canguelo, ¡que es que la hacía chochear! Babeaba, temblequeaba, echaba burbujas por la boca… La estaba apañando, volviéndola completamente turulata.

«¡No me importa acabar estrangulado! ¡De acuerdo! Pero ¡yo no me dejo engañar, coño, joder!… ¡Te pongas como te pongas!… ¡Tú serás la responsable!…».

Ella ya es que no sabía qué hacer, ni qué decir, con predicciones tan crueles. Con las convulsiones de la pena, se mordisqueaba el borde de los labios, sangraba en abundancia. Yo estaba perdido, no cabía duda. Volvía a empezar él, Poncio Pilatos, salpicaba todo el piso, se lavaba las manos de mi basura, bajo el chorro, con toda la presión. Hacía frases latinas enteras. Se le ocurrían en los momentos transcendentales. Así, en la minúscula cocina, de pie, me lanzaba el anatema, declamaba a la antigua. Hacía pausas, para explicarme, pues yo carecía de instrucción, el sentido de las «humanidades»…

Él es que lo sabía todo. Yo en el fondo entendía sólo una cosa, que no había quien se me acercara, que no se me podía coger ni con pinzas. Yo era despreciable desde cualquier punto de vista, hasta para la moral de los romanos, Cicerón, para todo el Imperio y el mundo antiguo… Él lo sabía todo eso, mi papá… Ya no le cabía la menor duda… Gritaba a pleno pulmón… Mi madre no cesaba de llorar… A fuerza de comenzar una y mil veces su escena, la representaba como una función… Cogía el jabón de Marsella, la pesada pastilla, y venga agitarla para acá y para allá… Gesticulaba con ganas… Volvía a dejarla mil veces… sin cesar de perorar… Iba a cogerla otra vez… La blandía… Por fuerza, se le escapaba de las manos… Iba a rebotar bajo el piano… Nos agachábamos todos a recogerla… Hurgábamos con la escoba… metíamos el mango… ¡Coño!… ¡Joder!… ¡Hostias!… ¡Nos dábamos unas leches con las esquinas!… Unas colisiones bárbaras… Nos metíamos la escoba en los ojos… La cosa acababa en batallas. Ellos se ponían verdes. Él la hacía saltar a pata coja alrededor de la mesa.

Me olvidaban por un momento.

Mi madre, a fuerza de temblar, había perdido todo pudor… Se iba por todo el Passage y los alrededores a repetir machacona mis avatares… Solicitaba los consejos de los otros padres… de los que también tenían cirios con sus chavales… que habían dado un mal paso en su aprendizaje… A ver cómo habían salido del atolladero…

«¡Estoy más que dispuesta», añadía,

«a hacer más sacrificios!… ¡Paciencia!

¡Seguiremos hasta el final!…».

Muy elocuente, todo eso, pero no me libraba de la mala pata. Yo seguía sin currelo.

El tío Edouard, tan ingenioso, hombre de tantos recursos, empezaba a poner mala cara, me consideraba un poco molesto… Ya había dado la lata a casi todos sus amigos, con mis melindres, mis sinsabores… Ya estaba un poco harto… Yo tropezaba en todos los obstáculos… Había en mí algo insólito… Empezaba a jorobarlo incluso.

Los vecinos se apasionaban por mi drama… Los clientes de la tienda también. En cuanto me conocían un poco, mi madre los ponía por testigos… Así no se resolvían las cosas… Hasta el Sr. Lempreinte, en la *Coccinelle*, empezó a meter baza… Cierto es que mi padre ya no podía dormir, estaba adquiriendo aspecto agónico. Llegaba tan agotado, que se tambaleaba en todos los pasillos al transportar el correo de un piso a otro… Además, estaba afónico, tenía voz aguardentosa, de tanto gritar sus gilipolleces…

«Su vida privada, amigo mío, no me interesa, ¡me importa un comino! Pero es que quiero que cumpla usted con sus tareas… ¡Mire qué cara tiene usted!… Ya no se sostiene en pie, muchacho. ¡Va a tener que cuidarse! Pero ¿qué es lo que hace usted, al salir del trabajo? ¿Es que no descansa?». Así le daba para el pelo. Entonces él, que era presa del canguis, le confesó todo al instante…

¡Todas las desgracias de la familia!…

«¡Ay, amigo! ¿Eso es todo? ¡Si yo tuviera su estómago! ¡Menudo! Cómo me la iban a traer floja... ¡Todos los parientes y relaciones!... ¡Todos mis hijos y primos! ¡mi mujer! ¡mis hijas! ¡y mis dieciocho padres! Ay, ¡yo que usted! ¡es que me mearía en el mundo! ¡En el mundo entero! ¡Me oye usted bien! ¡Es usted blando, amigo mío! ¡eso es lo único que veo!».

Así veía las cosas, él, Lempreinte, por culpa de la úlcera siempre, situada a dos dedos del píloro, bien terebrante, bien atroz... El universo, para él, no era ya sino un ácido inmenso... Ya sólo le quedaba intentar volverse puro «bicarbonato»... Se afanaba toda la jornada, se chupaba carretillas enteras... ¡No conseguía apagar el fuego! Tenía como un atizador en la parte baja del esófago, que le calcinaba las tripas... Pronto iba a estar hecho de puros agujeros... Las estrellas pasarían a través con los eructos. Su vida era irresistible... Mi padre, que estaba al corriente, y él se proponían intercambios...

«Mire, ¡yo aceptaría encantado su úlcera! ¡cualquier cosa, con tal de que me libraran de mi hijo! ¿Le hace?».

Mi padre era así. Siempre había colocado los tormentos morales por encima de los físicos... ¡Mucho más respetables!... ¡Esenciales! Así era entre los romanos, y así entendía él, todas las adversidades de la existencia... De acuerdo con su conciencia... ¡Contra viento y marea! ¡En medio de peores calamidades! ¡Sin componendas! ¡Sin evasivas! ¡Ésa era su norma!... ¡Su razón de ser! «¡Es que yo tengo conciencia! ¡Mi conciencia!». Lo gritaba en todos los tonos... cuando yo me metía los dedos en la nariz... si derribaba el salero. Abría la ventana a propósito, para que todo el Passage disfrutara...

El tío Edouard, de tanto verme en la estacada, víctima de toda clase de camelos, acabó compadeciéndose de mí; es que era un tipo muy bueno. Yo estaba de mierda hasta el cuello... Volvió a dar toques a sus relaciones, encontró otro expediente... Aunque, en realidad, era un subterfugio para que me diesen el piro... el cuento de las lenguas extranjeras...

Aseguró que convendría que yo supiese al menos una... Para encontrar un empleo en el comercio... Que así se hacía ahora... Que era una necesidad... Lo más difícil de conseguir fue el consentimiento de mis viejos... No salían de su asombro ante semejante propuesta... Y eso que las razones de Edouard eran de lo más sensatas... En nuestra queli se había perdido la costumbre de escuchar los dictados del sentido común... Fue una sorpresa de la hostia...

Mi tío no era partidario de la disciplina rigurosa... Era bastante conciliador, no creía en la fuerza... No pensaba que fuera a dar resultado... Se lo dijo con todas las letras...

«A mí no me parece que sean voluntarios sus fracasos... No tiene mala intención, yo nunca he dejado de observarlo... pero es más que nada duro de mollera... No comprende bien lo que se le pide... Debe de tener "vegetaciones"... Debería tomar aire puro y durante una buena temporada... Por lo demás, vuestro médico ya lo dijo... Yo lo enviaría a Inglaterra... Buscaríamos una pensión decorosa... no demasiado cara... ni muy lejos, sobre todo... tal vez en régimen de trabajo, incluso, a cambio del alojamiento y la manutención... ¿Qué os parece?... A la vuelta, hablaría la lengua... Sería fácil colocarlo... Yo le encontraría algo en un comercio minorista... Una librería... Una camisería... Un ramo en el que no lo conozcan... Lo de Gorloge ya estaría olvidado... ¡Ya no se hablaría más de ese asunto!...».

Se quedaron patidifusos, mis viejos, al oír aquello... Cavilaban las ventajas e inconvenientes... Los había cogido desprevenidos... Es que había muchos riesgos y, además, y sobre todo, gastos... De lo de Caroline apenas quedaba nada ya, sólo unos mil francos de la herencia... Y era la parte de Edouard... Él se apresuró a ofrecérselos. Los puso sobre la mesa... Se los devolverían cuando pudieran. Que se dejasen de historias... Ni siquiera quería que le firmaran un papel... «¡Decidíos!», dijo al final...

«Volveré a veros mañana. De aquí a entonces tendré noticias...».

¡Una conmoción que para qué!... Mi padre no quería dar su brazo a torcer... Se empeñaba en que sería derrochar todo ese dinero, que era un despilfarro y una aventura absurda... Que, si yo escapaba una semana a su vigilancia atenta, me convertiría en el peor de los golfos... ¡Estaba seguro! No había modo de convencerlo... Asesinaría en Inglaterra tan rápido como en París.

¡Eso estaba cantado!... ¡Bastaría con que me dejaran suelto por un mes! ¡Ah!

¡Ah! ¿Queríamos catástrofes? ¡Pues las íbamos a tener! ¡con creces! ¡Iban a quedar aplastados! ¡Acribillados de deudas! ¡Un hijo en la cárcel!... ¡La extravagancia a más no poder!... ¿Las consecuencias?... ¡Espantosas!... ¡Por muy atenta que estuviera, la gente de allá, por viva que fuese! ¡La pobre! ¡Las iba a pasar moradas! ¿Y las mujeres? ¡Las violaría a todas! ¡Sencillamente!...

«¡Atrévete, anda, a decirme que son gilipolleces!»...

No había quien le quitara la cárcel de la cabeza... Nadie podía contradecirle. Sólo veía ese medio, ese paliativo... La única cosa para pararme los pies... ¿Y las experiencias, entonces?... ¿Es que no bastaban? ¿Berlope? ¿Gorloge? ¿El reloj?... ¿Es que no había demostrado ya que era una auténtica calamidad? ¿Una catástrofe en ciernes?... Los iba a arrastrar a la ruina... ¡Hacía mucho que se lo esperaba! *Alea*!... ¡Que se hiciera la voluntad!... Volvió a endiñarme un pasaje de César... Defendía las Galias él solo... Tapaba la entrada de la cocina con todos sus gestos, todos sus berridos... Evocaba, trastornaba todo... Se lanzaba al grifo... Bebía la paní en el chorro... Empapado, seguía berreando... No se secaba, chorreaba, ¡con la prisa que tenía por que comprendiéramos las innumerables emboscadas!... Todos los detalles...

¡Inconcebibles! ¡Espantosos! ¡Inauditos! ¡Los imprevistos inefables de semejante expedición! ¡La temeridad diabólica! ¡Y ya está!...

* * *

El tío Edouard volvió a pasar dos días después por el Passage con noticias de primera. ¡Había encontrado un colegio! No podíamos desear nada mejor. Desde cualquier punto de vista... a propósito para mi tipo, mi carácter, mis inclinaciones incorregibles... En una colina... Con aire puro, un jardín, un río abajo... Alimentación excelente... Precios bastante razonables... ¡Sin suplementos ni sorpresas!... Por último, y sobre todo, una disciplina de lo más estricta... Vigilancia garantizada... No era demasiado lejos de la costa, en Rochester exactamente... A una hora, pues, de Folkestone...

* * *

Pese a tantas ventajas, mi padre aún refunfuñaba... Se reservaba... Ponía pegas al programa... Conservaba sus sospechas... Leyó doscientas veces por lo menos el anuncio... ¡No quería dar su brazo a torcer! ¡la catástrofe era inevitable!... ¡No le cabía la menor duda! En primer lugar, era una locura contraer deudas... ¡Aunque fuese con mi tío Edouard!... ¡Que devolver el importe a Gorloge ya iba a ser un trabajo de Hércules! ¡Además del alquiler! ¡las contribuciones! ¡la costurera!... ¡Se morirían, seguro, con tan tremendas economías! Tenía que pellizcarse para creerlo... que quisiéramos añadir aún más... ¡Se quedaba estupefacto al ver a mi madre descarriada, a su vez!... ¡El colmo de la extravagancia!... Entonces, ¿qué? ¿No quería pensarlo más?... «¿Cómo dices? ¿Que no colaboro?... ¿Y te extraña?

¡Huy, la Virgen! Pero entonces mi función, ¿qué? ¿Es que debo decir que sí? ¿A todo?... ¿Así como así?... ¿A cualquier chorrada? ¡Venga, hombre! ¡Yo soy consciente! ¡Responsable! ¿Soy yo el padre?... ¿Sí o no? ¡A Edouard le importa un pimiento, claro está! Más adelante, ¡estará lejos! ¡Se lavará las manos! Y yo, ¡yo seguiré aquí!... ¡Con un bandido a la espalda! ¡Pues claro! ¡Claro que sí! ¿Que exagero? ¡Huy!... ¡Dilo, anda! ¡Dilo, que estoy celoso! ¡Pues claro! ¡Claro que sí! ¡Vamos, hombre! ¡Anda, anda!...».

«¡Que no, querido! ¡Qué cosas tienes!...».

«¡Cállate! ¡Ah, calla, imbécil! ¡Déjame seguir con lo que te estoy intentando demostrar! ¡Ya es que no puedo decir nada aquí! ¡No dejáis de hablar ni un instante! ¡Cómo! ¡Este golfo! ¡Este sinvergüenza! ¡Este canalla aún no se ha arrepentido de esa fechoría repugnante! ¡De esa guarrada infame! ¡Ahí lo tienes! ¡Regodeándose!... ¡Desafiándonos a los dos!... Pero ¡si es que es bochornoso, de verdad! ¡Es como para caerse de culo!... Pero ¡si es que es espantoso!... ¡Porque lo haya dicho Edouard! ¡Ese pelele absurdo! ¡Ya sólo sabéis hablar de viajes! ¡Liberalidades! ¡Pues claro que sí! ¡Y venga! ¡Más gastos! ¡Puras pamplinas!... ¡Extravagancias!... ¡Las peores demencias!... Pero ¡no te das cuenta, chica, de que aún no hemos entregado ni un céntimo de su rescate!... ¿Me oyes?... ¡Su rescate!... Pero ¡es que es increíble!... Pero ¡si es que es atroz!... ¿Adónde vamos a ir a parar? Y yo desvarío, ¿no? ¡Es asqueroso!... ¡Chapoteamos en el absurdo! ¡Ya no puedo más! ¡La voy a diñar!...».

El tío Edouard se había largado al empezar la sesión. Había visto venir la tormenta... Había dejado sus papeles.

«¡Volveré a pasar mañana por la tarde!... ¡Tal vez hayáis decidido!...».

Se espabilaba lo mejor que podía, pero no había nada que hacer... Mi padre estaba en plena erupción. Con aquel plan de enviarme fuera, trastornaban su tragedia... Se aferraba a las condiciones... Se ponía como una fiera corrupia... Recorría el cuarto como un animal. Mi madre iba renqueando detrás... Repetía machacona las ventajas... Los precios más razonables... Una vigilancia muy seria... Una alimentación perfecta... ¡Aire!... ¡mucho aire!...

«¡Ya sabes que Edouard es la seriedad en persona!... Tú no lo aprecias demasiado... Pero, en fin, ya ves, de todos modos, que no es un cabeza de chorlito... No es un muchacho impulsivo... No se lanza a la buena de Dios... Si él lo dice... Es que es exactamente así... ¡Bien lo sabes, anda! ¡Jolines!... ¡Auguste querido, por favor!...».

«¡No quiero deber nada a nadie!...».

«Pero ¡él no es un cualquiera!...».

«¡Mejor me lo pones! ¡Hostia puta!».

«Entonces le firmamos un papel... ¡Como si no lo conociéramos!...».

«¡Me tocan los huevos los papeles! ¡Me cago en la hostia puta y en la madre de Dios!».

«Pero ¡si nunca nos ha engañado!...».

«¡Estoy hasta los cojones de tu hermano! ¿me oyes?... ¿Me oyes, me cago en la leche? ¡Pero es que hasta los mismos cojones! ¡Eso que quede bien claro! ¡Es aún más gilipollas que los demás!... ¡Y de vosotros aún más!... ¿Me oís? ¡De todos!».

Se congestionaba tanto al pronunciar esas palabras, que se le hinchaba toda la cabeza, exhalaba chorros de vapor, las palabras explotaban al final. Entonces ella se agarraba a él, no cedía ni un milímetro. Era terca... Se le aferraba en todos los rincones... Arrastraba de tal modo la pierna, que se enganchaba en todas las sillas. Se sujetaba a las paredes...

«¡Auguste! ¡Oh! ¡qué cruel eres! ¡Qué bruto! ¡Oh! ¡mi tobillo! ¡Ya está! ¡Ya me lo he torcido!».

Conque había gritos durante una hora...

Entonces él volvía a la carga. Rompía las sillas a patadas. ¡Le entraba la locura furiosa! Aun así, ella lo perseguía, adondequiera que fuese... a todas partes... adondequiera que subiese por la escalera. Lo crispaba cada vez más... ¡Ta! ¡ga! ¡dam! ¡Ta! ¡ga! ¡dam! oírla golpear los escalones... Habría sido capaz de tirarla por el hueco de la escalera... O meterse en un agujero de ratón... Ella me hacía señas al pasar... de que empezaba a flaquear... Él iba perdiendo la gorra por todos lados... Se dejaba alcanzar... No podía sostener la marcha... Huía de ella como de un hedor... «¡Déjame! ¡Déjame, joder, Clémence!... ¡Por favor! ¡Déjame, hostias! ¡Que me voy a cagar hasta en la leche que te han dado! ¿Es que no vais a dejar nunca de perseguirme, los dos? ¡Estoy hasta aquí de vuestra cháchara! ¡La leche puta! ¡La hostia puta! ¡Me vais a oír, al final!...».

Le importaba tres cojones, a mi mamá, estaba reventada... No quería soltar su presa. Se le colgaba del cuello, lo besaba en el bigote, le cerraba los párpados a besos... Se marcaba auténticas convulsiones. Le soltaba en pleno oído otros sermones... Al final, él se asfixiaba. Tenía la jeta empapada con las ráfagas y las caricias... Ya no se tenía en pie. Se desplomó sobre los peldaños. Entonces ella se puso a hablarle sólo de su salud, de su inquietante estado... «Que todo el mundo lo había notado... lo pálido que estaba...». Entonces sí que escuchaba...

«Vas a caer enfermo, pobrecito mío, ¡por ponerte en esos estados! Cuando hayas caído, ¿qué ganaremos con eso nosotros? ¿Qué será de nosotros?... Es mejor, te lo aseguro, que se aleje... ¡Te hace daño estando aquí!... Edouard lo ha notado perfectamente... Me lo ha dicho antes de salir...».

«¿Qué es lo que te ha dicho Edouard?».

«"¡Tu marido no va a durar demasiado! Si sigue poniéndose tan violento... Cada día adelgaza un poco más... Todo el mundo lo está notando en el Passage... Todo el mundo lo comenta..."».

«¿Eso te ha dicho?...».

«Sí, mi amor. ¡Sí, te lo aseguro!... No quería que te lo contara... Ya ves lo delicado que es... Ya ves, te aseguro que no puedes seguir así... Entonces, ¿qué? ¿Quieres, eh?...».

«¿Qué?...».

«¡Pues que se vaya el chico!... ¡Que nos deje respirar un poco!... Que nos quedemos solos... ¿No quieres?...».

«¡Ah, eso sí que no! ¡Ah, no! ¡Aún no! ¡Hostias! ¡No! ¡Aún no!...».

«¡Pero bueno, Auguste! ¡Piénsalo! Si te mueres de un disgusto, ¿qué ganaremos con eso?...».

«¿Morir, yo? ¡Huy, huy! ¿La muerte? Pero ¡si es lo que más deseo! ¡Morir! ¡Rápido! ¡Huy, huy, huy! ¡No veas cómo me la trae floja! Pero ¡si es lo que deseo yo, la muerte!... ¡Ah! ¡Me cago en la hostia!...».

Se desasió, se escabulló de repente, derribó a mi madre, Clémence. Ya estaba en pie otra vez, berreando aún más fuerte... No había pensado en eso... ¡La muerte! La hostia... ¡Su muerte!... Ya lo teníamos en trance otra vez... ¡Se entregaba con ganas! ¡Recuperó las fuerzas!... Volvió a lanzarse hacia el fregadero... Quería echar un trago. ¡Ta ra! ¡Blac!... ¡Resbaló!... ¡Dio una carambola!... Se escurrió con las cuatro herraduras... Fue a dar contra el aparador... Resbaló contra la alacena... Berreó a pleno pulmón... Se dio una leche en el coco... Intentó agarrarse... Todos los trastos nos cayeron en la jeta... Toda la vajilla, los instrumentos, la lámpara de pie... Una cascada... una avalancha... Quedamos aplastados debajo... Ya no nos veíamos unos a otros... Mi madre gritó desde los escombros... «¡Papá! ¡Papá! ¿Dónde estás?... ¡Respóndeme, papá!...».

Estaba tendido cuan largo era, boca arriba... Yo veía sus calcos que sobresalían sobre los baldosines de la cocina, ¡los rojos «secantes»!...

«¡Papá! ¡Respóndeme! ¡Anda! ¡Responde! ¡anda, querido!...».

«¡Me cago en la leche! ¡No voy a poder estar tranquilo nunca!... ¡Yo no os pido nada, coño, joder, hostias!...».

* * *

Al final, se cansó... Acabó diciendo que sí... Mi madre se salió con la suya... Él ya no podía competir. Decía que daba igual. Volvía a hablar del suicidio... Regreso a su oficina. Ya sólo pensaba en sí mismo. Abandonaba la partida. Salía para no encontrarse conmigo. Me dejaba solo con mi madre... Entonces ella reanudó las andanadas... las quejas... las letanías... De repente se le ocurrían ideas... Tenía que exponerlas, darles rienda suelta, para que yo las aprovechara, me atiborrase antes de marcharme... ¡No porque mi padre se desinflara debía creer que todo me estaba permitido!...

«¡Escúchame, Ferdinand!... Ya es hora de que te hable: no quiero molestarte, amenazarte con esto o lo otro, ¡no es mi función! ¡No es mi estilo! Pero, en fin, ¡hay ciertas cosas que una madre nota!... Yo parezco estar en la luna la mayoría de las veces, ¡pero noto las cosas, de todos modos!... No digo nada, ¡pero pienso!... Es un gran riesgo el que corremos... ¡Por fuerza! ¡Imagínate! ¡Enviarte a Inglaterra!... Tu padre no dice ninguna tontería... Es un hombre que piensa... ¡Ah! ¡No es ningún imbécil!... Para gente de pocos medios como nosotros, ¡es una auténtica locura!... ¿Enviarte al extranjero?... Pero ¡si ya tenemos deudas!... ¡Y la joya que hemos de pagar!... ¡Y, además, dos mil francos a tu tío! Tu padre lo decía esta mañana... ¡Es una auténtica aberración! ¡Y es verdad!... ¡Yo no he querido insistir! pero ¡tu padre está en lo cierto!... ¡No está ciego! ¡Me pregunto de dónde vamos a sacar una suma así! ¡Dos mil francos!... ¡Ya podemos remover cielo y tierra!... ¡No llueve del cielo!... Tu padre, bien lo ves, ¡está en las últimas!... Y yo estoy rendida, extenuada, no digo nada delante de él, pero estoy a punto de desplomarme... ¿Ves esta pierna?... Ahora todas las noches se me hincha... ¡Esto ya no es vida!... ¡No nos lo merecíamos!... Me oyes, ¿verdad? ¿Hijo? No te hago reproches... Es para que te des cuenta... Que no te hagas falsas ilusiones, que comprendas bien todo lo que sufrimos... Ya que te vas a ir durante varios meses. Mira, ¡nos has complicado las cosas, Ferdinand! ¡Puedo decírtelo, confesártelo!... Soy muy indulgente contigo... ¡Al fin y al cabo, soy tu madre!... Me resulta difícil juzgarte... Pero los extraños, los patronos, que te han tenido en casa todos los días... No tienen las mismas debilidades... ¡Hombre, Gorloge! ¡ayer mismo! aún lo oigo... ¡No le dije nada a tu padre!... Al marcharse... Ya llevaba una hora aquí... "Señora", me dijo, "ya veo a quien hablo... Lo de su hijo, para mí, es muy sencillo... Es usted como tantas otras madres... ¡Lo ha mimado usted! ¡Lo ha echado a perder! ¡Eso es todo! Creemos hacer lo mejor, ¡nos desvivimos! ¡Y hacemos unos desgraciados a esos muchachos!". Te lo repito palabra por palabra, lo que me dijo… "Sin pretenderlo lo más mínimo, ¡hará usted de él un golfo! ¡un vago! ¡un egoísta!…".

¡Me quedé patidifusa! ¡Lo confieso! ¡No dije ni "uf"! ¡No chisté! ¡No era lo más apropiado que me pusiera a darle la razón!… Pero ¡lo pensaba, verdad!… También él estaba en lo cierto… En nuestro caso no es lo mismo, Ferdinand. ¡Sobre todo en mi caso!… Si no eres más afectuoso, más razonable, más trabajador y sobre todo más agradecido… Si no comprendes las cosas mejor… Si no intentas aliviarnos más… En la existencia… En la vida tan difícil… Hay una razón, Ferdinand, y yo te la voy a decir en seguida, yo, tu madre… La comprendo, como mujer…

Es que no tienes corazón, la verdad… Es eso, en el fondo… Muchas veces me pregunto a quién puedes haber salido. Ahora me pregunto de dónde te viene. De tu padre seguro que no, ni de mí… Él tiene corazón, tu padre… Y demasiado incluso, ¡el pobre!… Y creo que me viste cómo era yo con mi madre… Nunca me faltó corazón precisamente… Hemos sido demasiado tolerantes contigo… Estábamos demasiado ocupados, no quisimos ver la realidad… Creímos que la cosa se arreglaría…

¡Has acabado faltando incluso a la probidad!… ¡Qué atroz!… ¡Nosotros somos un poco culpables!… Eso es cierto… ¡Ya ves adónde nos conduce todo eso!… "¡Va a ser su desgracia!…".

¡Ah! ¡no hacía falta que me lo dijera! ¡Lavelongue ya me había avisado!… ¡Ya ves que no fue el único que se dio cuenta, Ferdinand!… Todos los que viven contigo acaban dándose cuenta… Bueno, pues, no insisto más, no quiero hacerte peor de lo que eres… Ya que vas a encontrarte allí en un ambiente muy distinto… ¡Intenta olvidar el mal genio!… ¡Las malas compañías!… ¡No te juntes con los golfillos!… Y, sobre todo, ¡no los imites!… ¡Acuérdate de nosotros!… ¡Acuérdate de tus padres!… Intenta corregirte allí… Diviértete en los recreos… pero no te distraigas en el estudio… Intenta aprender rápido en esa lengua y después volverás… Aprende los buenos modales… Intenta formarte el carácter… Haz esfuerzos… ¡Los ingleses parecen siempre tan decentes! … ¡Tan limpios! ¡Tan correctamente vestidos!… No sé qué decirte, hijo, para que te portes un poco mejor… Es el último intento… Tu padre ya te ha explicado todo… La vida a tu edad es cosa seria… ¡Debes hacerte un hombre de provecho!… No te puedo decir más…». En su género, estaba claro, yo ya había oído casi todo… Nada me afectaba ya… Lo que quería era marcharme y lo más pronto posible y no oír hablar a nadie más. Lo esencial no es saber si tienes o no razón. Eso no tiene importancia, en realidad… Lo que hace falta es conseguir que el mundo deje de ocuparse de uno… El resto es vicio.

* * *

La pena surgió, de todos modos, peor de lo que habría creído, en el momento de partir. Es difícil de evitar. Cuando nos encontramos los tres en el andén de la Estación del Norte, no nos llegaba la camisa al cuerpo… Nos cogíamos de la ropa, procurábamos permanecer juntos… En cuanto nos encontrábamos dentro de la multitud, nos volvíamos tímidos, sigilosos… Hasta mi padre, que tanto berreaba en el Passage, fuera perdía todas sus agallas… Se achicaba. Sólo en casa removía rayos y truenos. Fuera, enrojecía cuando llamaba la atención… Miraba a hurtadillas…

Era una audacia singular, que me enviaran tan lejos… Solo… Así… De repente teníamos canguelo… Mi madre, que era la más heroica, buscó a personas que fueran adonde yo… Nadie conocía Rochester. Subí a guardar mi sitio… Me recomendaron una vez más las cosas indispensables… La prudencia más extrema… no bajar antes de mi estación… No cruzar la vía en ningún momento… Mirar a todos lados… No jugar con la portezuela… Tener cuidado con las corrientes de aire… No meterme nada en los ojos… estar atento a la red del equipaje… que en los choques te cae encima y te mata… Yo llevaba una maleta abarrotada y, además, una manta, una especie de alfombrilla enorme, un tapiz de Oriente de cuadros multicolores, un *plaid* de viaje verde y azul… Lo habíamos heredado de la abuela Caroline. Nadie lo había podido vender nunca. Yo lo devolvía a su país.

¡Iba a ser perfecto para el clima! Eso pensábamos…

Tuve que recitar una vez más, con todo el jaleo, todo lo que me habían obligado a aprender, todo lo que me machacaban desde hacía ocho días…

«Cepíllate los dientes todas las mañanas… Lávate los pies todos los sábados… Pide que te dejen tomar baños de asiento… Llevas doce pares de calcetines… Tres camisones… Límpiate bien después de ir al retrete… Come y sobre todo mastica despacio… Si no, se te estropeará el estómago… Tómate el jarabe contra las lombrices… Abandona la costumbre de tocarte…».

Disponía de otros muchos preceptos para mi edificación moral, para mi rehabilitación. Me lo ofrecían todo antes de que me marchara. Me lo llevaba todo a Inglaterra, los buenos principios… Excelentes… y la gran vergüenza de mis instintos. No me iba a faltar de nada. El precio estaba convenido. Dos meses enteros pagados por adelantado. Prometí ser ejemplar, obediente, valiente, atento, sincero, agradecido, escrupuloso, no mentir nunca y sobre todo no robar, no volver a meterme los dedos en la nariz, volverme irreconocible, un auténtico modelo, engordar, aprender el inglés, no olvidar el francés, escribir al menos todos los domingos. Prometí todo lo que quisieran, con tal de que me dejaran marcharme en seguida… Que no volviera a empezar una tragedia. Después de haber hablado tanto, ya no nos quedaba cháchara… Era el momento de partir. Tenía presentimientos chungos, me venían sensaciones preocupantes, me preguntaba si los ingleses serían tal vez más cabrones, más hijoputas, y mucho peores que los de aquí…

Miraba a mis padres, estremecidos, temblequeando con toda la chola… Ya no podían retener los lagrimones… De repente me eché a llorar. Tenía vergüenza también, mucha, me deshacía en lágrimas como una niña, me veía repugnante. Mi madre me abrazó… Era el momento de cerrar las puertas… Estaban dando la orden: «¡Viajeros al tren!»… Me abrazaba con tal fuerza, en un acceso tan violento, que me tambaleé… La fuerza de un caballo en ternura, que le subía en esos casos del fondo de su deforme cuerpo… La empapaban por adelantado, las separaciones. La volvía del revés completamente, un tornado terrible, como si el alma se le hubiera salido por el trasero, por los ojos, por el vientre, por el pecho, me inundara completamente, iluminase la estación… No lo podía evitar… Hacía un efecto insoportable…

«¡Cálmate, jolines, mamá!… La gente se está riendo…».

Yo le suplicaba que se contuviera, le imploraba entre los besos, los pitidos, el jaleo… Pero era más fuerte que ella… Escapé de su abrazo, salté al estribo, no quería que volviera a empezar… No me atrevía a reconocerlo, pero, de todos modos, aún sentía, en el fondo, como curiosidad… Me habría gustado saber hasta dónde podría llegar en las efusiones… A qué fondo de guarrerías iba a buscar todo eso…

Mi padre, al menos, era sencillo, era un chorra repugnante, no le quedaba dentro del pecho sino rollos, simulacros y más berridos… Todo un mogollón de gilipolleces… Pero ella era distinta… conservaba toda su solvencia, su canción… Incluso en plena miseria infecta… por poco que la acariciaran, volvía a marcarse la emoción… Era como un chisme descuajaringado, el piano de la desgracia de verdad, que sólo hubiera conservado notas atroces… Aun después de haber subido al vagón, temía que me volviera a agarrar… Yo iba y venía, hacía como que buscaba cosas… Me subí al banco… Buscaba mi manta… La pisaba… Me alegré de que nos pusiéramos en movimiento… Partimos con un estruendo atronador… Hasta que hubimos pasado Asnières, no me volví a poner como todo el mundo… Aún no las tenía todas conmigo…

* * *

Al llegar a Folkestone, me enseñaron al jefe del tren, era quien debía vigilarme, avisarme cuándo debía bajar. Llevaba un talabarte rojo con una bolsita colgada en el centro de la espalda. No podía perderlo de vista. En Chatham, me hizo señas. Agarré mi maleta. El tren llevaba dos horas de retraso; los de mi pensión, el «Meanwell College», se habían marchado a casa, ya no me esperaban. Me venía bien, en cierto modo. Fui el único que bajó, los demás continuaban hasta Londres.

Ya era de noche, no estaba demasiado bien iluminado. Era una estación vertical, como montada sobre zancos, sobre pilotes… Estirada, enmarañada, toda de madera, entre el vaho, el abigarramiento de carteles… Cuando andabas sobre la plataforma, resonaba con mil tablones…

No quise que me ayudaran más, estaba harto. Me largué por un pórtico lateral y después por una pasarela… No me preguntaron nada… Yo ya no veía al buen señor, otro con un como uniforme, azul y rojo, que najaba tras mí. Me volví delante de la estación, en una plaza que estaba muy obscura. La ciudad comenzaba allí mismo. Bajaba abrupta con sus callejuelas, de un farol a otro… Era una atmósfera pringosa, pegajosa, que bailaba en torno a los faroles de gas… una sensación pavorosa. De lejos, de más abajo, llegaban ráfagas de música... El viento debía de traer... ritornelos... Como una noria rota en la noche...

Llegué un sábado, conque había una de gente en las calles. Se aborregaba ante las tiendas. El tranvía, una especie de jirafa obesa, sobresalía entre las casuchas, laminaba el tropel, con estruendo de cristales... La muchedumbre era densa, marrón y ondulante, con un olor a cieno, tabaco y antracita, y también a pan tostado y un poco de azufre por los ojos; se volvía cada vez más tenaz, más envolvente, más sofocante, conforme bajábamos, volvía a formarse tras el tranvía, como los peces tras la esclusa...

En los remolinos, eran más viscosos, más adherentes que la gente de mi tierra. Yo me pegué también a los grupos con mi maleta, pasé de una panza a otra.

Diquelaba con ganas la jalandria de los escaparates, toda colgada. Montañas de jamón... Barrancos de salazones... Tenía una gusa que para qué, pero no me atreví a entrar. Llevaba una «libra» en un bolsillo y algo de calderilla en el otro.

Después de tanto paseo y tantos achuchones, desembocamos en una ribera... La niebla era muy compacta... Te acostumbras a tropezar... No hay que caerse en el río... En toda su extensión se había asentado como una feria, con canastillos y también auténticas tarimas... La tira de faroles y todo el tropel... Había charlatanes pescando en el montón... se desgañitaban en su lengua... Había barracas a manta dispuestas por la explanada en todas las direcciones, para todos los gustos... Boquerones, patatas fritas... la mandolina, la lucha libre, los pesos, el tragasables, el velódromo, los pajaritos... un canario que sacaba con el pico «el futuro» de una caja, un batiburrillo tremendo... Tentaciones de todo tipo... turrón... barriles de grosella chorreando por el paseo... Bajó del cielo una nube muy cargada... cayó sobre la feria... ocultó todo en un instante... Algodonó el espacio... Aún se oía muy bien, pero se desdibujó, ya no se veía... Ni el andoba ni el acetileno... ¡Ah! ¡un ataque de borrasca! ¡Reapareció!... un auténtico caballero, con levita... Enseñaba la Luna por dos peniques... Por tres te ofrecía Saturno... Lo decía su cartel... Llegaron vaharadas otra vez, se arrojaron sobre la multitud... se extendieron... ¡Todo empañado otra vez! El tipo se volvió a poner el «clac», plegó el telescopio, gruñó, se largó... La muchedumbre se tronchaba. Ya no había modo de avanzar... se perdían, se reunían ante los escaparates, deslumbrantes de verdad. La música llovía de todos lados... como si la tuvieses dentro... Como un espejismo... Estábamos como inundados por el sonido... Era un banjo... Un negro sobre una alfombra a mi lado, lloriqueaba a ras de la acera... imitaba una locomotora... Iba a aplastar a todo el mundo. ¡Qué divertido! ¡Ya no nos veíamos!...

Las vaharadas se alejaron volando... Yo ya no tenía ninguna prisa... No sentía urgencia por llegar al «Meanwell»... Me gustaba mucho aquel sitio, de la ribera... aquella como feria y la gente difuminada... Es muy agradable una lengua de la que no comprendes nada... Es como una niebla también, que fluctúa por las ideas... Está muy bien, no hay nada mejor, la verdad... Mientras las palabras no salen del sueño, son admirables... Me senté un rato, tan tranquilo, sobre la manta, contra un mojón, tras las cadenas... Muy a gusto, apoyado... Iba a ver pasar todo el espectáculo... Toda una hilera de marineros con farolillos encendidos en la punta de altas varas... ¡Muy graciosos! ¡Jaleo! ¡girándulas!... ¡Ya estaban muy borrachos, muy alegres!... Llegaban en tropel, empujando, armando gresca. Chillaban como gatos... Alborotaban al populacho. Ya no podían avanzar, su farándula quedó atascada ante un farol... Se enroscaba se desenrollaba... Uno se quedó rezagado en el arroyo. Habían derribado a un negro... Se interpelaban... Se retaban...

¡Sonaron insultos!... De repente, se pusieron rabiosos... ¡Querían colgarlo, al negro, del portillo del tranvía!... ¡Se armó un cristo espantoso!... Una pelea con mala leche... Rayos... y truenos... ¡Sonaban golpes como redobles de tambor! ¡zas! y ¡pum! terribles... ¡Y luego pitos!... ¡Otra oleada de cómicos!... ¡Un nubarrón estridente!... Toda una escuadra de policías, azules, con casco en punta entonces, ¡con gorras negras en la chola!... Venían corriendo también. Llegaron al galope de las calles, de las sombras, de todas partes... Se precipitaron a la carrera... Todos los militares que se pavoneaban, con sus varas centelleantes, a lo largo de las barracas, acudieron a toda leche... Se lanzaron también a la pelea... ¡Vamos ya!... ¡Menudo jaleo armaban! ¡Se bamboleaban!... ¡Había de todos los colores! ¡Una batalla de muestras!... ¡Amarillas!... verdes más allá... violetas... ¡Una auténtica refriega! Un pitote... Las chavalas se refugiaron en los rincones con los acetilenos, las antorchas en fusión entre la niebla. Lanzaban todas gritos horribles, estridentes, desolladas vivas de miedo...

Entonces llegaron refuerzos de guardias, cacatúas de colores… Entraron majestuosos en el baile… Salieron rechazados, desollados. Era una batalla en una jaula de pájaros… Las varas… los penachos de plumas saltaban, volaban… Un charabán de cuatro caballos salió en tromba de un callejón… Se paró en seco en plena barahúnda… Saltaron otros cachas… Se arrojaron al montón como fardos, como colosos, lo zarandearon bien… Agarraron a los más truculentos, los más aulladores, los más curdelas… Los tiraron al furgón, patas arriba… Se amontonaban, se aglomeraban… La contienda se desmoronaba… El tumulto se disolvió en la noche… El coche volvió a partir al galope… ¡Y se acabaron las violencias!… La muchedumbre retrocedió hacia las cantinas, a lo largo de los mostradores de caoba… pimplaron aún más… El parterre estaba despejado, ahora desfilaban carricoches… Patatas fritas… morcillas… bígaros… Vuelta a privar… A cortar salchichas… La puerta del bar ya no cesaba de abrirse y cerrarse. Un borracho tropezó, se desplomó en el arroyo… La procesión lo rodeaba, los transeúntes callejeaban… Eran chavalas, una auténtica banda, puros cacareos… esperando a los marineros que las atrapaban en las puertecitas contiguas… Se hablaban… Eructaban… Se veían aspirados por el bar… los escoceses entraban de cabeza… Les habría gustado pelearse aún más, pero es que ya no podían más, la verdad…

Yo los seguí con mi maleta… No me preguntaron nada… Primero me sirvieron… Todo un jarro de jarabe, bien espeso, espumoso y negro… estaba amargo… ¡era cerveza! Humo en compota… Me devolvieron dos perras con la «reina», la que acababa de morir precisamente, con la jeta impresa en un culo[9]… la bella Victoria… No pude acabar aquel brebaje, me daba asco, ¡y mucha vergüenza! Volví a la procesión. Pasamos de nuevo ante los coches, los pequeños que llevaban un farol entre los varales… Oí una auténtica orquesta… Busqué y me orienté… Era muy cerca del embarcadero… Zumbaba, fulminaba, tronaba bajo un toldo… Cantaban en coro… desentonando a más no poder…

Era asombroso cómo conseguían desfigurarse la boca, dilatarla, ensancharla como un auténtico trombón… Y recuperarla intacta… Estaban agonizando… La palmaban presas de convulsiones… ¡La oración, los cánticos!… Una tía enorme, con un solo ojo, se le iba a salir… peor para ella, ¡que las friera!… Se meneaba tanto, que el moho le caía despacio sobre las napias con el sombrero de cintas… No le parecía aún bastante ruido, arrancó el trombón a su chorbo, sopló a su vez, echó todo un pulmón… Pero era una tonada de polka, un auténtico rigodón… Se acabó la tristeza… El público se puso a mover el esqueleto, se abrazaban, se emulsionaban, se meneaban… El otro andoba, el que la miraba, debía de ser su plas; se le parecía, sólo que con barba; además, llevaba gafas y una bonita gorra con una inscripción. Tenía cara de pocos amigos, ése… Estaba absorto en un libro… De pronto, ¡va y se lanza en trance él también! ¡Quitó el trombón a su hermana!… Se subió a la banqueta, lanzó un buen lapo primero… Se puso a cascar… Por su forma de gesticular, de golpearse el pecho, de arrebatarse, comprendí que debía de ser un sermón… Hacía gemir las palabras, las torturaba de un modo, que resultaba difícil de soportar… Los mendas de al lado se tronchaban. Él los retaba, los interpelaba, nada lo detenía… ni siquiera las sirenas, las de los barcos que luchaban contra la corriente… Nada le impedía fulminar… A mí me agotaba… Se me cerraban los clisos… Me senté en la manta… Me tapé, nadie me veía, estaba oculto por las cocheras… El de la «Salvation» seguía berreando, se desgañitaba, me atontaba… Hacía frío, pero me tapó bien… Ya estaba un poco más calentito… El vaho era blanco y después azul. Yo estaba junto a una garita… Obscurecía, poco a poco… Me iba a quedar sobando… De allí llegaba la música… Era una noria… un organillo… Del otro lado del río… el viento… el chapoteo…

* * *

¡Un terrible estertor de caldera me despertó sobresaltado!… Un barco costeaba la ribera… Luchaba contra la corriente… Los «Salvation» de antes se habían largado… Los negros saltaban en el estrado… Daban volteretas vestidos de chaqué… Rebotaban sobre la calzada… los faldones color malva se agitaban por detrás, en el barro y el acetileno. «Ministrels»[10] llevaban escrito en el tambor… No cesaban… Redobles… Escapes… ¡Piruetas!… Una sirena potentísima desgarró todos los ecos… Entonces la muchedumbre quedó paralizada… Nos acercamos a la orilla, para ver la maniobra de abordaje… Yo me apalanqué en la escalera, al ladito de las olas…

La chiquillería de los botes se agitaba en los torbellinos en busca del cabo… La chalupa, la grande con el hervidor en medio, de cobre y enorme, giraba como una peonza… Traía los papeles. Resistía con fuerza la corriente, el «cargo» de las Indias… Resistía, sin moverse del centro, en la obscuridad… No quería acercarse… Con un ojo verde y otro rojo… Por fin, se lanzó de todos modos, solapado, contra un enorme haz de leña que colgaba de la orilla… Y crujía como una pila de huesos… Tenía el morro en la corriente, bramaba con la fuerza del agua… Luchaba con la boya… Era un monstruo encadenado… Aulló otro poquito… Estaba vencido, se quedó ahí solo en los pesados remolinos relucientes… volvimos hacia la noria, la de los organillos y las montañas… La fiesta no había terminado… Yo me sentía mejor, por haber echado una cabezadita… Es que me estaba pareciendo mágico… Un mundo muy distinto… ¡Inaudito!… Como una imagen irreal… De repente me pareció que no me iban a atrapar nunca más… que me había vuelto un recuerdo, irreconocible, que nada tenía ya que temer, que nadie volvería a encontrarme jamás… Pagué por el tiovivo, presenté mi monedita. Di tres vueltas completas con chavalas desgarbadas y soldados… Estaban apetitosas, tenían cara de muñeca, acáis como caramelos azules… La cabeza me daba vueltas… Me apetecía montar otra vez… Me daba miedo enseñar el parné… Me metí en lo obscuro… Rasgué el forro, quería sacar la lechuga, la «libra» entera. Y después el olor a aceite frito me llevó hacia el lugar, junto a una esclusa… Eran buñuelos… los olía perfectamente desde lejos, en un carricoche de ruedas pequeñas.

La chavalita que revolvía la salsa, no es que fuera guapa… Le faltaban dos dientes… No cesaba de reír… Llevaba un sombrero con caireles que estaba a punto de caérsele por el peso de las flores… Era un jardín colgante… y velos, largas muselinas que se le metían en la marmita y se las sacaba con delicadeza… Parecía jovencísima para ponerse semejante adefesio, aun a aquella hora… en aquella situación especial… me sorprendía el sombrerito… No podía quitarle ojo. Ella no dejaba de sonreírme… Tenía menos de veinte castañas, la chavala, y unos chucháis pequeños e insolentes… y cintura de avispa… y un bul como a mí me gustan, apretado, musculoso, bien dibujado… Di la vuelta para observarlo bien. Ella seguía absorta en la fritura… No era altanera ni arisca… Le enseñé el dinero… Me sirvió como para atiborrar a una familia. Sólo tomó una perra chica… Simpatizábamos… Comprendió, por mi maleta, que acababa de bajar del tren… Intentó hacerse entender… Tenía que explicarme… Me hablaba muy despacio… Detallaba las palabras… Ah, pero entonces, ¡me eché para atrás! … Me retraje… Me entró la mala leche… En cuanto me hablaban, ¡me ponía como un basilisco!… ¡Ya no quería más cháchara!… ¡Alto! ¡Ya tenía bastante!… ¡Sabía adónde conducía! ¡no estaba ya de humor para eso! Ella se volvió más cortés, más atenta, más encantadora… ¡Es que, para empezar, la boquita abierta con la sonrisa me desagradaba!… Le indiqué que iba a dar una vuelta por los bares… ¡A divertirme!… Le dejé la maleta a cambio, la manta… Las dejé junto a su silla de tijera… Le indiqué por señas que me las guardara… Y volví a irme de garbeo… Libre ya, volví hacia las tiendas…

me di un voltio por los puestos de vituallas… Pero me había puesto como el Quico, no podía más. Entonces dieron las once… Llegaron ráfagas de borrachos… desfilaron por toda la explanada… Iban y venían, se estrellaban contra la muralla de la aduana, volvían a caer, berreaban, se tendían, se dispersaban… Los que estaban curdas, pero se sostenían, entraban en el cafetín muy tiesos y a compás, con los botones abrochados al revés, se iban derechos a la barra… Se quedaban ahí sin decir palabra, transidos, soldados con el estruendo mecánico, el «vals del amor»… A mí me quedaban aún muchos cuartos… Me bebí otras dos sopas de cerveza, la que se sube a la azotea…

Salí con un golfo y otro que no cesaba de eructar y que llevaba un gatito en brazos. Iba maullando entre los dos… Ya apenas podía avanzar… Conque me metí en el bar contiguo… me caí sobre la puerta giratoria… Esperé en el banco… junto a la pared a que se pasara… con todos los demás curdelas… Había la tira de chorbas vestidas con chambras, plumas y boinas, sombreros de paja de borde duro… Todos hablaban como animales… con ladridos y eructos terribles… Eran perros, tigres, lobos, ladillas… Picaban. Fuera, a través de la ventana, pasaban peces ahora por la acera… Se veían perfectamente… Avanzaban despacio… ondulaban por el escaparate… Venían a la luz… Abrían la boca, les salían neblinas… eran caballas, carpas… Olían también a fango, miel, humo, bien acre… todo… Otro traguito de cerveza… No iba a poder levantarme nunca… Mejor para mí entonces… Venga rajar… Venga reír entre dientes, todos los holgazanes… Toda la fila caneándose, dándose unas hostias como para molerse los muslos…

¡Qué cabrones!…

Pero por fin cesó de sonar el piano, ¡el patrón en delantal nos echó a todos!… ¡Otra vez en la puta calle! ¡Me desabroché el cuello!… Me sentía francamente mal… Me arrastré por las sombras. Aún veía un poco los dos faroles… ¡no demasiado!… Veía el agua… Volví a ver el chapoteo… ¡Ah!

Vi también la escalera. Bajé los peldaños uno por uno… Me agarré, muy prudente… Toqué la pañí… de rodillas… le vomité encima… hice esfuerzos violentos… Estaba muy satisfecho… De más arriba me llegó una ráfaga… enorme… Toda una comida… Vi al tipo inclinado… Una vomitera… una bocanada viscosa… ¡Intenté levantarme! ¡Me cago en la leche! No podía… Volví a sentarme… ¡Me lo chupé todo! ¡Mala suerte! Me chorreaba por los ojos… Otra arcada… ¡Huah! Veía bailar el agua… en blanco… en negro… Hacía un frío que pelaba. Tiritaba, me rasgaba los alares… Ya no podía arrojar más… Volví a echarme en un rincón… Un bauprés de velero me pasó por encima… Me rozó la jeta… ¡Salían, los gachós! ¡Una auténtica escuadra!… ¡Ah, sí! Salían de la niebla… Avanzaban remando… Abordaron la ribera… Con las velas enrolladas hasta medio mástil… Oí llegar a la basca… Pateando a lo largo de los embarcaderos, llegaban los currelantes…

No me separé del nivel de la pañí… Tenía un poco menos de frío… Y la cabeza vacía… Estaba tranquilo… Como Dios manda. No molestaba a nadie… Eran como «tartanas»… Me los conocía yo, los barcos… Llegaban otros más… Se aglomeraban… Se apretujaban en las olas… Hasta la cintura se hundían en el agua… cargados de alimentos. Traían legumbres para un regimiento… Lombardas, cebollas, rábanos negros, nabos en montículos, en catedrales, ¡flotaban a contracorriente y remolcados a vela!… Se pavoneaban a la luz de los reflectores… Surgían de pronto de las tinieblas… Los peones prepararon la escala… Se tragaron todos de una vez el tabaco de mascar… Después se pusieron los adefesios de sombreros, tras las chaquetas de alpaca… Parecían contables… Llevaban hasta lustrinas… Así eran los descargadores de antes… Apilaban cestos, montones increíbles, unos equilibrios, se perdían allí arriba, en la tiniebla… Volvían con tomates, cavaban túneles profundos en pleno terraplén… coliflores… Volvían a desaparecer en las bodegas… Regresaban bajo los faroles… Volvían a pasar cargados de alcachofas… El barquichuelo no podía erguirse… se hundía bajo las pasarelas… no cesaban de llegar otros, para llevarse las mercancías, de los transbordadores de chicha y nabo.

Me quedé atónito, me castañeteaban los dientes… La estaba palmando, sí, literalmente. Dejé de divagar… Tuve un sobresalto de la memoria… ¿Dónde había dejado la manta? Recordé a la chavala de los buñuelos… Fui de barraca en barraca… Por fin, la encontré, a la monina. Me estaba esperando precisamente. Ya lo había cerrado todo, todas las marmitas, su enorme tenedor, había recogido todos los bártulos… Ya podía marcharse… Se alegró de verme. Había vendido todas las frituras. Me enseñó incluso todas las fuentes vacías… patatas fritas… patatas en ensalada… sólo le quedaba un poco de cabeza de jabalí… Se lo extendió con el cuchillo sobre una rebanada de pan, una buena loncha, nos lo repartimos… Yo tenía hambre otra vez. Se subió el velo para verme mejor. Me echó una regañina por señas, que había tardado demasiado. ¡Ya estaba celosa!

No quiso que la ayudara a tirar de los varales… En la ciudad estaba, la cochera donde aparcaba el carricoche… Yo llevaba el farol… No había visto el sombrero completo… Aún había detalles por descubrir, le caían perifollos de adorno hasta la cintura. Llevaba una pluma de pavo real, inmensa, anudada bajo la barbilla con un pañuelo espléndido de verdad, adornado con ramas malvas y doradas.

En la cochera apilamos las cacerolas… Cerramos la burda y nos marchamos de paseo. Entonces se me acercó… Quería hablarme en serio… Tampoco esa vez cedí… Me hice el sueco. Le enseñé la dirección… el «Meanwell College». A propósito me detuve bajo un farol de gas… Pero es que ella no sabía leer… No cesaba de gritar… Sólo me repetía su nombre. Se golpeaba el pecho… ¡Gwendoline! ¡Gwendoline!… Yo oía perfectamente, le sobaba los achucháis, pero no entendía las palabras… ¡Basta de ternuras! ¡de confesiones! ¡Igual que las familias! No se nota a primera vista, pero es mierda y compañía, un hormigueo de infección… No iba a ser esa chica de las fritangas quien me hiciera pronunciar palabra. ¡De eso nasti, monina! ¡Anda, nena! ¡Podía llevar mi maleta! ¡Como gustes, chica! ¡No vamos a discutir por eso! ¡Estaba mucho más cachas que yo!… Aprovechaba los rincones obscuros para acapararme a base de ternuras. Me abrazaba como en la lucha libre… Yo no podía resistirme… Las calles estaban casi desiertas… Quería que la magreara… que la estrujase… que le estrechara con fuerza la cintura… Era de temperamento fuerte… una exigente, una curiosa… Nos escondíamos tras las neblinas… Tenía que besarla otra vez; si no, no me habría devuelto mis bártulos… Estaba yo guapo retorciéndome… Estábamos bajo un farol, le entró la cara dura, me sacó la pilila al aire… Yo ya no estaba empalmado… Me la puso tiesa otra vez… Me corrí… Se puso como loca… Daba saltos en la niebla. Se levantaba las faldas, se ponía a bailar como una salvaje… No pude por menos de reírme… ¡A esas horas! ¡Quería toda la pesca! ¡Joder! Salía corriendo tras de mí… ¡Se ponía hecha una fiera! Me atrapó… ¡Quería comérseme! ¡unos chupetones feroces! Le gustaba el extranjero, a esa chavala…

La explanada estaba vacía, los saltimbanquis, en el otro extremo, estaban plegando sus tiendas… los carricoches de los cómicos, los caramelos, las mermeladas… cruzaban todo el espacio vacío bamboleándose con los hoyos, los baches… Les costaba mucho empujar… Llegamos ante un estrado, allí estaba la última tía, una purí, descolgando sus telas teñidas… iba vestida de hurí… Apagaba todas las luces… Enrollaba sus alfombras de Oriente… Su puesto estaba rodeado de cristales… con líneas de la mano… Bostezaba con ganas, como para desencajarse la mandíbula… Sus gruñidos, ¡huah! ¡huah!, resonaban en la noche. Nos acercamos mi gachí y yo. La interrumpimos en sus quehaceres. Se reconocieron, las chorbas… Se pusieron a hablar… Debían de ser amigas… Chamullaban en su algarabía. Yo les interesaba a las dos… La tía esa me indicó por señas que me acercara, que subiese a su queli. No podía negarme, la otra seguía teniendo mis bártulos… Me cogió de la mano, la chorba, me la volvió, miró las palmas… De muy cerca, bajo la lámpara. Me iba a decir la suerte… ¡Presté atención! ¡Sentían curiosidad por mi futuro!… ¡Quieren saberlo todo, las chorbas! ¡En cuanto les niegas la palabra!… Me daba igual, estaba muy cómodo, sobre una pila de cojines… Hacía mucho menos frío que fuera… Estaba descansando… Ellas seguían con sus manejos… Se interesaban por mi caso… Se animaba, la oriental… se estaba esmerando con mi horóscopo… La mía fruncía el entrecejo. Debía de ser triste mi destino… Yo las dejaba hacer, manipularme… No era desagradable.

¡Es que, además, otras cosas me interesaban! Contemplaba todo lo que me rodeaba, cómo estaba hecha la tienda… toda cubierta de estrellas, y en el techo cometas y lunas bordadas… Era demasiado tarde para apasionarse, ¡qué leche! No comprendía ni papa de sus comadreos… ¡Ya eran por lo menos las dos!… No cesaban, dale que dale… Ahora comentaban los surcos pequeños… Eran escrupulosas… Yo siempre llevaba las manos sucias, así debía de ser más fácil. Y las uñas también… Con gusto me habría quedado dormido… Por fin terminaron… Estaban de acuerdo. Mi chorba pagó a la pureta con su parné, dos monedas, vi… Le había echado las cartas también a ella… Y después se acabó el porvenir… Volvimos a pasar bajo las cortinas. La tía esa volvió a subirse a su mostrador y siguió con sus telas.

Mi conquista, mi Gwendoline, a partir de ese momento, me miró de otro modo… Yo ya no era el mismo… Yo notaba que ella tenía presagios, me veía transfigurado… Ya no me acariciaba igual… Debía de ser asqueroso, mi destino… Tanto en las cartas como en los surcos, ¡ni la menor potra!…

Sentía tal sueño, que me habría dejado caer redondo allí mismo, pero aún hacía fresquito. Tuvimos que deambular por la ribera… Ya es que no quedaba ni un alma, sólo un perrito que nos siguió un momento. Iba hacia las cocheras. Nos metimos en un refugio, a ras del agua, se oía, se veía la marea contra la muralla… como lenguas, venía a cuchichear… y después los remos… y el jaleo de los tipos que se ponían en marcha.

Mi chorba me arrastraba, quería, creo, que fuera a su casa… Con gusto me habría tumbado en los sacos, había pilas enormes que subían hasta las vigas… Protegían del viento… Ella me hacía señas, que tenía una queli de verdad con cama de verdad… Eso no me atraía más… Eran intimidades… Aun así, con tanta fatiga, me daba canguelo. Dije por señas que no… Tenía la dirección donde debía presentarme… en el «Meanwell College»… Prefería pasar por la escuela antes que cepillarme a la Gwendoline. No es que fuera un aborto, en su género no le faltaba encanto, tenía cierta elegancia… Un culamen curiosito, piernas musculosas y chucháis muy ricos… La cara como un feto, pero estaba obscuro. Podríamos haber hecho esas porquerías, seguro que nos lo habríamos pasado chachi… Pero ¡después de haber dormido!… ¡Es que estaba demasiado cansado!… Y, además, ¡que no era posible!… ¡Se me revolvían las tripas! Se me ponía penduleante, sólo de pensar… ¡En toda la perfidia de las cosas! ¡En cuanto te dejas enredar!… ¡Las cabronadas! ¡la mala hostia! ¿Y en mi madre? ¡Ah, pobre mujer! ¡Y en Gorloge! ¡la Méhon! ¡las citas! ¡el grifo de la cocina! ¡en Lavelongue! ¡en el pequeño André! ¡en toda la puta mierda! ¡Sí! ¡Hostias!… ¡Me había tocado en suerte la tira! ¡bien hedionda! ¡Enorme! ¡me había caído humeante sobre la chola!… ¡Menudo! ¡Un buen marrón!

La chavala Bigudí, tan inocente, tan preocupada, menuda zurra le habría endiñado yo, ¡para el pelo bien! ¡se habría enterado de lo que valía un peine!

¡Si me hubiese sentido cachas!… Para que aprendiera… Pero ¡seguro que me habría caneado! Estaba cuadrada, un pecho de atleta, ¡me habría espabilado con el meñique, si hubiera sacado los pies del plato!… Yo no pensaba en otra cosa, por las callejuelas, cuando ella me abría la bragueta… Tenía baes de obrera, desenvueltas, rudas. A mí me ha sacudido todo el mundo. En fin…

Por fin, volví a sacar la dirección. Al fin y al cabo, había que encontrarla. Como ella no sabía leer, buscamos un *policeman*… Nos equivocamos dos, tres veces. Eran simples fuentes muy graciosas, en los cruces, entre las brumas… Nos costó Dios y ayuda encontrarlo… Buscamos de un muelle a otro. Fuimos dando tumbos por todos lados en los toneles y pasarelas… Nos cachondeábamos, pese al agotamiento… Ella me sostenía también a mi, además de la maleta… Tenía buen humor de verdad. Iba perdiendo el moño… Además, yo le tiraba de los pelos. Eso la hacía reír. El perro callejero se nos unió otra vez… Por fin en la ranura de un quiosco vimos luz de verdad… El guripa estaba en cuclillas, se sobresaltó al vernos. Llevaba por lo menos tres hopalandas, una encima de otra: Carraspeó un buen rato… Salió a la niebla, se sacudía, chapoteaba como un pato. Encendió la pipa… Era muy amable. Leyó mi dirección. Nos indicó allá, muy arriba, con el dedo, al final de la noche, dónde se encontraba el «Meanwell College», por encima de la colina, tras todo un rosario de faroles que subía en zigzag… Volvió a su chabola. Se apretujó en la puerta con todas sus capas.

Ahora que ya sabíamos el camino, no teníamos tanta prisa… Faltaba aún una subida, una pendiente muy larga…

¡No había acabado la aventura!… Subimos muy despacito. Ella no quería que yo reventara… Se deshacía en atenciones. Ya no se atrevía a importunarme… Me besaba sólo un poco, en cuanto parábamos a descansar.

Me indicaba por señas bajo los faroles que yo le iba… Que le gustaba mucho… Hacia la mitad de la pendiente, nos sentamos sobre una roca; desde allí veíamos muy lejos, a través del río, pasar nubes de niebla, se precipitaban en el vacío, ocultaban los barquitos sobre la suave corriente. Ya no se veían los faroles… luego había un claro de luna y después las nubes ocultaban todo otra vez… La chavala volvía a hablar por señas… ¿Quería jalar algo más? Se ofrecía a ir a buscármelo, debía de tener buen corazón… Pese a estar tan rilado, aún me preguntaba, de todos modos, si tendría resuello para tirarla al barranco de un patadón en los achucháis. ¿Eh?…

Debajo estaba el acantilado… A pico sobre la pañí.

De pronto oímos voces, eran hombres, una retahíla, los reconocí con sus linternas, eran «ministrels», falsos negros, los pintarrajeados… Subían del puerto también ellos… Arrastraban su carricoche en la niebla. Les costaba mucho. Pesaban la tira todos sus bártulos, desmontados… Sus instrumentos, las estacas, se bamboleaban, sonaban… Nos vieron, hablaron a la chavala… Hicieron un alto, se sentaron, discutieron, apilaron todos sus cuartos en el extremo del banco. No lograban contarlos… Estaban ya muy agotados… Uno por uno, fueron a enjuagarse la cara en la cascada, un poco más allá. Volvieron después tan lívidos, a la luz del amanecer… que parecían muertos ya… Alzaban la cabeza un momento, flaqueaban de nuevo, volvían a sentarse en la grava… Gastaban otras bromas a mi chorbita… Por último, nos agrupamos todos. Partimos juntos… Empujamos su trasto, los ayudamos a tirar del cacharro para que llegaran allá arriba. ¡A mí me faltaba un trecho! No quisieron que nos separáramos… Estaba tras los árboles, el «Meanwell College», una curva más y después un rodeo y luego una cuesta y un jardín…

Ahora todo era pena. Al llegar a la puerta, ya éramos todos bastante amiguetes. El número exacto, no fue fácil encontrarlo. Encendimos cerillas, dos, tres veces, primero… Por fin, ¡ahí estaba!… La chavala se echó a llorar.

¡Teníamos que separarnos!… Le hice manifestaciones, señas, que no se quedara ahí… que siguiese, pues, su camino, que se fuera con los coleguillas… Que yo iría, seguro, a verla… abajo… al puerto… más adelante… un día… Le hice gestos afectuosos… Es que lo decía en serio, en una palabra. Le di la manta para que tuviera confianza… que iría a recogerla… Le costaba mucho comprender… Yo ya no sabía qué hacer… Ella me daba besos y más besos… Los «ministrels» se tronchaban al ver nuestras mímicas… Imitaban los besos…

Por la callejuela muy angosta corría un céfiro glacial... Estando como estábamos tan rilados... Yo ya no me tenía en pie... De todos modos, eran demasiado divertidos, nuestros cariñitos... Nos desternillábamos todos al final, con aquellas chorradas... ¡a esas horas!... Por fin se decidió... Como no quería marcharse sola, siguió a los saltimbanquis... Partieron todos al unísono tras el carricoche, los instrumentos, el gran tambor... todos de paseo... La chavala me hacía aún las últimas llamadas de lejos con la linterna... Por fin desaparecieron... a la vuelta de la alameda...

Entonces miré la placa, allí delante, ¡donde debía entrar!... Estaba escrito bien claro: «Meanwell College», y encima otras letras más rojas: Director J. P. Merrywin. Eran las indicaciones, no me había equivocado. Levanté la aldaba: ¡Plac! ¡Plac! Al principio, no se oyó nada... entonces llamé a la otra puerta. Tampoco respondió nadie... Un buen rato... Por fin, alguien se movió en la queli... Vi una luz pasando por la escalera... Tras los visillos... Me hizo una impresión horrible... Por poco no me las piré... Habría corrido tras la chavala... Habría alcanzado a los cómicos... No habría vuelto nunca al College... Ya estaba dando media vuelta... ¡Tac! me tropecé con un menda... bajito y encorvado, en bata... Se irguió. Me miró a la cara... Farfulló explicaciones... Debía de ser el propietario... Estaba emocionado... Llevaba patillas... pelirrojo... y algunos cabellos blancos... Un pequeño tupé sobre los ojos. Repetía mi nombre una y otra vez. Había venido por el jardín... ¡La sorpresa! Vaya un recibimiento...

Debía de recelar de los ladrones... Protegía la vela con la mano... Se quedó ante mí balbuceando. No hacía calor para charlar. No encontraba las palabras, el viento le apagó la vela:

«¡Ferdinand!... Bue... nos... dí... as... Me... alegro... de tenerlo aquí... pero... llega usted... con mucho retraso... ¿qué le ha sucedido?...».

«No sé», respondí.

No insistió... Entonces me precedió. Andaba a pasitos cortos... Por fin abrió la burda... Le templequeaba la mano en la cerradura. Ya no podía sacar la llave, con tanto temblor... Una vez dentro, me indicó que lo esperara. Que me sentase sobre el cofre... que iba arriba a preparar las cosas. A media escalera, se detuvo otra vez, se inclinó por encima de la lámpara, me señaló con el dedo:

«¡Mañana, Ferdinand! Mañana...

¡Sólo le hablaré inglés! ¿Eh? *What*?...». Eso le hacía reír incluso por adelantado...

«¡Espéreme un momento! *Wait! Moment!* ¡Ah! ¡Ve usted! ¡Ya! ¡Ferdinand! ¡Ya!...».

Se hacía el gracioso...

* * *

No paraba de revolver allá arriba, en los cajones, cerrar puertas y más puertas, trasladar baúles. Yo me decía:

«¡Está exagerando!... ¡Me voy a acostar ahora mismo!...». Seguía esperando. Al final del pasillo, a media luz, veía revolotear una mariposa...

Cuando los ojos se me habituaron poco a poco, distinguí el gran reloj... uno de pared, fetén... espléndido de verdad... y en la esfera, toda de cobre, no cesaba de bailar una fragata minúscula marcando los segundos... ¡tic! ¡tac!... ¡tic! ¡tac!... Bogaba así... Acababa aturdiéndome con el cansancio... El viejo seguía hurgando por allí... Se debatía entre los objetos... Abría grifos... Hablaba con una mujer... Por fin volvió a bajar... ¡Se había esmerado!... Completamente lavado, afeitado, maqueado como para salir... ¡y elegante, además!... Tipo abogado... una capa negra con vuelo... desde los hombros... pliegues... acordeones... y en la punta de la chola un lindo casquete con una gran borla... Supuse que sería para hacer los honores. Querían impresionarme... Me hizo una señita... Me levanté... Me moví... Ya no me tenía en pie, la verdad... El buscaba otras frases... apropiadas, a propósito de mi viaje... ¿Me había resultado fácil encontrarlo? Yo no respondía nada... Lo seguía... Primero por el salón... en torno a un piano... Después por la lavandería... los lavabos... la cocina... Y fue y abrió otra puerta... ¿Qué vi? ¡Una piltra!... Ni corto ni perezoso... ¡Antes de que me invitara!... ¡Me lancé! ... ¡Me eché encima!... Entonces saltó de pronto, el cabrito, se puso furioso... No le hacía ninguna gracia. ¡Armó una buena!... ¡Se puso a dar saltos otra vez!... ¡Iba y venía en torno a la piltra!... ¡No se esperaba eso!... Me cogió de los calcorros... Intentaba tirarme al suelo...

«¡Los zapatos! ¡Los zapatos! *Boots! Boots!*...». Así, ¡cada vez más furioso! ... ¡Se estaba volviendo horrible! Es que había cubierto de barro su hermosa cama... ¡los dibujos floreados!... Eso era lo que lo irritaba, ¡lo ponía frenético! «¡Vete a la mierda! ¡Anda y jódete, mamón!», decía yo... Él intentaba forcejear... Najaba por los pasillos... Buscaba por todos lados, ¡refuerzos!... Como me tocasen siquiera, ¡me iba a poner hecho una fiera!... Me levantaría sin vacilar y le daría una zurra que para qué, ¡a ese payaso! ¡Así mismo!... ¡estaba dispuesto!... ¡Decidido!... ¡No tenía ni media hostia! ¡Harto me tenía con sus cuentos!... ¡Le iba a dar para el pelo bien! ¡Ya es que estaba hasta los huevos!... Aunque él seguía chillando, no me costó dormirme.

No se podía pedir más en cuanto a aire, vista, que el «Meanwell College». Era un paraje magnífico... Desde los jardines, e incluso desde las ventanas del estudio, se dominaba todo el paisaje. En los momentos de cielo claro se podía ver todo el panorama del río, las tres ciudades, el puerto, los muelles achaparrados justo al borde del agua... Las líneas de ferrocarril... todos los barcos que se alejaban... volvían a aparecer un poco más lejos... tras las colinas, las praderas... hacia el mar, tras Chatham... Una impresión única... Sólo que hacía un frío terrible, cuando llegué, pues estaba completamente al descubierto en lo alto del acantilado...

no había forma de mantenerlo caliente. El viento azotaba implacable la queli... Todo el rocío del mar, todas las ráfagas acababan rebotando contra la colina... Rugían en las habitaciones, bamboleaban las puertas día y noche. Vivíamos en un auténtico tornado. En cuanto bramaba la tormenta, los chavales berreaban como sordos, ya no se oían... ¡No había dios que resistiera! Tenía que reventar o ceder. Los árboles se arqueaban, quedaban curvados, el césped estaba hecho unos zorros, con placas arrancadas. Con eso está dicho todo...

En climas tan devastadores, tan rigurosos, te entra un apetito feroz...

¡Los chavales se ponen fuertes, auténticos cachas! ¡Con papeo suficiente! Pero es que en el «Meanwell College» no sobraba precisamente la jalandria... justita como de ordinario. El prospecto era pura farolada. A la mesa, contándome a mí, ¡éramos catorce! Además del patrón, la patrona...

¡Sobraban ocho por lo menos! en mi opinión, ¡en vista de lo que había para jalar! ¡Entre seis nos lo habríamos acabado todo! Los días de viento fuerte... ¡Era raquítico, el pienso!

Del grupo yo era el más alto y famélico. Estaba acabando a escape el crecimiento. Al cabo de un mes, me había duplicado. La violencia de los elementos es que me armaba una revolución en los pulmones, en la estatura. A fuerza de zamparme y limpiar todos los platos mucho antes que los otros me invitaran, me estaba volviendo un azote en la mesa. Los chavales diquelaban mi escudilla, me lanzaban miradas como puñales, había lucha, claro está... A mí me la traía floja, no hablaba con nadie... Me habría comido hasta unos macarrones, además, si me hubieran incitado, de tan hambriento como seguía... Un colegio donde se comiera suficiente se arruinaría... ¡Hay que comprenderlo! Me resarcía con el *porridge*, en eso sin piedad... Abusaba incluso de mi fuerza, peor aún con la «mermelada»... El platillo para los cuatro chavales que éramos me lo limpiaba yo solo de un lametón... me la soplaba, vista y no vista... Los otros ya podían gruñir, yo nunca respondía, lógicamente... Té había a discreción; es que hace entrar en calor, llena, es agua perfumada agradable, pero más que nada te abre el apetito. Cuando la tormenta duraba mucho y toda la colina bramaba días y días, me lanzaba al tarro del azúcar, con el cazo y a puñados incluso; me consolaba, el amarillo, el cande.

En las comidas, el Sr. Merrywin se colocaba justo ante la gran fuente, repartía todo él mismo... Intentaba hacerme hablar. ¡Qué ilusiones!... ¡Charlar, yo!... En cuanto lo intentaban, ¡me ponía furioso!... No era dócil... sólo su hermosa mujer me hechizaba un poquito, habría podido tal vez suavizarme... Estaba situado a su lado... Era una mujer adorable de verdad. Eso sí, ¡de cara! ¡sonrisa! ¡brazos! todos los movimientos, todo. A cada instante se dedicaba a dar de comer al pequeño Jonkind, un niño especial, un «retrasado». Después de cada bocado, o casi, tenía que intervenir, ayudarlo, limpiarlo, secarle las babas. Un currelo de aúpa.

Sus padres, del cretino, seguían allá, en las Indias, ni siquiera venían a verlo. Era mucha sujeción, un nene furioso así, sobre todo en las comidas; se tragaba todo lo que había en la mesa, las cucharillas, los aros de servilletas, la pimienta, las aceiteras y hasta los cuchillos... Era su pasión, engullir... Llegaba con la boca totalmente dilatada, distendida, como una auténtica serpiente, aspiraba los menores objetos, los cubría de baba enteramente, hasta el suelo. Roncaba, echaba espumarajos al comer.

Ella se lo impedía, todas las veces, lo apartaba, la Sra. Merrywin, siempre muy amable, incansable. Nunca brusca, ni una sola vez…

Aparte de la voracidad, el chaval no era terrible. Era incluso bastante manejable. No era feo tampoco, sólo los ojos eran extraños. Se hostiaba con todo sin gafas, era de una miopía innoble, habría dado sopas con ondas a los topos, necesitaba cristales gruesos, del calibre de auténticos cabujones… Lo que le desorbitaba los acáis, más que el resto de la cara. Se espantaba por nada, la Sra. Merrywin lo tranquilizaba con dos palabras, siempre las mismas: «*No trouble! Jonkind! No trouble!…*».

Lo repetía, él también, días enteros por cualquier motivo, como un loro. Al cabo de varios meses en Chatham, eso era lo único que yo había aprendido…

«*No trouble, Jonkind!*».

Pasaron dos, tres semanas… Me dejaban muy tranquilo. Procuraban no tratarme bruscamente. Les habría gustado mucho que hablara… que aprendiese un poco de inglés. Era evidente. Mi padre preguntaba en sus cartas si me aplicaba… Si ponía interés en los estudios…

Yo no me dejaba engatusar… No era apto para la cháchara… ¡Me bastaba recurrir a los recuerdos!… ¡el chamulleo de mi casa!… ¡los líos de mi madre!… ¡Todas las pullas que te pueden soltar con palabras! ¡Joder! A mí, ¡no más! ¡Estaba hasta la coronilla!… ¡Había oído confidencias y cuentos para siempre!… ¡Venga, hombre! Tenía para parar un tren… Se me revolvía el estómago, sólo de intentarlo… No me iban a coger otra vez… ¡Era «la clase»! Tenía buena razón para callarme, una ocasión única de verdad, la iba a aprovechar al máximo… ¡Sin sentimiento! ¡Ni jugarretas! Me daban ganas de vomitar, con su palique… Más aún tal vez que los macarrones… Y eso que me repetían, sólo de pensar en casa…

Ya no sabían qué hacer, el Sr. y la Sra. Merrywin, se preguntaban a qué podía deberse mutismo semejante, enfurruñamiento tan obstinado… Era sobre todo él quien daba los primeros pasos, nada más sentarse a la mesa, a propósito de cualquier cosa… mientras desplegaba su servilleta… Se empeñaba en que yo aprendiese… «*Hello! Ferdinand!*», me decía… No era muy tentador… «*Hello! Hello!*», respondía yo, y se acabó. Ahí quedaba la cosa… Nos poníamos a jalar… Tras sus binóculos, me miraba apenado… Tenía melancolías, debía de decir: «¡Este muchacho no nos va a durar mucho!… ¡Si se aburre, se marchará!…». Pero no se atrevía a insistir más… Entornaba los ojillos, como agujeritos de pilila, su barbilla saliente, alzaba las cejas, cada una por su lado y de color distinto. Conservaba su estilo antiguo, con patillas aún y bigotito cosmético, de extremos muy puntiagudos… Tenía aspecto bastante jovial. Andaba por todos lados, haciendo deporte e incluso en triciclo…

Ella, su mujer, era diferente, no tenía nada que envidiar a nadie en cuanto a encanto, reconozco que era hechizadora… Me causaba una impresión profunda.

El comedor, en la planta baja, era penoso por el decorado. Las paredes casi hasta el techo pintarrajeadas de color marrón. Daba a un callejón sin salida. La primera vez que entró con Jonkind en el cuarto… Resultaba increíble lo hermosa que me parecía… Una turbación poco común… Volvía a mirarla… Guiñaba los dos ojos… Alucinaba… Volvía a enterrar la nariz en el papeo… Nora se llamaba… Nora Merrywin… Antes y después de las comidas, nos prosternábamos todos de rodillas para que el viejo recitara las oraciones… Comentaba la Biblia por extenso. Los chavales se hurgaban la nariz, se retorcían en todos los sentidos…

Jonkind no quería quedarse, quería jalarse el pomo de la puerta que tenía delante, a su altura. El pureta se abandonaba a la oración, le gustaba, mascullar así… se pasaba su buen cuarto de hora farfullando, así concluía el papeo… Por fin nos alzábamos, ¡con el *ever and ever*!…

Las paredes estaban pintadas de marrón sólo hasta la mitad, el resto encalado. Además, había grabados de la Historia Sagrada… Se veía a Job con su báculo, harapiento, atravesando un desierto… ¡Y también el Arca de Noé! completamente cercada por la lluvia, que rebotaba en las olas, en las furias espumeantes… Así estábamos, nosotros también, en la colina, en Rochester. A nuestro techo le ocurría lo mismo. Había, estoy seguro, ráfagas mucho más violentas aún… Las ventanas dobles se descuajaringaban… Luego venía la calma, el gran reino de las nieblas… Entonces se volvía todo mágico… Parecía otro mundo… Ya no se veía a dos pasos a la redonda, en el jardín…

Era todo una nube, penetraba despacio en los cuartos, ocultaba todo, entraba poco a poco por todos lados, en la clase, entre los chavales…

Los ruidos de la ciudad, del puerto, subían, resonaban… Sobre todo los del río de abajo… Parecía que el remolcador llegara justo al jardín… Se lo oía incluso resoplar detrás de la casa… Volvía otra vez… Se alejaba por el valle… Todos los pitidos del ferrocarril se enrollaban como serpentinas por entre los vahos del cielo… Era un reino de fantasmas… Hasta teníamos que meternos en casa… Podríamos habernos caído por el acantilado…

Mientras decían la oración, yo tenía sensaciones peligrosas… Como estábamos arrodillados, casi la tocaba, yo, a Nora. Le soplaba en el cuello, en los mechones. Sentía fuertes tentaciones… Era un momento crítico, me contenía para no hacer un disparate… Me pregunto qué habría dicho ella, si me hubiera atrevido… Me la cascaba pensando en ella, por la noche en el dormitorio, muy tarde, mucho después que los otros, y por la mañana aún sentía el gustito…

Sus manos eran una maravilla, delgadas, rosas, claras, tiernas, la misma dulzura del rostro, ya sólo mirarlas era un pequeño hechizo. Lo que más me trastornaba, lo que me hacía perder la chola, era esa clase de encanto que le aparecía ahí, en el rostro, cuando hablaba… su nariz vibraba un poquito, la curva de las mejillas, los labios que se arqueaban… Me atormentaba de verdad… Era un auténtico sortilegio… Me intimidaba… Veía estrellas, no podía moverme… Ondas, magias, a la menor sonrisa… Ya no me atrevía a mirarla. No apartaba los ojos del plato. Los cabellos también, cuando pasaba ante la chimenea, ¡se volvían puro juego de luces!… ¡Joder! ¡Se volvía un hada! era evidente. A mí, en la comisura del labio es donde más me habría gustado jalármela.

Era tan amable conmigo como con el cretino, me traducía todas las palabras, todo lo que se decía en la mesa, todas las historias de los mocosos… Me daba explicaciones, en francés primero, pronunciaba todo, despacio… Se daba doble trabajo… El viejo no cesaba de guiñar los ojos tras los lentes… Ya no hacía nada, el andoba, se contentaba con asentir… «*Yes*, Ferdinand! *Yes!*», aprobaba… Amable… Y después se divertía solo, se limpiaba los piños muy despacio, y después las orejas, jugaba con su dentadura postiza, se la sacaba, se la volvía a colocar. Esperaba a que los chavales acabaran, entonces volvía a darle a las oraciones.

Una vez alzados de la mesa, la Sra. Merrywin intentaba un poquito más, antes de que volviéramos a clase, interesarme por los objetos… «*The table*, la mesa, ¡hale, Ferdinand!…». Yo me resistía a todos los hechizos. No respondía nada. La dejaba pasar delante… Su culamen también me fascinaba. Tenía un bul admirable, no sólo un rostro hermoso… Una grupa firme, compacta, ni grande ni pequeña, bien apretada en la falda, una fiesta muscular… Es divino algo así, me lo decía el instinto… Qué tía, me la habría comido entera, la habría devorado, yo, proclamo… Me guardaba todas las tentaciones. De los otros chaveas de la queli desconfiaba como de la peste. Eran una pandilla de mocosines guerreros, muy cotillas, muy rabiosos, muy gilipollas. Ya no me interesaban las chorradas, me parecían asquerosos incluso… todos aquellos chavales con sus posturitas… Ya no tenía edad, ni paciencia. Ya es que me parecía insoportable, la escuela… Todos esos cuentos, esas historias… es que no hay quien se las trague, vamos… con todo lo que te espera… con lo que te endiñan, en cuanto sales… Si hubiera querido cascar, en tres palabras, tres gestos, me los habría ventilado, a todos esos mendas tan chungos. Se habrían caído de culo. Sólo de verlos brincar en torno a los *crickets* me entraba una rabia… Al principio, me esperaban en los rincones para meterme en cintura, decían… Habían decidido que yo iba a hablar, de todos modos. Eran una docena. Se tragaban los cigarrillos… Yo hacía como que no veía. Esperaba a tenerlos muy cerca. Entonces, me lanzaba y les daba un buen meneo, a base de leches en los acáis, toñas en las tibias… ¡Un repaso que para qué! ¡puro jarabe de palo! ¡Como canicas hacían carambola! … Se tentaban los huesos un buen rato…

Después, se mostraban más legales… Se volvían suaves, respetuosos… Volvían a husmear un poco… Yo dejaba otra vez para el arrastre a dos o tres… Así aprendían lo que valía un peine.

Yo era el más fuerte, de verdad, y tal vez el más atravesado… Franceses o ingleses, los chavales son tal para cual, como la chusma… Hay que ponerlos a raya desde el principio… No hay que andarse con chiquitas, ¡o los corriges al instante o nunca! ¡A base de palizas! ¡con ganas! Si no, ¡te comen ellos a ti!… Todo jodido, chungo, de pena. Como no aproveches la ocasión, ¡no veas el canguelo! Si me hubiera puesto a hablar, ¡les habría contado, claro está, cómo son los «business» de verdad!… las cosas exactas de la existencia, los aprendizajes… ¡Los habría espabilado rápido, yo, a esos pobres tíos! No sabían nada, esos chavalines… No sospechaban… No entendían que el fútbol no basta… ni mirarse la picha…

* * *

No había demasiadas horas de clase, sólo por la mañana…

En punto a instrucción, religión, deportes diversos, el Sr. Merrywin era quien decidía, se encargaba de todo él solo, no tenía otros profesores.

Al amanecer, él en persona, en sandalias y bata, venía a despertarnos. Venía fumando ya su pipa, pequeña, de barro. Agitaba en torno a las camas su larga varilla, fustigaba aquí y allá, pero nunca demasiado fuerte. «*Hello boys! Hello boys*!», con su voz de pureta. Lo seguíamos a los lavabos… Había una fila de grifos, los usábamos lo menos posible. Hacía demasiado frío para enjabonarse. Y la lluvia no cesaba. A partir del mes de diciembre, ya es que fue un auténtico diluvio. No se distinguía la ciudad, ni el puerto, ni el río a lo lejos… siempre la niebla, un algodón espeso… Las lluvias lo ablandaban también, se distinguían luces, volvían a desaparecer… Se oían todas las sirenas, todas las llamadas de los barcos, a partir del amanecer la algarabía… Chirriar de tornos, jadear y piar del trenecito… que costeaba los muelles… Al llegar, subía el quemador de gas, Merrywin, para que pudiéramos encontrar los calcetines. Después del lavabo, corríamos, húmedos aún, al escaso papeo, en el sótano. ¡Un rezo y el desayuno! Ése era el único lugar en que quemaban un poco de carbón, tan graso, tan suelto, que hacía erupción, detonaba, olía a asfalto. Olor agradable, pero ¡su tufo a azufre apesta, de todos modos, bastante!

En la mesa, había salchichas con pan tostado, pero ¡demasiado pequeñas, joder! ¡Buenas, desde luego! una golosina, pero nunca había suficientes. Yo me las habría comido todas. Por entre el humo, las llamas jugaban con sus reflejos sobre la pared, Job y el Arca… unos espejismos fantásticos.

Como no hablaba inglés, yo tenía mucho tiempo para divertirme con la vista… El viejo masticaba despacio, la Sra. Merrywin llegaba después de todo el mundo. Había vestido a Jonkind, lo instalaba en su silla, apartaba los utensilios, sobre todo los cuchillos; era asombroso de verdad que no se hubiera saltado ya un ojo… Y al verlo tan glotón, que no se hubiese jalado ya una cafetera pequeña, que no la hubiese palmado ya… A Nora, la patrona, yo la miraba a hurtadillas, la oía como una canción… Su voz era como lo demás, un sortilegio de dulzura… Lo que me interesaba de su inglés era la música, cómo venía a bailar en derredor, en medio de las llamas. Yo vivía envuelto también, más o menos como Jonkind, vamos, en el pasmo. Vivía chocho, me dejaba hechizar. No tenía nada que hacer. ¡Debía de darse cuenta muy bien, la muy puta! Es que dan asco, las mujeres. Era una calentorra, como las demás. «Pero, bueno», me decía yo, «¡chico! ¿Qué mosca te ha picado? ¿Estás chiflado? ¿Eh, acaso? ¡Estás perdiendo la cabeza, chaval! ¡Para el carro, muchacho! ¡Despierta! ¡Antes de que sea demasiado tarde!». Era automático, me achantaba al instante…

Me encogía como un erizo. ¡Listo! ¡se acabó! ¡Tenía la mui cosida!

Debía estar en guardia, la imaginación me arrebataba, el lugar era de lo más sugerente con sus ráfagas opacas y sus nubes por todos lados. Había que contenerse, acorazarse sin cesar. Una pregunta me hacía a menudo: ¿cómo es que se había casado con ese tipejo? ¿el ratón de la varita? ¡parecía imposible! ¡Semejante vejestorio! ¡menudo asunto! ¡qué jeta! ¡en una pipa habría dado miedo! ¡no valía un pimiento! En fin, ¡era asunto suyo!…

Era siempre ella quien me incitaba, quien quería que charlara: «*Good morning* Ferdinand! *Hello! Good morning*!»… Yo era presa de la confusión. Ella hacía gestitos tan monos… Estuve a punto de caer muchas veces. Pero me contenía al instante… Me venían de súbito multitud de cosas a la chola… ¡Volvía a ver la cara de Lavelongue, de Gorloge, en revoltillo!… ¡Tenía surtido para echar pestes! ¡la tía Méhon!… ¡Sakya-Muni!… Bastaba con que husmeara, ¡siempre tenía la nariz en la mierda! Me respondía para mis adentros… «¡Ya puedes hablar, anda, habla, monina! No serás tú quien me haga cascar… Ya te puedes rajar la boca de tanto reír… ¡Poner sonrisas como doce ranas! ¡No cederé!… Estoy bien curtido, te lo aseguro, para dar y tomar»… Me acordaba de mi papi… de sus jugarretas, sus follones… de todas las trolas que me esperaban, los currelos pendientes, los cabrones de los clientes, todas las mesillas, los macarrones, las entregas… ¡de todos los patronos! ¡de las zurras que me había ganado! ¡En el Passage!… Todas las ganas de cachondeo se me largaban al instante… ¡Ya es que me daban convulsiones, los recuerdos! ¡Me despellejaban el jebe!… Me arrancaban la piel a tiras, de furioso que me ponían… Tenía el borde hecho papilla. ¡No me iba a engatusar, la ricura! Ya podía ser maravillosa… Aunque hubiese sido cien mil veces más radiante y espléndida, ¡yo no iba a tirarle ni un tejo! ¡ni el menor morreo! ¡ni un suspiro! Ya se podía cortar en rajas el coño, o en tiras, para gustarme, envolverse el cuello con ellas, como serpentinas frágiles, ya podía cortarse tres dedos de la mano para metérmelos en el bul ¡comprarse un chichi de oro puro! ¡yo no hablaría! ¡nunca jamás!… Ni un besito… ¡Y listo! Prefería aún más contemplar al pureta de su maromo, diquelarlo más… ¡eso me impedía divagar!… Hacía comparaciones… Recordaba al nabo su carne… Sangre verde y adulterada… Y también a la zanahoria por los pelos en espiral que le salían de las orejas y de la parte baja de las mejillas… ¿Qué le habría dado para ligársela, a la bella?… Riqueza seguro que no… ¿un error, entonces?… Ahora también, no hay que olvidarlo, las mujeres siempre tienen prisa. Crecen sobre cualquier cosa… Cualquier basura les va… Idénticas a las flores… ¡Cuanto más bellas, más hediondo el estiércol!… ¡La temporada no dura demasiado! ¡Claro! Y, además, ¡cómo mienten siempre! ¡Yo tenía ejemplos terribles! ¡Es que no paran nunca! ¡Es su perfume! ¡La vida!… ¿Debería haber hablado? ¿Y una leche! ¿Me habría comido el coco ella? ¡Eso seguro!… Aún habría entendido menos yo. Cerrar el pico al menos me daba carácter.

El Sr. Merrywin, en clase, intentaba convencerme, se esforzaba a propósito, ponía a todos los alumnos a currelar para hacerme hablar. Escribía frases enteras en la pizarra, en mayúsculas… Muy fáciles de descifrar… y luego debajo la traducción… Los chavales machacaban todos juntos, cantidades de veces… en coro… a compás… Entonces yo abría la boca de par en par, hacía como que venía… Esperaba a que saliera… Nada salía… Ni una sílaba… Volvía a cerrarla a cal y canto… Intento concluido… Ya podía estar tranquilo por veinticuatro horas… «*Hello, Hello* Ferdinand!», volvía a soltarme, el mequetrefe, sin ocurrencias ya, desolado… Entonces es que me ponía negro de verdad… Le habría hecho tragarse toda su larga varilla… Como un asador… Lo habría colgado del culo a la ventana… ¡Ah! al final lo presintió… No volvió a insistir. Adivinaba mis instintos… Yo fruncía las cejas… Gruñía cuando me llamaban por mi nombre… Yo ya no me quitaba el abrigo, ni siquiera en clase y me acostaba con él…

Merrywin contaba conmigo, no tenía una clase demasiado numerosa, no quería que me las pirara, que volviese a mi casa antes de seis meses. Recelaba de mis inclinaciones. Se mantenía a la defensiva…

En el dormitorio estábamos en casa, quiero decir entre chavales, tras recitar la oración… Lo hacíamos de rodillas y en camisa de noche sobre el suelo, al pie de la piltra… Merrywin pronunciaba como un sermón, formábamos un círculo en derredor… y después se las piraba a su habitación… No volvíamos a verlo… Tras las respuestas apresuradas, nos metíamos en el sobre pitando, estábamos ansiosos por cascárnosla. Hace entrar en calor… Al idiota, Nora Merrywin lo encerraba en una cama especial con una rejilla de tapa. Se moría por escapar… A veces, volcaba la piltra, de tan sonámbulo como se ponía…

Yo había conocido a un chavalín curioso que me la chupaba casi todas las noches, se tragaba toda la sopa; es que yo tenía lefa, más que los otros… Era goloso, hacía cachondearse a todo el dormitorio con sus gracias… Se la chupaba a otros dos chavalines… Hacía el perro… «*Wuf! Wuf!*», ladraba, corría como un chuquel, le silbábamos, venía, le gustaba que le mandáramos… Las noches en que la tormenta arreciaba, en que un viento terrible se precipitaba, en el callejón, bajo nuestras ventanas, hacíamos apuestas sobre el farol, si lo apagaría el viento. El que rechinaba tan fuerte, colgado junto al postigo… Yo era el encargado de las apuestas, el *ginger*, los chocolates, las imágenes, las colillas… hasta terrones de azúcar… tres cerillas… Me tenían confianza… Me lo ponían todo sobre la cama… El del *wuf-wuf* ganaba con frecuencia… Tenía el instinto de las borrascas… La víspera de Navidad, se produjo tal ciclón, que el farol del callejón estalló. Aún lo recuerdo… Yo y el del *wuf-wuf* nos jalamos todo lo apostado.

* * *

La moda y la tradición era que a partir de mediodía nos vistiéramos de deportistas, una levita de uniforme a rayas verdes y amarillas, la gorra *ad hoc*, todo ello adornado de escudos con las armas del colegio… A mí no me hacía demasiada gracia disfrazarme de mamarracho, y, además, es que debía de ser muy caro, un uniforme así… Sobre todo los calcos con tacones… No tenía humor para jugar… No veía juegos en mi porvenir… Otra chorrada muy indicada para aquellos pardillos…

El propio Merrywin viejo, nada más comer, se quitaba su semisotana, se ponía la chaqueta de colores, ¡y ea!… ya estaba lanzado… Al instante se ponía muy animado, absolutamente irreconocible… Brincaba como un cabrito de un extremo al otro del terreno… Los chaparrones y las ráfagas le hacían más mella que a nadie… Bastaba con que se pusiera su traje de arlequín para que vibrara con efectos mágicos. ¡Estaba gracioso, en tono plateado!

Los ingleses, hay que ver, de todos modos, la facha que tienen, mezcla de cura y niñato… Nunca deshacen el equívoco… Prefieren darse por culo… Tenía enorme interés por que me compraran a mí también una librea completa, ¡que me trajeran al fin de campeón del «Meanwell College»! Que dejara de desentonar en las filas, el paseo, el fútbol… Hasta me enseñó una carta que estaba escribiendo a mi padre a propósito de ese aderezo… ¿Se ganaría tal vez una comisión? ¿esperaría su «gratificación»? Era una insistencia sospechosa… No chisté ante la misiva. Por dentro me reía… «Anda, envíala, hombre, ¡no conoces tú a mis padres!… Pues no se la trae floja el deporte ni nada…». ¡Seguro que no se daba cuenta!… Seguro que le iban a dar calabazas… Se iba a enterar… ¡Doble contra sencillo!… ¡Iba a estar listo!…

Conque, después del almuerzo, no había borrascas que valieran… Teníamos que ponernos todos… Escalábamos, de dos en dos, otra colina, detrás de la nuestra, absolutamente empapada, torrencial, un caos, hoyos… Yo iba en la retaguardia con la Sra. Merrywin y el idiota entre los dos… Llevábamos su cubo y su pala para que pudiera hacer flanes de arena, grandes, blanditos, de barro, con eso se estaba tranquilo un poco… Ya no había paraguas ni impermeables que valieran… Nada resistía a los tornados… Si no hubiese sido por el barro, más espeso que el plomo, habríamos salido volando…

Yo tenía el puesto ideal en el fútbol, de portero… eso me permitía pensar… No me gustaba que me molestaran, dejaba pasar casi todo… Al toque de silbato, los chavales se lanzaban a la pelea, removían el terreno hasta retorcerse los pinreles, cargaban contra el balón, a toda leche en el barro, se enyesaban, se cegaban los dos acáis, la jeta, con todo el fango del terreno… Al final de la sesión, estaban hechos, nuestros muchachitos, auténticos moldes de basura, arcillas chorreantes… y, además, mechones de palomina que aún les colgaban después. Cuanto más cochambrosos, herméticos, acolchados por la mierda habían quedado, más felices y contentos se ponían… Deliraban de felicidad por entre sus costras de hielo, con la gorra bien encajada.

El único problema que teníamos era la falta de competidores… Escaseaban los equipos rivales, sobre todo en las proximidades. El único, a decir verdad, que se nos enfrentaba, puntualmente, todos los jueves, era el de los chavales de enfrente… de la «Pitwitt Academy», institución de beneficencia al otro lado del puente, en Stroude, un grupo de niños abandonados, lastimosos, cubiertos de granos… Ésos habían quedado reducidos a una delgadez extrema, mucho más ligeros que los nuestros… Apenas pesaban, a decir verdad; a la primera carga violenta, con la ayuda del viento, volaban, salían disparados con el balón… Había que sujetarlos, sobre todo, aplanarlos… Les ganábamos por 12 goles a 4… Infaliblemente. Era la costumbre… Si las piaban un poco, si oíamos murmullos, no vacilábamos un segundo, se ganaban un palizón, un meneo curiosito… Estaba previsto así. Si metían aunque sólo fuera un gol más de lo habitual, nuestros chavales es que se ponían feroces… Se quejaban de la traición… se ponían a husmear en busca de los culpables… Pasaban a la corrida… al volver, por la noche, pasaban revista a ese asunto… tras la oración, luego que el viejo hubiese cerrado la puerta… Se armaba un pitote de la hostia, por cinco minutos… Jonkind era el responsable… Era siempre él, con sus gilipolleces, el culpable de nuestras penas… Recibía para el pelo… Algo memorable… Quitaban su rejilla de un golpe, lo sacaban de la piltra… Primero, lo estiraban como a un cangrejo, en el suelo mismo, se ponían a azotarlo diez a la vez con mala leche, a correazos… hasta con las hebillas… Cuando las piaba un poco más de la cuenta, lo amarraban bajo un jergón y entonces todo el mundo se ponía a pisotear, pasar, patalear por encima… Después venía la paja, a fondo, a base de bien… para que aprendiera a comportarse… hasta que no pudiese soltar más lefa… ni una sola gota…

La mañana siguiente, ya es que no podía tenerse en pie… La señora Merrywin estaba muy intrigada, ya es que no comprendía a su mocoso… Éste ya no repetía *No trouble*… Se desplomaba en la mesa, en la clase… tres días más hecho una braga… Pero seguía siendo incorregible, habría habido que atarlo para que se estuviera quieto… No debía acercarse a las porterías… En cuanto veía entrar el balón, se ponía fuera de sí, se precipitaba a las porterías, arrebatado por su locura, se abalanzaba sobre la pelota, se la arrebataba al portero… Antes de que pudiesen sujetarlo, ya se había largado con ella… En esos momentos era un auténtico energúmeno… Corría más que nadie…

«*Hurray! Hurray! Hurray!*…», no cesaba de gritar, así, hasta el pie de la colina, no veas lo que costaba alcanzarlo. Bajaba corriendo hasta la ciudad. Muchas veces lo atrapábamos en las tiendas… Disparaba a los escaparates. Rompía los rótulos… Tenía la fiebre del deporte. Había que tener cuidado con sus chifladuras.

* * *

Durante tres meses no abrí el pico; no dije ni ¡hip! ni ¡yep! ni ¡yuf!… No dije ni *yes*… Ni *no*… No dije nada… Algo heroico. No hablaba con nadie. Me encontraba en la gloria así… En el dormitorio, continuaba la pajillería de lo lindo… el chupeteo… Nora me intrigaba, desde luego… Pero siempre a base de suposiciones… Entre enero y febrero, hizo un frío terrible y tanta niebla, además, que casi nos resultaba imposible encontrar el camino, cuando bajábamos del entrenamiento… Nos orientábamos a tientas… El viejo me dejaba en paz en la clase y en la colina, ya no intentaba convencerme. Comprendía el carácter… Creía que me lo estaba pensando… ¡Que más adelante me lanzaría! si no me atosigaban… No era eso lo que me interesaba. Lo que me daba la depre era mi regreso al Passage. Tenía ya canguelo tres meses antes. ¡Deliraba sólo de pensarlo!… ¡Joder! ¡iba a tener que ponerme a hablar otra vez!…

En fin, por el lado material no tenía motivos para quejarme, progresaba. Me encontraba mucho más cachas… Me sentaban de maravilla, a mi, los rigores del clima, aquella mierda de temperatura… cada vez me fortalecía más; si hubiéramos jalado mejor, me habría convertido en atleta sólido… Los habría dejado para el arrastre a todos…

Así pasaron dos semanas más… Cuatro meses ya, que no abría la boca. Entonces a Merrywin le dio de pronto como miedo… Una tarde, así, de repente, al volver del deporte, lo vi coger el papel. Se puso a escribir a mi padre, convulsivamente… tonterías… ¡Ah! ¡qué lamentable iniciativa!… A vuelta de correo, recibí entonces yo mismo tres cartas bien compactas, que puedo calificar de repugnantes… cargadas de mala hostia, abarrotadas, rebosantes de mil amenazas, tacos horribles, insultos griegos y latinos también, requerimientos conminatorios… represalias, anatemas diversos, penas infinitas… ¡calificaba mi conducta de infernal! ¡Apocalíptica!… ¡Ya me teníais desanimado otra vez!… Me enviaba un ultimátum, que me entregara al instante al estudio de la lengua inglesa, en nombre de los principios terribles, de todos los sacrificios extremos… de las doscientas mil privaciones, de los sufrimientos horribles pasados, ¡exclusivamente por mi bien! Estaba muy desconcertado, muy conmovido, venga farfullar, el gilipollas y mamón de Merrywin, por haber provocado ese delirio… ¡Ya no había nada que hacer! Se habían roto los diques… Ahora a salvarse como fuera, ¡y se acabó!… Yo sentía un asco indescriptible de verdad, al encontrarme sobre la mesa todas las gilipolleces de mi viejo, expuestas ahí, con todas las letras… Por escrito era aún más triste.

¡Menudo gilipuertas estaba hecho, el maricón del Merrywin! ¡Mucho más mierda aún que todos los chavales juntos! Y mucho más lelo, más cabezón… Yo estaba seguro de que iba a ser mi perdición con sus cuatro ojos y todo.

Si no hubiera metido la pata, si se hubiese quedado quietito, como estaba convenido, aún habría podido yo resistir seis meses… Ahora que la había pifiado, ya sólo era cosa de semanas… Yo me encerraba en mi silencio… Tenía un cabreo terrible con él… Si me las piraba, peor para él… ¡Un desastre para su queli! ¡Él lo había querido, lo había provocado! El negocio del «Meanwell College» ya no era floreciente… Si también yo dejaba el equipo, iba a ir de culo en deportes. No iba a poder acabar la temporada.

Después de las vacaciones de Navidad, había habido cuatro abandonos… chavales que no habían vuelto… El colegio iba a estar impresentable, con su *football*, aun cuando dejaran jugar a Jonkind… No podía ser… Con ocho mocosos sólo, no valía la pena alinearse… nos darían un palizón, seguro… Los «Pitwitt» meterían todos los que quisieran… aun siendo más ligeros que plumas y estando dos veces peor alimentados… Para empezar, todo el mundo se las piraría… No esperarían a la derrota… El colegio no lo resistiría… Sin fútbol, ¡la quiebra!… ¡Tenía un canguelo, el viejo!… Hacía esfuerzos aún. Me preguntaba en francés… si tenía reclamaciones que hacerle, quejas que presentarle… Si los chavales me hacían de rabiar… ¡Faltaría más! Si tenía los pinreles demasiado húmedos… Si quería un plato especial… No valía la pena dar explicaciones, me daba vergüenza delante de Nora, parecer un quejica y un chorra… pero el amor propio es accesorio… Si estás decidido, lo primero es mantener las promesas… Yo me volvía más indispensable, a medida que perdían alumnos… Se me insinuaban mil veces… me dedicaban sonrisas… me hacían favores… Los chavales, ya es que se partían el pecho… Jack, el chavalín que hacía el perro por la noche, me traía más caramelos… y hasta berro de allá, minúsculo… con gusto a mostaza… el que crece en cajas, tieso como barba, en cajas a propósito, muy mohosas, en los alféizares…

El viejo les había dicho que debían mostrarse amables todos… Para conservarme hasta Pascua… que era un asunto deportivo, el honor del colegio… que, si me marchaba antes, el equipo iba a ir de ala… que no podría volver a jugar con el «Pitwitt»…

Para hacerme la vida mucho más grata aún, me eximieron de los estudios… Yo distraía a todo el mundo en la clase… No cesaba de atronar con la tapa del pupitre… Me iba a mirar por la ventana, las nieblas y el movimiento del puerto… Hacía trabajos personales con castañas y nueces, grandes combates navales… grandes veleros con cerillas… No dejaba aprender a los demás…

El idiota se portaba bastante bien, pero es que se metía el palillero por la nariz… Muchas veces se metía dos, a veces hasta cuatro por una sola ventana de la nariz… Se endiñaba todo, berreaba… Se bebía los tinteros… Era mejor también que paseara… Al crecer, resultaba más difícil de vigilar… Nos sacaron juntos… Añoré un poco la clase… No aprendía, pero me encontraba bien, no detestaba la entonación inglesa. Es agradable, elegante, flexible… Es como una música, viene como de otro planeta… Yo no tenía dotes para aprender… No me costaba trabajo resistir… Papá siempre repetía que yo era estúpido y opaco… No era, pues, una sorpresa… Me venía bien, mi aislamiento, cada vez mejor… Lo mío, mi fuerte, es la cabezonería… Tuvieron que rendirse, cesar de importunarme… Halagaron mis instintos, mi inclinación a los garbeos… Me pasearon de lo lindo por los alrededores, por montes y aldeas, con el idiota, su carretilla y todos sus juguetes…

En cuanto empezaban las clases, nos lanzábamos al campo Jonkind, la patrona y yo… Muchas veces volvíamos por Chatham, dependía de los recados. Al idiota lo sujetábamos con una cuerda, de la cintura, para que no se escapara por las calles… Se daba a la fuga… Bajábamos hacia la ciudad, pasábamos por delante de todos los escaparates, íbamos con mucha prudencia, por los coches, él tenía mucho miedo a los caballos, daba saltos al pasar junto a las ruedas…

Mientras hacíamos las compras, la Sra. Merrywin intentaba hacerme comprender los rótulos de las tiendas… para que me iniciara sin querer… así, sin cansarme mucho… Yo la dejaba hablar… Me limitaba a mirarle la cara, justo el punto que me intrigaba… la sonrisa… esa cosita picarona… Me habría gustado besarla, ahí mismo… me consumía el deseo… Pasaba por detrás… Me fascinaba su talle, los movimientos, las ondulaciones… El día de mercado nos llevábamos la gran cesta… como una cuna era… cada uno de un asa y Jonkind también. Subíamos toda la jalandria para la semana entera… Pasábamos toda la mañana con las diversas compras.

De lejos, vi a Gwendoline, como siempre cubierta de grasa. Seguía con su freiduría, llevaba otro sombrero, aún más grande, más floreado… No quise pasar por allí… No habría habido modo de acabar con las explicaciones… los arrebatos… Cuando nos quedábamos en el colegio, porque Jonkind tenía gripe, se tumbaba, Nora, en el sofá del salón, se ponía a leer, había libros por todos lados… Era mujer delicada, imaginativa de verdad, nuestro ángel delicado… No se ensuciaba las manos, no hacía el papeo, ni las piltras, ni barría… Había dos criadas, cuando llegué: Flossie y Gertrude, parecían bastante obesas…

¿Cómo se las arreglaban? Debían de quedarse con todo o, si no, sería una enfermedad… Ya no eran jóvenes, ni una ni otra… Yo las oía piarlas todo el rato, andaban husmeando por las escaleras, se amenazaban con la escoba… Y eso que no se mataban… Los rincones estaban muy sucios…

Flossie fumaba a escondidas, un día la pillé en el jardín… Nada se lavaba en casa, bajábamos toda la ropa a la ciudad, a una lavandería especial, en el quinto coño, más allá de los cuarteles. Esos días Jonkind y yo no íbamos pisando huevos, subíamos, bajábamos la cuesta la tira de veces con bultos enormes… A ver quién llevaba más y más rápido, hasta arriba… Ese deporte sí que lo entendía yo… me recordaba los días de los bulevares… Cuando la pañí se volvía tan pesada, tan torrencial, que el cielo se desplomaba sobre los tejados, en cascadas, regueros furiosos, se convertían en excursiones fantásticas, nuestras salidas. Nos apretábamos los tres para resistir la tormenta… Nora, sus formas, sus chucháis, sus muslos, parecían agua sólida, de tan intenso que era el aguacero, se quedaba todo pegado… Ya es que no podíamos avanzar… No podíamos subir por la escalera, la nuestra, la que subía nuestro acantilado… Nos veíamos obligados a dirigirnos hacia los jardines… dar un rodeo por la iglesia. Nos quedábamos ante la capilla… bajo el porche… y esperábamos a que pasara.

Al idiota la lluvia lo hacía gozar… Salía a propósito de su refugio… Giraba la jeta, a huevo bajo la pañí… Con la mui abierta de par en par… Se tragaba el agua de los canalones, se lo pasaba pipa… culebreaba, se ponía de lo más frenético… bailaba la jiga en los charcos, saltaba como un duende… Quería que bailáramos nosotros también… Era su acceso, su ataque… Yo empezaba a entenderlo, costaba calmarlo… Había que tirarle de la cuerda… amarrarlo a la pata del banco.

* * *

Me los conocía yo, a mis padres, la historia del traje de colores no podía dar el pego en absoluto, me lo temía de antemano… Respondieron, con retraso, aún no salían de su asombro, ponían el grito en el cielo, creían que me estaba quedando con ellos, que me valía de un subterfugio para encubrir gastos excesivos… Aprovechaban para deducir que, si perdía el tiempo dando patadas a un balón, no era de extrañar que no aprendiese ni pizca de gramática… ¡Era su último aviso!… ¡El plazo final!… ¡Que no me empeñara con el acento!…

¡Que cogiese uno cualquiera!… con tal de que pudiesen entenderme, bastaba y sobraba… Volvimos a leer la carta con Nora y su maromo… Seguía ahí, abierta sobre la mesa… Ciertos pasajes no los chanelaban… Les parecía muy obscuro, muy extraordinario… Yo no les expliqué nada… Ya hacía cuatro meses que estaba allí, no me iba a poner a decir chorradas por una chaqueta… Sin embargo, les preocupaba el asunto… Hasta Nora parecía preocupada… porque yo no quisiera vestirme para el deporte, con el uniforme y la gorra de colores… Seguramente para pasear por la ciudad, era el anuncio del «Meanwell», sobre todo yo que era el más alto, el más desgarbado del grupo… mi pinta en el campo avergonzaba al colegio. Por fin, tanto se lamentaron… que me ablandé un poco… acepté un trato, probar una chapuza… que Nora había hecho con dos gabanes viejos de su maromo… Un arreglo mixto… estaba muy mono maqueado así… aún más grotesco, ya no tenía forma ni equilibrio, pero con eso me libraba de los suspiros… Por la misma razón heredé una gorra, bicolor y blasonada, un casquete minúsculo, de naranja… Sobre mi enorme jeta, resultaba curiosa… Pero todo aquello les parecía útil para el prestigio de la casa… Así quedó restablecido el honor. Me pasearon a propósito, ya no necesitaban excusas…

Con tal de que fuéramos de garbeo y no me obligaran a hacer confidencias… me iba de perilla, mejor imposible…

Hasta me habría apalancado una chistera, si hubiesen insistido… para darles una gran satisfacción… Ellos se ponían una, el domingo, para ir a entonar cánticos en su misa protestante… Funcionaba con matraca: ¡Sentados! ¡De pie! en su templo… No me pedían mi opinión… me llevaban a los dos servicios… temían que me aburriera solo en casa… Allí, entre las sillas, había que vigilar otra vez a Jonkind, era un mal trago… Entre los dos, Nora y yo, se estaba bastante quietito.

En la iglesia, Nora me daba la impresión de estar aún más bella que fuera, así me parecía a mí al menos. Con los órganos y los medios tonos de las vidrieras, su perfil me deslumbraba… Aún la veo ahora… Y eso que han pasado muchos años, pero es como si la tuviera delante, siempre que la recuerdo. En los hombros la blusa de seda formaba líneas, curvas, aciertos de la carne, imágenes atroces, delicias que te dejaban para el arrastre… Sí, me habría desvanecido de placer, mientras ellos berreaban, nuestros mocosos, los salmos de Saúl…

La tarde del domingo, vuelta a empezar con la historia del cántico y yo me arrodillaba a su lado… El viejo leía un texto muy largo, yo me sujetaba el nabo con las dos manos, me lo agarraba por el bolsillo. Al atardecer, al final de las meditaciones, me devoraba el deseo… El chavalín que venía a mamármela, iba bien servido, el domingo por la noche, se daba un atracón… Pero no me bastaba, de todos modos, ella es la que me hubiese gustado, ¡toda entera por fin!… La belleza te asalta de noche… viene a rebelarse… te ataca, te arrebata… No hay quien la soporte… A fuerza de cascármela con visiones, tenía la cabeza hecha una braga… Cuanto menos jalábamos en el comedor, más pajas me hacía yo… Hacía tanto frío en la queli, que, en cuanto se largaba el viejo, volvíamos a vestirnos…

El farol, bajo nuestra ventana, el de las ráfagas, no cesaba de chirriar… Para perder menos calor aún, nos acostábamos por parejas… Nos la cascábamos con avaricia… Yo era implacable, estaba como frenético, sobre todo porque tenía que apañarme a base de fantasías… Me la comía, a Nora, en toda su belleza, las rajas… Me subía por las paredes. Le habría arrancado el coño, si hubiera mordido de verdad, las tripas, el jugo del fondo, me lo habría bebido entero… me la habría chupado toda entera, no habría dejado nada, toda la sangre, ni una gota… Prefería destrozar la piltra, lamer enteramente las sábanas… a que la Nora me mandara a paseo, ¡y luego otra!

Había comprendido, yo, ya lo creo, los cuentos de las jas, ¡el folleque es un tango! ¡La caravana de los pupas! Un abismo, un agujero, ¡y se acabó!… Me lo estrangulaba, el canario… Babeaba como un caracol, pero no salpicaba fuera… ¡Ah! ¡eso sí que no! ¡El pobre tío que moja va de culo!… ¡A la mierda las confesiones de los cojones!… ¡Huah! ¡Huah! ¡Te amo! ¡Te adoro! ¡Sí, sí! ¡A quien te come el coco!… No hay que preocuparse, ¡un día es un día!

¡Trincas! ¡Está chupado! ¡Es algo inocente!… ¡De pequeño es que no había comprendido nada, yo! ¡de los sentimientos! ¡Pollas en vinagre! ¡Anda ya, cabrón!… Yo me aferraba a mis cataplines, ¡tenía la bragueta hecha una braga! ¡Ding, ding, dong! ¡No quería palmarla como un pardillo! ¡Con un poema en los labios! ¡Amos, anda!

Además del asunto de las oraciones, sufrí otros asaltos… Recorría todos los senderos, se ocultaba tras cada matorral, el espíritu maligno de la jodienda… Como nos marcábamos recorridos enormes, el idiota, la bellísima y yo, crucé todo el campo de Rochester y con toda clase de climas… Conocimos todos los vallecitos, todas las carreteras y los caminos. Yo contemplaba mucho el cielo también, para distraerme la atención. Con las mareas, cambiaba de color… En los momentos de calma, llegaban nubes rosadas, por la tierra y en el horizonte… y luego los campos se ponían azules…

Por la disposición de la ciudad, los tejados de las casas bajaban en pendiente hacia el río, parecía una avalancha, animales y más animales… un enorme rebaño todo él negro y apretado en las brumas que bajaba del campo… Entre vaharadas amarillas y malvas.

* * *

Ya podía ella dar rodeos y hacer largos descansos propicios, no por ello me predisponían a las confidencias… ni siquiera cuando tardábamos horas, cuando pasábamos por callejuelas para volver a casa… Ni siquiera una tarde, que ya estaba obscuro por el puente que conduce a Stroude… Estuvimos contemplando el río… Durante un buen rato, el remolino en los ojos… oíamos todas las campanas de lejos… de muy lejos… de las aldeas… Entonces me cogió la mano y me la besó de pronto… Yo estaba muy emocionado, no opuse resistencia… No me moví… Nadie podía vernos… No dije nada, no abrí el pico… Ella no pudo sospechar nada… Yo tenía mérito, por resistir así… Cuanto más me costaba más fuerte me volvía… ¡No me iba a ablandar, la vampiro! aunque hubiera sido mil veces más molona. Para empezar, se acostaba con el otro, ¡el aborto escuchimizado! Dan asco, mientras eres joven, los viejos que se ventilan las tías… Si yo hubiese hablado, habría intentado saber por qué él, por qué semejante aborto… ¡Era desproporcionado!… ¿No estaría yo un poco celoso?… ¡Seguramente! Pero es que era horrible de verdad, a la vista y al oído… con sus bracitos minúsculos… agitados como muñones… sin razón… sin cesar… Parecía que tuviera diez, de tanto como los agitaba… Sólo de mirarlo, te daban ganas de rascarte… Tampoco cesaba de dar papirotazos con los dedos, palmadas, y venga molinetes, venga cruzar los brazos… un segundo… ¡Zas! Vuelta a empezar más allá… un auténtico pelele… de pena… histérico… lunático… memo…

Ella, en cambio, emanaba armonía, todos sus movimientos eran exquisitos… Un encanto, un espejismo… Cuando pasaba de un cuarto a otro, te dejaba como un vacío en el alma, bajabas con tristeza a un piso inferior… Podía haber estado preocupada, haber dado más a menudo muestras de pesadumbre. Los primeros meses siempre la veía yo contenta, paciente, incansable, con el chichirivainas y el idiota… No es que fuesen siempre divertidos precisamente… No era digna de envidia… Con una belleza como la suya, había de ser bastante fácil casarse con un buen partido… Tenía que estar hechizada... debía de haber hecho una promesa. Y él no era rico, ¡eso seguro! Era algo que yo no podía tragar, me apasionaba incluso al final...

Para Nora, el idiota era un tute terrible, podía haber estado agotada al anochecer... Sólo de limpiarle los mocos, ponerlo a mear, impedir a cada instante que se metiese bajo los coches, que se tragara, deglutiese cualquier cosa, era una paliza de aúpa...

Nora nunca tenía prisa. En cuanto empezó a mejorar un poco el tiempo, volvíamos aún más tarde, callejeando por la aldea y al borde del río... Babeaba mucho menos, Jonkind, de paseo, que en casa; sólo, que arramblaba con los objetos, birlaba las cerillas... Si lo dejabas solo un poquito, prendía fuego a las cortinas... No por maldad, ni mucho menos, venía corriendo a avisarnos... Nos enseñaba lo bonitas que eran las llamas.

Los tenderos de la zona, de tanto vernos pasar, nos conocían muy bien todos... Eran *grocers*... así se llaman las tiendas de ultramarinos... Al menos aprendí ese nombre... Equilibraban en los escaparates auténticas montañas de manzanas, de remolachas, y en sus infinitos mostradores verdaderos valles de espinacas... Trepaban en vertical hasta el techo... bajaban de una tienda a otra... a base de coliflores, margarina, alcachofas... Jonkind se ponía contento al ver cosas así. Se abalanzaba sobre una alcachofa, le daba un mordisco de caballo...

A mí también me creían chalado los proveedores... Le preguntaban por mí... hacían señas a Nora, cuando estaba de espaldas... con el dedo, así, en la cabeza... «*Better? Better?*», susurraban.

«*No! No!*», respondía ella con tristeza...

¡No iba *better*, la Virgen! ¡Nunca iría *better*!... Me entraba un cabreo ante esa actitud... Comprensiva... Preocupada... Durante la ronda de los recados, me había fijado en una cosita siempre... y muy intrigante, además... La historia de las botellas de *whisky*... Subíamos al menos una y a menudo dos a la semana... y a veces *brandy*, además...

¡Y nunca las volvía a ver en la mesa!... ¡ni en el salón!... ¡ni en los vasos!... ¡ni una gota!... Bebíamos pañí, nosotros, y bien clara y estrictamente... Conque, ¿adónde iba a parar, la priva? ¿Había tanguelos en la queli? ¡Ah! ¡me lo temía! Me lo repetía a cada rato, ¡aquí hay alguien que sopla!... ¡Un potrudo que no pasa frío!... Con lo que pimpla, aun en invierno, ¡no debe de tener reumatismos!... ¡Toma ya!

Empezaba a mejorar el tiempo, acabó el invierno... Entre paseos, deportes y *cross-country*, aguaceros y manuelas, había pasado...

Para aumentar el rancho, metí mano un poco a los abastecedores... Me creían tan inocente, que no recelaban de mis subterfugios... Hacía travesuras, desaparecía... Jugaba a «cucu, trastras» con Jonkind tras las hileras, los mostradores. Birlaba un poco de salchicha, un huevito, por aquí, por allá, unas galletas, plátanos... en fin, pamplinas... Nunca me molestaron...

En el mes de marzo, volvieron las lluvias, el cielo estaba encapotado con ganas, te acaba atacando a los nervios, después de machacarte durante meses... Oprime todo, las casas, los árboles, se desploma a ras del suelo, lo pisas empapado, caminas sobre las nubes, las vaharadas que se derriten en el barro, en el puré, viejos cascos de botella... ¡Un asco!...

Lo más lejos que llegamos durante los paseos fue pasado Stroude, por los senderos, tras los bosques y las colinas, una propiedad inmensa, donde criaban faisanes. No eran salvajes, se paseaban por docenas. Picoteaban como gallinas en un gran césped, en torno a un como monumento, un enorme bloque de carbón, erguido, tremendo, casi tan alto como una casa... Dominaba el paisaje... Nunca llegamos más lejos... El camino no continuaba...

Un lugar que yo añoraba, pero no podía visitar por la noche, eran los muelles de la parte baja de la ciudad, sobre todo el sábado... A Nora le habría encantado, para complacerme, pasar por allí más a menudo... Pero era un rodeo peligroso, siempre por culpa de Jonkind; tropezaba con los cordajes, diez veces estuvo a punto de ahogarse... Era preferible, en una palabra, limitarnos a las alturas y más que nada en pleno campo, donde se ven de lejos los peligros, los perros grandes, las bicicletas...

Una tarde, así, al azar, cuando buscábamos algo nuevo, escalamos otra colina, la que subía hacia el bastión 15... al otro lado de los cementerios... aquel en que los escoceses hacían ejercicio todos los jueves, el 18.º Regimiento... Los contemplamos forcejear y no era cosa de cachondeo... Menuda la que armaban tras gaitas y trompetas. Hundían tanto el terreno, y que se empantanaban cada vez más. Desfilaban cada vez con más brío… Ya les llegaba a los hombros… Seguro que iban a quedar enterrados todos…

Nuestro paseo no había concluido, continuamos por la hondonada… En el centro de las praderas, vimos unas obras, nos acercamos… ¡La tira de obreros! Estaban construyendo una gran casa… Miramos en las vallas… había un letrero enorme… era fácil de descifrar… También para un colegio… Un terreno espléndido de verdad… una situación magnífica entre el fuerte y las quintas… Y, además, un claro para deportes al menos cuatro veces mayor que el nuestro… Ya estaban trazadas las pistas, cubiertas de cenizas… los banderines plantados en las cuatro esquinas… las porterías marcadas… Todo estaba listo, en una palabra… La construcción no debía de ir para largo, debía de concluir pronto… Había ya dos pisos… Parecía atestada de obreros…

El nombre estaba escrito en letras rojas «*The Hopeful Academy* para *boys* de todas las edades…». ¡Menuda sorpresa!… Nora Merrywin no daba crédito a sus ojos… Seguía ahí petrificada… Por fin nos fuimos a escape. Tenía una prisa extraordinaria por contárselo al mequetrefe… A mí me la traían floja sus historias, pero, de todos modos, ¡comprendía que era una tragedia de verdad!… ¡Un golpe terrible para la charanga!… No los vimos, ni a uno ni a otra, en todo el día… Yo fui quien dio de jalar a Jonkind, en la mesa, tras los otros chavales…

La mañana siguiente, Nora aún estaba pálida, había perdido todo el aplomo, ella por lo general tan amable, tan jovial, discreta, hacía gestos parecidos a los de él, papirotazos a cada momento, no debía de haber sobado, no se estaba quieta un instante, se levantaba, subía de nuevo las escaleras… volvía a bajar para hablar con él… Se marchaba otra vez…

El viejo parecía inmóvil, ni siquiera pestañeaba, estaba quieto parado, como alelado. Miraba el espacio delante de él. Ya no comía, sólo bebía el café… Repetía, taza tras taza, llenas, sin cesar… Entre los sorbos, se golpeaba en la palma, la derecha, con el puño izquierdo bien cerrado, así, con fuerza… ¡Ptaf! ¡Ptaf! y se acabó…

Dos días después, más o menos, subió con nosotros, hasta donde los «escoceses»… Quería verlo personalmente… Seguían avanzando las instalaciones del «Hopeful». Habían reanudado las pistas… habían cortado el césped del *cricket*… Además, tenía dos canchas de tenis y hasta un minigolf… Seguro que estaría abierto para Pascua…

El niño grande se paseó entonces en torno a la barrera… Quería mirar por encima… Era un retaco… No veía bien… Diquelaba por las grietas… Encontramos una escala… Nos indicó por señas que continuáramos… que nos alcanzaría por el camino… Volvió, en efecto… Ya no brincaba ni mucho menos. Se sentó junto a su mujer, se quedó muy postrado… Venía deslumbrado con las maravillas del «Hopeful College».

Yo comprendía, ¡la competencia! ¡Ya se piraban los chavales!… El Meanwell les parecía lamentable… Y ahora, ¿qué?… ¿Quién iba a retenerlos?… ¡Era una crisis sin solución!… Yo no comprendía lo que se contaban, Nora y su maromo, pero el tono era siniestro… Volvimos todos los días a contemplar los andamios… Estaban construyendo dos frontones para el entrenamiento del *shooting*… Era un derroche de lujo…

El viejo, al observar aquellos esplendores, se metía los dedos en la nariz, los tres a la vez, pensativo, de la confusión… En la mesa se quedaba siempre como alucinado. No debía de verse futuro… Dejaba enfriar la *gravy*… Apretaba la dentadura postiza con tal fuerza, que una vez se le saltó… La dejó sobre la mesa, junto a su plato… Ya es que no sabía lo que hacía… Seguía rumiando retazos de oraciones, ideas… Primero dijo:

«*Amen! Amen!*». Después se levantó de súbito… Se precipitó hacia la puerta. Subió arriba de cuatro en cuatro… Entonces los chavales se tronchaban… El aparato seguía sobre la mesa. Nora ya no se atrevía a mirar a nadie… Jonkind se acercaba ya, se agachaba, babeando con avaricia, se tragaba la dentadura del pureta… Nunca se habían reído tanto. Tuvo que escupirla otra vez.

* * *

La disciplina estaba chunga. Los chavales hacían ya lo que se les antojaba… El viejo ya no se atrevía a decirles nada… Ni Nora tampoco, ni en casa, ni fuera… Para jugar a cosas violentas ya sólo éramos una docena y para formar un equipo los jueves reclutábamos al azar chavales por el camino, pirillas, desconocidos… Teníamos que resistir hasta Pascua…

Los días se alargaron un poco… Para que mis padres no se impacientaran, escribí tarjetas postales, inventé cuentos, que si ya empezaba a hablar… Todo el mundo me felicitaba… La primavera estaba al caer… Jonkind pescó un catarro… se tiró quince días tosiendo… Ya no nos atrevíamos a llevárnoslo tan lejos. Pasábamos tardes enteras en la explanada de la fortaleza, una ruina enorme llena de ecos, cavernas y mazmorras… Al menor chaparrón, nos refugiábamos bajo las bóvedas con los palomos… era su terreno, había centenares, bien familiares, bien tranquilos… venían a arrullar en la mano, son listillos, esos animalitos, se contonean, te hacen guiños, te reconocen inmediatamente… Él, Jonkind, lo que prefería eran los corderos, se lo pasaba bomba, corría tras los jóvenes, los que tropiezan, dan volteretas. Caía rodando con ellos en el suelo mojado, balaba al tiempo que ellos… Disfrutaba, se volvía loco… se convertía en un auténtico animal… Volvía empapado, calado. Y se pasaba ocho días más tosiendo…

Las mejorías del tiempo se hacían más frecuentes, soplaban nuevas brisas, olores gratos y encantadores. Los junquillos, las margaritas temblaban en todos los prados… El cielo volvió a su sitio, guardaba sus nubes como todo el mundo. Desapareció esa especie de puré que chorrea sin cesar, que vomita en pleno paisaje… La Pascua caía en el mes de mayo, los chavales no podían más de impaciencia… Iban a ver de nuevo a sus familias. Era el momento de mi partida también… Mi estancia tocaba a su fin. Me iba preparando despacio… cuando recibimos un sobre especial, una carta de mi tío con parné y unas letras… Me decía que me quedara, que tuviese paciencia tres meses más… que era mucho mejor… ¡Qué bueno era, el tío Edouard! ¡Menuda sorpresa!… Lo había hecho por su cuenta… Con su buen corazón… Se conocía bien a mi padre… Se imaginaba las tragedias que iba a haber, seguro, si volvía una vez más como un lelo, sin haber aprendido nada de inglés… Estaría pero que muy feo, lógicamente…

En una palabra, que era yo muy rebelde, ingrato, cargante… Podía haberme aplicado un poco… no me habría herniado… para complacerlo… Pero en el momento en que cedía, sentía que volvía a subirme la bilis a la garganta… toda la mala hostia me volvía a invadir… flemas abyectas… ¡Seguro, joder, que no aprendería nada! … ¡Volvería más atravesado que antes! ¡Lo fastidiaría aún más!… ¡Meses llevaba ya sin abrir la mui!… ¡Ah! ¡Eso es! ¡no hablar a nadie! ¡Ni a estos de aquí! ¡ni a los de allá!… Cuando eres frágil, debes hacer acopio de fuerzas… Abres toda la mui y te la invaden. ¡Ésa es la tarea, a mi modo de ver!… ¡No eres fuerte! ¡Te vuelves duro! ¡Podía callarme dos años más! ¡Ya lo creo! ¡Bastaba con que pensara en Gorloge, en el pequeño André, en Berlope e incluso en Divonne y sus pianos! ¡sus corcheas! y sus nocturnos… ¡Joder! ¡El tiempo no cambiaba nada!… Cada vez se me aparecían con mayor claridad, y cada vez más atravesados, incluso… ¡Ah!… Se me quedaban en la chola con todo, las mil tundas, los sopapos, las patadas de campeonato. ¡Hostias! Y, además, toda su podredumbre, completa, y los coleguillas, los caguetas, ¡todas las aberraciones y sus sortilegios!… ¡Cómo! ¿De qué? ¿Ponerme a pensar en chorradas? *Ever and ever!* ¿como el otro mierda?… *Amen! Amen!*… ¡Tururú! Volvía a hacer muecas, ¡me las imitaba solito! Ponía la jeta de Antoine, mientras cagaba en el retrete… Era yo quien le cagaba en la jeta… ¡Lenguaje! ¡Lenguaje! ¿Hablar? ¿Hablar? ¿Hablar de qué?…

* * *

Yo no había visto nunca a Nora con vestido claro, blusa ceñida, satén rosa… se le marcaban las puntas de los achucháis… El movimiento de las caderas es brutal también… La ondulación, el secreto del culamen…

Era hacia finales de abril… Ella volvió a hacer un esfuerzo para animarme, convencerme… Una tarde, vi que bajó con un libro al paseo… Uno grueso, enorme, tipo Biblia por el peso, el tamaño… Nos dirigimos al sitio habitual… nos instalamos… Abrió el libraco sobre sus rodillas… No pude por menos de mirar… Al chaval, Jonkind, le hizo un efecto mágico… Metía la nariz dentro… Ya no podía apartarse… Los colores le fascinaban… Estaba lleno de imágenes, aquel libro, de ilustraciones magníficas… Yo no necesitaba entender, sabía al instante de qué se trataba… Veía a los príncipes, las altas lanzas, los caballeros… la púrpura, los verdes, los granates, todas las armaduras color rubí… ¡Y toda la pesca!… Menudo currelo… Bien hecho… Yo entendía de eso, estaba logrado… Ella pasaba las páginas despacito… Empezaba a contar. Quería leernos palabra por palabra… Estaban irresistibles, sus dedos… eran como rayos de luz, sobre cada hoja que pasaban… Me habría gustado lamerlos… chuparlos… Estaba preso en el hechizo… Aun así, no abrí el pico… Miraba el libro por mi cuenta… No hice ni una pregunta… No repetí ni una palabra… A Jonkind lo que le parecía más prodigioso era el bello dorado de los cantos… eso lo embelesaba, iba a coger margaritas, volvía a sembrárnoslas encima, llenaba los márgenes con ellas… Las dos páginas más admirables estaban en el centro del libro… Toda una batalla desplegada… representaba una barahúnda extraordinaria… ¡Dromedarios, elefantes, la carga de los templarios!… ¡Una hecatombe de caballería!… ¡Todos los bárbaros derrotados!… Era maravilloso de verdad… Yo no me cansaba de admirar… Casi iba a hablar… Iba a preguntar por detalles… ¡Huy!… Me reanimé, ¡di marcha atrás!… ¡Suerte puta! ¡Un segundo más y…! Pero ¡no dije ni mu!… Me aferré a la hierba… ¡No quería más historias, joder!… ¡estaba vacunado!… ¿Y el pequeño André, entonces? ¿Es que no era el más maricón?… ¿No me la había pegado? ¿Acaso?… ¡Menudo cabrito fino! ¿Cómo no me iba a acordar de las leyendas?… ¿Y de mi gilipollez? ¿A propósito? ¿No? Una vez iniciado en los hábitos, ¿adonde irás a parar?… Conque, ¡que no me tocaran los cojones más! ¡Que me dejasen tranquilo, pues!… Prefería joderme, ¡antes que las historias!… Le mostré incluso que era un hombre, me las piré con Jonkind, la dejé sola leyendo su libro… Plantada en la hierba…

Corrimos, el idiota y yo, hasta la orilla… Volvimos por donde los palomos… Al regreso contemplé su expresión… Se llevaba sus imágenes… Desde luego, me consideraba tozudo… Seguramente estaba apenada… No tenía prisa por regresar a casa… Nos fuimos despacio… Nos quedamos junto al puente… Ya habían dado las seis… Ella contemplaba el agua… Es un río caudaloso, el Medway… Con las mareas fuertes, se vuelve incluso intrépido… Llegaba formando volutas. El puente vibra en los remolinos… Brama, el agua, hacía ruidos sordos… se ahoga, en grandes nudos amarillos…

Nora se asomaba justo encima y volvía a alzar la cabeza al instante… Miraba allí, muy lejos, la luz que se ocultaba tras las casas de la costa… Le daba un reflejo en la cara… Una tristeza que hacía temblar todas sus facciones… Ascendía, ya no podía resistir más, se volvía muy frágil… Se veía obligada a cerrar los ojos…

En cuanto quedó concluido, el «Hopeful Academy», se produjeron abandonos… Los que tenían ganas de pirárselas, no esperaron siquiera a Pascua… Seis externos se abrieron ya a fines de abril, y cuatro pensionistas, sus viejos vinieron a recogerlos… Les parecía que el «Meanwell College» ya no era suficiente… Comparaban con la otra queli deslumbrante…

Causaba, el «Hopeful», hay que reconocerlo, una impresión tremenda sobre sus *grounds*… Ya sólo la obra era digna de visita… Todo cubierto de ladrillos rojos, dominaba Rochester, sólo se veía eso en la ladera… Además, habían plantado un mástil, inmenso, en medio del césped, con grandes paveses, todos los pabellones del Código, vergas, obenques, drizas, la tira de cosas, para quienes querían aprender las maniobras y los aparejos, prepararse para el *Borda*[11]…

Así perdí a Jack, el chavea que me la cascaba… Tuvo que transbordar, su padre quería que se hiciera marino… Los del «Hopeful» hacían brillante propaganda de la preparación para la «Navy»…

Tras perder tantos pensionistas, quedamos sólo cinco en el «Meanwell College», incluido Jonkind… No se divertían, los supervivientes, más bien ponían mala cara… Debían de estar atrasados en las cuentas, ya no podían pagar los recibos, por eso no se movían… El equipo de *football* se deshizo en ocho días… Los chavales de los granos, los del «Pitwitt», los macilentos del asilo, volvieron dos veces más a pedir que les diéramos una paliza. De nada servía que les explicáramos, les dijimos que se había acabado, no comprendían… Añoraban sus «doce a cero». Su vida perdía sentido… Se quedaban sin rivales… Eso los deprimía horriblemente… Se marcharon a su casa taciturnos…

Los *Hopeful boys*, los fanfarrones de la nueva queli, no querían jugar con ellos, los rechazaban como a leprosos… Se consideraban de categoría superior… Los «Pitwitt» quedaban a la altura del betún… Jugaban entre ellos…

En nuestra mesa, en el «Meanwell», teníamos dramas serios, la situación se volvía penosa y sin cuartel… Nora Merrywin hacía prodigios para garantizarnos aún la comida. Vimos a las criadas darse el piro… Primero Gertrude, la mayor, y luego, cuatro días después, Flossie… Vino una asistenta…

Nora ya casi no tocaba los platos… Nos dejaba la mermelada, no la probaba, ya no se ponía azúcar en el té, se jalaba el *porridge* sin leche… para nosotros sobraba… Pero, aun así, me daba mucha vergüenza… Cuando el domingo pasaban el *pudding*, había una rebatiña como para retorcer las cucharas… Desportillábamos todos los platos… Merrywin se impacientaba, no decía nada, pero se agitaba por todos lados, se rebullía constantemente en la silla, daba golpecitos en la mesa, abreviaba las oraciones para que nos largáramos antes… Se estaba volviendo un lugar demasiado sensible el comedor…

En clase, volvía a hacer lo mismo… Se subía al estrado… Se ponía su capa, la plisada, la toga magistral… Se quedaba tras su pupitre, apalancado en su silla, miraba fijamente a la clase que tenía delante… Se ponía de nuevo a pestañear, se retorcía los dedos esperando que diese la hora… Ya no hablaba a los alumnos… los chavales podían hacer lo que quisieran… Adelgazaba, Merrywin, él que ya tenía orejas inmensas, despegadas, ahora eran como alerones… Los cuatro chavales que quedaban armaban jaleo como treinta y seis… y luego se aburrían… entonces cogían y se daban el piro… a otro sitio… al jardín… a la calle… Dejaban a Merrywin solo, venían a reunirse con nosotros en el paseo. Después, nos lo encontrábamos, a él, por el camino… nos lo cruzábamos en pleno campo… lo veíamos llegar de lejos… venía hacia nosotros veloz, encaramado en un triciclo enorme…

«*Hello Nora! Hello boys*!», nos gritaba al pasar… Reducía la velocidad un segundo… «*Hello Peter*!», le respondía ella, encantadora… Se sonreían muy atentos… «*Good day, mister Merrywin*», repetían todos los chavales a coro… Reanudaba su marcha. Lo contemplábamos alejarse, pedalear hasta perderse de vista. Había regresado antes que nosotros…

* * *

Por el cariz que cobraban los acontecimientos, yo sentía que mi partida estaba muy próxima… Volví a dejar de escribir… Ya no sabía qué decir, inventar… No se me ocurría nada más… Estaba harto de cuentos… Ya no valía la pena… Prefería disfrutar lo que me quedaba, sin la molestia de las cartas. Pero, desde que el Jack se había marchado, ya no había tanta diversión en el dormitorio… el cochino, chupaba con ganas y a la perfección…

Yo me la cascaba demasiado pensando en la Nora, me dejaba la picha como muy seca… en el silencio, ideaba otras fantasías nuevas… y mucho más ingeniosas, pirillas y turbadoras, tiernas por fuerza… Antes de abandonar el Meanwell, me habría gustado verla, a la chavalita, cuando quilaba con su viejo… Me carcomían… me consumían las ganas frecuentes de admirarlos juntos… me volvía a poner cachondo sólo de pensarlo. Pero ¿qué le haría?

Yo ya era un hacha en el vicio…

Ahora, que, como espectáculo, ése no era de los más fáciles… Tenían alcobas separadas… La de él estaba a la derecha, en el pasillo, justo detrás del quemador… Ahí estaba chupado… Pero, para diquelar en la de Nora, tendría que salir por el otro lado del dormitorio y después meterme por la escalera… estaba después de los lavabos… Era difícil… complicado…

¿Cómo quilarían? ¿Qué sucedería en el cuarto de él? ¿en el de ella? Me decidí… Es que quería darme ese gustazo… Había esperado demasiado.

Como ya sólo éramos cinco pensionistas, podíamos circular mucho mejor… Además, es que ya no venía, el pureta, a pronunciar la oración… Los chavales se dormían muy deprisa, una vez que se habían calentado meneándosela… Esperé a que sobaran, oí los ronquidos y después me volví a poner el pantalón, hice como que iba al retrete… y, además, de puntillas…

Al pasar ante la puerta del pureta, me agaché de pronto. Miré así, muy de prisa, por el ojo de la cerradura… ¡Estaba de un salido!… La llave estaba puesta… Continué mi garbeo… Hice como que iba a mear… Volví a escape… me acosté otra vez… ¡No acabó ahí la cosa! Me dije: «¡ahora o nunca!». No se oía ni una mosca en la queli… Hice como que sobaba… Me quedé unos minutos más… palpitante, pero silencioso… ¡No estaba loco!… Bien que había visto la luz por la ventanilla… justo encima de la puerta… Era la misma historia que en la Rue Elzévir… Me dije: «Anda, chico, ¡que, como te pillen te van a sonar los oídos la tira!». Adopté las máximas precauciones… Llevé una silla al pasillo… Si me trincaban, me ponía, me haría el sonámbulo… Apoyé el respaldo de la silla contra la puerta. Esperé, me apalanqué… Me pegué bien a la pared… Entonces oí dentro como un choque… Como el ruido de una tabla… contra otra… ¿Vendría de la cama?… Volví a equilibrar el respaldo… trepé al milímetro… De pie… aún más despacio… Llegué justo al ras del cristal… ¡Ah! ¡Entonces! ¡Chachi! ¡veía perfecto! ¡Todo!… Vi al andoba… Estaba repantigado… tendido ahí en un sillón… Pero ¡completamente solo! ¡No la veía, a la chavala!… ¡Ah! estaba desnudo ¡fíjate!… Tumbado muy a gusto ante el fuego… ¡Colorado incluso! Resoplaba, de tanto calor… Estaba en pelotas hasta el vientre… Se había quedado sólo con los calzoncillos y la hopalanda, la plisada, la forense, le arrastraba por el suelo detrás… El fuego era vivo e intenso… ¡Crepitaba en todo el cuarto!… ¡Estaba inundado por los resplandores, el viejo chorra! completamente iluminado… No parecía aburrido… se había dejado la gorra puesta… la de la borla… ¡Ah! ¡qué cabrón! Se ladeaba, se caía… La volvía a coger, se la apretaba… Ya no estaba triste como en clase… Se divertía solo… ¡Agitaba, meneaba un boliche! ¡Grande! ¡colosal! Intentaba meter la bola. Falló, se cachondeó… No se enfadó… Volvió a caérsele la gorrita… la capa también… Las recogió como pudo… Eructó… suspiró… Dejó el paquete un momento… Se sirvió un lingotazo… Se lo bebió despacito…, además, ¡Ahí estaba el *whisky*!… Hasta tenía dos frascos a su lado, en el suelo… Y, además, dos sifones junto a la mano… y ¡Ah, claro! un tarro de mermelada… ¡entero!… Metió un cucharón… lo volvió a sacar… dejó caer goterones por todos lados… ¡estaba atracándose!… Volvió a ocuparse del boliche… vació otro vaso… El cordón se enganchó, se lió en la ruedecilla del sillón… Tiró, se embrolló… gruñó… se echó a reír… Ya no sabía dónde tenía las manos… Estaba maniatado… Se cachondeaba, el muy mamón… ¡Basta!… Bajé de mi andamio… Levanté muy despacito la silla… Volví a largarme de puntillas por el pasillo… Nadie se había movido aún… ¡Me metí en el sobre otra vez!…

* * *

Llegamos a trancas y barrancas a las vacaciones de Pascua… Las pasábamos putas… con la jalandria… las velas… la calefacción… Durante las últimas semanas, los chavales, los cinco que quedaban, ya no escuchaban a nadie. Hacían lo que les daba la gana… El viejo ya ni siquiera daba clase… Se quedaba en su cuarto todo el día… o se iba solo, en el triciclo… en largas excursiones.

Llegó una criada nueva… No resistió ni ocho días… Los chavales ya es que estaban inaguantables, ponían la cocina patas arriba… Una asistenta substituyó a la marmota, pero sólo por las mañanas. Nora la ayudaba a arreglar las habitaciones y también los platos… Para eso se ponía guantes… Protegía sus hermosos cabellos con un pañuelo bordado, a modo de turbante…

Por la tarde, yo llevaba a pasear al idiota, yo solo me encargaba de él. Nora ya no podía venir, tenía que cocinar… No nos decía adónde ir… Decidía yo solo… Nos tirábamos todo el tiempo que queríamos… Volvíamos a pasar por todas las calles, los muelles, las aceras. Yo buscaba por todos lados a la chavala de las freidurías, me habría gustado verla. No aparecía por ningún lado, con su carricoche… Ni por el puerto ni por el mercado… ni por los cuarteles nuevos… Nada…

Había momentos agradables en el paseo. Jonkind se portaba bien… Pero no había que excitarlo… En cuanto nos cruzábamos, por ejemplo, con los militares, las charangas, la música estridente, no había quien pudiera con él… Había muchos por Chatham… y de la «flota» también… Cuando volvían del ejercicio, tocaban sones malabares, rigodones triunfales, enloquecían a Jonkind… Se lanzaba al montón como una flecha… No lo podía evitar… Le hacía el mismo efecto que el fútbol…

¡El *tachíntachín* lo arrastraba!

Es algo muy animado, un regimiento, en color y compás, destaca sobre el clima… Iban de granate, los músicos… resultaban con fuerza frente al cielo…

frente a las paredes obscuras… Tocan con ganas, con fuerza, son cachas, los escoceses… Tocan con gracia la gaita, con alegría, pero de machotes…

Los seguíamos hasta el *barracks*, el campamento… Descubríamos otros campos, siempre tras los soldados… más allá de Stroude, más lejos aún… pasado otro río. Volvíamos siempre por la escuela, la de chicas, detrás de la estación, esperábamos a que salieran… No decíamos nada, diquelábamos, nos dábamos un atracón de visiones… Bajábamos por el «Arsenal», el terreno especial de «cagafierro», el de los «profesionales», los «duros» de verdad, los que se entrenaban a compás, para la copa Nelson. Rompían todas las pelotas con la fuerza de sus chutes…

Regresábamos a casa lo más tarde posible… Yo esperaba a que fuera noche cerrada, a ver todas las calles alumbradas, entonces me metía por la High Street, la que acababa ante nuestros escalones… Muchas veces después de las ocho… El viejo nos esperaba en el pasillo, no decía nada, leía el periódico…

En cuanto llegábamos, nos sentábamos a la mesa… Nora se encargaba de servir… Merrywin ya no hablaba… Ya no decía nada a nadie… se estaba volviendo una vida tranquila de verdad… Jonkind, en cuanto tenía la sopa delante, se ponía a babear. Ahora nadie se lo impedía. Ya no lo limpiaban hasta el final.

Ninguno de los mocosos volvió de las vacaciones de Pascua. Ya sólo quedábamos en el «Meanwell College». Jonkind y yo. Era un desierto, nuestra queli.

Para tener menos gastos, cerraron todo un piso. Se pulieron todo el mobiliario, pieza por pieza, primero las sillas y después las mesas, los dos armarios y hasta las camas. Solo quedaban nuestras dos piltras. La liquidación… Eso sí, comíamos mejor, ¡dónde iba a parar!… ¡La tira de mermelada! Tarros a voluntad… podíamos repetir *pudding*… Papeo abundante, una metamorfosis… lo nunca visto… Nora apechugaba con un currelo tremendo, pero se ponía guapa igual. En la mesa, la volvía a ver encantadora, y hasta casi, casi jovial.

El viejo se quedaba muy poco, jalaba muy rápido y volvía a marcharse en su triciclo. Jonkind era quien animaba todas las cháchara, ¡él solito! «No trouble!». ¡Había aprendido otras palabras! «*No fear!*». Estaba orgulloso y alegre. ¡No paraba!… «¡Ferdinand! *No fear!*», me lanzaba sin cesar, entre bocado y bocado…

Fuera, no me gustaba llamar la atención… Le daba algunas patadas en el bul… Me comprendía perfectamente, me dejaba en paz… Para premiarlo, yo le daba pepinillos. Me traía una provisión, siempre llevaba los bolsillos llenos… Era su golosina exquisita, con eso me obedecía… Se moría por los *pickles*.

Nuestro salón se desplumaba… Primero fueron los cachivaches de adorno… después el diván acolchado color rosa, luego los jarrones y, por último, las cortinas… En medio del cuarto, los últimos quince días, sólo quedaba el Pleyel, enorme, monumental…

No me apetecía demasiado regresar, porque ya no teníamos hambre… Tomábamos precauciones, dábamos un toque al rancho al salir. Yo ya no tenía la menor prisa… Aun cansado, me encontraba mejor fuera, callejeando, por aquí, por allá… Descansábamos en cualquier parte… Nos marcábamos una última parada, en los escalones o en las rocas, a la puerta de nuestro jardín… Por donde pasaba la gran escalera, la que subía del puerto, casi bajo nuestras ventanas… Nos quedábamos, Jonkind y yo, lo más tarde posible, apalancados, callados.

Se distinguían bien los navíos, desde aquel sitio, que llegaban, se cruzaban en el puerto… Era como un auténtico juego de magia… todos los reflejos en el agua en movimiento… todas las ventanillas que pasaban, llegaban, centelleaban… El ferrocarril que ardía, vibraba, incendiaba los minúsculos arcos al pasar… Nora siempre tocaba el piano, mientras nos esperaba… Dejaba la ventana abierta… La oíamos perfectamente desde nuestro escondite… Cantaba incluso un poquito… a media voz… Se acompañaba… No cantaba fuerte… Un murmullo, en una palabra… una romanza… Aún recuerdo la música… Nunca supe la letra… La voz se alzaba muy despacio, ondeaba en el valle… Volvía hasta nosotros… La atmósfera sobre el río resonaba, se amplificaba… Era como de ave su voz, batía alas, inundaba la noche con sus leves ecos…

Toda la gente había pasado, todos los que volvían del currelo, las escaleras estaban vacías… Estábamos solos, *no fear* y yo… Esperábamos a que se interrumpiera, dejara de cantar, cerrase el teclado… Entonces volvíamos a casa.

* * *

El piano de cola no duró mucho. Vinieron a buscarlo los mozos de mudanzas un lunes por la mañana… Tuvieron que desmontarlo pieza por pieza… Jonkind y yo participamos en la maniobra… Primero colocaron todo un torno por encima de la ventana… No pasaba bien por el hueco… Estuvieron toda la mañana, en el salón, manipulando cuerdas, poleas… Bajaron la gran caja por la veranda del jardín… Aún lo veo, aquel gran armario negro elevándose por el aire… por encima del panorama…

Nora, en cuanto empezaron a trabajar, bajó a la ciudad, estuvo todo el tiempo fuera… ¿Tendría tal vez que hacer una visita?… ¡Se había puesto su vestido más bonito!… Regresó bastante tarde… Muy pálida…

El viejo volvió a las ocho, justo para cenar… Llevaba varios días haciéndolo así. Después subía a su cuarto… Iba sin afeitar, sin lavarse siquiera, más sucio que el palo de un gallinero… Olía a tigre… Se sentó a mi lado… Empezó a comer, pero no terminó… Se puso a hurgarse los alares, los pliegues, todas las vueltas… Se levantó la bata… Tenía tembleque… Lanzaba pequeños eructos… Bostezaba… Gruñía… ¡Encontró por fin la papela! Era otra misiva, certificada esa vez… Ya era la décima lo menos que recibíamos de mi padre desde Navidad… Yo nunca respondía… Merrywin tampoco… Estábamos paralizados… Me la abrió, me la mostró… Yo miré por quedar bien… Recorrí página tras página… Era copioso, documentado… Volví a empezar. ¡Una auténtica conminación para que volviese!… No era la primera vez que me daban la polcata… ¡No! Pero ¡esa vez tenía el billete!… ¡el regreso por Folkestone!

Mi padre, ¡estaba lo que se dice indignado! ¡Ya habíamos recibido otras! Casi semejantes, cartas desesperadas, gruñonas, chochas… amenazadoras… El viejo las amontonaba después de leerlas en una cajita de cartón a propósito… Las archivaba cuidadosamente por orden y por fecha… Se las subía todas a su queli… Movía la cabeza un poco, pestañeando… No valía la pena que comentara… ¡Bastante hacía con clasificarlas!… ¡Bastantes pesares nos manda el Señor cada día! Y gilipolleces… Sólo que era un ultimátum diferente, de todos modos… Esta vez venía acompañado de un billete… ¡Ya podía hacer las maletas rápido!… ¡En marcha, chico!… Iba a ser la semana siguiente… que acababa el mes… ¡La liquidación!…

Nora no parecía darse cuenta… seguía como absorta… Estaba en la luna… El viejo quería que se enterara… Le gritó bastante fuerte, para que despertara. Volvió de su ensueño… Jonkind lloraba… Se alzó de repente, buscó en la caja, tuvo que releerla… La descifraba en voz alta…

¡Ya no me hago ilusiones sobre el porvenir que nos tienes reservado! Hemos padecido, por desgracia, en numerosas ocasiones toda la maldad, la bajeza, de tus instintos, tu espantoso egoísmo… Conocemos tu pereza, tu gusto por la disipación, tus deseos casi monstruosos de lujo y placer… Sabemos lo que nos espera… Está visto que ninguna *indulgencia,* ninguna *consideración inspirada por el afecto, puede limitar, atenuar el carácter desenfrenado, implacable de tus inclinaciones… ¡Hemos hecho todo al respecto, me parece, hemos probado todo! De forma, que, actualmente, nos encontramos sin fuerzas, ¡nada más que podamos hacer! ¡Ya no podemos dedicar parte de nuestros escasos recursos para salvarte de tu destino!… ¡Sea lo que Dios quiera!…*

Mediante esta última carta he querido advertirte, como padre, como amigo, antes de tu regreso definitivo, por última vez, a fin de prevenirte, cuando aún estás a tiempo, ¡contra toda amargura inútil, toda sorpresa, toda rebelión superflua, Ferdinand! ¡Únicamente con tus fuerzas! ¡No cuentes con nosotros más! ¡te lo ruego! ¡Para garantizarte la manutención, la subsistencia! ¡Ya no podemos más, tu madre y yo! ¡Nada más podemos hacer por ti!…

Sucumbimos literalmente bajo el peso de nuestras cargas antiguas y recientes… A las puertas de la vejez, nuestra salud, minada ya por las angustias continuas, los trabajos agotadores, los reveses, las inquietudes perpetuas, las privaciones de toda índole, se tambalea, se desploma… ¡Estamos in extremis, *hijo mío!… Materialmente, ¡ya no poseemos nada! … De la pequeña propiedad que heredamos de tu abuela, ¡no nos queda nada!… ¡absolutamente nada! ¡ni un céntimo! ¡Muy al contrario! ¡Nos hemos endeudado! Y bien sabes en qué circunstancias… ¡Las dos fincas de Asnières están gravadas con hipotecas!… En el Passage, tu madre, en su tienda, se enfrenta a nuevas dificultades, que yo presumo insuperables. Una variación, un salto brutal, absolutamente inesperado, en el rumbo de la moda, ¡acaba de reducir a la nada nuestras perspectivas para una temporada relativamente prometedora!… Todas nuestras previsiones han quedado desbaratadas… Por una vez en nuestra vida, ¡nos habíamos permitido una audacia!… Habíamos constituido, con grandes gastos, escatimando en todo lo demás e incluso en la alimentación, durante este último invierno, una auténtica reserva, una provisión de boleros de «Irlanda». Pero, de repente, sin indicio premonitorio alguno, el favor de la clientela se ha desviado sin vacilación, ha huido literalmente de esos artículos para lanzarse por otras bogas, otros caprichos... ¡No hay quien lo entienda!*

¡Una auténtica fatalidad se ensaña con nuestra pobre barca!... ¡Es de prever que tu madre no pueda deshacerse ni de uno solo de esos boleros! ¡Ni siquiera a cualquier precio!

¡Actualmente está intentando *convertirlos en pantallas para lámparas! ¡para los nuevos dispositivos eléctricos!... ¡Fútiles esfuerzos!... ¿Cuánto durará? ¿Adónde iremos a parar? Por mi parte, en la* Coccinelle, *debo sufrir diariamente los ataques solapados, pérfidos, refinados, me atrevo a decir, de una camarilla de jóvenes redactores que han entrado en funciones recientemente... Provistos de títulos universitarios (algunos de ellos son licenciados), amparándose en el apoyo del Director General, en sus alianzas sociales y familiares, en su formación muy «moderna» (ausencia casi total de escrúpulos), esos jóvenes ambiciosos disponen, respecto de los simples empleados del montón como yo, de ventajas abrumadoras... ¡No cabe duda de que conseguirán (y muy pronto, me parece) no sólo suplantarnos, sino también excluirnos radicalmente de nuestros modestos puestos!... Sin pretender en absoluto ensombrecer el panorama, ¡es cuestión de meses! ¡No hay que hacerse la menor ilusión al respecto!*

Por mi parte, yo me esfuerzo por resistir el mayor tiempo posible... sin perder la compostura ni la dignidad... Reduzco al mínimo las posibilidades y los riesgos de un incidente brutal cuyas consecuencias me espantan... ¡Todas las consecuencias! ¡Me contengo!...

¡me reprimo!... ¡me domino para eludir cualquier ocasión de tropiezo, de escaramuza! Por desgracia, no siempre lo consigo... En su celo, ¡esos jóvenes «arribistas» me infligen auténticas provocaciones!... ¡Me convierto en blanco, en objeto de su malignidad!... Me siento perseguido por sus maniobras, sus sarcasmos y sus incesantes agudezas... Practican a mis expensas... ¿Por qué? Me pierdo en conjeturas... ¿Será sólo por mi presencia? Esa vecindad, esa hostilidad persistente, me resultan, como puedes imaginar, atrozmente dolorosas. ¡Además, me siento, en resumidas cuentas, vencido de antemano en esta prueba de mundología, astucia y perfidia!... ¿Con qué armas podría competir? Yo, que carezco de relaciones personales o políticas, que casi he llegado al fin de mis días, que no tengo ni fortuna ni parientes ni cuento con otra baza que los servicios prestados honrada y escrupulosamente, durante veintidós años consecutivos, *a la* Coccinelle, *mi conciencia irreprochable, mi perfecta probidad, la noción precisa, indefectible, de mis deberes... ¿Qué puedo esperar? ¡Lo peor, evidentemente!... Ese pesado bagaje de virtudes sinceras, ¡se me sumará, me temo, al debe más que al haber, el día del ajuste de cuentas!... ¡Lo presiento con la mayor seguridad, querido hijo mío!...*

¿Y si mi posición se vuelve insostenible? (poco falta ya para eso)

¿si me destituyen de una vez por todas? (¡Bastará un pretexto! Cada vez hablan más de reorganización total de nuestros servicios). ¿Qué será de nosotros? ¡Tu madre y yo no podemos pensar en esa posibilidad sin experimentar terribles y justificadas angustias! ¡un verdadero espanto!...

Por si acaso, en un último coletazo defensivo, me he dedicado (¡último intento!) a aprender a escribir a máquina, fuera de la oficina, por supuesto, durante las pocas horas que puedo aún hurtar a las entregas y compras para nuestra tienda. Hemos alquilado ese instrumento (americano) por unos meses (otros gastos más). Pero ¡por ese lado tampoco me hago ilusiones!... A mi edad, como comprenderás, ¡no se asimila tan fácilmente una técnica tan nueva!

¡otros métodos! ¡otras formas! ¡otras ideas! ¡Sobre todo estando como estamos abrumados por continuas vicisitudes! ¡atormentados sin cesar!...

¡Todo eso nos hace ver nuestro futuro, querido hijo mío, con el mayor pesimismo! ¡y ya no podemos cometer el menor error, sin duda alguna, sin exageración alguna! ni la menor imprudencia!... ¡Si no queremos acabar nuestros días, tu madre y yo, en la más completa indigencia!

¡Recibe un abrazo de los dos, querido hijo! Tu madre me acompaña, ¡una vez más!, para exhortarte, ¡suplicarte!, rogarte antes de tu regreso de Inglaterra (ya que no por nuestro interés, ni por afecto a nosotros, al menos por tu interés personal) que adoptes una determinación valerosa y sobre todo la resolución de aplicarte en adelante en cuerpo y alma para lograr salir airoso de tus empeños.

Tu padre afectuoso: Auguste

P. S. Tu madre me encarga anunciarte la defunción de la Sra. Divonne, que acaeció el lunes pasado, en su asilo, en Kremlin- Bicêtre.

Llevaba varios meses en cama. Padecía enfisema y una afección cardíaca. Sufrió poco. Durante los últimos días estuvo transpuesta constantemente... No sintió venir la muerte. Nosotros habíamos ido a verla la víspera, por la tarde.

* * *

El día siguiente, hacia mediodía, estábamos los dos en el jardín, Jonkind y yo, esperando el almuerzo... Hacía un tiempo magnífico... Apareció un tipo en bicicleta... Se detuvo, llamó a nuestra verja... Era otro telegrama... Me precipité, era de mi padre... «Vuelve inmediatamente, mamá inquieta. Auguste».

Subí al instante al primero, encontré a Nora en el rellano, le entregué el papel, lo leyó, bajó de nuevo al comedor, nos sirvió el papeo, empezamos a comer... ¡Uf! De pronto se deshizo en lágrimas... Lloraba, no se podía contener, se levantó, se largó, escapó a la cocina. La oí sollozar en el pasillo... ¡me desconcertó su actitud! No era su estilo en absoluto... nunca le sucedía... Aun así, no dije ni pío... Me quedé en mi sitio con el idiota, acabé de darle de jalar... Era el momento del paseo... Ya es que no tenía ganas... Me había dejado cortado, aquel triste incidente...

Además, es que pensaba en el Passage, me obsesionaba de repente, mi llegada allá... todos los vecinos... la búsqueda del currelo curiosito... ¡Se había acabado, la independencia! A la mierda el silencio... ¡Ni por éstas más garbeos! Tendría que volver a la infancia; ¡volver a ser modosito!

¡Diligente! ¡Ah! ¡qué perra suerte! ¡qué horror!... ¡qué abyecta condición! ¡El muchacho meritorio! ¡Cien mil veces bonzo! ¡Y requetebonzo! ¡no quería ni recordarlo!... ¡Se me caía el alma a los pies sólo de imaginarme a mis padres! Ahí, mi madre, con su piernecita de zancuda; mi padre, con sus bacantes y su bacanal, todas sus gilipolleces meningíticas...

El chaval Jonkind me tiraba de la manga. No comprendía lo que pasaba. Quería que nos marcháramos. Yo lo miraba, al *No trouble*. Al final nos íbamos a separar... Tal vez me echase de menos en su mundo, el pobre aborto, tragón, chiflado... ¿Cómo me veía, él, en el fondo? ¿Como un buey? ¿Una langosta?... Se había acostumbrado a que yo lo paseara, con sus ojazos de pez, su perpetua alegría... Tenía como potra... Era bastante afectuoso, si procurabas no contrariarlo... Verme pensativo no le hacía gracia... Fui a mirar un poco por la ventana... Antes de que me volviera, saltó, el juguetón, entre los cubiertos... Se calmó, ¡orinó! ¡Salpicó en la sopa! ¡Ya estaba hecho! Me precipité, lo saqué de ahí, lo hice bajar... Justo entonces se entreabrió la puerta... Entró Merrywin... Avanzó maquinal, sin chistar, con facciones como de estatua... Caminaba como un autómata... Circuló en torno a la mesa, primero... dos, tres veces... Y vuelta a empezar... Se había puesto de nuevo su hermosa toga, la negra de abogado... pero, debajo, todo un atuendo deportivo, calzones de golf, gemelos... una hermosa cantimplora toda ella niquelada y, además, una blusa verde de su mujer... Continuó su garbeo igual, como un sonámbulo... bajó la escalinata a saltos... Se paseó un poco por el jardín... intentó incluso abrir la verja... vaciló... Dio media vuelta, volvió hacia nosotros, hacia la casa... igual de ensimismado... Pasó de nuevo ante Jonkind... Nos saludó majestuoso, con un gesto muy teatral... Alzó el brazo y lo bajó... Se inclinó un poco cada vez... Se dirigía a una multitud a lo lejos, muy lejos... Parecía responder a una nutrida ovación... Y, por último, volvió a subir a su queli... muy despacio... con perfecta dignidad... Lo oí cerrar la puerta...

A Jonkind le habían dado miedo, esos modales extraños... aquel andoba articulado... Ya es que no podía estarse quieto. Quería largarse a toda costa, era presa del pánico. Yo chasqueaba la lengua y le decía, ¡sooo! ¡sooo!, así... igualito que a un caballo, con eso solía entrar en razón... Al final, tuve que ceder... Volvimos a marcharnos por el campo...

Cerca del campamento escocés, nos cruzamos con los mocosos del «Hopeful College» de paseo. Iban al *cricket*, al otro extremo del valle. Llevaban sus palas, *wickets* y aros... Reconocimos a todos los «antiguos» de nuestro colegio... Nos hacían señas amistosas... Habían engordado y crecido, claro está... Iban contentísimos... Parecían alegrarse de vernos. Con chaquetas naranjas y azules iban maqueados ahora... destacaba vivamente sobre el horizonte, su caravana.

Los vimos alejarse... Volvimos muy temprano... Jonkind aún temblaba.

* * *

Estábamos, Jonkind y yo, en la cima del camino, el *Willow Walk*, el que conducía al colegio, cuando nos cruzamos con el coche, la gran jardinera de tres caballos... Eran otros de mudanzas...

Eludían la pronunciada pendiente, daban todo un rodeo por los jardines, se llevaban más cosas... esa vez era la gran limpieza, los residuos, el último barrido... Miramos dentro, llevaba las cortinas levantadas... Estaban las dos camas de las criadas, uno de los armarios de la cocina, el aparadorcito de la vajilla y también el triciclo del pureta... y, además, un montón de cascos... ¡Debían de haber vaciado el desván! ¡La queli entera! ¡No iba a quedar nada!... Se llevaban hasta las botellas, las oíamos rodar en el fondo de la caja... A ese paso, no debía de quedar gran cosa ya...

¡Empezaba a temer, yo, por mis cuatro pingos y mis calcos! Si continuaban los estragos, ¡ya no había límites, joder!... ¡Era una auténtica «subasta»! Conque me apresuré, de cuatro en cuatro, ¡quería ver en seguida el desguace! Y, además, que era la hora de jalar... La mesa estaba puesta suntuosamente... Con los cubiertos más lujosos... los platos floreados, ¡toda la cristalería!... En el cuarto desnudo, ¡destacaba admirable!...

Patatas en ensalada había de comida, alcachofas en vinagreta, cerezas en aguardiente, un pastel jugoso, un jamón entero... Auténtica abundancia, en una palabra, y, además, ¡un semillero de junquillos por el mantel, entre las tazas!

¡Ah! ¡Menudo! ¡No me lo esperaba!

¡Me quedé con la boca abierta!... Estuve contemplando con Jonkind tanta maravilla... ni él ni ella bajaban... Teníamos hambre los dos. Probamos primero un poco de todo... y después nos decidimos, tocamos... trincamos, tragamos... metimos los dedos en el montón... el comer y el rascar... ¡Y estaba buenísimo! Jonkind es que se revolcaba de placer, más alegre que unas pascuas... No dejamos gran cosa... Seguían sin bajar ninguno...

Una vez que nos hartamos, volvimos a salir al jardín... Tenía que hacer sus necesidades... Miré un poco en derredor... La noche sola... ni un alma... ¡Era extraño, de todos modos!... Arriba, veía una sola luz en toda la fachada... en el cuarto del viejo... Debía de haberse encerrado otra vez... Me dije: «No voy a perder tiempo, estoy hasta los huevos de los tejemanejes... Como ya tengo el billete, voy a hacer mi maleta, mientras tanto... Mañana por la mañana, me las piro en el primer "rengue", a las siete y media. ¡Sí! ¡Listo! ¡Y a otra cosa, mariposa! No me molan las despedidas».

Sin embargo, me habría gustado encontrar un poco de parné, un chelín o dos tal vez, para comprarme *ginger beer*, va bien para el viaje... Primero acosté al idiota para que me dejara en paz de una puta vez... Se la meneé un poquitín, así se tranquilizaba... se dormía fácilmente... Pero aquella noche, estaba estremecido por todos los canguelos de la jornada, no quería pegar ojo... De nada servían mis ¡sooo! ¡sooo!... Seguía moviéndose igual, daba saltos, las piaba en su jaula, ¡gemía!

¡gruñía como una fiera de verdad! Aunque estaba chiflado sospechaba que algo raro pasaba... Temía que lo dejara plantado en plena noche... ¡No le hacía gracia! Solo, se moría de miedo... joder.

Cierto es que el dormitorio era grande... Resultaba un espacio inmenso... Ya sólo quedábamos nosotros dos, de doce, e incluso catorce, que habíamos sido...

Recogí mis cuatro calcetines, los pañuelos, junté mi cochambrosa ropa interior, meros jirones y tomates...

¡Tendrían que volver a equiparme de nuevo! ¡La que se iba a armar otra vez!... ¡Me esperaba una buena! No acababan ahí mis penas... El futuro no es ninguna broma... Sólo de pensar en el Passage otra vez, tan próximo ya, ¡me entraba un canguelo de la hostia!... ¡Ocho meses hacía que me había marchado!... ¿Qué sería de ellos, bajo aquella vidriera?... ¡Aún más gilipollas!... ¡Más cargantes!... ¡Seguro!... A los chavés de Rochester ¡seguramente no volvería a verlos nunca más! Eché un último vistazo a la perspectiva por el ventanal, de guillotina... Hacía un tiempo claro, ideal... Se veían perfectamente todas las pendientes, las dársenas iluminadas... las luces de los navíos que cruzaban... el juego de colores... como puntos buscándose en el fondo de la negrura... Ya había visto partir muchos, yo, barcos y pasajeros... a vela... vapores... Estarían en el quinto infierno ahora... al otro lado... en el Canadá... y otros en Australia... con todas las velas desplegadas... Cazando ballenas... Nunca iba a poder ver yo todo eso... Iba a ir al Passage... a la Rue Richelieu, a la Rue Méhul... A ver a mi padre haciendo crujir el cuello de pajarita... A mi madre... arrastrando la pierna... A buscar currelos... Iba a tener que ponerme a hablar otra vez... ¡a explicar que si esto, que si lo otro! Me iban a pillar como a una rata... Me esperaban para acribillarme a preguntas... No me quedaba más remedio que picar... El corazón se me encogía ante la perspectiva...

Había apagado la vela y la queli estaba a obscuras... Entonces me eché en el sobre, vestido, a descansar... Me iba a dormir así... Me decía: «Chico, no te quites la farda... así podrás pirarte con el primer albor...». No tenía que descubrir nada más... tenía todo preparado. Había cogido hasta unas toallas... Por fin se durmió Jonkind... Lo oí roncar... ¡No iba a decir adiós a nadie! ¡Si te he visto no me acuerdo!...

¡No quería efusiones!... ¡Estaba empezando a dormitar!... Me la estaba cascando despacito... Cuando oí abrirse la puerta... ¡Se me heló la sangre en las venas!... Me dije: «¡Ya la hemos jodido chico! ¿Qué te apuestas a que es la despedida?... ¡Huy, la leche! ¡Otra vez en el bote!».

Oí pasitos ligeros... que se deslizaban... era ella! ¡un hálito! ¡Estaba yo listo!... ¡Ya no podía najarme!... ¡No esperó! Me pilló como una tromba, ¡de un salto en la piltra! ¡Así mismo!... ¡Recibí todo el golpe en las costillas!... ¡Me vi estrechado!... congestionado, aplastado bajo las caricias... Triturado, sin vida... Me cayó con todo su peso sobre la jeta... se me pegó como una lapa... Me asfixiaba... Protesté... imploré... No me atrevía a piarlas demasiado fuerte...

¡Podía oírlo el viejo!... ¡Me trastornaba! ¡Intenté soltarme por debajo!... Me encogí... ¡me sostuve! Repté bajo mis propios restos... Volvió a pillarme, me tumbó, me dejó para el arrastre otra vez... Era una avalancha de ternuras... Me desplomé bajo los besos locos, los chupendis, los açuchones... Me dejó la cara molida... Ya no encontraba los huecos para respirar...

«¡Ferdinand! ¡Ferdinand!», me suplicaba... Me sollozaba en los conductos... Estaba enloquecida... Le metí en la mui toda la lengua que pude, para que no berreara tanto... ¡Seguro que el viejo iba a sobresaltarse en su queli!... Tengo terror a los cornudos... Los hay terribles...

Intenté arrullarla, calmar su dolor, que se contuviera un poco... ¡Calafateé a la buena de Dios!... me desviví... desplegué todos los ardides finos... Aun así, me vi desbordado... me lanzaba unos viajes desenfrenados... ¡Sacudía toda la piltra! Se debatía, la furiosa... Me ensañé... Se me hinchaban las manos, ¡de tanto aferrarle el bul! ¡Quería amarrarla! ¡que no se moviera más!

¡Listo! ¡Ya estaba! ¡Así no hablaba más!

¡La hostia puta! ¡Me lancé! ¡Penetré como un soplo! ¡Me petrifiqué de amor!... ¡Ahora estaba sumergido en su belleza!... Extasiado, culebreaba... ¡La mordí en pleno chuchái! Ella gruñó... gimió... Chupé todo... Le busqué en el rostro el punto preciso de las napias, el que me traía a mal traer con la magia de su sonrisa... Le iba a morder ahí también... sobre todo... Le metí una mano por el jebe, la retorcí a propósito... la hundí... me revolqué en la luz y la carne... Gocé como un toro... En plena salsa... Ella dio un bandazo brutal... Se soltó de mi abrazo, ¡se las piró, la muy zorra!... dio un salto hacia atrás... ¡Me cago en la leche! ¡Ya estaba de pie!... ¡En el centro del cuarto!... ¡Lanzándome un discurso!... ¡La vi en el blanco del farol!... en camisón... ¡erguida!... con los cabellos ondeando... Me quedé ahí, hecho un lío, con la picha tiesa...

Le dije: «¡Vuelve!...». Intenté engatusarla así. ¡Parecía furiosa de repente! Gritaba, se agitaba... Volvió a recular hacia la puerta... ¡Me hablaba enfáticamente, la zorra!... «*Good-bye*, Ferdinand!», gritó, «*Good-bye! Live well*, Ferdinand! *Live well*!...». No era razonable... ¡Otro escándalo! ¡Putaleche! Entonces salté del sobre... ¡La iba a cepillar yo, a ésa! ¡Iba a ser la última! ¡Me cago en la hostia puta! ¡No me esperó, la asquerosa! ¡Ya había bajado la escalera!... ¡Oí la puerta de abajo abrirse y cerrarse con un portazo!... ¡Me precipité! Alcé la ventana... Tuve justo tiempo de verla bajar corriendo... bajo los faroles de gas... Vi sus movimientos, su camisón agitado por el viento... Bajaba las escaleras... ¡La muy loca!

¿Adónde se las piraba?

Se me ocurrió de pronto que iba a ser una desgracia de verdad... Me dije:

«¡Ya está! ¡por mi menda! ¡La catástrofe rataplán! ¡Me juego el cuello! ¡Huy, la hostia! ¡Ahora se va a tirar a la pañí!...». ¡Yo lo sentía! ¡Estaba mal de la azotea! ¡Huy, la leche!... ¿Podría atraparla?... Pero ¡allá películas!... ¡Nada podía hacer!... No chanelaba yo nasti en aquel mejunje... Escuché... Miré por la burda del vestíbulo... a ver si la veía por los muelles... Ya debía de haber llegado abajo... ¡Otra vez! ¡más gritos!... ¡y «Ferdinand»! más... clamores que llegaban al cielo... Era ella otra vez, la muy puta, ¡que chillaba desde el fondo!... ¡Qué jeta!... ¡La puta madre que la parió! ¡La oí en el fondo del puerto! ¡me entró pánico!... ¡Iban a decir que yo sabía algo!... ¡Seguro que me trincaban!... ¡No iba a librarme!...

¡De las esposas! Me entró una congoja terrible... Fui a despertar al idiota en su piltra... Si lo dejaba solo un instante y le entraba pánico otra vez... haría más gilipolleces... metería fuego a toda la queli... ¡La leche! Lo desperté... Lo saqué de su jaula... me lo llevé así, en kimono... lo arrastré como un fardo por la escalera...

Una vez fuera, en el callejón, me asomé por encima de los grutescos, intenté llegar con la vista hasta el puente, bajo las luces... ¿Por dónde andaría? ¡Ah, sí! la vi bien... era una mancha... Vacilaba por entre las sombras... Un remolino blanco... Era la chavala, seguro, ¡mi loca! Iba de farol en farol... ¡Mariposeando, la muy puta!... Gritaba aún de vez en cuando, el viento traía los ecos... Y después, un instante, un grito increíble, después otro, atroz, que subió por todo el valle...

«¡Aligera, chaval!», dije al mocoso, «¡que se ha tirado, la tía ésa! ¡No vamos a llegar! ¡Pues sí que estamos buenos para el remojón! ¡Vas a ver, chico! ¡Vas a ver!».

Me lancé, bajé de naja las escaleras, los espacios... ¡Zas! ¡Así! ¡De pronto paré el carro!... ¡En medio de la escalera! ¡Se me heló la sangre en las venas!... ¡Lo pensé mejor! ¡Paré!

¡Temblequeando! ¡Alto! ¡Basta! ¡No di un paso más!... ¡Nanay! ¡Cambié de opinión! ¡Prudencia!... ¡Volví a asomarme a la barandilla! Vi... Ya estaba cerca el punto del muelle de donde venía... ¡Ahora era un hervidero de gente!... ¡Acudía de todos lados...!

¡La explanada estaba atestada de salvadores! Llegaban otros más. Discutían... Se agitaban por todos lados con varas, cinturones y canoas... Todos los silbatos, las sirenas se pusieron a bramar al unísono... ¡Un estrépito! ¡una trifulca!... Pero ¡forcejeaban! se desvivían... ¡No atrapaban nada!... El cuadradito blanco entre las olas... se alejaba cada vez más...

Yo la veía aún, desde donde estaba, muy bien en medio de las aguas...

pasaba ante los pontones... Oía incluso cómo se asfixiaba... Oía perfectamente su gorgoteo... Oía aún las sirenas... La oía trincar... La marea la había atrapado... Se la llevaba en los remolinos... ¡El puntito blanco pasó la escollera! ¡Huy, la hostia! ¡La leche puta! ¡Debía de haberse trincado toda ya!... «¡Acelera!», dije al chavea, ¡le di una patada en el bul! «¡Que no nos encuentren fuera!... Que estemos apalancados, cuando vuelvan... ¡Huy, la Virgen!».

* * *

No podía correr más... Lo empujé, lo arrastré... No veía nada sin las gafas... Ni siquiera los faroles. Tropezaba a cada paso... Las piaba como un chuquel... Lo cogí y lo levanté, lo transporté escaleras arriba... Lo dejé caer en su cama... ¡Corrí de nuevo hacia la puerta del viejo!... ¡Llamé con un porrazo! ¡Ni una palabra de respuesta!... ¡Vale! ¡Otro porrazo!... ¡Entonces derribé la puerta! ¡de un empujón!... ¡Ya está! ¡Ahí estaba igual!... Como yo lo había visto... Arrellanado ante el fuego, tendido, rubicundo... Acariciándose la barriga, tan campante... Me miró, porque lo interrumpía... Guiñó, un poco, pestañeó... No se daba cuenta... «¡Se está ahogando! ¡Se está ahogando!...», le grité... ¡Y se lo repetí aún más fuerte!... Me desgañitaba... Le indiqué con gestos incluso... Imité el *gluglú*... ¡Le señalé abajo!... En el valle... ¡por la ventana! ¡Abajo! ¡El Medway! «*River! River!* ¡Abajo! *Water!*...». Intentó erguirse un poquito... se congestionaba con el esfuerzo... Perdió el equilibrio, volvió a caer sobre un taburete... «¡Oh! ¡Qué buen muchacho, Ferdinand!», me dijo... «¡Qué buen muchacho!». Hasta me tendió la mano... Pero se le enredó el boliche... estaba encajado en el sillón... Tiraba, no podía... Derribó todas las botellas... Todo el *whisky* chorreando... La mermelada, el frasco se volcó... Se derramó todo... en cascada, le hizo mucha gracia... Le dieron convulsiones... Intentó atrapar las cosas... La salsa... cayó todo al suelo... el plato también cayó dando tumbos... Se escurrió con los trozos rotos... Aterrizó bajo la banqueta. Ya no se movió más... Se quedó pegado a la chimenea... Me enseñó cómo se hacía... Estuvo rumiando... gruñó... Se dio masajes en círculo por la barriga... Se toqueteaba los michelines con ganas... Se los apretaba por dentro despacio... Se los acariciaba... se los apartaba... Volvía a pasar por los pliegues...

Yo ya es que no sabía qué decir...

Preferí no insistir. Volví a cerrar la puerta, regresé al dormitorio... Me dije así: «Te vas a dar el piro en cuantito amanezca...». ¡Tenía el equipaje ahí preparado!... Me eché un poco sobre la piltra...

pero me levanté casi al instante... Volví a ser presa del pánico... No sabía por qué exactamente. Me puse a pensar en la chavala otra vez... Miré por la ventana de nuevo... Escuché... Ya no se oían los ruidos... nada... Ya no quedaba nadie en el muelle... ¿Se habrían marchado todos?

Entonces me entró angustia de repente, pese al terror, la fatiga... No pude resistir... Tenía que ir a ver si la habían sacado de la pañí... Me puse los alares otra vez, la chaqueta, el abrigo... El chaval sobaba con ganas... Lo encerré en el dormitorio con llave...

Quería volver en seguida... Salí de naja... Llegué al pie de las escaleras... Vi a un guripa que hacía la ronda... Vi a un marinero que me llamó... Aquello me enfrió... Me espantó... Me quedé ahí, en mi escondrijo... ¡Qué leche! ¡No me iba a mover más! ¡Era demasiado complicado para mi menda! Además, ¡es que ya no podía más! Me quedé aún un buen rato... No pasó nadie más. El punto desde el que se había tirado, estaba allá... Yo veía las luces, rojas, una larga sarta, temblequeaban con los reflejos de la pañí... Me dije: «Me voy para arriba otra vez... ¡Ya falta poco!... ¡Tal vez ya estén ahí, los guripas, ahora!...». Pensaba... Imaginaba... Estaba agotado... hecho una braga... ¡Sin fuerzas, vamos!... Sin un coche, ya no podía andar... No podía volver a subir hasta el Meanwell... No quería intentarlo siquiera... Me recosté... ¡Yo no podía hacer nada!... ¡no tenía nada que ver con aquella historia! ¡Pero es que nada!... Me las iba a guillar así, solito... Me las piré despacito hacia la estación... Me abroché bien el abrigo... No quería que me reconocieran... Fui bordeando las paredes poco a poco... No me encontré con nadie... La sala de espera estaba abierta... ¡Ah, perfecto!... Me eché un poco en el banco... Había una estufa cerca... La mar de bien... A obscuras... El primer tren era el de «las cinco» para Folkestone... No había cogido ni una sola de mis cosas. ¡Mala suerte! no me las llevaría... No quería volver... Ya no era posible... Largarse era lo que había que hacer a toda marcha... Se habían quedado allí arriba, sobre la cama... Me erguí para no quedarme dormido... No quería perderme el de «las cinco»... Me quedé ahí, justo bajo el cartel... Me recosté justo debajo... me extendí. *5 o'clock. Folkestone via Canterbury.*

* * *

Al volver así, sin equipaje, sin ninguno de mis trastos, me esperaba que me recibieran con el mango de la escoba... ¡Qué va!... Parecían contentos, mis viejos, se alegraron bastante de verme llegar... Aunque les sorprendió que no trajera ni una sola camisa ni un solo calcetín, pero no insistieron... No hicieron una escena... Estaban demasiado preocupados con sus cuitas personales...

Desde que yo me había marchado, ocho meses atrás, habían cambiado mucho de facha y actitud, me los encontré arrugados, con la cara toda acartonada, andares vacilantes... En los pantalones, en el punto de las rodillas, mi padre flotaba, le caían en grandes pliegues, como un elefante, en derredor. La jeta la tenía lívida, había perdido todo el pelo de delante, bajo la gorra, la de marino, desaparecía... Los ojos ya casi no tenían color, ya ni siquiera eran azules, sino grises, muy pálidos, como el resto de la cara... Ya sólo las arrugas tenían color, obscuro, en surcos de la nariz a la boca... Se deterioraba... No me habló demasiado... Me preguntó un poco sólo cómo era que ya no respondíamos desde Inglaterra... Si estaban descontentos conmigo en el «Meanwell College»... Si había progresado... Si había cogido el acento... Si comprendía a los ingleses, cuando me hablaban de prisa... Farfullé razones vagas... Él no pedía más...

Además, es que ya no me escuchaba... Tenía demasiado pánico para interesarse, además, por cosas liquidadas. Ya no quería discutir. En sus cartas, bien extensas por cierto, ¡no me había contado todo!... ¡Ni mucho menos!... ¡Quedaba la tira! ¡Una de calamidades! ¡más recientes, inéditas! Entonces, me lo tragué todo, en detalle... Era de verdad horrible el esfuerzo que habían hecho para enviarme la pensión durante los seis primeros meses... ¡Un esfuerzo extenuante!... La catástrofe de los boleros los había dejado para el arrastre... ¡Pero es que literalmente!...

¡El cronómetro de mi padre ya no salía del Monte de Piedad!... La sortija de mi madre tampoco... En cuanto a Asnières, habían tenido que hipotecar aún más... aquellas ruinas...

Estar sin cronómetro, a mi padre ya es que lo volvía completamente loco... No llevar la hora encima... contribuía a su derrota... Él, tan puntual, tan organizado, se veía obligado a mirar a cada instante el reloj del Passage... Para eso salía a la puerta de la calle... La tía Ussel, la de las «labores» lo esperaba en el momento preciso... Entonces le decía: «¡toc! ¡tic! ¡toc! ¡toc!»... para hacerlo de rabiar... le sacaba la lengua...

Sobrevenían otras dificultades... Se trababan unas con otras, una auténtica ristra de morcillas... Demasiadas para sus fuerzas... Se apergaminaban con la desgracia, se descomponían, se mutilaban de desesperación, se encogían ferozmente para presentar menos superficie... Intentaban colarse por debajo de las catástrofes... ¡Era inútil! Los pillaban igual, les untaban bien, una de hostias.

La Sra. Héronde, la costurera, ya no podía trabajar, ya no salía del hospital... La había substituido la Sra. Jasmin, otra, ¡muy poco seria ella! ... Un cesto agujereado, la verdad, ¡terrible para las deudas! Era propensa a la bebida. Vivía en Clichy. Mi madre se pasaba la vida en el ómnibus, no la dejaba en paz ni un minuto... Siempre se la encontraba en las tascas... Estaba casada con un militar de las colonias y cogía unas curdas de ajenjo, que para qué... ¡Las clientas que le encargaban arreglos se tiraban meses esperando sus perendengues!... Les daban ataques terribles de impaciencia e indignación... Peor aún que antes... ¡Estaban todo el tiempo hartas por los retrasos y las prórrogas!... Y después, a la hora de apoquinar, ¡siempre los mismos camelos, jugarretas y chorradas!... ¡Zas! ¡La señora desaparecía! De repente ya no había nadie... O bien si apoquinaban un poco, las piaban, lloraban tanto, cercenaban tanto las facturas minúsculas, con tales alharacas... que mi madre, al final, ya no sabía cómo ni qué decir... Sólo había transpirado, cojeado, escupido sangre y agua tras la Jasmin, tras las otras, para que al final la pusieran verde, la tratasen de asquerosa... ¡Ya es que no valía la pena! Para empezar, mi madre se daba perfecta cuenta, lo reconocía entre las lágrimas, se estaba perdiendo el gusto por las cosas bellas... era una corriente que no se podía remontar... Aun luchar era de tontos, era atormentarse en vano... Ya no había refinamiento entre los ricos... Ni delicadeza... Ni estima por los trabajos finos, por las labores enteramente a mano... Ya sólo entusiasmo depravado por porquerías mecánicas, los bordados que se deshilachan, se deshacen y se pelan con el lavado... ¿Para qué hacerse trozos por la belleza? ¡Eso pedían las damas! ¡Camelos ahora! ¡Fideos! ¡Montones de horrores! ¡Auténticas basuras de leonera! ¡El encaje fino había muerto!... ¿Para qué empeñarse? ¡Tampoco mi madre había podido dejar de seguir esa infección! Había metido por todos lados esas nuevas chapucerías inmundas... auténticos pingos en menos de un mes... ¡Garantizado!... ¡El escaparate estaba abarrotado de ellas!... Sólo de ver colgar ahora en su casa, de todas las varillas y los entrepaños, esos kilómetros de material tan chungo, le daba una pena, ¡ya es que se le partía el corazón!... Pero no había nada que rascar... Los judíos, a cuatro pasos de casa, en la esquina de la Rue des Jeûneurs, apilaban montañas de lo mismo, con la tienda abierta, los mostradores sumergidos como en la feria, ¡por bobinas! ¡decámetros! ¡kilos!...

Era una decadencia de verdad para quien había conocido lo «auténtico»... ¡le daba una vergüenza a mi madre! ¡ponerse a competir con semejante hez! ... Pero es que no le quedaba otra opción... Habría preferido con mucho condenar simplemente el artículo y defenderse en adelante con sus otras colecciones, sus muebles menudos, por ejemplo, marqueterías, mesas de tocador, mesillas, bargueños, e incluso artículos de escaparate, baratijas, lozas menudas y hasta arañas holandesas que apenas dejan beneficios y tanto cuesta transportar... Pero es que estaba demasiado débil, le dolía demasiado la pierna coja... no habría podido correr, y cargada además, a los cuatro confines de París... ¡Imposible! Pero era lo que se había de hacer para dar con las ocasiones y quedarse horas, además, esperando en las «subastas»... Y entonces, la tienda, ¿qué?... No se podía conciliar todo aquello... Nuestro médico, el doctor Capron, de Marché Saint-Honoré, había vuelto dos veces, siempre por la pierna... Se había puesto muy serio... ¡Le había ordenado reposo absoluto! ¡Que dejara de trotar de un piso a otro, cargada como treinta y seis mulas! Debía abandonar los quehaceres domésticos y hasta la cocina... No le había dorado la píldora... Le había declarado bien clarito, ¡de lo más categórico! Si seguía extenuándose, se lo había predicho con todo detalle... le saldría un absceso de verdad... dentro de la rodilla, le había enseñado el punto incluso... El muslo y la pantorrilla, a fuerza de sufrir, estaban tiesos y soldados, ya era un solo hueso con la articulación, parecía un bastón, como con micheles a lo largo... Ya es que no eran músculos... Cuando ponía en movimiento el pie, le tiraban como cuerdas... Se los veía tensarse a lo largo de toda la pierna... ¡Le hacía un daño atroz! ¡un color infernal! sobre todo por la noche, al acabar, cuando volvía de trotar... Me la enseñó a mí solo... Se ponía compresas de agua caliente... Procuraba que mi padre no la viera... Al final, había notado, de todos modos, que le entraban unos furores terribles, cuando ella cojeaba tras él...

Como estábamos aún solos… pues yo esperaba en la tienda… aprovechó la ocasión, volvió a repetirme, con mucha dulzura, mucho afecto, pero bien convencida, eso sí, que era culpa mía de verdad que las cosas fueran tan mal, además de todas las dificultades, la tienda y la oficina… Mi conducta, todas mis fechorías en casa Gorloge y en casa Berlope los habían afectado tanto, que no iban a levantar cabeza nunca más… Seguían alborotados… ¡No me lo tenían en cuenta! ¡Era cosa del pasado!… pero en fin, lo menos que podía hacer era comprender a qué estado los había reducido… Mi padre, tan desquiciado él, que ya no podía contener los nervios… Se sobresaltaba en pleno sueño… Se despertaba con pesadillas… Iba y venía durante horas…

Y ella, ¡ya veía yo la pierna!… ¡La peor calamidad!… Peor que una enfermedad grave, ¡una tifoidea, una erisipela! Volvía a hacerme, ya lo creo, todas las recomendaciones con el tono más afectuoso… que intentara ser muy formal en los otros empleos, ponderado, valiente, tenaz, agradecido, escrupuloso, servicial… que no volviera a hacer extravagancias nunca, ni a ser dejado, haragán… que procurara tener corazón… ¡Eso sobre todo! ¡Corazón!… recordar una vez más, y siempre, que ellos se habían privado de todo, que se habían quemado la sangre bien los dos desde mi nacimiento… y hacía poco incluso, ¡para enviarme a Inglaterra!…

Que si por desgracia volvía a hacer más fechorías… ¡que, vamos, que sería la ruina definitiva!… seguro que mi padre ya no lo resistiría… ¡ya no podría más, el desdichado! Caería en la neurastenia… tendría que dejar la oficina… Por su parte, si ella pasaba más angustias… con mi conducta… repercutiría en su pierna… y después, de absceso en absceso, acabarían cortándosela… Eso le había dicho Capron.

En cuanto a papá, todo se volvía más trágico aún, por su temperamento, su sensibilidad… Debería haber reposado, durante varios meses y en seguida, haberse tomado unas largas vacaciones, en un lugar de lo más tranquilo, apartado, en el campo… ¡Capron se lo había recomendado con mucha insistencia! Lo había auscultado un buen rato… El corazón le fallaba… Tenía arritmias incluso… Los dos, Capron y papá, tenían la misma edad exactamente, cuarenta y dos años y seis meses… Había añadido incluso que un hombre es aún más frágil que una mujer en el momento de la «menopausia»… que debe tomar mil precauciones… ¡No podía haber un consejo más inoportuno! ¡Precisamente entonces estaba partiéndose el pecho como nunca!… Se le oía en el tercero dándole a la máquina, un aparato enorme, un teclado tan grande como una fábrica… Cuando había pasado mucho rato escribiendo, le zumbaba en los oídos el tableteo de las teclas, durante buena parte de la noche… No le dejaba dormir. Se daba baños de mostaza en los pies. Así se le bajaba un poco la sangre.

* * *

Siempre iba a parecer un hijo sin entrañas, empezaba a darme perfecta cuenta, a mi madre, un monstruo egoísta, caprichoso, un bruto atolondrado… Por mucho que intentaran… hicieran ellos, no había solución, la verdad… Sobre mis funestas inclinaciones, innatas, incorregibles, nada que rascar…

Reconocía que mi padre tenía toda la razón… Además, es que durante mi ausencia se habían acartonado aún más en su quejiquería… Estaban tan preocupados, ¡que les horrorizaba oír mis pasos! Cada vez que yo subía por la escalera, mi padre torcía el gesto.

La faena de los boleros de los cojones había sido la gota que había desbordado el vaso… y, además, la máquina es que ya era el colmo de la mala leche, ¡no iba a poder aprender nunca!… Se pasaba horas delante ensayando «copias»… La zumbaba como un loco… Se cargaba páginas enteras… O le daba demasiado fuerte, o no suficiente, la campanilla no cesaba de sonar. Yo, en mi cama, estaba al lado… Veía perfectamente el tute que se daba… Cómo toqueteaba las teclas, cómo se le enredaban las varillas… No iba con su temperamento… Se levantaba bañado en sudor… Blasfemaba a los cuatro vientos… El Sr. Lempreinte, en la oficina, le daba la polcata padre, lo hostigaba sin cesar. ¡Estaba claro que buscaba un pretexto!… «¡No va usted a acabar nunca con sus palotes! ¡sus perfiles! ¡Ah! ¡Hombre de Dios! ¡Miré a sus colegas! ¡Hace mucho que han acabado! ¡Usted es un calígrafo! ¡Señor mío! ¡Debería poner empresa propia!…». Desagradaba profundamente… Buscaba un poco por otros lados…

Preveía el costalazo, se dirigía a antiguos colegas… Conocía a un «subcajero» en una compañía de la competencia… *La Connivence-Incendie*. Le habían casi prometido una prueba para el mes de enero… Pero allí también tendría que darle a la máquina… Todas las noches, nada más volver de las entregas, se sentaba ante ella otra vez.

* * *

Era un instrumento antiguo, absolutamente irrompible, especial para alquilar, sonaba con cada coma. Mi padre se entrenaba frenético ante el tragaluz, desde la cena hasta medianoche.

Mi madre subía un momento tras acabar con los platos, colocaba la pierna sobre una silla, se ponía compresas… Ya no podía charlar, porque molestaba a mi padre… Ahora nos moríamos de calor… El comienzo del verano fue tórrido.

Era mal momento para buscar empleo… Estaba bastante muerto, el comercio, en vísperas de la temporada baja. Hicimos algunos intentos a tientas… indagamos a derecha e izquierda… a corredores que conocíamos… No tenían nada en perspectiva. No había nada que hacer hasta después de las vacaciones… ni siquiera en las tiendas extranjeras.

En cierto sentido, no venía mal, ese período de inactividad, pues ya no me quedaba farda… y había que volver a maquearme bien antes de iniciar de nuevo las gestiones… Pero ¡menuda la que se armó a propósito de ese vestuario!… ¡Faltaban fondos!… ¡Esperaría, y se acabó, al mes de septiembre para los zapatos y el abrigo!… No me quejaba de la suspensión de la sentencia… ¡Podría respirar aún, antes de enseñarles mi inglés!… Iba a haber sus más y sus menos otra vez, cuando se dieran cuenta… En fin ¡había tiempo por delante!… Ya sólo me quedaba una camisa… Me puse una de papá… Iban a encargarme una americana y dos pantalones de una vez… Pero el mes próximo… En el momento no había con qué… Justo para jalar y aun así con apuros… El recibo del alquiler llegaba el ocho, ¡y el del gas se había retrasado! ¡y las contribuciones, además! ¡y la máquina de mi padre!… ¡Con el agua al cuello, de verdad!… ¡Siempre había «avisos» atrasados! Los encontrábamos sobre todos los muebles, ¡violetas, rojos y azules!…

Conque, ¡aún tenía una tregua! No podía volver a acosar a los patronos en terno retocado, remendado con flecos y mangas por el antebrazo… ¡No era posible! Sobre todo en los establecimientos de novedades y en los de ventas al por menor, donde todos iban como figurines.

Mi padre estaba tan absorto en sus ejercicios dactilográficos y tan angustiado por que en la *Coccinelle* lo pusieran de patitas en la calle, ¡que hasta en la cena seguía sumido en sus reflexiones! Yo ya no le interesaba demasiado. Ya se había hecho su idea clara, bien arraigada en el fondo de la chola, indeleble, sobre mí, ¡que era lo que se dice la bajeza en persona! ¡cernícalo, cretino sin remedio! ¡Y se acabó!… Que no chanelaba las ansiedades, las preocupaciones de los seres elevados… ¡A mí no se me ocurriría en la vida llevar todo mi horror clavado en la carne como un cuchillo! ¿Y revolverlo a cada minuto, además? ¡Ah, no! ¡Eso sí que no!

¿Retorcer, hincar el mango? ¿Mejor?

¿Más profundo? ¡Ah! ¡más sensiblemente aún!… ¿Gritar los progresos del sufrimiento? ¡Ah, no!

¿Volverme faquir allí, en el Passage?

¿junto a ellos? ¿para siempre?… ¡Pero bueno! ¿Volverme algo nunca visto? ¡Sí!

¡milagroso! ¿Adorable? ¿Mucho más perfecto aún?… ¡Ah, sí! ¡Y mucho más atormentado, preocupado, jodido diez mil veces!… ¡Un santo, producto de la economía y del empeño familiar!…

¡Muy bien! ¡Más inútil! ¡Ah, sí, sí! ¡Cien mil veces más ahorrativo! ¡Vamos ya!

¡Lo nunca visto! ¡ni en el Passage ni en otra parte! ¡Ni en el mundo entero!…

¡La madre de Dios! ¡El milagro de todos los niños! ¡De los barrios y las provincias! ¡El hijo exquisito! ¡Fenomenal! Pero ¡No se me podía pedir nada! Tenía un carácter infecto… ¡No había explicación!… No tenía ni pizca ni rastro de honor… ¡Purulento de pies a cabeza! ¡Repulsivo descastado! No tenía ni ternura ni futuro… ¡Seco como treinta y seis mil estacas! ¡Era un perdido tenaz! Naturaleza de boñiga… Un cuervo de rencores sombríos… ¡La decepción de la vida! La tristeza en persona. Y comía y cenaba allí y, además, el café con leche… ¡Habían cumplido con su deber! ¡Yo era su cruz en la tierra! ¡Nunca tendría conciencia!… Era un manojo de instintos y un pozo sin fondo por donde se colaba todo, la humilde pitanza y los sacrificios de una familia. Un vampiro, en cierto modo… No valía la pena ni mirar.

* * *

En el Passage des Bérésinas, en los escaparates, por todos lados, había muchos cambios a mi vuelta… Hacía furor el *Modern Style*, los colores lila y naranja… Estaban de moda precisamente las enredaderas de campanillas, los lirios… Trepaban por los escaparates… en molduras, en madera cincelada… Abrieron dos perfumerías y una tienda de gramófonos… Los mismos fotógrafos de siempre a la puerta de nuestro teatro, el «Desván Mundano»… los mismos carteles en los bastidores. Seguían representando la *Miss Helyett*, con el mismo tenor de siempre: Pitaluga… Era una voz hechicera, ¡renovaba su triunfo cada domingo en la Elevación! en Notre-Dame-des-Victoires para todos sus admiradores… En todas las tiendas del Passage, ¡no se hablaba todo el año sino del *Minuit, chrétiens* que lanzaba en Saint-Eustache, ese Pitaluga, por Navidad!… Cada año aún más asombroso, redondo, sobrenatural…

¡Estaban estudiando un proyecto para llevar la electricidad a todas las tiendas del Passage! Así se suprimiría el gas, que desde las cuatro de la tarde pitaba, por los trescientos veinte pitorros, y apestaba tanto en toda nuestra atmósfera confinada, que ciertas damas, hacia las siete, llegaban a sentirse mal… (además del olor a orines, de los perros cada vez más numerosos…). ¡Hasta se hablaba, y mucho más, de demolernos completamente! ¡de desmontar toda la galería! ¡Hacer saltar nuestra gran vidriera! ¡sí! Y abrir una calle de veinticinco metros en el sitio mismo en que habitábamos… ¡Ah! Pero no eran rumores serios, eran cuchufletas, chismes de presos. ¡Unos chorras!… ¡Bajo campana de vidrio vivíamos! ¡y viviríamos! ¡Siempre y pese a todo! ¡Y se acabó!… ¡Era la ley del más fuerte!…

De vez en cuando, hay que comprenderlo, venían a fermentar un poco, en la charla de los pobres diablos, mentiras extravagantes, así, a las puertas de las tiendas, sobre todo los días de canícula… venían como burbujas a estallarles en el coco… antes de las tormentas de septiembre… Entonces se imaginaban patrañas, faenas monumentales, soñaban todos con éxitos golpes tremendos… Se veían expropiados, ¡eran pesadillas! ¡perseguidos por el Estado! Se tiraban unos faroles, se comían el coco a base de bien, con sus paridas… ellos, que solían estar paliduchos, se ponían rojos como tomates…

Antes de irse a sobar, se comunicaban presupuestos miríficos, ¡memorias imaginarias!, sumas aplastantes, absolutamente capitales exigirían de una vez, ¡en cuanto se hablara de mudarse! ¡Huy, huy, huy! ¡La madre de Dios! ¡las iban a pasar putas! los supremos poderes públicos ¡para desalojarlos de allí!… ¡No se lo imaginaban aún, los Consejos de Estado!… ¡Cómo era la resistencia! ¡Menudo! ¡Toda la charanga y la cancillería!… ¡Ah, chamullarían del asunto cinco minutos! ¡Tendrían con quién charlar! ¡Toma ya! ¡Y de las cuentas y requerimientos del consorcio!… ¡Eso y cosas mucho peores! ¡Por los clavos de Cristo! ¡Iba a haber hostias! ¡No se dejarían dar por culo!… Tendrían que pasar por encima de sus cadáveres… ¡correrían a refugiarse en su queli! ¡Al final habrían de destripar todo el Banco de Francia para hacerles una tienda de verdad! ¡la misma exactamente! ¡Al miligramo! ¡A dos décimas! ¡Igualita! ¡Eso mismo! O, si no, ¡nada! ¡Basta! ¡Hecho! ¡Se cerrarían en banda!… Aunque en el peor de los casos aceptarían una señora renta… No dirían que no… Accederían tal vez… ¡Ah! pero ¡la definitiva! ¡La renta de por vida, coño, joder! Una jugosa, del Banco de Francia, garantizada, ¡que gastarían según su voluntad! ¡Irían a pescar con caña! ¡Noventa años tal vez! Y, además, ¡juergas noche y día! ¡Y no acabaría ahí la cosa! Tendrían, además, «derechos» y «títulos» inviolables y casas en el campo y otras dietas, además… ¡imposibles de calcular!

Entonces, ¿qué? ¡Era pura cuestión de carácter! ¡Sencillo, irrefutable! ¡No había que ceder nunca! Así lo veían todos… Era el efecto de los calores, la terrible atmósfera, los efluvios de electricidad… una forma de no darse la polcata mutuamente… Entendiéndose perfectamente sobre los «títulos»… Todo el mundo estaba de acuerdo… Todos fascinados por el porvenir… Todo quisqui quería que lo expropiaran…

Todos los vecinos del Passage se quedaron turulatos, al ver cómo había crecido yo… Me estaba poniendo hecho un cachas. Casi me había duplicado en volumen… Iba a haber que hacer nuevos gastos, cuando volviéramos a las *Classes Méritantes* para maquearme otra vez… Me probaba, para ver, los pingos de mi padre. Se los rajaba por los hombros, ni siquiera con los pantalones había modo ya. Necesitaba algo enteramente nuevo. Conque había de tener paciencia...

La Sra. Béruse, la vendedora de guantes, al volver de las compras, entró a propósito en nuestra casa para contemplar mi facha: «¡Su mamá puede estar bien orgullosa!», concluyó al final.

«¡El extranjero le ha sentado bien!». Lo repitió por todos lados. Acudieron también los otros para sacar sus conclusiones. El viejo guarda del Passage, Gaston, el Jorobado, que recogía todos los chismes, me encontró transformado, pero ¡algo más flaco! No coincidían las opiniones, cada cual se aferraba a la suya, sentían curiosidad, además, por las cosas de Inglaterra. Venían a preguntarme detalles sobre cómo vivían los ingleses allá... Yo seguía en la tienda en espera de que me vistiesen. Visios, el gaviero de las pipas, Charonne, el dorador, la tía Isard de los tintes, querían saber lo que comíamos en mi pensión de Rochester. Y sobre todo, en punto a legumbres, si de verdad las comían crudas o apenas cocidas. ¿Y la priva y la pañí? Y si había bebido *whisky*. Si las mujeres tenían los dientes largos, parecidos un poco a los de los caballos. ¿Y los pies? ¡menudo cachondeo! ¿Y chucháis? ¿Tenían? Todo ello entre alusiones y mil remilgos ofuscados.

Pero lo que más les habría gustado es que les dijera frases inglesas... Eso les preocupaba más que nada, no les importaba no comprender... Era sólo por el efecto... Por oírme hablar un poco... Mi madre no insistía demasiado, pero, de todos modos, la habría halagado profundamente, que exhibiera un poco mis talentos... Que confundiese a todos esos malpensados...

En total sabía: «*River... Water... No trouble... No fear*» y dos o tres chorradas más... No tenía nada de particular... Pero yo oponía la inercia... No me sentía inspirado... A mi madre la apenaba verme aún tan terco. ¡No justificaba los sacrificios! Los propios vecinos se molestaban, ponían ya malas caras, les parecía muy borde... «¡No ha cambiado nada!», comentaba Gaston, el jorobado. «¡Es que nunca cambiará!... ¡Sigue como cuando se me meaba en la verja! ¡Nunca se lo pude impedir!».

Nunca me había podido tragar...

«¡Menos mal que no está su padre!», se consolaba mi madre. «¡Ah! ¡se calentaría la cabeza! ¡Se trastornaría, el pobre! ¡De verte aún tan poco tratable! ¡tan poco afable! ¡tan negado contra viento y marea! ¡tan desagradable como siempre! ¡tan incómodo con la gente!

¿Cómo quieres llegar a algo? ¿Sobre todo ahora en el comercio? ¡con la competencia que hay! ¡No eres el único que busca colocación! Él, que me decía ayer mismo: "¡Con tal de que se espabile, Dios mío! ¡Estamos al borde del desastre!"...».

Justo entonces apareció el tío Edouard, él fue quien me salvó la partida... Estaba de excelente humor... Saludó a todo el mundo, a la galería... Acababa de estrenar su hermoso traje a cuadros, la moda del verano, inglesa precisamente, con bombín malva, como se estilaba, sujeto al ojal por un cordón fino. Me cogió las dos manos, me las sacudió con fuerza, ¡un auténtico *shake- hands* con ganas! Él sí que tragaba a Inglaterra... Tenía unas ganas de ir allá... Lo aplazaba siempre porque primero quería aprender los nombres de los objetos de su negocio... bomba, etc. Contaba conmigo para iniciarlo en la lengua... Mi madre seguía lloriqueando por mi actitud, mis modales repulsivos, hostiles... Lejos de compartir su opinión, se puso de mi parte al instante... ¡Explicó en dos palabras a todos aquellos chorras que no chanelaban absolutamente nada! imbéciles de verdad en punto a influencias extranjeras... Que Inglaterra, muy en especial, ¡transformaba de pies a cabeza a todos los que volvían de allí! Los volvía más lacónicos, más reservados, les daba cierta distancia, distinción, en una palabra... ¡Y era mucho mejor así!... ¡Ah! ¡sí, sí! En el comercio elegante, y sobre todo los dependientes, ¡iba a haber que callarse en adelante! ¡Era pero que lo más fino! ¡La prueba suprema de los viajantes de comercio!... ¡sí!... ¡Ah! ¡terminada! ¡Abolida! ¡la antigua labia! ¡Obsequiosa! ¡Voluble! ¡Ya no gustaba en absoluto! Era el estilo de los horteras, ¡de los circos de provincias! En París, ¡ya no tenía pase! ¡en el Sentier daría náuseas! ¡Resultaba servil y lastimoso! A tiempos nuevos, ¡modales nuevos!... Me daba toda la razón... Así se expresó...

Mi madre respiraba al oírlo... la tranquilizaba, de todos modos... Lanzaba profundos suspiros... auténtico alivio... Pero los otros, los mierdas acusicas, seguían hostiles... No se fiaban... No daban marcha atrás... Las piaban como contrabajos... ¡Estaban absolutamente seguros de que con semejantes modales no saldría adelante nunca! ¡Ni pensarlo, vamos!

Ya podía afanarse el tío Edouard, desgañitarse… No daban su brazo a torcer… Eran más tercos que mulas, repetían que en cualquier parte, para ganarse las habichuelas honradamente, había que ser más amable lo primero.

* * *

Como pasaban días y días, ya apenas veíamos clientas, era pleno verano y estaban todas en el campo, mi madre decidió por fin que, pese a los dolores de la pierna y a los consejos del médico, iría de todos modos a Chatou, a intentar vender algunas baratijas. Yo guardaría la tienda durante su ausencia… No teníamos otra opción… ¡Había que conseguir cuartos! Primero para pagar el traje nuevo y también dos pares de calcos y, además, mandar pintar todo nuestro escaparate en colores agradables antes de que volviera a empezar la temporada.

Quedaban muy tristones nuestros escaparates en medio de los otros… Eran gris perla y verdosos, mientras que, justo a nuestro lado, estaba la tintorería Vertune, absolutamente pimpante, nueva, fantasía amarilla y azul cielo, y a nuestra derecha la papelería Gomeuse, blanca inmaculada, realzada con filigranas y borlas y motivos encantadores, pajaritos posados en ramas… Todo eso suponía grandes gastos… Había que ponerse manos a la obra.

No dijo nada a mi padre, se fue a coger el «rengue» con un petate enorme, que pesaba por lo menos veinte kilos.

En Chatou, allí, en el sitio, se espabiló en seguida… Birló un caballete detrás de la alcaldía, se apalancó junto a la estación, buen lugar. Distribuyó todas las tarjetas para dar a conocer la tienda. Por la tarde, se puso a trajinar, sobrecargada como una mula, por toda la zona, en busca de quintas donde pudieran esconderse clientas… Al volver por la noche, al Passage, ya es que no podía con su alma, sufría como para dar alaridos, tanto que tenía la pierna endurecida por los calambres y, además, la rodilla tumefacta y el tobillo sobre todo totalmente dislocado por los esguinces… Se echó en mi cuarto en espera de que volviese mi padre… Se aplicaba agua sedante… compresas bien frías.

Así, en esos garbeos por los arrabales, saldaba, de estranjis, su género a los parroquianos para conseguir liquidez… Estábamos tan necesitados… «¡Para no tener que cargarlo otra vez!», decía… En todo el tiempo que estuvo fuera, entraron en la tienda apenas dos, tres personas… Conque era aún más cómodo cerrar de una vez la burda y que yo la acompañara a los arrabales, cargase con los paquetes pesados… Ya no teníamos a la Sra. Divonne para que respondiera en nuestras ausencias, con que colgamos en la puerta el letrero: «Vuelvo en seguida». Nos llevamos el picaporte.

El tío Edouard quería de verdad a su hermana, no es trola, le daba una pena inmensa verla sufrir así, decaer y padecer cada vez más de tanto trabajar y pasar penas… Su salud le preocupaba mucho, su ánimo también… Pensaba en ella todo el tiempo. Después de las expediciones a Chatou, el día siguiente, no podía tenerse en pie, se le arrugaba toda la cara por el dolor de la pierna. Gemía como un perro, retorciéndose en pleno linóleo… Se tendía en el suelo cuan larga era, cuando mi padre se había marchado. Le parecía más fresco que la piltra. Si, al volver de la oficina, él la sorprendía así, deshecha, extenuada, frotándose la pierna en el agua del barreño, con las faldas alzadas hasta la barbilla, subía a escape al tercero, hacía como que no la había visto, pasaba como una flecha, una exhalación. Se lanzaba sobre la máquina o sus acuarelas… Siempre se vendían algunas, sobre todo los «veleros», gran colección, y los «concilios de cardenales»… ¡Colores de lo más vivos!… Infinitamente tornasolados… Siempre quedan bien en una habitación. Ya podía descornarse… El fin de mes estaba al caer… Para compensar los cierres durante la jornada, con nuestros garbeos por Chatou, cerrábamos bastante tarde… La gente venía a pasear después de la cena… Sobre todo cuando había tormenta… Si aparecía un cliente, mi madre escondía en seguida la palangana, todos sus trapos, de un tirón rápido, bajo el diván del centro… Se alzaba sonriente… Iniciaba la cháchara… En torno al cuello, lo recuerdo bien, se ponía un lazo de muselina… Estaba considerado elegante en aquella época… Le hacía una chola enorme, la verdad.

El tío Edouard también, a su modo, se daba un tute tremendo, pero no debía de lamentarlo, obtenía resultados… Cada vez le iba mejor en su terreno, la chapuza… los accesorios de bicicleta… Estaba haciendo buenos negocios, excelentes incluso. Pronto iba a poder comprarse parte de un garaje, a la salida de Levallois, con amigos serios.

Era muy emprendedor y se pirraba por los inventos… todos los descubrimientos técnicos, le chiflaban… Los cuatro mil francos de su herencia los había invertido en seguida en una patente de bomba de bici, un sistema de lo más reciente, que se plegaba hasta poder guardarla en el bolsillo… Siempre llevaba encima dos o tres así por lo menos, listas para la demostración. Soplaba con ellas en la nariz a la gente… Estuvo a punto de perderlos, sus cuatro mil francos, en la aventura. Los vendedores eran unos tunelas… Había salido bien librado, de todos modos, gracias a su espíritu sagaz, y, además, por un telefonazo… ¡una conversación por sorpresa en el último momento!… ¡Una bendición increíble!… ¡Por un pelo! ¡Se había librado!… Mi madre lo admiraba, a mi tío. Le hubiera gustado que yo me pareciera a él… ¡Es que necesitaba un modelo!… Mi tío, ya que no mi padre, aún era un ideal… No me lo decía a las claras, sólo por alusiones… Mi padre no era de esa opinión, que Edouard fuese un ideal, le parecía un idiota, completamente insoportable, mercantil, profundamente vulgar, siempre entusiasmado con gilipolleces… Con sus trastos mecánicos, su rollo automovilístico, sus triciclos, sus estrafalarias bombas, ¡le crispaba los nervios!… Le irritaba terriblemente… ¡Y ya sólo de oírlo hablar!…

Cuando a mi madre se le ocurría elogiar a su hermano, contar ante todo el mundo sus empresas, éxitos, astucias, iba y la interrumpía… ¡No lo toleraba! ¡No! Era terco al respecto… ¡Todo lo atribuía a la suerte!… «¡Tiene una potra increíble y se acabó!». Ése era el veredicto de mi padre. No decía más… Más no podía criticarlo, aún le debíamos préstamos y agradecimiento…

Pero se contenía para no abrumarlo… Edouard debía de darse perfecta cuenta… Era evidente, claro está… Soportaba la antipatía, no quería envenenar la situación, pensaba sobre todo en su hermana.

Se comportaba con gran discreción, pasaba justo un instante para ver cómo nos iba… Si mi madre se encontraba un poco mejor. Le preocupaba mucho su mala cara, y los bultos, los monumentos, que cargaba «de estranjis»… Después se pasaba jornadas enteras baldada y gimiendo… Eso le preocupaba a él cada vez más… Como su estado empeoraba, al final se decidió, se lo dijo a mi padre… A fuerza de hablarlo, de discutirlo los tres, quedaron de acuerdo, de todos modos, en que ya era más que hora de que descansara… que no podía seguir así… Pero descansar, ¿cómo? Descubrieron un medio… que tomarían una asistenta, por ejemplo, dos, tres horas al día… sería ya un alivio… Así subiría mucho menos las escaleras… Ya no barrería bajo los muebles… No iría a la compra más. Pero en nuestras condiciones, ¡era un gasto imposible!… ¡Una locura, una utopía! Sólo si yo encontraba currelo, sería viable… Entonces con lo que yo ganase, que entraría de todos modos en la caja, se podría tal vez, tras pagar el alquiler, pensar en la chacha… Sería un respiro para mi madre… No se daría tantos tutes, no tendría que najar tanto… Lo habían descubierto solos… Les gustaba la decisión… ¡Requería de mi buen corazón! Me iban a poner a prueba. Se había acabado lo de ser un egoísta, perverso, insólito… ¡Iba a tener también mi papel, mi meta en la vida! ¡Aliviar a mi madre!… ¡Rápido!… ¡Lanzarme sobre un *business*! ¡Ah! ¡Ah! En cuanto hubiera apoquinado para el terno *ad hoc*… ¡Pescar presto un empleo! ¡Y adelante con la hazaña! ¡Nada de errores! ¡Ni vacilaciones! ¡Música!

¡Nada de preguntas! ¡Valor individual!

¡Perseverancia! ¡No me faltarían, qué hostia! ¡Era una meta admirable! ¡Ya me parecía verla realizada!…

¡Primero necesitaba unos calcos! Volvimos a *Le Prince Consort*… Los «Broomfield», de todos modos, eran demasiado caros… ¡sobre todo para dos pares con botones!… Ahora que, puestos a comprar, ¡harían falta tres o cuatro pares!

* * *

Para el traje, los pantalones, fui a que me tomaran medidas en *Les Classes Méritantes*, cerca de Les Halles, era la casa de garantía, de reputación centenaria, sobre todo para todos los «cheviots» e incluso los tejidos «de vestir», ropa prácticamente para toda la vida… «El ajuar del trabajador», se llamaba… Sólo, ¡que el precio era disparatado! ¡Representaba un sacrificio tremendo!…

Estábamos aún en el mes de agosto y ya quedé equipado para el invierno…

¡No dura mucho el calor!… No obstante, en aquel momento, ¡era extraordinariamente tórrido! ¡Un momentito que pasa pronto! El frío, en cambio, ¡es interminable! ¡El mal tiempo!… En mis gestiones, mientras tanto, ¡no veas cómo me sofocaba!… Bueno, pues, llevaría la chaqueta bajo el brazo, ¡ya está! Me la pondría cuando fuera a llamar… ¡y listo!…

Mi madre me había dicho lo que costaría al presupuesto familiar equiparme… de pies a cabeza… Una suma fabulosa para nuestros medios… Se rascaron los bolsillos… Ya podía darse tutes, retorcerse la chola bien, pirárselas a Vésinet, volver en el próximo tren, perder el culo hacia Neuilly, hacia Chatou, los días de mercado, llevarse todo su cargamento, sus baratijas menos cursis… y los saldos más negociables. No lo conseguía… No alcanzaba la suma… ¡Era un lío, un quebradero de cabeza!

Siempre faltaban veinte francos, veinticinco o treinta y cinco. Además de las contribuciones que no cesaban de llover y las semanas de la costurera y el alquiler vencido hacía dos meses…

¡Una avalancha desalentadora!… No reveló nada a mi padre… Recurrió a un tejemaneje… Llevó a la Rue d'Aboukir, a casa de la tía Heurgon Gustave (un baratillo de lo más tirado), cinco buenas acuarelas de mi padre… las tres mejores, a decir verdad, y a menos de la cuarta parte del precio habitual. «En depósito», por decirlo así… En fin, expedientes siniestros para alcanzar el total… No quería tomar nada a crédito… Tras semanas enconadas, otras astucias y más complots, me vistieron de nuevo, absolutamente flamante, sofocado pero sólido… Cuando me vi maqueado, nuevecito, ¡perdí un poco la confianza! ¡Leche! ¡Me hacía una impresión muy rara! Aún tenía voluntad, pero volvían a presentárseme dudas terribles… ¿No transpiraría demasiado con el terno de invierno? Era como un horno ambulante…

Era la pura verdad, que ya no me sentía nada intrépido ni seguro de los resultados… La perspectiva ahí, inmediata, de ir a afrontar a los patronos… ¡soltar mi rollo! encerrarme en sus quelis, me descorazonaba hasta los ventrículos. En esa puta Inglaterra, había perdido la costumbre de respirar confinado… ¡Iba a tener que habituarme de nuevo! ¡No era moco de pavo! Sólo de pensar en los posibles patronos, ¡se me caían los cojones al suelo! Me quedaba sin habla… Sólo de buscar el itinerario en la calle, ya es que me ponía a morir… Era un horno tal, que los rótulos de los nombres en las puertas se derretían tras los clavos… ¡Hizo 39,2!

Lo que me decían mis viejos, en una palabra, era bastante razonable… que yo estaba en la edad decisiva para realizar el esfuerzo supremo… forzar la suerte y el destino… Que ahora o nunca era el momento de orientar mi carrera… Todo eso era excelente… Era muy bonito… Ya podía quitarme el terno, el cuello, los calcos, cada vez transpiraba más… Me corrían regueros de sudor… Seguía los caminos que conocía. Volví a pasar ante la casa de Gorloge… Me volvía el canguelo al ver la queli y la puerta cochera… Sólo de pensar en el incidente me daba un ataque en el jebe… ¡Joder! ¡Qué recuerdo!…

Ante la enormidad de la tarea… al pensarlo, me desanimaba, prefería sentarme… Cuartos ya no me quedaban muchos para tomarme una cerveza… ni siquiera un corto… Me quedaba bajo las bóvedas de los inmuebles… Siempre había mucha sombra y corrientes de aire traidoras… Estornudaba con ganas… Se volvía un vicio, mientras meditaba… Al final, después de tantas cavilaciones, casi daba la razón a mi padre… Me daba cuenta por la experiencia… de que no valía un pimiento… Sólo tenía inclinaciones desastrosas… Era un chorra y un vago… No me merecía su bondad… los terribles sacrificios… Me sentía muy indigno, purulento, indecente… Comprendía lo que había que hacer y luchaba desesperadamente, pero cada vez me resultaba más difícil… No mejoraba con la edad… Y cada vez tenía más sed… El calor también es un drama… Buscar una colocación en el mes de agosto da una sed de muerte, por las escaleras en primer lugar y, además, por las aprensiones, que te secan la mui a cada intento… mientras esperas de plantón… Pensaba en mi madre… en su pierna rilada y también en la asistenta que tal vez pudiéramos contratar, si conseguía colocarme… Eso no me avivaba el entusiasmo… Ya podía fustigarme, esforzarme en el campo del ideal a fuerza de energías supremas, no lograba alcanzar la excelsitud… ¡Lo había perdido desde la época de Gorloge, todo mi fervor en el currelo! ¡Era lastimoso! Y me sentía, pese a todo, pese a los sermones, mucho más desdichado aún que cualquiera de los otros mendas, ¡que todos los demás juntos!… ¡Era un egoísmo repugnante! Sólo me interesaban mis fracasos y me parecían horribles todos, y apestaban más que un queso viejo y chocho… Me pudría con el calor, me derrumbaba de sudor y vergüenza, arrastrándome escaleras arriba, chorreando sobre los timbres, me deshacía totalmente, sin vergüenza ni moral.

Recorrí, casi sin saber ya nada, salvo un poco de dolor de vientre, las otras calles antiguas, por desidia, la Rue Paradis, la Rue d'Hauteville, la Rue des Jêuneurs, el Sentier; cuando había acabado, me quitaba no sólo la pesada chaqueta, sino también el celuloide, ultrarresistente, auténtico collar canino que me cubría de granos. En el descansillo me vestía otra vez. Vuelta a buscar direcciones, las sacaba del «Bottin». En la oficina de correos confeccionaba las listas. No tenía ni chavo para ir a beber. Mi madre dejaba su bolso, el pequeño de plata, encima de los muebles... Yo le echaba el ojo con avidez... Tanto calor, ¡ya es que desmoralizaba! Un poco más y esa vez se lo pisparía, francamente... Tantas veces con esa sed junto a la fuente... Mi madre lo notó, yo creo, me dio dos francos más...

Cuando regresaba de mis largos periplos, siempre infructuosos, inútiles, por pisos y barrios, tenía que acicalarme otra vez antes de entrar en el Passage, para no parecer demasiado desconsolado, demasiado deshecho durante las comidas. No habría colado ni mucho menos. Es que esos viejos no lo habrían podido tragar nunca, no lo habrían podido comprender nunca, que me faltara, a mí, la esperanza y un ánimo espléndido... No lo habrían tolerado nunca... No tenía derecho, por mi parte, a las lamentaciones, ¡jamás!... Se las tenían reservadas para ellos, las lamentaciones y los dramas. Sólo para mis padres... Los hijos eran unos golfos chulitos, ingratos, ¡unos mierdicas despreocupados!... Se cabreaban como monas los dos, en cuanto me quejaba, ni siquiera el más mínimo inicio... Entonces, ¡el anatema!... ¡Un blasfemo atroz!... ¡Perjuro abominable!

«¿Qué? ¿Cómo? ¿tú, guarro? ¿Esa cara dura infernal?». ¿Contaba con la juventud y se me iba la fuerza en melindres? ¡Ah, qué extravagancia espantosa! ¡Ah! ¡qué impertinencia diabólica! ¡Ah! ¡qué descaro! ¡La hostia puta! ¡Tenía por delante los mejores años! ¡Todos los tesoros de la existencia! ¡Y las iba a piar por mi suerte! ¡Por mis pobres reveses miserables! ¡Ah, Juan Lanas! ¡Una insolencia asesina! ¡Una desvergüenza total! ¡Una corrupción inconcebible! Para hacerme tragar mi blasfemia, ¡me habrían zurrado hasta sangrar! ¡Ya no había pierna ni absceso ni atroces sufrimientos que valieran!... ¡Mi madre se alzaba de un brinco! «¡Desgraciado! ¡Ahora mismo! ¡Golfo sin entrañas! ¡Vas a retirar esas injurias!...».

Yo obedecía. No discernía demasiado bien las bienaventuranzas de la juventud, pero ellos parecían saber... Me habrían liquidado sin más ni más, si no me hubiera retractado... Si expresaba la menor duda y parecía hacer ascos, ya es que no razonaban... Habrían preferido verme muerto a oírme profanar una vez más, despreciar los dones del cielo. ¡Los ojos se les descomponían de rabia y espanto cuando yo cedía a la tentación! Me habrían estampado en el coco todo lo que hubieran encontrado a mano... sólo para que no insistiera más... ¡Yo sólo tenía derecho a alegrarme! ¡y a entonar alabanzas! ¡Había nacido con buena estrella! ¡yo, el calamidad! Tenía padres que se desvivían por mí y así bastaba y sobraba, ¡absolutamente exclusivos, sí, pese a las angustias y las fatalidades trágicas!... ¡Yo no era sino el bestia y se acabó! ¡Silencio! ¡La carga increíble de la familia!... Debía obedecer y listo... ¡y corregirme pero que muy bien! ¡Lograr que se olvidaran todas mis faltas y mis repugnantes inclinaciones!... Todas las penas, ¡para ellos! todas las lamentaciones, ¡para ellos!... ¡Sólo ellos entendían la vida! ¡sólo ellos tenían alma sensible! ¿Y quién sufría horriblemente? ¿en las circunstancias más atroces? ¿las abominaciones de la suerte?... ¡Ellos! ¡Ellos siempre! ¡y sólo ellos! No querían que yo me inmiscuyera, que hiciese siquiera ademán de ayudarlos... que probara un poco... ¡Era su absoluto coto vedado! A mí me parecía extraordinariamente injusto. No podíamos entendernos en modo alguno.

* * *

Ya podían decir y blasfemar, yo conservaba todas mis convicciones...

¡Me sentía víctima también en todos los sentidos! En los peldaños del Ambigu[12], ahí, justo en el rincón de la «Wallace»[13], volvía a mis conjeturas...

¡Era evidente!

Si había acabado de pinrelear, jornada perdida, me ventilaba bien los calcos... Fumaba una colilla mínima... Me informaba un poquito por los otros coleguillas, los otros machacas, del lugar, siempre con soplos y belenes falsos... Conocían todos los anuncios, cualquier «cartelito», las diversas comparsas... Había entre ellos un tatuador, que, además, esquilaba perros... Todos los currelos chungos… Les Halles, La Villette, Bercy… Estaban piojosos como una estación, mugrientos, zarrapastrosos, se intercambiaban las ladillas… Exageraban que no veas, ¡auténticos delirios! No cesaban de fardar, se desgañitaban a base de faroles, se desternillaban contando sus relaciones… Sus victorias… Sus éxitos… Todos los fantasmas de sus destinos… La chulería no tenía límites… Hasta echaban mano del cuchillo y se iban hasta el Canal Saint- Martin para zanjar las diferencias… que si tenía un primo famoso, que era diputado… ¡Unas ínfulas, que no veas! Hasta los hombres-anuncio más tirados… contaban ciertos episodios de los que no había que cachondearse… La novela incita al crimen mucho más aún que el alcohol… Ya no les quedaban piños para jalar, de tan carcomidos, se habían pulido las gafas… ¡Y aún se hacían los listillos! Unas trolas increíbles… Yo me veía poco a poco acabando como ellos…

Hacia las cinco de la tarde suspendía los intentos… Para un día, ¡iba que chutaba!… El lugar se prestaba para las convalecencias, como una playa… Los pinreles se reponían pero bien… Era la playa del Ambigu, todos los boqueras, los desarrapados, algunos que no eran viejos pero preferían trincar la suerte a arrastrarse bajo el calor. Era fácil de entender… Toda la amplitud del teatro, bajo los castaños… La verja para colgar las diferentes cosas… Se instalaban como Pedro por su casa, se pasaban cervezas… La butifarra blanca «de moda», el ajo, el alpiste, los quesos *camembert*… En la pendiente y los escalones se formaba una auténtica Academia… Había toda clase de costumbres… Me encontraba casi a los mismos de siempre… desde que hacía de corredor para Gorloge… Había algunos mocosos y también guripas sin prisa… y magdalenos de todas las edades… que no ganaban demasiado en los servicios de información de la Jefatura de Policía. Se eternizaban en partidas de cartas… Había siempre dos o tres corredores de apuestas que intentaban provocar la suerte… Corredores comerciales demasiado viejos que colgaban el maletín… a los que ningún comercio contrataba… Julandrillas aún demasiado jóvenes para ir ya al Bois… Uno incluso que volvía todos los días, se lo montaba en los urinarios y sobre todo con las migas de pan caídas en las rejillas… Contaba sus aventuras… Conocía a un viejo judío que era aficionado, un salchichero de la Rue des Archives… Iban a marcárselo juntos… Un día los trincaron… No se le volvió a ver durante dos meses… Cuando reapareció, estaba irreconocible… Los guripas lo habían caneado tanto, que acababa de salir del hospital… Lo había hecho cambiar totalmente, la zurra… Se había transformado, entretanto… Había adquirido voz como de bajo. Se estaba dejando crecer la barba… No quería comer más mierda.

También había, tocante a seducción, una proxeneta por la zona. Paseaba a su hija, la chavalita de largas medias rojas, delante de *Folies Dramatiques*… Según decían, costaba veinte pavos… No le habría hecho ascos yo… Era una fortuna en aquella época… Ni siquiera miraban para nuestro lado, unos mierdicas como nosotros… Ya podíamos llamarlas…

Traíamos periódicos y chistes de nuestras giras… Lo jodido eran las ladillas… Las pillé yo también, lógicamente… Tuve que ponerme ungüento… Eran una auténtica calamidad los churráis de delante del Ambigu… Los colilleros, sobre todo, los que andorreaban por las terrazas eran quienes estaban cargados… Iban en coro a Saint-Louis[14] a buscar la pomada… Se iban a untarse juntos…

Vuelvo a ver mi sombrero de paja, el *canotier* reforzado, lo llevaba siempre en la mano, pesaba sus buenas dos libras… Tenía que durarme dos años, tres, de ser posible… Lo llevé hasta la mili, es decir, la quinta del 12. Me quitaba el cuello una vez más, me dejaba una marca terrible, toda roja… Es que en aquella época todos los hombres lo conservaban hasta la muerte, el surco rojo en torno al cuello. Era como un signo mágico.

Tras acabar de comentar los anuncios, los curreles seductores, ya ves tú, nos lanzábamos por la sección deportiva, con las pruebas del «Buffalo»[15] y los seis días en perspectiva y Morin y el magnífico Faber favorito… Los que preferían «Longchamp», se apalancaban en la esquina opuesta… A las chavalas de la vida que pasaban y volvían a pasar… no les interesábamos, continuaban su carrera… Nosotros sólo servíamos para la cháchara, una banda de chorras mirones…

Los primeros autobuses, los maravillosos «Madeleine-Bastille» que llevaban la alta «imperial», echaban el resto, a todo gas, en aquel punto, para subir la pendiente… Era todo un espectáculo, ¡un tiberio terrible! Escupían agua hirviendo contra la puerta Saint-Martin. Los viajeros en el piso de arriba participaban en la hazaña… Era auténtica temeridad. Podían volcar el vehículo al asomarse todos a la vez por el mismo lado, en el antepecho, con la emoción y el trance… Se aferraban a los flecos, las barras, los festones, la balaustrada… Lanzaban gritos de triunfo… Los caballos habían perdido la batalla, ahí se veía claramente… Ya sólo podían aspirar a las carreteras malas… El tío Edouard lo decía siempre… En fin, delante del Ambigu, así, entre las cinco y las siete, vi llegar al progreso… pero seguía sin encontrar una colocación… Volvía todas las veces a casa, tras un viaje para el que no hubiera necesitado alforjas… Seguía sin encontrar un patrón con el que hacer mis primeras armas… Para aprendiz me rechazaban, ya no tenía edad… Para empleado aún era demasiado joven… No iba a salir nunca de la edad ingrata… y aunque hablara bien inglés, ¡daba exactamente igual!… ¡No les era de la menor utilidad! Sólo servían para las tiendas importantes, las lenguas extranjeras. ¡Y en ésas no admitían principiantes!… ¡En todos lados me veía bien chungo!… ¡Ya podía darle vueltas!… Siempre la misma hostia…

Conque poquito a poco a pequeñas dosis, iba poniendo al corriente a mi madre, las reflexiones que me inspiraba, que mis perspectivas no me parecían demasiado brillantes… No había modo de desanimarla… Ya estaba concibiendo otros proyectos, para ella, entonces, una empresa nueva, mucho más laboriosa. Hacía mucho que le preocupaba, ¡y ahora se había decidido!… «Mira, hijo, no se lo voy a decir aún a tu padre, conque chitón… ¡Tendría otra decepción terrible, el pobre!… Ya sufre lo suyo, de vernos tan desdichados… Pero, quede esto entre nosotros, creo que nuestra pobre tienda… ¡Chis! ¡Chis! ¡Chis!… No va a poder recuperarse… ¡Hum! ¡Hum! Mira, me temo lo peor!… ¡Está visto!… ¡La competencia en el encaje se ha puesto imposible!… Tu padre no puede darse cuenta. No ve los negocios de tan cerca como yo, cada día… ¡Y por suerte, gracias a Dios! Ya no son unos centenares, sino miles y miles de francos de mercancía lo que necesitaríamos, ¡para poder ofrecer un surtido de verdad moderno! ¿Dónde encontrar semejante fortuna? ¿Con qué crédito, Dios mío? ¡Sólo las grandes empresas pueden! ¡Los almacenes colosales!… Nuestras tiendecitas, ya ves, ¡están condenadas a desaparecer!… Ya es sólo cosa de años… ¡de meses quizá!… Una lucha encarnizada para nada… Los grandes almacenes nos aplastan… Hace mucho que lo veo venir… Ya desde la época de Caroline… nos costaba cada vez más… ¡no es cosa de ayer!… Las temporadas bajas se eternizaban… ¡y cada año más! … Cada vez duraban más… Conque, mira, hijo… a mí, ¡energía no me falta!… ¡Tenemos que salir del bache!… Conque mira, lo voy a probar… en cuanto mejore mi pierna… en cuanto pueda salir un poco… Pues iré a pedir un "cartón"… a una gran empresa… ¡No me resultará difícil!… ¡Me conocen de toda la vida!… ¡Saben cómo me espabilo! Que no es valor lo que me falta… Saben que tu padre y yo somos personas irreprochables… que se nos puede confiar todo… ¡cualquier cosa!… bien que puedo decirlo… ¡Marescal!… ¡Bataille!… ¡Roubique!… ¡Me conocen desde la época de la abuela!… No soy una novata… Me conocen desde hace treinta años, de toda la vida, como vendedora y comerciante… No me resultará difícil encontrarlo… No necesito otras referencias… No me gusta trabajar para otros… Pero ahora no hay otro remedio… Tu padre no se lo imaginará… en absoluto. Diré que voy a ver a una clienta… ¡No caerá en la cuenta!… Me iré como de costumbre, siempre regresaré a tiempo… Le daría vergüenza, al desdichado, verme trabajar para otros… Se sentiría humillado, el pobre… ¡Quiero evitarle todo eso!… ¡A cualquier precio!… ¡No se recuperaría!… ¡No habría forma de sacarlo adelante!… ¡Su mujer empleada en empresa ajena!… ¡Dios mío!… Ya con Caroline, estaba hecho polvo… En fin, ¡no se va a dar cuenta de nada!… Haré mis rondas regularmente… Un día una calle, otro día otra… Será mucho menos complicado… ¡que este perpetuo equilibrio!… ¡Esta maldita cuerda floja que nos mata!… ¡Siempre! ¡Siempre esfuerzos sobrehumanos!… ¡Pagando deudas por doquier! ¡al final es un infierno! ¡Vamos a dejarnos la piel! ¡Así tendremos menos temores! ¡Pagar esto!

¡Pagar lo otro! ¿Lo conseguiremos? ¡Qué horror! Qué tortura inacabable… Tendremos ingresos modestos, pero absolutamente regulares… ¡Ya no habrá más suspiros! ¡Ni pesadillas! ¡Eso es lo que nos ha faltado!… ¡Siempre!… ¡Algo fijo! ¡Ya no será como desde hace veinte años! ¡Una perpetua carrera contra el reloj! ¡Dios mío! ¡Siempre a la caza de "cinco francos"! ¡Y las clientas que nunca pagan! Apenas saldas una deuda, ¡te encuentras con otra!… ¡Ah! ¡la independencia es hermosa! ¡Siempre me ha gustado, y a mi madre también! pero no puedo más… Lograremos salir adelante, ya verás, ¡colaborando todos! … ¡Tendremos la asistenta! ¡Ya que tanta ilusión le hace!… ¡Y es que a mí me hace mucha falta también! ¡No va a ser un lujo!».

Para mi madre era algo siempre chupado, una nueva empresa atroz, un esfuerzo sobrehumano… ¡Nunca era demasiado riguroso, demasiado difícil! Le habría encantado en el fondo currelar por todo el mundo. Sacar adelante la tienda ella sola… y toda la familia, mantener aún a la costurera… Nunca intentaba comparar por su cuenta, comprender... Puesto que era una tarea, una angustia, de la hostia, se identificaba con ella sin más... Era su estilo, su carácter... Que yo me rompiera los cuernos o nasti no cambiaría la marcha de las cosas... Estaba seguro de que con una criada trabajaría cincuenta veces más... Se aferraba con ganas a su terrible condición... En mi caso, era otra historia... Tenía como un gusanillo en la mocha. Era aprovechado en comparación... ¿Se debería sobre todo a mi estancia en Rochester, a no haber dado golpe en casa de Merrywin?...

¿Me habría vuelto zángano a las claras? ... ¿Me ponía a pensar en vez de echar a andar?... En el fondo no hacía bastantes esfuerzos para encontrar esa colocación... Me entraba como flojera ante cada timbre... No tenía madera de mártir... ¡Qué leche!... ¡No tenía el vicio de los pobres diablos!... Dejaba siempre las cosas para mañana... Probé en otro barrio, menos tórrido, con más brisa... más umbroso, para dedicarme un poco a la caza del empleo... Inspeccioné las tiendas en torno a las Tullerías... Bajo las bellas arcadas... en las grandes avenidas... Iba a preguntar a los joyeros si necesitaban a un joven... Me asaba con la chaqueta... No necesitaban a nadie... Al final me quedaba en las Tullerías... Hablaba con las chavalas de la vida... Pasaba horas en los bosquecillos... sin dar golpe, al estilo inglés de verdad, bebiendo una caña y echando a los «barquillos», los disquitos sobre los cilindros... Había también un vendedor de agua de regaliz y una orquestina en torno al tiovivo...

Todo eso pertenece al pasado... Una tarde vi a mi padre... Costeando las verjas. Iba a las entregas... Conque, para no correr riesgo, me quedaba en el Carroussel... Me apalancaba entre las estatuas... Una vez entré en el Museo. En aquella época era gratis... Los cuadros no los comprendía, pero al subir al tercero encontré el de la Marina. Entonces me aficioné perdidamente. Iba con mucha frecuencia. Pasé semanas enteras en él... Me conocía todos los modelos... Me quedaba solo ante las vitrinas... Olvidaba todas las desgracias, los lugares, los patronos, el papeo... No pensaba sino en los barcos... Los veleros, incluso los simples modelos, a mí es que me chiflan sencillamente... Me habría gustado mucho ser marino... A mi padre también en tiempos... ¡No nos había ido bien a ninguno de los dos! ... Me daba cuenta más o menos...

Al volver a la hora del papeo, mi padre me preguntaba qué había hecho... Por qué llegaba con retraso... «¡He estado buscando!», respondía yo... Mi madre se había resignado. Mi padre las piaba ante el plato... No insistía más.

* * *

Le habían dicho, a mi madre, que podía probar suerte en seguida en el mercado del Pecq e incluso en el de Saint-Germain, o entonces o nunca, por la moda reciente, que los ricos se estaban instalando en quintas por toda la ladera... que les gustarían, seguro, sus encajes para las cortinas de las alcobas, las colchas, los visillos tan monos... Era la época oportuna.

Al instante se lanzó. Durante toda una semana recorrió todos los itinerarios, con su petate, atiborrado con quinientas baratijas... Desde la estación de Chatou hasta casi Meulan... Siempre a pinrel y cojeando... Por suerte, ¡hacía muy bueno! ¡La lluvia era una catástrofe! Ya estaba contenta, había logrado vender una buena parte de la mercancía rancia, encajes de guipur con caireles y los pesados chales de Castilla ¡estancados desde el Imperio! ¡Cogían gusto en las quintas a nuestras curiosidades! Tenían que amueblar rápido... Se dejaban encandilar un poco... Era por el optimismo, el entusiasmo ante la vista de París. Mi madre avivaba el consumo, aprovechaba bien la oportunidad. Pero una mañana la pierna se negó a andar más. Se había acabado la extravagancia, las duras caminatas... Incluso la otra rodilla le ardía... se le hinchó también hasta el doble...

Capron acudió a escape... No pudo sino observarlo por sí mismo... Alzó los dos brazos al cielo... Estaba formándose el absceso claramente... La articulación estaba afectada, tumefacta ya... ¡Ya de nada servía el valor! Ya no podía menear el trasero, cambiarse de lado, alzarse un centímetro siquiera... Lanzaba unos gritos atroces... Ya es que no cesaba de gemir, no tanto por el sufrimiento, era dura como Caroline, cuanto por verse vencida por el dolor.

Era una derrota terrible.

¡Hubo, lógicamente, que llamar a la asistenta!... Adoptamos otros hábitos... La vida desorganizada... Mi madre se quedaba en la cama, mi padre y yo hacíamos lo más duro, barrer las alfombras, la puerta de la calle, la tienda, antes de marcharnos por la mañana... En un instante se habían acabado de una vez por todas los garbeos, la vacilación, los subterfugios… Tenía que espabilarme, encontrar en seguida un currelo. ¡En un dos por tres!…

La asistenta, Hortense, sólo venía una hora por la tarde y dos después de cenar. Trabajaba toda la jornada en una tienda de ultramarinos, en la Rue Vivienne, junto a Correos. Era persona de confianza… en casa se ganaba un complemento… Había tenido mala suerte, debía currar doble, su marido lo había perdido todo al establecerse por su cuenta de fontanero. Además, tenía dos churumbeles y una tía a cargo… No podía descansar un momento… Se lo contaba todo a mi madre, clavada a la piltra. Una mañana mi padre y yo la bajamos así. La instalamos en una silla. Había que tener mucho cuidado para no chocar con los peldaños, no dejarla caer. La colocamos, encajonada, con cojines, en un rincón de la tienda… para que pudiese responder a los clientes… Era difícil… Y, además, hacerse curas sin cesar… Con sus compresas «vulnerarias».

Tocante a encantos, Hortense, pese a trabajar más que la hostia, como una mula, en una palabra, se conservaba bastante apetitosa… Decía siempre ella misma que no se privaba de nada, sobre todo de comida, pero ¡dormir no podía! no tenía tiempo de acostarse… La comida era lo que la sostenía y sobre todo los cafés con leche… Se ventilaba por lo menos diez en una sola jornada… En la frutería comía por cuatro. Era una tía curiosa, Hortense, hasta hacía reír a mi madre en su lecho de dolor con sus cuentos. A mi padre le irritaba mucho encontrarme en la misma habitación… Temía que me la cepillara… Yo me la cascaba de lo lindo pensando en ella, como se la casca uno siempre, pero ya no con avaricia, como en Inglaterra… Faltaba el frenesí, no tenía el mismo sabor; bastantes miserias nos agobiaban para hacer proezas, además… ¡Adiós, muy buenas! ¡Qué leche! ¡Ya no había entusiasmo!… De verme así, como un pato mareado y con la familia a remolque, me había entrado terror… Tenía la chola rellena de preocupaciones… Era aún más jodido encontrar una colocación ahora que antes de marcharme al extranjero. Al ver de nuevo a mi madre presa de la angustia, me lancé a la caza otra vez, ¡a buscar nuevas direcciones!… Volví a patearme de punta a punta los bulevares, la cuba del Sentier, los confines de la Bolsa… Hacia finales de agosto, ese rincón, es el peor seguramente… No lo hay más chungo, más sofocante… Volví a la carga en todos los pisos con el cuello, la corbata, la pajarita con resorte, el *canotier* blindado… No olvidé ni una sola placa… a la ida… en sentido inverso… Jimmy Blackwell y Careston, exportadores… Porogoff, transacciones… Tokima con Caracas y el Congo… Hérito y Kupelprunn, proveedores para todas las Indias…

Una vez más, me encontraba listo, apañado y decidido. Me pasaba el peine un instante al meterme bajo las bóvedas. Acometía la escalera. Llamaba a la primera burda y después a otra… Ahora, que la cosa dejaba de carburar en el momento de responder a las preguntas…

¿Referencias?… ¿qué tarea deseaba desempeñar?… ¿mis aptitudes auténticas?… ¿mis aspiraciones?… Me desinflaba al instante… farfullaba, me salían burbujas… Musitaba pretextos nimios y me abría en retirada… Era presa del pánico repentino… La jeta de los inquisidores me inspiraba de nuevo todo el canguelo del mundo. Me había vuelto como sensible… Se me escapaba la cara dura… ¡La perdición!… Me las guillaba junto con la cagalera… Aun así, volvía a la carga por el currelo… Llamaba otra vez a la puerta de enfrente… Siempre los mismos andobas «chungalíes»… Me marcaba así unas veinte antes del almuerzo… Ya ni siquiera volvía para el papeo. Estaba demasiado preocupado, la verdad… ¡Ya de antemano no tenía hambre! tenía una sed demasiado horrible… Pronto no iba a regresar para nada. Sentía las escenas que me esperaban. ¡Mi madre y su dolor! Mi padre y su mecánica, con más cóleras, sus pitotes, sus alaridos descompuestos… ¡Bonita perspectiva!… ¡Me iba a tocar el gordo!… ¡Iba de culo y contra el viento!… Me quedaba a orillas del Sena, esperaba a que dieran las dos… Miraba los perros bañarse… Ya no seguía un plan siquiera… Prospectaba a la buena de Dios… Me recorrí toda la *Rive Gauche*… Por la esquina de la Rue du Bac me lancé a la aventura otra vez… la Rue Jacob, la Rue Tournon… Me encontré con empresas casi abandonadas… Distribuidores de muestrarios por las mercerías difuntas… en las provincias por recuperar… Proveedores de objetos tan tristes, que te quedabas sin habla… Aun así, procuré gustarles… Intenté que me examinaran en casa de un revendedor para canónigos… Probé todo lo imposible… Me mostré intrépido en casa de un mayorista de casullas… Creí que me aceptarían en una fábrica de candelabros… Se me hacía la boca agua… Hasta me parecían hermosos… Pero en su momento, ¡todo se desplomaba! Al final, las inmediaciones de Saint-Sulpice me defraudaron profundamente… Tenían también su crisis… Por todas partes me pusieron en la puta calle…

A fuerza de patearme el asfalto, tenía los tachines como tizones… Me descalzaba a cada paso. Me los remojaba rápido en las pilas de los lavabos… Me descalzaba en un segundo… Así conocí a un camarero que sufría de los pinreles aún más que yo. Servía mañana y tarde e incluso más tarde, pasada la medianoche, en la enorme terraza del patio de la Croix- Nivert, la Cervecería Alemana. Los pinreles le hacían tanto daño y tan a menudo, que se metía trozos de hielo por los calcos… Yo también lo probé, su truco… De momento alivia, sólo que después es aún peor.

* * *

Mi madre se quedó así, con la pierna estirada, más de tres semanas, al fondo de la tienda. Ya no venían demasiados clientes… Una razón más para amargarse con ganas… Ya no podía salir…

Sólo entraban los vecinos de vez en cuando a charlar, hacerle compañía… Le traían todos los chismes… Le calentaban la chola bien… A propósito de mi caso, sobre todo, había unos cotilleos de la peor mala leche… Les exasperaba, a aquellos cerdos, verme parado. ¿Por qué no encontraba un trabajo?… ¿Eh? No cesaban de preguntarse… Que no me cogieran en ninguna parte pese a tantos esfuerzos, sacrificios extraordinarios, ¡era inconcebible!… ¡Superaba el entendimiento!… ¡Ah! ¿Eh? ¡Era un enigma!… Al verme así, boqueras, escarmentaban en piel ajena… ¡Ah, eso sí que no! ¡Ah, desde luego! ¡No iban a ser unos gilipollas, ellos, como mis viejos!… No iban a meter el cazo así…

¡Lo proclamaban a las claras!… ¡Ah, no, qué hostia! ¡No se iban a hacer trozos! Por unos chaveas descastados… ¡No se entramparían por sus chinorris! ¡Ah, no! ¡claro que no! Además, ¿de qué servía?

… ¡Y menos para que aprendieran idiomas! ¡Ah! ¡qué farsa de mil pares de cojones! ¡Ah! ¡para mearse! Para que se volvieran unos golfos, ¡y se acabó! ¡La hostia puta! ¡no servía de nada!… ¿La prueba? ¡bien visible estaba! Bastaba con mirarme… ¿Un patrón? ¡No lo iba a encontrar nunca!… A todos inspiraría desconfianza… No tenía traza, ¡y se acabó!… Ellos que me conocían desde niño, ¡estaban bien convencidos todos! … Sí.

A mi madre, al oír semejantes cosas, ya es que se le caía el alma a los pies, sobre todo por su estado, su absceso tan doloroso y que cada vez la punzaba más.

Ahora la tumefacción le llegaba ya a todo el costado del muslo… Por lo general, se contenía, de todos modos, un poquito para no repetir todas esas gilipolleces… Pero con un dolor así, de tal agudeza, ya no controlaba sus reflejos… Repitió todo a mi padre, se lo chamulló casi palabra por palabra… Ya hacía mucho que a él no le daba un ataque… Se abalanzó sobre la ocasión… Se puso a decir a alaridos que yo lo desollaba vivo y a mi madre también, que era la única causa de su deshonor, su oprobio irremediable, ¡que era el responsable de todo! ¡De los peores maleficios! ¡Pasados y futuros!

¡Que lo abocaba al suicidio! ¡Que era un asesino de un género absolutamente inaudito!… No explicaba por qué… Pitaba, soplaba y lanzaba tal vapor, que formaba una nube entre nosotros… Se arrancaba el cuero cabelludo… Se laceraba el cráneo hasta hacerse sangre… Se arrancaba todas las uñas… Al gesticular presa de la furia, se daba hostias contra los muebles… Se llevaba la cómoda por delante… Resultaba minúscula, la tienda… No había sitio para un furioso… Chocó contra el paragüero… Tiró al suelo los dos jarrones. Mi madre intentó recogerlos, ¡le dio un dolor terrible en la pierna!

Lanzó un grito tan agudo… tan absolutamente atroz… ¡que los vecinos acudieron en tromba!

Estuvo a punto de desmayarse… Le dieron a respirar sales… Poco a poco se fue recuperando… Empezó a respirar de nuevo, se volvió a instalar en sus sillas… «¡Ah!», nos dijo… «¡Ha reventado!». ¡El absceso!… Estaba feliz, el propio Visios le sacó el pus. Estaba muy acostumbrado. Lo había hecho muchas veces en los barcos.

Ya podía ir vestido con la mayor corrección, el cuello argolla perfecta, calcos relucientes, que mi madre, cavilando en la trastienda, opinaba que aún no era el ideal… Que aún me faltaba seriedad, pese al reloj, la cadena bruñida… Seguía teniendo pinta de golfo, pese a las amonestaciones… Se veía en la forma de llevar el dinero, ¡sonando en el bolsillo!… ¡Cosa de chulos! ¡De golfos! ¡Algo espantoso!

Al instante se le ocurrió el remedio… Envió a Hortense al Bazar Vivienne… Para que nos trajera, a la vuelta de la compra, un monedero perfecto… Uno fuerte, cosido a mano y con múltiples compartimentos, artículo eterno… Además, me regaló cuatro monedas de cincuenta céntimos… Pero ¡no debía gastarlas!… ¡Nunca!… Era una economía… ¡Para que cogiera gusto al ahorro!… Me puso también la dirección, por si tenía un accidente en la vía pública… Le gustaba así. Yo no puse objeción.

Me lo pulí rápido, ese poco parné, en cañas de diez céntimos… Hizo un calor infame durante el verano de 1910. Por fortuna, por Temple era fácil darle a la priva… No era caro en los quioscos, por toda la calle, la gaseosa corría por las aceras, en tabernas ambulantes…

Reanudé mis intentos entre los engastadores de joyas. Es un auténtico oficio, en una palabra, que yo conocía un poco de todos modos… Volví hacia el Marais… En el Bulevar, ¡no se podía parar! ¡Atestados como en una procesión delante del *Café du Nègre* y de la Porte Saint-Denis! Como aplastados en un horno… En el Square des Arts, con todos los de la farándula, ¡era aún peor!… Ya es que no valía la pena sentarse, era un puro remolino de polvo… sólo de respirar, ¡echabas el bofe!… Estaban allí, apalancados, todos los representantes de los alrededores con sus cajas y maletines… y los golfos de sus machacas, los que tiraban del carricoche… Se quedaban todos en el borde, repantigados, esperando la hora de subir a afrontar a su baranda…

¡Estaban guapos!… Era una temporada tan mala, que ya es que no podían defenderse… ¡Ni siquiera a noventa días, les encargaba nadie, en queli alguna, ejemplares!… Tenían la mirada perdida… Se ahogaban en la bruma de arena… ¡No iban a conseguir un solo pedido antes del 15 de octubre! Como para animarse, vamos… ¡Ya podían cerrar sus libretas! Su desamparo me fascinaba…

Yo, a fuerza de preguntar si sabían de un currelo, había importunado a todo el mundo, había mirado todos los rótulos, había analizado todos los Bottin y los anuarios, además. Volví a pasar por la Rue Vieille-du-Temple… Me paseé ocho días por lo menos a lo largo del Canal Saint-Martin para contemplar todas las gabarras… el suave movimiento de las esclusas… Volví a la Rue Elzévir. Con la preocupación, me despertaba sobresaltado en plena noche… Tal era mi obsesión, me dominaba cada vez más… Me atenazaba toda la jeta… Quería volver a donde Gorloge… Sentía, de repente, un remordimiento tremendo, una vergüenza irresistible, la maldición… Se me ocurrían ideas de pobre hombre, manías de cabrón… Quería subir a donde Gorloge, entregarme sin vacilación, acusarme… ante todo el mundo… «¡Yo fui quien lo robó!», diría… «¡Yo cogí ese precioso alfiler! ¡El Sakya-Muni de oro macizo! ¡Yo! ¡Y nadie más que yo!…». ¡Me inflamaba solo! ¡Joder! Después, me decía, se irá la mala pata… La suerte chunga me dominaba… ¡por todas las fibras de la chola! Me horrorizaba tanto, que no cesaba de tiritar… Se estaba volviendo irresistible… ¡La hostia puta! Al final volví de verdad ante la casa… pese al calor sofocante, me entraban escalofríos por las costillas… ¡Ya era presa del pánico! Y entonces vi a la portera… Me miró, me reconoció de lejos… Conque intenté cerciorarme, comprobar hasta qué punto era culpable… Me acerqué a su chiscón… ¡Se lo diría primero a ella! … ¡Joder!… Pero entonces no pude…

Me entró desconcierto… De súbito di media vuelta… Me di el piro a toda leche… Salí najando otra vez hacia los bulevares… ¡Huy, qué mal!… ¡Me estaba portando como un auténtico «paleto»! Estaba obsesionado… me venían extravagancias de cagueta… Ya no volvía a casa a almorzar… Me llevaba pan, queso… Me entraba sueño por la tarde, por haber dormido tan mal de noche… Porque los sueños me despertaban constantemente… Tenía que andar sin parar o, si no, me quedaba adormilado en los bancos… Seguía preocupado por saber de qué podía ser culpable… Debía de haber motivos… Poco corrientes… No tenía bastante instrucción para reflexionar sobre las causas… Había encontrado otro sitio, al deambular a la fuerza, donde reposar por la tarde. En Notre-Dame-des-Victoires, en el perímetro de las capillitas, a la izquierda según se entra… Un sitio de lo más fresco… Me sentía muy acosado por la puta mala pata… Se está mejor en la obscuridad… Las baldosas son buenas para los pinreles… Refrescan mejor que nada… Me descalzaba a la chita callando… Me quedaba así, bien apalancado… Los propios cirios son bonitos, forman matorrales frágiles… sin cesar de agitarse en el gran terciopelo sombrío de las bóvedas… Me alucinaba… Poco a poco me quedaba dormido… Me despertaba con las campanillas. No cierran nunca, lógicamente… Es el mejor sitio.

* * *

Siempre encontraba disculpas para volver a casa aún más tarde… Una vez, cerca de las nueve… Había ido a presentarme hasta Antony… a una fábrica de papeles pintados. Solicitaban recaderos para el centro… Iba bien para mis aptitudes… Volví dos o tres veces…

¡No estaba lista, la fábrica esa!… No la habían terminado aún… ¡Cuentos, en una palabra!

Sentía un pavor espantoso en el momento de entrar en el Passage…

Todos los cuartos para tranvías me los gastaba en cañas de cerveza… Conque cada vez andaba más… ¡Hacía, además, un verano absolutamente extraordinario!

¡No había llovido en dos meses!…

Mi padre le daba a la máquina como un animal… Yo, al lado, en mi piltra, no había modo de que me durmiera, con sus blasfemias sobre el teclado… A principios de septiembre, le salieron cantidad de forúnculos, primero en los brazos y después detrás del cuello, uno enorme, la verdad, que en seguida se volvió un ántrax. Para él eran graves los forúnculos, lo desmoralizaban completamente… Aun así, se iba a la oficina… Pero en la calle lo miraban, envuelto en guatas. La gente se volvía… Ya podía ingeniárselas y tomar mucha levadura de cerveza, que no mejoraba pero es que nada.

Mi madre estaba muy preocupada al verlo así, en erupción… Por su parte, a fuerza de ponerse compresas y luego quedarse inmóvil, su absceso iba mejorando un poco. Supuraba en abundancia, pero se había desinflado mucho. Se vació un poco más… Entonces volvió a ponerse en pie, no quiso esperar a que la herida se cerrara, se puso en seguida a agitarse otra vez por la queli a cojear de nuevo en torno a objetos y sillas… Quería vigilar a Hortense, subía todas las escaleras, no quería que la transportásemos más. Se aferraba a la barandilla para subir las escaleras sola, llegaba hasta el extremo de izarse de un piso a otro, mientras estábamos ocupados… Quería hacer la limpieza de nuevo, ordenar la tienda, los chirimbolos…

Mi padre, arropado de apósitos, ya no podía girar la chola, se asfixiaba con los forúnculos pero bien que la oía, de todos modos, a mi madre, por los pisos, revolviendo cuarto tras cuarto, con la zanca a rastras… Eso le horripilaba más que nada… Desfondaba toda la máquina… Se hacía tal daño en los puños, que le daba un berrinche. Le gritaba que tuviera cuidado…

«¡Ah, me cago en la leche puta, Clémence! ¿Me oyes o qué? ¡Coño!

¡Joder! ¿Quieres echarte, cojones? ¿Es que no hemos tenido ya bastante mala pata? ¿Te parece poco? ¡La puta hostia consagrada!…».

«¡Vamos, Auguste! Déjame, te lo ruego… ¡No te ocupes de mis asuntos!… ¡no te preocupes por mí!… ¡Me encuentro muy bien!»

Así le decía, con voz de ángel…

«¡Se dice fácil!», vociferaba él…

«¡Se dice fácil! ¡Ya es que me voy a cagar hasta en la puta madre de Dios!

¡Huy, la leche! Pero ¿te vas a sentar de una puñetera vez?».

Por la mañana avisé a mi madre…

«Oye, mamá, hoy no vendré a comer… Me voy otra vez a Lilas… A preguntar por la fábrica…».

«Entonces, mira, Ferdinand», me respondió… «He pensado una cosa… Esta tarde me gustaría que Hortense me limpiara la cocina a fondo… Va a hacer por lo menos dos meses que está que da asco, las cacerolas, la pila, los cacharros… Desde que caí enferma, no he podido ocuparme de eso… Huele a grasa hasta el tercero… Si la mando a la compra volverá a racanear, se tirará varias horas fuera, ¡habla más que una cotorra!… Se planta en la frutería… Y no se acaba nunca. Como tú vas por allí, por Republique… pasa un momento por Carquois y tráeme, para tu padre, 70 céntimos de jamón, que lo tienen muy bueno… de primera calidad… ¿sabes a cual me refiero?… Ese muy fresco y sin apenas gordo… Míralo bien primero… A nosotros nos quedan macarrones, los pondremos a hervir otro poco… y tráeme también tres *petits suisses* y, si te acuerdas, una lechuga no demasiado abierta… Así no tendré que hacer cena… ¿Te acordarás? Cerveza tenemos… Hortense va a traer levadura… Para tu padre, con sus forúnculos, una ensalada, que es lo mejor para la sangre… Antes de marcharte, coge una moneda de cinco francos de mi bolso que está sobre la chimenea de mi alcoba. ¡Cuenta bien la vuelta, sobre todo!… ¡Y vuelve antes de la hora de cenar!… ¿Quieres que te lo escriba? Por el calor no me atrevo a dar huevos a tu padre… Tiene enteritis… Ni fresas tampoco, claro… A mí misma me dan urticaria… conque, ¡a él con sus nervios!… Más vale tener cuidado…».

Entendido, ya podía irme… Cogí los cinco francos… Salí del Passage… Me quedé un momentito junto al estanque del Square Louvois… Así, en un banco, pensando… ¡Ni «Lilas» ni leches! En cambio, me habían hablado de un artesano, que trabajaba en su casa con accesorios de escaparates, terciopelos, placas. Era en la Rue Greneta, n.º 8…

¡Para que no me remordiera la conciencia!… Debían de ser las nueve… Aún no hacía demasiado calor… Conque me dirigí despacito… Llegué a la puerta… Subí al quinto… Llamé, me abrieron… ¡El puesto estaba ocupado! ¡Vale! No había que insistir…

¡Con eso quedaba libre! Volví a bajar dos pisos tal vez… Ahí, en el rellano del tercero, me senté un momento, me quité el cuello… Me puse otra vez a pensar… Piensa que te piensa, resulta que tenía otra dirección, un marroquinero de lujo, al final de la Rue Meslay… No corría prisa tampoco…

Miré el decorado en derredor. Era un sitio muy majestuoso… suelos desvencijados y una peste a humedad, a retrete… pero, de todos modos, era de grandes proporciones, grandioso… antigua morada de peces gordos del siglo XVII, seguro… Se veía en la decoración, las molduras, las barandillas enteramente labradas, los peldaños de mármol y pórfiro… ¡Nada ful!… ¡Todo trabajado a mano!… ¡Yo conocía las cosas de estilo! ¡Qué leche! ¡Era magnífico de verdad!… ¡Ni un alzapaño falso!… Era como un inmenso salón, donde ya nadie se detenía… Entraban corriendo a sus quelis en busca de sus currelos asquerosos. Se acabó el contemplar… ¡Yo era el recuerdo!… Y el olor que apestaba…

Ahí, junto a la fuente, veía todo el rellano, estaba bien sentado… No pedía nada más… Aún tenía hasta los cristales de época… minúsculos, cuadrados de colores, violetas, verde botella, rosas… Conque estaba allí, muy tranquilo, y la gente no se fijaba en mí… Iban a sus currelos… Yo pensaba en la jornada que me esperaba… ¡Hombre! ¡vi a un conocido! alto, dos metros, con perilla, que subía… Jadeaba cogido a la barandilla… Era un representante, buena gente, por cierto… guasón de verdad. No lo había vuelto a ver desde la época de Gorloge… Se iba defendiendo con las pulseras… Me reconoció ahí en el rellano… Me llamó de una barandilla a otra… Me contó sus historias y después me preguntó qué había sido de mí desde hacía un año… Le enumeré todos los detalles… No tenía tiempo de escucharme, justo entonces se iba de vacaciones… Después de comer… Estaba de lo más contento con esa perspectiva… Conque se marchó en seguida… Subió de cuatro en cuatro… Corría a casa de su patrón para dejar el muestrario… Después tenía el tiempo justo para correr a la estación de Orsay y tomar el tren para Dordoña… Se iba por ocho días. Me deseó mucha suerte… Yo le deseé que se divirtiera mucho…

Pero me había dejado bien jodido, aquel capullo, con su historia del campo… Era presa del desconcierto de pronto. ¡Ah! ¡No iba a dar pie con bola ese día! ¡Estaba absolutamente seguro!… ¡Sólo pensaba ya en retozar, en espacios abiertos, en el campiri! ¡Joder! Me había desmoralizado… De repente me asaltaba el deseo de ver la hierba, los árboles, los arriates… Ya es que no podía contenerme… ¡Me ponía frenético! ¡La puta de oros!… Me dije:

«¡Voy a hacer la compra ahora mismo!…». Ya está… «¡Después iría a Buttes- Chaumont!… ¡Lo primero, ahuecar el ala! Volveré justo a las siete… ¡Estaré listo toda la tarde!». ¡Perfecto!…

Corrí a la tienda más próxima… Donde Ramponneau… Pitando… en la esquina de la Rue Etienne-Marcel… una salchichería ejemplar… aún mejor que Carquois… Modelo de lujo y limpieza entonces… Compré los 70 céntimos de jamón… La clase que mi padre prefería, desprovisto, por decirlo así, de gordo… La lechuga la compré en Les Halles, al lado… Los *petits suisses* también… Hasta me prestaron un recipiente.

Conque me fui pasito a paso hacia el Bulevar Sébastopol, la Rue Rivoli… Ya no podía pensar apenas… Hacía un calor tan asfixiante, que casi no se podía avanzar… Te arrastrabas bajo los soportales… ante los escaparates… Me dije: «Pues, ¡vete al Bois de Boulogne!…». Anduve aún un buen rato… Pero se volvía imposible… En las verjas de las Tullerías torcí… Crucé, entré en los jardines… había ya un gentío que para qué… No era nada fácil encontrar un sitio en la hierba… y sobre todo a la sombra… Estaba de bote en bote…

Me dejé empujar un poco, caí en un declive, al salir de un terraplén, cerca del gran estanque… Estaba fresquito, muy agradable… Pero justo entonces apareció toda una multitud congestionada, una masa compacta, estentórea, sebácea, que chorreaba desde los catorce barrios de los alrededores… Inmuebles enteros que vomitaban toda la pesca sobre los vastos céspedes, todos los inquilinos, las porteras, acosados por la canícula, las chinches y la urticaria… Un tropel de rechifla y chirigota restallantes… Otras hordas se anunciaban, espantosas, chillonas, por los Inválidos…

Intentaron cerrar las verjas, defender los rododendros, el parterre de las margaritas… La caterva todo lo arrasó, todo lo reventó, retorció, descuartizó toda la muralla… Fue un derrumbamiento, una cabalgada sobre los escombros… ¡Lanzaban clamores repugnantes para que la tormenta estallara, por fin, sobre la Concordia!… Como no caía ni una gota, se arrojaron a los estanques, se revolcaron, en oleadas, en pelotas, en paños menores… Los desbordaron, se tragaron hasta la última gota de pañí…

Yo estaba derrengado en el fondo del terraplén herboso, tan ricamente, la verdad… Protegido, en una palabra… Tenía las provisiones, a la izquierda, ahí, a mano… Oí las hordas que machacaban, que afluían contra los parterres… Surgieron otros más y de otros lados… La inmensa cohorte de los sedientos… Ahora una batalla para soplarse el fondo de la charca… Chupaban todos en el lodo, el limo, los gusanos, el fango… Habían excavado, despanzurrado todo alrededor, habían dejado grietas profundas por todos lados. Ya no quedaba ni una brizna de hierba en toda la extensión de las Tullerías… Puro delirio, un cráter despedazado de cuatro kilómetros de radio, rebosante de abismos y borrachos…

En lo más hondo, todas las familias, en busca de sus tajadas en el infierno y en la hoguera de los calores… Salpicaban pedazos de carne, trozos de nalgas, riñones, lejos, por encima de la Rue Royal y hasta las nubes… Un olor despiadado, tripas en orina y tufos de cadáveres, *foie-gras* bien descompuesto… Se mascaba en la atmósfera… No había modo de escapar… Tres terraplenes inexpugnables a lo largo de las terrazas impedían el paso… Coches de niños apilados hasta un sexto piso…

De todos modos, las cantinelas se confundían en la hermosa noche que caía, por entre los pútridos céfiros… El monstruo de cien mil braguetas, desplomado sobre los mártires, avivaba la música en su vientre… Bebí dos cañas, de gorra… y dos más… y otras dos… total, doce… ¡Listo!… Había gastado los cinco francos… Ya no quedaba ni chavo… Me soplé un litro de blanco… ¡Qué leche!… Y toda una botella de espumoso… ¡Fui a hacer intercambios con la familia del banco!… ¡Ah!… Les troqué por un *camembert*… vivito y coleando… ¡mi *petit suisse*!… ¡Atentos!… ¡Cambié la loncha de jamón por un litro de tinto del país!… Mejor no se puede decir… ¡En ese preciso momento aparecieron violentos refuerzos de los agentes de guardia!… ¡Ah!… qué rostro… ¡Qué ocurrencia más necia!… ¡No consiguieron mover a nadie!… Al instante se vieron desarmados, avergonzados… sacudidos… disminuidos… En un instante los habían mandado a hacer puñetas… Se evadieron… ¡Se esfumaron tras las estatuas!… ¡La masa entró en insurrección! Por la tormenta seguían conspirando… El cráter rugía, zumbaba, atronaba… ¡Proyectaba hasta L'Etoile toda una borrasca de botellas de vino vacías!…

Yo partí en dos y compartí mi lechuga, nos la jalamos así, cruda… Nos hacíamos de rabiar, con las chavalas… Bebí todo lo que se presentaba ahí, en el extremo del banco. ¡Basta de priva!… no quita la sed… calienta la boca incluso… Todo ardía, el aire, los chucháis… Nos habría hecho vomitar, si nos hubiéramos movido, si nos hubiésemos alzado… pero ¡no había peligro! No podíamos mover ni un dedo… Los párpados me pesaban… la vista se me nublaba… En aquel momento se dejó oír un tierno estribillo… «Sé que eres linda…».

¡Bing! ¡Ca! ¡ra! ¡cla! ¡clac! ¡El farol, el gran globo blanco estalló en pedazos!

¡Una pedrada terrible! ¡drea a las claras!

¡Las chavalas se sobresaltaron!

¡Lanzaron gritos increíbles! Eran los golfos, unos graciosos, cabrones, desde el otro lado de la zanja… ¡Querían noche cerrada!… ¡Ah, qué cabritos, qué infames!… Me tendí contra el menda de al lado… ¡Estaba gordo, el gachó!…

¡Roncaba! ¡Muy chungo!… ¡Ahora!…

¡Ya estaba en mi posición favorita!…

¡Me adormilaba con su música!… ¡Me acunaba!… Creía tener *camembert*… Eran *petits suisses*… ¡los vi!… Aún llevaba algunos… ¡No debería haberlos dejado en la caja!… en la caja… Allí estábamos… ¡Y nos quedábamos!… Parecía que se levantaba brisa… Dormía, el *petit suisse*… ¡Debía de ser tarde!… ¡Y mucho más aún!… ¡Como el queso!… Exacto.

Estaba roncando con ganas… No molestaba a nadie… Me había desplomado en la zanja aún más profunda… Estaba encajonado en la muralla… Y un gilipollas que deambulaba en las tinieblas… fue a tropezar en el vecino. Cayó sobre mí, me aplastó… Me hizo un daño…

Entreabrí los acáis… Lancé un alarido feroz… Miré allá abajo, al horizonte… lo más lejos… Vi el reloj… Precisamente el de la Gare d'Orsay… inmenso… ¡Era la una de la mañana!

¡Ah! ¡La madre de Dios! ¡Qué putada! Conque ¡salí de naja! Me di el piro… Tenía dos gachís, una a cada lado, que me despachurraban… Las empujé… Todos sobaban y roncaban en el fondo… Tenía que erguirme… forcejear para volver a casa… Recogí mi bonito terno… Pero ya no encontraba el cuello duro… ¡Mala suerte! ¡Debería haber vuelto a la hora de cenar! ¡Me cago en la leche! Mi puta mala pata, ¡estaba visto!

¡Y también el calor! y, además, es que estaba demasiado atontado, ¡no estaba normal ni mucho menos! ¡Tenía miedo y estaba borracho!… ¡Muy aturdido aún!… ¡Una curda! ¡Qué bruto! ¡Ah! Recordaba el camino, de todos modos… Cogí la Rue Saint-Honoré… la Rue Saint-Roch, a la izquierda… la Rue Gomboust… y entonces recto. Llegué a la verja del Passage… Aún no la habían cerrado, por la temperatura… Estaban ahí todos… en mangas de camisa, despechugados, los vecinos, ante sus tiendas… Se habían quedado en las corrientes de aire… Rajando de una silla a otra… a horcajadas, en el umbral de las puertas… Iba aún ebrio… Dando tumbos, bien se veía… Aquella gente estaba asombrada. Pero ¡si nunca me había emborrachado!… Nunca me habían visto así… ¡Me increpaban por la sorpresa!… «¿Qué, Ferdinand? ¿Has encontrado una colocación?… ¿Se han orinado los angelitos?… ¿Has visto un ciclón, chaval?…». En fin, boberías… Visios, que estaba enrollando la persiana, me increpó con toda intención… Me dijo así al pasar: «Oye, Ferdinand, tu madre ha bajado por lo menos veinte veces desde las siete a preguntar si te habíamos visto. ¡Te lo juro! ¡No veas cómo está!… ¿Dónde te habías escondido?…».

Conque arreé hacia la tienda. No estaba cerrada… Hortense me esperaba en el pasillito… Debía de haberse quedado a propósito…

«¡Ah! ¡tendría que ver a su mamá! ¡en qué estado se encuentra! ¡Da pena! ¡Algo espantoso! ¡Desde las seis está que se muere!… ¡Al parecer, ha habido trifulcas en los jardines de las Tullerías! ¡Está segura de que usted estaba allí!… Ha salido esta tarde por primera vez al oír los rumores… ¡Ha visto en la Rue Vivienne un caballo desbocado! ¡Ha vuelto descompuesta! ¡Se le ha helado la sangre en las venas!… ¡Nunca la había yo visto tan nerviosa!…».

También Hortense era presa de la zozobra al contármelo… Se secaba la cara empapada en sudor con su gran delantal sucio. Se le quedaba embadurnada de verde, amarillo y negro… Subí los peldaños de cuatro en cuatro… Llegué arriba, a mi cuarto… Mi madre estaba en la piltra, desplomada, completamente fuera de sí, con la blusa desabrochada… las faldas alzadas hasta las caderas… Estaba remojándose otra vez toda la pierna con las toallas-esponja. Formaba con ellas grandes muñequillas, chorreaba por el suelo… «¡Ah!, dijo sobresaltada… «¡Vuelves con vida!». Me creía hecho picadillo…

«¡Tu padre esta hecho una furia! ¡Ah, pobre hombre! ¡Estaba a punto de irse a la comisaría! ¿Dónde has estado?…».

En ese preciso momento, lo vi, a mi padre, salir del retrete. Subió despacio la escalera, iba ajustándose la correa… Arreglándose el apósito en torno a los forúnculos… Primero, no me dijo nada… Hizo incluso como que no me veía… Volvió a su máquina… Tecleaba con un solo dedo… Soplaba como una foca, se enjugaba… Estaba que la palmaba, vamos… Se asfixiaba pero bien… Se levantó… Descolgó de la percha la toalla-esponja… Se remojó toda la jeta con el agua del grifo… ¡No podía más!… ¡Volvió!… Me diqueló otro poco… de reojo… Miró también a mi madre, despatarrada en la cama…

«¡Tápate, joder, Clémence!…», le dijo furioso… Una vez más por la pierna… ¡Iba a empezar la sesión otra vez!… ¡Le hacía señas! Creía que yo la miraba así, con las faldas alzadas… Ella no entendía su agitación… Ella era inocente, no tenía pudor… Él alzó ambos brazos hacia el cielo… ¡Estaba indignado, crispado! Ella estaba destapada hasta la barriga… Se bajó por fin las faldas… Cambió un poco de posición… Se dio la vuelta sobre el colchón… Me habría gustado hablar… decir algo para que se disipara el embarazo… Iba a hablar del calor… Se oía a los gatos dándole al asunto… Allá, muy lejos, sobre la vidriera… Persiguiéndose… Saltando por sobre los abismos entre las altas chimeneas…

Nos llegó un soplo de aire… ¡Un auténtico céfiro!… ¡Hosanna!…

«¡Ahora refresca!…», observó en seguida mi madre… «¡Huy, Dios mío! ¡ya era hora!… ¿Ves, Auguste?, ¡con la pierna sé con seguridad que va a llover!… ¡No puedo equivocarme!… Siempre es el mismo dolor… Me da tirones detrás del pompis… Es la señal clarísima, absolutamente infalible… ¿Oyes, Auguste? ¡Va a llover!…».

«¡Ah! ¡Cállate ya, leche! ¡Déjame trabajar! ¡Joder! ¿Es que no puedes dejar de cascar continuamente?».

«Pero ¡si no he hablado, Auguste! ¡Van a dar las dos! ¡Vamos, hijo! ¡y aún sin acostar!».

«¡De sobra lo sé! ¡Cojones! ¡Hostia puta! ¡De sobra lo sé que van a dar las dos! ¿Es culpa mía acaso?… ¡Y darán las tres! ¡Me cago en Dios! ¡Y después las cuatro! ¡Y después las treinta y seis! ¡Y después las doce! ¡No te jode!… ¡Estoy hasta las narices de que me toquen los cojones día y noche!… ¡ya es que no hay derecho!…». Entonces asestó un golpe terrorífico en la máquina, como para aplastar todas las teclas, hundir todo el teclado… Se volvió, muy violento… Entonces se lanzó contra mí… Me atacó con toda decisión:

«¡Ah!», me dijo muy alto… Gritaba con ganas, declamaba: «¡Me estáis fastidiando todos! ¿Me oís?… ¡Eso que quede claro! ¡Y tú, cabrito! ¡golfo desvergonzado! ¿Dónde has andado esta vez? ¿Desde las ocho de la mañana?

¿Eh? ¿Me lo quieres decir? ¡A ver! ¡Di, hostias!…».

Al principio no respondí nada… De repente recordé lo que había hecho con la compra… cierto, ¡no traía nada! ¡Huy, la Virgen! ¡Qué pitote!

¡Se me había olvidado el jamón!… Se me había olvidado todo… ¡Entonces comprendí la canción! ¡Huy, la Virgen!

«¿Y el dinero que te ha dado tu madre?

… ¿Y la compra?… ¿Eh? ¡Ah! ¡Ah!».

¡Estaba exultante!… «¿Ves, Clémence?

… ¡Los resultados!… Ya ves lo que has conseguido… ¡Con tu incuria demente! tu imbécil ceguera… ¡Das armas a ese golfo! ¡Con tu confianza imperdonable! … ¡Tu credulidad idiota!… ¡Le entregas dinero!… ¿Vas a confiarle el bolso?… ¡Dale todo!… ¡Dale la casa!… ¿Por qué no?… ¡Ah! ¡Ah! ¡y eso que te lo había avisado!… ¡Te escupirá en la mano! ¡Ah! ¡Ah! ¡se nos lo ha bebido todo! ¡Se nos lo ha zampado todo!… ¡Apesta a alcohol! ¡Está borracho! ¡Ha pescado la sífilis! ¡Purgaciones! ¡Nos traerá el cólera! ¡Hasta entonces no descansarás tú!… ¡Ah! Bueno, pues, ¡ya recogerás los frutos! Tú misma, ¿me oyes?… ¡Tú lo has querido! ¡El degenerado de tu hijo!… Pues ¡quédatelo! ¡Para ti solita! … ¡Qué suerte la mía, la puta madre de Dios!…».

¡Se sulfuró otra vez!… ¡Se superó!

¡Se hinchó como un gallo!… Se desabrochó toda la delantera de la camisa… Se despechugó…

«¡Me voy a cagar hasta en los clavos de una tabla vieja! ¡Será canalla redomado! ¡No se va a detener ante nada!… ¡De sobra deberías saberlo!…

¡No confiarle nada!… ¡Ni un céntimo!

¡Ni una perra chica!… ¡Me lo habías jurado quince! ¡veinte! ¡cien mil veces! … Pero ¡tienes que volver a empezar!

¡Ah! ¡eres incorregible!».

Saltó de su taburete… Vino a propósito para insultarme a la cara… Volvió a atravesar toda la habitación. Me escupió sus perdigones en la jeta, estalló con ganas… en mis narices… ¡Era el número del huracán!… Le vi los ojos pegados a mis napias… Hacían visajes muy raros… Le templequeaban en las órbitas… Una tempestad entre nosotros dos. Farfullaba tan fuerte de rabia, que me inundaba… ¡con sus perdigones! Me nublaba la vista, me dejaba pasmado… Se agitaba con tal energía, que se arrancaba los apósitos del cuello. Pataleaba y volvía a patalear… Cogió carrerilla para ponerme verde… Me echó el guante… Yo le repelí y en el mismo instante hice un quite brutal… Yo también estaba decidido… No quería que me tocara, ese mierda… Eso lo desconcertó un instante…

«¡Ah! ¿conque sí?», me dijo…

«¡Huy, huy, huy! ¡Si no fuera porque me contengo!…».

«¡Atrévete!», le dije yo… Notaba que me subía la mala hostia…

«¡Ah! ¡mierdica! ¿Me desafías?

¡Chulito! ¡Asqueroso! ¡Habrase visto insolente! ¡Qué ignominia! ¿Quieres enviarnos al otro barrio? ¿Eh? ¿Es eso lo que quieres? ¡Dilo, anda!... ¡Cobardica! ¡Golfo!...». Me lo escupió así en la cara... Y vuelta a empezar con los exorcismos...

«¡La leche puta! ¡La hostia puta! ¿Qué hemos hecho, hija mía, para engendrar semejante bicho? ¡pervertido como tres docenas de presidiarios!... ¡Canalla sin principios! ¡Vago! ¡La peor calamidad! ¡Inútil! ¡Sólo sirve para saquearnos! ¡Robarnos! ¡El asqueroso! ¡Sangrarnos sin piedad!... ¡Ésa es su gratitud! ¡Por toda una vida de sacrificios! ¡Dos vidas marcadas por la angustia! ¡Nosotros los viejos idiotas! ¡los imbéciles siempre! ¡Siempre nosotros!... ¿Eh? ¡Dilo otra vez! ¡di, inútil apestoso! ¡dilo, anda! ¡Dilo en seguida, que quieres liquidarnos!... ¡Liquidarnos a base de disgustos! ¡de sufrimiento! ¡que te oiga al menos antes de que me remates! ¡Di, granuja asqueroso!».

Entonces se levantó mi madre, se acercó a la pata coja, intentó ponerse en medio...

«¡Auguste! ¡Auguste! ¡Escúchame, hombre! ¡Escúchame! ¡Te lo suplico! ¡Anda, Auguste! ¡Que te va a dar algo! ¡Piensa en mí, Auguste! ¡Piensa en nosotros! ¡Te vas a poner gravemente enfermo! ¡Ferdinand! ¡Tú vete, hijo! ¡sal afuera! ¡No te quedes aquí!...».

No me moví un centímetro. Fue él quien volvió a sentarse...

Se enjugó la frente, ¡refunfuñó!...

Tecleó una, dos veces en la máquina... Y luego se puso a berrear otra vez... Se volvió hacia mí, me apuntó con el dedo, me designó... Se puso solemne...

«¡Ah! ¡Sí! ¡Ahora puedo reconocerlo! ¡Cuánto lo lamento! ¡No haber sido bastante enérgico! ¡Lo culpable que soy por no haberte metido en cintura por las malas! ¡La Virgen puta! ¡En cintura! ¡Cuando aún estaba a tiempo! A los doce años, ¿me oyes? ¡A los doce años, no más tarde, habría que haberte encerrado entre cuatro paredes! ¡Ah, sí! ¡No más tarde! Pero ¡no fui bastante enérgico!... Haberte encerrado en un correccional... ¡Eso es! ¡Allí te habrían hecho entrar en vereda!... ¡No estaríamos así!... Ahora, ¡ya no tiene remedio!... ¡Estamos en manos de la fatalidad! ¡Demasiado tarde! ¡Demasiado tarde! ¿Me oyes, Clémence? ¡Pero que demasiado tarde! ¡Este sinvergüenza ya es incorregible!... ¡Tu madre me lo impidió! ¡Ahora lo vas a pagar, chica!».

Me la señaló... cojeando ahí, entre gemidos, por toda la queli... «¡Tu madre! ¡Sí, tu madre! No estarías aquí hoy, si me hubiera escuchado... ¡Ah! ¡La leche puta, no! ¡Ah! ¡La hostia puta!...».

Volvió a aplastar el teclado... a porrazos con los dos puños... Iba a destruirlo todo, seguro.

«¿Me oyes, Clémence? ¿Me oyes?

¿Es que no te lo dije?... ¿No te lo avisé de sobra? ¡Sabía lo que iba a pasar!».

Iba a estallar otra vez... Volvía a ser presa de la ira... Reventaba... por la jeta y los acáis... Se le quedaban en blanco... Ella ya no se sostenía en pie, a fuerza de tropezar por todos lados. Tuvo que volver a la piltra... Se desplomó... Se levantó todas las faldas... Volvió a enseñar los muslos, el bajo vientre, la raja y el mondongo... Se retorcía de dolor... Se frotaba despacito... estaba encogida...

«¡Ah! ¡pero bueno! ¡tápate! Pero ¡tápate! ¡qué asco!...».

«¡Ah! ¡por favor! ¡Por favor! ¡Te lo suplico, Auguste! ¡Nos vas a hacer caer enfermos a todos!...». Ya es que no podía más... Ya no sabía lo que decía...

«¿Enfermos? ¿Enfermos?...». ¡Eso lo traspasó como un cohete! ¡Era palabra mágica!... ¡Huy!, pero ¡la leche! ¡era el colmo! Se echó a reír a carcajadas... ¡Eso sí que era una revelación!... Volvía a armarse la tremolina... «Pero ¡si es él! ¿Es que no lo ves, inocente?... Pero, si es él, ese chulito... Pero me cago en la leche, ¿cuándo vas a comprender que es él, este golfante de cuidado, quien nos hace caer enfermos a todos? ¡Esa víbora abyecta! Pero ¡si es él quien nos quiere liquidar! ¡Desde siempre nos acecha! ¡Nos quiere enviar al cementerio! ¡Eso es lo que quiere!... ¡Le estorbamos! ¡Ni siquiera disimula!... ¡Quiere que la palmemos, los viejos!... ¡Es evidente! Pero ¡si es que está claro! ¡y lo más rápido posible! ¡Es increíble! Pero ¡si es que tiene prisa! ¡Por nuestros cuatro cochinos cuartos! ¡Nuestro humilde pastel es lo que codicia! ¿Es que no lo ves? ¡Pues sí! ¡Pues sí! ¡Sabe lo que hace, ese bribón! ¡Bien que lo sabe, ese cochino! ¡sacamantecas! ¡chulito! ¡Tiene los ojos bien abiertos! ¡Bien que nos ha visto hundirnos! ¡Es tan vicioso como malvado! ¡Puedes creerme! ¡Si tú no lo conoces, yo sí! ¡Aunque sea mi hijo!...». Volvieron a darle los temblores, se sacudía toda la osamenta, estaba fuera de sí... Crispaba los puños... Su taburete crujía y danzaba... Se concentró, iba a saltar de nuevo. Volvió a soplarme en las narices otras injurias... y muchas otras... Yo también sentía que se me revolvía la bilis... Y, encima, el calor... Me pasé dos manos por la jeró... Entonces, ¡vi todo muy raro de pronto!… Se me nubló la vista… Di un salto… ¡Encima de él! Levanté su máquina, la pesada… La alcé por los aires. ¡Y plac!… de un golpe, ahí, ¡zas!… ¡se la plantifiqué en la cara!

¡No tuvo tiempo de pararla!… La ráfaga lo derribó, ¡todo el tinglado para arriba!… La mesa, el andoba, la silla y toda la pesca a tomar por culo… Cayó al suelo… se desparramó… Yo también me vi envuelto en el baile… Tropecé, me lancé… Ya no podía contenerme…

¡Tenía que rematar, ahí mismo, al cacho capullo ése! ¡Puah! Volvió a caer sobre el montón… ¡Le iba a aplastar el morro! … ¡Para que no volviera a hablar!… Le iba a romper la boca… Lo arrastré por el suelo… Rugía… Berreaba… ¡Vale ya! Le acaricié la carne del cuello… Estaba de rodillas sobre él… Me enredé en los vendajes, se me quedaron las dos manos cogidas. Tiré. Apreté. Seguía piándolas… Pataleaba… Me dejé caer con todo mi peso… Estaba asqueroso… Soltaba gallos… Yo lo machacaba… Lo estrangulaba… Estaba en cuclillas…

Me hundí de lleno en la piltrafa… Babeaba… Tiré… Arranqué un buen pedazo de bigote… ¡Me mordió, el guarro!… Le hurgué en los agujeros… Todo pringado… mis manos resbalaban… Se retorció… Se me deslizó de los dedos… Me aferró con ganas en torno al cuello… Me atacó la glotis… Yo apreté más. Le casqué la chola contra las baldosas… Se soltó… Volvió a quedar fláccido… Fláccido bajo mis piernas… Me chupó el pulgar… Siguió chupando… ¡Joder! Alcé la cabeza justo entonces… Vi la cara de mi madre precisamente ahí a la altura de la mía… Me miraba, con ojos desorbitados… Se le dilataban los acáis tanto, que yo ya no sabía ni dónde estaba… Lo solté… ¡Otra cabeza surgió de la escalera!… por encima del hueco… ¡Era Hortense! ¡Seguro! ¡Exacto! ¡era ella! Lanzó un grito prodigioso… «¡Socorro! ¡Socorro!», se desgañitaba… Me fascinó también ella entonces… Solté a mi viejo… Di un salto… ¡Ya estaba encima de Hortense!… ¡Iba a estrangularla! ¡A ver cómo pataleaba ella! Se desasió… Le pintarrajeé la cara… Le cerré la boca con las palmas… El pus de los forúnculos, la sangre compacta, reventó, le chorreó… Las piaba más fuerte que mi papá… La agarré… Se retorció… Estaba cachas… Yo quería estrangularla también… La sorpresa… Como un mundo oculto que se agita en tus manos… ¡La vida!… Hay que sentirla… Le zurré el cogote a base de golpes tercos contra la barandilla… Retumbaba… Le sangraban los cabellos… ¡Aullaba! ¡Se le había abierto! ¡Le metí un dedo en el ojo!… No la tenía bien cogida… Se zafó… Dio un brinco… Salió de naja… Tenía fuerza… Cayó rodando por las escaleras… La oí vociferar desde fuera… Alborotaba la calle… Sus gritos se oían hasta arriba… «¡Al asesino! ¡Al asesino!…». Oí los ecos, los rumores. De pronto irrumpió una avalancha… jalando por la tienda, bullía abajo en los escalones… Se empujaban en cada piso… Invadían… Oí mi nombre… ¡Ahí estaban! Confabulaban en el segundo… Miré… Ya aparecían. ¡Visios! El primero que asomó… Dio un salto desde la escalera… Ahí estaba, plantado, firme, feroz, resuelto… Me clavó un revólver… En el pecho… Los otros mendas pasaron por detrás, me rodearon, me insultaron, las piaban… Me soltaban amenazas, injurias… El viejo seguía en pleno patatús… Se había quedado desplomado… Un hilillo de sangre le salía de la cabeza… Yo ya no sentía la menor cólera… Estaba indiferente… Se agachó, el Visios, tocó el fardo, mi papá refunfuñó, las pió un poco…

Los otros cabrones me empujaron, me zarandearon, eran los más fuertes… Sumamente brutales… Me proyectaron a la escalera… Ni a mi madre escuchaban… Me metieron a la fuerza en el cuarto de abajo… Recibí todos los golpes, como venían… Ya no me resistía… De todo el mundo, sobre todo en los huevos… Ya no podía responder nada… ¡El más feroz, Visios!… Me dio un patadón en pleno vientre… Tropecé… No me hundí… Seguí ahí, pegado a la pared… Se fueron… Me escupieron otra vez en la cara… Cerraron con llave.

Al cabo de un instante, solo ahí, me entraron temblores. En las manos… las piernas… el rostro… y por dentro… Un telele infame… Auténtico pánico de los riñones… Parecía que todo se despegaba, se piraba en jirones… templequeaba como en una tormenta, se bamboleaba la osamenta, los dientes castañeteaban… ¡No podía más!… Tenía convulsiones en el jebe… Me cagué en los alares… El corazón najaba por el pecho tan veloz, que yo ya no oía ningún otro ruido… lo que ocurría… Las rodillas se me chocaban… Me tumbé en el suelo cuan largo era… Ya no sabía lo que pasaba… Tenía canguelo… Sentía deseos de gritar…

¿No me lo habría cargado, de todos modos? ¡Qué leche! Me era igual, pero el bul se me cerraba y abría… La contracción… Algo horrible…

Volví a pensar en papá… Chorreaba sudor y del frío, del que se te queda ahí… Me lo tragaba por la nariz… Estaba sangrando… ¡Me había arañado, el maricón!… Yo no había apretado fuerte… No pensaba que fuera tan débil, tan flojo… Vaya sorpresa… estaba asombrado… Era fácil de estrujar… Recordaba cómo me había quedado con las manos atrapadas delante, los dedos… la baba… y cómo me mamaba él… Ya no podía detener el tembleque… Me vibraba toda la carne… ¡Estrujar y ya está! Me tiritaba la mui… ¡Gemía con ganas! Ahora sentía todos los golpes, los porrazos de los otros cabrones… ¡Era insoportable el pavor!… El jebe era el que más me dolía… No cesaba de retorcerse y contraerse… Un dolor atroz.

* * *

En el cuarto así cerrado, tendido sobre las baldosas, seguí temblando aún un buen rato, me daba hostias por todos lados… Chocaba contra el armario… Sonaba como castañuelas… Nunca habría imaginado que pudiera tener dentro semejante tormenta… Unos lirones increíbles… Daba saltos como una langosta… Venía del fondo… «¡Me lo he cargado!», me decía… Estaba cada vez más seguro y después en un momento oí como pasos… gente que hablaba del asunto… Y que después empujaban la cama arriba…

«¡Ya está! Lo están transportando…». En otro momento oí su voz… ¡La suya!… ¡Sólo estaba baldado! «¡He debido aplastarle la chola! ¡No tardará en diñarla!…», me puse a pensar… ¡Iba a ser mucho peor aún!… Seguía en mi cama… Yo oía los muelles… En fin, yo ya no sabía nada. Y después se me revolvió el estómago… Empecé a vomitar… Me apretaba incluso para hacerme devolver… Me aliviaba mucho… Eché hasta las tripas… Me volvió la tiritona… Pataleaba con tal fuerza, que no me reconocía… Me sorprendía a mí mismo… Vomité los macarrones… Volví a empezar, me sentaba mejor que la leche. Como si todo fuera a salir… Eché todo lo que pude por el embaldosado… Hacía esfuerzos para facilitar las contracciones… Me partía en dos para hacerme vomitar aún más y después las flemas y luego espuma… Corría… se extendía hasta por debajo de la puerta… Devolví la jalandria de ocho días antes por lo menos y, además, diarrea… No quería llamar para que me dejaran salir… Me arrastré hasta el jarro que había ante la chimenea… Cagué dentro… Y después no podía mantener el equilibrio… La cabeza me daba vueltas vertiginosas… Volví a desplomarme, solté todo sobre las baldosas… Jiñé otra vez… El derrumbe en plan mermelada.

Debieron de oírme revolver… Vinieron a abrir… Echaron un vistazo al cuarto… Volvieron a cerrar con llave… Diez minutos después tal vez, entró el tío Edouard… Estaba totalmente solo… Yo no me había vuelto a poner los pantalones… Estaba en plena cagalera… Él no tenía miedo de mí…

«¡Ahora vuelve a vestirte!», me dijo…

«Baja delante, que te vienes conmigo…». Tuvo que darme la mano…

Ya no podía abrocharme, con el temblor generalizado… En fin, hice lo que me decía… Pasé ante él para bajar… Ya no había nadie en la escalera, ni en la tienda tampoco. Todo el mundo se había pirado… Debían de haber vuelto a sus casas… Tenían cosas que contar…

En el reloj, allá arriba, bajo la vidriera, eran las cuatro y cuarto… Amanecía ya…

En el extremo del Passage, hicimos levantar al guarda para que abriera la verja. «¿Se lo lleva, entonces?», preguntó a mi tío…

«¡Sí! ¡va a dormir en mi casa!…».

«Bueno, pues, ¡suerte! ¡Que le aproveche, señor mío! ¡Se lleva usted un buena pieza!…», respondió.

Volvió a cerrar tras nosotros y con doble vuelta. Regresó a su queli. Se lo oía de lejos: «¡Pues sí! ¡Está listo ése!». Fuimos, mi tío y yo, por toda la Rue des Pyramides… Cruzamos las Tullerías… Al llegar al Pont Royal, yo seguía con el tembleque… El viento del río no era cálido precisamente… Conque, mientras avanzábamos, me contó el tío Edouard cómo habían venido a buscarlo… Hortense, al parecer… Estaba ya dormido… No era ahí al lado, su barrio… Más allá de los Inválidos, cerca de la Academia Militar… Rue de la Convention, antes de la Rue de Vaugirard… Yo no me atrevía a preguntarle por otros detalles… Íbamos muy de prisa… Y, además, es que no entraba en calor… Me seguían castañeteando los dientes…

«¡Tu padre ya está mejor!», me dijo en cierto momento... «Pero tendrá que guardar cama dos o tres días más... No va a ir a la oficina... Ha venido el doctor Capron...». Eso es lo único que me dijo.

Cogimos la Rue du Bac y después, a la derecha, hasta el Champ-de-Mars... Estaba en el quinto coño, su queli... Por fin llegamos... ¡Ahí era!... Me enseñó su domicilio, una casita al fondo de un jardín... En el segundo, su queli... Yo no me atrevía a quejarme del cansancio... pero, de todos modos ya es que no me sostenía en pie... Me agarraba a la barandilla. Ahora ya era del todo de día... En el piso volvió a darme un ataque, ¡una náusea terrible! Me llevó él mismo al retrete... Vomité otro buen rato... Volvía otra vez... Sacó una cama-mueble del armario... Quitó un colchón de su cama... Me instaló en otro cuarto... Me dio también una manta... Me desplomé sobre ella... Él me desnudó... Aún escupí un torrente de flemas... Por fin me dormí a trompicones... Me pilló una pesadilla... Dormité con sobresaltos...

Cómo se las arregló el tío Edouard para que mi padre no insistiera más... Me dejara en paz de una puta vez... Nunca lo supe exactamente... Creo que debió de hacerle comprender que el rollo disciplinario, eso de enviarme a la Roquette, no era tan fetén... ¡Que tal vez no me quedase allí para siempre!... Que quizá me escapara en seguida... a propósito para venir a cepillármelo... y que esa vez sí que le iba a dar el pasaporte de verdad... En fin, ¡se espabiló!... No me hizo confidencias... Ni yo se las pedía.

La casa de mi tío, su vivienda, estaba pero que muy bien situada, era alegre, agradable... Dominaba los jardines de la Rue Vaugirard, la Rue Maublanc... Había hileras de bosquecillos, huertos, delante y detrás... Subía, la madreselva, en torno a las ventanas de las fachadas... Todo el mundo tenía su cuadrito entre las casas, rábanos, lechugas e incluso tomates... ¡y viñas! Me recordaba, todo aquello, mi lechuga... ¡No me había dado suerte! Me sentía muy débil, como si acabara de salir de una enfermedad. Pero en cierto sentido me encontraba mejor. ¡Ya no me sentía acosado, en casa del tío Edouard!

¡Empezaba a respirar otra vez!...

En su alcoba había, de adorno, series enteras de cartulinas, clavadas a la pared en forma de abanico, frescos, guirnaldas... Los *Ases del volante*... Los *Ases del pedal* y los *Héroes de la aviación*... Se los iba comprando todos... Su proyecto final era que formaran un tapiz, cubriesen las paredes enteramente... Ya faltaba poco... Paulhan y su gorrita de piel... Rougier, el de la gran napia torcida... Petit-Breton, *Pantorrilla de acero*, ¡maillot cebra!... Farman, el *Barbas*... Santos-Dumont, ¡feto intrépido!... El vizconde Lambert, ¡especialista de la Torre Eiffel!

... ¡Latham, el gran desengañado!... La *Pantera Negra* Mac Namara... ¡Sam Langford, todo muslo!... Y un centenar de otras glorias... ¡también del boxeo, claro está!...

No vivíamos mal... Nos lo montábamos bastante bien... Mi tío, al volver de su *business* y de las mil gestiones para su bomba, me hablaba de los «sucesos» deportivos... Calculaba todos los riesgos... Conocía todas las debilidades, los tics, las astucias de los campeones... Almorzábamos, cenábamos sobre el hule, preparábamos el papeo juntos... Comentábamos los casos en detalle, las posibilidades de todos los favoritos...

Los domingos nos lo pasábamos bomba... Hacia las diez de la mañana, en la gran *Galerie des Machines*[16], era una vista fantástica... Llegábamos muy temprano... Nos apalancábamos allá arriba, en la curva... No nos aburríamos ni un segundo... Le daba a la alpargata la tira, el tío Edouard, toda la semana... Como una ardilla... No iba ni mucho menos como él quería, la historia de la bomba... Tenía incluso muchos problemas con las patentes... No entendía del todo las dificultades... Procedían sobre todo de América... Pero, de buen o mal humor, nunca me echaba sermones... Nunca hablaba de sentimientos... Eso era lo que yo apreciaba mucho en él... Mientras tanto, me alojaba. Seguía instalado en su segundo cuarto. Mi suerte estaba en suspenso. Mi padre no quería volver a verme... Seguía con su farfullar... Lo que le habría gustado, por ejemplo, habría sido que me fuera al ejército... Pero aún no tenía edad... Me enteraba a retazos... Al tío no le gustaba hablar de eso... Prefería hablar de deportes, su bomba, boxeo, utensilios... de cualquier cosa... Los temas candentes le hacían daño... y a mí también...

No obstante, a propósito de mi madre, se volvía un poco más charlatán... Me traía noticias... Ya no podía andar... Yo no tenía demasiadas ganas de volver a verla... ¿De qué habría servido?... Seguía diciendo las mismas cosas... En fin, paso el tiempo... Una semana, después dos, luego tres...

No podía eternizarse la cosa… No podía echar raíces… Era amable, mi tío, pero es que… Y, además, ¿cómo vivir? ¿Seguir siempre a su cargo?… No era serio… Hice una pequeña alusión… «¡Ya veremos más adelante!», respondió… No había prisa… Que ya se estaba ocupando él… Me enseñó a afeitarme… Tenía un aparato especial, sutil y moderno, con el que se podía avanzar en todos los sentidos e incluso al revés… Sólo, que tan delicado, que cambiar la hoja era currelo de ingeniero… Esa maquinilla tan sensible era otro nido de patentes, veinte en total, según me explicó.

Yo preparaba la mesa, iba a buscar las provisiones… Seguí así, en plan de esperar y hacer el vago, casi mes y medio… dándome la gran vida como una chavala… Nunca había conocido cosa igual… También lavaba los platos.

¡Sin excesos!… Después me iba a pasear donde quería… ¡Así mismo!…

¡Un chollo!… No tenía meta fija… Simples garbeos… Me lo repetía todos los días, antes de salir, el tío Edouard.

«¡Vete a pasear!… ¡Anda, Ferdinand!

¡No te ocupes de nada más!… ¡Vete donde te apetezca!… Si te gusta un sitio en particular, ¡ve! ¡Ve, pues! ¡Hasta el Luxembourg, si quieres!… ¡Ah! Si yo no estuviera tan ocupado… Iría a ver jugar al frontón… Me gusta, el frontón… Aprovecha, pues, un poco el sol… Nunca miras nada, ¡eres como tu padre!…». Se quedaba aún un instante. Sin moverse, pensando… Añadió… «Y después vuelves despacito… Esta noche regresaré un poco más tarde…». Me daba, además, unos pocos cuartos, un franco cincuenta, dos francos… «Métete en un cine… si pasas por los bulevares… Deben de gustarte a ti, esas historias…».

Viéndolo tan generoso… y yo, encima, de gorra, empezaba a parecerme feo… Pero no me atrevía a decírselo. Temía demasiado que se molestara… Después de toda la comedia, me andaba con mucho ojo por las consecuencias… Conque esperaría un poco a que llegara la calma por sí sola… Para no ocasionar gastos, me lavaba los calcetines mientras él estaba fuera… En su casa, los cuartos no estaban en hilera, sino bastante alejados unos de otros. El tercero, cerca de la escalera, era curioso, formaba como un saloncito… pero casi sin nada dentro… una mesa en el centro, dos sillas y un solo cuadro en la pared… Una reproducción, pero inmensa, de *El ángelus* de Millet».

¡Nunca he visto una mayor!… Ocupaba todo el entrepaño… «Es bonito, ¿eh, Ferdinand?», me preguntaba el tío Edouard, cada vez que pasábamos ante él para ir a la cocina. A veces nos quedábamos un instante contemplándolo en silencio… No hablábamos ante *El ángelus*… ¡No era los *Ases del volante*!… ¡No era materia de charla!

Creo que, en el fondo, el tío debía de pensar que me sentaría muy bien admirar semejante obra… Que para una mala hostia como la mía era como una especie de tratamiento… Que tal vez me suavizaría… Pero nunca insistió… Comprendía perfectamente las cosas delicadas… Pero no las comentaba y listo… No era hombre dotado exclusivamente para la mecánica, el tío Edouard… No hay que confundir… Era extraordinariamente sensible, no se puede negar… Por eso incluso estaba cada vez más violento yo… Me preocupaba cada vez más seguir ahí, como un chorra, zampando su papeo… Un chupón con mucho rostro, la verdad… ¡Joder!… Ya bastaba…

Le pregunté una vez más, me arriesgué, si no habría inconveniente para que me pusiera en marcha otra vez… repasara un poco los «anuncios»… «Pero ¡quédate aquí, hombre!», me dijo… «¿No estás bien? ¿Te preocupa algo, chaval? ¡Vete a pasear! ¡Te sentará mejor!… ¡No te preocupes por nada!… ¡Te meterías en tus líos otra vez!… ¡Yo te encontraré un currelo! ¡Ya me ocupo de sobra! ¡Déjame hacerlo tranquilo! ¡No metas las napias en ese asunto! ¡Aún te acompaña la mala pata! Sólo conseguirías armar un pitote… ¡Aún estás demasiado nervioso! Y, además, es que ya he quedado de acuerdo con tu padre y tu madre!… Date más paseos…

¡No va a seguir la cosa siempre así!

¡Vete por las riberas hasta Suresnes! Hombre, mira, ¡monta en el barco!

¡Cambia de aires! ¡No hay nada mejor que ese barco! ¡Bájate hasta Meudon, si quieres! ¡Cambia de ideas!… Dentro de unos días te diré algo… ¡Tendré algo bueno!… ¡Lo presiento! ¡Estoy seguro!… Pero ¡no hay que forzar las cosas!… ¡Y espero que no me hagas quedar mal!…».

«¡No, tío!…».

Hombres como Roger-Marin Courtial des Pereires no se encuentran así como así… Yo era, lo confieso, demasiado joven aún en aquella época para apreciarlo como debía. En el *Génitron*, el periódico favorito (veinticinco páginas) de los pequeños inventores-artesanos de la región de París, tuvo mi tío la fortuna de conocerlo un día... En relación, como siempre, con su sistema para la obtención de una patente, la mejor, la más hermética, para toda clase de bombas de bicicleta... Plegables, flexibles o reversibles.

Courtial des Pereires, conviene observarlo en seguida, se distinguía absolutamente del resto de los humildes inventores... Dominaba desde muy arriba toda la región farfullera de los subscriptores del periódico... Ese magma hormigueante de fracasados...

¡Ah, no! Él, Courtial Roger-Marin, ¡no era ni mucho menos igual! ¡Era un auténtico maestro!... No sólo iban a consultarle los vecinos... Gente de todas partes: de Seine, Seine-et-Oise, subscriptores de provincias, de las colonias... ¡del extranjero incluso!...

Pero, cosa notable, Courtial, en la intimidad, no sentía sino desprecio, asco, apenas disimulable... hacia todos esos chapuceros minúsculos, esos mil pesos muertos de la ciencia, todos esos horteras descarriados, esos mil sastres oníricos, buhoneros de artilugios... Todos esos recaderos atolondrados, siempre expulsados, acosados, caquécticos, empeñados en la perpetua cuadratura de los mundos... locos por el «grifo magnético»... Toda la ínfima pululación de los farfulleros obsesivos... ¡de los descubridores del Mediterráneo!...

Lo hartaban en seguida, sólo de mirarlos un poco, oírlos sobre todo... Se veía obligado a poner buena cara en interés del asunto... Era su rutina, sus habichuelas... Pero era desagradable y penoso... ¡Y si aún hubiera podido callarse!... Pero ¡tenía que alentarlos! ¡halagarlos! Librarse de ellos con delicadezas... según el caso y la manía... ¡y, sobre todo, sacarles un óbolo!... Se disputaban, todos esos chalados, esos chichirivainas espantosos, para ver cuál saldría antes... ¡Cinco minutos!... Desde su queli... su tenderete... el ómnibus, el sobradillo, justo el tiempo de mear... para lanzarse aún más rápido hacia el *Génitron*... desplomarse ahí, ante el despacho de Pereires como escapados de prisión... Jadeantes... extraviados... crispados de espanto, a darle de nuevo a la manía... meter a Courtial rollos infinitos... siempre y de todos modos sobre «molinos solares»... la reunión de las «radiaciones bajas»... el retroceso de la cordillera... la traslación de los cometas... mientras quedase un poco de aliento en el fondo de la gaita fantástica... hasta el último coletazo de la infecta osamenta... Courtial des Pereires, secretario, precursor, propietario, animador del *Génitron*, ¡siempre tenía respuesta para todo y nunca se mostraba apurado, desconcertado ni dilatorio!... Su aplomo, su competencia absoluta, su irresistible optimismo lo volvían invulnerable a los peores asaltos de las peores gilipolleces... Por lo demás, nunca soportaba las controversias largas... Al instante, ponía coto, tomaba en persona el mando de los debates... Lo dicho, juzgado, entendido... ¡lo era por fin y de una puta vez por todas!... No había que volver sobre el asunto... o, si no, se ponía rojo de cólera... Se toqueteaba el cuello duro... Explotaba con perdigones... Por cierto, que le faltaban dientes, tres a un lado... Sus veredictos en todos los casos, los más sutiles, los más dudosos, los más discutibles, se volvían verdades contundentes, galvánicas, irrefutables, instantáneas... Bastaba con que interviniera... Triunfaba con autoridad... ¡Acabado el enredo!

Al menor suspiro divergente, daba rienda suelta a su humor, ¡y el consultante mártir quedaba a la altura del betún!... ¡Chasqueado al instante, despachurrado, descompuesto, sajado, evaporado sin apelación!... Simple fantasía de jinetes árabes, ¡acrobacia sobre volcán!... ¡Veía las estrellas, el pobre descarado!... Courtial era tan imperioso, en un caso así, cuando montaba en cólera, que habría hecho encogerse en su bolsillo al más insaciable maníaco, lo habría hecho disolverse al momento en un agujero de ratón.

No era grueso Courtial, sino vivaz y breve, bajito pero cachas. Anunciaba su edad varias veces al día... Tenía cincuenta castañas cumplidas... Se mantenía en forma gracias a los ejercicios físicos, las pesas, mazas, barras fijas, trampolines... que practicaba con regularidad y sobre todo antes de almorzar, en la trastienda del periódico. Se había habilitado allí un auténtico gimnasio entre dos tabiques. Era angosto, lógicamente... No obstante, evolucionaba en los aparatos tal cual... En las barras... con facilidad asombrosa... Era la ventaja de su talla, que giraba de maravilla... Cuando chocaba, por ejemplo, e incluso con fuerza, era cuando se lanzaba en las anillas... ¡Conmovía el cuchitril como un badajo de campana! ¡Baúm! ¡Baúm!

¡Se oía, su acrobacia! Nunca lo vi, cuando más arreciaba el calor, quitarse una sola vez los alares ni la levita ni el cuello duro... Sólo los manguitos y la corbata con el nudo ya hecho.

Tenía, Courtial des Pereires, una razón importante para mantenerse en perfecta forma. Debía conservar cuidadosamente el físico y la agilidad. Lo necesitaba profundamente... Además de ser inventor, autor, periodista, montaba con frecuencia en globo... Hacía exhibiciones... Los domingos sobre todo, en las fiestas... Casi siempre salía bien, pero a veces había follón, emociones poco comunes... ¡Y no era eso todo!... De cien formas distintas, su existencia tan peligrosa, cuajada de imprevistos, le reservaba sorpresas... ¡Siempre había sido así! ¡Era su carácter!... Me explicó lo que quería...

«¡Los músculos, Ferdinand, sin la inteligencia no están ni al nivel del caballo! ¡Y la inteligencia, cuando ya no quedan músculos, es como electricidad sin pila! ¡Ya es que no sabes dónde meterla! ¡Se va haciendo pipí por todos lados! Un despilfarro... ¡La diarrea!...». Ésa era su opinión. Por lo demás, había escrito sobre ese mismo tema algunas obras muy convincentes: *La pila humana y su conservación*. Era de lo más «culturista» y mucho antes de que existiera esa palabra. Quería una vida diferente... «¡No quiero acabar como papel mojado!». Así me hablaba.

Le gustaban los globos a él, era aeronauta casi de nacimiento, desde su primerísima juventud con Surcouf[17] y Barbizet... ascensiones muy instructivas... ¡Hazañas, no! ¡ni pruebas de resistencia! ¡ni marchas extenuantes!

¡No! ¡nada llamativo, asombroso!

¡insólito! ¡Le horrorizaban las payasadas en la atmósfera!... ¡Simples vuelos ilustrativos! ¡ascensiones instructivas!...

¡Siempre científicas!... Era su fórmula absoluta. Venía bien para su periódico, completaba su acción. Cada vez que ascendía, traía nuevos subscriptores. Tenía un uniforme para subir a la barquilla, tenía derecho innegable como capitán de tres galones, aeronauta «federativo, titulado, registrado». Sus medallas eran incontables. Sobre el terno, los domingos, formaban como un caparazón... A él se la traían floja, no era dado a la ostentación, pero para la asistencia contaban, se requería decoro.

Hasta el final siguió defendiéndolos resuelto, Courtial des Pereires, los «mucho más ligeros que el aire». ¡Ya estaba pensando en los helios! ¡Llevaba treinta y cinco años de adelanto! ¡No es moco de pavo! El *Animoso*, su veterano, su gran globo personal, descansaba entre salidas en el propio sótano de la oficina, en el 18 de la Galerie Montpensier. Por lo general, sólo lo sacaba los viernes antes de la cena para preparar los aparejos, remendar toda la trama con infinitas precauciones, los pliegues, las cubiertas, los bramantes llenaban el gimnasio en miniatura, la seda se hinchaba con las corrientes de aire.

* * *

Él tampoco cesaba nunca, Courtial des Pereires, de producir, imaginar, concebir, resolver, pretender... Su genio le dilataba con ganas la chola de la mañana a la noche... Y, además, es que ni siquiera de noche hacía un alto... Tenía que aferrarse con fuerza para resistir el torrente de ideas...

Mantenerse en guardia... Era su tormento sin par... En lugar de adormecerse como todo el mundo, las quimeras lo perseguían, ¡acariciaba otras chifladuras, nuevas manías!...

¡Zas!... ¡La idea de dormir se desvanecía!... ya es que resultaba imposible de verdad... Habría perdido el sueño por completo si no se hubiera rebelado contra toda la afluencia de hallazgos, contra sus propios ardores...

¡Esa doma de su genio le había costado más esfuerzos, esfuerzos de verdad sobrehumanos, que todo el resto de su obra!... ¡Me lo repitió muchas veces!...

Cuando resultaba, pese a todo, vencido, tras mucho resistir, cuando se sentía como desbordado por sus propios entusiasmos y empezaba a ver doble, triple... a oír voces extrañas... ya no había sino un medio de reprimir esas virulencias, recuperar el compás, el buen humor, ¡hacer una ascensión curiosita! ¡Se marcaba una vuelta por las nubes! Si hubiera tenido más tiempo libre, habría subido mucho más a menudo, casi todos los días, en una palabra, pero era incompatible con la marcha de su periódico... Sólo podía subir los domingos... Y ya entonces era complicado... El *Génitron* lo acaparaba, ¡tenía que hacer guardia! No había que andarse con bromas... Los inventores no son guasones... ¡Siempre disponible! Se entregaba a ello con valor, nada le hacía perder el celo, ni desconcertaba su picardía... ni el problema abracadabrante, ni el colosal, ni el ínfimo... Hacía muecas, pero lo digería todo... Desde el «queso en polvo», el «azul sintético», la «valva con báscula», los «pulmones de ázoe», el «navío flexible», el «café con leche comprimido», hasta el «muelle kilométrico», para substituir los combustibles... Ninguno de los progresos esenciales, en esferas tan diversas, entró en la vía práctica, sin que Courtial tuviera ocasión, en numerosos casos, a decir verdad, de demostrar sus mecanismos, subrayar sus imperfecciones y también revelar, implacable siempre, sus debilidades vergonzosas y sus taras, riesgos y lagunas.

Todo ello le granjeó, naturalmente, envidias muy terribles, odios sin cuartel, rencores tenaces... Pero se mostraba insensible a esas contingencias insubstanciales.

Mientras él sostuvo la pluma en el periódico, no se declaró válida, ni viable siquiera, revolución tecnológica alguna antes de que él la hubiera reconocido como tal, la hubiese avalado ampliamente en las columnas del *Génitron*. Eso da una ligera idea de su autoridad real. En una palabra, tenía que dotar cada invento capital con su comentario decisivo... ¡Les daba, mejor dicho, la «autorización»! Asunto de tomar o dejar. ¡Si Courtial declaraba en la portada que la idea no era válida! ¡Huy, huy! ¡funambulesca! ¡heteróclita! ¡que dejaba mucho que desear!... ¡la causa estaba vista para sentencia! ¡El trasto ese no se recuperaba!... El proyecto se hundía. En cambio, si se declaraba absolutamente favorable... el furor no se hacía esperar... Todos los subscriptores acudían pitando...

En su almacén-oficina, que daba a los jardines, al abrigo de las arcadas, Courtial des Pereires, gracias a sus doscientos veinte manuales totalmente originales, difundidos por todo el mundo, gracias al *Génitron* periódico, participaba, así, de forma perentoria e incomparable, en el movimiento de las ciencias aplicadas. Ordenaba, encauzaba, decuplicaba las innovaciones nacionales, europeas, universales, ¡toda la gran fermentación de los humildes inventores «registrados»!...

Por supuesto, aquello no funcionaba por sí solo, tenía él que atacar, defenderse, precaverse contra las guarradas. Magnificaba, machacaba, imprevisiblemente por cierto, mediante la palabra, la pluma, el manifiesto, la confidencia. Un día, entre otros, en Toulon, hacia 1891, había provocado un amago de motín con una serie de charlas sobre «la orientación telúrica y la memoria de las golondrinas»... Destacaba, desde luego, en el resumen, el artículo, la conferencia, en prosa, en verso y a veces, para intrigar, en retruécanos... «Todo por la instrucción de las familias y la educación de las masas», tal era la gran divisa de todas sus actividades.

Génitron, polémicas, invenciones, aerostatos, era la gama de sus móviles, inscritos, por lo demás, en su casa, por todos lados, en todas las paredes de sus despachos... en el frontispicio, en el escaparate... ¡no había error posible!

Las más recientes, las más complejas, liosas controversias, las más arduas, más sutilmente ingeniosas teorías, físicas, químicas, electrotérmicas o de higiene agrícola, se rendían, se apergaminaban como orugas a la orden de Courtial sin retorcerse más... Se las cargaba, las desinflaba en un dos por tres... Se les veía de inmediato el esqueleto, la trama... Era una inteligencia tipo rayos X... Le bastaba una hora de esfuerzos y furiosa aplicación para reducir de una vez por todas las peores paridas, las más pretenciosas cuadraturas, al nivel del *Génitron*, de la mollera más hostil de los capullos más calamitosos, del más confuso de los subscriptores. Era un currelo mágico que bordaba magistralmente, la síntesis explicativa, perentoria, irrecusable, de las peores hipótesis descabelladas, las más ergotizantes, alambicadas, insubstanciales... Habría hecho pasar con convicción todo un rayo por el ojo de una aguja, lo habría hecho jugar en un mechero, todo un trueno en una flauta. Tal era su destino, su preparación, su cadencia, meter el universo en una botella, cerrarla con un tapón y después contárselo todo a las multitudes... ¡Por qué! ¡y cómo!... Yo mismo me espantaba, más adelante, cuando vivía con él, ante lo que llegaba a captar en una jornada de veinticuatro horas... mediante simples retazos y alusiones... Para Courtial nada era obscuro, por un lado estaba la materia, siempre holgazana y berberisca, y, por el otro, la inteligencia para comprender entre líneas... ¡El *Génitron: invención, hallazgo, fecundidad, luz*!... Ése era el subtítulo del periódico. Con Courtial se trabajaba bajo la égida del gran Flammarion, su retrato con dedicatoria ocupaba el centro del escaparate, se lo invocaba como a Dios, a la menor impugnación, ¡por un sí o un no! Era el recurso supremo, la providencia, el sursuncorda, se juraba sólo en su nombre y también un poco en el de Raspail. Courtial había dedicado doce manuales sólo a las síntesis explícitas de los descubrimientos astronómicos y cuatro manuales sólo al genial Raspail, a las curaciones «naturalistas».

Fue una idea excelente la que tuvo, en una palabra, el tío Edouard un día, de acudir en persona al *Génitron* para tantear un poco el terreno a propósito de un empleíllo. Tenía otro motivo, iba a consultarle sobre su bomba de bici... Conocía a des Pereides desde hacía mucho, desde la publicación de su septuagésimo segundo manual, el más leído de todos, el más difundido en el mundo, el que más gloria, celebridad magnífica, le había granjeado: *La bicicleta y sus accesorios, sus níqueles, para todos los climas de la Tierra, por la suma total de diecisiete francos noventa y cinco céntimos*. El opúsculo iba, en la época de que hablo, ¡por la tricentésima edición de Berdouillon y Mallarmé, en el Quai des Augustins, editores especializados!... El favor, el entusiasmo universales suscitados desde la aparición de esa obrita trivial difícilmente pueden imaginarse en nuestros días... No obstante, *La bicicleta y sus accesorios* de Courtial des Pereires representó hacia 1900, para el ciclista neófito, como un catecismo, un libro «de cabecera», la «Suma»... Por lo demás, Courtial sabía hacer, y de modo muy pertinente, su propia crítica personal. ¡No se embriagaba por tan poco! Su celebridad en aumento le valió, evidentemente, un correo cada vez más masivo, otras visitas, importunos más tenaces, nuevos incordios, polémicas más ácidas... ¡Muy pocas alegrías!... Acudían a consultarlo de Greenwich y de Valparaíso, de Colombo, de Blankenberghe, sobre los diversos problemas del sillín «oblicuo» o «flexible», sobre el agotamiento de las bolas... la grasa para los ejes... la mejor dosificación hídrica para hacer inoxidables los manillares... Gloria por gloria, no podía hacer ascos a la que debía a la bicicleta. Desde hacía treinta años, diseminando así por el mundo la simiente de sus opúsculos, había redactado muchos otros manuales, y de los más felices, y síntesis explicativas de gran valor y envergadura... En una palabra, a lo largo de su carrera había explicado virtualmente todo... Las más altivas, las más complejas teorías, las peores imaginaciones de la física, química, de las «radiopolaridades» nacientes... La fotografía sideral... Todo lo había tratado más o menos, a fuerza de escribir. Sentía, por eso mismo, una gran desilusión, auténtica melancolía, una sorpresa muy deprimente, por verse así preferido, lisonjeado, glorificado, ¡por charlas sobre cámaras de aire y astucias de «piñones dobles»!... Personalmente, y para empezar, detestaba la bici... Nunca había aprendido a montar, nunca había montado... Y, en punto a mecánica, mucho peor aún... Nunca había podido desmontar una rueda, ¡ni la cadena siquiera!... No sabía hacer nada con las manos, aparte de la barra fija y el trapecio... Era de lo más torpe, como treinta y seis hipopótamos, la verdad... Para clavar torcido un clavo se desbarataba al menos dos uñas, se hacía papilla todo el pulgar; en cuanto tocaba un martillo se hacía una carnicería. Por no hablar de tenazas, claro está, habría arrancado el lienzo de pared... el techo... la queli entera... No habría quedado nada a su alrededor... No tenía ni pizca de paciencia, su inteligencia iba demasiado rápida, demasiado lejos, era demasiado intensa y profunda... En cuanto se le resistía la materia, se marcaba una epilepsia... Acababa en papilla... Sólo mediante la teoría solucionaba bien los problemas... Tocante a práctica, personalmente sólo sabía levantar pesas y sólo en la trastienda... y, además, trepar a la barquilla los domingos y lanzar su «suelten amarras»... y después caer rodando como una bola... Como se pusiera a hacer una chapuza con sus propios dedos, acababa en desastre. En cuanto movía un objeto, al instante lo mandaba al suelo, lo volcaba o lo torcía, o se lo metía en el ojo... ¡No se puede ser experto en todo! Por fuerza hay que conformarse... Pero entre el inmenso surtido de sus obras, había una muy especial, de la que estaba muy orgulloso... Era su punto sensible de verdad... Bastaba mencionarlo para que se estremeciera al instante... Había que recordarlo con frecuencia para que te tratara como amiguete. En punto a «síntesis», era una joya sin par, se puede decir bien en serio... un éxito extraordinario... «¡La obra completa de Auguste Comte reducida al formato estricto de una "oración positiva" en veintidós versículos acrósticos!...».

Por esa obra prodigiosa, lo habían festejado, en seguida, por toda América... la latina... como renovador inmenso. La Academia Uruguaya, reunida en sesión plenaria unos meses después, lo había elegido por aclamación *Bolversatore Savantissima* con el título correspondiente de «Miembro vitalicio»... Montevideo, la ciudad, no le fue a la zaga y lo nombró, el mes siguiente, *Citadinis Eternatis Amicissimus*. Courtial había esperado que con semejante sobrenombre y en vista de ese triunfo, conocería otra gloria, de tipo un poco más excelso... podría lanzarse a altos vuelos... Asumir la dirección de un movimiento filosófico ilustre... «Los Amigos de la Razón Pura»... ¡Y resulta que no! ¡De eso, nasti! ¡Por primera vez en su vida se había metido el dedo en el ojo! Había patinado por completo... El gran renombre de Auguste Comte se exportaba bien a los antípodas, pero ¡no volvía a cruzar el mar! Se adhería a la Plata, indeleble, indespegable. No volvía más al redil. Seguía siendo «para americanos» y eso que durante meses, y más meses, había intentado lo imposible… Había hecho todos los esfuerzos en el *Génitron*, había llenado columnas y más columnas, para infundir en su «oración» un gustillo irresistible y muy francés, la había reducido a «jeroglíficos», la había vuelto del revés como una blusa, la había salpicado de modestos halagos… la había hecho revanchista… corneilliana… agresiva y, además, afectada… ¡Esfuerzo inútil!

El propio busto de Auguste Comte, por mucho tiempo situado en posición elevada, no gustaba a los clientes, a la izquierda del gran Flammarion, hubo que suprimirlo. Era perjudicial. Los subscriptores refunfuñaban. No les gustaba Auguste Comte. Al contrario que Flammarion, que les parecía popular de verdad, Auguste no molaba. Daba mala pata al escaparate… ¡Así era! ¡Estaba visto!

Courtial, algunas tardes, mucho después, cuando lo castigaba la murria un poco, pronunciaba palabras extrañas…

«Un día, Ferdinand, me iré… Me iré al cuerno, ¡ya verás! Muy lejos… Solo… ¡Por mis propios medios!… ¡Ya verás!…».

Y después se quedaba como pensativo… Yo no quería interrumpirlo. Volvía a venirle de vez en cuando… Me intrigaba mucho, de todos modos…

* * *

Antes de entrar en casa de des Pereires, mi tío Edouard, para colocarme, había intentado lo imposible, había removido Cielo y Tierra, no se había detenido ante nada, había movido ya con todos los hilos… Por cada casa en que pasaba hablaba de mí en términos muy elogiosos… pero no daba resultado… Desde luego, me conservaba de muy buen grado en su casa de la Convention, pero, en fin, no era rico… ¡no podía seguir así siempre! No era justo que yo le gorroneara… Además, ocupaba sitio en su domicilio… no era demasiado grande su queli… aunque fingiese dormir, cuando se traía a una chati… de puntillas… seguro que lo estorbaba, de todos modos.

En primer lugar, era muy púdico por temperamento. Y, además, en ciertos casos, nadie lo hubiera dicho, de lo más tímido… Por ejemplo, con Courtial, aun después de meses de relaciones, todavía no se mostraba desenvuelto. Lo admiraba sinceramente y no se atrevía a pedirle nada… Había esperado antes de hablarle de mi historia… y, sin embargo, se moría de ganas… Se sentía como responsable… de que yo siguiera así, colgado… sin la menor colocación…

Un día, por fin, se atrevió…

Bromeando, como quien no quiere la cosa, hizo la preguntita… Si no necesitaría por casualidad, para su oficina de inventos, o para su aeronáutica, un secretario principiante…

El tío Edouard no se engañaba sobre mis aptitudes. Se había dado perfecta cuenta de que en los currelos normales me defendía francamente mal. Veía la situación con bastante claridad. Que para mi estilo y mi equilibrio lo más indicado sería algo «fuera», especie de astucias caprichosas, trapicheos. Con Courtial y sus chismes problemáticos, sus tejemanejes a distancia, tenía posibilidades de arreglarme… Así le parecía.

Courtial se teñía los cabellos de negro ébano y el bigote y la perilla se los dejaba grises… Eran rebeldes como los de un gato y las cejas pobladas, más agresivas aún, claramente diabólicas, sobre todo la izquierda. Tenía pupilas ágiles en el fondo de las cuencas, ojillos siempre inquietos, que se quedaban fijos de pronto, cuando se le ocurría una travesura. Entonces se cachondeaba con ganas, sacudiendo fuerte toda la tripa, se golpeaba los muslos con fuerza y después se quedaba como paralizado por la reflexión, un segundo, como admirando la ocurrencia…

Había sido él, Courtial des Pereires, quien había obtenido en Francia el segundo permiso de conducir para automóviles de carreras. Su diploma en marco de oro y su foto «de joven», al volante del monstruo con la fecha y los sellos, los teníamos por encima del escritorio. Había acabado trágicamente… Me lo contó con frecuencia:

«¡Tuve potra!», reconocía. «¡Te lo aseguro! Estábamos llegando al Bois-le-Duc… ¡una carburación espléndida!… No quería siquiera aminorar la marcha… Vi a la institutriz… en lo alto del terraplén… Me hacía señas… Había leído todas mis obras… Agitaba la sombrilla… No quise ser maleducado… Frené a la altura de la escuela… ¡Al instante me vi rodeado, festejado!… Trinqué… No debía parar antes de Chartres… dieciocho kilómetros más… El último control… Invité a aquella joven… Le dije: "Suba, señorita… ¡suba a mi lado! ¡Siéntese!". Vaciló, titubeó, la chati, coqueteó un poco… Yo insistí… Fue y se instaló… Arrancamos… Desde la mañana, a cada control, sobre todo por Bretaña, venga sidra y más sidra… Mi mecánica vibraba muy fuerte, carburaba perfectamente… Ya no me atrevía a reducir la velocidad… Y, sin embargo, ¡tenía unas ganas!… Al final, ¡tuve que ceder!… Conque frené de nuevo… Paré, me levanté, salté, divisé un matorral… ¡Dejé a la bella al volante! Le grité de lejos: "¡Espéreme! ¡Un minuto y vuelvo!…". Apenas me había rozado la bragueta, ¡cuando me vi, miré usted, sacudido! ¡Arrancado! ¡Propulsado espantosamente! ¡como una paja por la borrasca! ¡Baúm! ¡Tremendo! ¡una detonación increíble!… Los árboles, el follaje cercanos quedaron arrancados, segados, ¡aspirados por la tromba! ¡El aire se inflamó! Acabé en el fondo de un cráter y casi desvanecido… ¡Me palpé!… ¡Me erguí!… ¡Trepé hasta la carretera!… ¡Vacío absoluto! ¿El coche? ¡*Vacuum*, amigo mío! ¡*Vacuum*! ¡Ni rastro! ¡Evaporado!… ¡Fulminado! ¡Literalmente! Las ruedas, el chasis… ¡Roble!… ¡pino! ¡calcinados!… Todo el armazón… ¡Como se puede usted imaginar! Recorrí los alrededores, ¡fui de un montículo a otro! ¡Cavé! ¡Hurgué! ¡Rastros por aquí, por allá! Unas ramitas… ¡Un trocito de abanico, una hebilla de cinturón! Uno de los tapones del depósito… ¡Una horquilla! ¡Y nada más!… ¡Un diente del que nunca había estado seguro!… ¡La investigación oficial no resolvió nada!… ¡Nada elucidó!… Era de prever… Las causas del tremendo incendio seguirán siendo misteriosas por siempre jamás… Casi dos semanas después, a seiscientos metros del sitio, se encontró en el estanque, y tras muchos rastreos por cierto, un pie desnudo de aquella señorita medio roído por las ratas.

»A mí, por mi parte, sin que esté absolutamente seguro, una de las numerosas hipótesis que se lanzaron entonces para explicar aquella ignición, la detonación tan terrible, tal vez podría satisfacerme en último caso… El avance imperceptible de uno de nuestros "fusibles alargados"… Pensándolo bien, ¡bastaba que, por efecto de los baches, las sacudidas sucesivas, esa varillita de minio vibrara por azar aunque sólo fuese por espacio de un segundo! ¡Una décima de segundo! contra las boquillas de la gasolina… ¡Explosión instantánea!… ¡una melinita prodigiosa! ¡El obús vivo!… Tal era, amigo mío, la precariedad del sistema. Volví a aquel lugar, mucho después de la catástrofe… ¡Aún olía a quemado!… Por lo demás, en aquella fase crítica del progreso de los automóviles, ¡se observaron en muchas ocasiones explosiones tan fantásticas casi tan destructivas! ¡en pulverizaciones totales!

¡Diseminaciones atroces! ¡Propulsiones gigantescas!… Sólo podría compararlas en ultimísima instancia con las súbitas deflagraciones de ciertas hogueras de aire líquido… ¡Y aun así!… ¡Tendría mis reservas!… En efecto, ¡éstas son triviales! Totalmente explicables… ¡De cabo a rabo! ¡Ni la menor duda! ¡Ningún enigma! ¡Mientras que sigue existiendo casi el mismo misterio respecto a las causas de mi tragedia!… ¡Hay que reconocerlo con toda modestia! Pero ¿qué importa hoy? ¡Nada!… ¡Hace muchísimo tiempo que ya no se utilizan los "fusibles" alargados! ¡No nos rezaguemos a propósito!… Otros problemas nos requieren… ¡Mil veces más originales! ¡Qué lejos está todo eso, amigo mío! ¡Ya no se trabaja con "minio"! ¡Nadie!…».

Courtial no había adoptado, como yo, en su vestimenta el cuello de celuloide… Tenía su sistema propio para volver indesgastables, inensuciables, impermeables, los cuellos de palomita en tela normal… Era una especie de barniz del que se daban dos o tres manos… Resistía durante seis meses por lo menos… protegido de las manchas del aire y los dedos, de las transpiraciones. Era un barniz muy bonito a base de celulosa pura. Él conservaba su cuello de palomita, el mismo, desde hacía dos años. ¡Por pura y simple coquetería volvía a pintarlo todos los meses! ¡otro enlucido! Le daba la pátina, el tono, el propio oriente, de los marfiles antiguos. Lo mismo la pechera. Ahora, que, muy al contrario de lo que aseguraba el folleto, los dedos se marcaban con toda claridad en el cuello enlucido…

¡Dejaban grandes manchas superpuestas unas sobres otras! Formaban un Bertillon[18] total, aún no estaba perfeccionado. Lo reconocía él mismo de vez en cuando. También le faltaba un nombre para titular aquella maravilla. Ya lo pensaría, llegado el momento.

¡Altura no le sobraba precisamente, a Courtial des Pereires, lo que se dice nada! Ni un centímetro… Se ponía tacones muy altos, era delicado, por lo demás, tocante a zapatos… Siempre empeines de paño *beige* y botoncitos de nácar… Sólo, que era como yo, le rugían con ganas los pinreles… Llegado el sábado por la tarde, no había quien lo jumeara… El domingo por la mañana se lavaba, ya me había avisado. Durante la semana, no tenía tiempo. Yo lo sabía… A su mujer yo no la había visto yo nunca, él me contaba sus hechos y gestas. Residían en Montretout…

Tocante a pies, no era el único… Era el terror en la época… Cuando llegaban inventores, sudando a mares, casi siempre de muy lejos, resultaba difícil, la verdad, escucharlos hasta el final, aun con la puerta abierta de par en par al gran jardín del Palais… Lo que llegabas a jumear en ciertos momentos era increíble… Ya es que me asqueaban mis propios pinreles.

Las oficinas del *Génitron*, tocante a desorden espantoso, absoluta leonera, follón total, es que no había nada peor… Desde el umbral de la tienda hasta el techo del primero, todos los escalones, las rugosidades, los muebles, las sillas, los armarios, patas arriba, enterrados bajo los papeluchos, los folletos, todos los invendidos al retortero, un revoltillo trágico, todo agrietado, descascarillado, toda la obra de Courtial estaba allí, en desorden, en pirámides, barbecho… Ya no se veía el diccionario, los mapas de los tratados, las memorias oleográficas, en el túmulo repugnante. Entrabas a la buena de Dios, buscando a tientas el camino… te hundías en el basural, una sentina con escapes… en el acantilado tembloroso… ¡Todo se desplomaba de pronto! ¡Toda una catarata de repente!…

¡Los planos, los diseños delirantes! ¡los diez mil kilos garrapateados te caían en la jeta!… Aquello desencadenaba otras avalanchas, un desplome espantoso de toda la papelería borboteante sobre un huracán de polvo… un volcán hediondo de inmundicias… Cada vez que se vendía por valor de cinco francos, ¡el dique amenazaba con quebrarse!…

Él, sin embargo, no se alarmaba… Ni siquiera le parecía terrible, no sentía el menor deseo de cambiar el estado de cosas, modificar su método… ¡Ni mucho menos! Se encontraba a las mil maravillas en aquel caos vertiginoso… Nunca tardaba demasiado en buscar el libro que quería coger… Metía mano ahí dentro con toda seguridad… A saco en cualquier montón… Salían volando todos los detritos, cuando hurgaba con vigor en pleno montículo, pillaba con precisión el lugar exacto del libro… Todas las veces era un milagro… En muy raras ocasiones se equivocaba… Tenía sentido del desorden… Compadecía a todos los que no lo tenían… ¡El orden está en las ideas! En la materia, ¡ni rastro!… Cuando yo le señalaba modestamente que me resultaba pero que imposible orientarme en aquel follón y vértigo, entonces era él quien se volvía como una fiera y me ponía verde… No me dejaba respirar siquiera… Se lanzaba a la ofensiva…

«Evidentemente, Ferdinand, ¡no te pido lo imposible! Tú nunca has tenido instinto, curiosidad esencial, deseo de aprender… ¡Aquí! ¡la verdad! ¡no te faltan libros precisamente!… ¿No te has preguntado nunca, amigo mío, cómo es el cerebro?… ¿El aparato que te hace pensar? ¿Eh? ¡No, padre! ¡Claro! ¡eso no te interesa lo más mínimo! ¿Prefieres mirar a las chicas? Conque, ¡no puedes saber! ¡Convencerte con toda facilidad y al primer vistazo sincero de que el desorden es, amigo mío, la esencia misma de tu propia vida! ¡de todo tu ser físico y metafísico! Pero ¡es tu alma, Ferdinand! millones, trillones de pliegues… intrincados en las profundidades, en materia gris, alambicados, sumergidos, subyacentes, evasivos… ¡Ilimitados! ¡Ésa es la armonía, Ferdinand! ¡Toda la naturaleza! ¡una huida a lo imponderable! ¡Y nada más! ¡Pon en orden, Ferdinand, tus modestos pensamientos! ¡Comienza por ahí! No por substituciones hipócritas, materiales, negativas, obscenas, ¡me refiero a lo esencial! ¿Te vas a precipitar, por ese motivo, a corregir el cerebro, limpiarlo, mutilarlo, constreñirlo con reglas obtusas? ¿con cuchillo geométrico? ¿recomponerlo con las reglas de tu mortificante necedad?… ¿Organizarlo todo en rajas? ¿como un roscón de Reyes? ¡con una sorpresa en el medio! ¿Eh? Te lo pregunto. ¡Con toda franqueza! ¿Serviría de algo? ¿tendría sentido? ¡El colmo! ¡En ti, Ferdinand, claro está! ¡el error colma el alma! Hace de ti lo que de tantos otros: ¡un "cero a la izquierda" unánime! ¡A costa del mayor desorden instintivo, Ferdinand! ¡Ideas prósperas!… ¡Todo a ese precio, Ferdinand! Pasado el momento, ¡no hay salvación!… ¡Te quedas, me temo, para siempre en tu basura de la razón! ¡Peor para ti! ¡Tú eres el gilipollas, Ferdinand! ¡miope! ¡ciego! ¡absurdo! ¡sordo! ¡manco! ¡zoquete!… Tú eres quien manchas mi desorden con tus reflexiones, tan perversas… ¡En la armonía, Ferdinand, radica la última alegría del mundo! ¡La única liberación! ¡La única verdad!… ¡La armonía! ¡Encontrar la armonía! ¡Eso es!… ¡Esta tienda está en ar-mo-ní-a!… ¿Me oyes? ¿Ferdinand? como un cerebro, ¡no más! ¡En orden! ¡Puah! ¡En orden! ¡Olvida esa palabra! ¡esa cosa! ¡Acostúmbrate a la armonía! ¡y la armonía será contigo! Y encontrarás todo lo que buscas desde hace tanto en los caminos del mundo… ¡Y mucho más aún! ¡Muchas otras cosas! ¡Ferdinand! ¡Un cerebro, Ferdinand! ¡encontraréis todos! ¡Sí! ¡El *Génitron*! ¡Es un cerebro! ¿Está bastante claro? ¿No es lo que tú deseas? ¿Tú y los tuyos?… ¡Una vana emboscada de casilleros! ¡Una barricada de folletos! ¡Una vasta empresa mortificante! ¡Una necrópolis de paleógrafos! ¡Ah, eso nunca! ¡Aquí todo está en movimiento!

¡bulle! ¿Te lamentas? ¡Patalea, se mueve! ¡Tocas un poquito! ¡Aventuras un dedito! ¡Todo se conmueve! ¡Se estremece al instante! ¡Está deseando alzar el vuelo! ¡florecer! ¡resplandecer! ¡Yo no destruyo para vivir! ¡Tomo la vida tal como se presenta! ¿Caníbal, Ferdinand? ¡Jamás!… ¿Para reducirla a la fuerza a mi concepción de investigador? ¡Puah! ¿Que todo se bambolea? ¿Todo se desploma? ¡Pues mejor! ¡Ya no quiero contar las estrellas! ¡1! ¡2! ¡3! ¡4! ¡5! ¡No creo que todo esto me esté permitido! ¡Y el derecho a limitar! ¡corregir! ¡corromper! ¡cortar! ¡recoser!… ¡Eh! ¿De dónde lo sacaría? ¿Del infinito? ¿De la vida de las cosas? ¡No es natural, hijo mío! ¡No es natural! ¡Tejemanejes infames!… ¡Me llevo bien con el universo! ¡Lo dejo tal como me lo encuentro!… ¡Nunca lo rectificaré! ¡No!… ¡El Universo está en su casa! ¡Lo comprendo! ¡Me comprende! ¡Me obedece, cuando se lo pido! Cuando ya no lo necesito, ¡lo dejo! ¡Así están las cosas!… ¡Es asunto cosmogónico! ¡No tengo por qué dar órdenes! ¡Tú tampoco! ¡Él tampoco!… ¡Buah! ¡Buah! ¡Buah!…».

Se encolerizaba de verdad, como quien se encuentra a gusto en el error…

Las obritas de Courtial estaban traducidas a muchas lenguas, se vendían hasta en África. Uno de sus corresponsales era absolutamente negro, jefe de un sultanato del Alto Ubangui- Chari-Tchad. Le apasionaban, al muchacho, los ascensores de toda clase.

¡Era su sueño, su manía!… Le habían enviado toda la documentación… Nunca los había visto, en realidad. Courtial había publicado hacia 1893 un auténtico tratado *De la tracción vertical.* Conocía todos los detalles, las múltiples aplicaciones, hidráulicas, balísticas, la «eléctrico-recuperativa»… Era una obra de valor, absolutamente irrefutable, pese a que en el conjunto de su obra constituía una aportación modesta y endeble. Su saber, sencillamente, abarcaba todas las esferas.

La ciencia oficial lo daba de lado, lo trataba con desprecio, pero hasta al más rancio de sus sabihondos le resultaba muy difícil prescindir de sus manuales. En numerosas escuelas figuraban en el programa. No se podía imaginar nada más cómodo, sencillo, asimilable, ¡estaba chupado! Se recordaba, se olvidaba sin el menor esfuerzo. Se calculaba *grosso modo*, por citar sólo a Francia, que al menos una familia de cada cuatro poseía en su armario una *Astronomía para la familia*, una *Economía sin usura* y *La fabricación de los iones*… Al menos una de cada doce, su *Poesía en color*, su *Jardinería en el tejado* y *La cría de gallinas en el hogar*. Por no citar sino las aplicaciones prácticas… Pero tenía en su haber toda una serie de otras obras (por entregas), ¡auténticos clásicos! *La revelación indostana, Historia de los viajes polares de Maupertius a Charcot.*

¡Volúmenes considerables, vamos! Con los cuales leer varios inviernos, varios kilos de relatos… ¡Todo el mundo había comentado, escudriñado, copiado, plagiado, fusilado, ridiculizado y saqueado su famoso *El médico en casa* y el *Lenguaje real de las hierbas* y *La electricidad sin bombilla*!… Popularizaciones brillantes, amenas, definitivas, todas ellas, de ciencias bastante arduas por cierto, complejas, peligrosas, que, sin Courtial, habrían seguido alejadas del gran público, es decir, afectadas, herméticas y, digámoslo para concluir, sin halago exagerado, prácticamente inutilizables…

* * *

Poco a poco, después de vivir con Courtial en la mayor intimidad, acabé comprendiendo su carácter… En el fondo, no era tan brillante. Era bastante chungo, incluso, mezquino, envidioso e hipócrita… Ahora, para ser justos, ¡hay que reconocer que era un currelo terrible el que se marcaba! defenderse como un loco, todo el año, exacto, contra la banda de los maníacos graves, los abonados del *Génitron*…

Pasaba horas terribles, absolutamente devastadoras… en pleno diluvio de gilipolleces… Había de resistir, de todos modos, defenderse, devolver los golpes, vencer todas las resistencias, causarles buena impresión, para que se fueran bastante contentos, con deseos de volver…

Al principio refunfuñó, Courtial, ante la idea de tomarme a su servicio. No le hacía gracia… le parecía demasiado alto, demasiado ancho, un poco cachas para su tienda. Era tal desbarajuste, que no podía uno moverse… Y eso que no salía caro. Me ofrecían sólo por el alojamiento, la manutención… Mis padres estaban completamente de acuerdo. ¡No necesitaba dinero!, repetían a mi tío… Seguro que lo emplearía mal… Mucho más esencial era que no volviese más a su casa… Era la opinión unánime de toda la familia, los vecinos también y todos los conocidos… ¡Que me pusieran a hacer cualquier cosa! ¡que me colocasen a cualquier precio! ¡en cualquier sitio y de cualquier modo! Pero

¡que no me dejaran sin hacer nada! y que permaneciese a distancia, a mucha distancia. De un día para otro, a juzgar por mi debut, ¡podía meter fuego al «Passage»! Era la opinión general…

La mili habría estado bien… A mi padre le parecía que ni pintada… Sólo, que seguía sin tener la edad… Me faltaban por lo menos dieciocho meses… Conque la oportunidad de des Pereires y su animoso *Génitron* venía de perilla, ¡un auténtico chollo!…

Pero vaciló, titubeó mucho, el Courtial… Preguntó a su mujer qué le parecía. Ella no puso objeción… En el fondo, le traía sin cuidado, nunca venía a las *Galeries*, se quedaba en Montretout, en su hotelito. Antes de que se decidiera, volví solo a verlo al menos diez veces… Hablaba con avaricia… siempre y sin cesar… Yo sabía muy bien escuchar… ¡Mi padre!… ¡Inglaterra!… Había escuchado en todas partes… Conque, ¡estaba acostumbrado!… ¡No me molestaba lo más mínimo! No necesitaba responder. Así lo seduje… Cerrando el pico… Una tarde me dijo por fin:

«¡Mira, muchacho! Te he hecho esperar mucho, pero ahora ya lo he meditado, ¡te vas a quedar en mi casa! Creo que podemos entendernos… Sólo, que no me vayas a pedir nada… ¡Ah, no! ¡ni un céntimo! ¡Ni una perra chica! ¡Ah! ¡no puedo! ¡Ah, eso no! ¡No cuentes con ello! ¡Nunca! ¡Me cuesta ya un trabajo increíble, en este caprichoso estado de cosas, llegar a fin de mes! ¡cubrir los gastos del "periódico", tranquilizar al impresor! ¡estoy acosado! ¡copado! ¡rendido! ¡Como lo oyes! ¡Me mendigan noche y día! ¿Y los gastos imprevistos para clichés? ¿Nuevas cargas? ¿Ahora? ¡Ni pensarlo!… ¡No es una industria! ¡Un negocio! ¡Un monopolio lucrativo! ¡Ah, claro que no! ¡Es un endeble esquife al viento de la inteligencia!… ¡Y cuántas tempestades, amigo, cuántas tempestades!… ¿Quieres embarcar? Bien está. ¡Te recibo! ¡Te tomo! ¡De acuerdo! ¡Sube a bordo! Pero ¡ya te aviso con tiempo! ¡Ni un doblón en las bodegas! ¡Nada en las manos! ¡Poco en los bolsillos! ¡Mi amargura! ¡Ni rencor!… ¡Prepararás la comida! Dormirás en el entresuelo, donde yo mismo dormía antes… en el despacho tunecino… Te prepararás el sofá… Se vive muy bien ahí… ¡Estarás de lo más tranquilo! ¡Ah, qué potra!… ¡Ya verás a la tarde! ¡qué a gusto! ¡Qué calma! A partir de las nueve, ¡el Palais-Royal entero para ti solito!… ¡Serás feliz, Ferdinand!… Ahora, ¡mira! ¡yo! ¡ya llueva, retumbe, truene! ¡Tengo que marcarme Montretout! ¡Es una sujeción horrible! ¡Me esperan! ¡Ah! ¡te aseguro que muchas veces me resulta abominable! ¡Estoy tan harto, que me dan ganas de tirarme bajo las ruedas, cuando miro la locomotora!… ¡Ah! ¡me contengo! ¡Por mi mujer! ¡Un poco también por mis ensayos! ¡Mi huerto radiotelúrico! ¡En fin! ¡de todos modos! ¡No tengo razón para hablar! ¡Ella ha soportado mucho! ¡Y, aun así, es encantadora! ¡Ya la conocerás un día de éstos! ¡El huerto la hace tan feliz!… ¡Lo es todo para ella! ¡No tiene demasiados alicientes en la vida! ¡Eso y su hotelito! ¡Y un poquito a mí, de todos modos! ¡Me olvidaba! ¡Ah! ¡tiene gracia! ¡Bueno, basta de guasa! ¡Está decidido! ¡Lo dicho, Ferdinand! ¡Chócala! ¿Conforme? ¡De hombre a hombre! ¡Bien! De día harás los recados. ¡Para parar un tren! Pero no temas, Ferdinand, también disertaré, te guiaré, te armaré, te elevaré el conocimiento… ¡Salario, no! ¡Cierto! ¡Sea! ¡Nominal, quiero decir! Pero ¡espiritual, sí! ¡Ah!, no sabes tú bien, Ferdinand, lo que vas a ganar. ¡No! ¡no! ¡no! Un día me abandonarás, Ferdinand… lógicamente…». Se le ponía voz triste. «Me abandonarás… ¡Serás rico! ¡Sí! ¡rico! ¡Te lo digo yo!…».

Me dejaba con la boca abierta.

«Entiéndeme, ¡no todo está en un monedero!… ¡Ferdinand! ¡No! ¡En un monedero no hay nada! ¡Nada!…».

Lo mismo pensaba yo…

«En primer lugar, ¡vamos a ver! ¡Te voy a dar un título! ¡Una razón de ser! ¡Es fundamental en nuestro ramo! ¡Una presentación legítima!… ¡Te voy a poner en los papeles, en todos los papeles! "Secretario del material". ¿Eh? Me parece de lo más decente… ¿Te va? ¿No es pretencioso?… ¿Impreciso?… ¿Vale?».

Me iba perfectamente… Todo me iba… Pero el currelo del material no era ningún honor… ¡Era real y bien real!… Me informó en seguida… Tenía que marcármelo todo el trajín de las entregas con el carro de mano… Todo el vaivén de la imprenta… Y, además, estaba encargado de arreglar los desgarrones del gran globo… debía buscarle todos sus instrumentos al retortero, barómetros, brandales, todas las fruslerías, toda la quincalla… Yo era quien remendaba los rotos y la gran cámara… con un cabo y pegamento. Yo quien arreglaba todos los nudos con los cables, las cuerdecillas… los aparejos que reventaban en ruta… El *Animoso* era un globo infinitamente venerable, que había resistido la tira de años, aun así, en el fondo del sótano, salpicado de naftalina… gusanos a miríadas acudían a darse un atracón con sus pliegues… Y suerte que las ratas se hartaban del caucho… sólo los ratoncitos se jalaban la trama. Busqué todos los desgarrones al *Animoso*, las menores lagunas, lo reparé «como fondillo de pantalón», «a punto», «a dobladillo», «plisado», dependía de las grietas… Estaba chungo por todos lados, me pasaba horas enteras zurciéndolo, acababa apasionándome…

En el cuchitril del gimnasio, había un poco más de sitio, de todos modos… Y, además, no debían verme… los visitantes de la tienda…

Un día u otro, estaba previsto en nuestro acuerdo solemne, debía subir también al chisme, a la altitud de trescientos metros… Algún domingo… Sería el «segundo» en las ascensiones… Entonces cambiaría de título… Me lo decía, supongo, para que zurciese con mayor cuidado… ¡Era extraordinariamente astuto bajo sus cejas de niñato grandullón!… Me diquelaba con sus ojillos tunelas… Lo veía venir, yo también… ¡A sibilino no lo ganaba nadie!… ¡Me hacía «subir» por adelantado!… En fin, se jalaba bastante bien en la trastienda… No me sentía tan desgraciado… ¡Él tenía que dominarme! Si no, ¡no habría sido el baranda!

Mientras trajinaba así, entre las costuras, venía a darme instrucciones, generalmente hacia las cuatro.

«¡Ferdinand! Voy a cerrar la tienda… Si viene alguien… Si preguntan por mí… contesta que me he marchado hace cinco minutos, ¡me voy pitando! ¡Vuelvo en seguida!».

Descubrí, por fuerza, adónde iba. Corría a *Aux Émeutes*, la tasca del Passage Villedo, esquina a la Rue Radziwill, a preguntar los «resultados de las carreras»… Era la hora exacta… No me decía nada claro… Pero yo sabía, de todos modos… Si había ganado, silbaba una canción de «Matchiche»[19]… Cosa poco frecuente… Si había perdido… mascaba tabaco, escupía por todos lados… Lo comprobaba en *Le Turf*. La dejaba tirada por los rincones, la revista de los pronósticos. Señalaba sus «jamelgos» con un trazo azul… Fue el primer vicio que le descubrí.

Si las había piado un poco para aceptarme en su tinglado, había sido sobre todo por lo de los «jamelgos»…

Temía que rajara… que repitiese por ahí que jugaba en Vicennes… que llegara a oídos de sus subscriptores. Me lo dijo un poco más adelante… Perdía mucho, no tenía demasiada potra, ya fuera con martingala o a ojos cerrados, no le dejaban nada sus apuestas… En Maisons, Saint-Cloud, Chantilly… Siempre la misma historia… Un auténtico abismo… ¡Todas las subscripciones se iban en las carreras!… Y el parné del globo también iba a morir en Auteuil… ¡Se ponía las botas *La race chevaline*[20]! ¡Longchamp! ¡La Porte! ¡Arcueil-Cachan! ¡Y yop! ¡Y yup! ¡Y yup! ¡míralo! ¡cómo jala! ¡Visto y no visto! Yo veía disminuir la caja, el misterio no estaba lejos… ¡Los cuartos siempre corriendo con los caballos! ¡al trote! ¡cojeando! ¡colocado! ¡cuarto! ¡ganador! ¡de cualquier forma sutil!… ¡Nunca volvía de las pruebas! Jalábamos judías para poder apoquinar, de todos modos, al impresor… Mi ternera duraba toda la semana y comíamos sobre las rodillas con una servilleta, en un rincón de la oficina…

¡No me hacía ninguna gracia!… Cuando palmaba, no explicaba nada, no lo reconocía nunca… Sólo, que se volvía rencoroso, chinche, agresivo conmigo… Abusaba de su fuerza.

Tras dos meses de prueba comprendió perfectamente que yo nunca podría estar a gusto en ningún otro sitio… Que el currelo del *Génitron* estaba hecho para mi menda, que me venía como anillo al dedo, que en otro trajín no daría pie con bola nunca… Estaba escrito en mi destino… Cuando por casualidad ganaba, no devolvía nada a la caja, se volvía aún más sórdido, parecía como si se vengara. Habría sido capaz de pegarse por una perra chica… Hipócrita y mentiroso como siempre, como una docena de sostenes… Me contaba tales trolas, que por la noche me repetían… Me las volvía a contar yo mismo, ¡eran tan chungas! ¡Asquerosas! ¡Y pesadas!… Me despertaban sobresaltado. A veces eran demasiado tunelas, imaginadas de cualquier modo, cualquier cosa… para no apoquinar… Pero cuando volvía de provincias y había causado sensación, había ascendido bien… lo habían felicitado… el *Animoso*, por ejemplo, no se había roto demasiado la tela… entonces le daban arranques pródigos… Se lanzaba a gastar… Traía montones de papeo por la puerta de la trastienda… cestos llenos… Durante ocho días jalábamos hasta no poder masticar más, hasta reventar los tirantes… Tenía que aprovecharme, ¡después vendría la escasez!… ¡vuelta a empezar con los huevos duros en vinagreta!… la lista de pepitorias se hacía interminable... con pepinillos... sardinas... cebolletas... y después, a punto de vencer el alquiler, simples sopas de pan con o sin patatas... Al menos él tenía suerte, ¡volvía a comer en Montretout, con su chorba! No adelgazaba... pero ¡para mí, nasti!

Yo también, a fuerza de apretarme el cinturón, me espabilé... siempre con las «subscripciones»... En punto a finanzas no había entradas regulares... Sólo «salidas»... Courtial las pasaba canutas con la contabilidad... Tenía que enseñársela a su mujer. Ese control le exasperaba... Le entraba una rabia muy chunga... Se pasaba horas transpirando... Colas y ceros...

En fin, en un capítulo nunca hizo trampa, la verdad, nunca me defraudó, nunca faroleó, nunca traicionó, ¡ni una sola vez! El de mi educación, mi enseñanza científica. En eso nunca falló, ¡nunca las pió ni un segundo!...

¡Siempre estuvo al quite! Con tal de que yo lo escuchara, siempre estaba contento, encantado, colmado, satisfecho... Siempre lo vi dispuesto a sacrificarse una hora, dos y más, a veces jornadas enteras para explicarme cualquier cosa... Todo lo comprensible, resoluble, asimilable, respecto a la orientación de los vientos, la trayectoria de la Luna, la fuerza de los caloríferos, la maduración de los pepinos y los reflejos del arco iris... ¡Sí! Era, en verdad, presa de la pasión didáctica. Le habría gustado enseñarme toda la totalidad de las cosas y, además, ¡jugarme una buena cerdada de vez en cuando! ¡No lo podía remediar! ¡ni en un caso ni en el otro! Yo pensaba todo aquello, en la trastienda, mientras reparaba su chisme... Era su carácter congénito, era un hombre que se desvivía... Tenía que lanzarse a tope en un sentido o en el otro, pero, eso sí, hasta el fondo. ¡No era aburrido! ¡Ah, eso desde luego que no! Lo que me picaba la curiosidad era ir un día a su casa... Me hablaba a menudo de su chorba pureta, pero nunca me la enseñaba. Ella nunca venía a la oficina, no le gustaba el *Génitron*. Sus motivos tendría.

* * *

Cuando mi madre estuvo bien segura de que yo estaba bien colocado, que no me marcharía en seguida, que tenía un empleo estable en casa de des Pereires, vino a propósito, en persona, al Palais-Royal, a traerme ropa limpia... En el fondo, era un pretexto... para observarme un poco... el tipo y aspecto de la casa... Era curiosa como una lechuza, todo lo quería ver, conocer... Cómo era el *Génitron*... Mi alojamiento... ¡Si comía suficiente!

Aunque de su tienda a donde estábamos no era demasiado lejos... Apenas un cuarto de hora a pie... Aun así, llegó con la lengua fuera... Estaba chiflada de atar... La vi desde muy lejos... desde el extremo de la *Galerie*. Estaba yo hablando con un subscriptor. Se apoyaba en los escaparates, se paraba para disimular... descansaba cada veinte metros... Ya hacía más de tres meses que no nos veíamos... La encontré delgadísima y, además, estaba como curtida, amarillecida con párpados y mejillas fruncidos, cubierta de arrugas en torno a los ojos. Parecía muy enferma, la verdad... Una vez que me hubo dado mis calcetines, calzoncillos y pañuelos, en seguida me habló de papá, sin que yo le preguntara nada... Se iba a resentir para toda la vida, me dijo entre sollozos, de las consecuencias de mi ataque. Ya lo habían tenido que traer en coche dos veces de la oficina... No se tenía en pie... Le daban constantes mareos... Me dijo de su parte que me perdonaba de buen grado, pero que no quería hablar conmigo... hasta que no pasara mucho tiempo... hasta que me fuera a la mili... hasta que hubiera cambiado de facha y mentalidad... hasta que volviese del servicio...

Courtial des Pereires volvía justo entonces de dar su paseo y probablemente de *Aux Émeutes*. Tal vez hubiera palmado un poco menos que de costumbre... El caso es que se volvió, de buenas a primeras, extraordinariamente amable, acogedor, agradable a más no poder... «Encantado de conocerla»... ¿Y respecto a mí?

¡Tranquilizador! Al instante se mostró solícito para seducir a mi madre, quiso que subiera arriba para charlar un poco con él... en su despacho personal... en el entresuelo «tunecino»... A ella le costaba seguirlo... Era un sacacorchos terrible, sobre todo alfombrado como estaba con montones de basura y papeluchos que resbalaban. Él estaba muy orgulloso de su «despacho tunecino». Quería enseñárselo a todo el mundo... Era un conjunto aterrador, de estilo hiperheteróclito, con aparadores «Alcázar»... No se podía imaginar nada más cursi... Y, además, cafetera morisca... taburetes marroquíes, tapiz con franja de «cadeneta», tan crespo, que almacenaba él solito una buena tonelada de polvo… Nunca habían intentado limpiarlo… Ni un ademán… Por lo demás, los montones de impresos, las cascadas, los amasijos de pruebas, plomos, compaginadas al retortero, volvían cualquier esfuerzo ridículo… E incluso, conviene aclararlo, podía ser muy peligroso… Constituía un riesgo, la verdad, trastornar el equilibrio… Todo aquello debía permanecer tranquilo, moverse lo menos posible… Lo mejor, se veía claro, era esparcir al azar, poco a poco, otros papeles para hacer una cama como de cuadra. Así se conseguía un poco de frescor en la superficie… y como una coquetería.

Yo los oía hablar… Courtial declaraba categórico que había discernido en mí aptitudes muy propias para el tipo de periodismo que privaba en el *Génitron*… ¡El reportaje!… ¡La investigación técnica!… La puntualización científica… La crítica desinteresada… que yo llegaría sin lugar a dudas… que podía volverse a casa tranquila y dormir a pierna suelta…

que el porvenir me sonreía ya… que sería mío en cuanto hubiera adquirido todos los conocimientos esenciales. Era cuestión de simple rutina y paciencia… Me iba a inculcar poco a poco todo lo que necesitase… Pero todo ello, ¡poco a poco!… ¡Ah! ¡Oh! ¡era enemigo de la precipitación! ¡el apresuramiento absurdo!… ¡No había que atropellar! ¡Pretender acelerar! ¡Chapuza idiota! Por lo demás, yo manifestaba, según sus cuentos, ¡un deseo muy vivo de instruirme!… Además, me estaba volviendo diestro. Estaba cumpliendo perfectamente con las tareas que me incumbían… Cumplía con todos los honores… ¡Iba a volverme astuto como un mono! ¡Diligente! ¡Sagaz! ¡Laborioso!

¡Discreto! ¡Divino, vamos! Parecía que le hubiesen dado cuerda… Era la primera vez en su vida que mi pobre madre oía hablar de su hijo en términos tan elogiosos… No salía de su asombro… Al final de la charla, en el momento de separarse, Courtial se empeñó en que se llevara toda una libreta de «subscripciones» que podría colocar, seguro, entre sus relaciones… y conocidos… Ella prometió todo lo que él quería… Lo miraba atónita… Courtial no llevaba camisa, sólo la pechera barnizada sobre el chaleco de franela, pero éste cubría siempre el cuello de palomita, se lo compraba de talla mayor, formaba, en una palabra, una gorguera y, por supuesto, totalmente mugrienta… En invierno se ponía dos, una encima de la otra… En verano, incluso durante los calores, no se quitaba la gran levita, el cuello lacado un poco más bajo, sin calcetines, y sacaba su *canotier*. Lo trataba con sumo cuidado… Era un ejemplar único, auténtica obra maestra, tipo sombrero de ala ancha, regalo de América del Sur, ¡una trama rarísima! Imposible de conseguir… Sencillamente, ¡no tenía precio!… Del primero de junio al quince de septiembre, no se lo quitaba de la cabeza. Prácticamente nunca. Habría hecho falta un pretexto terrible, ¡estaba seguro de que se lo robarían!… Los domingos también, en el momento de las ascensiones era su inquietud más viva… No le quedaba más remedio que cambiárselo por la gorra, la alta con galones… Formaba parte del uniforme… Me lo confiaba a mí, su tesoro… Pero en cuanto volvía a tocar tierra, en cuanto había rodado, como un conejo, en plena plasta, había rebotado sobre los surcos, su primer grito era:

«¡Eh, mi panamá! ¡Mi panamá! ¡Joder!…».

Mi madre notó en seguida el espesor del chaleco de franela y la figura del hermoso sombrero… Él la hizo tocar la trenza, para que lo viera bien… Se quedó admirándolo un buen rato y diciendo: «¡Oh! ¡Ttt! ¡Oh! ¡Ttt!…».

«¡Ah, señor! ¡bien lo veo! Es una paja de la que ya no se hace»… ¡cómo se extasió!…

Todo aquello hacía recuperar la confianza a mi mamá… le parecía de excelente augurio… Le gustaban en particular los chalecos de franela. Era una prueba de seriedad que nunca la había defraudado. Tras los «adioses» conmovidos, se puso en camino poco a poco… Creo que por primera vez en su vida y la mía se encontraba un poco menos inquieta por mi futuro y mi suerte.

¡Era perfectamente cierto que yo me entregaba al currelo!… No tenía tiempo de hacer el vago… de la mañana a la noche… Además de los cargamentos de impresos, tenía el *Animoso* en el sótano, los infinitos remiendos y, además, los palomos, de los que tenía que ocuparme dos, tres veces al día… Permanecían, esos animalitos, toda la semana, en el cuarto del servicio, en el sexto, bajo el artesonado… Arrullaban como locos… No cesaban ni un segundo. Trabajaban los domingos, en las ascensiones, los llevábamos en un cesto…

Courtial levantaba la tapa a doscientos o trescientos metros… Era la famosa «suelta»… ¡con «mensajes»!… Volvían todos perdiendo el culo… Dirección: ¡el Palais-Royal!… Les dejábamos la ventana abierta… No se entretenían nunca en el camino, no les gustaba el campo, ni los garbeos largos… Volvían pitando… Les gustaba mucho su granero y «¡Ru!… ¡ru!… ¡ruu! … ¡ruu!…». No deseaban otra cosa. No cesaban nunca… Siempre regresaban mucho antes que nosotros. Nunca he conocido palomos con tan poco fervor por los viajes, tan amantes de la tranquilidad… Y eso que les dejaba todo abierto… Nunca se les habría ocurrido ir a dar una vuelta por el jardín… ir un ratito a ver los otros pájaros… los otros tordos gruesos y arrulladores que retozaban sobre el césped… en torno a los estanques… ¡las estatuas! ¡sobre Desmoulins!… ¡sobre el Totor!… ¡que lo cubrían con un maquillaje precioso!… ¡Qué va! Sólo congeniaban entre ellos… Se encontraban a gusto en su sobradillo, se movían a la fuerza, comprimidos en desorden en su jaula… Costaban bastante caros, la verdad, por el grano… Hace falta una gran cantidad, consumen mucho los palomos… ¡Son voraces! ¡no lo parecen! Por su temperatura muy elevada normalmente, cuarenta y dos grados y unas décimas… Yo recogía con cuidado las cagarrutas… Hacía varios montoncitos a lo largo de la pared y los dejaba secar… Eso nos compensaba, de todos modos, por su alimentación… Era un abono excelente… Cuando tenía un saco lleno, más o menos dos veces al mes, Courtial se lo llevaba, le servía para sus cultivos… en Montretout, en la colina. Allí tenía su hermosa casa y su gran jardín experimental… no había fermento mejor…

Yo me entendía muy bien con los palomos, me recordaban un poco a Jonkind… Les enseñé a dar vueltas… Así, a fuerza de conocerme… Por supuesto, me comían en la mano… Pero conseguía algo mucho más difícil, que se quedaran los doce juntos posados en el mango de la escoba… Conseguía así, sin que se movieran, sin que a uno solo se le ocurriese alzar el vuelo, bajarlos… y volverlos a subir de la tienda… Eran sedentarios de verdad. En el momento de meterlos en el cesto, cuando teníamos que marcharnos sin falta, se ponían horriblemente tristes. Ya no arrullaban. Se metían la cabeza entre las plumas. Les parecía abominable.

* * *

Pasaron dos meses más… Poco a poco Courtial me fue cogiendo mucha confianza. Ahora estaba convencido de que estábamos hechos para entendernos… Yo presentaba muchas ventajas, no era delicado con la comida ni la retribución ni las horas de currelo… ¡No recriminaba nasti!… Con tal de quedar libre por la tarde, de que me dejaran en paz a partir de las siete, me consideraba bien servido…

A partir del momento en que él se largaba a coger su tren, yo me convertía en el único patrón de la queli y el periódico… Liquidaba a los inventores… Les daba buenas palabras y después me ponía en marcha, muchas veces hacia la Rue Rambuteau, con la carretilla al culo, para la salida de los distribuidores, una carretilla llena de periódicos. A comienzos de semana tenía que recoger las compaginadas, los tipos, los clichés, los grabados. Entre eso y los palomos, el *Animoso* y tantos otros curros, era un trajín incesante… Él se marchaba a su pueblo. Tenía allí según me decía, trabajo urgente. ¡Hum! ¡La neoagricultura!… me lo contaba muy serio… pero yo estaba convencido de que era trola… A veces se olvidaba de regresar, se quedaba dos, tres días fuera… Yo no me inquietaba… Me relajaba un poco, lo necesitaba… Daba de jalar a los pájaros, allá arriba, en el desván, y después colgaba el cartel:

«Cerrado hasta mañana» en medio del escaparate… Iba a instalarme a gustito en un banco bajo los árboles, cerca… Desde allí vigilaba la queli, las idas y venidas… Veía venir a la gente, siempre la misma banda de boqueras, los mismos maníacos, las mismas jetas extraviadas, la horda de los piantes, los subscriptores obstinados… Se daban de bruces contra el cartel. Sacudían el picaporte, se las piraban, y yo contento.

Cuando volvía de su juerga, el muy vivales, traía una jeta muy extraña… Me lanzaba miradas curiosas para ver si me lo creía…

«Me han retenido, verdad, el experimento no estaba a punto… ¡Creía que no me iban a dejar salir nunca!…».

«¡Ah, qué pena!», decía yo…

«Estará usted contento…».

Poco a poco, burla burlando, me contó más, cada día un poco más, todos los detalles sobre los comienzos de su *business*… ¡De lo más estrafalarios! Cosas como para catearlo bien. Cómo se había apañado el asunto, y todos los azares, los currelos más peligrosos, los trapicheos a fondo… Por fin, me lo contó todo, cosa muy rara, dado su carácter cabrón, sus desconfianzas innumerables, sus sinsabores calamitosos… No era hombre que gustara de quejarse… ¡Pues no había tenido fracasos y contravenciones ni nada! ¡No se podía ni creer, la verdad!… ¡No siempre eran suaves, amistosos, los trapicheos con los inventores!… ¡No hay que confundir! ¡Chacales!… ¡y bobos!… ¡Ah, no! Había algunos, de vez en cuando, que eran auténticos salvajes, absolutamente diabólicos, que saltaban como melinitas, en cuanto se sentían cercados… Evidentemente, ¡no se puede contentar a todo el mundo! ¡Al diablo y a su séquito! ¡Sería demasiado cómodo! ¡Algo sabía yo de eso!… Me dio a propósito un ejemplo de maldad, ¡verdaderamente terrorífico! Hasta dónde podía llegar…

En 1884 había recibido el encargo por los editores de *L'Époque*, Beaupoil y Brandon, Quai des Ursulines, de un manual de instrucción pública destinado al segundo programa de las Escuelas Preliminares… Trabajo lógicamente sucinto, pero esmerado, elemental, pero, desde luego, compacto. Específicamente condensado… *La astronomía doméstica* se titulaba aquel opúsculo y el subtítulo *Gravitación. Gravedad. Explicación para la familia.* Conque se precipitó al currelo… Se puso manos a la obra acto seguido… Podría haberse contentado con entregar en la fecha convenida una obrita breve, ¡despachada a lo «corre-que-te-pillo»! a base de fusilar sin fortuna las revistas extranjeras… Citas descuidadas… ¡mutiladas! ¡alteradas! ¡Apresuradas! y construir en un dos por tres una nueva cosmogonía mil veces más lastimosa aún que todas las demás miniaturas, enteramente falsa y sin fundamento… ¡Completamente inutilizable!… Courtial, ya se sabía, no era amigo de esos chanchullos. ¡Tenía conciencia! Su mayor preocupación, ante todo, antes de ponerse a trabajar, eran los resultados tangibles… Quería que su lector, en persona, llegara a la convicción, mediante sus propias experiencias… respecto de las cosas más relativas, los astros y la gravedad… Que descubriera por sí mismo las leyes… Quería obligar, así, al lector, siempre holgazán, a realizar empresas muy prácticas y no sólo contentarlo con un ritornelo de halagos… Había añadido al libro una pequeña guía de construcción para el «Telescopio familiar»… Unos cuadrados de cartón constituían la cámara obscura… un juego de espejos de pacotilla… un objetivo ordinario… unos hilos de plomo… un tubo de embalaje… Por diecisiete francos con setenta y dos (aquilatados al céntimo)… carburaba siguiendo las instrucciones… Por ese precio (además del montaje apasionante e instructivo) se podía obtener en la propia casa no sólo una vista directa de las principales constelaciones, sino también fotografías de la mayoría de los astros grandes de nuestro cenit…

«Todas las observaciones siderales al alcance de las familias»… Ésa era la fórmula… Más de veinticinco mil lectores, desde la aparición del manual, se pusieron a construir diligentes el objeto, el maravilloso aparato fotosideral en miniatura…

Aún lo oigo, a des Pereires, contarme con detalle todas las desgracias resultantes… El espantoso error de las autoridades competentes… su abyecta parcialidad… Lo penoso, repugnante, repulsivo que fue todo aquello… Los libelos que había recibido. Amenazas… Desafíos… Mil misivas conminatorias… Mandamientos judiciales… ¡Cómo había tenido que encerrarse, refugiarse en su queli!… Vivía entonces en la Rue Monge… Y después, acosado cada vez más, escapar hasta Montretout, ante tantos mirones, rabiosos, viciosos, insaciables, decepcionados por la telescopía… el drama había durado seis meses… ¡y aún no había concluido!… Algunos aficionados rencorosos, aún más lapas que los otros, aprovechaban el domingo… Llegaban a Montretout escoltados por toda su familia para dar un puntapié en las nalgas al patrón… No había podido recibir a nadie durante casi un año… ¡El asunto «fotosideral» no era sino un pequeño ejemplo entre muchos otros! de lo que podía brotar de lo más profundo de las masas, en cuanto se intentaba educarlas, instruirlas, liberarlas…

«Yo, mira, Ferdinand, puedo decirlo, que he sufrido por la ciencia… Más que Flammarion, ¡eso seguro! ¡más que Raspail! ¡más aún que Mongolfier! ¡Yo en pequeño evidentemente! ¡Lo he hecho todo! ¡He hecho más!». Me lo repetía con mucha frecuencia… Yo no respondía nada… Él me lanzaba una mirada de soslayo… equívoca… Quería ver la impresión… Entonces metía mano en pleno montón del batiburrillo… en busca de su carpeta… La sacaba al buen tuntún de debajo del enorme túmulo… La desempolvaba a golpecitos… Cambiaba de idea… La abría prudente ante mí…

«¡Pensándolo bien!… Me arrepiento… ¡Estoy, a mi vez, un poquito marcado por la amargura! ¡me dejo llevar por los recuerdos!… Tal vez sea un poco injusto… ¡La Virgen! ¡Mis razones tengo!… ¿No te parece? Por el camino he olvidado, y eso está muy mal, la verdad… ¡no a propósito, desde luego! ¡no! los testimonios más conmovedores, tal vez los más sinceros, en una palabra, los más exquisitos… ¡Ah! ¡No todos dejaron de apreciarme!… ¡La monstruosidad del género humano no es absolutamente total! ¡No! Algunas almas elevadas, aquí, allá, por el mundo… ¡supieron reconocer mi total buena fe! ¡Mira! ¡Mira! ¡Y otra!». Sacaba al azar cartas, memorias, repertorios de observaciones… «¡Te voy a leer una, entre muchas!».

¡Querido Courtial, querido maestro y venerado precursor! Gracias a usted, a su admirable y escrupuloso telescopio (para la familia) pude ver ayer, a las dos, y en mi propio balcón, toda la Luna, en su totalidad completa *y las montañas y los ríos e incluso un bosque, me parece… ¡Tal vez un lago también! Espero ver también Saturno, con mis hijos, la semana que viene, como indica (en itálicas) su «calendario sideral» y también Bellegofor un poco más adelante, los últimos días de otoño, como dice usted en la página 242… Le saluda, de todo corazón, en cuerpo y alma, querido, gentil y generoso maestro, aquí abajo y en las estrellas.*

Un transformado.

Guardaba así siempre, en su carpeta malva y lila, todas las cartas admirativas. Las otras, las desfavorables, amenazadoras, draconianas, pustulosas, las quemaba al instante. En eso al menos conservaba cierto orden… «¡Veneno en humo!», me anunciaba siempre que quemaba esos horrores… «¡Cuánto mal se podría destruir, si todo el mundo hiciera lo mismo!». Yo creo que las favorables se las escribía él mismo… Las enseñaba a sus visitantes… Nunca me lo reconoció claramente… Algunos sonreían… Yo no aprobaba del todo. Se daba cuenta un poquito de que, en mi opinión, había tomate. Conque me ponía mala cara… Yo subía a dar de comer a los palomos o bajaba al *Animoso*…

También iba ahora a «colocar» sus apuestas a *Aux Émeutes*, esquina al Passage Radziwill. Prefería que lo hiciese yo, por los clientes, es que podía perjudicarlo… A «Cartouche» y «Lysistrata» en Vincennes, «primera al galope»… ¡Y yup! ¡duro ahí!…

«¡No dejes de decir que la pasta es tuya!»… Debía dinero a todos los *bookmakers*. No quería que lo vieran… El tipo que tomaba más apuestas, entre los platillos, tenía un nombre curioso, se llamaba Naguère… Tenía el truco de tartamudear, farfullar a todos los ganadores… Lo hacía a propósito, me parece, para equivocar un poquitín… Después lo discutía todo… Suprimía el número… Yo se lo hacía escribir siempre… De todos modos, perdíamos.

Me traía *Les Echos des turfs* o *La Chance*… Si había perdido mucho, le echaba teatro, el muy cara… Dejaba de recibir a los inventores… Los enviaba a tomar por saco a todos con sus maquetas, sus gráficos… «¡Idos a la mierda, todos! ¡No están pulidos estos diseños!… ¡Os habéis quedado calvos!… ¡Huelen a rancio, a margarina! ¿Ideas, eso? ¿nuevas? pero, si yo las meo así, ¡tres tarros al día!… ¿Es que no os da vergüenza? ¿No sabéis lo que es un desastre? ¿Y os atrevéis a venir a presentarme eso? ¿A mí? ¡Que estoy inundado de inepcias! ¡Fuera de aquí! ¡Vive Dios! ¡Dilapidadores! ¡Vagos de alma! ¡y de cuerpo!…».

Echaba al andoba, que rebotaba en la puerta, volaba con su rollo. ¡Courtial estaba hasta los huevos! Quería pensar en otra cosa… Yo era la diversión, me armaba follón por cualquier cosa…

«¡Tú, verdad, no dudas de nada! ¡Eres capaz de aceptar cualquier cosa! En el fondo, no tienes nada que hacer… Pero en mi caso, como comprenderás, amigo mío, es harina de otro costal… ¡Y tampoco el mismo punto de vista, ni mucho menos!… Yo tengo preocupación… ¡Preocupación metafísica! ¡Permanente! ¡Irrecusable!

¡Sí! ¡Y no me deja tranquilo! ¡Nunca!

¡Ni siquiera cuando no lo parece!

¡Cuando te hablo de esto o lo otro! ¡Me inquietan!… ¡persiguen!… ¡atormentan los enigmas!… ¡Ah, claro! ¡No lo sospechabas! ¿Te sorprende? ¿No tienes la menor idea?».

Volvía a mirarme fijamente, como si aún no me conociera de verdad… Se retorcía el bigote, se desempolvaba la caspa… Iba a buscar un trapo para pasárselo por los calcos… Mientras tanto, seguía evaluándome…

«A ti, ¿qué te puede importar? ¡Si te da igual ocho que ochenta! ¡Te la traen floja las consecuencias universales que pueden tener nuestros actos más nimios, nuestros pensamientos más imprevistos! … ¡Te trae sin cuidado!… ¡Tú sigues hermético, verdad! ¡Calafateado!… Bien arropado en tu substancia… No comunicas con nada… ¿Nada, verdad? ¡Comer! ¡Beber! ¡Dormir! Allá arriba, bien tranquilito… ¡arropado en mi sofá! … Y ya estás satisfecho… Abotargado de bienestar… La Tierra prosigue… ¿Cómo? ¿Por qué? ¡Milagro pavoroso! su periplo… extraordinariamente misterioso… hacia una meta inmensamente imprevisible… en un cielo deslumbrante de cometas… todos desconocidos… de un giro a otro… y del cual cada segundo es el fin y, de hecho, también el preludio de una eternidad de otros milagros… de prodigios impenetrables, ¡a millares!… ¡Ferdinand! ¡millones! ¡miles de millones de trillones de años!… ¿Y tú? ¿qué haces ahí, dentro de esa acrobacia cosmologónica? ¿del gran pasmo sideral? ¿Eh? ¡Tragas! ¡Engulles! ¡Roncas! ¡Te cachondeas!… ¡Sí! ¡Ensalada! ¡*Gruyère*! ¡Sapiencia! ¡Nabos! ¡Todo! ¡Chapoteas en tu propio fango! ¡Revolcado! ¡Enlodado! ¡Rechoncho! ¡Satisfecho! ¡No pides nada! Pasas por entre las estrellas… ¡como entre las gotas de mayo!… Conque, ¡eres admirable, Ferdinand! ¿Crees de verdad que puedes seguir así siempre?…».

Yo no respondía nada… No tenía opinión fija sobre las estrellas, ni sobre la Luna, pero sobre él, ¡el mierda de él! … menudo si tenía. ¡Y bien que lo sabía él el maricón!…

«Búscalas, en algún momento, allá arriba, en la cómoda pequeña. Ponlas todas juntas. He recibido por lo menos un centenar de cartas del mismo tipo. ¡No quisiera que me las cogiesen, la verdad!… ¡Hombre, mira, clasifícalas! … ¡A ti te gusta el orden!… ¡Te lo pasarás bien!…». Bien sabía yo lo que quería… ¡Tirarse más faroles!… «La llave está encima del contador… ¡Yo me ausento un instante! Cierra la tienda… No, quédate para contestar…». Cambiaba de idea… «¡Di que me he marchado! ¡lejos!… ¡muy lejos!… ¡de expedición!… ¡que me he marchado a Senegal!… ¡a Pernambuco! ¡a México! … ¡adonde quieras!… ¡La Virgen!… ¡por hoy basta y sobra!… Me da auténticas náuseas verlos aparecer por el jardín… Sólo de verlos, me pongo enfermo!… ¡Me es igual!… Diles lo que quieras… ¡Diles que estoy en la Luna!… que no vale la pena que me esperen… ¡Ahora ábreme el sótano! ¡Sujeta bien la tapa! ¡No me la dejes caer en las narices como la última vez!… ¡Fue intencionado, seguro!…».

Yo no respondía a esas palabras… Él se metía en el agujero. Bajaba dos, tres escalones… Esperaba un instante, me decía, además…:

«No eres malo, Ferdinand… tu padre se ha equivocado contigo. No eres malo… ¡Eres informe! ¡informe! ¡eso es! … ¡protoplásmico! ¿De qué mes eres, Ferdinand? ¡En qué mes naciste, quiero decir!… ¿Febrero? ¿Septiembre? ¿Marzo?».

«¡Febrero, maestro!…».

«¡Me habría apostado cinco francos! ¡Febrero! ¡Saturno! ¡Adónde quieres llegar! ¡Pobre bobo! Pero ¡si es que es insensato! En fin, ¡echa la trampilla! ¡Cuando haya bajado del todo! Abajo del todo, ¿me oyes? ¡Antes, no! ¡No me vaya a romper las dos piernas! ¡Esta escala está hecha un asco! ¡cede por el medio!… ¡Siempre tengo que repararla! ¡Suelta!…». Seguía gritando desde el subsuelo del sótano… «¡Y sobre todo nada de importunos! ¡Ni cargantes! ¡Ni borrachos! ¿Me oyes? ¡No estoy para nadie! ¡Me aíslo! ¡Me aíslo absolutamente!… Estaré fuera tal vez dos horas… ¡tal vez dos días!… Pero ¡no quiero que me molesten! ¡No te inquietes! ¡Tal vez no vuelva a subir nunca! ¡Tú no sabes nada! ¡si te preguntan!… ¡En meditación completa! … ¿Comprendes?…».

«¡Sí, maestro!».

«¡Total! ¡Exhaustivo! ¡Ferdinand! ¡Retiro exhaustivo!…».

«Sí, maestro…».

Yo soltaba el chisme con todas mis fuerzas, ¡y una explosión de polvo! Atronaba como un cañón… Colocaba los periódicos sobre la trampilla, estaba enteramente camuflada… ya no se veía el agujero… Subía a dar de comer a los palomos… Me quedaba allí un buen rato… Cuando volvía a bajar, si aún seguía él en el agujero, ¡siempre me preguntaba, la verdad, si le habría ocurrido algo!… Esperaba un poco más… Media hora… tres cuartos de hora… y, después, me parecía que ya estaba bien de comedia… Entonces alzaba un poco el batiente y miraba adentro… Si no lo veía, ¡armaba jaleo!… Hacía sonar el batiente contra las tablas… No le quedaba más remedio que responder… Con eso volvía a salir de la nada… Casi siempre estaba sobando, al abrigo del montante, en los pliegues del *Animoso*, entre la seda, los bullones… Yo tenía que apencar también… Lo hacía salir… Subía al nivel del suelo otra vez… Reaparecía… Frotándose los acáis… Se arreglaba la levita… Volvía a encontrarse en la tienda, muy atontado…

«¡Estoy deslumbrado, Ferdinand! Es hermoso… Hermoso… ¡Mágico!».

Tenía la boca pastosa, estaba menos charlatán, calmado... Hacía así con la lengua: «¡Bdia! ¡Bdia! ¡Bdia!...». Salía de la tienda... Se tambaleaba de haber dormido. Se iba como un cangrejo en diagonal... Rumbo: ¡el *Pavillon de la Régence*!... El café, tipo pajarera de loza, con hermosos entrepaños, que aún estaba entonces en medio del arriate cubierto de moho... Se dejaba caer sobre el velador más cercano... junto a la puerta... Yo desde la tienda lo veía bien... Primero se trincaba el ajenjo... Era fácil diquelarlo... Siempre teníamos en el escaparate el bonito telescopio... El ejemplar del gran concurso... No se vería Saturno, pero a des Pereires azucarando su ajenjo, sí, perfectamente. Después el anís con Seltz y luego un vermut... Se distinguían bien los colores... Y justo antes de tomar el rengue, un ponche, el «penúltimo».

Después de su terrible accidente, Courtial había prometido solemnemente no volver a coger el volante, por nada del mundo, en una carrera... ¡Se había acabado! ¡Para siempre! Había cumplido su promesa... E incluso veinte años después casi había que suplicarle para que se decidiera a conducir en paseos inofensivos... o en ciertas circunstancias para demostraciones anodinas. Estaba mucho más tranquilo en su globo al viento...

Toda su obra sobre la «mecánica» se hallaba en los libros... Por lo demás, publicaba siempre, un año con otro, dos tratados (con figuras) sobre la evolución de los motores y dos manuales con láminas.

¡Uno de esos opúsculos había provocado controversias muy violentas e incluso cierto escándalo! ¡No por culpa suya, por lo demás! ¡Obra notoria de algunos estafadores turbios que habían tergiversado su pensamiento con fines de lucro imbécil! ¡En modo alguno era su estilo! El título en todos los casos era éste:

«EL AUTOMÓVIL A MEDIDA POR 322 FRANCOS CON 25. *Guía de construcción íntegra. Manufactura total en casa. Cuatro plazas, dos trasportines, carrocería de mimbre, 22 kilómetros por hora, 7 velocidades y 2 marchas traseras*».

¡Todo en piezas sueltas! ¡adquiribles en cualquier sitio! ¡ensambladas al gusto del cliente! ¡según su personalidad! ¡según la moda y la temporada! Ese tratadillo hizo furor... entre los años 1902 y 1905... Ese manual contenía, gran progreso, no sólo los planos, ¡sino también todos los diseños a escala 1/250 000! Fotos, referencias, secciones... todas impecables y garantizadas.

Su idea era luchar, sin perder un segundo, contra el peligro naciente de las fabricaciones «en serie». Des Pereires, pese a su culto al progreso real, detestaba desde siempre toda la producción *standard*... Desde el principio se mostró como su adversario irreductible... Presagiaba el empequeñecimiento ineluctable de las personalidades humanas por la muerte de la artesanía...

En la época de esa batalla por el automóvil a medida, Courtial era ya casi célebre en el medio de los innovadores por sus investigaciones originales, extraordinariamente audaces, sobre el «Chalet Polivalente», ¡la vivienda flexible, extensible, adaptable a todas las familias! ¡en todos los climas!... «La casa propia» absolutamente desmontable, basculante (transportable, evidentemente), encogible, abreviable instantáneamente en uno o dos cuartos a voluntad, según las necesidades permanentes, pasajeras, hijos, invitados, vacaciones, modificable en un minuto... según todas las exigencias, los gustos de cada cual... «¡Una casa vieja es la que ya no se mueve!... ¡Compre algo joven! ¡Ágil! ¡No construya! ¡Monte! ¡Construir es la muerte! ¡Sólo se construyen tumbas! ¡Compre algo vivo! ¡Siga vivo! ¡El "Chalet Polivalente" marcha con la vida!...».

Tal era el tono del manifiesto redactado íntegro por él, en vísperas de la Exposición: *El porvenir de la arquitectura*, el mes de junio de 1898, en la *Galerie des Machines*. Su opúsculo sobre la construcción doméstica había provocado casi inmediatamente extraordinaria emoción entre los futuros jubilados, los padres de familia con ingresos mínimos, los novios sin hogar y los funcionarios coloniales. Lo acosaban a base de peticiones, de toda Francia, el extranjero, las colonias... Su chalet, tal cual, enteramente erecto, techo móvil, 2492 clavos, 3 puertas, 24 bovedillas, 5 ventanas, 42 bisagras, tabiques de madera o tarlatana, según la temporada, fue premiado «fuera de serie», imbatible... Se erigía en la dimensión deseada con ayuda de dos compañeros y en cualquier terreno, ¡en 17 minutos y 4 segundos!... El deterioro era insignificante... ¡la duración ilimitada, por tanto!... «¡La única ruinosa es la resistencia! ¡Una casa entera debe actuar, astuta, como un auténtico organismo! ¡flotar! ¡eclipsarse incluso en los remolinos del viento! ¡en la tempestad y la borrasca, en los paroxismos tormentosos! En cuanto se la opone, ¡tontería incalificable!, al desenfreno natural, ¡la consecuencia es el desastre!… ¿Qué exigir a la estructura? ¿más maciza? ¿más galvánica? ¿mejor cimentada? ¿Que desafíe a los elementos? ¡Locura suprema! Un día u otro, fatalmente, ¡quedará reducida a ruinas! ¡totalmente aniquilada! ¡Basta para convencerse recorrer una de nuestras hermosas y fértiles campiñas! ¡Nuestro magnífico territorio! ¿acaso no está jalonado, de norte a sur, de ruinas melancólicas? ¡de moradas en tiempos soberbias! ¡Mansiones altivas! ¿Qué ha sido de vosotras, adorno de nuestros surcos? ¡Polvo!» En cambio, el "Chalet Polivalente", ¡flexible, él!, ¡se acomoda, se dilata, se arruga, según las necesidades, las leyes, las fuerzas vivas de la naturaleza!

"Se pliega mucho, pero no se rompe…"

El propio día en que se inauguraba su caseta, tras la visita del Presidente Félix Faure, la cháchara y los parabienes, ¡la multitud rompió todas las barreras! ¡barrió el servicio de guardia! Se precipitó con tal desenfreno entre las paredes del chalet, ¡que aquella maravilla resultó al instante desgarrada, pelada, deglutida completamente! El tropel llegó a ser tan febril, tan ávido, ¡que producía la combustión de la materia!… El ejemplar único no resultó destruido propiamente, sino aspirado, absorbido, digerido enteramente en el sitio… La noche de la clausura, no quedaba ni rastro de él, ni una pizca, ni un clavo, ni una fibra de tarlatana… ¡El asombroso edificio se había reabsorbido como un falso forúnculo! Courtial seguía desconcertado, al contármelo, a quince años de distancia…

«Desde luego, habría podido reanudar aquella tarea… Era un terreno en que, me parece, entendía de maravilla, sin jactancia. No tenía rival a la hora de confeccionar un presupuesto "al céntimo" para el montaje sobre el terreno… Pero otros proyectos más grandiosos me distrajeron, me acapararon… Nunca encontré el tiempo necesario para reanudar los cálculos sobre los "índices de resistencia"… Y, en resumidas cuentas y pese al desastre final, ¡ya había hecho la demostración!… ¡Con mi audacia, había permitido a ciertas escuelas, a ciertos jóvenes entusiastas darse a conocer!… ¡manifestarse ruidosos! encontrar así su camino… ¡Ése era mi papel precisamente! ¡No deseaba otra cosa! ¡El honor estaba salvado! ¡Nada pedí, Ferdinand! ¡Nada codicié! ¡Nada exigí a los poderes! Reanudé mis estudios… ¡Sin intrigas! ¡Sin cautelas! Ahora bien, ¡escucha esto!… pasaron unos meses… ¡Y adivina lo que recibí! ¡Casi sucesivamente! ¡El Nicham, por un lado, y, ocho días después, las "palmas académicas"! ¡Ahí me sentí insultado, la verdad! ¿Por quién me tomaban de repente? ¿Y por qué no un estanco? ¡Quería devolver todas esas falsificaciones al Ministerio! Avisé a Flammarion: "¡No lo haga! ¡No se le ocurra! ¡Acepte! ¡Acepte!" me respondió… "¡Yo también las tengo!".

En ese caso, ¡estaba cubierto! Pero, aun así, ¡me habían hecho la pirula todos!… ¡Ah! ¡cacho asquerosos! Plagiaron todos mis planos, los copiaron, fusilaron, ¡me oyes! ¡de mil formas muy odiosas! Y absolutamente torpes… muchos arquitectos oficiales, engreídos, caraduras, sinvergüenzas, conque volví a escribir a Flammarion… Si querían compensarme, ¡me debían al menos la Legión de Honor!… ¡Si es que querían concederme honores!… ¡Tú me entiendes, Ferdinand! Él era de mi opinión pero me aconsejó que me quedase tranquilito, que no provocara más escándalos… que lo perjudicaría a él mismo… Que tuviese un poco de paciencia… que no había llegado el momento… En una palabra, era su discípulo… no debía olvidarlo… ¡Ah! no siento amargura, ¡créeme! ¡Desde luego! ¡los detalles aún me entristecen! Pero ¡nada más! ¡Absolutamente nada más!… Una lección melancólica… Nada más… De vez en cuando lo recuerdo…».

Yo sabía cuándo le venía, esa murria de las arquitecturas, era sobre todo en el campo… Y en el momento de las ascensiones… cuando iba a pasar la pierna para trepar a la barquilla… Lo asaltaban los recuerdos… Tal vez fuera también el canguelo un poquito lo que lo hiciera hablar… Miraba a lo lejos, el paisaje… Así, en el arrabal, ¡sobre todo ante las parcelas, las chabolas, las chozas de hojalata! Se enternecía… Le venía la emoción… Las casuchas, las más estrafalarias, las bizcas, las agrietadas, las patituertas todas las que se pudren en el fango, se desploman en el estiércol, al borde de los cultivos… pasada la carretera… «¿Ves todo esto, Ferdinand?», y me las señalaba, «¿ves toda esta peste?». Describía un gesto aparatoso… Abrazaba el horizonte… Toda la fea batahola de las casuchas, la iglesia y las jaulas de gallinas, el lavadero y las escuelas… Todas las chozas desvencijadas, las ruinosas, las grises, las malvas, las resedas… Los bizcochos de cascotes…

«¿Qué te parece? ¿Eh? ¿Bien abyecto, verdad?… Bueno, pues, ¡yo tengo mucho que ver! ¡Yo! ¡Yo soy el responsable! Ya puedes estar seguro, ¡que es culpa mía, Ferdinand! ¿Me oyes bien? ¡Culpa mía!…».

«¡Ah!», decía yo, como pasmado. Sabía que era su sesión de teatro... Él pasaba la pierna por encima de la barquilla. Saltaba al cesto de mimbre... Si el viento no soplaba demasiado... Se quedaba con su panamá... Lo prefería así... pero se lo ataba bajo la barbilla con una cinta ancha... Yo me ponía la gorra... «¡Suelten!». Se alzaba al milímetro... primero con la mayor lentitud... y después un poquito más deprisa... Tenía que arreglárselas para pasar por encima de los tejados... Nunca soltaba la arena... Y eso que tenía que subir... Nunca lo hinchábamos a tope... Costaba trece francos, la bombona...

Algún tiempo después del avatar del «Chalet hecho en casa», el enloquecido desmembramiento por la multitud, Courtial des Pereires decidió de repente revisar su táctica... a ¡Los fondos, primero!» ¡así decía!... Tal era su nueva máxima. «¡Se acabaron los riesgos!

¡Solidez y nada más!»... Había concebido un programa, de acuerdo enteramente con esos datos... ¡Y reformas fundamentales!... Todas absolutamente juiciosas, pertinentes...

Se trataba, en primer lugar, de mejorar, contra viento y marea, la condición de los inventores... ¡Ah! partía del principio de que en el mundo de la invención, ¡nunca faltarían las ideas! ¡Siempre sobrarían incluso! Pero ¡que el capital, en cambio, es tremendamente huidizo! ¡pusilánime! ¡y muy esquivo!... Que todas las desgracias de la especie y las suyas en particular se debían siempre a la falta de fondos... a la desconfianza del disponible... ¡a la terrible escasez de crédito!... Pero ¡todo eso se podía arreglar!... Bastaba con intervenir, remediar esa situación mediante alguna iniciativa feliz... A eso se debió la fundación inmediata en las *Galeries Montpensier*, detrás del despacho tunecino entre la cocina y el pasillo, de un «Rincón del comanditario»... Un pequeño enclave, muy especial, amueblado con extraordinaria sencillez: una mesa, un armario, un casillero, dos sillas y, para presidir los debates, «de Lesseps», busto muy bonito sobre el estante superior, entre ficheros, ficheros y más ficheros... En virtud de los nuevos estatutos cualquier inventor, mediante cincuenta y dos francos (totalidad pagada por adelantado) tenía derecho en nuestro periódico a tres inserciones sucesivas de todos sus proyectos, absolutamente *ab libitum*, hasta las chorradas más inauditas, los fantasmas más vertiginosos, las imposturas más descabelladas... Todo ello aportaba, de todos modos, dos hermosas columnas del *Génitron*, más diez minutos de conversación particular, técnica y consultiva, con el Director Courtial... Por último, para volverlo aún más halagüeño, ¡un diploma oleográfico de «miembro depositario del Centro de Investigaciones *Eureka* para financiación, estudio, equilibrio y aprovechamiento de los hallazgos más útiles al progreso de todas las ciencias y la industria»!...

Para que apoquinaran los cincuenta pavos, ¡no era nada cómodo nunca!... Siempre había problemas... Aun recitando la cantinela... deshaciéndose en camelos... Refunfuñaban siempre en el momento de poquinelar, hasta a los más absolutos chiflados, les entraba inquietud... Incluso así, en su delirio, olían, pese a todo, a chamusquina...

¡Que si era una pastita que no iban a ver más!... «Constitución de fichero»... así se titulaba nuestra astucia...

Desde ese momento, Courtial se encargaba, así estaba previsto, de todas las gestiones esenciales, contactos más o menos importantes, entrevistas... búsqueda de argumentos... reuniones... discusiones premonitorias, defensa de móviles, todo lo que hacía falta, en una palabra, para atraer, engatusar, convencer, entusiasmar, tranquilizar a un consorcio... Todo ello, claro está, ¡en el momento oportuno!... ¡Nada de cachondeo al respecto!... ¡Nada de precipitarse!... ¡Nada de farfulleos!... ¡De brutalidad!... La temíamos... ¡La precipitación todo lo estropea! ¡Es la que arruina todos los pronósticos!... ¡Las empresas más fructíferas son las que maduran muy despacio!... Éramos enemigos al máximo, implacablemente hostiles a cualquier chapuza precoz... ¡cualquier histeria!... «Un socio comanditario es un auténtico pájaro para escapar, pero una tortuga respecto al parné».

El inventor, para obstaculizar lo menos posible las conversaciones, siempre tan delicadas, debía despejar el terreno... volver de inmediato a su casa... fumar la pipa mientras esperaba... no ocuparse más del asunto... En cuanto su historia se encarrilara, se le avisaría debidamente, se le convocaría e informaría en detalle... No obstante, era muy raro, ¡que se quedara así, tranquilo, en su queli!... En cuanto había pasado una semana, ya volvía a la carga... a preguntar si había noticias... Traernos otras maquetas... Los complementos de los proyectos... Diseños suplementarios... Piezas sueltas... Volvía una y otra vez, ya podíamos piarlas con ganas, se presentaba cada vez más... obsesivo, inquieto, desconsolado... De pronto se ponía a berrear, en cuanto se daba un poco de cuenta... Le daba un ataque más o menos grave… Y después no lo volvíamos a ver… Otros no eran tan gilipollas… pero eran muy poquitos… hablaban de ir a la comisaría, por las vías legales, poner una denuncia, si no se les devolvía su parné… Courtial los conocía a todos. En cuanto se acercaban, se las piraba. Los veía llegar de lejos, desde el otro lado de las arcadas… Era increíble el ojo que tenía para localizar a los energúmenos… Raras veces se dejaba trincar… Se najaba a la trastienda a agitar un pelín las pesas, pero mejor al fondo del sótano… Ahí estaba aún más seguro… Se negaba a hablar… El andoba que quería su parte ya podía sulfurarse…

«¡Retenlo! ¡Ferdinand! ¡Retenlo bien!», me recomendaba el maricón.

«¡Retenlo! ¡Mientras yo medito!… ¡Me lo conozco demasiado bien, a ese prolijo! ¡Ese mierdero de la mui! cada vez que viene a consultarme, ¡tengo para dos horas por lo menos!… ¡Ya me ha hecho perder el hilo de mis deducciones diez veces! ¡Es una vergüenza! ¡Un escándalo! ¡Mátamelo, que es un azote! ¡Mátamelo! ¡te lo ruego, Ferdinand! ¡No lo dejes correr más por el mundo!…

¡Quema! ¡Aplasta! ¡Esparce sus cenizas! ¡A mí me la trae floja! Pero, por favor, ¡por nada del mundo, ¿me oyes?, lo dejes pasar! ¡Di que estoy en Singapur! ¡en Colombo! ¡en las Hespérides! Que estoy haciendo orillas elásticas en el istmo de Suez y Panamá. ¡Por ejemplo!… ¡Cualquier cosa! Todo vale, ¡con tal de no volver a verlo!… ¡Por favor, Ferdinand! ¡Por favor!…».

Era yo, pues, sin falta, quien recibía todo el chaparrón… Tenía un sistema, desde luego… Era como el «Chalet hecho en casa», lo abordaba con flexibilidad… No ofrecía resistencia… Me plegaba en el sentido de la furia… Iba mucho más lejos incluso… Sorprendía, al majareta, por la virulencia de mi odio hacia el asqueroso de des Pereires… siempre le daba por culo pirando… ¡a propósito de las injurias atroces!… ¡Ahí me mostraba perfectamente magistral!… ¡Lo vilipendiaba! ¡Estigmatizaba! ¡cubría de mierda! ¡de sanies!… ¡A ese cabrón abyecto! ¡ese prodigioso mierda! ¡veinte veces peor! ¡cien veces! ¡mil veces peor aún de lo que él había pensado nunca por sí solo!…

Convertía a ese Courtial, para su regocijo íntimo, vociferando a voz en cuello, en una banasta de moñigos plásticos, fusibles, tremendamente repugnantes… ¡Una inmundicia increíble!… ¡Lo nunca visto! Echaba el resto… Iba a patalear sobre la trampilla, justo encima del sótano, a coro con el majara… ¡superaba a todos, con mucho, en punto a virulencia por la intensidad de mi rebelión, la sinceridad, el entusiasmo destructor! mi tetanismo implacable… el trance… la hipérbole… el pataleo anatómico… Era inconcebible, la verdad, el grado de paroxismo que lograba alcanzar en la cólera absoluta… Todo eso me venía de mi papá… y de los cachondeos vividos… ¡A inflamación no me ganaba nadie!… Los peores insensatos, delirantes, majaretas interpretativos, quedaban a la altura del betún, cuando tenía ganas de ponerme, de esforzarme… por muy joven que fuera… Se iban de allí, vencidos todos… absolutamente estupefactos por la intensidad de mi odio… mi virulencia incoercible, la eternidad de venganza que encerraba en mis entrañas… Me cedían deshechos en lágrimas la misión de aplastar a ese mierda, a ese Courtial aborrecido… ese cenagal de vicios… cubrirlo de ñordas imprevisibles, ¡aún más viscosas que el fondo de un retrete! ¡Un amasijo de purulencia nunca vista! hacer con él una tarta, la más fétida que pudiera jamás imaginarse… recortarlo en bolitas… aplastarlo en laminillas, enlucir con ellas todo el fondo de las letrinas, entre la taza y la fosa… Encajonarlo ahí, de una vez por todas…

¡para que lo cagaran hasta el infinito!… En cuanto se había largado, el amigo, se había alejado bastante… Courtial venía a la trampilla… Alzaba un poco el batiente… Aventuraba primero un ojo… Subía otra vez a la superficie…

«¡Ferdinand! Acabas de salvarme la vida… ¡Ah! ¡Sí! ¡La vida!… ¡Es la verdad! ¡Lo he oído todo! ¡Ah! ¡Exactamente lo que me temía! ¡Ese gorila me habría dislocado! ¡Ahí, en el sitio! ¡Ya lo has visto!…». Entonces cambiaba de idea un poco. Le entraba inquietud por lo que me había oído aullar… La sesión con el andoba… «Pero, al menos, ¿no habré disminuido, Ferdinand, ¡dímelo en seguida!, nada en tu estima? ¿Me lo dirías? No me ocultarías nada, ¿verdad? Me explicaré, si quieres… ¡Anda!… ¿Estas comedias, así lo quiero creer, no afectan en nada a tus sentimientos? ¡Sería demasiado odioso! ¿Conservas todo tu afecto por mí? ¡Puedes, ya sabes, contar enteramente conmigo! ¡Sólo tengo una palabra! ¡Me comprendes! Empiezas a comprenderme, ¿verdad? ¡Dime si empiezas!».

«¡Sí! ¡Sí! Exacto… Creo… Creo que estoy empezando…».

«Entonces, ¡escúchame un poco más, mi querido Ferdinand!… Mientras oía los despropósitos de ese loco… pensaba en cien mil cosas… mientras nos asqueaba… atronando con sus delirios… Me decía: "¡mi pobre Courtial! ¡Todos esos rumores! esos trajines, esos estrépitos infames, esas chirigotas mutilan atrozmente tu destino… ¡Sin añadir nada a tu causa!". ¡Cuando digo causa! ¡Entiéndeme! ¡No se trata de dinero! ¡Invoco un frágil tesoro! ¡La gran riqueza inmaterial! ¡La gran resolución! ¡El patrimonio del tema infinito! El que debe transportarnos… ¡Entiéndeme más aprisa, Ferdinand! ¡Más aprisa! ¡El tiempo pasa! ¡Un minuto! ¡Una hora! ¿A mi edad? pero ¡si es que ya es la eternidad! ¡Ya verás! ¡Son una misma cosa, Ferdinand! ¡Una misma cosa exactamente!». Los ojos se le humedecían… «¡Escucha también esto, Ferdinand! Espero que un día me comprendas del todo… ¡Sí!… ¡Me aprecies de verdad! ¡Cuando ya no esté aquí para defenderme!… ¡Serás tú, Ferdinand! ¡quien posea la verdad!…

¡Serás tú quien refute la injuria!… ¡Tú! ¡Cuento con ello, Ferdinand! ¡Cuento contigo!… Si entonces vienen a decirte… de muy diversas procedencias: "Courtial no era sino un cabronazo, ¡el peor de los hijoputas! ¡Un falsario! No había dos mierdas como él…". ¿Qué responderás tú, Ferdinand? … Sólo esto… ¿Me oyes? "¡Courtial cometió un solo error! Pero ¡fundamental! Pensaba que el mundo esperaba al espíritu para cambiar… El mundo ha cambiado… ¡Es indudable! Pero ¡el espíritu no ha venido!…". ¡Eso sólo dirás! ¡Eso sólo! ¡Nunca otra cosa! ¡No añadirás nada!… ¡El orden de las magnitudes, Ferdinand! ¡El orden de las magnitudes! Tal vez se pueda hacer entrar lo minúsculo en lo inmenso… Pero entonces, ¿cómo reducir lo enorme a lo ínfimo? ¡Ah! ¡De ahí vienen todas las desgracias! ¡Ferdinand! ¡De ahí sólo! ¡Todas nuestras desgracias!…».

Cuando, como aquella tarde, había experimentado un canguelo terrible, le entraba de repente un afecto muy conmovedor hacia mí. No quería verme enfurruñado…

* * *

«¡Anda, Ferdinand! ¡Vete de paseo!», me decía entonces… ¡Vete hasta el Louvre, anda! ¡Te sentará muy bien! ¡Anda, vete a los Bulevares! ¡A ti te gusta, Max Linder! ¡Nuestra queli apesta aún a ese mamut! ¡Vámonos! ¡Rápido! ¡Ciérrame la queli! ¡Cuelga el cartel! ¡Te espero en *Les Trois Mousquetons*…! ¡Yo invito! Coge el dinero del cajón de la izquierda… ¡No voy a salir al tiempo que tú!… Me largo por el pasillo… ¡Vuelve a pasar por *Aux Émeutes*!… ¡Ve a ver al Naguère!… Pregúntale si hay novedades… Apostaste por "Shérazade", ¿verdad? ¿y las ganancias por "Violoncelle"? ¿Eh? Para ti solo, ¿eh? ¡Ni siquiera sabes dónde estoy!… ¿Me oyes?».

Cada vez me hacía con más frecuencia la escena de la «gran resolución»… Se largaba al subsuelo, para meditar, según decía, horas enteras así… Se llevaba un libro voluminoso y su gran vela… Debía de tener pufos en todos los «bookmakers» del barrio, no sólo en *Aux Grandes Émeutes*, al Naguère, sino también en *Mousquetons* e incluso en la Cervecería Vigogne, en la Rue del Blancs-Manteaux… Aquél sí que era un antro… Prohibía que lo molestaran… A mí no siempre me hacía gracia… Me obligaba, con su fantasía, a ir a responder en persona a todos los chiflados cotidianos… los subscriptores malhablados, los curiosillos, los maníacos graves… Me llegaban a montones… Yo cargaba con todos… los recriminadores de toda clase… la banda inmunda de los lumbreras… los iluminados de la chapuza… No cesaban de surgir… de entrar y salir… Para la campanilla era un frenesí… No cesaba de sonar… A mí todas aquellas distracciones me impedían ir a reparar mi *Animoso*… Ocupaba todo el sótano, Courtial, con sus gilipolleces… Pero ¡es que ése era mi currelo de verdad!… Yo era el responsable y reprensible en caso de que se rompiera la crisma… ¡Poco faltaba siempre!… Conque su conducta era de chorra… Al final, se lo dije, entre tantas otras cosas, que no se podía seguir así… ¡que yo no continuaba!… que en adelante me la traía floja… ¡que íbamos camino del desastre!… Sencillamente… Pero ¡no me escuchaba siquiera! Le daba igual ocho que ochenta… Cada vez desaparecía más a menudo. Cuando estaba en el subsuelo, ¡no quería hablar con nadie!… Hasta su candela lo molestaba… A veces la apagaba para meditar mejor.

Acabé diciéndole… me había provocado tanto, que ya no podía contenerme… ¡que debería irse a una alcantarilla! ¡Que estaría aún más tranquilo para buscar su resolución!… ¡entonces me puso verde de repente!…

«¡Ferdinand!», me interpelaba.

«¿Cómo? ¿Tú me hablas así? ¿A mí? ¿Tú, Ferdinand? ¡Alto! ¡Cielo santo, por favor! ¡Piedad! ¡Llámame como quieras! ¡Mentiroso! ¡Boa! ¡Vampiro! ¡Puñetero! ¡Si las palabras que pronuncio no son expresión estricta de la verdad inefable! ¿Quisiste, verdad, Ferdinand, suprimir a tu padre? ¿Ya? ¡Sí! ¡Claro que sí! ¿No es trola? ¿Una fantasmagoría? ¡Es la realidad tal cual! ¡extraordinariamente deplorable!... ¡Una hazaña cuya vergüenza no podrían borrar varios siglos! ¡Desde luego! ¡Sí! ¡Exactísimo! ¿No irás a negarlo ahora? ¡No me invento nada! ¿Entonces? ¿Ahora? ¿Qué quieres? ¡Dime! ¿Suprimirme a mí también? Pero ¡si es evidente! ¡Ya lo creo! ¡Sencillo! ¡Esperar!... ¡Aprovechar el momento oportuno!... Calma... Confianza... ¡Y matarme!... ¡Eliminarme!... ¡Aniquilarme!... ¡Ése es tu programa!... ¿En qué estaría yo pensando? ¡Ah! ¡La verdad, Ferdinand! ¡Tu carácter! ¡Tu destino son más sombríos que el sombrío Erebo!... ¡Oh, eres fúnebre, Ferdinand! ¡sin parecerlo! ¡Tus aguas están revueltas! ¡Cuántos monstruos, Ferdinand! ¡en los pliegues de tu alma! ¡Se ocultan sinuosos! ¡No los conozco todos!... ¡Pasan! ¡Se llevan todo por delante!... ¡La muerte!... ¡Sí! ¡A mí! ¡A quien debes diez veces más que la vida! ¡Más que el pan! ¡Más que el aire! ¡Que el propio sol! ¡El pensamiento! ¡Ah! ¡Es la meta que persigues, reptil! ¿Verdad? ¡Incansable! Reptabas... Versátil... ¡Tornadizo! ¡Siempre imprevisto!... Violencias... Ternura... Pasión... Fuerza... ¡Te oí el otro día!... ¡Para ti todo es posible, Ferdinand! ¡Todo! ¡Sólo la apariencia es humana! ¡Pero veo el monstruo! ¡En fin! ¿Sabes adónde vas? ¿Me habían prevenido? ¡Ah, eso sí! No faltaron avisos... ¡Cautela!... ¡Solicitud!... y después, de pronto, en una sílaba equívoca... ¡todos los frenesíes asesinos! ¡Frenesíes!... ¡La acometida de los instintos! ¡Ah! ¡Ah! Pero ¡si es la marca, amigo! ¡El sello absoluto! ¡El rayo del criminal!... ¡El congénito! ¡El perverso innato!... ¡Ése eres tú! ¡Aquí lo tengo! ¡Sea! ¡amigo mío!... ¡Sea! ¡No tienes delante a un cobarde! ¿El pobre diablo al que tal vez pensaras aterrar? ¡Ah, pues no! ¡No, no! ¡Claro que no! ¡Yo afronto todo mi destino! ¡Yo lo he querido! ¡Iré hasta el final! ¡Remátame, si puedes!... ¡Anda! ¡Te espero! ¡Con pie firme! ¡Atrévete! ¿Me ves bien? ¡Te desafío, Ferdinand! ¡Me excitas! ¿Me oyes? ¡Me exasperas! ¡No me dejo engañar! ¡Soy perfectamente consciente! ¡Mira al hombre en el blanco de los ojos! ¡Yo había evaluado todos los riesgos!... ¡El día que te acogí aquí! ¡Que ésa sea mi suprema audacia! ¡Vamos! ¡Golpea! ¡Me enfrento al crimen! ¡Date prisa!...».

Le dejé cascar aún más... miraba para otro lado... los árboles... A lo lejos en el jardín... el césped... las nodrizas... la bandada de pájaros que brincaban entre los bancos... el surtidor que caracoleaba... con las bocanadas de brisas... ¡Era mejor que responderle!... Que volverme siquiera a mirarlo... No sabía él bien cuánta razón tenía... Por un pelo no le plantificaba el sujetapapeles en la jeta... el gran mazacote, el Hipócrates... me hacía cosquillas en la palma de la mano... Pesaba al menos tres kilos... Me costaba... contenerme... Tenía mérito... ¡Seguía aún, el gilipuertas!...

«¡A los jóvenes de hoy les gusta el asesinato! ¡Todo eso, Ferdinand! yo te lo puedo decir, ¡conduce al Bulevar Arago[21]! ¡Con el capirote! ¡Ay de mí! ¡Cielo santo! ¡Yo habré sido el responsable!...».

Yo también tenía labia... Se me estaban hinchando las narices... ¡Ya es que estaba hasta los huevos!...

«¡Maestro! ¡Maestro! ¡váyase a la mierda ya!», iba y le decía al instante.

«¡Váyase a la mierda ahora mismo! ¡Muy lejos! ¡Yo no lo mato! ¡Le bajo los pantalones! ¡Le voy a hacer un tatuaje en las nalgas! ¡Yo! como treinta y seis kilos de tomates... ¡le voy a atrancar el jebe! ¡Y con el olor, además! ¡Ah! ¡Mire lo que le va a suceder! ¡Como diga una sola gilipollez más!».

Iba a echarle el guante de veras... Era vivo, el jodío... Se apalancaba en la trastienda... ¡Comprendía que iba en serio! que no lo soportaba más... Se quedaba en su leonera... Le daba a las barras fijas... Me dejaba en paz un momento... Había ido demasiado lejos... Un poco después volvía a pasar... Volvía a cruzar la tienda... Se metía por el pasillo a la izquierda, se largaba a la calle... No volvía a subir a su despacho... Por fin podía yo currar tranquilo.

No era moco de pavo coser, zurcir, remendar cámara tan chunga, juntar piezas que se deshacían... Era un coñazo infinito... Sobre todo porque para ver mejor de cerca me alumbraba con acetileno... Así, en el sótano, era muy imprudente... junto a las substancias adhesivas... que están siempre cargadas de bencina... Chorreaba por todos lados... ¡Ya me veía hecho una antorcha viva!... La cámara del *Animoso* era asunto peligroso, un auténtico colador en muchos puntos... ¡Otros desgarrones!

¡Otros sietes! ¡A cada salida, a cada descenso peores! ¡Al arrastrar en el aterrizaje por los sembrados!... Al engancharse en todos los canalones... En la hilera de buhardillas, ¡sobre todo los días de viento del norte!... Había dejado por todos lados grandes jirones, pedacitos, ¡en los bosques, en las ramas, entre los campanarios! Las murallas...

¡Se llevaba chimeneas de chapa! ¡tejados! ¡tejas por kilos! ¡veletas a cada salida! Pero las roturas más traidoras, los desgarrones más horribles, ¡eran cuando se empalaba en un poste telegráfico!... Muchas veces se hendía en dos... Hay que ser justos con des Pereires: corría unos riesgos tremendos con sus salidas aéreas. La subida era siempre extraordinariamente espectacular... era siempre como un milagro, por ir inflado al mínimo...

¡Para economizar!... Pero lo que resultaba espantoso eran los descensos con su trasto de los cojones... ¡Por suerte, estaba acostumbrado! No carecía de oficio precisamente. ¡Contaba ya, él solito, cuando lo conocí, con 1422 ascensiones! Sin contar las de globo «cautivo»... ¡Un total curiosito! Tenía todas las medallas, todos los diplomas, las patentes... Conocía todos los trucos, pero lo que me cautivaba constantemente eran sus aterrizajes... ¡Era maravilloso, lo reconozco, cómo caía sobre sus calcos! En cuanto el extremo del *rope* rastrillaba el suelo... y aminoraba el trasto, se hacía todo él una bola en el fondo del cesto... cuando el mimbre tocaba la tierra... cuando toda la pesca iba a rebotar... sentía el momento exacto... Saltaba como un payaso... Se desplegaba como una bobina... auténtico *jockey* para la caída... embutido en la cámara, raras veces se daba un golpe... No se arrancaba un botón... No perdía un segundo... Salía al instante hacia adelante... Pinreleaba por los surcos... No se volvía... Iba tras el *Animoso*... al tiempo que tocaba el cornetín, que llevaba en bandolera... Armaba jaleo él solo... ¡el muy cabrón! El *cross* duraba mucho, hasta que todo el trasto se desplomaba... Aún lo veo en los *sprints*... Era un espectáculo de gran clase, con levita, panamá... Mis suturas autoplásticas, las cosas como son... resistían en el aire más o menos... pero él no las habría hecho, él solo... No era bastante paciente, habría destruido todo aún más... ¡Era un arte, al fin y al cabo, la rutina de los zurcidos! Pese a mis astucias infinitas, a mi gran ingenio, me desesperaba muchas veces con aquella puta cámara... Ya es que no aguantaba, la verdad... Hacía dieciséis años que la sacaban en todas las circunstancias, en todos los casos, los tornados, ya sólo resistía por los recosidos, remiendos extraños... ¡Cada inflado era un drama!... Al descender, al arrastrar, era peor aún... Cuando faltaba toda una franja, iba a sacar un poco de la vieja piel del *Arquímedes*... Ése ya no era sino puras piezas, grandes jirones en un armario, amontonados, en el subsuelo... Era el globo de sus comienzos, un «cautivo» enteramente «carmín», de enorme envergadura. ¡Había cumplido veinte años, en las ferias!... Me esmeraba mucho para volver a pegar todo, trozo a trozo, con escrúpulos intensos... Hacía efectos curiosos... Cuando el *Animoso* se elevaba, tras el «suelten amarras», por sobre la multitud, reconocía mis piezas en el aire... Las veía empalmarse, fruncirse... No me hacía gracia.

Pero, además, estaban los trámites, los preliminares... ¡El currelo de las ascensiones no era asunto chupado!... No hay que pensarlo... Se preparaba, se fabricaba, se discutía meses y meses antes... Teníamos que enviar octavillas, fotografías. ¡Sembrábamos Francia de prospectos!... ¡Había que volver a tratar con todos los mandatarios!... dejarse dar por culo por las comisiones de festejos, siempre de lo más roñosas... Conque, además de los inventores, ¡recibíamos por el *Animoso* un correo de la hostia!...

Yo había aprendido con Courtial a redactar en estilo oficial. No me salía demasiado mal... Ya no hacía casi faltas... Teníamos un papel *ad hoc* para las tratativas, con un encabezamiento de buen gusto, «Sección Parisina de los Amigos del Globo Libre»...

Desde finales del invierno, ¡camelábamos a los Ayuntamientos! ¡Los programas para la temporada se elaboraban en primavera!... Nosotros teníamos que tener ya, en principio, reservados todos los domingos un poco antes de Todos los Santos... Acosábamos por teléfono a todos los presidentes de comisiones. También en eso era yo quien se marcaba Correos. Iba en horas de afluencia... ¡Intentaba pirármelas sin apoquinar! Me cogían en la puerta...

Habíamos lanzado nuestras llamadas por todas las ferias, las reuniones, las quermeses, ¡en toda Francia! ¡No había lugares pequeños! ¡Todo era aceptable y posible! Pero, preferentemente, procurábamos, claro está, no alejarnos de Seine-et-Oise... ¡Como máximo Seine-et-Marne! El transporte del trasto era lo que nos hacía caer de culo al instante, los sacos, las bombonas, los aparatos, todo nuestro equipo extraño. Para que valiera la pena, ¡teníamos que estar de vuelta aquella misma noche en el

Palais-Royal! Si no, había que hacer más gastos. ¡Courtial presentaba un presupuesto estudiado, la verdad, al céntimo! De lo más modesto y correcto: doscientos veinte francos… ¡Además del gas para el inflado, y pichones soltados a dos francos por cabeza!… No se estipulaba la altura… Nuestro rival más conocido y tal vez más directo era el capitán Guy des Roziers, ¡él pedía mucho más! ¡Con su globo *El Intrépido* hacía números peligrosos!… ¡Subía con su caballo y permanecía en la silla hasta arriba! ¡a cuatrocientos metros garantizados!… Costaba quinientos veinticinco francos, con el regreso pagado por el Ayuntamiento. Pero los que nos ganaban la partida más a menudo aún que el jinete eran el italiano y su hija, «Calogoni y Petita»… ¡A ésos nos los encontrábamos por todos lados! ¡Gustaban mucho, sobre todo en los cuarteles! Eran carísimos, hacían mil cabriolas en el cielo… Además, lanzaban ramilletes, pequeños paracaídas, escarapelas, ¡a partir de los seiscientos metros! ¡Pedían ochocientos treinta y cinco francos y un contrato por dos temporadas!… Acaparaban realmente…

Courtial, su estilo, su renombre, ¡no eran cosa de jactancia! ¡Actuación dramática! ¡No! ¡Todo lo contrario! La actitud claramente científica, la demostración fructífera, el vuelo explicado, la charla previa curiosita, y, para concluir la sesión, la graciosa «suelta» de los palomos… Les avisaba él mismo siempre, con un discursito preliminar: «Señoras, señores, señoritas… Si aún subo a mi edad, ¡no es por vana baladronada! ¡Pueden creerlo! ¡Por deseo de asombrar a las multitudes!… ¡Mírenme el pecho! ¡Verán en él desplegadas todas las medallas más conocidas, las más cotizadas, las más codiciadas, al valor y al coraje! Si subo, señoras, señores, señoritas, ¡es para la instrucción de las familias! ¡Ésa ha sido la meta de toda mi vida! ¡Todo por la educación de las masas! ¡Aquí no nos dirigimos a ninguna pasión malsana! ¡ni a instintos sádicos! ¡a las perversiones emotivas!… ¡Me dirijo a la inteligencia! ¡Sólo a la inteligencia!». Me lo repetía para que lo supiera:

«Ferdinand, ¡recuerda siempre que nuestras ascensiones deben conservar a toda costa su carácter! El sello mismo del *Génitron*… ¡Nunca deben degenerar en payasadas! ¡en pamplinas aéreas! ¡en impulsos de chiflados! ¡No! ¡No! ¡Y no! ¡Tenemos que preservar la nota, el espíritu mismo en la física! Desde luego, ¡debemos divertir! ¡no olvidarlo! ¡Para eso nos pagan! ¡Es justo! Pero mejor aún, a ser posible, despertar en todos esos patanes el deseo de otras nociones precisas, ¡de conocimientos verdaderos! Elevarnos, desde luego. Es menester. Pero elevar también a esos brutos, a esos que ves ahí, ¡que nos rodean, con la boca abierta! ¡Ah! ¡es complicado, Ferdinand!…».

Nunca, podéis estar seguros, habría abandonado el suelo sin antes haber explicado, en una charla familiar, todos los detalles, los principios aerostáticos. Para mejor dominar a su asistencia, se encaramaba en equilibrio sobre el borde de la barquilla, extraordinariamente acicalado, levita, panamá, manguitos, con un brazo por entre los cordajes… Demostraba, a la redonda, el funcionamiento de las válvulas, la cuerda guía, los barómetros, las leyes del lastre, la gravedad. Después, arrastrado por su tema, abordaba otros terrenos, tratando, platicando, sin orden ni concierto siempre, sobre meteorología, espejismos, vientos, ciclones… Abordaba los planetas, el movimiento de las estrellas… Todo le venía bien: el Anillo… Géminis… Saturno… Júpiter… Arturo y sus contornos… La Luna… Bellegofor y sus relieves… Medía todo a ojo de buen cubero… Sobre Marte podía extenderse… Lo conocía muy bien…

¡Era su planeta favorito! ¡Describía todos sus canales, sus formas y trayectos! ¡su flora! ¡como si se hubiera bañado en ellos! ¡Se tuteaba con los astros! ¡Tenía un éxito tremendo!

Mientras parloteaba, así encaramado, al foro, cautivando a la multitud, yo hacía la colecta… Era mi suplemento. Aprovechaba la circunstancia, las palpitaciones, la emoción… Me metía por entre las filas.

¡Proponía el *Génitron* a diez céntimos la docena! invendidos, manuales con dedicatoria… medallas conmemorativas con el globo minúsculo, y después, para aquellos a los que echaba el ojo, que me parecían los más viciosos… que se dedicaban al magreo en las apreturas… tenía un surtidillo de imágenes curiositas, divertidas, cosa fina… y transparentes, en movimiento… Raro era el día que no liquidaba todo… Un día con otro, con un poco de potra, ¡llegaba a sacarme veinticinco pavos! ¡Una suma, para la época! En cuanto había pulido todo, había hecho la recolección, hacía una señita al maestro… Él cambiaba de canción… Cortaba el rollo… Volvía a meterse en la cesta… Se ajustaba el panamá… amarraba todas sus varillas, desataba la última escota y se movía muy despacito. Ya sólo me queda el último cabo… Yo pronunciaba el «suelten amarras»… Él me contestaba con un toque de cornetín… Con la cuerda guía arrastrando… ¡El *Animoso* se lanzaba al espacio!… Nunca lo vi despegar recto... Estaba fofo desde el principio... Lo inflábamos, por muchas razones, con la mayor reserva... Conque se largaba de través... Se contoneaba por sobre los tejados. Con sus remiendos de colores parecía un gran arlequín... Retozaba por el aire en espera de un soplo de brisa de verdad, sólo podía inflarse con el viento en popa... Como una falda vieja en la cuerda, estaba calamitoso... Hasta los campesinos más catetos se daban cuenta... Todo el mundo se cachondeaba al verlo partir titubeando en los tejados... ¡Yo me reía mucho menos!... Preveía el horrible desgarrón, ¡el decisivo! ¡El funesto! El desastre final... Le hacía mil señas desde abajo... ¡que dejara caer en seguida la arena!... Él nunca tenía prisa... Temía elevarse demasiado rápido... ¡No era de temer precisamente!... No era posible que se alejara, ¡en vista del estado de las telas!... Pero lo que yo me temía era que volviese a caer en plena aldea... Poco faltaba siempre, con las pérdidas consiguientes... para que rozara la escuela... se llevara por delante el gallo de la iglesia... ¡se ensartara en un canalón!... ¡Se detuviese en plena alcaldía!... se desplomara en el bosquecillo. Bastaba y sobraba con que lograra ganar sus cincuenta o sesenta metros... yo calculaba a la buena de Dios... era el máximo... El sueño de Courtial, en el estado de sus pertrechos, era no superar nunca el primer piso de las casas... Hasta ahí se podía llegar... Más allá era una locura... En primer lugar, nunca habríamos podido inflarlas a tope, sus alforjas... Con una o dos bombonas más, se habría rajado, seguro, y de arriba abajo... ¡Se habría abierto como una granada de válvula a válvula! ... Tras haber rebasado la última choza, las últimas cercas, vaciaba la arena. Se decidía, dejaba caer todo el resto... Cuando ya no le quedaba nada de lastre... Daba un saltito... Un tirón de una decena de metros... Era el momento de los palomos... Abría la cesta... Los animalitos salían como flechas... Entonces era también el momento de que yo me espabilara, por mi parte... ¡Era la señal del descenso!... Puedo asegurar que yo perdía el culo... ¡Había que ponerse trágico para alborotar a los paletos!... para que fueran todos tras el globo... nos ayudasen rápido a plegarlo todo... el enorme trasto en desorden... llevar todo hasta la estación, empujar la carga por el aparejo... ¡No había acabado ahí la cosa! Lo mejor que habíamos descubierto para que no se largasen todos a la vez... se apuraran aún por nosotros, acudiesen en tropel, era el cuento de la catástrofe... Daba resultado casi infalible... Si no, estábamos perdidos... para que le hubieran dado al currelo, habría habido que apoquinar... ¡Habríamos perdido dinero!... O tomarlo o dejarlo...

¡Yo daba unas voces de miedo! ¡Me desgañitaba! Me precipitaba a toda leche por entre los baches hacia la caída... Oía su cornetín... «¡Fuego!... ¡Fuego!...», vociferaba. «¡Miren! ¡Miren las llamas!... ¡Va a prender fuego a todo! ¡Ya se ve por encima de los árboles!...». Entonces la horda se ponía en movimiento... Salían a la carga... ¡Se lanzaban tras mí! En cuanto Courtial me distinguía con la jauría de patanes, tiraba de todas las válvulas...

¡Abría toda la queli de arriba abajo!... El cacharro se desplomaba hecho jirones... ¡Caía en el barro, baldado, reventado! ¡hecho una braga, el globo!... Courtial saltaba del cesto... Rebotaba sobre los pinreles... Daba otro toque de clarín para la reunión... ¡Y se ponía a pronunciar otro discurso! Los paletos tenían un canguelo de muerte a que el cacharro se incendiara, prendiese los almiares... Se echaban sobre el trasto para impedir que se alzara... Me lo apilaban en un montón... Pero ¡estaba hecho una ruina!... con los desgarrones que se había hecho en todas las ramas... Había perdido tanta tela, jirones trágicos... Se había traído zarzales enteros... entre el globo y la malla... Los salvadores encantados, satisfechos, presa de la emoción, alzaban a Courtial, como un héroe, sobre sus robustos hombros... Se lo llevaban triunfal... Iban a celebrarlo a la tasca... ¡hasta saciar la sed! A mí me quedaba toda la carga, el curro más cabrón... Sacar del barro nuestro cachivache antes de la noche... de la gleba y los surcos... Recuperar todos nuestros aparejos, las anclas, las poleas, las cadenas, toda la quincalla dispersa... La cuerda guía, sus dos kilómetros... la corredera, los tacos, dispersos a la buena de Dios, entre la avena y los pastos, el barómetro y la «presión aneroide»... una cajita de tafilete... los níqueles, tan caros... ¡Una auténtica jira campestre, vamos!... Apaciguar con chistes verdes, promesas y mil retruécanos, a los catetos más repulsivos... Hacerles transportar, además, absolutamente gratis, a base de chistes indecentes, toda aquella ralea extenuante, ¡aquellos setecientos kilos de faralaes! La cámara, que parecía una camisa rasgada, ¡los restos del horrible catafalco! ¡Meter todo aquel batiburrillo en el último furgón, justo cuando arrancaba el tren! ¡Joder! ¡Hay que explicarlo! ¡No era hazaña pequeña! Cuando por fin me reunía con Courtial por la fila de pasillos, el tren ya en marcha largo rato, ¡me lo encontraba en los de tercera, al andoba! Absolutamente tranquilo, prolijo, presumido, explicativo, haciendo ante el auditorio toda una brillante demostración… ¡Las conclusiones de la aventura!… Todo galantería hacia la morena de enfrente… considerado para con los oídos infantiles… reprimiendo las alusiones verdes… pero bromista, mordaz, de todos modos… achispado, por cierto, ostentando medallas y torso… ¡Aún pimplaba, el maricón! ¡Buen humor! ¡festín! ¡todo quisqui dándole al morapio! Con vasos en la mano… Se ponía las botas de rebanadas de pan con mantequilla… Ya no tenía preocupación… ¡No preguntaba por mí!… Estaba yo hasta los huevos… ¡ya lo creo!… ¡Vaya si le aguaba la fiesta!

«¡Ah! ¿Eres tú, Ferdinand? ¿Eres tú?…».

«¡Sí, Julio Verne!…».

«¡Siéntate, hijo! ¡Cuéntame rápido!… Mi secretario… ¡Mi secretario!…».

Me presentaba…

«Bueno, ¿qué? ¿Todo listo en el furgón?… ¿Lo has dejado todo listo?… ¿Estás contento?…».

Yo me ponía de morros, no estaba contento… No abría el pico…

«¿Algo no va?… ¿Ocurre algo?…».

«¡Es la última vez!…», decía yo, totalmente decidido… muy seco y conciso…

«¡Cómo! ¿Por qué la última vez? ¿Estás de broma? ¿Por…?».

«Ya no se puede reparar más… ¡Y no es broma ni mucho menos!…».

Se hacía el silencio… Se habían acabado los efectos y la mortadela. Se oían las ruedas… todos los crujidos… el farol bamboleándose ahí arriba en su cristal… Él intentaba ver qué pensaba yo… Si estaba un poco de broma… Pero ¡yo no movía ni una ceja!… Seguía muy serio… Me atenía a mis conclusiones…

«¿Tú crees, Ferdinand? ¿No exageras?…».

«¡Si se lo digo!… Es porque estoy seguro de verdad…».

Me había vuelto experto en agujeros… Ya es que no soportaba que me contradijeran… Él se quedaba enfurruñado en su rincón… ¡Se había acabado la conferencia!… No nos hablábamos más…

Los demás, en sus bancos, se preguntaban qué ocurría… ¡Ba da dam! ¡Ba da dam! traqueteo tras traqueteo… Y después la gota de aceite que caía de lo alto del farolillo… Todas las cabezas se alzaban… caían.

Si existe una cosa en el mundo de la que no debamos jamás ocuparnos sino con la máxima desconfianza, ¡es el movimiento perpetuo!… Ya puedes estar seguro de que saldrás trasquilado…

Los inventores, en conjunto, se pueden repartir según su manía… Hay especies enteras que son casi inofensivas… Los apasionados de los «efluvios», los «telúricos», por ejemplo, los «centrípetos»… Son chicos muy tratables, les puedes dar de comer en la mano… en la palma… Los manitas domésticos no son una raza demasiado dura tampoco… Y lo mismo los «rayagruyère»… los de las «marmitas chino-filandesas», los de las cucharas «de doble mango»… en fin, todo lo que sirve para la cocina… Son tipos que gustan de la jalandria… La buena vida… ¿Y los perfeccionadores del «metro»?… ¡Ah! ¡ahí ya hay que andarse con ojo! Pero los completamente pirados, auténticos desatados, obreros del vitriolo, proceden casi todos del «perpetuo»… Ésos, ésos son capaces de cualquier cosa, ¡para probarte el descubrimiento!… Te levantarían la piel de la barriga, si expresaras la menor duda, no hay que pincharlos…

Uno que conocí en casa de Courtial, empleado de la casa de baños, era un fanático… Sólo hablaba de su «péndulo» y, además, siempre en voz baja… con expresión asesina… También nos visitaba un substituto de fiscal de provincias… Venía a propósito del Sudoeste para traernos su cilindro… un tubo enorme de ebonita, que tenía una válvula centrífuga y arranque eléctrico… En la calle era muy fácil reconocerlo, aun de muy lejos, caminaba siempre de través, como un auténtico cangrejo, por delante de las tiendas… Así neutralizaba las atracciones de Mercurio y también los efluvios del Sol, los «iónicos» que atraviesan las nubes… Tampoco se quitaba nunca su enorme pañuelo de los hombros, ni de día ni de noche, de amianto trenzado con hilo y seda… Era su detector de ondas… Si entraba en la «interferencia»… Inmediatamente se estremecía… le salían burbujas por las ventanas de la nariz…

¡Courtial se los conocía a todos y desde hacía la tira!… Sabía a qué atenerse… Tuteaba a muchos. Los bandeábamos bastante bien… Pero ¡un día se le ocurrió organizar un «concurso» con ellos!… Huy, ¡era una locura, la verdad! ¡Al instante di la voz de alarma!… Se lo dije a gritos en seguida… ¡Todo! ¡menos eso!… ¡No hubo modo de contenerlo!… Tenía mucha necesidad de parné… y líquido, inmediato… Era del todo cierto que las pasábamos canutas para llegar a fin de mes… que ya debíamos por lo menos seis números del *Génitron*, a Taponier, el impresor… Teníamos, pues, muchas excusas… Por otra parte, las ascensiones ya no rendían como antes… Los aeroplanos nos hacían ya una competencia terrible… Ya en 1910 los catetos se agitaban… Querían ver aviones… Y eso que escribíamos cartas como locos… sin descanso, por decirlo así… Nos defendíamos palmo a palmo… Acosábamos a todos los paletos… Y a los arzobispos… Y a las prefecturas… Y a las damas de Correos… y a los farmacéuticos… a las exposiciones de horticultura… sólo en la primavera de 1909 mandamos imprimir más de diez mil circulares… O sea, que nos defendíamos con uñas y dientes… Pero también he de decir que Courtial volvía a jugar a los caballos. Había vuelto a *Aux Émeutes*… Debía de haber pagado a Naguère… En fin, que volvían a hablarse… bien que los había visto yo… Había ganado, así, mi pureta, en una sola sesión, en Enghien, de una tacada, seiscientos francos con «Carotte»… y, además, con «Célimène» doscientos cincuenta en Chantilly… Se había embriagado… Iba a arriesgar más…

La mañana siguiente, llegó muy excitado a la tienda… En seguida me cogió por banda…

«¡Ah! ¡mira, Ferdinand! ¡Qué potra! ¡Ahí la tienes! ¡Es potra!… ¡Mira! ¡Diez años, me oyes, diez años!… ¡que la palmo casi sin cesar!… ¡Se acabó!… ¡Tengo una buena racha!… ¡No la vuelvo a soltar!… ¡Mira!». Me enseñó el *Croquignol*, un nuevo periódico sobre las carreras todo marcado ya… ¡en azul, rojo, verde, amarillo! Yo también le respondí al instante…

«¡Cuidado, señor des Pereires! Ya estamos a 24 del mes… ¡Tenemos catorce francos en la caja!… Taponier es muy amable… bastante paciente, hay que reconocerlo, pero en fin, de todos modos, ¡no quiere imprimir nuestra revista!… ¡Prefiero avisarle ahora mismo! Hace tres meses que me echa una bronca, cada vez que llego a la Rue Rambuteau… ¡Yo no vuelvo a darle la barrila, eso desde luego! ¡ni con el carro de mano!».

«¡Déjame en paz, Ferdinand! Déjame en paz… ¡Me atormentas! Me deprimes con tus cuentos… tan sórdidos… ¡Lo intuyo! ¡Lo intuyo! ¡Mañana habremos salido del apuro!…

¡No puedo perder ni un minuto en discusiones! Vuelve a decir a ese Taponier… De mi parte, ¡me oyes! De mi parte esta vez… ¡Será cabrón, ahora que lo pienso! ¡Ha engordado a mi costa!… ¡Hace veinte años que le doy de comer! ¡Se ha hecho una fortuna! ¡Se ha inflado! ¡Varias! ¡Colosales! ¡con mi periódico!… ¡Voy a hacer algo más por ese maricón! ¡Dile! ¡Me oyes! ¡Dile! ¡Que puede jugarse toda su fábrica, toda su chapuza, sus trastos! ¡su casa! ¡la dote de su hija! ¡su nuevo automóvil! ¡todo! ¡la bicicleta de su hijo! ¡Todo! ¡recuérdalo bien! ¡Todo! a "Bragamance" ganador… ¡digo "ganador"! ¡no "colocado"! ¡en la "tercera"! ¡En Maisons, el jueves!… ¡Ya ves! ¡Así es, hijo!… ¡Ya veo la meta! ¡y 1800 francos por cinco! ¿Me oyes? 1887 exactamente… ¡En el bote!… ¡Fíjate bien! Con lo que me queda de la otra… ¡Nos supondrá a los dos! ¡53 498 francos! ¡Ya ves! ¡neto!… ¡Bragamance!… ¡Maisons!… ¡Bragamance!… ¡Maisons!…».

Siguió hablando… No oía mis respuestas… Se marchó por el pasillo… Se había vuelto un sonámbulo…

El día siguiente, lo esperé, toda la tarde… a que llegara… a que acudiese con los cincuenta y tres mil y pico… Eran las cinco pasadas… Por fin se presentó… Lo vi cruzar el jardín… No miró a nadie en la tienda… Vino derecho hacia mí… Me cogió por los hombros… Me estrechó en sus brazos… Ya no faroleaba… Sollozaba…

«¡Ferdinand! ¡Ferdinand! ¡Soy un miserable asqueroso! Un bribón abominable… ¡Puedes llamarme infame!… ¡Lo he perdido todo, Ferdinand! Toda nuestra mensualidad, ¡la mía! ¡la tuya! ¡mis deudas! ¡las tuyas! ¡el gas! ¡todo!… ¡Aún debo la apuesta a Naguère!… Al encuadernador le debo mil ochocientos francos… La portera del teatro me ha prestado otros treinta pavos… Además, ¡debo cien francos al guardabarrera de Montretout!… ¡Voy a verlo esta noche!… ¡Ya ves en qué lodazal me hundo!… ¡Ah! ¡Ferdinand! ¡Tienes razón! ¡Me revuelvo en mi propio fango!…».

Se hundía aún más… Se martirizaba… Calculaba… y volvía a calcular el total… Cuánto debía en el fondo… Siempre había más… Se encontraba tantas deudas, que me parece que inventaba… Buscó un lápiz… Iba a empezar otra vez… Se lo impedí decidido… Entonces le dije así:

«¡Vamos! ¡Vamos, señor Courtial! ¿es que no puede estarse tranquilo? ¡Eso no puede ser!… ¡Si aparecen clientes! ¿qué van a pensar? ¡Más vale que descanse!…».

«¡Ferdinand! ¡qué razón tienes!… ¡Hablas con más sabiduría que tu maestro! ¡Este vejestorio pútrido! ¡Una ráfaga de locura, Ferdinand! ¡Una ráfaga de locura!…».

Se sujetaba la chola con las dos manos…

«¡Es increíble! ¡Es increíble!…».

Tras un momento de postración, fue a abrir la trampilla… Desapareció él solito… ¡Me la conocía yo, su corrida! … ¡Siempre la misma historia!… Cuando volvía a hacer una putada… tras la relación de los follones, venía el número de la meditación… Pero amigo, ¡para la jalandria! ¡Yo tenía que encontrar la pasta!… ¡No me fiaban en ninguna parte!… ni el panadero… ni la frutera… Bien que contaba con eso, el cabrón, que yo había dejado algo guardado… Sospechaba, de todos modos, que yo debía de tomar mis precauciones… ¡Que no estaba en la luna!… Yo era el previsor… ¡el contable fino!… Raspando por los cajones aún resistí todo un mes… Y jalamos bastante bien… ¡Y nada de bazofia con sal!… ¡carne de primera!… patatas fritas a discreción… y mermelada «pura de azúcar»… Ahí queda eso…

No quería sablear a su mujer… Ella, en Montretout, no sabía nada.

* * *

El tío Edouard, que volvía de provincias, a quien no habíamos visto desde hacía mucho, pasó un sábado por la tarde… Vino a traerme noticias de mis padres, de la casa… ¡Continuaba la mala pata!… Mi padre, pese a todos sus esfuerzos, no había podido dejar la *Coccinelle*… y eso que era su única esperanza… En la *Connivence- Incendie*, aun escribiendo bien a máquina, no lo habían aceptado… Les parecía ya demasiado viejo para un empleo subalterno… y demasiado tímido, además, para trabajar ante el público… Conque había tenido que renunciar… aferrarse a su queli… poner buena cara a Lempreinte… Era algo abominable… Ya es que no dormía.

El barón Méfaize, el jefe del «Contencioso-vida», se había barruntado sus gestiones… Desde siempre lo detestaba, a mi padre, lo atormentaba sin cesar… Le hacía subir, a propósito, los cinco pisos por el patio para repetirle una vez más lo imbécil que le parecía… que se equivocaba en todas las direcciones… Por cierto, que no era verdad…

El tío Edouard, mientras me hablaba… se preguntaba… pensaba tal vez… que a mis viejos les gustaría volverme a ver un momentito… Que hiciéramos las paces, mi padre y yo… Que bastante desgracia había tenido… bastante había sufrido… Una ocurrencia propia de un pedazo de pan… Pero es que sólo de pensarlo, ya volvía a subirme la bilis… Me venían todas las flemas a la boca… ¡Yo ya no valía para esos intentos!…

«¡Sí! ¡Sí! Sí, tío!… ¡Siento piedad! Y todo… Sólo, que si volviera al Passage… ya te lo puedo asegurar ahora mismo… ¡No resistiría ni diez minutos!… ¡Metería fuego a toda la queli!…».

¡De intentos ni hablar!…

«¡Bueno! ¡Bueno! Está bien», dijo.

«¡Ya veo lo que piensas!…».

No me hizo alusiones… Debió de repetírselo todo, a ellos… En fin, no volvimos a hablar del asunto… del regreso a la familia.

Con Courtial, claro está, era bien sabido… todo el santo día un follón de la hostia… y una serie continua de putadas… Me hacía algunas espantosas… y era más falso que treinta y seis puercos. Sólo por la noche me dejaba tranquilo… Una vez que se las piraba, yo hacía lo que quería… ¡Hacía planes a mi gusto!… Hasta las diez de la mañana, cuando volvía de Montretout… era yo el baranda… ¡Así da gusto! Después de dar de comer a mis palomos, era totalmente libre… Me sacaba siempre una pasta curiosita con las reventas al público… Con los *Génitron* de «devolución» había un tejemaneje… una parte era para mi menda… siempre sisaba un poco… y de las ascensiones también… Nunca más de veinte a veinticinco pavos… pero para mí, para mis gastillos, ¡era un Potosí!…

Le habría gustado saberlo, al viejo cocodrilo, ¡de dónde la sacaba yo, mi pastizara!… ¡mi parné curiosito!… ¡Ya podía esperar sentado! Yo tenía prudencia absoluta… Para algo había ido a la escuela… Nunca me sacaba del maco pasta tan volátil, y también la llevaba bien prendida dentro de la pechera… No había confianza precisamente… Me los conocía yo, sus escondrijos… tenía tres… Uno en el suelo… otro detrás del mostrador… (un ladrillo suelto) y, por último, ¡otro en la propia cabeza de Hipócrates! Le birlaba de todos... Él nunca contaba... Al final empezaba a sospechar... Pero no podía piarlas... No me daba ni blanca de salario. ¡Y hasta lo alimentaba yo!...

Con dinero de la caja, en teoría, y bastante bien... y copiosamente... Comprendía que no podía decir nada...

Por la noche, no me hacía la jalandria, me iba al «Autoservicio», en la esquina de la Rue de Rivoli... Me lo jalaba de pie, un bocadito... siempre lo he preferido así... lo liquidaba en seguida... Después me iba a dar un garbeo... Daba una vuelta por la Rue Montmartre... Correos... Rue Etienne-Marcel... Me paraba en la estatua, Place des Victoires, a fumar un cigarrillo... Era un rincón majestuoso... Me gustaba mucho... Allí, tranquilito, para pensar... Nunca me he sentido tan contento como en aquella época de *Génitron*... No hacía proyectos para el porvenir... Pero el presente no me parecía demasiado chungo... A las nueve ya estaba de vuelta en casa...

Aún tenía mucho que currar... Mis piezas del *Animoso*... Paquetes atrasados... y cartas para provincias... Y después, hacia las once, me iba a las arcadas otra vez... Era el momento interesante... Estaban llenos de pajilleras, los alrededores... pendones, todas, de cinco francos... Y menos incluso... Una cada tres o cuatro columnas con uno o dos clientes... Me conocían bien, por fuerza... Muchas veces estaban alegres... Yo las dejaba subir a la queli, cuando había redadas...

Se apalancaban tras los ficheros, se tragaban el polvo... Esperaban a que se alejaran... Menudas mamadas que nos marcábamos en el «Rincón del comanditario»... Yo tenía derecho a un filetazo... porque los guipaba, cuando se acercaban, desde mi entresuelo, en el momento crítico... cuando veía aparecer a los guripas... Se apalancaban todas por la portezuela... ¡Yo era el que daba el «queo» a la tribu! ¡nada por aquí!... nada por allá... Un poco antes de medianoche esperábamos a los maderos... Muchas veces me encontraba con una docena de chavalas en el cuchitril del primero... Apagábamos la bombilla... No había que abrir el pico... Se oían sus pisadas en las baldosas, para acá, para allá... Había terror... Parecían ratas encogidas en un rincón... Después venía la calma... Lo mejor eran las historias... Lo sabían todo de las *Galeries*... todos los chanchullos y trapicheos... bajo los soportarles... en los sobradillos... en las trastiendas... Me enteré de todo sobre el comercio... todos los que se dejaban dar por culo... todos los abortos... todos los cornudos del perímetro... Así, entre las once y la medianoche... Me enteré de todo lo que hacía des Pereires, que si iba, el muy guarro, a que lo flagelaran en *Les Vases Etrusques*, en el 216, en la alameda de enfrente... casi a la salida de la *Comédie Française*... y que si le gustaban severas... y que si se lo oía rugir tras la cortina de terciopelo... y le costaba cada vez veinticinco pavos... ¡al contado!... ¡claro está!... ¡Y que si rara era la semana que no se chupaba tres azotainas, golpe tras golpe!...

Me hacía rugir, a mí también, ¡oír semejantes historias!... Ya no me extrañaba demasiado que siempre estuviéramos boqueras por adelantado... que entre la «caña» y los «jamelgos», ¡nunca tuviéramos un céntimo!... ¡No era un milagro!...

La que mejor contaba era la Violette, una ya purí, del norte, siempre sin sombrero, con triple mono escalonado y los largos alfileres de mariposa, pelirroja, debía de tener sus buenas cuarenta castañas... Siempre con una falda negra corta, ajustada, delantal rosa minúsculo y botines altos blancos con lazos y tacones de bobina... Yo le caía en gracia... Nos dolía la barriga a todos de risa, al escucharla... con lo que imitaba perfectamente... Siempre sabía alguna nueva... También quería que le diera por el culo... Me llamaba su «transbordador» por mi forma de cepillármela... ¡No cesaba de hablar de su Rouen! allí había pasado doce años en la misma casa, casi sin salir... Cuando bajábamos al sótano, yo le encendía la bombilla... Ella me cosía los botones... ¡es un trabajo que aborrezco!... Se me saltaban muchos... por los esfuerzos para empujar el carrito de mano con el tráfico... Yo podía coser cualquier cosa... pero un botón, no...

¡jamás!... No podía soportarlos... Quería pagarme calcetines... quería que me arreglase... Hacía mucho que no llevaba yo... des Pereires tampoco, las cosas como son... Al salir del Palais-Royal, subía por La Villette... toda la larga acera a pinrel... Eran los clientes de las cinco... Ahí no le iba mal aún... No quería estar encerrada más... De vez en cuando, pasaba, de todos modos, un mes en el hospital... Me enviaba una tarjeta postal... ¡Volvía corriendo! Yo me conocía su llamada en los cristales... Fuimos muy amigos durante más de dos años... hasta que nos marchamos de las *Galeries*... Al final estaba celosa, le daban tufaradas de calor... Se ponía de mal genio...

En la temporada de las verduras, nos metíamos toneladas entre pecho y espalda… Yo las presentaba «a la jardinera» con torreznos variados… ¡Él traía lechugas! ¡bolsas llenas de judías! ¡de Montretout!… Zanahorias, nabos, manojos enteros, y hasta guisantes.

A Courtial le gustaban los platos con «salsa». Yo los había aprendido en su manual de cocina… Conocía todas las manduquelas, todas las formas de «dorar». Es un estilo muy cómodo… Se puede volver a servir muchas veces. Teníamos un infiernillo de gas flamífero «Sulfridor», un poco explosivo, en la trastienda-gimnasio… En invierno, preparaba cocido… Yo mismo compraba la carne, la margarina y el queso… Tocante a bebercio, cada cual traía el suyo…

A la Violette, hacia medianoche, le gustaba tomarse un tentempié… Le gustaba la ternera fría sobre el pan… Sólo, que todo eso cuesta bastante caro… ¡Además de los otros gastos locos!

De nada me sirvió protestar… anunciar los peores desastres… tuvimos que probar su «Concurso del movimiento perpetuo». Era un expediente rápido… Iba a darnos beneficios en seguida. ¡Ya es que nos jiñábamos de canguelo!… Para participar en las pruebas había que pagar veinticinco francos… Dotado con un premio de doce mil pavos, primera recompensa concedida por el «gran jurado de las más brillantes lumbreras mundiales», además de otro premio subalterno, accésit-consuelo… cuatro mil trescientos cincuenta francos, ¡no era un concurso roñica!… ¡En seguida se presentaron aficionados!… ¡Un flujo!… ¡Una corriente!… ¡Una invasión!… ¡Diseños!… ¡Libelos!… ¡y memorias copiosas!… Disertaciones muy gráficas… ¡Cada vez jalábamos mejor! Pero ¡no sin preocupación! ¡Ah, desde luego que no!… ¡Yo estaba más que convencido de que lamentaríamos la iniciativa!… Que la íbamos a pringar… ¡pero bien! ¡Que expiaríamos con avaricia los billetes que íbamos a catar!… Los dos… los tres… los cinco mil tal vez… ¡de imaginaciones pintorescas!… Que nos recaerían, seguro, sobre la jeta en venganzas chungalíes… Y bastante pronto, además… ¡Hubo proyectos para todos los gustos, todas las tendencias, todas las manías!… En «bombas», volantes dinámicos, tuberías cosmiterrestres, péndolas para dinamos… ¡péndulos calorimétricos, ranuras refrigerantes, reflectores de ondas hertzianas!… Metías mano a la masa y sacabas para parar un tren… ¡Al cabo de unos quince días empezaron a acudir los energúmenos subscriptores! ¡en persona! ¡ellos mismos!… Querían saber qué noticias había… Desde lo del concurso vivían en vilo. Asaltaron la queli… Se caneaban delante de nuestra puerta… Courtial apareció en el umbral, les soltó un largo discurso… Los convocó para un mes después… Les explicó que uno de nuestros socios se había roto el húmero paseando por la Costa Azul… pero que pronto estaría repuesto… y que se apresuraría a traer el parné en persona… Todo iba bien… salvo ese pequeño percance… No estaba mal, la trola… Volvieron a marcharse… pero cabreados… Despejaron el escaparate… Escupían su hiel por todos lados… algunos hasta grumos sólidos… como sapos… Courtial había puesto en danza a una raza muy chunga, la verdad, de maníacos de lo más peligroso… Bien que se estaba empezando a dar cuenta… Pero no quería reconocerlo… En vez de confesar su error, lo pagaba conmigo…

Después de almorzar, mientras yo pasaba el café por el paño, se apretaba la punta de las napias, se reventaba los puntitos de grasa, salían como gusanos, después se los estrujaba entre las dos uñas… infinitamente sucias y afiladas… Tenía una napia, que no veas… auténtica coliflor en pequeño… plisada… dorada… Además, le seguía creciendo… Se lo dije.

Mientras bebíamos el café, esperábamos a que llegaran en tromba los maníacos, los de la chola febril… que empezaran a ponernos verdes… amenazarnos… marcarse la epilepsia… aporrear la puerta… obligarnos a mandarlos a la mierda… Conmigo la tomaba entonces, Courtial… intentaba humillarme… Así se desahogaba, parecía… Me cogía desprevenido…

«De todos modos, Ferdinand, un día voy a tener que explicarte algunas trayectorias principales… algunas elipses esenciales… ¡No sabes ni papa de Géminis!… ¡ni de la Osa siquiera! ¡la más sencilla!… Lo he notado esta mañana, cuando hablabas con ese chaval… ¡Daba pena! ¡miedo daba!… Imagínate que un día uno de nuestros colaboradores te haga preguntas atravesadas en una conversación, sobre el "Zodíaco", por ejemplo… sus caracteres… Sagitario… ¿Qué podrías responder? ¡Nada! ¡o casi!

Absolutamente nada sería mejor… ¡Quedaríamos desacreditados, Ferdinand! ¡Y bajo la égida de Flammarion!… ¡Sí! ¡El colmo! ¡El ridículo más sublime! ¡Tu ignorancia! ¿El cielo? ¡Un agujero!… ¡Un agujero para ti, Ferdinand! ¡Uno más! ¡Ya ves tú! ¡Lo que es el cielo para Ferdinand!». Entonces se cogía la cabeza entre las dos baes… Se la meneaba de izquierda a derecha, presa aún del pasmo… como si la revelación, como si semejante aberración se volviera de pronto ahí, ante mí, dolorosa al máximo… ¡no pudiera soportarla!… Lanzaba tales suspiros, que me daban ganas de partirle la boca.

«Pero ¡veamos primero lo más urgente!», me decía entonces, brutal…

«A ver, ¡pásame veinte de esas carpetas!

¡Las que quieras! ¡Anda, coge! Voy a hojearlas ahora mismo… ¡Mañana por la mañana pondré las notas! ¡Hay que empezar, joder! ¡Y sobre todo que no me molesten! ¡Pon un letrero en la puerta! "Reunión preliminar del Comité de la Recompensa"… Estoy en el primero, ¿me oyes?… Tú, como hace bueno… ¡vete a dar una vuelta hasta donde Taponard!… Pregúntale cómo va nuestro suplemento… Y pasa primero por *Aux Émeutes*. Pero ¡no entres! ¡Que no te vean! Mira sólo en el cuartito, a ver si ves a Naguère… Si ya se ha marchado, pregunta entonces al camarero, ¡pero sólo para ti! ¿Me oyes? ¡Para mí, no!… Cuánto ganó "Sibérie" el domingo en la "cuarta" de los Drags. ¡No pases por delante para entrar! ¡Cuélate por la Rue Dalayrac!… ¡Y sobre todo que no me molesten! ¡No estoy ni por un millón! ¡Quiero trabajar en silencio! ¡la calma absoluta!…». Subía arriba a encerrarse en la oficina «tunecina». Como había jalado demasiado, yo sabía que se quedaría sobando… Yo aún tenía «direcciones» para los comités… más cartas por concluir… Me salía de la tienda, iba a instalarme bajo los árboles de enfrente… Me apalancaba detrás del quiosco. Lo del impresor no me molestaba… Sabía de antemano lo que me respondería… Tenía cosas más urgentes. Las dos mil etiquetas y todas las cintas por pagar… para el próximo número… ¡si no se lo quedaba el impresor!… ¡No se podía asegurar!… Desde la quincena anterior, había entrado pasta con los giros del «concurso»… Pero ¡debíamos mucho más! ¡Tres recibos al casero!… y, encima, dos meses de gas… y sobre todo al distribuidor…

Apalancado ahí, veía llegar de muy lejos el cortejo de concursantes… Se lanzaban hacia la tienda… Pataleaban ante la vitrina… ¡Sacudían la burda con rabia!… Yo me había llevado el picaporte… Habrían descuajaringado todo… ¡Se soplaban noticias unos a otros!… Intercambiaban furores… Se quedaban un buen rato… Piándolas ante la puerta… A cuatrocientos, quinientos metros de distancia oía yo sus gruñidos… ¡Yo no decía ni pío!… No aparecía… ¡Habrían acudido todos en tromba!… ¡Me habrían descuartizado!… Hasta las siete de la tarde, que aparecían otros… El asqueroso, en su zoco, debía de seguir sobando… A menos que se las hubiera pirado ya… al oír a la patulea… por la puertecita de la calle… ¡En fin! No había urgencia… Podía pensar un poco… Ya hacía años que me había marchado de donde Berlope… que no veía al pequeño André… ¡Debía de haber crecido, ese mocoso, guarro!… Debía de trajinar en otra parte ahora… para otros barandas… Tal vez ya ni siquiera en lo de las cintas… Habíamos venido bastante a menudo por aquí los dos juntos… Ahí, precisamente, junto al estanque, en el banco de la izquierda… a esperar el cañonazo… Ya quedaba lejos aquel tiempo en que éramos machacas los dos… ¡Joder! ¡Qué rápido envejece un chaval! Miré por aquí, por allá, a ver si lo volvía a ver por casualidad, al pequeño André… Un corredor me había dicho que ya no estaba donde Berlope… Que trabajaba en el Sentier… Que estaba colocado de «mozo»… A veces me parecía reconocerlo bajo los soportales… ¡pero no!… ¡No era él!… Tal vez ya no lo llevase rapado… el coco, como en aquel tiempo… ¡Tal vez ya no viviera su tía!… ¡Debía de andar por ahí, seguro, buscándose las habichuelas!… la diversión… Tal vez no volviese a verlo más… tal vez se hubiera esfumado… sumergido en cuerpo y alma en las historias que se cuentan… ¡Ah! es terrible, de todos modos… ya puedes ser joven, cuando te das cuenta por primera vez… de que pierdes gente por el camino… tronquis que no volverás a ver… nunca más… que han desaparecido como sueños… que se acabó… listo… que tú también acabarás perdiéndote… un día muy lejano aún… pero sin falta… en todo el atroz torrente de cosas… gentes… días… formas que pasan… que no se detienen nunca… Todos los gilipollas, los chorras, todos los curiosos, toda la caterva que deambula bajo los soportarles, con sus lentes, sus mediomundos y sus perritos de la cuerda… No los volverás a ver… Ya pasan… Están en sueños con otros, de compinches… van a acabar… Es triste, la verdad… ¡Es infame!… los inocentes que desfilan por delante de los escaparates… Me entraban unas ganas feroces… temblaba de pánico… de ir a saltarles encima por fin… ponerme por delante… que se pararan en seco… Cogerlos del terno… una idea de tontaina… que se detuvieran… ¡que no se moviesen más!… ¡Quietos parados, ahí!… ¡de una vez por todas!… Para no verlos marcharse más.

* * *

Dos, tal vez tres días después, mandaron a Courtial presentarse en la comisaría... Vino un guripa a propósito... Ocurría con bastante frecuencia... Era un poco molesto... Pero siempre se arreglaba... Yo lo cepillaba con mucho cuidado para el caso... Se volvía un poco las mangas...

Iba a justificarse... Tardaba mucho en regresar... Volvía siempre encantado... Los había dejado confusos... Conocía todos los textos... todas las coartadas, hasta la más mínima, todos los apaños de las diligencias... Sólo, que aquel cachondeo... ¡se las traía!... ¡No estaba en el bote, ni mucho menos!... Nuestros mendas tan chungos del «perpetuo» no dejaban de dar la barrila a los comisarios... el de la Rue des Francs-Bourgeois, ¡recibía doce denuncias al día!... y el de la Rue de Choiseul ya es que estaba perdiendo la paciencia... ¡hasta las narices estaba ya!...

Amenazaba con hacer una redada... Desde enero era otro... al anterior, tan acomodaticio, lo habían destinado a Lyon... El nuevo era un mierda. Había advertido al Courtial que, si volvíamos a empezar con los chanchullos de «concurso», le iba a endiñar un mandamiento, ¡que se iba a acordar!... Quería distinguirse por su celo y vigilancia... Venía de un pueblucho, ¡donde Cristo perdió el gorro!... ¡Era muy fogoso!... ¡Ah! ¡él no tenía que pagar a nuestro impresor, el alquiler y toda la pesca! ¡Sólo pensaba en darnos la barrila!... Ya no teníamos teléfono siquiera. Nos lo habían quitado, tenía que llegarme a la compañía... Llevaba cortado tres meses... Los inventores que reclamaban venían, lógicamente, en persona... Las cartas, ¡ya es que no las leíamos!... ¡Recibíamos demasiadas!... Nos habíamos puesto demasiado nerviosos con esas amenazas judiciales... Abríamos el correo para sacar sólo los billetes... Lo demás, a paseo... ¡Sálvese quien pueda!... ¡es fácil de desencadenar, el pánico!...

Ya podía disimular Courtial... El comisario del «Choiseul» le había quitado el hipo, ¡era un verdadero ultimátum!... ¡Había vuelto pálido!...

«¡Nunca! ¿Me oyes, Ferdinand? ¡Jamás!... Desde hace treinta y cinco años que trabajo en las ciencias... ¡que me crucifico! ésa es la palabra... ¡para instruir! ¡elevar a las masas! ¡Nunca me habían tratado como ese cabrón!... ¡Supera mi capacidad de indignación! ¡Sí! ¡Ese mocoso!... ¡Ese patán!... ¿Por quién me toma, ese perillán?... ¿Por un golfo? ¿Por un revendedor de localidades? ¡Qué chulo! ¡Qué impudor! ¡Una "redada"! ¡Como en el picadero! Una "redada", ¡no habla de otra cosa! Pero ¡que venga, el cretino ese! ¿Qué encontrará? ¡Ah! ¡bien se ve que es nuevo! ¡Que no se ha estrenado en la región! ¡Un provinciano! ¡Te lo digo yo! ¡Un destripaterrones, sin lugar a dudas! ¡Quiere hacer méritos, el muy capullo! ¡La imaginación! ¡No puede más! ¡La imaginación! ¡Ah! le va a costar más caro que a mí... ¡Ah, sí! ¡Me cago en Dios!... ¡El de la Rue d'Aboukir! ¡También quiso venir! ¡Quiso hacerla, su redada! ¡Vino! ¡Miró! ¡Revolvieron toda la queli! Esos guarros, asquerosos, repugnantes... Pusieron todo patas arriba y volvieron a marcharse... *Veni! Vidi! Vici!* ¡Una banda de cacho cabrones! Fue hace más de dos años.

¡Ah! ¡cómo lo recuerdo! ¿Y qué encontró, ese Vidocq[22] de pacotilla?... Papeluchos y yeso... ¡Cubierto de cascotes, amigo! ¡Portero lastimoso! ¡Lamentable!... ¡Habían cavado por todas partes! No habían comprendido una palabra... ¡cucaracha indecente!... ¡Ah! ¡qué mierdas!... ¡Desgraciados, groseros, gorrinos!... Asnos legales... Asnos del estiércol, ¡te lo digo yo!...».

Me enseñaba en el aire, hasta el techo, pilas y pilas... amontonamientos prodigiosos... ¡Auténticas murallas, promontorios amenazadores! ¡Bamboleantes!... En efecto, ¡sería muy raro que no le entrara espanto, al comisario de «Choiseul», ante esas montañas!... esas avalanchas en suspenso...

«¡Una redada! ¡Una redada! ¡Mira tú cómo habla! ¡El pobre mocoso! ¡Pobre chavea! ¡Pobre larva!...».

Ya podía farolear, ¡esas amenazas le inquietaban, de todos modos!... ¡Estaba bien deshecho!... Volvió la mañana siguiente a ver al joven... Para intentar convencerlo de que se había columpiado con él... ¡Y de arriba abajo! ¡Absolutamente!... ¡Que lo habían calumniado con ganas!... Era cuestión de amor propio... Lo carcomía por dentro, la bronca de ese mequetrefe... Ya es que no tocaba siquiera las pesas... Seguía inquieto... Refunfuñaba en la silla... No me hablaba sino de la redada... ¡Dejaba de lado incluso, por una vez, mi instrucción científica!... ¡Ya no quería recibir a nadie! ¡Decía que ya no valía la pena! Yo dejaba colgado permanentemente el cartelito «Reunión del Comité».

Fue en ese momento, más o menos, al hablar de «perquisiciones», cuando se puso de nuevo a hablarme de su porvenir... De su agotamiento... Que cada vez lo hacía sufrir más...

«Ah», me decía, «Ferdinand», mientras buscaba carpetas para llevárselas al de la bofia... «Mira, ¡lo que necesitaría!... ¡Otra jornada perdida! ¡Manchada! ¡Desperdiciada! ¡pervertida absolutamente! ¡perdida en farfulleos!... ¡En angustias cretinas!... ¡Sería poder concentrarme!... ¡De verdad!... ¡Por fin! ¡poder abstraerme!... ¿Comprendes?... ¡La vida exterior me maniata!... ¡Me roe! ¡Me disemina!... ¡Me dispersa!... ¡Mis grandes designios no pueden concretarse, Ferdinand! ¡Vacilo!... ¡Ya ves! ¡Imprecisos! Vacilo... ¡Es atroz! ¿No comprendes? ¡Calamidad sin par! ¡Parece una ascensión, Ferdinand!... ¡Me elevo!... ¡Recorro un trecho de infinito! ¡Lo voy a cruzar!... Atravieso ya algunas nubes... Por fin voy a ver... ¡Más nubes!... ¡El rayo me deja mudo de asombro!... Y más nubes... ¡Me espanto!... ¡No veo nada!... ¡No, Ferdinand!... ¡No veo nada! Ya puedo disimular... ¡me distraigo, Ferdinand! ¡Me distraigo!». Se hurgaba la perilla... ¡Se tiraba del bigote!... Le temblequeaba la mano... ¡Ya no abríamos a nadie! Ni siquiera a los maniáticos del «perpetuo»... A fuerza de romperse los cuernos, ¡perdieron la esperanza!... Dejaban un poco de darnos la barrila... No hubo investigación... No incoaron diligencias... Pero había sido una alerta de cuidado...

Ahora desconfiaba de todo, Courtial des Pereires, ¡de su despacho tunecino! ¡De su propia sombra! Estaba aún demasiado expuesto, su entresuelo personal, ¡demasiado accesible!... Podían llegar de improviso a saltarle encima... ¡No quería correr más riesgos!... A la simple vista de un cliente ¡el rostro se le ponía blanco como la cera!... ¡Casi se tambaleaba! ¡Lo había afectado de verdad la última hecatombe!... Prefería el sótano con mucho. ¡Cada vez se encerraba más en él!... ¡Allí estaba un poco tranquilo!... ¡Meditaba a gusto!... Se apalancaba ahí semanas enteras... Yo sacaba adelante la revista... ¡Era cosa de rutina! Arrancaba páginas de sus manuales... Recortaba con cuidado... Retocaba algunos pasajes... Rehacía los títulos un poco... Con tijeras, goma y cola, me las arreglaba bien. Dejaba en blanco mucho espacio para ofrecer «cartas de subscriptores»... Es decir, las reproducciones... Me saltaba las broncas... Sólo dejaba los entusiasmos... Confeccionaba una lista de subscriptores... Recargaba bien las tintas... ¡Cuatro colas detrás de los ceros!... Insertaba fotografías. La de Courtial en uniforme, con el pecho cubierto de medallas... otra, del gran Flammarion, cortando rosas en su jardín... Hacía contraste, quedaba mono... Si se presentaban inventores... que volvían una vez más a informarse, y no me dejaban dedicarme a mi tarea... había encontrado otra excusa...

«¡Está con el Ministro!», respondía sin pestañear. «Vinieron a buscarlo anoche... Para un peritaje, seguramente...». No se lo acababan de creer... pero se quedaban pensativos, de todos modos. El tiempo justo para que yo me largara al gimnasio... «¡Voy a ver si ha vuelto!...».

No me volvían a ver.

* * *

¡Las desgracias nunca vienen solas! ... Tuvimos nuevos sinsabores con el *Animoso*, cada vez más rajado, zurcido, acribillado de remiendos... tan permeable y chungo, ¡que se hundía en las cuerdas!...

Llegaba el otoño, ¡empezaba a soplar! Flaqueaba con las ráfagas, se desplomaba, el pobre, a la salida misma, en lugar de alzar el vuelo por el aire... Nos arruinaba a base de hidrógeno, gas metano... A fuerza de bombear, cogía, de todos modos, un pequeño impulso... Con dos o tres saltitos, salvaba bastante bien los primeros arbustos... si arrancaba una balaustrada, se abalanzaba sobre el huerto... Volvía a arrancar de una sacudida... Rebotaba contra la iglesia... Se llevaba la veleta... Avanzaba hacia el campo... Las borrascas lo volvían a traer con una mala hostia... derecho contra los álamos... Des Pereires no esperaba más... Soltaba todos los palomos... Lanzaba un fuerte toque de cornetín... Me desgarraba toda la esfera... El poco gas que quedaba se evaporaba... ¡Tuve así que recogerlo en situación peligrosa por toda Seine-et-Oise, Champagne e incluso Yonne! Rastrilló con el culo todas las remolachas del Nordeste. La barquilla de bejuco ya es que no tenía forma, lógicamente... En la meseta de Orgemont, se quedó dos buenas horas enteramente enterrado, atascado en medio de la charca, ¡un estiércol que no veas! ¡Movedizo, en copos, prodigioso!... Todos los paletos de los alrededores se cachondeaban como para romperse las costillas... Cuando replegamos el *Animoso*, olía tan fuerte a las materias y al jugo de la fosa, y Courtial también, por cierto, ¡totalmente acolchado, fangoso, rebozado, soldado en la pasta de mierda!, que no nos dejaron entrar en el compartimento… Viajamos en el furgón, con el utensilio, los aparejos y toda la pesca.

Al volver al Palais-Royal, ¡no había acabado la cosa!… Nuestro bonito aerostato, seguía apestando tan fuerte, aun en el subsuelo del sótano, que hubimos de quemar durante casi todo el verano al menos diez cacerolas de benjuí, sándalo y eucalipto… ¡resmas de papel de Armenia!… ¡Nos habrían echado! Ya había peticiones…

Todo aquello era aún remediable… Formaba parte de los gajes, los avatares del oficio… Pero lo peor, el golpe de gracia, nos lo dio sin duda la competencia de los aviones… No se puede negar… Nos guindaban todos los clientes… Hasta los comités más fieles… los que nos tenían total confianza, que nos contrataban casi con toda seguridad… ¡Péronne, Brives-la- Vilaine, por ejemplo! Carentan-sur- Loing… Mézeux… Asambleas en el bote, muy afectas a Courtial… que lo conocían desde hacía treinta y cinco años… Lugares donde desde siempre lo tenían en palmitas… ¡Toda esa gente encontraba de repente pretextos extraños para darnos largas!… ¡subterfugios! ¡espantados! ¡los muy mierdas! ¡Era el fin! ¡la desbandada!… Sobre todo a partir de mayo y de junio y julio de 1911, la cosa se estropeó de verdad…

El llamado Candemare Julien, por citar sólo a uno, con su simple *Libellule*, ¡nos birló a veinte clientes!…

Y eso que habíamos aceptado rebajas increíbles… Íbamos cada vez más lejos… Llevábamos el hidrógeno… la bomba… el condensímetro… ¡Fuimos a Nuits-sur-Somme por ciento veinticinco francos! ¡incluido el gas! ¡Y transporte, además!… ¡Ya es que no se podía resistir, la verdad! Las villas más apestosas… ¡Los municipios más rancios no tenían ojos más que para células y biplanos!… ¡Wilbur Wright y las «jornadas»!…

Courtial había comprendido perfectamente que era la lucha a muerte… Quiso reaccionar… Intentó lo imposible. Publicó, uno tras otro, en menos de dos meses, cuatro manuales y doce artículos en las columnas de su revista, ¡para demostrar con tesón que los aviones nunca volarían!… ¡Que era un progreso falso!… ¡un capricho contra natura!… ¡una perversión de la técnica! … ¡Que todo eso acabaría pronto en una trapatiesta atroz! ¡Que él, Courtial des Pereires, que tenía treinta y dos años de experiencia, no respondía ya de nada! ¡Su fotografía en el artículo!… Pero ¡ya estaba retrasado para con la corriente de los lectores!… ¡Absolutamente superado! ¡Inundado por la ola en aumento! En respuesta a sus diatribas, a sus filípicas virulentas, no recibió sino injurias, andanadas feroces y amenazas conminatorias… ¡El público de los inventores ya no seguía a des Pereires!… Era la verdad exacta… Aun así se empecinó… ¡No quería dar su brazo a torcer!… ¡Tomó la ofensiva incluso!… Así, ¡fundó la sociedad «La pluma al viento» en el momento más crítico incluso!… «¡Para la defensa del globo, mucho más ligero que el aire!».

¡Exhibiciones! ¡Demostraciones! ¡Conferencias! ¡Fiestas! ¡Festejos! Sede social, en el *Génitron*. ¡No acudieron ni diez afiliados! ¡Olía a cenizo! Yo volví a mis remiendos… En el *Arquímedes*, el viejo cautivo, había metido mano tanto, ¡que ya no encontraba ángulo decoroso!… ¡Eran puros jirones mohosos!… Y el *Animoso* tampoco le iba a la zaga… ¡Estaba reducido a la cuerda! Se le veía la trama por todos lados… ¡Si lo sabría yo!

Nuestra última salida en globo fue un domingo en Pontoise. Nos habíamos arriesgado, a pesar de todo… ¡No habían dicho ni sí ni no!… Habíamos dado un repaso curiosito al lamentable mamarracho, habíamos recogido los flecos en los ángulos, le habíamos dado la vuelta… Lo habíamos reforzado un poco con placas de celofán… ¡caucho, fusible y estopas de calafate! Pero, aun así, ante la alcaldía, le llegó la perdición, ¡la crisis final! En vano le bombeamos casi entero un gasómetro… Perdía más de lo que le entraba… Era un caso de *endósmosis*, Pereires lo explicó en seguida… Y luego, como insistíamos, se rajó del todo… ¡con estruendo de cólico horrible!… ¡El infecto olor se propagó!… La gente escapaba ante los gases… ¡Un pánico! ¡una angustia!… Encima, ¡va la enorme cámara y se descuajaringa sobre los gendarmes!… Los sofocaba, se quedaron pillados en los volantes… ¡Pataleaban bajo los pliegues!… ¡Estuvieron a punto de morir asfixiados!… Parecían ratas enteramente… Al cabo de tres horas de esfuerzos, ¡sacamos al más joven!… ¡los otros se habían desvanecido!… ¡Perdimos la popularidad! ¡Nos ganamos unas injurias terribles!… ¡Los chavales nos cubrieron de lapos!…

De todos modos, replegamos el armatoste... encontramos almas caritativas... Por fortuna, ¡el jardín de la fiesta estaba muy cerca de la gran esclusa!... Hablamos con los de una gabarra... Nos dejaron montar... Bajaban hacia París... Tiramos todos nuestros bártulos al fondo de la bodega...

En el viaje no hubo problemas... Tardamos tres días, más o menos... Una tarde llegamos a Port-a-l'Anglais... ¡El fin de las ascensiones!... Lo habíamos pasado bastante bien a bordo de la chalana... Eran buena gente, muy amables... flamencos del norte... No cesamos de beber café... hasta el punto de no poder dormir. Tocaban bien el acordeón... Aún veo la ropa puesta a secar por toda la escotilla... Todos los colores más vivos... frambuesas, azafranes, verdes, naranjas. Había para todos los gustos... Enseñé a sus mocosos a hacer barcos de papel... Nunca los habían visto.

En cuanto la patrona, Sra. des Pereires, se enteró de la fatal noticia, sin perder minuto se presentó en la oficina... Yo aún no la había visto... desde que estaba allí, hacía once meses... Hacía falta una catástrofe de verdad para que se decidiera a tomarse la molestia... Se encontraba a gusto en Montretout.

Así, al primer vistazo, con su facha tan curiosa, creí que era una «inventora», que venía a hablarnos de un «sistema»... Estaba fuera de sí. Al abrir la puerta, extraordinariamente nerviosa, conviene decirlo, e indignada a más no poder, no le salían las palabras, el sombrero se le caía sobre la jeta totalmente torcido. Llevaba un pelo espeso... No se le veía la cara.

Recuerdo sobre todo la falda de terciopelo negro con pliegues de volantes y la blusa malva, tipo «bolero», con grandes motivos bordados... y salpicada de perlas del mismo color... Y sombrilla de seda tornasolada... Se me quedó grabado el cuadro...

Tras un poco de cháchara, la hice sentar en el gran sillón de los clientes... Le recomendé un poco de paciencia, que el patrón no tardaría en llegar... Pero ¡en seguida me cogió por banda ella!

«¡Ah! pero ¡usted ha de ser Ferdinand!... ¿Me equivoco?... ¡Ah! ¡estará usted al tanto de la tragedia!... ¿Verdad que es un desastre? ¿Eh?... ¡Mi payaso!... ¡Le llegó el fin!... Ya no quiere hacer nada más, ¿no?...». ¡Tenía los puños cerrados sobre los muslos! ¡Bien plantada en el sillón! ¡Me interpelaba con una brusquedad!...

«¿Ya no quiere dar golpe?... ¿Está harto de trabajar?... ¡Cree que podemos vivir bien!... ¿De qué? ¿De rentas? ¡Ah! ¡desarrapado! ¡Ah! ¡Será mamarracho! ¡Será cochino! ¡cacho canalla! ¿Dónde andará a estas horas?».

¡Buscaba en la trastienda!...

«¡No está ahí, señora!... ¡Ha ido a ver al Ministro!...».

«¡Ah! ¡el Ministro! ¿Cómo dice? ¡El Ministro!». ¡Se echó a reír! «¡Ah! ¡hijo! ¡Ah! ¡a mí con ésas, no!... ¡A mí, no!... ¡Me lo conozco mejor que usted, yo, a ese guarro! ¡Ministro! ¡Ah, no! ¡A una casa de citas! ¡Sí, tal vez! ¡Al manicomio, querrá usted decir! ¡a la cárcel! ¡Sí! ¡Eso seguro! ¡a cualquier parte! ¡A Vincennes! ¡A Saint-Cloud! ¡tal vez!... pero ¡de Ministro nada! ¡Ah, no!».

Me colocó la sombrilla bajo la nariz...

«¡Usted es cómplice, Ferdinand! ¡Sí, señor! ¡cómplice! ¡ya ve! ¿me oye? ¡Acabarán en la cárcel, todos!... ¡Ahí los conducirán todos sus trucos!... ¡Todas sus marrullerías!... ¡sus chanchullos!... ¡sus repugnantes tejemanejes!...».

Volvía a reclinarse en el sillón, con los codos en las rodillas, ya es que no podía contenerse... a los apóstrofes virulentos sucedía la postración... ¡farfullaba entre sollozos!... ¡Empapaba el velo! ¡Me contaba toda la historia!...

«Mire, ¡estoy bien al corriente!... ¡No quería venir nunca! ¡Sabía que me llevaría un disgusto!... ¡De sobra sé que es incorregible!... ¡Hace treinta años que lo soporto!...».

Allá estaba tranquila... en Montretout, para cuidarse. Era frágil... Ya no le gustaba desplazarse, salir de su hotelito... Antes... ¡En otro tiempo! Había corrido mucho mundo con des Pereires... en los primeros tiempos de su matrimonio. Ahora, ya no le gustaba el cambio... Ya sólo le gustaba quedarse en casa... Sobre todo por sus hombros y riñones, extraordinariamente sensibles... Si la sorprendía la lluvia o una ventolera en la calle, le esperaban después meses de sufrimiento... Reumatismos despiadados y, además, una bronquitis muy tenaz, un catarro de aúpa... Todo el invierno pasado así y el año anterior también... Hablando de negocios, me explicó con detalle que aún no habían acabado de pagar el hotelito... Catorce años de economías... Me sondeaba con la razón y con la ternura...

«¡Mi querido Ferdinand! ¡Hijo mío! ¡Tenga piedad de una anciana!… Podría ser su abuela, ¡no lo olvide! ¡Dígame, por favor! ¡Dígame, se lo ruego! ¿Está perdido de verdad, el *Animoso*? De Courtial no me fío, nunca sé a qué atenerme… Nada de lo que me cuenta puedo creer… ¿Cómo voy a fiarme?… ¡Es tan mentiroso siempre!… Se ha vuelto tan vago… Pero ¡usted, Ferdinand! ¡Ya ve en qué estado me encuentro!… ¡Comprenderá usted mi pena!… ¡No irá usted a darme el pego con camelos! Mire usted, ¡soy una anciana!… ¡Tengo mucha experiencia de la vida!… ¡Puedo comprenderlo todo!… Sólo quisiera que me explicaran…».

Tuve que repetírselo… Jurárselo por mi propia cabeza, que estaba jodido, descuajaringado, enmohecido, el *Animoso*… ¡por fuera y por dentro! ¡Que ya no le quedaba un hilo sano en toda la cámara!… Ni en el armazón ni en la barquilla… Que ya no era sino puros jirones… puros cascos sucios… ¡absolutamente irreparable!… A medida que yo contaba todo, ¡le entraba aún más pena! Pero tenía confianza, comprendía muy bien que no la engañaba… ¡Vuelta a empezar con las confidencias!… Me dio todos los detalles… Cómo iban las cosas, al comienzo de su matrimonio… Cuando aún era comadrona, diplomada de primera clase… Cómo ayudaba a su Courtial a preparar sus ascensiones… ¡Que por él y el globo había abandonado toda su carrera personal! ¡Para no separarse ni un segundo de él!… ¡Habían hecho el viaje de bodas en globo!… ¡De feria en feria!… Entonces ella subía con su esposo… ¡Habían ido así hasta Bérgamo, en Italia!… Ferrara incluso… Trentino, cerca del Vesubio… A medida que se desahogaba, comprendía yo que para aquella mujer, en su mente, su convicción, ¡el *Animoso* tenía que durar para siempre!… ¡las ferias igual!… ¡No debían interrumpirse nunca!… Había una razón para ello, absolutamente imperiosa… ¡La liquidación de su queli! «La Gavotte», en Montretout… Aún debían seis letras y un saldo… Courtial ya no traía dinero… Debían incluso dos letras ya y habían recibido cinco aplazamientos de Hacienda… Se le ahogaba la voz sólo de contar esa vergüenza… Eso me recordaba, a propósito, ¡que no habíamos pagado el alquiler de la tienda!… Y el gas, ¿qué?… ¡Y el teléfono!… ¡Ni pensarlo!… El impresor tal vez hiciera la entrega esta vez… ¡Bien sabía lo que tramaba, el Taponier! ¡menudo era! Embargaría la tienda… ¡Se la ventilaría por cuatro perras!… ¡La tenía en el bote!… ¡Él era el más tunela!… ¡Estábamos guapos!… Yo sentía toda la mierda, toda la avalancha de gurruminos se me venían encima… ¡Estaban más comprometidos que la leche, el porvenir y nuestros hermosos sueños!… ¡Ya no nos quedaban demasiadas ilusiones!… ¡La purí las piaba con ganas tras el velo!… Había suspirado tanto, ¡que se puso cómoda un poco!… ¡Se quitó el sombrero!… La reconocí por el retrato y la descripción de des Pereires… Me llevé la sorpresa, de todos modos… Me había contado que tenía bigote y que no quería depilárselo… ¡Y no era una sombra precisamente!… ¡Le había empezado a crecer después de una operación!… ¡Le habían quitado todo en una sola sesión! … ¡Los dos ovarios y la matriz!… Al principio habían pensado que era una simple apendicitis… pero, al abrir el peritoneo, habían encontrado un fibroma enorme… La había operado Péan en persona…

Antes de quedar mutilada así, ¡era una mujer muy hermosa, Irène des Pereires, atractiva, afable y encantadora y tantas cosas más!… Sólo, que después de esa intervención y sobre todo desde hacía cuatro o cinco años, ¡todos los caracteres viriles se habían hecho los amos!… ¡Auténticos bigotes le salían e incluso como una barba!… ¡Habían quedado empapados en lágrimas! ¡Manaban en abundancia mientras me hablaba!… ¡El maquillaje le chorreaba en colores! Se había puesto polvos… se había pintado… se había maquillado, ¡que no veas! Se ponía cejas de odalisca, ¡se enlucía la cara para venir a la ciudad!… El voluminoso sombrero, con su macizo de hortensias, se lo volvía a colocar… se le volvía a caer… con la tormenta, ¡no se sostenía ni un segundo! ¡Se torcía boca arriba!… Se lo retocaba de un papirotazo… Volvía a clavar los largos alfileres… se ponía el velo otra vez. Durante un momento, la vi hurgándose entre las faldas…

Sacó una gran pipa de brezo… Eso también me lo había contado él.

«¿No molesta aquí, que fume?», me preguntó…

«No, señora, ¡claro que no! pero, eso sí, ¡hay que tener cuidado con las cenizas! ¡por los papeles del suelo! ¡Prenderían fácilmente! ¡Ji! ¡Ji!». Había que reír un poco…

«¿Usted no fuma, Ferdinand?».

«¡No! No me interesa. ¡No soy bastante cuidadoso! ¡Temo acabar como una antorcha! ¡Ji! ¡Ji!…».

Se puso a echar caladas... ¡Escupía en el suelo! ¡por aquí! ¡por allá!... ¡Se había calmado un poco!... ¡Volvió a ponerse el velo! ¡Se alzaba la esquina con el dedo meñique! Cuando hubo terminado del todo la pipa... Volvió a sacar la petaca... ¡Creí que iba a cargar otra!...

«¡Oiga, Ferdinand!», me cortó... Se le había ocurrido una idea, se irguió de repente... «¿Está usted seguro al menos de que no está escondido ahí arriba?...».

Yo no me atrevía a hablar... ¡Era asunto delicado!... Quería evitar la batalla...

«¡Ah!». ¡No esperó! ¡Saltó!...

«¡Ferdinand! ¡Me engaña usted! ¡Es usted tan mentiroso como ése!...».

Ya no quería que le explicara nada más... Me apartó al pasar... Saltó a la escalerita, en espiral... Ahí subía, furiosa... El otro estaba desprevenido... ¡Le cayó encima!... Escuché... oí... Al instante, ¡todo un *challenge*!... ¡Se iba a enterar de lo que valía un peine! Primero, ¡hubo pares de hostias! y después vociferaciones...

«¡Será sátiro!... ¡será golfo!... ¡El mierda!... ¡Mira cómo pasa el tiempo!... ¡Con razón no me fiaba yo de sus asquerosos cuentos! ¡He hecho bien en venir!...». Debía de haberlo pescado colocando las tarjetas postales... las transparentes... en el álbum... ¡las que vendía yo, los domingos!... Solía divertirse así después de comer... ¡No habían acabado sus penas! ¡Ella no escuchaba sus respuestas!

«¡Pornógrafo! ¡Anarquista! ¡Calzonazos! ¡Guarro!»... ¡Así lo trataba!...

Subí, ¡asomé un ojo por sobre la barandilla!... Cuando le faltaron las palabras, se abalanzó sobre él... Estaba tirado en el sofá... ¡Si sería pesada y brutal!

«¡Pide perdón! ¡Pide perdón, sinvergüenza! ¡Pide perdón a tu víctima!». Él se resistía un poco aún... Ella lo atacaba en la pechera, pero era un material tan duro, que se cortaba las palmas... Sangraba... aun así, apretaba...

«No te gusta, ¿verdad? ¿No te gusta?», le gritaba en plena pelea...

«¡Ah! ¡Esto es lo que te gusta! ¡globo infernal! ¡Eh, mierda! ¡Te gusta verme furiosa!». ¡Estaba encima de él! ¡Le saltaba sobre la barriga! «¡Huah! ¡Huah! ¡Huah!» ¡se ahogaba! «¡Que me asfixias, cacho puta! ¡Me vas a matar! ¡Me vas a estrangular!...». Entonces lo soltó, sangraba demasiado... y volvió a bajar a toda leche... Saltó al grifo...

«¡Ferdinand! ¡Ferdinand! fíjese, ocho días, ¿me oye? ¡Ocho días llevo esperándolo! ¡Ocho días sin volver a casa ni una sola vez!... ¡Acaba conmigo! ¡Me consumo!... ¡Le importa un pito!... Me escribió una simple postal: "¡El globo se ha roto! ¡No ha habido víctimas!" ¡así mismo! ¡Y listo!... Le pregunto qué va a hacer... "¡No insistas!", me responde... ¡Completo fracaso!... Desde ese momento, ¡ni un gesto! ¡El señor ya es que no vuelve a casa! ¿Dónde está? ¿Qué hace?... ¡Los del *Crédit Benoiton* no me dejan en paz con los vencimientos!... ¡Misterio total!... Vienen a llamar diez veces al día... ¡El panadero me viene pisando los talones!... ¡Me han cortado el gas!... ¡Mañana me cortan el agua!... ¡El señor está de juerga!... ¡A mí me hierve la sangre!... ¡Es un fracasado de mierda!... ¡Un golfo!... ¡Ralea infernal, innoble! ¡El mequetrefe!... ¡Si es que preferiría fíjese, Ferdinand, vivir con un mono de verdad!... ¡Acabaría comprendiéndolo!... ¡Él me comprendería! ¡Sabría a qué atenerme! Mientras que con este majara, desde hace casi treinta y cinco años, no sé siquiera lo que va a hacer de un minuto a otro, ¡en cuanto le vuelvo la espalda! ¡Borracho! ¡Mentiroso! ¡Pinta! ¡Ladrón! ¡No le falta nada!... ¡No se imagina usted cómo lo detesto, a ese cabrón!... ¿Dónde estará? Me lo pregunto cincuenta veces al día... ¡Mientras yo trajino allá sola! ¡me mato para mantenerlo! para afrontar los vencimientos... ahorrar con todas las bombillas... ¡El señor dispersa! ¡Esparce! ¡Riega cualquier césped!... ¡y a todas esas tiparracas guarras, además! ¡con mi parné! ¡con lo que pude salvar! ¡privándome de todo! ¿En qué se va? ¡En degradaciones absolutas! ¡Bien que lo sé, de todos modos! ¡Ya se puede esconder, ya!... ¡En Vincennes!... ¡En el Pari-Mutuel!... ¡En Enghien, en la Rue Blondel!... por Barbès, por cualquier sitio por ahí... ¡No pone pegas, con tal de que sea depravación! ¡Cualquier tugurio le hace!... ¡Todo le cae bien! ¡El señor se regodea! ¡Dilapida!... ¡Mientras tanto!... ¡yo me deslomo!... ¡para economizar cinco céntimos! ¡Por una hora de asistenta!... ¡Yo hago todo! ¡pese al estado en que me ve!... ¡Me parto el pecho! ¡Friego el suelo! ¡Enterito! ¡pese a mis tufaradas de calor! ¡y hasta cuando me atacan los reumatismos!... Ya no me tengo en pie, ¡así de sencillo!... ¡me mato! Y después, ¿qué? ¡Es que no acaba ahí la cosa! ¿Cuando nos hayan embargado?... ¿Adónde vamos a ir a acostarnos? ¡Me lo quieres decir! ¡Pordiosero! ¡Eh, cacho cernícalo! ¡Chulo! ¡Bandido!».

¡Lo apostrofaba desde abajo!... «A un asilo, ¡ya puedes estar seguro! ¿Tienes aún las direcciones? ¡Las has de recordar, bribón!... ¡Iba antes de casarse!... ¡Y bajo los puentes! ¡Ferdinand!... Ahí debería yo haberlo dejado... ¡Ya lo creo! ¡A ése, que me ha fastidiado la vida! ¡Con su chusma! ¡Su roña! ¡Sólo se merecía eso!... ¡Iba a disfrutar bien! ¡En el hospital antivenéreo! ¡Al señor le gusta entregarse a sus pasiones! ¡Es un perdido, Ferdinand! ¡Y el golfo peor que he visto! ¡No se lo puede detener con nada! ¡Ni dignidad! ¡Ni razón! ¡Ni amor propio! ¡Ni amabilidad!... ¡Nada!... ¡El hombre que me ha amargado toda la vida! ¡Se ha reído de mí! ¡Me ha dejado en ridículo!... ¡Ah! ¡Menudo es! ¡Un sol! ¡Ah! ¡si lo sabré yo! ¡He sido cien mil veces demasiado buena!... ¡He hecho el primo, Ferdinand! ¡como para mondarse, vamos! ¡Parece de sainete!... Ahora, ¿me oye usted?, ¡tiene cincuenta y cinco años y pico! ¡Cincuenta y seis exactamente! ¡en el mes de abril! ¿Y qué hace, el viejo saltimbanqui?... ¡Nos arruina!... ¡Nos manda a la miseria a las claras!... ¡Y dale! ¡El señor no puede resistir! ¡Se abandona por completo a sus vicios!... ¡Se deja llevar!... ¡Derecho al arroyo! ¡Y yo lo vuelvo a sacar! ¡Ya puedo espabilarme! ¡reventar!... ¡Al señor se la trae floja!... ¡Se niega a contenerse!... ¡Yo lo saco del apuro!... ¡Voy a pagar sus deudas! ¡Yo, verdad, payaso?... ¡El globo lo abandona! ¡Ya no le quedan ni diez céntimos de valor!... ¿Quiere usted saber lo que hace en la Estación del Norte? ¿en lugar de volver derecho a casa?... ¿Lo sabe usted? ¿Adónde va a perder todas las fuerzas? ¡A los retretes, Ferdinand! ¡Sí! ¡Todo el mundo lo ha visto! ¡Todo el mundo te ha reconocido, chico!... Lo han visto masturbarse... ¡Lo han sorprendido en la taza! ¡y en los pasillos de Pas Perdus!... ¡Por ahí se exhibe!... ¡Sus órganos!... ¡Su asqueroso aparato!... ¡A todas las niñas! ¡Sí, ya lo creo! ¡a los niños! ¡Ah! Pero ¡ha habido quejas! ¡No hablo por hablar! ¡Sí, guarro!... ¡Y hace tiempo que lo vigilan!... ¡En plena estación, Ferdinand! ¡Entre gente que nos conoce! ... ¡Han venido a contármelo!... ¿Que quién me lo ha dicho? No lo irás a negar. ¡Estaría bueno! ¡No irás a decir que es otro!... ¡Qué rostro tiene el guarro este!... Pero ¡si ha sido el propio comisario, muchacho!... Vino a propósito anoche... ¡a contarme tu degeneración!... ¡Tenía todas tus señas y hasta tu foto!... ¡Ya ves si te conocen!... ¡Ah! ¡no es cosa de ayer! ¡Te había cogido la documentación! ¿Eh? ¡di que no es verdad!... ¡Bien que lo sabías!... Por eso, ¡eh, sinvergüenza, no has vuelto!... ¡Bien sabías lo que te esperaba!... Por cierto, ¡que te había avisado yo!... ¡Niñas ahora necesita! ¡Bebés!... ¡es que es espantoso, vamos!... ¡El juego! ¡la bebida! ¡la mentira!... ¡Manirroto! ¡Indecente! ¡Las mujeres! ¡Todos los vicios! ¿Menores? ¡Todas las lacras de un golfo asqueroso!... ¡Yo lo sabía todo esto, claro está! ¡Y eso que ya he sufrido lo mío!... ¡Bien que he pagado por saber! Pero ahora, ¡niñitas!... ¡Si es que cuesta imaginarlo!...». Ella lo miraba, fijamente y de lejos... ¡él seguía en los peldaños!... en la escalera de caracol... Se sentía mejor tras los barrotes... No se acercaba... Me hacía señas de inteligencia, que no había que excitarla... que me estuviera de lo más quietito... Que ya pasaría... ¡que no abriese el pico!... En efecto, poco a poco se calmó, de todos modos...

Se desplomó de nuevo en el sillón... Se abanicaba despacito con un periódico abierto... Suspiraba... se sonaba... ¡Courtial y yo pudimos meter baza un poco entonces!... y después un discursito para intentar hacerla comprender, que aquí que allá, el desastre... No hablábamos de las chavalinas... ¡sólo del globo!... Para variar un poco... Insistimos en lo de la cubierta... que ya es que no había tu tía, la verdad... Él intentaba hacerle cumplidos...

«¡Esta Irène mía! ¡Ferdinand! ¡Lo que tienes que entender es que es impresionable!... ¡Es una esposa admirable!... ¡una personalidad sin par! ¡Se lo debo todo, Ferdinand! ¡Todo! ¡Así de sencillo! ¡Puedo gritarlo a los cuatro vientos!... ¡No se me ocurre ni por un instante olvidar todo el afecto que me da! ¡La grandeza de su abnegación! ¡La inmensidad de sus sacrificios! ¡No!... Sólo... ¡que se deja llevar por la cólera! ¡Con suma violencia!... ¡El reverso de su buen corazón! ¡Impulsiva incluso! ¡Mala, no! ¡Desde luego que no! ¡La bondad en persona!... ¡Un pedazo de pan! ¿verdad, Irène mía adorada?... ¡Se acercaba a besarla!...

«¡Déjame! ¡Déjame, marrano!....».

Él no sentía rencor... Sólo quería que comprendiera. Pero ¡ella se obstinaba en el berrinche!... ¡Ya podía repetirle él que habíamos intentado lo imposible!... habíamos añadido ya diez mil piezas... habíamos cosido y recosido... habíamos azocado los forros, de todos los colores, todas las tallas, que el *Animoso*, ya podíamos intentar y pretender... se abría como un acordeón... que las polillas se jalaban las sisas... y las ratas roían las válvulas... ¡que ya no se sostenía en el aire! ¡Ni de pie! ¡ni apaisado! ¡Que hasta de colador quedaría chungo! ¡hasta de estropajo! ¡de esponja! ¡hasta para limpiarse el culo!... ¡Que ya no servía para nada!... ¡Ella seguía sin creérselo, de todos modos!... Ya podíamos detallar... ¡no omitir ni una miseria! ¡esforzarnos! ¡jurar! ¡declarar! ¡exagerar incluso, de ser posible!... ¡Sacudía la cabeza, aun así incrédula!... ¡No nos creía a ninguno de los dos!... Le enseñamos las cartas, donde estaban escritos nuestros sinsabores... ¡las que volvían de todas partes!... Que ni siquiera gratis, por la simple colecta, nos querían ya... y con malos modales... ya es que no querían ni vernos... ¡Los más pesados que el aire se quedaban con todo! ¡los balnearios!... ¡los puertos!... ¡las quermeses!... ¡Era la pura verdad!... ¡los globos ya no interesaban a nadie!... ¡ni siquiera en las «Romerías» de Bretaña!... Uno de Finistère nos contestó con toda franqueza, ya que insistíamos en acudir:

«Estimado señor, con su utensilio pertenece usted a los museos, ¡y en Kraloch-sur-Isle no tenemos! ¡Me pregunto, la verdad, cómo es que aún lo dejan salir! ¡El conservador no cumple con ninguno de sus deberes! ¡La juventud de por aquí no viola las tumbas! ¡Quiere divertirse! ¡Intente comprenderme de una vez por todas!...

¡A buen entendedor...!».

Joël Balavais
Guasón local y bretón.

Revolvió otras carpetas, pero no le decían nada... Se ablandó, de todos modos... Quiso que saliéramos... La llevamos al jardín... La instalamos en un banco entre los dos... Esa vez hablaba con toda sensatez... Pero seguía convencida de que el *Animoso*, pese a todo, se podía perfectamente reparar... que aún podía servirnos... para dos o tres fiestas en provincias... que eso bastaría de sobra para ablandar al arquitecto... que conseguirían otro aplazamiento... que se salvaría el hotelito... ¡que era pura cuestión de valor!... ¡que, en una palabra, nada estaba perdido!... No se apeaba de su opinión... No podía comprender otra cosa... Le volvimos a cargar la pipa... Courtial, al lado, mascaba tabaco. Casi siempre acababa los puros mascándolos...

La gente, los transeúntes, nos miraban... bastante intrigados... sobre todo por la gruesa gachí... A mí parecía escucharme con más gusto que a su marido... Proseguí con mis camelos, la demostración trágica... Intentaba hacerle imaginar el tipo de obstáculos con los que chocábamos... y cómo nos agotábamos a base de tristes esfuerzos, cada vez más inútiles... Ella me diquelaba indecisa... Creía que le estaba comiendo el coco... Se echó a llorar otra vez...

«Pero ¡ya no os quedan energías! ¡Bien que lo veo! ¡ni a uno ni a otro! Entonces, ¡me toca a mí! Sí, yo sola haré el trabajo!... ¡Subiré yo al globo! ¡Vais a ver vosotros si vuelo! ¡Si subo a los 1200 metros! ¡Ya que piden extravagancias! ¡A 1500 metros! ¡a 2000! ¡Lo que haga falta!... ¡Lo que pidan! ¡se lo daré!...».

«¡No digas gilipolleces, cielo!», la interrumpió des Pereires... «¡No digas gilipolleces tan espantosas!... ¡Ni a doce metros subirás con una cubierta como la nuestra!... ¡Pues sí! ¡Volverás a caer en el abrevadero!... ¡Y eso no sería solución! ¡No te aceptarían ni con ésas! ¡Ni siquiera el capitán con su "Amigo de las Nubes", su caballo! ¡Y toda la pesca! ¡Y el Rastoni y su hija! Su trapecio y sus ramilletes... ¡Ya no venden ni una escoba ni uno ni otro!... ¡Tampoco los quieren!... ¡Igualito! ¡No es sólo con nosotros, Irène!... ¡Es la época!... Es que es un hundimiento general... No es sólo el *Animoso*...». Ya podía hablar, jurar por los mil nombres de Dios... ella no se daba por vencida... Se rebelaba cada vez más...

«¡Sois vosotros! ¡que os dejáis desanimar! ¡La moda de los aeroplanos! ¡habrá desaparecido el año que viene!... ¡Buscáis pretextos porque os hacéis caca en los alares!... ¡Más valdría que lo dijerais! ¡En lugar de ponerme verde! Si tuvieseis valor... venga, a ver... en lugar de andaros con pamplinas... ¡ya estaríais manos a la obra!... ¡Son puras tonterías esas historias! Y el hotelito, ¿qué? ¿quién nos lo pagará? ¿Con qué? ¡Y tres meses de retraso ya! ¡Con dos moratorias, además!... Con esa mierda de periódico que tú haces, ¡no!... ¡Debe de estar cubierto de deudas! ¡Y de requerimientos judiciales hasta aquí! Estoy más que segura... ¿Crees que no me entero de esas cosas? Entonces, ¿abandonas todo? Está decidido, ¿verdad? ¿Cacho cabrón?... ¡Ya te has despedido! Una casa completa... ¡entera! ¡Dieciocho años de ahorros!... Comprada piedra a piedra...

¡Centímetro a centímetro!… ¡Hay que reconocerlo! Un terreno que se revaloriza cada día… ¡Abandonas todo eso a las hipotecas!… ¡Te rajas!… ¡Te da igual ocho que ochenta!… Eso sí que es el desastre…». Le señalaba la cabeza… «No en el globo, ¡sino ahí!… ¡Te lo digo yo!… Y entonces, ¿qué? ¿Acabar bajo los puentes? ¡Eres muy dueño!… ¡Muy dueño! ¡Cacho depravado asqueroso! ¡Ya es que ni siquiera te da vergüenza tu vida!… ¡Menudo si vas a volver, cacho gandul, con los golfos de tu género!… De ahí te saqué… ¡Ah, sí, ya lo creo!… En cambio, yo, Ferdinand, verdad, ¡era de buena familia!… ¡Me ha robado la vida!… ¡Me ha arruinado la carrera!… ¡Me ha separado de los míos!… ¡El vampiro! ¡Golfo!… ¿Y la salud? ¡Va a acabar birlándome todo! ¡dejándome totalmente destrozada!… ¡Para terminar deshonrada!… ¡Venga ya!… ¡Ah! ¡Qué comodones son los hombres! Es prodigioso… ¡Increíble, la verdad! ¡Dieciocho años de ahorros! ¡de privaciones continuas!… ¡de calamidades!… Todos los sacrificios para mí…».

Des Pereires, al oírla hablar así… con tal violencia, ¡perdía el desparpajo! … ¡Ya no se hacía el listo, ni mucho menos!… ¡Lloró también!… Se deshizo en lágrimas… ¡Se echó en sus brazos!… Le imploraba perdón… ¡Hizo caer la pipa!… ¡Se abrazaron febriles! Así, ¡delante de todo el mundo!… Y largo rato… Pero aun en pleno abrazo, ella seguía piándolas… Siempre las mismas palabras…

«¡Quiero repararlo, Courtial! ¡Quiero repararlo! ¡Sé que podré! ¡Sé que aún puede resistir!… ¡Estoy segura! … ¡Me apuesto algo!… Mira nuestro *Arquímedes*… ¡Bien que ha resistido cuarenta años!… Tú fíjate, ¡podría resistir aún!…».

«Pero, mujer, ¡es que era un simple "cautivo"!… ¡Dónde va a parar el desgaste!…».

«¡Yo subiré!… ¡Te digo!… ¡Subiré! ¡Si vosotros no queréis!…».

Estaba hecha polvo… Buscaba un apaño… Quería a toda costa que perdiéramos el culo aún.

«¡Nada deseo tanto como ayudarte! ¡De sobra lo sabes, Courtial!…».

«¡Pues claro que sí, mi amor!… ¡No se trata de eso!…».

«Nada deseo tanto… ¡Ya sabes que no soy perezosa!… ¡No me importaría incluso volver a hacer de comadrona, si nos sirviese!… Volvería a empezar… ¡Si pudiera! ¡Ah! ¡No esperaría!… ¡Hasta en Montretout! ¡La Virgen!… ¡Hasta para ayudar a Colombes, la que me substituyó!… ¡Volvería a hacer cualquier cosa!… ¡Con tal de que no nos echaran!… ¡Ya ves cómo soy!… Por cierto, que he preguntado aquí y allá… Pero ya estoy desentrenada… Y, además, ¡con lo del rostro!… ¡Quedaría rara, la verdad!… He cambiado mucho… me han dicho… Tendría que arreglarme un poco… En fin, ¡no sé!… ¡Afeitarme!… ¡No quiero depilarme!…». Volvió a alzarse el velo… ¡Causaba impresión, la verdad! así, en pleno día… ¡con los polvos en grumos! el colorete en los pómulos y el violeta en los párpados… y, encima, un bigote poblado, ¡patillas incluso!… ¡Y las cejas aún más pobladas que las de Courtial!… Como las de un ogro, ¡en serio! Evidentemente, ¡daría miedo a las «embarazadas» con una jeta tan vellosa! … Tendría que arreglarse mucho, modificarse toda la cara… ¡Daba que pensar!…

Nos quedamos largo rato aún, así, juntitos en el jardín, contándonos historias, cosas consoladoras… La noche caía despacito… De repente, se echó a llorar con tales ganas, que partía el corazón, la verdad… ¡El máximo desconsuelo!…

«¡Ferdinand!» me suplicaba… «al menos usted no se marchará, ¿eh? ¡Miré! ¡qué situación!… ¡No lo conozco a usted mucho! Pero ya estoy segura de que en el fondo… es razonable, ¡usted sí, hijo mío! ¿Verdad?… Además, ¡es que la cosa se va a arreglar!… ¡No me lo quitarán de la cabeza!… ¡Sólo es un mal momento, en una palabra!… ¡Ya he visto muchos otros así, qué caramba! ¡No puede acabar así!… ¡Basta con que pongamos manos a la obra todos juntos! ¡De una vez!… ¡Primero tengo que verlo con mis propios ojos!… ¡A ver que puedo hacer yo!…».

Se levantó otra vez… Volvió hacia la tienda… Encendió las dos velas… La dejamos… que se las arreglara sola… Abrió la trampilla… Empezó a bajar…

¡Se quedó un momento a solas en el sótano!… toqueteando el trasto… desplegando las cubiertas… ¡removiendo los detritos!… ¡comprobando lo machacado que estaba! ¡hecho una mierda! ¡puros jirones!… Yo estaba solo en el almacén, cuando volvió a salir por fin… Ya es que no podía ni hablar… Estaba como sofocada de pena de verdad… Así, en el sillón, como paralizada, hecha polvo… acabada… deshecha… Con el chapiri ahí tirado, en el suelo… La había dejado turulata pero bien, a la purí, comprobar *de visu*… Yo pensaba que iba a cerrar el pico… que no tenía más que decir… y va y le da otro trance… ¡Vuelta a empezar, de todos modos!… ¡Al cabo de un cuarto de hora acaso!… Pero ¡eran lamentaciones!… Muy bajito me hablaba… ¡como si fuera en un sueño!…

«¡Es el fin! ¡Ferdinand!… Ya veo… Sí… Es verdad… ¡Estaban en lo cierto!… ¡Se acabó!… Es usted muy bueno, Ferdinand, por no abandonarnos ahora… A estos dos viejos… ¿Eh? ¿No nos abandonará?… ¿No tan deprisa?… ¿Eh? ¿Ferdinand? No tan deprisa… al menos por unos días… Unas semanas… ¿Quiere, eh? ¿No? ¡Diga, Ferdinand!…».

«¡Pues claro, señora!… ¡Pues claro que sí!…».

* * *

Courtial, la mañana siguiente, hacia las once, cuando volvió de Montretout, ¡estaba aún bien fastidiado!…

«Entonces, ¿qué, Ferdinand? ¿Nada nuevo?…».

«¡Oh, no!», respondí… «Nada extraordinario…». Y le pregunté, a mi vez…:

«Bueno, ¿qué? ¿Se arregló?…».

«¿Arreglar, qué?…». Se hacía el tonto… «¡Ah! ¿Te refieres a lo de ayer?». Prosiguió y se puso a farolear.

«¡Ah! ¡Mira, Ferdinand! ¿No te tomarías en serio semejantes chismes? ¿Eh?… ¡Es mi mujer, claro está!… La venero por encima de todo… ¡y nunca ha habido una disputa de verdad entre nosotros!… ¡Bien está!… Pero ¡las cosas como son, de todos modos!… ¡Tiene todos los defectos de un carácter tan generoso!… ¡Es absolutista! ¡Despótica! ¿Comprendes lo que quiero decir, Ferdinand?… ¡Colérica!… ¡Es un volcán!… ¡Dinamita!… En cuanto algo sale mal, ¡reacciona con un arrebato!… ¡A mí mismo a veces me espanta!… ¡Ya está lanzada!… ¡Y se irrita!… ¡Se molesta!… ¡Farfulla!… ¡Pierde la cabeza!… ¡Y se pone a decir gilipolleces a toda leche!… Cuando la conoces, ¡no hay problema!… ¡Ya no te sorprende!… ¡Lo olvidas tan de prisa como una tormenta en las carreras!… Pero ¡te repito, Ferdinand! En treinta y dos años de matrimonio… ¡muchas emociones, desde luego! Pero ¡no una tormenta de verdad!… Todas las parejas tienen sus disputas… Claro, ¡que ahora pasamos por un momento muy malo!… Eso desde luego… Pero, en fin, ya sabemos lo que es… ¡hemos pasado por otros de lo más terribles!… ¡Aún no es el diluvio!… ¡De ahí a vernos boqueras! … ¡Destituidos!… ¡Expulsados!… ¡Vendidos!… ¡Secuestrados!… Es pura imaginación enferma… ¡Protesto!… ¡Pobrecita mía! ¡Yo sería el último en reprochárselo, evidentemente!… ¡Todo tiene una explicación, claro está!… ¡Allí, en su hotelito, fabrica quimeras así!… ¡todo el santo día sola!… ¡pensando!… ¡Le preocupa!… ¡la obsesiona al final!… ¡Se irrita!… ¡Y se irrita!… ¡Ya es que ni se da cuenta siquiera!… ¡Ve y oye cosas que no existen!… Además, es que desde la operación es muy propensa… ¡a las fantasías!… ¡a los impulsos!… Yo diría más incluso… A veces, ¡desbarra un poco!… ¡Ah, sí! en varias ocasiones me ha sorprendido… ¡Auténticas alucinaciones!… Es absolutamente sincera… Como con lo de esta denuncia… ¡Huy, huy, huy!… Lo reconociste en seguida, ¿verdad?… ¿Lo comprendiste inmediatamente?… ¡Era gracioso incluso!… ¡Cómico!… Pero ¡es que ya me lo había hecho!… ¡Por eso no salté!… ¡La dejé acabar!… No parecía sorprendido, ¿eh?… ¿Notaste? Parecía considerarlo normal… ¡Así debe ser! ¡No asustarla! ¡No asustarla!…».

«¡Sí! ¡Sí! Lo comprendí en seguida…».

«¡Ah! ya decía yo… Ferdinand no se ha dejado engañar… ¡no es tan crédulo!… Ha debido de comprender… ¡No es que beba, la pobre! ¡No! ¡eso nunca!… ¡Es una mujer absolutamente sobria!… Salvo lo del tabaco… ¡Bastante puritana incluso, en cierto sentido!… Pero ¡es que la operación me la trastornó completamente!… ¡Ah! ¡Era una mujer distinta!… ¡Ah! ¡Si la hubieras visto antes!… ¡En tiempos!…». Se largaba otra vez a mirar bajo las pilas de papelotes. «¡Me gustaría poder enseñarte su foto de juventud! ¡La ampliación de Turín!… Me la encontré no hace ocho días… ¡No podrías reconocerla!… ¡Una revolución!… En tiempos, te lo aseguro, antes de que la operasen… ¡Era una verdadera maravilla!… ¡Un porte!… Una tez de rosas… ¡La belleza en persona!… ¡Y qué encanto, amigo mío!… ¡Y la voz!… ¡Una soprano dramática!… Todo eso, ¡a tomar por culo! ¡de la noche a la mañana!… ¡Con el bisturí! ¡Cuesta creerlo!… Puedo asegurarlo sin vanidad, ¡irreconocible! A veces era molesto incluso… ¡sobre todo de viaje! … ¡Sobre todo en España y en Italia!… donde son tan conquistadores… Recuerdo bien, yo era en aquella época bastante receloso, susceptible… Me mosqueaba por nada… ¡Estuve en cien ocasiones a un paso de un duelo!…».

Le venían reflexiones… Yo respetaba su silencio… y después disparaba otra vez…

«Bueno, ¡a ver, Ferdinand! ¡Eso no es todo!… ¡Hablemos ahora de cosas serias!… ¿Y si fueras a ver al impresor?… ¡Y después escucha e intenta comprender! He encontrado en el escritorio… en el chalet, ¡algo que puede servirnos!… Si vuelve mi mujer… y pregunta… ¡Tú no has visto nada!… ¡no sabes nada de nada!… Es una "papeleta" de empeño de un dije y una pulsera… Pero ¡de oro macizo los dos! ¡Absolutamente seguro!… ¡Comprobado! ¡dieciocho quilates!… Mira los sellos del *Crédit*[23]… ¡Podemos probar!… Vas a pasar por donde Sorcelleux, en la Rue Grange- Batelière… Le preguntas cuánto da… le dices que es para mí… ¡Un favor!… Sabes dónde es, verdad… en el cuarto, escalera A… ¡Que no te vea la portera!… A ver por cuánto me lo compra… ¡Eso nos serviría de anticipo, de todos modos!… Si te dice que no… ¡vuelves a pasar por donde Rotembourg!… Rue de la Huchette… ¡No le enseñes el papel! … Le preguntas si compra, simplemente así… Y después iré yo… ¡Ése es un bribón de la peor especie!…».

* * *

El comisario de «Bons-Enfants», con su aire de indolente, era, de todos modos, un cabroncete de cuidado. En el fondo él fue el culpable de que pusieran la denuncia. Y de que interviniese el Ministerio fiscal… No por mucho tiempo, desde luego… Pero lo suficiente para jodernos bien, de todos modos… Se nos llenó de guripas la queli… Un registro rutinario… ¿Qué podían decomisarnos?… Se largaron piándolas con ganas… No tenían motivo válido para inculparnos… La estafa no estaba clara… Intentaron hacernos caer en un renuncio… Pero teníamos coartadas… Nos disculpábamos con mucha facilidad. Courtial sacó a relucir textos totalmente a nuestro favor… A partir de entonces lo convocaron a «Orfèvres»[24]

casi todos los días… El juez se cachondeaba cinco minutos ya sólo de escuchar sus rollos… sus protestas… Lo primero, le dijo:

«Antes de presentar su defensa, devuelva los giros… ¡Restitúyalos a sus subscriptores!… Es un caso de abuso de confianza, ¡piratería bien típica!».

Entonces volvía a saltar, el pureta, al oír semejantes palabras… se defendía con uñas y dientes, desesperadamente…

«Devolver, ¿qué? ¡El destino me aplasta! ¡Me exasperan sin motivo! ¡Me acosan! ¡Me acribillan! ¡Me arruinan! ¡Me pisotean! ¡Me mortifican de cien mil maneras! Y ahora, ¿qué? ¿Qué quiere? ¿Qué pretensiones? ¡Arrebatarme el último bocado!… ¡Al diablo!… ¡Cuántos rescates imaginarios! ¡Es increíble! Pero ¡si es que es una encerrona! ¡Una cloaca! ¡No puedo más!… ¡Qué perfidia, la de esa gente! Pero ¡si es que es como para volver canalla a un ángel!… Pero ¡yo no soy tan sublime! Me defiendo, pero ¡me desanimo!… ¡Lo grito!… ¡Lo que le he dicho a ese pelele! ¡a ese cerdo! ¡Ese bribón! ¡Ese rábula!… ¡Toda una vida, señor mío, consagrado al servicio de la ciencia! ¡de la verdad! ¡por la inteligencia! ¡por el valor personal!… ¡1287 ascensiones!… ¡Una carrera jalonada de peligros! ¡Luchas sin piedad!… Contra los tres elementos… Ahora, ¡las camarillas hipócritas! ¡Ah! ¡Ah! ¡La ignorancia! ¡La tontería de charlatán!… ¡Sí!… ¡Por la luz! ¡Por la enseñanza de la familia! ¡Y acabar así! … ¡Puah! ¡Acorralado por manadas de hienas!… ¡obligado a las peores argucias!… Flammarion vendrá a testificar. ¡Vendrá!».

«"Cállese, Sr. des Pereires"… fue y me interrumpió ese golfo, sin la menor muestra de educación, ¡ese marrano mocoso!… "¡Cállese! Estoy harto de escucharlo… ¡Nos hemos alejado de nuestro tema!… El concurso del "perpetuo"… tengo todas las pruebas a mano… no es sino un engaño tremendo… ¡Y si aún fuese el primero! … pero ¡no es sino el más flagrante!… ¡el más reciente!… ¡el más descarado de todos!… ¡Una perfecta impostura, vamos!… ¡Un engañabobos cínico! ¡No se librará usted del artículo 222! ¡Señor des Pereires!… ¡Sus condiciones no tienen pies ni cabeza!… Más vale que confiese… Relea el prospecto… ¡Mire todos esos anuncios!… ¡Un descaro fenomenal!… ¡Nada parece honrado en semejante concurso!… ¡Nada justificable!… ¡No hay posibilidad de control alguno!… ¡Ah! ¡Cómo sabe escurrir el bulto!… Puro camelo… ¡Cortinas de humo!… ¡Preparó usted de antemano y con cuidado todas las cláusulas para volver imposible la experiencia!… ¡Muy bonito!… Una estafa pura y simple… ¡Lo que se dice fraudulenta!… ¡Robo con agravantes!… ¡Es usted un ladrón, des Pereires! conque, ¡el gran ideal científico! ¡Vive usted de las trampas que tiende a los entusiastas! ¡A los admirables investigadores!… ¡Caza en la maleza de la investigación!… ¡Es usted un chacal, des Pereires! ¡Un animal vergonzoso! ¡Necesita la sombra más densa! ¡Los bosques inextricables! ¡La luz lo desconcierta! ¡Yo la haré, des Pereires, para aclarar sus bajezas! ¡Atención, espécimen peligroso! ¡Fangoso! ¡pútrido superviviente de la fauna del pleistoceno!... ¡Todos los días envío a Rungis multitudes de canallas infinitamente más excusables!...".

«Pero el "movimiento perpetuo" es un ideal muy humano...», repliqué a ese bruto... «¡Ya Miguel Ángel! ¡Aristóteles! ¡y Leonardo da Vinci!... ¡Pico de la Mirandolla!...».

«"Entonces, ¿va a juzgarlo usted?", me replicó... "¿Se siente usted eterno? ... ¡Hay que serlo, ¿me oye usted bien?, para emitir un juicio válido sobre el resultado de su concurso!... ¡Eso! ¡ah! ¡esta vez lo he cogido!... ¿No?... ¡Eternidad!... ¿Se considera eterno, entonces?... ¡Sencillamente!... ¡Está visto!... ¡Las pruebas son abrumadoras! ... ¡Usted tenía la intención evidente, al instituir su concurso, de no concluirlo nunca!... ¡Ah! ¡eso es!... ¡Lo he cogido! ... ¿de saquear a todos esos desgraciados? Venga, ¡fírmeme esto, ahí!". ¡Me tendía su palillero!... ¡Ah! ¡qué cabrón! ¡Era el colmo del descaro!

¡Antes de que dijera "Esta boca es mía"!

... ¡Me presentaba la papela!... ¿Eh? ¿Qué te parece?... ¡Ah! ¡me quedé con la boca abierta!... Naturalmente, me negué en redondo... ¡Menuda trampa!... ¡Una emboscada de lo más asquerosa! Ni siquiera me molesté en decírselo... ¡No daba crédito a sus ojos!... ¡Salí con la cabeza bien alta!...».

«"¡Hasta mañana, des Pereires!"... ¡me soltó en el pasillo! "¡Con esperar no se pierde nada!"...».

«"¿Se siente usted eterno?". Pero, bueno, ¡qué desfachatez! ¡Qué descaro tan fantástico!... Esos salvajes, porque tienen la fuerza, el birrete y la labia, se creen tan astutos... ¡Sí, sí! ¡Tengo que reconocerlo!... ¡Una reflexión inaudita! ... ¡Absolutamente inédita! ¡Truenos de culo y de catacumbas! ¡El acabose! Pero para desconcertarme, hijo mío, ¡no basta! ¡ni mucho menos! ¡con trampas ridículas! ¡Ah, ya lo creo!... ¡Toda esa innoble impertinencia no hará sino fortalecerme! ¡Ya ves lo que pienso! ¡Y que sea lo que Dios quiera! ¡Que me quiten lo bailado! ¡la comida! ¡la morada! ¡que me encarcelen! ¡que me torturen de cualquier manera! ¡Me la trae floja! Tengo la conciencia tranquila... ¡y con eso me basta!... ¡Nada sin ella!... ¡Nada contra ella!... ¡Ya ves, Ferdinand! ¡Es mi estrella polar!...».

¡Ya me la conocía yo, esa fórmula! ... Mi papá me había hartado... ¡No se imagina nadie lo que trabajaba la conciencia en aquella época!... Pero no era una solución... En el Ministerio fiscal se lo estaban pensando, si lo meterían entre rejas... Ahora bien, el cuento de la eternidad era bastante astuto, de todos modos... Se podía interpretar... ¡Aprovechamos las sentencias en suspenso!... Lavamos el material... Viejas chapuzas del sótano... Y hasta jirones del globo... Volvió la parienta pureta, a propósito de Montretout... Quería hacerse con las riendas, dirigir todo a su antojo, sobre todo la venta de las chapuzas... Todo lo que nos quedaba del globo... Hicimos un viaje con la carga a la espalda y otro con el carrito... Lo pulimos sobre todo en el «Temple»... en el propio suelo... Acudieron muchos aficionados... Apreciaban mucho los pequeños residuos mecánicos... Y después, en el «Rastro» los sábados, vendíamos lotes enteros de libros... Saldábamos todo al por mayor... y con restos del *Animoso*... Los utensilios... un barómetro y los cordajes... De todo ese tinglado acabamos sacando, en muchas ocasiones, casi cuatrocientos pavos...

¡No estuvo mal!... Nos permitió ablandar un poco al impresor con una bonita suma a cuenta... ¡Y al Crédit Benoiton la mitad de una letra del bujío! Pero nuestros pobres palomos viajeros, a partir de aquel momento, ya no tenían razón de ser... Ya hacía varios meses que no los alimentábamos demasiado... a veces cada dos días sólo... y aun así salía muy caro!... Las semillas siempre son muy caras, aun compradas al mayor... Si los hubiéramos revendido... seguro que habrían vuelto, me los conocía yo...

Nunca se habrían acostumbrado a otros patronos... Eran unos animalitos muy buenos, leales y fieles... Absolutamente familiares... Me esperaban en el sobradillo... En cuanto me oían mover la escala... ¡arrullaban el doble!... Courtial nos hablaba ya de jalárselos en la olla... Pero yo no quería dárselos a cualquiera... Antes que mandarlos matar, ¡prefería hacerlo yo mismo!... Se me ocurrió un método... Como si fuera para mí... A mí no me gustaría con cuchillo... ¡no!... No me gustaría que me estrangularan... me destriparan... ¡me rajaran en cuatro!... ¡Me daba un poco de pena, la verdad!... Los conocía pero que muy bien... Pero no tenía remedio... Había que decidir algo... Ya hacía cuatro días que no me quedaban semillas... Conque una tarde subí a las cuatro. Creían que traía comida... Tenían perfecta confianza... Hacían gorgoteos musicales... Les dije:

«¡Venga! ¡vamos, *gluglús*! A la feria otra vez. ¡De paseo, en coche!...». Se lo conocían muy bien... Abrí de par en par su cesto de bejuco, el de las ascensiones... Se precipitaron todos juntos... Cerré bien la varilla... Pasé dos cuerdas por las asas... Até a lo ancho, de través... Así estaba listo... Primero lo dejé en el pasillo. Bajé un poco... No dije nada a Courtial... Esperé a que se fuera a tomar el rengue... Esperé hasta después de la cena... La Violette llamó al cristal... Le respondí: «Vuelve más tarde, pues... guapa... ¡Me marcho a un recado dentro de un momento!...». Se quedó... protestó...

«¡Quiero decirte una cosa, Ferdinand!», insistió...

«¡Largo!», le dije...

Entonces subí a buscar mis animalitos... Los bajé del sobradillo. Me puse el cesto a la cabeza... y me fui haciendo equilibrio... Salí por la Rue Montpensier... Atravesé todo el Carroussel... Al llegar al Quai Voltaire, localicé el sitio... No vi a nadie... En la orilla, al pie de la escalera, cogí un adoquín, uno grande... Lo até a la cesta... Miré bien a mi alrededor... Agarré el trasto con las dos manos y lo tiré a la pañí... Lo más lejos que pude... No hizo demasiado ruido... Lo hice como un autómata...

La mañana siguiente, descubrí el pastel a Courtial... No esperé... No le di más vueltas... Él no respondió nada... Ella tampoco, por cierto, su cielito, que estaba también en la tienda... Comprendieron por mi expresión que no era el momento de venir a tocarme los cojones, joder.

* * *

Si nos hubieran dejado tranquilos, ¡nos habríamos salvado casi seguro!... ¡Habríamos recuperado lo puesto y sin ayuda de nadie!... Nuestro *Génitron*, no se podía negar, se defendía perfectamente... Era un periódico muy respetado... ¡Mucha gente recuerda aún lo interesante que era!... ¡Vivo!... ¡de una línea a otra! ¡Del principio al fin! ¡Siempre perfectamente informado sobre descubrimientos y sobre las inquietudes de los inventores!

En eso no había exageración... Nadie lo substituyó nunca... Pero el payaso ese, con su pasión por las carreras, nos lo desbarataba todo... Yo estaba completamente seguro de que debía de haber vuelto a jugar... Ya podía negármelo... Yo veía llegar los giros... ¡«quince pavos» de nuevas subscripciones! ¡y zas!... Si no tenía yo la precaución de apalancarlos al instante, ¡se los fundía allí mismo!

¡Como un rayo! ¡Un verdadero prestidigitador!... Con sangrías así, continuas, ¡no hay queli que resista! ¡Ni aunque fuera el Banco del Perú!... Debía de pulirlo en alguna parte, nuestro exiguo parné... Ya no iba a *Aux Émeutes*... Entonces, ¿había cambiado de *bookmaker*? Yo me decía: «¡Ya me enteraré!...». Y precisamente entonces, ¡empezaron las denuncias otra vez!... ¡Volvieron a llamarlo a la comisaría!... ¡El cabroncete de «Bons-Enfants» no soltaba su presa! ¡Volvió al ataque! ¡Nos tenía en sus garras!... ¡Quería liquidarnos!... ¡Encontró otras víctimas... del dichoso concurso! Fue a propósito a registrar los ficheros de Gobelins... ¡Los excitaba contra nosotros! ¡Los volvía a encolerizar! ¡Les hacía poner nuevas denuncias!... ¡Ya no se podía vivir!... ¡Había que pensar algo!... ¡Espabilarse de algún modo!... A fuerza de cavilar... se nos ocurrió esto: ¡dividir para resolver!... ¡Era lo esencial!... Todos los que jorobaban, ¡en dos clases!... Por un lado... ¡todos los que las piaban sólo por cumplir!... ¡Los melancólicos, los desafortunados de la existencia!... ¡A esos andobas no les devolveríamos nada, sencillamente! ... Y, por otro lado, los que echaban chispas, los que no salían de la comisaría... ¡Ésos eran un peligro!... ¡A ésos había que llegarles y aplacarlos con toda urgencia!... comerles el coco... Devolverles todo, no, ¡evidentemente!... ¡Era imposible!...

¡No había ni que pensarlo!... Pero soltarles un «piquillo», de todos modos... cinco o diez pavos, por ejemplo... ¡Así no perderían todo! Tal vez llegaran a comprender la fuerza mayor del destino... Pero, a la hora de iniciar gestiones tan interesantes, Courtial palideció al instante... Se rajó de súbito... ¿No podía ir en persona?...

¡Ni pensarlo!... Quedaba feísimo que fuera de puerta en puerta... Y su autoridad, ¿qué?... Quedaría a la altura del betún ante los inventores... ¡Debía ser yo más bien quien fuera a llevar la buena nueva!... Yo no tenía el menor prestigio, ni amor propio que perder... Pero ¡qué currelo más chungo! ¡Me lo imaginaba de antemano! Con gusto me habría escaqueado, a mi vez, pero entonces, ¡nos esperaba la ruina!... Si lo dejábamos a la deriva, ¡era el fin del periódico!... y luego, ¡el pánico!... Y después, ¡el arroyo!… Había de ser una tragedia de verdad para que yo me marcara un coñazo tan chungo…

Por fin me armé de valor y paciencia. Ensayé todos los números… todo lo que debía contar… toda una retahíla de trolas… Por qué no había carburado… ¡desde las pruebas preliminares!… por una gravísima discusión entre los sabios sobre un detalle técnico muy controvertido… Que se repetiría todo el año que viene… En fin, ¡un camelo inmenso! ¡Y me lancé a la trifulca! ¡Duro ahí, chico!… Primero tenía que devolverles sus planos, ¡todas las maquetas, los diseños, las baratijas estrafalarias!… con las excusas… Abordaba a los chorbos con rodeos… Empezaba preguntándoles si habían recibido mi carta… en la que les anunciaba mi visita… ¿No?… Se sobresaltaban un poco… ¡Ya se veían ganadores!… Si era la hora de la jalandria, ¡me invitaban a compartirla! Si estaban con la familia, ¡mi preciosa misión se volvía, ante tantas personas, sumamente delicada!… ¡Necesitaba tesoros de tacto! ¡Habían concebido sueños de oro!… Era un momento horrible… Pero tenía que disuadirlos… Para eso había ido… ¡Intentaba matizar mucho!… Cuando les daba el hipo, se les iban las ganas de jalar… Se levantaban hipnotizados, ¡con la mirada perdida por el estupor!… Entonces yo vigilaba los cuchillos… ¡Una tormenta en los platos, que fuera qué!… Me apoyaba con la espalda en la pared…

¡Con la sopera a modo de honda!… ¡Listo para frenar al agresor!… Proseguía con mi razonamiento. Al primer gesto un poquito raro, ¡empezaría yo la camorra! ¡Apuntaba al manús en plena chola!… Pero en la mayoría de los sitios esa actitud tan resuelta bastaba para preservarme… hacía pensárselo dos veces al aficionado… No acababa demasiado mal la cosa… con congratulaciones estomagantes… y después, gracias al alpiste, con un coro de suspiros y regüeldos… ¡sobre todo si soltaba los diez pavos!… Pero una vez, pese a la prudencia y a la costumbre que había adquirido… cobré lo mío y con avaricia, la verdad… Era, recuerdo, en la Rue de Charonne, en el 72 exactamente, en un hotel que aún existe… El tipo era un cerrajero, hacía chapuzas en su habitación… si lo sabré yo… no en el segundo, sino en el tercero… Para mí, que ese tipo, su currelo, era reunir maletines de mangantes… En fin, su invención para el concurso del «movimiento perpetuo» consistía en un molino tipo dinamo, con conexión «farádica variable»… Acumulaba así las fuerzas de la tormenta… Después ya no se detenía… de un equinoccio a otro…

Conque llegué, vi a su patrón abajo, le di el nombre: «¡En el tercero!»… Subí… llamé… estaba molido… hasta los huesos… ¡Le solté el caso a la primera! El manús ni siquiera me respondió… Yo no me había fijado en él… ¡Era un verdadero atleta!… No había yo acabado siquiera de hablar…

¡Ni una palabra!… «¡Baúm!»… Se abalanzó… ¡me embistió, el bruto!… ¡En pleno estómago!… ¡Caí!… De espaldas… ¡un toro furioso! Rodé… los tres pisos haciendo carambolas… Me recogieron en la acera… Hecho una pura ampolla… Un amasijo sanguinolento… ¡Me llevaron bajo un abeto! Aprovechando que estaba desmayado, todos los compas me habían registrado… ¡No me quedaban ni los diez pavos!…

Después de aquella colisión, me anduve aún con más ojo que la hostia… No entraba en seguida en las quelis… Parlamentaba desde fuera… Para las reclamaciones de provincias teníamos otro sistema… Les asegurábamos siempre que la pasta había salido por carta… que no podía tardar… que habría habido un error en la dirección… el departamento… el nombre de pila… ¡cualquier cosa!… con la afluencia de cartas para el concurso… Al final, estaban hartos de cartearse con todo el mundo… Se arruinaban con los sellos… Con los furiosos estaba claro… como en una corrida… ¡Se trataba de saltar la balaustrada antes de que te sacaran las tripas!… Pero con los tiernos, los pusilánimes, los tímidos, los que pensaban al instante en el suicidio… ¡entonces sí que era un apuro!… ¡La desilusión era demasiado fuerte!… ¡No soportaban la pena!… Metían la nariz en la sopa, tartamudeaban… Ya es que comprendían… El sudor los perlaba, los lentes se les caían… Se les marcaba el canguelo en la cara… Un espectáculo insoportable… Cornudos de la manía… Algunos querían acabar de una vez por todas… Se sentaban, se volvían a levantar… se enjugaban… No daban crédito a sus oídos, eso de que su trasto no funcionaba… Había que repetírselo despacio, deslizarles los planos en la mano… ¡Se abandonaban a la desgracia! ¡No querían vivir más!… ¡ni respirar!… ¡Se desplomaban!…

A fuerza de decir palabras así, para las cataplasmas, me iba espabilando cada vez mejor. Sabía las frases de consuelo… ¡Los *Profundis* de las esperanzas!… Al final de mis visitas, a veces quedábamos como amiguetes… Me organizaba las simpatías… Por la Plaine Saint-Maur tenía toda una agrupación… auténticos apasionados de nuestras investigaciones… que habían comprendido perfectamente mis esfuerzos… ¡De la Porte Villemonble a Vincennes conocía la tira!, pendolistas de planos mágicos y nada vindicativos… Y en los suburbios del Oeste, también… En una chabola, justo después de la Porte Clignancourt, donde ahora hay portugueses, conocí a dos chamarileros que habían montado con cabellos y cerillas, sobre un «tortillo» elástico, tres cuerdas de violín, un pequeño sistema compensador con tracción sobre virola que parecía funcionar de verdad… ¡la fuerza higrométrica!… ¡Cabía todo en un dedal!… Fue el único «perpetuo» que vi funcionar un pelín.

No abundan las mujeres inventoras… Y, sin embargo, conocí a una… Era contable en la compañía de ferrocarril. En sus horas de ocio descomponía el agua del Sena con un imperdible. Llevaba un aparato pneumático, una bobina Rumpkrof en una red de pescador. Llevaba, además, una linterna y una pila de picrato. Recuperaba las esencias al hilo de la corriente… E incluso los ácidos… Se colocaba, para sus experimentos, en lo alto del Pont-Marie, justo encima del Lavadero… ¡Le tenía sorbido el seso, la hidrólisis!… Estaba bastante buena… Sólo, que tenía un tic y, además, bizqueaba… Me presenté diciéndole que era del periódico… Al principio creyó, como los otros, que acababa de ganar el primer premio… Insistió en que me quedara… ¡Fue a buscarme rosas!…

Ya podía yo decir o hacer… ella no entendía nada… ¡Quería sacarme una foto!… Tenía un aparato que funcionaba con «infrarrojos»… Había de cerrar las ventanas… Volví dos veces más… Le parecía un chaval muy guapo… Quería que me casara con ella al instante. Siguió escribiéndome… y mensajes certificados… Sta. Lambisse se llamaba… Juliette.

Una vez le acepté cien francos… y otra cincuenta… Pero ¡fueron casos rarísimos!

* * *

Jean Marin Courtial des Pereires ya no se tiraba demasiados faroles… Estaba bastante taciturno incluso… Le entraba miedo de los excéntricos, los rabiosos del concurso… Recibía unas cartas anónimas, ¡que no veas!… Los cabreados más recalcitrantes amenazaban con volver, de todos modos… ¡canearlo con ganas!… ¡ventilárselo de una vez por todas!… ¡para que no pudiera estafar nunca más a nadie!… Eran vengadores… Conque, debajo de la levita, debajo del chaleco de franela, se había puesto una cota de malla de aluminio templado… Otra patente del *Génitron* que no habíamos podido explotar, «extraligera imperforable». Pero, aun así, no bastaba para tranquilizarlo del todo… En cuanto divisaba a lo lejos a un truhán con mala pinta… con cara de pocos amigos… que se dirigía hacia nosotros refunfuñando, ¡se largaba al sótano al instante!… No esperaba a saber detalles…

«¡Ábreme la trampilla, Ferdinand! ¡Déjame pasar rápido! ¡Ése es uno de ellos! ¡Seguro!… ¡Dile que me he marchado! ¡Desde anteayer! ¡Que no volveré!… ¡Al Canadá! ¡Que voy a quedarme allí todo el verano! ¡Que estoy cazando comadrejas! ¡cebellinas! ¡halcones! ¡Dile que no quiero volver a verlo! ¡Ni por todo el oro del Transvaal! ¡Así mismo! ¡Que se vaya!… ¡Que se esfume!… ¡Que se abra!… ¡Que salga pitando! ¡ese cabrón! ¡Que reviente!… ¡Me cago en la leche puta!». En el sótano así, bien cerrado se encontraba un poco más tranquilo. Ahora era un espacio vacío, desde que habíamos pulido todo, los restos del globo, los trastos… Podía pasearse a lo largo y a lo ancho… ¡a gusto!… Tenía sitio para parar un tren… ¡Podía volver a hacer gimnasia!… Además, en un rincón se había montado un fortín a toda prueba… para que no lo vieran… si llegaban asaltantes… entre roperos y cajas… Se quedaba ahí horas enteras… Al menos, no me fastidiaba… A mí me encantaba que desapareciera… Me bastaba con la purí, que ya no se separaba de la tienda… Ahora era ella la que jorobaba… Quería hacer todo a su modo… el periódico y los subscriptores…

Llegaba a las dos de la tarde de Montretout… Se instalaba en la tienda, ataviada como para una fiesta, ¡con el sombrero de las «hortensias», la sombrilla y la pipa! ¡Nada de cuentos! Esperaba a los adversarios… Cuando llegaban y se tropezaban con ella, se llevaban un susto, la verdad…

«¡Siéntese!», les decía… «Soy la señora des Pereires… ¡A mí no me cuente todas esas historias suyas! ¡Que ya me las conozco! ¡Dígame, pues! ¡Le escucho! Pero ¡sea breve! ¡No puedo perder ni un segundo! ¡Me esperan para un ensayo…».

Era su táctica… Casi todos se desconcertaban… ¡Entonación bronca, voz potente! cascada, cierto es, pero cavernosa y fácil de dominar… Se lo pensaban un minuto… Se quedaban ahí, ante la purí… Ella se alzaba un poco el velo… Veían los bigotes, toda la pintura, los acáis de odalisca… Y después fruncía el entrecejo… «Así, ¿eso es todo?» les preguntaba… Se retiraban como unos caguetas... muchas veces para atrás como los cangrejos... ¡Desaparecían despacito!... «Volveré, señora... ¡Volveré!...».

Una tarde estaba concediendo audiencia así... Mientras terminaba un poco de compota... hacia las cuatro... era su merienda... su régimen... en la esquina de la mesa... Recuerdo el día exacto, un jueves... El día fatal del impresor... Hacía un calor terrible... La audiencia tocaba a su fin... La señora había puesto ya de patitas en la calle a toda una patulea de andobas, chichirivainas del concurso, y con la misma jeta... Pedigüeños, piantes, farfulleros... Pan comido... Cuando va y entra un cura... No debía asombrarnos... Conocíamos algunos... y subscriptores muy fieles, además... corresponsales muy amables...

«Siéntese, señor cura...». ¡La cortesía ante todo! Se instaló en el gran sillón... Lo miré atento... Nunca lo había visto a ese gachó... Seguro que era nuevo. Así, en la primera impresión, parecía razonable... circunspecto incluso, podríamos decir... Muy sereno... bien educado... Traía un paraguas... pese a que hacía un tiempo tan bueno... Fue a dejarlo en un rincón... Volvió, tosiqueó... Estaba bastante rechoncho... nada azorado... Nosotros estábamos acostumbrados a los originales de verdad... Casi todos nuestros subscriptores tenían algún tic... muecas... Aquél parecía muy tranquilo... Pero va y abre la boca... y se pone a contar... Entonces comprendí al instante... ¡Menudo chalado!... Venía derecho también él a hablarnos de un concurso... Leía nuestro *Génitron*, lo compraba número tras número... desde hacía años... «¡Viajo mucho! ¡mucho!...». Se expresaba a trompicones... Había que captar todo al vuelo, paquetes de frases enroscadas... con nudos... guirnaldas y revueltas... jirones que no acababan nunca... Por fin, comprendimos, pese a todo, que no le gustaba nuestro «perpetuo»... ¡No quería que habláramos más de él! ¡Ah! ¡no, no! ¡Se ponía rojo de furia!... ¡Pensaba en algo muy distinto, él!... ¡Y lo obsesionaba!... ¡Teníamos que seguirlo!... ¡Tomarlo o dejarlo!... O, si no, ¡contra él!... ¡Nos avisó en seguida! ¡Que pensáramos en las consecuencias! No más «perpetuo»: ¡no era serio! ¡Una chorrada!... ¡De ningún modo!... Era otra cosa, ¡su manía!... Acabamos enterándonos... Poco a poco... tras mil circunloquios... de lo que le andaba por la chola... ¡Los tesoros submarinos!... ¡Una noble idea!... ¡La salvación sistemática de todos los restos!... De todos los galeones de la «Armada» perdidos bajo los océanos desde el principio de los tiempos... Todo lo que brilla... todo lo que salpica... ¡lo que tapiza el fondo del mar! ¡Así mismo! ¡Ésa era, su manía! ¡toda su empresa!... ¡Para eso venía a hablar con nosotros!... Quería que nos ocupáramos... ¡que no perdiésemos ni un minuto!... ¡que organizáramos un concurso! una competición mundial... ¡sobre el medio mejor! ¡El más seguro! ¡El más eficaz!... ¡de sacar del fondo todos los tesoros!... Nos ofrecía todos sus recursos, su propia fortuna, estaba dispuesto a arriesgarlo todo... Una garantía formidable para cubrir todos los gastos iniciales... Lógicamente, la señora y yo estábamos un poco en guardia... Pero él insistía mucho... El sistema que él veía, el curilla lunático, ¡era una «campana de buzo»!... ¡que descendiera hasta mucha profundidad! ¡hacia los 1800 metros, por ejemplo!... Que pudiese arrastrarse por las simas... aprehender los objetos... forzar, deshacer las cerraduras... absorber las cajas de caudales mediante «succión especial»... Lo veía muy fácil... Nosotros debíamos atraer, con el periódico, a los competidores... En eso, ¡nosotros chanelábamos de verdad!... ¡No le teníamos miedo a nadie, la verdad! ¡Se moría de impaciencia por que pusiéramos manos a la obra!... Ni siquiera esperó a que formuláramos una sola objeción... ¡o un simple asomo de duda!... ¡Plaf! así, en plena mesa... Soltó un paquete de pápiros... ¡Había seis mil francos!... ¡No tuvo tiempo de mirarlos!... Ya estaban en mi maco... ¡La tía Courtial estaba patidifusa!... ¡Yo quería aprovechar la ocasión!... ¡No esperé más!...

«Señor cura, ¡quédese aquí, por favor! un segundo... ¡Un segundito! Mientras voy a buscar al director... ¡Se lo traigo al instante!...».

Corrí al sótano... Grité al viejo... ¡Lo oí roncando! Me fui derecho a su queli... Lo zarandeé... ¡Lanzó un grito! Creía que venían a detenerlo... Sudaba a mares de canguelo... Temblequeaba entre sus pingajos...

«¡Vamos!», le dije... «¡Arriba! ¡No es momento para soponcios!».

En el tragaluz, al hilillo de la luz, le enseñé el parné... ¡No era momento de perder la voz!... En dos palabras lo puse al corriente... Seguía mirando la pasta... Y una vez por transparencia... Diquelaba los pápiros uno por uno...

¡Se recuperó rápido! Resopló, olfateó los pápiros… ¡Lo limpié! Le quité la paja de la ropa… En seguida se atusó los bigotes… ¡Ya estaba acicalado! Subió de nuevo a la luz… Hizo una entrada brillante… Ya tenía su plan en la cabeza… lenguaraz… ¡de lo más sonoro!… ¡Nos deslumbraba de entrada a propósito de los buzos! ¡La historia de todos los sistemas desde Luis XIII hasta nuestros días! ¡Las fechas, los lugares, los nombres de pila de aquellos precursores y mártires!… Y las fuentes bibliográficas… ¡y las investigaciones en Artes y Oficios!… Era lo que se dice maravilloso… ¡El curilla ya es que se corría! Saltaba sobre su asiento de gozo y deleite… ¡Exactamente lo que esperaba!… Conque, embelesado así además de su oferta anterior…

¡Nosotros no le pedíamos nada!… ¡Nos garantizó doscientos mil pavos! ¡a tocateja! ¡para todos los gastos del concurso! ¡No quería que se escatimara con los estudios preliminares!… ¡La confección de los presupuestos!… ¡Ni protestas ni racanería!… ¡Lo aceptamos todo!… ¡rubricamos!… ¡convinimos!… Conque, ya tan amigos, se sacó de la sotana un inmenso mapa submarino…

¡Para que comprendiéramos dónde estaban todas esas riquezas fenomenales!… desde hacía veinte siglos y más…

Cerramos la queli… Extendimos el pergamino entre dos sillas y la mesa… Era una obra maravillosa, aquel «Mapa de tesoros»… Daba vértigo de verdad… con sólo echarle un vistazo… ¡Sobre todo teniendo en cuenta el momento en que aparecía, tan extravagante Jesús!…

¡después de tiempos tan difíciles! ¡No se tiraba faroles, el curilla!… Estaban indicadas exactamente todas las pastizaras apalancadas en la pañí… ¡Era innegable! Y cerca de las costas… con los datos de «longitudes»… Podíamos imaginarnos perfectamente que, si encontrábamos la campana para bajar simplemente a 600 metros, ¡iba a estar chupado, la verdad! Éramos capitanes generales… ¡Teníamos al alcance de la mano todos los tesoros de la *Armada*!… ¡Bastaba bajar para cogerlos!… Ya se podía decir… A tan sólo tres mil millas marinas de Lisboa por la desembocadura del Tajo… ¡se albergaba un escondite colosal!… Y ahí, era cómodo de verdad, ¡empresa para principiantes!… Con un poco de audacia, forzando un poco la técnica… ¡la cosa adquiría otro cariz!… Se podía subir en un dos por tres a la superficie todo el tesoro del «Saar Ozimput» sepultado en el Golfo Pérsico dos mil años antes de Jesucristo… ¡Raudales de gemas únicas! ¡Aderezos! ¡Esmeraldas de una magnificencia increíble!… mil millones curiositos, como poco… El lugar preciso de ese naufragio, el cura lo había indicado con toda exactitud en el mapa… Cien veces, por lo demás, numerosos sondeos, realizados a lo largo de los siglos, habían señalado la posición… ¡No tenía pérdida!… Era, gastos aparte, simple asuntillo de sopletes… de «fresas oxhídricas»… Un reglaje… Si bien la subida a la superficie de los tesoros del «Saar» iba a ser un pequeño escollo… Pasamos un día cavilando… Y otras «incógnitas» mínimas de la legislación persa nos amargaron por un instante… Pero es que teníamos otros botines, bien a mano, chupados, perfectamente accesibles…

¡en mares más clementes!…

¡absolutamente libres de tiburones!

¡Había que pensar en los buzos! ¡Nada! Nada de tragedias…

En una palabra, que todos los fondos del globo rebosaban de cofres inviolados, de galerías atestadas de diamantes… ¡Pocos estrechos, caletas, golfos, ensenadas o desembarcaderos que no ocultaran en el mapa algún botín fabuloso!… ¡fácil de sacar a flote a partir de unos centenares de metros!…

¡Todos los tesoros de Golconda!

¡Galeras! ¡Fragatas! ¡Carabelas!

¡Pesqueros! ¡llenos hasta reventar de rubíes y Koh-i-Noors![25] De doblones de «triple efigie»… ¡Las costas de México en particular, parecían al respecto lo que se dice impúdicas!… Al parecer, los conquistadores las habían abarrotado literalmente, para nuestra fortuna, las habían colmado con sus lingotes y piedras preciosas… Si se insistía de verdad y a partir de los 1200 metros… ¡salían gratis los diamantes!… Por ejemplo, a la altura de las Azores, por citar sólo ese caso… un vapor del siglo pasado, el *Black Stranger*, un carguero mixto, correo de Transvaal, contenía por valor de más de mil millones… él solito… (según los expertos más prudentes…). Yacía sobre un fondo de rocas, a 1382 metros, ¡y en situación inestable!… Reventado ya por el centro… ¡Bastaba con hurgar entre las chapas!…

Nuestro cura conocía otros, un surtido asombroso… Todos los restos recuperables… y todos fáciles de vaciar… Varios centenares, a decir verdad… Había acribillado el mapa de agujeros para las prospecciones… Representaban los puntos de salvamento más urgentes… en décimas de milímetro… En negro, verde o rojo, según la importancia del tesoro… Con crucecitas… ¡Era pura cuestión de técnica! ¡de astucia! ¡de oportunidades!… ¡A ver si demostrábamos nuestros talentos!… ¡No se hizo esperar, qué hostia!… Des Pereires así, en plena fiebre para no dejarlo enfriar… cogió su pluma, una resma, la regla, la goma, el secante, ¡y redactó ante nosotros, acompañándose en voz alta, una auténtica proclamación!… ¡Vibrante!… ¡Sincera!… ¡Y, al tiempo, minuciosa e intachable!… ¡Así mismo trabajaba!… ¡Situó el problema pero que muy requetebién!… ¡en menos de cinco minutos! ¡en plena inspiración! ¡Un currelo de primera!… «¡No hay que dejar las cosas para mañana!… Este artículo tiene que salir en seguida… ¡será un número especial!…». Así ordenaba… ¡El cura estaba feliz! No cabía en sí de gozo… Ya es que no podía ni hablar…

Yo salí pitando para la Rue Rambuteau… Me llevé toda la pasta en el bolsillo… Dejé sólo cincuenta francos para la gruesa gachí… ¡Qué leche!… ¡Ya me había molestado bastante!… si los hubiera dejado en la caja, ¡seguro que no los habría vuelto a ver!… ¡El viejo ponía una jeta!… Debía adelantos a Naguère… ¡Ya tenía pensada la apuesta!… Todo aquello lo superaba… Pero ¡era mucho mejor que yo siguiera siendo el tesorero!… ¡Mucho menos peligroso!… Lo gastaríamos poco a poco… y ni un céntimo en los jamelgos… ¡Ah! ¡eso seguro!… Yo pagaría las cuentas… A Taponier el primero, ¡primer privilegio! Su «número especial»… Estaba en las últimas… Cuando vio mi «efectivo», ¡no daba crédito a sus acáis!… ¡Y eso que lo diqueló bien!… ¡y por transparencia!… ¡Líquido! ¡Estaba completamente *groggy*!… Ya no sabía qué responderme… Le pagué seiscientos francos de las deudas atrasadas, ¡y otros doscientos para el «número» y la publicidad del concurso!… Ahí sí que perdió el culo… Dos días después recibimos los ejemplares… ¡Expedidos, fajados pegados, sellados y todo!… ¡Los llevé a Correos en el carro de mano con Courtial y señora!…

Al cura, en el momento de salir, bien que le pedimos que nos dejara su dirección, su nombre, su calle, etc… ¡pero se negó en redondo!… ¡Quería conservar el anonimato!… Eso nos intrigaba… Evidentemente, ¡era extraño! Pero mucho menos que tantos otros… Era un hombre corpulento, tenía un aspecto extraordinariamente bueno, y limpio y afeitado, más o menos la misma edad de Courtial… pero del todo calvo… ¡Explotaba en tartamudeos en los arrebatos de entusiasmo!… ¡Ya es que no se sostenía en el asiento con lo que se agitaba!… Nos había parecido muy optimista… Raro, desde luego…

Pero, en fin, ¡lo que había demostrado es que tenía parné!… ¡Era un socio de verdad!… El primero que veíamos… Bien podía ser un poco extraño…

Al volver los tres de Correos, pasamos justo delante de la «guardia» con el carricoche, en la Rue des Bons-Enfants… Dije al viejo: «¡Espere un momento!… ¡A que se lo cuento!… ¡Le voy a decir que todo va bien!». ¡Vaya idea de chorra la que se me ocurrió de ir a farolear con el parné!… ¡decir que estábamos forrados!… Corrí, pues, empujé la puerta… Me reconocieron los guripas:

«¿Qué, chavea?…», me preguntó el del pupitre… «¿Qué cojones vienes a hacer por aquí?… ¿Quieres dar una vuelta por el local?…».

«No», le dije… «¡No, señor!… ¡No es para mí, el chabolo! ¡Pasaba por aquí y quería simplemente enseñarles un poquito de metálico…». Y le saqué mis cuatro pápiros… Los agité ante sus ojos… «¡Ya ve!», dije. «¡Y no es robado!… Vengo a avisarles simplemente de que es para otro concurso… "¡La campana de buzo!"…».

«¿Conque buzo, eh?»… me respondió… «¡Vas a ver tú, si te voy a hacer bucear yo!… Pero, bueno, ¿es que quieres quedarte conmigo, joder?… ¡Mierdica! ¡Mocoso!…».

Bajé aún más rápido… No quería ir a la comisaría… ¡En la calle nos cachondeamos!… Echamos a correr un poquito con el carricoche… ¡Najamos hasta la Rue de Beaujolais!…

Por fuerza semejante concurso para recuperar los tesoros… debía atraernos multitudes… ¡Nuestra participación como organizadores estaba fijada en el dieciséis por ciento de todo lo que saliera a la superficie!… ¡No tenía nada de exagerado! De todos modos, sólo de la *Armada* nos suponía, calculando justo, sin forzar para nada las cifras, tres millones más o menos… ¡Era razonable!…

He de reconocer que la gruesa gachí no lo veía chupado… Le olía un poco a chamusquina… Seguía con sus recelos… Ahora, que no se atrevía a piarlas… En una palabra, ¡era un milagro!… No se dejaba avasallar… Se limitaba a mirar el «metálico»…

El viejo, él sí, Courtial, ¡sí que disfrutaba!… Y con ganas… Ya veía todos los diamantes sacados en un montón sobre la arena, esmeraldas a puñados… Las pepitas en montículos, los lingotes… Todo el tesoro de los incas, sacado de las galeras… «¡Somos los saqueadores de los abismos!», gritaba por la queli… Brincaba… Sobre los papeluchos… Y después se detenía de pronto, se daba una palmada en la chola. «Pero ¡un momento! ¡mi niña! ¡No está repartido!…». ¡Vuelta a empezar con tinta roja y a cuatro columnas!…

¡Para la división se volvía a poner serio!… ¡Terriblemente escrupuloso!… ¡preveía los peores problemas!… ¡Se acabó el cachondeo! Tomaba todas las precauciones. ¡Redactaba un protocolo!

«¡Ah! ya te veo venir, cariño, ¡tú no los conoces aún!… ¡No sabes de lo que son capaces!… Yo, que los trato todos los días, sé lo que nos amenaza… ¡Si habré yo visto mecenas!… e inventores, ¿eh?… ¡Hace cuarenta años que los trato!… Ahora, ¡estoy cogido entre dos fuegos!… ¡Ah! ¡Ya lo creo!… ¡Ah! ¡No quiero verme consumido! ¡hecho polvo! ¡hundido!… ¡En el momento en que todo se ponga en marcha!… ¡En el instante exacto! ¡Ah, eso! ¡no, la verdad! ¡Ah! ¡Claro que no! ¡Qué hostia!… ¡La puta leche!… ¡Pluma en mano, Ferdinand! ¡Rápido! ¡Y en la otra la balanza! ¡Y en las rodillas una carabina! ¡Sí! ¡Ahí tienes a Courtial!… ¡Así mismo!… ¡Justicia! ¡Respeto! ¡Presencia!… ¡Yo los he visto crear, a todos mis inventores maravillosos! Como os estoy hablando a los dos… ¡Maravillas y maravillas! ¡auténticas sorpresas! ¡Y a lo largo de toda mi larga carrera! ¡Bien que puedo decirlo! ¡y por nada casi siempre!… ¡Por una miseria! ¡Por la gloria! ¡Por menos que nada!… ¡El genio se pudre en el sitio!… ¡Ésa es la verdad exacta!… ¡No se vende! ¡Se regala! Es *Gratis pro Deo*. Es menos caro que las cerillas… Pero ¡si te presentas amable! ¡Zalamero! ¡Si vienes a hacer un regalo, una gracia inédita! ¡Ah! ¡pues sí! ¡Te has creído, ricura, la bonita canción! ¡Vienes a alentar al investigador!… vendar las llagas del mártir… Llegas, tan inocente, con una sardinita… ¡El mártir da un brinco de veinte metros! ¡La afrenta!… ¡Todo cambia! ¡Todo trastornado! ¡Todo se derrumba! ¡Un relámpago! ¡Y se entreabre el infierno!… ¡El iluminado se vuelve chacal! ¡Vampiro! ¡Sanguijuela! ¡El encarne!… ¡La carnicería! ¡Una papilla atroz! Para mejor quitarte el metálico, ¡te destripan al instante!… ¡Te crucifican! ¡Te vaporizan! ¡No hay cuartel! ¡Ni alma que valga! ¡El oro, amigo! ¡El oro! ¡Cuidado!… ¡Muy bonito! ¡muy bonito, amigo! ¿Ir a hurgar en los abismos? Pero, por cien pavos mal repartidos, ¡me los conozco yo, a esos puntos! ¡Harían saltar el mapamundi!… ¡Ah! ¡sí! ¡tal cual! ¡no exagero! ¡Si lo sabré yo!… ¡A nuestros papeles! ¡A nuestros papeles! ¡Ferdinand! ¡Cuidado con la distracción! ¡Manuscritos irreprochables! ¡legalizados! ¡rubricados! ¡depositados antes del mediodía en casa del letrado Van Crock, en la Rue des Blancs- Manteaux! ¡Estudio excelente! por triplicado… ¡Nuestra participación, lo primero! ¡Y estipulada en mayúsculas!

¡Imposible de impugnar! ¡Oleográfica!

¡Nada de argumentos dubitativos!

¡Raciocinios pérfidos! ¡Ah! ¡eso nunca!

¡Ah! ¡Curilla de la Providencia! ¡pronto vas a tener con qué bucear! ¡Ah! ¡Ni siquiera se da cuenta, el pobre inocente! … ¿Campanas?… Pero ¡si es que en menos de un mes me van a estar trayendo al menos tres o cuatro al día! ¡Qué digo!… ¡Una docena! ¡Y que cumplan nuestras condiciones!… ¿600 metros?… ¿1200?… ¿1800?… ¡Estoy tranquilísimo! No quiero decir nada… No quiero pronunciarme… ¡al tuntún!… ¡Quiero seguir siendo imparcial!… ¡No quiero parecer tendencioso!… Esperaré al día de las pruebas, ¡ya está!… Pero, si no recuerdo mal, ya he ofrecido, de todos modos, varios artículos muy eruditos sobre esa cuestión… ¡Ah! ¡a ver! podría encontrar las fechas exactas… ¡Aún no estábamos casados! … Era hacia el 84 o el 86… Justo antes del Congreso de Amsterdam… La Exposición de los Sumergibles… Tal vez pudiera encontrarlos de nuevo… Han de estar en la tienda… Expliqué muy bien todo eso… En el "suplemento"… ¡Hombre! ¡Ya me acuerdo!… de *El mundo al revés*…

¡Recuerdo la campana!… ¡Como si la estuviera viendo!… Reforzada, claro está… con pernos triples… ¡y paredes dobles con trincheros!… ¡Cumbre ferromagnética!… ¡Hasta aquí está claro!… Cojinetes aterrajados al "milímetro" por el contorno de los lastres… ¡Ya está!… Los remaches en "iridio-bronce"… ¡Prodigiosos contra el desgaste marino!… ¡Ni uno solo picado por los ácidos después de años en la pañí!… ¡Templados en clorido- sodio! ¡Una sobrecarga galvanoplástica con eje centrífugo!… ¡Simple cuestión de cálculo!… ¡Datos que hasta un niño entendería! ¡Iluminación radiodifundible con proyector Valadon!… ¡Un poco de adelanto y desparpajo!… ¡Huy, huy, huy!

... ¡No es para romperse las meninges! La tenaza, una grande, circular y "prensil"... ¡Eso tal vez sea más delicado!... ¡Yo la pasaría por la cara exterior!... Digamos del "23-25"... Calibre excelente... ¡Las válvulas en "retrobáscula" para mayor seguridad aún!... Para la cadena de transmisión, ¡ni la menor duda!... Una "Rotterdam et Durtex", de tres centímetros por eslabón... Y si quieren algo aún más fuerte... para estar del todo tranquilos...

¡El máximo de garantía! ¡Que no vacilen en usar un "cabo" trenzado con cobre y cuerda, y del "28-34"! ¿Comprendes lo que quiero decir?... ¡Los "Rastrata" son impecables! ¡No es que yo tenga "acciones"! Funda "pneumática" reforzada... patente "Lastragone"... ¿Y las ventanillas?...». ¡Ah! Volvían a embargarlo las dudas... «Yo en su lugar desconfiaría de los cojinetes de los Arsenales... los famosos "Tromblon-Parmesan". ¡No han dado resultados prodigiosos precisamente en los submarinos! ¡Nada! ¡Nada!... ¡No se ha contado todo! En el Ministerio, claro está, los defienden con tesón... pero ¡yo sigo en mis trece!... Por lo demás, ¡ya lo había predicho!... Con presiones medias, aún se defienden... Hasta diez kilos no hay problema... Pero, ya a partir de "veinte décimas"... ¡Es como papel de seda, chico!... Los peces pasan por entre medias... Nadie podrá convencerme de lo contrario... En fin, estoy seguro de que lo piensan... ¡No puedo influirles!... ¡Ni siquiera citaré mi artículo! ¡Ah! ¡no, qué va!... ¡Ah! ¡pues sí! ¡Voy a citarlo, hombre!...

Íntegramente... Al fin y al cabo, es un deber... ¿Verdad, querida Irène? ¿No crees tú? ¿Y tú, Ferdinand? ¿Que debo pronunciarme? Después de todo, ¡es un momento crítico!... ¡Es ahora el instante o nunca!... ¡Aquí estoy! ¡Presidiendo!

¡Debo comunicarles mis reflexiones! ¡Y no dentro de diez años! ¡Hoy! ¡Tienen su modesto valor!... Y, además, es que, mira, ¡basta de frases!... ¡Es muy bonito aconsejar, jugar a los gerontes, las academias, los sabios!... Pero ¡no es suficiente!... ¡No!... ¡Siempre he pagado con mi persona!... ¡Aquí!... ¡Allá!... ¡Acullá!... ¡Por doquier!... ¡Irène es testigo!... ¡Nunca he eludido un peligro! ¡Jamás!... ¿A cuento de qué?... ¿En sus trastos? ¡Yo mismo bajaré en ellos!... Quizá la primera vez no... Pero la segunda, ¡seguro que sí!... ¡No podrán impedírmelo!... ¡Es mi función exactamente!... ¡Me corresponde! ¡Por supuesto!... Es indispensable, me parece... ¡Su único control auténtico seré yo, mi mirada, mi autoridad! ¡No cabe la menor duda al respecto!».

«¡Ah!», fue y saltó la purí, como si acabaran de morderla en las nalgas... «¡Ah! ¡eso sí que no!... ¡Ah! ¡De ningún modo!... ¡Antes prefiero cortar la cuerda! ¡Aquí donde me ves! ¡Pues sí! ¡Lo que faltaba, vamos! Nunca, ¿me oyes? ¡Nunca te dejaré bajar! ¿Es que no has hecho bastante el imbécil? ¡En su trasto, nunca! ¿Acaso eres un pez?... ¡Déjalos que buceen, esos chiflados! ¡Es asunto suyo!... ¡Tuyo, no! ¡Que no, vamos, que no!...».

«¡Chiflados! ¡Chiflados! ¡Ya es que no te queda ni pizca de lógica! ¡Ni la menor coherencia mental!... ¿Es que no me has estado fastidiando para que vuelva a subir a los aires? ¿Sí o nasti? ¿Es que no querías recuperar el globo? ¡Una furia infernal! ¡loquita por él estabas! *¡Animoso! ¡Animoso!* No hablabas de otra cosa... ¡Y yo no soy un pájaro!...».

«¡Pájaro! ¡Pájaro! ¡Me estás insultando! ¡Ya estás buscando pendencia otra vez!... ¡Vale! ¡Ya veo lo que quieres, guarro!... ¡Bien que lo sé! ¡Quieres largarte! ¡Volver a marcharte de garbeo!...».

«¿Adónde? ¿Al fondo del mar?...».

«¡Fondo del mar!... ¡Fondo del mar! ... ¡Venga, hombre!...».

«¡Ah! ¡Déjame! ¡Déjame, Irène! ¿Cómo quieres que reflexione? ¡Si te empeñas en embrollarlo todo! ¡Con tus impulsos idiotas!... ¡Tus frenesíes insólitos!... ¡Déjame reflexionar con calma!... ¡Me parece que el momento es bastante crítico!... Ferdinand, ¡tú! ¡Guarda la tienda! ¡Y, sobre todo, no me habléis!».

Ahora volvía a dar órdenes... Recuperaba el tono... el color... la insolencia, incluso... Silbaba su tonada seductora, el *Sole mio* de los buenos tiempos...

«¡Sí! ¡Es mejor que salga! Voy a respirar... ¿Te quedan cien francos, chaval?... ¡Voy a ir a pagar el teléfono! ... ¡Así daré un paseo!... Ya es hora de que nos lo vuelvan a conectar... ¿No te parece?... ¡Buena falta nos hace!...».

Se quedó así, en el umbral... No estaba decidido... Miraba bajo las Galeries... Se largó hacia la izquierda, o sea, hacia *Aux Émeutes*... Si se hubiera ido hacia la derecha, habría sido para los *Vases* y las zurras... En la vida, en cuanto mejoran un poquito las cosas, ya no se piensa sino en las guarrerías.

No se puede negar, fue una auténtica orgía, lo de la venta del número... ¡Una riada continua!... Entraban en la queli en tromba... Aun después de las nueve de la noche, llegaban subscriptores a reclamar su suplemento... ¡Todo el día una feria!... La tienda se hundía bajo el peso de los curiosos... ¡el umbral quedaba desgastado con sus pisoteos!...

¡Des Pereires arengaba!... Así, de pie sobre el mostrador... Distribuía a manos llenas... Yo no paraba... Daba la lata al impresor... ¡No cesaba de ir y venir!... con el «capacho». El carrito era demasiado largo para el Faubourg Montmartre... Iba trayendo todos los números, según salían de las prensas...

La gruesa gachí hacía las fajas... para los envíos a provincias... ¡Eran importantes también!... Se hablaba prácticamente en todas partes del concurso de la «Campana profunda»...

¡Se había vuelto un acontecimiento!...

¡El tío Edouard, claro está, se había enterado también! Pasó por las *Galeries*... Entró por la puerta pequeña... ¡Estaba contentísimo de que nuestro periódico saliera a flote otra vez!... Había estado preocupado... Ya me veía otra vez muy chungo... ¡buscando otro currelo!... ¡Y, mira por dónde, recuperábamos justo entonces el favor del público!... ¡Viento en popa! ¡Un éxito increíble!...

¡La esperanza del tesoro es algo magnífico!... ¡Nada se le puede comparar!... Por la noche, después de los recados, cuando volvía del Autoservicio, me ponía de nuevo con los paquetes... y hasta las once de la noche... La Violette me había avisado...

«¡No te fuerces! ¡No seas chorra! ¡No te lo van a agradecer!... Si te matas... ¿quién te cuidará?... Tu purili, no, ¡eso seguro!... ¡Invítame a una menta, anda, tronqui!... Te voy a cantar *La fille de Mosteganem*... ¡Verás cómo te voy a gustar!...». En esos casos se alzaba las faldas por delante y por detrás... Como no llevaba pololos, era de verdad la danza del vientre... Se daba así, al aire libre... en medio de la *Galerie*... Las otras jas acudían... y siempre con tres o cuatro clientes, además, cada una... Cabritos, pichafrías, mirones boqueras... «¡Duro ahí, Mélise! ¡Que te queremos ver bailar!».
Se sacudía con ganas la raja...

¡Le templequeaba la almeja!... Los otros daban palmas, un verdadero frenesí, baile tunecino... Siempre atraía a la tira de curiosos. Después de eso yo la invitaba a la menta... Acabábamos todos en *Aux Émeutes*...

El rincón de la Violette era más bien cerca de la balanza, detrás de los pilares más anchos, en la Galérie d'Orléans... No tardaba ni dos minutos en bajarse al pilón... Si pescaba a un primavera, se lo llevaba al *Pélican*, a dos pasos... frente al Louvre... Eran dos francos, la habitación... Le gustaba mucho el *pernod* seco... La hacíamos repetir su canción:

> *El Oriente mágico vino...*
> *A sentarse bajo mi tienda...*
> *Traía el culo al aire...*
> *Un ojo en el bajo vientre...*

Mientras, yo sin vender una escoba... Muchas veces se me pegaba como una lapa... se lanzaba a los cotilleos... Cuando yo quería que se las pirara, sólo había un medio.

«¡Vente!...», le decía... «¡Vente, chica! Que me vas a ayudar a atar paquetes».

«¡Espera que me chupe otra!... Espérame, cielo... Tengo que ganarme el jornal...».

¡Nunca podía contar con ella!... En seguida buscaba un pretexto... Se rajaba de inmediato... Aparte del cosido de los botones, que era su manía, nunca pude conseguir que me ayudara en currelos de verdad... Se desanimaba al instante... Era un medio mágico...

* * *

Apenas una semana después, empezaron a afluir otra vez las soluciones, los proyectos... al maravilloso ritmo de un centenar al día: *Ad libitum*, indicaban las condiciones... No se habían preocupado de las contingencias... ¡Se habían permitido casi todo!... En conjunto, al primer vistazo, se trataba de textos, precisiones de buten... ¡Habían currado con avaricia, nuestros admirables investigadores!...

¡Eran unas propuestas balísticas bastante extravagantes! pero ¡había detalles buenos!... Algo se podía sacar... De forma muy general, cuando utilizaban papeles pequeños, de formato propio de taberna, era casi seguro para alabarnos el diseño de un ingenio fenomenal, una campana mayor que la Ópera... y en los planos desmesurados, dieciocho formatos en «octavo», se trataba casi seguro de pequeños sondeos de veinte centímetros.

En esa zarabanda de manías, ¡había para todos los gustos! Todos los sistemas, las fantasías, los subterfugios, para ir a buscar nuestros tesoros...

¡Ciertas campanas propuestas tenían forma de elefante!... Otras más bien de tipo hipopótamo... Una mayoría, era de esperar, había adoptado formas de peces... Otras, aspectos humanos... personas y rostros de verdad... Una incluso, observaba el inventor, era su propietaria, con parecido muy fiel, con ojos que brillaban a partir de los ochocientos metros, en rotaciones concéntricas... para atraer a toda la fauna... de los fondos marinos...

A cada llegada del correo, en la mesa, ¡no cesaban de brotar! ¡deslumbrar, caracolear, las soluciones prodigiosas!... Ya sólo esperábamos a nuestro curilla. ¡Había prometido volver el último jueves del mes!... Así habíamos quedado, bien claro... Allí estábamos, firmes en nuestro puesto... Tenía que traer diez mil francos... ¡El anticipo de nuestra parte!... Con eso íbamos a poder liquidar de inmediato algunas trampas, las más urgentes, en el barrio, ¡recuperar el teléfono! ¡Incluir fotos muy bellas en un «número muy especial»!... ¡Dedicado íntegramente a la campana!... Ya se hablaba mucho de nosotros en los órganos de la prensa de mayor circulación para el salvamento de submarinos, no sólo para recuperar las fabulosas pastizaras sepultadas... Era justo el año siguiente a la catástrofe del *Farfadet*[26]... Aún no se había disipado la conmoción... ¡Teníamos ocasión, seguro, de obtener el reconocimiento nacional!...

Sin embargo, ¡todas esas perspectivas no entusiasmaban lo más mínimo a la gruesa gachí!... ¡Ponía muy mala cara incluso! Quería volverlo a ver, al cura, antes de dar otro paso... Conque lo esperaba, aquel jueves, con impaciencia... Me preguntaba diez veces por hora si no lo veía venir... al final de las *Galeries*... ¿Y el patrón?... ¿Dónde andaría?... ¿De juerga, seguramente?... ¿No estaría en el sótano?... ¿No?... Se había largado por la mañana... ¡Venían a reclamarlo desde todas partes!... La cosa se ponía bastante inquietante... Dije a la vieja:

«¡Espéreme! Corro a *Aux Émeutes*...». Apenas llegado al umbral... Me lo vi, al señor, paseándose, cruzando despacito el jardín... Se le iban los ojos tras las nodrizas... Lo más despreocupado del mundo... ¡Silbando, el cabrón! Con los brazos cargados de botellas... Corrí... Me abalancé... Lo abordé...

«¿Qué? ¡Ferdinand! ¿Qué? Pareces muy nervioso... ¿Hay un incendio en casa?... ¿Algo va mal?... ¿Ha llegado?».

«¡No!», le dije... «¡No ha llegado!...».

«Entonces, ¡pronto llegará!...», me respondió muy tranquilo... «Mira, vino de Banyuls... ¡y un Amer!... ¡anís! ¡y galletas!... ¡No sé lo que le gustará, al curilla!... ¿Qué pimplará, un cura?... ¡De todo, espero!...». Quería festejarlo... «Creo sinceramente, Ferdinand, que a partir de ahora vamos por buen camino... ¡Ah, sí! se anuncia... ¡Se perfila!... ¡Ah! ¡Esta mañana he estado mirando los planos!... ¡No veas los que han llegado! ¡Un torrente de ideas, chico!... Una vez pasada la avalancha... ¡yo! ¡Voy a hacer una selección, que no veas!... Todo lo que prometa... Todo lo que deba olvidarse... Él no lo puede hacer... ¡Quiero que me dé carta blanca! ¡Nada de empirismo!... ¡Conocimientos! ¡Esta tarde mismo vamos a hablar de eso!... Y, además, como comprenderás, ¡eso no es todo! ¿Y la solvencia? ¡No puedo lanzarme a la buena de Dios! ¡Ah, no! ¡Sería demasiado cómodo! ¡Ya no tengo edad para eso! ¡Ah! ¡Claro que no!... ¡Una cuenta en el banco! ¡Lo primero! ¡Ante todo!... ¡Y doscientos billetes sobre la mesa! ¡Firmas conjuntas! ¡Él y yo! ¡Convoco a los constructores!... ¡Nos lanzamos!... ¡Podemos hablar!... ¡Sabemos lo que decimos!... ¡Ya no somos unos chavales, la verdad!». No obstante, le vino una pequeña duda...

«¿Crees que le gustará todo eso?...».

«¡Ah!...», dije... «No me cabe duda...». Estaba absolutamente seguro.

Así, charlando, nos acercábamos al periódico... Esperamos aún un poco... ¡Ningún cura a la vista! ¡La cosa se estaba poniendo chunga!... La señora Pereires, muy nerviosa, intentaba poner un poco de orden... Que no pareciese demasiado una leonera... Ya era normalmente un desbarajuste terrible, conque desde que se había organizado aquel pitote ¡ya es que no quedaba ni un centímetro de espacio!... ¡Una basura de aúpa!... Una cerda no habría encontrado a sus crías... Una pajaza en plena erupción... absolutamente repugnante... del suelo al segundo... papeluchos rajados, libros agrietados, manuales podridos, manuscritos, memorias, hechos todos serpentinas... nubes de confeti volanderos... Todos los encartonados desollados, en desorden, en melaza... ¡Se habían llevado por delante nuestras hermosas estatuas, incluso, esos gamberros!... ¡Habían decapitado a Flammarion! En el Hipócrates habían dejado plantificado un secante, unos hermosos bigotes violetas... Con esfuerzo inconcebible sacamos del tumulto tres sillas, la mesa y el gran sillón. Echamos a los clientes... Despejamos un espacio para recibir al santo hombre...

A las cinco y media en punto, con un retraso de sólo treinta minutos... por allí se anunciaba ya... Lo vi, yo, cruzar por la Galerie d'Orléans... Traía un cartapacio negro, atestado... Entró... Lo saludamos. Dejó su carga sobre la mesa... ¡Todo iba bien! Se enjugó el sudor... Debía de haber venido a buen paso... Intentaba recobrar el aliento...

Se inició la conversación... Courtial llevaba la batuta... La vieja subió al Alcázar... bajó unas carpetas, ¡las más notables!... ¡Había ya un buen surtidillo! Las colocó junto al cartapacio. Él sonrió afable... Parecía bastante satisfecho... Hojeó así, con el dedo, un poco... Pilló al azar... No parecía demasiado decidido... Nosotros esperábamos, no nos movíamos... que reflexionase cuanto quisiera... Respirábamos muy prudentes... Toqueteó unas páginas más... y después, ¡se le arrugó toda la cara!... ¡Un tic!... ¡Otro! ¡Una sacudida horrible de verdad! Pero ¡si era un ataque!... Como un verdadero trance le dio... Entonces arrojó todos los papeluchos... Tiró todo al escaparate... Y después se agarró la chola... Se la toqueteó con las dos manos. Se la masajeó, se la manoseó... Se pellizcó, se palpó con fuerza la barbilla... y las mejillas, la carne, los pliegues, la nariz también, las orejas... ¡Una convulsión endiablada!... Se restregó los acáis, se arañó el cuero cabelludo otra vez... Y después, se inclinó brutal... De pronto se agachó, ya estaba en el suelo... Volvió a sumergir toda la cabeza entre los papeles... Olfateó toda la masa... Gruñó, sopló muy fuerte... Cogió un buen puñado y después... ¡Vuaf!... ¡Lanzó todo por el aire!... Todo al techo... Llovían papeluchos, carpetas, planos, folletos... Había por todos lados... Ya no nos veíamos... Una vez... dos veces... ¡vuelta a empezar! ¡Sin dejar de lanzar alaridos! ¡jubilosos! ... ¡No cabía en sí de gozo! Pataleaba... volvía a hurgar... La gente se aglomeraba ante nuestra puerta... Volcó el cartapacio... Sacó más periódicos, simples recortes, a puñados... Desparramó también todo eso... Entre medias, bien que lo vi yo... ¡había pápiros!... ¡Los distinguí entre los papeluchos!... Los vi volar... Fui a pillarlos, recogerlos... Sabía yo hacerlo... Pero, mira por dónde, cargaron dos cachas... A empellones abrieron la puerta... Apartaron... Empujaron a la multitud. Pasaron. Saltaron sobre el cura. Lo sujetaron, lo redujeron, lo derribaron, lo inmovilizaron en el suelo... ¡Ah! ¡se asfixiaba, el pobre! Se metió bajo la mesa refunfuñando... «¡Policía!», nos dijeron a nosotros... Lo sacaron por los tachines... Se sentaron sobre el desgraciado...

«¿Lo conocen desde hace mucho?», nos preguntaron entonces... Eran inspectores... El más huraño sacó la placa... ¡Respondimos en seguida que no teníamos nada que ver!... ¡En absoluto! El curilla no cesaba de patalear... Forcejeaba, el pobre tío... Encontró el modo de ponerse de rodillas... Lloriqueaba... Nos imploraba... «¡Perdón!... ¡Perdón!...», nos pedía... «Era para mis pobres... Para mis ciegos... Para mis sordos y mudos...». Suplicaba que le dejaran hacer la colecta...

«¡Cierra el pico! ¡Nadie te ha preguntado nada!... Está furioso, este cabronazo... ¿Cuándo vas a dejar de hacerte el chulo?...». El que había enseñado la placa fue y le metió un cabezazo tan sonoro y oportuno, que el curilla lanzó un ¡cuac!... ¡Se desplomó! ¡Dejó de hablar!... Le pusieron al instante las esposas... Esperaron un momento más... Respiraron... Lo pusieron de pie otra vez a patadas. No había acabado aún la cosa. Courtial tuvo que firmarles un «comprobante» y otra papela más... «dorso-reverso»... Uno de los magdalenos, el menos severo, me explicó un poquito la naturaleza del andoba majara... Era un cura de verdad... ¡y canónigo honorario, además!... ¡El canónigo Fleury!... Así se llamaba... No era su primera trastada... ni su primer desastre... Ya había timado a todos los miembros de su familia... miles y miles de francos... A sus primos... a sus tías... a las hermanitas de San Vicente de Paul... Había mangado a todo el mundo... A los mayordomos de la diócesis... al macero e incluso a la sillera... Le debía por lo menos dos mil francos... Todo ello para fechorías que carecían de sentido y de principios... Ahora metía mano en la caja, la de los Sacramentos... Lo habían sorprendido dos veces... desvalijando el cofrecito. Habían encontrado toda la «Ofrenda de Juana de

Arco» en su cuarto forzada con tijeras… Se pirraba por los tesoros… Lo habían notado demasiado tarde… Ahora iban a encerrarlo… Su obispo de Libourne reclamaba su encierro… Había una muchedumbre, bajo nuestros soportales… Lo estaban pasando bomba, no se perdían ripio de la apasionante sesión… Y había unos comentarios que para qué… Le daban mil vueltas al asunto… Advertían los pápiros dispersos por la queli… Pero yo también los había guipado… Había tenido presencia de ánimo… Ya había recuperado cuatro y una moneda de cincuenta francos… Lanzaban: ¡Ah! ¡Ajá! ¡Oh! ¡Oooh! ¡Bien que me habían visto, los gachós, ante el escaparate!… Los guris empujaron a nuestro curilla hasta el gimnasio… Aún oponía resistencia… Tenían que pasar por detrás para meterlo en un simón… Se resistía con todas sus fuerzas… No quería marchar ni mucho menos…

«¡Mis pobres! ¡mis pobres pobres!…», no cesaba de berrear. Llegó, por fin, el simón tras muchas dificultades… Lo jalaron adentro… Tuvieron que amarrarlo, azocarlo al banco con la cuerda… Aun así, no se estaba quieto… Nos enviaba besos… ¡Daba vergüenza ver cómo lo torturaban!… El simón no podía partir, la gente se ponía delante del caballo… Querían mirar dentro del arcón… Querían que sacaran al canónigo… Por fin, gracias a otros guripas… despejaron el terreno… Entonces todos aquellos pestes volvieron a acudir ante la tienda… ¡No entendían nada! No cesaban de abuchearnos…

A la gruesa gachí, con tantas injurias, se le hincharon las narices… Quiso que eso se acabara al instante… no se anduvo con contemplaciones… Saltó a la burda… Abrió, salió, se presentó, se enfrentó a ellos…

«¿Qué, a ver?», les dijo… «¿Qué os pica?… ¡Atajo de chorras! ¡Pandilla de capullos! ¡Chaveas, que el culo os huele a brea! ¡Idos a tomar por culo! ¡Chulos! ¡Piantes! ¿De qué os quejáis?… ¿Es que tenéis algo que ver, acaso, con ese gurripato?». Con un descaro que para qué… Pero no dio resultado… ¡La pusieron más verde aún!… Arreciaron los berridos. Nos cubrían el cristal de lapos. Tiraban guijarros… ¡Se anunciaba la matanza!… Tuvimos que refugiarnos en tromba… y por detrás… ¡perdiendo el culo!…

* * *

Tras semejante descalabro, ya no sabíamos qué inventar… ¿Cómo disuadirlos ahora, a los energúmenos? La «Campana buscatesoros del fondo del mar» se había convertido rápidamente en una corrida tan feroz como el «Movimiento perpetuo»… Un follón de la mañana a la noche… Y muchas veces hasta me despertaban a las tantas de la mañana con sus vociferaciones. Un desfile de chiflados de atar, que se despechugaban ante la puerta, hinchados, inflados hasta reventar de certezas, de soluciones implacables… Se te caían los cojones al suelo de verlos… ¡Y no cesaban de aparecer otros!… Interrumpían la circulación… ¡Un pitote de poseídos!… Estaban tan apiñados, tan hormigueantes en la tienda, tan jeringados en las sillas, aferrados a los montículos, arropados en los papeluchos, que ya no se podía entrar a coger nada… Sólo querían quedarse ahí, convencernos un minuto más, con los detalles inéditos…

¡Si aún les hubiéramos dicho algo, al menos! Si hubiesen abonado todos un anticipo, una comisión, una inscripción, habríamos entendido tal vez que no estuvieran felices y contentos, que armaran jaleo, ¡que se insurgieran!… Pero ¡no era así ni mucho menos!… ¡Por excepción extraordinaria! ¡No les debíamos nada, la verdad! ¡Eso era lo más cojonudo! ¡Podrían haberlo tenido en cuenta!… ¡Que no nos movía el deseo de lucro! ¡Que se trataba, en una palabra, de un asunto de deporte y honor!… ¡Puro y simple! Que estábamos lo que se dice en paz… ¡Ah! Pero ¡resulta que no!… ¡Lo contrario exactamente! ¡Hacían la revolución por el placer de jorobar!… ¡Nos tenían mil veces más fila! ¡Se mostraban mil veces más cabrones! ¡piantes! ¡rabiosos! que nunca antes, ¡cuando les chupábamos la sangre hasta los huesos!… ¡Auténticos demonios!… ¡Cada cual berreaba como en la Bolsa en defensa de su queli!… Y, encima, ¡todos juntos!… ¡Una murga espantosa!… ¡Ninguno podía esperar ni un minuto más!… ¡A cada cual había que construirle al minuto! ¡ni un segundo! ¡su abracadabrante sistema!… ¡Que carburara!… ¡Y que funcionase!… ¡Tenían una prisa inmunda de bajar todos al fondo del mar!… ¡Cada cual por su tesoro propio!… ¡Querían ser los primeros todos! ¡Que si lo estipulaban nuestras «condiciones»! ¡Esgrimían nuestra papela!… Y eso que les habíamos gritado que estábamos hasta los huevos de sus jugarretas repugnantes… ¡de soportar su jaleo!… ¡que eran puras trolas!… El Courtial trepó a propósito por la escalera en espiral para decirles toda la verdad…

Lo dijo a grito pelado por sobre la multitud… Se había puesto su chistera, lo que da idea de la solemnidad… Confesión total, yo estaba allí… ¡Un milagro que nunca se repetiría!… ¡Les aclaró que ya no teníamos socio! Que se había acabado… nada que arrascar… ¡Ni millones ni niño muerto!… Les aclaró, además, que la pasma lo había encerrado… Sí, a ése, el cura… ¡Que no volvería a salir nunca! Que le habían puesto la camisa de fuerza, ¡que se había ido al agua el negocio!… «¡Al agua! ¡Al agua!…». Pataleaban de entusiasmo al oír sus palabras… Repetían todos en coro: «¡Al agua! ¡Courtial! ¡Al agua! ¡Al agua!…». No cesaban de acudir cada vez más, a traer nuevos proyectos… Se tronchaban, cuando queríamos parlamentar… Ya es que no había modo… Su convicción era total…

¡Sabían todos que se ha de sufrir, cuando se tiene fe! La fe que mueve montañas, que abre los mares… Tenían una fe tremenda… ¡A fe no los ganaba nadie! Por lo demás, ¡estaban convencidos de que nosotros queríamos quedarnos con toda la pasta!… Conque se quedaban ante la puerta… Vigilaban las salidas… Se instalaban a lo largo de las verjas…

Se echaban cómodamente… Ya no tenían la menor prisa… Tenían la convicción… ¡Lo creían a pie juntillas! … No valía la pena insistir… Nos habrían liquidado en el sitio al menor intento de negarlo… Se volvían cada vez más crueles… Los más canallas, los más ladinos, daban la vuelta por detrás… Venían por el gimnasio… Nos hacían señas para que fuéramos… En un rincón, cuchicheando, proponían arreglos, aumentos de la comisión… cuarenta por ciento en lugar de diez para nosotros del primer botín obtenido… Que nos ocupáramos de ellos de inmediato, antes que de todos los demás… ¡Nos consideraban muy avariciosos!… Ya querían corrompernos… ¡Nos atraían con el señuelo de gratificaciones!

Courtial ya es que no quería ver nada, ni hablar, ¡ni oírlos siquiera!… Ni salir quería siquiera… Temía que lo localizaran… Lo mejor era de nuevo el sótano.

«Tú», me decía… «¡Sal de aquí!… ¡Acabarán zurrándote! Ve a sentarte allí, bajo los árboles… al otro lado del estanque… Será mejor que no nos vean juntos… ¡Tienen que agotarse!… ¡Déjalos que las píen todo lo que puedan!… ¡Es una corrida de ocho, diez días!…».

Se equivocaba en el cálculo, la cosa duró mucho más…

Por fortuna, habíamos salvado, de todos modos, un pequeño peculio… Lo que yo había pillado del canónigo… Casi dos mil francos… Habíamos pensado levantar el campo una noche con ese parné, una vez disipada la tormenta… ¡Trasladaríamos el material y nos iríamos con viento fresco a otra parte!… ¡A otro barrio!… Aquel sitio estaba ya imposible… Organizaríamos otro *Génitron* sobre bases totalmente nuevas… con otros inventores… No hablaríamos más de la «Campana»… Era, en conjunto, bastante viable, cosa de dos, tres semanas soportando los insultos…

Entretanto, me costó Dios y ayuda hacer comprender a la gruesa gachí que más valía que se quedara en casa, en el hotelito de Montretout… ¡Que esperara, pues, el final de la tormenta!… No quería escucharme, ¡no creía en el peligro!… Ya me lo conocía, a nuestro público… Ella los excitaba mucho con sus modales, su pipa, su velo… No cesaban los insultos… Además, les plantaba cara… aquello podía acabar muy mal… Corría un riesgo tremendo de que se la cargaran… Los inventores tienen arrebatos terribles, impulsos que los sacan de sus casillas… ¡Destrozan todo a su paso! Desde luego, ella no se habría achantado… se habría defendido como una leona, pero ¿para qué más dramas?… ¡Nada ganaríamos!… ¡Con eso no iba a salvar su hotelito!… Acabó accediendo, tras verter ríos de saliva y suspiros que partían el corazón…

Ese día, no había venido… Courtial estaba sobando en el sótano… Habíamos almorzado juntos, en *Les Escargots*, en casa de Raoul, bastante bien, qué caramba, en la esquina con el Faubourg Poissonnière… No nos habíamos privado de nada… No me quedé a crear moho en la tienda… Salí en seguida… y me instalé a buena distancia, como de costumbre, en el banco de enfrente, detrás de *La Rotonde*… Desde allí vigilaba los alrededores… Podía intervenir incluso, si la cosa se ponía muy fea… Pero era un día tranquilo… Nada de particular… Los mismos grupos de siempre, charlatanes, boceras, que fermentaban por los alrededores… así desde comienzos de la semana anterior…

¡Nada extravagante, la verdad!… No había razón para que me quemara la sangre… cocían a fuego lento sin jaleo… E incluso un poco después, a las cuatro, ¡se hizo la calma un poco!… Se sentaron en fila india… Hablaban con murmullos más que nada… Debían de estar muy cansados… Una auténtica sarta a lo largo de los demás escaparates… Se notaba el hastío… No podía durar mucho más… Yo ya pensaba en las perspectivas… que íbamos a tener que pirárnoslas… Emprender otros trapicheos... ¡Guindar, pispar a otros «primaveras»! ¡Y otros percales, además!... Peculio no nos faltaba... Pero ¡cuánto duraría? ¡Psss! ¡No es nada del otro mundo fundir dos billetes de mil francos!... ¡Si queríamos levantar el periódico!... y, además, ¡apoquinar por el hotelito!... ¡No era posible, a decir verdad, hacer las dos cosas a la vez!... En fin, yo estaba entregado a mis ensueños... profundamente absorto... cuando de lejos... en el callejón de Beaujolais, ¡divisé a un gachó muy alto que armaba un follón de la hostia!... ¡gesticulaba con todos sus miembros!... Las piaba, saltaba, caracoleaba justo delante de nuestra puerta... Agarró el picaporte... Sacudió la burda como si fuera un árbol... ¡Llamaba a gritos a des Pereires!... ¡Estaba absolutamente furioso, fuera de sí, el muchacho!... Antes de guillárselas se rompió los cuernos un buen rato... Nadie respondió... Embadurnó todo el escaparate con un pincel y color verde... ¡Debían de ser guarrerías!... Salió de naja... con la misma exaltación... En fin, ¡peores cosas habíamos visto!... ¡No era trágico!... Yo me había temido algo peor...

Pasaron una o dos horas más... El sol empezó a descender... Dieron las seis... Era el momento desagradable, el que yo más temía... La hora chunga por excelencia para los follones, las peleas... sobre todo con nuestra clientela... El instante espantoso en que todas las tiendas sueltan a sus maníacos, sus empleados demasiado ingeniosos... ¡Todos los majaras de juerga!... La gran dispersión de las fábricas, los almacenes... Se precipitan, sin sombrero, ¡jalando tras el autobús!... ¡los artesanos obsesionados por los efluvios del progreso!... ¡Aprovechan los últimos instantes!... Del fin del día... ¡Corren como desesperados, se ajetrean! Son sobrios, bebedores de agua... Galopan como cebras. ¡El gran momento de las grescas!... Me daba dolor de vientre, ¡sólo de oírlos llegar!... ¡Nos cogían por banda a modo de aperitivo!...

Me quedé cavilando un poco más... Pensaba también en el papeo... Que iba a despertar a Courtial... que me había pedido cincuenta francos. Pero entonces, ¡me sobresalté de repente!... ¡Me llegó un gran clamor! Por la Galerie d'Orléans... ¡se amplificaba, se acercaba!... Era mucho más que un rumor... ¡Retumbaba! ¡Una tempestad! ... ¡Trueno en los cristales!... ¡Me lancé! Pegué un salto hasta la Rue Gomboust, de donde parecía venir más estruendo... Me topé con una horda, energúmenos de lo más salvajes, brutos mugientes, rabiosos... ¡Debían de ser por lo menos dos mil berreando en el largo pasadizo!... Y no cesaban de surgir otros, de las calles adyacentes... Estaban comprimidos, estrujados en torno a un furgón, como un camión muy rechoncho... Justo en el momento en que yo llegaba, estaban descuartizando la verja del jardín... Arrancaron todo de un solo embate... Ese carricoche plano era un ariete tremendo... Derribaron los dos soportales... ¡Sillares como si fueran pajitas!... ¡Se derrumbaba, se desintegraba! estallaba en añicos a derecha e izquierda... Era absolutamente aterrador... ¡Bajaban como un relámpago!... uncidos al trasto infernal... ¡La tierra temblaba a mil quinientos metros!... Rebotaban en el arroyo... ¡Había que ver qué frenesí!... ¡Cómo saltaban y brincaban en torno a su catafalco! ¡arrastrados todos en la carga!... ¡Yo no daba crédito a mis ojos! ... ¡Estaban desenfrenados!... ¡Eran por lo menos ciento cincuenta sólo en los varales!... ¡jalando bajo las bóvedas con la enorme carga en el trasero!... Los otros energúmenos se afanaban, se enredaban, se desmembraban para mejor aferrarse al timón... en la sobrequilla... ¡en los ejes!... Me acerqué a su zarabanda... ¡Ah! Los distinguí, ¡nuestros inventores!... ¡Estaban prácticamente todos!... ¡Los reconocí casi uno por uno!... Ahí estaba De la Gruze, el camarero... ¡aún llevaba sus zapatillas!... Y Carvalet, el sastre... ¡Le costaba correr! ¡Perdía el calzón!... Ahí estaban Bidigle y Juchère, los dos que inventaban juntos... que pasaban todas las noches en Les Halles... transportando cestas... ¡Vi a Bizonde! Vi a Cavendou... ¡Vi a Lanémone y sus dos pares de gafas!... ¡el que descubrió la calefacción de mercurio!... ¡Distinguí a todos los cabrones!... ¡Pedían a gritos una matanza! ¡Asesinato! ¡Eran de verdad locos furiosos!... ¡Entonces trepé a la verja! ¡Ahora dominaba el tumulto!... Ahora lo veía bien, en el pescante, al gigante de pelo rizado que los excitaba, ¡el cabecilla en jefe!... ¡Vi todo el trasto monumental!... Era un caparazón de hierro forjado... ¡esa porquería fantástica!... ¡Era la campana de Verdunat! ¡La blindada total!... ¡No había duda!... ¡el famoso proyecto!... ¡Bien que lo reconocía! ¡Con las ventanillas luminosas! ¡haces divergentes!... ¡El colmo! ¡Ahí estaba despechugado, Verdunat!... ¡Subido a su aparato! ¡Había trepado a la cima! ¡Vociferaba! ¡Agrupaba a los demás pupas! ¡Exhortaba! ¡Iba a lanzarlos a la carga otra vez!...

Yo lo sabía, nos había avisado, absolutamente categórico, que lo construiría, de todos modos, ¡contra nuestro parecer! ¡con sus propios medios!... ¡Con todos sus ahorros!... No queríamos tomarlo en serio… ¡No era el primero que se tiraba faroles!… ¡Eran tintoreros en Montrouge, de padre a hijo, los Verdunat!… ¡Se había traído a la familia!… ¡Ahí estaban todos!… ¡Brincando en torno a la campana!… Cogidos de la mano… La danza… la mamá, el abuelo y los chavalines… Nos traían su utensilio… Bien que nos lo había prometido… ¡Y yo que me negaba a creerlo!… ¡Venían empujando el monstruo desde Montrouge! ¡El trío de los chiflados! ¡La coalición salvaje!… Me armé de todo mi valor… ¡Ya me imaginaba lo peor!… Me reconocieron… ¡Me vituperaron! ¡Furia general!… ¡Querían sacarme las tripas!… Me lanzaban lapos, todos desde abajo… ¡Me vomitaban! Dije:

«¡Perdonen! ¡Escúchenme! ¡Un minuto!…». Silencio… «¡No entienden ustedes bien!».

«¡Baja aquí! ¡mierdica!… ¡Verás si te damos por culo de una vez por todas!… ¡Machaca de los cojones! ¡Veleta! ¡Chulito! ¡Forrapelotas! ¿Dónde está ese viejo boceras?… ¡Que le vamos a retorcer las entrañas un poquito!…».

¡Así era como me escuchaban!… No valía la pena insistir… Por fortuna, ¡pude salir de naja! Me apalanqué detrás del quiosco… entonces grité:

«¡Socorro!» y con todas mis fuerzas… Pero ya era demasiado tarde… Ya no se me oía en el jardín, con el follón… los truenos… los fulgores… Y justo delante de nuestra puerta, ¡la carnicería máxima! ¡Los había como excitado con mis palabras! ¡los había enfurecido aún más! … ¡Estaban en pleno paroxismo!… Conque, ¡desengancharon todos los petrales!… Abandonaron el timón… Apuntaron el artefacto infernal atravesado en la avenida… ¡hacia el escaparate!… Arreciaron los clamores… Los energúmenos de todas las *Galeries*, de los alrededores, se lanzaron hacia la campana al toque de llamada… ¡La jauría entera tomó impulso! «¡A la una! ¡A las dos! ¡Zas! ¡Zas! ¡Aúpa!». ¡La masa se puso en movimiento!… ¡La propulsaron con un solo impulso!… toda la catapulta contra el cristal… ¡Voló todo en añicos!… ¡El artesonado cedió! ¡se rompió! ¡se desparramó! ¡Saltó todo!… ¡Una avalancha de vidrios!… ¡El monstruo penetró, forzó, tembló, aplastó! ¡El *Génitron* entero se desplomó en un torrente de cascotes!… Nuestra escalera de caracol, el rincón del comanditario, todo el entresuelo tunecino… tuve tiempo de verlos derrumbarse en una catarata de papeluchos, ¡y despúes en la explosión de polvo!… Entonces se formó una nube gigantesca, que blanqueó, llenó de golpe todos los jardines, las cuatro galerías… ¡La horda se asfixiaba!… ¡Envuelta en yeso!… ¡Escupían! ¡Tosían! ¡Se ahogaban! Empujaban, de todos modos, el torrente… la chatarra… los cristales… ¡los techos siguieron en la cascada!… ¡La campana se estremeció! el piso se rompió, se agrietó, se abrió… ¡Oscilaba, la máquina espantosa, bailaba al borde del precipicio!… Se inclinó… Volcó al fondo… ¡La Virgen!… ¡Una devastación!… ¡Un trueno hasta el cielo!… gritos tan estridentes… tan atroces… ¡paralizaron de súbito a toda la jauría!… Todos los jardines quedaron envueltos en el denso polvo… Llegaron, por fin, los agentes… Buscaban a tientas en el lugar del desastre… Hicieron un cordón en torno a los escombros… ¡Acudieron otros guripas a paso ligero! … Los amotinados se separaron… ¡se dispersaron!… ante la carga… Emprendieron el galope otra vez en los alrededores del restaurante… Tiritaban de emoción… ¡Los guris despejaron a los curiosos en las inmediaciones de la catástrofe!… ¡Yo me los conocía a todos, los amotinados!… ¡Podría haberlos entregado ahora! Habría sido muy fácil… ¡Sabía, yo, quién era el más pérfido! ¡el más tunela de la banda! ¡el más violento!… ¡el más cerdo! ¡Conocía yo a algunos que se chuparían diez castañas! ¡Sí! Pero ¡no me molaban las venganzas! ¡Con eso sólo conseguiría volver la cosa aún más chunga!… y se acabó… ¡Quería ocuparme de lo más necesario!… Me lancé al hospital… Me acerqué a los grupos… Los guris me reconocieron… «¿No han visto al patrón? ¿a Courtial des Pereires?», ¡pregunté a los cuatro vientos! ¡Nadie lo había visto! ¡Yo me había separado de él a mediodía!… De repente vi al comisario… Era el de Bons-Enfants… ¡El mismo, exacto, enano asqueroso que nos había jeringado tanto!… Me acerqué… Le notifiqué la desaparición… Me escuchó… Se mostró escéptico…

«¿Usted cree?…», me dijo… Se mostró incrédulo… «Pero ¡si estoy seguro!»… Entonces bajó conmigo por los lados de la grieta… Fuimos a explorar los dos… ¡Grité!… ¡Llamé!… «¡Courtial! ¡Courtial!… ¡Arriba! ¡Arriba!». Gritamos todos juntos, con los agentes… ¡Una vez! ¡dos veces! ¡diez veces!… ¡Volví a pasar al borde de todos los agujeros!… ¡Me asomé entonces a los abismos!… «¡Seguro que está en el burdel», observó el otro, ¡el triste áspid! … Íbamos a abandonar… ¡cuando oí de pronto una voz!

«¡Ferdinand! ¡Ferdinand! ¿Tienes una escala?…».

¡Era él, era él! ¡No había duda! Surgió de un profundo talud... ¡Salió con mucho esfuerzo!... Tenía la jeta cubierta de harina... Le lanzamos una cuerda fuerte... Se aferró... ¡Lo izamos! ¡Salió del cráter!... ¡Estaba indemne!... ¡Nos tranquilizó!... Sólo había quedado encajonado, apretado, encerrado entre la campana y la muralla... Pero ¡ya no encontraba el chapiri!... Al principio se irritó... Echó pestes... ¡La levita había sufrido!... No insistió... No aceptaba socorro alguno... Se negó a ir a la farmacia... Ahora era él quien miraba de abajo arriba a los guripas... «Iré a declarar, señores», dijo tan campante... Sin más explicaciones, pasó por encima de la barandilla, las viguetas y los escombros... Ya estábamos fuera...

«¡Paso!... ¡Paso!...». ¡Apartó a la multitud!... Su levita se había quedado sin faldones... Había perdido su hábito... Iba cubierto de polvo, como un Pierrot, y perdiendo la borra al najar... Aceleró aún más... Me llevó hacia la salida cercana al Louvre... Me agarró de la manga. Tenía un tembleque de la hostia... Ya no fanfarroneaba...

«¡Vamos! ¡Vamos! ¡Rápido, Ferdinand! ¡Mírate detrás! ¿No nos ha seguido nadie?... ¿Estás seguro? ¡Camina, hijo!... ¡No volveremos nunca por aquí! A esta queli, nunca... ¡Es una trampa infame! ¡Ya puedes estar seguro! ¡Es evidente el complot!... ¡Voy a escribir al propietario!».

* * *

Así, una vez hecha añicos nuestra oficina, yo ya no tenía dónde dormir... Conque, ¡decidimos, de común acuerdo, que fuera a Montretout!... Volvimos a pasar por *Aux Émeutes*... ¡No podía tomar el «rengue» con la levita hecha jirones!... El patrón tuvo la amabilidad de prestarle un terno viejo. Charlamos un poco con dos energúmenos... Tenía el pantalón, Courtial, lleno de agujeros... Hubo que cosérselo... Todo el mundo había visto las peleas, había oído los gritos, la tremenda barrila...

¡todo el mundo estaba apasionado!... Hasta el Naguère participaba... Quería hacer algo, organizar una colecta... ¡Yo dije que no nos hacía falta!... ¡Me habría dado coraje aceptar!... ¡Que aún teníamos cuartos! ¡Ya había pimplado bastante a la salud de nuestro pureta!...

¡Podía mostrarse generoso!... De repente pagó los chatos, otra ronda y otra más incluso.

Hacía bastante calor ya... Era en el mes de junio, a finales... Con todo aquel polvo tan terrible, ¡acabamos, charla que te charla y con la garganta contenta, vaciando al menos diez, doce litros!... Nos fuimos haciendo eses... ¡Era tardísimo!... ¡Aún muy emocionados!... En la Estación del Norte, ¡cogimos el último tren por los pelos!...

En Montretout, por fortuna, ¡hacía una noche llena de estrellas!... ¡y hasta un clarito de luna! Casi podíamos ver el camino... Sin embargo, para no colarnos por los senderos de Montretout, sobre todo a partir de la cumbre de la cuesta, ¡teníamos que andarnos con mucho ojo!... ¡Aún no había ni que pensar en faroles ni carteles!... Nos orientábamos por aproximación, mediante tacto e instinto... Las quelis nos servían de punto de referencia... La cosa podía acabar muy mal... ¡Había siempre, a consecuencia de trágicas meteduras de pata, casi cuatro o cinco asesinatos al año por lo menos!... Extraviados... ¡presuntuosos que se equivocaban de hotelito!... ¡que se aventuraban en las verjas!... ¡que llamaban justo donde no debían!... Se exponían, los pobres incautos, a que los dejaran fritos con una salva... Con revólver reglamentario... con carabina Lebel... y después los rematara en un periquete la jauría de la finca... Un hato despiadado de lo más carnicero, loco, feroz, compuesto sólo por chuqueles bastardos... horriblemente agresivos, adiestrados especialmente para ese fin... Se precipitaban para el descuartizamiento... No quedaba nada del infeliz... Hay que decir también, para explicarlo, que era justo la época de las hazañas de la banda de Bonnot[27], que desde hacía seis meses aterraba la región nordoccidental, ¡y aún andaban sueltos!...

¡Todo el mundo presa de la zozobra! Una desconfianza absoluta... No se conocía ni a padre ni a madre, una vez cerrada la burda... ¡Pobre del que se perdiera!...

El propietario ahorrativo, el ahorrador meticuloso, escondido tras sus persianas, pasaba la noche al acecho, sobando con un solo ojo, ¡con las manos crispadas sobre su arma!...

El atracador taimado, el vagabundo avieso, al menor indicio... ¡podían considerarse desahuciados, muertos, liquidados!... ¡Habría sido cosa de milagro que salvaran los cataplines!...

¡Una vigilancia impecable!... Sombras de lo más asesinas...

Courtial no estaba tranquilo ahí, ¡bajo la marquesina de la estación!... Se imaginaba el regreso... el camino... las emboscadas diversas... ¡Cavilaba un poquito!... «¡Adelante!»... Al dar los primeros pasos por la carretera, se puso a silbar muy fuerte... ¡una tirolesa!... Era el toque de llamada... ¡Así nos reconocerían en los puntos peligrosos!... Penetrábamos en la noche... ¡La carretera se volvió extraordinariamente blanda! ¡hundida! ¡fundente!... Distinguíamos muy vagamente masas en las sombras... contornos de quelis... Nos ladraron, aullaron, vociferaron, al paso de cada barricada... La jauría se lanzaba con una rabia... Caminábamos lo más rápido posible, pero ¡se puso a llover! ¡Una melaza inmensa! El camino subía de través.

«¡Vamos»... me advirtió... «al extremo mismo de Montretout! El punto más elevado... ¡Vas a ver qué vista!».

Su casa, «La Gavotte» estaba en la cima de la región. Me lo había explicado muchas veces, ¡coronaba todo el paisaje!... Desde su cuarto veía todo París... ¡Estaba empezando a jadear!...

¡Y eso que no era un barro espeso! Entonces, ¿si hubiera sido invierno?... Por fin, más lejos, tras la curva, vi señales, luz en movimiento... agitada...

«¡Es mi mujer!», exclamó entonces...

«Como ves, me habla en clave: C... H... A... M... ¡Una vez abajo! ¡Dos veces arriba!...». Por fin, ¡ya no tenía pérdida!... Pero no dejábamos de subir, de todos modos... ¡Cada vez más deprisa!... Reventados, sin aliento... Llegamos a su cercado... La purí con el farol bajó corriendo la escalera... se precipitó sobre su marido... Se puso a piarlas... no me dejaba decir ni una sola palabra... Ya desde antes de las ocho, ¡estaba haciendo señales a cada tren!... Estaba lo que se dice indignada... Y, encima, ¡yo allí! ¡No estaba previsto!...

¿A qué venía?... Nos hacía preguntas perentorias... ¡De repente se dio cuenta de que Courtial había cambiado de terno!... ¡Estábamos demasiado cansados para ponernos a matizar!...

¡Qué leche!... Entramos en la queli... Nos sentamos en la primera habitación... ¡Allí le descubrimos todo el pastel! Bien que se lo temía, evidentemente, con aquel retraso... un follón de alguna importancia... Pero, vamos, menudo marrón, ¡peor no podía ser!... ¡Blac! así, ¡en plena jeta!... Se quedó como veinte flanes... le temblequeaba toda la cara y hasta los bigotes... ¡Ya es que no podía emitir sonido!... Por fin, le salió en forma de lloros...

«Entonces, ¿se acabó, Courtial?... ¿Se acabó? ¡dime!...». Se desplomó sobre la silla... Yo creía que se iba a morir... Estábamos allí los dos... ¡Preparados para tenderla cuan larga era por el suelo!... Me levanté a abrir la ventana... Pero ¡volvió frenética a la carga!... saltó de su asiento... ¡Vibraba con toda su osamenta!... Se repuso... ¡Era pasajera, la angustia! ¡Ya estaba otra vez de pie! Vaciló un poco sobre su base... Se afianzó otra vez con fuerza... Dio un fuerte puñetazo sobre la mesa... Sobre el hule...

«¡Por los clavos de Cristo! ¡Es demasiado al final!», gritó con ganas...

«¡Demasiado! ¡Demasiado! ¡Tú lo has dicho!...». Él montó en cólera también. Se puso como una fiera delante de ella... La horma de su zapato... Cacareaba como un gallo...

«¡Ah! ¡Es demasiado!... ¡Ah! ¿Es demasiado?... Pues mira, ¡yo no lo lamento!... ¡No! ¡No!... ¡Como lo oyes! ... ¡Absolutamente nada!...».

«¡Ah! No lo sientes, ¿eh, cacho cabrón?... ¡Ah! Estás contento, ¿verdad?... Y el hotelito, ¿qué? ¿Has pensado en las letras? ¡El sábado volverán, chico! ... El sábado, ¡ni un día más!... ¿Los tienes tú, los 1200 francos?... ¿Los llevas en el bolsillo?... Los prometimos, ¡bien que lo sabes!... ¡Los están esperando!... ¡A mediodía volverán! ¿Los llevas en el bolsillo?... ¡No a la una! ¡A mediodía!».

«¡Leche! ¡Leche! ¡y releche! ¡al final!... ¡Me la chupa el hotelito!... ¡Puedes metértelo en el culo!... Los acontecimientos me liberan... ¿Me entiendes?... ¡Di, lista!... ¡Ni amargura! ¡Ni rencor! ¡Ni deudas! ¡Ni proyectos!... ¡Me la trae floja! ¿Me oyes bien? ¡Me cago en todo eso! ¡Sí!...».

«¡Te cagas! ¡Te cagas! ¡Deudas! ¡Deudas! Pero ¿llevas los cuartos contigo? ¡Di, so lelo!... Ferdinand tiene seiscientos pavos, ¡y se acabó! ¡Bien que lo sé! ¿no?... ¿Los tiene, Ferdinand?... ¿No los habrá perdido? Pero lo que vendrán a buscar serán mil doscientos, ¡no seiscientos!... ¿Aún no lo sabes?...».

«¡Huy! ¡Huy! ¡Nunca un paso atrás!... ¡La gangrena! ¿Vas a defender la gangrena?... ¡Amputación!... ¿Me entiendes, berzotas? ¡Amputación bien arriba! ¿Te has bebido todo el vino blanco, entonces? ¡Lo huelo desde aquí! ¡Bien arriba! ¡El ajo! ¡sí! ¿Salvar qué? ¡Hombre, te apesta la boca!

¡El muñón podrido! ¿Las larvas? ¿Las moscas? ¡El bubón! Carne purulenta, ¡ni hablar! ¡Nada de gestiones! ¡Ni una sola! ¿Me oyes?... ¡Nunca, verdulera! ¡mientras yo viva!... ¡La derrota! ¡La palinodia! ¡La cautela! ¡Ah, no! ¡Y una leche! ¿Que tire los tejos a quienes me apuñalan?... ¿Yo? ¡Nunca!... ¡Ferdinand! ¿me oyes?... ¡Aprovecha todo lo que ves! ¡Mira! ¡Intenta comprender la grandeza, Ferdinand! ¡No la verás muy a menudo!».

«Pero bueno, ¡si eres tú el que ha bebido!... Pero ¡si es que habéis bebido los dos!... ¡Me vienen borrachos, estos cerdos!... Y, encima, ¡me ponen verde!».

«¡La grandeza! ¡El despego, cretina! ¡Mi marcha! ¿Lo sabías?... ¡No sabes nada!... ¡Lejos! ¡Más lejos!... ¡te digo!... Desprecio de las provocaciones, ¡las peores! ¡Las más odiosas! ¿Qué vileza indecible puede germinar en esos odres inmundos? ¿Eh? ¿Esos perros sarnosos?... ¿La medida de mi esencia? ¡Nobleza, aborto!... ¿Me oyes?... ¿Tú que apestas a ácido aliácico?... ¿Lo entiendes? ¡di, panoli! ¡Nobleza! ¿Me oyes? ¿Para tu "Gavotte"? ¡mierda! ¡mierda! ¡y mierda!... ¡Nobleza! ¡Luz! ¡Sabiduría increíble! ... ¡Ah! ¡Oh! *¡lansquenees* delirantes!... ¡Bribones para cualquier saqueo!... ¡Oh, Marignan! ¡Oh, mi derrota, Ferdinand de mis desgracias!... ¡Ya no doy crédito aquí ni a mis ojos! ¡ni a mi propia voz!... ¡Soy mágico! ¡Estoy satisfecho! ¡Las vueltas que dan las cosas!... ¡Yo ayer aún en el cenit! ¡Embargado de favores! ¡Adulado! ¡Plagiado! ¡Acosado! ¡Festejado por doquier! ¿Qué digo? ¡Invitado desde los cuatro puntos del globo! ¿Lo viste? ¡Lo leíste!... ¿Y hoy? ... ¡Patatrac! ¡¡¡Brum!!!... ¡No me queda nada! ¡Cayó el rayo!... ¡Nada!... ¡El átomo soy yo!... Pero el átomo, Ferdinand, ¡lo es todo!... ¡El exilio, Ferdinand!... ¿El exilio?». Su voz se hundía en la tristeza... «¡Sí! ¡Eso es! ¡Me descubro! ¡El destino me abre las puertas! ¿El exilio? ¡Sea! ¡Para los dos! ... ¡Hace mucho que lo imploro! ¡Hecho!... ¡Me ha alcanzado el golpe! ¡Transcendente! ¡Hosanna! ¡Irrevocable! ¡Toda la felonía se ha destapado!... ¡Por fin!... ¡Me lo debía!... ¡Después de tantos años de acosarme! ¡mimarme! ¡extenuarme!... ¡Compensación!... ¡Se muestra! ¡La descubro! ¡La violo absolutamente! ¡Sí! Forzada, en plena efervescencia... ¡En plena plaza pública!... ¡Qué visión, Ferdinand!... ¡Qué espectáculo! ¡Estoy colmado, Irène mía!... ¡Rabiosa! ¡Sangrienta! ¡Aullante! ¿me oyes?... ¡La hemos visto esta misma tarde asaltar nuestro noble periódico! ¡Abalanzarse al asalto del espíritu! ¡Aquí, Ferdinand, es testigo! ¡Herido! ¡Magullado, desde luego! ¡Mutilado!... ¡Me contraigo! ¡Me concentro! ¡Me alejo de esas pesadillas! ¡Ah! ¡combate abominable! Pero ¡la bolsa se ha roto pero bien! ¡la hiel ha salpicado en todas direcciones! ¡Me ha cubierto, a mí, los ojos! Pero el espíritu no ha sufrido. ¡Oh, noble, pura recompensa! ¡Oh! Sobre todo, ¡nada de compromisos! ¿Me oís, todos? ¿Ir yo ahora a engatusar a mis verdugos?... Antes, ¡el acero! ¡el acaso! ¡el fuego!... ¡Todo! Pero eso, ¡no! ¡Ah! ¡Puah!... ¡Los dioses se conciertan! ¡Sea!... ¡Me honran con el más amargo de los presentes! ¡El don! ¡El odio! ¡El odio de los buitres!... ¿El exilio?... ¿Lo rechazaré? ¿Yo? ¡Sería no conocerme!... ¡Bien!...». ¡Ya se reía por adelantado!... ¿Me ponen a prueba?... ¡Halagado!... ¡Me sonrojaría de orgullo!... ¿Demasiado cruel?... ¡Hum! ¡hum! ¡Veremos!... ¡Un asunto entre dioses y hombres!... ¿Quieres saber, Ferdinand, cómo me las arreglo? ¡Como gustes, amigo! ¡Como gustes!... ¡No te vas a molestar! ¡Hombre, Ferdinand! Tú, que gustas de pasear, ¿conoces bien el Panteón?... ¡Di, pobre obtuso!... ¿No has notado nada? ¿Has visto alguna vez "El pensador"? Está en su pedestal... Ahí... ¿Qué hace? ¿Eh, Ferdinand? ¡Piensa, amigo! ¡Sí! ¡Eso sólo! ¡Piensa! ¡Pues bien! ¡Ferdinand! ¡Está solo!... ¡Ya ves! ¡Yo también estoy solo!... ¡Está desnudo! ¡Yo también estoy desnudo!...¿Qué haríais por mí? ¿pobres criaturas?...». ¡Le inspirábamos piedad! los dos, ¡la gruesa gachí y yo!... «¡Nada! ¿Tú? ¡pobre chaval pasmado por las endocrinas! ¡afligido por el crecimiento! ¡Invertebrado, en una palabra! Pobre gasterópodo, al que el menor sueño aniquila... En cuanto a mi pobre duendecilla, ¿qué me daría? ¿de útil? ¿de inútil? Un eco conmovedor de nuestros años muertos... ¡Pruebas! ¡Pruebas difuntas! ¡Inviernos deslucidos! ¡Horrores!...».

«¿Cómo me has llamado?... ¡Repítelo!... ¡Rápido, que yo lo oiga!...». Las últimas palabras no le habían gustado... «¿Me tomas el pelo? di, marrano!».

No le gustaban las alusiones... Lo amenazaba con el jarrón, quería más detalles... ¡de lo que acababa de insinuar!...

«¡No le haga caso, Ferdinand! ¡No le haga caso!... ¡Nuevas mentiras y nada más! ¡No suelta otra cosa por la boca!... ¿Qué has hecho en la cocina?... ¡Dímelo en seguida!... ¿Con mi malvavisco?... ¿No sabes?... ¡También eso me lo ha robado!... ¿Y en mi tocador? ¿El bicarbonato? ¿No sabes tampoco?... ¿Has hecho otra lavativa?... ¡No lo niegues! ¿Y el agua de Vals? ¿Dónde la has puesto?... ¡No respeta nada! ¡La había traído a propósito para tomármela el domingo!...».

«¡Déjame, anda!... ¡Déjame concentrarme un poco!... Me acosas. ¡Me exasperas! ¡Me hostigas!... ¡Qué obtusa eres, niña!... ¡mi buena y dulce querubina!...».

Entonces ella se quitó el chapiri, se sorbió los mocos con ganas, palpó el respaldo de la enorme silla, un mazacote enorme, macizo...

«¡Responde, pues!», le conminó...

«¿Dónde lo has puesto, mi malvavisco?...».

Él no sabía qué responder... ella empezó a alzar el objeto... agarró los dos largueros... Él comprendió el gesto... Se lanzó por la mesita de costura... La aferró por debajo de la caja... ¡Los dos tenían lo necesario!... ¡Se iban a ver las caras!... Yo me apalanqué en el ángulo de la chimenea... Él parlamentó...

«¡Cariñito mío! ¡Te lo ruego! ¡Te lo suplico, tesoro mío! ¡Escúchame! ¡Sólo una palabra antes de que te enfurezcas más!... ¡Escúchame! ¡No rompas nada! ... ¡Está vendido todo! ¡Dios mío! ¡Vendido todo!».

«¿Vendido? ¿Vendido?... ¿Cómo que todo vendido?...».

«¡Pues todo! ¡Sí! ¡todo! ¡Desde esta misma mañana! ¡Te lo estoy intentando decir! ¡Todo al Crédit Lémenthal!... ¡al Sr. Rambon! ¿Lo conoces? ¡Al de lo contencioso! ¡No quedaba otra solución! ¡Acabado! ¡Todo liquidado! ¡Saldado! ¡Lavado! ¡Ya está! ¿Me comprendes? ¿Has entendido ahora, merluza? Te deja boquiabierta, ¿eh? ¿No te tranquiliza? ¡Mañana, te digo!... ¡Mañana por la mañana vendrán!...».

«¿Mañana? ¿Mañana? ¿Mañana por la mañana?...». Repetía ella como un eco... ¡Aún no había despertado!...

«¡Sí, mañana! ¡Yo he hecho lo que había que hacer! ¡Tú sólo tienes que firmar los papeles!».

«¡Ah! ¡cabrón! ¡cacho cabrón! ¡Ah! ¡Me abre las entrañas, el golfo! ¡Nunca lo hubiera imaginado!... ¡Seré zoquete!...».

Entonces dejó caer la silla, se desplomó sobre ella, se quedó con los brazos caídos, totalmente sonada... Resoplo, ¡y se acabó!... Ya no era la más fuerte, la verdad... ¡Él había conseguido lo que se proponía!... Ella lo miraba, más allá de la mesa, desde el otro lado de la queli, al menda atroz, como se mira al pulpo asqueroso, el monstruo exhorbitante, a través del cristal del acuario... ¡La tremenda pesadilla de otro mundo!... No daba crédito a sus ojos... Ya es que no podía hacer nada, la verdad. ¡No valía la pena intentarlo!... ¡Renunciaba, completamente derrotada!... Se abandonaba a la pena... Sollozaba con tal violencia, apoyada en el aparador, chocaba tan fuerte con la cabeza... que la vajilla salía rodando, caía en cascada al suelo... ¡Él no se detenía por tan poca cosa!... Explotaba su ventaja... Reforzaba su posición...

«¿Qué, Ferdinand? ¿Eh? ¿Ves? ¿te figuras?... ¿Consigues imaginarte la intrepidez personal?... ¿Comprendes? ¡Ah! mi decisión viene de lejos... y, por Dios, que la he meditado con prudencia... ¿Ejemplos? ¿Émulos? Tenemos, señora, ¿cuántos? Pues, ¡a montones! ¡Y de los más ilustres! ¿Marco Aurelio? ¡Ya lo creo! ¿Qué hacía, él, el pureta? ¡En coyunturas muy semejantes! ¡Abrumado! ¡deshonrado! ¡acosado! Sucumbiendo casi bajo la maraña de conspiraciones... más abyectas... Las perfidias... ¡más asesinas!... ¿Qué hacía en esos casos?... ¡Se retiraba, Ferdinand!...¡Abandonaba a los chacales los peldaños del Foro! ¡Sí! ¡A la soledad! ¡al exilio! ¡iba a pedir consuelo! ¡El nuevo ánimo!... ¡Sí!... ¡Se interrogaba a sí mismo a solas!... ¡A nadie más!... ¡No buscaba los sufragios de los perros rabiosos!... ¡No! ¡Pufff!... ¡Ah! ¡espantosa palinodia!... ¿Y el puro Vergniaud?[28] ¿El inefable? ¿A la hora de la carnicería, cuando los buitres se agrupan sobre la carnaza? ¿Cuando se eleva el olor insípido?... ¿Qué hace, él, él más puro de los puros?... ¿El cerebro mismo de la sabiduría?... ¿En esos minutos desolados en que cualquier mentira vale una vida?... ¿Se retractará con palabras? ¿Renegará? ¿Mascará la inmundicia?... ¡No! ¡Sufre a solas su calvario!... ¡Solo domina!... ¡Se despega!... ¡Preludia a solas el gran silencio!... ¡Se calla! ¡Ya ves, Ferdinand! ¡Yo también me callo, hostias!...».

Des Pereires, que no era demasiado alto, se erguía en el cuarto para exhortarme mejor... Pero estaba encajonado, de todos modos, entre la estufa y el enorme aparador... No tenía mucho sitio... Nos miró, ahí, a los dos... Nos volvió a mirar... ¡Se le ocurrió una idea!...

«¿No queréis…», dijo… «salir?… ¿Dar una vuelta?… ¡Quiero quedarme solo!… ¡Sólo un minuto!… ¡Quiero arreglar una cosa!… ¡Por favor! ¡por favor! ¡un segundo!…».

Era una propuesta de lo más estrafalaria, ¡sobre todo a aquella hora! La purí así, en el umbral, apergaminada en su chal, ¡estaba espantosa!

«Entonces, ¿nos pones en la puta calle?… Pero ¡te has vuelto completamente majareta!».

«¡Dejadme al menos diez minutos!… ¡No os pido más! ¡Es indispensable! ¡Imperioso! ¡Irremediable! ¡Un favorcito!… ¡Dejadme un segundo tranquilo! ¡Un segundo a solas de verdad!… ¿Eh? No es tan complicado… ¡Id a dar un paseo por el jardín! ¡Se está mucho mejor que dentro!… ¡Hale! ¡Hale! ¡Os haré una señal! ¿Es que no entendéis?…».

Insistía e insistía. ¡Ya no tenía el gran sótano como en el *Génitron* para reflexionar a gusto!… Sólo tenía los tres cuartitos para deambular… Tozudos, tercos, discutones, ¡yo veía que se iban a tirar de los pelos!… si no me llevaba a la purí… Ella era la que más las piaba… Conque me la llevé hacia el pasillo…

«¡Volvemos dentro de cinco minutos!…», le dije… «¡Hágame caso!… Déjelo tranquilo… Es un puñetero… Además, quiero hablar con usted…».

Quiso coger el farol… ¡No era el mejor momento para dar paseos!… ¡Hacía bastante frío, la verdad! Menuda la rabia que tenía ella… Estaba desconsolada… No cesaba de chillar.

«¡Hacerme esto a mí, el muy cerdo! ¡sátiro! ¡canalla redomado! ¡A mí, Ferdinand! ¡A mí!…».

Se agitaba a lo largo de la barrera… Tropezaba un poquito, aún con el farol… Mascullaba toda clase de injurias… Pasamos delante de cajoneras… Allí, quiso que nos detuviéramos… Sin dejar de llorar, resoplar, se empeñó en enseñármelas… levantó los enormes aparejos… para que viese bien los retoños… los tallitos… lo fino que era el mantillo…

«¡Todo esto, Ferdinand! ¡Todo esto! ¿me oye usted? Lo he plantado yo… ¡Yo solita!… ¡Él, no! ¡Ah, no! ¡ni hablar!…». Tenía yo que mirar otra vez… Y los nabos pequeñitos… ¡Y las babosas!… El platillo para la calabaza… Levantaba todas las tapaderas… los bastidores… ¡Y había chicorias!… Dimos una vuelta en torno a cada rectángulo… Al final, ya no podía más… ¡Me iba contando lo que sufría durante las sequías! También bombeaba, llevaba los jarros… desde allí… desde el grifo… hasta el final de los paseos… La pena le cortaba el habla… Se sentó, se volvió a levantar… Tuve que ir a ver el gran tonel para el agua de lluvia… que no era suficiente…

«¡Ah! ¡Es verdad!…», saltó de nuevo… «¡Usted no conoce su sistema! … ¡Ah! ¡Y eso que es chachi! ¿El dichoso invento?… ¿No lo conoce usted?… Pues, ¡eso sí que sí! ¡Ah! ¡Nunca ha hecho nada mejor! ¡Y, sin embargo, yo me opuse! ¡Ya puede estar seguro! ¡Huy, huy, huy! ¡Lo que porfié!

¡Pues no protesté ni nada!… ¡En vano! ¡Absolutamente! ¡Más terco que treinta y seis mulas! ¡Me dio un guantazo! Pero ¡yo no me anduve con chiquitas! ¡Ya puede estar seguro! Y al final, ¿qué? ¡Pues que me demolió todo el lado bueno de la empalizada!… Y, además, ¡dieciocho ristras de zanahorias! ¡Nada menos!… ¡Veinticuatro alcachofas!… ¿Para hacer qué? ¡Un cobertizo!… ¡Y hay que ver cómo está!… ¡Una cerda no encontraría a sus crías!… Un auténtico basural, ¡se lo digo yo! ¡Una fosa séptica! ¡Ya ve usted lo que me hizo en ese rincón!…».

Nos encaminamos hacia allá, me guiaba con su farol… Era una chabolita, en realidad… Como encerrada bajo tierra… casi completamente enterrada… sólo se veía el techo… Dentro diquelé bajo las cubiertas… ¡todo detritos!… tan sólo instrumentos descuajaringados… En el más completo desorden… Y, además, una gran dinamo, completamente atascada, oxidada… un depósito boca abajo… un volante torcido… y un motor de un cilindro… Ése era el invento de Courtial… Yo estaba un poquito al corriente… ¡El «generador de ondas»!

… Su objeto era hacer crecer las plantas… Buena idea… En las series del *Génitron* teníamos al respecto un número especial sobre «El porvenir de la agricultura por radiotelurismo»… Y, además, tres manuales y toda una sarta de artículos (con ochenta figuras)… sobre su utilización… Además, había dado dos conferencias en Le Perreux y una en Juvisy para convencer a los pequeños productores… Pero no les había impresionado… Y, sin embargo, según des Pereires, con ayuda del «polarímetro», era cosa de niños dirigir hacia las raíces de tal legumbre o tal planta esos haces de «inducidos telúricos», ridículamente desparramados, si no, dispersados, ¡completamente perdidos para todo el mundo!… «Os traigo», les decía, «mi riego subradical, ¡infinitamente más útil que cualquier pañí! ¡El diluvio eléctrico! ¡La providencia de la alubia!». También según sus datos, con un poco de equipo, estaba chupado inflar un salsifí hasta el tamaño de un nabo grueso… ¡Todas las gamas fecundas del magnetismo infraterrestre, en perfecta disposición!… ¡Crecimiento de todas las legumbres según las necesidades de cada cual!… ¡En temporada! ¡Fuera de temporada!… ¡Era hermoso, la verdad!…

Preocupado, por desgracia, por tantos cuidados cotidianos, los engorros continuos, todos los líos del *Génitron*, no había podido poner a punto el sistema… Sobre todo los condensadores… No iban sincronizados… había que vigilar… No podía hacerlos funcionar sino dos o tres horas los domingos… Las ondas eran insuficientes… Pero entre semana, ¡tenía otras cosas que hacer! ¡Bastante tenía con el periódico y los diferentes concursos!… Ella no creía, la Sra. des Pereires, lo más mínimo en ese trasto telúrico… «Se lo he repetido muchas veces… pero ¡ya puedo machacar, cantar o silbar! ¿no? igual da… "¡Nunca va a funcionar, ese cacharro! ¡Es imposible! ¡Una tontería más!… ¡Vas a hundir la casa con tus zanjas! ¡Ya ves tú qué alubias vamos a sacar! ¿Las corrientes eléctricas? ¡Ya que es eso lo que quieres conseguir!… ¡No se quedan en la tierra! ¡Van al aire, idiota!… ¡Es bien sabido! ¡La prueba son las tormentas! ¡Basta mirar en las carreteras!… Si no, ¡no gastarían tanto dinero para poner los hilos telefónicos! Y los pararrayos, ¿qué? El Estado no está loco, ¡qué caramba! Si pudieran ahorrar, ¡pues no harían tantos trabajos!…". ¡Yo habría dicho cualquier cosa para que no me destruyera el huerto! "¡No digas gilipolleces! ¡No digas gilipolleces!". En cuanto ve que tengo razón, ¡no me responde sino con injurias!… ¡Se obstina!… ¡preferiría estallar!… ¡Ah! ¡si lo conoceré yo a ése!… ¿Vanidoso? ¿Orgulloso? ¿Ése? Pero ¡si es que un pavo no es nada!… ¡No escuchar sino tonterías siempre!… ¡Ah! ¡menuda cruz! ¡veinte años aguantándolo! ¡Ah! ¡Arreglada estoy!… Toda la bilis que puedo soltar… ¡y, aun así, no sirve de nada!… ¡Nos va a vender!… ¡Nos salda! ¡Está visto!…

¡Vendería su camisa! ¡Vendería la de usted Ferdinand! ¡Lo vende todo!… ¡Cuando le da la chaladura de cambiar! … ya es que no es un hombre, ¡es una auténtica traca de chorradas! ¡Las ferias fueron su perdición! ¡Cuanto más envejece, más se trastorna! ¡más chiflado está!… ¡Yo lo noto! ¡No me hago ilusiones! ¡Es infernal! ¡Ferdinand!… ¡No es enfermedad, su caso! ¡Es una catástrofe! Pero ¡yo ya no puedo seguirlo!… ¡Ni hablar!… Al principio, cuando me habló de su sistema, se lo dije… "¡Siempre te ocupas de cosas, Courtial, que no te incumben!… ¡No sabes nada de agricultura!… ¡Ni de ascensiones, ni de fábricas de pianos!…". Pero ¡siempre quiere saberlo todo! Es su vicio, eso lo primero…

¡Conocerlo todo! ¡Meter las narices en todas las rendijas! ¡Auténtico "metomentodo"! ¡Lo que lo pierde es la pretensión!… Un día, vuelve, ¡la química!… El día siguiente, ¡las máquinas de coser!… Pasado mañana, ¡la remolacha! ¡Siempre algo más nuevo!… Por supuesto, ¡no llega a nada!… ¡Lo suyo son los globos! ¡Yo nunca he dado mi brazo a torcer! ¡Nunca he dejado de decírselo! "Courtial, ¡el globo! Courtial, ¡el globo! ¡Es lo único que sabes hacer! En lo demás, ¡siempre la pifiarás! ¡No vale la pena que insistas! ¡Móntatelo con las ascensiones! ¡Sólo eso nos permitirá salir adelante! Si te empeñas en seguir con las otras cosas, ¡te romperás las narices! ¡Acabaremos en Melun! ¡Haciendo flores de papel!". ¡Se lo he dicho mil veces! ¡se lo he avisado! ¡se lo he machacado! Pero ¡anda y que te den por culo, vieja pesada! ¿El globo? ¡No quería ni que lo mencionara siquiera! Cuando se pone terco, ¡es que da asco! ¡Si lo sabré yo! ¡Que lo soporto! El señor es "escritor"… ¡Yo no comprendo nada! ¡Él es "sabio", "apóstol"! ¡Es yo qué sé! ¡Un verdadero "mamarracho" en persona!… ¡Un auténtico chorizo! ¡Payaso! ¡Cerdo asqueroso!… ¡Veleta!… Un pordiosero, ¡se lo digo yo! ¡Sin conciencia y sin blanca! ¡En la calle y cubierto de piojos es donde se merece estar! ¡Y lo estará! ¡Así acabará todo esto! ¡Sí! ¡A eso ha llegado!… ¡La caga en todas partes! ¡Ya ni siquiera sabe dónde tiene la cabeza!… ¡Se cree que no me doy cuenta!… ¡Ya puede cascar durante horas! ¡No me engaña! ¡Sé a qué atenerme, de todos modos!… Pero ¡esto no va a quedar así!… ¡Ah! ¡eso sí que no! ¡Que no se confunda! ¡Ah! ¡mucho cuidadito! ¡Ah! ¡no estoy dispuesta!…».

¡Volvía a su idea fija!… Volvía a hablar del *Animoso*… De los primeros tiempos de su matrimonio… De las salidas con el globo… Ya era difícil inflarlo del todo… Nunca tenían bastante gas… Era una funda frágil y no demasiado impermeable… En fin, eran jóvenes, de todos modos, y eran los buenos tiempos… Ella participaba en las ascensiones los domingos con des Pereires… Entre semana hacía de comadrona… También ponía ventosas, escarificadas… hacía pequeñas curas… Había conocido a Pinard, que había asistido al parto de la zarina… Hablando de eso, se excitaba… era un tocólogo de fama mundial… A mí me parecía que hacía fresquito entre los tablares del huerto… Ya estaba azulino el cielo y los alrededores… Yo tiritaba, mientras intentaba calentarme los pies pisando fuerte… ¡Volvíamos a subir por la callecita del jardín por centésima vez!… Volvíamos a bajar la… ¡Volvía a hablarme de las hipotecas!… Era de pedernal, su queli… ¡Debía de costar lo suyo!… En mi opinión, ¿era cierto que había saldado todo?… Yo no podía saberlo todo… ¡Era reservado e hipócrita! ¡Yo ni siquiera lo conocía, a ese Sr. Rambon!… No lo había visto nunca… ¿Y el Crédit Lémenthal? ¡Tampoco lo conocía! En una palabra, ¡no sabía nada de nada!…

Así, mirando a lo lejos, se empezaba a adivinar la forma de las otras quelis… Y, además, tras el gran solar… las altas chimeneas… la fábrica de Arcueil… la que despedía un fuerte olor a canela por sobre la viña y el estanque… Ahora se veían los hotelitos de los alrededores… ¡todos los tamaños!… Los coloridos poco a poco… como una auténtica porfía… ¡como si se disputaran por los campos, en torneos, todos esos abortos!… Los rocallosos, los achatados, los arrogantes, los patituertos… ¡Se desplomaban los mal acabados!… ¡los pálidos! ¡los endebles! los bamboleantes… ¡Los de armadura vacilante!… Una carnicería en amarillo, rojo ladrillo, pis… ¡Ni uno se sostenía en el aire!… ¡Juguetes en la mierda todos!…

En el cercado, contiguo, había un pequeño monumento de verdad, una iglesia en miniatura, en madera troquelada, como una Notre-Dame, ¡fantasía de ebanista!… Dentro, criaba conejos…

Seguía hablando, raja que te raja, ¡me explicaba todo, la purí!… Al final se quedó sin palabras… no encontraba el hilo… se cabreó… Ya hacía al menos dos buenas horas que estábamos fuera, ¡con un cierzo!…

«¡Basta! Se está riendo de nosotros… ¡Ya nos está jodiendo la marrana bastante con sus manías!… Hombre, mira, voy a sacarlo… ¡Le voy a dar para el pelo a ese chulo asqueroso!… ¡Venga por aquí, Ferdinand! ¡Por la puerta de la cocina! Está abusando, ese puñetero payaso…

¿Y si cojo una pleuresía?…». Subió a escape la escalera… En el momento en que abrió la puerta, ahí lo teníamos al des Pereires, que salía… surgía de la sombra… Venía precisamente a buscarnos… Iba emperifollado, que no veas… ¡Se había cubierto enteramente con el gran mantel!… Se lo había pasado, como una esclavina, con un agujero por la cabeza y lo había cerrado con «imperdibles» y, después, con una cuerda gruesa de cinturón… Bajó así los cinco peldaños, me cogió del brazo al pasar… Parecía profundamente absorto… poseído por algo… Me llevó hasta el extremo del jardín, al último tablar de cajoneras… Se agachó, arrancó un rábano, me lo enseñó, me lo colocó bajo las napias…

«¿Ves?…», me dijo… «¡Míralo bien!… ¿Lo ves?… ¿Ves su grosor?… ¿Y este puerro? ¿Lo ves también? Y, además, mira, ¿este otro?…».

Una legumbre rara, por cierto, que yo no reconocía…

«¿Lo ves tú?…».

«¡Sí! ¡Sí!», respondí.

«¡Ven entonces por aquí! ¡Rápido! ¡Rápido!». Me llevó hacia el otro extremo del jardín… Se inclinó, se arrodilló, reptó, pasó el brazo entero a través de la empalizada… Resoplaba… Hurgaba en casa del tipo de al lado… Arrancó otro rábano… Me lo trajo… Me lo presentó… Quería que comparara… ¡Se sentía triunfante!… Ése del vecino era muy pequeño, la verdad… absolutamente minúsculo… Apenas existía… ¡Y pálido! me los colocó los dos bajo las narices… el suyo y el canijo…

«¡Compara, Ferdinand! ¡Compara!… ¡Compara! ¡Yo no te quiero influir! ¡Saca tus propias conclusiones!… ¡No sé lo que te habrá dicho la Sra. des Pereires! pero ¡mira, mira!… ¡Examina! ¡Sopesa!… ¡No te dejes confundir!… El grueso, ¡el mío!… ¡Con el telurismo!

¡Mira! ¡El suyo! ¡Sin telurismo! ¡Ínfimo!

¡Compara! ¡Ya ves! ¡No me invento

nada! Para qué enredarte…

¡Conclusiones sólo!… ¡Conclusiones!…

¡Lo que se puede hacer!… ¡Lo que se debe hacer! "¡Con eso!". ¡Y yo no tengo aquí, que quede claro, en este campo extremadamente hostil por su contextura, sino un simple auxiliar telúrico!… ¡Auxiliar! ¡Te lo repito!… ¡No el gran modelo "Torbellino"!… Aclarémoslo, por supuesto… ¡Condiciones muy esenciales! ¡Todas las raíces deben ser fructíferas! ¡Ah! ¡sí! ¡fructíferas! ¡Y en terreno "ferrocálcico"!… y, a ser posible, magnesia… Sin eso, ¡no hay nada que hacer!… Juzga, pues, por ti mismo… ¿Me comprendes? ¿No?… ¿No me comprendes? ¡Eres como ella! ¡No comprendes nada!… ¡Que sí! ¡Que sí! ¡exactamente! ¡Ciegos! Y el grueso rábano, ¿qué? Lo ves, ¿no? ¿ahí, en la palma de tu mano? Y el pequeño, ¿lo ves también? ¡El enclenque! ¡el ínfimo!… ¿Ese aborto de rábano?… ¡Y eso que es muy simple un rábano!… ¿No? ¿no es simple? Hombre, ¡me desarmas!… ¿Y un rábano muy grueso, Ferdinand?… ¡Imagínate que lo inflo así, a base de bocanadas telúricas, yo ese pequeño ridículo!… ¿Eh? ¡Como un globo!… ¿Eh? ¡y que obtengo cien mil así!… ¡rábanos! ¡Siempre rábanos! Cada vez más voluminosos… ¡Cada año los que yo quiera!… ¡Quinientos mil!… ¡Rábanos enormes! ¡peras!… ¡Rábanos como auténticas calabazas!… ¡Ah! ¡como no habrán visto nunca!… Pero ¡suprimo al instante todos los rábanos pequeños! ¡Depuro el mercado! ¡Acaparo! ¡Acabadas! ¡Imposibles! ¡Todas esas naderías vegetales! ¡Esas chucherías! Esa asquerosa morralla de huerto. ¡Terminados los haces minúsculos! ¡Esas remesas mínimas!… ¡Que se conservan de milagro!… ¡Despilfarros! ¡amigo mío! ¡Antiguallas!… ¡Desperdicios!… ¡Vergonzosos!… ¡Quiero rábanos inmensos! ¡Ésa es la fórmula! ¡El porvenir es de los rábanos! ¡Los míos!… ¿Y quién me lo impedirá?… ¿La venta? ¡El mundo entero!… ¿Es nutritivo mi rábano? ¡Fenomenal!…

Harina de rábano cincuenta por ciento más rica que la otra… ¡"Pan de rábano" para la tropa!… ¡Muy superior a todos los trigos de Australia!… ¡Tengo los análisis!… ¿Eh? ¿Qué te parece? ¿Lo ves más claro? ¿No te sugiere nada? ¡A ella tampoco!… Pero ¡yo!… Si me dedico a los rábanos… ¡por tomar el rábano como ejemplo! ¡Habría podido elegir el nabo!… Pero ¡tomemos el rábano!… ¡La sorpresa será más intensa! ¡Ah! Conque, ¡me entrego!… ¡A fondo, en adelante!… ¡A fondo!… ¿me oyes?… ¡Mira desde aquí!…».

Seguía teniéndome cogido, me llevó a ver la perspectiva… hacia el Sur… Desde allí, exacto… ¡se veía todo París!… Es como un animal inmenso, la ciudad, aplastado en el horizonte… Negro, gris, cambia… humea… hace un ruido triste, gruñe muy bajito… forma como un caparazón… muescas, agujeros, espinas que se enganchan en el cielo… Le traía sin cuidado, a des Pereires, charlaba… Interpelaba al decorado… Se alzó pegado a la barandilla… Puso voz grave… Alcanzaba hasta allá… se amplificaba por encima de las canteras de escombros…

«¡Mira, Ferdinand! ¡Mira!…». Abrí los ojos un poco más… un esfuerzo supremo… Estaba cansado de verdad… No quería que volviera a empezar…

«¡Más lejos, Ferdinand! ¡Más lejos! … ¿La ves ahora, la ciudad? ¡Al final! ¿Ves París? ¿La capital?…».

«¡Sí! ¡Sí!… ¡Sí!… ¡Exacto!…».

«Comen, ¿no?…».

«¡Sí! ¡señor Courtial!…».

«Todos los días, ¿verdad?…».

«¡Sí! ¡Sí!… ¡Sí!…».

«Bueno, pues… ¡Escúchame!…».

Silencio… Agitaba los brazos en el aire magníficamente… Se desplegaba… Se soltó un poco la hopalanda… Sus gestos eran poco comunes… ¿Iría a lanzar nuevos desafíos?… Ya se reía burlón… Sardónico… Rechazaba… alejaba… una visión… un fantasma… Se daba golpecitos en la azotea… ¡Ah! ¡ahí sí! ¡La Virgen! ¡Menudo! ¡Se había equivocado! ¡Ah! ¡qué despiste! ¡Y desde hacía tanto! ¡Ah! ¡El error no cuenta!… Me interrogó… ¡Me interpeló!…

«Di, pues, ¡comen, Ferdinand!… ¡Comen! ¡Sí, claro! ¡Comen!… Y yo, ¡pobre loco! ¿Dónde estaba?… ¡Oh, ánimo fútil! ¡He recibido el castigo! ¡Estoy tocado!… ¡Sangro! ¡Me está bien empleado! ¿Olvidar? ¿Yo?… ¡Ah! ¡Ah!

¡Ah! ¡Voy a tomarlos como son!…

¡Donde están! ¡En el vientre, Ferdinand!

¡No en la cabeza! ¡En el vientre!

¡Clientes para sus vientres! ¡Me dirijo al vientre, Ferdinand!…».

Se dirigía a la ciudad también… ¡Entera! Que gruñía allí, en la bruma…

«¡Pita! ¡Pita, puta! ¡Brama! ¡Y ruge! ¡Gruñe! ¡que te oigo!… ¡Glotones!… ¡Abismos!… ¡Esto va a cambiar, Ferdinand!… ¡Glotones! ¡te digo!…».

Se calmó. ¡La confianza! ¡Me sonrió! … Se sonrió…

«¡Ah! ¡Se acabó! ¡Eso te lo juro!… ¡Ah, eso! ¡puedes creerme! ¡Puedes hacer de testigo! ¡Puedes decírselo a la patrona! ¡Ah! ¡Pobrecita mía! ¡Ah! ¡Se acabaron nuestras miserias! ¡Ah! ¡He comprendido! ¡De acuerdo! ¡El espíritu sufre!… ¡Lo escarnecen! ¡Me persiguen! ¡Me cubren de lapos! ¡En pleno París! ¡Bien! ¡Vale! ¡Sea! ¡Que se los coman las pústulas!... ¡Que la lepra los diseque! ¡Que se cuezan en cien mil cubas llenas de mocos y cucarachas! ¡Yo mismo iré a removerlos! ¡Que maceren! ¡Que se arremolinen bajo las gangrenas! ¡Es pan bendito para esos purulentos! Si quieren cogerme, ¡no estaré!... ¡Se acabó el espíritu! ¡Funerales!... ¡A las tripas Ferdinand!... ¡A los fermentos cólicos! ¡Huah! ¡A las boñigas! ¡Oh! ¡Hasta chapotear! ¡Puf! Pero ¡si es que va a ser una orgía! ¿Desafío? ¡Aquí estoy! ¿Con qué semillas me alimento? ¡Courtial! ¡Laureado con el Premio Popincourt! ¡Nicham y los demás! ¡mil setecientas veintidós ascensiones!...

¡Con rábanos! ¡Mediante rábanos! ¡Sí! ¡Ya verás! ¡Tú también me verás! ¡Oh, cenit! ¡Oh, Irène mía! ¡Oh, celosa terrible!... ¡No hay tiempo que perder!...». Echó un vistazo.

«En estas gravas de aluviones... ¿Este mantillo arenoso? ¡Nunca! ¿Aquí? ¡Puah! ¡Ya he hecho pruebas! ¡Cultivo en miniatura! ¡Se acabó!... ¡No hay tiempo que perder!». ¡Volvía a soltar risitas burlonas ante la simple suposición!... ¡Era demasiado gracioso!...

«¡Oh! ¡Huy! ¡Huy! ¡Quitadme todo eso de la vista!...». Barría la pobre queli...

«¡Al campo! ¡Ah! ¡ahí! ¡Sí! ¿Al campo? Ah! ¡Ahí sí que sí! ¿El espacio? ¿El bosque?... ¡Presente!... ¿Ganado?... ¡Ubres! ¡Heno! ¡Aves de corral! ¡De acuerdo!... ¡Y, ya puedes estar seguro, rábanos!... ¡Créeme!... ¡Y con todas las ondas!... ¡Ya verás, Ferdinand! ¡Todo! ¡Toda la pesca!... ¡orgías de ondas!...». La purí ya es que no se tenía en pie.

Se había apoyado en la empalizada... Roncaba un poco... La zarandeé para que también entrara...

«¡Voy a hacer un poco de café!... ¡Creo que queda!...». Así dijo... pero ya podíamos buscar... ¡se lo había bebido todo, el cabrón!... Y, además, se había jalado todos los restos... Ya no quedaba nada en la alacena... ¡Ni una miga de pan! ¡Un *camembert* casi entero!... ¡Mientras nosotros nos moríamos de hambre!... Hasta las judías, ¡se había zampado!... ¡Joder! ¡Cómo me tocó los cojones!...

Le gritamos que entrara... «¡Voy al telégrafo!», respondió desde lejos...

«¡Voy al telégrafo!»... Ya iba por la carretera... No estaba loco...

* * *

Pasamos todo el día sobando... ¡El día siguiente debíamos largarnos!... ¡Era absolutamente cierto que había liquidado la queli! y, además, parte de los muebles... Todo por el mismo precio... El empresario que la compraba había abonado, además, un pequeño anticipo para que nos las piráramos antes... ¡Había que ver su canguelo a que se la destruyéramos, la queli, antes de marcharnos!...

Ese mismo día, mientras almorzábamos, iba y venía por delante de nuestra verja. No queríamos dejarlo entrar. Ya lo habíamos echado en varias ocasiones... Tenía que dejarnos acabar... ¡Joder! ¡Ya es que no podía estarse quieto! Daba miedo verlo... Estaba tan excitado, que se cogía el chapiri y se jamaba los bordes... Los arrancaba... Volvía a pinrelear, con las manos crispadas a la espalda... Encorbado, ceñudo. Iba, venía, ¡como fiera enjaulada! ¡Y eso que era él quien estaba en la carretera! ¡La carretera era ancha!... Además, cada cinco minutos nos gritaba a través de la puerta:

«¡Sobre todo no me estropeen el retrete! ¡Vi la taza! ¡Y estaba intacta! ¡Cuidado con el fregadero! ¡Uno nuevo cuesta doscientos francos!...».

Llegó un momento, ¡que no pudo más!... Hasta entraba en el jardín. Daba tres pasos por la alameda... Bajábamos todos a escape... Volvíamos a echarlo afuera... ¡No tenía derecho! ¡Courtial estaba indignado ante tanta jeta!...

«¡Hasta las seis de la tarde no tomará usted posesión! ¡Al crepúsculo! ¡señor mío, al crepúsculo!... Así quedó claramente especificado en las condiciones...». ¡Era como para perder la paciencia!...

El otro volvía al plantón. Cada vez gruñía más. Hasta tuvimos que cerrar la ventana para poder hablar mejor de nuestros asuntos a solas... ¿Cómo nos las piraríamos?... ¿Hacia adónde? ¿Cuánta pasta quedaba? ¿La de Courtial? ¿y la mía?...

Des Pereires, con su plan de agricultura, su mecánica radioterrestre, ¡iría a costarnos sumas tremendas! Él juraba que no iba a ser demasiado caro... En fin, era una aventura... Había que creer en su palabra... Ya tenía un sitio para ese intento... En el límite de Seine-et-Oise... hacia Beauvaisis... Una ocasión estupenda. Según él... una alquería que nos dejarían por nada...

Por lo demás, ya estaba casi de acuerdo con la agencia... ¡Nos había hecho el avión, el muy granuja! ¡Ya nos había pringado en su *business*! Había telegrafiado... Nos sacó un anuncio, de un periódico: *L'Echo du Terroir*. Se corría viendo la jeta que poníamos, al escuchar... Estábamos guapos, la gruesa gachí y yo... «Terreno de varias parcelas, expuesto al Sur. Cultivo de hortalizas preferible, pero no obligatorio. Edificios en perfecto estado...», etc...

«¡Ánimo! ¡Ánimo! ¡Caramba! ¿Qué queríais que descubriera? ¿Un hotelito en el Bois de Boulogne?... ¿en Bagatelle?... ¡Haberme avisado!...». ¡Y, sin embargo, era buen negocio!...». En la página de «Propiedad inmobiliaria»... Se frotaba las manos ante las perspectivas... Sabía leer entre líneas... ¡Ahora o nunca!...

El comprador del hotelito, a medida que jalábamos, aumentaba el follón, crispado en la verja... Nos daba auténtica compasión con sus ojos desorbitados... Se le caían sobre las mejillas. Había aullado tanto, que ya no podía cerrar la boca... Ahora le salían la tira de burbujas... ¡No iba a poder resistir hasta las seis!... ¡Era una codicia atroz!... «¡Piedad! ¡Piedad!» suplicaba...

Courtial tuvo que acelerar un poco el postre, dar un salto hasta Telégrafos para confirmar su «opción». Dejamos entrar al cliente. ¡Lamía los peldaños de la escalinata, el desgraciado, de agradecimiento!...

La Sra. des Pereires y yo nos dedicamos al equipaje... La recogida de pingos, cacerolas y colchones... ¡Todo lo que no estaba vendido!... ¡Lo que nos llevábamos para la aventura!... Además, yo tenía que hacer aún un reconocimiento, al amparo de las tinieblas, hasta las Arcadas Montpensier... Debía comprobar sobre el terreno si de verdad no podría salvar nada... Si no había modo de recuperar la «multicopista», una máquina tan nueva, ¡nuestro orgullo! tan hermosa, tan indispensable... ¿Y el hornillo «Mirmidor», que funcionaba con aceite? ... y tal vez también tres o cuatro docenas de folletos viejos... ¡Sobre todo las cosmogonías en «Alfa»! que tanto apreciaba Courtial... ¡Tal vez no hubieran tenido ocasión, tiempo, los bestias, de destruirlo todo! ¡De mandar a tomar por culo todo!... Tal vez quedara algo bajo los detritos... ¿Y el altímetro en miniatura?... ¡Regalo de América del Sur!... ¡Courtial sentiría mucho que no se hubiera salvado del siniestro!... ¡En fin! ¡Iba a intentarlo!... ¡Así se había decidido!... Sólo, ¡que lo que me hacía mucha menos gracia era que ella quisiese venir también!... ¡No tenía demasiada confianza! ¡Quería comprobar por sí misma!... A la hora de recuperar ¡no quería dejarme solo!...

«¡Yo iré con usted, Ferdinand! ¡Yo iré con usted!...». ¡No había visto todo el desastre con sus propios ojos!... ¡Aún conservaba esperanzas!... Tal vez creyera que exagerábamos... Courtial volvió de Correos. Pasamos a la habitación, la Sra. des Pereires y yo, para vaciar los últimos armarios... Él, a su vez, se dedicaba a forcejear con el otro chorra... ¡que no cesaba de protestar porque violábamos las condiciones!... Casi tuvimos que canearnos para poder recoger nuestra farda y algunas toallas, además... Entrar en posesión lo había vuelto chulito. Volvimos a echarlo afuera, ¡para enseñarle buenos modales! Entonces se puso, el muy borde, a tirar tanto de los barrotes, que derribó toda la verja... Se quedó atrapado dentro... ¡Atrapado como una rata!... ¡Nunca había visto yo contorsiones tan atroces en un hombre! ¡Era un comprador terrible!... Estaba tan dislocado, que ni siquiera notó que la vieja y yo nos dábamos el piro... Cogimos un tren ómnibus... Al llegar a París, ya era muy tarde... Nos dimos prisa... En las *Galeries del Palais* no encontramos a nadie... Todas las tiendas de los vecinos estaban cerradas... La nuestra era un simple agujero... una abertura enorme... Una sima cruzada por grandes vigas bamboleantes... Entonces, ¡la vieja se dio cuenta de que era una catástrofe de verdad!... ¡Que no quedaba nada del *Génitron*! ¡Que no era cachondeo!... Un simple amasijo sucio e infecto... Al asomarse por encima del agujero, se diquelaban bien los detritos... ¡Se podían incluso reconocer grandes trozos de nuestro Alcázar!... ¡El Rincón del Comanditario!... ¡por debajo de la enorme avalancha, del torrente de cartones, basuras!... Y, además, ¡estaba la campana, la monstruosa! ¡La catapulta! Se había hundido de través... entre el maderamen y el sótano... ¡Tapaba incluso toda la grieta!... La tía Courtial, al verla, quiso palpar, de todos modos, pasar por debajo... Estaba convencida de que encontraría algo que salvar... Yo le advertí del peligro que corría así... al tocar... ¡de hacer zozobrar todo el escombro!... ¡que le aplastara la cara todo!... Insistió... Se lanzó en equilibrio sobre la viga suspendida... Yo la sujetaba, de la mano... desde arriba... Canguelaba al verla bambolearse por sobre el abismo… Se había atado las faldas, alzadas hasta la cintura. Guipó un intersticio entre la muralla y la campana… Se coló solita…

Desapareció en la negrura… Yo la oía revolver en el fondo del abismo… Entonces la llamé… tenía demasiado canguelo… Había eco como en una gruta… No respondía… Al cabo de media hora tal vez, volvió a aparecer por el orificio… Me pedía ayuda… Por suerte, pude cogerla por las mangas del vestido… La icé con todas mis fuerzas… Salió a la superficie. Estaba hundida en un bloque de basuras… Un paquete enorme… Tiré con fuerza sobre el borde… ¡Era muy pesado!… oponía dura resistencia… Yo veía que ella sostenía algo detrás… ¡Todo un gran jirón del globo!… ¡Toda una pieza del *Arquímedes*!… ¡Muy ancha! El aparejo rojo de los «desgarrones»… ¡Bien que la conocía yo, esa ruina!… Yo mismo lo había apalancado entre el contador y el tragaluz. ¡Tenía una memoria excelente, la Sra. des Pereires!… Estaba muy contenta…

«Mira, ¡esto nos servirá!», me decía alegre… «Esto, ¡esto es caucho auténtico! ¡auténtico! ¡no imitación!… No te puedes imaginar lo sólido que es…».

«¡Que sí! ¡Que sí!…». Bien que lo sabía, bastante lo había desollado yo para poner parches en la piel del nuestro… En cualquier caso, pesaba la tira y era voluminoso… Aun plegado al máximo, constituía un paquete tremendo… de la altura y el peso casi de un hombre… No quiso dejarlo allí… Se empeñó en llevárselo…

«Bueno, démonos prisa…», le dije… Estaba cachas, se lo echó a la espalda. Caminaba así… Yo la acompañé a escape hasta la Rue Radziwill… Allí, le dije:

«Vaya delante, señora, ¡pero ahora sin prisas! ¡Vaya despacito!… Deténgase en todas las esquinas. ¡Tenga mucho cuidado con los coches! ¡Sobra tiempo! ¡Yo la sigo!… ¡Me reuniré con usted en la Rue La Fayette! ¡Tengo que pasar por *Aux Émeutes*!… ¡Será mejor que no la vean!… ¡Dejé una llave al camarero!… ¡La llave del desván!… Quiero volver a subir por última vez…».

Era un simple pretexto para volver sobre mis pasos. Quería mirar bajo los soportales a ver si veía a la Violette… Ahora solía parar por la *Galerie Coloniale*… más allá de la Balanza… Desde lejos, ¡me guipó!… Me dijo:

«¡Eh! ¡Eh!…». Se acercó… Me había visto con la vieja… No se había atrevido a acercarse… Conque nos pusimos a hablar en libertad y me contó todos los detalles… Lo que había ocurrido desde nuestra marcha… Desde el momento de la catástrofe… ¡Qué follón! ¡No había cesado ni un minuto!… ¡Hasta a las mujeres había hecho mil preguntas la policía!… ¡Una cháchara que para qué sobre nuestras costumbres! … Si vendíamos mandanga… Si tomábamos por el culo… Si admitíamos apuestas… Si vendíamos pornografía… Si nos visitaban extranjeros… Si teníamos revólveres… Si recibíamos a anarquistas… Las chavalas se habían asustado… ¡Ya ni siquiera se atrevían a volver ante nuestros escombros!… Ahora hacían la carrera en las otras *Galeries*… ¡Y, además, un canguelo a que les quitaran el carnet!… ¡Las consecuencias para ellas!… Todo el mundo se quejaba… Todos los comerciantes limítrofes iban de culo también… Tenían un cabreo con nosotros, que no veas… Una mala hostia, al parecer… una indignación… ¡una furia! Habían enviado una petición al Prefecto del Sena… ¡Que limpiasen el Palais-Royal!… ¡Que dejara de ser un lugar de perdición! ¡Que ya se resentían sus negocios! Además, ¡no querían verse corrompidos por nosotros, sinvergüenzas de aúpa!… A Violette, que me tenía simpatía, le habría gustado que me quedara… Pero estaba convencida de que, si volvíamos por allí, se armaría un pitote atroz y nos detendrían al instante… ¡Más claro, el agua! ¡No debíamos insistir!…

¡Largarnos!… ¡que no nos volvieran a ver!… ¡No había que jugar con fuego!… ¡Así opinaba yo también!… ¡Guillárselas y se acabó! Pero yo, ¿qué iba a hacer? ¿Trabajar en qué? Eso le preocupaba un poquito… ¡No podía decirle gran cosa!… Yo mismo no lo sabía… Seguro que en el campo… Entonces, al oírme, le pareció, en seguida, que podría venir a verme… ¡sobre todo si volvía a caer enferma!…

¡Le ocurría de vez en cuando! Todas las veces, tenía que marcharse por dos o tres semanas, no sólo por la enfermedad, sino también por los pulmones… Había escupido sangre… En el campo dejaba de toser… Era lo que se dice fenómeno… Ganaba un kilo al día… Quedamos así… de acuerdo los dos…

Pero yo debía escribirle, el primero a la lista de correos… Las circunstancias no me lo permitieron… Tuvimos tales tropiezos… que no pude cumplir mi palabra… Dejaba siempre la carta para la semana siguiente… Hasta varios años después no volví a pasar por el Palais… Era durante la guerra… No la encontré con las otras… Pregunté a todas… Ni siquiera su nombre, Violette… les decía nada… Nadie la recordaba… Eran nuevas, todas…

Así, que aquella noche nos separamos aprisa y corriendo. Hay que reconocerlo… ¡Tenía que espabilarme! … Quería acercarme aún hasta el Passage Bérésina, para decir a mis viejos que me largaba a provincias con los Pereires… que no se pusieran a hacer chorradas… a seguirme la pista con la pasma…

Mi madre, cuando llegué, aún estaba abajo, en la tienda, remendando sus baratijas, volvía de pasear su surtido, por Ternes… Bajó mi padre… Nos había oído hablar… Yo no lo había vuelto a ver desde hacía dos años. Con lo absolutamente lívidas que pone las caras el gas, pues él ya, una palidez, ¡espantosa, vamos!… Por la sorpresa tal vez, se puso a tartamudear tanto, que tuvo que callarse… ¡Ya es que no podía decir una palabra!… Tampoco comprendía… lo que yo me esforzaba en explicar. Que me iba al campo… No era que opusiese resistencia… ¡No!… ¡Les parecía bien cualquier cosa! Con tal de que no volviese a estar «boqueras»… ¡a su cargo otra vez!… ¡Que me las arreglara aquí! ¡en otro lado! ¡como fuera! ¡Se la traía floja!… en Ile-de-France o en el Congo… ¡No les preocupaba lo más mínimo!

¡Parecía perdido, mi papá, en su ropa vieja! Los alares sobre todo, ¡ya es que no se sostenían en nada!… Había adelgazado tanto, con la jeta toda apergaminada, que la funda de su enorme gorra le flotaba en la chola… se le caía por entre los ojos… Me miraba por debajo… No entendía el sentido de las frases… Ya podía repetirle que me parecía tener porvenir en la agricultura… «¡Ah! ¡Ah!», me respondía… ¡No estaba sorprendido siquiera!…

«Oye, mira… ¡fíjate, Clémence!… he tenido mucho dolor de cabeza… Esta tarde… Y, sin embargo, es extraño… no ha hecho calor…».

Eso lo dejaba aún muy pensativo… No pensaba sino en sus enfermedades…

¡Ya no podía interesarle que yo me quedara o me marchase!… ¡por aquí o por allá! Bastante aplanado estaba… sobre todo desde su grave fracaso en la *Connivence-Incendie*… Ya es que no podía dejar de rumiar… Un golpe espantoso… En la oficina, en la *Coccinelle*, seguía sufriendo… ¡Ya es que no cesaban las heridas del amor propio!… ¡La tira, vamos!… Sufría tales miserias, que algunas semanas ni siquiera se afeitaba… Estaba demasiado quebrantado… Se negaba a cambiarse de camisa…

Cuando llegué, aún no habían jalado… Ella me explicó los tiempos difíciles, los azares de la tienda… Estaba poniendo la mesa. Cojeaba un poco diferente, tal vez un poquito menos incluso… Sin embargo, padecía mucho, pero ahora sobre todo por la pierna izquierda. Ya es que cesaba de resoplar, de hacer ruidos con la boca… en cuanto se sentaba a adormecer un poco el dolor… Él acababa de volver de sus recados, de hacer algunas entregas… Estaba muy debilitado. Transpiraba cada vez más… Se instaló también él… Ya no hablaba, no eructaba… Comía simplemente, con extrema lentitud… Puerros… De vez en cuando, con un sobresalto, volvía un poco a la vida… Dos veces sólo, a decir verdad, mientras estuve allí… Le salía en forma de gruñidos… insultos en el fondo del plato, roncos… sordos…: «¡La madre de Dios! ¡La puta madre de Dios!…». Volvía a piarlas otra vez… Se levantaba… Abandonaba la mesa, ¡se iba así, vacilando!… hasta el pequeño tabique que separaba de la cocina… ¡el fino como una monda!… Daba dos, tres golpes… Y no podía más… Retrocedía hacia atrás… Se desplomaba sobre su taburete… con los ojos clavados en las baldosas… debajo de él… con los brazos caídos… Mi madre le volvía a poner la gorra despacio… derechita… Me hacía señas para que no lo mirara… Ya estaba acostumbrada. En realidad, ya no podía molestarle… Ni siquiera se daba cuenta bien… Estaba demasiado absorto en sus desgracias de la oficina… Le acaparaban la chola… Desde hacía dos, tres meses, ya no dormía sino una hora por la noche… Tenía la cabeza atada con toda la inquietud… como un paquete… el resto ya no le incumbía… Hasta los asuntos del comercio se la traían floja ahora… Ya no quería ni oír hablar… A mi madre, eso le venía bien… Yo ya no sabía qué decir, la verdad… Me sentía como con un panadizo, ¡no me atrevía a moverme! Intenté, de todos modos, contar un poco mis historias… Las aventurillas… ¡No toda la realidad!… sólo cosas para distraerlos, ¡pamplinas inocentes para disipar el apuro!… Entonces, ¡me pusieron una jeta! ¡Sólo de oírme bromear!… ¡Surtía justo el efecto contrario!… ¡Ah! ¡joder! ¡Estaba hasta los huevos yo!… ¡Echaba chispas también entonces!… ¡Yo también, joder, a fin de cuentas!… ¡Las pasaba pero es que canutas! ¡Yo también había recibido para el pelo! ¡igualito!… ¡No venía a mendigarles! ¡Ni parné! ¡ni papeo!… ¡No les pedía nada en absoluto!… Sólo, ¡que no quería ponerme a suspirar como un gilipuertas!… ¡Porque no lloraba en las tazas!… no me tragaba sus penas… ¡No venía a que me consolaran!… Ni a marcarme jeremiadas, en una palabra… Venía sólo a decir «adiós»… ¡Joder! ¡Y se acabó!… Podían haberse alegrado…

En cierto momento, dije así, en broma:

«¡Os enviaré del campo semillas de enredadera!… ¡En el tercero crecerá bien!… ¡trepará por la vidriera!…».

Decía mi opinión…

«¡Ah! ¡Cómo se ve que tú no das golpe! ¡no te matas! ¡No te haces trozos! ¡para afrontar las obligaciones! ¡Ah! es muy bonito no tener que preocuparse… ¡Ah! ¡la leche! sólo había para ellos, angustias, marasmos pruebas horribles.

¡Las mías no existían en comparación!… Era pura y simple culpa mía, ¡si me metía en líos!… siempre según ellos, los cabrones… ¡Una astucia puñetera! ¡Joder y requetejoder! ¡Qué jeta! ¡Qué vergüenza! Mientras que ellos, ¡ellos eran víctimas!… ¡Inocentes! ¡mártires siempre! ¡No había comparación!… ¡No debía equivocarme con mi dichosa juventud!… ¡Y descarriarme para siempre!… ¡Yo era quien debía escuchar! ¡Yo quien debía tomar ejemplo!… Siempre… ¡El menda! ¡El menda lerenda! ¡Claro está!… Sólo de observarme así, en la mesa, ante las judías (después había *gruyère*), todo el pasado se presentaba de nuevo ante mi mamá… Le costaba retener las lágrimas, le temblaba la voz… Y después, ¡prefería callarse!… Era un auténtico sacrificio… Yo habría pedido con gusto perdón, ¡por todas mis faltas, mis caprichos, mis increíbles sinvergonzonerías, mis fechorías calamitosas!… ¡Si hubiese bastado para que se tranquilizara!… ¡Si fuera la única causa para que se pusiese a gemir otra vez!… ¡Si fuera el único motivo que le partía el corazón!… ¡Le habría pedido perdón con gusto!… ¡Y después me habría dado el piro en seguida!… Para acabar, ¡no habría vacilado en confesar que tenía una potra inaudita! ¡Una suerte increíble! ¡que era un mimado de la fortuna!… ¡Que pasaba el tiempo de cachondeo!… ¡Bien! Habría dicho cualquier cosa para que acabáramos de una vez… Yo ya miraba la puerta… Pero ella me hacía señas para que me quedara… Él se subió a su cuarto… No se sentía nada bien… Se aferraba a la barandilla… Tardó al menos cinco minutos en llegar al tercero… Y después una vez solos así, ella volvió a la carga con las condolencias… Me dio todos los detalles… ¡Cómo se las arreglaba ahora para llegar a fin de mes!… Su nuevo currelo… Que si salía todas las mañanas, para una casa de pasamanerías… que si en tres meses se había hecho casi doscientos francos de comisión… Por la tarde se hacía las curas; se quedaba en la tienda con la pierna sobre una silla… Ya no quería volver a ver al Capron… ¡Sólo le hablaba de inmovilidad!… Pero ¡tenía que moverse! Era su única razón de ser… Prefería tratarse ella misma con el método Raspail… Había comprado el libro… Conocía todas las tisanas… todas las mezclas… las infusiones… Y, además, un aceite de reseda para darse masajes en la pierna por la noche… Le salían forúnculos, de todos modos, pero el dolor y la hinchazón eran soportables. Tardaban muy poco en reventar. Podía andar con ellos… ¡Eso era lo principal!… Me enseñó toda la pierna… La carne estaba toda plegada, como enrollada en torno a un bastón, a partir de la rodilla… y amarillenta… con gruesas costras y puntos en que supuraba… «En cuanto revienta, ¡ya no se siente nada!… En seguida alivia, mejora… pero antes sí que es terrible, ¡cuando aún está violeta! ¡cuando sigue cerrado!… ¡Menos mal que tengo la cataplasma!…

¡No sé qué haría sin ella!… ¡Me ayuda, que no te puedes imaginar!… Si no, ¡estaría inválida!…». Y después volvió a hablarme de Auguste… de cómo se consumía… que ya no podía dominar los nervios… de sus terrores nocturnos… Su miedo a la expulsión… era el más terrible de todos… se despertaba presa del pánico… Se levantaba de la cama de un salto… «¡Socorro! ¡Socorro!», aullaba… y la última vez había sido tan intenso, que toda la gente del Passage se había sobresaltado… ¡Habían creído enteramente que era otra pelea!… ¡Que yo había vuelto a estrangularlo! ¡Acudieron todos corriendo! Una vez en trance, mi papá ya no sabía lo que hacía… Hacía falta Dios y ayuda para que se volviera a meter en la piltra… Después habían tenido que aplicarle toallas heladas en la cabeza durante varias horas… Desde que le daban esos ataques… cada vez más agotadores…

¡Era un tormento infernal!… Ya no salía de la pesadilla… Y no sabía lo que decía… No reconocía a las personas… Confundía a los vecinos… Tenía mucho miedo a los coches… Muchas veces por la mañana, después de pasar la noche sin pegar ojo, ella lo llevaba hasta la puerta de las *Assurances*... en el 34 de la Rue Trévise... Pero no acababa ahí la cosa... Aún debía entrar a preguntar al portero si había alguna novedad, si sabía algo... de mi padre... Si lo despedirían... Él ya no distinguía, pero nada, lo verdadero de lo imaginario... Si no hubiese sido por ella, ¡absolutamente seguro!... ¡no habría vuelto nunca!... Pero es que entonces se habría vuelto majara... completamente chalado de desesperación... No podía caber la menor duda... Había que hacer equilibrios terribles para que no se hundiese del todo... Ella era la que bailaba en la cuerda floja... No había tiempo que perder para levantarle la moral... Y luego es que el papeo, además, ¡no caía del cielo!... tenía que pinrelear... con las pasamanerías... por París... para pescar clientes volando... Aun así, encontraba forma de abrir la tienda... unas horas por la tarde... Que vegetara en el Passage, pero ¡que no zozobrase del todo!... Y por la noche, ¡vuelta a empezar! Para que no le vinieran más angustias, no aumentasen sus terrores... ponía sobre una mesa, en el centro de la habitación, una lamparita a media luz. Y luego, además, para que pudiera tal vez dormirse un poquito más rápido, le tapaba los dos oídos con dos taponcitos de guata empapados en vaselina... Al menor ruido se sobresaltaba... En cuanto empezaba el pinrelear por el Passage... Bien temprano con el lechero... Resonaba muchísimo por la vidriera... Así, con tapones, le iba un poquito mejor, de todos modos... Lo decía él mismo...

Mi madre sufría, claro está, como se puede comprender fácilmente, un aumento enorme de la fatiga al tener que sostenerlo constantemente, a mi padre, día y noche... En la brecha sin cesar... Levantarle el ánimo... ¡defenderlo contra las obsesiones! ¡Pues bien! ¡no se quejaba apenas! ¡Si no hubiera sido un cabrón, yo! ¡si hubiese aparentado arrepentirme!... Darme cuenta bien de todos mis vicios... de mi ingratitud tan chunga... la habría consolado... ¡Era evidente, vamos!... Se habría tranquilizado un poco... Se habría dicho: «¡Hombre! hijito, aún tienes posibilidades... ¡aún hay esperanzas!...

¡Su corazón no es sólo de piedra! ¡No está tan corrompido, tan absolutamente irremediable!... Tal vez pueda salir adelante...». Era una lucecita en su angustia... Un consuelo adorable... Pero yo no estaba dispuesto ni mucho menos... Ya podía haberlo intentado, que no habría podido soltarlo... Nunca... Claro, que me daba pena... Claro, ¡que la veía desgraciada! ¡Era más que evidente, de hecho! Pero ¡no me iba a poner a chamullar mi pena ante nadie!... ¡Y, desde luego, ante ella, no!... Y bueno, además es que... qué caramba... Cuando yo era pequeño en su queli... y no comprendía nada de nada... ¡Quién recibía para el pelo? ¡No sólo era ella!... ¡Yo también!... ¡Yo siempre!... Y ella me endiñaba con ganas... ¡Menudo si había cobrado, yo! ... ¡la juventud! ¡Una mierda!... Ella siempre se había sacrificado lo suyo, había que reconocerlo... ¡Bien! ¡Vale!... Me ponía enfermo, al recordar todo aquello, ahí, tan fuerte... ¡Y qué leche! ¡Era culpa suya también! ¡Yo solo nunca me ponía a recordarlo!... Me resultaba aún más siniestro... que todas las demás guarrerías... ¡No valía la pena en absoluto que intentara decirle algo!... ¡Ella me miraba muy afligida, como si acabara de pegarle! ¡Más valía que me diera el piro!... Íbamos a ponernos verdes otra vez... Y eso que yo la dejaba explayarse... yo no abría la boca... Bien que podía darle a la lengua, ¡era libre!... Y se infló... ¡Me largó una de consejos!... Todos los discursos edificantes, ¡tuve que oírlos otra vez!... ¡Todo lo indispensable para levantarme el ánimo!... ¡Para que no cediera más a mis instintos! ¡para imitar, aprovechar bien los buenos ejemplos!... Veía que yo me contenía, que no quería responderle... Entonces cambió de método... Le dio miedo irritarme, me lo dijo con mimos... Fue hasta el aparador, a buscarme un frasco de jarabe... Era para mí, para que me lo llevara al campo... ya que me iba... Y también otra botella de un elixir fortificante... ¡Volvió a mencionar mi terrible hábito de comer demasiado deprisa!... que si me iba a destruir el estómago... Y, por último, me preguntó si necesitaba dinero... para mi viaje o para otra cosa:

«¡No! ¡No! ¡No!», respondí...

«¡Tenemos todo lo que necesitamos!...». Le enseñé incluso el capital... Lo tenía todo en billetes de cien francos... ¿Y qué más?... Para acabar, prometí escribir, tenerlos bien informados... de cómo fuera nuestra explotación... Ella no entendía palabras así... Era un mundo desconocido... ¡Confiaba en mi patrón!... Yo estaba junto a la escalera, me levanté, me volví a atar el petate...

«Tal vez sería mejor, después de todo, que no despertáramos ahora a tu padre... ¿Eh?... ¿Qué te parece?... Tal vez esté durmiendo... ¿No crees?... Ya has visto... cómo lo trastorna la menor emoción... Al ver que te marchas, ¡temo que se conmueva otra vez!... ¿No te parece más prudente?...

¡Te imaginas que me diera otro acceso! ¡Como el que tuvo hace tres semanas!… ¡No podría conseguir que se durmiera nunca más!… ¡Haría cualquier cosa para evitarlo!…». Ésa era también, ¡ya lo creo!, mi opinión… Me pareció de lo más razonable… largarme a la chita callando… aprovechar el viento a favor… Nos susurramos «adiós»… Aún me daba consejos sobre la ropa interior… No escuché el resto… Salí de naja por el Passage… y después por la calle a la carrera… Jalaba con avaricia… ¡Llevaba retraso! ¡mucho incluso!… Era justo medianoche en la esfera del *Lyonnais*… Courtial y su gruesa gachí me esperaban desde hacía sus buenas dos horas ante la iglesia de Saint-Vincent-de-Paul… ¡con el carro de mano!… ¡Subí la Rue d'Hauteville a toda leche!… Desde muy lejos los divisé bajo un farol de gas… Era una auténtica mudanza… ¡Él lo había transportado todo! ¡Había sudado la tira!… ¡Debía de haber vaciado la queli, pesara a quien pesase!… ¡Debía de haberse cargado al pureta! (¡en broma!)… ¡El carricoche se hundía, con el peso de tantos cachivaches!… ¡La dinamo y el motor bajo los colchones y las fardas! … Los visillos dobles, ¡la cocina entera!… ¡Había recuperado al máximo!… ¡Había que felicitarlo! Se había puesto una levita, otra, que yo no conocía… ¿Dónde la habría encontrado?… ¡Gris perla!… ¡Se lo comenté!… ¡Era de su juventud! Había levantado los faldones con alfileres. La vieja ya no llevaba el sombrero, «¡la hortensia con cerezas!». Ahora iba montado en la cima del coche… ¡Para que no se estropeara! … En su lugar se había puesto un chal andaluz muy bonito, enteramente bordado, ¡colores brillantes!… Quedaba bien bajo el reverbero… Me explicó en seguida que para hacer viajes largos era de verdad lo más práctico… que preservaba bien los cabellos.

Entonces, reunidos por fin, tras consultar un horario viejo, nos pusimos en marcha despacio… Yo estaba feliz, ¡lo reconozco!… ¡La Rue La Fayette era empinada!… ¡sobre todo a partir de la iglesia y hasta la esquina de la farmacia! … No podíamos dormirnos… El propio Pereires tiraba del carro… Nosotros, la purí y yo, empujábamos por detrás…

«¡Andando!… ¡Duro ahí!… ¡Vamos ya! Ánimo…». Sólo, ¡que llevábamos demasiado retraso!… ¡Perdimos el tren, de todos modos!… ¡Y por mi culpa!… ¡Ahora ya no era el de las «doce cuarenta»!… ¡Sino el de las «dos y doce»!… ¡El «primero» del día!… Para ése ¡llegábamos con mucho adelanto!… ¡cincuenta minutos casi!… Tuvimos tiempo de sobra para desmontar la tartana… Era plegable, reversible… ¡y trasladar todos los bártulos!… ¡una vez más!… al furgón de cola. Y nos sobró tiempo además, para marcarnos dos cafelitos con leche, un mazagrán, un «desayuno», ¡sucesivamente! ¡En la hermosa «Estación Término»!… Éramos terribles los tres, tocante a café… ¡Aficionados como nadie!… Y yo me encargaba de la caja.

Nos apeamos en Persant-la- Rivière… El pueblo se presentaba agradable, entre dos colinas y bosques… Un castillo con torrecillas para coronar el panorama… La presa, bajo las casas, hacía un estrépito majestuoso… Era, en una palabra, muy mono… Peor podíamos haber elegido, ¡incluso para vacaciones!… Se lo comenté al vejestorio… Pero no estaba para eso… Nos esperaba un currelo de la hostia para mover el material, sacar el motor del furgón… Tuvimos que pedir ayuda…

El jefe de estación contemplaba nuestros trastos. Creyó que éramos «verbeneros»… ¡que llegábamos para la fiesta!… ¡a ofrecer sesiones de cine!… Nos juzgaba por la pinta… Para la fiesta, ¡teníamos que volver el año próximo!… ¡Había acabado hacía quince días!… ¡Des Pereires no quiso que permaneciera así, en el error! ¡Ilustró en seguida a ese zoquete!… Lo puso bien al corriente de todos nuestros proyectos… ¡Quería hablar con el notario! ¡Y acto seguido!… ¡No se trataba de una broma! ¡sino de una «revolución agrícola»!… Rápidamente un montón de catetos vino a curiosear en nuestros trastos… Se agrupaban en torno al toldo… Hacían mil cavilaciones sobre nuestros utensilios. ¡No podíamos empujar todo los tres solos por la carretera!… ¡Era demasiado pesado!… ¡Lo habíamos visto en la Rue La Fayette! … Era demasiado lejos, además, nuestro pueblo agrícola… ¡Necesitábamos por lo menos un caballo!… ¡Opusieron mucha inercia en seguida, los paletos!… Por fin, ¡pudimos partir!…

* * *

Nuestra gruesa gachí, una vez instalada en el asiento, ¡encendió una buena pipa!… En el público, ¡había quienes apostaban que era también un hombre vestido de mujer!…

Para llegar a nuestra finca, en Blême-le-Petit, ¡faltaban aún once kilómetros! ¡y con numerosas cuestas!... Nos advirtieron en Persant... Des Pereires ya se había documentado cuidadosamente aquí y allá, entre los corrillos... No había tardado en firmar todos sus papeles... Había achuchado al notario... Ahora examinaba la verde campiña desde lo alto del coche... Llevamos con nosotros a un campesino... Con el mapa extendido sobre las rodillas, Courtial no cesó de charlar en todo el trayecto... Comentaba cada relieve, cada ondulación del terreno... Buscaba hasta los arroyos más pequeños... de lejos, con la mano a modo de visera... No siempre los encontraba... Nos dio toda una conferencia, que duró al menos sus dos buenas horas, entre tumbos, sobre las posibilidades, los retrasos, del desarrollo, los progresos y debilidades agronómicas de una región cuya «infraestructura metalogeodésica» no acababa de gustarle... ¡Ah! ¡eso!... ¡Lo dijo en seguida! ¡en varias ocasiones!... ¡No se iba a lanzar sin análisis previos!... Hacía un tiempo magnífico.

Las cosas en Blême-le-Petit no eran en absoluto como había anunciado el notario. Tardamos dos días enteros en advertirlo...

La alquería estaba muy deteriorada... ¡Ya lo decían los papeles! El viejo que la había llevado el último acababa de morir dos meses atrás y nadie de la familia había querido substituirlo... Nadie quería saber nada del terreno, ni de la queli, ni del caserío siquiera, al parecer... Entramos en otras chozas un poco más lejos... Llamamos a todas las puertas... Entramos en los graneros... Ya es que no había señales de vida... Por fin, junto al abrevadero descubrimos, en el fondo de una especie de sobradillo, a dos viejos catetos, tan viejos, que ya no podían salir de su cuarto... Se habían quedado casi ciegos... y sordos, pero como tapias... No paraban de mearse uno en el otro...

Ésa parecía ser su única distracción... Intentamos hablarles... No sabían qué respondernos... Nos hacían señas de que nos marcháramos... que los dejásemos tranquilos... Habían perdido la costumbre de que los visitaran... Les dábamos miedo.

¡No me pareció, a mí, buen presagio aquello!... Aquel caserío vacío... Aquellas puertas siempre entornadas... Aquellos viejos que no querían saber nada con nosotros... Aquellos búhos por todos lados...

A él, des Pereires, al contrario, ¡todo le parecía perfecto!... Se sentía muy revigorizado por el aire puro del campo... Lo primero que quiso hacer en seguida fue vestirse decentemente... Como había perdido su *jipijapa*, tuvo que coger uno de su cielito... Uno de paja flexible inmenso, con barboquejo... Conservó la levita, la hermosa gris... más camisa suelta y chalina y, además, ¡zuecos!... (que nunca soportó bien)... De las largas marchas por los campos, volvía siempre descalzo... Y para parecer «labriego» de verdad, no abandonada su «pala»... La llevaba alegre sobre el hombro derecho. Íbamos así, todas las tardes, a examinar los terrenos yermos, a buscar un emplazamiento adecuado para la siembra de los rábanos.

La Sra. des Pereires, por su parte, se ocupaba de sus cosas... Se chupaba los recados, arreglaba la queli... por último, y sobre todo, se marcaba el mercado de Persant dos veces a la semana. Nos preparaba el papeo... Arreglaba los enseres para hacerlo un poco habitable... Sin ella no habríamos podido jalar, pues, ¡era un lío tremendo cocinar en el hogar!... ¡lo que había que encender para hacerse una simple tortilla! ¡la de tizones! ¡la de brasas!...

¡Te quitaba el apetito!...

Des Pereires y yo no nos levantábamos demasiado temprano, ¡hay que reconocerlo!... ¡Sólo por eso ya las piaba ella!... ¡Quería siempre que nos espabiláramos! ¡Que hiciésemos algo útil!... Pero en cuanto habíamos salido... se nos quitaban las ganas de volver... Le entraban cóleras por otros motivos... Se preguntaba, la pobre purí, qué cojones hacíamos tanto tiempo fuera... A des Pereires le gustaban mucho nuestras largas excursiones... Todos los días descubría nuevos aspectos de la comarca... y, gracias al mapa, resultaba la mar de instructivo... Por las tardes, en un rincón del bosque... en un talud... nos apalancábamos cómodamente... en cuanto hacía un poco de calor... Nos llevábamos botellas de cerveza... Pereires podía meditar... Yo no le molestaba apenas... A veces yo dormitaba... Él hablaba solo... Con la pala en la tierra, clavada a nuestro lado... El tiempo pasaba agradable... Era un cambio real... la tranquilidad... ¡la paz de los boscajes!... Pero el parné bien que se las piraba... Ahora era ella la que se inquietaba... Volvía a hacer las cuentas todas las noches.

Tocante a vestido, en seguida me puse a tono... Poco a poco, la tierra te va atrapando... Olvidas las contingencias... Acabé preparándome un conjunto sólido con calzón de ciclista y un abrigo de entretiempo, cuyos faldones había cortado hasta la mitad y el resto me lo entremetía en los alares, los bombachos... un poco caluroso, pero cómodo... Así, me reconocían desde muy lejos... Todo ello realzado con cordeles... sustentáculos ingeniosos. La gruesa gachí nos dio la razón, se puso pantalones, también, como un hombre... ya no tenía falda que ponerse. Le parecía mucho más práctico... Se iba así al mercado. Los chavales de la escuela la esperaban a la entrada de la villa. La provocaban, la bombardeaban con excrementos, culos de botellas y pedruscos... ¡La cosa acababa en pelea!... ¡No se dejaba mojar la oreja!... Intervinieron los gendarmes... ¡Le pidieron la documentación!... ¡Se lo tomó con mucha altivez! «¡Yo soy una mujer decente! ¿saben ustedes?», respondió...

«¡Pueden seguirme!...». No quisieron.

¡Hizo un verano espléndido de verdad!... ¡Era como para creer que nunca veríamos el final!... Incita a gandulear, el calor... Des Pereires y yo, después de que se tomara su copa tras el café, tomábamos las de Villadiego... y después, toda la tarde, nos íbamos a la buena de Dios, por barbechos y surcos. Si encontrábamos a un paleto... «¡Muy buenas!», le decíamos educados...

¡Llevábamos una vida muy agradable!... Nos recordaba a los dos los bellos días de nuestras ascensiones... Pero no había que hablar nunca de nuestros sinsabores estratosféricos delante de la Sra. des Pereires... ¡Ni del *Animoso*!... ¡Ni del *Arquímedes*!... O, si no, se deshacía en lágrimas... No podía contener su dolor... Nos ponía verdes... Hablábamos más bien de esto o lo otro... ¡No había que volver sobre el pasado!... Había que andarse con ojo respecto al porvenir... Evocarlo con la máxima prudencia... También el porvenir es delicado... El nuestro era incierto... No se perfilaba con demasiada claridad... Courtial seguía vacilando... Prefería esperar aún y no lanzarse hasta estar seguro... Entre cada meditación, durante nuestros vagabundeos de por las tardes, daba aquí y allá paletadas de prospección... Se agachaba a examinar, sopesar, escrutar la tierra recién movida... La apretaba, la reducía a polvo... Se la filtraba por los dedos, como si quisiera retener oro... Por último, se sacudía las manos, soplaba muy fuerte... ¡Se volaba!... ¡Ponía mala cara!... «¡Psss! ¡Psss! ¡Psss!... ¡No vale gran cosa este terreno, Ferdinand! ¡No es rico! ¡Hum! ¡Hum! ¡Qué miedo siento por los rábanos! ¡Hum! ¿Para alcachofas tal vez?... ¿Siquiera?... ¡Ni siquiera!... ¡Huy, huy, huy! ¡Está muy cargado de magnesio!...». Nos marchábamos sin llegar a una conclusión.

En la mesa, su mujer nos preguntaba por enésima vez cuál iba a ser la legumbre... Si la habíamos elegido por fin... Que ya era hora... Ella proponía las judías... ¡poco discreta, la verdad!... ¡Se sobresaltaba, Courtial, al oír cosa semejante!...

«¿Judías?... ¡Judías?... ¿Aquí?... ¿En estas fallas?... ¿oyes, Ferdinand?... ¿Judías? ¡en un terreno sin manganeso! ¿Y por qué no guisantes?... ¿Eh?... ¡berenjenas! ¡ya que estás!... ¡Es el colmo!...». ¡Estaba indignado!...

«¡Fideos! ¡te lo digo yo!... ¡Trufas!... ¡Hombre! ¡trufas!...».

Se paseaba un buen rato por el cuarto... gruñendo como un oso... Le duraba horas enteras, la irritación que le provocaba cualquier propuesta insólita... ¡Era inflexible al respecto! ¡La libre elección! ¡la selección científica!... Ella se iba a acostar sola, en su trastero sin ventana, una especie de recámara, que se había arreglado contra las traidoras corrientes de aire... entre la trilladora y la artesa... La oíamos sollozar al otro lado del tabique... Era duro con ella...

No se puede decir que le faltara, a ella, valor ni perseverancia nunca, ¡eso desde luego!... ¡ni abnegación!... ¡Ni un solo día! para acomodar aquella vieja queli, ¡hizo prodigios!... No cesaba de currar... Ya nada funcionaba... nada carburaba... ni la bomba, ni el molino que debía subir el agua... El hogar se desplomaba sobre el papeo... Tuvo que poner masilla en todas las rendijas de los tabiques, tapó ella misma todos los agujeros... todas las grietas de la chimenea... arregló los postigos, volvió a colocar tejas, pizarras... Trepaba por todos los canalones... Pero, aun así, a la primera tormenta hubo muchas goteras... por los agujeros del techo... Debajo poníamos cubiletes... uno para cada reguero... Entre reformas y transformaciones, se chupaba currelos de verdad, ¡y no sólo chapucillas!... Así, substituyó los enormes goznes del portón, el grande y «rústico»... La ebanistería... la cerrajería... nada la asustaba... Se volvía muy mañosa... Parecía una artesana... Y, además, es que, claro está, se encargaba de toda la limpieza y de la jalandria... Lo decía ella misma, ninguna empresa la asustaba, ¡excepto la colada!... De eso cada vez menos... Teníamos el ajuar «mínimo»... Camisas poquísimas... y zapatos ya ni uno...

Con las grietas de las gruesas paredes, había patinado un poco, ¡la había pifiado con el yeso!… Des Pereires lo criticaba, le habría gustado que volviéramos a empezar… sólo, ¡que teníamos otras cosas que hacer!… Gracias a ella, en una palabra, aquel cubil carcomido adquirió un poco de consistencia… en fin, más o menos… Era pura ruina, de todos modos… hiciéramos lo que hiciésemos para restaurarlo, se hacía polvo…

Ya podía hacer heroicidades, que su operación de ovarios la molestaba cada vez más, a nuestra pobre purí… ¿Tal vez por tan tremendos esfuerzos?…

Transpiraba a cascadas… Le chorreaba por los bigotes… con las tufaradas congestivas… Por la noche tenía los nervios tan de punta, estaba tan harta de esperar… que a la menor palabra atravesada… ¡Tarabum!… ¡La borrasca! ¡Una furia intensa!… Cabreada como una mona, esperaba… explotaba por menos de nada… Ya es que era una bronca inacabable…

¡Lo que sobre todo había que procurar era no hacer la menor alusión a las hermosas historias de Montretout!… Se le habían quedado atragantadas… La carcomían como un tumor. En cuanto se nos escapaba una palabra, nos ponía verdes, ¡decía que era una conspiración!… Nos llamaba gorrones, gallinas, vampiros… ¡Había que acostarla a la fuerza!…

Lo difícil para des Pereires seguía siendo decidirse sobre la dichosa hortaliza… Había que encontrar otra cosa… Ahora dudábamos de los rábanos… ¿Qué hortaliza adoptaríamos? … ¿Cuál sería apropiada para el radiotelurismo?… ¿Para decuplicar su tamaño?… Y, además, ¡la elección del terreno!… ¡No era una menudencia!… Investigaciones minuciosas… Ya habíamos dado paletadas de exploración en todas las parcelas del lugar, ¡a quince kilómetros a la redonda!… Conque no nos íbamos a lanzar al buen tuntún… ¡Reflexionábamos! Y listo…

En dirección opuesta a Persant, es decir, al Sur, durante nuestras prospecciones, un buen día nos encontramos con un pueblo muy agradable, acogedor de verdad… ¡Saligons-en-Mesloir!… Era bastante lejos a pie… A dos buenas horas por lo menos de Blême-le-Petit… Al vejestorio nunca se le ocurriría ir a acosarnos en aquel escondite… La tierra en torno a Mesloir, según descubrió Courtial en seguida, era mucho más rica que la nuestra en contenido «radiometálico» y, por consiguiente, según sus cálculos, infinitamente más fértil y explotable al instante…

¡Volvimos a estudiarla casi todas las tardes!… ¡Lo mejor de aquel mantillo era su contenido «cadmio-potásico»! ¡su calcio particular!… Al tacto, al olfato sobre todo, se advertía… Lo notaba en seguida des Pereires; al parecer, era simplemente prodigioso en contenido… Al volverlo a pensar, ¡llegaba a preguntarse si no sería demasiado rico incluso para catalizar el «telurismo»!… Si no se alcanzarían tal vez concentraciones tan fuertes, ¡que reventaran nuestras legumbres!… ¡Ah! ¡si no haríamos estallar su pulpa!… Ése era el peligro, el único punto crítico… Lo presentía… Habría habido entonces que renunciar a los pequeños primores, en aquel terreno demasiado rico, la verdad… Elegir algo grosero y vulgarmente resistente… La calabaza, por ejemplo… Pero ¿y las salidas, entonces?… ¿Una sola calabaza por ciudad?… ¿Una monumental?… ¡El mercado no absorbería todo!… ¡Era el momento de la concertación! La acción es siempre así.

En aquella aldehuela de Saligons, los bares servían sobre todo sidra… ¡Y que no olía a orina! ¡cosa rarísima, hay que reconocerlo, en pleno campo! Se subía un poco a la cabeza, sobre todo la espumosa… Nos habíamos puesto a beber de lo lindo… ¡durante nuestras giras de prospección! En *La Grosse Boule*… la única venta del lugar… Cada vez volvíamos más a menudo… estaba en el centro, justo delante del mercado de ganado… La charla de los catetos nos informaba sobre los usos…

Des Pereires se tiró de un salto sobre el *Paris-Sport*… Hacía mucho que sufría la privación… Como hablaba con todo el mundo… A cambio de los consejos… de las informaciones sobre el ganado… les dio a conocer algunos trucos excelentes, infinitamente ingeniosos, para jugar en Vincennes… aun a mucha distancia… Entablaba relaciones muy interesantes… Allí paraban los ganaderos… Yo lo dejaba charlar… La chacha me molaba cantidad… Tenía el culo casi cuadrado, de tan musculoso. Los achucháis, también, era increíble lo duros que estaban… Cuanto más los apretabas, más se tensaban… Una defensa terrible… Nunca le habían comido el bollo… Yo le enseñé de todo… lo que sabía… ¡Fue un caso de magnetismo! Quería dejar su trabajo, ¡venirse con nosotros a la alquería! Con la tía des Pereires no habría sido posible… Sobre todo porque ahora la vieja estaba un poco mosca… Le parecía que íbamos mucho por ese Mesloir… Temía que le pusiera los cuernos… Nos hacía unas preguntas muy raras… Nos ponía muy violentos… Cada vez creía menos en la prospección de las legumbres… Buscaba tres pies al gato… El verano ya estaba bastante avanzado… pronto vendría la época de la cosecha… ¡La leche!…

En *La Grosse Boule* los campesinos cambiaban rápidamente, se estaban volviendo muy extraños… Entre dos chatos, se apresuraban a leer *Paris- Courses*… Des Pereires se espabilaba… Expedía las pequeñas apuestas… no más de un pavo por barba… en un sobre, a su viejo tronqui… ¡hasta cincuenta francos como máximo!… ¡No admitía más!… Martes, viernes, sábados… y siempre al bar *Aux Émeutes*, ¡siempre conchabado con Naguère!… ¡Nos quedábamos, nosotros, con veinticinco céntimos por apuesta!…

¡nuestro peculio curiosito!… A la chacha, la maciza Agatha, le enseñé a evitar los embarazos… Le demostré que por detrás era aún más violento… Con eso le entró auténtica adoración hacia mí… Me proponía hacer lo que yo quisiera… Se la pasé un poco a Courtial, ¡para que viese cómo la tenía en el bote! Ella aceptó de buen grado… Se habría lanzado a la vida, en cuanto le hubiera hecho una seña yo… Y, sin embargo, ¡no fue con trajes fardones como la hechicé!… ¡Habríamos espantado a los gorriones!… ¡Ni por el parné!… ¡Nunca le soltábamos ni un céntimo!… ¡Era el prestigio parisino! Eso mismo.

Pero, al volver por la noche, ¡menudo! ¡cada vez había más follón!…

¡Ya es que no le hacía ninguna gracia, a la Irène!… ¡Volvíamos cada vez más tarde!… ¡Nos chupábamos excesos tremendos!… ¡Sesiones horribles!… ¡Se arrancaba los pelos con sangre! ¡a mechones y placas! ¡porque él no se decidía a elegir la hortaliza «concreta»! … ¡ni el terreno óptimo!… Se había puesto sola, la purí, a hacer los trabajos del campo… ¡No revolvía mal la tierra!… Aún no sabía hacer un surco absolutamente derecho… pero se aplicaba… ¡Ya lo lograría!… ¡Desbrozaba que daba gusto!… Y espacio no faltaba precisamente para entretenerse por todos lados… En Blême-le-Petit podía dársele con ganas… todo el territorio era baldío… A la derecha, al Norte, al Sur, a la izquierda, no había vecinos, ¡y al oeste tampoco!… Todo estaba desierto… seco… totalmente árido…

«¡Te vas a consumir, mi niña!», le decía Courtial, así, en pleno anochecer, cuando nos la encontrábamos dándole aún, revolviendo la tierra… «¡Te vas a consumir! ¡eso no sirve para nada!… ¡Esta tierra es de lo más ingrata! ¡Ya puedo matarme diciéndotelo!… Los propios campesinos de aquí, ¡han ido renunciando poco a poco!… ¡Supongo que se dedicarán a la ganadería!… ¡Aunque la ganadería en estos llanos!… ¡Con todas estas margas subyacentes!… ¡estas fallas cálcico-potásicas!… ¡No les arriendo la ganancia!… ¡Es una empresa ingrata!… ¡con riesgos enormes!… ¡Belenes abominables!… ¡Lo veo!… ¡Lo veo venir!… ¿Irrigar semejante atolladero?… ¡Huy, huy, huy!…».

«¿Y a ti, cacho guarro? ¿quién te va a irrigar? ¿eh?… Di, ¡a ver!… ¡que te quiero oír!… ¡Vamos!… ¡Venga! ¡Adelante!». Él se negaba a hablar más… Se precipitaba hacia la alquería… A mí aún me quedaba un currelo. Al volver cada noche, debía clasificar todas las muestras de la jornada… En planchas separadas… por toda la cocina… en pequeños cucuruchos… Secaban en fila india… ¡todas las muestras de terreno de veinte kilómetros a la redonda!… ¡Material valioso para el día en que eligiéramos! … pero, desde luego, la sección más rica era la de Saligons.

* * *

En *La Grosse Boule*, así, poco a poco, nos habíamos vuelto populares… ¡Habían cogido gusto, nuestros simplones borrachos, a las carreras!… Había que moderarlos incluso… Arriesgaban sus pápiros sin pena… ¡Querían quemar tres pavos en un solo penco!… ¡Rechazábamos rotundamente semejantes apuestas!… Ya no estábamos para grandes rencores… Íbamos pisando huevos… con extrema desconfianza… Agatha, la criada, se cachondeaba, ¡se lo pasaba bomba!… Se estaba volviendo puta en el sitio… ¡Lo que más nos fastidiaba eran los cambios de humor de nuestro vejestorio! … Con todos sus cabreos, sus ultimátums… ya es que no podíamos tragarla… Sin embargo, des Pereires había cambiado de táctica al respecto… Ya no se cachondeaba de ella, cuando labraba… ¡La animaba a hacerlo!… ¡La estimulaba!… ¡Desbrozó así, parcela tras parcela, semana tras semana, espacios enormes!… Desde luego, nos horrorizaba… pero si se hubiera detenido, habría sido mucho peor… Estaba harta de vernos vacilar, ¡ella fue la que se decidió por la patata! No pudimos impedírselo… Le pareció que era, a fin de cuentas, la hortaliza ideal… Se puso en seguida manos a la obra. No nos preguntó nuestra opinión más. Una vez plantados sus tubérculos, una extensión inmensa, contó a todo el mundo, en Persant, a la ida, al regreso, ¡que nos lanzábamos a experimentos de «patatas gigantes» gracias a ondas eléctricas! Se propagó, su cotilleo, como un reguero de pólvora...

En *La Grosse Boule*, por la tarde, nos abrumaban a preguntas... Nosotros, que habíamos tenido potra y habíamos estado hasta entonces tranquilitos en el otro extremo del distrito, bien mirados, bien acogidos, tolerados, esperados incluso todas las tardes por todos los palurdos de los alrededores, empezamos a estar mal vistos... Parecían sospechosos nuestros cultivos... Les entraba envidia al instante...

«¡Patateros! ¡Patateros!» nos llamaban. ¡Ya no podíamos escabullirnos! ¡La gruesa gachí se había vuelto progresivamente, un auténtico terror!... Ahora que había labrado ella sola una hectárea de nada, ¡nos amargaba la vida!... No nos atrevíamos a hablarle... Amenazaba con seguirnos por todas partes, si volvíamos a irnos de garbeo, ¡si no nos poníamos a currar en el plazo de veinticuatro horas!... ¡Se había acabado el descanso!... Tuvimos que obedecer, sacar de debajo del toldo el motor y su dinamo... Quitamos el moho al gran volante... Lo pusimos en marcha un poco... Nos marcamos un cuadro curiosito de las «resistencias»... Y después, ¡se acabó!... Y luego vimos que nos iba a faltar alambre... Hacía falta muchísimo, bobinas y más bobinas para hacer muchos zigzags entre cada hilera de patatas, a lo largo de todo el cultivo... ¡Con quinientos metros no bastaba!... ¡Hacían falta kilómetros! Si no, no iba a funcionar nunca... Sin alambre, ¡no era posible el radiotelurismo!... ¡Ni la horticultura intensiva! Acabados los efluvios catódicos... Era condición estricta... En el fondo, no estaba tan mal... Habíamos creído al principio que ese dichoso alambre se convertiría en nuestra hábil excusa, la coartada perfecta, que se espantaría, nuestra vieja, ante el precio del material para un desembolso tan crítico... que se lo pensaría, nos dejaría en paz un poco... Pero, qué va, ¡ni mucho menos!... Se puso rabiosa otra vez... Nos amenazó, si dábamos más largas... si perdíamos el tiempo, con irse sola a establecerse en Saligons de comadrona, ¡y la semana próxima, a más tardar! ¡Ah! ¡ya no había ni pizca de amor, la verdad! ¡Nos comía la moral!... Pero, aun con buena voluntad, ya no nos quedaban bastantes cuartos para compras tan costosas... ¡Huy, la Virgen! Pero ¡si es que era la ruina!... ¿Quién nos iba a dar crédito?... No valía la pena intentarlo...

Por otro lado, no era posible hacerle comprender, a la vieja, nuestra situación... Que, en particular, acabábamos precisamente de quemar nuestra reserva suprema... lo que quedaba del curilla, en las apuestas por correspondencia... ¡Ah! Pues por fin lo habíamos perdido... Era, seguro, un ataque horrible... ¡El fin de nuestro plan!... Un cataclismo inafrontable... Estábamos bien fastidiados, la verdad. Ella se volvía de una intolerancia absolutamente fanática, ahora que se había empeñado con el asunto de las patatas... ¡Estaba pasando igualito que con lo de las ascensiones!... o el hotelito de Montretout... ¡No iba a dar su brazo a torcer!... Cuando se entregaba a un asunto, se enroscaba dentro como un tornillo, ¡había que arrancar toda la pieza!... ¡Extremadamente doloroso!...

«Me lo dijiste, ¿no?... ¡No irás a negarlo!... ¡Bien que lo oí!... Me lo repetiste diez... ¡cien veces!... ¡Que ibas a poner en marcha la puta máquina eléctrica! ¡No lo he soñado!... Para eso vinimos aquí, ¿no?... ¡No lo he imaginado yo!... ¡Para eso vendiste la queli por un trozo de pan!... ¡Puliste el periódico!... ¡Nos metiste de grado, por fuerza, a rastras en este pozo!... ¡en esta pocilga!... ¡Esta porquería!... ¿Sí o no?...».

«¡Sí, mi amor!».

«Pues, ¡muy bien!... ¡Quiero verlo! ¿Me oyes?... ¡Quiero verlo!... ¡Verlo todo!... ¡Lo he sacrificado todo! ¡Toda mi vida!... Mi salud... Todo mi futuro... ¡Todo!... Ya no me queda nada... ¡Quiero verlas crecer!... ¿Me oyes?... ¡¡¡Cre-cer!!!...».

Se plantaba desafiante, ¡se lo soltaba en la cara!... A fuerza de hacer trabajos duros, ¡tenía unas mollas que no eran moco de pavo!... ¡Moles temibles!... Mascaba tabaco por el campo... No se fumaba la pipa hasta la noche y cuando iba al mercado... El cartero Eusèbe, que durante muchos años no había acudido por el lugar, tuvo que empezar de nuevo... ¡Se lo marcaba dos veces al día!... Se había corrido el rumor, muy rápido, por las otras provincias, de que ciertos agricultores hacían maravillas, realizaban milagros en el cultivo de las patatas mediante los efluvios magnéticos...

¡Nuestra antigua pandilla de inventores nos habían vuelto a encontrar la pista!... Parecían muy felices todos de reencontrarnos a los tres... sanos y salvos... ¡Volvían a acosarnos con proyectos!... ¡No nos guardaban el menor rencor!... El cartero estaba hasta la coronilla... Se chupaba tres veces por semana bolsas enteras de manuscritos... Las alforjas le pesaban tanto, que se le había roto el bastidor… Había puesto una cadena doble… la bicicleta se había replegado sobre sí misma… Reclamaba otra, nueva, a la delegación provincial…

Des Pereires, desde los primeros días, se había puesto a meditar otra vez… Aprovechaba intensamente el ocio y la soledad… Se sentía preparado, por fin, contra los azares de la suerte.

¡Cualesquiera que fuesen!… ¡Había cavilado lo suyo! ¡Estaba absolutamente resuelto! ¡La decisión!… ¡Iba a afrontar su destino!… Ni demasiado confiado… Ni demasiado desafiante… ¡avisado simplemente!…

«¡Ferdinand! ¡Mira! ¡y date cuenta!… ¡Los acontecimientos se desarrollan más o menos como yo había previsto!… Sólo, ¡que con un poco de adelanto!… ¡Una cadencia un poco nerviosa!… ¡No era lo que yo deseaba!… Sin embargo, vas a ver… ¡Observa! ¡No te pierdas un detalle! ¡Ni un átomo luminoso!… ¡Admira, hijo mío, cómo va a vencer, domeñar, constreñir, encadenar, someter Courtial a la rebelde fortuna!… ¡Míralo! ¡Pásmate! ¡Infórmate! ¡Procura permanecer impávido y listo al segundo! En cuanto me haya servido, ¡te la paso! ¡Y zas! ¡Abraza! ¡Aprieta! ¡Será tu turno! ¡Quebranta! ¡Liquida a esa puta! ¡Mis necesidades personales estrictas son las de un asceta! ¡Quedaré ahíto en seguida!

¡Saciado! ¡inundado por la abundancia!

¡Sángrala tú! ¡Vacíale todo el jugo!…

¡Estás en la edad de los arrebatos!

¡Aprovecha! ¡Abusa! ¡Hostias! ¡Córrete!

¡Haz con ella lo que quieras! ¡Para mí siempre será demasiado!… ¡Abrázame!… ¡Mira! ¡qué potra tenemos!».

No era cómodo abrazarse, ¡porque yo llevaba el abrigo sólidamente atado con cuerdas dentro de los alares!… Limitaba los movimientos, pero me mantenía bien calentito… ¡Era necesario! ¡Ya teníamos el invierno encima!… El cuerpo principal, pese a la chimenea, el calafateo, estaba acribillado por corrientes de aire… Recogía todos los vientos y no demasiado calor… Era un colador de escarchas… Es que era una queli muy vieja, la verdad.

Entonces se le ocurrió una idea espléndida a des Pereires, tras muchas meditaciones en *La Grosse Boule* y en los bosques… ¡Tenía una visión aún más grandiosa y anticipadora que de costumbre!… Adivinaba las necesidades del mundo…

«¡Los individuos están acabados!… ¡Nunca más rendirán nada!… ¡A las familias, Ferdinand! ¡debemos dirigirnos! De una vez por todas, ¡siempre a las familias! ¡Todo por y para la familia!…».

¡A los «padres angustiados de Francia» lanzó su gran llamamiento! ¡A aquellos a quienes preocupaba por encima de todo el porvenir de sus queridos peques!… ¡A aquellos a quienes la vida cotidiana crucificaba despacio en el fondo de las ciudades perversas, pútridas, insanas!… A quienes querían probar lo imposible para que su pequeño querubín escapara al atroz destino de la esclavitud en una tienda… de una tuberculosis de contable… ¡A las madres que soñaban para sus queridos monines con una vida sana y holgada absolutamente al aire libre!… lejos de las podredumbres ciudadanas… con un porvenir plenamente asegurado por los frutos de un trabajo sano… en condiciones campestres… ¡Grandes gozos soleados, apacibles y totales!… Des Pereires garantizaba solemnemente todo eso y muchas otras cosas… Se encargaba con su mujer de la manutención completa de todos esos peques potrudos de su primera educación, de la secundaria también, la «racionalista»… por último, de la enseñanza superior «positivista zootécnica y huerto»…

Nuestra explotación «radiotelúrica» se transformaba, de inmediato, mediante la aportación de los subscriptores, en «Familisterio renovado de la raza nueva»… Así titulábamos en nuestros prospectos la alquería y sus dominios… En unos días colmamos con nuestros «llamamientos» varios barrios de París… (todos expedidos por Taponier)… los más populares… los más confinados… también algunos islotes por Achères, donde apesta pero bien, para ver… Sólo teníamos un temor, ¡y era que nos invadiesen demasiado pronto! ¡Temíamos como la peste los entusiasmos demasiado frenéticos!…

¡La experiencia!

Tocante a alimentación, ¡con nuestro «radiotelurismo» el problema no existía! Sólo subsistía, en una palabra, un único escollo auténtico… ¡La saturación de los mercados por nuestras patatas «ondígenas»!… ¡Ya veríamos en su momento!… ¡Cebaríamos los cerdos!… ¡Ya puestos!… ¡Tendríamos también un corral nutrido!... ¡Los pioneros jalarían pollo!... Courtial era partidario convencido de esa alimentación mixta...

¡La piltrafa es buena para el crecimiento!... ¡Vestiríamos, claro está, sin dificultad, a todos nuestros pupilos con el lino de nuestra alquería!... ¡tejido en coro, en cadencia, durante las largas veladas de invierno!... Sonaba... ¡se anunciaba de lo mejorcito! ¡Un espléndido enjambre agrícola! Pero ¡bajo el signo de la inteligencia! ¡no sólo del instinto! ¡Ah! ¡para des Pereires era muy importante esa distinción! ¡Quería que fuera rítmico!... ¡fluido! ¡intuitivo!... Des Pereires resumía así la situación. Los hijos de la «raza nueva», además de divertirse, instruirse de derecha a izquierda, fortalecerse los pulmones, ¡nos aportarían contentos una mano de obra de lo más espontánea!... rápidamente instruida y estable, ¡totalmente gratuita!... poniendo así sin apremio su juvenil aplicación al servicio de la agricultura... La «neo- pluri-radiante»... ¡Esa gran reforma venía del fondo, de la savia misma de los campos! ¡Florecía en plena naturaleza! ¡Nos embalsamaría a todos! ¡Courtial la olfateaba ya de antemano!... Contábamos con los pupilos, su celo y su entusiasmo, de modo muy particular, ¡para arrancar las malas hierbas! ¡extirpar! ¡desbrozar más!... ¡Auténtico pasatiempo para chiquillos!... ¡Tortura espantosa para adultos!... Des Pereires, liberado por esa industriosa influencia de las trivialidades del cultivo ramplón, ¡podría entonces entregarse totalmente a la delicada e infinitamente minuciosa puesta a punto de su «grupo polarizador»!... ¡Dirigiría los efluvios! ¡No haría otra cosa! ¡Inundaría, colmaría nuestro subsuelo con todas las corrientes telúricas!...

Nuestro programa se presentaba bien... Hicimos llegar diez mil ejemplares de un barrio a otro... Seguramente venía a satisfacer muchos deseos latentes... Muchos anhelos inexpresados... El caso es que recibimos casi inmediatamente cartas, respuestas con profusión... con comentarios truculentos... casi todos extraordinariamente lisonjeros... Lo que pareció más notable a la mayoría de los que respondieron fue la suma modicidad de nuestras pretensiones financieras... Exacto, habíamos calculado hasta el último céntimo... Habría sido muy difícil ofrecerlo más barato... Así, para conducir a un pupilo desde la infancia (siete años como mínimo) hasta el regimiento, garantizarle comida y cama, durante trece años seguidos, desarrollarle el carácter, los pulmones, la inteligencia, los brazos, infundirle el amor a la naturaleza, enseñarle un oficio tan noble, dotarlo, por último y sobre todo, a la salida del falansterio, de un espléndido y válido diploma de «ingeniero radiogrométrico», ¡no pedíamos a los padres, en total, sino la suma global, definitiva, de cuatrocientos francos!... Esa suma, ese ingreso inmediato, serviría para la compra del alambre, la puesta en funcionamiento del circuito... la propagación subterránea... Precipitando nuestros cultivos, ¡el porvenir era nuestro!... ¡No pedíamos lo imposible!... Para empezar... en patatas... cuatro vagones al mes.

* * *

En cuanto una empresa adquiere un poco de envergadura, ¡se encuentra expuesta *ipso facto* a mil intrigas hostiles, solapadas, sutiles, incansables!... ¡No se puede negar!... La fatalidad trágica penetra en sus propias fibras... vulnera poco a poco la trama, tan íntimamente, que para escapar al desastre, no acabar malparados, los capitanes más astutos, los conquistadores más chulángonos no pueden ni deben contar, en definitiva, sino con un raro milagro... Tal es la naturaleza y la antigua y verídica conclusión de los progresos más admirables... ¡Nada que rascar en las cartas!... El genio humano no tiene potra... ¿La catástrofe de Panamá?... ¡es la lección universal!... ¡debe inspirar arrepentimiento a los más caraduras!... ¡hacerlos reflexionar con ganas sobre la ignominia de la suerte!... ¡Las turbias primicias de la mala pata! ¡Huah! Las maldades contingentes... El destino se jala las oraciones como el sapo las moscas... ¡Salta por ellas! ¡las aplasta! ¡se las cepilla! ¡se las traga! Se relame, le repiten en bolitas minúsculas, exvotos para la señorita casadera.

Nosotros, en Blême-le-Petit, salvando las distancias, claro está, cobramos con avaricia... desde el comienzo de las operaciones... Primero el notario de Persant... Vino a la carga casi cada tarde... y muy amenazador... ¡Para que le liquidáramos su saldo!... ¡Había leído en los periódicos un reportaje sensacional sobre nuestros magníficos experimentos!... Creía en recursos ocultos... ¡Pensaba que estábamos forrados!... Exigía el pago inmediato de su alquería en ruinas, ¡los margales! Y, además, ¡todos nuestros acreedores del Palais-Royal!... explotaban de impaciencia... ¡Taponier también!... Él, tan amable al comienzo, ¡se estaba volviendo un cerdo!... ¡También él leía los periódicos! ¡Había entendido, el maricón, que nos poníamos las botas con las subvenciones!... ¡Que cobrábamos en la Rue de Grenelle!...[29] Además de los numerosos manuscritos para las «investigaciones» por emprender, ¡nos veíamos acribillados otra vez con papeles timbrados!... ¡de toda índole!... ¡nos encontrábamos a un paso de varios embargos curiositos!... ¡Antes de haber visto siquiera el color de una primera patata! Los gendarmes aprovecharon para venir de excursión a ver qué pinta teníamos, qué modales sorprendentes... Nuestros hábiles prospectos «para la raza» habían inquietado un poco a las autoridades judiciales... ¡El inspector del Ministerio, otro envidioso lógicamente, había expresado ciertas dudas sobre nuestro derecho a abrir una escuela!... ¡Su misión era dudar! Se mostraron sólo cabrones a medias, en definitiva. Aprovecharon simplemente, era fatal, la hermosa ocasión que se les brindaba para advertirnos, muy amables por cierto, que más valdría, a fin de cuentas, que nos atuviéramos al tipo «guardería», «colonia de vacaciones»... preventorio incluso... Que si insistíamos demasiado en el aspecto pedagógico... ¡Nos enemistaríamos sin falta con todas las autoridades!... ¡Dilema delicado donde los haya!... ¿Perecer?... ¿Enseñar?... Cavilábamos... no estábamos del todo decididos... Cuando una tarde, un domingo, nos llegó un grupo de padres curiosos, por la carretera, a pie, hacia las cuatro, para hacerse una idea... Examinaron detenidamente los locales, todas las dependencias, la pinta general de la finca... ¡No los volvimos a ver nunca!... ¡Ah! ¡Estábamos perdiendo un poco las esperanzas! ¡Tantas corrientes contrarias!... ¡Aquella maldita incomprensión!... ¡Aquella mala voluntad en persona! ¡Ah! ¡Era demasiado, la verdad!... Y después, un buen día, al fin, ¡el cielo se aclaró, de todos modos!... ¡Recibimos, casi una detrás de otra, dieciocho adhesiones entusiastas!... ¡Padres muy conscientes, pues, que maldecían sin paliativos la ciudad! ¡su aire infecto! ¡Nos daban toda la razón!... Militaban de inmediato, en pro de nuestra reforma «raza nueva»... Nos enviaban a sus chavales con una cantidad a cuenta de la «minuta», ¡para que los incorporáramos en seguida a la falange agrícola!... Cien francos por aquí, doscientos por allá... El resto, ¡más adelante!... ¡Sólo anticipos!... ¡Ni una sola vez la suma entera!... Más adelante, prometían... ¡Buenas voluntades, en una palabra! Adhesiones muy reales... pero un poco obscuras... La economía, la previsión... y, además, ¡tres cuartos de desconfianza!...

En fin, ¡los chavales ya estaban allí! ... quince en total... nueve chicos... seis chicas... Tres faltaron a la cita. Más valía tener en cuenta un poco los consejos del juez suplente... ¡Sensatez!... ¡Por astucia ante todo! Un poco de prudencia no nos vendría mal... Más adelante tras el éxito del experimento, ¡los resultados se impondrían por sí solos!... ¡Vendrían a suplicarnos!... Entonces desplegaríamos nuestra bandera... «La raza nueva, flor de los surcos».

Con lo que traían, de parné, los chavales de aquel primer refuerzo, ¡no podíamos comprar gran cosa! ¡ni siquiera todas las camas necesarias! ¡ni los colchones siquiera!... Nos acostamos todos en la paja... ¡en plan de igualdad!... Las chicas en un lado... Los chicos en otro... De todos modos, ¡ya no podíamos enviarlos de nuevo con sus padres!... Aquellas pocas perras aportadas al bote no duraron ni ocho días... Estaban ya comprometidas en una docena de direcciones... ¡Vistas y no vistas! ¡El notario, él solo, reivindicó las tres cuartas partes!... El resto, para el cobre... Unas cinco bobinas tal vez... pero ¡del modelo grande!... montadas en caballete desplegable.

* * *

Nuestra gruesa gachí había plantado desde el principio, en previsión de desgracias, como una patata superior, que crecía incluso en invierno... No la había más robusta... Aun suponiendo lo peor... que los efluvios de Courtial no produjeran todo lo que esperábamos... podríamos cosechar, de todos modos...

¡Sería muy raro que les impidiera germinar!... ¡Sería lo nunca visto! Nos lanzamos todos al currelo... Enrollamos hilos por donde nos decía... Por un poco, para mayor seguridad, ¡al pie de cada patata habríamos enroscado tres, cuatro guirnaldas de alambre!... ¡Fue un trabajo memorable!... ¡Sobre todo por su disposición en plena ladera! ¡a merced del viento del norte!... Con un cierzo que cortaba, ¡nuestros chaveas se divertían, de todos modos! ¡Lo principal para ellos era estar constantemente fuera! ¡ni un minuto en el interior! Casi todos procedían de los suburbios... No eran obedientes. Sobre todo uno, pequeño y flaco, el Dudule, que quería tocar a todas las chicas... Teníamos que acostarlo entre nosotros... Empezaron a toser. Nuestra gruesa gachí, sabía, por suerte, un poco de medicina, ¡los cubría con cataplasmas de la cabeza a los pies!… ¡Les daba exactamente igual que les arrancáramos la piel misma! ¡con tal de que no los encerráramos!… ¡Fuera querían estar!… ¡Siempre y pese a todo!… ¡Jalábamos en un gran caldero!… ¡Nos marcábamos sopas para parar un tren!…

Después de tres semanas de labor, el inmenso campo de patatas quedó enteramente cubierto con una red de alambre a ras de tierra de mil empalmes puntilíneos… Un trabajo «picha de mosca»… ¡La corriente!… ¡Ya sólo faltaba que des Pereires lanzara la lefa por todas las fibras de la red!… ¡Ah!… Puso en marcha el tinglado… Metió a las patatas… ya en el primer cuarto de hora… series de sacudidas terribles… descargas potentes, «telúricas intensivas»… Y, además, entre ellas, pequeñas sacudidas «alternas»… Se levantaba incluso en plena noche, para meterles viajes complementarios, para estimularlas más fuerte, excitarlas al máximo. Inquietaba, a la gruesa gachí, verlo salir, así, con el frío… Se despertaba sobresaltada… Le gritaba que se abrigara.

Así iba la cosa, bien que mal, desde hacía casi un mes, cuando en determinado momento Courtial se puso a buscar excusas… ¡Muy mala señal!… «¡Habría preferido», dijo, «probar con puerros!…». Lo repetía delante de la vieja, ¡y cada vez más a menudo!… Quería ver la reacción… «¿Y qué tal estaría con rábanos?…». Su mujer lo miraba de soslayo, se alzaba un poco el chapiri… no le gustaban sus insinuaciones… ¡La suerte estaba echada, joder!… ¡No debía escaquearse más!

Nuestros pioneros, por su parte, prosperaban, ¡aprovechaban la independencia!… No les poníamos obligaciones, ¡hacían, en una palabra, lo que querían!… hasta la disciplina… ¡por su cuenta!… Se metían unas tundas de miedo… El más pequeño era el peor, ¡siempre el Dudule con sus siete años y medio!… La mayor del rebaño era casi una jovencita: la Mésange Rimbot, la rubia de ojos verdes, con un bul muy ondulante y unos chucháis muy molones… La Sra. des Pereires, que no era una ingenua precisamente, ¡desconfiaba la tira de la mocita! ¡sobre todo cuando tenía la regla!… Le había habilitado un recinto especial en un rincón del granero, ¡para que durmiese solita, mientras tuviera el mes! Lo que no le impedía hacer sus trapicheos… los mocosos sentían la llamada de la naturaleza. El piante del cartero la sorprendió un día, tras la capilla, en el extremo del caserío, ¡dándose un filete curiosito con Tatave, Jules y Julien!… ¡Estaban los cuatro juntos!…

Nos detestaba, aquel cartero Eusèbe, por lo de las caminatas… No había recibido la bici de la Administración… Para tener una nueva, había de esperar dos años… No tenía derecho… Ya es que no podía ni vernos… Nos reclamaba zapatos, ¡a nosotros, que no teníamos!… Como iba muy despacio, lógicamente guipaba los menores detalles. El día que pescó a los chavales dándose el lote… ¡volvió atrás a propósito para llamarnos cochinos!… ¡después de haber visto todo eso!…

¡Como si fuéramos responsables! Así son siempre los mirones… primero se relamen a tope… no se pierden ni un detalle y después, cuando se ha acabado la fiesta… entonces, ¡se indignan!… ¡Encontró a quién acusar!… Nosotros teníamos otras cosas en que pensar, ¡y mucho más graves! En nuestro caserío en ruinas, donde hacía casi veinte años que no venía nadie… con la historia de las patatas de repente ya es que no cesaba la circulación… un desfile de curiosos, incesante, de la mañana a la noche. Los chismes, las noticias falsas, corrían por toda la provincia… Los de Persant, los de Saligons, ocupaban las primeras filas, querían especímenes, mil indicaciones sucesivas. Eran intransigentes… Preguntaban si era peligroso… Si podía estallar, nuestro sistema… «para hacer vibrar la tierra»… Des Pereires, a medida que avanzábamos en el experimento, que pasaba el tiempo… daba muestras de gran discreción… Le salían los «sí» y los «tal vez», palabras nefastas, la verdad… en cantidad… cada vez más… Era inquietante… Eso de los «sí» y los «tal vez» no le sucedía a menudo en el Palais-Royal… Una semana después, más o menos, tuvo que detener la dinamo y el motor… Entonces nos explicó que resultaba bastante peligroso forzar más las ondas y los hilos… Que era mejor hacer una pequeña pausa… que lo reanudaríamos más adelante… tras un descanso. Ondas como las telúricas podían perfectamente engendrar ciertos trastornos individuales… no se sabía… repercusiones absolutamente imprevisibles… que descompusieran la fisiología… Personalmente, des Pereires se sentía saturado… Tenía ya vértigos…

Los cultivadores, los curiosos, al oír semejantes cosas empezaban a poner mala cara, se retiraban muy inquietos. Conque, ¡hubo nuevas quejas! Volvieron a visitarnos los gendarmes… pero no había nada que decir de nuestro falansterio… Los niños no sufrían de nada… ninguno había caído enfermo… ¡Sólo habíamos perdido nuestros siete conejos! ¡una epizootia muy brutal! ¿Sería que no resistían el clima?… ¿la alimentación?… En fin, los gendarmes volvieron a marcharse… Poco después, nuestros queridos pioneros se hartaron de nuestro rancho de espartanos… Las piaban con ganas. Estaban insubordinados… ¡Tenían que engordar!… Se habrían jalado todo el cantón… Eligieron sus propios recursos… Por su propia iniciativa… Un día, nos trajeron tres haces de zanahorias… y el día siguiente una caja de nabos… ¡Judías para dar y tomar! ¡Todo para la sopa! ¡Animaban pero bien la jalandria!… Por último, una docenita de huevos y tres libras de mantequilla y tocino… ¡Es que ya no nos quedaba!… ¡No era choriceo de lujo! ¡cosa de vicio!… La Sra. Des Pereires ya casi no podía salir desde que se dedicaba al cultivo intensivo, pasaba todo el tiempo reparando los «circuitos» para que fluyera la corriente… Ya sólo iba a Persant una vez a la semana. En la mesa nadie chistó… ¡Nos pusimos las botas!… ¡Era un caso de fuerza mayor!… El día siguiente, ¡trajeron una gallina vieja, además!… Desplumada… No tardó en acabar en el caldo… Puestos a hacer festines, nos faltaba un poquito de priva… no lo propusimos a las claras… pero en fin, de todos modos, los días siguientes hubo alpiste en la mesa… y caldos muy diversos… ¿Dónde encontrarían todo eso, los chavales?… ¡no preguntábamos nada!… nada de explicaciones… El fuego de leña es muy bonito, pero no es cómodo precisamente. Es complicado alimentarlo, consume demasiado a la vez, hay que reavivarlo todo el tiempo… Descubrieron carbón… Lo acarreaban en carretilla por el campo… Tuvimos un hogar espléndido… Sólo, ¡que jugábamos con fuego! Contábamos con nuestras patatas para restablecer el equilibrio… ¡El honor y lo demás!… ¡Esquivar las peores represalias!… Íbamos a verlas, esas patatas, las vigilábamos como auténticas joyas, arrancábamos una por hora… ¡para mejor darnos cuenta!… Volvimos a poner en marcha el cacharro de los efluvios… ¡Ronroneaba casi día y noche!… Nos costaba mucha gasolina, no veíamos demasiado progreso… ¡Las patatas que traían los chavales, las legumbres de «mangue», eran siempre mucho más hermosas!…

Bien que lo había notado des Pereires. Eso lo dejaba aún más perplejo… Según él, era el alambre, que no tenía calidad… No era tan conductible como habíamos creído en un principio… no todo lo que hacía falta… Era muy posible.

* * *

Volvimos a *La Grosse Boule*… Sólo una vez para ver… ¡En qué hora se nos ocurriría, la Virgen! ¡Qué recibimiento más chungo nos dieron! Agatha, la chacha, ya no estaba, se había ido de juerga con el pregonero del pueblo, ¡un padre de familia!… Se habían lanzado «a la vida» juntos… ¡A mí me consideraban responsable de esa infamia! En el pueblo y los alrededores, todo el mundo me acusaba… ¡y eso que todos se la habían cepillado!… ¡No había duda! ¡La había pervertido yo!, según decían… ¡No querían saber nada ni con uno ni con otro!… Se negaban a jugar con nosotros… Ya no querían saber «nuestros favoritos» para Chantilly… ¡Ahora era el peluquero, frente a Correos, quien recogía todas las apuestas!… Había copiado todo nuestro sistema, con los sobres y los sellos…

¡Sabía muchas cosas más, la gente de *La Grosse Boule*, sobre nuestros pútridos instintos!… Sabían, en particular, ¡que nos alimentábamos a costa de los vecinos!… Los pollos que desaparecían a veinte kilómetros a la redonda… ¡La mantequilla, igual, y las zanahorias!… ¡Éramos nosotros, los calorros!… No nos lo dijeron del todo a las claras, porque eran hipócritas… Pero hacían reflexiones de lo más alusivas sobre los tiritos que algunos iban a recibir… ¡pandillas de gandules que iban a acabar, de todos modos, en la trena!… ¡Amén!… En fin, comentarios desagradables… Nos marchamos sin decir «adiós»… Teníamos dos horas de caminata por lo menos para volver a casa, en Blême… ¡Con todo el tiempo del mundo para cavilar sobre esa acogida tan fría!…

No se arreglaba la cosa… no carburaban, nuestras empresas… Des Pereires se daba perfecta cuenta… Yo creía que me iba a hablar de eso… pero habló de otra cosa, por el camino… De las estrellas y los astros una vez más… de sus distancias y satélites… de los bailes mágicos que forman, por lo general mientras sobamos… De esas constelaciones tan densas, que parecen auténticas nubes de estrellas…

Hacía bastante rato que caminábamos… él empezaba a sofocarse… Siempre se apasionaba demasiado, con el asunto del cielo y los trayectos cosmogónicos… Se le subía a la cabeza… ¡Tuvimos que aminorar el paso!… Subimos a un talud… Para que recuperara el aliento… Nos sentamos.

«¿Ves, Ferdinand? Ya no puedo… Ya no puedo hacer dos cosas a la vez… Yo, que siempre hacía tres o cuatro… ¡Ah! ¡No tiene gracia, Ferdinand!… ¡no tiene gracia!… ¡No digo la vida,

Ferdinand, sino el tiempo!… La vida somos nosotros, o sea, nada… ¡El tiempo! ¡lo es todo!… Mira, si no, los pequeños "Oriones". ¿Ves "Sirio"? ¿cerca del "Astil"?… Pasan… Y pasan… Allá se juntarán sin falta con las galaxias de Antíope…». Ya no podía más… los brazos se le caían sobre las rodillas… «¿Ves, Ferdinand? En una noche así yo habría podido localizar Betelgeuse… ¡una noche de visión, vamos! ¡una verdadera noche de cristal! … Tal vez en el telescopio pudiéramos aún… ¡Anda! ¡si lo que no voy a encontrar es el telescopio!… ¡Ah! ¡La madre de Dios! ¡Qué follón más jodido, cuando lo pienso!… ¡Ah! ¿tú crees, Ferdinand? ¡Ah! ¿tú crees?… ¡Ah! Di, ¿has chanelado bien eso?…».

Disfrutaba con el recuerdo… Yo no respondí nada… No quería volver a dorarle la píldora… Cuando recuperaba todo el optimismo, ya es que no hacía sino gilipolleces… Seguía hablándome de esto y lo otro…

«¡Ferdinand! Mira, majo… ¡Ah! ¡Me gustaría mucho estar lejos! ¡Pero que muy lejos!… ¡Lejos!… donde…». Volvía a gesticular, describía parábolas… Pasaba las manos por las vías lácteas… arriba, muy arriba, en las atmósferas… Encontraba aún una centelleante… una cosita que explicarme… Aún quería… pero ya no podía… Carraspeaba demasiado… Le molestaba el pecho… «¡Me da asma, a mí, el otoño!», observó… Después se quedó tranquilo… Se durmió un poquito… encogido sobre la hierba… Lo desperté, por el frío… Tal vez media hora después… Nos pusimos en marcha despacito.

* * *

Nunca se habían visto chavales que prosperaran tan bien… tan deprisa como los nuestros, que se volvieran tan cachas musculosos, ¡desde que nos poníamos como el Quico!… ¡Pistos enormes! ¡auténticas glotonerías! ¡y todos los chinorris dándole a la priva!… ¡No aceptaban reprimendas! ¡consejo alguno! … ¡No querían que nos preocupáramos por ellos!… ¡Solos se espabilaban perfectamente!…

Nuestro terror era la Mésange, ¡que le hiciera un bombo un día uno de los golfos!… ¡Ponía unas expresiones soñadoras que significaban el peor peligro!… La Sra. des Pereires no dejaba de pensar en eso… Ella era quien trazaba cruces en el calendario para saber cuándo debía venirle el mes.

¡Los pioneros trapicheaban, revolvían en los corrales y los graneros de la mañana a la noche! Se levantaban, si querían… Dependía de la Luna… Nos contaban un poquito… Nosotros, los trabajos de agricultura los hacíamos más que nada por la mañana… Tocante a buscar la jalandria, se habían vuelto, nuestros monines, maravillosos de entusiasmo, de vivacidad… Estaban en todas partes, en todos los surcos… Y, sin embargo, ¡no se los veía!… ¡Jugaban a los pieles-rojas en serio! Eran petulantes de astucia. Al cabo de seis meses de reconocimientos y rastreos milagrosos de todos los diversos terrenos, ¡llevaban en la sangre la orientación a ojo de buen cubero, el laberinto de los recovecos más mínimos, los secretos de los menores refugios! ¡La posición de todos los montículos!… ¡mejor que las liebres del lugar!… ¡Las pescaban por sorpresa!… ¡Con eso está dicho todo!

Sin ellos, para empezar, ¡la habríamos diñado de miseria, sencillamente!… ¡Estábamos completamente «boqueras»! Nos atiborraban… ¡Se divertían viéndonos engordar! Los colmábamos de elogios… Nuestra gruesa gachí tascaba el freno… Le habría gustado decir unas palabritas… ¡Ya no era posible! ¡El asunto del alimento está por encima de todo! Sin los chavales, ¡cascábamos!… El campo es despiadado… ¡Nunca una orden! ¡Siempre por su propia iniciativa!… El padre de Raymond, ferroviario del sector de Levallois, fue el único que vino a vernos durante el primer invierno… Le era muy fácil, porque tenía «permisos»… ¡Ya es que no reconocía a su Raymond! ¡lo encontraba tan cachas!… Él, que había llegado enclenque, ¡ahora era un campeón!… No le contamos todo… Era magnífico, Raymond, no tenía igual para el «mangue» de huevos… Los guindaba bajo la gallina… ¡sin hacerla cloquear!… Mano de terciopelo… El padre era hombre honrado, quería liquidar su deuda… Hablaba también, ahora que se había puesto tan cachas, tan perfectamente fortalecido, su chaval, Raymond, de llevárselo a Levallois. ¡Le parecía que tenía muy buen aspecto!… No lo toleramos… ¡Hubo una resistencia feroz!… Le regalamos su parné… aún nos debía trescientos francos… ¡con la única y exacta condición de que dejara aún a su chinorri aprender a fondo la agricultura!… Valía su peso en oro, ese chavalín…

¡No queríamos perderlo de ningún modo! Y el mocoso estaba muy feliz de quedarse con nosotros... No quería cambiar... Así se organizaba la vida... Nos detestaban por todas partes en veinte kilómetros a la redonda, pero aún así, ¡en nuestra soledad de Blême-le- Petit era extremadamente difícil pescarnos en flagrante delito!...

¡La gruesa gachí engordaba más que todos los demás con el fruto de los hurtos! Conque, ¡ya no tenía nada que decir!... ¡Su campo no la alimentaba! ¡ni su sombrero! ¡ni su calzón! Lanzaba unos suspiros, cuando había mamado su «fino»... ¡Aún no se creía que se hubiera habituado poco a poco a esos choriceos incalificables!... Se había puesto a darle al alcohol... ¿tal vez por la pena reconcentrada?... Un vasito... otro... ¡poco a poco la copichuela tras el café!... «¡Hágase el destino!», suspiraba... «¡Ya que tú no sirves para nada!». Se dirigía a Courtial.

¡En el granero, en el subsuelo, y en un cuchitril del cobertizo acumulábamos las vituallas!... ¡Los chavales hacían campeonatos a ver quién traía más en una sola jornada!... Podíamos mantenernos seis meses... resistir varios asedios en regla... ¡estábamos abastecidos!... ¡Ultramarinos! ¡bebercio! ¡margarina! ¡absolutamente todo!... Pero ¡éramos dieciocho a la mesa! ¡de los cuales dieciséis en pleno crecimiento! ¡Menudo lo que jalan! ¡Sobre todo en «servicio de campo»!... Dos pioneros, de once y doce años, ¡habían traído cerca de catorce bidones de gasolina! para el motor del patrón.

¡No cabía en sí de gozo! El día siguiente era su santo, los otros chavales volvieron de Condoir-Ville, a siete kilómetros de nuestra casa, ¡con una gran cesta de bizcochos, borrachos y barquillos! ¡«Bambas» de todas clases y aperitivos surtidos! Además, para que nos cachondeáramos doblemente, ¡nos traían las facturas con los sellos de «pagado»!... ¡Era el colmo del refinamiento! ¡Habían pagado todo al contado!... ¡Nuestros queridos espabilados! ¡Ahora pispaban el parné en pleno campo!... ¡y eso que no anda tirado por ahí! ¡Era maravilloso, la verdad! Esa vez tampoco dijimos: ¡uf! Ya no teníamos autoridad. Sólo, que semejantes astucias dejan, de todos modos, pequeñas huellas... Dos días después los gendarmes vinieron a buscar a Gustave y a Léone... Los emplumaron en Beauvais... No se podía protestar...

¡Se habían dejado trincar juntos mangando un billetero!... ¡Una pura y simple trampa!... ¡Y en el alféizar de una ventana!... ¡Una auténtica emboscada!... Habían levantado acta, de oficio... ¡Cuatro testigos!... No se podía negar... ¡ni arreglar por las buenas!... Lo mejor era fingir sorpresa, asombro... ¡horror! Fingimos todos.

* * *

Cuatro días después, ¡detuvieron a Lucien, el pequeñajo de pelo rizado!...

¡Y por una simple denuncia! ¡Un asunto de gallinas!... La semana siguiente vinieron a buscar a Philippe «Ojo de Vidrio»... Pero no había pruebas contra él... ¡Tuvieron que devolvérnoslo!... Pero ¡era la hecatombe, de todos modos!

Se notaba claramente que los paletos, siempre tan lentos a la hora de decidirse, se habían jurado a sí mismos ahora arruinar toda nuestra empresa...

¡Nos detestaban con avaricia!... Amenazaban, además, con quemar nuestra queli, ¡con todos nosotros dentro!... Nos había dado el chivatazo Eusèbe... ¡Arder como ratas era el ideal!... No querían que trapicheáramos más...

La gruesa gachí fue quien sufrió el primer encontronazo con el populacho sublevado... Tuvo que abrirse del mercado de Persant... Quería hacer un poco de negocio, endilgarles un cesto lleno de huevos superiores, de «segunda mano»... ¡Le salió el tiro por la culata! Reconocieron su procedencia... ¡Se pusieron hechos fieras! ¡delirantes de rabia y venganza!... ¡Ella salió de naja y a toda leche! Poquito faltó para que la brearan... ¡Volvió al caserío completamente descompuesta!... En seguida puso a hervir una gran cafetera con su mezcla, una infusión, verbena, menta y un poco de vino de Banyuls... Le gustaban las cosas fuertes... sobre todo los vinos cocidos... ¡a veces con vulnerario incluso!... ¡La entonaba muy rápido! Era una mezcla indicada por diversas comadronas de la época... el mejor tónico para las «guardias»...

Estábamos allí, todos en torno a ella, comentando la agresión... ¡estudiando las consecuencias!... Las botellas estaban sobre la mesa... ¡Entró el cabo! ... Empezó al instante a ponernos verdes... Nos prohibió movernos a todos.

«¡Vendremos a buscaros a todos a finales de la semana que viene! ¡Se acabó la comedia! ¡Esto pasa de castaño obscuro! ¡Ya os habíamos avisado bastante!… ¡El sábado! ¡pasaréis por el cantón! ¡vuestro asunto está claro para todos!… Si vuelvo a encontrarme por ahí a uno solo de vuestros golfillos… Si se alejan otra vez del caserío… ¡Los enchironamos en el acto! ¡En el acto! ¿Está claro?… ¿Entendido?…».

¡El fiscal, al parecer, tenía ya todos los cargos para mandarnos veinte años a presidio!… ¡A Courtial! ¡la señora! ¡y yo mismo! ¡Motivos no faltarían!… ¡Raptos de niños!… ¡Libertinaje!… ¡Timos diversos!… Infracción en el juego… Declaraciones de contribución falsas… Diversos atentados contra las buenas costumbres… ¡Robos con efracción!… ¡Estafas!… ¡Rapiñas nocturnas!… ¡Encubrimiento de menores!… En fin, una cascada… ¡surtido muy completo!… ¡Nos abrumaba, el cabo!… Sólo, que la señora des Pereires, desconcertada al principio, como es comprensible, se sentía ya mucho mejor… No pestañeó… ¡reaccionó como un solo hombre! Le hizo frente con decisión… Se levantó de repente… con un impulso tan vehemente, tan ferozmente indignada, presa de tal cólera, que el cabo vaciló… ¡ante la carga!… ¡No daba crédito a sus oídos! … Entornaba los ojos… Lo había fascinado, ésa es la palabra… ¡Ella replicaba en términos totalmente irrefutables! Nunca lo habría creído de ese paleto asqueroso… ¡Ella lo acusaba, a su vez, de haber fomentado en persona toda la rebelión de los catetos!… ¡Todo aquel motín abominable! Era él, el mayor responsable… ¡Atónito! ¡alelado! fustigado, se bamboleaba en sus botas… Despreciativa y sardónica, ¡lo trataba de «pobre desgraciado»!… Él se mantenía a la defensiva… Ya no sabía qué decir… Ella fue a ponerse de nuevo el sombrero… Se contoneaba erguida ante el hombre, ¡más cabreada que una mona! … Lo obligó a retroceder… Lo puso de patitas fuera. Él se las piró como un cagueta. Montó de nuevo en la bicicleta y se marchó en zigzag con su farolillo rojo… Lo vimos desaparecer… Ya no podía avanzar recto.

Una de nuestras pioneras, la Camille, y eso que era una tunela, se dejó trincar tres días después en el jardín del Presbiterio, en Landrezon, un campiri muy feo al otro lado del bosque. Estaba pirándose de la cocina precisamente con un queso parmesano, cangrejos y licor de endrina… dos botellas… Había cogido lo que encontraba… Y, además, las vinajeras de la misa… ¡Eso era lo más grave! ¡de plata maciza!… ¡Era flagrante delito!… Habían perseguido todos a la chavala… La habían acorralado en un puente…

¡No volvería más, la monina! ¡Estaba enchironada en Versalles!… El cartero, lengua de víbora horrible, no dejó de venir de inmediato a contárnoslo… ¡Dio un rodeo a propósito!… Se estaba volviendo extravagante, nuestra situación… nuestra acrobacia… No hacía falta ser demasiado tunela para figurarse ya mismo que todos los chavales del falansterio se ganarían un marrón en la aventura… los trincarían uno a uno en el abastecimiento… aun duplicando las prudencias… aun saliendo sólo de noche…

Escatimamos la comida, anduvimos cada vez más listos… Apenas quedaba ya margarina, ni aceite, ni sardinas tampoco… que nos gustaban muchísimo… Por el atún y las sardinas empezamos a sufrir… ¡Ya no podíamos hacer patatas fritas!… Nos quedábamos tras las persianas… Vigilábamos las inmediaciones… Temíamos que un campesino nos espabilara al anochecer… Aparecían de vez en cuando… Pasaban con sus fusiles por delante de las ventanas, en bici… Nosotros también teníamos un arma, una vieja escopeta de perdigones con dos percusores… y, además, una pistola de baqueta… El granjero anterior había dejado las dos armas… Seguían colgadas, tras la campana de la chimenea, de un clavo en la cocina.

Des Pereires, una noche, como ya no teníamos nada que hacer y ni siquiera podíamos salir, bajó la vieja escopeta… se puso a limpiarla… a pasar una mecha con un cordel por los dos cañones… con petróleo… a hacer funcionar el gatillo… Sentí acercarse el estado de sitio…

Ya sólo nos quedaban siete… cuatro chicos, tres chicas… Escribimos a sus padres preguntando si querían recogerlos… que si nuestro experimento agrícola nos había deparado varios chascos… Que si circunstancias imprevistas nos obligaban provisionalmente a devolver a algunos pupilos…

¡Ni siquiera respondieron, aquellos padres sinvergüenzas! ¡Absolutamente sin conciencia!… Más que contentos de que nos las apañáramos con ellos… Conque preguntamos a los chavales si querían que los llevásemos a una institución de la caridad… En la cabeza de partido del cantón, por ejemplo… Al oír esas palabras, se rebelaron contra nosotros y de forma tan agresiva, tan absolutamente rabiosa, ¡que por un momento creí que aquello iba a acabar en matanza!… Ya no querían admitir nada... En seguida nos dimos por vencidos... ¡Les habíamos dado siempre demasiada independencia e iniciativa, a aquellos mocosos como para poder ahora meterlos en cintura!... ¡Qué leche! ¡Nanay!... Se la traía floja ir vestidos con andrajos y papear a la buena de Dios... pero ¡como las piaban con ganas era cuando nos poníamos a fastidiarlos! ... ¡Ya es que ni siquiera intentaban comprender!... ¡Se la refanfinflaban las contingencias!... Ya podíamos explicarles que la vida no era así... que todos tenemos obligaciones... que las personas honradas te la dan con queso... a fin de cuentas... que si andas pispando a diestro y siniestro, ¡se acaba sabiendo, de todos modos!... que se termina muy mal un día... Nos mandaban a tomar por saco con nuestros puñeteros follones... Les parecíamos muy cochinos... ¡unos chivatos muy chungos!... Se negaban a todo lo que les proponíamos... No querían oír... Una «raza nueva» pistonuda. Dudule, el más chinorri de la panda, salió a buscar huevos... Raymond ya no se atrevía... Se había hecho demasiado mayor... Era una «balsa de la Medusa»[30], el pequeñajo Dudule... Hacíamos votos... rezábamos... todo el tiempo que estaba fuera... para que volviese indemne y forrado... Trajo un pichón, nos lo comimos crudo, tal cual, con zanahorias ídem... ¡Conocía el campo mejor que los perros de caza, el Dudule!... A dos metros ya no lo distinguías... Horas enteras... permanecía apalancado para birlar una ponedora... ¡Sin lazo! ¡ni dogal! ¡ni cordón!... Con dos deditos... ¡Cuic! ¡Cuic!... Me enseñaba el truco...

Una finura exquisita... «Mira, diez pavos a que te la ventilo... ¡y no la oyes!»... Era verdad, no se oía nada.

Tuvimos dos ventanas rotas en la misma semana... Otros catetos en bicicleta que pasaban a propósito en tromba... Nos lapidaban cada vez más... Se apalancaban, volvían otra vez... Un rencor, que ya es que era muy chungo... ¡Y eso que estábamos tranquilitos!... ¡No replicábamos en absoluto!... Y deberíamos haberlo hecho, desde luego... ¡era una provocación!... ¡Un buen trabucazo en las nalgas! Nuestros pioneros ya no se dejaban ver nada... No salían hasta el alba, justo una hora o dos apenas entre dos luces... al amanecer para ver un poquito, la verdad... Chuqueles habían puesto, los cultivadores, en todos los cercados del cantón... Desatados, feroces, ¡monstruos rabiosos!...

Además, nos faltaban muchos calcos para esos terribles periplos por los senderos rocallosos... ¡Una tortura!... Los chinorris, aun bien entrenados se cortaban muchas veces... Al alba, sus pingos, bajo la lluvia, sobre todo así, a comienzos de noviembre, ¡parecían curiosas cataplasmas!... Tosían cada vez más fuerte... ¡Ya podían ser sólidos, randas y granujillas!... ¡no se libraban de las bronquitis!... En las pistas de los campos labrados, ¡se hundían hasta el culo!... Con frío seco, no podían más...

¡Ya es que no podía ser sin calcorros!... Habrían perdido los pinreles... Con el viento de invierno, nuestra meseta recibía una de borrascas... ¡Barrida desde el Norte!... Por la noche nos calentábamos bien, pero nos asfixiábamos en la queli, ¡abarrotada de humo!... ¡bajaba desde el fondo de la campana!... Era fuego de leña muy húmeda, ya no había carbón desde hacía semanas... no podíamos más... ¡apagábamos todo!... Temíamos que se reavivara... echábamos agua sobre los tizones... Los chavales, a acostar ya...

Bastantes veces, hacia medianoche, Courtial se levantaba otra vez... No podía dormirse... Con su farol, el «silencioso», se largaba hacia el cobertizo, a toquetear un poco el sistema... ponerlo en marcha unos minutos... Su mujer se sobresaltaba en la paja, iba a ver con él... Yo los oía provocarse en el fondo del patio...

Después ella volvía a escape... Me despertaba... Quería enseñarme las patatas... ¡Ah! ¡no era bonito precisamente!... Las que crecían con las ondas... aspecto pustuloso... ¡repugnante!... ¡Qué putada! ¡Me ponía por testigo!... No crecían demasiado... Era bastante evidente... Yo no me atrevía a comentarlo... insistir demasiado al respecto... pero no podía negarlo... Carcomidas... acartonadas, inmundas, bien podridas... y, además, ¡llenas de gusanos!... ¡Así eran las patatas de Courtial!... No se iba a poder ni jamarlas... ni siquiera en nuestro rancho... ¡Y eso que no éramos exigentes!... Estaba completamente convencida, la Sra. des Pereires, de que el cultivo estaba changado...

«¿Y eso, Ferdinand, es lo que pretende ir a vender, ése, a Les Halles? ¿Eh? ¡A ver!... ¿A quién?... ¡Es el colmo! ¡Ah! ¡qué jeta! Me pregunto yo... Dónde andará el gilipollas que vaya a comprarle semejantes basuras... Dónde está ese gilipuertas, ¡que le envío un canasto!... ¡Ah! ¡es que me gustaría verlo ahora mismo!... ¡Ah! ¡Está curdela, el gachó! ¡Ah! mira, ¡es que cuando lo pienso!... ¿Por quién me toma?...».

¡Es verdad que estaban asquerosas! … ¡Y eso que eran patatas de artesanía!… ¡De procedencias selectas!… ¡Perfectamente mimadas noche y día!… Totalmente enmohecidas… rebosantes de bichos, larvas de mil patas… y, además, ¡un olor muy chungo! ¡infinitamente nauseabundo!… pese al intenso frío… Y eso no era normal… ¡Fenómeno insólito!… El olor era lo que me daba mala espina… La patata hedionda… es algo que raras veces se ve… Una desventura muy rara…

«¡Chsss! ¡Chsss!…», le decía yo…

«¡Va usted a despertar a los chavales!…».

Volvía al campo del experimento… Llevaba el farol… y la pala… Hacía 8.º… 10.º bajo cero… Buscaba las más agusanadas, las arrancaba una por una… ¡Hasta que no podía más! hasta el amanecer…

Fue imposible, la verdad, disimular por mucho tiempo semejante invasión de gusanos… Era un hormiguero, el campo, incluso en la superficie… Seguía extendiéndose la podredumbre… ya podíamos desbrozar, extirpar, escardar, cada vez más… no servía de nada… Acabó sabiéndose en toda la región… Los palurdos volvieron a curiosear… ¡Desenterraban nuestras patatas para darse cuenta bien!… ¡Mandaron al prefecto muestras de nuestros cultivos! … ¡con un informe de los gendarmes sobre nuestros extraños tejemanejes!… ¡E incluso banastas enteras, que enviaron, absolutamente atestadas de larvas, hasta París, al director del Museo!… ¡Se estaba convirtiendo en el gran acontecimiento!… Según los horribles rumores, éramos nosotros los culpables, ¡los originales creadores de una pestilencia agrícola!… enteramente nueva… ¡de una plaga hortícola nunca vista!…

Por el efecto de las ondas intensivas, por nuestras «inducciones» maléficas, por la disposición infernal de mil redes de alambre, ¡habíamos corrompido la tierra!… ¡habíamos provocado al genio de las larvas!… ¡en plena naturaleza inocente!… Acabábamos de engendrar, en Blême-le-Petit, una raza totalmente especial de gusanos enteramente viciosos, espantosamente corrosivos, que atacaban a todas las simientes, ¡a cualquier planta o raíz!… ¡a los propios árboles! ¡las cosechas! ¡las chozas! ¡la estructura de los surcos! ¡todos los productos lácteos!… ¡no perdonaban absolutamente a nada!… Corrompiendo, chupando, disolviendo… ¡Jalándose hasta la reja de los arados!… Royendo, digiriendo la piedra, el sílex, ¡igual que las judías! ¡Todo a su paso! ¡En la superficie, las profundidades!… ¡Cadáveres o patatas!… ¡Absolutamente todo!… ¡Y prosperando, obsérvese, en pleno invierno!… ¡Fortificándose con fríos intensos!… ¡Propagándose con profusión, por miríadas!… ¡cada vez más insaciables!… ¡a través de montes! ¡llanuras! ¡y valles!… ¡y a la velocidad eléctrica!… ¡gracias a los efluvios de nuestras máquinas!… ¡Pronto todo el distrito en torno a Blême no sería sino un enorme campo bien podrido!… ¡Una turba abyecta!… ¡Una vasta cloaca de gusanos!… ¡Un seísmo de larvas hormigueantes!… Después, ¡vendría el turno de Persant!… ¡y después el de Saligons!… ¡Ésas eran las perspectivas!… ¡Aún no se podía predecir dónde ni cuándo acabaría!… ¡Si habría medio alguna vez de atajar la catástrofe!… ¡Primero había que esperar el resultado de los análisis!… Podía muy bien propagarse a todas las raíces de Francia… ¡Jalarse todo el campo!…

¡Que no quedaran sino cantos en todo el territorio!… Que nuestros gusanos volvieran a Europa absolutamente incultivable… ¡Un puro desierto de podredumbre!… Entonces menudo si se iba a hablar, la verdad, de nuestra peste de Blême-le-Petit… a lo largo de los tiempos… como se habla aún hoy de las de la Biblia…

Ya no era cosa de broma ni mucho menos… Courtial se lo comentó al cartero, cuando pasó… Lo menos que podía hacer era vomitar un poco de veneno, el Eusèbe «sin bici»… «¡Es posible, joder, me cago en la puta!», respondió… No añadió nada. Por cierto, que se estaba volviendo, el cacho cabrón, cada vez más detestable. Ya no teníamos ni gota, de beber… nada para ofrecerle… Algo de lo más horroroso…

¡Catorce kilómetros sin soplar!… Conque, ¡debía de echarnos unas maldiciones!… ¡Se marcaba la carretera de Persant hasta tres veces al día!

¡Especialmente por nuestro correo!… Nos escribían de todas partes, ¡no era culpa nuestra!…

¡Se había duplicado, nuestra correspondencia!… Gente que quería saberlo todo… ¡que quería venir a entrevistarnos!… Y, además, ¡numerosos anónimos que nos obsequiaban, por el precio de un sello!… ¡Insultos para parar un tren!…

«¡Vale! ¡vale! ¡el espíritu fermenta!… ¡Mira todas esas preciosas misivas! ¡Y cien mil veces más verminosas que todo el suelo del planeta!… ¡Y eso que hay, verdad, la tira! ¡Está abarrotado!

¡lleno! ¿Quieres que te lo diga? ¿Eh? ¿lo que es la porquería? mira, te lo voy a decir… ¡es todo lo que hay que soportar!…».

* * *

Pensamos que tal vez, haciéndolas cocer a fuego lento, de todos modos… gratinándolas, nuestras patatas… pasándolas por la grasa bien… embelleciéndolas más o menos… de alguna forma astuta… lograríamos poquito a poco volverlas comestibles, pese a todo… Probamos con ellas todos los ardides del papeo… Nada daba el menor resultado… Todo se perdía en gelatina en el fondo de la cacerola… Se volvía al cabo de una hora… tal vez hora y media un enorme pastel de larvas… Y el mismo olor espantoso… Courtial olfateó largo rato el resultado de nuestros ranchos…

«¡Es hidrato ferroso de alúmina! ¡Recuerda ese nombre, Ferdinand! ¡Recuerda ese nombre!… ¿Ves esta especie de meconio?… ¡Nuestros terrenos están repletos! ¡literalmente!… ¡Ni siquiera necesito analizarlo!… ¡Precipitado por los sulfuros!… ¡Ése es nuestro gran inconveniente!… No se puede negar… Mira cómo amarillea la jalandria… ¡Me lo figuraba!… ¡Estas patatas!… ¡mira!… ¡te voy a decir una cosa!… ¡Harían un abono admirable!… Sobre todo con la potasa… ¿La ves tú también, la potasa?… ¡Eso es lo que nos salva! ¡La potasa! Se adhiere extraordinariamente… ¡Recarga todos los tubérculos!… ¡Mira, mira cómo brillan! ¿Distingues bien las laminillas?… ¿La envoltura de cada radícula?… ¿Todos esos cristalitos diminutos?… ¿Todo eso que reluce verde?… ¿violeta? … ¿Los ves?… ¿perfectamente?… ¡Eso, Ferdinand, amigo mío, son las transferencias!… ¡Sí!… Las transferencias de hidrólisis… ¡Ah! ¡ya lo creo!… ¡Ni más!… ¡Ni menos!… ¡Las aportaciones de nuestra corriente! … ¡Sí, hijo mío!… ¡Claro que sí!… ¡La signatura telúrica!… No hay mejor modo de decirlo… ¡Mira bien con los dos ojos! ¡Ábrelos de par en par! ¡No se puede encontrar prueba mejor!… ¡No se necesitan más pruebas!… ¿Las pruebas? … ¡Ahí las tienes, Ferdinand!… ¡Ahí las tienes! ¡y las mejores!… ¡Exactamente lo que yo predije!… ¡Una corriente que nada detiene! ¡ni disemina! ¡ni refracta! … Pero se muestra… eso lo reconozco, un poco cargada de alúmina!… ¡Otro pequeño inconveniente!… pero ¡pasajero!… ¡muy pasajero!… ¡Cuestión de temperatura! La óptima para la alúmina es 12 grados 0,5… ¡Ah! ¡Oh! ¡Recuérdalo bien! ¡Cero! ¡cinco!… ¡Para nuestro plan! ¿Me comprendes? …».

Pasaron dos semanas más… Racionábamos tanto la manduca, que ya sólo hacíamos el rancho una vez al día… Ni pensar en salir ya… Llovía muchísimo… El campo sufría también… aplastado por el invierno… Los árboles temblequeaban… Remaban los fantasmas del viento… En cuanto vaciábamos los platos, ¡volvíamos corriendo al montón de paja para conservar el calor!… Pasábamos tendidos así… días enteros, amontonados los unos sobre los otros… sin abrir la boca… sin decirnos palabra… Ni siquiera el fuego de leña calienta ya… con un birujis así… Teníamos unos ataques de tos, todos, terribles. Y, además, es que nos estábamos quedando flacos… piernas como palillos… una debilidad anormal… de no poder ya moverse, ni masticar, ni nada… No tiene gracia, el hambre… El cartero no volvió más… Debía de haber recibido órdenes… No nos habríamos deprimido tanto si hubiera quedado mantequilla o incluso un poco de margarina… ¡Es indispensable en invierno!… Courtial tuvo en ese momento trastornos muy extraños, cuando el frío llegó a ser tan intenso, que cada vez comíamos menos… Tuvo como una enteritis y muy grave, la verdad… Sufría mucho del vientre… Se retorcía en la paja… ¡No era de la alimentación!… Discutía sobre eso con la purí y también sobre el asunto de las lavativas… Si era mejor que se pusiera… o que no…

«Pero ¡si no tienes nada en el vientre!…», le decía ella… «¿Cómo te va a rugir?… ¡El cólico no viene solo!…».

«Bueno, pues, ¡te juro, sin embargo, que lo siento pasar! ¡Ah! qué porquería… ¡toda la noche retorciéndome el vientre!… Son cólicos secos… ¡Es como si me ataran las tripas!… ¡Ah! ¡la leche!…».

«Pero ¡si es el frío!… ¡anda, tontaina!…».

«¡Qué va a ser el frío!…».

«¿El hambre, entonces?…».

«Pero ¡si no tengo hambre!… ¡Más bien ganas de vomitar!…».

«¡Ah!… ¡No sabes lo que quieres!…».

No respondía nada más… Se hundía más en la paja… No quería que le hablaran más…

Para la agricultura ya no podía hacer nada más, la verdad… Ya no quedaba petróleo en el cobertizo, ¡ni un solo bidón para poner su trasto en marcha!…

Pasaron dos días más… con la espera y la postración… La gruesa gachí, acurrucada en un rincón, arropada en cortinas, ya es que no podía más, se machacaba los dientes de tanto castañetearlos con el tembleque…

¡Subió al granero a buscar más sacos!… Se cortó, para ella y los chavales, como una blusa y una falda escocesa fuerte, se llenó todo eso de estopa, ¡por encima del pantalón!… ¡Le daba un aire enteramente «zulú»! ¡Ella misma se veía ridícula!… ¡El frío hace reír que no veas!… Como ya no podía calentarse más, ¡se puso a hacer un guateque!… haciendo sonar los zuecos, ¡tacatá! ¡en torno a la mesa maciza! ¡Los chavales se tronchaban al verla!… ¡Brincaban con ella estilo conga!… Corrían tras ella… Se colgaban de sus faldones… Cantó una tonadilla:

La hija de la molinera Que bailaba con los mozos
Ha perdido su jarretera Su jarretera…

¡No le daban a menudo precisamente, a la tía Courtial, esos arrebatos pillines!… Tenía que ser extraña la situación… Ya no le quedaba tabaco para mascar… ¡Lo había cogido todo, Courtial!… ¡Ella se puso otra vez a piarlas un poco a propósito de la pipa!… Los chavales le arrancaban las costuras… ¡La derribaron sobre la paja! …

«¡Me voy a cagar hasta en la leche que os han dado! ¡Largaros todos!… ¡Apestosos! ¡Mocosos! ¡Desgraciados! ¡Chupones! ¡Sinvergüenzas!…», los insultaba… Ellos se cachondeaban aún más…

«Courtial, ¿me oyes?…». Él no oía… Volvía a meter la cabeza en su agujero… Gemía… Gruñía… ¡Por la barriga y la chanza!… ¡Los chavales se le iban a tirar encima, los cuatro chicos y las tres chicas! Él no nos respondía nada, de todos modos…

Un poco más tarde, nos preguntamos qué habría sido del Dudule… Había salido hacía dos horas… a hacer sus necesidades, había dicho… ¡Ah! ¡empezamos a preocuparnos todos!… ¡Y no volvió hasta la noche!… ¡Pero con un cargamento, que no veas!… ¡Había hecho doce kilómetros!… Hasta la estación de Persant… ¡y había vuelto a toda leche!… En el andén de las mercancías, había guindado un auténtico tesoro… ¡un currelo fenomenal!… ¡Un cargamento de comestibles!… ¡Volvía con mantequilla!… ¡una pella entera!… ¡Dos ristras completas de salchichas!… tres cestas de huevos… morcillas, mermeladas, ¡y *foie-gras*!… Traía también la carretilla… Lo había birlado todo delante de la consigna, mientras los mozos del transporte habían ido al cambio de agujas… para entrar un poco en calor… ¡No había tardado dos minutos, Dudule, en ventilárselo! Pan sólo, nos faltaba… pero ¡eso no nos impidió hacer un ágape!… ¡Algo tremendo!… ¡Pusimos el fuego al máximo! ¡Echamos casi un árbol entero!…

Des Pereires, al oírlo, se despertó del todo… Se levantó para jalar… ¡Se puso a trapiñar tan rápido, que se quedaba sin aliento! Se sujetaba la panza con las dos manos… «¡Ah! ¡La leche puta, la leche puta!…», exclamaba… ¡La gruesa gachí tampoco se hacía de rogar!… Quedó tan harta en unos minutos, que tuvo que tumbarse…

Se revolcaba hasta por el suelo… del vientre a la espalda… despacito…

«¡Ah! ¡Dios mío! ¡Dios mío! ¡Courtial! ¡no va a pasar nunca! ¡Ah! ¡Qué hambre tenía, la verdad!…». Los chavales no cesaban de ir a vomitar otra vez por los rincones… Después volvían a ponerse las botas… El perro de Dudule también, estaba tan inflado ¡que aullaba como si lo mataran!… «¡Ah! ¡muchachos! ¡Ah! ¡qué majos! ¡Ah! ¡los monines!… ¡Ah! ¡La madre de Dios! ¡Ya era hora! ¡Ah! Estaba ahíto. «¡Ah! ¡Ya era hora! ¡La Virgen!». ¡No hay cosa mejor, la verdad!…». Ya no podía decir nada más des Pereires. Aún no se creía el milagro…

Debían de ser las cinco más o menos… Aún no era de día del todo… cuando oí a Courtial que removía toda la paja… Se levantaba… Se puso en pie… Calculé la hora por el estado de la chimenea… por el fuego, que estaba casi apagado… Me dije: «Ya está, ¡está tiritando!… No lo resiste más… Va a hacerse un café… ¡Habrá para todos!…

¡Muy bien!…». En efecto, se fue a la cocina… Era natural… Lo oí remover las cafeteras… Me habría gustado ir yo también… a trincarme una buena taza en seguida… Pero entre mi agujero y la puerta estaban todos los chavales roncando… unos encima de otros… Con las cabezas para acá y para allá… Me dio miedo pisárselas… Conque me quedé en mi hueco… Al fin y al cabo, no tiritaba demasiado… Estaba protegido por la pared… Me daba menos el viento que al viejo pureta. Estaba aterido y listo. Esperaba que volviese con la cafetera para detenerlo al pasar… Pero no acababa nunca… Se eternizaba allí, al fondo… Lo oí aún mucho rato revolver los utensilios… Y después lo oí abrir la puerta que daba a la carretera… Pensé: «Hombre, ¿va a mear afuera, entonces?…». Yo ya no entendía… Seguía esperando que volviese… Me dio un poco de aprensión… Estuve a punto de levantarme incluso… Y luego me quedé dormido otra vez… Estaba embotado.

* * *

Y después tuve una pesadilla… así, en lo más recóndito del sueño, ¡me peleaba con la tía purí!… Ella llevaba la voz cantante… Yo me soltaba… Ella volvía a la carga… ¡Qué tiberio!… ¡qué modo de enrollarse! Yo ya no podía librarme… ¡Un follón horrible! ¡me agarraba con la fuerza de un ahogado!… Me ponía la cabeza como un bombo con sus preguntas… Intentaba defenderme, taparme con la paja… pero se aferraba, ese bicho, ¡me tenía pillado por la chola!… ¡Y venga vociferar!… ¡y bramar el doble aún!… ¡Me retorcía las orejas con los dos puños!… Ya no quería soltarme… «¿Dónde estaba, su Courtial?…». ¡Aullaba en todos los tonos!… Acababa de volver de la cocina… había ido a buscar el café…

¡Ya no quedaba ni una sola gota!… Conque, ¡armaba un pitote!… ¡Todos los recipientes vacíos!… ¡Se lo había soplado todo, el muy chulo!… todas las tazas, ¡las tres cafeteras, él solo!… antes de salir… ¿No me había dicho nada a mí?… Quería saberlo a toda costa…

«¡Que no! ¡Que no! ¡Ni palabra!…».

«¿Hacía dónde se ha largado?…».

¿Lo había visto yo en el patio?…

«¡Que no!… ¡Que no!…». ¡Yo no

había visto nada!… La Mésange, que se había levantado sobresaltada, se puso a farfullar… ¡que había tenido un sueño muy extraño!… ¡que había visto en sueños al baranda Courtial subido a un elefante!… No era el momento de hacer caso de tonterías… Procurábamos, mejor, recordar lo que nos había dicho aquella misma noche… ¡Había jalado como un regimiento!… eso lo recordábamos… ¿Se habría encontrado mal?… ¿indispuesto?… ¿El frío fuera?… ¡Así comenzaron las hipótesis!…

¿Una congestión?… ¡Sin perder mucho tiempo nos lanzamos en su busca con los chavales!… Hurgamos toda la paja… todos los rincones de la casa… las dependencias, los dos cobertizos y el cuarto de los experimentos… Entonces, ¿no estaba en la queli?… Salimos por los campos… en las inmediaciones… y después un poco más lejos… Unos registrando hacia la ladera todos los barrancos, todos los bosquecillos… ¡Los otros como cosechando en todos los sentidos de la llanura!… Lanzamos el perro de Dudule… ¡Ni Courtial ni Cristo que lo fundó!… Volvimos a agruparnos… Íbamos a ir a recorrer otra vez el bosquecillo matorral a matorral… Se paseaba muchas veces por allí… Cuando justo entonces uno de los chavales notó en el alto panel del portón que había algo escrito… «¡Buena suerte! ¡Buena suerte!», con tiza… en letras mayúsculas y muy grandes… Y era su escritura sin duda…

La vieja al principio no comprendió… Refunfuñaba así: «¡Buena suerte! ¡Buena suerte!». Y nada más…

«¿Qué quiere decir?… ¡Huy, la Virgen! Pero ¡si es que se ha largado!…». ¡La dejó turulata de repente!…

«Pero ¡se quiere quedar conmigo!… ¡Ah! ¡Vamos, hombre!… ¡Ah! ¡Buena suerte!… ¿Será posible?… ¿Buena suerte? ¡Me dice! ¡a mí!… ¡Hablarme a mí así!… ¡Ah! ¡vamos, hombre! ¡qué mala leche!». ¡Ah! estaba indignada… ¡absolutamente espantoso!…

«Pero ¡si es que es inicuo!… ¡El señor se larga!… ¡El señor se va a bailotear!… El señor se las pira de excursión… ¡El señor se va de juerga a la ciudad! ¡Ese guarro! ¡Chulo! ¡Calamidad!… ¡Buena suerte!… ¡y listo! … ¡Y yo debo quedarme tranquila y contenta!… Entonces, ¿toda la mierda para mí? ¿Eh?… ¡Todo el estiércol para mí!… Si chapoteo… ¡allá te las apañes, vieja gilipuertas!… ¡Anda y que te den por culo!… Y después… ¡Buena suerte!… Conque, ¿cómo me va a parecer admisible?… ¡Dime, Ferdinand! ¿Qué te parece a ti?… ¡Ah! ¡será caradura, ese asqueroso!…».

¡Los chavales se mondaban oyéndola berrear otra vez!… ¡Yo no quería atizar el incendio!… Lo dejé enfriar un poco… Pero para mis adentros me decía… «¡El pureta estaba hasta los huevos ya de todos nosotros y del cultivo!… Se ha largado lo más lejos posible… ¡En seguidita lo vamos a volver a ver!…». Yo tenía un presentimiento… Recordaba lo que él me había dicho… Un recuerdo que escocía… Desde luego, decía muchas gilipolleces… Pero, de todos modos, ¿habría cumplido, por fin, su resolución?… el muy cerdo… ¿Dejándonos así a todos, abandonados? … en plena mierda hasta el cuello… No era de extrañar en él… Era hipócrita, rencoroso, sibilino con ganas… como treinta y seis osos… No era una sorpresa… Yo lo sabía desde siempre…

«¡Los detalles no tienen importancia!. ¡Obnubilan la vida!… ¡Lo que hace falta es la resolución!… ¡La grande!… ¡Ferdinand! ¡La grande!… ¿Me oyes?…». ¡Bien que oía!… ¡Siempre con monsergas!… Pero ¿y si se hubiera dado el zuri de una vez por todas?… ¡Eso sí que habría sido chungo!… ¡Una putada de verdad!… ¿Cómo íbamos a salir del atolladero, nosotros? ¡La vieja tenía más razón que un santo!… ¿Qué cojones podíamos hacer ahora, nosotros, con su leonera telúrica?… ¡Nada absolutamente!… ¡Nos acusaría todo el mundo de llenar de porquería la tierra entera!… ¿Qué íbamos a poder responder?… ¡Nos iban a dar para el pelo bien! Él aún con sus modales… podía desconcertar… ¡intrigar a los salvajes!… Pero ¿nosotros?… No existíamos.

Estábamos alelados… Intentábamos comprender… La vieja se iba calmando poco a poco… Los chavales volvieron a registrar toda la queli… Subieron otra vez al granero. Removieron todas las gavillas… «¿Volverá?… ¿No volverá?…». Ésa era la cantinela.

En Blême no tenía su sótano para esconderse como en el Palais… Tal vez no anduviera muy lejos… Tal vez fuese una simple fantasía… Una ocurrencia de maníaco… ¿Adónde iríamos con los chavales, si no volvía a aparecer?… La vieja, a fuerza de cavilar, recuperó un poquito la esperanza… Se decía que no era posible… que él también tenía un poco de corazón, de todos modos… que era una simple farsa ridícula… que volvería pronto, pese a todo… Empezábamos a recuperar la confianza… Sin razón alguna, por cierto… Sólo porque no quedaba más remedio…

La mañana estaba a punto de acabar, debían de ser más o menos las once… El cabrón del cartero volvió a aparecer… Yo fui el primero que lo divisé… Estaba mirando por la ventana… Se acercó… Entró… Se quedó plantado ahí, delante de la puerta… Me hizo señas a mí, para que saliera… que quería hablar conmigo… que me diese prisa… Di un salto… Me lo encontré bajo el porche, me susurró sobresaltado…

«¡Date prisa! ¡Sal de naja a ver a tu viejo!… Está allá abajo, en la carretera, después del paso del Druve… ¡en la subida a Saligons!… ¿Sabes la pequeña pasarela de madera?… ¡Allí se mató!… La gente de "Plaquets" lo oyó… Arton hijo y la tía Jeanne… Era un poco después de las seis… Con la escopeta… la grande… Me han encargado que os lo dijera… Que te lo lleves, si quieres… Yo no he visto nada… ¿has entendido? … Ellos tampoco saben nada… Sólo oyeron el escopetazo… Y, además, mira, dos cartas… Las dos son para él…». Ni siquiera dijo «adiós»… Se volvió a marchar a lo largo del muro… No había venido en bici, fue atajando por el campo… Lo vi llegar a la carretera, arriba, la de Brion, por el bosque.

Se lo dije bajito al oído… para que los chavales no lo oyeran… ¡Dio un salto hasta la puerta!… Salió de naja… Jalaba por la grava… Yo no había tenido tiempo siquiera de acabar… A los chinorris tenía que calmarlos… Sospechaban una catástrofe…

«¡No vayáis a coger frío!… ¡No saquéis las napias fuera!… ¡Yo voy a buscar a la purí!… ¡Vosotros seguid buscando a Courtial!… ¡Estoy seguro de que aún está aquí!… ¡Apalancado en alguna parte!… ¡No se ha esfumado!… ¡Removed toda la paja!… ¡Gavilla a gavilla!… ¡Está sobando en el fondo! Nosotros vamos a buscar a los gendarmes… ¡Nos han mandado llamar a Mesloir!… Para eso ha venido el cartero… No tardaremos mucho… ¡No tengáis miedo!… ¡Quedaros ahí, bien tranquilitos! Volveremos hacia las dos…

¡Que no os oigan desde fuera! ¡No os mováis!… ¡Registrad el sobradillo!…

¡Mirad un poco en la cuadra!… ¡No hemos buscado en las arcas!…».

Los chavales tenían horror a los guripas… ¡Así yo estaba tranquilo! ¡No se largarían! Se olían algo, desde luego… pero ¿dónde?… No sabían…

«¡Sobre todo cerrad bien las burdas!...», les recomendé... Intenté divisar a la purí por la ventana... ¡Ya estaba en el quinto coño!... Me lancé al galope... Me costó la tira alcanzarla... ¡Najaba a toda leche por bosques y sembrados!... Por fin, ¡me pegué a su bul! ¡Tenía que hacerme trozos! ¡Joder!... ¡para seguirla!... De todos modos, iba cavilando... Así... ¡perdiendo el culo!... Y en el frenesí del galope... Me iba entrando una sospecha muy chunga...

«¡Qué asunto más feo!», me decía...

«¡Ya te han vuelto a dar por culo, chico!

¡Menudo cirio!... ¡Una broma pesada!...

¿conque el puentecillo sobre el Druve?... ¡Venga, hombre! ¡Un cuento!... ¡y bien chungo! ¡embuste de un jeta!... ¡Una broma siniestra y se acabó! ¡Ah!... ¡Me lo estaba temiendo!... ¡Cosa del cabrón del cartero!... ¡Era capaz, ese cerdo!... ¿Y los otros antropófagos?...

¡Vaya si eran sospechosos!... ¡Eso era lo que me venía a la cabeza en la carrera!... ¿Y el andoba en ese preciso momento?... ¡Mientras nosotros nos matábamos jalando!... ¡por su cadáver!... ¿dónde se encontraba?... ¡Tal vez estuviera en *La Grosse Boule* simplemente!... ¡Jugando a las cartas! ¡y dejándose ganar el anís!... ¡Las víctimas éramos nosotros, una vez más!... ¡No me sorprendería lo más mínimo!... ¡A tunela atravesado no lo ganaba nadie!... ¡Me hubiera jugado el cuello! ¡que nos habían hecho el avión!...

Tras un gran trecho llano... a través de suaves ondulaciones cubiertas de cultivos, venía una subida muy escarpada por la falda de la colina... Al llegar allí, arriba del todo, ¡menudo lo que se veía!... ¡todo el paisaje, por así decir!... Resoplábamos peor que bueyes, la patrona y yo. Nos sentamos un instante, en el flanco del terraplén para dominar mejor... No tenía demasiada buena vista, la pobre tía boceras... Pero yo guipaba de forma penetrante... No se me ocultaba nada en veinte kilómetros a vista de pájaro... De allá, de la cima, tras el descenso y el Druve, que corría

abajo... el puentecillo y la curva de la carretera... Allí distinguí entonces a huevo... en medio mismo de la carretera un gran bulto... ¡No había duda!... A tres kilómetros tal vez, ¡resaltaba sobre la grava!... ¡Ah! Y, además, en el mismo instante... ¡De un vistazo!... supe quién era... ¡Por la levita!... el gris... y, además, el amarillo herrumbroso de los alares... Nos lanzamos rápido... Bajamos corriendo la cuesta... «¡Siga! ¡siga!», le dije... «¡Usted! ¡derecha!... ¡Yo tiro por aquí!... ¡por el sendero!...». Adelantaba mucho... En un minuto estaba abajo... Ante el montón... Justo delante... Estaba todo acartonado, el viejo... apergaminado dentro de los alares... Desde luego, ¡era él!... Pero ¡la cabeza era una carnicería!... Se la había reventado... Ya casi no le quedaba cráneo... ¡A bocajarro, vamos!... Tenía aún aferrada la escopeta... Estrechada en los brazos... Los dos cañones le entraban por la boca, le atravesaban la chola... Atravesaban toda la papilla... ¡Toda la carne hecha picadillo!... en jirones, flemas, flecos... Cuajarones, placas de pelos... Ya no tenía acáis... Se le habían saltado... La nariz estaba como al revés... Era un puro agujero su rostro... con los bordes viscosos... y una especie de bola de sangre que lo rellenaba... en el centro... coagulado... un gran pastel... y arroyos que chorreaban hasta el otro lado de la carretera... Sobre todo manaba de la barbilla, que parecía una esponja... Había hasta en la cuneta... formaba charcos cuajados en el hielo... La vieja se lo había mirado todo... Seguía ahí, plantada delante... ¡No dijo ni mu!... Conque me decidí... «Vamos a llevarlo al terraplén...», fui y le dije... Así, que nos arrodillamos los dos... Primero sacudimos un poco todo el fardo... Intentamos despegarlo... Hicimos un poco de fuerza... Yo tiré de la cabeza...

¡No se despegaba pero nada!... ¡No pudimos!... Estaba adherido de miedo... ¡Sobre todo de las orejas, completamente soldadas!... Estaba cogido como un solo bloque con la grava y el hielo... El tronco aún y las piernas también habríamos podido soltarlos tirando bastante fuerte... Pero ¡la cabeza, no!... El picadillo... formaba un adoquín compacto con los cantos de la carretera... No era posible... El cuerpo arrugado en forma de Z... con el cañón ensartado en la cabeza... primero había que aflojarlo... y después sacar el arma... Tenía el lomo dislocado... el trasero entre los talones... Se había contraído en frío... Inspeccioné un poco los alrededores... Vi una alquería más abajo... ¿Sería la del cartero?... ¿La que me había dicho? ... La de los «Plaquets»... Me dije:

«Ahí está ese sitio... ¡Seguro que es ése!...». Avisé a la tía.

«¡Eh! ¡no se mueva!...», fui y le dije... «¡Voy a buscar gente!... ¡Vuelvo en seguida!... ¡Nos ayudarán!... ¡No se mueva de aquí!... Seguro que ésa es la alquería de Jeanne... Ésos son los que lo oyeron».

Llegué cerca del caserón… Llamé primero a la puerta y después a la persiana… Nadie parecía oírme… Vuelta a empezar… Di media vuelta por las cuadras… Entré decidido al patio… ¡Golpeé y golpeé! Grité… ¡Seguían sin moverse!… ¡Y eso que yo sentía que había alguien!… ¡La chimenea humeaba!… Sacudí con violencia la burda…

Aporreé, tintineé en los cristales… Iba a desvencijar los postigos si no acudían… Apareció una jeta, ¡menos mal!… ¡Era el chaval de la tía Jeanne!… El Arton del primer matrimonio… No se arriesgó demasiado… Asomó un poquito las napias… Le expliqué lo que quería… Una manita para transportarlo… ¡Ah! ¡ella saltó como un resorte al oír hablar de tocarlo!… se opuso… se animó de repente… ¡No quería ni oír hablar de tocarlo!… Le impidió responderme incluso, al cagueta de su chavalín… ¡No quería que saliera!… ¡Se iba a quedar ahí! ¡Sí, señor! ¡Junto a su madre!… Si yo no conseguía sacarlo de la calzada… ¡Ya podía ir a buscar a los gendarmes!… «¡Para eso están, ésos!…». Por nada del mundo se habría metido en aquel asunto, los Arton, de la alquería… ¡No habían visto nada!… ¡Ni oído nada!… ¡Ni siquiera sabían qué había ocurrido!…

La tía des Pereires, allá arriba, subida al borde del talud, ¡me observaba parlamentar!… Lanzaba unos clamores atroces… Armaba un jaleo de la hostia… Muy propio de ella… Después del primer sobresalto, ¡ya es que era insoportable!… Yo les mostré de lejos, a esos dos salvajes, ¡la pobre mujer presa de la desesperación!…

«¿Oyen?… ¿Es que no oyen?… ¿El dolor horrible?… ¡No podemos dejarle a su marido así, en el barro, hombre!… ¿Qué es lo que temen ustedes?… ¡Que no es un perro, joder!… ¡No tiene la rabia!… ¡No es un ternero!… ¡Que no tiene la fiebre aftosa!… ¡Se mató y se acabó!… Era un hombre sano… ¡No tiene el muermo!… ¡Habría que resguardarlo, al menos, un momentito en el cobertizo!… ¡Mientras llegan los otros!… Antes de que venga un coche… ¡Le va a pasar por encima!…». ¡No daban su brazo a torcer, aquellos mierdas!… Se ponían cada vez más testarudos incluso, a medida que yo insistía… «¡Que no! ¡Que no!…», se sublevaban… Desde luego, ¡que no lo iban a acoger!… En su casa, ¡jamás!… Eso ni hablar… Ni siquiera quisieron abrirme… Me decían que me largara a otra parte… Ya me estaban tocando los cojones con ganas… Conque le dije, a ese pendón:

«¡Bueno! ¡Bueno! ¡Vale! ¡Vale! ¡Señora! ¡He entendido!… ¿No quiere? ¿Es su última palabra? ¡Seguro? ¡Muy bien! ¡Bueno! ¡Muy bien!… ¿No quiere caldo? ¡Pues tendrá dos tazas! ¡Y listo! ¡Me voy a quedar yo, entonces! ¡Sí, señor! ¡Como lo oye!… ¡Me voy a quedar ocho días! ¡Un mes! ¡Todo el tiempo que haga falta!… ¡No dejaré de gritar hasta que lleguen!… ¡Gritaré a todo el mundo que fueron ustedes!… ¡Quienes lo tramaron todo!…». ¡Ah!

Entonces pusieron una cara… ¡Ah! ¡qué canguelo, la hostia puta!… ¡Ah! ¡qué acojono les entró! ¡Y yo seguía armando follón!… ¡Ah! pero ¡no me iba a rajar!… ¡Era capaz de tener un ataque epiléptico para pegársela mejor!… ¡es que me estaban poniendo de una mala hostia, esos cerdos!… Ya es que no sabían qué hacer conmigo… La vieja, desde lejos, desde el terraplén, me gritaba cada vez más… Quería que me diera prisa… «¡Ferdinand! ¡Oye, Ferdinand!… ¡Trae agua caliente!… ¡Trae un saco! ¡una arpillera!…». Lo único que aceptaron, los dos cabronazos… al final… después de tanto jarabe de pico y para que soltara un poco su persiana… fue prestarme la carretilla y con la absoluta condición de que se la devolviera ese mismo día… ¡totalmente lavada y aclarada!… ¡limpiada con estropajo y lejía!… Insistieron en detalle… ¡Lo repitieron veinte veces!… Conque volví a subir toda la cuesta con esa herramienta… Tuve que volver a bajar a pedir una llana… para despegar la oreja, qué caramba… romper los grumos… Lo conseguimos muy despacito… Pero entonces volvió a brotar la sangre… a manar en gran abundancia… El chaleco de franela ya no era sino un montón de gelatina, una papilla en la levita… todo el gris se volvía rojo… Pero lo más terrible fue para desprender la escopeta… El cañón estaba tan duro en el enorme tapón de carne del cerebro… estaba tan atrancado, ¡hecho un bloque con la boca y el cráneo!… que tuvimos que ponernos los dos… Ella sujetaba por un lado la cabeza y yo tiraba por el otro de la culata… cuando el cerebro cedió, volvió a soltar jugo aún más fuerte… chorreaba por los cañones… humeaba también… aún estaba caliente… salió un chorro de sangre por el cuello… Se había empalado, tieso… Había caído de rodillas. Se había desplomado así… con el cañón en el fondo de la boca… Se había reventado toda la cabeza…

Una vez que lo soltamos, lo echamos boca arriba… con el vientre y la chola al aire… pero ¡se volvió a doblar! Se quedaba en forma de Z… Menos mal que pudimos instalarlo entre los montantes de la carretilla… El cuello, el muñón de la cabeza, estorbaban, de todos modos, un poquito… Se bamboleaba contra la rueda… La vieja se quitó la falda… y la gruesa blusa escocesa para recostarle mejor la chola… Para que le manara un poco menos… Pero en cuanto nos pusimos a rodar… con los choques y los tumbos… empezó a brotar otra vez, ¡y cada vez más espeso!… Nos podían seguir por el rastro… Y eso que yo iba muy despacio.

Avanzaba a pasitos… Me detenía cada dos minutos… ¡Tardamos por lo menos tres horas en recorrer los siete kilómetros!… Desde muy lejos vi a los gendarmes… sus caballos más bien… delante de la alquería… Nos estaban esperando… Eran cuatro y el cabo… y, además, un civil, alto, al que yo no conocía… No lo había visto nunca, a ése… Avanzábamos centímetro a centímetro… Yo ya no tenía la menor prisa… Llegamos, de todos modos, al final… Bien que nos habían visto llegar… por lo menos desde la cresta de la meseta… Seguro que nos habían localizado… aun antes de que entráramos en el bosque…

«¡Venga! Tú, chorra, ¡deja la carretilla bajo la bóveda! ¡Entrad por aquí los dos!… El comisario llegará dentro de un rato… ¡Ponedle las esposas! ¡y a ella también!…». Nos encerraron en el granero. El gendarme se quedó delante de la puerta.

* * *

Esperamos varias horas así, ahí, sobre la paja… Yo oía a todo el populacho que alborotaba delante de la alquería. ¡Se estaba poblando, la aldea! … Debían de afluir de todas partes… Debía de haber algunos bajo la bóveda… Los oía charlar… Quien no venía era el comisario… El cabo entraba, salía, se estaba poniendo de lo más rabioso… Quería dar prueba de celo, mientras esperaba a la justicia… Daba órdenes a sus guripas…

«¡Disuelvan a todos los curiosos! ¡Y tráiganme a los prisioneros!…». Ya había hecho preguntas a todos los chinorris… Nos hizo volver ante él y luego regresar otra vez al fondo del granero… y después salir otra vez… ¡Nos fastidiaba con ganas, el muy cerdo! … Se propasaba… Nos trataba como una fiera… ¡Quería horrorizarnos!… Para que cantásemos de plano, sin duda… ¡confesáramos en seguida!… ¡Ya podía esperar sentado!… ¡No teníamos derecho, decía, a cargar con el cuerpo!

¡Que eso en sí era un crimen!… ¡Que no debíamos haberlo tocado!… ¡Que estaba muy bien sobre la carretera!… ¡Que ya no podía hacer el atestado!… ¡Ah! Y que si nos chupábamos veinticinco años de presidio, ¡nos íbamos a enterar de lo que valía un peine! ¡La hostia puta! ¡Ah! ¡No le hacíamos gracia, al maricón!… En fin, ¡unos pitotes de lo más cabrón! ¡berridos lo que se dice de hijoputa!… La vieja ya no abría el pico, desde que habíamos llegado. Seguía así, sollozando, en cuclillas contra el batiente. Sólo le salía hipo y dos o tres lamentos siempre… A mí se dirigía…

«¡Nunca lo habría creído, Ferdinand!… ¡Es demasiado, la verdad! … ¡Demasiada desgracia, Ferdinand!… ¡Ya es que no me quedan fuerzas!… ¡No! … ¡No puedo más!… ¡No me lo creo!… ¡No me creo que sea verdad, Ferdinand!… ¡Dime, tú!… ¿Es verdad, seguro? ¿Crees que es verdad? ¡Di, tú!… ¡Ah! mira, ¡no es posible!…». Ahí sí que estaba bien chiflada… Había recibido lo suyo… una chaladura ciega… Pero, en cuanto el otro madero volvió a soltar por la boca, a tratarnos de asquerosos, con su acento tan chulángano… ¡la provocó pero bien!… Pese a estar hecha polvo… ¡Saltó ante la afrenta!… ¡Un efecto terrible!… ¡Se puso como una fiera!… ¡Reaccionó con su estilo!

«¡A ver! ¡Un momento!», replicó…

«Hace mucho aire y no oigo bien… ¿Cómo dice?…». Se levantó y se puso ante sus narices… «¿Cómo dice usted?… ¿Que soy yo quien lo ha matado?… Pero ¡está usted bebido, muchacho!… ¡Ah! ¡tiene una jeta!… Pero, bueno, ¿están locos todos?… Pero ¿cómo?… ¿A mí vienen a acusarme?… ¿Por ese golfo?… ¿Ese abusón?… ¿ese bandido? … ¡Ah! ¡ésta sí que es buena!… ¡Ah!

¡demasiado!… ¡Ah! ¡la mandaré copiar! … ¡El gusano causante de mi desgracia! … ¡Y no es la única que me ha hecho!… Pero ¡si es a mí!… ¿me oye?… ¡si es a mí precisamente! ¡a quien él ha asesinado siempre!… ¡Ah! ¡el vampiro? pero ¡si es él!… Pero ¡no sólo una vez! ¡ni diez!… ¡ni cien veces!… ¡sino mil! ¡diez mil veces!… Pero ¡si es que aún no habían nacido ustedes, todos los que son, cuando ya me estaba asesinando todos los días!… Pero ¡si es que me hice trozos por él!… ¡Sí! ¡eché las tripas!… ¡Pasé semanas sin jalar para que no se lo llevaran a Rungis!… Toda la vida, ¿me oyen?… ¡Deslomada! ¡Chuleada!… ¡yo! ¡Sí!… reventada. Sí, ¡toda mi vida por ese canalla!… Pero ¡si hice todo lo posible para sacarlo!… ¡Todo!… ¡Todo el mundo lo sabe, además!… ¡Basta preguntarles!... ¡A los que saben! Que nos conocen... ¡Que me han visto!... ¡Vayan al Palais-Royal!... ¡Vayan a ver a Montretout!... ¡Allí me conocen!... Allí lo saben, todo lo que he hecho... ¡cómo me martiricé!... ¡Ferdinand puede contarles!... Es joven, pero ¡bien que se da cuenta!... ¡Hice milagros, yo, señor mío!... ¡para que no volviera a caer en el arroyo!...

¡Milagros!... ¡Ni en la deshonra!... ¡Era su forma de ser!... Se revolcaba más bajo que una cerda, ¡si se le dejaba un solo minuto!... Se desplomaba en todas las zanjas... ¡No lo podía remediar!... ¡Sí!... ¡No me da miedo decirlo!... ¡una letrina! ¡Nada tengo que ocultar!... Para empezar, todo el mundo lo sabe... ¡Ni la menor vergüenza! ¡qué leche!... ¡Tenía todas las malas inclinaciones!... ¡Todas! ¡Todas las peores! ¡Que hasta ustedes, gendarmes, son demasiado jóvenes para comprenderlas!... ¡Hasta para entenderlas son demasiado jóvenes!».

¡Los miraba fijamente, a los guris!... No llevaba sombrero, los pelos le caían sobre los ojos, mechones grises enredados... Transpiraba con ganas... Titubeaba un poquito, se sentaba otra vez.

«¿Les parece aceptable su final?... ¿Eso es todo lo que vienen a decirme ahora?... ¡Tratarme a mí como a una fulana!... ¡Ésa es mi recompensa!... ¡Si ustedes supieran, la de deudas!... ¡Ah! ¡Tampoco saben eso!... ¡Y cómo se la traía floja!... ¡Un pufo aquí!... Un pufo allá... ¡Ve a pagarlos tú, cielo! ¡Y siempre otros nuevos!... Rómpete los cuernos... ¡Para eso estás! ¡Un farol! ¡Polvos de la madre Celestina! ¡Puro humo! ¡Un camelo! ¡Anda ahí! ¡Lampando!... ¡Así vivió siempre! ¡Sólo entendía eso! ¡el aliguí! ¡El derrote! ¡Ni asomo de sentimiento!...». Se retorcía de pena, ¡gritaba entre las sacudidas!...

«¡Fui yo! ¡yo hasta el final quien preservé su casa! Si no la hubiese defendido, ¡hace siglos que se la habría pulido! ¡Ya es que no podía contenerse! ... ¡Aprovechó, el muy calamidad, justo cuando caí enferma! ¡Que ya no podía darme cuenta de nada!... Se lo fundió todo... ¡Se lo bebió todo!... ¡Lo malvendió todo en el acto! Pregunten si no es verdad... ¡Si miento yo!... ¡Nada! ¡Nunca! ¡me perdonó! ¡Nada! ¡No podía!... ¡Era superior a sus fuerzas!... ¡Tenía que martirizarme!... ¡Todo para sus zorras! ¡Todo para sus vicios!... ¡Sus caballos!... ¡Sus carreras! ¡Sus chirigotas!... ¡Todas sus curdas!... ¡Y yo qué sé qué más!... ¡La generosidad!... ¡A desconocidos daba!... ¡Cualquier cosa!... ¡Con tal de que se esfumara!... ¡Tenía un agujero en las manos!... ¡Que yo la palmara le daba completamente igual!... ¡Es lo que siempre quiso! ¡Llevábamos treinta años así!... ¡Treinta años llevo soportándolo todo!... ¡no es un segundo, treinta años!... ¡Y ahora me acusan a mí!... ¡Después de todas las peores vejaciones!... ¡Después de haberlo aguantado todo!... ¡Ah, pues vaya! ¡Ya es que pasa de castaño oscuro!...». Ante semejante barbaridad volvía a darle el delirio. «¿Cómo es posible? ¿Cómo? ¡Dios no puede permitirlo! Va y se desfigura... ¡se larga!... ¡Se hace papilla! ¿ahora soy yo la culpable? ¡Huy, huy, huy! Pero ¡si es que es el colmo!... ¡Como para caerse de culo!... ¡Ah! ¡qué mala leche! ¡Ah! ¡se podrá decir hasta el final que me ha fastidiado la vida, ese payaso asqueroso!... Pero ¡yo estoy lista!... ¡Yo me quedo!... ¡Tú! ¡Tú! ¡Aguanta ahí, vieja gilipuertas! ¡No quedará nada! ¡ni un céntimo! ¡Deudas sólo! ¡Deudas! ¡Eso le trae sin cuidado! ¡A él! ¡con tal de dilapidar!... ¡Todo! ¡me hizo perder!... ¡Bien que lo sabe eso Ferdinand! ¡Vio la situación!... ¡Vio cómo me ajetreé, desquicié, devané los sesos hasta el último segundo!... ¡Para que no dejáramos Montretout!... ¡Para no venir a este rincón de mierda! ¡A enterrarme con sus patatas!... ¡Fue en vano!... ¡Era tozudo como un mulo!... ¡Bien que lo sabe también eso Ferdinand! ¡Todo lo arruiné!... ¡Todo lo perdí por ese pelele!... ¡Ese golfo redomado! Mi situación, ¡mi carrera! Un buen oficio, ¡mis amigos! ¡Todo!... ¡mis padres!... ¡Nadie quiso volver a vernos!... ¡Atajo de rufianes! ¡bandas de golfos desatados! ¡escapados de Charenton!... [31] ¡Me estropeé la salud!... Primero, ¡la operación! ¡Y, además, he envejecido veinte años durante los seis últimos meses!... Antes de conocerlo, ¡no tenía nunca nada!... ¡No sabía lo que era un catarro!... ¡Digería cualquier cosa!... ¡Tenía un estómago como de piedra!... Pero ¡a fuerza de catástrofes!... ¡Nunca traía otra cosa!... ¡Y era el cuento de nunca acabar! En cuanto habíamos acabado... ¡Hale! ¡ya estaba inventando otra! ¡Cada vez más extravagante!... ¡Perdí la resistencia! ¡Es bien fácil de entender! Me operaron, ¡tenía que ocurrir!... Bien que me lo dijeron en la clínica de Péan... "¡No vuelva a empezar con esa vida, señora des Pereires!... ¡las consecuencias serían fatales!... ¡Precauciones!... ¡cautelas!... ¡No demasiadas preocupaciones!...".

¡Ah! ¡anda y que te den por culo! ¡Era peor de un año para otro!... Nunca un minuto de calma... ¡sólo procesos! ¡requerimientos judiciales!... ¡Papel verde!... ¡papel amarillo!... ¡Acreedores delante de todas las puertas! ¡Perseguida!... Así he vivido... ¡Perseguida día y noche!... ¡Exactamente!

¡Auténtica vida de criminal!… ¡Por él también! ¡siempre por él!… ¿Quién habría podido resistir? … ¡No he dormido, en los últimos veinte años, una sola noche completa! ¡Por si quieren saberlo! ¡Es la verdad pura y simple!… ¡Me quitaron todo, a mí!… ¡el sueño, el apetito, los ahorros! … ¡Me dan unas tufaradas, que no me puedo sostener en pie!… ¡Ya es que no puedo coger un ómnibus! ¡En seguida me entran náuseas!… En cuanto voy un poco deprisa, aun a pie, ¡veo las estrellas!… ¡Y ahora me dicen, encima, que soy una asesina!… ¡Ya es que pasa de la raya! ¡Hombre! ¡Miren ustedes mismos, antes de hablar de cosas así!…».

Los condujo bajo la bóveda, a los cuatro guripas y al cabo… Se acercó al cuerpo… remangó el pantalón…

«¿Le ven los calcetines?… ¿Los ven bien?… Bueno, pues, ¡él llevaba el único par!… ¡No había otros en la casa!… ¡Nosotros no tenemos!… ¡Nunca! ¡Ni Ferdinand! ¡Ni los chavales!». ¡Se alzó sus propios alares para que se dieran cuenta bien, los guripas!… «¡Yo misma llevo también los pies descalzos!… ¡Eh! ¡ya lo ven!… ¡Nos hemos privado todo el tiempo por él!… ¡Por él solo! ¡Él nos lo cogía todo!… ¡Le dimos todo lo que teníamos!… ¡Se quedó con todo!… ¡todo siempre! ¡Dos casas!… ¡Un periódico!… en el Palais-Royal… ¡Motores!… Cien mil bártulos más, ¡chapuzas infernales!… ¡que costaron yo qué sé cuánto!… ¡un ojo de la cara!… ¡toda la pesca! ¡Para satisfacer sus manías!… Ni siquiera puedo contarlo todo… ¡Ah! ¡Nunca lo contrariamos! ¡Ah! ¡No fue por eso, se lo aseguro, por lo que se liquidó!… ¡Estaba mimado!… ¡Estaba corrompido! ¡Eso! ¡Corrompido! ¿Quieres cachivaches eléctricos?… ¡Muy bien, hijo! ¡aquí los tienes!… ¿Quieres que vayamos al campo?… ¡Muy bien!… ¡Iremos!… ¿Quieres, además, patatas?… ¡Entendido!… ¡No paraba!… ¡No había error! ¡ni confusión! ¡El señor no podía esperar nunca!… ¿No querrías la Luna por casualidad?… Perfecto, corazón, ¡la tendrás!… ¡Siempre nuevos caprichos! ¡Nuevas manías!… ¡A un chiquitín de seis meses, señores míos, se le niegan más cosas!… ¡Tenía todo lo que deseaba! ¡Ni siquiera le daba tiempo a hablar! ¡Ah! ¡fue mi gran debilidad!… ¡Ah! ¡qué castigo he recibido!… ¡Ah! ¡si lo hubiera sabido allí! ¡miren! cuando lo encontré con la boca hecha trizas… ¡los cuentos con que me vendrían ahora!… ¡Ah! ¡si lo hubiera sabido!… Pues, bien, ¡ya pueden estar seguros! ¡Ah! ¡Que no lo habría traído nunca! ¡No sé lo que sentiría el chaval!… Pero ¡yo!… Pero ¡yo! ¡Miren! ¡Yo! ¡mejor habría sido que lo hubiera tirado en la cuneta! ¡No vendrían a fastidiarme!… ¡Ahí debería estar!… ¡El maldito cochino! ¡Es lo único que merece! ¡Me trae sin cuidado ir a la cárcel!… ¡Me da totalmente igual!… ¡No voy a estar peor ahí que fuera!… Pero ¡me cago en la hostia! ¡Ah! ¡La puta hostia! ¡No! ¡qué caramba! ¡No quiero ser tan tontaina!…».

¡Vamos! ¡Vamos! ¡Venga por aquí!

¡Ya contará todo eso a los otros!

¡Responda primero a las preguntas!…

¡Basta de cháchara!… ¿Dice usted que no la conocía, la escopeta con la que se mató?… ¡Y eso que la ha traído!… Y el gachó, ¿la conocía?… ¿Se la había metido en la cabeza? ¿Eh? Así lo encontraron, ¿no? ¿Ustedes dos la sacaron?… ¡A ver! ¿Cómo ha sido eso?…».

«Pero ¡si yo no lo he dicho nunca, que no conociera la escopeta!… Estaba ahí arriba, en la campana de la chimenea… ¡Todo el mundo la había visto siempre!… ¡Pregunten a los chavales!…».

«¡Venga! ¡Venga! ¡Déjese de comentarios imbéciles! Dígame ahora mismo los nombres de pila, el lugar de nacimiento… el apellido… Primero, ¡la víctima!… La fecha, el lugar de nacimiento… ¿Cómo se llamaba, a fin de cuentas?… ¿Courtial?… ¿Cómo?… ¿Y dónde había nacido?… ¿Se sabe? ¿Ocupaciones?…».

«Pero ¡si no se llamaba Courtial!…» respondió ella de sopetón… «¡No se llamaba des Pereires!… ¡Ni Jean! ¡Ni Marin! ¡Ese nombre se lo había inventado!… ¡Igual que todo lo demás!… ¡Un invento más! ¡Una mentira!… ¡Sólo sabía decir mentiras!… ¡Siempre! ¡Por todas partes! ¡Y más aún!… Se llamaba Léon… ¡Léon-Charles Punais! … ¡Ése era su verdadero nombre!… No es lo mismo, ¿verdad?… ¡Como yo me llamo Honorine Beauregard y no Irène! ¡Ése era otro nombre que me había puesto!… ¡Tenía que cambiarlo todo!… ¡Tengo las pruebas de todo eso!… ¡Las tengo!… No hablo para engañar. ¡Nunca me separo de ellas!… ¡Ahí lo tengo, mi Libro de Familia!… Voy a ir a buscarlo lo primero… Había nacido en Ville-d'Avray en 1852… ¡el 24 de septiembre!… ¡era su cumpleaños! Voy a buscarlo… está ahí en mi bolso… ¡Ven conmigo, Ferdinand!…».

El cabo transcribía… «¡Acompañen a los prisioneros!», ordenó a los dos maderos… Volvimos a pasar ante la carretilla… Regresamos una vez más… uno de los guris preguntó… gritó así desde la bóveda:

«¿Podemos entrarlo ahora?…».

«¿Entrar qué?…».

«¡El cuerpo! ¡cabo!… ¡Se ha congregado gente!».

Tuvo que pensárselo…

«Entonces, ¡éntrenlo!…», dijo…

«¡Llévenselo a la cocina!». Conque lo sacaron de la carretilla… Lo levantaron muy despacio… Lo transportaron… Lo dejaron sobre las baldosas… Pero seguía deforme… Seguía sin distenderse… Se puso de rodillas, la vieja, para mirarlo más de cerca… Los sollozos le venían muy fuertes… las lágrimas, a mares… me agarraba con las esposas… La angustia la trastornaba… Parecía enteramente que acabara de darse cuenta de que no era sino papilla…

«¡Ah! ¡Ah! ¡Mira, Ferdinand!… ¡Mira!…». Olvidaba el Libro de Familia, ya no quería levantarse más… se quedaba así sobre el montón…

«Pero ¡si es que ya no tiene cabeza, Dios mío!… ¡Ya no tiene cabeza, Ferdinand! ¡Querido! ¡Querido! ¡Tu cabeza!… ¡Ya no tiene!…». Suplicaba, se arrastraba bajo los gendarmes… Reptaba entre sus botas… ¡Rodaba por el suelo!…

«¡Una placenta!… ¡Es una placenta!… ¡Lo sé!… ¡Su cabeza!… ¡Su pobre cabeza!… ¡Es una placenta!… ¿Has visto, Ferdinand?… ¿Ves?… ¡Mira!… ¡Ah! ¡Oh! ¡Oh!…». ¡Los gritos de degollada que lanzaba!…

«¡Ah! ¡Toda mi vida!… ¡Ah! ¡toda mi vida!… ¡Oh! ¡Oh!…», así, cada vez más agudos.

«¡No soy yo, señores, quien ha hecho esto!… ¡Yo no, qué caramba!… ¡Se lo juro!… ¡Se lo juro! ¡Toda mi vida para él!… ¡Para que fuese un poco feliz! … ¡para que no se quejara!… ¡Bien que me necesitaba!… noche y día… ¡eso seguro!… ¡No es mentira! ¿Eh, Ferdinand? ¿Es que no es verdad? ¡Siempre todos los sacrificios!… ¡Ya no tiene cabeza!… ¡Ah! ¡Cómo me odian todos!… ¡No se guardó nada!… ¡Buena suerte!… ¡Buena suerte!… dijo… ¡mi pobre cielito!… ¡Dios mío! ¿han visto? … ¡está escrito!… ¡Fue él, qué caramba! … ¡Está escrito por su mano! ¡Yo no! ¡El pobre desgraciado! ¡Yo no! ¡Buena suerte! ¡Fue él! ¡Absolutamente solo! Bien que se ve, ¡es su escritura! ¡Ah! ¡Yo no!… ¡Bien que se ve, qué caramba!… ¿No es verdad que se ve bien?…».

Cuan larga era se había tirado sobre el suelo… Se sacudía con todo el cuerpo… Se estrechaba contra Courtial… Se estremecía mientras le suplicaba… Seguía hablándole, de todos modos…

«¡Courtial! ¡por favor! Courtial… ¡dime! ¡Dímelo eso, a mí, cielo!… ¿Por qué lo has hecho?… ¿Por qué eras tan malo?… ¿Eh? ¡Dime! ¡Amor! ¡tesoro!…». Se volvía hacia los guris…

«¡Es él! ¡Es él! ¡Es una placenta! ¡Es una placenta!…». Volvía a entrar en trance… se jalaba los mechones… ya no nos entendíamos en el cuarto, con sus berridos tan fuertes… Todos los curiosos, a la ventana, se subían unos sobre otros… Se mordía las esposas, se retorcía, atormentada, por el suelo. La levantaron a la fuerza los gendarmes, la trasladaron al granero… Lanzaba gritos de empalada… Se aferraba a la puerta… Caía… volvía a la carga…

«¡Quiero verlo!… ¡Quiero verlo!…», aullaba… «¡Enseñádmelo!… ¡Quieren cogerlo!… ¡los asesinos!… ¡Socorro! ¡Socorro! ¡Mi niño! ¡Mi niño!… ¡Tú, no, Ferdinand! ¡Tú, no!… ¡Tú no eres mi cielito!… ¡Quiero verlo!… ¡Piedad!… ¡Quiero verlo!…». Todo así durante una hora. Tuvieron que volver, quitarle las esposas… Entonces se calmó un poco… A mí no me las quitaron… Y eso que prometí que me estaría tranquilo.

Por la tarde llegó otro sorche en bicicleta… Venía a propósito de Persant… Volvió a decir al cabo que no debíamos tocar nada, nosotros… Que era la autoridad judicial la que iba a venir… no el comisario… Que eran órdenes del propio juez de instrucción… Nos ordenó también que preparáramos las cosas de los chavales, que se marcharían todos el día siguiente a primera hora… Que los esperaban en Versalles en un refugio de asistencia, «La preservación juvenil»… ¡Así lo ordenaban también!… ¡No debía quedar ni uno después de las diez de la mañana!… Dos personas debían llegar a propósito de Beauvais para llevárselos… acompañarlos a la estación…

Repetimos las órdenes a los chinorris que estaban en el patio, había que avisarles… que se había acabado nuestro rollo… ¡que era cosa pasada!… Aún no entendían del todo… Se preguntaban qué iban a hacer… Adónde iban a llevarlos… Si no sería una simple broma… ¡Intenté hacerles comprender que se había acabado lo que se daba!… ¡Que estábamos en las últimas!… ¡Ya es que no chanelaban pero nasti!… ¡Que el juez había ordenado que se liquidara todo el negocio!… ¡Que se devolviera acto seguido a toda la «raza nueva» a casa! ¡Que iban a dar el lique al mismo tiempo a todo nuestro cultivo de los «efluvios»! … ¡que no querían ni ver nuestro tinglado!… ¡Que estaban feroces de verdad todos!… ¡Implacables! ¡Resueltos! ¡Que se a-ca-bó!… ¡Que íbamos a buscar a sus viejos!… ¡Que esa vez había que encontrarlos!…

¡Todo eso les sonaba a chino!… Ya no estaban acostumbrados a que los trataran como a chinorris… ¡Estaban demasiado emancipados!… ¡ya es que no comprendían los asuntos de la obediencia!… ¡No era muy complicado reunir sus bártulos!… no tenían, en una palabra, sino sus huesos… ¡y los alares encima!… en punto a atavío… Tenían calcos del «mangue», que nunca eran de su número. Muchas veces sólo se ponían uno… Por lo general, ¡pinreleaban descalzos!… Bueno, pues, encontraron, aun así, modo de embarcar todo un batiburrillo… miríadas de clavos, ganchos, armadijos, hondas, cuerdecillas, trampas de liga… juegos enteros de limas, cizallas y todos los muelles en espiral, y también hojas de navajas enastadas en largos bastones… dos ganzúas completas… Sólo el Dudule no tenía nada… Trabajaba con los dedos… Creían, los chinorris, que allá donde los enviaban todo eso podría servir aún… ¡No se daban cuenta!… Y eso que yo había insistido pero bien… No se tomaban nada a lo trágico… ¡Y eso que bien que habían visto al viejo con la jeta hecha cisco! Y bien que la oían, a la vieja, a través de la puerta… cómo las piaba… Pero ya no los espantaba…

«Yo, mira», me decía Dudule, «¡te aseguro que el jueves estaremos de vuelta!…».

«¡Tú no los conoces, cheli!», le respondí… «¡Sobre todo no os hagáis los duros!… ¡Os enchiquerarían para toda la vida!… ¡Tienen unos chabolos terribles!… ¡Andaos con ojo! ¡no seáis listillos!… ¡Cerrad bien la mui todos!…». Hasta la Mésange se puso chulita:

«¡Que te crees tú eso, Ferdinand! ¡De eso, nasti! ¡Nos dan el piro para que no veamos el entierro!… ¡Todo es una pura trola!… ¡Volveremos el domingo, seguro!… ¡Cuando se haya acabado!…». Por mí, encantado… Empaquetaron todas las mercancías… Aún hubo discusiones sobre el reparto… Todos querían el «elástico»… el grueso, espeso… ¡Eran unos hachas para los gorriones!… Se llevaron alambre, casi dos rollos… ¡Y que pesaban la tira!… Pero ¡no quedaba ni nada, joder! ¡Todo un cofre en el cobertizo!…

Las dos damas acompañantes llegaron antes de lo que pensábamos…

Un poco tipo «hermanitas». Sin cofias, pero con hábitos grises hasta la garganta, idénticos los dos, y mitones… y unas voces extrañas, demasiado dulces y muy insistentes… Aún no era de noche…

«Bueno, a ver, hijitos… Va a haber que darse un poquito de prisa…», dijo, como quien no quiere la cosa, la más delgada. «¡Espero que os portéis bien, todos!… Vamos a hacer un viaje bonito…». Los colocaron en filas de dos… Y Dudule solo delante… Era la primera vez que se ponían en fila ordenada… Las damas preguntaron el nombre a todos…

«¡Ahora os vais a estar calladitos!… ¡Sois unos niños muy formalitos!… ¿Cómo te llamas tú, monina?…».

«¡Mésange-Petite-Peau!…», respondió. Así era, por cierto, cómo la llamaban los otros. Aún eran nueve en total… Cinco chicos, cuatro chicas. El Dudule nos dejaba su chuquel… En Versalles no podía estar… Rompieron filas un momento… ¡Se olvidaban de la purí!… Seguía en su granero… Fueron corriendo a darle un beso… Hubo algunas lágrimas, lógicamente… No era, la verdad, una separación alegre precisamente… vistas las circunstancias… La que más lloró fue la Mésange…

«¡Adiós, Ferdinand!… ¡Adiós! ¡Hasta pronto!…», me gritaban aún desde el otro extremo del patio… las damas estaban agrupando a su tropa…

«¡A ver, niños! ¡A ver!… Vamos, niñas…». Me llamaban por última vez desde el camino a lo lejos… «¡Hasta pronto, colega!… ¡hasta pronto!…».

¡Joder! ¡Joder! Yo me daba cuenta… La edad es la putada mayor… Los niños son como los años, no los vuelves a ver nunca más. Al perro de Dudule lo encerraron con la purí. Lloraban juntos los dos. Él era el que gemía más fuerte. Aquel día, es verdad, lo puedo asegurar, fue uno de los más chungos de mi vida. ¡Hostias!

Una vez que partieron así los chavales, el cabo se instaló con sus hombres en la cocina. Vieron que yo estaba bien tranquilito, me quitaron las esposas… El cuerpo estaba al lado… Ya no había nada más que hacer, pues hasta el día siguiente no se esperaba la llegada del fiscal… Iba a hacer la «instrucción», como ellos decían. Lo comentaban, los guris… En fin, ya no nos ponían a parir. Y, además, es que tenían hambre… Inspeccionaron las alacenas… a ver si veían algo de jalandria… También querían pimplar… Pero no quedaba nada de priva… Volvimos a encender el fuego… Caía lluvia en la chimenea… Y luego se puso a hacer mucho frío otra vez. Febrero es el mes más corto, ¡también el más malo!

… El comienzo del invierno no había sido demasiado duro… ahora se vengaba, la estación… Hablaban de todo eso, entre sí, los maderos… Eran campesinos de espíritu… Arrastraban las botas por todos lados… Yo les miraba la jeta de cerca… Fumaban sus pipas… Estaban en torno a nuestra mesa… Teníamos tiempo de contemplarnos… Llevaban como una espesa pana de ojos para abajo. Las mejillas totalmente blindadas… y michelines en torno al cuello… que les subían hasta las orejas… Estaban bien cargados de substancias, ¡bastante barrigones! sobre todo uno que era el doble de los otros… ¡No había que ofrecerles demasiado! Sus bicornios formaban una pirámide en el centro de la mesa, encajados en una pila… ¡Sus botas también eran *ad hoc* para hacer las siete leguas!… ¡Paragüeros!… Cuando se levantaban los cinco arrastrando los sables, desencadenaban un estrépito, que no veas… Pero cada vez tenían más sed… Fueron a buscar sidra a la casa de los viejos, en el extremo del caserío… Más adelante, hacia las ocho de la tarde acaso, llegó otro sorche… Venía del cuartel… Les traía alpiste y un poco de papeo… cinco ranchos… A nosotros nos quedaba café. Les dije que les podíamos hacer un poco, con la condición de que nos dejaran molerlo. Aceptaron. La vieja salió de su granero. Fueron a abrirle. El ataque de cólera había pasado. ¡Les estaba bien empleado, a esos cabrones, no tener sino eso de pitanza! ¡un pequeño rancho para cada uno!… ¡y un chusco para cinco!… La purí tenía tocino, bien que lo sabía yo, un poquito aún de reserva… Y, además, lentejas, en un escondite que sólo ella conocía, nabos, más luego tal vez media libra de margarina incluso…

«¡Yo puedo hacerles una cena!», dijo… «¡Ahora que ya no están los chavales!… ¡Tal vez pueda darles de jalar a todos!…». Aceptaron muy contentos… Se daban manotazos en los muslos… Pero ella se echaba a lloriquear otra vez, de todos modos…

¡Teníamos una olla enorme!… para quince ranchos por lo menos… Llegó más alpiste… Ése venía directo de Persant… Lo enviaba la esposa del cabo con un chiquillo, además de una carta y un periódico… Nos sentamos a su lado… Lógicamente, compartíamos… Llevábamos algo más de veinticuatro horas sin papear… Los gendarmes querían repetir… Vaciamos todo el caldero… Al principio sólo charlaban entre ellos… Se iban animando poco a poco… Engullían con avaricia… Se desabrochaban sin vacilar… Uno de los cinco… el cabo, no… uno que ya estaba totalmente calvo, parecía más curioso que los otros… Preguntó a la purí qué oficio tenía el muerto antes de meterse en los cultivos… Le interesaba… Ella intentó responderle, pero no pudo del todo… Se ahogaba a cada palabra… Se deshacía en sollozos… Le caían los mocos en el plato… Estornudó en el pimentero… Al final todo el mundo se cachondeaba… Además, es que nos quemaba la boca… se le había ido la mano con la guindilla… ¡Oh! ¡Hua! ¡Huaf!… Hacía calor también en la queli… ¡El fuego tiraba de maravilla!… Cuando el viento venía del lado correcto, ¡podíamos quemar la queli!… pero si cambiaba de dirección, ¡volvía a invadirla!… ¡Nos asfixiábamos con el humo!… Siempre es así en el campo…

En el extremo del banco, el cabo ya es que no podía con el calor… Dejó caer la guerrera… Los otros hicieron lo mismo… Los peces gordos judiciales no podían llegar hasta la mañana siguiente… Conque no había peligro… Se preguntaban todos por qué se habría largado el comisario… Les apasionaba esa cuestión. Y sobre todo por qué venía el propio fiscal en persona… Y por qué tan rápido… Debía de haber sus más y sus menos entre los tribunales y la prefectura… Tal era la conclusión… Si había peleas así, seguro que los paganos seríamos nosotros… Eso pensaba yo ya. El cabo, poco a poco, reanudó la cena… ¡Se zampó él solo casi todo un *camembert*!… ¡unas rebanadas inmensas!… ¡con el trago de tinto encima!… ¡Un bocado!… ¡un trago!… ¡Un bocado!… ¡otro!… Yo lo contemplaba… él me guiñaba el ojo… ¡Ya estaba un poco mamado!… Se volvió muy cordial… Preguntó a la purí, así, nada brutal, sin la menor malicia, qué hacía, pues, su Courtial, antes de que llegara a Blême… Ella lo entendió completamente al revés. Estaba como chocha de tanto llorar. Le respondía:

«¡Reumatismos!» ¡ya es que no estaba, pero nada, en lo que estaba!… Se puso a desatinar otra vez… Las lágrimas la vencían de nuevo… Le imploró, le suplicó que la dejara entrar en la cocina… contigua… un poquito más… Para velarlo un momentito… Por ejemplo, ¡hasta medianoche!… Ya no teníamos aceite ni petróleo... sólo velas, pero ¡todo un surtido!... Los chavales las birlaban por todas partes, siempre, cada vez que salían... que pasaban por una alquería... ¡Nos habían traído candelas de todos los calibres!... teníamos para parar un tren, la vieja quería poner dos... El cabo estaba hasta los huevos de oírla chillar...

«¡Vaya! ¡Vaya!... ¡y vuelva en seguida! Pero ¡en seguida!... ¡y no haga fuego!... Y no vaya a tocar al pobre hombre, ¿eh?... ¡o la encierro en el granero!... Pero, además, ¡para rato!...».

Se fue... Al cabo de un instante, como no volvía, un gendarme se levantó a ver... «¿Qué andará haciendo?...», se preguntaban... Fui yo también con él... Estaba encorvada y de rodillas contra el cuerpo...

«¿Puedo taparlo?...».

«¡Ah! ¡no!», respondió el guri...

«Mire, ¡no es que me dé miedo! Pero ¡bien que tendrán que envolverlo!... ¡No pueden llevárselo así!... ¡No lo voy a mover! ¡Se lo prometo!... ¡No necesito tocarlo! ¡Me gustaría ponerle una tela encima!... ¡Sólo eso!... ¡nada más!... Una tela debajo y sobre la cabeza...».

Yo me preguntaba qué querría ponerle... ¿Sábanas?... No teníamos... Nunca habíamos tenido en Blême... Sí que teníamos mantas, pero eran puros jirones... ¡y totalmente podridas!... Con la paja no las usábamos... ya que nos acostábamos vestidos todos... auténticos detritus... ¡El gendarme no quería oír hablar de eso!... Quería que pidiera permiso ella misma al cabo... Pero el cabo estaba roncando... Se había desplomado sobre la mesa... Se lo veía por la puerta... Los otros catetos jugaban a las cartas...

«¡Espere! ¡que voy!...», dijo al final... «No lo toque hasta que vuelva...». Pero ella ya no podía esperar...

«¡Ferdinand! ¡ve tú! ¡Date prisa, hijo! Ve a buscar rápido en mi jergón... ya sabes, por la rendija... ¡donde meto la paja!... ¡Busca! Mete el brazo por el lado de los pies... ¡y encontrarás un gran pedazo!... Ya sabes... ¡el del *Arquímedes*!... El rojo... ¡muy rojo!... Es bastante grande, verdad... Será bastante... ¡Dará toda la vuelta!... ¡Tráemelo! ¡anda! en seguida... ¡Yo no me muevo!... ¡Date prisa!...».

Era totalmente cierto... Lo encontré en seguida... Apestaba a caucho... Era el pedazo que había sacado de entre los escombros la noche de la catástrofe... Lo desplegó delante de mí... lo extendió por el suelo... Aún era tela buena. Lo que había cambiado era el color... Ya no era escarlata... se había vuelto del todo marrón... No quiso que la ayudara a envolver a Courtial... Lo hizo todo ella sola... Sobre todo no debía moverlo... Deslizó bajo el cadáver todo el tejido a lo largo... con extraordinaria lentitud, la verdad... Tenía metros suficientes para envolverlo todo... Y toda la pasta de la cabeza quedó tapada también... El cabo nos estaba viendo... El otro lo había despertado...

«Conque», nos gritaba de lejos, «quiere esconderlo otra vez... ¿Eh?... Entonces, ¿está usted majareta?».

«¡No me regañe, buen señor!... ¡no me regañe!... ¡Se lo suplico! ¡Hice lo posible!...». Se volvió hacia él de rodillas. «¡No he hecho nada malo!... ¡No he hecho nada malo!... ¡Venga a ver!... ¡Venga a verlo!... ¡Usted mismo! Sigue ahí... ¡Créame!... ¡Créame! ¡Se lo suplico!... ¡Señor ingeniero!...». Así lo llamaba, de repente, «¡señor ingeniero! ...». Se ponía a gritar otra vez...

«¡Subía, señor ingeniero! ¡Ustedes no lo vieron!... No pueden creerme, ¡claro!... ¡Pero, Ferdinand lo vio!...

¿Verdad que lo viste bien, Ferdinand?... ¡Qué bien subía!... ¿Lo recuerdas, hijo? ... ¡Díselo a ellos!... ¡Díselo, hijo mío! ... ¡No quieren creerme, a mí!... ¡Misericordia! ¡Buen Jesús! ¡Voy a decir una oración! ¡Ferdinand! ¡Señor ingeniero! ¡Santa María! ¡María! ¡Cordero de Dios! ¡Rogad por nosotros! ¡Ferdinand! ¡Te conjuro! ¡Díselo a estos señores! ¿Quieres?... ¡Ven a decir tu oración! ¡Ven rápido!... ¡Ven aquí! Eso es verdad, ¿eh?... ¡En el nombre del Padre! ¡del Hijo! ¡del Espíritu Santo!... ¿La sabes, ésa, Ferdinand?... ¿La sabes tú también, la oración?...».

Se espantaba... ponía los acáis en blanco...

«¿No la sabes?... ¡Sí que la sabes! ... ¡Perdónanos nuestras deudas!... ¡Vamos! ¡Juntos! ¡Venga! ¡A ver! ¡Como nosotros perdonamos!... ¡Venga! ¡Como nosotros perdonamos!... ¡Repite, hostias!... ¡cabrito!...».

Entonces, ¡me metió un bofetón!... Los otros, ahí, se desternillaban...

«¡Ah! ¡Ah! ¡La sabes, entonces!… ¡qué leche!… Subía, señor ingeniero, subía, ¡era mágico!… Mire, ¡a mil ochocientos metros!… Yo subí por todas partes con él… ¡Sí!… ¡Subí!… ¡Puede creerme ahora!… ¡Es la pura verdad!… ¡Lo juro! ¡Se lo juro!…». Intentaba hacer señales de la cruz… No podía acabarlas… se embarullaba con sus jirones…

«¡Con hidrógeno! ¡Con hidrógeno! ¡señores míos!… ¡Pueden preguntárselo a todo el mundo!… ¡No son mentiras! …». Se prosternaba a lo largo del cuerpo, se echó encima del todo… La súplica…

«¡Pobre cielito mío!… ¡Pobre amor mío!… Ahora ya nadie te cree. ¡Ah! ¡Es demasiado horrible!… ¡Ya nadie quiere creerte!… ¡Yo ya no sé cómo decírselo!… ¡Ya no sé qué hacer!… ¡Ya no sé cómo subía!… ¡Ya no sé cuánto!… ¡Soy la mujer horrible!… Es culpa mía, todo esto… ¡Es culpa mía, señor ingeniero! … ¡Ah! ¡sí! ¡Ah! ¡sí! ¡He sido yo quien he hecho todo el daño!… ¡A él le he hecho todo el daño! ¡Subió doscientas veces!… ¡cien veces!… ¡Ya no recuerdo, mi amor!… ¡Doscientas!… ¡Seis!… ¡Seiscientas veces!… ¡Ya no sé!… ¡Ya no sé nada!… ¡Es atroz!… ¡Señor ingeniero!… ¡Trescientas!… ¡Más! ¡Muchas más!… ¡No sé!…». ¡Lo estrechaba en su envoltorio!… se crispaba encima… «¡Courtial! ¡Courtial! ¡Ya no sé nada!…». Volvía a apretarse el gaznate con fuerza. Se arañaba la cabeza otra vez… Se arrancó los pelos, con rabia, a puñados, meneándose por el suelo… Volvía a buscar en su memoria…

«¡Tres mil!… ¡Diez mil! ¡Jesús! ¡Mil quinientos!… ¡Mil ochocientos metros! … ¡Oh, Jesús! ¡Ferdinand! ¿No puedes decir nada?… ¡Es demasiado!… ¡Me cago en Dios!…». Volvía a perderse con las cifras…

«¡Mis oficiales!… ¡Ferdinand!… ¡Mis oficiales!» ¡los llamaba! «¡En nombre del Cielo! ¡Ah! ¡Ya lo tengo!…». Se alzó sobre los codos…

«¡Doscientas veintidós veces!… ¡Eso es!… ¡Doscientas veintidós!…» volvía a caer… «¡Joder! ¡ya no sé nada!… ¡Mi vida! ¡Mi vida!…». Tuvieron que levantarla los maderos… La llevaron al granero otra vez… Cerraron la puerta tras ella. Así, absolutamente sola, poco a poco, se fue conformando… y hasta se quedó dormida… Más tarde, entramos a verla los gendarmes y yo. Se puso a hablarnos de nuevo, pero muy razonable esa vez. Ya no estaba majara.

* * *

Esperamos aún toda la mañana… La vieja seguía en su paja… Roncaba profundamente… Llegaron hacia el mediodía, las autoridades judiciales… El juez de instrucción, bajito, grueso, enfundado en un abrigo de piel, ceceaba en el vaho, tosía, le daban ataques… Bajó de su landó con otro andoba, pelirrojo. Ése llevaba una gorra hundida hasta los ojos. Era el médico forense. Los gendarmes lo reconocieron en seguida.

Hacía un frío que pelaba, la verdad… Estaban destemplados…

Venían de la estación de Persant…

«¡Tráigamelos aquí!…», ordenó a los gendarmes, nada más poner pie en tierra… «¡Tráigamelos a la sala!… ¡Juntos! ¡la mujer y el mocoso! ¡Después iremos a ver el cuerpo!… ¿Nadie lo ha movido?… ¿Dónde lo han puesto?… Tráiganme también las pruebas… ¿Qué había?… ¿Una escopeta?… ¿Y los testigos?… ¿Hay testigos?…».

Unos minutos después llegaron otros dos coches… Uno lleno de policías, magdalenos de paisano… y el otro, una gran jardinera abarrotada de periodistas… Éstos tomaron, acto seguido, gran cantidad de instantáneas… desde todos los ángulos de la alquería… del interior… las inmediaciones… Eran enredadores, ésos, los periodistas, mucho más que todos los paletos juntos.

¡Y sobre todo bulliciosos, además!…

¡Tuvieron, frenéticos, que tomarme la jeta a mí!… ¡y luego a la purí desde todos los ángulos!… ¡Ella ya no sabía cómo agazaparse!… Estaba obligada a quedarse ahí, entre los dos maderos… Pero ya no podíamos movernos, de tan compacta que se estaba volviendo la multitud… ¡El fiscal ponía una cara! ¡Le pasaban por encima!… Ordenó a los guripas que despejaran inmediatamente… No se hicieron de rogar… Despejaron el tropel… En seguida quedaron expeditos los accesos… todo el patio también…

El ceceante se estaba quedando helado, tiritaba dentro de su abrigo. Tenía prisa por acabar, se veía a las claras. Lo pagaba con el servicio de orden… Su escribano buscaba una pluma, se le había roto la suya… Estaba incómodo así, el ceceante, sobre el banco… La sala era demasiado grande, húmeda, el fuego estaba del todo apagado… Se frotaba los puños… Se quitaba los guantes para soplárselos. Se chupaba los dedos… Tenía la nariz amatista… Volvía a ponerse los guantes. Contoneaba el trasero… ¡Pateaba una y otra vez!… No entraba en calor… Tenía delante todas las papelas… Soplaba, se volaban… El escribano saltaba tras ellas… No escribían nada… Quiso ver la escopeta. Dijo a los periodistas:

«Fotografíenme esta arma, ¡ya que están!…». Dijo al cabo: «¡Cuénteme toda la historia!…». Entonces, ¡ese maricón no se ponía chulito como con nosotros! Farfullaba incluso, más bien… No sabía gran cosa, en el fondo… Me di cuenta en seguida… Salió con el juez… Iban y venían por el patio de punta a punta… Cuando acabaron de cascar, regresaron a la sala… Volvió a sentarse, el ceceante… Ahora me tocaba hablar a mí… Conté todo en seguida… Todo lo que sabía, quiero decir… No me escuchaba demasiado: «¿Cómo te llamas?…». Se lo dije: «Ferdinand, nacido en Courbevoie». «¿Qué edad tienes?»… Se la dije… «Y tus padres, ¿qué hacen?». Se lo dije también…

«¡Bien!», dijo… «Quédate ahí… ¿Y usted?…», ahora le tocaba a la vieja…

«Cuénteme toda la historia y sobre todo dése prisa…». Se había vuelto a levantar… No podía resistir sentado… Caminaba de acá para allá… Ya es que no se sentía los pinreles… Ya podía patear… ¡Es una nevera, el suelo de tierra! Sobre todo el nuestro, tan húmedo…

«¡Ah! ¡Doctor! ¡Mis pies!… Pero ¿es que no hacen fuego nunca aquí?…». Ya no nos quedaba nada de leña… ¡Los gendarmes la habían quemado toda!… Atropelló el relato de la vieja…

«¡Ah! ¡Ya veo que no zabe uztez gran coza! ¡Qué le vamoz a hacer! ¡Ya veremoz todo ezo máz adelante!… ¡Para Beauvois!… ¡Hale! ¡Venga! ¡Nos vamos!… Doctor, ¿ha examinado el cuerpo? ¿Eh? Entonces, ¿qué me dice?… ¿Eh?…». Volvieron a marcharse los dos, vuelta a empezar… Al lado, en la cocina, comentaban el caso… Estuvieron unos diez minutos… Regresaron…

«¡A ver!», dijo el ceceante…

«Usted, ¡la esposa!… ¡La mujer de Courtial! ¡No! ¡Des Pereires!… ¿No?… ¡Hostias!… ¡Queda usted libre provisionalmente! Pero ¡tendrá que venir a Beauvais!… ¡Mi escribano le indicará!… ¡Mañana mandaré a recoger el cuerpo!…». Dirigiéndose a los periodistas: «De momento, ¡se trata de un suicidio! Después de la autopsia veremos… Tal vez quede usted totalmente libre… En fin, ya veremos… ¡Tú, chaval!». Era a mí… «¡Puedes marcharte!… ¡Puedes irte! ¡Debes regresar en seguida a tu casa!… ¡A casa de tus padres!… ¡Da tu dirección al escribano!… Si te necesito, ¡te mandaré llamar! ¡Ya está! ¡Hale! ¡Hale! ¡Cabo! Deje aquí a un gendarme, verdad… ¡Uno solo! ¡Hasta mañana por la mañana! ¡hasta que llegue la ambulancia! ¡Hale! ¡rápido, escribano!… ¡Hale! ¿Han acabado los de los periódicos? ¡Saque de aquí a todos los reporteros!… ¡Nadie más! ¡sólo la familia y el plantón!… ¡Listo, gendarmes! ¡para la noche! ¡Y no dejen entrar a nadie! ¿eh?… ¡tocar!… ¡salir! ¿Entendido?… ¿Me comprenden todos?… ¡Bien!… ¡Hale! ¡Hale! ¡Deprisa!… ¡Deprisa! Vamos, ¡al coche, doctor!…».

¡Seguía pateando para calentarse!… ¡Se agitaba delante de su landó!… ¡Ya no podía más!… La palmaba a pesar de la hopalanda y la enorme piel de cabra que le llegaba hasta las cejas… ¡hasta el bombín!… Al poner el pie en el estribo:

«¡Cochero! ¡Cochero! ¿me oye? ¿Eh? ¿eh? ¡Va a ir usted rápido!… ¡Déjenos en Cerdance! ¡en el estanco! que queda a la izquierda… ¡tras el paso a nivel! ¿Sabe dónde?… ¡Ah! ¡Doctor! ¡En mi vida había tiritado tanto!… ¡Tengo para un mes, seguro!… ¡Aún!… ¡Como todo el invierno pasado, vamos!… ¡Ah!… ¡No sé lo que daría por un *grog*! ¡Mire usted!… ¡Casi me muero en ese antro!… ¿Ha visto usted qué nevera? … ¡Es insoportable! ¡Se está mejor fuera!… ¡Es increíble!… ¡Ah! ¡se va a conservar bien, el fiambre!…».

Volvió a sacar la cabeza bajo la gran capota, en el momento en que arrancaban… Miraba el conjunto de la alquería… Los gendarmes, «¡firmes! …». ¡En marcha, cochero!… Salieron como una exhalación hacia Persant…

¡Los guripas, el escribano, los magdalenos, no les fueron a la zaga! Salieron pitando tras ellos apenas cinco minutos después… Los periodistas, en cambio, volvieron… Tomaron más fotos… ¡Lo sabían todo, esos espabilados! ¡Ah! Chanaban la tira… Se conocían los chanchullos…

«¡Venga! ¡Venga!», nos dijeron…

«No se preocupen… ¡Es evidente que no tienen nada que ver!… ¡Todo eso son pejigueras! ¡Formalidades triviales! ¡Para la galería! ¡Para cumplir! ¡No se dejen impresionar! ¡Los soltarán en seguida! ¡Es un paripé!». La vieja estaba afligida, de todos modos…

«¡Si lo conoceremos, nosotros!… ¡No es la primera vez que lo vemos trabajar!… Si hubiese tenido sospechas de verdad, ¡se habría quedado mucho más tiempo! ¡Y, además! ¡eso seguro! ¡los habría mandado para adelante a todos!… ¡Ah! ¡Entonces no vacilaría! ¡Menudo si lo conocemos! ¡Por un simple pelín de presunción! ¡Y zas! ¡Los empuraba! ¡Ah! Entonces, ¡sí que sí! ¡Ah! ¡Es terrible para las sospechas! ¡Ah! No se pierde en las nubes… ¡Ah! ¡Es tunela como él solo! ¡Ah! ¡Con él no hay bromas!».

«Entonces, ¿están seguros de que no va a volver?… ¿que no ha sido por el frío?… ¿Por lo que se ha ido?…».

«¡Ah! ¡El frío no le afecta a los acáis! ¡Ah! ¡Pueden estar tranquilos! Nada, nada, ¡es broma! ¡Comedia! ¡Ay, ay, ay! ¡Yo no me preocuparía! ¡Ha venido en balde!… ¡Ah! ¡Entonces! ¿Eh? ¡Ya puede piarlas!». Todos pensaban lo mismo… Volvieron a montar en su carricoche… Ya iban hablando de chavalas… Tenían que arrancar poco a poco… Crujía mucho de los ejes… Eran demasiados… Apiñados unos sobre otros… Dos de los periodistas habían venido a propósito de París… también lamentaban el viaje… La vieja les insistió tanto con sus preguntas, que acabaron berreando en coro, a compás:

«¡No es un crimen!… ¡Tracatrá!»
«¡No es un crimen!… ¡Tracatrá!».

Pataleando como para romper el suelo… A fin de cuentas, se lo pasaban pipa. Entonaban canciones verdes… ¡Se marcharon cantando *Dupanloup*!

El gendarme que se había quedado de guardia encontró en la alquería otra casucha, vacía, cerca del abrevadero, donde podía meter su caballo. Prefería ese sitio… Nuestra cuadra era una pura ruina… pasaba toda la pañí… Y, además, ¡unas corrientes de aire, que había unos silbidos como de órgano!… El animal sufría ahí dentro. Se bamboleaba, se tambaleaba sobre sus zancas de frío… Conque se lo llevó al otro sitio… Y después volvió otra vez… tal vez una hora más o menos antes de la cena… Quería decirnos una cosa…

«¡A ver! ¡Ustedes dos, guasones! ¿Se van a estar tranquilos? ¡Voy a tener que ir a Tousne!…». Era un pueblo bastante lejano, al otro lado del bosque de Berlot… «Tengo que ir a buscar avena.

¡Ya no me queda nada en el zurrón! Mi cuñada vive allí… Es estanquera… Conque tal vez me quede a cenar…

Volveré un poco más tarde… Pero ¡antes de las diez!… Así, ¡que ustedes! ¡No vayan a hacer el tonto! ¿Eh? ¡Ya no me queda ni un grano de avena!… Y, además, miren, me voy a llevar el caballo… Como le falta una herradura… Pasaré por la fragua… Volveré a caballo… Tardaré menos… Conque, ¿entendido? ¿Eh?… ¡No dejen entrar a nadie!…». De acuerdo, entendido… Se aburría con nosotros… Iba a ponerse las botas… «¡Con Dios!», nos dijimos… Volvió a pasar por delante de la alquería con su jamelgo de la brida… Lo vi alejarse… Empezaba a obscurecer…

La vieja y yo no dijimos ni pío… Yo esperaba a que fuera bien de noche para salir… a buscar leña… Entonces me cundió bien… En la empalizada arranqué tres tablas de un golpe… Las rompí en trozos menudos… pero humeaban, lógicamente… Estaba demasiado húmedo… Volví junto a la vieja… Estaba contento de tener con qué calentarnos… ¡No era un lujo! Pero ¡había que cerrar los ojos! Escocía demasiado… Ella se había quedado muy modosita después de la sesión… Pero ¡qué inquieta aún!

«¿Te los crees tú, a los guripas?… ¿crees que no nos van a decir nada más? ¿No crees que se traen aún algún truco entre manos?…». Me preguntaba… «¿Es que no has visto cómo sospechaban de mí?… ¡Y todos! Ya lo has visto en el primer momento… Así, ¡de buenas a primeras!… ¡Ah! Chico, es que tienen vicio! ¡Y venga! ¡Ah! ¡Jolines!…».

«¿Quién? ¿Los maderos?…».

«¡Pues claro! ¿Quién va a ser?…».

«¡Oh! el cabo, ¡ése es muy paleto!… ¡Qué corte se ha pegado! ¡zas! ¡delante de los currois!… ¡visto y no visto!… ¡Se ha quedado helado!… ¡Ya es que no sabía dónde estaba!… ¡No se le ocurría ni palabra!… ¡No había visto nada, el chorra!… ¿De qué iba a hablar?… Bien que lo han dicho los periodistas… ¡Bien que lo ha visto usted, de todos modos!… Ésos lo habrían notado… Pues, ¡no se conocen el percal ni nada, ésos!… Seguro que nos habrían avisado… No les hace gracia, el ceceante… Eran meras presunciones… ¡Chismorreos!… ¡y nada más!… No se habrían largado a la chita callando… ¡si creyeran que nos tenían en el bote! ¡Ah! ¡ni hablar!… ¡Eso seguro!… ¡Estarían aún aquí, todos los maderos! pero; ¡si es que es evidente, vamos!… ¡Más claro, el agua!… ¡Ya lo ha oído!… ¡al propio ceceante! ¡cuando ha salido! ¡Cómo les ha dicho a los otros!… "¡Esto es un suicidio!". ¡Y ya está! ¡No hay que buscar tres pies al gato!… ¡El médico también lo ha visto! … Lo he oído, cuando decía al guri:

"¡De abajo arriba, amigo mío! ¡De abajo arriba!…". ¡Bien clarito! ¡No se estaba quedando con él!… ¡Y listo!… ¡No hay que inventar!… Ya está bien, ¡qué leche!…».

«¡Ah! Es verdad, ¡tienes razón!», me respondió muy bajito… Pero seguía sin convencerse… No se fiaba demasiado…

«¿Cómo van a enterrarlo?… Primero, ¿la autopsia? ¿Y después? ¿Y para qué? ¿Eh?… ¿Tienes idea?… ¿Tienen que buscar algo aún?…».

«Eso no lo sé…».

«Ya puestos, me habría gustado que lo llevaran a Montretout… Pero es demasiado lejos ahora… Ya que lo llevan a Beauvais… Entonces, ¿será allí el entierro? Me habría gustado celebrar un funeral… Se lo pediré… ¿Crees que aceptarán?…». Eso tampoco lo sabía yo…

«¿Cuánto costará un funeral en Beauvais?… ¡En una capilla simplemente!… ¡El más económico, por ejemplo?… Seguramente, no más caro que en otro sitio… Mira, él no era religioso, pero en fin, de todos modos… ¡Bastante lo han martirizado! Un poco de respeto no vendría mal… ¿Qué más le irán a hacer?… ¿Es que no ven bastante así?… ¡No tiene nada dentro del cuerpo, el pobre!… Ya que está todo en la cabeza… ¡Se ve al primer vistazo, Dios mío!… ¡Es bastante horrible!…». Se echaba a llorar otra vez…

«¡Ah! ¡Ferdinand, amigo mío!… ¡Cuando pienso que han llegado a creer eso!… ¡Ah! Y, además, es que… ya que estaban… sin cumplidos… ¡Yo! ¡A mí! ¡me es igual!… Ahora… Pero ¿para ti? ¿Crees que se ha acabado?… En tu caso, pobrecito, no es lo mismo… ¡Tienes que defenderte!… ¡Tienes toda la vida por delante!… ¡Tu caso es distinto!… Tú no tienes nada que ver en esto… ¡Al contrario!… Dios mío, ¡al contrario!… Tendrían que dejarte en paz… ¿Vienes conmigo a Beauvais?…».

«Si pudiera… iría… Pero no puedo… ¡No tengo nada que hacer en Beauvais!… Bien lo ha dicho el ceceante… "¡Usted vuelva a casa de sus padres!…". ¡Me lo ha repetido dos veces!…».

«¡Oh! entonces, ¡no seas tonto!… ¡Vete, hijo! Vete. ¿Qué vas a hacer al llegar?… ¿Vas a buscarte algo?…».

«¡Pues claro!…».

«Yo también, voy a tener que buscar… Es decir… si me dejan ir… ¡Ah! ¡Ferdinand!… ¡antes de que se me olvide!…». Una ocurrencia… «Ven por aquí… ¡que te voy a enseñar una cosa! …». Me llevó hacia la cocina… Se subió al taburete, el pequeño, desapareció en la campana hasta la cintura, hurgó en uno de los escondrijos… Movió el gran ladrillo…

Cayó hollín de todos lados… Removió otra piedra, se meneó, tembló… la sacó… Del agujero extrajo unos pápiros… y, además, monedas incluso… Yo no sabía nada de ese escondite… Ni Courtial tampoco, seguro… Había ciento cincuenta pavos y algunas perras… En seguida me pasó un billete de cincuenta… Se quedó el resto…

«Yo me llevaré los cien pavos y la calderilla… ¿Eh?… Con eso tendré para el viaje… y, además, ¡para los gastos de la iglesia, acaso! Si me quedo allí cinco, seis días… ¡No puede durar más, la verdad!… ¡Tendré de sobra!… ¿No crees?… ¿Y tú? ¿tienes aún las direcciones? ¿Recuerdas a todos tus patronos?…».

«Iré a ver en seguida al impresor…», respondí… «Preferiría buscar por ahí…».

Volvió a hurgar en la grieta, sacó también un luis, me lo dio… Y después se puso a hablar otra vez de Courtial… pero ya más comedida…

«¡Ah! ¡Mira, Ferdinand, hijo!… Cuanto más lo pienso… Más recuerdo el afecto que te tenía… ¡No lo demostraba, desde luego!… Ya lo sabes… No era su estilo… Su carácter… ¡No era demostrativo!… ¡Ni besucón!… Eso bien lo sabes… Pero pensaba todo el tiempo en ti… En los peores contratiempos, ¡me lo repetía a menudo!… ¡No hace siquiera ocho días! "Mira, Irène… Ferdinand es una persona en la que tengo confianza… ¡Nunca nos hará daño, él!… ¡Es joven! ¡Es atolondrado! Pero ¡es un chaval de palabra!… ¡Cumplirá su promesa! ¡Y eso, Irène! ¡Eso es lo que es raro!…". ¡Es como si lo oyera aún!… ¡Ah! ¡Anda, que te apreciaba!… ¡Era mucho más sincero que un amigo!… ¡Anda! ¡Te lo aseguro!… ¡Y eso que el pobre! ¡Podía ser desconfiado!… ¡Había visto lo suyo!… ¡Y cómo lo habían engañado! ¡De doscientas mil formas!… ¡a cuál más vergonzosa!… Conque, ¡podía estar amargado!… ¡Nunca me dijo una palabra desfavorable sobre ti!… ¡Nunca amarguras!… Siempre alabanzas… Le habría gustado mimarte… Pero ¡no podía!… Teníamos una vida demasiado dura… Pero, como me decía él, cuando me hablaba de esto y lo otro… "¡Espera un poquito!… ¡Paciencia!… Haré rico a ese chico…". ¡Ah! Cómo te comprendía… No te puedes imaginar lo bien que le caías…».

«¡Él a mí también, señora, él a mí también!…».

«¡Ya lo sé, ya lo sé, Ferdinand!… Pero tú eres distinto… ¡Tú eres aún un niño, por fortuna!… ¡Nada es demasiado triste a tu edad! Ahora, vas a hacer tu vida… Esto sólo es un comienzo… No puedes entender…».

«A usted también la quería…», dije… «Me lo contó muchas veces… Lo importante que era usted para él y que sin usted él no era nada… no existía… "¡Fíjate en mi mujer!", me decía…». Cargaba las tintas un poco… Para consolarla… Hacía lo que podía… Entonces ya es que parecía una fuente…

«¡No llore, señora! ¡No llore!… Aún no es el momento… Al contrario, tiene que ser fuerte… ¡No ha acabado la cosa!… Allá tendrá que hablar… en Beauvais… ¡Tal vez tenga que defenderse! Le molesta, a esa gente, que se llore… ¡Ya lo ha visto usted!… Yo también tendré que defenderme. Usted misma lo ha dicho…».

«¡Sí! ¡Tienes razón, Ferdinand!… ¡Ji! ¡Ji! Sí, es verdad… Estoy chiflada… ¡Soy una vieja loca!…». Intentaba resistir… Se secaba los acáis…

«Pero a ti, mira, te quería mucho… ¡Ah! ¡Eso te lo aseguro, Ferdinand! No te lo digo por complacerte… Tú lo sabías, ¿verdad?… Te dabas bien cuenta de que tenía buen corazón en el fondo… aunque a veces fuera duro… un poco difícil con nosotros…».

«¡Sí! ¡Sí! ¡Yo lo sabía, señora!…».

«Y ahora que se ha suicidado así… ¡Es espantoso! ¿Te das cuenta?… ¡Yo es que no me lo creo!… ¡Es increíble!…». No podía quitarse de la cabeza ese horror…

«¡Ferdinand!», empezaba otra vez…

«¡Ferdinand! ¡Escucha!…». Buscaba las palabras exactas… No le venía ninguna… «¡Ah! ¡sí!… ¡Tenía confianza, Ferdinand!… Yo tengo confianza… Y ya sabes, ¿eh?… ¿No? Él ya no creía en nadie…».

La leña ya es que no quemaba nada… Llenaba de humo toda la queli… Estallaba, saltaba por el aire… Se iba apagando… Dije a la vieja… «¡Voy a buscar otra que queme!». Fui a pispar al cobertizo… a ver si encontraba un haz seco… arrancaría un poco del tabique… el del interior… Torcí un poco en el patio… Me giré al pasar delante del pozo, miré hacia el llano… Vi algo que se movía… Parecía un gachó… «¡No puede ser el gendarme! ¡No puede haber vuelto tan pronto!…» pensé… «Debe de ser algún rezagado… Un andoba…». Bueno, pues, me dije… «¡A buenas horas, mangas verdes!». «¡Eh! ¡Eh!», le grité… «¿Qué busca, buen hombre?…». No respondió nada… Escapó… Conque me volví, ni siquiera fui hasta el cobertizo… Me temía al instante un asunto feo… Me dije: «¡Qué leche! ¡Retrocede, chico!…». Arranqué rápido un trozo de barrera… «Con esto bastará»… me dije… Me precipité… Entré… y pregunté a la purí:

«¿No ha visto usted a nadie?…».

«¡Pues no!… ¡No!…», me dijo… Entonces, justo en ese momento, en el cristal de enfrente, a menos de dos metros de distancia… vi una cara que me miraba fijamente… a través… una jeta enorme… vi el sombrero también… y los labios que se movían… Pero no podía oír las palabras… Me acerqué con la vela, abrí la ventana de par en par para cogerlo con las manos en la masa… ¡Había que ser valiente!… Entonces, ¡lo reconocí al instante!… Pero, hostia, ¡si era nuestro canónigo!… Era el Fleury. ¡Era él!… ¡El chiflado!… ¡exactamente!… ¡La leche!… ¿De dónde salía?… ¿De dónde venía?… Farfullaba… Me lanzaba perdigones. ¡Gesticulaba con avaricia!… ¡Parecía contentísimo de encontrarnos juntos!… Sus amigos… ¡Sus hermanos!… Saltó la ventanita… Ya estaba en la queli… ¡Jubiloso!… ¡Brincaba!… Se movía en torno a la mesa… ¡La vieja ya no se acordaba de él, ni del nombre, ni de las circunstancias!… Un pequeño lapsus de memoria…

«¡Es Fleury!… Pero ¡hombre! ¡Si es Fleury!… ¡El Fleury de la Campana! ¿No lo ve?… ¡Mírelo bien!…».

«¡Ah! pues es verdad, sí, señor… ¡Ah! sí, sí, exacto… ¡Ah! ¡señor cura!… ¡Ah! ¡perdóneme!… ¡Ah! entonces, ¿se ha enterado usted? Ah! pues, sí, ¡es usted!… ¡Ah! pero ¡me estoy volviendo loca!… ¡Ah! ¡ahora lo reconozco! ¡Ah! ¡ya no lo reconocía!… ¿Sabe usted la horrible noticia?…».

¡Él no se detenía por tan poca cosa! … ¡Seguía brincando! ¡Saltando!… ¡Bailando!… No prestaba atención… ¡Hacía unas cabriolas! y, después, ¡más brincos!… tironcitos hacia atrás… Saltó sobre la mesa… Se agitó más… Volvió a bajar de un salto… Llevaba la sotana cubierta, blindada con cagarrutas y boñigas… hasta las axilas… ¡hasta las orejas!… ¡Ah! ¡Sí! ¡seguro que era él quien estaba fuera antes!… ¡Nos habíamos dado miedo los dos!… ¡Ah! ¡iba ataviado!… Menudo peso sobre los huesos… Pertrechado como un sorchi, impedimenta completa… ¡con dos morrales! ¡dos cantimploras! ¡tres tarteras! y, encima, un cuerno de caza… uno inmenso, magnífico, ¡en bandolera! … Tintineaba todo a cada gesto… ¡No se estaba quieto!… El sombrero era lo que más nervioso lo ponía… se le caía hasta los acáis… uno grande de rafia, como para ir de pesca… Y, además, ¡se había decorado! ¡admirablemente también, el gachó!… Llevaba la sotana cubierta de todas las órdenes y las medallas… Y varias Legiones de Honor… Todo ello cargado de mierda y, además, un pesado crucifijo, un Jesús de marfil, colgado de una gran cadena… Estaba tan empapado, nuestro hermoso canónigo, que chorreaba por todo el cuarto… Se paseaba como una regadera… aún llevaba encima zarzas… La vieja no quería que se moviera… Aún quería convencerlo… Era su pasión… Yo le hacía señas… ¡que no lo fastidiara!… ¡Que tal vez se fuera solo!… que no había que exaltarlo… Pero no quería entenderme… Estaba contenta de volver a verlo… Lo arrinconaba… Entonces él gruñía como una fiera… Se apoyaba contra la pared, con la cabeza inclinada, listo para la carga… Ya no la escuchaba… Se llevaba los dedos a la boca… «¡Chsss! ¡Chsss!», le recomendaba… Echaba miradas a su alrededor, ¡y poco amistosas!… Estaba acorralado, el payaso…

«¿No lo sabe usted, señor canónigo?

… ¡Ya veo que no lo sabe!… ¡Ah! ¡Si lo hubiese visto usted!… ¡Ah! ¡Si supiera lo que ha ocurrido!…».

«¡Chsss! ¡Chsss!… ¿El señor des Pereires?… ¿El señor des Pereires?». Ahora era él quien preguntaba… «¿Eh? ¿El señor des Pereires?…». La cogió de los hombros, le soplaba en la cara y con mucha violencia… Le entraba un tic en la boca… Después se quedaba crispado… Se relajaba con espasmos…

«Pero ¡si no está, señor cura!… ¡Que no!… ¡No está! Entonces, ¿no sabe nada?… ¡No está aquí, el pobre!… ¡No está aquí, el infeliz!… ¡Vamos!… ¿No se lo han dicho?…».

«¡Dése prisa!… ¡Dése prisa!…».

¡La presionaba con ganas!…

«Pero, si es que está muerto, ¡vamos!… ¡Ya no existe!… Ya se lo han dicho, de todos modos…». Había encontrado un tipo aún más decidido…

«¡Quiero verlo, yo!… ¡Quiero verlo!…». Seguía, como un loco, con su tema… «¡Es muy urgente!… ¡Chsss! ¡Chsss!… ¡Chsss!… ¡Rápido! ¡Rápido!…». ¡Volvió a dar la vuelta a la mesa de puntillas! Miró por arriba y por abajo y, después, en la campana de la chimenea… Volvió a abrir los dos armarios… Arrancó las llaves… Descuajaringó el baúl de madera… rompió los goznes… Estaba furioso… Ya no soportaba la resistencia… ¡El tic le retorcía todo el labio!…

«¡Señor cura!… ¡Señor cura!… ¡No haga eso!…». Ella intentaba convencerlo…

«¡Ferdinand! ¡Te lo suplico! ¡Díselo al señor cura!… ¿Verdad, hijo, que ha muerto?… ¡Díselo al señor cura!…». Se aferraba a su morral…

«Vaya a mirar en la puerta, ¡bien que está escrito!… Di, ¿no es verdad, Ferdinand?… "Buena suerte"…». ¡Lo agarraba del cuerno de caza!… Él se llevaba todo arrastrando… ¡La tía, la mesa y las sillas, los platos!…

«¡Basta! ¡Basta! ¡De descaro! ¡Carotas! ¡Carotas, todos!… ¡Es el director!… *Génitron* Courtial!… ¿Me oís?… ¡Él sólo!… ¿Me oís?… ¡Él sabe! ¡Él sabe! ¡*Génitron*! ¡Ahí! ¡ahí!… ¡Me está esperando!… ¡Quiere verme inmediatamente!… ¡Una cita!… ¡Una cita!…». Se soltó furioso… Ella fue a rebotar contra la pared…

«¡Basta! ¡Basta! ¡Quiero hablar con él!… ¡No me lo impedirán!… ¡Quién?…». Se levantaba toda la sotana… Se hurgaba en todos los bolsillos… Sacó más papelitos… migajas, recortes de periódicos… ¡Se quedó así, de rodillas, en plena confusión febril!… ¡largo rato! Farfullaba, volvía a contar… todos los papeluchos uno por uno… y les quitó las arrugas a todos… Los volvió a chafar… Hizo bolitas con otros…

«¡Chsss! ¡Chsss!…». Vuelta a empezar… No quería que nos moviéramos, nosotros. «¡Aquí está!… ¡Esto es auténtico!… ¿Eh? ¿Esto? ¿Lo ves bien?… ¡El manuscrito faraónico puro!… ¡Sí!…». Me entregó una pizca…

«¡Aquí tiene, joven!…». Me apretaba en la palma de la mano… ¡una bolita!… ¡dos bolitas!… «¡Señor director! ¡Señor director!…».

¡La leche! Ya estaba otra vez…

¡Volvía a entrar en cólera!… Se volvió a erguir de un brinco… Saltó otra vez sobre la mesa… ¡Volvió a reclamar a Courtial a los cuatro vientos!… Se llevó a la boca el cuerno de caza. Lanzó un fuerte bocinazo y después estallidos roncos… ¡gallos y tenues estertores!…

«¡Va a venir!… ¡Me espera!…». Diez veces, veinte veces seguidas… Me agarró del terno, me echó las babas en la chola, me sopló en los ojos… Apestaba con avaricia, el cabrón… A tufaradas me explicó cómo había llegado hasta allí… Había bajado en Vry-Controvert, el apeadero del «comarcal», ¡a veintidós kilómetros de Blême! Los «otros» lo perseguían, los «otros», añadió… Me daba el coñazo para demostrarlo…

«¡Chsss! ¡Chsss!…», volvió a decirme… «¡Los poderosos!… ¡Sí! ¡Sí!». Volvió a la ventana… Miró a ver si venían… Se escondió, gruñó al amparo del postigo… Dio otro salto… Escudriñó las cercanías… Fue a mear a la chimenea… No se volvió a abotonar… Regresó en seguida a la persiana… Debió de verlos, a los poderosos… Caviló… Bramó como un jabalí…

«¡Ah! ¡Ah!», me dijo… «¡Nunca! ¡Ruah!… ¡Ruah!… ¡Jamás!…». Se volvió hacia mí… Me blandió los puños delante de la cara… Cómo había cambiado, el andoba, desde nuestro Palais-Royal… ¡Qué feroz se había vuelto!… ¡Le habían dado escorpiones para jalar! en el internamiento… ¡Joder! ¡Se había vuelto insoportable!… ¡Había soplado vitriolo!… ¡No paraba!… ¡Se paseaba!… Chocaba con las paredes… Amenazaba… ¡Provocaba!… Ya no decíamos palabra, la purí y yo… Estábamos abrumados, al final… Ya empezaba a fastidiarme… ese cura enredador… ¡De buena gana lo hubiera derribado de una patada en el trasero!… Guipé una estaca cojonuda cerca de la ventana… Nos servía de atizador… con un regatón muy fuerte… un mango precioso de fundición… perfecto para su jeta… Así iba a haber otro crimen más… Hice señas a la purí para que se abriera un poco, un segundo… ¡se replegara junto a la pared!… ¡Joder! Habría preferido que se callara, la verdad… No tener que tocarlo… ¡Me cago en la puta madre de Dios!… ¡Qué borde!… ¡Qué gilipollas!… Que dejara de tocarme los cojones, el mierda ese… con su manía… No creía lo que le contábamos… Se le había metido en la chola que se lo ocultábamos… ¡Ya es que era infernal!… ¡Se lo dije a la vieja!

«¡A la mierda! ¡Ya está bien! ¡Estoy hasta los huevos!… *Because*! Se va a enterar, qué leche…».

«¡No hagas eso! ¡Ferdinand!… ¡No hagas eso! ¡Te lo suplico!…».

«¡Sí! ¡Sí! Tal vez así se esté quieto… Se dé cuenta… Es un comediante, ese cacho gilipollas… Eso es, está majara… ¡Después le damos el lique!…». No cesaba de forcejear, ¡de hostiarse con todo!… Levantaba toda la mesa… ¡y eso que era monumental!… ¡Era fuerte, el cafre!

«¡El director!… ¡El director!…», se ponía a berrear otra vez… «¡He dado todo lo que tenía! ¡yo!…». Volvía a prosternarse de rodillas, abrazaba su crucifijo… Hacía mil señales de la cruz… Después quedaba sumido en éxtasis… Los brazos extendidos por cada lado… ¡Hacía el crucifijo, él mismo!… Y después de pie, como impulsado por un resorte… De puntillas, ¡en marcha otra vez!… ¡Con los ojos clavados en el techo!… Le daba otra vez a la cháchara…

Ella tiraba de mí, no quería que le enseñara al otro... en la cocina... Me indicaba por gestos. «¡No! ¡No!». Ya estaba bien de comedia... Se me habían hinchado las narices...

«¡Ven por aquí!...», fui y lo agarré del cuerno de caza... ¡y hale! y me lo llevé hacia la cocina... ¡Ah! ¡qué maricón!... ¡No nos creía!... ¡no!... Pues se iba a enterar, ese cabrón... Todos los majaras son iguales... Les encanta que los contraríen... «¡Vamos! ¡Vamos!... ¡Ven, tontaina!...». ¡Fui y le metí una patada en el culo!... ¡Menudo salto que dio!... ¡Ahora era él quien se achantaba!... ¡Ah! ¡Me estaba entrando mala leche a mí también!... ¡Las piaba! ¡Gruñía! Le di más caña al fondo del pasillo...

«¡Venga ya!... Coja la vela, señora, coja dos... Que vea pero bien... Que se empape... ¡Y no venga a jorobarnos más!...». Al llegar a la cocina, me arrodillé... y me agaché aún más... Le enseñé bien ahí, a huevo, el cuerpo envuelto por el suelo... Ya podía darse cuenta bien... Puse la otra vela al lado...

«¿Qué? ¿Ves bien?... di, gilipuertas... no volverás a darnos la barrila... ¿Eh? ¿Es o no es él?... ¿Lo reconoces?... ¿No?...». Se acercó... husmeó... No se fiaba... Husmeó a lo largo de las piernas... Se prosternó... Rezó una oración... No paraba. Y después se volvió... Me miró otra vez... ¡Reanudó la oración!...

«¿Qué? ¿Lo has visto bien?...», le dije... «¿Has comprendido, por fin? ¡di, pelmazo!... ¿Te vas a estar tranquilo ahora?... ¿Te vas a marchar por las buenas?... ¿Te vas a dar el piro a coger el rengue?...». Pero él no cesaba de refunfuñar y husmear una y otra vez el cadáver... Entonces, lo agarré del brazo... Quería apartarlo un poco... Que se levantara... ¡Volvió a entrarle un cabreo!... ¡Me metió un codazo, que no veas!... ¡Un revés en plena rodilla!... ¡Ah! ¡el aborto! ¡Ah! ¡Qué daño me hizo!... ¡Vi las estrellas!... ¡Ah! por un pelo no me lo cargué en el acto... ¡Estaba rabioso, el mierda!... ¡Me daban ganas de machacarlo, a ese capullo!... Pero la vieja se obstinaba... Apelaba a su buen corazón... a sus buenas intenciones... intentaba ganárselo...

«¡Ya lo ve, señor canónigo! ya ve usted que está muerto... ¡Nos hace usted sufrir a todos!... ¡Eso es lo que hace!... ¡Ya no está aquí, el pobre!... ¡El gendarme nos lo ha prohibido!... No quería que entrara nadie... ¡Se lo hemos prometido! ¡Nos van a castigar por su culpa... a los dos, a Ferdinand y a mí. ¿Qué ganará con eso?... ¿No querrá usted que nos castiguen?...».

En ese momento me dije: «Pues, mira, ¡tonto los cojones! Como no quiere creernos... Le voy a enseñar toda la chola... ¡Ya que cree que le ocultamos algo!... ¡Y después lo echo afuera!... ¡Ah! ¡ya lo hemos aguantado bastante!...». Conque levanté un ángulo de la envoltura... Acerqué aún más la candela... Le enseñé todo ese pisto curiosito... «¡Anda, mira bien!». Que se diera bien cuenta... Se arrodilló también para ver mejor... Le repetí otra vez:

«¡Vale, cacho capullo! ¿Vienes?...». Tiré de él... ¡No quería moverse!... Insistía... No quería marcharse... Husmeaba en plena pasta de la cara...

«¡Hum! ¡Hum!». ¡Bramó!... ¡Ah! ¡Se estaba exaltando!... Entrando en trance... ¡Se estremecía con toda la osamenta!... Entonces fui a tapar otra vez la jeta... ¡Ya bastaba!... Pero él tiró con fuerza de la tela... ¡Estaba furioso! ¡Menudo! ¡No quería que lo tapara!... Metió los dedos en la herida... Metió las dos manos en la carne... En todos los agujeros... ¡Arrancó los bordes!... ¡Los blancos! ¡Hurgó!... ¡Se enredó!... ¡Se le quedó cogida la muñeca en los huesos! Crujía... Daba tirones... Se debatía como en una trampa... ¡Una especie de bolsa reventó!... ¡Brotó el jugo! ¡salpicó en todas las direcciones! ¡La tira de cerebro y sangre!... ¡Saltó en derredor!... Sacó la mano, por fin... ¡Yo recibí la ducha en plena cara!... ¡No veía nada!... ¡Lo que se dice nada!... ¡Forcejeé!... ¡Con la vela apagada!... ¡Él seguía berreando!... ¡Ah! Había que detenerlo... ¡Yo ya no lo veía!... ¡Lancé un viaje! Cargué... Como loco... ¡a bulto!... ¡Le acerté de lleno!... ¡Cayó de cabeza, el cabrón!... Fue a estrellarse contra la pared... ¡Baúm! ¡Plac! ¡Yo estaba lanzado!... Seguí... Pero ¡me aguanté!... Eché el freno, ¡me alcé sin vacilar!... ¡No me quedé encima!... ¡Tuve mucho cuidado!... ¡Joder!... ¡No quería que la palmara con la zurra!... ¡Me restregué los ojos! ¡Conservé toda la presencia de ánimo!... Tenía que recobrarse en seguida... ¡Yo no quería verlo por el suelo!... Le unté las costillas a patadas... Se alzó un poco... ¡Así mejor!... Le endiñé un guantazo en plena jeta... Con eso se alzó del todo... La vieja le vació sobre la chola todo el barreño lleno de pañí... y glacial... Se puso a quejarse, a gemir otra vez... ¡Tanto mejor!... Pero volvió a flaquear al instante... ¡Ah, qué mierda de tío!... ¡Pfloc!... ¡Se tendió!... Le daban coletazos de conejo... y después, ¡se quedó inmóvil!... ¡Ah! ¡qué cacho chorra!… ¡Ah, no había aguantado nada!… Miré un momento por la puerta… Y después lo llevamos, nosotros dos, al borde de la carretera… No queríamos que se quedara ahí… ¡Que nos lo atribuyeran encima!… ¡Un momento! ¡Ni hablar!… ¡Que lo encontrase el gendarme en la queli!… ¡y así, en pleno patatús!… ¡En nuestras manos!… ¡Ah! entonces, ¡sí que sí!… ¡Nos iba a caer una buena!… ¡No debían ni enterarse de que había estado dentro!… ¡Ni lo habíamos visto ni lo conocíamos!… ¡De eso, nasti! ¡No éramos chorras!… ¡Ah! ¡Afuera! ¡Viva el aire libre!… ¡desvanecido como estaba!… Aun así, volvió a gruñir un poco… Husmeaba en la mierda… Le llovía a mares encima… Nosotros volvimos rápido a la casa… Cerramos la burda bien… Venían ráfagas… Dije así a la vieja:

«Nosotros no debemos movernos más… ¡Aunque vuelva a llamar!… ¡No oiremos nada!… Cuando vuelva, el otro guripa… ¡Nos haremos los tontos y se acabó!… ¡No lo hemos visto! ¡no lo conocemos!… ¡Y listo!… ¡Es asunto suyo, si lo encuentra!…». ¡Bien! entendió… ¡Decidido!… ¡Pasó una hora tal vez!… Tal vez un poco más incluso… Recogí un poco la cocina… La vieja estaba ojo avizor en el cristal…

«¡No mire para acá, señora!… ¡No se vuelva!… ¡No se ocupe de la limpieza!… ¡Mire bien lo que sucede fuera!…». Volví a tender el cadáver… Arreglé un poco la cama de paja… Sangraba otra vez a mares a través de la tela… Llevé un poco más de forraje… Lo sembré al vuelo en derredor… ¡Sequé los charcos mal que bien!… Coloqué más paja bajo la cabeza… espesa como un almohadón… Pero entonces, ¡lo más difícil eran las salpicaduras!… Había manchas hasta el techo… ¡y hasta cuajarones pegados!… ¡Quedaba francamente feo!… Intenté lavarlo todo… Volví a pasar la esponja… Pero se marcaba aún más… ¡Mala suerte!… ¡Había que acabar!… ¡Me llevé las candelas!… ¡Salí!… Entonces nos apalancamos al lado… Esperamos, la vieja y yo… ¡Ah! ¡un canguelo!… Horrible… ¡Me entraba!… ¡de que el guripa se diera cuenta!… ¡Se oliese la corrida!… ¡Ah! ¡la que se iba a armar! ¡menudo si íbamos a ir para adelante!… ¡Sobre todo si encontraba al curilla así, desvanecido en la carretera!… ¡Un accesorio curiosito!… ¡Joder!… Seguía sin volver, el madero de los cojones… ¡Debía de habérsela zumbado, a la cuñada del cocido!… ¡Menudo!… ¡Nosotros nos echamos en el suelo!… Habíamos puesto heno también… Yo no decía nada… Cavilaba… ¡La noche era interminable!… No me iba a poder dormir nada, con las zozobras que me entraban… Creo que nunca había temido tanto… De pronto, oí una charanga… Pero ¡la puta madre de Dios!… Pero ¡ya está! ¡Era el cuerno de caza!… Y llegaba de la llanura… ¡De cerca! Me dije: «Pero ¡si es él!… ¡Ah! ¡qué bestia!». ¡Yo reconocía todos los gallos! ¡Volvía a empezar! ¡Nos la iba a dar otra vez!… ¡Ah! ¡qué maricón! ¡Ah! ¡qué cabrón! ¡Decuplicaba todas las ráfagas! ¡Todos los estruendos de la tormenta!… ¡con su trompa cascada! ¡La leche! ¡Ya estaba bien! ¡La verdad! ¡Le daba con toda su alma!… ¡Ah! ¡qué foca!… ¡Ah! lo chorra que podía llegar a ser cura semejante… ¡Ah! ¡un estrépito! ¡Ah! ¡una bulla! ¡Qué pelmazo!… ¡Qué boceras!… ¡Qué tío más cargante!… ¡Ah! ¡eso lo tenía yo bien claro!…

Ahora que, ¡qué hostia! ¡no! ¡Era mejor que berreara, aunque fuese con tan mala leche!… Señal de que se había recuperado… ¡Debía de estar contento!… «¡Ah!, ¡bram! ¡bram! ¡cacho cabronazo!». ¡Y vengan toques y más toques, de trombón!… ¡Señal de que no la había palmado! ¡Ah! ¡el mamón! ¡Ah! ¡Había recuperado el aliento bien!… ¡Ya no estaba para el arrastre!… ¡Tararó! ¡Tararó! ¡qué mierda! ¡Ah! ¡la bocina de los gallos!… Para dar y tomar… ¡Mejor eso que diñarla!… ¡Eso sí! ¡Había que reconocerlo! ¡La leche! Pero ¡qué eructos más chungos! ¡qué cólicos de cobre! ¡Ah! ¡nos estaba tocando los cojones bien, de todos modos, con su cloaca, el montero mayor! … ¡No paraba!… ¡Un minuto apenas!… ¡Y vuelta a empezar en seguida!… ¡Cada vez más!… ¡Ah! ¡no cabía la menor duda! ¡Era, seguro, nuestro furioso!… Duró, su charanga, por lo menos hasta las seis y media… Ya estaba amaneciendo, cuando llamaron al cristal… ¡Era nuestro gendarme!… Llegaba a tiempo… Muy oportuno… Había dormido en Blême, según dijo… Junto a su caballo, por lo visto… Es que no había podido herrarlo en Tousnes… era demasiado tarde… no había encontrado la herrería…

«¿Quién ha tocado el cuerno en esa llanura? ¡toda la noche!… ¿No han oído nada?…». Fue lo primero que nos preguntó…

«¡No!… ¿El cuerno?… ¡Ah! ¡No!…», dijimos… «¡En absoluto!… ¡Qué va!…».

«Hombre, qué extraño, la verdad… Los viejos me lo han dicho…».

Fue a abrir la ventana… El cura estaba justo delante… Volvió a saltar como un cabrito… Estaba esperando ese momento… Se puso de rodillas otra vez en medio de la queli… Volvió a empezar. «¡Padre Nuestro que estás en los Cielos! ¡Venga a nosotros Tu reino! …». Repetía… No cesaba de repetir… como un fonógrafo… ¡Se hostiaba las costillas con los dos puños!… Le temblequeaba todo el cuerpo… ¡Se brincaba sobre las tibias!… Se hacía sufrir… No cesaba ni un segundo… Ponía muecas de dolor… ¡mímicas de torturado!… «¡Venga a nosotros Tu reino!… ¡Venga a nosotros Tu reino!…», añadía a voz en grito.

«¡Oh! ¡pues vaya!… ¡Oh! ¡pues vaya!…». Se había quedado alelado, el gendarme, al encontrar a semejante chorbo… «¡Ah! ¡Hay que ver qué tipo!… No sabía qué pensar». Lo dejaba patidifuso… La vieja estaba a lo suyo, calentándonos el café… ¡Buena falta hacía!… Interrumpió las oraciones, el otro, el suplicante San Antonio, cuando la vio llegar con el café… Se lanzó por un vaso… ¡Quería soplarse todos los tazones!… ¡Ah! ¡Se entregaba totalmente! ¡Se chupaba el pitorro de la cafetera!… Se quemó pero bien toda la jeta… Resoplaba como una locomotora… El gendarme ya es que se desternillaba… «¡Huy, la Virgen! Pero ¡yo creo que está loco!… Desde luego, ¡no es normal!… ¡Ah! ¡eso sí que no!… ¡Ah! ¡lo que yo digo!… ¡A mí me importa un pepino!… ¡Me tiene sin cuidado!… ¡No son de mi competencia, los majaras!… ¡No los conozco!… ¡De la Asistencia dependen!… Pero yo creo que no es cura… ¡No tiene cara!… ¿De dónde habrá salido?… ¿Se habrá escapado? ¿de la enfermería, entonces?… ¿No vendrá de un baile tal vez?… ¿No estará borracho?… ¿Será un simple disfraz? De todos modos, ¡no es de mi departamento!… ¡Si fuera un desertor!… ¡Entonces, sí! ¡Entonces sería de mi departamento! ¡Me incumbiría seguro!… Pero ya no tiene edad para eso, ¡qué hostia! ¡Eh! ¡Jefe! ¿qué edad tiene?…

¿No quiere decírmelo?…». No respondía nada, el otro sospechoso… Lamía el fondo de los recipientes…

«¡Ah! Es mañoso, ¿eh? ¡Bebe hasta con la nariz! ¡Ah! ¡será posible! ¡Eh, jefe!… ¡Ah! lo que es bonito, eh, es el cuerno… ¡Ah! ¡es un ejemplar hermoso!… ¡Ah! Me pregunto de dónde lo habrá sacado».

Un poco después, esa mañana, ¡invadió nuestra aldea un auténtico ejército de curiosos!… Yo me preguntaba de dónde podían venir… En un país tan desierto, ¡era un enigma!… ¿De Persant?… ¡Nunca había habido tanta gente!… ¡en Mesloirs tampoco!… Venían, pues, de más lejos… de los otros cantones… de los otros campos… Habían llegado a ser tan numerosos, tan densos, que desbordaban sobre nuestros cultivos… Tan comprimidos estaban… Que ya no cabían en la carretera… Machacaban los campos, los dos terraplenes se derrumbaban bajo el peso del populacho… Querían verlo todo a la vez, conocerlo todo y atropellarlo todo… Les llovía a mares encima… No les importaba lo más mínimo… Se quedaron de todos modos, así, empantanados en la bosta… Al final invadieron todo nuestro patio… Producían un rumor ronco…

En primera fila, en nuestras baldosas, ¡se formó bajo nuestra ventana una especie de lodazal de abuelas! ¡Ah! ¡era precioso!… Se adhirieron a las persianas, eran acaso cincuenta por lo menos… Graznaban más que nadie… ¡Se caneaban a paraguazos!

Por fin llegó la ambulancia anunciada… Era la primera vez que la aventuraban fuera de la ciudad… El conductor nos informó… El gran hospital de Beauvais acababa de comprarla… ¡La de averías que había tenido!… ¡Tres pinchazos seguidos!… y dos escapes de gasolina… Ahora tenía que darse prisa para regresar antes de la noche… Deslizamos la camilla… Cogimos un varal cada uno… ¡No había que perder ni un segundo!… Había otra cosa que aterraba al mecánico… que el molino se desembragara… ¡No debía detenerse!… ¡ni hablar!… ¡ni un segundo!… ¡Debía girar incluso en punto muerto!… Pero eso entrañaba un peligro por las llamitas de retroceso… Fuimos a buscar a Courtial… La gente se abalanzó hacia las salidas. Nos metían unos viajes tan fuertes… Bloqueaban totalmente la bóveda y el pasillito, que aun zurrándolos, lanzándonos a toda hostia con el madero, las pasamos canutas… Volvimos en seguida con la camilla, deslizamos los varales por las dos ranuras a propósito hasta el fondo del tequi… encajaba exactamente… Echamos los visillos… De hule negro… ¡Y listo!… Los campesinos ya no hablaban… Se quitaron las gorras… Todas las paletas, las jóvenes, las puríes, se hacían la tira de señales de la cruz… con los calcos bien hundidos en el lodo… Y venga llover a mares… Rumiaban sus oraciones… ¡La madre de Dios, lo que les estaba cayendo encima! … Entonces el conductor de la ambulancia se subió a su pescante… tiró del arranque… ¡Pe! ¡Pe! ¡Tap! ¡Pe! ¡Pe! ¡Tap! ¡Pe! ¡Pe! ¡Unos eructos terribles!… El motor estaba mojado… Resoplaba por todos los tubos… Por fin, ¡se decidió!… Dio un brinco… Dos… Embragó… rodó un poquito… Entonces el canónigo Fleury, cuando vio partir así el trasto… ¡Se marcó unos cien metros imponentes!…

A fondo. Saltó de la carretera como un acróbata... ¡Se tiró sobre el guardabarros!... ¡Tuvimos que correr detrás! ¡Y arrancarlo por la fuerza! ¡Se resistía como un salvaje!... ¡Volvimos a encerrarlo en el granero! ¡Y listo!... Pero el motor, una vez bloqueado, ¡ya no quería arrancar otra vez! Tuvimos que empujar al unísono hasta la cima de la meseta... para dar el impulso de nuevo... Y así bajó, la ambulancia nueva, con un tiberio de estertores y tirones, toda la pendiente... ¡unos tres kilómetros más!... ¡Ah! ¡menudo deporte!... Volvimos, nosotros, a la alquería... Nos sentamos en la cocina... Esperamos un poco... a que la gente se hartara y se dispersase... Ya no tenían nada que mirar, era evidente... pero, aun así, ¡no se movían!... Los que no llevaban paraguas se instalaron en el patio... en el cobertizo del medio, ¡se pusieron a jalar! Cerramos los postigos.

Buscamos entre nuestros chismes lo poco que quedaba al retortero, a ver qué podíamos llevarnos... qué ropa para vestir... Hay que reconocerlo, ¡no había gran cosa! La vieja encontró un mantón... seguía llevando puestos sus alares, claro está, siempre maqueada como nosotros. Ya no tenía falda que ponerse... En punto a alimentos, quedaba aún un poco de corteza de tocino en el fondo del saladero... lo suficiente para un papeo de chuquel... Nos lo llevábamos también a la estación... Le dimos de jalar... Yo descubrí, por suerte, un terciopelo «acanalado» detrás del guardarropa...

¡Una chupa con botones de hueso! Un auténtico terno de guardamonte... Lo habían pispado los chavales... No se lo habían dicho a nadie...

Debajo de mi raglán me iba a dar calor, la verdad... ¡y también la gorra de ciclista!... En cuanto a ropa blanca, ¡totalmente boqueras! ¡ni una camisa!... ¿Y calcos?... los míos aún aguantaban, los tenía un poco resquebrajados por las puntas, demasiado estrechas... y reforzados, además, por debajo con sandalias... ¡flexibles, pero fríos!... A la purí le iba a costar trabajo llegar con sus zapatillas cubiertas con gomas. ¡Así resistían bien la pañí!... Se los envolvió en paquetes con cordeles y periódicos viejos alrededor... para que fueran como botas de verdad y no le bailaran los pinreles... ¡Persant quedaba aún bastante lejos!... Y Beauvais mucho más... ¡Ni pensar en un coche!... Nos marcamos un poco más de café... Y después nos reunimos con el madero... Él debía escoltarnos, ¡sujetaba de la brida el jamelgo, que seguía sin la herradura!... ¡El cura también quería venir!... ¡Me habría gustado dejarlo ahí plantado!... Encerrado con llave detrás... Pero, en cuanto se creía solo, armaba una polcata tremenda... Conque, ¡no era solución!... ¿Y si lo dejábamos ahí, enchiquerado en la cabaña?... ¿Y después lo rompía todo?... ¿Se escapaba, ese energúmeno?... ¿trepaba por los tejados?... ¿Se caía de un canalón y se metía una hostia?... ¿Y se rompía dos o tres miembros?... Entonces, ¿quién iba a ser el pagano?... ¿A quién iba a acusar?... Naturalmente, a los mendas lerendas una vez más... ¡Nos iban a encarcelar a nosotros!... ¡no admitía el menor género de dudas!... Conque fui a abrirle la burda... ¡Se lanzó a mis brazos!... Me amaba locamente... ¡Vaya, hombre! Ahora no encontrábamos al chuquel... Perdimos una hora por lo menos en rastrearlo... en el cobertizo, en el granero... No aparecía por ningún lado... ese piojoso... Por fin acudió... Hacía la tira que estábamos listos...

Los paletos, que esperaban fuera, no dijeron nada al vernos partir... ¡No dijeron ni mu!... ¡Ni palabra! Pasamos justo ante sus narices... ¡Abarrotaban las cunetas! Catetos... y más catetos... Conque nos lanzamos a la carretera... en fin... lanzarse es mucho decir... Andábamos con bastante prudencia... El otro chorra era el único que perdía el culo... Brincaba de aquí para allá... Le intrigaba mucho, a él, el curilla, nuestro itinerario... «¿Vamos a ver a Carlomagno?...», se puso a preguntar a voces... ¡No comprendía las respuestas! ... pero no quería separarse de nosotros... Dejarlo atrás, ¡imposible!...

El garbeo lo excitaba... Najaba por delante con el chuquelín... Saltaba a un talud... Se llevaba a la boca el cuerno de caza... ¡Tocaba un tenue *tararó*!... Y al llegar al raso, se reunía rápido con la cuadrilla... Se embalaba como una cebra... Llegamos así, con fuerte charanga, a las casas... a la entrada de Persant... El gendarme giró a la izquierda... su misión había concluido... Nos dejaba espabilarnos... Ya no le interesaba nuestra compañía... No iba en esa dirección... Nosotros fuimos camino de la estación... Nos informamos en seguida del horario de trenes... ¡El de la vieja para Beauvais salía dentro de diez minutos!... Una hora antes que el de París... Pasaba por el andén de enfrente... Era el momento de decirse «adiós»... No nos dijimos nada de particular... No nos prometimos nada... Nos dimos un beso...

«¡Ah! pero ¡si es que picas, Ferdinand!…». Era mi barba lo que notaba. ¡Una broma!… Era valiente… tenía mérito en plena mierda… No sabía adónde iba… Yo tampoco, por cierto.

¡Llevábamos la tira, la verdad, granjeándonos desgracias!… ¡Esa vez habíamos recibido una buena!… Era de prever, en una palabra… No había gran cosa que decir…

Al cura en la estación le dio un poco de miedo en seguida… Se acurrucaba en un rincón… Pero no me quitaba ojo… Sólo me miraba a mí en el andén… con ojos como platos… La gente alrededor se preguntaba qué cojones andábamos haciendo… Sobre todo él con su trompa… La purí con su pantalón… Yo con mi terno de cuerdas… No se atrevían a acercarse… En un momento dado la estanquera se esforzaba, nos reconoció… «pero ¡si son los locos de Blême!», dijo a los cuatro vientos… Hubo como pánico entonces… El tren de Beauvais estaba entrando en la estación… por suerte… Hubo dispersión… La gruesa gachí se lanzó… Trepó por el lado de la vía contigua… Se quedó en la puerta con el chuquelín de Dudule… ¡Me hacía señas de despedida!… ¡Yo también se las hice!… En el momento en que el tren arrancaba… le entró angustia… ¡Ah! ¡algo horrible!… Me hacía muecas atroces en el agujero de la puerta… Y, además, «¡rah! ¡rah!», lanzaba estertores como si la estrangularan… como una especie de animal…

«¡Herdinand! ¡Herdinand!», pudo gritar aún… así, a través del cristal… por todo estrépito… El tren se lanzó hacia el túnel… ¡Nunca volvimos a vernos!… Nunca, la purí y yo… Me enteré, mucho después, de que había muerto en Salónica, según me dijeron en el Val-de-Grâce en 1916. Se había ido de enfermera a bordo de un transporte. Murió de alguna epidemia, creo que fue el tifus, el exantemático. Conque nos quedamos los dos, el canónigo y yo, en el otro andén, el de París. Él seguía sin comprender nada… la razón por la que estábamos allí… Pero, en fin, ¡ya no tocaba el cuerno!… Sólo tenía pánico de que lo dejara plantado por el camino… Nada más llegar el tren, saltó también al rengue, detrás de mí… Hasta París se me pegó… Lo perdí por un instante al salir de la estación… Me colé por otra puerta… ¡Me encontró en seguida, el pesado!… Volví a perderlo en la Rue La Fayette… justo frente a la farmacia… Aproveché el tráfico… Salté a un tranvía entre los enjambres de coches… Me apeé un poco más lejos… en el Bulevar Magenta… Quería estar solo un poco… meditar, a ver cómo me iba a orientar… Llevaba una pinta muy extraña… impresentable en una ciudad… La gente me miraba con curiosidad… era el momento de la salida de los almacenes, de las oficinas… Debían de ser un poco más de las siete… Causaba sensación, con mi raglán encogido… Me apalanqué bajo una puerta, lo de mi abrigo era lo más jodido… ¡todo hinchado dentro del pantalón, que me daba una forma tan rara! Y no podía cambiarme de ropa ahí… Y, además, ¡es que no tenía camisa! ¡Los alares se sostenían sólo por el espesor!… Tampoco llevaba sombrero ya… Sólo el pequeño de Dudule, un Jean-Bart de cuero lavable. Allá me lo ponía… Aquí, resultaba imposible… Lo tiré tras una puerta… Seguía habiendo demasiados transeúntes… para que me arriesgara por las aceras, maqueado en plan fantasía… Quería esperar a que despejaran… Miraba pasar la calle… Lo que me llamó la atención en primer lugar fueron los nuevos autobuses… el modelo sin «imperial» y los nuevos autotaxis… Eran más numerosos que los simones… Armaban una polcata espantosa… Yo había perdido por completo la costumbre del tráfico intenso… Me aturdía… Estaba un poco desanimado incluso… Me compré un *croissant* pequeño y un chocolate… Ya era hora… Me los metí en seguida en el bolsillo… La atmósfera siempre parece bochornosa, cuando vuelves del campo… Te falta el viento… Y después me pregunté si volvería al Passage… y directamente… ¿Y si venían los guris a pillarme?… Los del ceceante…

Más arriba, en el Bulevar Magenta, me encontré la Rue La Fayette, ésa bastaba bajarla, no era demasiado difícil, la Rue Richelieu, después la Bolsa… Bastaba con que siguiera todas las luces… ¡Ah! ¡Me lo conocía yo, el camino!… Si, por el contrario, me metía a la izquierda, iba a ir a dar con el Châtelet, los vendedores de pájaros… el Quai aux Fleurs, el Odéon… era la dirección de mi tío… Lo de encontrar una cama en alguna parte no era aún lo más grave… Siempre podía decidirme en el último instante… Pero ¿y para encontrar un empleo? ¡eso era muy jodido!… ¿Cómo iba a maquearme de nuevo?… ¡Ya me veía la escenita!… Y, además, ¿adónde me iba a dirigir?… Salí un poco de mi escondite… Pero, en lugar de meterme otra vez en el Bulevar, giré en una callejuela… Me detuve ante un escaparate… Vi un huevo duro… ¡uno muy rojo!… Me dije: «¡Me lo compro!…». A la luz, conté mis cuartos… Aún me quedaban más de siete pavos, después de pagar mi billete de tren y el del curilla… Pelé el huevo en el mostrador, le di un mordisco… Lo escupí al instante… ¡Ya no podía tragar nada!… ¡Hostias! No pasaba… Hostias, me dije, estoy enfermo… Sentía mareo… Volví a salir… Todo ondulaba en la calle… La acera… los faroles de gas… Las tiendas… Y yo seguro que iba torcido… Va y se me acerca un agente… Apreté el paso un poco… Giré… Volví a apalancarme en una entrada… No quería moverme más… Me senté en el felpudo… ¡Me encontraba un poquito mejor, de todos modos!… Me dije:

«¿Qué te pasa, chico?… ¡No puedes haberte vuelto tan holgazán!… ¿Es que ya no tienes fuerzas para avanzar?…». Y con el mismo mareo… La calle me daba pánico… al verla así, ante mí… a los lados… a la derecha… a la izquierda… Todas las fachadas, ¡todo tan cerrado, tan negro! ¡Joder!… tan chungo… ¡era aún peor que Blême!… nada para jalar… Tenía canguelo por todo el cuerpo… y sobre todo en el vientre… ¡y en la cabeza! Parecía que iba a vomitarlo todo… ¡Ah! ¡Ya es que no podía ponerme en marcha otra vez! Estaba bloqueado en el escaparate… ¡Ahí podía darme cuenta de verdad!…

No era trola… ¡al pie de la pared, vamos!… ¡Cómo se había afanado, recordaba, la pobre purí, para que no la palmáramos todos!… ¡Era increíble, en una palabra!… ¡Joder! ¡Ahora estaba solo!… ¡Se había largado, Honorine!… ¡Hostia!… ¡Era buena tía!… lo que se dice valiente… ¡nos había defendido bien!… ¡Nosotros éramos todos unos pintas!… ¡Se estaba poniendo muy chungo todo de repente!… ¡Y de lo más jodido!… Las náuseas otra vez… Encontré otro felpudo… Vomité en el arroyo… Los transeúntes me veían… Tuve que ponerme en marcha otra vez… Quería avanzar, de todos modos…

Volví a detenerme en el extremo de la Rue Saint-Denis… No quería avanzar más, descubrí un rincón, ahí ya no me veían… Sentado me sentía mejor… pinrelear era lo que me mareaba… Cuando me sentía aturdido, prefería mirar al cielo… Me atenuaba el malestar, alzar la cabeza… El cielo estaba muy claro… Creo que nunca lo había visto tan límpido… Me asombró, esa noche, lo despejado que estaba… Reconocía todas las estrellas… Casi todas, vamos… ¡y bien que sabía los nombres!… ¡Bastante me había fastidiado, el chiflado ese, con sus órbitas y trayectorias!… Era curioso cómo las había aprendido, sin proponérmelo, por cierto… hay que reconocerlo… «Canope» y «Andrómeda»… estaban ahí, en la Rue Saint-Denis… Justo por encima del techo de enfrente… Un poco más a la derecha, el «Auriga», el que parpadea un poco junto a «Libra»… Las reconocía todas sin vacilar… Para no equivocarse con «Ofiuco»… ya es un poco más jodido… ¡Se la confundiría con Mercurio, si no estuviera el asteroide!… Ése es el dato fetén… Pero la «Cuna» y la «Cabellera»… se confunden casi siempre… ¡Con «Pelleas» no hay quien acierte! Esa noche, ¡estaba inconfundible!… ¡Era «Pelleas» pero clarísimo!… ¡al norte de «Baco»!… Tarea para miope… Hasta la «Gran nebulosa de Orión» estaba absolutamente nítida… entre el «Triángulo» y «Ariadna»… Conque no tenía pérdida… ¡Una oportunidad única y excepcional!… En Blême, ¡sólo la habíamos visto una vez! en todo el año, «Orión»… ¡Y la buscábamos todas las noches!… Se habría quedado arrobado, el chaval de la lente, si hubiera podido observarla tan nítida… Él, que siempre las piaba después… Había editado una guía sobre los «asteroides de referencia» y hasta un capítulo entero sobre la «nebulosa de Antíope»… Era una auténtica sorpresa, observarla en París… ¡donde el cielo es famoso por su opacidad de roñica!… ¡Lo oía mostrar su júbilo, al Courtial en un caso así!…

Lo oía soltar gilipolleces, ahí, a mi lado, en el banco…

«¿Ves, hijo, la que tiembla?… no es siquiera un planeta… ¡No es sino una embustera!… ¡Ni siquiera una referencia!… ¡Un asteroide!… ¡Una simple vagabunda!… Mira, aún dentro de dos millones de años, ¡tal vez dé luz profusa!… ¡Entonces tal vez salga una placa!… Ahora no es sino un engaño, ¡y no saldrá la foto!… Y eso es lo único que conseguirías… ¡Ah! ¡cómo engaña una "vaporoide", chiquillo!… Ni siquiera un cometa de "atracción"… ¡No te dejes engañar, trovador! ¡Las estrellas son todas unas zorras!… ¡Ten cuidado antes de embarcarte! ¡Ah! ¡no son enanitas blancas! ¡Entiéndelo bien! ¡Con el dinámetro! ¡Cuarto de segundo de exposición! ¡Te quema la película en un cuarto de décima! ¡Si serán terribles! ¡Ah! ¡la decepción! ¡Ándate con ojo, muchacho! ¡Las placas no están tiradas en el "Rastro"!… ¡Claro que no, señor mío!…». ¡Yo oía todos sus cuentos!…

«Una sola vez, cuando miras una cosa… ¡Debes retenerla para siempre!… ¡No te fuerces la inteligencia!… La razón nos lo confunde todo… Usa el instinto, primero… Cuando ése diquela bien, ¡has ganado!… ¡Nunca te engañará!…». Yo razón ya no tenía… Tenía los pinreles hechos papilla… Aun así, anduve un poco más… Y después encontré otro banco… Me apreté contra el respaldo… Ya no hacía calor, la verdad… Me parecía que él estaba ahí… al otro lado de la tablilla, que me daba la espalda el pureta. Veía espejismos… Decía gilipolleces por él… Sus propias palabras absolutas… Tenía que oírle hablar… debían llegarme claramente todas… ¡Estaba ante mí en el asfalto!… «¡Ferdinand! ¡Ferdinand! El ingenio es el hombre… No pienses siempre en el vicio y nada más…». Me contaba todas sus bolas… ¡y yo recordaba todas a la vez!… ¡Ahora hablaba yo en voz muy alta!… La gente se detenía a escucharme… Debían de pensar que estaba borracho… Conque cerré el pico… Pero no me lo podía quitar de la cabeza, de todos modos… me atenazaba toda la chola. Era presa, pero bien, de los recuerdos… No podía creer que estuviera muerto, mi pureta… Y, sin embargo, lo volvía a ver con la cabeza hecha papilla… Toda la carne aún crispada… ¡y hormigueando por toda la carretera!… ¡Hostia! ¡Y la alquería al pie del declive! y el hijo de ese bicho de la Arton, además… ¿Y la llana?… ¿Y la tía Jeanne? ¿y su carretilla? ¡y todo el rato que la empujamos, la purí y yo!… ¡Ah! ¡Qué cabrón! ¡Era terrible!… ¡Volvía a darme vueltas en la memoria!… Volvía a recordar todas las cosas… El bar *Aux Émeutes*… ¡Naguère!… El comisario de Bons Enfants… ¡y los efluvios de mala muerte!… ¡Y todas las patatas infectas!… ¡Ah! Era repugnante, en el fondo… cómo había llegado a mentirnos… ¡Ahora volvía a empezar, el maricón!… Estaba ahí, justo delante de mí… junto al banco… Sentía su olor a carne… Me inundaba las napias… Es la presencia de la muerte… Cuando hablas por otro… Me volví a levantar al instante… No resistía más… Iba a dar un grito terrible… Me iban a llevar para delante de verdad… Alcé los acáis al cielo… para no mirar las fachadas… Me resultaban demasiado tristes… Veía demasiado su cabeza en las paredes… pegada a todas las ventanas… en la negrura… Arriba, Oriente había desaparecido… Ya no tenía punto de referencia en las nubes… Aun así, localicé Andrómeda otra vez… Me obstinaba… Buscaba Canope… La que parpadeaba junto a la Osa… Lógicamente, me aturdí… Reanudé, de todos modos, el paseo… Costeando los grandes Bulevars… Volví a Porte-Saint-Martin… ¡No me tenía sobre las piernas!… ¡Deambulaba en zigzag!… Me daba perfecta cuenta… ¡Tenía un miedo cerval a los maderos!… ¡Me creían borracho ellos también!… Delante del reloj del «Nègre», dije «¡chsss!» «¡chsss!» a un simón… Me cogió…

«¡A casa del tío Edouard!»… dije…

«¿Dónde es eso?»…

«¡Rue de la Convention! ¡catorce!». Si seguía con mi garbeo, seguro que me pescaban… con ese vértigo de los cojones… Se estaba volviendo muy peligroso… si los maderos me hubieran preguntado… Estaba aturdido de antemano… No habría podido responderles de ningún modo… La carrera en simón me sentó bien… Me recuperé un poco… Estaba en casa, el tío Edouard… No pareció sorprenderse demasiado… Se alegró de volver a verme… Me senté a su mesa… Me quité un momento la levita… Ya sólo me quedaba el terciopelo acanalado…

«Oye, ¡tiene gracia cómo vas maqueado!», comentó… Me preguntó si había comido.

«¡No! No tengo hambre…», respondí…

«Entonces, ¿no hay apetito?…».

Y prosiguió… Me contó él sus historias… Estaba muy preocupado… Acababa de volver de Bélgica, ¡salía de un apuro que para qué!… Había colocado por fin su bomba, la «superdesmontable», a un consorcio de fábricas… En condiciones que no eran nada del otro mundo… Ya estaba hasta la coronilla de litigios, de reclamaciones… a propósito de todas las patentes… las «múltiples», las «reversibles»… ¡Era demasiado!… No era lo suyo, las jaquecas y los abogados… Con ese dinerito líquido, iba a comprarse algo de verdad, algo claro… una auténtica empresa mecánica… Un negocio ya lanzado… para arreglar coches… para «burras» de segunda mano… Ése era asunto fructífero siempre… Además recuperaría los faros y las bocinas de todos los clientes. Eso también se le daba muy bien… Los adaptaría al gusto actual… Para los accesorios pequeños, los niquelados, los cobres, siempre hay demanda… Basta con seguir un poco la moda, un retoque por aquí, otro por allá… ¡y encuentras un aficionado al trescientos por ciento!… ¡Éso es comercio!… No estaba apurado… Conocía todas las triquiñuelas… El único pero era el local… Quería pensárselo aún… Las cláusulas no estaban demasiado claras… Pedían un «traspaso» de aúpa… ¡Estaba mosca!… No había concluido las conversaciones… Estaba escarmentado… Había estado a punto de entrar en una asociación para una auténtica fábrica de suministros de carrocerías al por mayor… a cien metros de la Porte Vanves… No había llegado a firmar… Querían hacerle el avión en el contrato… Le había entrado canguis en el último momento… Desconfiaba de todos los socios… En eso, ¡no andaba descaminado!… Seguía pensándoselo… ¡Demasiado bonito para ser legal!… ¡casi el cuarenta y siete por ciento!… ¡Ésos eran unos bandidos, seguro!… ¡No debía lamentarlo!… ¡Seguro que estaba vendido con semejantes gángsteres!… Por fin, ya había rajado todo… soltado todo… todo lo que había sucedido, en detalle, todas las chapuzas de su *business*, desde que nos fuimos a Blême hasta el día presente… Conque me tocaba a mí contar mis historias… Empecé muy despacito… Él escuchó todo el rato…

«¡Ah! ¡pues sí! ¡Ah! ¡pues vaya, chico! ¡Ah! ¡qué cosa más tremenda!…».

¡Se había quedado patidifuso!… «¡Ah! pero, bueno, ¡si es que es increíble!… ¡Ah! bueno, entonces, ¡no me extraña que estés flaco como un palillo!… ¡pues sí que habéis cobrado!… ¡La leche!… ¡Vaya una lección! ¡Mira, chico!… El campo siempre es así… Si eres de París, ¡debes quedarte!… A mí me han ofrecido muchas veces pequeñas delegaciones, marcas, talleres en aldeas… Contado así, resultaba seductor… "Representaciones", bicis, neumáticos… ¡Tú el dueño y señor, por aquí!… ¡La libertad, por allá!… ¡Tarará! ¡A mí no me embaucaron nunca!… ¡Jamás! ¡Te lo aseguro!… ¡Los currelos del campo es que hay que conocerlos!… Hay que haber nacido entre sus cochinadas… Tú vas y llegas boqueras… ¡Caes en el campiri! ¡Imagínate!… todo animoso, todo entusiasta… En cuanto llegas, ¡te hacen la pirula!… ¡Como a un primavera!… ¡Eso, vamos, seguro!… Te chupan hasta los huesos… ¡Suerte echada!… ¡Se relamen! ¿Beneficios?… ¡Nasti!… ¡No sacas ni un chavo para tu menda!… ¡Te la pegan de todas todas!… ¿Cómo vas a poder defenderte?… No resistes ni un segundo… Has de estar en el ajo desde que eres un mocoso… ¡Eso es lo ideal! … Si no, te hacen el avión a la primera de cambio… ¿Cómo vas a poder aguantar?… ¡No se chanela así como así! ¡No se inventan, las alcachofas!… No te comes una rosca… Y, además, ¡menuda ocurrencia para empezar!… Los cultivos centrífugos… ¡Chupado, vamos!… Pues sí que os buscasteis la ruina bien… ¡Os dejasteis hacer el avión pero bien!… ¡Estaba cantado!… ¡Ah! Pero, oye, chiquillo, ¡mira que estás flaco! Pero ¡si es que es increíble!… ¿Te gusta la sopa de tapioca?…». Revolvía en la cocina… Debían de ser por lo menos las nueve… «¡Vas a tener que recuperarte!… ¡Aquí te vas a poner como el Quico! ¡Eso te lo garantizo!… ¡Vas a tener que jalar pero bien!… ¡Ah! Ya lo creo…». Volvió a diquelarme la jeró… mi traje curiosito… lo hacía sonreír un poco… y el pantalón combinado… y las cuerdas de fondillos…

«¡No puedes seguir con esos harapos!… Voy a buscarte unos alares… Espera… Voy a ver si encuentro algo…». Me trajo del cuarto contiguo un traje suyo completo, del armario de corredera. Estaba en perfecto estado y, además, un abrigo de piel de oso… no veas, estupendo… «Mientras, ¡te pones esto!…», y un pasamontañas y calzoncillos y camisa de franela… ¡Maqueado magnífico otra vez!

«Entonces, ¿no tienes hambre?… ¿Nada?…». No habría podido tragar nada… Me sentía mareado incluso… algo muy pernicioso… Las tripas me hacían gluglú… sin exageración, ¡estaba bien chungo!

«Pero ¿qué es lo que te pasa, chiquillo?…». Empezaba a inquietarlo.

«¡Nada!… ¡Nada!…». Luchaba…

«Entonces, ¿has cogido frío?… Pero ¡si es que tienes un gripazo!».

«¡Oh! no… no creo…», respondí…

«Pero, si no te importa, cuando hayas acabado de comer… ¿Tal vez podríamos dar una vuelta?…».

«¡Ah! ¿Crees que eso te va a despejar?…».

«¡Ah! ¡Sí! ¡tío!… ¡Sí! ¡creo que sí!…».

«Entonces, ¿estás mareado?…».

«¡Sí! ¡un poquito, tío!…».

«Pues, ¡tienes razón!… Mira, ¡bajamos ahora mismo!… ¡Más tarde comeré!… Es que soy, verdad, un poco como tu madre… ¡Subito! ¡Presto! ¡Sin darse tregua nunca!». No acabó de jalar… Nos fuimos despacito hasta el café de la Avenida, en la esquina… Allí quiso que nos sentáramos en la terraza… y que yo me tomara una infusión de menta… Seguía hablándome de esto y lo otro… Le pregunté qué noticias había… Si había visto a mis padres…

«Cuando me iba para Bélgica, ¡ayer hizo dos meses!… Pasé un momento por el Passage… ¡No los he vuelto a ver!… ¡Se devanaban los sesos», añadió, «con tus cartas! Las examinaban con lupa, se puede decir... No sabían qué iba a ser de ti... Tu madre quería ir a verte en seguida... ¡Ah! Pero ¡la disuadí!... Dije que tenía noticias... Que te las arreglabas perfectamente... pero ¡que no teníais un momento libre con la siembra! En fin, ¡tonterías!... ¡Dejó el viaje para más adelante!... Tu padre seguía enfermo... Ha faltado a la oficina varias veces seguidas este invierno... Tenían miedo los dos de que esa vez fuese de veras... que no lo esperaran más Lempreinte y el otro... que lo despidieran... Pero al final lo readmitieron... En cambio, ¡le descontaron íntegros los días de ausencia!... ¡Imagínate! ¡Por una enfermedad!... ¡Una compañía que mueve cien millones! ¡que tiene inmuebles casi por todas partes! ¿No es una vergüenza?... ¿No es espantoso?... Es que, mira, es cierto... cuanto más tienen, más quieren... ¡Insaciables, vamos! ¡Nunca tienen bastante!... ¡Cuanto más opulentas, más cerdas!... ¡Son terribles, las compañías!... Yo lo veo en mi modesto ramo... ¡Son unos vampiros todos, pero es que todos!... ¡voraces! ¡te chupan hasta los tuétanos!... ¡Ah! ¡Es inconcebible!... Ciertísimo... Y, además, que así es como te haces rico... ¡Y sólo así!».

«¡Sí, tío!...».

«El enfermo, ¡que la diñe!...».

«¡Sí, tío!...».

«Ésa es la verdadera moraleja, muchacho, ¡hay que aprender todo eso!... ¡inmediatamente! ¡en seguida! ¡Desconfía de los millonarios!... ¡Ah! Pero se me olvidaba una cosa... Hay novedades... a propósito de sus enfermedades... ¡Tu padre no quiere volver a ver a un médico!... ¡Ni siquiera a Capron, que no era malo! y honrado, en una palabra... No te imponía las visitas... Tu madre tampoco, no quiere oír hablar más de eso... Se cura ella solita... Y puedes creer que cojea... No sé cómo se las apaña... ¡Sinapismos! ¡sinapismos!... Siempre lo mismo, ¡con mostaza! ¡sin mostaza! ¡Caliente! ¡frío! ¡Caliente! ¡frío! ¡Y no para de trabajar!... ¡Y trajina, que no veas!... ¡Tiene que recuperar clientes!... Ha conseguido algunos nuevos para su nueva Casa de los Bordados... encajes búlgaros... ¡Date cuenta! Tu padre, naturalmente, no sabe nada... Representante para toda la *Rive droite*... Unas caminatas... ¡Si le vieras la cara, cuando vuelve de sus rondas!... ¡Ah! ¡no veas!... ¡Absolutamente increíble!... Como de un cadáver... ¡Hasta me dio miedo el otro día!... Me tropecé con ella en la calle... Volvía con sus cartapacios... Por lo menos veinte kilos, ¡estoy seguro! ¿Me oyes? ¡veinte kilos! En las manos... ¡Lo que pesan, todos esos mamarrachos! ... ¡Ni siquiera me vio!... Se morirá de fatiga... ¡Y a ti te pasará igual, si no andas con cuidado! ¡Te lo digo yo, chaval! Para empezar, comes demasiado deprisa... Tus padres te lo han dicho siempre... En eso tienen razón...».

Todo eso era posible, ya lo creo... En fin, no importaba... En fin, no demasiado... Yo no quería contradecirle... No quería provocar una discusión... Lo que me fastidiaba, mientras me hablaba... hasta el punto de que no podía escucharle bien... era el cólico... Me ondulaba en las tripas... Él seguía hablándome...

«¿Qué quieres hacer después de esto?... ¿Tienes ya pensado algo?... ¿En cuanto hayas ganado peso?...». A él también le preocupaba el asunto de mi porvenir...

«¡Ah! ¡chiquillo! ¡No te lo digo para que te apresures!... ¡Oh! ¡no, no!... ¡Tómate todo el tiempo que quieras para las gestiones! Lo primero, ¡saber a qué atenerse!... ¡No vayas a coger cualquier cosa!... ¡Te estrellarías!... Tienes que espabilarte, pero poco a poco... ¡Con cuidado!... El trabajo es como el papeo... Ante todo, tiene que sentar bien... ¡Piénsatelo! ¡Valóralo! ¡Pregúntame! ¡Prueba! ¡Examina!... a derecha e izquierda... ¡No decidas hasta que estés seguro!... Entonces, me lo dices... No hay que perder el culo... Aún no... ¿Eh?... No vayas a coger lo primero que salga... Sólo para darme gusto a mí... ¡Una chapuza para quince días!... ¡No!... ¡No! Ya no eres un chaval... Otro currelo de mala muerte... ¡Acabarías perjudicándote a ti mismo!... Cogerías mala fama».

Nos fuimos de vuelta a su casa... Rodeamos el Luxembourg... Él volvía a hablar de lo del empleo... Le angustiaba un poco cómo iba yo a apañármelas... Tal vez se preguntara para sus adentros, en lo más profundo de su bondad, si me libraría alguna vez de mis nefastos instintos... mis inclinaciones perversas... Yo lo dejaba meditar un poco... Ya no sabía qué decirle... No respondí nada en seguida... Estaba demasiado cansado, la verdad, y, además, es que me dolían las sienes con avaricia... Lo escuchaba sólo con un oído... Al llegar al Bulevar Raspail, ya es que ni siquiera podía caminar derecho... Seguía la acera al sesgo... Él se dio cuenta... Hicimos otro alto... Yo iba pensando en algo totalmente distinto... Descansaba... Ya me estaba tocando las narices, el tío Edouard, con todas sus perspectivas... Volví a mirar al cielo... «¿Los conoces tú, tío, los "Velos de Venus"?... ¿la

"Colmena de las fugaces"?...». Estaban saliendo justo entonces de entre las nubes... polvos de estrellas... «¿Y Amerina?... ¿y Proliserpe?»... me las fui encontrando una por una... la blanca y la rosa...

«¿Quieres que te las enseñe?...». En tiempos se las sabía, el tío Edouard, las constelaciones... Se sabía incluso todo el gran Cenit, en cierto momento... del Triángulo al Sagitario, ¡el Boreal casi de memoria!... ¡Todo el «Flammarion» se sabía y, lógicamente, el «Pereires»!... Pero se le había olvidado todo... Ya no recordaba ni una sola... ¡Ya ni siquiera encontraba «Libra»!

«¡Ah, hijo! ¡ahora ya no tengo ojos! ... ¡Creo en tu palabra! ¡Míralo todo eso por mí!... ¡Ya ni siquiera puedo leer el periódico! ¡Me estoy quedando tan miope estos días, que me equivocaría de astro a un metro! ¡Ya es que no vería el cielo siquiera, aun estando dentro! ¡Tomaría el Sol por la Luna!... ¡Ah! ¡fíjate!». Lo decía de cachondeo...

«¡Ah! Pero no importa...», añadió,

«¡A ti te encuentro hecho un sabio! ¡Ah! pero ¡tú estás fuerte! ¡Jolines, qué progresos has hecho!... ¡No es moco de pavo! ¡Jalar no habrás jalado allí!... Pero ¡la de ideas que has asimilado!... ¡Te has llenado de sabiduría! ¡Ah! ¡Estás empolladísimo, chaval! ¡Te has atiborrado la cabezota!... ¿Eh? ¡di, muchacho! Pero ¡si es pura ciencia, qué caramba!... ¡Ah! ¡no hay duda!...». ¡Ah! lo hacía reír... Volvimos a hablar un poco de Courtial... Quiso saber algún detalle sobre su fin... Me hizo algunas preguntas más... ¿Cómo había terminado? ¡Ah! ¡Ya no podía soportar más que me hablara de eso!... Me entraba un pánico... Un ataque casi como a la vieja... ¡Ya no podía contener las lágrimas!... ¡Leche!... ¡Estaba feo! ... Me sacudía los huesos... ¡Y eso que yo era duro!... Debía de ser la intensa fatiga...

«Pero ¿qué te pasa, hombre?... Pero ¡si es que estás deshecho! Pero, bueno, ¡no debes impresionarte!... Lo que decía antes sobre tu colocación, era sólo por hablar... ¡No lo decía en serio! ¡No hay que tomárselo así! ¡No te vas a asustar, por semejantes pamplinas!... Bien que me conoces, ¿no?... ¿Es que no tienes confianza en tu tío?... ¡No lo decía por echarte! ¡Anda, tontín! ¿no me has entendido?... ¡Sécateme esas lágrimas ahora mismo! ¡Pareces una niña ahora!... ¿Eh, chavalín? ¿se acabó?... ¡Los hombres no lloran!... ¡Te quedarás hasta que haga falta!... ¡Y en paz! ¡Pues vaya! ... Lo primero es que engordes... Quiero verte inflado otra vez, ¡rollizo! ¡atiborrado! ¡con una panza así! ¡No te admitirían en ningún sitio! ¡No te vayas a creer! ¿así?... ¡No te puedes defender en este plan!... ¡No admiten a los tirillas! ¡Hay que estar cachas para colocarse! Tienes que partir la boca a todos... ¡Baúm!... ¡Derríbamelos! ¡Un derechazo! ¡Bang! Un gancho... ¡Camarero! ¿Diga, señor? ¡Una de bíceps!...». Él me consolaba como podía, pero yo no podía parar. Me estaba volviendo una fuente...

«Quiero irme tío... ¡Marcharme!... ¡Lejos!...».

«¿Cómo que irte?... ¿Marcharte adónde?... ¿A la China?... ¿Lejos? ¿Adónde?...».

«¡No sé, tío!... ¡No sé!...». Cada vez me chorreaban más los ojos... Me volví a levantar... ¡Me asfixiaba!... Pero, una vez de pie, tropecé... Tuvo que sostenerme... Cuando llegamos a su casa, él ya no sabía qué hacer, la verdad!... ¡Ni qué decir!...

«Bueno, bueno, chico!... ¡chiquillo! ... ¡Tienes que olvidar todo eso, de todos modos!... ¡No he dicho nada!... ¡No es culpa tuya, pobre chinorri! ¡Anda! ¡Tú no tienes nada que ver!... Courtial, ¡ya sabes cómo era!... ¡Un hombre extraordinario!... ¡Un perfecto sabio!... ¡En eso estoy totalmente de acuerdo!... Siempre lo he dicho, el primero... ¡Y creo que tenía buen corazón!... Pero ¡era un aventurero!... ¡Instruidísimo, desde luego! ¡Muy capaz y tal!... ¡y que sufrió mil injusticias!... ¡Sí! ¡eso también, desde luego!... Pero ¡no era la primera vez que se paseaba por los precipicios!... ¡Ah! ¡Era una cebra para los riesgos!... ¡Coqueteaba con las catástrofes!... Además, si alguien es aficionado a las carreras, ¿no?... ¡Es que le gusta romperse la crisma!... ¡No puede cambiar!... No se lo puedes impedir... ¡Tienen que topar con la desgracia!... ¡Hombre! ¡Muy bien!... ¡El gusto por el riesgo!... Pero ¡me da mucha pena! ¡Ah! Créeme, ¡me ha afectado mucho!... Sentía admiración por él... ¡E incluso sincera amistad!... ¡Era un talento excepcional!... ¡Ah! ¡Lo comprendo muy bien! ¡Un valor auténtico!... Parezco tonto, pero entiendo bien... Sólo, que no es razón que él acabe de morir, ¡para que tú pierdas las ganas de comer!... ¡te quedas en los huesos!... ¡Ah! ¡eso, no, vamos! ¡Estaría bueno! ¡Ah! ¡Qué hostia! ¡No!... ¡No podrías ganarte la vida en el estado en que te encuentras!... ¡A tu edad no se destruye uno la salud así, qué caramba, por un contratiempo!... ¡No vas a pasarte la vida dándole vueltas a eso!... Pero ¡si no has acabado, titi!... ¡Vas a tener muchos más, hombre!… ¡Deja los lloriqueos para las tías!… ¡No van a dejar de mear por eso!… ¡Les da un placer de muerte!… Pero ¡tú eres un machote!… A ver, ¿es que no eres un machote, tú, tururú? ¡No te vas a ahogar en el llanto!… ¡Ji! ¡Ji! ¡Ji! ¿Te lo imaginas en la sopa?…». Me daba cachetitos… ¡Intentaba hacerme reír!…

«¡Ah! ¡el pobre sauce llorón!… ¿Así vuelve del campo?… ¡Descuajaringado! … ¡Derrotado!… ¡Aplastado!… ¡Vamos, chaval!… ¡Vamos! ahora, ¡valor!… Mira, ¡no te volveré a hablar de tu marcha!… ¡Te vas a quedar conmigo!… ¡No te vas a colocar en ninguna parte!… ¡Concluido! ¡Decidido! … A ver, ¿estás más tranquilo?… ¡No buscarás nunca más una colocación!… ¡A ver! ¿Estás contento ahora?… Mira, ¡te voy a coger yo, en mi taller!… Tal vez no sea gran cosa ser aprendiz con tu tío… Pero, en fin, ¡mala suerte!… ¡La salud es lo primero! Las costumbres, ¡allá películas!… ¡Lo demás siempre se arregla! ¡La salud! ¡y ya está!… ¡Y te formaré! ¡mira, hombre! ¡Antes que nada quiero que ganes peso!… ¡Ah! ¡Sí! A ti te atormenta lo de buscar colocación… Bien que lo vi en casa de tus padres… No tienes facilidad de modales, no tienes temperamento para ello… Nunca más te verás obligado… ¡ya que es eso lo que te horroriza!… Te quedarás siempre conmigo… No llamarás a más puertas… De corredor de comercio no tendrías porvenir… ¡Ah, eso, no! ¿Eh? ¡Mejor no puedo! ¡Mejor no puedo decírtelo!… ¿No te gusta ir a presentarte?… ¡Bueno! ¿Es eso lo que te da canguelo?… ¡Vale!».

«¡No, tío! ¡No es tanto eso!… Pero quisiera marcharme…».

«¡Marcharte! ¡Marcharte! Pero ¿adónde?… Pero ¡si es que te tiene atormentado eso, chiquillo!… Pero ¡si es que ya no te comprendo!… ¿Quieres volver a esa aldea?… ¿Quieres criar zanahorias?».

«¡Oh! ¡No! tío… ¡Eso, no!… Me gustaría irme a la mili voluntario…».

«Pues, ¡vaya una ocurrencia más genial que has ido a tener!… ¡Ah! ¡pues sí! ¡Qué decidido!… ¿Irte voluntario?… ¿Adónde?… Pero ¿para qué?… ¡Te sobra tiempo, chaval!… ¡Ya irás con tu quinta! ¿A qué vienen esas prisas?… ¿tienes vocación militar?… ¡Tiene gracia, hombre!…». Me observaba atento… Le parecía insólito… Me miraba fijamente…

«Eso es una chifladura, hijo… ¡Te viene como las ganas de mear!… Pero ¡igual se te pasará también!… ¿No querrás volverte como Courtial? ¿Quieres volverte un chiflado?… ¡Ah! Y tus padres, ¿qué? ¿eh?… ¿No lo has pensado por un momento?… ¿Cómo se van a poner? ¡Ah, menuda serenata! ¡Ah! ¡no va a haber forma de que callen! ¡Dirán que el responsable soy yo!… ¡Ah! Entonces, ¡menudo!… ¡Que si te he inculcado ideas raras! ¡Que si estás majara como tu viejo!…».

No estaba nada contento… ¡Me dieron ganas de confesarle todo!… Así, de golpe… ¡Cualquier cosa!… ¡De cualquier modo!…

«Pero, si es que no sé hacer nada, tío… No soy serio… no soy juicioso…».

«Pues, ¡claro que eres serio, chavalote! Yo te conozco bien… ¡Claro que sí! ¡que eres juicioso!».
Yo ya no podía parar de llorar…

«¡No! ¡Soy un farsante, tío!…».

«¡Qué va! ¡Qué va! ¡muchacho!… Al contrario, ¡eres un tontaina! Eres un buenazo, ¡te lo digo yo!… ¡No tienes ni pizca de malicia! ¡Siempre te la pegan! … ¡Te hizo el avión, el viejo tunante! ¿Es que no lo ves, majo? ¡Es eso lo que no puedes tragar!… ¡Te hizo la pirula!».

«¡Ah, no! ¡Ah, no!». Yo estaba obsesionado… No quería explicaciones. Le supliqué que me escuchara… «¡Sólo he sabido dar disgustos a todo el mundo!». Se lo dije y se lo repetí… ¡Ah! Y, además, ¡tenía un mareo!… Y luego se lo volví a decir… ¡siempre iba a dar disgustos a todo el mundo!… ¡Ésa era la terrible evidencia para mí!…

«¿Lo has pensado bien?…».

«¡Sí! ¡tío!… Sí, te lo juro, lo he pensado bien… ¡Quiero irme!… Mañana… mira… mañana…».

«¡Ah! Pero ¡si no vas a apagar un incendio!… ¡Ah, eso, no!… ¡Descansa un poco más! ¡No puedes marcharte así! … ¡Por un capricho!… ¡No se firma por un día!… ¡Es por tres años, amigo!… Por mil ochenta y cinco días… ¡más los recargos!…».

«Sí, tío…».

«Pero, bueno, ¡si no eres tan malo! … ¡Nadie te rechaza!… ¡Nadie te acusa! … ¡Aquí no estás mal, jolines!… ¿Eh?… ¿Te he maltratado yo alguna vez?…».

«Soy yo, tío, el que es malo… No soy serio. ¡Tú no sabes, tío!… ¡No sabes!…».

«¡Ah! ¡ya empezamos otra vez! Pero ¡si es que es una manía, pobre chico!... ¡que te preocupes hasta ese punto!... Pero si es que vas a caer enfermo de verdad...».

«¡No resisto más, tío!... ¡No puedo más!... ¡Ya tengo la edad, tío!... ¡Quiero marcharme!... ¡Me iré mañana, tío!... ¿No te importa?...».

«¡Mañana, no, muchacho! ¡Mañana, no! ¡Ahora mismo! ¡Venga! ¡Ahora mismo!». Se estaba poniendo nervioso... «¡Ah! ¡mira que eres cabezón, jolines! ¡Vas a esperar quince días! ¡Y un mes incluso! ¡Dos semanas para darme gusto! Ya veremos... además, es que no te admitirían nunca, ¡tal como estás!... Ya puedes estar seguro de antemano... ¡Darías miedo a todos los médicos militares!... ¡Primero tienes que ponerte bien! ¡Eso es lo esencial!... ¡Te pondrían de patitas en la calle como a un sinvergüenza!... ¿Te imaginas?... ¡No admiten a soldados esqueléticos!... ¡Tienes que atracarte y ganar kilos!... ¡Por lo menos diez! ¿me oyes?... ¡Te lo aseguro!... ¡Diez para empezar!... ¡Si no! ¡Nasti!... ¿Quieres ir a la guerra?... Pero... ¡Pero bueno! ¡Resistirías menos que un mosquito!... ¿Dónde se ha visto a un zuavo flaco como un palillo!... ¡Venga! ¡Venga! ¡ya hablaremos después de eso!... ¡Anda! ¡Pocas chichas! ¡corta, pues, esos suspiros!... ¡Ah! ¡pues sí! ¡No se iban a reír ni nada!... ¡No se iban a andar con chiquitas en el Consejo al verte de carne y hueso!... ¿Y en el cuerpo de guardia? ... ¡Ah! ¡menudo ataque! ¡Hola, soldado llorica!... ¿Prefieres "zapador"?... ¿Dónde te vas a enganchar?... ¿No sabes aún?... A ver, ¿por cuál te vas a decidir?...».

Me daba del todo igual, en realidad...

«¡No sé, tío!...».

«¡No sabes nada!... ¡Nunca sabes nada!...».

«Mira, tío, ¡te quiero mucho!... Pero ¡no puedo quedarme!... ¡No puedo más! ... ¡Tú eres muy bueno conmigo!... ¡No me lo merezco, tío! ¡No me lo merezco!...».

«¿Por qué no te lo mereces?... ¡di, tontaina!...».

«¡No sé, tío!... ¡A ti también te doy disgustos!... ¡Quiero irme, tío!... Quiero ir a engancharme mañana...».

«¡Ah! bueno, entonces, ¡decidido!... ¡Acepto! ¡Vale! ¡No se hable más! Pero ¡sigo sin saber qué regimiento has escogido!... ¡Ah! pero ¡si es que tienes el tiempo justo!...». Se burlaba de mí...

«¿No quieres ir a infantería?... ¿No te gusta la "Reina de las Batallas"?... ¿No?... ¡Comprendo!... ¡No quieres cargar con nada!... ¡Los treinta y dos kilos! Tú, chaval, lo que quieres, ¡es que te lleven en volandas! ¡Camuflaos, hostias!... ¿No te hace tilín?... ¡Bajo el estiércol, ahí, a la izquierda!... ¡A desfilar! ¡Un! ¡dos! ¡un! ¡dos!... ¿No te apetecen unas maniobras curiositas?... ¡Ah! ¡Ah! ¡tunante!... ¡Aprovechad el terreno!... ¡Tú debes de estar empollado en eso!... ¡Has visto bastantes terrenos!... ¿Sabes ya cómo se hace?... ¿Los moñigos alrededor?... ¿Eh?... ¡Pero, preferías las estrellas!... ¡Ah! ¿Cambias de opinión?... ¡No has tardado mucho!... ¿Astrónomo, entonces?... ¡Astrónomo!... ¡Irás al "1.er telescopio"! ¡Regimiento de la Luna!... ¿No? ¿No te interesa nada de lo que te presento?... ¡Eres difícil de contentar! ¡Ya veo que prefieres la infantería, de todos modos! ... ¿Eres andarín?... ¡Vas a tener ampollas, muchacho!... "¡Los calcorros pesan en la bolsa! ¡los calcorros!"... ¿Prefieres forúnculos en las nalgas?... Bueno pues, ¡a la caballería!... ¡De forrajeador! ¡Hostias!... La infantería de marina, ¿te va?...

¡Vamos a beber arriba!
¡Vamos a beber!...».

Hacía el clarín con la boca: «¡Ta-ra- ta-ta! ¡Ta-ta-ta!...».

«¡Ah! ¡Eso, no, tío!... ¡Eso, no!...».

Me recordaba al otro gachó.

«¡Qué sensible eres, pobre chaval! ... ¿Cómo vas a hacer en la batalla salvaje?... ¡Espera!... ¿No lo has pensado todo?... ¡Quédate aquí! ¡Aún tienes cinco minutos!... Quédate aún un poco conmigo... ¡Cosa de dos, tres semanas!... ¡Lo suficiente para que lo veas claro!... Mira, ¡digamos un mes!...».

«¡No, tío!... Prefiero que sea en seguida...».

«¡Ah! ¡tú! ¡Tú eres como tu madre! ... Cuando se te mete algo en la chola, ¡no hay quien te lo quite!... ¡Ah! Ya no sé qué más decirte... ¿No te gustaría ser coracero?... Con esas chichas, ¡no quedarías mal a caballo! ¡Ya no te verían en la coraza!... ¡Serías un fantasma en el regimiento!... ¡No te podrían acertar con la pica!... ¡Eso no estaría mal!... ¡Ah! ¡Una idea maravillosa! Pero hasta para eso, ¡tienes que engordar!... ¡ni siquiera para fantasma abultas bastante!... Pobre chorra, ¡te faltan por lo menos diez kilos!... ¡Y no exagero!... ¡Los diez kilos!... ¿Prefieres esa combinación?...».

«¡Sí, tío!...».

«¡Ya te veo a la carga!...». ¡Yo no veía nada!...

«¡Sí, tío!... Sí, prefiero esperar...».

«¡Los "sorchis"! ¡Ferdinand!... ¡"Sorchi"!... ¡El amigo de las chachas! ¡El apoyo de la acorazada! ¡El terror de los artilleros!... ¡No va a faltar nada en la familia!... No irás a la marina... ¡Ya estás mareado ahora!... Conque, como comprenderás... Y tu padre, ¿que sirvió cinco años? ¿Qué nos dirá?... ¡Él, en las baterías pesadas!... ¡No va a faltar nada en la familia!... ¡Todo el ejército, chavalote!... ¡El 14 de julio en casa!... ¿Eh?... ¡Taratata! ¡Ta-ta-ta!...».

También para animarme, fue a buscar su quepis, estaba encima de la chimenea, a la derecha, cerca del espejo... Aún veo su borla, un reclutilla amarillo... Se lo había puesto en las batallas...

«¡Ahí tienes, Ferdinand! ¡El ejército entero!...». Era una conclusión alegre.

«¡Venga, hombre!», cambió de tono... «¡Todo eso son camelos!... ¡Aún podrías cambiar de opinión!... Aún no tienes la hoja en el bolsillo... ¿y el número de registro, amigo? ¡Anda, chorchi!... ¡Tienes tiempo de sobra!...». Suspiró... «¡Para hacer gilipolleces siempre hay tiempo!... Ahora estás trastornado... Es comprensible... Has llorado como una Magdalena... ¡Debes de tener mucha sed!... ¿No?... ¿Quieres un trago?... ¡Tengo un *calvados* superior!... Te pondré azúcar... ¿No quieres?... ¿Prefieres un simple chato de tinto, morapio de la casa? ¡Quieres que te lo ponga a calentar?... ¿Quieres una manzanilla?... ¿Una copa de anís?... ¿Prefieres sobar? ¡Ya sé!... ¡Márcate una siesta, para empezar!... ¡Lo más indicado!... Mira, el que dice gilipolleces soy yo... Lo que necesitas es diez horas de un tirón... ¡Hale, venga!... ¡querido sobrino!... ¡Basta de cháchara!... ¡Saquemos la camita del chiquitín!... ¡Ah! ¡el pobre chavea!... ¡Ha tenido demasiadas desgracias! ¡No te sienta bien el campo! Eso, chico, podría haberlo jurado yo... Conque, ¡quédate conmigo!...».

«¡Me gustaría, tío!... ¡Me gustaría mucho!... Pero no es posible, ¡te lo juro! ... ¡Más adelante, tío!... ¡Más adelante? ¿quieres?... Ahora no haría nada bueno... ¡No podría!... Di, tío, ¿quieres que me marche?... ¡Dime que se lo pedirás a mi papá!... ¡Estoy seguro de que él aceptará!...».

«¡Que no! ¡Que no! ¡No quiero!...». Lo ponía de mala leche... «¡Ah! ¡Mira que eres cabezón, la verdad!... ¡Ah! ¡Mira que puedes ser obstinado!... ¡idéntico a Clémence!... ¡La Virgen! ¡Te viene de familia!... Pero ¡te estás destruyendo con ganas!... Ahora, ¡que la mili no es como te imaginas!... ¡Es aún más dura que un currelo!... No puedes darte cuenta... ¡Sobre todo a tu edad!... ¡Los otros tienen veintiuna castañas! ya es una ventaja. Tú no tendrías fuerza para resistir... Habría que recogerte con cucharilla...».

«No sé, tío, pero ¡más vale que pruebe!...».

«¡Ah! Pero ¡si es que ya es manía!... ¡Venga! ¡Venga! ¡Vámonos a la piltra! Ya sólo dices chorradas, mañana volveremos a hablar de eso... Pero creo sobre todo que estás agotado... Esa idea es como si tuvieses fiebre. Farfullas y después ya es que es demasiado... ¡Ah! Te han dado una buena con el azadón... ¡Ah! ¡ya era hora de que volvieses!... ¡Ah! ¡te han dado para el pelo bien!... ¡Cómo te han caneado en el campo!... ¡Ah! ¡Es el colmo!... ¡Ahora ya es que dices gilipolleces! Pues, ¡mira, colono! ... te voy a reponer yo... ¡Me vas a jalar con ganas!... ¡Ya te aviso desde ahora! ... ¡Todos los días legumbres!... ¡mantequilla! ¡y carne! ¡y de primera!... nada de chuletitas, ¡te lo aseguro!... ¡Y chocolate cada mañana!... Más luego, ¡aceite de hígado de bacalao a base de bien! ¡Ah! ¡Si sabré yo lo que hay que hacer!... ¡Se acabaron las chucherías! ¡y el vivir del aire!... Pues, ¡claro que sí, hijito!... ¡Basta de cháchara!... ¡Hale, venga! ahora, ¡a la piltra!... ¡Todo eso son pamplinas!... Simplemente, ¡estás muy impresionado!... Es lo que me parece a mí, ya ves... ¡Estás traumatizado!... A tu edad, ¡la recuperación es muy rápida!... ¡Basta con no pensar más!... ¡Pensar en otra cosa!... ¡Y jalar como cuatro!... ¡como treinta y seis!... Dentro de ocho días, ¡parecerá un sueño!... ¡Garantizado por el Banco de Francia! ¡Y el Boticario Botín!».

Sacamos la piltra del armario... La plegable que chirriaba por los cuatro costados... Se había quedado minúscula... Cuando intenté tumbarme, me enmarañaba entre los barrotes... Preferí el colchón en el suelo... Me puso otro más... uno suyo... Yo seguía temblando como una hoja... Me dio más mantas… Seguía el tembleque… Me tapó completamente, sepultado bajo un montón de abrigos… Todas sus pieles de oso, encima de mí… ¡Había la tira en el armario!… Aun así, tiritaba… Miraba las paredes del cuarto… ¡También se habían quedado pequeñas! Era el del medio, el de *El ángelus*…

«¡No puedo forrarte más! ¿Eh?… Di, ¡viejo cocodrilo! No voy a asfixiarte, ¿no?… ¿Qué te parece?… ¿si no vuelvo a encontrarte?… ¡Ah! ¡Pues sí! ¡Menudo! ¡la que se iba a armar!… ¡una buena! ¡Pues sí! ¡iba a estar guapo, el sorche!… ¡Liquidado bajo las mantas!… ¡No veas, entonces!… ¡La que me iba a ganar!… ¡Ah! ¡me iban a dar para el pelo en el Passage!… ¡Ah! ¡ya lo creo! ¡Su querido hijo!… ¡Su tesoro! ¡Cualquiera les explicaba!… ¡Fallecido en su jugo, el monstruo! ¡Pfuac! ¡Absolutamente! ¡Huy, huy, huy! ¡Qué chanchullo!… ¡Emperador, no tiréis más!… ¡El patio está lleno!…». Yo me crispaba para reír al unísono con él… Se fue a su alcoba… Desde lejos me avisó…

«Oye, ¡dejo mi alcoba abierta!… Si necesitas algo, ¡no tengas miedo de llamar!… No es una vergüenza estar enfermo… ¡Vengo en seguida!… Si te sigue el cólico, ¿sabes dónde está el retrete?… ¡El pasillito de la izquierda! … ¡No te equivoques con la escalera!… La lámpara está sobre la consola… No hace falta que la apagues… Y si tienes ganas de vomitar… ¿no preferirías un orinal?…».

«¡Oh, no, tío!… Iré allí…».

«¡Bueno! Pero, si te levantas, ¡échate en seguida un abrigo por encima! ¡Coge uno del montón! ¡uno cualquiera!… En el pasillo podrías diñarla… ¡Abrigos no faltan precisamente!…».

«No, tío».

OTROS LIBROS

CPSIA information can be obtained
at www.ICGtesting.com
Printed in the USA
BVHW050949150222
629066BV00008B/500